LONDRES

Edward Rutherfurd

LONDRES
Le roman

Roman

Titre original : *London, the Novel*
Traduit par Jérôme Pernoud

© Edward Rutherfurd, 1997.
© Presses de la Cité, 1998, pour la traduction française.

ISBN 2-258-00103-X

Ce livre est dédié aux conservateurs et
à toute l'équipe du musée de Londres, où
l'histoire est une matière vivante.

Sommaire

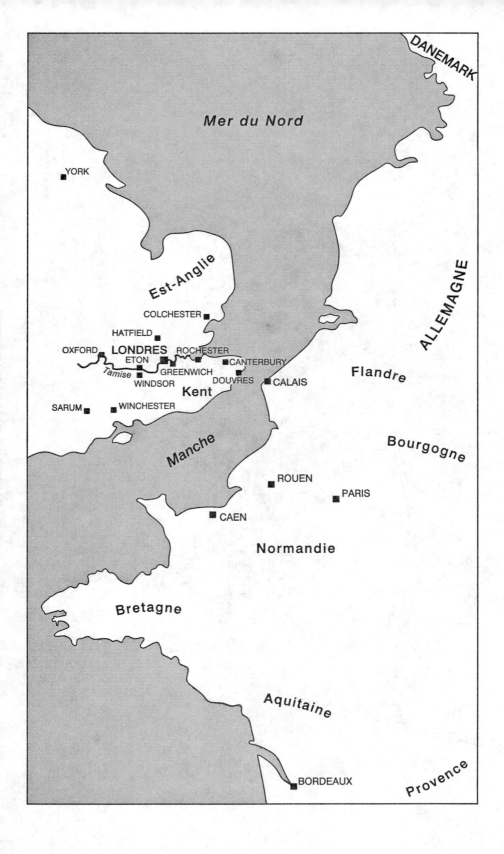

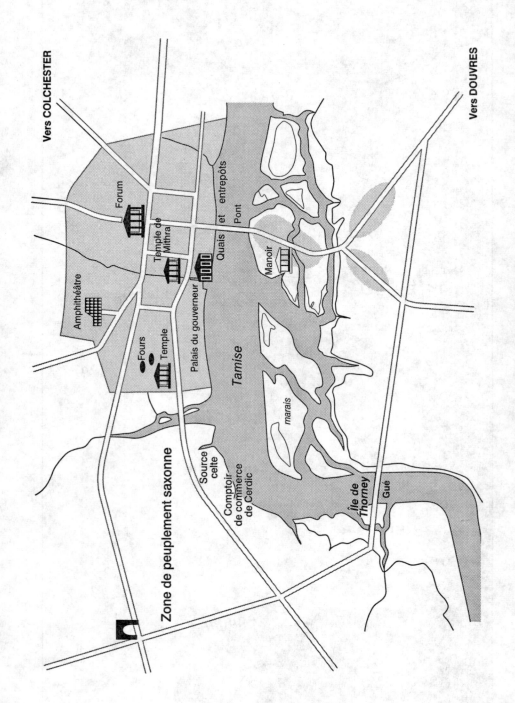

Vers COLCHESTER

Forum

Temple de Mithra

Amphithéâtre

Fours

Temple

Palais du gouverneur

Quais et entrepôts

Pont

Manoir

Tamise

marais

Source celte

Comptoir de commerce de Cerdic

Zone de peuplement saxonne

Île de Thorney

Gué

Vers DOUVRES

LONDRES ROMAIN ET SAXON

LONDRES MÉDIÉVAL ET TUDOR

(la Courtine, le Théâtre)

Marais de Moorfields

Bishopsgate
Houndsditch
Aldgate
Cornhill
Royal Exchange
Lombard Street
All Hallows
Bureaux de la Douane
Tour de Londres (la Monnaie, la Ménagerie)

Walbrook
Maison des Becket / Hall des Merciers
Poultry
Jewry
Ironmonger Lane
Candlewick Street Eastcheap
Pierre Coldharbour
Billingsgate
Pont de Londres
le George
le Tabard

Guildhall
Milk Street
Honey Lane
St Mary-le-Bow
Enseigne du Taureau
St Lawrence
Silversleeves
Vintry
le Clink
Palais de l'évêque de Winchester
le Globe
la Tête de chien
le Fosse aux ours
Maisons closes de Bankside

Charterhouse
St Bartholomew
Smithfield
Newgate
Prison
Cross
Paternoster Row
St Mary
St Paul
West Cheap
Watling
Street
Château Baynard
Blackfriars
Fleet
Ludgate

Ave Maria Lane

Tamise

SOUTHWARK

Holborn
HOLBORN
Hatton Garden
St Etheldreda
Chancery Lane
St Clement Danes
Fleet Street
St Bride
Temple
Savoy Palace
ALDWYCH
Charing Cross
Whitehall Palace
Bac
Tyburn
West Minster

Marais de Lambeth
Lambeth Palace
Vaux's Hall
BATTERSEA

Tyburn

FULHAM
CHELSEA

LONDRES GEORGIEN ET VICTORIEN

Vers SHOREDITCH

SPITALFIELDS

Moorfields

WHITECHAPEL

EAST END

Vers WAPPING

Bishopsgate

Aldgate

Leadenhall Street

Lombard Street

Threadneedle Street

Cripplegate

Guildhall

Banque d'Angleterre

Stock Exchange

Royal Exchange

Mansion House

All Hallows

Eastcheap

Billingsgate

Tour de Londres

Tower Bridge

le George

Cannon Street

Monument

Pont de Londres

Vintry

le Clink

Cheapside

St Mary le-Bow

St Paul

Brasserie Bull

Pont de Southwark

Tamise

Blackfriars

PAROISSE DE ST PANCRAS

Charterhouse

St Bartholomew

Hôpital

St Etheldreda

Newgate

Ludgate

Fleet Prison

Fleet Street

St Bride

Temple

Savoy

Bedlam

Holborn

Hatton Gardens

Chancery Lane

St Clement Danes

Aldwych

Twinings

Pont de Waterloo

Waterloo Station

Pont de Westminster

Lambeth Palace

Jardins de Vauxhall

Regent's Park

Foundling Hospital

British Museum

Lincolns Inn Fields

Holborn

Seven Dials

Covent Garden

St Martins

Strand

Charing Cross

Whitehall

Banqueting Hall

Parlement

Pont de Vauxhall

Fitzroy Square

Harley Street

Tottenham Ct Rd

St Giles

Charing Cross Rd

Leicester Square

Trafalgar Square

St Martins

Horseguards

Abbaye de Westminster

Oxford Street

Regent Street

St George

Savile Row

Hatchards

Fortnum & Mason

St James's Square

The Mall

Pall Mall

St James's Palace

St James's Park

Petty France

Baker Street

Grosvenor Square

Bond Street

Burlington House

Piccadilly

Green Park

Buckingham Palace

Eaton Square

Sloane Square

CHELSEA

Marble Arch

Tyburn

Hyde Park

Site de Crystal Palace

Belgrave Square

Sloane Street

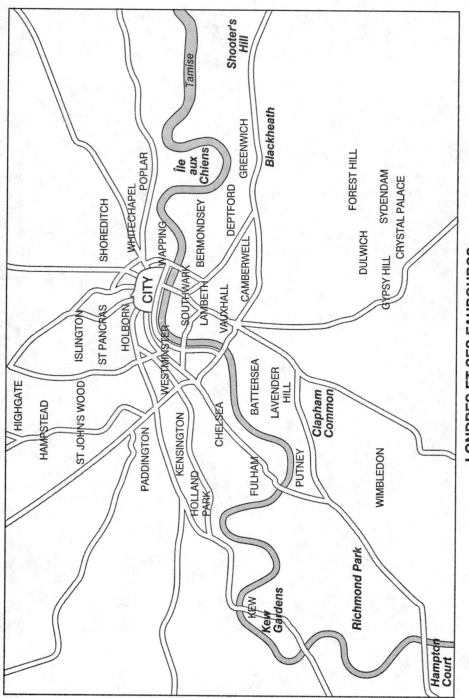

LONDRES ET SES FAUBOURGS

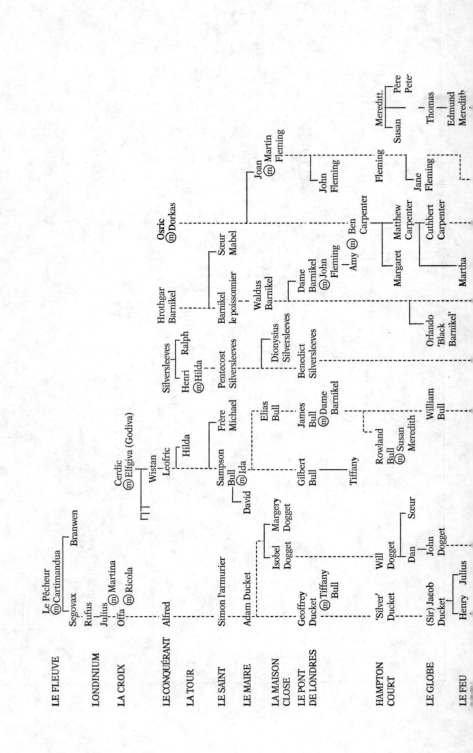

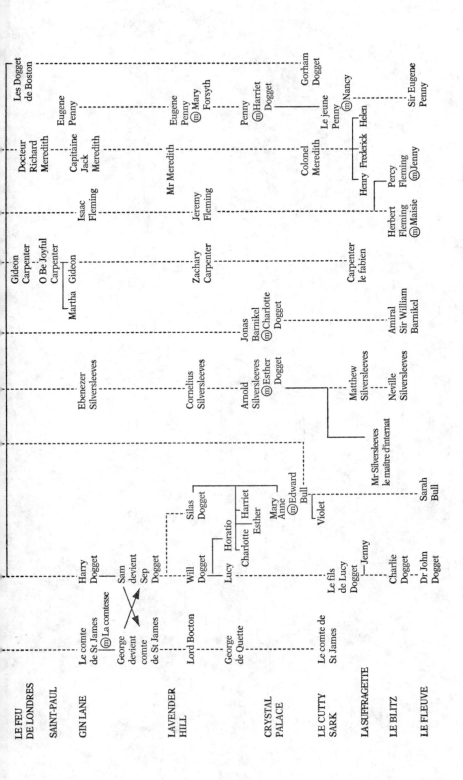

Préface

Ce livre est, d'abord et surtout, un roman. Toutes les familles dont on trouvera l'histoire racontée ci-après, depuis les Ducket jusqu'aux Penny, sont fictives, comme l'est aussi leur participation aux événements historiques évoqués.

En développant l'histoire de ces familles imaginaires au fil des siècles, j'ai tâché de les mêler à des faits et à des personnages soit véridiques, soit vraisemblables au regard de l'histoire. J'ai pu être amené parfois à inventer tel ou tel détail. Ainsi ne saurons-nous sans doute jamais l'endroit exact où Jules César a traversé la Tamise ; du moins l'actuel site de Westminster m'est-il apparu comme le plus logique. De même, si nous connaissons les circonstances politiques dans lesquelles l'évêque Mellitus a fondé la cathédrale St Paul en 604, je n'ai pas craint d'extrapoler quant à l'emplacement précis de la Lundenwic saxonne à la même époque. Pour une période bien postérieure, 1830, j'ai inventé une circonscription de St Pancras, afin que mes personnages puissent y disputer l'élection qui eut lieu cette année-là.

D'une manière générale, depuis l'époque de la Conquête normande, une masse d'informations extrêmement riche nous a été conservée, concernant l'histoire non seulement de Londres mais aussi d'un très grand nombre de ses habitants. Les détails ne m'ont pas fait défaut, et je n'ai eu que de petites retouches à effectuer ici ou là, dans l'écheveau compliqué des événements, afin de faciliter le récit.

La plupart des monuments de Londres, églises ou bâtiments civils, ont conservé leurs noms inchangés jusqu'à nos jours. Beaucoup de rues également s'appellent aujourd'hui de la même façon qu'à l'époque saxonne. Lorsqu'un nom a changé, soit je le mentionne dans le cours du récit, soit, s'il y a un risque de confusion, j'utilise pour simplifier le nom couramment employé de nos jours.

Les inventions propres au roman sont les suivantes : le comptoir de commerce de Cerdic le Saxon se trouve à peu près sur l'emplacement de l'actuel hôtel Savoy ; on peut situer la maison à l'enseigne du Taureau, en dessous de St Mary-le-Bow, à l'endroit de la taverne Williamson ou dans les parages ; l'église St Lawrence Silversleeves, près de Watling Street, pourrait être l'une des nombreuses petites églises de ce quartier qui furent emportées par le Grand Incendie ; il faut voir dans la Tête de Chien l'une des maisons de passe qui se pressaient le long de Bankside.

J'ai pris la liberté d'imaginer un arc de triomphe à l'emplacement de l'actuel Marble Arch, à l'époque où l'on y trouvait un croisement de routes romain. Rien ne dit qu'un tel arc n'ait pas existé — même si ses vestiges restent encore à découvrir.

Parmi les familles imaginaires de ce récit, les Dogget et les Ducket portent toutes les deux des noms assez répandus, qu'on retrouve à maintes reprises dans l'histoire de Londres. Des personnages réels ayant les mêmes noms — en particulier le célèbre Dogget qui fonda la course du Manteau et de la Médaille sur la Tamise — sont parfois mentionnés dans le texte, et nettement différenciés des familles fictives. Les liens entre ces patronymes et certains traits physiques héréditaires sont, bien entendu, entièrement inventés pour les besoins du roman.

Bull est un nom anglais courant ; Carpenter (« charpentier ») est un exemple typique de patronyme d'origine professionnelle — de même que Baker (« boulanger »), Painter (« peintre »), Tailor (« tailleur ») et des dizaines d'autres. Les lecteurs de mon roman *Sarum* auront sans doute reconnu dans les Carpenter des cousins des Mason de ce livre. Fleming est un autre nom assez répandu, qui indique souvent des origines flamandes. Meredith est un patronyme gallois et Penny peut être huguenot, mais pas nécessairement. Le nom de Barnikel, plus rare, qui apparaît aussi dans *Sarum*, est probablement viking ; une légende pleine de grandeur s'y rattache, on le verra. Dickens utilise ce nom (Barnacle), mais dans un contexte plutôt péjoratif. J'espère les avoir un peu mieux traités.

Quant au nom de Silversleeves (« manches d'argent ») et à la famille affublée de longs nez qui le porte, ce sont de pures inventions. Au Moyen Age, on trouvait bien davantage de ces noms à la fois concrets et pittoresques, qui hélas ont disparu pour la plupart. Silversleeves est là pour incarner cette ancienne tradition.

Un écrivain travaillant à un roman sur Londres se trouve confronté à un grave problème : il y a abondance de matière, et d'une matière captivante. Tout Londonien a dans sa ville un endroit qu'il préfère aux autres. A bien des reprises, j'ai été tenté de suivre tel ou tel chemin de traverse ; il n'y a guère de paroisse à Londres qui ne puisse fournir des matériaux passionnants pour un ouvrage comme celui-ci. Mais le fait que ce livre soit également, dans une large mesure, une histoire de l'Angleterre m'a conduit à privilégier certains lieux plutôt que d'autres. J'espère seulement que mes choix ne décevront pas les très nombreux amoureux de cette ville merveilleuse.

1

Le Fleuve

A plusieurs reprises l'endroit avait été submergé par la mer, depuis les premiers âges de la planète.

Voilà quatre cents millions d'années — le dessin des continents était alors bien différent de ce qu'il est aujourd'hui —, l'île actuelle faisait partie d'un petit promontoire, à l'angle nord-ouest d'une vaste étendue de terre aux contours mal définis. Ce promontoire, jeté dans les flots du grand océan planétaire, était solitaire et désertique ; nul œil ne le contemplait jamais, hormis celui du Créateur. Nulle bête n'arpentait sa terre, nul oiseau ne traversait son ciel, nul poisson ne frayait sur ses côtes.

Dans ces temps anciens, un bras de mer se retira au coin sud-est du promontoire et laissa derrière lui un grand plateau d'ardoise, sombre et nu. Il était aussi vide et désolé que la surface d'une planète lointaine, aux extrémités du cosmos ; seules des mares chétives coupaient de loin en loin la monotonie de la roche grise. Des plissements souterrains, plus anciens que le plateau d'ardoise, avaient fait se soulever une barre rocheuse aux flancs en pente douce. Haute de six cents mètres, elle fermait le paysage comme une énorme digue.

La contrée demeura longtemps ainsi, grise et muette, aussi ignorée que les limbes qui précèdent la naissance de l'homme.

Au cours des huit périodes géologiques qui suivirent, les continents changèrent de forme, la plupart des chaînes de montagnes sortirent de terre et la vie poursuivit sa lente évolution ; mais aucun mouvement tectonique n'affecta les parages de la barre d'ardoise. Les eaux affluèrent sur elle puis en repartirent à bien des reprises ; parfois elles étaient froides et parfois elles étaient chaudes. Et chaque fois, elles restaient là pendant des millions d'années. Elles déposaient des sédiments, sur plusieurs dizaines de mètres d'épaisseur ; de sorte que peu à peu, malgré sa hauteur, la barre d'ardoise fut remblayée, nivelée, enfin profondément enfouie dans le sol, sans qu'il restât la moindre trace de sa présence désormais souterraine.

Alors que la vie commençait à bourgeonner sur la Terre, sa surface se couvrait de végétation, ses eaux se peuplaient de créatures : aussi des couches géologiques nouvelles apparurent-elles, formées de débris organiques. Une vaste mer, qui se retira à peu près en même temps que s'éteignirent les dinosaures, laissa tomber une si prodigieuse quantité de détritus, provenant de ses poissons et de son plancton, que la craie ainsi formée recouvrit le sud de l'Angleterre et le nord de la France sur une épaisseur de quatre-vingt-dix mètres.

Et c'est ainsi, dans l'interminable suite des âges terrestres, qu'un nouveau paysage apparut sur le lieu même où était enterrée l'ancienne barre d'ardoise.

Les contours en étaient très différents. Tandis que de nouvelles mers affluaient puis se retiraient, qu'un vaste réseau fluvial sourdait de l'intérieur des terres pour traverser cet angle du promontoire, une vallée s'ouvrit dans la couche de craie. Une vallée peu profonde, mais large d'une trentaine de kilomètres. Des lignes de crêtes la flanquaient au nord et au sud ; elle s'ouvrait en un large V en direction de l'est. Chacune des inondations apportait de nouveaux dépôts de sables et de graviers. L'une des mers qui recouvrit la contrée, une mer qui remontait des tropiques, laissa une épaisse couche de sédiments au cœur de la vallée, qui serait un jour connue sous le nom d'argile du bassin de Londres. Les montées et les baisses successives du niveau des eaux créèrent aussi de nouvelles collines, un peu moins hautes que les précédentes, à l'intérieur du grand V de craie.

Ainsi se présentait, voilà un million d'années, l'endroit où se dresserait un jour la ville de Londres.

De l'homme, il n'était pas encore question. Depuis un million d'années, son ancêtre marchait sur deux jambes, mais son cerveau restait celui d'un grand singe. Avant que l'homme apparaisse, une étape capitale devait encore intervenir.

Les âges glaciaires.

Ce n'était pas la formation de banquises temporaires qui altérait la planète, mais plutôt leur disparition. Chaque fois que commençait le dégel, les fleuves pris dans les glaces se mettaient à bouillonner ; lents mais implacables bulldozers, les glaciers gigantesques évidaient les vallées, arasaient les collines, emportaient les graviers, qui s'en allaient tapisser les lits des fleuves créés par la fonte de leurs eaux.

Aucune avancée glaciaire, à ce jour, n'a entièrement submergé le petit promontoire dressé au nord-ouest du grand continent eurasien. Dans sa plus large extension, la banquise atteignit juste le bord septentrional du long V de craie. Mais lorsqu'elle descendit aussi bas, il y a quelque cinq cent mille ans, le phénomène eut une conséquence capitale.

A l'époque, un grand fleuve coulait vers l'est, issu du centre du promontoire, et passait quelque part au nord du long V de craie. Quand l'avancée de la banquise commença à lui bloquer le passage, ses eaux froides et bouillonnantes, contrariées dans leur progression, cherchèrent un autre débouché. Elles trouvèrent le point faible de la longue falaise de craie, soixante kilomètres à l'ouest de l'endroit où était enfouie la barre d'ardoise, et s'y ruèrent, creusant l'étroit défilé connu aujourd'hui sous le nom de trouée de Goring ; puis elles se précipitèrent plein est vers le centre du V, qui était exactement dessiné pour les recevoir.

Le fleuve était né.

L'homme fit son apparition dans le courant de ces montées et descentes successives de la banquise ; la date de cette apparition n'est pas connue avec précision. Même après que le fleuve eut jailli à travers la trouée de Goring, l'homme de Neandertal n'avait pas encore fini son développement. Il faut attendre le tout dernier âge glaciaire, il y a un peu plus de cent mille ans, pour que notre ancêtre prenne son aspect définitif. A un moment donné lors du retrait de la banquise, il fit son entrée dans la vallée.

Enfin, il y a un peu moins de dix mille ans, les eaux provenant de la fonte de la calotte glaciaire arctique déferlèrent et inondèrent la plaine qui couvrait la partie orientale du promontoire. Découpant une grande entaille en forme de J à travers les croupes de craie, elles s'engouffrèrent juste sous la base de ce promontoire, et creusèrent un étroit chenal qui filait vers l'ouest en direction de l'Atlantique.

Alors, telle une arche de Noé du Nord, dans ces temps d'après le déluge, le petit promontoire devint une île. Une île libre et qui pourtant resterait toujours à l'ancre, au large du grand continent auquel elle avait appartenu jadis. A l'ouest, l'océan Atlantique ; à l'est, les froides eaux de la mer du Nord ; au sud, léchant ses côtes, d'où ses hautes falaises de craie regardaient vers le continent proche, l'étroite Manche. Et c'est ainsi, entourée de ces mers boréales, que naquit l'île de Bretagne.

Le grand V de craie ne s'ouvrait plus sur une plaine, mais sur une mer ; son entonnoir devenait un estuaire. A l'est de cet estuaire, les collines obliquaient vers le nord, laissant sur leur flanc une vaste étendue de bois et de marais. Au sud, une longue péninsule couverte de hautes croupes crayeuses et de vallées fertiles s'avançait de cent dix kilomètres dans la mer, pour former la pointe sud-ouest de l'île.

L'estuaire avait une caractéristique bien particulière. Quand la marée s'engouffrait à l'intérieur, elle ne faisait pas que contenir le courant du fleuve, elle le renversait bel et bien. A marée montante, le flot déferlait dans l'entonnoir et poursuivait longuement sa course vers l'amont, poussant un énorme excédent d'eau dans le lit du fleuve ; quand la marée refluait, ces eaux s'écoulaient et repartaient rapidement vers la mer. La conséquence en était une forte amplitude des marées en aval ; entre les hautes et les basses eaux, la différence dépassait, et de loin, les trois mètres. Et le phénomène se répercutait loin vers l'amont.

L'homme était déjà présent dans l'île à l'époque où elle se sépara du continent ; il continua à traverser le détroit, court mais dangereux, qui y menait, au cours des millénaires qui suivirent. C'est à cette époque que débuta l'histoire humaine.

54 avant Jésus-Christ

Cinquante-quatre ans avant la naissance du Christ, à la fin d'une froide nuit de printemps constellée d'étoiles, deux cents personnes étaient réunies en demi-cercle près de la berge du fleuve, attendant l'aurore.

Dix jours s'étaient écoulés depuis que les angoissantes nouvelles leur étaient parvenues.

En face d'eux, un petit groupe de cinq personnages se tenait au bord de l'eau. Immobiles et silencieux dans leurs longues robes grises, on aurait pu les prendre pour des pierres levées. C'étaient les druides ; ils s'apprêtaient à célébrer une cérémonie qui, ils l'espéraient, sauverait l'île, et aussi le monde dans lequel ils vivaient.

Parmi cette foule rassemblée près de la berge, il était trois personnages en particulier qui, au-delà de la grande menace, de leurs espoirs ou de leurs peurs, gardaient un secret enfoui dans leur cœur. Chacun son secret — mais tous les trois terriblement lourds à porter.

Le premier de ces personnages était un garçon, le second une femme et le troisième un très vieil homme.

Bien des sites sacrés émaillaient son long cours sinueux. Mais nulle part l'esprit du grand fleuve n'était aussi perceptible qu'en cet endroit rempli de silence et de paix.

Ici la mer et le fleuve se rencontraient, à la faveur des marées. Plus loin, s'élargissant en une série de grands méandres, il traversait une vaste zone de marécages à ciel ouvert ; au bout de quinze kilomètres il débouchait dans le long estuaire, orienté plein est, puis se jetait enfin dans les eaux glaciales de la mer du Nord. De l'autre côté, vers l'amont, le fleuve paressait dans de riants sous-bois, des prairies verdoyantes. Mais à cet endroit, où se trouvait la foule, un superbe plan d'eau s'étendait entre ses deux grands coudes : sur cinq kilomètres et demi de long il décrivait une seule et même courbe, pleine de lenteur et de majesté.

C'était le flux. A marée montante, quand la mer avait renversé le courant en s'engouffrant dans l'estuaire, cette portion du fleuve mesurait un kilomètre de large ; à marée descendante, seulement trois cents mètres. Un banc de cailloux se dressait au milieu du courant, le long de la rive sud marécageuse ; il formait une presqu'île quand les eaux étaient basses et devenait une île à mesure que leur niveau montait. C'est au sommet de ce tertre que la petite foule était regroupée. Un site vide et désert se dressait en face d'eux, sur la rive nord. Il portait le nom de Londinos.

Londinos... Même dans le jour naissant, on distinguait clairement la silhouette de l'antique établissement, de l'autre côté du fleuve ; deux basses collines caillouteuses, aux sommets arasés, qui s'élevaient côte à côte à vingt-cinq mètres au-dessus du niveau de l'eau. On eût dit deux opulents seins de femme qui se seraient adoucis, aplanis, une fois la maturité venue. Un petit ruisseau coulait entre les deux collines. Du côté gauche, sur le versant ouest, une rivière plus large descendait vers une anse qui s'ouvrait dans la rive nord du fleuve.

Un fortin avait jadis été bâti sur la colline de l'est ; du haut de sa muraille de terre, aujourd'hui déserte, on pouvait guetter les embarcations remontant de l'estuaire. La colline de l'ouest était parfois utilisée par les druides pour y sacrifier des bœufs.

Londinos était cela, et rien de plus. Un établissement abandonné. Un site sacré. Les foyers tribaux se trouvaient plus au nord et plus au sud : les tribus sur lesquelles régnait le grand chef Cassivellaunus vivaient dans les vastes territoires de l'Est, au-dessus de l'estuaire ; celle des Cantii dans la longue péninsule au sud du même estuaire, et leur nom tribal avait déjà donné à la région le nom de Kent. Le fleuve servait de frontière entre leurs deux groupes, et Londinos était une sorte de no man's land.

L'origine du nom lui-même restait obscure. D'après certains, un homme appelé Londinos avait vécu ici ; selon d'autres, cela faisait référence au petit fortin qui se dressait sur la colline orientale. Personne ne savait avec certitude ce qu'il en était. Pour une raison ou une autre, au cours des mille années écoulées, l'endroit avait reçu ce nom.

Une brise froide remontait la rivière, arrivant de l'estuaire. Elle apportait avec elle une odeur âcre et piquante, d'herbes et de boue. L'étoile du matin pâlissait au-dessus des têtes, tandis que le ciel sans nuages virait au bleu profond.

Le petit garçon frissonna. Depuis une heure il se tenait debout et il avait froid. Comme la plupart de ses voisins, il portait une simple tunique de laine qui lui descendait aux genoux, serrée à la taille par une ceinture de cuir. A côté de lui se trouvait sa mère, portant un bébé, et sa petite sœur Branwen, qu'il tenait par la main : c'était son rôle de la surveiller dans de telles occasions.

C'était un petit garçon intelligent et courageux ; il avait les cheveux sombres et les yeux bleus, comme la plupart des autres Celtes. Il était âgé de neuf ans et se nommait Segovax. A l'observer plus attentivement, on distinguait deux particularités chez lui. Il avait une mèche de cheveux blancs sur le devant du crâne, comme peinte au pinceau. Pareille marque héréditaire se retrouvait chez plusieurs des familles vivant dans les hameaux dispersés le long du fleuve. « Ne t'inquiète pas pour cela, lui avait dit sa mère. Beaucoup de femmes jugent que c'est très élégant. »

La seconde particularité de Segovax était bien plus insolite. Quand il écartait les doigts, on pouvait voir une mince couche de peau qui les reliait les uns aux autres, montant jusqu'à la première articulation ; il avait les mains palmées comme les pieds d'un canard. C'était également une marque héréditaire, même si elle ne se réapparaissait pas à toutes les générations. On eût dit qu'à une époque ancienne, dans le grand océan primordial d'où provenait toute créature, un gène de notre ancêtre poisson n'avait pas voulu abandonner tout à fait son caractère marin, et qu'on retrouvait dans ces mains palmées une trace de nos origines. D'ailleurs, avec les grands yeux qui mangeaient son visage, sa silhouette mince et nerveuse, le petit garçon ressemblait un peu à un têtard ou autre créature aquatique, qui aurait jailli en frétillant des profondeurs du passé.

Son grand-père avait présenté lui aussi la même particularité, « mais on lui avait coupé ces peaux quand il était bébé », avait dit le père de Segovax à sa femme. Elle-même n'avait pu supporter l'idée d'un couteau entaillant la chair de son enfant, aussi n'avait-on rien fait. Le garçon n'en était aucunement troublé.

Segovax promena le regard sur sa famille rassemblée autour de lui : la petite Branwen, avec sa nature affectueuse, et aussi ses crises de colère que personne ne parvenait à contrôler ; le bébé, dans les bras de sa mère, qui commençait juste à marcher et à babiller ; sa mère enfin, avec sa figure pâle et qui semblait étrangement bouleversée ces derniers temps. Combien il les aimait tous... Il leva les yeux pour regarder devant lui, par-delà le groupe des druides, et ne put retenir un sourire joyeux : un radeau attendait au bord de la rive, avec deux hommes à ses côtés. L'un de ces deux hommes était son père.

Ils avaient tellement de choses en commun, le père et le fils : la même touffe de cheveux blancs, les mêmes grands yeux. Le visage de son père était sillonné de tant de rides qu'il paraissait couvert d'écailles ; lui aussi faisait penser à une créature aquatique, avec quelque chose de grave et de solennel. Tout dévoué à sa petite famille, il connaissait si parfaitement le fleuve, était si expert à lancer ses filets qu'on ne parlait jamais de lui qu'en l'appelant le Pêcheur. D'autres hommes étaient plus robustes que lui, avec son dos voûté et ses longs bras ; aucun n'était plus obligeant, plus tranquille, plus résolu aussi. « Il n'est peut-être pas très beau, avait-on coutume de dire dans le hameau, mais c'est le Pêcheur, et il ne renonce jamais. » Segovax le savait, sa mère adorait son père. Lui aussi l'adorait.

C'est la raison pour laquelle la veille, il avait conçu un projet des plus téméraires. Un projet qui, s'il le menait à bien, lui coûterait sans doute la vie.

Le ciel frémit à l'est et tout l'horizon parut s'embraser ; quelques minutes encore et le soleil apparaîtrait. Une grande vague de lumière déferlerait sur le fleuve comme une langue de feu. Les cinq druides entonnèrent une mélopée sourde, face à la foule qui les écoutait en silence.

A un signal donné, une silhouette se détacha de l'assistance. C'était un homme à la musculature puissante ; sa riche cape verte, ses ornements d'or et sa fière prestance disaient son importance et sa noblesse. Il portait dans les mains un objet plat, un rectangle de métal dont la surface polie luisait d'un éclat pâle. Il le tendit au grand druide à barbe blanche qui se tenait au centre du cercle.

Les druides se tournèrent vers l'horizon incandescent ; le vénérable personnage au centre fit quelques pas en direction de la berge et prit place sur le radeau. Alors les hommes postés à côté — le père de Segovax et son compagnon — y descendirent à sa suite ; puis, s'aidant de longues perches, ils entreprirent de pousser l'embarcation dans le courant.

Les quatre autres druides continuaient à psalmodier. C'était un murmure, un bourdonnement, qui semblait surgi de nulle part ; il courait à la surface des eaux, à la poursuite du radeau qui s'éloignait. Cent mètres, deux cents mètres...

Le soleil se leva enfin. D'abord son long galbe rouge se dessina seul sur le fleuve ; puis, à mesure qu'il montait dans le ciel, ses rayons dorés éclaboussèrent les deux rives. Les silhouettes des druides grandissaient de minute en minute, à contre-jour, et leurs ombres géantes s'allongeaient sur la foule immobile.

Leur aîné était loin à présent, au milieu du fleuve ; les deux bateliers maintenaient le radeau immobile dans le courant avec leurs longues perches. Sur la rive nord, les deux collines basses baignaient dans le rougeoiement du levant. Puis, pareil à quelque antique dieu de la mer à barbe grise, qui aurait surgi du sein même des eaux, le grand druide éleva l'objet de métal au-dessus de sa tête, au milieu du fleuve, afin qu'il capte les rayons du soleil et se mette à briller.

C'était un bouclier, forgé en bronze. La plupart des armes utilisées sur l'île étaient en fer, mais on utilisait toujours le bronze, plus ancien et facile à travailler, pour les armes de cérémonie de facture délicate telles que ce bouclier. C'était un véritable chef-d'œuvre, qui avait été envoyé aux habitants du hameau par le grand chef Cassivellaunus lui-même, avec pour le transporter un de ses compagnons les plus nobles, un de ceux en qui il avait le plus confiance. Le dessin, de lignes entrecroisées, et les incrustations de pierres précieuses représentaient la quintessence de l'artisanat celte, ce travail du bronze qui faisait la gloire de l'île. Il n'était pas de plus beau présent que ses habitants pussent offrir aux dieux ; ce bouclier dépassait de loin les sacrifices de bœufs, ou même les sacrifices humains, qu'on pratiquait dans les temps anciens.

D'un seul geste, ample et large, le druide le lança en l'air au-dessus du fleuve. Dans un jet de lumière, il décrivit un arc de cercle, puis retomba en plein dans le sillage du soleil levant. La foule laissa échapper un soupir au moment où les eaux reçurent silencieusement l'offrande qui leur était faite et l'emportèrent avec elles.

Mais alors, sous les yeux du vieux druide, quelque chose d'étrange se produisit. Au lieu de s'engloutir et de disparaître, le bouclier de bronze resta en suspension juste sous la surface de l'eau claire, et l'on voyait briller sa surface métallique. Le vieil homme en fut étonné tout d'abord, puis il comprit la raison du phénomène. Le métal avait été martelé jusqu'à devenir très mince ; de plus, il avait été doublé d'une couche de bois légère. Jusqu'à ce que le bois soit entièrement imbibé d'eau, le bouclier de cérémonie continuerait à flotter, à peine recouvert d'une mince pellicule d'eau.

Il se produisit encore autre chose. Pendant que le jour s'apprêtait à poindre, le sens de la marée s'était inversé ; maintenant le courant ne descendait plus vers la mer, il remontait depuis l'estuaire jusqu'à un endroit situé plusieurs kilomètres en amont de Londinos. Et c'est pourquoi le bouclier remontait lentement le courant, porté par la vague claire et froide, comme si quelque invisible main l'attirait vers l'intérieur de l'île.

Le vieux druide contemplait pensivement le phénomène. Etait-ce de bon ou de mauvais augure, face à la terrible menace ?

La menace venait de Rome et elle portait un nom : Jules César.

Bien des gens avaient élu domicile sur l'île, au cours des milliers d'années qui avaient suivi la fin de la dernière période glaciaire : chasseurs, simples agriculteurs, bâtisseurs de sanctuaires de pierre tels que Stonehenge. Dans les siècles les plus récents étaient arrivés les représentants de la grande civilisation celte, qui occupait le nord de l'Europe. Avec leurs bardes, poètes et chanteurs, la richesse de leur tradition culturelle, leur fabuleuse science du travail des métaux, la vie des habitants de l'île était féconde et prospère. Ils habitaient de solides huttes de bois rondes, coiffées d'épais toits de chaume ; les villages les plus vastes ressemblaient à des forteresses, défendus par plusieurs cercles de hauts murs de terre. Ils cultivaient l'orge et l'avoine, élevaient du bétail, buvaient de la bière, et ce capiteux hydromel qu'on obtenait à partir du miel. Pourtant, tapie dans les brumes du Nord, leur île restait à l'écart du monde.

Depuis bien des générations, des marchands venaient régulièrement des ports ensoleillés du Sud apporter aux insulaires le luxe et le raffinement du monde méditerranéen ; en échange, ils leur achetaient des fourrures, des esclaves, et les célèbres chiens de chasse qu'on élevait dans l'île. Dans les décennies plus récentes, un commerce actif avait fleuri dans un port de la côte méridionale, au débouché du fleuve qui descendait de l'antique sanctuaire, aujourd'hui abandonné, de Stonehenge. Mais si les chefs bretons appréciaient à l'occasion le vin, la soie ou l'or romains, le monde même d'où provenaient ces richesses restait pour eux bien au-delà de l'horizon ; ils n'en avaient qu'une notion confuse.

Ce fut alors que l'Antiquité engendra l'un des plus grands aventuriers de tous les temps.

Jules César voulait régner sur Rome ; pour y parvenir, il avait besoin de conquêtes. Il venait de s'ouvrir toutes les routes du Nord, menant vers la Manche, et d'annexer une nouvelle province à Rome, une immense province : la Gaule. Désormais c'est vers l'île boréale, nappée de brume, qu'il tournait le regard.

Il était arrivé l'année précédente. A la tête de forces réduites, surtout des fantassins, il avait débarqué en personne au pied des falaises blanches du Sud-Est. Les chefs bretons étaient avertis de son arrivée ; pourtant, même ainsi, le spectacle des légions romaines avait de quoi impressionner l'âme la mieux trempée. Mais les guerriers celtes avaient du courage à revendre ; ils fondirent sur les Romains avec chars et chevaux, et parvinrent à les repousser à plusieurs reprises. Une tempête s'en mêla, qui endommagea la flotte de César. Après une série de manœuvres, agrémentées de quelques escarmouches dans la région côtière, César quitta l'île avec ses troupes, et les chefs bretons triomphèrent : les dieux leur avaient accordé la victoire. Des exilés venus vivre parmi eux les mirent en garde : ce n'avait été pour les Romains qu'une mission de reconnaissance ; on ne les crut pas.

Mais bientôt des nouvelles alarmantes arrivèrent du continent. On construisait une nouvelle flotte ; pas moins de cinq légions, disait-on, et deux mille cavaliers étaient prêts à s'embarquer. Dix jours avant la cérémonie sur le fleuve, un messager avait fait halte à Londinos. La nouvelle qu'il était chargé d'apporter à chacun des chefs bretons tenait en deux mots : « César arrive ! »

L'offrande avait eu lieu, le radeau était revenu sur la rive avec ses trois occupants et la petite foule se dispersait. Quatre druides s'en retournaient chez eux, deux au sud et deux au nord du fleuve. Quant au cinquième, le plus âgé, le père de Segovax le raccompagnerait jusqu'à sa résidence, trois kilomètres en amont.

Le vieil homme fit un geste d'adieu en direction de l'assistance, puis s'apprêta à remonter dans son bateau ; mais il marqua alors une pause et tourna ses yeux vers la femme. Cela ne dura qu'un instant. Ensuite, il fit signe à l'humble pêcheur qu'il était prêt à partir.

Cela n'avait duré qu'un instant, assez long toutefois pour faire frémir Cartimandua. On disait que le vieil homme savait tout, et c'était peut-être vrai. Ce doute la tenaillait. Portant le bébé sur sa hanche, elle se mit en route vers l'endroit où les chevaux étaient à l'attache, poussant Segovax et Branwen devant elle. Agissait-elle bien ? Elle se persuada que oui. Ne les protégeait-elle pas, eux tous ? Et n'était-ce pas son rôle de les protéger ? Pourtant, elle ne pouvait se défaire d'un terrible sentiment de culpabilité et d'une affreuse angoisse. Le vieux druide que son mari ramenait chez lui avait-il vraiment pu deviner, en ce qui concernait le noble ?

Elle patienta quelques minutes près des chevaux que les envoyés du grand chef arrivent. Il était parmi eux. Quand il vit qu'elle attendait, il s'écarta de ses compagnons et s'arrêta en face d'elle.

Segovax contempla le noble avec curiosité : c'est l'homme qui s'était avancé pour remettre le bouclier au druide. Il était grand et fort, avec une épaisse barbe noire, des yeux bleus pleins de ruse, et aussi de dureté, un visage autoritaire et brutal. Il portait sous sa cape verte une tunique bordée de renard ; le lourd torque qui entourait son cou — le collier d'or des Celtes — indiquait son rang élevé.

Ce n'était pas la première fois que le petit garçon le voyait. Le puissant chef avait déjà visité la contrée à deux reprises au cours des mois précédents, et chaque fois il s'était arrêté pour la nuit dans le hameau qui faisait face à Londinos. « Vous devez vous tenir prêts, avait-il dit aux hommes après avoir inspecté leurs armes. Le grand chef Cassivellaunus prévoit que nos forces se rassembleront près d'ici. Je vais préparer les moyens de défense. »

Laissant son fils avec Branwen et le bébé, la mère de Segovax s'éloigna pour aller parler à l'homme. Celui-ci la contempla d'un œil pensif tandis qu'elle approchait ; comme à son habitude il la jaugeait du regard, en amateur. C'était une femme peu ordinaire, il s'en était déjà aperçu lors de leur première rencontre. La lourde chevelure, noire comme le jais, qui tombait sur ses épaules pouvait paraître sensuelle ou funèbre selon l'œil qui la regardait. L'ensemble de sa silhouette était mince, mais elle avait des seins épanouis et mûrs ; des seins propres à faire rêver un homme. A nouveau il remarqua sa manière de balancer des hanches tandis qu'elle approchait de lui. Cela l'avait frappé dès leur première rencontre. Marchait-elle toujours ainsi, ou lui en réservait-elle le privilège ?

« Eh bien ? dit-il d'un ton bourru.

— Notre accord tient toujours ? »

Il jeta un coup d'œil en direction des trois enfants, puis furtivement vers le canoë dans lequel l'époux de cette femme ramenait chez lui le vieux druide. Ils étaient loin maintenant, minces silhouettes à la surface du fleuve. Le mari ne savait rien. L'homme revint à elle et la dévisagea sans ciller.

« Je t'ai déjà dit que oui. »

Maintenant, il la voyait telle qu'elle serait dans quelques années : le visage pâle et décharné, les pommettes étroites, les yeux caves, ayant perdu toute séduction. De passionnée, elle serait devenue maniaque, ou aigrie ; elle vivrait dans l'inquiétude. Mais en attendant, et pour quelques années encore, elle était bonne à prendre. Très bonne, même.

« Quand ? »

Elle avait l'air soulagée, mais impatiente. Il haussa les épaules.

« Qui peut le dire ? Bientôt.

— Il ne doit rien savoir de tout cela.

— Quand je donne des ordres, j'ai l'habitude qu'on m'obéisse.

— Je le sais. »

Elle acquiesça mais resta sur place, indécise. Elle est comme un animal, pensa-t-il, un animal à moitié domestiqué seulement. Il lui fit signe que l'entretien était terminé ; quelques instants plus tard, il s'éloignait sur son cheval.

Cartimandua s'en retourna vers ses enfants — ses enfants innocents, qui ne savaient rien de son terrible secret. Mais ils allaient bientôt le connaître. Une menace plus terrible encore lui traversa l'esprit : une fois qu'ils connaîtraient son secret, l'aimeraient-ils toujours ?

Le canoë remontait le fleuve et le druide scrutait l'onde du regard. Avait-elle accueilli le bouclier en son sein, ou bien celui-ci flottait-il toujours entre deux eaux ? Il jetait également des coups d'œil vers son humble compagnon. Il se souvenait bien de son père, qui avait des mains palmées lui aussi, comme le jeune garçon ; et également le père de son père avant lui.

Le druide soupira ; ce n'était pas pour rien que les habitants de la région l'appelaient le père du fleuve. Il était très âgé, presque soixante-dix ans, mais restait plein de vigueur, et sa silhouette n'avait rien perdu de sa majesté. Il mesurait près d'un mètre quatre-vingts — un géant, comparé à la plupart de ses contemporains. Son épaisse barbe blanche lui descendait jusqu'à la taille, alors que son crâne était nu au-dessus de ses tempes argentées ; seul un frontal d'or ceignait sa tête. Ses yeux étaient gris et rien ne leur échappait. C'était lui qui sacrifiait les bœufs une fois par an à Londinos, sur la colline de l'ouest ; lui qui priait dans les bois sacrés, au plus profond des forêts de chênes.

Nul n'aurait pu dire à quelle date les druides avaient fait leur apparition dans le nord-ouest de l'Europe ; aujourd'hui ils étaient plus nombreux que jamais en Bretagne, car beaucoup d'entre eux avaient traversé la mer, dans les années récentes, pour chercher refuge dans l'île des brouillards. On disait que les druides de Bretagne conservaient les anciennes traditions dans toute leur pureté. L'intérieur de l'île abritait d'étranges cercles de pierres levées ; c'étaient des sanctuaires, remontant à des temps si anciens que personne ne pouvait même certifier qu'ils avaient bien été construits de main d'homme. Les druides, disait-on, s'y réunissaient jadis ; aujourd'hui ils officiaient généralement le long des fleuves, dans de petits oratoires de bois, ou bien au sein des bosquets sacrés.

On disait aussi que le vieux druide avait reçu un don particulier, que ne possédaient pas ses collègues. Les dieux, il y avait des années de cela, lui avaient octroyé la faculté de double vue.

Il était dans sa trente-troisième année quand cet étrange pouvoir lui avait été conféré. Lui-même n'aurait su dire, du reste, s'il s'agissait d'un don ou d'une malédiction. Ce n'était pas immuable : parfois il n'avait que de vagues prémonitions, à d'autres moments il voyait au contraire les événements futurs se dessiner avec une terrifiante clarté. Et parfois encore, il le savait, il pouvait se révéler aussi aveugle que n'importe qui. Avec les années, il avait appris à considérer cette situation comme ni bonne ni mauvaise, simplement comme inscrite dans l'ordre des choses.

Il ne résidait pas très loin du lieu où s'était déroulée l'offrande. En amont, à l'extrémité ouest du grand plan d'eau de cinq kilomètres et demi, le fleuve déployait l'une de ses courbes les plus majestueuses : il obliquait plein sud, à quatre-vingt-dix degrés, avant de remettre le cap à l'est. Tout près de là, un bras d'eau avait créé une île longue et basse, face à la rive nord. Elle était paisible, peuplée de chênes, de frênes et de ronciers. C'est dans cette île que le vieux druide avait élu domicile. Depuis trente ans il y vivait seul, dans une modeste hutte de branchages.

Il partait souvent visiter les hameaux disséminés le long du fleuve ; on l'accueillait avec déférence, lui offrant partout le gîte et le couvert. Parfois aussi il demandait à l'improviste à un villageois, comme le père de Segovax, de le conduire jusqu'à quelque site sacré, plusieurs kilomètres en amont sur le fleuve. Le reste du temps, il était sur son île ; il ne faisait aucun bruit et seule une colonne de fumée trahissait sa présence. Avec les années, les habitants de la région en étaient venus à le considérer comme le gardien, comme l'esprit même du lieu ; telle une pierre sacrée couverte de lichen, il ne semblait pas que le vieux druide laissât la moindre prise au temps.

Ce fut seulement lorsqu'ils abordèrent la grande courbe, avec l'île désormais en point de mire, que le vieil homme aperçut le bouclier. Comme tout à l'heure il remontait vers l'amont, flottant entre deux eaux ; le pâle éclat qui signalait sa présence s'atténuait à mesure qu'il gagnait lentement, pouce après pouce, le cœur du fleuve. Celui-ci n'avait pas véritablement refusé l'offrande qu'on lui avait faite, mais ne l'avait pas acceptée non plus. Le vieil homme hocha la tête : cela confirmait en tout point la prémonition qu'il avait eue un mois plus tôt.

Ce matin-là, néanmoins, son don de double vue avait permis au druide d'apprendre deux informations nouvelles. Il avait compris ce que le jeune Segovax s'apprêtait à accomplir, ainsi que le terrible dilemme où se débattait Cartimandua ; et maintenant il devinait également ce que le destin réservait au paisible pêcheur assis devant lui dans le canoë. Mais tout cela n'était rien au regard de l'événement que sa prémonition lui laissait entrevoir ; un événement si terrible, si considérable, que lui-même le discernait mal. Il resta plongé dans ses pensées tandis qu'ils approchaient de l'île. Etait-ce possible ? Etait-il vraiment possible que les dieux de la vieille terre de Bretagne soient anéantis ? Ou bien s'agissait-il d'autre chose, qu'il n'était pas en mesure de comprendre ? Tout cela était fort étrange.

Tout au long du printemps, Segovax attendit. Chaque jour le garçon pensait voir des messagers arriver, sur des chevaux couverts d'écume ; chaque nuit il s'interrogeait en scrutant les étoiles : « Est-ce qu'ils sont en train de traverser la mer ? » Mais personne n'arrivait. De temps à autre, des bruits agitaient le hameau, on se préparait à la guerre ; mais les jours passaient et rien ne se produisait. L'île semblait avoir retrouvé la paix.

Le petit hameau où Segovax vivait avec sa famille était plein de charme. Une demi-douzaine de huttes rondes, à toit de chaume et sol de terre battue ; tout autour, une palissade de claies, qui abritait aussi un enclos pour le bétail et plusieurs granges montées sur pilotis. Il ne se trouvait pas au bord même du tertre, là où la foule s'était massée pendant la cérémonie, mais une cinquantaine de mètres en retrait. A marée haute, quand le tertre se transformait en île, le hameau était coupé du reste des terres, mais personne ne s'en inquiétait. En fait même, quand les ancêtres des habitants actuels s'y étaient établis jadis, la protection naturelle assurée par les eaux avait été l'une des raisons de leur choix. Le sol, reposant sur des cailloux, comme celui des deux collines jumelles sur la rive d'en face, était parfaitement sec et ferme. Quand arrivaient le printemps et les beaux jours, le soleil asséchait certains des marécages occupant la rive sud du fleuve ; on y menait paître les chevaux et le bétail ; en compagnie des autres enfants du hameau, Segovax et sa petite sœur jouaient dans les prairies jonchées de boutons d'or, de primevères et de coucous. Mais la première ressource du lieu, c'était la pêche.

Le fleuve était large et clair ; des poissons de toutes espèces fréquentaient ses eaux peu profondes. Les truites et surtout les saumons y abondaient. Le tertre était l'endroit idéal d'où jeter ses filets dans l'onde miroitante. Il y avait aussi certains coins à anguilles, le long des rives marécageuses, que les garçons du hameau connaissaient bien.

« Les gens d'ici n'auront jamais faim, lui avait dit son père. Le fleuve les nourrira toujours. » Parfois, quand ils avaient lancé leurs filets, ils s'asseyaient sur la berge et contemplaient ensemble les deux collines jumelles, sur la rive d'en face. Son père observait le flux et le reflux, le flot qui montait de l'estuaire, s'arrêtait aux hautes eaux puis repartait vers la mer, et il disait paisiblement à Segovax : « Tu vois le fleuve ? Il respire. »

Segovax aimait les moments qu'il passait avec son père ; il était avide d'apprendre, et son père pressé de l'instruire. A cinq ans il savait tout des pièges et de la manière dont on les posait dans la forêt. A sept ans il était capable de couvrir le toit d'une hutte avec le chaume récolté dans les roselières avoisinantes. Il savait lancer un filet, mais aussi rester parfaitement immobile dans les hauts-fonds et harponner un poisson d'un unique coup, sûr et précis, d'un bâton qu'il avait taillé en pointe. Il connaissait une foule d'histoires concernant les innombrables dieux celtes, et pouvait réciter non seulement la généalogie de sa propre famille mais aussi celles des grands chefs de l'île, sur plusieurs générations. Il commençait même à comprendre et assimiler la vaste trame de mariages, filiations et paroles données qui liait entre eux les chefs, les tribus, les familles et les villages, dans l'amitié comme dans l'adversité, sur toute la surface de l'île celte. « Ce sont des choses qu'un homme doit connaître », lui avait dit son père.

Le père de Segovax avait entrepris, depuis deux ans, d'ajouter un nouveau talent à ceux que son fils possédait déjà. Il lui avait fabriqué une lance. Pas un simple bâton taillé en pointe pour pêcher ; non, une véritable lance, avec une hampe légère et une pointe de métal. « Si tu veux être un jour un chasseur et un guerrier, avait-il dit en souriant à l'enfant, tu dois d'abord apprendre à te servir de ceci. Mais fais bien attention quand même », avait-il prudemment ajouté.

Il ne se passait guère de jour que le garçon n'aille s'exercer ; bientôt il fut capable d'atteindre n'importe quel arbre à portée de sa petite lance. Puis il passa à des cibles plus difficiles. Il visait des lièvres, et les manquait la plupart du temps. Un jour il fut surpris en compagnie de la petite Branwen, à qui il avait demandé de tenir un bâton pendant que lui-même visait la cible qui s'y trouvait suspendue. Même son père, d'habitude si doux, se mit en colère ce jour-là.

Son père était si sage... Il était plus que cela, Segovax le pressentait à mesure qu'il prenait de l'âge. L'homme était robuste, certes ; mais avec son visage maigre, sa barbe brune souvent en bataille, son dos voûté, il était physiquement moins fort que nombre de ses compagnons. Et pourtant il tenait toujours à prendre exactement la même part qu'eux aux travaux d'intérêt commun. Souvent, après avoir peiné de longues heures à la tâche, il semblait pâle et fourbu, et Segovax surprenait les regards anxieux que sa mère lui jetait. Mais il y avait d'autres moments aussi ; ces soirs d'été où tout le hameau s'asseyait en rond autour du feu, où la bière et l'hydromel rendaient les têtes lourdes. Alors c'était son père qui chantait pour eux tous, d'une voix tranquille mais étonnamment grave, sortant d'un corps aussi frêle. Il psalmodiait sur les rythmes propres à son peuple, s'accompagnant parfois à la harpe celtique. Dans ces moments-là, toute trace de fatigue s'effaçait de son visage, qui semblait empreint d'une sorte de sérénité miraculeuse.

Cela expliquait qu'à seulement neuf ans Segovax, à l'instar de sa mère, ne faisait pas qu'aimer et admirer son père : il sentait aussi, dans le secret de son cœur, qu'il devait le protéger.

Sur un seul sujet, son père ne s'était pas montré à la hauteur, du point de vue du petit garçon.

« Quand est-ce que tu m'emmèneras là-bas, dans l'estuaire ? » lui demandait-il régulièrement. Mais chaque fois son père répondait : « Un de ces jours, quand je serai moins occupé. »

Aussi Segovax n'avait-il jamais vu la mer.

« Tu dis toujours que tu vas le faire mais tu ne le fais jamais », se plaignait-il, et parfois même il boudait pendant quelques heures.

Pourtant les seuls vrais nuages venant assombrir son existence heureuse étaient les périodes noires que traversait sa mère. Elle avait toujours été d'humeur changeante, aussi Segovax ne s'en émouvait guère, pas plus que sa sœur ; néanmoins, il avait l'impression qu'elle était devenue plus bizarre, plus lunatique ces derniers temps. Elle les grondait sans raison, lui ou Branwen, puis l'instant d'après elle prenait la fillette dans ses bras et la tenait serrée contre elle — avant de la renvoyer tout aussi soudainement. Une fois, alors qu'elle venait de les gifler tous les deux pour une bêtise qu'ils avaient commise, elle fondit en larmes. Quand son père était là, l'enfant voyait sa mère l'observer du coin de l'œil, pâle et guettant le moindre de ses gestes avec colère, oui, presque avec colère.

Le printemps se poursuivait, et toujours aucune nouvelle de César. Peut-être des légions se massaient-elles sur les côtes en face de l'île bretonne, mais la rumeur ne s'en propageait pas jusqu'au petit hameau. Et pourtant, chaque fois que Segovax demandait à son père : « Si les Romains débarquent, tu crois qu'ils viendront ici ? » celui-ci répondait calmement . « Oui. » Puis, en soupirant : « Je pense qu'ils viendront forcément ici. » Et ceci pour une raison très simple, que le pêcheur expliquait à son fils : le gué. Le gué se trouvait à la hauteur de l'île où vivait le vieux druide. A marée basse, un homme pouvait gagner la rive sud, avec de l'eau seulement jusqu'à la poitrine.

« Bien sûr, ajoutait son père, il y a aussi d'autres gués, plus loin vers l'amont. » Mais quand on arrivait de l'estuaire, c'était le premier endroit où l'on pouvait traverser le fleuve en toute sécurité. Depuis des temps immémoriaux, les voyageurs descendant les très anciens chemins, le long des grandes croupes crayeuses qui traversaient l'île, empruntaient ce passage. Si le fameux César débarquait dans le Sud et qu'il visait les vastes terres de Cassivellaunus, de l'autre côté de l'estuaire, la voie la plus courte pour lui passerait obligatoirement par ce gué.

Il sera bientôt ici, songea l'enfant, et il attendit ; un mois passa, puis un autre

Au début de l'été se produisit l'incident à la suite duquel le comportement de sa mère devint vraiment étrange, jugea Segovax.

Tout avait commencé un après-midi, de la manière la plus anodine qui soit, par une dispute d'enfants. Il était parti en promenade avec la petite Branwen ; ils avaient traversé les prairies de la rive sud, main dans la main, jusqu'à la colline qui en fermait le fond, à l'orée de la forêt. Là-bas ils avaient joué un moment ensemble, puis, comme à son habitude, Segovax s'était entraîné à jeter sa lance. Et c'est alors qu'elle lui avait demandé la chose en question, d'où tout était parti.

C'était une demande assez modeste : il avait promis qu'il lui laisserait jeter sa lance. Rien de plus. Il avait promis, mais maintenant il ne voulait plus. Soit qu'il l'ait trouvée finalement trop petite pour cela, soit tout simplement qu'il ait eu envie de la taquiner ; après coup, il ne se souvenait plus de la vraie raison de son refus.

« Tu as promis ! s'insurgea-t-elle.

— Peut-être, mais j'ai changé d'avis.

— Tu as pas le droit !

— Si, je l'ai. »

La petite Branwen, avec son corps menu, mais souple et musclé, ses yeux bleus si vifs ; Branwen toujours prête à grimper aux arbres, même ceux auxquels Segovax hésitait à s'attaquer ; Branwen enfin avec ses crises de colère, que ses parents eux-mêmes étaient incapables de contrôler.

« Non ! » Elle frappa du pied par terre et son visage devint écarlate. « C'est pas juste ! Tu avais promis ! Donne-la-moi ! » Elle fit un geste pour saisir la lance, mais son frère la fit prestement passer d'une main dans l'autre.

« Non, Branwen. Tu es ma petite sœur, tu dois faire ce que je te dis.

— Non, je le ferai pas ! » Elle hurlait désormais à pleins poumons ; sa figure était violacée et de grosses larmes roulaient sur ses joues. Elle tenta à nouveau de saisir la lance, en vain ; alors, serrant son petit poing, elle le projeta aussi fort qu'elle le put contre la jambe de son frère. « Je te déteste ! » Elle s'en étranglait presque de rage.

« Non, tu ne me détestes pas.

— Si ! » Elle tâcha de lui donner un coup de pied, mais il la maintint à distance ; alors elle le mordit à la main puis détala, avant qu'il ait eu le temps de la retenir. En quelques secondes elle avait disparu entre les arbres.

Segovax avait commencé par attendre qu'elle revienne. Il connaissait sa sœur ; elle était dans les parages, assise sans doute sur un tronc d'arbre, sachant qu'il finirait bien par venir la chercher. Quand il l'aurait trouvée, elle refuserait de se lever et, au bout du compte, il serait obligé de la supplier. Il ne voulait pas le faire — et pourtant il avait bien fini par se lancer à sa recherche.

« Branwen ! avait-il crié entre les arbres. Je t'aime ! » Mais il n'avait pas reçu de réponse. Une demi-heure durant, il avait tourné en rond. Elle ne pouvait pas s'être perdue : où qu'elle se trouvât, il lui suffisait de redescendre la colline, puis de traverser les prés et les marais pour arriver jusqu'au fleuve. Elle faisait exprès de se cacher. Il ne cessait de l'appeler, mais sans jamais obtenir de réponse. Il n'y avait qu'une conclusion à en tirer, et il devinait bien maintenant ce qu'elle avait fait : elle l'avait semé pour courir jusqu'à la maison, afin de dire aux parents qu'il était parti de son côté en la laissant toute seule. Ainsi il se ferait attraper. Elle lui avait déjà joué une fois le même tour, dans le passé. « Branwen, je t'aime ! » cria-t-il de nouveau — et il ajouta entre ses dents : « Tu me le payeras, sale petite vipère... »

Puis il était rentré à la maison — où, à sa grande surprise, Branwen ne se trouvait pas. Mais le plus étrange de l'histoire avait été la réaction de sa mère. Son père avait simplement soupiré et dit : « Elle s'est cachée quelque part pour lui causer des ennuis », puis il était parti chercher la fillette ; sa mère, elle, avait réagi très différemment.

Elle était devenue livide, la mâchoire béante, horrifiée. Puis elle leur avait crié à tous deux, d'une voix que l'angoisse rendait rauque : « Vite ! Retrouvez-la ! Avant qu'il soit trop tard ! » Et elle avait eu, pour Segovax, ce regard que le jeune garçon n'oublierait jamais : c'était presque un regard de haine.

C'était le moins doué de la meute, le moins respecté par les autres, et toujours le dernier à manger. Même en été, comme actuellement, lorsque ses frères étaient si bien nourris qu'ils laissaient souvent passer les proies sans se donner la peine de les attaquer, lui semblait toujours maigre et galeux. Quand il avait descendu la colline pour aller chercher sa nourriture plus bas, aucun de ses compagnons n'avait tenté de l'en empêcher ; on l'avait regardé partir avec indifférence et mépris. Aussi sa silhouette grise et décharnée avait-elle glissé silencieusement entre les arbres, dans la chaleur de l'après-midi, vers le fleuve et les habitations des hommes. Il y avait volé un jour une poule, dans le temps.

Quand il vit la petite fille blonde, il eut un moment d'hésitation.

Les loups n'attaquaient pas les hommes, d'habitude. Cela n'était pas sans danger. Attaquer seul un humain, sans l'accord ni l'aide de la meute, l'exposerait à de sévères représailles de la part du chef. D'un autre côté, on ne découvrirait pas nécessairement le meurtre. Et c'était une proie appétissante, qu'il ne devrait partager avec personne. Elle était assise sur un tronc d'arbre et lui tournait le dos, fredonnant une chanson à mi-voix et tapant distraitement du talon sur le tronc. Le loup se rapprocha d'elle sans qu'elle l'entende.

Cartimandua gravissait la colline à grands pas, toujours aussi pâle, mortellement pâle. Elle avait envoyé son mari par un autre chemin et couru elle-même jusqu'ici. Segovax, à qui elle avait communiqué son angoisse, était loin d'elle, hors de sa vue. Elle respirait bruyamment, mais l'agitation de son corps n'était rien à côté de la terrible peur qui s'était emparée de son esprit. Une pensée l'obsédait, qui avait balayé toutes les autres.

Si sa fille était perdue, alors tout était perdu.

La passion qui dévorait Cartimandua était redoutable. Parfois elle se disait que c'était une belle chose ; mais le plus souvent c'était comme une fièvre qui ne voulait pas la lâcher, une fièvre si aiguë par moments, si violente... Cela la saisissait tout entière, lui dictait sa conduite, sans qu'elle puisse rien faire contre. Voilà ce qu'il en était advenu. Tandis qu'elle se hâtait à flanc de colline, le visage baigné de soleil, il lui sembla que la passion qu'elle éprouvait pour son mari n'aurait jamais de fin. Elle le désirait. Elle voulait le protéger. Elle avait besoin de lui. Elle n'imaginait même pas de vivre sans lui. Et pour sa petite famille, pour le bébé — qu'adviendrait-il du bébé, sans un père auprès de lui ? En outre, elle espérait avoir d'autres enfants encore, elle le désirait même passionnément.

Elle ne se faisait pas d'illusions ; il y avait déjà plus de femmes que d'hommes dans les hameaux qui bordaient la rivière. Si l'on se battait et qu'il était tué, ses chances de trouver un nouveau mari seraient bien minces. Sa passion la guidait tout entière : l'instinct maternel, le désir de protéger sa famille l'avaient rendue dure, opiniâtre. Mais ainsi devait-elle être. Et c'est pourquoi elle avait pris cette terrible décision, dans le secret de son cœur. Cette décision qui l'avait torturée tout au long du printemps comme un reproche obsédant, lancinant.

Avait-elle bien agi ? Elle se convainquait que oui. Le marché qu'elle avait passé était un bon marché. La petite serait peut-être heureuse ; sans doute vivrait-elle dans de meilleures conditions. Il fallait le faire. Elle avait agi pour le mieux.

Il n'empêche que, chaque jour, elle avait envie de se mettre à hurler.

Et maintenant — là résidait le terrible secret qu'ignoraient son mari et ses enfants —, si quelque chose arrivait à la petite Branwen, son mari mourrait probablement.

Quand Branwen entendit le loup, il n'était qu'à quelques mètres derrière elle. Elle se retourna, l'aperçut et hurla. Le loup la contempla, prêt à bondir ; mais il marqua un temps d'arrêt, car il se passait quelque chose de bizarre.

Le petite était terrorisée, mais gardait l'esprit vif. Elle comprit que si elle s'enfuyait en courant, le loup serait sur elle une fraction de seconde plus tard et la dévorerait. Que pouvait-elle faire ? Elle n'avait qu'une seule chance de s'en tirer. Comme tous les enfants du village, il lui arrivait de garder les vaches ; elle le savait, même un troupeau au galop, on pouvait le détourner en agitant les bras. Peut-être saurait-elle repousser l'animal, si elle ne lui laissait pas voir qu'elle avait peur de lui. Peut-être...

Si seulement elle avait eu une arme, même un simple bâton... Mais elle n'en avait aucune. La seule arme qu'elle possédait, c'était celle dont elle se servait souvent chez elle, et qui semblait presque toujours marcher : son caractère. Il faudrait que je fasse semblant d'être en colère, songea-t-elle. Mieux encore : il faudrait que je sois véritablement en colère. Alors, je n'aurais plus peur.

Et c'est pourquoi le loup se trouva soudain en face d'une fillette haute comme trois pommes, au visage écarlate et contracté par la fureur ; qui agitait ses petits bras et hurlait des jurons, que le loup ne pouvait certes pas comprendre, mais dont il devinait la portée. Plus étonnant encore, au lieu de s'enfuir, l'enfant avançait vers lui. Le loup hésita quelques secondes, puis fit deux pas en arrière.

« Pars ! cria rageusement la fillette. Va-t'en, imbécile ! Fiche le camp ! » Puis elle se plia en deux, tout comme elle le faisait chez elle au plus fort de ses crises, et hurla à pleins poumons : « Dégage ! »

Le loup recula de quelques centimètres encore, et ses oreilles se contractaient nerveusement. Mais il finit par s'immobiliser, les yeux braqués sur Branwen. Celle-ci frappa dans ses mains, cria, tapa du pied par terre. Sa colère n'était plus feinte, elle était entrée dans une vraie rage, tout en restant suffisamment lucide pour mesurer le combat que se livraient leurs deux volontés. Oserait-elle se précipiter sur le loup, dans l'espoir qu'il fasse demi-tour et s'en aille ? Mais peut-être la happerait-il entre ses dents ? Quand il l'aurait mordue une première fois, elle serait perdue, elle le savait.

L'animal ne cessait de la regarder ; il sentit son hésitation et devina qu'elle bluffait. Il fit deux pas vers elle en grondant puis se ramassa sur lui-même, prêt à sauter. Sentant que la partie était jouée, la fillette lui hurla désespérément à la gueule — mais elle avait cessé de marcher sur lui ; il se tassa plus étroitement sur lui-même.

C'est alors que le loup vit une autre silhouette apparaître derrière l'enfant. Il se figea. Cela voulait-il dire que des chasseurs approchaient ? Il tourna les yeux à droite et à gauche : non. Il n'y avait personne d'autre que le nouvel arrivant — un autre petit d'homme. Le loup ne voulait pas abandonner une proie aussi facile, aussi se ramassa-t-il de nouveau sur lui-même. Le petit d'homme ne portait qu'un bâton à la main. Le loup s'élança.

La douleur qui lui transperça l'épaule le prit complètement par surprise. Le garçon avait lancé son bâton pointu si vite qu'il n'avait pas eu le temps de l'esquiver, malgré la rapidité de ses réflexes. La souffrance était aiguë et il s'immobilisa. Puis il sentit avec étonnement qu'il ne pouvait plus avancer. Enfin il tomba au sol comme une pierre.

Segovax était d'avis qu'il ne fallait pas parler du loup aux parents.
« S'ils l'apprennent, j'aurai encore plus d'ennuis avec eux », disait-il.
Mais la fillette était surexcitée. « Tu l'as tué ! criait-elle joyeusement. Avec ta lance ! » Il comprit qu'il était inutile d'essayer de la convaincre.
« Allez, viens », soupira-t-il. Et ils commencèrent à descendre la colline.

Le plus étrange de l'histoire fut le comportement de sa mère. D'abord elle n'avait rien dit, pendant que son mari étreignait les deux enfants et félicitait le jeune garçon pour son exploit ; elle laissait son regard errer de l'autre côté de la rivière comme si rien ne se passait, qu'ils n'avaient pas été là. Mais quand son époux fut parti dépouiller l'animal de sa peau, elle se tourna et fixa sur Segovax des yeux terrifiants, des yeux hagards.

« Ta sœur a failli mourir ! cria-t-elle. Tu t'en rends compte ? » Il fixa le sol à ses pieds, très malheureux ; il sentait les nuages s'amonceler à l'horizon. « Si c'était arrivé, tu en aurais été responsable, pour l'avoir laissée monter là-haut toute seule. Tu réalises ce que tu as fait ?

— Oui, Maman. » Bien sûr qu'il le réalisait. Mais voilà qu'au lieu de le gronder Cartimandua laissait échapper une plainte étouffée, un gémissement de désespoir. Segovax n'avait encore jamais rien entendu de tel et la regarda, interdit ; elle semblait tout à coup avoir presque oublié sa présence. Elle secouait la tête, tout en serrant éperdument la fillette dans ses bras.

« Tu ne sais pas. Tu ne sais rien du tout ! » Puis elle fit demi-tour en laissant échapper un nouveau gémissement, plus animal qu'humain, et repartit vers le hameau en les abandonnant tous les deux sur place. Ni Segovax ni Branwen ne savaient quoi penser de son comportement.

Elle avait passé le terrible marché dans le courant du printemps, la première fois que le noble avait été envoyé par le grand chef Cassivellaunus pour préparer la défense du fleuve. L'idée ne lui en serait peut-être pas venue sans une simple remarque que l'homme avait faite en passant aux femmes du hameau, pendant qu'il inspectait les armes de leurs époux. « Si les Romains viennent ici pour le gué, leur avait-il dit, il faudra que vous remontiez toutes plus haut sur le fleuve. » Le capitaine à la barbe noire n'aimait pas que les femmes soient présentes sur les lieux d'une bataille ; à ses yeux, elles gênaient les hommes et les distrayaient du combat.

Mais sa remarque avait laissé Cartimandua pensive, puis lui avait donné une idée. Ce soir-là, le voyant seul auprès du feu, elle s'était approchée de lui.

« Dites-moi, seigneur... lui avait-elle demandé. Si nous allons plus haut, aurons-nous quelqu'un pour nous escorter ? »

Il haussa les épaules. « Je suppose, oui. Pourquoi ?

— Tous ces gens qui sont ici font confiance à mon mari, affirma-t-elle. Je pense qu'il serait le mieux placé pour nous accompagner. »

Le noble leva les yeux. « Tu penses cela, vraiment...

— Oui », dit-elle posément. Elle le vit sourire dans sa barbe, en homme qui détient l'autorité et qui est habitué, pour cette raison, à ce qu'on vienne lui faire toutes sortes de propositions.

Il contempla la surface des eaux sombres et demanda d'une voix doucereuse : « Et qu'est-ce qui pourrait m'amener à penser cela moi aussi ? »

Elle le fixa sans mot dire ; elle connaissait ses goûts. « Ce que vous voudrez », finit-elle par répondre.

Il resta silencieux quelque temps. Comme la plupart des chefs militaires, il ne comptait même plus les femmes qui s'offraient à lui. Il en prenait certaines, laissait les autres. Mais quand il annonça son choix, la surprise de Cartimandua fut grande.

« La fillette blonde que j'ai remarquée à côté de toi cet après-midi... elle est à toi ? »

Cartimandua acquiesça.

En quelques minutes, tout avait été dit. Quelques phrases et elle lui avait donné la petite Branwen.

Elle avait fait pour le mieux ; mille fois elle se l'était répété depuis. Certes, Branwen appartiendrait au capitaine ; officiellement, ce serait une esclave. Il pourrait la vendre, ou faire d'elle tout ce qu'il voudrait. Mais ce n'était pas nécessairement une mauvaise destinée, pour une fille. Elle vivrait à la cour du grand chef Cassivellaunus ; si le capitaine l'appréciait, il l'affranchirait peut-être ; elle pourrait même faire un bon mariage. Cela s'était déjà vu. N'était-ce pas une meilleure destinée, pour Branwen, que de croupir dans ce village où la vie était toujours si morne, si ennuyeuse ? Si la fillette apprenait à maîtriser ses nerfs, un bel avenir l'attendait peut-être.

Et en échange, son père n'aurait pas à combattre les terribles Romains ; il irait se mettre en sécurité avec Cartimandua en amont du fleuve.

« Vous irez vous abriter là-haut, lui avait dit le capitaine d'un ton brusque. Tu me remettras la fille à la fin de l'été. » D'ici là, il suffisait de tenir secret le marché, que son mari n'en soit pas informé. Il n'accepterait jamais un tel accord, Cartimandua le savait bien ; mais une fois qu'il était conclu, plus moyen de revenir dessus. Chez les Celtes, on ne revenait pas sur la parole donnée.

Voilà pourquoi Cartimandua obligeait la fillette à rester en permanence près d'elle, depuis le jour où le loup avait failli la dévorer.

Et toujours aucune nouvelle de Jules César.

« Peut-être qu'il ne viendra pas, finalement ! » disait le père de Segovax d'un ton encourageant.

Pour le petit garçon, c'étaient des jours heureux, de vrais jours d'été. Sa mère restait en proie à ses humeurs étranges et sombres, et ne lâchait pas d'une semelle la pauvre Branwen ; mais son père passait beaucoup de temps avec lui et semblait y prendre grand plaisir. Il avait monté en pendentif l'un des pieds du loup, et Segovax le portait autour du cou comme un porte-bonheur. Chaque jour son père lui enseignait une technique nouvelle, une astuce nouvelle ; il semblait pressé de lui transmettre toutes ses connaissances sur la chasse, l'art de sculpter le bois ou de prévoir le temps. Puis un jour, en plein cœur de l'été, à la grande surprise du jeune garçon et à sa plus grande joie, son père lui annonça soudain : « Demain, je t'emmène jusqu'à la mer. »

Plusieurs types d'embarcation étaient en usage sur le fleuve. D'habitude, pour aller jeter ses filets le long de la berge, ou de temps à autre pour passer sur la rive opposée, son père utilisait un simple canoë, creusé dans le tronc d'un chêne. Il y avait aussi les radeaux, bien sûr. Les garçons du hameau s'en étaient fabriqué un l'année précédente ; ils l'amarraient solidement à la berge et s'en servaient comme d'une plate-forme flottante, d'où ils sautaient pour plonger au sein des eaux miroitantes. Il y avait encore les coracles, petits et légers ; et Segovax avait parfois vu des marchands redescendre le fleuve dans de longs bateaux à rames, à hauts flancs et bordages plats. Les habitants de l'île celte étaient passés maîtres dans l'art de les construire. Mais pour un tel voyage, jusqu'à la mer, le hameau possédait un vaisseau spécialement adapté. On le gardait sous abri, et c'était le père de Segovax qui en avait la charge. Au cas où le jeune garçon aurait conservé quelques doutes quant à la réalité de ce voyage si longtemps espéré, ils se dissipèrent tout à fait le jour où son père lui dit : « Nous devrions d'abord faire un essai sur le fleuve. Nous allons prendre le bateau d'osier. »

Le bateau d'osier ! L'une des plus belles inventions que l'île eût jamais produites. Un canot plat sur l'eau, avec de larges membres taillés dans un bois léger. Encore cette délicate membrure était-elle la seule partie construite en dur. Ce châssis était recouvert non pas de bois, mais de rameaux d'osier solidement tressés ; pour rendre l'embarcation étanche, on les tendait eux-mêmes de peaux d'animaux. Des marchands venant d'au-delà des mers admiraient depuis longtemps l'art de la vannerie des Celtes de Bretagne, et c'était un autre titre de gloire de l'île.

Bien que long de six mètres seulement, le bateau d'osier possédait un court mât, en son centre ; maintenu par des haubans, il permettait de hisser une voile de cuir léger. Ce mât n'était rien d'autre qu'un petit tronc d'arbre coupé de frais, choisi avec soin : il ne devait pas peser trop lourd, et comporter une fourche naturelle à son sommet, qui servirait de tête pour les drisses. Une jolie coutume voulait qu'on garde une touffe de feuilles en haut du mât, de sorte que le petit bateau d'osier ressemblait presque à un arbre encore vivant, à quelque buisson flottant à la surface de l'eau.

C'était un vaisseau primitif, certes, mais remarquablement utile et pratique. Assez léger pour pouvoir être porté sur la terre ferme ; souple mais solide ; suffisamment stable, malgré son faible tirant d'eau, pour pouvoir sortir en mer au besoin. Les rames et le mouvement des marées le propulsaient sur le fleuve, mais sa petite voile fournissait une force d'appoint fort utile ; elle permettait même, grâce à la légèreté de l'ensemble, de remonter le courant pourvu qu'on ait le vent derrière soi. Comme ancre, on se servait d'une lourde pierre enfermée dans une caisse de bois évoquant un panier à homards.

Le père et le fils inspectèrent avec soin la petite embarcation, dressèrent le mât et l'étayèrent ; puis ils passèrent une partie de l'après-midi à essayer le bateau sur le fleuve. Quand ils regagnèrent la rive, l'homme eut ce bref commentaire : « Il est parfait », et sourit tranquillement.

Le lendemain, les eaux furent hautes peu avant l'aube ; aussi le jour se levait-il à peine quand le père et le fils poussèrent le bateau d'osier dans le courant. Pendant plusieurs heures ils bénéficieraient du reflux, dans leur descente vers la mer. Par chance, une légère brise soufflait aussi de l'ouest ; ainsi purent-ils hisser la petite voile de cuir et, se dirigeant à l'aide d'une large rame, rester assis tout en regardant la rive défiler paisiblement près d'eux.

Segovax se retourna tandis que le courant les emportait loin du hameau ; il vit sa mère debout à l'extrémité du tertre — sa mère à la figure si pâle, qui les regardait s'éloigner. Il lui fit un signe, mais elle ne répondit pas.

Le fleuve ne s'élargissait pas tout de suite, une fois passé Londinos. Auparavant, le petit garçon le savait, il fallait suivre l'un des tronçons les plus remarquables de son cours long et sinueux.

Bien des méandres rythmaient son tracé, depuis sa lointaine source dans l'intérieur de l'île ; mais il entrait, après Londinos, dans une suite de longues boucles serrées, qui dessinaient une sorte de double S. Cela commençait par une grande courbe plein nord, un peu plus d'un kilomètre après la colline orientale de Londinos ; puis le fleuve virait vers la droite et repartait au sud, ayant presque décrit un demi-tour complet. A l'extrémité de cette dernière boucle — soit à cinq kilomètres à vol d'oiseau de la dernière colline de Londinos —, un grand coteau se dessinait harmonieusement sur la rive sud, prenant naissance au niveau même de l'eau. Puis, passé ce point, le fleuve repartait encore une fois plein nord, avant de faire à nouveau demi-tour un kilomètre plus loin.

Son père regardait Segovax avec un sourire amusé, tandis qu'ils empruntaient tous ces méandres. De temps à autre il lui demandait : « Et maintenant, où est Londinos ? » Parfois les collines se trouvaient sur leur gauche, parfois sur leur droite, ou bien encore derrière eux. A un moment donné le petit garçon fut complètement perdu ; son père se mit à rire et lui dit : « Tu vois, nous nous éloignons de Londinos, et pourtant il est en ce moment droit devant nous ! » C'était une particularité du fleuve, bien connue de tous ceux qui y naviguaient.

Le ciel était radieux. Autour d'eux l'eau restait parfaitement propre et claire, comme elle l'était en face de Londinos ; on en apercevait le fond, tantôt sablonneux, tantôt boueux ou tapissé de gravier. Au milieu de la matinée ils mangèrent les gâteaux secs que leur avait donnés Cartimandua ; ils se désaltérèrent à l'eau du fleuve, fraîche et douce, qu'ils recueillaient dans le creux de leurs mains.

Quand le lit commença lentement à s'élargir, l'enfant eut pour la première fois la notion du grand V de craie au sein duquel il vivait depuis sa naissance.

A Londinos même, le dessin des croupes crayeuses n'apparaissait pas aussi nettement. Certes, il y avait les collines, derrière le hameau ; elles s'élevaient en une série de buttes successives, sur quelque huit kilomètres de long, jusqu'à une vaste crête d'où l'on jouissait d'un superbe panorama sur toute la région. Mais cette crête, faite de terres argileuses, se dressait juste dans un repli de la grande chaîne crayeuse descendant vers le sud, et la masquait ainsi aux yeux des riverains du fleuve. De même, sur la rive nord, le jeune garçon était habitué au paysage de petites éminences boisées, coupées de ruisseaux, qui s'élevaient en arrière-plan des deux collines jumelles ; par-delà s'étageaient une série de terrasses, puis un horizon de crêtes et de mamelons, hauts d'une bonne centaine de mètres et qui s'étendaient sur plusieurs kilomètres de profondeur. Mais l'enfant n'avait encore jamais vu la grande dorsale crayeuse qui filait vers le nordest, par-derrière ces contreforts d'argile et de sable.

Désormais, alors qu'ils étaient à une vingtaine de kilomètres en aval de Londinos, un paysage nouveau et fort différent commençait à lui apparaître. Du côté gauche du fleuve — la branche nord du grand V de craie se trouvant déjà distante d'une cinquantaine de kilomètres —, les berges étaient basses et marécageuses. Derrière ces berges, lui dit son père, sur près de deux cents kilomètres s'étendaient de vastes déserts de bois et de marais, en un grand croissant ouvert sur la côte orientale de l'île, avec son littoral sauvage et battu par les flots glacés de la mer du Nord. « Les terres sont rudes, là-bas, continua l'homme, et tu n'en vois jamais le bout. Des plages interminables. Des vents qui te plient en deux quand ils arrivent de l'est, quand ils soufflent de la mer. Le chef Cassivellaunus vit là-bas. (Il hocha la tête.) Ce sont des tribus fières et sauvages. Il faut être très fort et très puissant pour régner sur elles. »

Lorsqu'on tournait le regard vers la droite, vers l'autre rive, quel contraste... A la hauteur où ils se trouvaient, le fleuve passait près de la branche sud du grand V de craie ; à la place des douces collines auxquelles le petit garçon était habitué, le bateau longeait ici un talus abrupt, derrière lequel on apercevait une haute ligne de crête, qui filait vers l'est et se perdait à l'horizon.

« C'est le Kent, lui dit son père d'une voix joyeuse. Le pays des Cantii. Tu peux suivre ces crêtes pendant des journées entières. Elles finiront par t'emmener jusqu'aux grandes falaises blanches qui sont tout au bout de l'île. » Il parla en détail à Segovax de la longue péninsule qui occupait le sud-est de l'île. Et il expliqua comment, par temps clair, on pouvait apercevoir de l'autre côté de la mer les côtes de la Gaule, la province qui venait d'être conquise par les Romains.

« Il y a de riches fermes dans les vallées, entre les collines de craie, lui dit-il.

— Est-ce que les tribus qui vivent là sont aussi sauvages que celles du nord de l'estuaire ?

— Non. (Son père sourit.) Mais elles sont plus riches. »

Ils gardèrent le silence quelque temps ; le père était pensif, l'enfant dévoré de curiosité pour tout ce qu'il découvrait.

« Un jour, finit par dire l'homme, mon grand-père m'a raconté une drôle d'histoire. On chantait une chanson quand lui-même était enfant ; elle disait qu'autrefois, voilà très longtemps, il y avait une immense forêt là-bas. (Il fit un geste en direction de la mer.) Mais ensuite une énorme inondation est arrivée, et la forêt est toujours restée noyée, depuis ce jour-là. » Il se tut, le temps qu'ils méditent cette idée tous les deux.

« Il t'a dit quoi d'autre encore ? » demanda Segovax.

Son père réfléchit. « Il m'a dit qu'à cette époque-là, quand des gens sont venus ici pour la première fois, toute cette terre (il pointa à nouveau le doigt, vers le nord cette fois-ci) était couverte de glace. Qu'elle était tout le temps gelée. Et la glace était aussi haute qu'une muraille.

— Et qu'est-ce qui est arrivé ensuite ?

— Le soleil l'a fait fondre, je suppose. »

Segovax tourna les yeux vers le nord. On avait peine à imaginer cette terre verdoyante recouverte toute l'année par les glaces.

« Est-ce qu'elle pourrait geler de nouveau ?

— Je ne sais pas. Qu'est-ce que tu en penses, toi ?

— Je pense que non, dit l'enfant d'un ton confiant. Le soleil va continuer à se lever tous les jours. » Il ne cessait de scruter le paysage tandis que le bateau descendait le fleuve, qui s'élargissait lentement. Son père l'observait d'un œil affectueux, et il adressa aux dieux une prière muette : quand il ne serait plus là, que son fils vive, lui, et qu'il ait un jour des enfants à son tour.

Ils arrivèrent en vue de l'estuaire au milieu de l'après-midi, juste au sortir d'un grand coude du fleuve ; celui-ci faisait déjà plus d'un kilomètre et demi de large. Et maintenant c'était là, devant eux.

« Tu voulais voir la mer... dit tranquillement le père à son fils.

— Oh ! oui », fut tout ce que l'enfant put répondre.

L'estuaire était si grand... Sur la gauche la rive s'incurvait doucement, à ras des flots, pour aller toujours s'élargissant ; de l'autre côté, les hautes croupes crayeuses du Kent filaient en droite ligne vers le sud-est. Entre les deux s'ouvrait la mer.

Elle n'était pas exactement comme le jeune garçon l'avait imaginée. Il avait pensé qu'elle disparaîtrait là-bas au fond, comme si l'horizon l'engloutissait, et non que l'énorme étendue d'eau se gonflerait ainsi ; on eût dit que celle-ci se trouvait trop à l'étroit dans la mer, qu'elle voulait se ruer tout entière à l'intérieur du fleuve. Il observa longtemps les vagues, l'écume et les nappes d'eau plus sombres ; il respira l'air salé à pleins poumons et fut parcouru d'un grand frisson. L'aventure s'ouvrait devant lui. L'estuaire était la porte qui y donnait accès ; et Londinos même, il le comprenait désormais, n'était pas seulement un endroit agréable au bord du fleuve, mais le point de départ du voyage. Le voyage qui menait vers un monde immense et merveilleux. Il dévorait le paysage des yeux, transporté.

« Là-bas, lui dit son père, sur la droite, un grand fleuve arrive. » Il tendit le doigt. Quelques kilomètres plus loin, au-delà d'un promontoire en saillie dans la berge, un large cours d'eau descendait des collines du Kent ; il passait par une trouée de la chaîne de craie, pour venir se jeter dans l'estuaire.

Ils se laissèrent porter pendant une heure encore ; le courant se ralentissait et les flots étaient de plus en plus agités. Le bateau d'osier était ballotté par les vagues, et certaines passaient par-dessus bord. L'eau semblait devenue plus verte et plus sombre. On n'en voyait plus le fond, et le petit garçon la trouva salée quand il la porta à sa bouche. Son père sourit.

« La marée tourne », dit-il.

Segovax fut surpris de se sentir soudain mal à l'aise, nauséeux. Son père le vit se crisper et gloussa de rire.

« Tu n'es pas bien ? Ce sera encore pire quand tu iras là-bas. » Il désigna la mer du doigt, et Segovax observa d'un air indécis les flots qui roulaient dans le lointain. « Tu as toujours envie d'y aller ? » lui demanda son père, lisant dans ses pensées.

« Je crois que oui. Un jour...

— Le fleuve est plus sûr. Il y a des hommes qui se noient, dans la mer. C'est un endroit rude. »

Segovax acquiesça ; il se sentait très malade. Mais il se promit intérieurement qu'un jour il tenterait l'aventure, la grande aventure. Même si cela devait le rendre très malade.

« Il faut qu'on rentre, maintenant, dit son père. On a de la chance, le vent est en train de tourner. »

Et en effet, avec beaucoup de prévenance, la brise était retombée, laissant la place au vent de sud-est. La petite voile claqua pendant que le pêcheur faisait virer de bord le bateau ; ils repartirent lentement dans la direction opposée.

Segovax soupira. Plus jamais pareil jour ne se représenterait dans sa vie, lui sembla-t-il : tous les deux seuls dans le bateau d'osier, son père et lui, et pour finir le spectacle de la vaste mer... Les flots s'apaisaient à mesure qu'ils remontaient le fleuve. Le soleil était encore chaud. Il ferma les yeux et s'assoupit.

Segovax s'éveilla en sursaut en sentant le coup de coude de son père. Ils n'avaient guère avancé ; une heure s'était écoulée depuis qu'il avait fermé les yeux, et ils abordaient seulement le coude du fleuve, ayant laissé l'estuaire derrière eux. Son père marmonna : « Regarde un peu ça » en désignant quelque chose du doigt, distant d'environ cinq cents mètres. Segovax se tourna dans la direction qu'il indiquait et poussa un cri de surprise.

Un grand radeau traversait lentement le fleuve, à partir de la rive nord. Ils étaient peut-être une vingtaine d'hommes à pousser sur de longues perches pour le faire avancer. Segovax aperçut un autre radeau qui suivait le premier. Pourtant le plus remarquable n'était pas les embarcations elles-mêmes, mais leur chargement : chacune d'elles transportait un char, un seul à la fois mais magnifique, étroitement arrimé sur les deux barges.

Le char celte, à deux roues, était une arme redoutable. Tiré par de rapides coursiers, c'était un engin stable et léger, capable de transporter un guerrier armé de pied en cap ainsi que ses deux aides. Extrêmement maniables, ces chars se jetaient dans la mêlée aussi vite qu'ils en ressortaient, une fois que leurs occupants avaient criblé l'adversaire de flèches ou de coups de lance. Les guerriers munissaient parfois leurs roues de lames de faux, qui taillaient en pièces quiconque se trouvait sur leur passage. Le char juché sur le premier radeau était véritablement superbe : peint en rouge et noir, il étincelait sous le soleil. Segovax ne pouvait en détacher les yeux, fasciné ; quant à son père, il fit virer le bateau d'osier afin d'accompagner l'étonnante apparition jusqu'à la rive sud.

Le radeau et son brillant chargement émerveillaient le petit garçon ; pourtant ce ne fut rien comparé à son excitation quand son père s'exclama soudain, alors qu'ils approchaient du rivage : « Par tous les dieux, Segovax... Tu vois ce grand homme, sur le cheval noir ? »

L'enfant acquiesça et son père lui dit : « C'est Cassivellaunus en personne. »

Les deux heures qui suivirent furent de celles qu'on n'oublie pas. Laissant à Segovax la garde du bateau, son père alla parler aux hommes et les aida à hisser les radeaux sur le rivage.

Car il en arriva d'autres, à la suite des deux premiers ; au total, on fit traverser le fleuve à une vingtaine de chars, pas moins, ainsi qu'à une cinquantaine de chevaux, superbes eux aussi. Les plus grands d'entre eux étaient destinés à porter des guerriers montés ; les autres, plus petits mais vifs et agiles, à tirer les chars. Tous avaient le poil luisant et respiraient la santé. Les radeaux débarquèrent également une grande quantité d'hommes et des cargaisons entières d'armes. Certains guerriers étaient magnifiquement vêtus, portant des capes vivement colorées et des bijoux d'or qui brillaient au soleil. Le cœur du jeune garçon se gonflait d'orgueil à la vue du magnifique spectacle que donnait son peuple, le fier et noble peuple celte. Mais le moment qui l'emporta sur tous les autres, ce fut quand le grand chef lui-même — majestueux personnage vêtu d'une cape rouge, et qui portait de longues moustaches tombantes — fit venir le père de Segovax auprès de lui, et qu'ils s'entretinrent tous les deux. L'enfant vit son père plier le genou devant le chef ; il vit le sourire chaleureux du grand homme, la main qu'il posa sur l'épaule de son interlocuteur et la petite broche qu'il lui offrit. Son père, vaillant homme mais simple paysan tout de même, avait été distingué par le plus grand chef de l'île ! Segovax en rougit de bonheur.

L'après-midi était fort avancé quand le pêcheur revint vers son bateau. Il souriait et semblait néanmoins préoccupé. « Il est temps d'y aller », dit-il. Segovax acquiesça en soupirant ; si cela n'avait tenu qu'à lui, il ne serait jamais reparti.

Son père faisant force de rames, ils s'éloignèrent rapidement sur le fleuve ; en se retournant, Segovax vit les hommes qui tiraient le dernier radeau sur le rivage.

« Est-ce qu'ils vont se battre bientôt ? » demanda-t-il.

Son père lui jeta un regard aigu, puis lui dit en contenant son émotion : « Tu te rends compte, mon garçon ? Ils sont en route pour la côte. (Il donna un grand coup de rame.) Les Romains débarquent. »

La petite Branwen regardait sa mère avec curiosité. Elle dormait encore quand Segovax et son père étaient partis ; la journée promettait d'être tranquille, et plutôt morne. Sa mère avait passé la matinée à confectionner un panier, assise devant la hutte en compagnie de quelques-unes des autres femmes du hameau. Elles bavardaient tout en surveillant les enfants qui jouaient aux alentours. A coup sûr, elles y auraient aussi passé l'après-midi, s'il n'y avait eu la visite du druide.

Il était arrivé à l'improviste, dans un canoë qu'il conduisait lui-même ; on ne pouvait jamais prévoir ni quand ni pourquoi le vieil homme débarquerait dans le hameau. Avec l'autorité tranquille que lui valait son appartenance à un ordre aussi ancien, il avait ordonné qu'on lui apporte un coq et trois poulets pour qu'il les sacrifie, et qu'on l'accompagne jusqu'aux lieux sacrés au bord de la rivière. Les villageois l'avaient docilement suivi, en se demandant quel instinct, ou quelle prémonition, avait poussé le vieil homme à quitter soudainement son île. Ils avaient pris leurs radeaux ou leurs coracles, et s'étaient lancés derrière lui dans les eaux du grand fleuve.

Il ne les avait pas emmenés directement vers les collines jumelles de Londinos ; ils avaient d'abord gagné la vaste crique où se jetait la rivière qui descendait le long de leur flanc ouest. Ils avaient débarqué sur la gauche de la crique, pour parcourir une cinquantaine de mètres sur la berge. On n'y voyait pas grand-chose de notable, sinon trois pierres assez grossières ; montant à hauteur de genou, elles entouraient un trou qui s'ouvrait dans le sol.

C'était un puits sacré. Nul ne savait quand ni pourquoi il avait été creusé à l'origine. Il était alimenté non par le fleuve mais par une petite source. On disait qu'une déesse des eaux résidait dans ce puits désaffecté, une déesse bienfaisante.

Le druide saisit l'un des poulets et murmura une prière, sous les yeux des villageois rassemblés en cercle ; puis il l'égorgea, d'une main experte, et le laissa tomber à l'intérieur du puits. Quelques secondes plus tard, on entendit un « plouf » étouffé qui remontait des profondeurs.

La petite foule regagna ensuite les embarcations, puis ils traversèrent la crique pour aller gravir le flanc de la colline ouest. Une grande plaque herbeuse et dénudée s'étendait juste en dessous du sommet, offrant un superbe panorama sur le fleuve. Au centre de ce lieu verdoyant, un petit cercle avait été fauché dans les hautes herbes, sur quelques centimètres de large ; c'était là qu'on pratiquait les sacrifices rituels. Le druide tua le coq et les deux poulets restants, puis il arrosa le cercle de leur sang et dit :

« Nous avons versé le sang pour vous, dieux de la rivière, de la terre et du ciel. Protégez-nous maintenant, car nous avons besoin de votre aide. » Il prit ensuite le coq et les poulets, et déclara aux villageois qu'ils pouvaient rentrer chez eux ; puis il se dirigea vers l'autre colline pour y entrer en communion, seul, avec les dieux.

Pour tous les habitants du hameau, cela marquait la fin de l'épisode. Le druide leur avait rendu leur liberté. En redescendant vers leurs bateaux et leurs radeaux, ils éprouvaient la satisfaction du devoir accompli.

Tous, sauf Cartimandua.

Branwen ne cessait d'observer sa mère. Il y avait quelque chose de bizarre en elle, la petite fille le voyait bien.

Si elle n'était pas bizarre, alors pourquoi, au moment où tout le monde remontait dans les bateaux, avait-elle soudain demandé à l'un des hommes de lui laisser un coracle sur la berge — avant de brusquement repartir avec les deux enfants vers le haut de la colline ? Pourquoi, quand les autres regagnaient tranquillement la rive sud, était-elle toujours en train de chercher le druide sur les deux collines, le druide qui avait mystérieusement disparu ? Pourquoi était-elle si pâle et nerveuse ?

La cause du comportement de Cartimandua était pourtant simple, même si la petite fille ne pouvait pas la connaître. Si le druide les avait convoqués si soudainement pour ces sacrifices, cela ne pouvait signifier qu'une chose : grâce à ses pouvoirs spéciaux, à son commerce avec les dieux, il avait deviné le danger tout proche. Et donc, pour Cartimandua aussi, le moment terrible était arrivé. Les Romains approchaient ; avec eux, l'affreux dilemme se faisait plus brûlant, plus menaçant que jamais.

Avait-elle eu tort ? Que pouvait-elle faire ? Elle ne savait plus que dire ni vers qui se tourner, et c'est pour cela qu'elle était revenue sur ses pas, à la recherche du druide. Lui saurait la conseiller, avant qu'il soit trop tard.

Mais où avait-il bien pu aller ? Elle avait parcouru toute la colline de l'ouest, le bébé dans les bras, traînant la petite Branwen derrière elle ; sur des pierres de gué, elle avait traversé le ruisseau séparant les deux éminences, puis gravi celle de l'est, pensant qu'elle y trouverait le vieil homme. Mais non, aucun signe de lui. Elle allait abandonner la partie quand elle aperçut une mince colonne de fumée montant du versant opposé de la colline. Elle se hâta dans cette direction.

L'endroit qu'on appelait Londinos présentait une autre caractéristique curieuse. La colline orientale, sur son versant tourné vers l'aval, ne descendait pas en droite ligne jusqu'à la berge ; elle était prolongée par un éperon, qui s'incurvait à son extrémité pour aller rejoindre le fleuve. Une sorte de théâtre de verdure, plein de charme, était ainsi ménagé sur ce versant sud-est ; un théâtre dont la salle aurait été le flanc de la colline, et la scène la plate-forme en saillie au-dessus de la rive. Les pentes entourant cette vaste scène étaient verdoyantes et plantées de quelques arbres ; la plate-forme elle-même ne portait que du gazon ainsi que de rares buissons. C'est là que le druide avait préparé un petit feu.

Quand Cartimandua l'aperçut, elle hésita à descendre jusqu'à lui. Il y avait deux raisons à cela.

De là où elle se trouvait, elle pouvait discerner ce que le druide était en train de faire. Il avait retiré les os des poulets sacrifiés et les disposait dans le feu. Cela ne pouvait signifier qu'une chose : il était en train de lire des présages. C'était l'un des rites les plus secrets qu'accomplissaient les prêtres celtes, qu'on ne pouvait interrompre sans effronterie. Quant à la seconde raison, elle concernait le lieu lui-même.

Il s'agissait des corbeaux.

De mémoire d'homme, on avait toujours vu des corbeaux nicher dans les parages du fleuve, sur ces pentes verdoyantes.

Cartimandua le savait, pourvu qu'on les traitât bien, ce n'étaient pas de mauvais oiseaux ; au contraire même, ils étaient plutôt de bon augure. On disait que, par leurs pouvoirs spirituels, ils étaient capables de protéger les tribus celtes. C'est pourquoi, sans doute, le druide avait choisi cet endroit pour lire les présages. Pourtant, Cartimandua ne pouvait s'empêcher de frissonner quand elle les regardait ; ils lui avaient toujours fait peur, avec leurs becs redoutables et leurs grandes ailes noires. Ils en battaient maladroitement, arpentaient le gazon d'une démarche raide et sévère ; leurs croassements rauques étaient sinistres à entendre. Si elle s'aventurait près d'eux, elle craignait d'en voir un se précipiter sur elle pour lui pincer cruellement la jambe ou la main, lui trouer la chair d'un mauvais coup de bec.

Mais alors le druide leva la tête et l'aperçut. Il la contempla quelques instants, apparemment contrarié par sa présence ; puis, sans un mot, il lui fit signe de descendre jusqu'à lui.

« Attends-moi ici, dit-elle à la petite Branwen en lui tendant le bébé. Attendez-moi et ne bougez pas. » Elle prit une grande inspiration pour descendre vers le druide, en passant à côté des corbeaux.

Jusqu'à la fin de ses jours, Branwen ne devait pas oublier les longues minutes qui suivirent. Ni la peur qu'elle éprouva, seule avec le bébé en haut de la colline aux longues herbes, tandis que sa mère discutait là-bas avec le vieil homme. Elle n'avait pas perdu Cartimandua de vue, mais détesta être laissée en arrière dans cet étrange endroit, qui lui faisait froid dans le dos. Si elle n'avait pas eu peur des corbeaux elle aussi, elle se serait précipitée en bas pour rejoindre sa mère.

Elle la vit parler longuement au druide, passionnément, et celui-ci l'écoutait en hochant la tête. Cartimandua paraissait l'implorer. Quand elle se fut tue, le vieil homme ramassa plusieurs os dans le feu et les examina soigneusement, puis il dit quelque chose. Alors un terrible cri déchira l'air ambiant ; il résonna si fort que les corbeaux parurent soulevés de terre, s'en allèrent tournoyer en l'air, puis redescendirent au sol avec des croassements de colère. C'était un hurlement déchirant, tel qu'en aurait poussé un animal désespéré.

Pourtant il ne provenait pas d'un animal, mais de Cartimandua.

Segovax était content de lui : personne n'avait encore deviné son secret. Depuis leur retour, Londinos n'avait cessé d'être en proie à l'activité la plus fébrile. Le noble à la barbe noire était déjà sur place quand ils avaient atteint le hameau ; il avait aussitôt envoyé le père du petit garçon, en compagnie des autres hommes du village, au gué, plus haut sur la rivière. Ils avaient été si occupés, depuis, qu'on avait à peine revu le pêcheur à la maison.

Les préparatifs battaient leur plein. On enfonçait des pieux taillés en pointe dans le lit du fleuve, au niveau du gué ; tous les hommes des hameaux voisins avaient été requis, plusieurs kilomètres à la ronde, pour abattre des arbres. Tout le long de l'île où vivait le druide, on édifiait une robuste palissade.

Chaque jour des hommes arrivaient au gué, de toute provenance, et ils apportaient des nouvelles fraîches. Les informations ne laissaient pas d'être confuses.

« Toutes les tribus bretonnes ont juré de suivre Cassivellaunus », disait quelqu'un, tandis qu'un autre affirmait : « Les tribus celtes vont se soulever en Gaule, de l'autre côté de la mer. Nous allons affaiblir César, puis elles lui couperont sa retraite. » Mais certains se montraient moins confiants, et peut-être plus sages : « Les autres chefs sont jaloux de Cassivellaunus, disaient-ils. On ne peut pas se fier à eux. »

Au début pourtant, les nouvelles avaient été bonnes. César avait débarqué au pied des blanches falaises de la côte sud et commencé à marcher sur le Kent, mais les dieux avaient alors frappé, au large du rivage : comme la fois précédente, une énorme tempête avait presque anéanti sa flotte, et les Romains avaient dû rebrousser chemin pour aller réparer leurs navires. Quand ils s'étaient remis en marche, les Celtes avaient commencé à les harceler : ils fondaient sur eux dans leurs chars rapides et décimaient leurs troupes. « Jamais ils n'arriveront jusqu'au fleuve », entendait-on les gens dire. Néanmoins, les préparatifs se poursuivaient.

Pour Segovax, c'était une période pleine d'incertitudes — angoissante certes, mais aussi et surtout excitante. *Ils* seraient bientôt là, il en était sûr. Tous ses plans secrets n'en dépendaient-ils pas ? « Les Celtes vont les écraser, tu verras » expliquait-il fièrement à Branwen. Et il se faufilait le long de la rive, jusqu'à un endroit d'où il pouvait surveiller les préparatifs.

La terreur et la confusion rendaient presque hagarde la malheureuse Cartimandua. Dès que Branwen s'éloignait de quelques mètres, elle s'inquiétait ; si le bébé criait, elle se précipitait vers lui. Si Segovax s'éclipsait — cela lui arrivait fréquemment —, elle se lançait frénétiquement à sa recherche, et le serrait dans ses bras à l'étouffer dès qu'elle l'avait retrouvé.

Par-dessus tout, il y avait ces regards qu'elle lançait continuellement vers le gué où travaillait son mari. Les hommes campaient là-bas depuis deux nuits maintenant ; elle allait leur apporter de la nourriture, avec les autres femmes, mais il était impossible de leur parler.

Si seulement elle avait pu comprendre ! Si seulement elle avait pu saisir la signification des terribles mots qu'avait prononcés le druide !

Peut-être n'aurait-elle pas dû aller le trouver, ce jour-là ; il n'avait certainement pas prévu de lui parler comme il l'avait fait. Mais elle était si angoissée, si démunie... « Dites-moi, lui avait-elle demandé, quel sort nous attend, ma famille et moi ? » Même alors il avait paru hésiter — jusqu'à ce qu'il se penche enfin pour retirer quelques os du feu, d'un geste fataliste, et qu'il les examine. Puis il avait hoché la tête, comme si ce qu'il y voyait confirmait ses propres prévisions. Pourquoi ? Quelles prévisions et d'où les tirait-il ?

« Il y a trois hommes que tu aimes, lui avait-il dit d'un ton froid. Sur ces trois, tu vas en perdre un. »

En perdre un ? Lequel ? Ces trois hommes ne pouvaient être que son mari, Segovax et le bébé ; il n'y en avait pas d'autre dans sa vie. C'est sans doute de son époux que le druide voulait parler. Mais ne l'avait-elle pas sauvé, pourtant ? Si les Romains arrivaient jusqu'ici, n'accompagnerait-il pas les femmes plus haut sur le fleuve, où il serait en sécurité ?

Le lendemain du retour de son mari, elle était allée voir le noble à la barbe noire, qui supervisait la construction des ouvrages de défense. Elle lui avait demandé une fois de plus si leur marché tenait toujours. « Je t'ai déjà dit que oui », lui avait-il répondu impatiemment, et il l'avait congédiée d'un geste.

Alors, que pouvaient bien signifier les paroles du druide ? Un nouvel accident arriverait à Branwen, qui rendrait le marché caduc ? Ou en définitive il ne s'agissait pas de son mari ? Cela concernait Segovax, ou le bébé ? A nouveau torturée par le doute, elle se sentait dans la peau d'un animal traqué avec toute sa portée, tâchant désespérément de soustraire ses petits, l'un après l'autre, aux mâchoires de leurs poursuivants.

Après plusieurs heures d'incertitude, la nouvelle arriva : Cassivellaunus avait massé ses hordes de guerriers face à l'ennemi. La bataille s'annonçait terrible.

Les combattants arrivaient par vagues entières, et de tous les genres : fantassins, cavaliers, guerriers sur leurs chars. Ils arrivaient au gué couverts de sueur et de poussière.

Certains d'entre eux parlaient de trahison, de chefs qui avaient fait défection. « Les Romains les ont achetés. Qu'ils soient maudits ! » S'ils étaient en colère, ils n'étaient pas découragés pour autant. « Un échec ne compte pas, disaient-ils. L'ennemi ne perd rien pour attendre. » Mais quand Segovax se risqua à demander à l'un des guerriers sur son char à quoi ressemblaient les Romains, l'autre lui répondit franchement : « A une armée en marche. Une armée terrible. »

Plus rien ne pouvait désormais les arrêter au sud — plus rien jusqu'au fleuve. « La bataille aura lieu ici, dit son père à Segovax, au cours d'une brève visite qu'il fit au hameau. C'est ici qu'on arrêtera César. » Le jour suivant, on dit aux femmes qu'elles devaient se tenir prêtes à partir. C'était pour le lendemain.

Le matin suivant le père de Segovax prit son épée, dévoré des yeux par son fils. Ordinairement, il la gardait enveloppée dans des peaux, d'où il la ressortait deux fois par an pour l'inspecter. Il permettait alors au petit garçon de la prendre en main, mais pas de toucher la lame. « Tu la ferais rouiller », lui expliquait-il, tandis qu'il la huilait soigneusement avant de la remettre dans son fourreau de cuir et de laine, puis de l'entourer de ses peaux et de la remiser à nouveau.

C'était l'arme celte par excellence : une lame de fer, longue et large, parcourue d'une arête. La garde était faite d'une simple barre, mais le pommeau avait la forme d'une tête d'homme, qui semblait défier l'adversaire.

Le garçon fut bouleversé en voyant son père la ressortir ; il avait l'air si épuisé après le travail de ces derniers jours... Son dos était voûté comme s'il le faisait souffrir, ses bras semblaient pendre encore plus bas que d'habitude. Ses yeux, bons et doux comme toujours, étaient profondément cernés. Et pourtant il restait brave et résolu, presque impatient de se battre, aurait-on dit. La mâle détermination qui se lisait sur son visage et dans ses gestes faisait oublier sa frêle silhouette. En voyant son père décrocher son bouclier du mur et se saisir de deux lances, Segovax pensa que le pêcheur s'était métamorphosé en un guerrier plein de noblesse ; il en fut fier, car il voulait que son père soit fort.

Quand il eut fini ces préparatifs, l'homme fit venir son fils auprès de lui et lui parla gravement : « S'il m'arrive quelque chose, tu seras alors le chef de famille. Il faudra que tu veilles sur ta mère, ta sœur et ton frère. Tu me comprends ? »

Un peu plus tard, il appela la petite Branwen. Il commença à lui dire qu'elle devait bien se conduire dans la vie, mais l'absurdité d'un tel discours lui apparut rapidement ; aussi se contenta-t-il de la prendre dans ses bras et de l'embrasser longuement.

Tout le monde était prêt, désormais. La foule était rassemblée à l'extrémité du tertre, guettant le signal du départ. Les femmes et les enfants avaient pris place dans quatre grands canoës ; deux radeaux transportaient les provisions de bouche et toutes les affaires qu'il avait été possible d'emporter. Les hommes attendaient sur la berge les ultimes ordres, que devait donner le noble en charge du hameau. Il descendait en ce moment même le fleuve, arrivant de la palissade dressée vers l'amont.

Le capitaine à la barbe noire fut là quelques minutes plus tard. Ses yeux froids et rusés parcoururent lentement l'assistance ; Cartimandua, debout dans le bateau au milieu de ses trois enfants, accrocha son regard au passage. Il hocha imperceptiblement la tête.

« Tout a l'air en ordre », grogna-t-il enfin. Puis il passa les hommes en revue et en choisit rapidement trois. « Vous irez avec les bateaux, pour monter la garde, leur dit-il. Tous les hameaux se rassemblent vers l'amont, à cinq jours de voyage d'ici. Il y a un fort là-bas, qui vous accueillera. On vous donnera d'autres instructions plus tard. » Puis il posa les yeux sur le pêcheur. « Tu iras, toi aussi. Je te nomme responsable. Tu organiseras des tours de garde chaque nuit. » Le noble s'apprêta à repartir.

Cela avait marché ; elle sentit une vague de soulagement la parcourir et remercia secrètement les dieux. Pour l'instant au moins, ils étaient tous en sécurité. Elle s'assit dans le bateau. Son mari n'avait pas esquissé un mouvement, sur la berge, mais elle ne s'en était pas encore rendu compte. Elle promena les yeux sur les autres femmes autour d'elle, entourées de leurs enfants, sourit — puis réalisa, seulement alors, que son mari était en train de parler, et tendit l'oreille pour l'écouter.

« Je ne peux pas », disait-il.

Le capitaine fronça les sourcils ; il n'avait pas l'habitude qu'on lui résiste. Mais le père de Segovax secouait obstinément la tête. Que disait-il encore ? Elle le regarda, bouche bée ; comment pouvait-il refuser d'obéir ?

« C'est un ordre, dit le noble d'une voix sèche.

— Mais j'ai juré, expliqua le pêcheur. Il y a à peine quelques jours de cela. A Cassivellaunus lui-même. Je lui ai juré de me battre avec lui à Londinos. »

Ils l'avaient tous écouté, en retenant leur souffle. Cartimandua crut qu'elle allait suffoquer ; une sueur glacée l'avait envahie. Jamais il ne lui avait parlé de ce serment. Mais elle se rappela qu'elle l'avait à peine vu depuis son retour de l'estuaire.

« Un serment ? répéta le capitaine, perplexe.

— Regardez, dit le pêcheur en marchant vers lui. Il m'a donné une broche et m'a dit de la porter pendant la bataille, pour qu'il me reconnaisse. » Il sortit le bijou de la bourse accrochée à sa ceinture.

Le capitaine l'examina, au milieu du plus grand silence. L'homme avait beau n'être qu'un simple villageois, un serment était quelque chose de sacré. Et un serment fait à un chef... La broche appartenait bien à Cassivellaunus, cela ne faisait pas de doute. Le noble tourna les yeux vers Cartimandua, dont le visage était devenu livide, puis vers la fillette ; une ravissante fillette, à la vérité. Mais le marché n'était plus valable et il ne pouvait rien y faire.

Il grommela avec colère, puis pointa le doigt vers un autre homme.

« Toi, là... Tu seras le responsable à sa place. Vas-y. » Enfin il partit, sans un mot de plus.

Le pêcheur sentit la mélancolie le gagner quand il vit le bateau s'éloigner avec sa femme et ses enfants à l'intérieur — la mélancolie, mais aussi la satisfaction. Son fils voyait bien qu'il n'était pas aussi robuste que les autres hommes du hameau ; c'était une bonne chose que l'on ait parlé, et devant tout le monde, du serment passé avec le grand chef breton.

Les bateaux voguaient doucement. Quand ils tournèrent au coude du fleuve, Segovax regarda les forces rassemblées sur les berges. Elles étaient arrivées rapidement. Plusieurs rangées de chars se succédaient déjà ; derrière les palissades s'élevait une série de petits feux, autour desquels des groupes d'hommes étaient réunis. « Il paraît que demain, lui avait dit son père, à l'arrivée de Cassivellaunus, il pourrait y avoir près de quatre mille chars. » Segovax était très fier de penser que son père ferait partie de cet énorme dispositif.

Ils laissèrent derrière eux le gué, ainsi que l'île du druide, et descendirent vers le sud sur un peu moins d'un kilomètre ; puis le fleuve tourna à nouveau, vers la droite, et le jeune garçon perdit les troupes de vue. De part et d'autre défilaient des marais, des champs de vase, des îles verdoyantes et peuplées de saules.

Branwen s'était endormie contre son épaule, sous le soleil. Sa mère fixait silencieusement la surface de l'eau.

Le fleuve serpentait maintenant à travers une vallée, large et plate, couverte de prairies et de bouquets d'arbres. Segovax réalisa qu'ils voguaient maintenant contre le courant, alors qu'ils étaient partis avec le flux : cela signifiait que la marée ne montait pas jusqu'ici. Ils étaient désormais hors de portée de la mer.

Ils campèrent sous les saules cette nuit-là ; le lendemain matin, les habitants d'un autre hameau se joignirent à eux. Une nouvelle journée passa, ensoleillée, paisible, à remonter doucement le fleuve. Personne ne le remarqua mais, au crépuscule, une animation nouvelle colora le visage de Segovax. Qui aurait pu deviner que le temps était venu pour lui, enfin, de mettre son plan secret à exécution ?

Segovax se glissa dans les ténèbres. La nuit était sans lune, mais les étoiles brillaient. Personne ne bougea. L'air était tiède. Ils avaient dressé leur camp sur une île étroite et longue. Au coucher du soleil, le ciel avait pris ces teintes rouges et violentes qui annoncent du beau temps pour le lendemain. Tous, ils étaient fatigués par le voyage. Ils avaient fait un grand feu, mangé, puis s'étaient allongés à même le sol pour dormir sous les étoiles.

Une chouette ulula. Segovax se dirigea vers le rivage avec mille précautions, sa lance à la main.

Ceux de l'autre hameau avaient apporté deux petits coracles avec eux ; l'un des deux avait une proue effilée comme celle d'un canoë. Dès qu'il l'avait vu, le jeune garçon avait compris qu'il tenait là sa chance. Le coracle était maintenant sur la berge boueuse, si léger qu'il pouvait le tirer d'une seule main. Il le mettait juste à l'eau quand il entendit derrière lui un piétinement familier. Il se retourna et soupira. C'était Branwen. Elle ne dormait jamais.

« Tu fais quoi ? lui demanda-t-elle.

— Chhhut...

— Tu vas où ?

— Voir Père.

— Tu vas là-bas pour te battre ?

— Oui. »

Elle accueillit en silence cette fantastique nouvelle. Un silence qui hélas ne dura pas :

« Emmène-moi avec toi.

— Je ne peux pas. Reste ici.

— Non !

— Branwen, tu sais très bien que tu ne peux pas venir !

— Non, je le sais pas !

— Tu ne peux pas te battre, tu es beaucoup trop petite ! »

Même dans le noir il pouvait voir ses traits se crisper, ses narines se dilater, ses mains se tordre sous l'effet de la colère.

« Je viens avec toi !

— Non, c'est dangereux.

— Ça m'est égal !

— Chhhut ! Tu vas réveiller tout le monde...

— Ça m'est égal ! Je vais crier ! »

Ce n'était pas une menace en l'air, il le sentait.

« S'il te plaît, Bran... Donne-moi un baiser...

— Non ! »

Il voulut la prendre dans ses bras mais elle le frappa ; alors, sans lui laisser le temps d'éveiller quiconque dans le camp, il poussa le coracle dans l'eau et sauta à l'intérieur. Quelques instants et quelques énergiques coups de pagaie plus tard, il était déjà hors de sa vue, disparu dans les ténèbres.

Enfin. Il l'avait fait. Cette expédition, il l'avait prévue dans le secret de son cœur depuis l'annonce de l'invasion, avant même l'offrande du bouclier que le druide avait faite au fleuve. Tous les jours il s'était exercé à jeter sa lance, jusqu'à atteindre une précision dont peu d'adultes pouvaient se targuer. Et voilà que sa chance était enfin arrivée. Il allait combattre au côté de son père. Il ne pourra pas me renvoyer si j'arrive tout à coup, juste quand la bataille vient de commencer, pensa-t-il.

La nuit fut longue.

Avec le courant qui le poussait, et la petite pagaie en renfort, il refit le chemin en sens inverse, en deux ou trois fois moins de temps qu'il n'avait fallu aux bateaux pour remonter le fleuve. La berge défilait rapidement dans l'obscurité.

Mais il n'avait tout de même que neuf ans. Au bout d'une heure, il avait des courbatures aux bras ; au bout de deux heures, des crampes qui le faisaient beaucoup souffrir. Pourtant il ne s'arrêta pas. Deux heures encore et, au plus noir de la nuit, le sommeil le gagna. Il n'avait jamais veillé si tard. Une ou deux fois sa tête dodelina sur ses épaules ; il se réveilla en tressaillant.

Peut-être, se dit-il, je pourrais m'allonger juste quelques instants — mais un instinct lui disait aussitôt que s'il le faisait, il dormirait jusqu'au milieu de la matinée. L'image de son père, toujours présente à son esprit, irradiait en lui, comme un foyer de force et d'amour. Son père qui l'attendait sur le champ de bataille... Ils se battraient côte à côte, peut-être mourraient-ils côte à côte. Il lui sembla qu'il ne désirait rien d'autre au monde, et il y puisa la force de continuer à pagayer.

L'aurore finit par se lever, pâlissant le ciel ; à ce moment il atteignit le seuil du fleuve, jusqu'où montait la marée. Heureusement c'était alors le reflux, qui l'entraîna rapidement vers l'aval, vers Londinos et la mer.

Le soleil monta dans le ciel, et le fleuve s'élargissait devant Segovax ; une heure plus tard, il arrivait au coude qui lui était si familier. Il aperçut bientôt l'île du druide, à un kilomètre devant lui, et dans son excitation en oublia jusqu'à sa fatigue. Puis il écarquilla les yeux, bouche bée.

L'armée romaine traversait le fleuve devant lui.

César avait réuni une force formidable pour conquérir la Bretagne. Cinq légions en ordre de bataille, quelque vingt-cinq mille hommes au total, plus deux mille cavaliers. Il n'avait perdu que quelques hommes au sud-est, dans le Kent.

La coalition des chefs bretons commençait déjà à battre de l'aile. César était un homme fort intelligent : il savait que s'il défaisait aujourd'hui Cassivellaunus, nombre de chefs ne tarderaient pas à passer de son côté.

Mais franchir ce fleuve n'était pas une mince affaire. La veille, un prisonnier celte avait révélé la présence des pieux enterrés dans la rivière, et la palissade d'en face avait l'air solide. Cependant, les Romains possédaient un grand avantage.

« Le défaut des Celtes, avait confié un jour César à l'un de ses seconds, c'est que leur stratégie et leurs tactiques ne vont pas ensemble. » Tant que les Celtes harcèleraient les Romains avec des chars et des attaques éclairs, il serait presque impossible de les battre ; avec le temps, ils pouvaient même vaincre César à l'usure. Ils auraient donc dû pratiquer une guerre d'attente. « Mais ils veulent une bataille rangée, ces idiots ! » commentait-il. Car celles-là, les Romains les remportaient en général. « Nous leur ferons la leçon, à eux aussi. »

Tout était une question de discipline et d'armement. Quand les légions romaines formaient le carré, leurs boucliers dressaient un rempart hermétique tout autour d'elles ; ou bien quand des détachements s'abritaient sous ces mêmes boucliers, version antique du char de combat, ils étaient presque invincibles. L'infanterie celte était impuissante contre eux, et même les chars ne pouvaient guère en venir à bout. César contempla donc la rive d'en face, où les hordes celtes se trouvaient rassemblées en terrain découvert, et il sut que son adversaire le plus sérieux serait le fleuve. Sans plus attendre, il ordonna : « Avancez ! »

Il n'y a qu'un endroit pour passer le fleuve à gué, et même là le passage est difficile.

Voilà ce que César écrit dans sa relation des événements. En réalité, le gué ne présentait pas de difficulté particulière ; mais César, en bon général et en politicien avisé, n'était pas prêt à l'admettre.

J'ai tout de suite ordonné à la cavalerie d'avancer et aux légions de la suivre. Les têtes seules des hommes dépassaient de l'eau ; mais ils traversèrent si impétueusement le fleuve qu'infanterie et cavalerie furent en mesure de donner l'assaut d'un seul bloc.

Il n'est pas étonnant, dans de telles circonstances, que ni Jules César ni aucun autre Romain n'ait remarqué un petit coracle qui accostait dans la vase, sur la rive nord du fleuve, quelques centaines de mètres en amont.

Le temps qu'il atteigne un terrain plus ferme, Segovax était transformé en statue de boue, mais il n'en avait cure : il avait réussi.

Les rangs des Celtes se déployaient devant lui. Comme ils étaient splendides ! Vainement, il parcourait des yeux les milliers de silhouettes, dans l'espoir d'apercevoir celle de son père. Il se mit lentement en marche ; sa lance traînait dans la boue et ses pieds faisaient un bruit de succion à chaque pas. Le fleuve était rempli de Romains désormais, et leur avant-garde avait pris pied sur la berge nord. Un concert de bruyantes clameurs fusait des rangs celtes ; du côté des Romains, silence total. Le petit garçon continuait à avancer.

Puis tout commença.

Segovax n'avait encore jamais assisté à une bataille, et n'avait donc pas idée de l'indescriptible confusion qui les accompagnait. Soudain des hommes se mirent à courir en tous sens, des chars filèrent à une telle vitesse qu'à chaque seconde il s'attendait à en voir un débouler sur lui à travers les prés. Dans leurs cuirasses étincelant au soleil, les légionnaires ressemblaient à des créatures fantastiques entourées d'un halo de flammes. Même à la distance où se trouvait Segovax, le vacarme était épouvantable. Au cœur du tumulte il entendait des hommes, oui des adultes, pleurer : mais c'étaient des hurlements d'agonie et le son en était insupportable.

Et surtout, le jeune garçon n'avait jamais imaginé que les guerriers seraient aussi immenses. Un cavalier romain apparut tout à coup, traversa la prairie au galop à une centaine de mètres devant lui, et l'on aurait dit un géant. Segovax serra sa lance dans sa main ; il se sentait chétif et pitoyable.

Il s'arrêta. Il n'était plus très loin des combats, désormais, et ceux-ci glissaient lentement dans sa direction. Trois chars se détachèrent de la mêlée et fondirent droit sur lui, avant de bifurquer soudainement. Il n'avait pas la plus petite idée de l'endroit où son père pouvait se trouver dans cette terrifiante mêlée. Il se rendit compte qu'il frissonnait.

Ils étaient là, et bien là. Une demi-douzaine de cavaliers poursuivaient un char celte, qui n'avait guère plus de deux cents mètres d'avance sur eux.

Une charge de cavalerie est toujours impressionnante à voir. Même des fantassins bien entraînés, qui ont formé réglementairement le carré, tremblent devant elle ; une troupe indisciplinée fuira toujours. L'enfant, comprenant soudain que toute l'armée romaine marchait sur lui, fut, l'espace d'un instant, paralysé de terreur. Puis il fit un pas en arrière, et un second, enfin il s'enfuit à toutes jambes.

Depuis des semaines pourtant, il s'y préparait. Il avait pagayé toute la nuit pour rejoindre son père ; maintenant il était ici, à quelques centaines de mètres de lui seulement, et il était incapable d'aller le rejoindre.

Pendant deux heures il demeura sur la rive, et il ne pouvait s'empêcher de trembler. Le petit coracle était derrière lui, échoué sur la berge ; il se tenait prêt à sauter à l'intérieur au cas où les combats s'approcheraient trop. Il avait non seulement peur, mais aussi très froid. L'aventure avait tourné au cauchemar. Il contemplait la grande bataille qui faisait rage dans la prairie et se répétait, horrifié : « Je suis un lâche. »

Il suppliait les dieux : « Je vous en prie, faites que mon père ne me voie pas... Qu'il ne voie pas que je suis devenu un lâche... »

Mais il n'y avait aucun risque que son père le voie : il était tombé sous le troisième assaut des Romains, l'épée à la main. Conformément à la prédiction du druide.

Segovax resta cloué sur place toute la journée. Avant le milieu de l'après-midi, c'en était fini de la bataille ; les Celtes avaient été brisés, cassés, repoussés vers le nord. La cavalerie romaine les poursuivait à distance et massacrait sans répit tous ceux qu'elle pouvait rattraper. Au crépuscule, les vainqueurs avaient dressé leur camp juste à l'est des deux collines jumelles de Londinos. L'immense champ de bataille était déserté, sinistre et silencieux : des chars disloqués, des cadavres et des armes abandonnées le jonchaient. C'est dans ce champ de ruines et de désolation que Segovax finit par s'aventurer.

Il n'avait presque jamais vu de morts jusque-là. Une ou deux fois seulement. Il n'était pas préparé au spectacle de ces masques gris, de cette pesanteur des chairs. Certains d'entre eux étaient affreusement mutilés. L'odeur de la mort commençait à flotter dans la vallée, tant les cadavres étaient nombreux : sur la prairie, autour des pieux et des palissades, flottant dans l'eau près de l'île du druide. Si son père était parmi eux, comment pourrait-il le retrouver ? Peut-être ne le reconnaîtrait-il même pas ?

Le soleil était déjà rouge quand il l'aperçut, près de l'eau. Il le reconnut tout de suite, car il était couché sur le dos ; son visage mince, aux traits délicats, restait tourné vers le ciel, sa bouche grande ouverte lui donnait l'air étonné, pathétique. Sa chair avait déjà tourné au gris-bleu. Une épée romaine, courte et large, lui avait affreusement troué le flanc.

L'enfant s'agenouilla au côté de son père. Il eut l'impression que quelque chose de chaud et de rouge lui remontait dans la gorge, le faisait suffoquer, lui arrachait des larmes brûlantes. Il tendit la main pour toucher la barbe du pêcheur.

Il n'était plus seul, mais les sanglots le secouaient si fort qu'il ne s'en aperçut pas tout de suite.

Une petite troupe de Romains l'avait rejoint, qu'accompagnait un centurion : ils étaient à la recherche de toutes les armes romaines abandonnées sur le champ de bataille. Quand ils virent la petite silhouette solitaire, ils marchèrent vers elle.

« Un détrousseur de cadavres », dit l'un des légionnaires avec mépris. Ils n'étaient qu'à quelques mètres de lui quand le jeune garçon entendit le cliquetis de leurs cuirasses, se retourna et les dévisagea avec terreur.

Des soldats romains... Le soleil couchant se reflétait sur les plastrons de leurs cuirasses. Ils allaient le tuer, ou au moins le faire prisonnier. Il jeta un regard désespéré alentour, mais non, il n'y avait nulle part où s'enfuir. Seulement le fleuve, derrière lui. Fallait-il s'y précipiter, tâcher de s'échapper à la nage ? Ils le rattraperaient avant même qu'il soit entré dans le courant. Il baissa les yeux vers son père : son épée reposait sur le sol, juste à côté de lui. Il se pencha vivement, la ramassa et fit face au centurion qui s'approchait.

S'il veut me tuer, pensa-t-il, alors autant mourir en combattant.

L'épée pesait lourd mais sa main ne tremblait pas ; la détermination se lisait sur son visage d'enfant. Le centurion fronça les sourcils et lui fit signe de reposer l'arme à terre, mais Segovax secoua la tête. Le Romain, tout près de lui maintenant, dégaina tranquillement sa courte épée. Le jeune garçon ouvrit de grands yeux. Il s'apprêta à combattre, mais ne savait comment s'y prendre ; c'est alors que le centurion lui porta un coup.

Ce fut si rapide qu'il ne le vit pas venir. Il y eut un bruit métallique puis, à son grand étonnement, l'épée de son père fut arrachée de sa main et retomba à terre. Ou plutôt c'étaient sa main elle-même, lui semblait-il, et tout son poignet qui avaient été arrachés. Le visage du centurion ne tressaillit même pas, et il fit un autre pas en avant.

Il va me tuer, pensa l'enfant. Pour finir, je vais donc bien mourir au côté de mon père. Mais maintenant, à la vue du corps grisâtre allongé au sol, cette mort-là ne le tentait plus. En tout cas, il mourrait en combattant. A nouveau il se pencha pour ramasser l'épée.

Mais à sa grande horreur, il ne parvint pas à la soulever ; son poignet lui faisait si mal qu'il dut y mettre les deux mains. Il tâcha de frapper le centurion, mais l'épée tanguait lourdement dans ses paumes ; du coin de l'œil il apercevait le visage du Romain qui le regardait calmement. A nouveau il frappa, dans le vide, puis entendit quelqu'un rire.

Segovax avait été si absorbé par la présence du centurion qu'il n'avait même pas remarqué que des cavaliers s'approchaient : il y en avait une demi-douzaine, qui observaient la scène avec curiosité. Au milieu d'eux se tenait un homme de grande taille, au crâne dégarni, au visage intelligent et dur. C'était lui qui avait ri. Il dit quelque chose au centurion, et tous les autres rirent, eux aussi.

Segovax rougit ; l'homme avait parlé en latin, aussi n'avait-il aucune idée de ce qu'il avait bien pu dire. Quelque méchante plaisanterie, peut-être. Il n'en douta pas, les Romains s'étaient réunis là pour le regarder mourir. Dans un grand effort, il souleva de nouveau l'épée de son père.

Mais il vit alors, avec surprise, le centurion rengainer sa propre épée ; puis les Romains se retirèrent, le laissant seul auprès du corps de son père. Segovax aurait été bien plus surpris encore s'il avait compris ce que venait de dire Jules César : « Voyez comme ce garçon est courageux. Il ne se rendra pas. Tu ferais mieux de le laisser tranquille, centurion, sinon il va tous nous tuer... »

Il vit, épinglée sur la tunique de son père, la broche que Cassivellaunus lui avait remise. Il s'en saisit avec respect et s'apprêta à quitter le champ de bataille, la broche dans une main et l'épée dans l'autre. Avant de partir, il jeta un dernier regard sur le visage de son père.

Dans les mois qui suivirent la bataille du fleuve, César ne chercha pas à s'emparer de l'île bretonne. Avait-il eu, ou non, l'intention de l'occuper tout de suite ? Cela n'a jamais été clair, et il était bien trop rusé pour le révéler dans son propre compte rendu des événements.

Les chefs bretons durent fournir des otages et payer des tributs considérables ; César voulait que son succès soit absolu. A l'automne, toutefois, il retourna avec ses légions en Gaule, où des troubles se préparaient. Sans doute avait-il conscience que ses conquêtes l'avaient entraîné trop loin, trop vite, et voulait-il consolider sa mainmise sur la Gaule avant d'entreprendre la conquête de l'île. La vie sur celle-ci retrouva donc, au moins pour un temps, un cours à peu près normal.

Le printemps suivant ne vit débarquer ni César ni aucun autre Romain, contrairement à ce que l'on redoutait. Même chose en été. Sauf en une occasion, pourtant. Un jour, tôt le matin, les habitants du hameau assistèrent à un étrange spectacle. Un bateau remontait le fleuve, poussé par la marée montante ; il ne ressemblait à aucun de ceux qu'on connaissait dans la région.

Il n'était pas aussi grand, en réalité, qu'il parut l'être aux villageois. C'était un voilier plutôt trapu, de quelque vingt-cinq mètres de long, avec une poupe élevée, une proue basse sur l'eau, un mât central supportant une grande voile carrée ; des anneaux y étaient cousus, à travers lesquels passaient les cordages servant à la carguer. Un second mât, oblique et plus court que l'autre, surmontait la proue ; une petite voile triangulaire s'y accrochait, pour plus d'efficacité. Les flancs de ce navire étaient parfaitement lisses, faits de planches clouées sur la membrure par des pointes de fer. Il comportait non pas un mais deux gouvernails, placés chacun d'un côté de la poupe.

C'était un modèle de navire marchand courant dans l'Antiquité. Son équipage, au teint basané, et le riche armateur romain qui le possédait s'étaient aventurés sur le fleuve, poussés par la curiosité.

Ils s'approchèrent du rivage à la rame et abordèrent poliment les villageois ; ils leur firent comprendre qu'ils souhaitaient voir l'endroit où la bataille avait eu lieu, s'il se trouvait dans les environs. Après hésitation, deux hommes acceptèrent de les emmener jusqu'au gué et à l'île du druide, qu'ils visitèrent avec intérêt. Puis, ne voyant rien d'autre pour les retenir à Londinos, ils repartirent avec le reflux, non sans avoir payé d'une pièce d'argent le dérangement des villageois.

Simple visite de curiosité, sans nulle portée historique. Pourtant, elle eut une profonde répercussion sur l'esprit du jeune Segovax. Il contempla longuement, fasciné, l'étrange voilier mouillé juste devant la berge, si près que c'en était une torture ; il détailla la pièce d'argent d'un œil avide, la tête de dieu qu'elle portait à l'avers. Il devina que sa fonction n'était pas uniquement décorative, même s'il ne pouvait connaître exactement son utilité ni sa valeur. Par-dessus tout, quand il vit le bateau repartir vers l'estuaire, il se souvint du fameux jour où, avec son père, il était descendu jusqu'à la mer.

« C'est là-bas qu'ils vont, murmura-t-il. A la mer... Peut-être qu'ils reviendront ici un jour. » Et il rêva secrètement que ce jour-là il s'y embarquerait. Même si c'était un bateau romain, et même sans connaître sa destination.

Chose étonnante, il semblait que de toute la famille, ce fût Segovax qui avait le plus de chagrin. Après trois mois d'un deuil qui paraissait insurmontable, sa mère, à sa grande surprise, s'était mise à fréquenter un autre homme. Il venait d'un autre hameau et il était gentil avec le jeune garçon. Mais rien ne pouvait atténuer le chagrin de Segovax ; qui sait combien de temps il aurait duré, sans un petit événement qui intervint à la fin de l'hiver ?

Une grande fête se tenait alors dans le monde celte : celle de Samain, période pendant laquelle les esprits se manifestaient à la surface de la terre. Ils ressortaient des tombes pour rendre visite aux vivants et leur rappeler que la communauté des morts, ceux qui habitaient jadis les maisons où ils résidaient aujourd'hui, attendait respect et reconnaissance de leur part. Durant cette période très animée, un peu inquiétante aussi, de nombreuses festivités étaient organisées et l'on prononçait des serments solennels.

Quelques jours après Samain, par un après-midi calme et brumeux, Segovax et sa sœur étaient allés en courant au bout du tertre sur lequel se dressait le hameau. Puis Branwen, fatiguée de jouer, était repartie. Une fois seul, le jeune garçon avait été gagné par la mélancolie ; il s'était assis sur une pierre et contemplait les deux collines de Londinos, sur la rive opposée.

Depuis quelque temps il avait pris l'habitude de s'asseoir ainsi. Surtout depuis la visite de l'étrange navire. Le spectacle de la rivière, sa lente respiration, rythmée par le flux et le reflux, le réconfortaient. Au lever du soleil, la colline de l'est se nimbait d'une pâle lumière dorée ; à son coucher, celle de l'ouest s'embrasait de reflets pourpres. Ici la vie et la mort semblaient se répondre harmonieusement, jour après jour.

Segovax était assis depuis un moment lorsqu'il entendit et vit bientôt le vieux druide de l'île s'approcher de lui. Il semblait plus fragile, désormais ; on disait que la bataille lui avait causé un terrible choc, l'année précédente. Pourtant il avait repris ses tournées des hameaux, depuis le départ de César ; il y débarquait comme toujours à l'improviste, à sa manière grave et tranquille. Il reconnut le garçon solitaire et s'arrêta.

Segovax fut surpris que le visiteur veuille lui adresser la parole. Il se leva poliment mais le vieil homme lui fit signe de se rasseoir, puis prit lui-même place sur la pierre à son côté ; l'étonnement de l'enfant allait croissant.

Mais il s'en aperçut vite, avec soulagement, la présence du druide n'avait rien d'intimidant, comme on aurait pu le redouter ; au contraire, il émanait de lui un calme intérieur qui se communiquait à ses interlocuteurs. Ils parlèrent longuement ensemble : le prêtre lui posait des questions, d'un ton bienveillant, auxquelles Segovax répondait en toute confiance. Tant et si bien qu'il finit par tout lui dire sur le terrible jour de la bataille, ce qu'il avait vu, et même la lâcheté dont il avait fait preuve. L'homme sourit doucement.

« Les batailles ne sont pas faites pour les enfants. Je ne pense pas que tu sois un lâche, Segovax. Tu as l'impression d'avoir abandonné ton père, de l'avoir trahi ? »

Le jeune garçon acquiesça.

« Mais lui ne s'attendait pas à te voir là. Est-ce qu'il ne t'avait pas dit de veiller sur ta mère et ta sœur ?

— Si, c'est vrai... » Néanmoins, Segovax ne put s'empêcher d'éclater en sanglots, en pensant au nouvel homme avec qui sa mère vivait. « Mais je l'ai quand même perdu ! J'ai perdu mon père ! Je ne le reverrai plus jamais !... »

Le druide laissa son regard errer sur le fleuve et garda le silence. La douleur du petit garçon était normale, aussi normale qu'inutile, hélas ; pourtant la force même de cette douleur bouleversait le vieil homme, à un point dont Segovax lui-même ne pouvait se douter. Elle ne lui rappelait que trop ses propres angoisses, ses propres interrogations, qui le tenaillaient depuis si longtemps.

Son don de double vue était une chose bien étrange. Parfois des événements futurs lui apparaissaient clairement, avec précision — ainsi le destin de cette famille, qu'il avait deviné avant l'arrivée des Romains. Mais d'une manière générale, il s'agissait moins d'illuminations soudaines que de fragments d'un processus plus global, d'un certain sens de l'existence, qui s'était affirmé chez lui à mesure qu'il avançait en âge. Pour la plupart des gens, la vie était comme une longue journée, entre l'aube de la naissance et le crépuscule de la mort ; à lui, elle apparaissait différemment.

De plus en plus, elle lui semblait irréelle. Au-delà des frontières de la vie régnaient non pas les ténèbres, mais quelque chose de clair, de positif ; il ne pouvait pas décrire ce quelque chose, mais il sentait qu'il l'avait toujours connu, qu'il y retournerait un jour. Parfois les dieux lui révélaient un pan de l'avenir, avec une terrible netteté — il savait alors qu'il devait cacher aux autres hommes le secret qu'on lui avait confié. Mais le plus souvent il tâtonnait, avec seulement la vague conscience de faire partie d'un plan décidé de toute éternité. Les dieux le guidaient dans l'accomplissement de sa destinée, il le sentait ; la mort même n'était qu'un des épisodes d'une bien plus vaste aventure.

Mais c'est là qu'intervenait la chose étrange et troublante. Depuis deux ans les dieux tentaient de lui faire comprendre, lui semblait-il, que cette destinée supérieure, cet univers invisible qui entourait le nôtre allaient eux-mêmes vers une fin. On aurait presque dit que les anciens dieux de l'île s'apprêtaient à disparaître. Qu'un monde allait mourir. Mais si les dieux s'éteignaient eux aussi, comme les hommes, ils devaient laisser un message derrière eux. Ses flots ont beau se jeter dans la mer, encore et toujours, le fleuve n'en continue pas moins de couler.

Il ordonna tranquillement au petit garçon, une main posée sur son épaule : « Apporte-moi l'épée de ton père. » Quand Segovax lui donna l'arme, quelques minutes plus tard, le vieil homme la brandit et, d'un formidable geste, la brisa en deux sur une pierre.

Briser une épée était un acte rituel chez les Celtes.

Il ramassa alors les deux morceaux, puis, serrant l'enfant d'une main contre lui, les lança dans le fleuve de l'autre main, d'un grand geste. Segovax les suivit des yeux, pour les voir retomber au loin dans le courant.

« Il ne faut plus que tu pleures, lui dit le druide à mi-voix. C'est le fleuve qui est ton père, maintenant. »

Le jeune garçon avait la gorge trop nouée pour répondre, mais il comprenait ce que disait le druide, et il savait que le vieil homme avait raison.

2

Londinium

251 après Jésus-Christ

Les deux hommes se faisaient face, assis de part et d'autre de la table. Aucun des deux ne parlait, tout à sa tâche pleine de périls.

C'était un après-midi d'été, pendant les ides de juin, selon le calendrier romain. Il n'y avait guère de monde dans les rues au-dehors, pas un souffle de vent non plus. A l'intérieur, la chaleur était oppressante.

Comme la plupart des gens du peuple, les deux hommes ne portaient pas la lourde toge romaine, mais une simple robe de laine blanche qui leur arrivait aux genoux ; elle était fixée par des fibules aux épaules, serrée par une ceinture à la taille. Le plus grand des deux était vêtu d'une courte cape, faite dans le même tissu, tandis que l'autre, plus jeune, avait gardé les épaules nues. Ils avaient tous les deux des sandales de cuir aux pieds.

La pièce était modeste, typique de ce quartier de petites ruelles, d'ateliers et de maisons à toits de chaume entourant des cours intérieures. Les murs, en argile et clayonnage, étaient revêtus de plâtre blanc ; il y avait un établi dans un coin de la pièce, un râtelier à burins et une hachette. Le maître des lieux était charpentier.

Le silence régnait ; seul bruit, le léger crissement de la lime que maniait le plus grand des deux hommes. Pourtant quelqu'un faisait le guet dehors, au bout de la courte venelle. Sage précaution, car une seule peine était prévue pour l'activité à laquelle ils se livraient : la mort.

Sur l'emplacement des deux collines, au bord du fleuve, une grande cité fortifiée s'élevait aujourd'hui.

Londinium était une ville paisible, souriante quand le ciel se mettait de la partie. Les pentes des deux collines s'étaient couvertes de terrasses pleines de charme. Un majestueux forum couronnait celle de l'est ; les rayons du soleil faisaient briller d'un éclat mat les pierres de ses édifices, sobres et nus. Une large rue en descendait, conduisant jusqu'au solide pont de bois qu'on avait jeté sur la rivière. Sur la colline ouest, un vaste amphithéâtre ovale situé en dessous du sommet dominait le paysage environnant ; la garnison militaire était cantonnée juste derrière, au nord-ouest. Magasins et quais de bois se succédaient au bord de la rivière, tandis qu'à l'est du ruisseau coulant entre les deux collines on trouvait les élégants jardins du palais du gouverneur. L'ensemble — temples et théâtres, humbles masures ou riches demeures aux murs couverts de stucs, toits de tuiles rouges, jardins — était enclos d'une haute et belle muraille du côté des terres, avec des portes par où l'on pénétrait dans la cité.

Deux grandes avenues traversaient celle-ci d'ouest en est. L'une y entrait par la porte du haut, une des deux portes qui s'ouvraient à l'ouest ; elle passait par les sommets des deux collines avant de ressortir à l'est. L'autre voie entrait par la porte du bas, courait à mi-côte de la colline occidentale, puis redescendait pour franchir le ruisseau et continuer au-delà du palais du gouverneur.

C'était cela, Londinium : deux collines reliées entre elles par deux grandes avenues et protégées par un mur. Ses quais mesuraient près de deux kilomètres de long ; pas moins de vingt-cinq mille personnes devaient y vivre. La ville se dressait là depuis deux cents ans déjà.

Les Romains avaient projeté de longue date d'envahir la Bretagne. Pourtant, après la bataille au bord du fleuve, César n'était pas revenu une troisième fois sur l'île. Dix ans plus tard, le grand conquérant avait été poignardé à mort en plein Sénat, à Rome. Il avait fallu attendre un siècle encore avant que l'empereur Claude, en 43 après Jésus-Christ, retraverse la Manche pour apporter à l'île les bienfaits de la civilisation.

Tout alla très vite, ensuite. Des garnisons militaires furent tout de suite installées dans les principaux centres tribaux ; on explora méthodiquement le pays, et l'œil avisé des colonisateurs romains ne tarda guère à reconnaître les avantages du site qui répondait au nom celte de Londinos. Ce n'était la capitale d'aucune tribu ; de même qu'au temps de César, les principaux centres tribaux se trouvaient à l'est, de part et d'autre du long estuaire. Mais cela restait le premier gué sur le fleuve, et donc un nœud routier naturel.

Pourtant, c'était moins le gué qui attirait les Romains sur place qu'une autre caractéristique des lieux. Dès que leurs ingénieurs avaient vu les deux collines cailouteuses sur la rive nord, ainsi que le tertre qui faisait saillie dans le fleuve sur la rive d'en face, ils avaient tiré la conclusion qui s'imposait : « C'est l'endroit parfait pour construire un pont. »

Vers l'aval, le fleuve s'élargissait en un vaste plan d'eau ; vers l'amont, les rives étaient marécageuses. « Ici il est assez étroit, notèrent les ingénieurs, et le lit de gravier offre une bonne assise pour planter les piles. » En outre la marée venait jusqu'ici, continuant même au-delà ; ainsi les navires pourraient-ils aisément remonter et redescendre le fleuve en profitant du flux et du reflux. De plus, une anse s'ouvrait entre les deux collines, au débouché du ruisseau, qui ferait une rade parfaite pour les petits vaisseaux. « C'est un port naturel », conclurent-ils.

Ils nommèrent le fleuve Tamesis ; quant au port, latinisant son nom indigène, ils l'appelèrent Londinium.

Comme on pouvait s'y attendre, Londinium devint avec le temps le centre le plus actif de l'île. Non seulement les affaires s'y traitaient, mais toutes les routes passaient par son pont.

Et les routes étaient la clé du monde romain. Délaissant totalement l'ancien système de sentiers préhistoriques courant le long des crêtes, ces voies droites, empierrées, couvrirent bientôt l'île ; elles enserrèrent les capitales tribales et les centres administratifs dans un solide réseau de communications que l'avenir n'effacerait jamais entièrement. La « route Watling » partait des blanches falaises de Douvres, au sud-est du Kent, et montait vers Londinium en passant par Canterbury et Rochester. La route de Colchester filait vers l'est, au-dessus de la vaste bouche de l'estuaire ; une grande voie montait plein nord, en direction de Lincoln et de la noble cité d'York ; à l'ouest, passé Winchester, un réseau de routes menait vers Gloucester, vers la cité thermale de Bath, avec ses sources médicinales, et vers les riantes villes-marchés du sud-ouest, où il faisait bon vivre.

En cet été de 251, le calme régnait sur la Bretagne, comme il y régnait presque sans interruption depuis deux siècles. Dans les premiers temps de l'occupation romaine, la terrible reine Boadicée avait pris la tête d'une grande révolte, qui agita quelque temps la province ; puis les fiers Gallois avaient longuement soulevé l'ouest de l'île, tandis que dans le nord les Picts et les Scots, peuples farouches, ne s'étaient jamais laissé soumettre. L'empereur Hadrien avait fait édifier une grande muraille qui traversait toute l'île, afin de les isoler dans leurs landes et leurs montagnes. Plus récemment, on avait aussi dû construire deux grandes bases navales, sur la côte est, afin de s'opposer aux agissements des pirates germaniques.

Néanmoins, au sein d'un Empire romain toujours plus tentaculaire et plus turbulent — ses frontières orientales sans cesse menacées par les incursions barbares, sa vie politique en état de crise permanente, jusqu'à cette fameuse année où l'on avait proclamé pas moins de cinq empereurs différents en plusieurs points du territoire —, dans ce monde en pleine ébullition, la Bretagne faisait figure de havre de paix, de sagesse et de prospérité. Et Londinium en était le centre économique et commercial.

Le jeune Julius avait presque oublié la terrible menace que la loi faisait peser au-dessus de leurs têtes. Il ne songeait qu'à ce que venait de lui dire l'homme qui tenait la lime. Car Sextus avait beau être son associé, et aussi son ami, il pouvait se révéler dangereux le cas échéant.

Sextus avait le teint basané et, à près de trente ans, les joues tombantes. Ses cheveux sombres étaient déjà clairsemés sur le sommet de son crâne, son visage rasé de près, ou plutôt épilé, à la manière romaine ; il n'avait gardé qu'une paire de favoris, épais et bouclés, dont il était très fier. Il y avait même des femmes pour les trouver à leur goût. Ces attraits extérieurs étaient néanmoins quelque peu gâchés par le fait que le haut et le bas de son visage semblaient avoir été pressés l'un contre l'autre, de sorte que ses yeux bruns vous regardaient comme de dessous une corniche. Ses gestes étaient lents et ses épaules comme alourdies par quelque invisible poids ; d'où cette allure voûtée quand il s'affairait à son établi, cette démarche chaloupée quand on le croisait dans la rue.

« La fille est à moi. Ne tourne pas autour d'elle. » L'avertissement était tombé d'un seul coup, à l'improviste, alors qu'ils travaillaient en silence. Sextus avait parlé sans même lever les yeux, mais quelque chose de calme et de résolu dans sa voix avait alerté Julius. Alerté, et surpris aussi. Comment Sextus avait-il pu deviner ?

L'aîné des deux hommes avait souvent emmené boire le plus jeune, et lui avait présenté des femmes ; mais il avait toujours été pour lui un guide, jamais encore un rival. C'était une *nouveauté* — et une nouveauté pleine de périls. Son association avec Sextus, et leur trafic illicite, était l'unique moyen que connaissait Julius d'améliorer ses ressources ; ç'aurait été de la folie de la compromettre. De plus, il songea que Sextus devait savoir manier un couteau. Pourtant, même ainsi, il n'était pas sûr d'obéir à l'ordre reçu.

En outre, il avait déjà envoyé la lettre.

Quand les femmes voyaient Julius, elles souriaient. Parfois on le prenait pour un marin ; il avait quelque chose de frais et d'innocent sur le visage qui faisait penser à un jeune matelot tout juste revenu à terre. « Quel gars viril ! » disaient les femmes en riant.

Il était âgé de vingt ans, d'une taille juste en dessous de la moyenne (ses jambes étaient un peu courtes par rapport à son buste), mais bien bâti. Sa tunique sans manches dévoilait un torse développé et musclé. Julius était très fier de son corps et bon gymnaste ; en bas sur le port, où il travaillait à décharger les bateaux, on parlait déjà de lui comme d'un boxeur qui promettait. « Personne de ma taille ne m'a encore battu », avait-il coutume d'affirmer.

« Tu peux le faire tomber, disaient avec admiration des hommes qui le dépassaient d'une tête, il se relèvera toujours. »

Il avait les yeux bleus. Son nez, qui démarrait comme s'il allait être aquilin, s'aplatissait soudain juste en dessous de l'arête. Ce n'était pas dû à la boxe, comme on aurait pu le penser. « Il a juste poussé comme ça », expliquait-il avec bonne humeur.

Julius se distinguait aussi par deux autres particularités, plus frappantes celles-là. La première, qu'il partageait avec son père, était la mèche de cheveux blancs qui poussait sur son front, alors que le reste de sa tête était couvert de boucles noires. La seconde, c'étaient les doigts palmés de ses mains. Cela ne le gênait guère. Sur le port, on le surnommait gentiment « Canard ». Quand il boxait on lui criait souvent : « Vas-y, Canard ! Flanque-le à l'eau, Canard ! » Quelques petits malins se mettaient même à cancaner quand il gagnait.

Ce qu'aimaient surtout les femmes, c'était sa personnalité. Il y avait quelque chose de si joyeux et de si vivant dans ses yeux bleus, dans le regard gourmand qu'il portait sur le monde... Comme une jeune matrone l'avait remarqué un jour : « C'est une belle petite pomme, toute prête à ce qu'on la cueille. »

Julius n'était pas tombé tout de suite amoureux. Deux mois s'étaient écoulés depuis qu'avec Sextus il avait vu la fille pour la première fois. Quand on l'avait vue, on ne risquait pas de l'oublier.

Le port de Londinium abritait une population très bigarrée. Des navires arrivaient chargés d'huile d'olive espagnole, de vin de Gaule, de verrerie du Rhin, d'ambre de Germanie, aux confins de la mer Baltique ; des Celtes de toutes régions croisaient de blonds Germains, des Latins, des Grecs, des Juifs, et des hommes à la peau bistre, venus des rives sud de la Méditerranée. Les esclaves en particulier pouvaient arriver de partout. Une toge romaine croisait un vêtement aux couleurs de l'Afrique, ou un autre décoré de motifs égyptiens. L'Empire romain était cosmopolite.

Et pourtant, même ici, la fille attirait le regard. Elle avait deux ans de plus que Julius, et presque la même taille que lui. Son teint était pâle, ses cheveux dorés ; mais au lieu d'être longs et retenus par des épingles comme ceux des autres filles, les siens poussaient en boucles serrées autour de son crâne. Ajouté à son nez légèrement épaté, cela indiquait ses ascendances africaines. Sa grand-mère, qui venait de la province de Numidie, avait été emmenée en esclavage en Gaule. Elle avait des dents petites, très blanches, assez irrégulières ; de grands yeux bleus en amande, où passaient d'étranges reflets gris. Sa mince silhouette et sa démarche dansante lui donnaient une grâce merveilleuse, que ne possédait aucune des autres femmes du port. Elles se vengeaient en faisant courir le bruit que son époux l'avait achetée en Gaule, mais personne ne savait la vérité.

Elle se nommait Martina. A seize ans elle avait épousé le capitaine d'un vaisseau. Lui-même en avait cinquante ; c'était un veuf, qui avait déjà de grands enfants. Il était arrivé à Londinium, venant de Gaule, l'année précédente.

Julius avait déjà vu le marin : il était grand et fort, avec une allure curieuse. Son crâne était totalement chauve, son visage et tout son corps recouverts d'un réseau de fins vaisseaux éclatés qui lui faisaient une peau bleue, comme s'il était tatoué. Le couple vivait sur la rive sud du fleuve, dans l'une des petites maisons qui s'échelonnaient le long des routes rayonnant vers la côte sud à partir du pont.

Le port de Londinium était très actif. Malgré son âge, le marin travaillait dur ; il voguait souvent vers la Gaule, ou vers les villes qui bordaient le grand Rhin. En ce moment même, il était loin.

Julius avait de bonnes raisons d'espérer.

Sextus avait un certain succès auprès des femmes ; il avait été marié mais son épouse était morte, et il ne semblait guère pressé de convoler à nouveau. De son ton toujours un peu condescendant, il avait affirmé à Julius qu'il escomptait bien conquérir la jeune femme du marin — puis son associé n'y avait plus repensé. Sextus s'était renseigné sur les habitudes du navigateur, les périodes où il était en voyage ; il avait trouvé comment pénétrer dans sa maison la nuit sans se faire remarquer. Il planifiait ses conquêtes comme des opérations militaires. Mais cette fille-là ne se laissait pas facilement capturer. « Le plaisir de la traque », commentait Sextus, et il continuait de plus belle.

Aussi Julius avait-il été surpris le jour où, prenant congé des deux amis près du pont, la fille avait imperceptiblement pressé dans la sienne la main qu'il lui tendait. Le lendemain, ils marchaient tous les trois sur les quais ; à un certain moment, en le dépassant, elle avait délibérément frôlé son épaule. Peu après elle avait remarqué, d'un air détaché : « Toutes les filles aiment qu'on leur fasse de petits cadeaux » ; elle l'avait dit à Sextus mais c'était à lui qu'elle avait jeté un coup d'œil, Julius en était sûr. Hélas, il n'avait pas d'argent sur lui ce jour-là, et Sextus avait offert des friandises à leur compagne. Quelques jours plus tard, Julius avait tenté de lui parler seul à seule ; elle lui avait souri mais s'était éloignée, et depuis elle l'ignorait.

C'est alors qu'il s'était mis à penser à Martina, et qu'il était tombé amoureux d'elle. Pendant qu'il déchargeait les bateaux, il lui semblait qu'une paire d'yeux gris-bleu le contemplaient du haut de la mâture. Il songeait à sa démarche dansante et la trouvait infiniment séduisante. Sextus lui faisait la cour, il ne l'ignorait pas, mais le marin avait été présent chez lui ces derniers temps, et Julius était presque sûr que son ami n'était pas encore arrivé à ses fins. Il s'imaginait se glissant lui-même dans la maison à la place de Sextus, sous le couvert de la nuit. Plus il pensait à la fille et plus il était épris d'elle. Cette merveilleuse odeur musquée — était-ce un parfum qu'elle utilisait, ou bien émanait-elle naturellement de sa peau ? Au début il lui avait trouvé les pieds un peu grands, mais aujourd'hui il les jugeait plutôt excitants à regarder. Il mourait d'envie de caresser ses courts cheveux bouclés, de tenir son visage entre ses mains. Et surtout il rêvait de son corps, long, mince, fluide. C'était comme un continent nouveau qu'il lui tardait de découvrir.

« Est-ce que tu rêverais autant d'elle si elle ne t'ignorait pas ? C'est le genre de question qu'il faut toujours se poser à propos d'une femme. » Julius n'avait jamais parlé de cette fille à ses parents, pourtant son père lui avait lancé cette remarque quelques jours plus tôt, à brûle-pourpoint. « Je vois bien qu'une fille est en train de te faire marcher, avait-il poursuivi. J'espère au moins qu'elle le mérite. » Julius avait ri ; il ne savait pas si elle le méritait ou non. Mais il comptait bien le découvrir.

Et l'avertissement de Sextus ? Ce n'était pas son genre de se prêter à de tels calculs. Il était trop jeune, trop plein de vie pour soupeser les risques de chacune de ses actions. De plus, il était d'un incurable optimisme. Tout va s'arranger au mieux, décida-t-il.

La grosse fille était assise au coin de la rue. Elle ne voulait pas s'asseoir là, mais ils lui avaient dit de le faire. Elle avait apporté deux tabourets et s'y était lourdement laissée tomber. Ils lui avaient donné une miche de pain, du fromage, un sac de figues, et depuis elle attendait tranquillement, sous le chaud soleil. Une fine pellicule de poussière s'était déjà déposée sur ses jambes ; des miettes de pain et des peaux de figues recouvraient le sol à ses pieds. Elle avait déjà mangé tout le pain, tout le fromage et cinq des fruits.

Elle avait dix-huit ans, mais sa carrure aurait impressionné même chez une femme bien plus âgée. Ses deux premiers mentons étaient bien avancés, et un troisième poussait déjà par en dessous. Elle avait une grande bouche dont les coins retombaient ; un peu de jus de figue s'y était amassé. Elle était penchée en avant, jambes écartées, et sa robe bâillait largement sur ses seins.

Julius avait toujours trouvé quelque chose de mystérieux aux gens très gros. Comment avaient-ils pu devenir ainsi ? Pourquoi semblaient-ils généralement se satisfaire de leur sort ? A un jeune homme vif et sain comme lui, cela paraissait fort étrange. Il se demandait parfois, en regardant la grosse fille, si son apparence morne et massive pouvait dissimuler quelque sagesse secrète. Ou peut-être le mystère était-il plus profond encore. Par moments, il lui semblait presque que la grosse fille était contente de son sort parce qu'elle savait sur l'univers quelque chose que les autres ignoraient ; contente d'être simplement assise, de manger et d'attendre. Attendre quoi ? Il n'en savait rien. Mais le plus grand mystère de tous était peut-être le fait que cette grosse fille soit sa propre sœur.

Car c'était sa sœur. Elle s'était mise à grossir vers l'âge de neuf ans ; à l'étonnement et à la déception de toute la famille, elle avait peu à peu délaissé les jeux et les sports que Julius et ses amis pratiquaient assidûment. « Je ne comprends pas d'où ça lui vient », répétait son père, perplexe. Lui-même avait aujourd'hui la face ronde et rougeaude, mais il n'avait jamais été gros, pas plus que son épouse. « Mon père me disait, je me souviens, qu'une de ses tantes était énorme, remarquait-il sans perdre sa bonne humeur. Ça lui vient peut-être de là. » En tout cas, d'où qu'elle tînt son obésité, elle n'avait pas l'air prête à la perdre. Les années passant, Julius et elle n'eurent plus grand-chose en commun ; en fait, elle parlait à peu de gens. Mais elle ne rechignait pas à rendre des services, comme faire le guet sans poser de questions, pourvu qu'on lui fournisse quelque chose à manger.

Tandis que l'après-midi s'avançait lentement, elle restait assise, contemplant la rue déserte et plongeant de temps à autre la main dans le sac pour y piocher une autre figue.

Tout était calme. Un grognement ensommeillé monta des parages de l'amphithéâtre, à cinq cents mètres de là ; c'était un des lions qu'on avait amenés d'au-delà des mers. Demain se dérouleraient les jeux, une grande affaire. Il y aurait des gladiateurs, une girafe arrivée d'Afrique, des combats contre des ours venus des monts gallois, ainsi que contre des sangliers locaux. La plupart des habitants de Londinium s'entasseraient dans la vaste arène pour assister au grandiose spectacle. Même la grosse fille se traînerait jusque-là.

Il faisait très chaud, au coin de la rue. Elle sentait le soleil brûler sa peau, et tira paresseusement sur sa robe pour qu'elle lui couvre la poitrine. Il ne restait plus qu'une figue au fond du sac. Elle la prit, la mit dans sa bouche, la mordit ; un peu de jus coula sur son menton, qu'elle essuya d'un revers de sa main charnue. Puis la peau de la figue rejoignit les autres sur le sol, et la fille mit le sac vide sur sa tête, pour se protéger du soleil.

Elle contempla d'un œil morne le mur blanchi à la chaux en face d'elle. Maintenant qu'elle n'avait plus rien à manger, l'attente allait devenir interminable. Ce mur blanc lui donnait irrésistiblement envie de fermer les yeux. De toute façon, personne ne venait jusqu'ici. La plupart des gens faisaient la sieste.

Elle s'autorisa à fermer les yeux, juste pour un bref instant. Le sac reposait mollement sur sa large tête. Il commença bientôt à se soulever puis à redescendre en rythme.

Les soldats avançaient rapidement. Ils étaient cinq, accompagnés par un centurion. Celui-ci était un homme corpulent, aux cheveux grisonnants. Dans cette province paisible, il n'avait guère connu d'actions violentes ; pourtant, un coup de couteau reçu dans une rixe quelques années plus tôt lui avait laissé une longue cicatrice sur la joue droite, qui lui donnait l'air d'un dur et inspirait le respect à ses hommes.

Leurs pas rapides ne soulevaient aucun bruit dans la rue poussiéreuse ; seul le léger cliquetis des courtes épées contre les boutons métalliques des tuniques trahissait leur présence.

La responsabilité en incombait à Julius. Si quelqu'un l'envoyait à terre, au cours d'un combat de boxe, il prenait la chose avec bonne humeur et se relevait pour recommencer à combattre. Garder de la rancune envers son adversaire ne lui venait pas à l'idée. Mais sa faiblesse était là : parce que la mesquinerie lui était étrangère, il n'en soupçonnait pas l'existence chez les autres. Aussi n'avait-il pas aperçu le regard jeté par l'homme qu'il avait défait dix jours plus tôt. Pas plus qu'il n'aurait imaginé que son adversaire ait pu ouvrir la bourse qu'il avait négligemment posée à terre ce jour-là, et remarquer une pièce d'argent particulière qu'elle contenait.

Julius, le fils de Rufus, qui travaille sur le port, a un denier d'argent. Comment l'a-t-il eu ? Par son ami Sextus le charpentier.

Telle était la lettre anonyme que les autorités avaient reçue. Elle ne voulait peut-être rien dire, bien sûr. Mais les soldats étaient là pour s'en assurer.

Julius rit intérieurement. S'il était une chose dont sa jeune existence avait bien besoin, c'était l'argent. La paye qu'il recevait sur les quais était maigre ; il s'offrait des petits extras quand il boxait et que des amis pariaient sur lui. Mais Sextus et lui avaient trouvé un moyen bien plus simple pour gagner de l'argent.

Ils fabriquaient de la fausse monnaie.

La contrefaçon était un art assez simple en soi, mais qui requérait beaucoup de soin. Les pièces officielles étaient frappées : on plaçait un disque de métal vierge entre deux coins, un pour l'avers, l'autre pour l'envers ; l'empreinte que portaient les coins était alors estampée, frappée, sur le disque. Julius avait entendu parler de faux-monnayeurs capables d'utiliser le même procédé, et de produire ainsi des faux de qualité supérieure. Mais pour ce faire, il fallait être capable de graver soi-même les coins, ce qui dépassait de beaucoup ses compétences et celles de Sextus.

Par conséquent, la plupart des contrefacteurs utilisaient un procédé plus grossier, mais également bien plus facile. Ils prenaient des pièces de monnaie existantes — des vieilles aussi bien que des neuves — puis, en pressant chaque face dans de l'argile humide, confectionnaient deux demi-moules. Ils les ajustaient ensuite l'un en face de l'autre, en ménageant un petit trou sur le côté, par où l'on versait le métal en fusion une fois que l'argile était sèche et dure. Il ne restait plus qu'à casser le moule quand la pièce avait refroidi, et l'on obtenait ainsi un faux d'une qualité acceptable.

« Sauf que, bien sûr, tu n'en fabriques pas qu'un seul à la fois, lui avait expliqué Sextus. Voilà comment tu fais. » Il avait pris trois moules et les avait réunis en triangle, de sorte que les trois trous faisaient face au petit vide central. « Puis tu ajoutes une autre couche de trois par-dessus, comme ceci, lui avait-il dit en joignant le geste à la parole, et encore une autre. » Il avait montré à Julius comment empiler les moules de façon à former une grande colonne triangulaire. « Tout ce qu'il te reste à faire ensuite, c'est d'entourer d'argile tout l'ensemble, et de verser le métal en fusion dans le vide du milieu, pour qu'il aille se répandre à l'intérieur des moules. »

La première fois que Sextus avait parlé de ce trafic à son jeune ami, Julius s'était montré plutôt réticent et lui avait demandé : « Est-ce que ce n'est pas un peu risqué ? » Mais Sextus l'avait dévisagé, par-dessous ses sourcils en corniche, et lui avait dit : « Un tas de gens le font. Et tu sais pourquoi ? (Il avait souri.) Pas assez de pièces. »

Ce n'était que trop vrai. Depuis plus d'un siècle, l'ensemble de l'Empire romain souffrait d'une inflation toujours grandissante. Résultat, il n'y avait pas assez de pièces pour tout le monde. Et puisque les gens avaient besoin de pièces, les faux-monnayeurs s'étaient multipliés. Frapper à titre privé de la petite monnaie de bronze n'était en principe pas un délit ; mais contrefaire des pièces d'or et d'argent, de haute valeur monétaire, était un crime grave. Cela ne suffisait pourtant pas à décourager les faussaires, avec pour résultat qu'à cette date près de la moitié peut-être des pièces d'argent en circulation étaient des contrefaçons.

Sextus se procurait le métal et le faisait fondre ; Julius fabriquait les moules et versait le liquide en fusion à l'intérieur. Sextus lui avait montré comment opérer, mais n'était lui-même pas très adroit pour ces opérations-là. Il faisait beaucoup d'erreurs, soit qu'il ne réussît pas à faire couler correctement le métal à l'intérieur des moules, soit qu'il ne parvînt pas, ensuite, à casser proprement ces moules. Il avait plusieurs fois mélangé les demi-moules en les ajustant ensemble, de sorte que l'avers d'une pièce se rapportait au règne d'un certain empereur, son envers à celui d'un autre. Malgré ses mains palmées, Julius accomplissait le travail avec adresse et précision ; grâce à lui, la qualité des pièces s'était améliorée de façon spectaculaire.

« Mais comment faire pour qu'elles aient vraiment l'aspect et le toucher de l'argent ? » C'est la seconde question qu'avait posée Julius au début. Le rugueux visage de son ami avait esquissé un sourire, puis il avait gloussé : « Pas la peine. Il n'y a pas beaucoup d'argent dans les vraies. »

En essayant de satisfaire, au moins en partie, aux besoins du marché, les ateliers impériaux s'étaient vite trouvés à court de métal précieux, au point qu'ils avaient dû abaisser le titre de leurs propres pièces. Le denier d'argent officiel ne contenait plus, à cette époque-là, que 4 % de véritable argent. « J'utilise un mélange de cuivre, d'étain et de zinc, lui avait dit Sextus. Il a une belle allure. » Mais il n'avait jamais voulu lui en révéler les proportions exactes.

Une pile de pièces s'entassaient devant eux sur la table ; chacun de ces deniers d'argent représentait une petite fortune pour un jeune homme qui vivait en déchargeant des bateaux. Ils étaient restés prudents jusqu'ici, fabriquant surtout des pièces de bronze, et peu d'argent ; toute prospérité

soudaine et trop voyante aurait pu les faire soupçonner. Mais le lendemain, avec les jeux, on allait beaucoup parier dans la ville, et la possession
de quelques pièces d'argent s'expliquerait ainsi plus facilement. Aussi
mettaient-ils aujourd'hui les bouchées doubles. Julius estimait que la part
qui lui revenait, un tiers du total, lui suffirait pour monter une petite
affaire, dans une branche ou l'autre.

Il n'y avait qu'un problème : comment expliquerait-il à ses parents la
provenance de l'argent ? Déjà ils avaient des soupçons à propos de Sextus.
« Tu ne devrais pas trop le fréquenter, celui-là. Il mijote quelque chose »,
lui avait dit sa mère, qui avait pris le personnage en grippe.

Mais, bah ! il trouverait bien une solution. Pour le moment, Julius ne
voyait qu'une chose : le lendemain matin, avant que les jeux commencent,
il se servirait de sa fortune toute neuve pour acheter un bracelet d'or à la
fille.

Et ensuite ? Tout dépendrait d'elle. Elle avait eu sa lettre.

Il y avait aussi un autre élément à prendre en compte, plus sérieux
celui-là. Il concernait son père, Rufus.

Depuis quelques mois, le cher homme s'inquiétait secrètement au sujet
de Julius. Au départ, il avait espéré faire de son fils un légionnaire,
comme il l'avait été lui-même. Cela restait l'emploi le meilleur et le plus
sûr que l'Empire romain pouvait vous offrir. Vous preniez jeune votre
retraite, avec un bon statut social et un petit pécule pour vous lancer dans
le commerce. Mais Julius n'avait montré aucun intérêt pour cette carrière, et son père n'avait pas voulu le pousser. « Il va s'acoquiner avec des
mauvais garçons comme ce Sextus », avait prévenu sa mère ; mais elle
était pessimiste dans l'âme. « Il faut que jeunesse se passe, lui avait-il
répondu. Ici, il ne peut rien lui arriver de bien méchant. » N'empêche, il
ne se sentait pas la conscience tout à fait tranquille. Il était temps qu'il
fasse quelque chose pour le garçon — mais il se demandait bien quoi.

Rufus était liant de caractère ; il appartenait à plusieurs associations.
La veille même de ce jour, il avait entendu parler d'une occasion intéressante pour un jeune homme. « J'ai rencontré deux gars, s'était-il empressé
de dire à son fils, qui pourraient t'aider à lancer une bonne petite affaire.
Ils seraient même prêts à te financer. » Il avait arrangé un rendez-vous
entre eux et Julius, qui aurait lieu le soir même.

Aussi, ce matin-là, le jeune homme avait-il pensé que l'avenir semblait
lui sourire : il aurait bientôt sa part de l'argent, et peut-être également la
promesse d'une affaire à monter. Il aurait moins besoin de Sextus désormais ; autre bonne raison pour tenter sa chance avec la fille.

Les choses allaient plutôt bien pour lui, aurait-on dit.

Les soldats arrivèrent d'un seul coup, sans crier gare. Il y eut un grand
bruit, un cri venant du dehors, puis la porte qu'on martelait énergiquement.

On aurait dit qu'ils étaient partout. Julius vit l'éclat d'un casque à travers la fenêtre. Sans attendre qu'on leur réponde, ils enfonçaient déjà la
porte avec leurs épées, et le bois commençait à se fendre.

Pour la première fois de sa vie, Julius fut pris de panique.

Cela ne ressemblait pas à la sensation qu'il avait imaginée. Quand les gens sont pris de panique, avait-il toujours pensé jusque-là, ils s'agitent frénétiquement et se mettent à courir en tous sens ; lui, au contraire, était incapable du moindre geste. Il ne pouvait même pas s'exprimer normalement ; sa gorge était comme obstruée. Il ne faisait que rouler des yeux désespérés. Cela dura peut-être cinq secondes, qui lui parurent un siècle.

Sextus, à l'inverse de lui, se mouvait avec une célérité stupéfiante. Il avait sauté sur ses pieds, attrapé un sac et, d'un seul geste, y avait enfourné la totalité de ce qui se trouvait sur l'établi — pièces, moules, tout. Puis il avait couru vers le buffet dans le coin de la pièce, l'avait ouvert en grand et vidé des autres moules, des pépites de métal, et d'une collection de pièces dont Julius ignorait tout.

Soudain Sextus l'avait attrapé par le bras ; il l'avait poussé, encore abasourdi, dans la cuisine du fond, d'où il avait jeté un coup d'œil dans la petite cour. Par chance, les légionnaires envoyés surveiller l'arrière de la maison s'étaient trompés et tâtonnaient dans la cour de l'atelier voisin. Ils les entendirent buter sur une pile de tuiles et pousser des jurons. Sextus mit le sac dans les mains de Julius et le poussa au-dehors. « Vas-y ! lui souffla-t-il. Cours ! Et cache tout le bazar ! » Julius surmonta sa panique aussi vite qu'elle l'avait gagné ; une fraction de seconde plus tard, il escaladait le mur, se laissait retomber dans la cour de l'autre côté, puis se jetait dans le dédale de ruelles qui courait derrière les maisons. Avec le sac qu'il avait fourré sous sa tunique, on aurait dit une femme enceinte.

Il n'avait pas encore disparu dans les venelles que les soldats abattaient la porte et faisaient irruption dans la maison. Ils y trouvèrent Sextus le charpentier, qui semblait juste se réveiller de sa sieste et les regardait en clignant des yeux, stupéfait. Il n'y avait pas la moindre trace de fausse monnaie dans la pièce. Pourtant le centurion ne s'y laissa pas prendre et se rua vers l'arrière de la maison.

C'est alors que Julius commit une grave erreur. Il était à une centaine de mètres de la maison quand il entendit un grand cri rauque ; il se retourna et vit le massif centurion, qui s'était hissé malgré son poids sur le mur de la cour et scrutait les ruelles alentour. Il avait crié en apercevant la silhouette du fugitif, et maintenant Julius pouvait le voir qui disait aux légionnaires à ses pieds : « C'est lui ! Par là ! » Le visage couturé du centurion, que Julius distinguait clairement de là où il était, le rendait plus menaçant encore. Il se retourna juste comme l'homme relevait les yeux vers lui, et se remit à fuir.

Ce n'était pas difficile de semer les légionnaires dans ce dédale ; même avec son fardeau, il était plus rapide qu'eux. Au bout d'un moment, alors qu'il descendait une rue déserte, il se demanda pourquoi il s'était retourné. « Si je l'ai vu, réfléchit-il, lui a dû me voir aussi. » La mèche de cheveux blancs sur son front le rendait facile à reconnaître. Le centurion avait ameuté ses légionnaires au moment où Julius avait regardé dans sa direction, mais ensuite il avait tourné la tête.

« Donc, songea-t-il anxieusement, toute la question est : qu'a-t-il vu de moi ? »

Martina était debout à l'extrémité sud du pont. La journée d'été tirait à sa fin. L'éclat des murs blanchis à la chaux avait pâli, sur la rive d'en face, ne laissant qu'une douce lueur derrière lui. A l'ouest, des nuages pourpres s'amassaient sur un horizon mordoré. La brise caressait doucement les joues de la jeune femme.

Elle tenait la lettre à la main ; un enfant la lui avait apportée. Elle était écrite sur du parchemin, denrée fort coûteuse. L'écriture était aussi nette que possible, venant de Julius. Et bien sûr, la lettre était en latin. Sa destinataire ne pouvait se défendre d'une certaine excitation, d'un frisson de plaisir.

Une telle façon de communiquer n'était pourtant pas exceptionnelle, même parmi le peuple. Dans la cité romaine de Londinium, on savait généralement lire et écrire ; la plupart des habitants de la ville connaissaient le latin, même s'ils utilisaient le celte dans la vie de tous les jours. Les négociants rédigeaient des contrats, les commerçants étiquetaient leurs produits, on donnait des instructions écrites aux domestiques ; même les murs portaient des graffiti en latin. Mais tout de même, il s'agissait ici d'une lettre d'amour, et Martina fut à nouveau parcourue d'un frisson en la relisant.

Si vous venez jusqu'au pont demain à midi, pendant les jeux, j'aurai un cadeau pour vous.
Je pense à vous jour et nuit.

J.

Même s'il n'avait pas signé de son nom complet — sage précaution, pour le cas où la lettre se serait égarée —, elle savait bien qui devait en être l'auteur. Le jeune boxeur. Elle hocha pensivement la tête et se demanda ce qu'elle allait faire.

Le temps passait. Baignés par les rayons du couchant, les toits de tuile rouge de la ville, les murs clairs et les colonnes de pierre charmaient le regard ; pourquoi Martina ressentait-elle alors une pointe de mélancolie ? C'était peut-être le pont. Solide édifice de bois, sur ses hautes et lourdes piles, ce chef-d'œuvre de la technique romaine mesurait plus d'un kilomètre de long. A cette heure où le fleuve tournait au rouge lie-de-vin, la longue silhouette sombre évoquait pour Martina son propre voyage solitaire à travers la vie. Quand elle avait rencontré le marin en Gaule, elle était seule au monde, ses parents étant morts. Il lui avait offert une nouvelle vie, un foyer, la sécurité. Elle lui en avait été reconnaissante, et à cet égard-là, elle l'était toujours.

Combien le marin avait été fier de lui faire visiter la ville... Elle avait particulièrement admiré la longue ligne des quais de bois construits sur le fleuve. « Ils sont tous en chêne, lui avait-il dit. Il y en a tant en Bretagne qu'ils coupent juste une énorme poutre dans chacun des arbres et qu'ils jettent le reste. » Ils avaient parcouru la large rue qui menait du pont jusqu'au forum. Elle avait été impressionnée par la place elle-même, mais ce qui l'avait surtout frappée, c'était le gigantesque édifice, d'une seule pièce, qui en fermait tout le côté nord : la basilique, ensemble de bureaux et de grandes salles où se réunissaient les juges et le conseil de la cité. Elle était restée bouche bée devant la grande nef et ses cent cinquante mètres de long ; son mari lui avait dit qu'il n'en existait pas l'équivalent dans tout le nord de l'Europe. Il y avait tant de choses à voir : les cours et les fontaines du palais du gouverneur ; les nombreux bains publics ; les temples, le grand amphithéâtre... C'était excitant de sentir qu'on était soi-même une petite part d'une aussi grande ville. « On dit que Rome est la Ville éternelle, avait commenté le marin, mais Londinium fait partie de Rome, elle aussi. »

Même si elle ne savait pas l'exprimer, Martina sentait ce que cela signi-fiait, d'appartenir à une grande civilisation. La civilisation classique, Athènes et Rome, *était* le monde, de l'Afrique jusqu'à la Bretagne. A Rome, dans les places publiques, dans les arcs de triomphe et les frontons, dans les colonnes et les dômes, il y avait un ordre, une proportion, un sens des espaces, des masses et des volumes profondément satisfaisants pour l'esprit. Les maisons particulières étaient confortables et reposantes, avec leurs peintures et leurs mosaïques, leur système sophistiqué de chauffage central. Dans l'ombre fraîche et paisible des temples, la géométrie parfaite de la pierre reflétait le mystère du sacré. Depuis des siècles le connu et l'inconnu se rejoignaient à Rome ; les formes que cette civilisation avait créées traverseraient les millénaires. Bien que personne ne lui eût jamais expliqué ces choses, Martina les sentait instinctivement : tel est le pouvoir des grandes civilisations. Elle aimait la ville.

Le marin voguait souvent vers la Gaule, emportant de la poterie bre-tonne, des ustensiles de ménage ; il en revenait chargé de somptueuses coupes d'Arezzo décorées de têtes de lions, de tonneaux de vin en bois de cèdre, de grandes amphores remplies de dattes ou d'huile d'olive. Tous ces articles étaient surtout destinés aux demeures des gens riches, mais le marin en gardait une petite part pour lui, et le ménage vivait bien. Parfois il emportait aussi des tonneaux d'huîtres, ramassées dans les grands bancs que l'estuaire abritait. « Autrefois elles étaient toutes pour la table de l'empereur, à Rome », avait-il dit à sa femme.

Quand il était loin, elle aimait aller se promener seule ; elle se rendait sur l'île en empruntant le gué. Une élégante villa s'élevait maintenant à l'endroit où le druide avait résidé autrefois. Ou encore elle quittait la ville par la porte du haut, à l'ouest, marchait pendant trois kilomètres jusqu'à un grand carrefour où se dressait un bel arc de triomphe en marbre. Parfois aussi elle se promenait sur les collines de la rive sud et admirait le paysage.

Etait-elle heureuse ? Elle ne s'était pas posé tout de suite la question. Peut-être était-elle seulement solitaire.

Elle priait souvent pour avoir un enfant. Il y avait un groupe de temples, au sommet de la colline ouest, dont un consacré à Diane ; mais elle ne pensait pas que la chaste déesse lui viendrait en aide. La plupart des femmes visitaient les nombreux sanctuaires voués aux déesses mères cel-tes ; elle les avait essayés, sans succès. Un, pourtant, la réconfortait. La route pour y aller sortait par la porte inférieure à l'ouest, traversait le ruisseau, puis passait près d'un puits sacré, où vivait une déesse celte de l'eau. Martina avait l'impression que cette déesse-là l'écoutait et lui voulait du bien. Mais elle n'attendait toujours pas d'enfant.

Elle n'avait jamais véritablement su qu'elle n'était pas heureuse jusqu'à un jour du printemps précédent.

La maison dans laquelle ils vivaient se trouvait dans un faubourg sud de la ville. C'était un lieu agréable. A l'endroit où le pont de bois rejoignait le tertre dominant la rive sud, le tablier se prolongeait sur une certaine distance, surélevé par rapport à la berge ; ainsi, à marée haute, quand le tertre se transformait en île, le pont restait hors d'atteinte de l'eau. Au-delà, pour traverser les marécages de cette rive sud, la route était bâtie sur un soubassement de gros rondins entrecroisés, recouverts d'un revêtement remblayé et empierré. Martina se promenait à cet endroit-là, quand elle s'était arrêtée pour regarder quelques ouvriers qui travaillaient au bord du fleuve.

Ils construisaient un mur de soutènement le long de la rive. C'était un ouvrage important : de grands cadres carrés étaient construits, en bois de chêne, puis mis en place et comblés avec de la terre. L'ensemble s'élevait nettement au-dessus du niveau des hautes eaux, presque comme un quai ou une digue. En contemplant l'ouvrage, elle réalisa qu'il avançait d'un ou deux mètres dans le fleuve, qu'il le rétrécissait donc légèrement. Elle en fit la remarque à l'un des ouvriers, qui sourit.

« C'est vrai. On lui en a pris un peu. Peut-être qu'une autre année on lui en prendra encore. (Il ricana.) C'est comme avec une femme. On se sert du fleuve et à force on le domestique. C'est comme ça que ça se passe. »

Elle avait traversé lentement le pont, en méditant sur les paroles de l'homme. Pouvait-on décrire ainsi sa propre vie ? Le marin ne la tyrannisait jamais ; mais pourquoi aurait-il eu besoin de le faire ? Il avait une jeune femme obéissante, aux petits soins pour lui chaque fois qu'il rentrait au port. Oh ! certes, il était gentil avec elle, elle n'avait pas à se plaindre.

Elle avait tourné vers la droite au sortir du pont, suivi les quais vers l'est, longé les entrepôts ; enfin, tout au bout des quais, elle avait atteint l'extrémité est de la ville, à l'endroit où le mur d'enceinte tombait dans le fleuve.

C'était un endroit tranquille. Un grand bastion flanquait l'angle du mur, mais à cette heure-ci il était désert. Plus loin, l'éperon de la colline est s'arrondissait jusqu'au mur, transformant les abords du fleuve en une portion d'arène vide, sorte de théâtre naturel en plein air. Les corbeaux faisaient les cent pas dans la pente, comme s'ils attendaient que le spectacle commence.

Il n'y avait pas âme qui vive autour d'elle. Elle avait longuement contemplé le haut mur de la cité, un magnifique ouvrage. Des moellons blancs et bourrus, apportés du Kent par la voie du fleuve, avaient été carrés avec soin pour bâtir la face externe. La partie centrale, de presque trois mètres d'épaisseur à la base, était faite de pierres liées par du mortier ; tous les mètres dans la hauteur environ, deux ou trois assises de tuiles rouges y étaient intercalées, sur toute l'épaisseur du mur, afin de le solidifier. Le résultat était un splendide édifice de quelque six mètres de haut, avec de minces bandes rouges courant horizontalement sur toute sa longueur.

D'un seul coup, avec une aveuglante clarté, elle sut qu'elle n'était pas heureuse. Et que sa vie s'était transformée en prison.

Et pourtant, même ainsi, rien peut-être n'aurait changé s'il n'y avait pas eu Sextus.

Au début, les avances du charpentier l'avaient rebutée, mais aussi fait réfléchir. Elle connaissait d'autres femmes mariées à des hommes âgés qui prenaient secrètement des amants. L'insistance de Sextus avait fini par éveiller quelque chose en elle. Peut-être un désir naissant, ou seulement la volonté de ne plus être triste : elle avait laissé ce quelque chose prendre peu à peu forme en elle. Pouvait-elle avoir un amant, elle aussi ?

C'est alors que Julius s'était immiscé dans ses pensées.

Ce n'était pas seulement son air juvénile qui l'attirait, la clarté de ses yeux bleus, sa vigueur physique ; c'était la subtile odeur saline qui émanait de lui, ses épaules jeunes et larges quand il se penchait sur sa tâche, la sueur qui perlait le long de ses bras. Dès qu'elle commençait à penser à lui, le désir de lui appartenir devenait presque une torture. *Je veux qu'il m'offre toute la fleur de sa jeunesse,* songeait-elle en souriant. Elle l'avait subtilement aguiché, faisant d'abord bon accueil à ses avances, puis feignant de le repousser tout en flirtant légèrement avec Sextus. Même à ce jeu-là, elle avait pris un grand plaisir.

Quand la lettre était arrivée, elle s'était murmuré à elle-même : « Ça y est. Je l'ai. » Pourtant elle avait peur aussi, maintenant, au pied du mur. Qu'arriverait-il si le marin les découvrait ? Il se vengerait, cela ne faisait aucun doute. Fallait-il vraiment prendre un tel risque pour ce garçon ? Elle avait longuement laissé son regard errer sur le fleuve, dans le soleil déclinant, pleine d'incertitudes — puis avait pris sa décision.

Le marin était loin. La douce et subtile mélancolie du soir faisait son œuvre en elle. *Je ne peux plus vivre dans la tristesse,* avait-elle pensé. Demain, elle irait jusqu'au pont.

« C'est ton tour. »

Julius sortit de sa rêverie en sursautant. Son père ne le regardait-il pas bizarrement ? Il tâcha de se concentrer sur le jeu devant lui et bougea lentement sa pièce.

Ici, en famille, il était en sécurité. L'atmosphère était heureuse et paisible. Il apercevait sa mère et sa sœur, dans la cuisine proche, en train de préparer le repas du lendemain ; ils avaient invité leurs voisins à festoyer à l'issue des jeux. Comme à l'accoutumée, il était assis avec son père sur deux tabourets, dans la pièce principale de leur modeste maison, pour leur partie de dames quotidienne. Mais ce soir-là, il ne cessait de redouter l'arrivée des soldats. Allait-on venir l'arrêter ?

Il jeta un regard vers la cuisine. Depuis sa fuite éperdue, il n'avait pas trouvé l'occasion de parler à sa sœur. Qu'est-ce que la grosse fille avait bien pu voir ?

Une paire de canards étaient suspendus au mur de la cuisine. Sur la table, frottée avec soin, se trouvaient un quartier de bœuf (la viande préférée des Bretons), une bassine d'huîtres récoltées dans le fleuve, un seau d'escargots engraissés au lait et au blé, et qu'on ferait frire le lendemain dans l'huile et le vin. Un fromage doux caillait dans une grande jatte ; un peu plus loin, c'étaient des épices pour préparer la sauce. Les Romains avaient introduit en Bretagne l'habitude de mets succulents : faisans et daims, figues et mûres, noix et châtaignes, persil, menthe et thym, oignons, radis, navets, lentilles et choux. Les insulaires avaient aussi appris à préparer les escargots, les pintades, les pigeons, les grenouilles et même, à l'occasion, les loirs.

La mère et la fille travaillaient en silence. La première gardait le visage fermé ; la seconde essayait d'en grappiller un peu ici ou là, en éternelle affamée qu'elle était ; mais sa mère, sans s'interrompre dans sa tâche ni même changer d'expression, allongeait aussitôt le bras pour lui donner une tape sur la main. Julius les observa quelques instants : sa mère se dirigea vers le bol d'anguilles — tape sur la main —, les inspecta et dit quelques mots à sa fille, qui alla jusqu'au placard, puis revint vers la sauce qu'elle était en train de préparer — tape sur la main —, puis la mère marcha jusqu'à la fenêtre, et la fille réussit à enfourner un morceau de pain dans sa bouche, mais la mère revint — tape sur la main —, la fille mastiqua le pain en plissant les yeux de plaisir — tape sur la main.

Sa sœur avait-elle vu les soldats ? Savait-elle ce qui était arrivé à Sextus ? En avait-elle parlé à leurs parents ? Julius était dans le noir le plus total. Elle devait bien savoir quelque chose, mais quand pourrait-il enfin lui poser la question ?

Les heures qui venaient de s'écouler avaient été torturantes. Une fois ses poursuivants semés, Julius avait essayé de récapituler mentalement la situation. Il ne lui vint jamais à l'esprit qu'il était responsable, plus que Sextus, des soupçons qui pesaient sur eux. Est-ce que son ami avait été arrêté ? Il n'avait pas osé retourner là-bas pour le vérifier. Si oui, Sextus avait-il parlé de lui ? Il était rentré chez lui, avec mille précautions. Si Sextus l'avait dénoncé, les soldats viendraient sûrement l'arrêter.

Le meilleur plan, lui semblait-il, était d'attendre le matin, puis d'aller à la rencontre de Sextus sur le chemin menant aux jeux. Jusque-là, il fallait faire comme si rien ne s'était passé. Essayer, au moins.

Mais le sac, où le cacher ? Tout le problème était là. Il fallait trouver un endroit sûr, qui ne permettrait pas de remonter jusqu'à lui en cas d'ennui. Et un endroit où il pourrait facilement le récupérer plus tard. Il se creusa la tête en vain.

Enfin, comme il contournait le sommet de la colline ouest, où s'élevait un petit temple dédié à Diane, son regard tomba sur l'un des fours à céramique qui s'y trouvaient. Il y avait un tas de déchets à côté, rebuts de poteries et débris en tout genre, qui visiblement n'avaient pas été remués depuis longtemps. Quand il se fut assuré qu'il n'y avait personne aux alentours, il marcha jusque-là d'un pas nonchalant, fourra rapidement le sac dans le tas au passage, puis s'éloigna comme si de rien n'était. Personne ne l'avait vu, il en était sûr. Ensuite, il était rentré chez lui.

Malgré tout, il n'était pas tranquille. Il comprit pourquoi lorsque son regard passa, une fois de plus, du visage jovial de son père à celui de sa mère.

Si Rufus était joyeux, épanoui, toujours la chanson aux lèvres, sa femme n'était rien de tout cela. Ses cheveux, ni blonds ni gris désormais, étaient ramenés en un étroit chignon sur l'arrière de sa tête. Ses yeux gris ne brillaient jamais. Son visage gardait quelque chose d'enfantin ; il était morne et blanc comme de la farine. Elle était plutôt gentille du reste, et sans doute les aimait tous, mais ne parlait guère ; quand son mari faisait une plaisanterie, elle le regardait et ne souriait jamais. Julius avait souvent l'impression qu'elle traînait partout un triste souvenir avec elle, fardeau pénible à porter mais auquel elle s'était habituée avec le temps.

Les Celtes avaient beaucoup de mémoire. Deux siècles seulement avaient passé depuis que Boadicée s'était révoltée contre les conquérants romains ; la famille maternelle de Julius appartenait à la tribu sur laquelle elle avait régné. « Mon grand-père est né sous l'empereur Hadrien, celui qui a construit le mur, avait coutume de dire la mère de Julius, et son grand-père à lui était né l'année de la grande révolte. Il y a perdu ses deux parents. » De lointains cousins à elle, dans une campagne reculée, exploitaient leur terre selon les mêmes méthodes que leurs ancêtres celtes et ne parlaient pas un mot de latin. Il ne se passait guère de jour sans qu'elle prononce quelque sombre sentence.

« Les Romains sont tous les mêmes. Avec eux, tu finis toujours par te faire avoir. » Elle avait entendu cette litanie-là pendant toute son enfance.

Clic. Un petit bruit sec, venant du damier, interrompit ses rêveries. Il y eut une série de *clic*, puis un *bang* triomphal.

« Tu t'es fait plumer, mon fils... » Son père releva sa face rubiconde et le regarda en souriant. « C'est aux femmes que tu rêves ? » Il commença à ramasser les pions. « Ça va bientôt être l'heure d'y aller », ajouta-t-il, redevenant sérieux, puis il s'en fut dans sa chambre pour se préparer.

Julius l'attendit. Ce rendez-vous au temple avec les amis de son père était important, très important. Il devait tâcher d'oublier les événements passés. « Montre-leur seulement que tu es quelqu'un d'efficace et prêt à apprendre. C'est tout ce que tu as à faire », lui avait conseillé son père.

Il essaya de se concentrer mais c'était difficile. Oui, il avait pris toutes les précautions possibles — et pourtant quelque chose continuait à le travailler malgré lui. Qu'était-ce donc ?

Le sac. Il s'en rendit compte soudain, c'était le sac qui l'obsédait depuis plusieurs heures. Au début, il avait eu si peur de voir arriver les soldats qu'il se reposait sur l'idée du sac caché au loin et ne pouvant en aucun cas mener jusqu'à lui. Mais il songeait maintenant que les soldats devaient se préparer pour les jeux, comme tout le reste de la ville, et qu'il n'y avait guère de risque de les voir surgir dans la maison. Pour cette nuit au moins, il était sans doute en sécurité.

Ce qui le ramenait au sac. Certes, il était bien caché ; mais si par malchance on décidait justement de déblayer le tas de détritus ? Ou bien si un vagabond découvrait les pièces et les volait ? Il avait sans cesse devant les yeux l'image de ce précieux sac, abandonné dehors en pleine nuit.

En quelques secondes, il se décida : il sortit sans bruit de la maison et se glissa à travers les rues jusqu'aux fours. Ce n'était pas très loin. Il y avait des gens aux alentours, mais la pile de détritus était dans l'ombre. Il ne trouva pas le sac tout de suite, mais finit par mettre la main dessus ; il le dissimula sous sa cape et se hâta de rentrer chez lui. Pénétrant dans la maison à pas de loup, il se faufila jusqu'à sa chambre sans que les deux femmes dans la cuisine le remarquent. Là, il poussa le sac sous son lit, où se trouvaient déjà deux boîtes contenant ses affaires. Les pièces ne risquaient rien à cet endroit-là jusqu'au lendemain matin. Quelques instants plus tard, Julius attendait son père devant la porte, prêt à partir.

Ils se rendirent à leur rendez-vous, sous une nuit claire et constellée d'étoiles. La maison familiale était située près de la plus basse des deux portes du mur ouest ; ils prirent la grande avenue qui partait de cette porte, suivait le flanc de la colline occidentale, puis redescendait vers le ruisseau central.

Le père de Julius n'avait pas souvent l'air anxieux, mais pour une fois le jeune homme sentit qu'il l'était. « Tu vas bien t'en sortir, murmura-t-il, plus pour s'en convaincre lui-même que pour encourager son fils. Tu ne me décevras pas. » Un peu plus tard, il ajouta : « Bien sûr, ce n'est pas un rendez-vous confidentiel ce soir. Sinon tu ne pourrais pas être là, d'ailleurs. » Puis finalement, serrant le bras de son fils : « Tu t'assiéras tranquillement. Ne dis pas un mot, regarde seulement. » Ils avaient atteint le ruisseau et traversèrent le pont ; le palais du gouverneur se dressait devant eux. Ils avaient rendez-vous dans une rue qui montait sur la gauche.

Bientôt ils y furent : une maison sombre, isolée dans l'obscurité. Deux torches éclairaient la porte d'entrée, une de chaque côté. Julius entendit son père émettre un petit sifflement de satisfaction.

Rufus était plutôt insouciant de caractère, mais il avait deux grands sujets de fierté dans la vie. Le premier était sa qualité de citoyen romain.

Civis romanus sum : je suis citoyen romain. Dans les premières décennies de la domination romaine, peu de natifs de l'île s'étaient vu octroyer la citoyenneté pleine et entière. Mais peu à peu les règles s'étaient assouplies, et le grand-père de Rufus, bien que simple Celte habitant la province, avait obtenu le statut tant convoité, parce qu'il servait dans un corps d'auxiliaires. Il avait épousé une Italienne, et Rufus pouvait donc affirmer qu'ils avaient du sang romain dans la famille. A vrai dire, pendant qu'il était enfant, l'empereur Caracalla avait ouvert grandes les portes et fait accéder à la citoyenneté presque tous les hommes libres de l'Empire ; ainsi, plus rien ou presque ne distinguait Rufus des petits négociants et petits commerçants au milieu desquels il vivait. Cela ne l'empêchait pas d'affirmer orgueilleusement à son fils : « Nous étions déjà des citoyens avant tout cela, tu sais. »

La seconde source de sa fierté — excédant de loin la première — résidait derrière la porte aux lumières tremblotantes.

Rufus était membre de la communauté du temple.

Il y avait bien des temples à Londinium ; certains étaient plus vastes, mais aucun plus puissant que celui de Mithra. Il était situé entre les deux collines, sur la rive est du ruisseau, à quelque cent mètres de l'enceinte du palais du gouverneur. De construction récente, c'était un solide petit édifice, de forme rectangulaire ; il ne mesurait que dix-huit mètres de long. On y entrait à l'est ; du côté ouest, une petite abside abritait le sanctuaire. Sous cet aspect il ressemblait aux églises chrétiennes, dont les autels à l'époque étaient également situés du côté ouest.

Bien des croyances avaient toujours coexisté au sein de l'Empire, mais au cours des deux derniers siècles les religions et cultes à mystères venus d'Orient n'avaient cessé de gagner en popularité, deux particulièrement : le christianisme et le culte de Mithra.

Le Tueur de taureau, le dieu perse de la lumière céleste, le champion de la pureté et de l'intégrité. Julius savait tout sur son culte. Il était cosmique.

Mithra combattait pour la vérité et la justice, dans un univers où — cette conception était commune à bien des religions orientales — le bien et le mal, forces antagonistes, se livraient une guerre éternelle. Le sang du taureau légendaire tué par Mithra avait apporté vie et prospérité sur la terre. L'anniversaire de ce dieu oriental était célébré le 25 décembre.

C'était un culte à mystères, car ses rites initiatiques étaient entourés de secret, mais il n'en était pas moins fermement ancré dans la tradition. Ses disciples accomplissaient de petits sacrifices dans le temple, et l'on y versait le sang, à la manière consacrée. Ils respectaient également le vieux code de l'honneur stoïcien : pureté, honnêteté, courage. N'importe qui ne pouvait pas y adhérer. Les officiers et négociants, parmi lesquels ce culte était répandu, le protégeaient jalousement. L'entrée même du temple de Londinium était réservée à soixante ou soixante-dix personnes seulement. Rufus avait de bonnes raisons d'être fier d'en faire partie.

Par comparaison, les chrétiens, dont l'expansion avait été rapide, formaient une communauté très différente. Julius en connaissait plusieurs, sur les quais ; mais, comme beaucoup de Romains, il persistait à penser qu'il s'agissait d'une sorte de secte juive. De toute façon le christianisme, quelle que soit sa nature exacte, mettait l'accent sur l'humilité, sur l'espoir d'une vie heureuse dans l'au-delà : c'était à l'évidence une religion pour les pauvres et les esclaves.

Julius n'était encore jamais entré dans le temple ; il réalisa que sa présence même à la réunion de ce soir constituait une sorte d'épreuve préliminaire. Tandis qu'il franchissait la porte, montait les trois marches et pénétrait à l'intérieur, il espéra qu'il la passerait avec succès.

Le temple consistait en une nef centrale, flanquée de piliers derrière lesquels s'allongeaient deux étroits bas-côtés. La nef elle-même mesurait près de quinze mètres de long mais seulement quatre de large ; son sol était de bois, et des bancs, également de bois, prenaient place dans les bas-côtés. On les dirigea vers un banc situé à l'arrière. Julius jetait des regards curieux autour de lui.

Des torches projetaient une faible lumière qui laissait les bas-côtés dans l'ombre. D'autres hommes arrivaient, venaient prendre place sur les bancs, et Julius sentait qu'on l'examinait au passage ; mais il ne pouvait distinguer tous les visages. Tout au bout de la nef, sur le devant de la petite abside, une belle statue de Mithra s'élevait entre deux colonnes ; son visage ressemblait à celui d'un Apollon aux traits assez rudes, ses yeux étaient tournés vers le ciel, et il portait sur la tête un bonnet phrygien pointu. Un modeste autel de pierre précédait la statue ; c'était là qu'on accomplissait les offrandes. Une rigole y était creusée, pour recueillir le sang.

Le temple se remplissait peu à peu. Quand le dernier membre de la communauté fut arrivé, on referma et verrouilla les portes. Tout le monde s'assit en silence. Une minute passa, puis une autre ; Julius était fort curieux de voir ce qui allait se passer. Enfin la flamme d'une lampe s'éleva au bout de la nef ; il y eut un mouvement, un léger froissement, puis deux personnages émergèrent de la pénombre des bas-côtés. Ils étaient fort étranges.

Tous les deux portaient des coiffures qui cachaient entièrement leurs visages. Le premier, c'était une tête de lion, dont la crinière tombait sur ses épaules ; le second était nettement plus inquiétant et, en le regardant, Julius sentit un frisson lui parcourir l'échine.

L'homme était plus grand que son compagnon. Ce qu'il portait sur la tête était plus qu'une coiffure, car cela lui descendait jusqu'aux genoux ; c'était fait de centaines de grandes plumes, qui bruissaient et crissaient toutes ensemble, et avait la forme d'un énorme oiseau noir, avec un grand bec et des ailes repliées. C'était le Corbeau.

« Est-ce un prêtre ? chuchota Julius à l'oreille de son père.

— Non, c'est l'un des nôtres. Mais ce soir, c'est lui qui conduit la cérémonie. »

Le Corbeau entreprit de descendre la nef au milieu des bancs. Il avançait lentement et sa grande queue frôlait au passage les genoux des spectateurs ; il s'arrêtait fréquemment et posait une question à l'un des membres de la communauté. Julius comprit qu'il s'agissait d'une sorte de rituel.

« Qui est le maître de la lumière ?

— Mithra.

— Quel est le sang qui fertilise la terre ?

— Celui du taureau, tué par Mithra.

— Quel est ton nom ?

— Serviteur.

— Es-tu des nôtres ?

— Oui, par-delà la mort. »

Le Corbeau descendit lentement la nef, puis la remonta, et il semblait à Julius que ses yeux, qu'on apercevait à travers les fentes surplombant le bec, le regardaient, lui particulièrement. Il eut soudain peur que l'homme ne lui pose une question, à laquelle, bien sûr, il ne saurait répondre. Il fut soulagé quand le Corbeau, après lui avoir apparemment adressé un dernier regard, retourna vers le sanctuaire au bout de la nef.

Pourtant il se sentit mal à l'aise lorsque son père se pencha vers lui et lui glissa dans le creux de l'oreille : « C'est l'un des hommes que tu vas rencontrer ce soir. »

La suite de la cérémonie ne fut pas très longue. Le Corbeau lança quelques invocations, le Lion fit de courtes annonces concernant la vie de la communauté, puis la réunion prit fin. Les gens se relevèrent de leurs bancs et se rassemblèrent en petits groupes, pour bavarder.

Julius et son père demeurèrent à l'arrière de la nef. Le garçon promena le regard sur les visages qui les entouraient : il y avait d'autres hommes assez modestes, visiblement heureux et fiers de se trouver ici, comme son père, mais il remarqua aussi plusieurs personnalités influentes de la cité. « La communauté peut décider pratiquement de tout dans la ville », chuchota fièrement Rufus.

Ils continuèrent à attendre, en bavardant avec leurs voisins ; plusieurs minutes s'écoulèrent ainsi. Puis Julius sentit son père le pousser du coude. « Il arrive, lui chuchota-t-il. Je compte sur toi », ajouta-t-il nerveusement. Le garçon tourna le regard vers l'avant du temple.

L'homme qui avait incarné le Corbeau était d'une taille imposante. Il avait retiré son costume et redescendait la nef, saluant des connaissances au passage, d'un air plein de bienveillance et d'autorité à la fois. Dans la pâle clarté des lampes, Julius vit que sa tête grisonnait ; mais il fallut

attendre que l'homme fût près de lui pour qu'il distingue la grande cicatrice qui lui barrait entièrement la joue. Un frisson glacé le parcourut
aussitôt.

Le regard du centurion était braqué sur lui, et ce regard était sévère.
Julius se sentit blêmir. Il comprenait maintenant pourquoi le Corbeau
avait paru le regarder si attentivement. Il m'a sûrement reconnu, pensa-
t-il. Je suis fichu. Il put à peine lever les yeux lorsque son père le présenta,
avec un petit rire emprunté.

Au début, Julius n'entendit rien ; la seule chose dont il avait conscience,
c'était le regard du centurion fixé sur lui. Après quelque temps il réalisa
que l'homme lui parlait d'une voix calme. Il était question de commerce
fluvial, du besoin qu'on avait d'un jeune homme dynamique pour aller
chercher des poteries dans l'intérieur de l'île et les apporter au port. Ce
serait bien payé, avec une possibilité de s'établir à son compte. Le centurion ne l'aurait-il pas reconnu, finalement ? Il leva les yeux et le regarda.

Cet homme était bizarre ; cela frappa Julius, sans qu'il pût dire exactement en quoi. Alors que le Corbeau le regardait, il devina que quelque
chose se cachait derrière ce regard dur et sévère. Non qu'il fût inhabituel
de faire des affaires, pour un homme dans sa situation ; les légionnaires
étaient bien payés, et le centurion projetait sûrement de devenir un gros
négociant, peut-être même un propriétaire, une fois qu'il aurait pris sa
retraite. Ses fonctions en ville étaient surtout protocolaires, assorties de
quelques tâches de police assez légères ; cela lui laissait du temps pour
placer son argent. A mesure qu'il parlait, toutefois, l'impression de Julius
ne faisait que se confirmer : le centurion était plus complexe qu'il n'y
paraissait au premier abord. Cet homme carré en apparence cachait des
secrets. Peut-être concernaient-ils la communauté de Mithra, ou bien
autre chose encore ; Julius n'aurait su le dire.

Non sans anxiété, il répondit aux questions que l'autre lui posa. Il tâcha,
malgré son embarras, de se présenter sous son meilleur jour, mais le
visage du centurion ne laissait rien filtrer de ses impressions. Celui-ci finit
pourtant par hocher la tête et par dire à Rufus, avec un sourire : « Il a
l'air d'un garçon bien. J'espère que tu le ramèneras ici avec toi. » Le père
de Julius rougit de plaisir. « Pour cette affaire sur le fleuve, poursuivit le
Corbeau, je suis d'accord, en ce qui me concerne. Mais il aura à travailler
avec mon agent... » Il promena le regard autour de lui, avec une pointe
d'impatience. « Où est-il ? Ah ! oui. Restez là, dit-il aux deux hommes, je
vais le chercher. » Et il s'éloigna vers un groupe de silhouettes debout
dans la pénombre.

Rufus se tourna vers son fils, radieux. « Bien joué, fils ! Tu y es ! » chuchota-t-il. Il avait l'impression, ce soir, que ses vœux les plus chers étaient
exaucés. Aussi fut-il surpris, et troublé aussi, quand il vit l'expression qui
s'était peinte sur le visage de Julius. Ce n'était pas de la joie, loin de là,
plutôt de la stupeur et de l'horreur. Qu'avait-il bien pu se passer ?

Ce qui s'était passé, Rufus aurait été bien incapable de le comprendre.
Quant le centurion était revenu vers eux, Julius avait vu pour la première
fois le visage de son agent. Au début il s'était dit que non, c'était impossible, mais l'homme s'était approché et le doute n'avait plus été permis :
devant lui, dans la demi-pénombre, son visage bleu esquissant un sourire,
c'était bien le marin qui s'avançait.

Un quartier de lune éclairait la nuit tandis que le père et le fils s'en retournaient chez eux. Rufus était de belle humeur. Rien ne surpassait la fierté d'un père, songeait-il. Avec sa fille, il avait depuis longtemps baissé les bras, mais aujourd'hui il se disait qu'avec son fils au moins il avait bien rempli son rôle.

Le centurion avait accepté Julius, et le marin avait déclaré qu'il l'appréciait. « Tu tiens l'occasion de ta vie », dit-il à Julius avec satisfaction. Son fils avait bien l'air un peu songeur, mais il jugea qu'il n'y avait pas de quoi s'alarmer.

En réalité, l'esprit de Julius était en pleine ébullition. Le centurion ne l'avait pas reconnu, il pouvait en remercier les dieux. Mais qu'en était-il du marin ? Il venait sans doute de rentrer à Londinium, mais Julius n'avait pas osé lui poser la question. Etait-il passé chez lui avant de venir ? Se pouvait-il qu'il ait vu la lettre ? Il fallait peut-être courir prévenir Martina, lui dire de la détruire ? Mais il était sans doute trop tard ; le marin devait déjà être à mi-chemin de chez lui.

Quant à cette liaison avec Martina, dans le cas même où le marin ignorerait tout, pouvait-il vraiment envisager une aventure avec l'épouse de l'homme dont toute sa carrière allait dépendre ? Non, cette idée était absurde.

Et pourtant... Il repensa à son corps, à sa démarche dansante ; il ne cessa d'y penser tout le long du chemin.

Quand ils retrouvèrent la maison, elle était plongée dans l'obscurité ; la mère et la fille étaient allées se coucher. Rufus se retira, après avoir souhaité affectueusement bonne nuit à son fils. Julius pour sa part s'assit quelques instants et repensa aux événements de la journée écoulée ; mais il ne put en tirer aucune conclusion valable. Pour finir, fatigué, il décida d'aller se coucher lui aussi.

Il entra dans sa chambre, une petite lampe à huile à la main, s'assit sur son lit et se déshabilla. Avant de se coucher, il fouilla machinalement de la main par en dessous pour palper le précieux sac. Puis il fronça les sourcils.

Agacé, il se releva et s'agenouilla sur le sol, puis il allongea le bras sous le lit et poussa les boîtes de côté. Enfin il posa la lampe à terre et fouilla l'emplacement du regard, incrédule.

Le sac avait disparu.

La silhouette se mouvait en silence dans l'obscurité. Peu de lumières brillaient sur la rive sud du fleuve. L'homme avait emprunté le pont de bois, continué quelque temps vers le sud, dépassé les thermes et la grande auberge où s'arrêtaient les voyageurs, puis s'était engagé dans un chemin qui partait sur la droite. A la différence des artères de Londinium, de l'autre côté du fleuve, ici la rue principale était seule empierrée. L'homme marchait donc à même la terre, et ses sandales ne faisaient pas de bruit. Il avait ramené sa cape au-dessus de sa tête.

Il s'arrêta en arrivant près de la petite maison familiale. Sous la lune, les murs blanchis à la chaux luisaient d'un éclat pâle. Il savait que la porte de devant était verrouillée ; les fenêtres avaient leurs volets fermés. Mais il y avait une cour à l'arrière de la maison, et il s'y glissa.

Le chien jaillit de sa niche en aboyant, mais se calma aussitôt en reconnaissant son maître. L'homme et l'animal attendirent quelques instants en silence, le temps de s'assurer que personne ne s'était réveillé. Puis la silhouette encapuchonnée grimpa sur un tonneau où l'on recueillait l'eau de pluie ; de là, avec une surprenante agilité, il se hissa sur le mur recouvert de tuiles qui faisait le tour de la cour et rejoignait le coin de la maison. Les rayons obliques de la lune projetaient une étrange ombre chinoise sur le toit de la maison : une grande cape qui glissait sur le faîte du mur, jusqu'au carré noir d'une fenêtre laissée ouverte.

Le marin pénétra sans bruit dans sa maison et marcha jusqu'à la porte de la chambre où dormait Martina.

Il avait commencé à avoir des soupçons un mois plus tôt environ. Difficile de dire exactement pourquoi ; quelque chose dans les manières de sa jeune femme, une absence dans son regard ; une imperceptible hésitation quand ils faisaient l'amour. Rien de plus. Un autre homme n'y aurait peut-être même pas fait attention. Mais la mère du marin était grecque et lui avait donné, dès l'enfance, un sens de la propriété ardent et fier, qui imprégnait toutes ses relations aussi bien avec les hommes qu'avec les femmes. « Quand il navigue, il est parfaitement patient, disaient ceux qui voyageaient avec lui, mais si quelqu'un le trompe, alors il devient sanguinaire. »

Le marin ne pensait pas que sa femme lui eût été infidèle. Pas encore, du moins. Mais il voulait s'en assurer. Aussi avait-il recouru au vieux stratagème des époux jaloux, et prétendu être absent alors qu'il ne l'était pas.

Il ouvrit avec mille précautions la porte de la chambre à coucher.

Elle était seule. La pâle clarté de la lune tombait sur le lit. Le drap avait glissé, découvrant un de ses seins. Il la regarda et sourit, rassuré : elle ne le trompait pas. Il observa sa poitrine, qui se soulevait au rythme de sa respiration. Il n'y avait aucune trace d'une autre présence dans la maison ; tout était en ordre. Le marin fit le tour de la chambre à pas de loup, sans quitter sa femme des yeux. Allait-il lui faire la bonne surprise de monter dans le lit à côté d'elle ? Ou allait-il s'éclipser pour la surveiller une autre nuit encore ? Il s'interrogeait, quand il remarqua un morceau de parchemin posé sur la table à côté du lit. Il le ramassa et retourna près de la fenêtre.

La lune était suffisamment lumineuse pour lui permettre de lire la lettre de Julius. La signature ne révélait pas qui en était l'expéditeur, mais c'était sans importance, puisqu'un lieu et une heure étaient indiqués. Il replaça sans un bruit la lettre sur la table et ressortit de la maison.

Pour une fois, la mère de Julius avait agi vite, remarquablement vite.

La grosse fille n'avait pas vu les soldats. Elle avait dormi pendant tout le temps de leur visite, pourtant bruyante ; puis, ne trouvant plus personne dans l'atelier, elle s'était dandinée jusque chez elle sur ses lourdes jambes. C'était son arrivée tardive, ajoutée à quelque chose de bizarre dans les manières de Julius, qui avait mis la puce à l'oreille de sa mère.

Quelques claques de plus et la grosse fille avait avoué : les deux amis lui avaient demandé de faire le guet, pour le cas où il arriverait des soldats. Alors sa mère n'avait plus eu aucun doute. « Il aura des ennuis à cause de ce Sextus », avait-elle murmuré.

Aussi, dès que Julius et son père eurent quitté la maison, elle avait fouillé la chambre du jeune homme. Elle avait aussitôt trouvé le sac et vu son terrible contenu ; il lui avait fallu s'asseoir quelques instants pour encaisser le choc, puis elle avait dit : « Il faut qu'on se débarrasse de ça. » Mais où ?

Pour une fois, elle se félicita que sa fille soit grosse. « Cache-moi ça sous tes vêtements », lui avait-elle dit. Puis elle avait mis sa cape sur ses épaules et elles étaient sorties toutes les deux de la maison.

D'abord, elle avait pensé jeter le sac dans le fleuve, mais ce n'était pas aussi facile qu'il y paraissait ; il y avait des gens sur les quais. Aussi emmena-t-elle plutôt sa fille, par l'avenue, jusqu'à la porte la plus proche qui s'ouvrait dans le mur à l'ouest. Toutes les portes de la ville se fermaient en principe à la tombée de la nuit, mais, par les chaudes soirées d'été, la règle était souvent assouplie. Les jeunes gens aimaient aller se promener dans la campagne, aussi personne ne prêta attention à la mère et à la fille quand elles franchirent la porte. Elles ne firent que quelques centaines de mètres avant de s'arrêter ; la route devant elles passait sur un pont et conduisait au lieu consacré où résidait la déesse des eaux, mais on apercevait plusieurs couples se promenant de ce côté-là. Un cimetière s'étendait de chaque côté de la route ; il y en avait un à toutes les portes de la ville.

« Donne-moi le sac et rentre à la maison, dit la mère à sa fille. Et ne parle de cela à personne, surtout pas à Julius. Tu as bien compris ? » Après que sa fille se fut éloignée, elle fit le tour des tombes ; elle cherchait des yeux une fosse ouverte et encore vide, mais n'en trouva aucune. Elle ressortit du cimetière par l'extrémité opposée, passa au large de la porte supérieure ouest, et poursuivit sa route dans un chemin parallèle au mur d'enceinte de la ville.

L'endroit était calme et tranquille. La muraille avait quelque chose de fantomatique, avec ses bandes de tuiles horizontales. Quatre mètres en avant d'elle, un grand fossé défensif dessinait une ombre au sol, comme un large ruban courant au pied du mur. Il n'y avait pas de gardes au sommet de celui-ci ; personne ne pouvait la voir. Elle prit son temps, dépassa l'angle de la ville et contourna la longue partie nord du mur. Laissant sur sa droite une porte déjà fermée, elle continua son chemin. Enfin, quelque six cents mètres plus loin, elle trouva ce qu'elle cherchait.

Le ruisseau qui descendait entre les deux collines se divisait en plusieurs petits affluents dans son cours supérieur. En deux ou trois endroits, ces ruisselets passaient sous le mur nord de la ville ; des tunnels avaient été soigneusement aménagés à cet effet, avec leurs entrées protégées par des grilles. Elle pensa d'abord jeter le sac dans l'une de ces rigoles, puis se souvint que les grilles étaient régulièrement nettoyées, et les ruisseaux dragués. Quelques mètres après l'un de ces tunnels, elle vit qu'on avait récemment déversé une grande quantité de gravats dans le fossé qui courait au pied du mur. A la différence des rigoles, le fossé n'était guère entretenu. Elle ne se souvenait pas d'avoir jamais vu personne le nettoyer.

Elle jeta un coup d'œil rapide à la ronde puis, sûre de ne pas être observée, jeta le sac dans le fossé et l'entendit tomber à ses pieds, au milieu des gravats.

Elle reprit alors son chemin comme si rien ne s'était passé. Un peu plus loin, la principale porte nord de la ville était grande ouverte ; elle rentra dans la cité sans que quiconque prête attention à elle.

Julius scruta la longue ligne des remparts ; il secouait la tête, les bras ballants, en plein désarroi. Autant chercher une aiguille dans une botte de foin. Par-dessus la muraille, il apercevait la courbe des gradins supérieurs de l'amphithéâtre, de l'autre côté de la colline ouest. Le matin était clair : pas de vent, pas un seul nuage dans le ciel immaculé. Il allait faire chaud tout à l'heure, au-dessus de l'immense arène.

Où était l'argent ? Dès l'aube il s'était glissé hors de la ville, et n'avait toujours pas la moindre idée de ce que sa mère avait bien pu en faire.

Est-ce que la grosse fille avait menti ? Il ne le pensait pas. Quand, au milieu de la nuit, il s'était glissé à son chevet, lui avait mis une main sur la bouche et posé un couteau sur la gorge, elle avait eu suffisamment peur pour dire la vérité. Elle avait expliqué que leur mère était allée déposer le sac quelque part à l'extérieur du rempart ouest ; mais cela faisait maintenant trois heures qu'il cherchait, sans aucun résultat. Il était sorti de la ville par la porte ouest, avait inspecté toutes les cachettes possibles et imaginables, avant de revenir finalement sur ses pas. Devant lui, la ville s'était mise à bruire, à vibrer tout entière. Bientôt la foule allait affluer vers l'amphithéâtre. Et lui-même n'avait pas un sou en poche.

Qu'est-ce qu'il dirait à Sextus ? Au départ, il avait pensé le rencontrer sur le chemin des jeux, mais maintenant il n'était plus aussi sûr d'avoir envie de se trouver face à lui. Sextus le croirait-il quand il lui raconterait ce qui s'était passé ? Penserait-il que Julius le trompait, qu'il avait en fait volé l'argent ? Le jeune homme préférait repousser le moment de s'expliquer avec son associé. Rentrer chez lui pour y retrouver sa mère ne lui disait rien non plus. *Je ferais mieux de trouver un coin tranquille et d'y rester jusqu'à ce soir, après les jeux,* songeait-il. *Peut-être les autres seraient-ils dans de meilleures dispositions, à ce moment-là.*

Restait le problème de Martina. Julius soupira. Il lui avait promis un cadeau, et maintenant il n'avait plus un sou pour le lui offrir. Que pouvait-il y faire ? Rien. Du reste, jugea-t-il, toute cette histoire comportait bien trop de risques. « De toute façon, maintenant, elle ne viendra sans doute pas jusqu'au pont », murmura-t-il. Tout cela était plutôt triste. Comme il n'avait rien de mieux à faire dans l'immédiat, il s'assit sur une pierre au bord de la route et rumina ses pensées.

Plusieurs minutes passèrent ainsi. Une ou deux fois il se chuchota à lui-même : « Je suis fauché. N'en parlons plus. » Mais quelque chose au fond de lui-même ne parvenait pas à se résigner. Peu à peu une nouvelle idée commença à se faire jour en lui.

Et si elle venait quand même jusqu'au pont ? Elle avait sûrement dû cacher la lettre ; le marin ne pouvait avoir aucun soupçon. Si elle prenait le risque, qu'elle vienne jusqu'au pont, et que lui ne soit pas au rendez-vous ? S'il la laissait tomber, que se passerait-il ?

Il secoua la tête. Il savait très bien ce qui se passerait alors. « Si je ne l'ai pas, moi, alors quelqu'un d'autre l'aura », murmura-t-il. Et ce quelqu'un, ce serait Sextus, sans doute.

Il pensa au corps de la jeune femme et sentit le désir monter en lui ; il songea à elle, seule près du pont, l'attendant, et soudain une vague chaude et colorée le submergea tout entier, son cœur se mit à battre plus rapidement qu'auparavant.

Tous les boxeurs du port le savaient, Julius ne restait jamais longtemps à terre après avoir été mis K.-O. Ce n'était pas toujours très sage, cela pouvait même être très imprudent ; mais son optimisme naturel reprenait toujours le dessus, de même qu'au printemps les bourgeons resurgissent naturellement sur les branches.

C'est pourquoi, au bout de quelques instants, il commença à se ressaisir. Quelques minutes encore et il hochait la tête, un léger sourire sur les lèvres. Puis il se releva, et désormais il riait.

Enfin il se mit en route, vers la porte de la ville.

Martina se leva tôt ce matin-là. Elle prépara la chambre, brossa sa courte chevelure, se lava et se parfuma avec soin. Puis, avant de s'habiller, elle examina son corps. Ses seins étaient menus et doux au toucher ; elle parcourut de la main la ligne souple et ferme de ses jambes. Satisfaite de son inspection, elle entreprit de s'habiller. Elle enfila une paire de sandales neuves ; l'expérience lui avait appris que le cuir encore frais, mêlé aux parfums de son propre corps, dégageait une subtile odeur qui attirait les hommes. A chacune de ses épaules, elle épingla une petite broche de bronze, et sentit ce faisant une légère palpitation au cœur qui lui indiqua — pour le cas où elle aurait conservé des doutes à ce sujet — qu'elle s'apprêtait aujourd'hui même à faire l'amour avec le jeune Julius.

Enfin elle mit dans un mouchoir quelques gâteaux secs, qu'elle mangerait au cours de la matinée ; puis elle sortit de la maison et se joignit à ses voisins, qui allaient franchir le pont pour se rendre sur le site des jeux.

Elle avait conscience d'une certaine légèreté dans sa démarche, qu'elle n'avait pas ressentie depuis bien longtemps.

C'était une impression étrange que d'avoir la ville pour soi tout seul. Dès le milieu de la matinée, il sembla que la totalité de la population était aux jeux. De loin en loin, un grand rugissement s'échappait de l'amphithéâtre ; mais le reste du temps, il régnait un tel silence dans les rues que Julius pouvait entendre les oiseaux chanter. Il arpentait le pavé, le cœur léger ; une odeur de pain chaud lui mit les narines en fête, comme il passait près d'une boulangerie, ou encore de puissants effluves émanant d'une cuisine. Il avait flâné dans d'élégantes rues pavées, bordées de demeures cossues. Certaines d'entre elles avaient des thermes privés ; beaucoup étaient encloses de murs, abritant aussi des vergers où poussaient des cerisiers, des pommiers et des mûriers.

Partout où il passait, son œil furetait autour de lui. Il avait rendez-vous avec la jeune femme à midi et lui avait promis un cadeau ; il n'entendait pas arriver les mains vides.

Donc, il allait voler ce cadeau.

Il était sûr de trouver ce qu'il cherchait. Presque tout le monde était dans l'amphithéâtre ; se glisser dans une maison vide et faire main basse sur quelque chose ne lui demanderait qu'un instant. Il n'aimait pas voler, mais ne voyait aucune autre solution à son problème.

Ce fut pourtant plus difficile qu'il ne l'avait pensé. Il s'introduisit dans quelques maisons modestes, mais pour ne rien trouver qui lui convînt. Quant aux riches demeures, dans toutes il semblait y avoir soit de vieux serviteurs que les jeux n'intéressaient pas, soit de féroces chiens de garde ; par deux fois il fut forcé de s'enfuir précipitamment.

Il redescendit alors vers le quai, un peu découragé. D'abord il tenta sa chance du côté ouest, mais sans succès ; puis il passa le pont sur le petit ruisseau et essaya vers l'est. Là aussi, les entrepôts bordant le quai étaient tous fermés. Il arriva devant un petit marché aux poissons, dont les étals étaient vides depuis le lever du jour. Juste après, il trouva un bâtiment plus important que les autres, et s'arrêta pour le contempler.

C'étaient les magasins impériaux, solide édifice de pierre, à la différence de la plupart de ses voisins. Des soldats le gardaient jour et nuit. On y entreposait toutes les marchandises destinées au gouverneur, à la garnison et aux services administratifs ; des objets de grande valeur y transitaient parfois. Trois jours plus tôt, Julius avait aidé au déchargement d'un navire qui contenait plusieurs grandes caisses de pièces d'argent ou d'or — la paye des soldats ; elles étaient scellées et portaient un tampon officiel. Les caisses pesaient des tonnes et il avait fallu beaucoup de temps pour les transporter sur le quai. Julius imaginait quelle devait être la valeur, astronomique, d'un tel chargement ; c'était comme une image concrète de la puissance et de la richesse de l'Etat. L'Empire donnait parfois l'impression de se décomposer, il n'empêche que la force profonde de la Ville éternelle et de ses possessions restait difficile à concevoir pour l'esprit. Julius sourit en songeant que s'il avait pu passer quelques minutes seulement à l'intérieur du bâtiment, tous ses problèmes d'argent auraient été réglés. Mais après la poursuite de la veille, où il avait été talonné par les légionnaires, la vue d'un uniforme le rendait nerveux, et il s'abstint de passer devant l'entrepôt.

Comme il reprenait la large voie menant au forum, Julius commença à se dire qu'il lui faudrait finalement renoncer à son cadeau. Quand il atteignit la plus basse des deux grandes avenues de la ville, il prit à gauche, sans raison particulière, vers le palais du gouverneur. Hormis une sentinelle qui en gardait l'entrée, la rue était déserte.

C'est alors que l'idée vint à Julius. C'était si simple, et si audacieux en même temps, qu'il en reçut presque un choc. Puis, à force d'y penser, il trouva que non seulement cela pouvait marcher, mais même que cela *devait* logiquement marcher. « C'est juste une question de bon minutage des opérations », murmura-t-il pour se rassurer lui-même.

A la différence des demeures privées qu'il avait visitées, le palais du gouverneur était un bâtiment public. A part le garde en faction à la porte, tout le personnel avait dû partir voir les jeux. Au cas même où il rencontrerait quelqu'un, il pourrait toujours trouver une explication à sa présence, dire par exemple qu'il était venu déposer une requête auprès du gouverneur. L'habileté de son propre plan le fit sourire. Qui penserait, après tout, à cambrioler le gouverneur lui-même ? Il se dissimula dans une encoignure pour reconnaître un peu les lieux.

Le mur du palais, sur la rue, était fait de gros blocs de pierre ; une belle porte s'ouvrait en son centre, conduisant à une large cour intérieure. Une grande pierre oblongue, à peu près de la taille d'un homme, était dressée en face de la porte sur un socle de marbre. C'était le point de départ des bornes milliaires pour tout le sud de la Bretagne.

La sentinelle aimait à s'arrêter devant la pierre, pour s'y adosser subrepticement et se reposer ainsi quelques instants. Mais ensuite elle se redressait et marchait lentement dans la rue déserte, avant de faire demi-tour pour reprendre son poste favori.

Julius observa l'homme : il fit vingt-cinq pas dans une direction, puis, après sa pause, vingt-cinq autres dans la direction opposée. Julius le regarda faire une deuxième fois, puis encore une troisième, afin d'en avoir le cœur net : il recommençait toujours le même trajet. Le jeune homme estima le plus précisément possible la durée de ses propres déplacements, et jugea qu'il avait juste le temps.

Quand la sentinelle entama son tour suivant, tournant le dos à Julius, celui-ci se hâta vers l'entrée, s'abritant de son mieux derrière la pierre pour le cas où l'homme se serait retourné. Il parvint à se couler dans l'ombre de la porte juste avant que le soldat fasse son demi-tour ; puis il se glissa rapidement, sans un bruit, à l'intérieur du palais.

Il traversa la cour, rapide comme l'éclair. L'entrée principale de la résidence se trouvait en face, sous un portique ; par chance, on avait laissé la porte ouverte. Julius pénétra hardiment à l'intérieur. Et se trouva aussitôt dans un autre monde.

Nulle civilisation peut-être n'a offert à ses puissants des demeures plus luxueuses que les villas campagnardes et les maisons de ville romaines. La résidence du gouverneur était un splendide exemple de cette deuxième catégorie. L'atrium, toujours frais avec son bassin rempli d'eau, donnait le ton de l'ensemble : calme et majesté. Un système sophistiqué de chauffage par le sol — l'hypocauste — fonctionnait en hiver ; en été, la pierre et le marbre préservaient la fraîcheur des pièces bien aérées.

Comme dans les meilleures maisons de Londinium, de superbes mosaïques recouvraient le sol de plusieurs pièces. On pouvait reconnaître ici Bacchus, le dieu du vin, là un lion ; des dauphins ornaient un vestibule, ailleurs c'étaient des motifs géométriques entrelacés.

Après avoir admiré au passage la magnificence des salles d'apparat, Julius gagna les autres pièces. Plus intimes, elles n'étaient pas moins élégantes que les premières. La plupart des murs étaient peints de tons ocre, rouges et verts ; certaines de ces peintures imitaient le marbre dans la partie basse des murs.

Julius savait le genre de chose qu'il était venu chercher ici. Il fallait que ce soit petit. Si la femme du marin portait un bijou trop voyant, cela susciterait des commentaires et inévitablement des problèmes. Il voulait un objet qui passe inaperçu ; quelque chose de si petit qu'on pourrait le penser perdu, et non volé.

Il ne mit pas longtemps à trouver. Dans l'une des chambres à coucher, il y avait sur une table un miroir de bronze poli, quelques brosses en argent et trois broches ornées de pierres précieuses. Il y avait aussi un merveilleux collier, fait de grosses émeraudes brutes serties dans une chaîne d'or. Les émeraudes, il le savait, venaient d'Egypte. Il ramassa le collier et l'admira ; un instant, il fut tenté de le voler. Il ne pourrait rien faire des émeraudes, bien sûr — ce serait bien trop voyant —, mais il pourrait fondre l'or. Pourtant il le reposa ; ce serait dommage de détruire un travail d'art aussi délicat.

Juste à côté, sur la table, il y avait exactement ce que Julius cherchait : un simple bracelet d'or, ne portant aucune marque particulière. Il devait en exister des centaines comme celui-ci à Londinium ; c'était précisément ce qu'il fallait pour Martina. Il s'en empara et sortit rapidement de la chambre.

La maison était plongée dans le silence, la cour déserte. Julius la traversa en longeant le mur, jusqu'à la porte donnant sur la rue. Il ne lui restait plus qu'à ressortir en évitant le factionnaire. Pourvu qu'il n'ait pas l'idée de se diriger juste maintenant vers la cour, pensa Julius. Il se glissa sous le porche avec précaution.

Il pouvait voir à quelques mètres de lui le dos de l'homme appuyé contre la grande pierre. Autant qu'il pouvait en juger, la rue était vide. Il attendit que la sentinelle se soit remise en marche, vers la gauche cette fois-ci, en direction du ruisseau. Alors, vif comme l'éclair, il fila vers la droite.

Mais il imagina une astuce en guise de précaution supplémentaire. Au lieu de s'éloigner en courant, il se retourna au bout de quelques mètres et commença à marcher à reculons, aussi vite qu'il le pouvait, avec le dos de la sentinelle en point de mire. Il fut bien inspiré car, pour une raison quelconque, l'homme s'arrêta et fit demi-tour au bout de quinze pas seulement. Julius repartit alors vers l'avant, marchant nonchalamment à la rencontre du factionnaire, de sorte qu'il semblait approcher de la porte pour la première fois. Le soldat leva les yeux vers lui, surpris, se demandant visiblement d'où il pouvait bien sortir ; mais le jeune homme poursuivit sa marche, et l'autre parut ne plus se poser la question. En se croisant, ils s'adressèrent un petit salut de la tête. Quelques instants plus tard, Julius se dirigeait vers le pont avec son cadeau dans la poche.

La femme du marin allait-elle venir ?

Sextus descendait la large rue qui menait du forum au pont. Il était renfrogné, et de n'avoir pu trouver Julius dans l'amphithéâtre n'avait rien fait pour améliorer son humeur.

Est-ce que son jeune ami l'évitait exprès ? L'idée ne lui en serait pas venue sans une remarque entendue par hasard l'après-midi du jour précédent.

Quand les soldats, après leur intrusion soudaine, s'étaient rués vers l'arrière de la maison, à la recherche de complices, cela lui avait paru naturel. Il avait compris à leurs cris qu'ils repéraient Julius, puis, avec soulagement, que son ami réussissait à s'enfuir. A les entendre, ils n'avaient manifestement pas eu le temps de bien apercevoir son visage. Pourtant, quelques minutes plus tard, il avait entendu bavarder les deux soldats qui fouillaient sa literie dans la pièce voisine.

« Il n'y a rien ici, grommelait le premier. Je parie que c'était un canular. Quelqu'un qui n'aime pas ce gars a écrit la lettre pour se venger.

— Mais, et le jeune ? C'est lui qui s'enfuyait ?

— Peut-être que oui, peut-être que non. De toute façon il est encore jeune, et d'une famille comme il faut. Si quelqu'un fait de la fausse monnaie ici, c'est le charpentier. »

Le jeune. Une famille comme il faut. C'est de Julius qu'ils devaient parler. Ce petit imbécile avait dû les trahir d'une manière ou d'une autre. Sextus avait juré entre ses dents. « S'ils lui mettent la main dessus, il va craquer. Et alors je suis perdu. »

Il avait failli aller jusqu'à la maison de Julius ce soir-là mais n'avait pas osé le faire ; les soldats avaient pu laisser quelqu'un en faction pour le suivre et l'espionner. Mais il escomptait bien retrouver son ami dans l'amphithéâtre. Aussi, en ne l'y voyant pas au matin, Sextus avait commencé à nourrir de sérieuses inquiétudes. Est-ce que les autorités étaient remontées jusqu'à lui ? Est-ce qu'il avait vendu la mèche ? Il s'était rendu jusqu'à la maison de son ami, après s'être assuré que personne ne le suivait, mais l'avait trouvée vide. Qu'est-ce que cela signifiait ? Pour finir, il était retourné chez lui, espérant que Julius l'y attendrait peut-être, puis il avait fouillé en vain le forum. Maintenant, en dernier ressort, il allait essayer le quai.

Tout à coup il aperçut le jeune homme, à peine une centaine de mètres devant lui, faisant les cent pas à l'entrée du pont. Il pressa l'allure. Julius était si absorbé dans la pensée de l'aventure où il allait s'engager qu'il ne remarqua même pas l'approche de Sextus. Quand le charpentier fut juste derrière lui, alors seulement il se retourna. Et blêmit.

Cela ne put échapper à Sextus, qui fut aussitôt sur ses gardes. « Tout va bien ? » demanda-t-il au jeune homme. Julius hésita, puis il raconta à son ami tout ce qui s'était passé. Il le fit à contrecœur, néanmoins son récit fut parfaitement exact et sincère. Sextus n'en crut pas un mot.

Le charpentier détestait qu'on le prenne pour un imbécile. Toute cette histoire était parfaitement invraisemblable. Certains faits, en revanche, étaient tout à fait clairs : le jeune homme l'avait évité ce matin et l'argent était parti. A tout cela, il n'y avait que deux explications possibles : soit Julius l'avait volé, soit il l'avait dénoncé. Auquel cas le sac contenant les moules devait être entre les mains des autorités, comme pièce à conviction. Sans nul doute, on avait laissé Julius en liberté en échange de son témoignage contre le charpentier.

Sextus restait néanmoins parfaitement impassible tandis qu'il écoutait les explications embarrassées de son ami. Il ne prononça pas un mot. Quand le jeune homme eut fini, il en tira la conclusion qu'il mentait fort mal.

Il décida de ne pas y aller par quatre chemins. « Tu as parlé ? lui demanda-t-il tout de go. Aux soldats ?

— Non, bien sûr que non ! »

Sextus réfléchit. De toute façon, si son ami avait parlé, il le saurait bien assez tôt. Il tira son couteau de sa ceinture et le fit voir à Julius.

« Trouve l'argent avant ce soir, lui dit-il tranquillement, sans quoi je te tue. » Puis il tourna les talons et s'éloigna.

Peu avant midi, on fit entrer un gladiateur et un ours dans l'arène. Le gladiateur était adroit à manier le filet, et l'on pariait à deux contre un qu'il allait tuer l'ours. Mais il devait lutter cet après-midi même contre un autre gladiateur, un champion renommé, et pour ce second combat on pariait à cinq contre un qu'il allait mourir. Sur lui deux fois gagnant, vous trouviez actuellement du vingt contre un. On commença par promener l'ours autour de l'arène. L'ambiance pour l'instant était plutôt bon enfant. La foule ne s'exciterait qu'en voyant le premier sang couler.

Martina se leva d'un mouvement brusque. De l'autre côté de l'arène, dans la loge du gouverneur et sur les gradins qui l'entouraient, elle apercevait les notables de la ville revêtus de leurs toges, accompagnés de leurs épouses dans leurs longues robes de soie, leur cheveux ramenés haut sur la tête en des coiffures sophistiquées. Elle sentit un frisson la parcourir tandis qu'elle regagnait l'escalier.

Ici, ils ont peut-être les meilleures places, songea-t-elle, mais cet après-midi, c'est moi qui aurai la meilleure de toutes.

Quelques instants plus tard, elle ressortait du tunnel sombre des escaliers et reprenait pied dans la rue, en plein soleil. Elle prit la direction du forum, sans remarquer le marin qui se glissait silencieusement hors de l'amphithéâtre, deux cents mètres derrière elle, et commençait à la suivre.

Julius attendait, debout près d'une des paires de grands piliers de bois qui marquaient l'extrémité nord du pont. Il était près de midi.

L'entretien avec Sextus l'avait alarmé. L'homme pensait sans doute ce qu'il avait dit — mais comment retrouver le sac ? Sa mère se laisserait peut-être fléchir, s'il lui parlait de la menace qu'il avait reçue ; et encore, il n'en était pas sûr. De toute façon, il décida que ce n'était pas le moment d'y penser. Il avait mieux à faire pour l'instant.

Une grande clameur s'échappa de l'amphithéâtre sur la colline ; une nuance vaguement méprisante indiquait qu'un animal était en train de prendre le dessus sur un homme.

Julius contempla la large rue qui descendait du forum. Si Martina venait au rendez-vous, elle ne tarderait pas à y apparaître. Pour l'instant la rue était vide, aussi bien que le quai. Julius sentait son cœur battre plus fort. « Si elle vient maintenant... » murmura-t-il — mais il n'acheva pas sa phrase. Si elle apparaissait maintenant dans la rue, il était sûr que cet après-midi elle serait à lui ; il tremblait d'excitation à cette seule idée. Et pourtant, bizarrement, malgré son impatience, une part de lui-même restait mal à l'aise, espérant presque qu'elle ne viendrait pas.

Plusieurs minutes passèrent ainsi, sans qu'aucun signe de Martina fût visible. Julius commençait à penser qu'après tout elle ne viendrait pas, et que c'était peut-être mieux ainsi, quand son attention fut attirée par un léger mouvement sur le quai à sa droite.

Ce n'était pas grand-chose, seulement un groupe de soldats et un âne tirant une petite charrette. Il les observa d'un œil distrait tandis qu'ils remontaient lentement le quai dans sa direction. La charrette devait être lourde, car à un moment Julius vit l'âne glisser sur le pavé et s'arrêter. Ou peut-être l'animal était-il rétif. Nouveau coup d'œil dans la rue, mais toujours pas de Martina à l'horizon.

L'âne et les soldats étaient maintenant à quelque deux cents mètres de lui. Il n'y avait en fait que trois hommes : l'un tirait l'animal et les deux autres marchaient derrière la charrette. Au début il les distinguait mal, à demi cachés à sa vue par le pilier de bois derrière lequel il se tenait ; mais une fois qu'ils se furent rapprochés, il aperçut leurs visages sous leurs casques. L'un de ces trois visages lui était familier, lui sembla-t-il.

Soudain il sursauta : l'homme qui fermait la marche n'était autre que sa connaissance de la veille. Le centurion. Il l'observa avec curiosité : comment un centurion se retrouvait-il escortant une charrette à âne dans les rues en plein milieu des jeux ?

La voiture était recouverte d'une bâche de toile, mais l'un des coins en avait glissé, et Julius aperçut le sommet d'une amphore de vin qui dépassait légèrement. Visiblement les soldats, pour une raison quelconque, éaient allés chercher des provisions dans l'entrepôt impérial pour les emmener au fort. Il y aurait sans doute une fête au quartier ce soir. La charrette tourna et s'engagea dans une ruelle qui montait à flanc de colline.

Il se remit à penser à Martina, et une bouffée de désir monta en lui. Où était-elle en ce moment ?

C'est alors qu'il se produisit quelque chose. Rien d'important à première vue. Alors que la charrette pénétrait dans la venelle, l'une de ses roues passa sur une bosse et un petit objet tomba du chargement. Il resta quelques secondes dans la poussière, puis l'un des soldats se précipita pour le ramasser et le remettre sous la bâche. Julius remarqua deux choses pendant ce laps de temps : un, l'objet miroita faiblement sous le soleil, et deux, le centurion jeta un regard rapide autour d'eux pour s'assurer que personne ne pouvait les voir. Julius était sûr d'avoir reconnu l'expression peinte sur le visage de l'homme ; une expression de crainte et de culpabilité. Et l'objet tombé de la charrette était une pièce d'or.

Une pièce d'or. Peut-être y en avait-il des sacs entiers dans la charrette. Pas étonnant que l'âne ait trébuché tout à l'heure, sous le poids. Mais pourquoi des soldats transportaient-ils de l'or à la dérobée, sur un quai désert et dans une petite ruelle ? L'idée était si stupéfiante que pendant un moment Julius ne put y croire — et pourtant c'était la seule explication possible : ils étaient en train de le voler.

Il se tint parfaitement coi, sans faire un geste, jusqu'à ce que la charrette ait disparu à l'intérieur de la venelle. La rue devant lui était toujours déserte, sans la moindre trace de la femme qu'il attendait. Julius frissonna soudain, comme s'il avait la fièvre ; la tête lui tournait. Puis, à pas de loup, il s'éloigna du pont et s'engagea à son tour dans la ruelle.

Julius gardait prudemment ses distances. Pendant quelques minutes, sautant d'un coin de maison à un autre, il suivit leur trajet lui-même plein de méandres et de détours. A l'évidence, ils cherchaient à se dissimuler.

Il hésita à plusieurs reprises. Si les soldats étaient en train de dérober de l'or et qu'ils le surprenaient en train de les suivre, il se doutait de ce qui arriverait alors. Mais déjà l'ébauche d'un plan avait commencé à se faire jour dans son esprit. Les trois hommes avaient sûrement prévu de cacher leur butin quelque part. S'il réussissait à les suivre jusque-là, il pourrait par la suite rendre une petite visite à leur cachette. Un seul des grands sacs que contenait la charrette ferait aussitôt oublier à Sextus celui, bien plus petit, que Julius avait perdu. Il imaginait d'avance le visage épanoui de son ami. Une pensée le frappa et le fit sourire : « La vraie monnaie, c'est encore bien mieux que la fausse », gloussa-t-il. Avec une telle fortune, il pourrait acheter à Martina tout ce dont elle aurait envie.

Le chemin que suivaient les soldats, à peu près parallèle à la rue principale, mais par des ruelles latérales, les menait vers le forum, sur la colline est. Bientôt ils arrivèrent à la hauteur de la première des deux grandes avenues traversant la cité, et tournèrent à gauche pour rejoindre une venelle parallèle à celle qu'ils venaient de quitter.

« Ils vont vers l'ouest, murmura Julius. Mais où exactement ? » Il ne parvenait pas à le deviner. Il jugea plus sûr de gagner l'avenue principale, et s'y engagea ; de là il surveillait l'avance de la charrette dans la ruelle voisine. Il la suivit ainsi quelque temps, au flanc de la colline, puis la vit déboucher dans la grande rue, quelques mètres en avant de lui. Il s'arrêta, ne voulant pas risquer d'être vu ; les soldats continuèrent leur chemin et attaquèrent bientôt le flanc de la colline d'en face. Ils précédaient le jeune homme de quelques centaines de mètres et passaient devant des thermes publics quand ils tournèrent soudain à gauche et disparurent dans une autre venelle. Julius pressa le pas, ne voulant pas perdre leur trace. Une minute passa, puis une seconde ; il y était presque.

C'est alors qu'il leva les yeux vers le haut de la colline et qu'il la vit.

Martina descendait la rue dans sa direction. Sa démarche était dansante et elle souriait. Elle était à deux cents mètres de lui et ne l'avait pas encore aperçu.

Julius s'immobilisa pour la contempler. Donc, elle venait finalement au rendez-vous. Son cœur bondit dans sa poitrine ; il la regarda s'approcher et tous ses doutes furent aussitôt balayés. Il la trouva merveilleusement belle. Elle me désire, elle m'aime peut-être, pensa-t-il. Une vague de bonheur et d'excitation déferla en lui. Il avait l'impression de sentir le corps de la jeune femme contre le sien, de respirer son odeur. Il se retint de courir vers elle.

S'il allait la retrouver maintenant, il perdrait un temps précieux. A tout instant la charrette pouvait disparaître dans le dédale de passages, de venelles et de cours ; alors, adieu l'or qu'elle contenait.

« Elle attendra, murmura-t-il, mais l'or, non. » Il s'engouffra dans la petite rue.

Il chemina prudemment pendant plusieurs minutes, une ruelle après l'autre, en direction de l'ouest. Juste avant que le relief s'aplanisse, en arrivant au sommet de la colline, il déboucha dans une rue élégante, ornée d'arcades sur l'un des côtés : elle joignait entre elles les deux grandes avenues. Comme les autres artères de la ville, elle était déserte, et Julius la traversa. Une étroite venelle courait juste derrière ; c'est là, près d'un vieux puits, qu'il aperçut l'âne et la charrette.

Ils semblaient seuls ; on ne voyait nulle trace des soldats aux alentours. Julius s'arrêta dans une encoignure et attendit, sans voir personne venir. Les soldats avaient-ils pu abandonner la charrette ? Non, impossible. Il promena le regard autour de lui, tâchant de deviner par où ils étaient partis. La ruelle était bordée de courettes, d'ateliers et de petits magasins ; ils avaient pu entrer dans une douzaine d'endroits différents au moins. La charrette était encore recouverte de sa bâche. Avaient-ils déjà déchargé l'or, ou bien n'était-ce qu'une halte provisoire ? Et toujours personne ne venait.

S'ils l'avaient déchargé, pensa Julius, alors il fallait faire une reconnaissance dans les parages pour essayer de les retrouver. Il n'allait pas attendre ici toute la journée. Avec mille précautions, il s'approcha de la charrette.

Une fois qu'il l'eut atteinte, il jeta un regard aux alentours ; toujours personne en vue. Il souleva la bâche et regarda à l'intérieur.

La charrette était presque vide. Il ne restait plus que trois amphores de vin et un amas de toile à sac. Il tendit le bras et fouilla sous la toile, jusqu'à ce que sa main rencontre quelque chose de dur. Il le souleva : cela pesait lourd. Avec un sourire joyeux, il plongea l'autre main à l'intérieur de la charrette et en ressortit bientôt un sac de pièces.

C'était un petit sac, qui tenait dans la paume de ses deux mains, mais rien que cela représentait déjà une fortune. Inutile de chercher plus loin ; un seul comme celui-ci suffisait. Il était temps de filer.

Un cri retentit dans son dos et il se retourna à moitié ; les soldats étaient déjà presque sur lui. Il lâcha le sac, baissa la tête, contourna précipitamment la charrette et s'enfuit de toute la vitesse de ses jambes. Une deuxième voix retentit derrière lui, puis une troisième, lui sembla-t-il : le centurion.

« Attrapez-le ! »

Remonter la venelle. Tourner à gauche. Puis à droite. Quelques instants plus tard, il était de retour dans la grande avenue. Il la traversa comme une flèche, chercha une autre ruelle des yeux, en trouva une et se jeta dedans.

Ils savaient qu'il avait vu l'or : il était devenu un témoin gênant, dont il fallait se débarrasser. Sans cesser de courir, il réfléchit à toute vitesse. Où pouvait-il aller, où se cacher d'eux ? Il entendait les voix de ses poursuivants juste dans son dos ; elles semblaient venir de tous les côtés à la fois. C'est alors qu'il entrevit une planche de salut, la seule sans doute qui lui restât. Il accéléra encore l'allure, hors d'haleine, talonné de près par les soldats.

Martina attendait près du pont. Il n'y avait pas âme qui vive aux alentours. Le flot large et clair coulait silencieusement à ses pieds, miroitant sous le soleil. Elle pouvait apercevoir les poissons, bruns et argent, se mouvant sous la surface de l'eau.

Les poissons avaient de la compagnie ; elle, elle était seule.

Martina était furieuse, comme peut l'être une jeune femme à qui son amoureux fait faux bond. Une heure, elle attendait depuis une heure. De temps à autre la foule, là-bas, laissait échapper de grandes clameurs pendant un combat de gladiateurs. Elle détestait toute forme de meurtre, mais ce n'est pas cela qui la mettait en colère. Il lui avait envoyé une lettre, promis un cadeau ; elle avait pris un grand risque en venant ici, et maintenant, déçue et vexée, elle en était réduite à faire le pied de grue comme une idiote, jusqu'au moment où elle s'en irait piteusement. Elle attendit quelques minutes encore puis haussa les épaules : il était peut-être arrivé quelque chose au jeune Julius. Peut-être.

« S'il s'est cassé la jambe, je lui pardonne, murmura-t-elle. Mais pas à moins. » S'il s'était imaginé qu'on pouvait la bafouer impunément, elle saurait se venger.

C'est dans cet état d'esprit, ombrageux, qu'elle vit avec surprise une figure familière sortir de l'ombre d'une rue voisine et s'avancer vers elle.

En voyant Martina seule sur le quai, Sextus s'était tout naturellement approché d'elle. Quant à la jeune femme, apercevant l'homme qu'elle avait délaissé pour l'infidèle Julius, il lui parut tout aussi naturel de l'accueillir avec chaleur et de l'embrasser. Si jamais Julius était dans les parages, elle espérait bien qu'il la verrait faire. Pour s'en assurer, elle embrassa une seconde fois Sextus.

Celui-ci fut un peu surpris : il faisait depuis longtemps la cour à la jeune femme, et voilà qu'elle se montrait soudain très empressée envers lui. Sa suffisance de mâle lui glissa que c'était le résultat normal de ses assiduités ; son expérience des femmes lui conseilla de ne pas trop s'interroger sur les raisons de ce changement d'attitude. Il lui fit un sourire charmeur.

Avait-elle vu son ami Julius près du pont ? s'enquit-il. Sans pouvoir retenir une grimace, elle lui répondit que non, Julius n'était sûrement pas dans les parages. « Il est peut-être aux jeux, suggéra-t-elle. Si nous allions voir ? » Et ce disant, elle lui prit le bras.

Ce fut une fort agréable promenade pour Sextus. Il avait un problème à régler avec Julius, ce n'était pas une raison pour gâcher une telle occasion, tombée du ciel. Le temps qu'ils arrivent en vue de l'amphithéâtre, il avait obtenu un rendez-vous pour le soir même. Si je ne suis pas en prison, pensa-t-il, je serai au paradis.

« Il vaut mieux qu'on ne nous voie pas ensemble, prétexta-t-il habilement, comme ils approchaient de l'édifice. Alors, à ce soir. » Puis il s'éclipsa, pour aller attendre celui qui avait été son ami. Il serrait son couteau dans sa main.

La soirée était tiède. Une moiteur, faite de sueur et de poussière, planait sur le grand amphithéâtre après le départ de la foule. Les gens étaient repartis heureux ; ils avaient mangé et bu sur les longues terrasses circulaires, vu des lions, des taureaux, une girafe et bien d'autres bêtes encore ;

ils avaient vu un homme se faire déchirer par un ours, et deux gladiateurs étaient déjà morts avant lui.

Londinium paraissait loin de Rome, peut-être ; mais dans de tels moments, quand les arches du grand théâtre de pierre vibraient du rugissement des bêtes féroces venues d'Europe et d'Afrique, de l'écho immémorial du combat des hommes luttant pour leur vie, alors la capitale du vieil Empire, sous son soleil méditerranéen, semblait tapie derrière l'horizon tout proche.

Julius s'était coulé dans la foule, qui lui avait probablement sauvé la vie. Il avait d'abord réussi à grignoter quelques dizaines de mètres sur ses poursuivants ; puis, obliquant soudain dans une rue transversale, il avait traversé en trombe l'esplanade entourant l'amphithéâtre et s'était engouffré dans une des grandes portes de l'édifice. Il avait suivi la galerie qui en faisait le tour, grimpé quatre à quatre deux volées d'escaliers, puis s'était jeté dans l'étroit passage menant aux terrasses supérieures. Deux gladiateurs étaient en train de livrer combat ; juste à l'arrivée de Julius, les spectateurs s'étaient levés pour voir la mise à mort. Le jeune homme avait réussi à se glisser dans la foule et à trouver une place sans que personne fasse attention à lui.

Il y resta tout l'après-midi. Il promenait souvent le regard sur la foule, s'attendant à chaque instant à voir les yeux des légionnaires braqués sur lui. Il n'avait pas osé s'aventurer hors de l'amphithéâtre, pour le cas où ils l'auraient attendu à l'extérieur ; pourtant, maintenant qu'il ressortait au milieu du flot des spectateurs, il n'apercevait nulle trace d'eux. Par chance, ils n'avaient pas eu le temps de bien le voir en face.

J'ai peut-être réussi à les semer, songea-t-il.

Et maintenant, que faire ? Ses parents n'allaient pas tarder à faire la fête avec les voisins. Toute la journée, ils avaient dû se demander où il était, et maintenant ils allaient l'attendre à la maison. Après toutes les alertes qu'il avait connues au cours des dernières heures, le bon vieux foyer lui apparaissait comme singulièrement paisible et accueillant.

Mais il restait encore le problème du sac de fausses pièces. Sa mère était au courant. Tôt ou tard, il devrait s'en expliquer avec elle — et aussi avec son père, cela ne faisait pas de doute. Il redoutait cette discussion, mais tâcha de se donner du courage. « De toute façon, murmura-t-il, il faudra bien qu'elle me dise ce qu'elle a fait du sac, pour que je puisse en finir avec Sextus. »

Il soupira. Sextus lui avait donné jusqu'au soir ; c'était trop court. Il réussirait bien à le faire patienter jusqu'au lendemain matin... Peut-être sa mère accepterait-elle de dire au charpentier ce qu'elle avait fait du sac, si Julius faisait valoir que sa vie était en danger. D'ici là, songea-t-il, je sais courir aussi vite que c'est nécessaire. En plus, il faut déjà qu'il me trouve.

Il se laissa porter par la foule ; elle s'était déversée dans l'avenue du haut, et se dirigeait pour l'essentiel vers la colline de l'est. Ses pensées retournaient vers Martina. Etait-elle quelque part dans ce flot humain ? Pourrait-il rattraper les choses avec elle ? Peut-être. En tout cas, il ne fallait pas perdre espoir.

Puis il pensa une fois de plus à l'or, comme il l'avait fait tant de fois au cours de ce long après-midi.

Il avait tenu ce sacré sac dans les mains ! Maintenant encore il ne devait pas être loin d'ici, caché dans quelque cave sans doute, près de l'endroit où il avait vu la charrette arrêtée. Est-ce que les légionnaires s'y trouvaient eux aussi, surveillant leur butin ? Non, sûrement pas. S'ils y avaient entreposé de l'or volé, ils éviteraient soigneusement l'endroit dans les jours à venir.

Mais une autre pensée se fit jour dans son esprit. Peut-être ne le laisseraient-ils pas là ; peut-être, dans un ou deux jours, retourneraient-ils à leur cachette pour se le partager. Pourquoi l'auraient-ils laissé en cet endroit, risquant de tout perdre si l'on découvrait leur cachette ? Dans tous les cas, l'or pouvait fort bien ne pas rester longtemps là-bas. Si Julius voulait y prélever sa part, il ferait mieux de se mettre en chasse sans trop tarder. Il ricana : de toute façon, il n'avait pas pris le chemin de la maison.

Il tourna dans une petite ruelle et gagna, avec précaution, l'endroit où la charrette s'était arrêtée. Il y avait quelques personnes sur place, mais pas la moindre trace des soldats. Il inspecta soigneusement les lieux ; le butin pouvait être caché dans une demi-douzaine d'endroits différents. Il allait devoir les fouiller l'un après l'autre. Le crépuscule ne tarderait pas à tomber ; il aurait besoin d'une lampe à huile. Il se remit prudemment en route.

Pas assez prudemment toutefois pour s'apercevoir qu'une silhouette le suivait.

Ce n'est qu'à la tombée de la nuit que la mère de Julius commença à s'inquiéter. Les voisins faisaient honneur à sa cuisine ; quant à la grosse fille, elle venait de terminer son troisième poulet. Rufus, le maître de maison, le visage plus jovial et rubicond que jamais, racontait une histoire drôle à la cantonade. Mais où pouvait bien être Julius ?

« Il court après une fille, lui avait dit Rufus en riant au début du repas, devant la place laissée vide par leur fils. Ne t'en fais pas pour lui. »

Mais elle n'avait pas encore parlé de l'histoire des pièces à son mari. Et qu'est-ce que ce Sextus avait à voir avec tout cela ? Elle n'aimait pas cet homme, avec son front proéminent.

Les étoiles s'étaient levées au-dessus de la tête de Martina ; elle ne savait plus quoi penser exactement. Sa colère contre Julius était retombée depuis l'après-midi. Peut-être lui était-il arrivé quelque chose ? Peut-être avait-elle été trop prompte à l'accuser ?

Et maintenant, c'était Sextus qu'elle attendait.

Une part d'elle-même était excitée. Après tout, Sextus était un homme ; l'idée d'un homme, combinée avec la tiédeur de la nuit d'été, la faisait frissonner par avance. Mais au fond, est-ce qu'elle le désirait vraiment, avec ses favoris et ses yeux caves ? Peut-être pas tant que cela. « C'est le jeune boxeur que je voulais », s'avoua-t-elle à voix haute.

Mais c'était Sextus qui allait venir. Et quand il serait là, elle le savait, elle aurait bien du mal à repousser ses avances. Elle soupira. Non, en ce moment, elle ne savait plus ce qu'elle voulait au juste.

A la lueur des étoiles, le petit bateau descendait silencieusement le fleuve, porté par le reflux. L'air était tiède, même au-dessus de l'eau. Il aborda la grande courbe en aval de Londinium, frêle silhouette fondue dans les flots de la nuit.

Le corps gisait dans le fond du bateau, face tournée vers le ciel. Le coup de couteau qui l'avait tué avait été si adroitement porté que son sang n'avait presque pas coulé. Le cadavre était maintenant lesté, de sorte qu'il coulerait à pic jusqu'au fond du fleuve, pour ne plus en remonter.

C'était néanmoins tout un art de se débarrasser d'un cadavre dans l'eau. Le fleuve avait des courants et des tourbillons secrets, une sorte de volonté propre, aurait-on dit : un corps, même lesté, pouvait avoir été immergé à tel endroit et se trouver mystérieusement transporté jusqu'à un autre, très différent, où il risquait d'être découvert. Pour éviter de telles mésaventures, il fallait connaître les secrets du fleuve.

Le marin connaissait fort bien ces secrets.

Au début, il avait été surpris quand il avait vu sa femme et Sextus se saluer en échangeant des baisers. Il connaissait le charpentier de vue, il savait son nom ; et il se souvenait que la lettre portait un J en guise de signature. Mais il réfléchit que ce ne devait pas être un J, plutôt un S maladroitement tracé.

Il avait tué Sextus pendant que le charpentier suivait son ami Julius à travers les ruelles dans le crépuscule naissant.

Il ne lui restait plus désormais qu'à prendre une décision en ce qui concernait Martina. Sa première réaction avait été de lui infliger un châtiment qu'elle n'oublierait pas. Dans le pays de sa mère, on l'aurait lapidée à mort. Mais il était plus sage que cela. Et puis, ce ne serait peut-être pas si facile de la remplacer. Il avait pris sa revanche en tuant son amant ; elle, il la traiterait avec bonté, et il verrait bien ensuite ce qui se passerait.

A l'automne 251, on découvrit qu'un nombre considérable de pièces d'or et d'argent avaient été volées aux magasins impériaux.

Le centurion qui menait l'enquête, sous l'autorité d'un des plus hauts fonctionnaires du palais du gouverneur, fut incapable de découvrir la moindre piste.

Peu de temps après, le centurion et plusieurs soldats de la garnison de Londinium furent brusquement mutés, sur ordre du gouverneur, dans la grande forteresse de Caerleon, au pays de Galles. Ils devaient participer aux travaux de reconstruction. Aucune date ne fut fixée pour leur retour.

Pour Julius, les choses se passèrent plutôt bien. Sa mère ne souleva pas la question du sac, et la mystérieuse disparition de Sextus mit un terme à toute l'histoire.

Ses affaires avec le marin prospérèrent. Mieux, soulagé de s'être débarrassé de l'amant de son épouse, l'homme n'eut jamais le moindre soupçon au sujet de Julius et Martina, dont la liaison prit naissance au printemps suivant. Et quand, un an plus tard, le marin périt en mer, Julius ne se contenta pas de reprendre son affaire, il épousa également sa veuve.

Après la naissance de son second fils, pour le plus grand bonheur de son père Rufus, Julius fut reçu membre à part entière du temple de Mithra.

C'est à peu près vers cette époque que des hommes forts apparurent, une fois de plus, à Rome. Un grand vent de moralisation sembla souffler, aussi bien sur Londinium que sur l'ensemble de l'Empire, et certaines pratiques furent abandonnées.

Une chose continuait pourtant à troubler Julius. Depuis les jeux il n'avait cessé de retourner là-bas, de jour comme de nuit, fouillant dans tous les recoins. Il était sûr que le centurion n'avait pu emporter le lourd butin avec lui lors de son départ précipité. Quelque part donc, à proximité du lieu où il avait vu pour la dernière fois la charrette à âne, un trésor devait être caché ; un trésor dont la seule idée défiait l'imagination. Les mois passèrent, puis les années, et il continuait à chercher. Pendant les longues soirées d'été, il faisait les cent pas sur le quai ou bien sur les remparts, regardait le soleil se coucher et se reposait pour la dix millième fois *la* question.

Où, par tous les dieux, où étaient ces satanées pièces d'or ?

3

La Croix

604

La femme regardait la mer. Ses longs cheveux pendaient, dénoués, sur sa robe de chasseresse qui claquait au vent. Le soleil mordoré d'automne n'avait pas encore quitté le levant.

Elle savourait ses derniers instants de liberté. Depuis trois jours elle s'attardait dans ce lieu sauvage où elle avait trouvé refuge, mais il lui fallait rentrer maintenant. Et prendre une décision. Quelle réponse allait-elle donner à son mari ?

On était en *haligmonath*, le mois sacré ; c'était le nom qu'on donnait à l'ancien mois romain de septembre, dans les contrées païennes du Nord.

Derrière l'estuaire de la Tamise, la côte présentait un grand renflement, par lequel l'Angleterre s'avançait de quelque cent dix kilomètres dans les eaux froides de la mer du Nord ; la femme se trouvait quelque part sur cette côte. Devant elle, à perte de vue, des vagues grises. Derrière elle, à perte de vue, des landes plates comme la main, des marécages, des champs et des forêts. Sur sa droite, l'interminable plage qui filait sur quatre-vingts kilomètres vers le sud, avant de se replier à l'intérieur du large estuaire.

Elle s'appelait Elfgiva, « don des fées » dans la langue des Anglo-Saxons. Sa robe richement brodée indiquait qu'elle était de naissance noble. Elle avait trente-sept ans et quatre fils déjà grands ; sa peau était claire, son visage délicat, ses yeux bleus pleins de vivacité. Même si l'or de ses cheveux commençait à se mêler ici ou là de fils d'argent, elle était encore dans tout l'éclat de sa féminité. Je peux encore avoir un autre enfant si j'en ai envie, songea-t-elle. Peut-être cette fille dont elle rêvait depuis longtemps ? Mais à quoi bon tout cela, si elle ne parvenait pas à sortir du terrible piège qui s'était refermé sur elle ?

Les deux serviteurs qui l'attendaient avec les chevaux ne pouvaient voir l'angoisse peinte sur son visage, mais ils devinaient les sentiments qu'elle éprouvait, et en souffraient pour elle. Toute la maisonnée savait comment, après vingt-cinq années de vie heureuse, le maître et la maî-tresse s'étaient soudainement querellés.

« Elle est courageuse, chuchota l'un des valets à son compagnon. Mais est-ce qu'elle tiendra bon ?

— Pas contre le maître. Personne ne peut lui résister.

— C'est vrai. Mais elle... elle est fière », ajouta le premier avec admiration.

Et ce n'était pas facile d'être fière, quand on était femme et qu'on vivait parmi les Anglo-Saxons d'Angleterre.

Au cours des deux derniers siècles, la Bretagne avait été le théâtre de profonds changements. D'abord, depuis l'effondrement de l'Empire, l'île avait cessé d'être une province romaine. Ensuite, comme la plupart des autres ex-provinces, elle avait été envahie.

Les barbares s'étaient toujours pressés aux portes de l'Empire, mais Rome soit les repoussait, soit les intégrait pour en faire des mercenaires ou des colons. Néanmoins, à partir de l'an 260 environ, alors que l'Empire tentaculaire se fractionnait en plusieurs régions, les incursions armées devinrent plus difficiles à contrôler. Aux alentours de l'an 400, les nombreuses tribus de l'est de l'Europe entamèrent, sous la poussée des terribles Huns venus d'Asie, une longue série de grandes migrations vers l'ouest. Les choses se firent lentement ; mais peu à peu les Goths, les Lombards, les Burgondes, les Francs, les Saxons, les Bajuvares, les Slaves, et bien d'autres encore, se fixèrent aux côtés des populations indigènes, gagnant de nouveaux territoires pour leurs tribus. La civilisation et l'ordre anciens qui avaient si longtemps dominé l'Europe de l'Ouest en furent complètement bouleversés.

Peu après l'an 400, un empereur romain aux abois rappela toutes les garnisons de Bretagne. Il adressa pour toute recommandation aux insulaires : « Défendez-vous vous-mêmes. »

Au début, ils y parvinrent. Certes, il y eut des raids de pirates germains, mais les villes et les ports de l'île possédaient des défenses. Au bout de quelques décennies, ils employèrent même des Germains comme mercenaires pour assurer leur protection. Mais peu à peu, à mesure que le commerce avec le continent périclitait, les choses se gâtèrent. Des chefs locaux apparurent un peu partout ; les mercenaires s'établirent, firent souche dans l'île et écrivirent à leurs parents restés sur le continent que la Bretagne était faible et divisée. C'étaient des Germains du Nord, venus des régions côtières de l'Allemagne et du Danemark actuel, Angles, Saxons et autres, et peut-être des Utes, une tribu voisine. Pour la plupart des blonds aux yeux bleus.

Ils arrivèrent en un flot continu, étendant toujours plus loin vers l'ouest leur mainmise sur l'Angleterre. Parfois les insulaires contenaient leur avance ; aux alentours de l'an 500, un chef brito-romain leur tint tête dans l'ouest de l'île, et son nom, redécouvert longtemps après par les chroniqueurs, devait donner naissance à la légende du roi Arthur.

Pourtant, malgré ces courageuses tentatives pour préserver l'ancien monde brito-romain, un siècle et demi après avoir fait leurs premiers pas dans l'île, les immigrants s'étaient rendus maîtres de la terre anglaise. Le pays de Galles à l'ouest et l'Ecosse au nord leur échappaient ; ailleurs, jusqu'aux vieilles langues latine et celte avaient été effacées, sauf dans quelques noms de lieux ou de rivières, comme la Tamise issue de Tamesis par exemple. Plusieurs royaumes naquirent, qui devaient devenir célèbres : les Angles créèrent la Northumbrie et la Mercie au centre du pays ; dans le Sud, ce furent les royaumes saxons du Wessex à l'ouest, du Sussex au centre et du Kent dans l'ancienne péninsule des Cantii. Les vastes terres basses qui s'étendaient de l'autre côté de l'estuaire furent divisées entre deux peuples : les Angles régnèrent sur la moitié nord, qu'on nomma l'Est-Anglie, tandis que dans le Sud l'Essex était soumis au roi des Saxons de l'Est.

Elfgiva se trouvait en Est-Anglie ; c'est de là qu'elle s'apprêtait à revenir vers son mari.

Son foyer natal était ici. Elle y retournait chaque année pour se recueillir sur la tombe de son père. Cette année particulièrement, elle avait espéré que cette visite lui donnerait la force dont elle avait besoin ; et dans un sens, cela avait été le cas. Elle s'était promenée avec ivresse le long de la côte battue par les vents : les marais salants puis la longue grève filaient à la rencontre des flots moutonneux, seulement coupés par la morne ligne des dunes de sable. Elle tendait avec bonheur son visage à la brise marine, âpre et forte, qui fouettait les joues. C'était grâce à cette brise, disait-on, que les habitants d'Est-Anglie vivaient plus vieux que les autres.

Le site funéraire se trouvait un peu en retrait du rivage : une série de tertres de quelques dizaines de centimètres de haut, côtoyant un bouquet d'ajoncs et d'arbustes dont le vent du large avait depuis longtemps aplati les têtes. Elle avait passé plusieurs heures ici depuis son arrivée sur les lieux. Le plus important des tertres recouvrait la tombe de son père.

Son père ! Comme elle l'avait aimé, comme elle l'avait admiré... Il avait parcouru toutes les mers boréales et épousé une jeune Suédoise. Ç'avait été un tel navigateur qu'à sa mort on l'avait enterré en grande tenue de marin, couché dans son bateau. Aujourd'hui encore Elfgiva pouvait entendre sa voix grave, comme s'il était toujours en vie. Là où il était maintenant, sa grande barbe étalée sur sa large poitrine, rêvait-il aux flots tumultueux ? Peut-être... Et les dieux du Nord, veillaient-ils sur lui ? Sûrement. Ne les avait-il pas charriés dans ses propres veines, avec son propre sang ? Le peuple d'Elfgiva avait donné leurs noms aux jours de la semaine : le mardi du calendrier romain, voué à Mars, était devenu désormais *tuesday*, d'après le nom de Tiw, dieu de la guerre ; à Woden, le Wotan des Germains, plus grand de tous les dieux, était réservé le jour du milieu de la semaine, *wednesday* ; à Thunor, le dieu du tonnerre, le jeudi, *thursday* ; à Frigg, la déesse de l'amour, *friday*, à la place du vendredi voué à la Vénus romaine.

« Mon arrière-grand-père était le cadet d'une lignée royale, avait-il coutume de dire à sa fille. Aussi nous descendons de Woden lui-même. » (Presque toutes les familles royales d'Angleterre affirmaient qu'elles descendaient de Woden.) Voilà sans doute pourquoi le père d'Elfgiva semblait tirer sa force inépuisable directement de la mer et du ciel.

N'était-ce pas l'héritage qu'elle avait transmis à ses quatre fils, alors qu'ils étaient encore au berceau ? Elle leur avait appris qu'ils étaient enfants de la mer et du vent, qu'ils étaient fils des dieux. Pour toutes ces raisons, elle savait bien comment son père aurait réagi s'il avait appris l'indigne demande que son mari venait de lui faire. Elle s'était tenue debout près de la tombe de son père ; oui, elle avait entendu sa réponse. Aussi sa visite ici lui avait-elle apporté la force, certes, mais aucun soulagement.

Son mari lui avait demandé de devenir chrétienne.

L'homme et sa jeune épouse — ravissante — se tenaient l'un à côté de l'autre au milieu d'un cercle de villageois, près de la rivière. Ils avaient l'air terrifiés tous les deux.

Comme leurs voisins, le couple était vêtu d'une simple blouse et de chausses retenues par de la ficelle ; mais en ce moment, deux femmes étaient en train de retirer ses chausses à la fille. Bientôt elles allaient lui retirer aussi sa blouse.

Le crime et le procès — si l'on peut parler de procès — avaient eu lieu la veille ; la sentence elle aussi aurait déjà été exécutée si le doyen du village n'avait décidé qu'il fallait attendre d'avoir un serpent. Aujourd'hui, on en avait trouvé un.

Le bûcheron tenait la vipère avec précaution, les doigts juste en dessous de la tête de l'animal. Dans quelques instants il allait l'approcher d'un tas de charbons ardents, afin de l'exciter un peu plus.

Un grand sac reposait au sol aux pieds de la fille, déjà lesté de lourdes pierres. Dès qu'on l'aurait dépouillée de ses vêtements, on forcerait la jolie blonde à prendre place à l'intérieur et l'on jetterait aussi la vipère dedans. Puis on refermerait le sac avec soin, et l'assistance contemplerait ses soubresauts tandis que l'animal mordrait sa victime. Enfin, au signal donné par le doyen, on jetterait le tout dans la rivière et on le laisserait couler.

C'est ainsi que l'on punissait les sorcières.

La culpabilité du couple ne faisait aucun doute : ils avaient été pris sur le fait. D'ailleurs personne n'avait ouvert la bouche pour les défendre. Certes, le jeune homme avait juré que son épouse n'était nullement mêlée à ses trafics, mais on n'avait pas tenu compte de ses protestations. Au moment de son forfait, il arrivait de leur maison et elle-même se trouvait à l'intérieur ; aux yeux du village, cela suffisait à la désigner elle aussi comme coupable.

« C'est elle qui a dû lui apprendre à faire ça », disaient certains ; « Elle n'a même pas tenté de l'en empêcher », commentaient d'autres ; dans l'un ou l'autre cas, cela ne faisait pas de différence. Les anciennes lois des Anglo-Saxons, les *dooms*, étaient sévères et inflexibles. « Qu'on la jette dans le sac », criait l'assistance.

Les gens avaient plus de sympathie pour le jeune homme, Offa, même si la peine prononcée contre lui était également irrévocable. Tous reconnaissaient qu'il avait fait preuve de courage. Les faits étaient simples. Le doyen du village, homme de haute taille, plein de ruse et d'habileté, s'était entiché de la jeune épouse d'Offa. Il avait essayé de la séduire, puis tenté d'abuser d'elle, mais les cris qu'elle avait poussés l'en avaient empêché. Rien de plus. Personne n'avait subi de préjudice. Mais Offa était amoureux de son épouse, et elle de lui ; il n'avait pu supporter l'idée de l'agression dont elle avait été victime. Certains pensaient dans le village qu'il avait un peu perdu la tête.

Si encore il n'avait fait qu'attaquer le vieil homme, les choses n'auraient pas été si graves. Les disputes entre deux parties adverses se réglaient en général au moyen de réparations : si vous coupiez la main de quelqu'un, cela vous coûterait tant ; son bras, plus cher, et ainsi de suite. Même le meurtre d'un homme, s'il arrivait qu'on se venge dans le sang, se réglait souvent moyennant finances avec la famille du défunt. Mais ce n'était pas la voie qu'avait suivie le jeune époux. Pressé sans doute par sa femme, il était sorti la veille de leur maison pour aller enfoncer une épingle dans la chair du doyen du village. C'était une tout autre affaire, et cela portait un nom : sorcellerie.

Enfoncer des épingles dans une effigie de la personne à qui l'on veut nuire est une forme bien connue de sorcellerie. Pourtant les Anglo-Saxons de cette époque-là préféraient les enfoncer directement dans leur victime elle-même — on en trouve encore une trace dans le conte de la Belle au bois dormant. Ce qu'ils visaient, eux, ce n'était pas que leur victime s'endorme, mais que la plaie, en s'infectant, la conduise à la mort. Tel était le terrible crime dont on accusait Offa. Comme c'était un homme modeste, il n'avait pas eu la moindre chance d'en réchapper.

Il avait vingt ans, le cœur ardent, la taille et les épaules légèrement plus petites que celles de ses robustes voisins saxons ; ses yeux étaient bleus comme les leurs, mais ses cheveux bruns et non pas blonds. Signe supplémentaire que son sang était plus celte que saxon, une certaine vivacité dans son esprit et dans son caractère. Il portait sur lui deux marques distinctives : une mèche de cheveux blancs sur le devant du front, et ses deux mains qui étaient curieusement palmées. C'est pourquoi, bien qu'il se nommât Offa, les autres villageois l'appelaient généralement Canard.

Sa famille avait quitté voilà un siècle et demi la cité jadis romaine de Londinium. C'étaient de modestes marchands ; ils servaient dans la milice au moment où les légions avaient quitté l'île, et ils avaient assisté avec anxiété au déclin de la ville. Ils s'y trouvaient toujours quand, en l'an 457, on avait vu des milliers de fuyards arriver du Kent, sous la poussée d'une horde de pillards saxons. Cette fois-là les formidables murailles, qui avaient encore été renforcées par des fortins extérieurs et un grand rempart supplémentaire édifié le long des quais, avaient protégé la population de la ville ; mais tout le monde avait compris que c'était là son chant du cygne, le début de la fin, une fin qui n'allait plus tarder maintenant. Les nouveaux maîtres saxons de l'île étaient des paysans ; leur civilisation n'avait que faire des villes. Aussi l'antique métropole, ayant perdu sa raison d'être, déclina-t-elle et se vida-t-elle de sa population. Une génération plus tard, la famille d'Offa était ruinée ; une génération encore et ils étaient redevenus analphabètes. Le grand-père d'Offa avait vécu misérablement, comme charbonnier dans les forêts de l'Essex ; son père, un joyeux drille qui poussait la chansonnette à ravir, avait trouvé un bon accueil parmi les habitants du village saxon, qui lui avaient même permis d'épouser une de leurs filles. Ces villageois étaient devenus le nouveau peuple d'Offa ; il n'en connaissait pas d'autre.

La localité était fort modeste, à dire vrai, juste une petite clairière dans la forêt ; mais elle se trouvait sur l'une des nombreuses rivières qui sinuaient à travers bois et marais jusque vers le cours inférieur de la Tamise. Il y avait là quelques huttes au toit de chaume roussi par le soleil, une longue étable de bois, deux champs, dont l'un était mis en culture tandis qu'on laissait l'autre en jachère, une prairie d'herbes folles où paissaient quatre vaches indolentes et un cheval au long pelage hirsute. Une barque peinte en noir était amarrée à la berge, de sombres taillis de chênes, de hêtres et de frênes entouraient le village ; des porcs fouillaient l'humus en grognant, à la recherche de glands et de faines.

Jadis une voie romaine menant de Londinium à la côte est passait à un kilomètre seulement du village, mais aujourd'hui sa chaussée disparaissait sous la végétation. L'endroit n'était pas entièrement isolé pourtant ; une piste sinuait à travers la forêt environnante, un petit pont de bois franchissait la rivière, et de temps à autre un voyageur passait par là.

Offa était l'un des hommes les plus pauvres du village ; il ne possédait pas le minimum de terre ordinairement réservé aux paysans, le *yardland*. « J'ai seulement un *farthing* », soit le quart d'un yardland, avait-il prévenu sa future femme au moment où il lui faisait la cour. Pour joindre les deux bouts, il se louait à d'autres agriculteurs, tout en restant néanmoins un homme libre. Un paysan saxon dans un village saxon — et pourtant aujourd'hui, une fois qu'ils auraient jeté son épouse dans la rivière, ils allaient lui infliger un châtiment peut-être pire encore que la mort.

« Qu'il soit changé en loup ! » Telle avait été la sentence prononcée par le doyen. Qu'il aille vivre comme les loups dans la forêt — seul, sans amis. En proscrit. C'était le terrible châtiment qu'on réservait aux hommes libres. Un proscrit n'avait plus aucun droit. Si le doyen du village décidait un beau jour de le tuer, il était en droit de le faire. Jamais personne ne l'accueillerait chez lui ; il était condamné à errer sans fin là où ses pas le porteraient, pour vivre solitaire ou mourir solitaire si l'envie lui en venait. Telle était la loi des Anglo-Saxons.

Ricola, son épouse, était nue maintenant et le regardait. Son visage d'ordinaire joyeux était blême et sans vie. Elle l'aimait, il le savait, pourtant ses yeux en ce moment ne lui disaient qu'une seule chose : « Voilà ce que tu m'as fait. Je vais mourir, et toi non. »

Quelques-uns des hommes présents dans l'assistance ne pouvaient s'empêcher de la lorgner du coin de l'œil. Sa silhouette était jeune et ravissante, sa chair rose pâle ; elle avait encore des rondeurs d'adolescente, des seins tendres et fermes. Deux hommes ouvrirent le sac devant elle, tandis que celui qui tenait la vipère souriait. La justice saxonne était inflexible.

« Woden, murmura son époux, sauve-nous », et il promena un regard désespéré autour de lui.

Non, leur vie à tous deux ne pouvait prendre fin de cette façon.

Elfgiva et son escorte chevauchaient lentement. Le voyage de retour ne durerait qu'une journée, et elle n'avait pas encore répondu à toutes les questions qui se bousculaient dans sa tête. Il ne s'agissait pas seulement de sa foi, qu'elle s'apprêtait à renier ; rien n'était plus cher pour elle, mais il y avait autre chose encore. Un instinct, une intuition, un pressentiment. Et plus elle se rapprochait de chez elle, plus cela grandissait dans son cœur. Qu'est-ce que cela signifiait ? Etait-ce un message envoyé par les dieux ?

Les nuages étaient bas et lourds au-dessus des voyageurs. Arrivés par l'arrière, ils masquaient maintenant le soleil. Le petit groupe de cavaliers traversait une lande sauvage : arbres rabougris, herbe jaunie, fougères roussâtres. Elfgiva gardait le silence, plongée dans ses pensées. Des phrases que son père avait prononcées bien des années auparavant lui revenaient à l'esprit. « Quand un homme entreprend un voyage, il prépare son bateau, décide de sa route, puis il prend la mer. Que pourrait-il faire de plus ? Il ne sait pas et ne saura jamais ce qu'il en adviendra — quelles tempêtes vont se lever, quelles nouvelles terres il va découvrir, ni même s'il rentrera un jour au port. Là réside sa destinée, et nous devons tous l'accepter. Ne crois pas que tu puisses échapper à ta destinée. »

Les Anglo-Saxons appelaient cela *wyrd*. *Wyrd* était invisible mais elle gouvernait tout ; même les dieux étaient ses sujets. Ils étaient les acteurs tandis que *wyrd* était l'histoire elle-même. Quand le tonnerre de Thunor roulait dans les nuages, se répercutait à la cime des monts, derrière ces monts, plus haut que ces nuages, il y avait autre chose : il y avait *wyrd*. Elle n'était ni bonne ni mauvaise mais au-delà du bien et du mal, au-delà de la connaissance humaine. Pourtant on ressentait tout le temps sa présence, sous la terre, dans la mer tumultueuse ou les cieux insondables. Tous les Anglo-Saxons et les Vikings connaissaient *wyrd*, qui décide de la vie et de la mort ; c'était elle qui donnait des accents fatalistes à leurs chants et à leurs poèmes.

Seule la destinée déciderait de ce qui allait arriver lorsque Elfgiva se retrouverait face à son mari.

« Je saurai quoi lui dire au moment où je le verrai », se dit-elle à voix haute. Cette nuit, elle allait prier Woden et Frigg de l'inspirer.

Ils s'étaient engagés dans un petit bois et arrivèrent bientôt à une rivière. L'eau était profonde et Elfgiva réalisa, irritée, que s'ils tentaient de la franchir à gué, elle serait trempée des pieds à la tête. Elle poussa sa monture quelques minutes aux alentours pour trouver un meilleur passage. Elle aperçut en même temps le petit pont et l'étrange assemblée qui se tenait tout contre, et elle fit prendre le galop à son cheval.

Quelques secondes plus tard, Offa vit avec surprise une dame élégamment vêtue, montée sur un cheval de race, sortir de la forêt sous ses yeux. Les dieux l'avaient entendu.

« Qu'a-t-elle fait ? » La dame posa des yeux étonnés vers la fille dévêtue. Pendant que le doyen du village lui expliquait rapidement ce qu'il en était, Elfgiva contempla la petite foule amassée sur les lieux. La vue du sac et du serpent la fit frémir, puis son regard revint vers le jeune couple. Le hasard seul l'avait fait passer par ce hameau caché dans la forêt. Pourquoi avait-il fallu que le destin l'amène ici, et juste à ce moment précis ? Peut-être pour sauver une vie. A la vue de ce couple, ses propres problèmes lui parurent soudain moins graves. Même, elle les enviait presque, d'une certaine façon. Ils étaient jeunes tous les deux et ils s'aimaient, lui jusqu'à la folie semblait-il.

« Que demandez-vous pour eux deux ?

— Pardon, noble dame ?

— Je les achète comme esclaves et je les emmène avec moi. »

Le doyen du village hésita. Certes, un homme coupable de certains crimes pouvait être réduit en esclavage ; mais il n'était pas sûr de ce que prescrivait le *doom* applicable à ce cas précis.

Elfgiva ouvrit la bourse qui pendait à sa taille et en sortit une pièce. Les Saxons ne battaient pas monnaie eux-mêmes ; ils utilisaient celle des négociants venant du continent. La pièce que sortit Elfgiva était d'or ; tous les yeux de l'assistance furent aussitôt braqués sur elle, la plupart n'ayant même jamais vu un tel objet auparavant. Pourtant le doyen et quelques autres hommes avaient une assez juste idée de ce qu'elle pouvait valoir.

« Vous les voulez tous les deux ? » demanda-t-il. L'idée d'être privé du spectacle de la fille nue jetée dans le sac avec le serpent le contrariait beaucoup.

« Oui. »

L'homme tourna les yeux vers les visages de l'assistance et vit bien ce qu'on attendait de lui. Aussi, à contrecœur, fit-il signe aux femmes qui la tenaient de relâcher la fille. Celle-ci se rhabilla précipitamment.

« Coupez-leur les cheveux », ordonna Elfgiva à l'une des servantes de sa suite. C'était la marque distinctive de tous les esclaves qu'elle possédait. Offa et son épouse, encore sous le choc, se laissèrent faire docilement. Dès que l'opération fut finie, Elfgiva tendit la pièce au doyen puis se tourna vers le jeune couple. « A partir de maintenant, vous m'appartenez. Vous marcherez derrière moi », leur dit-elle. Puis elle poussa son cheval en avant, pour aller franchir le petit pont.

Ils progressèrent quelque temps en silence. Offa remarqua qu'ils se dirigeaient presque plein ouest. « Madame, finit-il par demander respectueusement à sa nouvelle maîtresse, où allons-nous ? » Elfgiva se tourna brièvement vers lui.

« Vers un lieu dont tu n'as sans doute jamais entendu parler. Juste un petit comptoir commercial, loin d'ici. (Elle sourit.) Il s'appelle Lundenwic. » Puis elle se retourna sur sa selle.

Nul ne savait encore ce que déciderait la destinée en ce qui concernait Elfgiva. Mais son sort reposait à coup sûr entre les mains d'un puissant personnage qui, sans qu'elle le sache, chevauchait en ce moment même le long d'une route exactement parallèle à la sienne, trente kilomètres plus au sud.

Tous ceux qui connaissaient son époux auraient dit la même chose si on leur avait posé la question : « C'est vrai qu'elle est courageuse, mais personne ne peut tenir tête à Cerdic. » Et, au su de deux événements — l'un qui avait eu lieu la veille, l'autre que Cerdic projetait pour le lendemain matin —, ils auraient ajouté : « Elle n'a pas la moindre chance. »

Le cheval de Cerdic allait bon train. A vol d'oiseau, il n'était qu'à trente kilomètres de son épouse, et semblait pourtant se trouver dans un autre univers ; il chevauchait de l'autre côté de l'estuaire, le long des grandes croupes crayeuses du royaume du Kent.

Le contraste était total d'une rive à l'autre de cet estuaire. L'Est-Anglie était basse et plate à perte de vue, tandis que la péninsule du Kent, qui allait en se rétrécissant, était sillonnée de longues crêtes. Elle filait droit vers l'est pour se terminer abruptement par de grandes falaises blanches, face à la mer. Entre ses crêtes s'ouvraient de grandes vallées et des campagnes verdoyantes — un moutonnement de vastes champs vers l'est, à l'ouest des petits bois, des prés et des vergers.

Elfgiva était originaire de la grande côte sauvage, tandis que Cerdic, lui, venait du paisible paysage du Kent. Et cela faisait toute la différence.

Sa famille vivait là depuis l'époque des premiers établissements jutes et saxons. Les domaines qu'ils possédaient dans l'Ouest restaient, aujourd'hui encore, le véritable foyer de Cerdic ; mais, quand il était jeune homme, il s'était aménagé une seconde résidence dans le petit comptoir commercial de Lundenwic sur la Tamise. De là il expédiait des marchandises, en réceptionnait d'autres, qu'il livrait ensuite dans toute l'île grâce à sa vaste écurie de chevaux de trait. Ce négoce avait fait de lui un homme fort riche.

Cerdic avait les épaules larges, des manières franches et directes. C'était un authentique Saxon, blond aux yeux bleus, pas toujours facile de caractère. Si sa barbe était fournie, ses cheveux étaient clairsemés au sommet de son crâne ; on devinait à son teint apoplectique que ses colères devaient être violentes. En même temps sa large face germanique, ses pommettes haut placées donnaient une impression de force et d'autorité sans faille, parfaitement maîtrisées. « Aussi puissant qu'un taureau, aussi robuste qu'un chêne », disait-on de lui. On s'accordait aussi sur le fait que, comme son père avant lui, il vivrait longtemps. « Ils sont trop malins pour laisser la mort les surprendre », entendait-on dire à propos de leur famille.

Deux autres traits de caractère qu'avaient déjà possédés ses ancêtres étaient particulièrement remarquables chez Cerdic. Le premier était qu'on ne l'avait jamais vu manquer à sa parole, une fois qu'il l'avait donnée. Cette réputation l'avait beaucoup servi dans son métier de commerçant. Quant au second trait de son caractère, si ses amis ironisaient parfois dessus, il inspirait plus généralement du respect et même de la crainte à son entourage.

Pour Cerdic il n'y avait que deux faces, jamais plus, à un problème. Quand il lui fallait se prononcer sur quelque chose — une conduite à tenir, le caractère d'une personne, une question d'innocence ou de culpabilité —, il n'y avait à ses yeux qu'une bonne réponse, une mauvaise réponse et rien entre les deux. Une fois qu'il avait pris sa décision (qui était généralement la bonne), son esprit se refermait sur cette décision comme un piège se referme sur un animal. « Pour Cerdic le monde est seulement blanc ou noir, jamais gris », disaient ceux qui travaillaient avec lui.

Dans la situation présente, tout cela n'augurait rien de bon pour sa femme. En ce moment Cerdic revenait de la cour de son suzerain, le bon roi du Kent Ethelbert, établi dans la ville de Canterbury.

Ville dont les habitants étaient chrétiens.

A l'époque où Julius, l'ancêtre du jeune Offa, faisait de la fausse monnaie dans la Londinium romaine, le christianisme était encore un culte parmi d'autres ; de temps en temps, on persécutait ses fidèles. Au cours du siècle suivant, à la suite de la conversion de l'empereur Constantin, il devint la religion officielle de l'Empire, et Rome la capitale des catholiques. On construisit des églises dans la province de Bretagne comme partout ailleurs, souvent sur le site même des anciens temples païens. L'Eglise prit rapidement une assez grande importance dans l'île. Plusieurs décennies encore après le départ des Romains, les évêques bretons continuaient à aller assister aux conciles, qui se tenaient pourtant fort loin de chez eux. Les évêques italiens devaient payer les frais de leur voyage, car ils n'avaient pas le moindre sou vaillant.

Mais ensuite les Anglo-Saxons débarquèrent dans l'île, et leur paganisme était indéracinable. Les chrétiens de Bretagne luttèrent, furent isolés, réduits au silence. Un siècle passa, puis un autre.

Rien n'était définitif pourtant. Les missionnaires firent leur apparition. Des moines celtes arrivèrent d'Irlande, récemment convertie par saint Patrick ; leur foi était ardente et ils apportaient avec eux toute la richesse de leur art. Des monastères s'édifièrent dans le nord de l'île, près de la frontière avec le pays des Scots. Néanmoins, la plus grande partie de l'Angleterre vénérait encore les dieux nordiques, et ce jusqu'à l'époque où vécurent Elfgiva et Cerdic.

En l'an 597, le pape envoya le moine Augustin convertir les Anglo-Saxons à la vraie foi. Sa mission le mena tout droit à Canterbury, dans la péninsule du Kent.

C'était sans nul doute l'endroit qui convenait le mieux pour une telle mission. Canterbury, sur une petite colline, occupait une position centrale dans la pointe de la péninsule ; depuis l'époque des Romains tous les ports du Kent y étaient reliés, dont Douvres, qui ne se trouvait qu'à une trentaine de kilomètres du continent. Pour le voyageur qui venait de franchir la Manche, Canterbury était la première place importante qu'il rencontrait sur son chemin. Et, plus encore que la position géographique de la ville, il y avait le fait que le bon roi du Kent Ethelbert, dont c'était la résidence principale, avait épousé une princesse franque ; son peuple était déjà converti au moment de l'arrivée du moine Augustin. C'est la présence de cette reine chrétienne qui avait donné à Canterbury son importance originelle dans l'histoire de l'Eglise d'Angleterre, car en ce temps-là la règle de la conversion était simple : « Convertissez le roi ; les autres suivront. »

« Quant à toi, mon bon Cerdic, je sais que je peux te faire une confiance totale. » La veille même de ce jour, le roi Ethelbert à la barbe grise avait posé la main sur l'épaule du négociant, tandis que la reine Bertha lui souriait avec bienveillance. Bien sûr qu'il pouvait lui faire confiance. Ses ancêtres n'avaient-ils pas été de loyaux compagnons pour les premiers rois du Kent ? Ethelbert lui-même n'avait-il pas fait don de plusieurs anneaux — la plus haute marque d'estime qu'un roi pût accorder à ses sujets — à son propre père ? « Nous sommes toujours si joyeux de te voir, avait ajouté la reine, à notre cour de Canterbury. »

La cour du roi du Kent était petite et plutôt rustique, ainsi que le voulait l'époque. Au temps des Romains, dans les provinces de l'Empire, les cités possédaient un petit forum, un temple, des thermes et autres édifices en pierre. Aujourd'hui on se contentait d'un vaste enclos fermé par une palissade, au centre duquel prenait place un long bâtiment de bois à toit de chaume qui ressemblait à une grange. C'était le *hall* du roi Ethelbert. On trouvait néanmoins un autre enclos un peu plus loin, d'apparence fort modeste lui aussi ; mais en son centre se dressait un édifice nettement plus remarquable que le précédent. Il ressemblait un peu à une grange lui aussi, et il était plus petit que la demeure du roi ; mais lui, on l'avait construit en pierre.

C'était la cathédrale de Canterbury, bâtie sous la direction du moine Augustin lui-même ; peut-être le seul édifice en pierre de toute l'Angleterre anglo-saxonne à cette époque. Tout primitif qu'il fût, cet édifice marquait un tournant dans l'histoire de l'île.

« Maintenant que nous avons Canterbury comme base sur quoi nous appuyer, dit la reine avec fièvre, le travail des missionnaires va pouvoir vraiment commencer. » Et elle sourit à son mari.

« Ta position te rend particulièrement utile pour nos projets », expliqua le roi à Cerdic. Le plan qu'il lui dévoila alors pour évangéliser le reste de l'île était ambitieux ; les missionnaires projetaient de commencer par la côte est, en remontant vers le nord. Mais il fallait avant tout rendre sûres les deux rives de l'estuaire de la Tamise, ce qui impliquait, après le Kent, de convertir à son tour le roi saxon qui régnait sur l'Essex. « C'est mon neveu, expliqua Ethelbert à Cerdic, et il est prêt à se convertir par respect pour moi. Mais (il fit une grimace) quelques-uns de ses compagnons pourraient bien faire des difficultés. (Il regarda Cerdic droit dans les yeux.) Tu es un loyal homme du Kent, mais c'est à Lundenwic que tu fais du commerce, donc sur la rive nord, et en principe dans le royaume de mon neveu. Je veux que tu accordes aux missionnaires toute l'aide que tu pourras. »

Cerdic acquiesça. « Bien sûr...

— Il y aura bientôt un évêque là-bas, ajouta la reine Bertha avec enthousiasme, et une nouvelle cathédrale. Nous dirons au futur évêque qu'il pourra s'appuyer sur toi pour agir. »

Cerdic s'inclina devant la reine. Puis, songeant aux différentes résidences du roi d'Essex, il demanda : « Mais où cet évêque voudra-t-il bâtir son église ? » Ethelbert se mit à rire.

« Ami très cher, je vois que tu ne m'as pas compris. (Il continua à sourire, mais son regard était devenu sérieux.) C'est à Lundenwic qu'on édifiera la cathédrale. »

L'après-midi était déjà bien avancé quand Cerdic arriva au lieu où il comptait faire halte pour la nuit. Depuis son départ de Canterbury, il avait suivi le tracé de l'ancienne voie romaine — maintenant une simple piste envahie par les herbes — qui longeait la côte nord de la péninsule jusqu'à l'embouchure de la Medway. Là se trouvait un modeste établissement saxon connu sous le nom de Rochester. Cerdic n'avait pas continué sur la voie romaine le long de l'estuaire en direction de l'ancienne cité de

Londinium ; il avait obliqué vers l'intérieur des terres, gravi les flancs abrupts de la croupe qui traversait le nord du Kent, puis poursuivi quelque temps vers le sud, jusqu'à déboucher sur le versant opposé. Arrivé là, il se prit à sourire : il était de retour chez lui.

Le domaine où la famille de Cerdic vivait depuis un siècle et demi se trouvait juste en dessous du faîte de la grande croupe. Il y avait là un hameau ainsi que, à quelque distance, une gentilhommière d'allure fort rustique, simple maison de ferme à toit de chaume. Elle était flanquée de dépendances en bois qui entouraient une cour. Depuis ces bâtiments, le terrain descendait en une pente joliment boisée jusqu'au fond de la vallée. L'endroit se nommait Bocton.

Le domaine de Bocton était vaste. Il comportait des champs, des vergers plantés de pommiers et des chênaies fort productives. On y trouvait aussi une carrière d'où l'on extrayait jadis de la pierre du Kent, mais elle était désaffectée depuis l'époque romaine.

Ce qui rendait surtout le site remarquable, ce qui faisait naître un sourire grave et joyeux sur la rude face de Cerdic chaque fois qu'il y revenait, c'était le panorama. Une magnifique vallée boisée s'offrait aux regards au sud de Bocton : c'était le *Weald* du Kent, et ses quelque trente kilomètres de large. Bocton partageait cette vue splendide, l'une des plus belles de tout le sud de l'Angleterre, avec les autres domaines accrochés au flanc de la longue croupe. Quand Cerdic le Saxon disait : « Je suis chez moi », ce n'était pas seulement à la maison qu'il pensait, mais aussi à la vaste perspective qu'elle offrait sur le Weald.

Pourtant, cette fois-ci, il n'était pas venu que pour la vue. Il était venu pour rendre visite le lendemain matin à un autre domaine, guère éloigné du sien. Le but de cette visite, il ne l'avait exposé à personne.

Offa et Ricola se remirent avec une vitesse surprenante de l'épreuve qu'ils avaient subie. Comme deux chiots tombés à l'eau et qui s'ébrouent aussitôt qu'ils ont repris pied sur la berge, ils avaient retrouvé leurs esprits et accepté leur nouvelle situation avant même d'être arrivés dans leur nouveau domicile.

« Nous ne resterons pas longtemps esclaves, affirma Offa à son épouse. Je vais trouver une solution. » Dans le couple, c'était Ricola qui avait le plus les pieds sur terre ; pourtant elle crut à ce qu'il avait dit.

Dès leur arrivée dans leur nouvelle maison, on envoya Offa aider les hommes qui travaillaient dans les champs. « Tu seras sous les ordres du contremaître de mon mari, lui expliqua Elfgiva. Il faudra faire tout ce qu'il te dira de faire. » En tant que son esclave personnel, il restait néanmoins à sa disposition, pour toutes les fois où elle aurait besoin de lui. Quant à Ricola, on l'envoya aider les femmes.

Au début, ils furent l'un et l'autre trop occupés pour pouvoir penser à grand-chose. Offa avait néanmoins le temps de regarder autour de lui, et ce qu'il voyait lui plaisait. Le petit comptoir commercial de Lundenwic était indéniablement un endroit plein de charme.

Oh ! ce n'était pas un site bien important. Il y avait le gué non loin de là, fort utile pour traverser le fleuve ; mais il se trouvait dans une sorte de no man's land entre les royaumes saxons du Kent et de l'Essex, et perdait de ce fait beaucoup de son intérêt.

Quand les Saxons, du temps du père de Cerdic, avaient fini par fonder un petit établissement ici, ils avaient délaissé les grandes ruines désertes de Londinium sur les deux collines voisines ; ils avaient également évité, plus haut vers l'amont, le terrain quelque peu marécageux qui se trouvait près de l'île et du gué. A la place, ils avaient jeté leur dévolu sur un agréable site, juste à mi-chemin entre les deux précédents. C'était dans la courbe du fleuve ; la berge nord y surplombait l'eau de quelque six mètres. Ils avaient commencé par y construire un simple quai. On avait appelé ce débarcadère Lundenwic : *Lunden* pour rappeler les anciens noms celte et romain du lieu, et *wic* qui signifiait en anglo-saxon « port », ou dans ce cas précis « comptoir de commerce ».

Au-dessus du quai de bois, on trouvait un petit groupe de constructions ; il y avait notamment une grange, un enclos pour le bétail, deux entrepôts, ainsi que les bâtiments abritant Cerdic et sa maisonnée, entourés d'une solide palissade de bois. Toutes ces constructions, grandes ou petites, étaient à un seul étage et le plus souvent rectangulaires. Leurs murs, faits de planches fixées sur des poteaux, n'avaient pas plus d'un mètre cinquante de haut ; un talus de terre engazonné les étayait sur tout le pourtour. Les toits de chaume étaient en revanche très pentus, montant jusqu'à six mètres de hauteur. Chaque bâtiment était muni d'une solide porte de bois. Le hall de Cerdic se situait en contrebas, légèrement encastré dans le sol ; on descendait quelques marches pour prendre pied sur le plancher, recouvert de joncs. L'intérieur était chaud, bien aménagé mais assez sombre : une fois la porte refermée, la seule lumière provenait des trous pratiqués dans le chaume afin de laisser la fumée s'échapper. On faisait du feu dans un foyer de pierre au centre de la salle. C'est là que la maisonnée tout entière se réunissait pour les repas. Plusieurs petites huttes entouraient le bâtiment principal ; dans l'une d'elles, la plus modeste de toutes, logeaient désormais Offa et Ricola.

L'ensemble du site était plein de charme. La berge nord, verdoyante, était suffisamment surélevée pour offrir un large panorama sur la grande courbe du fleuve, et jusqu'aux marécages de la rive d'en face. Le gué se trouvait à un peu plus d'un kilomètre sur la droite ; à la même distance, du côté gauche, on devinait à travers les arbres la silhouette des grandes ruines romaines sur les deux collines jumelles. En face de celles-ci, sur la rive sud, un tertre caillouteux avançait en saillie dans le fleuve ; « C'est le meilleur coin pour pêcher », avait dit à Offa l'un de ses nouveaux compagnons. Quelques poteaux vermoulus restaient à demi enfoncés dans le sol, seuls vestiges du solide pont romain qui traversait jadis le fleuve à cet endroit-là.

Lundenwic, Offa le découvrit vite, était un endroit étonnamment fréquenté au regard de sa taille modeste. « Le maître passe plus de temps ici qu'à Bocton », lui dirent les hommes. Les bateaux qui descendaient le fleuve arrivaient de loin à l'intérieur de l'île ; à mesure que les activités de Cerdic avaient pris de l'importance, il en était venu d'autres, de chez les Vikings, les Frisons et les Germains, qui traversaient la mer du Nord et remontaient l'estuaire jusqu'ici. Offa vit dans les entrepôts de la poterie, des balles de laine, des épées magnifiquement ciselées, de la ferronnerie saxonne. Il y avait également un chenil ; « On nous demande toujours des chiens de chasse », lui expliqua le contremaître. Un autre bâtiment, construit un peu à l'écart, était plus surprenant. Comme le reste des entrepôts, c'était une solide hutte à toit de chaume, mais étroite et tout en longueur ; pour une raison quelconque son toit était surbaissé, laissant juste assez de place pour se tenir debout à l'intérieur. De courts enclos la flanquaient de part et d'autre, qui auraient pu servir pour des cochons ou du petit bétail. Leurs poteaux portaient des chaînes.

« Pour quoi faire, ces chaînes ? » interrogea Offa. Le contremaître lui lança un regard en coin avant de répondre : « Pour la meilleure de nos cargaisons. Celle qui a fait la richesse du maître. »

Offa comprit tout de suite. De nouveau, comme ç'avait été le cas avant l'arrivée des Romains, l'île était renommée pour ses esclaves ; elle les vendait dans toute l'Europe. Le pape lui-même, voyant des esclaves anglais exposés sur le marché de Rome, avait eu ce fameux mot, en désignant leurs cheveux blonds : « Ce ne sont pas des Angles, mais des anges. » Peu après, il envoyait le moine Augustin dans l'île.

L'offre était toujours abondante : guerriers vaincus lors des conflits qui mettaient périodiquement aux prises les différents royaumes anglo-saxons ; criminels, parfois, qui payaient ainsi leur faute. Mais la plupart d'entre eux, comme presque toujours au cours de l'Histoire, ne devaient pas leur sort à la guerre, à la colonisation, aux crimes qu'ils avaient pu commettre, ni même aux raids des cruels marchands d'esclaves. Non, c'était à la fois plus simple et plus triste : leur propre peuple les avait vendus, soit qu'ils fussent devenus indésirables, soit qu'il y ait eu trop de bouches à nourrir.

« Les Frisons viennent en prendre une cargaison chaque année », commenta le contremaître, et il ajouta avec un sourire : « Tu as de la chance d'avoir été acheté par la maîtresse et non par le maître, sans quoi tu aurais fait partie du prochain voyage... »

Le lendemain de son retour, Cerdic adressa un ultimatum à Elfgiva. Il le fit en privé ; même leurs enfants ne furent pas tenus au courant. Son message était aussi simple qu'il était direct.

« Si tu ne m'obéis pas, alors je prendrai une autre femme.

— En plus de moi ?

— Non. Pour te remplacer. »

Elfgiva tressaillit et le regarda dans les yeux ; elle savait que ce n'étaient pas des paroles en l'air. Elle refoula le cri de détresse qui lui montait aux lèvres.

Cerdic était dans son droit. Les lois des Anglo-Saxons étaient simples en ce qui concernait les femmes : Elfgiva appartenait à son mari. Il avait payé pour l'avoir. Il pouvait prendre d'autres femmes, s'il le désirait ; quant à elle, si elle commettait l'adultère, non seulement il pouvait la répudier, mais le coupable devait alors dédommager Cerdic et lui procurer une nouvelle épouse.

Cela ne signifiait pas que toutes les femmes saxonnes étaient des opprimées ; Elfgiva en connaissait qui dominaient entièrement leurs maris. Mais si Cerdic décidait de recourir à la loi, elle serait en sa faveur.

« Le choix est entre tes mains, lui dit-il. Quand cet évêque viendra ici, tu devras te faire baptiser, en même temps que nos fils. Si tu refuses, je me sentirai libre d'agir comme bon me semblera. A toi de décider. »

Si l'on voyait les choses du point de vue de Cerdic, on ne pouvait nier qu'il agissait honnêtement et correctement. Pour lui, les choses se présentaient en termes simples. Il était devenu chrétien par loyauté envers son suzerain, le roi Ethelbert ; on l'avait baptisé quelques mois plus tôt. Par loyauté envers lui, son épouse Elfgiva devait agir de même s'il le lui demandait — quelque scrupule qu'il eût à le faire. Ils s'aimaient depuis bien des années, certes, mais cela ne rendait que plus déloyal le refus de son épouse. Plus il y pensait, plus c'était clair à ses yeux : il y avait une voie juste et une voie mauvaise, un côté blanc, un côté noir. Le devoir d'Elfgiva était tout tracé. Que cela plaise ou non, il n'y avait rien à ajouter.

Cerdic ignorait que l'Eglise réprouvait à la fois le divorce et la polygamie ; mais on ne pouvait le lui reprocher. Les missionnaires romains, hommes d'un grand courage et d'un profond dévouement à la cause qu'ils défendaient, étaient aussi des hommes sages. Face au problème des coutumes païennes traditionnelles, ils s'en tenaient généralement à une règle simple : « Convertissez-les d'abord, ensuite vous commencerez à changer leurs coutumes. » Il faudrait bien des générations encore avant que l'Eglise puisse détourner les Anglo-Saxons de la polygamie.

La nouvelle épouse éventuelle à laquelle pensait Cerdic était jeune. Son père possédait lui aussi un joli domaine, pas très éloigné de Bocton. « J'avais pensé à elle pour l'un de vos fils, plutôt que pour vous », avait-il répondu, le plus courtoisement du monde, lorsque Cerdic était venu lui parler la veille. Les deux hommes avaient finalement conclu l'arrangement suivant (sans en dire un mot à personne) : si Cerdic répudiait sa femme, il épouserait lui-même la fille de son voisin ; sinon, ce serait son fils aîné. C'était une jeune et jolie Saxonne, pleine de douceur et de bon sens ; une vraie fille du Kent, dont elle appréciait l'atmosphère paisible et ordonnée. Elle était prête à se faire baptiser.

C'est une fille comme elle que j'aurais dû épouser dès le départ. Telles étaient les pensées de Cerdic, alors qu'il faisait le trajet de Bocton vers Lundenwic. Avec elle, je n'aurais jamais eu les mêmes problèmes qu'avec Elfgiva, à cause de son Est-Anglie natale.

Et puis la fille était jeune, aussi. Cela avait-il joué pour Cerdic ? S'était-il senti ragaillardi, rajeuni, en présence de cette fraîche jouvencelle de quinze ans, et à l'idée qu'elle lui appartiendrait peut-être ? C'est possible. Redoutait-il secrètement de vieillir, de voir ses forces décliner ? Non. Pas avant longtemps. En tout cas, si Elfgiva se conduisait bien, comme il convenait à une épouse, elle n'avait rien à craindre.

Placée en face de l'ultimatum, humiliant pour elle, Elfgiva écouta et courba la tête. Elle ne demanda même pas qui était l'autre femme. Elle ne dit rien du tout.

Le lendemain de la conversation qu'il avait eue avec son épouse, Cerdic décida d'aborder franchement la question avec ses fils.

D'une certaine manière, il attendait ce moment avec impatience. Certes, ses fils finiraient par se plier à ses décisions, il n'en doutait pas ; néanmoins, il aurait été déçu qu'ils ne montrent pas d'abord quelque résistance.

Ce sont de jeunes taureaux, songeait-il, mais je suis encore capable de les faire obéir. Et maintenant il était debout face à eux, au bout de son grand hall, et il leur parlait d'un ton sans réplique. Il ne voulait pas, à ce stade de la discussion, évoquer ses craintes concernant leur mère, mais il leur parla de l'arrivée prochaine de l'évêque et de la requête du roi Ethelbert. « Nous sommes tous ses hommes, leur rappela-t-il. C'est pourquoi vous devrez adopter cette nouvelle religion, comme je l'ai fait moi-même. »

Devant lui les quatre jeunes gens dansaient d'une jambe sur l'autre, un peu gauches. Cerdic comprit qu'ils avaient déjà débattu la question entre eux, car les trois plus jeunes se tournèrent vers leur aîné, solide garçon de vingt-quatre ans, qui prit la parole en leur nom à tous :

« Renier nos dieux pour obéir au roi, père... notre devoir est-il vraiment là ?

— Les dieux du roi sont aussi les nôtres, mon fils. Je suis son homme. Le roi d'Essex a déjà promis de suivre l'exemple d'Ethelbert, ajouta-t-il en guise d'encouragement.

— Nous le savons. Mais savez-vous que les fils du roi d'Essex ont refusé de suivre leur propre père ? Ils disent qu'ils ne veulent pas adorer ce nouveau dieu. »

Le visage de Cerdic s'enflamma. Il n'avait jamais entendu parler d'une telle chose, mais voyait bien ce que cela pouvait sous-entendre.

« Les princes d'Essex obéiront à leur père ! » tonna-t-il.

Sur quoi son fils aîné se mit à crier lui aussi : « Comment pouvez-vous nous demander d'adorer un tel dieu ? On dit qu'il s'est laissé clouer à un arbre, qu'il s'est laissé tuer sans résistance ? Quel genre de dieu cela peut-il être ? Devons-nous abandonner Thunor et Woden pour un dieu qui n'est même pas capable de se battre ? »

Cerdic n'avait pas une notion très précise de tous les détails de la religion chrétienne ; du reste, ce point particulier l'avait déjà tracassé lui aussi. « Le père du Christ peut faire pleuvoir des déluges quand il le veut, et ouvrir les mers en deux ! leur affirma-t-il néanmoins. Et le roi des Francs a remporté de grandes victoires après s'être fait baptiser ! » L'argument ne semblait guère avoir porté ; il le vit et grommela : « C'est votre mère qui vous a monté la tête », puis il les renvoya d'un geste.

Elfgiva reçut le signe une semaine plus tard.

Elle avait quitté Lundenwic à cheval en compagnie de son plus jeune fils, Wistan. Ainsi qu'elle faisait souvent, elle avait suivi la courbe de la Tamise vers l'amont, jusqu'à l'île voisine du gué. Elle appréciait particulièrement cet endroit. Un druide y avait résidé jadis, puis par la suite une petite villa romaine y avait été bâtie. Aujourd'hui la végétation avait tout recouvert ; seule, on devinait encore au sol la trace de la piste qui traversait l'île. Les Saxons avaient appelé celle-ci Thorney [1] à cause des ronces

---

1. De *thorn*, « épine ». *(N.d.T.)*

qui l'envahissaient. C'était peut-être son aspect vide et désolé qui attirait Elfgiva ici.

La journée était belle. Seuls de petits nuages blancs glissaient sur le ciel azuréen, et leurs ombres les suivaient silencieusement à la surface du fleuve. La brise était fraîche, néanmoins ; aussi Elfgiva s'était-elle enveloppée dans une lourde cape de laine brune. Un épais gant de cuir recouvrait sa main gauche dressée en l'air, le poing fermé ; un oiseau de proie y était perché, les serres recourbées, le bec crochu, la tête encapuchonnée.

Elfgiva adorait la fauconnerie, comme beaucoup d'autres femmes anglo-saxonnes de son rang. Elle avait souvent réussi de belles chasses sur l'île de Thorney. Elle aimait aussi avoir Wistan à son côté. Il n'avait que seize ans, mais de tous ses fils, c'était lui qui lui témoignait le plus de respect. Quand ses frères partaient chasser, il se joignait volontiers à eux ; mais il était tout aussi capable d'aller se promener seul, ou encore de s'asseoir pour tailler un morceau de bois, ce qu'il faisait fort bien. Elfgiva devinait également que, des quatre garçons, c'était lui qui l'aimait le plus. Dans la controverse qui les opposait à leur père, les trois autres voyaient surtout une occasion de le défier, tandis que Wistan, lui, était sincèrement troublé. Elle avait saisi l'occasion de cette promenade pour lui dire : « Obéis à ton père, Wistan. C'est ton devoir de le faire.

— Je le ferai si vous le faites, mère.

— Ce n'est pas la même chose. (Elle avait secoué tristement la tête.) Je suis plus âgée que toi...

— Vous allez lui dire non, alors ? »

Elle n'avait rien répondu ; puis ils étaient arrivés à Thorney, et maintenant elle allait commencer à chasser.

Elle tendit la main et retira le capuchon qui couvrait la tête du faucon. Les yeux fauves de l'oiseau brillèrent au soleil, âpres et flamboyants ; elle en eut presque le souffle coupé. Il déploya ses ailes dans un éclair de lumière et s'envola souplement, sous le regard envieux d'Elfgiva.

Le faucon s'éleva dans le ciel ; il était aussi libre que l'air lui-même dans lequel il volait. D'abord il monta très haut, arc-bouté contre le vent, comme la voile d'un bateau sur la mer ; puis, une fois qu'il eut repéré sa proie, il plongea droit sur elle sans faire le moindre bruit et s'en saisit sous les yeux d'Elfgiva.

Quand celle-ci vit la malheureuse victime se débattre désespérément dans les serres du faucon, elle fut envahie par un soudain et inexplicable sentiment de tristesse — quelque chose comme un pressentiment, songea-t-elle. Oui, la vie était cruelle. Et éphémère. Alors, elle comprit. Ce fut comme un éclair de lumière et de clarté qui se faisait dans son esprit.

Le faucon dans les airs était libre, comme Cerdic l'était lui aussi. Même si la question du nouveau dieu n'était pas qu'un simple prétexte pour s'éloigner d'elle — Elfgiva était convaincue que c'était cela et rien d'autre —, cela revenait finalement au même. Quelque chose avait changé en lui. Il avait fait un premier pas vers la liberté, un pas qui l'éloignait de son épouse ; une fois celui-ci accompli, la nature ferait le reste. On ne résistait pas à la nature. Même si je cède maintenant, songea-t-elle, dans un an, peut-être deux, il trouvera un nouveau prétexte. Ou peut-être il me gardera, mais prendra d'autres épouses en plus de moi, plus jeunes que moi ; et alors je serai écrasée entre les serres de mon faucon, exactement comme cet oiseau. Cerdic n'est pas cruel, mais il est comme le faucon : il ne peut résister à sa nature.

Voilà ce qu'était la *wyrd*. Elfgiva la connaissait, en même temps que toute l'ancienne sagesse païenne des dieux nordiques.

Alors, que devait-elle faire ? Refuser de céder. Après tout, si Cerdic la répudiait pour s'être montrée loyale envers les dieux, cela n'aurait rien d'infamant pour elle. Tandis qu'elle regardait le faucon redescendre du ciel bleu d'azur, elle murmurait intérieurement la supplique des épouses délaissées à toutes les époques : Si son amour m'est retiré, qu'on me laisse au moins ma dignité.

Sur le chemin du retour, ce jour-là, elle exhorta son fils une nouvelle fois : « Promets-moi que, quoi qu'il puisse arriver, tu obéiras à ton père. » Elle ne lui dit pas un mot de plus.

Offa fourmillait toujours de projets, mais lui aussi avait rencontré un obstacle — en la personne de son épouse.

Dix jours après son arrivée à Lundenwic, il avait accompagné Wistan et l'un de ses frères sur le fleuve. Les deux garçons allaient chercher de l'approvisionnement dans une ferme située quelques kilomètres plus haut vers l'amont. Tout ce qu'il avait vu autour de lui avait réjoui son regard. Peu après le grand coude du fleuve, et le gué, les deux rives se morcelaient en un réseau d'îlots marécageux.

« Sur ta droite, c'est l'île Chalk », lui avait dit Wistan. En anglo-saxon, « île » se disait *eye*, et les deux mots *Chelch Eye* sonnaient un peu comme Chelsea. « De l'autre côté, c'est l'île Badric », avait poursuivi le jeune garçon ; dans sa bouche, *Badric's Eye* ressemblait à Battersea [1]. Tout le long des rives marécageuses de la Tamise, Offa découvrait de ces *eyes*, et même des îlots plus petits encore, simples langues de boue, connues sous le nom de *eyots*.

On apercevait aussi de modestes établissements, une ferme ici, un hameau là. Eux aussi portaient des noms saxons typiques, qui se terminaient par *ham* pour les hameaux, par *ton* pour les fermes, ou encore par *hythe*, qui désignait un port. Peu après qu'ils eurent dépassé l'île Chalk, Wistan avait de nouveau montré la rive nord à Offa. Un panache de fumée s'élevait au-dessus des arbres. « Là, c'est Fulla's-ham, lui expliqua-t-il. Et là-bas (il tendit le doigt vers une éminence qu'on apercevait quelques kilomètres plus au nord) Kensing'ston. »

Mais ce qui fit le plus d'impression sur Offa, tandis qu'ils continuaient à remonter le fleuve, ce furent la richesse et la luxuriance du paysage environnant. Derrière la boue et les marais, il apercevait de vertes prairies, des pâturages et, au-delà, des coteaux en pente douce. « Est-ce que la campagne continue loin comme cela ? se risqua-t-il à demander à Wistan.

— Oui. Je crois qu'elle est aussi belle tout du long, jusqu'à la source du fleuve. »

Une fois de retour, ce soir-là, il dit à Ricola : « Le jour où tu seras prête,

---

1. On aura reconnu les actuels quartiers londoniens de Chelsea et Battersea, de part et d'autre de la Tamise. La plupart des références toponymiques émaillant le texte peuvent être retrouvées sur les cartes placées au début de l'ouvrage. *(N.d.T.)*

je pense qu'on pourra s'enfuir d'ici. Et partir vers le haut du fleuve. On vit bien, là-bas. Je suis sûr que si on va suffisamment loin, on trouvera quelqu'un qui nous accueillera chez lui. »

A sa grande surprise, Ricola secoua catégoriquement la tête.

Bien que sa femme fût encore très jeune, Offa avait remarqué chez elle une vivacité, une liberté de ton qui le séduisaient beaucoup. Depuis son arrivée ici, elle avait établi avec les hommes de la maisonnée des relations badines et légères. Un jour même, à la grande frayeur d'Offa, elle s'était permis une remarque fort peu respectueuse à l'égard du contremaître ; mais elle l'avait fait avec tant d'esprit qu'il avait seulement hoché la tête et souri. « Elle n'est pas du genre à se laisser marcher sur les pieds », disaient les hommes en riant.

Offa avait donc supposé qu'elle devait être aussi désireuse que lui-même de recouvrer la liberté. Mais il se trompait.

« Tu es fou ou quoi ? lui répondit-elle. Tu veux qu'on aille errer dans la forêt ? Pour se faire manger par les loups ?

— Ce n'est pas la forêt... protesta-t-il. Pas comme celles de l'Essex... »

Elle secoua la tête. « Ça n'a pas de sens.

— Mais ici, nous ne sommes que des esclaves...

— Et après ? Nous mangeons bien.

— Mais... tu ne rêves pas de redevenir libre ? »

A sa grande stupeur, il l'avait entendue répondre : « Pas tant que cela, non. » Puis, voyant sa surprise, elle avait ajouté : « Qu'est-ce que ça veut dire, libre ? Nous l'étions, au village, et ça ne les a pas empêchés de vouloir me noyer dans ce sac avec ce serpent. (A ce souvenir, elle frissonna.) Si nous nous enfuyons d'ici, nous ne serons libres nulle part. Nous serions des proscrits. Franchement, sourit-elle, être esclave ici, c'est si terrible ? »

Sur un plan étroitement pratique et terre à terre, on ne pouvait nier qu'elle eût raison. Dans un sens. Mais pour le jeune homme, même s'il n'aurait su le traduire par des mots, l'idée d'indépendance en elle-même était primordiale. C'était chez lui un besoin vital, peut-être aussi vital que de nager dans la mer pour un poisson.

« Je ne veux pas être un esclave », dit-il simplement. Ils ne reprirent pas cette conversation dans les jours qui suivirent.

Peu après le voyage qui avait mené Offa vers l'amont du fleuve, quelques-uns des hommes traversèrent la Tamise pour aller pêcher sur le petit tertre qui dominait la rive sud. Comme il travaillait dur, on autorisa Offa à les accompagner.

C'était un excellent coin pour la pêche. Le tertre s'avançait assez largement dans le fleuve ; il comportait suffisamment de buissons et d'arbustes, sous le couvert desquels on pouvait s'abriter après avoir jeté ses filets ou lancé ses lignes. Sous la claire surface de l'eau, Offa apercevait le sillage argenté des bancs de poissons. Pourtant ce n'était pas ce spectacle-là qui attirait le plus son regard, mais un autre, au-dessus de la surface de l'eau. En face de lui se dressaient, à découvert vues d'ici et non plus cachées par les feuillages, les ruines monumentales de l'antique citadelle de Londinium.

Elles étaient impressionnantes. Le rempart assez grossier bâti le long du fleuve par les derniers habitants de la ville s'était largement effondré ; mais le mur originel, fortifié, était encore debout. Les vestiges de la cité se dressaient toujours, fantomatiques, à l'intérieur de sa vaste enceinte, sur les deux collines jumelles.

« Drôle d'endroit, commenta l'un des hommes, qui avait suivi le regard d'Offa. Construit par des géants, à ce qu'on dit. »

Offa se garda bien de répondre.

Sur la vieille cité romaine, il en connaissait nettement plus que ces Saxons ; cela n'avait rien de surprenant. Quatre générations seulement s'étaient écoulées depuis l'époque où sa famille avait quitté la ville, désertée par ses habitants. Comme son père avant lui, il n'avait qu'une vague idée de ce à quoi elle pouvait bien ressembler ; mais il avait toujours su qu'elle était immense, et qu'elle contenait de magnifiques bâtiments en pierre de taille.

Offa savait autre chose encore. Certes, ce n'était qu'une légende qu'on racontait dans la famille ; comme la plupart des récits transmis de bouche à oreille, fable et réalité s'y mêlaient de manière inextricable. Mais depuis trois siècles la rumeur, aussi simple que fascinante, s'était fidèlement répétée de père en fils.

« J'ai toujours entendu mon grand-père dire, expliquait son père à Offa, que dans la grande ville, il y avait deux collines. Et que de l'or était enterré sur la colline de l'ouest. Un immense trésor.

— Où, sur la colline ?

— Près du sommet. Mais personne n'a jamais pu le retrouver. »

Maintenant la ville se trouvait juste devant lui, avec ses deux collines.

Laissant les hommes à leur pêche, il se glissa dans le bateau et traversa silencieusement le fleuve.

Londinium était vide depuis plus d'un siècle ; mais ses énormes murailles, où l'on distinguait encore les bandes horizontales de tuiles rouges, étaient, même en ruine, toujours aussi impressionnantes. Les deux portes occidentales de la ville étaient intactes ; plusieurs solides fortins se dressaient toujours entre les deux, le long de la muraille. Par-derrière celle-ci, l'amphithéâtre couronnait de son grand cercle de pierre le sommet de la première colline. Une grande brèche lui déchirait désormais le flanc et pourtant il tenait bon, comme une sentinelle blessée qu'on aurait laissée là-haut afin de mettre en garde les maraudeurs : Rome n'est partie que pour un jour ou deux. Elle va bientôt revenir.

La rivière qui coulait sur le flanc ouest portait désormais un nom saxon, la Fleet ; un peu plus haut, on l'avait appelée la Holebourne. Offa gravit la pente et passa sous la porte. Pour se retrouver dans une cité fantôme. Devant lui s'ouvrait la large avenue pavée par les Romains ; elle était aujourd'hui envahie par la mousse et les herbes, de sorte que ses pas ne faisaient aucun bruit sur le sol. Les Saxons ne s'étaient jamais intéressés à Londinium, trop différente de leur propre civilisation, et l'avait très tôt laissée dépérir. Ils la traversaient cependant, parfois même avec leurs troupeaux ; aussi de nouveaux tracés, plus rustiques, s'étaient-ils superposés à l'ancien plan de la ville, avec ses deux grandes avenues transversales, son quadrillage de rues et de venelles. Ces nouveaux sentiers, ou pistes pour le bétail, coupaient aussi droit que possible d'une porte à l'autre à travers les ruines. Mais comme ils rencontraient de fréquents obstacles sur leur passage, tels que le grand cercle de l'amphithéâtre, ils en étaient venus à former d'étranges dessins sinueux, pleins de tours et de détours — qui sembleraient fort peu logiques le jour où leur raison d'être aurait disparu.

Offa possédait la ville entière pour lui seul. Il rendit une brève visite à la terrasse qui flanquait le coin sud-ouest, mais rencontra les corbeaux et battit précipitamment en retraite. Sans raison particulière, il remonta le ruisseau coulant entre les deux collines jusqu'à l'endroit où il passait sous le mur nord de la ville. Grimpant jusqu'au sommet de celui-ci, il observa le sol à ses pieds : les tunnels creusés par les Romains sous la muraille s'étant ensablés, un vaste marécage s'était formé sur toute la lisière nord de la cité.

Le jeune homme redescendit ensuite jusqu'au fleuve, et là un détail l'étonna. Comme si le quai avait été trop bas, des vaguelettes le submergeaient, pour venir lécher silencieusement la chaussée. Fallait-il croire que la ville s'était enfoncée avec le temps ? Ou au contraire était-ce le niveau du fleuve qui avait monté ?

L'observation d'Offa était parfaitement juste. Deux phénomènes s'étaient conjugués pour produire cet état de choses. D'abord, la banquise arctique, après sa grande extension au cours du dernier âge glaciaire, n'avait toujours pas fini de fondre, et donc le niveau des mers, ainsi que des autres eaux terrestres, continuait de s'élever lentement. Second phénomène, parmi les mouvements profonds affectant les plaques géologiques, l'un d'eux faisait imperceptiblement s'incliner dans la mer tout le sud-est de l'île de Bretagne. Ces deux facteurs se combinant, le niveau de la Tamise à la hauteur de l'estuaire s'élevait approximativement de vingt-deux centimètres par siècle. Depuis l'époque où Julius, l'ancêtre d'Offa, faisait de la fausse monnaie, dans les années 250, le fleuve était monté de quelque soixante-quinze centimètres.

« Mais où est cet or ? » Il posa la question à voix haute, comme si la ville déserte allait lui répondre.

Il avait fouillé les vestiges, pleins de bizarreries, du temple de Mithra, était retourné au forum, puis avait pris l'avenue du haut en direction de la colline ouest. Il longea des colonnades en ruine et des maisons effondrées, avec des arbres poussant à l'emplacement des anciennes fenêtres ; il passait la tête à l'intérieur des ruelles envahies par les ronces, comme si le dessin des lieux allait le mettre sur la piste du trésor. Plusieurs fois il ferma les yeux en adressant une prière à Woden, puis pivota sur lui-même, espérant que le dieu allait le placer dans la bonne direction.

Il songea qu'on utilisait des baguettes de sourcier pour trouver de l'eau ; ne pourrait-on retrouver par le même moyen de l'or dissimulé sous la terre ? Mais quel genre de baguette fallait-il pour cela ? Il erra dans les ruines plus d'une heure durant, jusqu'à ce que la lumière du jour commence à baisser. « Je reviendrai une autre fois », murmura-t-il. Et aussi souvent qu'il le faudrait. Après tout, c'était une occupation comme une autre ; de plus, il n'abandonnait jamais ce qu'il avait entrepris. Il décida toutefois de ne parler de sa quête à personne — à personne, pas même à Ricola.

Et c'est ainsi qu'à Lundenwic s'écoula *haligmonath*, le mois sacré.

Une autre raison pour Ricola de ne pas vouloir s'enfuir fut qu'elle s'attacha beaucoup à sa maîtresse.

Fut-ce pour l'attrait d'un nouveau visage, par sympathie pour ce que la jeune femme avait souffert, ou encore parce que Elfgiva rêvait depuis toujours d'avoir une fille ? Quelle qu'en fût la raison, la maîtresse se prit d'affection pour sa servante. Elle trouvait souvent un prétexte pour l'appeler auprès d'elle, parfois pour que Ricola lui brosse les cheveux ou lui fasse des nattes, ce qu'elle réussissait fort bien, parfois simplement pour qu'elle s'asseye et lui tienne compagnie. Et Ricola était heureuse de le faire.

C'était la première fois qu'elle rencontrait une femme de la noblesse, aussi l'observait-elle de près. Il n'y avait pas que sa tenue de différente — une longue robe serrée à la taille, au lieu de la simple tunique des femmes du peuple ; tout dans son comportement la distinguait subtilement des autres. A quoi cela tenait-il ? « Elle se met en colère exactement comme moi je le fais. Elle rit tout comme moi. Elle est peut-être un peu plus calme que moi de tempérament, mais bien d'autres femmes que je connais le sont aussi, expliquait Ricola à Offa. Pourtant elle est différente. C'est une dame. » Une conclusion s'imposait peu à peu à elle : « C'est comme si elle se sentait tout le temps observée. Tu vois ce que je veux dire ?

— Mais elle l'est, je suppose. Par tous ceux qui travaillent pour le maître.

— Je sais. Et elle aussi le sait, sûrement. Mais... (elle fronça les sourcils) il y a autre chose. Elle est comme ça même quand je suis seule avec elle. Elle se moque bien de ce que je peux penser d'elle, moi qui ne suis qu'une esclave, elle est trop fière pour y faire attention. Et pourtant, même dans ces moments-là, elle se conduit comme si on la regardait. Je le sens.

— Elle pense sans doute aux dieux...

— Peut-être. Ou à sa propre famille, je dirais plutôt. A son père qui est mort, au père de son père, à tous ses ancêtres, des générations en arrière. Il faut toujours qu'elle se conduise parfaitement bien parce qu'elle a l'impression qu'ils sont tous en train de l'observer. Voilà la vraie raison, je pense. (Elle hocha la tête d'un air satisfait.) Quand tu la vois passer, tu crois qu'elle se promène comme toi et moi, mais en fait ce n'est pas seulement dame Elfgiva que tu vois passer. Ils sont tous là avec elle, autour d'elle, tous les autres. Jusqu'au dieu Woden lui-même, je parie. Ils sont tout le temps à l'intérieur de son esprit, quoi qu'elle fasse. Voilà ce que c'est, d'être une dame. »

Offa tourna les yeux vers sa femme avec étonnement ; il devinait ce qu'elle pensait. « Et toi, tu voudrais être à sa place ?

— Moi ? (Elle partit d'un grand rire.) Pour porter ce poids sur mes épaules toute la journée ? Je préférerais encore le sac avec le serpent. Vivre comme elle, ça représente beaucoup trop de problèmes. »

Tandis que son bon sens faisait glousser de rire son mari, elle ajouta, d'un ton plus sérieux : « Tu sais, c'est terrible pour elle. Ça fait un moment que je l'observe. Je te l'ai dit, le maître lui a fait du mal. Je ne sais pas encore comment au juste, mais elle souffre vraiment. Mais bien sûr, comme elle est une dame, elle ne le montrera jamais.

— En tout cas, nous ne pouvons rien faire pour elle.

— Non. (Elle hocha la tête.) Mais j'aimerais bien, pourtant. »

Les liens se resserrèrent encore entre Ricola et sa maîtresse le jour où celle-ci lui permit de participer à une activité que la jeune servante ignorait totalement.

Dès ces époques lointaines, les dames anglo-saxonnes d'Angleterre étaient renommées pour leurs travaux d'aiguille. La broderie n'était pratiquée que par les femmes des classes supérieures, pour la simple raison que les matériaux utilisés étaient chers et difficiles à se procurer. Aussi, tandis qu'au-dehors les jours raccourcissaient, Ricola prit-elle l'habitude de s'asseoir aux pieds d'Elfgiva et de regarder, fascinée, sa noble maîtresse se mettre à son ouvrage, à la lueur de la lampe.

« D'abord tu dois prendre une pièce du meilleur lin, expliqua-t-elle à sa servante. A la cour du roi, certaines utilisent même de la soie. Puis tu dessines entièrement le motif dessus. » A la surprise de Ricola, Elfgiva n'exécutait pas le dessin elle-même ; elle envoyait chercher Wistan pour cela. « Il trace mieux les lignes que moi », disait-elle.

Et de fait, il fallait voir les dessins qu'exécutait le jeune homme... Il commençait par tracer une unique ligne, longue et recourbée, dans la moitié inférieure du tissu. « C'est la tige » annonçait-il. Puis, rayonnant à partir de cette tige centrale, il dessinait de plus petits rameaux, toujours au moyen des courbes les plus simples ; enfin il appliquait le motif par là-dessus, lui encore d'une pureté de lignes absolue, fait de feuilles et de fleurs entrelacées. Une fois qu'il avait terminé, le dessin qui recouvrait le centre de la pièce de lin était à la fois si vivant qu'on sentait presque la sève circuler dans les vaisseaux de la plante, et si abstrait que ç'aurait pu être un motif d'art oriental.

Ensuite le jeune homme ajoutait ici ou là de discrètes étoiles et quelques croisillons pour rehausser son dessin. Enfin, laissant un vaste espace nu autour de sa plante, il commençait à exécuter une bordure.

Et quelle bordure... Des motifs géométriques de fleurs, d'oiseaux et d'animaux, tracés au millimètre ; toutes sortes de symboles magiques et païens, s'enchaînant les uns les autres avec la même précision que les maillons d'un bracelet. D'étranges plantes s'échappaient à l'extérieur de cette bordure, comme des crocus perçant le sol encore gelé du printemps, pour dessiner d'élégantes arabesques, des volutes de feuillages ; des petits troncs, noueux et courtauds comme des phallus, brochaient sur l'espace central, semblant dire : l'art est ordonné, mais la nature reste la plus forte. Ce qui constituait, et constitue peut-être encore, l'essence même de l'esprit anglo-saxon.

Alors seulement Elfgiva montait la pièce de lin sur un métier et commençait son lent travail de broderie. Elle débutait par le centre.

Avec des aiguilles de bronze et des fils de soie de différentes couleurs, elle exécutait les détails des feuilles au point de croix. « Quand les Frisons viennent acheter des esclaves, expliqua-t-elle à Ricola, ils m'apportent toujours de la soie, qui arrive des pays du Sud. » Mais elle ne s'en contentait pas, y mêlant aussi des fils d'or, et même des semences de perles par endroits, pour rendre sa broderie plus riche encore. Une fois ce travail terminé, elle prenait un épais cordon de soie verte et le posait sur la ligne incurvée de la tige ; puis elle le fixait en l'entourant tout du long d'un fil de soie, à partir du dos de la pièce de lin. Pour finir, elle rehaussait les motifs principaux de son ouvrage avec des fils de soie de couleur.

« Ensuite nous nous attaquerons à la bordure », disait-elle à Ricola, et elle ajoutait en souriant : « Cela prendra plusieurs mois. »

Elfgiva trouvait que sa jeune servante avait des doigts agiles et lui laissait souvent placer un point ou deux ; elle s'amusait de voir le plaisir qu'y prenait Ricola. Elle l'autorisa même à amener Offa avec elle, pour qu'il puisse contempler leur travail.

Ricola ne cessait de son côté d'observer sa maîtresse, d'admirer la noblesse de son maintien. Elle posait chaque jour des questions sur la vie à la cour, les vêtements qu'on y portait, ou encore sur le domaine de Bocton ; elle avait soif d'apprendre et de s'ouvrir au monde. En même temps, elle cherchait à se rendre la plus utile possible. « Tu veux que nous redevenions libres, disait-elle à son mari. Je crois, moi, que si elle nous apprécie suffisamment, elle peut nous redonner un jour notre liberté. Il suffit d'attendre. C'est un jeu de patience », conclut-elle en souriant.

Elfgiva elle aussi jouait de son côté une sorte de jeu de patience. Elle avait vite compris qu'il lui fallait cacher sa peine, si fort que Cerdic ait pu la blesser. « Si ton mari se met à courir à droite et à gauche, lui avaient conseillé des compagnes plus âgées il y avait longtemps déjà, tu n'as qu'une seule chose à faire. » C'était une loi de la vie conjugale, pour le meilleur et pour le pire : la seule façon de garder un époux volage était de le retenir au lit, aussi souvent et aussi longtemps que possible. Tous les autres arguments que pouvaient dicter la raison ou la morale étaient hélas inutiles. Elfgiva avait agi en conséquence. Elle ne lui avait pas battu froid ni cherché querelle ; au contraire, elle avait entrepris de le séduire tous les soirs, après le dernier repas, et de lui donner toute la satisfaction qu'il pouvait désirer. Plus d'une fois, le matin les avait trouvés dans les bras l'un de l'autre. Elfgiva restait allongée sans bouger, écoutant le réveil des oiseaux, et songeant que peut-être, après tout, elle ne le perdrait pas ; que la paresse et le goût du confort, meilleurs alliés des époux qu'on délaisse, le retiendraient auprès d'elle. Aujourd'hui encore, malgré son âge, elle continuait à prier en secret les dieux de ses ancêtres pour qu'ils lui donnent un autre enfant. Ou sinon, qu'ils lui donnent au moins du temps. Que cet évêque n'arrive pas ici tout de suite. Ce fut ainsi qu'un nouveau mois passa.

Les Saxons appelaient novembre *blodmonath*, le mois du sang. En *blodmonath* on sacrifiait les bœufs ; les dernières feuilles, recroquevillées par le givre, tombaient sur la terre qui commençait à durcir ; bientôt les pluies de l'automne laisseraient la place aux neiges de l'hiver.

Au début du mois, un bateau avait accosté dans le petit comptoir commercial. Il venait du pays des Francs, près du fleuve appelé Rhin, et avait traversé la mer. Offa fut envoyé pour aider au déchargement.

C'était la première fois qu'il voyait un navire de haute mer, et il le regardait d'un œil fasciné. Les Saxons faisaient naviguer de solides radeaux et même de grands canots à rames sur la Tamise, mais ce bateau-ci était d'un tout autre genre.

Ce qui frappait tout de suite l'œil, c'était la présence d'une quille. Tout commençait par la grande passerelle de bois surplombant la poupe ; la quille descendait ensuite jusqu'à l'eau en dessinant une élégante courbe, suivait son mystérieux tracé sous-marin sous le centre du navire, puis ressortait à l'air libre pour aller se terminer en une magnifique proue, fièrement cambrée au-dessus de l'eau. Wistan se trouvait justement à côté d'Offa au moment où celui-ci admirait les courbes de l'embarcation. « On dirait les lignes que vous dessinez pour la broderie de dame Elfgiva ! » s'écria le jeune esclave, saisi d'enthousiasme, et Wistan acquiesça de la tête.

De part et d'autre de la quille s'élevaient les membres de bois du vaisseau ; des planches, qui se chevauchaient, y étaient fixées par des clous. Aussi fin et allongé que parût le navire, Offa réalisa que, compte tenu de sa largeur en son centre, son tonnage devait être considérable. Il ne possédait que deux petits ponts longitudinaux, le reste étant ouvert ; ainsi qu'un unique mât, le long duquel on pouvait hisser une voile tendue sur une vergue. Mais sa vraie puissance, il la tirait des six longues rames qui sortaient de chacun de ses flancs.

C'était le drakkar des pays nordiques. Les Saxons étaient venus dans l'île sur des vaisseaux semblables à celui-ci ; le père d'Elfgiva avait été enterré sur la côte d'Est-Anglie avec son drakkar.

La cargaison elle aussi intriguait Offa : de la fine céramique grise faite au tour ; cinquante grandes jarres de vin ; et aussi, destinées à la maison du roi, six caisses remplies d'objets faits d'un étrange matériau transparent, comme il n'en avait encore jamais vu auparavant. « C'est du verre », lui dit un marin. Dans les pays du Rhin, on fabriquait du verre et l'on produisait du vin dès l'époque romaine.

Offa se trouvait pour la première fois en contact avec le grand héritage venu d'au-delà des mers — cet héritage qu'avaient connu ses propres ancêtres, et qui imprégnait encore la citadelle déserte où il aimait à vagabonder.

A quelques jours de là, il fut à nouveau en contact, plus étroit encore, avec le monde romain.

Il était retourné dans la cité vide, et avait passé une heure ou deux sur la colline ouest. Puisqu'il avait du temps devant lui — une vie entière, peut-être, songea-t-il tristement — pour explorer le lieu, il décida de le faire méthodiquement. Il se concentrerait d'abord sur un petit espace de terrain, qu'il fouillerait à fond, et ne passerait au suivant que lorsque le premier aurait livré tous ses secrets.

Cet après-midi-là, à mi-hauteur de la colline, sur le versant regardant le fleuve, il avait découvert une petite maison qui semblait prometteuse, munie d'une cave. Il était à genoux, en train de déblayer les gravats à l'aide d'une pelle improvisée, quand il lui sembla entendre un bruit de voix à quelque distance de là. Il se releva et parcourut la colline du regard.

Le sommet de la colline, sur ce versant-ci, était bien plus nu que le reste de la pente. Les fours à céramique s'étaient écroulés depuis longtemps, même si d'innombrables débris de tuiles fichés dans le sol attestaient leur ancienne présence. Du petit temple de Diane, il ne subsistait plus aujourd'hui que quelques amas de pierres, là où jadis s'élevaient ses colonnes. L'esplanade qui l'entourait s'était transformée en une terrasse verdoyante, d'où l'on jouissait d'un joli panorama sur le bas de la colline et sur le fleuve.

Deux hommes étaient debout là-haut. L'un des deux, sans doute un valet, tenait leurs chevaux en main. L'autre, courte silhouette revêtue d'une robe noire qui lui descendait à la cheville, marchait de long en large, avec l'air d'observer quelque chose. Offa pensa aussitôt, plein d'appréhension : Ils sont sûrement venus ici pour chercher le trésor. Se demandant comment ils avaient pu en entendre parler, il se baissa pour que les ruines le dissimulent à nouveau, mais trop tard : l'homme en robe noire l'avait aperçu et pointait le doigt dans sa direction.

Il jura intérieurement. Que faire, maintenant ? L'autre continuait à le montrer du doigt ; avec les chevaux dont ils disposaient, ils le rattraperaient tout de suite s'il essayait de fuir. Mieux valait jouer les idiots. Il avança lentement vers eux.

L'homme vêtu de noir était bien l'un des plus curieux personnages qu'Offa eût jamais vus. De petite taille, son visage ovale était parfaitement glabre ; son crâne, tonsuré, était chauve au-dessus d'une couronne de cheveux gris. On dirait un œuf, pensa Offa.

Lorsqu'il fut plus proche de lui, les traits plutôt menus de l'homme, ses petites oreilles, ne firent que renforcer cette impression. Offa ne pouvait détacher les yeux de lui, mais l'homme ne semblait pas s'en formaliser et souriait doucement.

« Comment t'appelles-tu ? » demanda-t-il. Il parlait anglais (c'était ainsi que les Anglo-Saxons nommaient leur langue), mais avec un accent bizarre qu'Offa ne parvenait pas à identifier.

« Offa, messire. Et vous ? demanda hardiment l'esclave.

— Mellitus. »

Offa haussa les sourcils en entendant ce nom étrange, puis promena le regard autour de lui.

« Tu te demandes peut-être ce que je fais ici ? dit le drôle de personnage.

— Oui, messire. »

Pour toute réponse, Mellitus lui montra du doigt un tracé qu'il avait commencé à dessiner au sol avec des pierres, quelques mètres plus loin. On aurait dit les fondations d'une sorte de petit bâtiment rectangulaire. « C'est ici que je vais la construire. »

L'endroit était bien situé ; sur trois côtés, la vue était parfaitement dégagée.

« La construire ? »

L'homme sourit de nouveau.

« *Cathedralis* », répondit-il, employant le nom latin. Devant l'air d'incompréhension d'Offa, il expliqua : « Un temple dédié au vrai Dieu.
— A Woden ? »
L'homme secoua la tête et répondit simplement : « Au Christ. » Alors Offa comprit qui il était.

Comme tout le monde, il avait entendu dire qu'un homme de Canterbury allait venir ici. Un évêque. Il ignorait ce qu'était un évêque, mais en tout cas il s'agissait d'un personnage fort important. Offa regarda le religieux, dans sa robe noire, d'un air surpris et dubitatif ; il n'avait pas l'air bien considérable. Tout de même, il fallait se méfier.

« Avec quoi allez-vous la construire, messire ? » demanda-t-il. L'homme allait devoir faire monter de grandes quantités de bois jusqu'ici.

« Avec ces pierres », répondit Mellitus, en désignant du doigt les vestiges romains qui jonchaient le sol autour de lui.

Pourquoi ici ? se demandait Offa. Mais, il s'en souvint alors, les bouviers lui avaient dit qu'on sacrifiait autrefois des bœufs dans la grande enceinte voisine ; il devait s'agir d'une zone réservée à la religion. Il se contenta d'acquiescer poliment.

« Et toi, que fais-tu ici ? » demanda soudain l'étranger.

Offa fut aussitôt sur ses gardes.

« Rien de spécial, messire. Je... fouine juste un peu.
— Pour trouver quoi ? » questionna l'homme en souriant. Son regard était débonnaire, mais une flamme s'y lisait pourtant, curieuse et pénétrante. « Je peux peut-être t'aider à chercher ? » proposa-t-il aimablement.

Que savait cet étranger ? Il arpentait l'endroit, les yeux fixés au sol... était-ce seulement pour tracer le plan d'un bâtiment, comme il l'affirmait ? Ou bien avait-il une autre idée en tête ? Savait-il quelque chose, à propos de l'or qu'on avait enterré ici ? S'il avait proposé à Offa de l'aider, cela signifiait peut-être qu'il cherchait lui aussi de son côté, et qu'il voulait lui tirer les vers du nez. Cet évêque était un malin, cela se voyait, à manier avec précaution.

« Je dois retourner auprès de mon maître, messire », murmura Offa. Il fit demi-tour et, tandis qu'il s'éloignait, sentit le regard de Mellitus qui restait attaché à son dos.

Pourquoi l'évêque avait-il choisi, pour construire sa cathédrale, une citadelle déserte, à côté d'un comptoir de commerce isolé ?

La réponse, simple, était à chercher du côté de Rome.

Quand le pape avait envoyé Augustin évangéliser l'île de Bretagne, il n'avait jamais envisagé que celui-ci pût s'installer durablement à Canterbury. Hormis la présence de la princesse franque, le chef de l'Eglise n'avait aucune raison de s'intéresser particulièrement à la péninsule du Kent ; ce qu'il visait, lui, c'était la conversion de l'île tout entière. Et que savait-il de la Bretagne ? Que ç'avait été une province romaine, avant que le cours des événements la coupe du reste de l'Empire.

« Les documents sont clairs, lui avaient dit les archivistes. Elle était divisée en deux provinces, chacune avec une capitale : York au nord et Londinium au sud. Londinium est la plus importante des deux. » En conséquence, quand Augustin et ses assistants arguèrent du bon accueil que leur avait réservé le roi du Kent, tandis que la cité de Londinium était déserte, la réponse du pape fut sans équivoque : « Que le roi ait son évêché à Canterbury. Mais vous, installez-en deux sans tarder à York et à Londinium. » La tradition romaine primait tout.

Voilà qui expliquait la présence de l'évêque Mellitus parmi les ruines de la citadelle. Le religieux saisit vite les avantages qu'on pouvait tirer de la situation. Un comptoir de commerce se trouvait tout près de là, qui prenait de l'importance ; en même temps, le site était protégé par ses majestueux vestiges antiques, qui l'entouraient comme un vaste monastère. La petite église qu'il allait construire au milieu des temples vénérables serait sa cathédrale. Son saint patron était déjà choisi.

On l'appellerait St Paul.

L'évêque fit halte dans le hall de Cerdic ce soir-là. Son escorte était réduite : il n'avait avec lui que trois valets, deux jeunes prêtres, ainsi qu'un noble, âgé, venant de la cour d'Ethelbert. Cerdic voulait donner un grand festin en l'honneur de son hôte, mais celui-ci le pria de n'en rien faire.

« Je suis un peu fatigué, lui avoua-t-il, et impatient de continuer ma route jusque chez le roi d'Essex. Je reviendrai le mois prochain, pour prêcher et baptiser la population. Après cela, tu pourras donner un grand festin. » Il annonça néanmoins qu'il dirait une messe le lendemain matin, avant de reprendre sa route, sur l'emplacement de la future église. Cerdic lui offrit son hall pour la nuit, à lui et à son escorte, tandis que lui-même irait dormir dans la grange avec sa famille.

Il était encore tôt quand l'évêque Mellitus, suivi de son petit groupe de fidèles, se rendit dans la cité déserte. Le matin était radieux. L'un des deux jeunes prêtres transportait le vin dans un flacon ; l'autre un sac contenant le pain d'orge. Le noble de la cour d'Ethelbert portait une simple croix de bois, de quelque deux mètres de haut ; une fois arrivés sur le site de la future église, ils la fichèrent dans le sol. Puis Mellitus et ses deux prêtres s'apprêtèrent à dire la messe.

Cerdic promena un regard satisfait autour de lui. C'était un moment privilégié qu'il vivait là. Il allait recevoir le pain de la communion en même temps que le compagnon du roi Ethelbert, et sous les yeux de sa famille. Il était fier de vivre un tel moment. « Je suis sûrement le seul homme à avoir été baptisé au nord de la Tamise », fit-il remarquer à son noble voisin. Le jour venu, quand on consacrerait la cathédrale, les rois de Kent et d'Essex viendraient sans doute assister à la cérémonie avec leurs cours. Et lui-même, ayant aidé l'évêque à la construire, aurait une place d'honneur parmi eux.

Une seule chose le contrariait. La veille au soir, ses deux aînés avaient souhaité ne pas assister à la célébration. « Pourquoi ? » leur avait-il demandé. « Nous voudrions aller chasser » avaient-ils répondu d'un air désinvolte, qui l'avait mis en fureur. « Vous allez tous m'accompagner, et vous vous tiendrez comme il faut ! » avait-il tonné. Quand les garçons lui avaient demandé de leur expliquer de quel genre de cérémonie il s'agissait, il était si en colère qu'il avait crié : « Peu importe de quel genre !

Vous devez vous montrer respectueux envers votre père et envers le roi ! Je ne veux plus entendre un seul mot à ce sujet ! » Pourtant, quand il les regardait maintenant, vêtus de leurs plus beaux atours, leurs jeunes barbes et leurs cheveux blonds peignés de frais, il se dit qu'ils lui faisaient plutôt honneur. Il arriva à la messe un peu rasséréné.

Le service ne dura pas très longtemps. Mellitus prononça un bref sermon, dans lequel il parla des vertus du roi saxon du Kent, et de la joie qu'ils connaîtraient tous bientôt dans ce nouveau lieu de culte. Il parlait assez bien l'anglais ; son sermon était à la fois sensible et bien tourné. Cerdic hochait la tête d'un air approbateur en l'écoutant. Puis arriva le moment de la communion ; le pain et le vin furent consacrés, renouvelant le mystère de l'Eucharistie. Cerdic s'avança fièrement, en compagnie de l'autre noble, qui avait été baptisé lui aussi.

Elfgiva, n'entendant pas grand-chose au déroulement de ces rites étrangers mais voulant faire plaisir à son mari, qui peut-être l'aimait toujours, pressa ses quatre garçons d'avancer eux aussi et d'imiter leur père. Ils hésitèrent puis lui obéirent, à contrecœur.

Aussi les quatre fils de Cerdic s'approchèrent-ils gauchement, en rougissant, de l'endroit où l'envoyé de Rome donnait la communion. Arrivés là, ils se consultèrent du regard, puis s'agenouillèrent comme leur père. Cerdic ne les avait pas entendus approcher ; il ne les vit qu'au moment où, ayant reçu lui-même la communion, il se relevait pour s'en aller. Au même instant l'évêque leur demandait :

« Avez-vous été baptisés ? »

Les quatre grands gaillards levèrent vers lui des yeux méfiants, et il répéta sa question. Il pensait bien qu'ils ne l'avaient pas été.

« Qu'est-ce qu'il raconte, ce crâne d'œuf ? grommela le cadet entre ses dents.

— Pourquoi ne nous donnez-vous pas le pain magique, comme à notre père ? demanda l'aîné en désignant Cerdic.

— Le pain magique ?

— Oui. C'est juste cela que nous voulons. » L'un des quatre jeunes gens, sans penser à mal, tendit la main vers le bol dans lequel l'évêque portait le pain consacré.

Mellitus recula d'un pas ; il sentait la colère monter en lui. « C'est ainsi que vous traitez l'hostie ? leur cria-t-il. Vous n'avez pas plus de respect pour le corps et le sang de Notre Seigneur ? » Devant la perplexité manifeste des quatre jeunes Saxons, il se tourna vers Cerdic et lui lança d'une voix furieuse, que tous les murs de la ville semblaient renvoyer en écho : « C'est ainsi que vous instruisez vos enfants, malheureux ? C'est ainsi que vous respectez votre Souverain Seigneur ? » Cerdic pensa que l'évêque voulait parler du roi ; il devint écarlate, sous le coup de la honte et de l'humiliation.

Un lourd silence s'ensuivit, puis il se tourna vers ses fils. « Qu'est-ce que vous faites ici ? » demanda-t-il à l'aîné, les dents serrées. Le garçon haussa les épaules et fit un geste en direction de leur mère, qui se tenait derrière eux. « C'est elle qui nous a dit de venir ici pour le pain », expliqua-t-il.

Il fallut un moment à Cerdic pour retrouver ses esprits. Il était trop choqué pour réagir. Non seulement il avait échoué à instruire ses enfants et à se faire respecter par sa propre famille, mais il se perdait un peu, à vrai dire, dans les subtilités de la communion. Il avait suivi son roi ; il pensait que cela suffisait. Et pourtant il venait d'être humilié par un évêque, humilié devant un homme du roi. Il venait de passer pour un faible et un imbécile, alors qu'il n'avait jamais pensé être ni l'un ni l'autre. La douleur qu'il ressentait était terrible. Sa gorge était sèche, son visage cramoisi. Etouffant presque, il fit signe de se relever à ses fils, qui s'exécutèrent gauchement ; puis il retourna vers l'endroit où l'attendait Elfgiva. Tandis qu'il avançait, les yeux fixés sur elle, il lui apparut soudain que tout cela était de sa faute. Rien ne serait arrivé, sans son entêtement et sa fourberie. Elle n'avait envoyé ses fils communier que pour lui faire honte. Au fond de lui-même, il pressentait bien qu'elle n'avait pu le faire consciemment, mais cela n'y changeait rien ; elle était fautive, il n'en démordait pas.

Une fois arrivé devant elle, il la gifla sèchement, du plat de la main.

« Je vois que tu ne désires plus être ma femme », lui dit-il d'une voix blanche. Puis il grimpa sur son cheval et commença à redescendre la colline.

Quelques heures plus tard, un groupe de cinq cavaliers cheminait sur la piste qui s'éloignait de Lundenwic. Sortant du sous-bois, ils se dirigèrent vers la petite rivière appelée maintenant la Fleet, et qui coulait sous les murailles ouest de la cité romaine. Toutefois, au lieu d'emprunter le pont de bois qui la traversait, ils la remontèrent pendant quelque temps, puis s'arrêtèrent et mirent pied à terre. Là, sur la berge verdoyante, Mellitus et ses prêtres les attendaient. Alors, sous les yeux de Cerdic, les quatre garçons se dévêtirent et, au signal donné par le prêtre, sautèrent l'un après l'autre dans l'eau glacée.

L'évêque Mellitus avait le cœur miséricordieux ; il ne prolongea pas leur bain. Il traça sur chacun d'eux le signe de la croix, puis les laissa ressortir précipitamment de l'eau, grelottants, pour aller se sécher. Ils étaient désormais baptisés.

Cerdic avait regardé calmement la scène. Après les fâcheux événements de la messe, il avait réussi à apaiser le courroux de l'évêque et à le persuader de ne pas repartir aussitôt. Mellitus s'était laissé fléchir, pour le bien de sa mission ; il avait retardé son départ de quelques heures, le temps de faire entrer ces quatre jeunes païens dans le giron de l'Eglise.

« Je crains, avait-il fait remarquer en souriant à ses deux prêtres, que nous ne soyons appelés d'ici peu à baptiser des pécheurs pires que ces quatre gaillards. »

Au moment où il vit ses fils ressortir de la rivière, tout ruisselants d'eau, Cerdic avait encore un autre motif de satisfaction. Son explosion de colère, au moment où ses fils étaient rentrés à Lundenwic, avait porté ses fruits. Il avait réaffirmé son autorité sur eux. Sans plus reparler de leur partie de chasse, ils l'avaient suivi docilement pour aller recevoir le baptême.

Une seule personne n'assistait pas à la cérémonie.

Elfgiva était demeurée seule dans le hall, pleurant en silence.

Le lendemain, tout le monde était au courant. Un valet avait été envoyé dans le Kent, porteur d'un message : le maître réclamait sa nouvelle épouse auprès de lui. Quant à dame Elfgiva, il allait la répudier. Malgré les longues semaines de tension qu'on venait de connaître entre le maître et la maîtresse, ce fut un choc pour toute la maisonnée. Personne ne se serait risqué du reste à faire le moindre commentaire. Cerdic allait et venait, taciturne, le visage fermé. Elfgiva, plus grande et plus pâle que jamais, faisait preuve d'une réserve et d'une dignité que personne n'osait troubler. Certains se demandaient si elle resterait ici, pour défier Cerdic ; d'autres tenaient qu'elle retournerait en Est-Anglie.

Pour elle, le plus douloureux de toute l'affaire n'était pas d'avoir été rejetée, ni même l'humiliation de sa position. Ce qui la faisait le plus souffrir n'était pas ce qui s'était produit, mais ce qui ne s'était pas produit.

Elle s'était attendue à ce que ses fils prennent sa défense, au moins qu'ils protestent. Ils n'avaient pas dit un mot.

Oh ! certes, les trois aînés étaient venus la voir, chacun son tour. Ils avaient compati à son sort, suggéré que peut-être, si elle acceptait de se convertir, une réconciliation serait possible. Mais ils l'avaient dit sans grande conviction. Au fond, songeait-elle en contemplant les eaux lentes du fleuve, ils craignent leur père plus qu'ils ne m'aiment, moi. A mon avis même, entre la chasse et moi, ils ont une légère préférence pour la chasse. »

Sauf Wistan. L'adolescent, lui, était ravagé par le chagrin quant il était venu retrouver sa mère. Il était si furieux contre son père qu'elle avait dû lui faire promettre, par égard pour elle, de ne pas s'en prendre à Cerdic, au risque d'accroître encore le ressentiment que son mari éprouvait envers elle.

« Vous n'allez tout de même pas accepter cela ! lui avait-il dit.

— Tu ne peux pas comprendre, Wistan.

— Eh ! bien, moi, je ne l'accepterai pas », avait-il juré entre ses dents, puis il n'avait plus ajouté un seul mot.

Trois jours après cette conversation, Cerdic, remontant le chemin de Thorney, tomba sur Wistan, qui l'attendait visiblement. Il n'en fut qu'à moitié surpris.

Il marcha droit sur son fils, le regard sévère, le gratifiant à peine d'un signe de tête. Il était convaincu de l'avoir réduit au silence, mais l'adolescent soutint son regard et prit la parole, d'une voix ferme :

« Père, il faut que nous ayons une discussion tous les deux.

— Je n'ai rien à te dire. Laisse-moi passer. » C'était dit sur ce ton de froide autorité qui faisait trembler la plupart des hommes ; pourtant, bravement, Wistan fit un pas en avant pour lui barrer le chemin.

« C'est à propos de Mère. **Vous** n'avez pas le droit de la traiter comme cela. »

Cerdic n'avait pas seulement les épaules larges, mais aussi le caractère bien trempé et une grande autorité naturelle. Il pouvait, si besoin était, se composer un masque redoutable. Il jeta à son fils un regard brûlant et rugit véritablement :

« Ça ne te regarde pas ! Tais-toi !

« — Non, père. Je ne peux pas me taire.

— Tu peux le faire et tu vas le faire ! Hors de mon chemin ! » D'une simple bourrade il écarta son fils, qui était bien plus léger que lui, et poursuivit rageusement son chemin ; ses yeux lançaient des éclairs.

Et pourtant il songeait intérieurement, tout en marchant : « C'est le meilleur des quatre garçons. » Toutefois, cela ne lui fit pas changer d'un pouce son point de vue en ce qui concernait Elfgiva.

Le valet que Cerdic avait envoyé dans le Kent fut de retour au bout de quatre jours. Il lui apportait la réponse du père de sa promise. La nouvelle épouse de Cerdic viendrait le retrouver à Bocton, deux semaines après Yule.

Cerdic et Elfgiva avaient depuis toujours l'habitude de retourner à Bocton pour célébrer là-bas la grande fête saxonne de Yule. Cette année pourtant, quand il reçut la réponse de son futur beau-père, le négociant se contenta d'annoncer brièvement : « Je célébrerai Yule ici, à Lundenwic. Puis j'irai passer le reste de l'hiver à Bocton. » Le message était clair : la vie d'autrefois avait pris fin, une nouvelle allait commencer.

Le temps que la maisonnée reçoive bien le message en question, un changement d'état d'esprit commença à se faire sentir dans le petit comptoir de commerce. Au début c'était imperceptible, mais cela devint de plus en plus manifeste à mesure que les jours passaient.

Elfgiva était toujours là ; en principe, Cerdic ne l'ayant pas renvoyée, elle restait sa femme. Et pourtant, d'une manière indéfinissable, les gens commençaient à se comporter comme si elle n'était plus là. Si elle donnait un ordre par exemple, on lui obéissait poliment, mais quelque chose dans les yeux du valet indiquait qu'il songeait déjà à la nouvelle maîtresse, dont il espérait s'attirer les bonnes grâces. « Je vis comme une invitée dans ma propre maison », murmurait-elle pour elle-même, et elle ajoutait avec un sourire amer : « Une invitée qui s'attarde un peu trop. »

Alors qu'ils se demandaient tous à quel moment elle allait partir, elle-même hésitait encore sur la conduite à tenir. Elle avait bien un frère qui vivait en Est-Anglie, mais elle ne l'avait pas vu depuis des années. Et aussi des cousins éloignés, dans un village proche de sa maison natale. Pouvait-elle s'installer là-bas ? « Cerdic ne peut tout de même pas me renvoyer purement et simplement dans la forêt ! » s'écria-t-elle malgré elle, un jour où elle était seule. Une étrange lassitude semblait s'être abattue sur ses épaules, qui la paralysait. Je prendrai une décision d'ici Yule, se disait-elle — et elle ne faisait rien.

De son côté, Cerdic ne disait rien non plus. Elle ignorait ce qu'il souhaitait, ce qu'il prévoyait pour elle. Elle était toujours sa femme en titre, mais il la laissait vivre dans une sorte de flou.

Ricola passait désormais beaucoup de temps auprès de sa maîtresse. Elfgiva, d'habitude si digne et pleine de réserve, se laissait parfois aller, dans sa solitude, à des confidences. Aux yeux de la jeune esclave, la rupture entre Cerdic et sa femme était sans remède. « Ils ne coucheront plus jamais dans le même lit, dit-elle à Offa. J'en suis sûre. » Quand elle brossait et nattait les cheveux d'Elfgiva, elle le faisait avec une secrète tendresse. Un jour, après que sa maîtresse lui eut confié qu'elle ne savait toujours pas où aller, Ricola lui demanda timidement : « Si le maître veut que vous partiez d'ici, dame Elfgiva, pourquoi n'a-t-il rien prévu pour cela ?

— C'est simple, lui répondit-elle avec un sourire triste. Je connais mon mari, il est toujours prudent en affaires. Il ne divorcera d'avec moi que quand il sera sûr d'avoir la nouvelle fille. Pas avant.

— Oh ! moi, je partirais tout de suite... » laissa échapper Ricola. A quoi sa maîtresse ne répondit rien.

Cette incertitude quant à l'avenir posait un problème dont Offa parla un soir à Ricola. « S'il la renvoie, lui demanda-t-il, quel sera notre sort à nous ? A toi et à moi ? (Il eut une moue perplexe.) C'est elle qui nous a fait venir ici. Est-ce que nous repartirons avec elle ?

— J'espère bien que oui ! » s'exclama-t-elle dans un cri du cœur. Puis, surprise par la véhémence de sa propre réaction, elle expliqua : « Elle m'a sauvé la vie, tu comprends. » Enfin elle lui demanda, en le fixant dans les yeux : « Tu ne veux pas rester auprès d'elle ? »

Il ne lui adressa d'abord qu'un regard embarrassé pour toute réponse. Où Elfgiva les emmènerait-elle ? Il songea aux sombres forêts de l'Essex, qu'il n'avait nulle envie de retrouver ; aux horizons froids et venteux de l'Est-Anglie, loin, si loin d'ici. Il songea à la riche et fertile vallée de la Tamise, à l'or caché dans la citadelle déserte...

« Je ne sais pas, répondit-il enfin. Je ne sais pas du tout. »

Les jours passaient. Ils amenèrent deux événements dans la vie de Ricola, dont elle ne parla à personne. Le premier concernait le négociant.

Une semaine après le baptême de ses enfants, il posa pour la première fois les yeux sur Ricola. Pas grand-chose, juste un regard. Elle sortait de la maison principale et se baissait pour passer la petite porte, sous la lourde toiture de chaume, au moment où il remontait du quai à grandes enjambées. Ils se croisèrent et elle sentit les yeux du maître glisser sur elle.

Elle n'en fut ni surprise ni choquée, acceptant la sensualité : elle-même était sensuelle. Elle pensa qu'il ne couchait plus avec sa femme depuis une semaine, puis n'y pensa plus, et ne s'alarma pas outre mesure lorsque cela se reproduisit le lendemain. Elle songea seulement qu'il valait mieux l'éviter désormais. Et aussi — elle sourit — ne pas en parler à Offa.

Le second événement fut plus agréable pour elle. A la fin de *blodmonath*, elle réalisa qu'elle était enceinte. Elle en fut fort heureuse, même si elle se demandait maintenant, non sans anxiété, où et dans quelles conditions ils vivraient au moment de la naissance de l'enfant. Elle décida d'attendre un mois encore, histoire d'en être sûre, pour en parler à Offa.

Celui-ci continuait à faire de son mieux pour satisfaire le maître. Il réussissait aussi, certains jours, à trouver une heure ou deux pour aller se glisser dans la cité déserte. Là, avec une pelle et une petite pioche qu'il s'était confectionnées, il fouillait aux endroits qui lui paraissaient pouvoir abriter quelque chose. C'est au retour d'une de ces expéditions clandestines qu'il assista, un soir, à l'arrivée d'un nouveau navire marchand dans le petit port

Six esclaves en débarquèrent. Le marchand qui les convoyait avait l'air dur et cruel ; pourtant Cerdic le reçut courtoisement. « Tu viens tard, cette année », remarqua-t-il.

Les esclaves étaient bruns de cheveux ; c'étaient de beaux gaillards, attachés ensemble à une longue corde. Leurs cheveux rasés et leurs visages sombres disaient la nouveauté de leur triste condition. « Le roi de Northumbrie a fait un raid chez les Scots l'année dernière, commenta le marchand. Il a capturé beaucoup de prisonniers, ajouta-t-il en souriant. J'en avais cent au départ, et c'est tout ce qui me reste à vendre aujourd'hui.

— Le rebut ?

— Regarde toi-même. Ils ne sont pas si mal que ça. »

Cerdic les examina l'un après l'autre ; il ne se gênait pas pour faire des commentaires et discuter leur valeur, comme pour n'importe quelle autre marchandise. Il convint qu'ils avaient l'air en bonne santé, mais ajouta : « Je vais les avoir tout l'hiver à ma charge. Les ventes ne recommencent qu'au printemps, en général.

— Tu peux les faire travailler pour toi pendant ce temps-là.

— Les premières neiges vont bientôt tomber, et il n'y aura plus guère de travail pour eux...

— C'est vrai. Tu m'en donnes combien, alors ? » Les gens aimaient faire des affaires avec Cerdic car il allait droit au but, sans perdre de temps. Offa vit les deux hommes entrer ensemble dans la maison du maître ; le temps qu'ils se mettent d'accord, le marchand ne tarda guère à repartir.

On installa les six hommes dans le quartier des esclaves. Ils étaient enchaînés toutes les nuits. On leur faisait prendre de l'exercice pendant la journée ; certains furent employés à transporter du bois ou à faire des réparations sur l'un des entrepôts. Offa les contemplait à la dérobée, se demandant quel serait leur sort final, et il les plaignait.

Une journée entière se passa avant que quiconque s'aperçoive de la disparition de Wistan. Personne ne savait où il était parti. Il avait bien déclaré à l'un de ses frères qu'il comptait chasser, mais il était étonnant qu'il y soit allé seul. Le soir, voyant qu'il ne rentrait pas, Elfgiva commença à s'inquiéter. Cerdic, lui, ne semblait pas s'en faire. « Il doit y avoir une fille là-dessous », grogna-t-il, avant d'ajouter : « Il sera là bientôt. » Le lendemain soir, comme Wistan n'était toujours pas rentré, il commenta, menaçant : « Il faudra qu'il vienne s'expliquer, pour être parti sans permission. » Un autre jour puis une autre nuit passèrent encore, sans apporter de nouvelle du garçon.

Wistan s'était levé tôt, le matin de son départ. L'aube était encore pâle quand il foula les hautes herbes de Thorney ; de là, il traversa le gué. La marée était basse ; son cheval n'eut à nager que sur une petite portion de la traversée, et lui-même était à peine mouillé quand il reprit pied sur la rive sud. Il chemina d'abord plein sud sur un ou deux kilomètres, jusqu'au flanc des collines qui s'élevaient au fond du marais. Arrivé là, il obliqua vers l'est et suivit une route parallèle au fleuve.

Le jour était clair et froid. Wistan longea le marais puis traversa un bois de chênes. En tournant la tête, il apercevait au loin les ruines de la cité déserte, sur la rive opposée. Puis le chemin commença à s'élever le long de la croupe crayeuse, pour prendre bientôt de la hauteur. Encore quatre ou cinq kilomètres et, tandis que le soleil apparaissait à l'horizon, un magnifique panorama s'étala devant Wistan : le long ruban du fleuve miroitant au milieu des terres, et les grandes courbes qu'il décrivait dans sa route vers l'estuaire. Un petit hameau se dressait sur la berge en contre-bas, au pied de la colline ; il se nommait Greenwich. La croupe crayeuse s'élargissait progressivement devant le cavalier, et les bosquets de chênes laissaient place à une vaste lande à ciel ouvert. Il cheminait sur le mauvais chemin, envahi par les herbes, qui avait remplacé l'ancienne route romaine empierrée. Il serait à Rochester le lendemain.

Il allait voir la fille. Celle que son père devait épouser.

Wistan passa la nuit à Bocton ; puis tôt le matin, après un dernier regard affectueux sur le Weald et le magnifique panorama qu'il offrait, il se remit en route.

Il connaissait la famille de la fille, bien sûr, mais elle-même, il ne l'avait pas revue depuis des années. Il gardait l'image d'une gamine, mince et fluette comme il l'était lui-même alors ; l'idée qu'une telle fille puisse devenir la femme de son père était extravagante.

Il arriva là-bas au milieu de la matinée, mais ne s'approcha pas de la maison ; il resta sous le couvert des arbres, épiant les lieux à distance. Au bout d'un moment il l'aperçut qui sortait d'un bâtiment. Par chance, elle s'engagea sur un chemin menant non loin de l'endroit où il était caché.

En réalité, il croyait seulement qu'il s'agissait bien d'elle, sans en être sûr. Une fois qu'elle fut plus proche de lui, il hésita encore à la reconnaître : la fillette maigrichonne était devenue une jeune femme. Une ravissante jeune femme, qui plus est. A quinze ans, elle était presque aussi grande que lui ; un soupçon de duvet enfantin ornait sa lèvre supérieure, ses cheveux d'or étaient savamment nattés, ses yeux bleus brillaient d'intelligence. Quand elle fut à une dizaine de mètres de lui, il l'appela doucement :

« Edith... »

En voyant le jeune homme surgir sur son chemin, avec sa barbe naissante d'adolescent et son regard amical, elle fut surprise mais ne tressaillit pas. Elle le dévisagea calmement, puis sourit.

« Nous nous connaissons ? » A sa propre surprise, il sentit qu'il rougissait. « Tu es Wistan », dit-elle avec un nouveau sourire, et il acquiesça de la tête. « Que fais-tu ici ? lui demanda-t-elle avec curiosité. Et pourquoi restes-tu dans la forêt ?

— Tu promets de ne dire à personne que je suis venu ici ?

— Je ne sais pas. Je suppose que je le peux, oui.

— Je suis ici... (Il prit une grande inspiration, soudain conscient de ce que sa démarche avait d'incongru.) Je suis venu te dire que nous ne voulions pas de toi. »

Ils parlèrent pendant près d'une heure ; elle n'eut pas de mal à lui faire déballer tout ce qu'il avait sur le cœur. A son grand soulagement, elle n'en eut pas l'air fâchée. « En fait, résuma-t-elle, tu es venu pour sauver ta mère... » Puis elle ajouta en souriant : « Avec tout ce que tu m'as dit sur ton père, je pense que tu es aussi venu pour me sauver, moi... »

Elle rit devant son air embarrassé. A ce moment-là, des voix se firent entendre, qui appelaient la jeune fille.

« Il faut que tu t'en ailles, souffla-t-elle. Va-t'en maintenant. »

Il acquiesça tandis qu'elle se retournait.

« Qu'est-ce que tu vas faire ? » lui demanda-t-il à voix basse.

Mais elle s'éloignait déjà sous les arbres.

Le jour de Thunor, dieu du tonnerre.

Une semaine avait passé depuis le retour de Wistan. Cerdic lui avait fait une scène terrible et l'avait menacé du fouet ; mais les excuses de l'adolescent, selon lesquelles il était parti chasser, avait rencontré des amis et s'était perdu, sonnaient si faux que le négociant avait ri dans sa barbe et grommelé à ses bouviers : « Je vous avais bien dit qu'il y avait une fille là-dessous. » Il avait même lancé une ou deux fois au jeune homme, depuis, un coup d'œil entendu et amical.

Mais aujourd'hui la nouvelle était arrivée, à midi, comme un coup de tonnerre dans le ciel gris. La jeune promise de Cerdic avait changé d'avis. Son père avait envoyé un messager, fort embarrassé, pour dire qu'il regrettait ce pénible contretemps. Elle ne viendrait pas.

Cerdic savait combien l'idée de ce mariage avait perturbé son fils cadet ; devant sa pâleur, il devina tout de suite ce qui s'était passé. Il ne lui fallut que quelques minutes d'interrogatoire acharné pour faire avouer Wistan. Dans un déchaînement de fureur, il saisit un fouet ; si l'adolescent ne s'était pas enfui dès les premiers coups reçus, il l'aurait peut-être tué.

La question qui se posait maintenant était : que faire ? Cerdic caressa quelque temps l'idée de réclamer à nouveau la fille, d'exiger de son père qu'il tienne sa parole ; mais cela aurait manqué de dignité. En outre, qu'avait-il recherché avec ce nouveau mariage ? Le calme et la tranquillité d'esprit que ne lui apportait pas la farouche Elfgiva — à qui il n'avait par ailleurs rien à reprocher. Dans ces conditions, fallait-il insister pour épouser une jeune fille qui elle-même ne semblait pas se révéler particulièrement docile ?

Il arpenta le petit comptoir quelques jours durant en remâchant sa colère. Wistan se tenait sagement hors de sa vue. Peu à peu, cependant, sa colère retomba, pour laisser place à une sorte de lassitude. Malgré lui, il en venait à regretter le confort de la vie conjugale. Au moins, songeait-il avec un sourire désabusé, c'était mieux que de courir après des jouvencelles qui ne savaient pas ce qu'elles voulaient.

Une ou deux fois il risqua un regard appuyé en direction d'Elfgiva, mais elle n'y répondit pas. En sa présence, elle restait froide et impassible.

Une nouvelle semaine passa ainsi ; puis Cerdic pénétra un matin, en coup de vent, dans la salle où son épouse était assise en compagnie de la jolie petite esclave. D'une voix calme, il l'informa que si elle voulait suivre l'exemple de ses fils et recevoir le baptême, il la reprendrait auprès de lui et cesserait de rechercher une nouvelle épouse. « Peut-être veux-tu y réfléchir, lui dit-il aimablement. Tu me donneras ta réponse demain... »

Une minute plus tard il ressortait de la maison, écumant de rage.

Elle avait refusé.

Ricola regarda longuement sa maîtresse avant de parler. Puis :

« Vous êtes folle. Vous le savez ? »

Ne fût-ce qu'une semaine plus tôt, de telles paroles, adressées par une esclave à sa maîtresse, auraient été inconcevables. Mais bien des choses s'étaient passées entre les deux femmes au cours des derniers jours.

Ricola, seule de toute la maisonnée, avait tenu compagnie à sa maîtresse durant ces soirées où celle-ci, incapable de dissimuler entièrement sa peine, avait laissé des larmes couler en silence sur ses joues. C'est vers la jeune esclave qu'Elfgiva s'était tournée quand Wistan avait fui dans les bois pour échapper à la colère de son père. Ricola avait envoyé son mari à la recherche du garçon, et ils l'avaient caché dans leur petite hutte. « C'est le seul endroit où le maître ne pensera jamais à aller le chercher », avait-elle remarqué en souriant. Ce matin, une fois que Cerdic fut redescendu vers les quais, c'est encore Ricola qui avait fait entrer discrètement Wistan auprès de sa mère. Elle l'avait entendu qui l'implorait : « Mère, j'ai réussi à empêcher que cette fille vienne ici. Pourquoi ne pas vous laisser baptiser maintenant, et retourner auprès de lui ? »

A cause de cette intimité nouvelle entre elles deux, Elfgiva ne gronda pas l'esclave pour son impertinence. Elle se contenta de regarder le feu sans répondre.

A la vérité, elle était désemparée. Les propos de son jeune fils, l'idée de tout ce qu'il avait accompli pour elle la remuaient profondément. Comment pouvait-elle rejeter sa demande, après la preuve d'amour qu'il venait de lui donner ? Pourtant, ce n'était pas aussi simple qu'il y paraissait. Les choses avaient-elles vraiment changé ? Aujourd'hui ils me demandent de céder, songea-t-elle, et ils me disent qu'alors tout ira bien. Mais demain ? Mon mari ne se lassera-t-il pas ? Si tout devait recommencer, en plus pénible encore...

Ricola continuait à la presser d'accepter : « Si vous n'acceptez pas de vous convertir, alors il cherchera une autre femme, c'est sûr. Sans quoi il passerait pour un imbécile. Si vous acceptez... peut-être qu'il vous abandonnera quand même un jour, plus tard. Mais n'est-ce pas un risque à courir ? Plutôt que de le perdre dès aujourd'hui ? » Elle secoua la tête et conclut d'une voix ferme : « A cheval donné, on ne regarde pas la bouche. Acceptez. Vous n'avez rien à perdre.

— Sauf ma dignité. » Ricola la regarda d'un air sceptique ; mais Elfgiva songea que le mot dignité n'avait sans doute pas la même signification quand on avait seulement quinze ans et qu'on était une esclave.

Les deux femmes restèrent assises quelques instants en silence, incapables l'une et l'autre de conclure ; puis Elfgiva se sentit lasse et renvoya sa compagne. Au moment de sortir de la pièce, Ricola se retourna et dit hardiment à sa maîtresse : « Il n'est pas si mal, votre mari, vous savez. Si vous ne voulez plus de lui, pensez à toutes les autres femmes qui l'auront pour elles. » Pour l'esprit pratique de la jeune esclave, cette idée était bien propre à faire réfléchir sa maîtresse.

A l'approche de Yule, une grande animation s'empara de Lundenwic et de ses habitants. Offa aida les autres hommes à transporter une grosse bûche à l'intérieur de la demeure de Cerdic ; elle allait lentement s'y consumer pendant plusieurs jours, signe que, même si le soleil se cachait, le feu anglo-saxon continuerait à brûler dans le foyer, à la surface de la terre froide, jusqu'au retour du printemps. Ricola de son côté aidait les femmes. A Yule, on mangeait du gibier. On avait aussi ressorti de grands pots de fruits des entrepôts, pommes, poires et mûres, conservés là depuis l'été dernier. Il y avait également plusieurs boissons, dont la spécialité saxonne appelée *morat*, à base de miel et de jus de mûres.

Et chaque jour, alors que la date des festivités se rapprochait, la même question revenait dans les conversations des femmes : dame Elfgiva serait-elle toujours là à Yule ?

Elle-même se sentait plus déchirée que jamais. Les souvenirs heureux des Yule précédents revenaient en foule à sa mémoire pour la torturer. Elle n'avait nul endroit où aller. Son mari avait une fois de plus offert de la reprendre, en termes bourrus. Pourtant, même ainsi, elle aurait pu accepter ; elle comprenait assez ce que sa fierté ou le sentiment de son devoir, quel que pût être ce devoir, représentaient à ses propres yeux. Mais elle, pouvait-elle abdiquer sa fierté, son amour-propre ?

Si seulement il me *demandait* de revenir, songeait-elle tristement. Si seulement il me montrait un peu de tendresse, rien qu'un tout petit regret... Mais il l'abandonnait à son sort, comme un pauvre animal à l'attache qu'on a oublié dehors alors que la tempête fait rage.

Un soir, au plus noir de cette période, Ricola forma un plan pour sauver sa maîtresse. Il était à l'image de son tempérament et de sa conception de la vie : trivial, sensuel, impudique. Et aussi, il faut l'admettre, courageux à l'extrême. Offa poussa les hauts cris quand elle lui en parla.

« C'est toi qui es devenue folle, cette fois-ci !

— Ça marchera, je te le dis. J'en suis sûre. A condition qu'on l'exécute bien. (Elle sourit.) Pense à tout ce qu'elle a fait pour nous... De toute façon, qu'est-ce qu'on a à perdre ?

— Tout », répondit-il.

Le cavalier envoyé par le roi Ethelbert du Kent leur tomba dessus par surprise ; le message qu'il apportait irrita même quelque peu Cerdic.

« L'évêque Mellitus revient prêcher, comme il l'avait promis. Tu dois réunir tous les gens des alentours pour qu'ils viennent l'écouter.

— A Yule ? s'exclama le négociant. Pourquoi venir juste maintenant ? »

Cependant, il fit comme on le lui avait demandé. Et quand l'évêque arriva, le surlendemain, accompagné de dix prêtres et deux douzaines de nobles du Kent, Cerdic avait rassemblé une foule considérable pour la circonstance : une centaine de personnes, venues des hameaux qui bordaient la rivière.

« Aujourd'hui c'est samedi, annonça Mellitus. Demain je prêcherai, ensuite je baptiserai. »

Une activité fébrile régna toute la journée ; il fallait préparer de quoi héberger toute la compagnie. Bientôt il n'y eut plus un mètre carré de plancher, dans aucune des maisons ou des dépendances, qui ne fût recouvert d'une couverture ou d'une paillasse. Chacun travaillait dur, Elfgiva comme les autres ; elle dirigeait la maisonnée exactement comme elle l'avait toujours fait, au point qu'à plusieurs reprises Cerdic lui lança un coup d'œil d'admiration muette. On alla chercher de grands quartiers de bœuf dans les entrepôts. Wistan lui-même réapparut au cours de ces préparatifs, comme par miracle ; il se mit aussitôt à la tâche et Cerdic choisit d'ignorer sa présence.

Une seule fausse note aurait pu venir troubler ces moments harmonieux : lorsque certains des prêtres commencèrent à regarder d'un mauvais œil les préparatifs de ce qui promettait d'être un festin, alors qu'on était à la fois à la veille du jour du Seigneur et en plein Avent, cette saison de recueillement qui précède Noël. Mais Mellitus sourit et leur dit : « Ce n'est ni le lieu ni le moment de se tracasser pour cela. » Et au risque de les choquer encore un peu plus, il ajouta : « Moi en tout cas, j'ai l'intention de bien manger ce soir avec nos amis saxons. »

Ce qu'il fit.

Le dimanche vers midi, l'évêque Mellitus, entouré de quelque cent cinquante personnes, pénétra dans la cité déserte et gravit la colline jusqu'au site de la future cathédrale de St Paul. Il n'avait pas pris de pain pour la communion. En revanche il avait apporté, pour l'aider dans son œuvre d'évangélisation, un objet qu'on transportait devant lui et qui attirait tous les regards.

C'était une grande croix de bois. Rien que par sa taille, elle était déjà frappante : une fois plantée dans le sol, elle s'éleva à quelque trois mètres cinquante de haut, conférant à cette messe en plein air autant de dignité que si elle s'était déroulée à l'intérieur d'une église. Toutefois, le plus remarquable dans cette croix, c'était le soin merveilleux avec lequel elle avait été sculptée.

Le Christ crucifié, ses bras ouverts déjà flasques et sans vie, posait sur l'assistance des yeux caves qui semblaient refléter à la fois l'enseignement romain du ciel et de l'enfer et le sentiment viking du destin. Mais l'attention des Saxons rassemblés devant la croix allait surtout au décor environnant. Chaque centimètre carré disponible autour de la silhouette portait, magnifiquement sculptés, les plantes, les oiseaux, les animaux, tous les motifs géométriques entrelacés qui faisaient depuis longtemps la gloire de l'art anglo-saxon — et qui, joints aux figures et symboles chrétiens venus du continent, allaient désormais faire celle de l'Eglise anglo-saxonne.

Car c'était une autre règle d'or des missionnaires : « Ne cherchez pas à détruire l'art et les rites que vous trouverez sur place, mais veillez plutôt à les assimiler. »

Et voilà pourquoi le bon évêque Mellitus était venu à Lundenwic justement au moment de la fête saxonne de Yule. Plusieurs siècles auparavant, l'Eglise avait déjà fait de son mieux pour transformer à Rome les saturnales païennes, parfois obscènes, en une fête d'hiver mieux adaptée à l'enseignement chrétien. Mieux, elle avait subtilement transformé l'anniversaire du dieu perse Mithra, le 25 décembre, en anniversaire du Christ.

« Si les Anglo-Saxons aiment Yule, avait expliqué Mellitus à ses moines, alors Yule deviendra Noël, une fête chrétienne. »

Et maintenant, debout devant sa grande croix saxonne, l'évêque contemplait la jeune communauté réunie face à lui.

Ils étaient tous là : fermiers, bouviers, Offa et Ricola, et même dame Elfgiva. Cerdic, ne sachant pas à la dernière minute qui laisser en arrière pour les surveiller, avait aussi ordonné qu'on amène les esclaves capturés dans le Nord. On les avait attachés derrière la croix.

Ces gens simples, presque tous païens, allaient devenir les ouailles du nouvel évêque. De temps en temps, il fallait l'espérer, ils viendraient jusqu'à la petite cathédrale de pierre qu'il s'apprêtait à construire au cœur de la citadelle déserte. Il devait les aimer, les chérir et, avec l'aide de Dieu, faire descendre l'Esprit sur eux.

Mellitus était un homme réaliste, mais aussi un homme de foi. Comme il l'avait toujours dit à ses prêtres : « C'est Dieu qui sauve le monde. Vous, vous devez apprendre à vous contenter d'un rôle plus humble. Si en prêchant vous sauvez ne fût-ce qu'une seule âme, vous aurez fait votre devoir. » Il tourna la tête vers la croix et sourit intérieurement. « Lesquelles de ces âmes sauverons-nous ? murmura-t-il. Toi seul peux le deviner, Seigneur. Toi seul. »

Offa observa, fasciné, le déroulement de la cérémonie. Le service ne dura pas très longtemps. Les sept prêtres chantèrent les psaumes et les répons en latin, aussi le jeune homme n'avait-il pas la moindre idée de ce dont il était question. Leur chant, quoique un peu aigu et nasillard, possédait une mélancolie qui s'accordait étrangement avec les ruines froides et grises de la vieille cité. Néanmoins il ne tarda pas à s'ennuyer, et se serait discrètement éclipsé avant la fin si l'évêque au crâne rond comme un œuf ne s'était soudain adressé à la petite foule non plus en latin, mais en anglais. Sa curiosité réveillée, Offa décida de rester.

Il ne le regretta pas. Il suffit de quelques instants pour qu'il soit littéralement envoûté par les paroles de l'évêque. Il savait, depuis leur dernière rencontre, que l'étrange prêtre parlait la langue de l'île, mais celle qu'il employait aujourd'hui était extraordinaire. Il avait dû l'apprendre auprès des poètes qui chantaient pour le roi.

L'anglais que parlaient les Anglo-Saxons était une langue d'une extrême richesse. De ses voyelles, et de leurs innombrables combinaisons, on tirait des sonorités d'une puissance et d'une subtilité merveilleuses. Ses consonnes, d'origine germanique, pouvaient être aussi bien déclamées que chuchotées, claquer sèchement ou bien crisser sous la langue. Même dans le cadre de la poésie la plus formelle, l'accent et la longueur des syllabes changeaient d'un vers à l'autre, de sorte que le poète pouvait imprimer naturellement à la scène le rythme qu'il voulait lui donner. C'était la langue des sagas nordiques, la langue d'hommes vivant près de la mer, près des fleuves, près des forêts. Quand les poètes récitaient leurs épopées, l'auditoire entendait le fracas des armes et voyait les héros tomber à terre ; il sentait le cerf dans le fourré, le frôlement des ailes du cygne au-dessus du lac. La versification reposait non sur la rime mais sur l'allitération ; les poètes anglo-saxons y étaient passés maîtres et leur langue, intense et forte, s'y prêtait admirablement, permettant d'enchaîner sans fin des répétitions sonores puissamment évocatrices.

Cet art si particulier, l'évêque Mellitus commençait déjà à le maîtriser. Il parlait d'une manière à la fois simple et harmonieuse. Dieu était venu sur la terre, disait-il ; il s'était fait homme pour ouvrir à l'humanité la voie menant vers un endroit merveilleux appelé le Paradis. Pas seulement aux héros morts au combat, pas seulement aux rois et aux nobles ; non, aussi aux pauvres gens, aux femmes et aux enfants, même aux esclaves comme Offa. Ce qu'il disait était stupéfiant.

Ce Dieu, qui était-il ? Un héros, plus qu'un héros même, expliquait Mellitus. Il était comparable à Freyr — en plus grand seulement. Et il était né en hiver, justement, comme en ce moment. Il était né en plein hiver, mais il apportait la promesse d'un nouveau printemps, d'une vie éternelle à venir.

Offa avait entendu parler de Freyr ; c'était l'un des dieux des Anglo-Saxons, jeune et beau, aimable et aimé par tous. L'évêque proclama avec ferveur, en employant des comparaisons propres à toucher l'esprit de ses hôtes : « Ce Freyr-là, venu pour l'humanité tout entière, ce jeune héros est Dieu tout-puissant lui-même. Il est Celui qui avec de l'eau nous lave de nos péchés, Celui qui purifie nos vies. » Ce Freyr-là, qu'ils appelaient le Christ, avait été sacrifié sur une croix.

Le prêcheur se mit soudain à crier : « Il a été mis en croix et Il est ressuscité ! Il s'est sacrifié Lui-même pour nos péchés, et nous a donné la vie éternelle ! » Mellitus connaissait son affaire, et ses paroles faisaient vibrer les cœurs dans l'assistance.

Pourquoi avait-on mis ce Freyr en croix ? Offa n'était pas tout à fait sûr d'avoir compris, mais le message contenu dans le sermon de l'évêque était clair : ce jeune dieu avait fait don de lui-même pour notre bien à tous. C'était étrange à croire, mais riche d'espoir en même temps. Pour la première fois de sa vie Offa songea que la destinée elle-même, la sombre et mystérieuse *wyrd*, pouvait être en réalité quelque chose de positif et de rassurant. A cette idée, il fut envahi d'un sentiment de joie si profond qu'il en frissonna.

Maintenant — et c'était le message que l'évêque voulait apporter aujourd'hui à l'assistance —, si le Christ avait accepté de renoncer à sa vie pour l'amour des hommes, ceux-ci ne devaient-ils pas être prêts, bien davantage encore, à faire don de leurs propres vies ? A se réconcilier les uns avec les autres afin d'être dignes de Lui ? « En vous, il n'y a pas de place pour la méchanceté, l'entêtement, la mauvaise volonté, disait Mellitus. Si vous vous êtes disputés avec votre voisin, votre serviteur ou votre femme, allez maintenant réparer votre faute. Pardonnez-lui et demandez-lui qu'il vous pardonne lui aussi. Ne pensez jamais à vous-mêmes. Soyez toujours prêts à sacrifier vos propres désirs. Car le Seigneur nous l'a promis, Il nous protégera, Il nous guidera même dans les ténèbres de la mort, mais seulement tant que nous croirons en Son saint Nom. » Il termina son sermon par une vibrante invocation, à la manière des poètes anglo-saxons chez lesquels il trouvait son inspiration :

On a conduit le Seigneur en haut de la colline ;
Sous la voûte du ciel on L'a hissé sur la Croix.
Le monde a versé des larmes sur ce vaillant guerrier,
Une grande ombre a dissimulé le soleil.
Pour nous Il a souffert, Il a donné son sang,
Roi de la création, Christ mort sur la Croix.

La petite foule garda le silence, captivée ; puis un murmure parcourut ses rangs, ténu comme un soupir. Les paroles du prêtre romain les avaient émus.

Offa ouvrait de grands yeux, encore sous le coup de la surprise. Ces paroles sur la réconciliation et le pardon — est-ce qu'elles ne s'adressaient pas à Cerdic et à sa femme ? Quant au reste, la promesse du Paradis ou la nécessité du sacrifice, il semblait au jeune homme, à sa grande surprise, que dans une certaine mesure — qu'il était incapable de définir — elles le concernaient lui personnellement. Rouge d'émotion, encore à moitié tremblant, il ne bougea pas d'un pouce jusqu'à la fin du service.

L'évêque prit ensuite la tête du troupeau de ses fidèles, pour aller les baptiser. Non pas cette fois-ci dans la Fleet, en dehors des murs, mais dans le petit ruisseau qui coulait entre les deux collines. Tous étaient invités à le suivre ; sous le regard sévère de Cerdic, sa maisonnée entière emboîta le pas de l'évêque. Leur tour venu, Offa, Ricola et même les esclaves du Nord, visiblement perplexes, descendirent dans l'eau, sous le regard soulagé de ceux qui avaient déjà subi l'épreuve, brève mais humide. Quant à Cerdic, à ses fils et aux nobles du Kent, qui étaient déjà chrétiens, le sentiment du devoir accompli se lisait sur leur visage.

La scène allait prendre fin quand Cerdic tourna les yeux vers Elfgiva.

A la vérité, celle-ci n'était pas encore sûre de ce qu'elle voulait faire. Comme Offa, et en dépit de toutes ses préventions, les paroles de l'évêque avaient trouvé le chemin de son cœur et l'avaient profondément émue. Existait-il vraiment un plus grand espoir que celui offert par les dieux rudes et sévères de la tradition nordique ? La main du destin, qui se cachait derrière le ciel, pouvait-elle véritablement dispenser celui-ci avec amour et consoler les âmes qui souffraient, comme celle d'Elfgiva ? Si elle avait été seule à ce moment-là, si Cerdic ne l'avait pas regardée, elle serait peut-être descendue dans le ruisseau avec les autres. Mais elle sentait ces yeux fixés sur elle, toujours aussi durs et inflexibles. Elle hésita. Tout ce qu'il attend, songea-t-elle, c'est que je capitule devant lui.

L'évêque Mellitus remontait de la berge et marchait droit sur elle. Il lui jeta un coup d'œil et devina son hésitation ; se tournant vers son mari, il vit son visage sévère et se souvint de la pénible scène à laquelle il avait assisté quelques semaines plus tôt. Il s'approcha calmement d'elle et fit signe à Cerdic de les rejoindre.

« Tu veux recevoir le baptême ? demanda-t-il à Elfgiva d'une voix prévenante.

— Mon mari le veut. »

Mellitus sourit, puis déclara en se tournant vers Cerdic : « Je baptiserai ta femme, mon ami, quand elle viendra me trouver avec un cœur plein de bon vouloir. Quand elle désirera être baptisée, pas avant. J'espère qu'elle le désirera. » Il ajouta, d'une voix plus ferme : « Tu dois donner l'exemple de la charité chrétienne, Cerdic. Alors elle t'obéira de son plein gré. »

Puis il retourna à ses tâches, espérant avoir amélioré les relations entre les deux époux.

Cerdic pria Mellitus de rester une journée encore à Lundenwic ; mais, bien que ce fût le jour du Seigneur, l'évêque était impatient de poursuivre son voyage. « Il y a des frères qui nous attendent dans l'Essex ce soir, expliqua-t-il. D'ici, cela représente une bonne chevauchée. » Peu après il traversait la cité avec son escorte, en direction de l'est. Pendant ce temps, Cerdic et les siens regagnaient lentement Lundenwic. Offa fermait la marche.

La température remonta de quelques degrés à l'approche du soir. Les paroles émouvantes de l'évêque avaient instillé une certaine paix dans les cœurs. Il semblait à Offa que les hommes et les femmes qu'il croisait entre les maisons avaient sur le visage une sorte de douceur qui n'y était pas auparavant. Il espérait bien que le maître, confiant et rasséréné, allait se réconcilier le soir même avec son épouse. Cerdic avait été aussi touché que les autres, il en était sûr. Et pourtant, plus tard dans la soirée, Offa le vit sortir de la maison pour aller dormir dans une des huttes, laissant Elfgiva seule une fois de plus.

Une fois qu'il fut au lit, avec Ricola reposant dans ses bras, le jeune homme murmura (les événements de la journée étaient toujours aussi présents dans son cœur) : « J'étais en train de penser au maître et à la maîtresse.

— Oui ?

— Nous lui devons tant... Elle nous a sauvé la vie.

— C'est vrai.

— C'est une honte, ce qui lui arrive. Si seulement nous pouvions faire quelque chose pour elle...

— Dans le genre de ce que je t'ai dit l'autre jour ? C'est à ça que tu penses ?

— Je ne sais pas. Quelque chose. »

Son mari s'endormit mais Ricola resta longtemps éveillée, méditant profondément.

La principale des festivités de Yule tombait la veille du jour le plus court de l'année. C'était le surlendemain du départ de Mellitus.

La nuit était alors deux fois plus longue que le jour ; combien les heures diurnes paraissaient courtes ! De gros nuages arrivèrent de l'est et firent peser une chape grise sur le fleuve. Les hommes installaient des tables à tréteaux dans le hall et réalimentaient le feu ; tous s'accordèrent à dire qu'une tempête allait se lever avant la fin des festivités. De fait, avant midi le ciel avait pris à l'ouest cette teinte orange qui annonce la neige.

Ricola avait fort à faire. Elle cuisait le pain, préparait des gâteaux secs, prêtait la main aux deux femmes qui faisaient tourner les grands cuissots de gibier sur le feu. La viande grésillait doucement, la fumée montait en volutes vers le toit de chaume, une odeur délicieuse se répandait dans la salle. Mais, tout en accomplissant ces tâches, la jeune esclave ne cessait de réfléchir à son plan. Et plus elle y réfléchissait, plus elle se disait qu'il allait marcher. Qu'Offa y croie ou non.

Le plan que Ricola avait imaginé, et qui horrifiait tant son mari, reposait sur deux hypothèses simples. D'abord, qu'elle connaissait les hommes ; ensuite, qu'elle comprenait sa maîtresse.

« C'est dans sa tête que ça se passe, avait-elle expliqué à Offa. Je l'ai observée. Elle n'arrive pas à se décider. Elle était persuadée qu'elle l'avait perdu, maintenant elle sait qu'elle peut le récupérer. Elle a envie de céder, mais en même temps elle a tellement peur de le perdre de nouveau qu'elle ne parvient pas à faire le premier pas. Et lui ne veut pas non plus parce que... » Elle se creusa la cervelle pour trouver la raison de l'attitude de Cerdic, tâcha de passer toutes les possibilités en revue et finit par trancher : « Parce que c'est un homme. » Puis elle sourit : « Et elle, tu sais à quoi elle ressemble ? » Elle se leva et mima remarquablement bien une femme qui oscille au bord d'une rivière, incapable de décider si elle va se jeter à l'eau ou non. « Voilà comment elle est. Tout près de faire le saut. Elle a juste besoin d'une petite poussée dans le dos. » De nouveau elle lui sourit. « Juste une petite poussée, Offa, c'est tout.

— Et qui va la lui donner ?

— Nous. » Elle l'avait dit sèchement, presque sévèrement.

Il était temps d'agir, elle le sentait.

« Je la comprends, affirma-t-elle à nouveau. Je sais ce qu'elle ressent. Et avec lui, ce sera facile.

— Mais si ça va trop loin... Si ça ne marche pas... » C'était terrible de penser à ce qui pourrait arriver alors.

« Ça marchera. Fais seulement comme je t'ai dit. »

Une douzaine d'hôtes avaient été conviés au festin. Ils ne s'étaient pas fait prier : la table de Cerdic était toujours généreusement garnie.

Le hall était brillamment illuminé et la longue tablée bien remplie. Les esclaves de la maison eux-mêmes — Offa, Ricola et quatre autres — avaient été invités au banquet. La bière colorait joyeusement les visages ; l'un des bouviers venait de régaler la compagnie d'une chanson. Tandis que le jour déclinait, de légers flocons avaient commencé à tomber, habillant les toits de chaume d'une légère couche poudreuse qui se dissolvait aussitôt. Le ciel était toujours orange.

Offa se sentait nerveux ; les paroles de Ricola ne cessaient de résonner à ses oreilles : « Ça n'a rien de grave, idiot... Il me fait un peu de l'œil ces derniers temps, et après ? Mais nous devons en profiter. Tu vois ce que je veux dire ? »

Sa femme avait-elle raison ? A lui les risques de l'entreprise semblaient terribles, mais Ricola l'avait rassuré. « Elle m'aime bien. Elle ne se fâchera pas contre moi. Si nous ne faisons rien et que le maître la renvoie, qu'est-ce qui nous arrivera ? Nous devrons partir avec elle, ou pire encore. »

Jusqu'au jour du sermon, il avait refusé d'y penser ; aujourd'hui encore, il était incapable de dire ce qui l'avait fait changer d'avis. L'idée qu'ils pouvaient bien courir un risque, pour aider cette femme à qui ils devaient tous deux la vie ? Ou peut-être un sentiment plus général, inspiré par le prêche de l'évêque, le sentiment que grâce à ce nouveau dieu les choses allaient désormais bien se passer. Croire seulement en Son Nom, avait dit Mellitus. Offa y croyait, il en était sûr. Ce Freyr les protégerait.

Pourtant les interrogations et les doutes revenaient toujours à la charge ; sans cesse il devait les chasser de son esprit. Peu à peu, avec l'échauffement du repas, le bien-être que la bière épaisse et corsée diffusait en lui, il commença à se dire qu'après tout Ricola devait avoir raison. Ce n'était qu'un moment à passer ; si cela réussissait, tant mieux ; sinon, cela n'aurait rien de tragique. Il tendit la main vers le gobelet de bois posé devant lui et reprit une gorgée de bière.

Le maître mangeait et buvait bien lui aussi ; il avait l'air vigilant, mais satisfait. Elfgiva, étincelante avec son fin torque d'or autour du cou, ne le cédait en rien, aux yeux d'Offa, aux autres femmes plus jeunes qui l'entouraient. Elle offrait de la bière et de l'hydromel à ses invités avec des gestes pleins de grâce. Ceux-ci la remerciaient et levaient leurs gobelets vers leur hôte, lui jurant amitié et loyauté. Tout paraissait en ordre.

Offa vit plus d'une fois le maître, les joues empourprées par la bonne chère, jeter des regards vers son épouse. Oh ! faites qu'elle le regarde elle aussi, priait-il silencieusement. Un simple battement de paupières, une ombre de soumission dans l'œil, il n'en fallait pas plus. Si elle voulait bien céder dès ce soir, la manœuvre de Ricola serait dès lors inutile et ils pourraient tous aller se coucher heureux.

Mais, si Elfgiva remplissait parfaitement son rôle de maîtresse de maison, elle ne paraissait même pas remarquer la présence de son mari, et le visage de celui-ci s'assombrissait au fur et à mesure. Les autres hommes de l'assistance passeraient la nuit auprès de leurs femmes ; pas le négociant, semblait-il. Offa soupira. Le plan allait donc bien être mis à exécution. Il se sentait gagné par une sorte de prostration à mesure que les minutes passaient.

Le festin touchait à sa fin quand il vit Ricola se lever de table.

Les gens allaient et venaient dans la salle. Certains, qui avaient bu trop de bière, sortaient en hâte quelques instants, avant de revenir s'attabler lourdement ; un ou deux couples, échauffés et rougeauds, avaient déjà déserté le banquet. Quand Cerdic sortit à son tour, Ricola lui emboîta le pas, puis Offa les imita. Personne n'avait remarqué leur manège à tous trois.

Quelques instants plus tard, en se retournant, Cerdic aperçut la jeune esclave, seule devant l'entrée de sa hutte. Une faible lumière provenant de l'intérieur soulignait les contours de sa silhouette dans la pénombre ; elle jouait aussi dans ses courts cheveux blonds, auxquels elle donnait un étrange éclat. Jolie petite chose, pensa le négociant. Le châle de laine jeté sur ses épaules avait légèrement glissé, dévoilant le haut de ses seins. Ils étaient petits, mais ronds et fermes. Elle ne semblait pas remarquer la fraîcheur ambiante.

« Ton mari n'est pas avec toi ? » lui demanda Cerdic.

Elle lui sourit, puis fit un geste de la tête vers l'intérieur de la hutte.

« Il dort. Demain il aura dessoûlé.

— Alors, toute seule ce soir ? » lança-t-il avec un clin d'œil.

Elle lui rendit son regard et s'attarda sur lui une fraction de seconde avant de répondre : « On dirait, oui. »

Il s'apprêtait à se retourner pour poursuivre son chemin, mais ne le fit pas ; à la place, il posa sur la jeune esclave un regard lourd de sens. Une soudaine chaleur se diffusa dans ses membres. Les autres hommes dormiraient cette nuit avec leurs femmes, tandis que le maître de maison, lui, dormirait seul.

Pourquoi le devrait-il ?

Le plan de Ricola était assez simple. Assez grossier, même. Mais pas entièrement stupide.

« Tout ce que nous avons à faire, avait-elle expliqué à Offa, c'est nous arranger pour qu'elle le voie me suivre. Rien de plus.

— Mais alors c'est à toi qu'elle en voudra !

— Non. (Elle avait secoué la tête.) Pas si nous nous débrouillons bien. Il a envie d'une femme et elle le sait. Moi je prends l'air effrayé, parce qu'il est le maître et que je ne sais pas quoi faire. Tu vas la chercher et tu dis que c'est moi qui t'envoie, que je l'appelle à l'aide.

— Et elle sera furieuse contre lui...

— Peut-être. Mais il est toujours son mari, et elle n'acceptera pas l'idée qu'il puisse coucher à quelques mètres d'elle avec sa propre esclave. Elle voudra y couper court tout de suite, et pour une femme il n'y a qu'une seule façon d'y parvenir.

— Donc tu crois qu'elle viendra le chercher pour le conduire directement dans son lit à elle ?

— Elle sait qu'elle peut le faire revenir si elle veut. Cette fois-ci, il faudra qu'elle choisisse : le reprendre ou le laisser séduire une autre femme. Agir tout de suite, ou bien ne rien faire. Elle est sa femme, et si elle est rien qu'à moitié *une* femme, elle agira. Après tout, ajouta-t-elle fort judicieusement, si elle était vraiment prête à le laisser partir, elle ne serait déjà plus ici. » Tel était le plan de Ricola — la légère poussée dans le dos dont Elfgiva avait besoin.

Depuis la grange où il s'était caché, Offa écarquilla les yeux pour percer les ténèbres de la cour. Les deux n'étaient qu'à une vingtaine de pas de lui ; il les apercevait dans la faible lumière qui sortait de la hutte. Ricola tenait bien son rôle ; à une parole que le maître venait de prononcer, elle rit en rejetant légèrement la tête en arrière. Elle était aimable avec lui, chaleureuse comme le voulait son tempérament, séduisante sans pour autant l'aguicher. Du coin de l'œil, elle vit Offa se glisser à l'intérieur de la maison.

Ce qu'il avait à faire était simple, mais il fallait qu'il se dépêche.

Il faisait chaud dans la grande salle. L'air était lourd de fumée et commença par lui piquer les yeux ; le feu et les lampes qui brûlaient teintaient la scène de lueurs chaudes. Ce fut moins facile qu'il ne l'avait cru d'arriver jusqu'à l'endroit où Elfgiva était assise. La table occupait tout le centre de la pièce ; tandis qu'il la contournait, il fut bloqué par les corps de deux bouviers qui s'étaient écroulés ensemble et qui ronflaient paisiblement, appuyés l'un contre l'autre. Il dut se résoudre à les escalader, ce qu'ils ne parurent même pas remarquer.

Enfin il parvint à la hauteur de sa maîtresse, avec dans sa tête, déjà toute prête, la phrase que Ricola lui avait fait répéter avec soin. Il se pencha vers elle.

Mais Elfgiva était en grande conversation avec un fermier âgé qui résidait plus haut sur le fleuve. De la main, elle fit signe à l'esclave de reculer ; puis, voyant qu'il insistait, de patienter. Elle continua à prêter poliment l'oreille aux propos du vieux fermier, qui lui contait une histoire interminable. Interminable et fort ennuyeuse, mais elle ne voulait pas lui manquer de respect en l'interrompant. L'aïeul de son interlocuteur avait tué pas moins de trois hommes, oui, trois, au cours d'une même bataille, et il y avait parmi eux un très important chef du Nord. Elfgiva se tourna de nouveau vers l'esclave et vit qu'il avait l'air fort agité.

Le message que Ricola avait fait répéter à Offa était des plus simples : « C'est ma femme qui m'envoie, madame. Elle a besoin de votre aide. Elle ne veut pas offenser le maître. » Un loyal esclave, placé dans une situation embarrassante. Ricola dirait le reste elle-même.

Mais le temps passait et le fermier semblait bien décidé à raconter aussi à Elfgiva l'histoire du frère de son aïeul. Offa s'angoissait, devenait nerveux. Quand sa maîtresse se tourna enfin vers lui, avec une pointe d'agacement, il s'embrouilla dans ses explications.

« Ma femme...

— Je n'ai pas besoin d'elle ce soir, répondit Elfgiva en faisant mine de se retourner.

— Non, madame. Ma femme...

— Pas maintenant ! le coupa-t-elle impatiemment.

— Ma femme... », essaya-t-il encore une fois, désespérément ; puis, oubliant tout à fait son texte : « Ma femme et votre mari... », et il fit des gestes en direction de la porte.

Elle fronça les sourcils. « De quoi est-ce que tu me parles ? » lui demanda-t-elle en adressant un rapide sourire d'excuse au fermier.

« Ils... ils vous envoient chercher », bredouilla-t-il, totalement désemparé. Elfgiva haussa les épaules, mais finit néanmoins par se lever pour se diriger vers la porte.

Qu'est-ce qui retardait Offa ? Ricola avait tout calculé à la minute près. Elle voulait mener le négociant juste au point où il en était actuellement, et pas plus loin ; mais le temps passait et Cerdic s'échauffait. Elle ne savait plus très bien quoi faire. Plusieurs minutes passèrent encore ; le négociant avait maintenant la main sur son épaule. Devait-elle le repousser tout de suite, et le mettre en colère, ou bien...

Les deux autres n'arrivaient toujours pas, et le sourire allait s'élargissant sur le visage de Cerdic. En se mordant les lèvres, Ricola essaya d'écarter doucement la main du négociant, qui avait glissé vers sa poitrine. Pas encore, avait-elle envie de crier, pas encore...

Et voilà qu'il se penchait pour l'embrasser.

Dès qu'Elfgiva fut passée sous la porte basse et eut pris pied dans la cour obscure, elle distingua nettement les silhouettes de son mari et de la jeune esclave à l'entrée de la petite hutte. Il l'embrassait et elle ne montrait pas le moindre signe de résistance. Son châle avait glissé sur le sol à ses pieds. Puis leurs deux têtes se séparèrent, ils tournèrent les yeux dans sa direction et l'aperçurent ; Cerdic sourit, d'un sourire mi-coupable, mi-triomphant, tandis que la fille faisait ridiculement mine de le repousser et regardait Elfgiva d'un œil craintif.

A ce moment-là un souvenir, un seul, se présenta à l'esprit de sa maîtresse. Que lui avait dit déjà cette petite esclave de si impertinent, l'autre jour ? « Si vous ne voulez plus de lui, d'autres femmes l'auront » ? Quelque chose dans ce goût-là. Elle avait dû penser qu'elle pouvait en profiter elle-même.

Elfgiva haussa les épaules. Elle souffrait, bien sûr. Elle était furieuse, aussi. Mais si son mari décidait de s'amuser avec une esclave, ce n'était même pas digne qu'elle s'y arrête, songea-t-elle avec amertume et mépris. Sans plus prêter attention à Offa ni au couple, elle fit demi-tour et retourna vers le festin. Le jeune esclave la suivait et tâchait de lui dire quelque chose, mais elle ne l'écoutait même pas.

Car il était une chose que la malheureuse Ricola n'avait pas comprise : sa maîtresse avait pu se confier à elle dans son désarroi, elle n'en resterait pas moins toujours une esclave pour la Saxonne fière de ses origines et de sa haute naissance. Une esclave, pas une rivale. A peine une gêneuse. Un objet avec lequel son mari jouerait pendant la nuit s'il n'avait rien de mieux à faire, et qu'il rejetterait quand il n'en voudrait plus. Même dans les circonstances présentes, Elfgiva pouvait l'effacer à volonté de son esprit.

C'était exactement ce qu'elle était en train de faire. Après avoir repris place à table, au côté de l'intarissable fermier, elle congédia purement et simplement Offa d'un geste de la main.

Le temps que le jeune esclave ressorte de la maison, Cerdic et Ricola avaient disparu.

La nuit fut longue pour Offa. Le vent était retombé. Au début il resta assis près de la porte de sa hutte, regardant les convives sortir de la salle d'en face et traverser la cour en titubant. De temps à autre un murmure étouffé perçait la nuit, ou bien encore un rire aviné, venant on ne savait d'où. Le négociant et Ricola ?

La jeune femme ne pouvait rien faire, il le réalisa. Même si elle tentait de résister, le négociant était bien plus grand et plus fort qu'elle. En tant qu'esclaves, Offa et elle n'avaient guère de droits. L'ironie de l'histoire le frappa. Comme homme libre, dans son village, il aurait pu affronter le doyen, quand la même situation s'était déjà produite ; il aurait pu au moins lui demander un dédommagement. Mais il avait perdu la tête, et la liberté par voie de conséquence ; il s'était lui-même exposé à ce que la même affaire se reproduise, et qu'il se retrouve sans aucun recours cette fois-ci. Il gémit de détresse en pensant à sa propre stupidité.

Quelque temps, il espéra que Ricola parviendrait à échapper au négociant. Cerdic serait peut-être trop ivre, ou bien elle réussirait d'une manière ou d'une autre à lui glisser entre les mains. Ce n'était qu'un mince espoir, qui s'estompait avec les minutes qui passaient.

Comme un insensé, il eut soudain envie de partir à leur recherche. Où étaient-ils ? Dans la grange, peut-être ? Ou dans une des huttes ?

« De toute façon, qu'est-ce que je ferais ? murmura-t-il. Lui enfoncer une épingle dans la peau, à lui aussi ? » Il secoua amèrement la tête en pensant à ce que la situation avait de désespéré, à sa folie d'avoir laissé Ricola s'engager dans l'entreprise. « Je ne l'aurais jamais fait s'il n'y avait pas eu ce prêcheur, grommela-t-il. Son nouveau dieu m'a vraiment bien aidé, merci ! » Ce Freyr, sur sa croix, semblait être un bien pauvre dieu, en vérité.

Couchée dans les bras de Cerdic, Ricola méditait profondément. Ses pensées étaient d'abord allées vers son mari, puis vers Elfgiva. Qu'est-ce que cette soirée allait signifier pour eux tous ? Et pour elle-même ? Pour sa vie de couple, sa situation vis-à-vis de sa maîtresse, ses futures relations avec le négociant ? Elle effleura du doigt la poitrine de Cerdic, courbant les poils blonds au passage. Elle aurait voulu s'en aller, mais il n'était qu'à moitié endormi et la retenait de son robuste bras passé autour de ses épaules. A l'approche du matin, il s'éveilla de nouveau.

Ricola était au moins sûre d'une chose : elle portait une petite vie dans son ventre — une petite vie qui n'appartenait qu'à elle et à Offa, et qu'elle devait protéger quoi qu'il arrive.

Elle aurait été fort étonnée si elle avait pu voir sa maîtresse, dans la grisaille de l'aube hivernale.

Elfgiva ne dormait pas. Elle n'avait pu trouver le sommeil, se tournant et se retournant dans son lit. Les événements de la soirée n'avaient cessé de repasser devant ses yeux, et sa colère avait vite fait place à un autre genre d'émotion, plus simple. Des regrets. Pourquoi ne l'ai-je pas arrêté ? se demandait-elle. Puis, comme si elle s'adressait à une autre : Il était à toi et tu l'as chassé.

Elle était blessée et en même temps se sentait coupable vis-à-vis de son mari. Elle savait ce qu'il attendait d'elle, mais elle avait refusé de le satisfaire. Et pourquoi ? Par loyauté envers ses dieux. Par peur de se soumettre. Par orgueil. Mais cet orgueil, lui avait-il apporté le moindre bonheur ? La soumission était-elle pire que tout ce gâchis qui en était résulté ? Quant aux dieux de ses ancêtres et à la loyauté qu'elle leur devait, Woden, Thunor et Tiw lui avaient-ils été d'un quelconque secours durant cette nuit d'hiver ? Il semblait bien que non.

Aux premières lueurs de l'aube, elle jeta une épaisse fourrure sur ses épaules et descendit jusqu'au fleuve. Il coulait en silence ; dans la pénombre, il était noir comme de l'encre. Recroquevillée sur elle-même, elle s'assit au bord du quai et laissa son regard errer à la surface de l'eau.

Qu'aurait fait son père dans ce genre de situation ? Il serait monté dans son bateau pour faire voile vers quelque rivage éloigné, confiant dans ses dieux et défiant la mer. Mais son père était un homme. Le jour se levait et, pour la première fois, le vieux marin paraissait lointain à Elfgiva, incongru, d'un autre âge. Et pourtant son âme si forte aurait peut-être approuvé sa fille quand, alors que l'eau virait maintenant au gris, elle se leva, redressa les épaules et se dirigea vers les maisons d'un pas rapide.

Ricola avait eu raison, tout compte fait. Sa ruse avait marché — même si c'était à retardement. Elfgiva avait décidé de reprendre son mariage en main.

Ce matin-là, Cerdic fut profondément heureux et soulagé quand il entendit sa femme lui annoncer d'une voix ferme : « Je veux suivre ton nouveau dieu. Dis au prêtre qu'il peut venir me baptiser. » A quoi elle ajouta toutefois : « L'esclave s'en ira. »

Il sourit et l'embrassa.

« L'esclave s'en ira », répéta-t-elle.

Il haussa les épaules, comme si cela n'avait aucune importance à ses yeux. « Tout ce que tu voudras, dit-il. Après tout, c'est à toi qu'elle appartient. »

Cette longue nuit d'hiver avait abrité un autre événement, encore inconnu d'eux tous.

Un visiteur était arrivé.

Alors que l'aube montait au-dessus du long estuaire de la Tamise, un drakkar solitaire s'était laissé porter le long du fleuve par la marée montante. Maintenant, dans le petit jour humide et terne, il abordait la grande courbe précédant le comptoir.

Quand son vaisseau court et puissant fut en vue du quai, le petit homme qui se tenait debout à la proue jeta des regards impatients sur Lundenwic. Il avait dans les quarante ans, le visage rude, une barbe poivre et sel taillée très court. De tous les commerçants frisons, il était le seul à risquer le voyage jusqu'à l'île en cette période froide et dangereuse de l'année. Il le faisait parce qu'il était intelligent, intrépide, et qu'il aimait l'argent. Il obtenait sa marchandise à bas prix, car il évitait aux vendeurs d'avoir à la loger et à la nourrir durant les mois d'hiver ; et il était à peu près le seul à apporter aux insulaires certains biens dont ils pouvaient avoir un besoin urgent avant l'arrivée du printemps. Il faisait le commerce d'êtres humains et il était connu sur toutes les côtes de l'Europe du Nord : « Ce rusé Frison est le seul qui puisse vous fournir des esclaves en hiver. » Son bateau accosta à midi.

Cerdic sourit en le voyant. « Je pensais à lui, affirma-t-il à son contremaître.

— Disons que vous comptiez sur lui, répondit finement l'autre.

— Exact... » Quand Cerdic avait négocié l'achat des esclaves nordiques, il avait fait croire au marchand qu'il devrait supporter les frais de leur entretien durant tout l'hiver ; aussi les avait-il obtenus à un meilleur prix. « Je n'ai jamais dit que je ne pourrais pas les vendre avant le printemps, rappela-t-il à son contremaître. J'ai seulement dit que le commerce des esclaves commençait *généralement* au printemps.

— Bien sûr... »

Cerdic ne mentait jamais.

Le Frison examina les esclaves au cours de l'après-midi et accepta d'en donner un bon prix. Il fut agréablement surpris quand, en signe d'amitié, Cerdic lui en offrit deux de plus — un homme et une femme — à un prix réduit. « Je veux juste me débarrasser d'eux, lui expliqua le négociant. Mais tu n'auras aucun problème avec eux, ne t'inquiète pas.

— Je les prends », dit le Frison. Il les enchaîna avec les autres.

Ils firent quand même des problèmes. Au coucher du soleil, la fille commença à crier qu'elle voulait parler à sa maîtresse. Mais sa maîtresse ne semblait nullement désireuse de l'écouter. Aussi le marchand lui donna-t-il un rapide coup de fouet, pour la faire taire, avant d'aller dîner avec Cerdic dans la grande salle. Il partirait le lendemain matin, avec la marée descendante.

Dans le calendrier anglo-saxon, la nuit la plus longue de l'année était connue sous le nom de Modranecht, la nuit des mères.

Cerdic et sa femme n'avaient plus dormi ensemble depuis bien longtemps. Quand ils se retrouvèrent dans le même lit, Cerdic eut l'impression de revenir au pays. Quant à Elfgiva, il lui sembla que, du tréfonds de cette longue nuit, quelque chose se rouvrait à l'intérieur d'elle-même. Quelque chose de merveilleux et de mystérieux à la fois.

Quand elle se réveilla, le lendemain matin, un sourire calme et joyeux flottait sur ses lèvres.

Le bateau était prêt au départ.

C'était un drakkar viking, avec sa longue quille qui se prolongeait au-dessus de l'eau à la proue et à la poupe, très semblable à celui qu'Offa avait aidé à décharger au cours de l'automne. Sa partie centrale était assez large pour permettre aux esclaves de s'asseoir et d'étendre leurs jambes. On les enchaînait aux chevilles pour éviter tout problème.

Ricola continuait à se creuser désespérément la cervelle. Toute la nuit, couchée dans le quartier des esclaves, elle avait espéré une mesure de grâce. Elle avait essayé de parler à Elfgiva ; il lui aurait suffi de quelques minutes, elle en était sûre, pour tout expliquer à sa maîtresse. Mais depuis que les hommes de Cerdic étaient venus s'emparer d'elle et d'Offa, le matin précédent, Elfgiva avait complètement disparu. Aux yeux du négociant et de sa femme, les deux jeunes serviteurs semblaient avoir soudain cessé d'exister. Quand Ricola avait protesté, crié pour essayer d'attirer l'attention des passants à l'extérieur du quartier des esclaves, le Frison l'avait cruellement frappée. Par la suite, personne n'était venu leur rendre visite. Personne.

Il y aurait pourtant bien quelqu'un pour la prendre en pitié ! Au moins Wistan, si sa mère ne faisait rien... Puis elle songea que l'isolement où on les tenait ne devait pas être fortuit. Elfgiva ou son mari, l'un ou l'autre, avait donné des ordres : personne ne devait les approcher. Aucun contact avec les deux esclaves. Ils ne faisaient déjà plus partie de la maisonnée.

Et pourtant, si seulement Elfgiva connaissait son secret... Si seulement elle pouvait faire savoir à sa maîtresse qu'elle était enceinte... Entre femmes, celle-ci ne pourrait s'empêcher de compatir au sort de Ricola.

L'aube finit par poindre. Elle crut entendre des gens remuer aux alentours et reprit un peu espoir. Dès lors, elle n'eut plus qu'une idée en tête : d'une manière ou d'une autre, elle devait faire passer son message à Elfgiva, sur le trajet menant du quartier des esclaves au bateau. Peu importait les coups que le Frison ferait pleuvoir sur elle, avec son cruel fouet ; il fallait qu'elle parle à sa maîtresse.

Une heure passa. Un rai de lumière filtrait désormais sous la porte. Puis celle-ci s'ouvrit et laissa passage au Frison ; sans un mot, il déposa sur le sol de l'eau et des galettes d'orge, avant de ressortir. Il réapparut quelque temps après, accompagné de quatre de ses huit marins, et emmena tous les esclaves dehors, dans le matin gris et froid.

Comme l'avait pensé Ricola, plusieurs personnes étaient réunies sur la berge pour assister au départ du bateau. Elle vit là les bouviers, le contremaître, les femmes aux côtés desquelles elle travaillait chaque jour. Mais personne de la famille de Cerdic. Pas un seul de ses quatre enfants. S'ils regardaient la scène, ils le faisaient à distance.

En approchant du quai, elle passa près de l'une des femmes. La cuisinière.

« Je suis enceinte, chuchota-t-elle. Va le dire à dame Elfgiva. Vite !

— Toi là-bas, tais-toi ! » lui cria sèchement le Frison.

Ricola lança un regard implorant à la femme.

« Tu ne comprends pas ? siffla-t-elle entre ses dents. Je suis enceinte ! »

Une seconde plus tard, une douleur fulgurante lui déchira le dos, puis la main du Frison s'abattit sur sa nuque et la poussa sans ménagement en avant. En tordant douloureusement la tête, elle réussit à lancer un dernier regard à la cuisinière. La large figure saxonne de la femme était pâle, un peu anxieuse peut-être — mais elle ne bougea pas.

Quelque chose attira l'attention du Frison ; il lâcha la nuque de l'esclave et partit vers l'avant de la colonne. Ricola passait maintenant devant le contremaître.

« Je suis enceinte, lui lança-t-elle à lui aussi. Est-ce que vous pouvez juste aller le dire à la maîtresse ? Je suis enceinte ! »

Il la regarda sans ciller, comme il aurait regardé du bétail. Le fouet siffla de nouveau ; une fois, deux fois, il s'abattit sur son dos, lui arrachant des cris de douleur.

Soudain elle perdit tout contrôle d'elle-même ; elle n'avait plus rien à perdre, plus de dignité à préserver. La souffrance ne comptait plus. « Je suis enceinte ! s'écria-t-elle à pleins poumons. Dame Elfgiva ! Je suis enceinte ! Vous m'entendez ! Enceinte ! Je vais avoir un enfant ! »

Le quatrième coup de fouet claqua juste dans l'entaille faite par le premier, et l'ouvrit profondément. Pendant une seconde, la douleur fut si vive qu'elle faillit s'évanouir. Puis elle se sentit traînée jusqu'au bateau par une poigne robuste, tandis qu'elle continuait à bredouiller inutilement : « Un bébé... Je vais avoir un bébé... » Tout son corps était secoué de frissons et de tremblements, mais personne ne faisait un geste pour lui venir en aide.

Quelque cinq minutes passèrent. Elle était désormais assise dans le bateau et revenait lentement à elle. L'équipage chargeait les provisions à bord ; le Frison dirigeait ses hommes et ne prêtait même plus attention à Ricola, comme si la crise de tout à l'heure n'avait jamais eu lieu.

Elle avait pourtant crié si fort que son appel avait dû résonner dans tout le comptoir ; Elfgiva, ou au minimum quelqu'un de sa famille, l'avait sûrement entendu. Elle regarda les esclaves nordiques assis en face d'elle ; leurs visages étaient résignés, presque assoupis. Pour eux la situation était simple ; ils n'avaient plus aucun espoir. Une lointaine ferme franque les attendait, ou encore un port de la Méditerranée. Là-bas on les ferait travailler jusqu'à l'épuisement ; puis (à moins d'un miracle), une fois épuisés, on les ferait travailler plus dur encore. Enfin, quand ils auraient donné jusqu'à la dernière miette de leurs forces, ils auraient le droit de s'écrouler au sol et de mourir.

Mais une femme enceinte, qu'en faisait-on ? La laisseraient-ils avec son mari ? Probablement pas. Et son enfant ? Celui qui achèterait Ricola le laisserait peut-être vivre ; ou peut-être pas, et c'était même plus probable... mais à cela, elle ne pouvait même pas penser. Elle avait entendu dire qu'on noyait souvent les bébés des esclaves à la naissance. En quoi auraient-ils pu être utiles au maître ?

Elle contempla la haute proue recourbée du navire : on aurait dit une lame froide et barbare, prête à cingler les flots. Ou bien le bec de quelque sévère oiseau de proie. Elle tourna les yeux vers la berge, pour ne plus la regarder.

Lundenwic... Ce serait donc le dernier lieu où ses pieds auraient foulé le sol de Bretagne. Lundenwic : là, les Anglo-Saxons vendaient leurs fils et leurs filles. Triste, sinistre endroit. Elle le haïssait, comme tous ces visages si placides sur la berge en face d'elle.

« En tout cas, ça ne semble pas trop les perturber de nous voir nous en aller... »

Elle réalisa soudain que, dans son désarroi, elle n'avait plus adressé la parole à Offa depuis la veille au soir. Pauvre Offa, qui avait enfoncé pour elle une épingle dans la chair du doyen et qu'elle avait entraîné avec elle dans ce plan calamiteux... Offa, le père de son bébé qui allait sans doute mourir. Elle leva les yeux vers lui, mais ne dit rien.

Le Frison, après avoir pris congé de son hôte, était remonté sur le bateau. Les marins, à leur poste à l'avant et à l'arrière, étaient prêts à larguer les amarres. Les dés en étaient jetés. Ricola baissa la tête, vaincue, les yeux fixés sur le plancher de bois. Aussi ne vit-elle pas Elfgiva qui descendait vers le quai.

Elle avait entendu les cris.

Pourtant, ce n'était pas seulement l'appel de Ricola qui l'avait fait descendre jusqu'à la berge. C'était cela, mélangé à quelque chose de plus — ce quelque chose qui s'était passé entre elle et son époux, dans la maison de Cerdic, pendant la nuit des mères. Cette semence de joie, précieuse, encore ténue, déposée au cœur de la longue nuit d'hiver. Elfgiva s'était réveillée ce matin-là, s'était étirée dans son lit, avait senti le baiser de son mari sur ses lèvres, et, avant même qu'elle ait entendu les cris de la jeune esclave, cette chaleur en elle, neuve et secrète encore, lui avait fait prendre en pitié la malheureuse Ricola ainsi que son époux.

C'est pour cela qu'à leur grande surprise les deux jeunes esclaves devaient bientôt se retrouver dans l'enceinte du comptoir, debout face à leur maîtresse devant la maison principale.

Il n'y eut guère de propos échangés. Elfgiva ne dit que quelques mots. Eux tentèrent bien de s'expliquer, mais elle les fit taire tout de suite. Elle ne voulait rien entendre. « Vous avez beaucoup de chance de ne pas être sur le bateau des esclaves. Et ce n'est pas tout : je vais vous faire un bien plus grand cadeau encore. Je vous rends votre liberté. Allez où vous voulez — mais ne reparaissez jamais à Lundenwic. » Puis elle les congédia d'un geste sans réplique.

Peu après, en les voyant tous les deux sur le quai, Cerdic fut tenté de faire un cadeau à la fille, mais finalement il se ravisa.

La neige arriva au cours de l'après-midi. Fine mais régulière, elle ne tarda pas à recouvrir les berges du fleuve.

Ricola et son mari n'étaient pas partis bien loin. Offa avait construit une hutte rudimentaire derrière des buissons sur l'île appelée Thorney, à la hauteur du gué. Les conditions atmosphériques lui vinrent en aide. Il travailla rapidement et doubla sa hutte avec des murs de neige ; le soir venu, Ricola et lui purent se mettre au chaud dans une cahute, mi-cabane de branchages mi-igloo. Il fit du feu à l'entrée. Ils n'avaient pas grand-chose comme nourriture ; la cuisinière leur avait donné un pain d'orge et de la viande, reliefs du festin, qui leur dureraient deux ou trois jours au plus. Mais peu après le crépuscule, un cavalier s'approcha de leur petit campement, la tête recouverte d'un capuchon. Il descendit de cheval et, à la lueur du feu, ils reconnurent le visage ami du jeune Wistan.

« Tenez ! » dit-il avec un sourire, et il leur lança un objet pesant qu'il avait transporté à l'arrière de sa selle. C'était un cuissot de gibier. « Je reviendrai demain m'assurer que tout va bien », leur promit-il avant de repartir.

Et c'est ainsi que le jeune couple commença sa nouvelle vie, en pleine nature. « Nous allons laisser nos cheveux repousser, dit Offa en souriant à sa femme, et bientôt ce sera comme si nous n'avions jamais été esclaves. »

Du gras du gibier, Offa tira comme il le put de l'huile pour oindre les plaies que Ricola portait à la nuque et aux épaules. Elle grimaça la première fois qu'il les toucha, mais le laissa faire sans se plaindre.

Ils ne parlèrent jamais, ni ces jours-là ni plus tard, de la nuit qu'elle avait passée avec le marchand. Mais quand il lui demanda : « C'est vrai que tu es enceinte ? » et qu'elle hocha la tête, il sentit la joie l'inonder, et aussi le soulagement. L'intrusion du négociant dans leur vie n'avait plus guère d'importance, maintenant.

« Nous allons nous débrouiller quelques jours ici, dit-il. Ensuite je réfléchirai à l'avenir. » Le fleuve était long et sa vallée fertile. Il prendrait soin d'eux.

Une deuxième petite vie s'ébaucha au bord du fleuve, cet hiver-là. Au cours du second mois de la nouvelle année, Elfgiva eut la certitude qu'elle avait conçu.

« C'était au cours de Modranecht, j'en suis sûre », dit-elle à son époux, stupéfait et heureux. Elle eut aussi l'intuition — mais cela, elle ne le lui dit pas — que l'enfant serait une fille.

Elfgiva savait qu'il lui restait un devoir à accomplir. L'évêque Mellitus ne fut pas de retour avant le quatrième mois de l'année, au moment de la fête anglo-saxonne traditionnelle d'Eostre, qui célébrait l'arrivée du printemps. Il venait surveiller la construction de la petite cathédrale St Paul. Les travaux avaient rapidement avancé. Cerdic et les fermiers des environs avaient fourni des ouvriers ; sous la conduite des moines, grâce aux pierres et aux tuiles romaines qui jonchaient le site, les murs s'étaient édifiés. C'était un petit bâtiment rectangulaire, muni d'une courte abside circulaire à l'une des extrémités. Faute de mieux, et de compétences techniques, ses bâtisseurs firent le toit en bois. Mais telle quelle, l'église, proche du sommet de la colline occidentale, avait belle allure.

Ce fut donc à la veille d'Eostre qu'Elfgiva, sous les yeux de ses fils, fut conduite par son mari jusqu'à la Fleet. Là, elle s'agenouilla sur la berge et l'évêque Mellitus lui versa de l'eau sur le front, dans une version simplifiée du rite du baptême.

« Et puisque ton nom, Elfgiva, signifie "don des fées", commenta l'évêque en souriant, il faut donc que je te donne un autre nom de baptême. Dorénavant on t'appellera Godiva, ce qui veut dire "don de Dieu". »

Le même jour, il adressa un nouveau sermon aux gens de Lundenwic. Il leur expliqua plus en détail le message de la Passion du Christ, et comment, après la Crucifixion, ce merveilleux Freyr-là était ressuscité d'entre les morts. Il leur dit que la fête qui célébrait cet événement était la plus importante du calendrier chrétien, et qu'elle tombait toujours à cette époque-ci de l'année.

Voilà comment, dans les années qui suivirent, les Anglais en vinrent à donner à l'une des plus grandes fêtes chrétiennes le nom païen d'Easter[1].

La conversion des Anglo-Saxons au christianisme et le relèvement de l'antique cité romaine de Londinium — ou Lunden, comme l'appelaient les Saxons — connurent des retards et des interruptions.

Un peu plus d'une décennie après les événements évoqués, les rois du Kent et d'Essex étaient morts tous les deux. Leurs peuples se révoltèrent contre la nouvelle religion et les évêques en place furent forcés de fuir.

Mais une fois que l'Eglise romaine s'était établie quelque part, il n'était pas facile de l'en faire partir. Les évêques furent bientôt de retour. Il fallut une centaine d'années à de grands missionnaires comme Erkonwald pour explorer les forêts les plus reculées de l'île ; puis l'Eglise anglo-saxonne, illustrée par de belles figures de saints, devint l'un des flambeaux du monde chrétien.

Lundenwic pour sa part continua à croître, pour devenir un important port saxon. Il ne devait être supplanté que bien plus tard, à l'époque du

---

1. Nom anglais de Pâques. *(N.d.T.)*

roi Alfred, par la cité romaine ; après quoi on ne parlerait plus du vieux comptoir de commerce, à l'ouest de la ville, que comme le vieux port, *auld vic*, ou Aldwych. Mais, on l'a dit, cela n'arriva que bien plus tard. Pendant plusieurs générations après la mort de Cerdic, l'enceinte fortifiée de Londinium demeura un lieu isolé ; on n'y trouvait que quelques édifices religieux, et peut-être une modeste résidence royale.

En tout cas, il ne devait guère y avoir de maisons sur la colline ouest à l'époque où la fille de Godiva avait coutume, enfant, d'aller s'y promener. Mais elle n'oublia jamais le joyeux pêcheur, avec sa mèche de cheveux blancs sur le front. Une fois par mois environ elle le voyait traverser le fleuve dans son canoë, venant de la langue de terre qui faisait saillie devant la rive d'en face. Il avait une nuée d'enfants avec lui. Ensemble, ils allaient arpenter les ruines, marchant comme s'ils examinaient le sol.

C'étaient des gens fort discrets. Elle n'avait jamais pu découvrir ce qu'ils venaient chercher là.

4

Le Conquérant

1066

Le 6 janvier, fête de l'Epiphanie, en l'an de grâce 1066, les plus grands personnages du royaume anglo-saxon d'Angleterre étaient réunis sur la petite île de Thorney, juste à l'orée du port de Londres, pour une occasion exceptionnelle. Ils étaient tous là : Stigand, l'archevêque saxon de Canterbury ; les gens du Witan, le Conseil du roi ; les puissants bourgeois de Londres. Pendant deux semaines, ils avaient veillé le roi.

Pourtant le plus remarquable, en cette froide matinée d'hiver, était encore le site lui-même où ils étaient rassemblés.

Une modeste communauté de moines avait habité pendant plusieurs générations sur la petite île proche de l'antique gué. Leur église, dédiée à saint Pierre, était juste assez grande pour les accueillir, eux, plus une assistance réduite de fidèles. Aujourd'hui un nouvel édifice avait pris sa place au bord du fleuve, un édifice comme l'Angleterre n'en avait plus vu depuis l'époque romaine. Avec sa vaste enceinte fortifiée et son dessin en forme de croix, cette église de craie blanche éclipsait la vieille cathédrale St Paul elle-même, sur sa colline dans la cité voisine. Comme le monastère de Thorney se trouvait juste à l'ouest de Londres, on avait pris l'habitude de l'appeler le *West Minster* ; aussi donna-t-on tout naturellement au nouvel édifice le nom d'abbaye de Westminster.

Le matin de Noël, le roi Edouard, fragile derrière sa barbe blanche, avait fièrement regardé l'archevêque consacrer la nouvelle église. C'était l'œuvre de sa vie ; grâce à elle, il resterait dans l'histoire sous le nom d'Edouard le Confesseur. Aujourd'hui, douze jours plus tard, on avait fini de le veiller. Son œuvre terminée, le roi s'était éteint paisiblement, et on l'avait enterré ce matin même dans son abbaye. Au moment où ils ressortaient de l'église, les grands personnages qui avaient assisté à la cérémonie étaient conscients de ce que les yeux de toute la Chrétienté étaient braqués sur eux.

Depuis la cour pontificale à Rome jusqu'aux fjords scandinaves, personne n'ignorait que le roi d'Angleterre se mourait. Il n'avait pas d'enfant. Aussi, en ce moment même, des aventuriers se préparaient en Normandie, au Danemark et en Norvège, et toutes les cours d'Europe du Nord bourdonnaient d'une seule et même question : « Qui va ceindre la couronne anglaise ? »

Sous son capuchon, l'individu les observait en silence. Ils n'avaient pas remarqué sa présence.

Les deux hommes, engoncés dans leurs lourdes capes, se tenaient à l'extérieur de l'enceinte, à moitié cachés par l'ombre de la grande abbaye. On disait leur amitié indéfectible ; pourtant il n'en croyait rien. L'inimitié est durable, mais l'amitié bien plus fragile, surtout dans des époques comme celle-ci.

La neige avait commencé à tomber, fine et légère. A une centaine de mètres de là, les membres du Witan traversaient l'enceinte de l'abbaye et se dirigeaient vers le hall, long et bas, qui bordait le fleuve. C'est là que le roi était mort et c'est là qu'ils allaient choisir son successeur. Derrière, les eaux s'étaient ralenties ; leur léger clapotis indiquait que la marée allait s'inverser. A quelque trois kilomètres de là, au-delà des berges marécageuses du grand coude, on apercevait à travers le rideau de neige les murs de Londres, et le long toit de bois de la vieille cathédrale saxonne.

L'homme de gauche portait la quarantaine bien épanouie ; une épaisse barbe blonde compensait l'effet de ses cheveux clairsemés. Comme son ancêtre Cerdic, établi dans l'ancien comptoir qu'on appelait aujourd'hui Aldwych, où il faisait le commerce des esclaves, l'homme avait une vaste poitrine, un large visage germanique, un air énergique, jovial et maître de lui. Ses yeux, bleus et vifs, étaient capables de repérer le moindre tas de marchandises à une centaine de pas de distance. Il avait la réputation d'être des plus circonspects en affaires ; certains y voyaient une qualité, d'autres un défaut. En tout cas, personne ne l'avait jamais vu manquer à sa parole. Sa seule faiblesse était un dos douloureux, résultat d'une chute de cheval ; mais, et il en était fier, seuls ses proches savaient qu'il souffrait souvent. Il s'appelait Leofric et il était négociant dans la ville de Londres.

Si Leofric était bien bâti, son compagnon était un géant. Hrothgar le Danois dominait son ami saxon de la tête et des épaules. Une abondante crinière rousse lui recouvrait le crâne ; sa grande barbe, rousse elle aussi, mesurait deux pieds de large sur trois de long. Ce colosse viking était capable de soulever un homme adulte dans chacune de ses deux mains. Ses crises de fureur, au cours desquelles son visage devenait aussi rouge que ses cheveux, étaient légendaires. Quand il abattait son poing sur la table, les hommes les mieux trempés pâlissaient ; quand on l'entendait rugir, les portes des maisons environnantes se refermaient en hâte. Ce riche et puissant noble n'en était pas moins tenu en affection par ses voisins ; son lignage l'expliquait peut-être. Deux siècles plus tôt, l'un de ses ancêtres s'était fait la réputation d'un redoutable guerrier viking, mais qui répugnait à tuer les enfants. Avant chaque raid, il ordonnait à ses hommes : « *Bairn ni kel* », « Ne tuez pas les enfants ». Le mot lui était devenu un surnom ; cinq générations plus tard, on donnait toujours à ses descendants le nom de Barnikel. Comme ils vivaient sur la colline est de Londres, et que leur maison de négoce était installée au bord du quai dénommé Billingsgate, on les appelait généralement les Barnikel de Billingsgate.

La cape verte du Saxon était bordée d'une peau d'écureuil roux, tandis que le manteau bleu du Danois portait, signe de sa vaste fortune, un luxueux col d'hermine importé des Etats vikings de Russie. Le Saxon devait de l'argent au riche Danois, mais qu'était cette dette, entre deux amis ? La fille de Leofric, aînée de ses enfants, était promise l'année suivante en mariage au fils du Viking.

Peu d'événements réjouissaient autant le cœur de Barnikel. Chaque fois que la jeune fille paraissait sous ses yeux, un sourire venait adoucir ses traits de géant. « Tu en as de la chance, que je l'aie choisie pour toi », répétait-il à son fils d'un air satisfait. La promise baissait pudiquement les yeux ; son visage était gracieux et réfléchi. Elle n'avait que quatorze ans, mais n'ignorait rien de l'art de tenir une maisonnée ; elle savait lire et, au dire de son père, comprenait ses affaires presque aussi bien que lui-même. Le colosse roux se sentait déjà un second père pour elle, et il était impatient de la voir s'asseoir à la table familiale. « Je t'aurai tous les jours en face de moi, et je pourrai m'assurer que mon fils s'occupe de toi comme tu le mérites », lui disait-il d'un ton jovial. Et il confiait à son épouse : « Quant à ce que Leofric me doit, ne le lui dis pas, mais après le mariage j'annulerai sa dette. »

Le Witan s'était réuni et les deux hommes attendaient dehors, frappant le sol du pied pour se réchauffer.

Sous son capuchon, le troisième personnage ne les quittait pas des yeux. Tous les deux, il le savait, avaient beaucoup à craindre de cette journée, mais particulièrement le Saxon, lui semblait-il. Ce n'était pas pour lui déplaire, loin de là. Si le Danois ne l'intéressait pas, le Saxon, en revanche... Il avait envoyé la veille un message à Leofric, auquel celui-ci n'avait toujours pas répondu. Bientôt, pourtant, il serait bien forcé de le faire. « Alors, murmura l'homme, il sera à ma merci. »

Un Saxon et un Danois. Et pourtant, si l'on avait demandé à Leofric et à Barnikel à quelle patrie ils appartenaient, l'un comme l'autre auraient répondu sans hésitation qu'ils étaient anglais. Pour comprendre cet état de choses, et le choix crucial devant lequel se trouvait placé le Witan en ce matin de janvier 1066, il est nécessaire de revenir sur certains événements d'importance qui avaient affecté l'Europe du Nord.

Au cours des quatre siècles qui avaient suivi la mission en Bretagne de saint Augustin de Canterbury, les nombreux royaumes anglo-saxons peuplant l'île avaient lentement commencé — hormis les Celtes d'Ecosse et du pays de Galles, qui restaient à part — à s'unir pour former la nouvelle entité appelée Angleterre. Mais, deux cents ans avant les événements de 1066, sous le règne du bon roi Alfred, l'Angleterre était passée tout près de la destruction.

Les redoutables Vikings assaillirent plusieurs siècles durant les terres du Nord. On a dit de ces Scandinaves (Suédois, Danois et Norvégiens) que c'étaient des négociants, des explorateurs ou des pirates : ils furent tout cela. Ils quittaient ports et fjords dans leurs drakkars pour sillonner les océans, allant fonder des colonies jusqu'en Russie, en Irlande, en Normandie, en Méditerranée et même en Amérique. Depuis l'Arctique jusqu'à l'Italie, ils faisaient le commerce des fourrures, de l'or, et d'une manière générale de tout ce sur quoi ils pouvaient mettre la main. Leurs yeux bleus étaient féroces et leurs barbes flamboyantes, leurs épées puissantes et leurs haches formidables ; ils buvaient énormément, se juraient mutuellement fidélité et portaient des noms épiques comme Ragnar Longs-Cheveux ou le Tueur du Preux Tostig — comme s'ils sortaient tout droit des vieilles légendes nordiques.

Ceux qui déferlèrent sur l'Angleterre au IXᵉ siècle étaient danois pour la plupart. Ils forcèrent les fortifications de Londres, brûlèrent la ville et ses commerces. Sans l'héroïque résistance que leur opposa le roi Alfred, ils se seraient emparés de l'île tout entière ; même après les défaites qu'il leur infligea, ils restaient maîtres de la plupart des terres anglaises au nord de la Tamise.

On parla bientôt de Danelaw pour désigner les contrées qu'ils occupaient. La population anglaise y vivait à l'heure danoise — qui, il faut le dire, n'était pas si désagréable. Les Danois étaient des gens du Nord, leur langue ressemblait à celle des Anglo-Saxons ; ils se convertirent même au christianisme. Tandis que dans le Sud, saxon, les paysans pauvres glissaient peu à peu vers le servage, la société des flibustiers danois était plus libre. Les paysans y étaient indépendants et n'appartenaient à personne. Plus tard, après que les descendants d'Alfred eurent repris le contrôle du Danelaw et réunifié l'Angleterre, les hommes du Sud continuaient à dire en haussant les épaules : « On ne peut pas discuter avec un gars du Nord. Ils sont trop indépendants, là-haut. »

La situation du reste n'était pas stabilisée, dans ces tumultueuses contrées. Juste avant l'an 1000, les Danois s'abattirent à nouveau sur l'île, dont ils convoitaient les richesses.

Ils eurent plus de chance cette fois-ci. Ce n'était plus le roi Alfred que l'Angleterre avait à sa tête, mais son peu brillant descendant Ethelred. Celui qu'on appelait Ethelred *Unraed*, le Malavisé, parce qu'il ne savait pas prendre de bons avis. Chaque année, ce roi sans cervelle versait un tribut aux Danois, le Danegeld, pour s'assurer leur protection. Jusqu'au jour où les Anglais se lassèrent de lui et acceptèrent le roi du Danemark comme monarque à sa place. Comme le disait le grand-père de Leofric : « Si je dois payer le Danegeld, au moins que cela mette un peu d'ordre dans le royaume. »

Il ne fut pas déçu. Le règne du roi Canut, qui ne tarda pas à monter sur les deux trônes du Danemark et d'Angleterre, fut long et exemplaire. Il était craint pour sa force et loué pour son légendaire bon sens. Il reçut naturellement la famille danoise de Barnikel à sa cour, mais aussi le grand-père saxon de Leofric, ainsi que de nombreux autres Saxons comme lui. A l'Angleterre, qu'il gouvernait aussi impartialement que n'importe quel roi du cru, il apporta la paix, la prospérité et l'unité. Si son fils n'était pas mort subitement peu après lui avoir succédé, obligeant le Witan à rechercher le pieux Edouard dans la vieille lignée saxonne, l'Angleterre serait peut-être restée un royaume anglo-danois.

Nulle part cette fusion des civilisations saxonne et danoise n'avait mieux porté ses fruits que dans le port, à l'importance croissante, qu'on nommait désormais Londres. Situé juste à la frontière des deux zones d'influence, il était le lieu où les deux cultures se rejoignaient et se mêlaient. L'assemblée de tous les citoyens, convoquée trois fois l'an par une grande cloche, auprès de la vieille croix flanquant l'église St Paul, restait le Folkmoot saxon ; mais la cour au sein de laquelle les dirigeants de la cité réglaient les affaires économiques et commerciales portait un nom danois : les Hustings. Parmi les petites églises de bois de la ville, certaines étaient dédiées à des saints saxons comme Ethelburge, tandis que d'autres portaient des noms scandinaves tels Magnus ou Olaf. Et le long de la route menant à Westminster, on trouvait la paroisse rurale d'une ancienne communauté de colons vikings, nommée St Clement Danes, Saint-Clément des Danois.

En cette froide matinée d'hiver, Barnikel le Danois et Leofric le Saxon partageaient un même désir : ils voulaient un roi anglais.

On pourrait penser, au vu de son nom édifiant, que les gens vénéraient Edouard le Confesseur ; il n'en était rien. Non seulement il n'avait guère de caractère, mais en plus c'était un étranger. Bien que né saxon, il avait été élevé dans un monastère français et avait épousé une Française ; habitués de longue date à la présence de marchands français et germains dans la ville, les bourgeois et les nobles de Londres n'éprouvaient pourtant guère de sympathie pour les nombreux Français qui peuplaient la cour d'Edouard. A elle seule, son abbaye disait tout. La plupart des édifices saxons étaient de modestes constructions de bois, abondamment sculptées de motifs complexes ; même les rares églises de pierre donnaient parfois l'impression qu'on avait d'abord prévu de les bâtir en bois. Mais l'abbaye, avec ses piliers massifs et ses arcs arrondis, reflétait le sévère style roman en vigueur sur le continent. Elle n'avait rien d'anglais.

Pourtant, l'ultime affront avait été le fait de Guillaume de Normandie.

Le Witan se trouvait devant trois prétendants possibles. Un seul était légitime, un neveu du roi Edouard ; mais il était jeune, avait été élevé loin d'Angleterre par une mère étrangère et n'y comptait pas un seul partisan. « Il ne conviendra pas », commenta Leofric. Après lui, il y avait Harold. Pas de sang royal, mais de la meilleure noblesse anglaise, excellent chef de guerre, et très populaire dans le pays.

Enfin il y avait le Normand.

Cela faisait plusieurs générations que les aventuriers vikings avaient colonisé la région côtière du nord de la France. Ils s'étaient mêlés à la population locale, avaient adopté la langue française, mais tout en conservant le goût des voyages. Le dernier duc de Normandie, sans héritier légitime, avait laissé son trône à un fils bâtard.

Ambitieux, sans scrupule, aiguillonné sans doute par le sentiment de sa bâtardise, Guillaume de Normandie était un adversaire redoutable. Ayant épousé une parente de la femme d'Edouard le Confesseur, il y voyait une chance, en l'absence d'héritier, de succéder au monarque et de devenir roi lui-même. Depuis l'autre rive de la Manche, il clamait qu'Edouard lui avait promis son trône. « Tel que je connaissais le roi, il est fort possible qu'il l'ait fait », commentait Barnikel, le visage sombre.

Les deux hommes s'interrompirent : le Witan ressortait du bâtiment.

« Daigne abaisser les yeux vers notre humble prière, et bénis ce Tien serviteur que, avec piété et humilité, nous avons choisi pour être le roi des Angles et des Saxons. » Telle était la formule consacrée, au moment où l'on tenait la couronne au-dessus de la tête du nouveau roi. Ensuite venait le serment, par lequel le souverain jurait de faire régner la paix, l'ordre et la clémence. L'évêque invoquait alors Abraham, Moïse, Josué, le roi David, Salomon, implorait à nouveau la bénédiction divine et oignait le roi d'huile sainte. Enfin on posait sur sa tête la couronne du bon roi Alfred, on lui donnait le sceptre, symbole du pouvoir, et le bâton de justice.

C'est ainsi, quelques heures seulement après les funérailles d'Edouard, que la cérémonie traditionnelle du couronnement se déroula pour la première fois à l'abbaye de Westminster. Leofric et Barnikel regardèrent le robuste personnage assis sur le trône, sa barbe brune, ses yeux bleus qui ne cillaient pas, et ils reprirent espoir. Harold le Saxon ferait un excellent roi.

Lorsqu'ils ressortirent de l'abbaye, à la fin de la cérémonie, Barnikel de Billingsgate commit une grave erreur.

L'homme qui les avait espionnés, dissimulé sous son capuchon, était posté près de la sortie. Il était désormais nu-tête, le capuchon rejeté sur ses épaules.

C'était un étrange personnage. Debout au pied d'un des piliers massifs de l'église, on aurait pu le prendre pour une statue, une sombre excroissance émanée de la pierre elle-même. Sa cape était noire ; il semblait s'y recroqueviller comme un oiseau dans ses ailes repliées. Sa tête nue révélait un visage rasé de près, des cheveux coupés très court loin au-dessus des oreilles, à la façon normande. Mais un autre trait était particulièrement remarquable chez lui : son nez proéminent, au milieu de sa face ovale et blême. Il était plus long que large ; non pas pointu à l'extrémité, mais plutôt arrondi ; luisant sans être vraiment rouge. Un nez saisissant, dont on ne pouvait détacher les yeux ; tel que l'homme se tenait actuellement, la tête baissée sur la poitrine, on aurait dit qu'il l'enfouissait dans les plis de sa cape comme le bec de quelque inquiétant corbeau.

Quand l'assistance commença à sortir, il resta à sa place, et ce fut alors que les deux amis le virent. Il les salua.

Leofric lui retourna brièvement son salut.

Le Saxon est prudent, pensa-t-il. Tant mieux. Mais le Danois, rouge de satisfaction et de soulagement, se tourna vers lui et laissa échapper un grognement méprisant.

« Nous avons un roi anglais, Dieu merci, dit-il. Alors, ne viens plus fourrer ton grand nez français dans nos affaires. » Il s'éloigna d'un pas pesant, tandis que Leofric paraissait embarrassé.

L'étrange personnage ne répondit rien. Il n'aimait pas qu'on fasse allusion à son nez.

Leofric contempla la jeune fille, puis fit une grimace. Après cette longue station debout dans le froid, son dos lui faisait affreusement mal. Pourtant ce n'était pas la douleur qui lui arrachait cette grimace.

Elle avait un visage si innocent... Lui-même s'était toujours considéré comme quelqu'un d'estimable, un homme de parole et un bon père. Comment, alors, pouvait-il la trahir comme il le faisait ?

Il était assis sur un solide banc de chêne. Devant lui, sur la table à tréteaux, une lampe à huile brûlait en fumant beaucoup. Le hall était vaste, les parois de bois sommairement plâtrées ; à l'une d'elles était suspendue une broderie représentant une chasse au cerf. Trois petites fenêtres étaient bouchées par des carrés de toile cirée. Des joncs recouvraient le plancher de bois. Un grand brasero occupait le centre de la pièce, rempli de charbon de bois rougeoyant, dont la fumée montait en larges volutes jusqu'au toit de chaume. Le bâtiment possédait un vaste sous-sol servant de cave et d'entrepôt ; à l'extérieur s'étendaient une cour, des dépendances et un modeste verger. C'était une version améliorée de la maisonnée que Cerdic, l'ancêtre de Leofric, possédait jadis à Aldwych.

Il relut une fois de plus le message qu'il avait reçu la veille. Il n'était pas tout à fait sûr d'avoir compris sa signification, mais si c'était bien le cas, alors, que faire ? Peut-être une issue existait-elle, mais il ne la voyait nulle part. Il devrait donc accomplir cette chose terrible.

« Hilda ! » Il lui fit signe d'approcher, et elle s'exécuta avec une docilité qui lui serra le cœur.

Au-dehors, la neige avait cessé de tomber ; seul un voile de nuages continuait à planer au-dessus de la paisible cité.

Même si Winchester, à l'ouest, restait à l'époque la première ville royale saxonne, le Londres du négociant Leofric était un centre fort actif. Plus de dix mille personnes — commerçants, artisans et hommes d'Eglise — y résidaient alors. Tel un vaste jardin longtemps oublié derrière ses hauts murs, l'ancienne cité avait peu à peu été nettoyée puis restaurée. Le roi Alfred avait relevé les murailles romaines. Deux villages saxons y avaient vu le jour, chacun possédant son propre marché, que les Saxons appelaient *cheaps*, et un nouveau réseau de rues s'était grossièrement tissé le long des deux collines jumelles. On avait rebâti des quais, ainsi qu'un autre pont de bois. On frappait de la monnaie. Pourtant, avec ses maisons à toit de chaume, ses granges, ses halls, ses églises de bois et ses rues boueuses, le Londres saxon avait toujours l'air d'un grand marché de province.

La ville conservait néanmoins des traces de son passé romain. On devinait encore au sol le dessin de la plus basse des deux grandes avenues. Entrant par la porte ouest, qu'on appelait désormais Ludgate, elle traversait la première colline en dessous de St Paul, pour rejoindre, sur le versant côté fleuve de la colline de droite, le marché saxon de l'East Cheap. Le tracé de l'avenue romaine du haut était plus vague. Elle franchissait la muraille ouest par la Newgate, la porte Neuve, passait au-dessus de St Paul, longeait le bas de la grande esplanade du West Cheap ; mais ensuite, elle aboutissait peu glorieusement à un groupe d'étables et de granges, d'où une piste saxonne menait vers le sommet de la colline est, nommé Cornhill en raison du blé qui poussait sur ses pentes.

Du vaste forum romain, il ne restait rien ; de l'amphithéâtre, seulement un vague dessin de ruines au sol. Des maisons saxonnes le recouvraient en partie et des frênes y poussaient. On trouvait cependant encore, ici ou là, une arche brisée, un fût de colonne derrière une palissade ou bien affleurant le toit de chaume d'un atelier bourdonnant d'activité.

Le seul édifice de la cité qui pût encore faire quelque impression, c'était St Paul, la cathédrale saxonne — tout en longueur, comme une grange, avec sa haute toiture de bois. Juste à côté s'ouvrait le lieu le plus pittoresque et coloré de la ville : la vaste zone du West Cheap, toujours recouverte d'étals et de stands en tous genres.

A mi-chemin du West Cheap, dans sa partie sud, à côté d'une petite église saxonne dédiée à sainte Marie, une ruelle descendait jusqu'à un vieux puits. Là s'élevait une élégante demeure qui, pour quelque raison dont nul ne se souvenait plus aujourd'hui, arborait une lourde enseigne représentant un taureau. Depuis que le riche négociant saxon s'était installé dans cette maison, les gens parlaient souvent de lui comme de « Leofric, celui qui habite au Taureau ».

L'adolescente se tenait docilement devant lui, vêtue d'une simple blouse de laine. Hilda était la meilleure des filles, songea-t-il en souriant. Quel âge avait-elle, déjà ? Treize ans ? Sa poitrine était à peine formée. Ses chausses, fermées par des lacets de cuir, laissaient voir des mollets au galbe parfait. Seules ses chevilles étaient peut-être un peu lourdes, mais ce n'était qu'un défaut mineur. Nulle ride inquiète ne se lisait sur son grand front ; et si sa chevelure blonde pouvait sembler un peu légère, l'expression innocente et paisible qui émanait de ses yeux bleus était pleine de charme. Y avait-il beaucoup de feu en eux ? Peut-être pas. Mais cela n'avait guère d'importance, au fond.

Un objet, posé sur la table devant Leofric, résumait le problème qui se posait au père et à la fille. C'était un bâton assez court, de quelque vingt centimètres de long, qui portait des entailles de largeur et de profondeur variables. Une baguette à encoches. Elle rappelait ses dettes à Leofric, et qu'il était au bord de la ruine.

Comment avait-il pu en arriver là ? A l'instar des autres gros négociants londoniens, il avait deux cordes à son arc. Il importait du vin français, et autres marchandises, qu'il achetait à un marchand de la ville normande de Caen, et il vendait de la laine anglaise, destinée aux grands drapiers flamands des Pays-Bas. Le problème venait de ce que ses affaires avaient pris trop d'importance ces derniers temps ; les moindres fluctuations des prix du vin ou de la laine avaient de lourdes conséquences sur la santé de ses finances. Puis il advint qu'une cargaison de laine se perdit en mer. Le prêt que lui fit Barnikel l'aida en la circonstance, « mais même ainsi, avoua-t-il à sa femme, je dois encore de l'argent à Becket, à Caen, pour la dernière expédition de vin, et je ne sais pas quand je pourrai le lui payer ».

Le vieux domaine de Bocton, dans le Kent, était toujours resté dans la famille de Leofric. Bien des commerçants riches de Londres avaient de telles propriétés ; Barnikel lui-même en possédait une, fort vaste, dans l'Essex. Actuellement, seuls les revenus de ses terres permettaient à Leofric d'éviter la faillite.

Et c'est là qu'était le danger.

« Car si l'Angleterre est attaquée, avait-il expliqué à son épouse, et si Harold perd, alors beaucoup de propriétés, y compris la nôtre, seront sans doute annexées par le vainqueur. » En outre, les récoltes seraient peut-être détruites. Dans l'état où se trouvaient ses finances, cela pouvait signifier pour lui la ruine.

Leofric réfléchit. Il jeta un coup d'œil vers le coin de la salle ; son épouse et son fils étaient assis dans l'ombre. Si seulement le petit Edouard avait eu vingt ans, et non pas dix... S'il avait été assez grand pour faire un bon mariage et se débrouiller tout seul... S'il n'avait pas été nécessaire de doter sa sœur pour la marier, si les dettes de Leofric avaient été moins importantes... En regardant le jeune garçon, il constata une fois de plus à quel point il lui ressemblait déjà. Comment protéger le futur héritage qu'il aurait un jour à lui transmettre ?

Puis il y avait eu ce message, étrange et inquiétant. Qu'est-ce que ce Normand au long nez pouvait bien savoir au juste de ses affaires ? Et pourquoi voulait-il l'aider, comme il le disait ? Quant à l'offre qu'il lui faisait...

Leofric n'était guère habitué à affronter des dilemmes moraux. Pour le Saxon comme pour ses ancêtres, une chose était bonne ou bien elle était mauvaise, un point c'est tout. Pourtant, cette fois-ci, ce n'était pas aussi simple que cela. Il regarda Hilda et soupira. Ce qu'il lui fallait à elle, c'était une vie simple et tranquille. Pouvait-il véritablement envisager de la sacrifier pour sauver les futurs biens de son fils ? Bien d'autres l'auraient fait à sa place, certes. Dans le monde anglo-saxon, comme partout en Europe, et dans toutes les classes de la société, les filles ne comptaient pas pour beaucoup.

« Je vais peut-être avoir besoin de ton aide », commença-t-il.

Il lui parla pendant quelque temps d'une voix sourde, et elle l'écouta calmement. Qu'attendait-il qu'elle lui dise ? Aurait-il voulu qu'elle se récrie, qu'elle proteste ? En tout cas, quand il eut fini et qu'il l'entendit répondre d'une voix douce, son cœur se serra.

« Je ferai tout ce que vous souhaiterez, Père, si vous avez besoin de mon aide. »

Il bredouilla un remerciement puis, d'un geste, la laissa aller.

Non, songea-t-il, je ne peux faire une telle chose. Il y a sûrement un autre moyen d'en sortir. Mais en même temps, il ne pouvait faire taire la petite voix, la détestable petite voix qui lui susurrait à l'oreille : Attention ! on ne sait jamais ce qui peut arriver...

Il en était là de ses pensées quand il fut interrompu par une autre voix, celle d'un voisin qui l'appelait à l'extérieur :

« Leofric ! Viens voir un peu ! »

Il regardait les pièces pensivement, comme s'il s'était attendu à les voir se déplacer toutes seules. A la lueur d'une bougie placée derrière lui, l'ombre de son long nez se découpait sur l'échiquier.

Il repassa en pensée les événements de l'après-midi. Il avait programmé à l'avance le moindre de ses mouvements, s'était préparé à toutes les éventualités ; il ne lui restait plus maintenant qu'à attendre encore un peu. Cela faisait vingt-cinq ans qu'il attendait ; il n'en était plus à quelques heures près.

« A toi de jouer », remarqua-t-il, et le jeune homme assis en face de lui avança la main.

Les deux garçons ressemblaient à leur père. Ils avaient tous les deux la mine sombre, et portaient l'un et l'autre le nez familial comme un fardeau. Mais Henri avait le cerveau de son père, tandis que Ralph, plus trapu et légèrement plus grand que son frère, ne le possédait pas. Ralph en ce moment était dehors, quelque part dans la ville, sans doute en train de boire. Henri joua son coup.

Personne ne savait exactement à quelle époque le jeu d'échecs avait été introduit en Angleterre. Le roi Canut y avait certainement joué. Il était originaire d'Orient et avait subi certaines modifications lors de son passage en Occident. Le ministre royal du jeu oriental s'était transformé en une reine ; quant aux deux magnifiques éléphants avec leurs *howdahs* sur le dos — étranges silhouettes pour des joueurs européens —, ils s'étaient transformés en évêques[1], à cause de la vague ressemblance du *howdah* avec une mitre.

Le hall dans lequel cette partie d'échecs se déroulait détonnait dans le cadre du Londres saxon, car il était construit en pierre. Il était situé juste en dessous de St Paul, au sommet de la pente abrupte qui montait de la Tamise. C'était le quartier le plus élégant de Londres, où résidaient plusieurs nobles et hauts dignitaires de l'Eglise — preuve que le propriétaire de cette maison était un homme d'importance.

Il était arrivé à Londres vingt-cinq ans plus tôt, venant de la cité normande de Caen, berceau du négoce qui avait enrichi sa famille. Un tel exil à l'étranger n'avait rien d'inhabituel. Deux quais, fermés et réservés, s'étendaient à l'embouchure du ruisseau qui descendait entre les deux collines jumelles : du côté est, c'était le quai des commerçants germaniques ; du côté ouest, celui des marchands de langue française, venant de villes comme Rouen ou Caen. Leur négoce était surtout celui, fort lucratif, du vin. On avait accordé à ces étrangers nombre de privilèges commerciaux ; certains d'entre eux s'étaient établis de façon permanente à Londres et étaient devenus des bourgeois de la ville.

Notre homme se serait-il installé ici s'il n'avait pas perdu la fille, à Caen ? Sans doute pas. Il était si sûr, pourtant, qu'elle lui était promise ; il l'aimait depuis qu'elle était enfant. Qu'aimait-il en elle ? Son petit nez retroussé, si différent de la protubérance dont il était lui-même affublé ? Avec le recul des années, c'était la seule partie d'elle qu'il pouvait retrouver avec précision dans sa mémoire. Mais le souvenir aigu de sa douleur restait profondément ancré dans son cœur, comme un guide lui indiquant le chemin à suivre.

Et l'avoir perdue pour un Becket... Il ne se rappelait plus à quand au juste remontait la haine de sa famille envers ses concurrents et rivaux ; mais cette haine existait déjà certainement du temps de son grand-père. Ce n'était pas seulement une question d'affaires ; cela tenait à quelque chose dans leur caractère. Ils étaient vifs, alertes, intelligents, charmants, ce qui était déjà insupportable, mais il y avait pire encore ; un solide fond chez eux d'égocentrisme, exaspérant, que sa famille avait appris à détester.

---

1. En fous dans le jeu français. *(N.d.T.)*

Elle avait été à lui. Jusqu'à ce jour où, au coin d'une rue, il avait entendu le jeune Becket lui parler. Ils riaient tous les deux.

« Comment comptes-tu t'y prendre pour l'embrasser, ma chère ? Tu ne pourras jamais franchir l'obstacle de son nez. C'est une forteresse imprenable. Magnifique, mais imprenable. On l'admire de loin, comme une montagne. Tu ne sais pas que depuis Noé et le Déluge, personne n'a jamais embrassé aucun membre de sa famille ? »

Il avait tourné les talons pour ne pas en entendre plus. Il avait quinze ans à l'époque. Le lendemain, elle s'était montrée de glace avec lui ; un an plus tard, elle épousait le jeune Becket. La ville où il était né lui était devenue insupportable.

Le règne d'Edouard le Confesseur lui avait été fort profitable. Il s'était marié, ses affaires avaient prospéré, il avait noué d'utiles relations à la cour cosmopolite du roi, était devenu un digne donateur de la cathédrale St Paul : un notable de la ville.

Il y avait aussi gagné un nouveau nom.

C'était arrivé un matin, peu après son mariage, alors qu'il se promenait entre les étals du West Cheap. Il s'était arrêté devant une longue table où des orfèvres étaient à l'ouvrage ; fasciné par leur habileté, il s'était penché vers eux pour les regarder faire, s'accoudant à leur table. Il était demeuré quelque temps ainsi, et au moment de partir avait entendu quelqu'un s'exclamer derrière lui : « Regarde celui-là, comme il doit être riche ! Il a des manches d'argent... »

Silver sleeves. Manches d'argent. Il l'avait tourné et retourné dans sa tête. Silversleeves. Puis, comme cela ne faisait pas allusion à son nez, que cela suggérait qu'il était riche, il avait décidé d'en faire son nom. Silversleeves : le nom d'un homme riche. « Bientôt, je mériterai de le porter », avait-il promis à sa femme.

Silversleeves regarda l'échiquier et esquissa un sourire. Il aimait les échecs, avec leurs luttes de pouvoir et leurs harmonies secrètes. Depuis le temps qu'il faisait du commerce, il avait appris à y discerner des schémas qui reproduisaient ceux du jeu. Parfois subtiles, souvent cruelles, les affaires humaines ressemblaient à une partie plus longue et compliquée que les autres.

Il aimait jouer avec Henri. Même si celui-ci n'était pas un aussi profond stratège que son père, c'était un maître tacticien, qui excellait à trouver des solutions rapides et brillantes. Silversleeves avait aussi tenté d'apprendre les échecs à son cadet, mais Ralph ne parvenait pas à suivre le jeu, entrant dans des rages impuissantes sous le regard condescendant de son frère.

Si Silversleeves était secrètement déçu par Ralph, il avait soin de n'en rien montrer. Comme beaucoup de pères eux-mêmes intelligents, il éprouvait une affection apitoyée pour son benêt de fils, faisant de son mieux pour favoriser l'entente entre les deux frères et assurant à leur mère : « Ils auront chacun une part égale de ma fortune. »

Pour autant, ce serait bien Henri qui prendrait un jour sa suite dans les affaires. Le jeune homme savait déjà tout de la fabrication, du transport et de la conservation du vin. Il connaissait aussi les clients de son père. Dans des moments de tranquillité comme celui-ci, Silversleeves pouvait partager avec lui d'autres pensées, plus profondes, afin d'accroître sa finesse et son entendement. Ce soir-là, la tête pleine des calculs auxquels il s'était livré ces derniers jours, il décida d'aborder avec son fils un sujet de la plus grande importance.

« J'ai un cas intéressant à te soumettre, commença-t-il. Celui d'un homme endetté. (Il posa un regard pénétrant sur le garçon.) Qui d'après toi est le plus fort, Henri ? Un homme qui a de l'argent ou un homme qui a des dettes ?

— Un homme qui a de l'argent.

— Mais suppose qu'un homme soit ton débiteur et qu'il ne puisse pas payer...

— Alors il sera ruiné, répondit froidement le garçon.

— Oui, mais toi, tu perdras ce que tu lui as prêté.

— Pas si je saisis tous ses biens pour me rembourser dessus. Mais bien sûr, s'ils ne valent rien, alors je perds ma mise.

— Donc, tant qu'il te doit de l'argent, tu le crains ? » Henri acquiesça et son père poursuivit : « Maintenant, considère ceci. Qu'en est-il si cet homme *peut* en réalité te payer ce qu'il te doit, mais qu'il a décidé de ne pas le faire ? Dans ce cas, toi tu le crains parce qu'il a ton argent, mais lui ne te craint pas parce qu'il peut payer.

— Je suis d'accord.

— Parfait. Suppose maintenant, Henri, que tu aies un besoin pressant de cet argent. Il offre de te rembourser, mais une somme inférieure à celle qu'il te doit. Est-ce que tu acceptes ?

— Je pourrais y être obligé, oui.

— Sûr que tu le pourrais. Ainsi, tu es bien d'accord, il a obtenu de l'argent de toi ? Donc, parce qu'il était ton débiteur, il était en position de force.

— Cela dépend d'une chose, remarqua Henri. Savoir s'il veut ou non continuer à faire des affaires avec moi. »

Silversleeves secoua la tête. « Non. Cela dépend de bien des choses, en réalité. Du déroulement des événements, du besoin que vous avez ou non l'un de l'autre, des occasions qui se présentent par ailleurs, de celui des deux qui a les amis les plus puissants... Tout est une question de rapports de force souterrains. Exactement comme aux échecs... » Il observa une pause avant de reprendre : « Souviens-toi toujours de ceci, Henri. Si les hommes font des affaires, c'est pour l'argent. Ils sont guidés par l'appât du gain. Mais dès qu'il y a dette, il y a crainte, et la crainte est plus forte que l'appât du gain. Le vrai pouvoir, l'arme qui surpasse toutes les autres, c'est la dette. Seuls les imbéciles cherchent de l'or ; l'homme sage, lui, fait des dettes. La clé des affaires est là et pas ailleurs. » Il sourit, puis avança la main. « Echec et mat. »

Silversleeves jouait aux échecs, mais en esprit il était engagé dans une bien plus vaste partie. Une partie où la dette était la meilleure arme, et qu'il avait engagée secrètement depuis vingt-cinq ans contre Becket, le marchand de Caen. Dans ce jeu-là, il était sur le point de porter un coup terrible à son adversaire ; et Leofric le Saxon allait lui apporter, malgré lui, une aide précieuse. Il ne fallait plus qu'attendre un petit peu encore. Et il y avait aussi le Danois, la grande brute aux cheveux roux qui l'avait insulté aujourd'hui. Barnikel n'avait été jusqu'ici qu'une pièce accessoire du jeu, un simple pion sur l'échiquier ; mais rien n'empêchait de l'y faire participer davantage. Le plan de Silversleeves était si sûr et précis qu'il intégrerait parfaitement ce nouvel élément.

Il souriait toujours quand Henri alla à la fenêtre et l'appela d'un ton fort animé : « Regardez, père ! Il y a quelque chose dans le ciel ! »

Les nuages s'étaient enfuis au cours des dernières heures et le ciel s'était éclairci, laissant place à une nuit d'hiver froide et claire. Au milieu des étoiles, le plus extraordinaire des signes venait d'apparaître.

Elle était suspendue à la voûte céleste, silencieuse, sa queue déployée derrière elle comme un long éventail. A travers toute l'Europe, de l'Irlande jusqu'à la Russie, des îles d'Ecosse jusqu'aux côtes rocheuses de Grèce, les hommes levaient les yeux, effrayés, vers la grande étoile chevelue, et se demandaient ce qu'annonçait sa présence.

Le passage de la comète de Halley en janvier 1066 est formellement attesté par les chroniques du temps. Partout, on s'accorda à penser qu'elle était de mauvais augure, qu'elle annonçait quelque catastrophe prête à fondre sur l'humanité. Dans l'île d'Angleterre menacée par tant de périls, on avait des raisons particulières d'être inquiet.

Au milieu de ses cheveux châtain clair, l'adolescent avait une mèche blanche. Il regardait la grande comète d'un œil fasciné. Il s'appelait Alfred, comme le grand roi. A quatorze ans, il venait de prendre une décision qui remplissait son père de rage et sa mère de chagrin. Elle le poussa du coude.

« Tu ne devrais pas y aller. C'est un signe, cette étoile-là, Alfred. Reste ici. »

Il rit et ses yeux bleus pétillèrent. « Tu penses vraiment, Mère, que le Dieu tout-puissant l'envoie pour me prévenir, moi ? Il veut que le monde entier lève la tête et dise : "Ah ! ça, c'est Dieu qui recommande au jeune Alfred de ne pas aller à Londres" ?

— On ne peut jamais savoir, Alfred. »

Il l'embrassa. Elle était bonne, aimante, et lui aussi l'aimait ; mais sa décision était prise. « Tout ira bien, pour Père et pour toi. Il a déjà un fils pour l'aider à la forge. Ici, il n'y a rien pour moi. »

La comète de Halley déversait sa lumière crue sur un paysage plein de charme. A trente kilomètres à l'ouest de Londres, la plaine de la Tamise était basse et plate. Le fleuve serpentait entre les vertes prairies et les champs fertiles, qui en cette saison brillaient de givre sous la clarté des étoiles. Le village de Windsor et son domaine royal se trouvaient quelques kilomètres plus haut ; un coteau se dressait au-dessus de l'eau comme une tour de guet, seul élément saillant dans ce paisible paysage. La famille d'Alfred vivait dans ce riant décor depuis la mort du bon roi dont on lui avait donné le nom, depuis qu'ils avaient fui les forêts du nord de Londres pour échapper aux pillards vikings. Ils n'avaient jamais regretté d'être venus s'installer ici, car la terre y était riche et la vie agréable.

Un autre facteur embellissait leurs existences. Comme son père l'avait souvent répété au jeune garçon : « Nous pouvons aller voir le roi lui-même pour réclamer justice. N'oublie jamais, Alfred, que nous sommes libres. »

C'était là un point essentiel. A l'époque, la campagne anglo-saxonne vivait à peu près sous le même régime que le reste de l'Europe du Nord-Ouest. Le pays était divisé en comtés, ayant à leur tête des shérifs qui levaient les impôts royaux et contrôlaient la bonne marche de la justice. Chaque comté était divisé en « centaines », qui elles-mêmes regroupaient plusieurs grands domaines. Ceux-ci étaient entre les mains de seigneurs, les thanes, ou de propriétaires de moindre importance : à l'instar des châtelains du continent, ils rendaient la justice pour ce qui regardait leurs paysans.

Mais les paysans de l'Angleterre anglo-saxonne avaient un statut à part. Tandis que dans le reste de l'Europe, ils étaient généralement soit serfs, soit hommes libres, la situation dans l'île était bien plus complexe. On y trouvait toute une cascade de positions et de statuts légaux différents. Certains paysans étaient de simples esclaves, assimilables à des biens meubles ; d'autres étaient serfs, attachés à une terre et à un seigneur. D'autres encore étaient libres, payant seulement un fermage à leur propriétaire. Certains n'étaient qu'à moitié libres mais payaient néanmoins un loyer, ou étaient libres tout en devant certains services particuliers ; et il y avait encore bien d'autres catégories intermédiaires. Ces positions, on s'en doute, n'étaient pas fixées une fois pour toutes : un serf pouvait être affranchi, ou au contraire un homme libre, trop pauvre pour payer fermages et impôts, être réduit en esclavage. L'écheveau juridique qui en résultait était souvent fort ardu à démêler, comme le montrent les registres des tribunaux.

Du moins la famille du jeune Alfred était-elle parfaitement fixée quant à son propre statut. Hormis le bref intermède, oublié depuis longtemps, de leur ancêtre Offa esclave de Cerdic le négociant, ils avaient toujours été libres. Certes, ce n'étaient que de très modestes propriétaires fonciers : ils possédaient seulement le minuscule lopin de terre désigné sous le nom de *farthing*. « Mais nous payons un fermage, en monnaie d'argent, avait coutume de rappeler, à juste titre, le père d'Alfred. Nous ne travaillons pas pour un seigneur comme les serfs. »

Alfred portait donc à la ceinture, comme tous les hommes libres du pays, le symbole de ce statut dont il était si fier : un beau poignard tout neuf.

Depuis l'époque de son grand-père, sa famille tenait la forge du village. Alfred avait su ferrer un cheval dès l'âge de sept ans ; à douze ans, il maniait les marteaux presque aussi bien que son frère aîné. « Pas besoin d'être grand et fort, leur expliquait leur père, seule l'habileté compte. Vous devez laisser vos outils faire le travail pour vous. » Alfred apprenait vite. Le fait qu'il eût les doigts palmés comme son grand-père et nombre de ses ancêtres ne semblait guère le déranger. A quatorze ans, il était aussi adroit que son frère, de deux ans plus âgé.

« Mais il n'y a pas assez de travail pour deux forgerons dans le village, commentait-il. J'ai essayé tous les villages aux alentours — Windsor, Eton, même jusqu'à Hampton. Il n'y a rien. C'est pourquoi, affirmait-il fièrement, je vais aller à Londres. »

Que savait-il de Londres ? Pas grand-chose, à vrai dire. Il n'y était jamais allé ; mais depuis qu'il était enfant et qu'il entendait sa famille répéter : « Il y a de l'or enterré à Londres », la ville exerçait sur lui un attrait magique. « Il y a vraiment de l'or là-bas ? » demandait-il souvent à ses parents.

Il n'est donc pas étonnant que son père lui ait dit ce soir-là, d'un ton acerbe : « Tu penses que tu vas trouver cet or, je suppose... »

Peut-être qu'il le trouverait en effet, songea-t-il avec irritation. Et lorsque sa mère lui demanda timidement quand il pensait s'en aller, il répondit, pris d'une inspiration soudaine : « Demain matin. »

Etait-ce l'étrange étoile qui lui avait dicté cette réponse ?

A l'approche de Pâques 1066, une grande agitation s'empara du royaume d'Angleterre. La flotte saxonne se prépara dans la hâte à prendre la mer pour des missions de surveillance. Elle était placée sous le contrôle direct du roi.

Des rapports quotidiens arrivaient à la cour : Guillaume, le duc bâtard de Normandie, se préparait à envahir l'île. De toute la Normandie et des contrées voisines, des chevaliers accouraient pour lui prêter main-forte. « Et, pire que tout, avait appris Leofric à Barnikel, on dit qu'il a la bénédiction du pape. » D'autres aventuriers — toujours des Vikings — menaçaient eux aussi le royaume. La seule question qui se posait était : quand, et d'où, viendrait le premier coup ?

Un matin, tôt, dans ces temps périlleux, Barnikel le Danois rentrait chez lui sur la colline orientale. Il venait de chez Leofric. La nuit froide avait laissé une couche de givre dans les rues creusées d'ornières.

Il venait de franchir le Walbrook, le petit ruisseau coulant entre les deux collines, quand son attention fut attirée par un pitoyable spectacle.

La rue qu'il empruntait suivait le tracé de la plus basse des deux avenues romaines. Le palais du gouverneur s'était jadis élevé là, à sa droite, sur la rive est du Walbrook ; rien ne subsistait plus des élégantes cours intérieures, remplacées par le quai des marchands germaniques. Le long de la rue arpentée autrefois par les sentinelles du palais, on trouvait désormais une suite d'ateliers et d'étals, ceux des fabricants de chandelles. C'est pourquoi on nommait cette petite artère Candlewick Street. De l'antique grandeur impériale, il ne restait nulle trace — hormis un curieux vestige.

Pour une raison quelconque, la borne milliaire qui se dressait jadis devant l'entrée de l'édifice était restée en place, telle la souche obstinée d'un vieux chêne, enracinée depuis plus de neuf cents ans à cette même place, sur le côté de la rue. Les habitants, vaguement conscients que cet objet familier et mystérieux remontait au lointain passé de leur cité, l'avaient nommé, non sans respect, la Pierre de Londres.

La pauvre petite silhouette qu'avait aperçue Barnikel se trouvait juste à côté de la Pierre de Londres.

Alfred n'avait rien mangé depuis trois jours. Il était recroquevillé contre la Pierre, drapé dans son manteau de laine crasseux. Son visage était blafard, ses pieds engourdis par le froid ; la douleur se réveillerait plus tard, s'il parvenait à les réchauffer quelque part, peut-être autour d'un brasero.

Durant son premier mois à Londres, Alfred était encore un jeune paysan venu chercher du travail à la ville. Mais il n'en avait pas trouvé et n'avait aucun ami pour le secourir. Le second mois, il n'était déjà plus qu'un pauvre hère quémandant de la nourriture. Le troisième mois, c'était un clochard. Les gens de Londres n'étaient pas spécialement cruels, mais les vagabonds représentaient une menace pour la communauté ; bientôt, il en était conscient, quelqu'un le dénoncerait. Pour ce qu'il en savait, on le traînerait devant les Hustings, et qu'arriverait-il alors ? Il l'ignorait. C'est pourquoi, quand il entendit un pas pesant s'approcher de lui, il se recroquevilla plus étroitement encore contre la pierre froide. Il releva la tête en entendant une voix s'adresser à lui : ce fut pour voir, le dominant de toute sa taille, l'homme le plus grand et le plus large d'épaules qu'il eût jamais contemplé de sa vie.

« Comment t'appelles-tu ? »

Il le lui dit.

« D'où viens-tu ?

— De Windsor.

— Quel est ton métier ? »

De nouveau, Alfred répondit. Etait-il libre ? Oui. Quand avait-il mangé pour la dernière fois ? Avait-il déjà volé quelque chose ? Non. Rien qu'une galette d'orge, qu'il avait trouvée par terre. Les questions continuaient comme au catéchisme, jusqu'à ce que pour finir le géant roux poussât un grognement. Alfred en ignorait la signification.

« Lève-toi. »

Il obéit ; puis, inopinément, il tomba à terre. Il secoua la tête, tenta de se relever, mais de nouveau ses jambes se dérobèrent sous lui. Alors, plus étonné qu'effrayé, il sentit le Danois le soulever de terre dans ses larges bras, et le charger sur son épaule comme s'il n'avait été qu'un sac de farine. Puis le géant commença à remonter la rue vers l'East Cheap, en fredonnant un air.

Alfred ne tarda pas à se retrouver à l'intérieur d'une vaste maisonnée, au toit de bois pentu, sur le versant extérieur de la colline est. Mieux, il était dans le hall, devant un énorme brasero ; une femme aux cheveux gris, au visage large et calme, faisait chauffer un grand bol de bouillon qui semblait résumer en lui tous les fumets des meilleurs repas qu'Alfred avait faits depuis le jour de sa naissance.

Pendant que le bouillon cuisait, il promena le regard sur le hall autour de lui. Tout y semblait immense, depuis la grande chaise de chêne jusqu'aux solides portes taillées dans le même bois. Une puissante hache d'armes, de celles qu'on maniait à deux mains, était suspendue au mur. Le Danois se tenait debout de l'autre côté du brasero, de sorte qu'Alfred distinguait mal ses traits. Il l'entendit bientôt déclarer : « Nous allons te donner à manger, mon jeune ami. Mais ensuite il faudra que tu retournes chez toi, là d'où tu viens. Tu comprends ? »

Il aurait préféré ne rien répondre, mais le Danois répéta sa question, et comme il ne voulait pas mentir, il trouva la force de secouer la tête.

« Quoi ! Tu me défies ? »

C'était plus un rugissement qu'autre chose. Alfred eut soudain peur que le géant ne change d'avis et ne décide finalement de ne pas lui donner à manger. Pourtant il répondit bravement : « Je ne vous défie pas, messire. Mais je ne rentrerai pas.

— Tu vas mourir ! Mourir de faim ! Tu le sais ?

« — Je m'en sortirai. » Il savait que c'était absurde, mais c'était ainsi. « Je ne veux pas renoncer, messire. »

Un tel grondement lui répondit qu'il craignit un moment que l'immense Viking ne vienne le frapper, mais rien de tel n'arriva.

La femme transvasait maintenant le bouillon dans un bol plus petit à l'aide d'une louche, puis elle lui fit signe de s'approcher de la table. Ce faisant, il vit du coin de l'œil le géant qui s'approchait lui aussi.

« Eh bien, demanda son hôte d'une voix caverneuse à son épouse, qu'est-ce que tu penses de lui ?

— Que c'est un bien pauvre garçon, répondit-elle d'une voix douce.

— Oui. Et pourtant un cœur de héros bat dans la poitrine de ce pauvre garçon. Le cœur d'un grand guerrier, je te le dis. » Il éclata de rire et donna à Alfred une bourrade qui lui mit presque le nez dans son bol de bouillon. « Et tu sais pourquoi ? Parce qu'il ne veut pas renoncer. Il me l'a dit, et il le pense. Le petit gars ne veut pas renoncer ! »

Sa femme soupira. « Ça veut dire qu'il va falloir que je le garde ici ?

— Bien sûr ! s'exclama-t-il. Parce que, jeune Alfred (il se tourna vers le garçon), j'ai du travail pour toi. »

La flotte saxonne croisa dans la Manche pendant tout l'été. Il n'y eut qu'un raid ennemi, sur le port de Sandwich dans le Kent, qui fut rapidement repoussé. Ensuite, plus rien. Guillaume de Normandie attendait son heure derrière l'horizon.

Malgré le danger qui planait sur l'île, ce furent les mois les plus heureux de la jeune vie d'Alfred.

Il n'avait pas tardé à faire la connaissance de toute la famille du Danois. L'épouse de Barnikel, derrière son visage sévère, avait le cœur bon et généreux ; ils avaient plusieurs enfants déjà mariés, et un fils de dix-huit ans encore à la maison — celui à qui la fille de Leofric était promise. Il était bâti sur le modèle de son père, calme et robuste. Il apprit au jeune garçon à faire des nœuds de marin.

Le Danois semblait prendre plaisir à emmener le petit campagnard partout avec lui. Sa maison, sur la colline est, dominait les pentes herbeuses et solitaires où vivaient les corbeaux. Elle était également proche d'une église saxonne appelée All Hallows, Tous-les-Saints. Chaque matin il descendait à grands pas la rue menant à Billingsgate, afin d'aller inspecter ses petites embarcations avec leurs cargaisons de laine, de céréales et de poisson. Alfred aimait l'atmosphère du quai, ses odeurs tonifiantes de poisson, de goudron, d'épis d'eau. Il préférait peut-être encore les visites qu'ils faisaient ensemble à Leofric, sur la colline ouest. Maintenant qu'il n'était plus un vagabond, il prenait grand plaisir à gagner St Paul puis à se promener le long du West Cheap. Chacune des ruelles qui y aboutissaient semblait avoir son commerce réservé, la rue du Poisson et celle du Pain, les rues du Bois ou du Lait ; tout au bout on arrivait au Poultry, la rue de la Volaille. Aux cris des poissonniers, des boulangers ou des laitiers se mêlaient ceux des marchands d'épices, des cordonniers, des orfèvres, des fourreurs, des fabricants de peignes ou d'édredons, et de dizaines d'autres artisans encore. Il avait été surpris du nombre d'abris à cochons qu'on trouvait entre les étals ; c'était un aspect inattendu de la vie urbaine. Mais, comme Barnikel le lui avait expliqué, « les cochons mangent les détritus et gardent les rues propres ».

Grâce au Danois, Alfred commençait à mieux comprendre l'âme profonde de Londres. La cité restait encore rurale par bien des aspects. L'établissement saxon n'avait pas rempli toute la vaste enceinte fortifiée ; on y trouvait aussi des champs et des vergers. De grands domaines appartenant au roi, aux dignitaires du royaume ou à l'Eglise entouraient la ville, mais se prolongeaient aussi à l'intérieur des murs. « La ville est divisée en quartiers, lui avait expliqué le Danois. Une dizaine sur chaque colline. Mais certains d'entre eux appartiennent à des particuliers, et nous les appelons des *sokes*. » Il lui énuméra les noms de plusieurs nobles et hommes d'Eglise qui possédaient de tels domaines à l'intérieur de Londres.

La cité était un monde à part. En promenant les yeux autour de lui, en écoutant les explications de Barnikel, Alfred allait d'étonnement en étonnement. « La ville est si riche, lui disait le Danois, qu'à elle seule elle paye autant d'impôts que tout un comté. » Il lui fit fièrement la liste de tous les privilèges qu'elle avait conquis : concessions commerciales, droits de pêche sur plusieurs kilomètres le long de la Tamise, droits de chasse dans tout le comté du Middlesex, qui s'étendait au nord de la ville, et bien d'autres encore.

Pourtant ce n'était pas tout cela, mais autre chose encore — quelque chose flottant dans l'air et néanmoins bien réel — qui faisait le plus d'impression sur l'esprit vif et curieux du jeune garçon. Au début il ne trouvait pas les mots pour résumer ce qu'il éprouvait, puis un jour le Danois les lui suggéra, dans une remarque qu'il fit par hasard.

« Londres regarde vers la mer », lui dit-il.

Oui, pensa l'adolescent. C'est exactement cela.

Postée comme elle l'était à l'entrée du long estuaire de la Tamise, la grande citadelle était depuis des générations un phare, un refuge pour les marins et les marchands de tout le monde septentrional. Ces hommes des mers reconnaissaient, certes, l'autorité des rois insulaires, saxons ou danois ; mais ils n'entendaient pas non plus qu'on leur dicte de trop près leur conduite. Ils possédaient leurs propres corporations, où se réglaient les questions commerciales et touchant à la sécurité. Ils savaient quel poids ils pesaient dans le royaume, poids qui était officiellement reconnu un gros négociant comme le grand-père de Barnikel, qui avait fait trois fois le voyage jusqu'en Méditerranée, avait été anobli. Trois générations de Barnikel avaient servi comme capitaines du corps de défense de la ville, qui pouvait aligner une force considérable. Les murs de la ville étaient si imposants que le roi Canut lui-même n'avait pas osé y toucher. « Aucun envahisseur ne prendra jamais Londres, affirmaient haut et fort les marchands et barons anglo-danois. Et nul n'est roi sans que nous l'ayons voulu. »

C'était cet orgueil-là qu'Alfred avait ressenti. « Car les citoyens de Londres sont libres », lui expliquait le Danois.

Une vieille coutume anglaise voulait que si un serf en fuite trouvait refuge dans une ville et parvenait à y vivre pendant un an et un jour sans que personne vienne le réclamer, il était libre. Au vrai, il y avait des serfs et même des esclaves dans les maisonnées de certains des propriétaires et des riches marchands de la ville ; néanmoins la plupart des apprentis étaient libres, comme Alfred. Mais surtout, il le découvrit, à Londres le mot « libre » signifiait quelque chose de plus qu'ailleurs. Un marchand qui s'était acquitté de son droit d'entrée, ou bien un artisan qui avait terminé son apprentissage, devenait un citoyen libre de la ville. Il avait le droit de faire du commerce ou d'installer un étal, de vendre des marchandises, de voter au Folkmoot. Il payait aussi les impôts royaux. Tous les autres, qu'ils viennent du comté voisin ou d'au-delà des mers, étaient des « étrangers », et ne pouvaient faire du commerce tant qu'on ne leur avait pas accordé la citoyenneté. Rien d'étonnant, donc, que les Londoniens aient attaché tant de prix à leur indépendance. Le garçon tâtait de la main le poignard à son côté, et rougissait de bonheur en pensant qu'il en bénéficierait bientôt lui-même.

Une semaine après son arrivée, Alfred avait recouvré toutes ses forces. Barnikel se tourna un matin vers lui et lui dit : « Tu commences aujourd'hui ton apprentissage. »

Le Danois l'emmena dans un quartier situé juste derrière le mur est de la ville. Un petit ruisseau descendait vers la Tamise ; plusieurs ateliers s'élevaient le long de ses berges. C'était un endroit très actif, placé sous le contrôle du corps de défense de la cité. Approchant d'un long bâtiment de bois et entendant le son familier du marteau sur l'enclume, Alfred supposa qu'il allait entrer en apprentissage chez un forgeron. Puis ils pénétrèrent à l'intérieur et, promenant le regard autour de lui, il crut défaillir.

Ils étaient dans une armurerie.

Pour un garçon qui avait passé son enfance dans l'atmosphère d'une forge, il n'existait pas au monde de plus beau métier que celui d'armurier. Alfred contempla autour de lui les cottes de mailles et les heaumes, les boucliers et les épées, et resta sans voix.

Le maître armurier s'approcha d'eux : c'était un homme de haute taille, au visage osseux et au dos voûté. Ses yeux bleus étaient doux et amicaux ; mais, en remarquant les mains curieusement palmées du garçon, il se tourna vers Barnikel et dit d'un air sceptique : « Est-ce qu'il sera capable de faire ce travail ?

— Oui, » répondit le Danois d'une voix assurée. Et l'apprentissage d'Alfred commença.

Il se sentit tout de suite à l'aise dans l'atelier. En tant que plus jeune apprenti de la maison, on lui confia des tâches subalternes — aller chercher de l'eau au ruisseau, entretenir le feu, manier le soufflet. Il s'en acquitta sans poser de questions ; on ne faisait guère attention à lui.

Le premier soir, il accompagna ses camarades dans les appartements qui leur étaient réservés. Généralement, les apprentis n'étaient pas payés, mais logés et nourris dans la maison de leur maître. L'armurier, un veuf, aimait sa tranquillité. Sa sœur possédait une maison sur les pentes de Cornhill, divisée en appartements, de même que les dépendances qui se trouvaient derrière ; c'est là qu'étaient logés les apprentis, et ils pouvaient y faire autant de bruit qu'ils le voulaient.

L'armurerie, importante, n'employait pas moins de huit autres apprentis, d'âges divers. Alfred les observait du coin de l'œil tout en accomplissant ses propres tâches. L'un ne frappait pas de manière régulière avec son marteau ; un autre, crispé sur son travail, tenait ses pinces trop serrées. Un autre encore se servait mal de son ciseau. Il remarquait tout cela, mais le gardait pour lui.

Le troisième jour, on lui confia des petits travaux : quelques pièces de métal à limer, un casque bosselé à marteler. Il s'en acquitta avec soin, puis apporta les objets au maître, qui s'en empara sans plus de commentaire.

Le lendemain, le maître l'appela pour qu'il vienne aider un autre apprenti, d'un an plus âgé que lui, à poser des rivets sur un heaume. Alfred tint le heaume, tandis que l'autre garçon posait un rivet. Puis l'armurier dit : « Laisse le nouveau essayer. » L'apprenti plus âgé laissa sa place à Alfred, de mauvaise grâce ; mais celui-ci s'y prit fort mal et échoua piteusement. Aussi le maître poussa-t-il un grognement d'irritation et dit au plus âgé : « Montre-lui comment faire », avant de tourner les talons et de s'éloigner.

Pourtant Alfred n'en était pas quitte avec l'épisode. Ce soir-là, au moment où les apprentis quittaient l'atelier, le maître l'appela près de la forge et lui demanda calmement : « Pourquoi as-tu fait cela ?

— Fait quoi, messire ?

— Je t'ai regardé travailler. Tu tiens le marteau comme s'il faisait partie de ton bras. Aujourd'hui tu as échoué exprès. Pourquoi ? »

Alfred lui lança un regard pénétrant, puis avoua : « D'aussi loin que je m'en souvienne, messire, j'ai toujours travaillé dans la forge de mon père. Mais je suis nouveau ici, et j'étais presque mort de faim quand Barnikel m'a amené auprès de vous. Si les autres apprentis sont jaloux de moi, ils peuvent me rendre la vie impossible, même m'obliger à quitter l'atelier. (Il sourit.) Aussi je veux leur laisser penser qu'ils m'apprennent le métier, jusqu'à ce que nous soyons devenus amis. »

Puis il rougit, craignant d'avoir pu paraître prétentieux, et s'empressa d'ajouter : « Je ne suis qu'un simple forgeron. Et je voudrais apprendre le métier d'armurier. »

Le maître hocha pensivement la tête. « Travaille dur, Alfred, dit-il tranquillement. Et nous verrons. »

Les semaines passées à l'armurerie enseignèrent non seulement son art au jeune Alfred, mais aussi un fait de la plus haute importance pour le royaume anglo-saxon. Si la flotte s'apprêtait à défendre l'île sur mer, il en allait tout autrement des préparatifs terrestres. Nous nous attendons à être attaqués depuis l'hiver dernier, songeait-il avec beaucoup d'étonnement, et pourtant personne n'est prêt.

L'Angleterre n'avait pas d'armée permanente, ni de troupes de mercenaires à sa solde. Son armée, c'était le *fyrd* — levée de propriétaires fonciers et de paysans. Il ne se passait pas de jour qu'un Saxon n'arrive à l'atelier, dans tous ses états, avec quelques pièces d'armement nécessitant une réparation urgente : une épée ou une hache d'armes au tranchant émoussé ; un lourd bouclier saxon rond, dont il fallait à chaque fois remplacer les courroies. Alfred s'étonnait de si peu d'ordre, de tant d'improvisation.

C'était surtout leur armure qu'ils apportaient.

L'armure des guerriers anglais était alors la même que celle en usage dans tout le reste de l'Europe : le harnois de mailles. On le connaissait sans doute dès l'âge du bronze ; le principe en était simple et pratique. De petits anneaux de métal, en général d'un centimètre de diamètre environ, étaient rivetés les uns aux autres pour former une longue cotte qui descendait plus bas que les genoux. Souple et flexible, à la différence de l'armure de plaques qui apparaîtrait plus tard, elle pouvait être modifiée pour s'adapter aux mesures de ses propriétaires successifs. La plupart des clients qui venaient à l'atelier tenaient la leur de leur père. C'étaient des pièces de valeur (il était rare que de simples fantassins aient les moyens de s'en offrir une), auxquelles leurs propriétaires tenaient beaucoup.

Mais elles présentaient plusieurs inconvénients : elles s'usaient, se déchiraient et surtout rouillaient, en raison de la vaste surface métallique qu'offraient leurs nombreux maillons. En tant que plus jeune apprenti de l'atelier, c'est à Alfred qu'on confiait la fastidieuse tâche de les nettoyer. Bientôt, dès qu'on voyait un homme apparaître une cotte à la main, les autres garçons s'écriaient joyeusement : « Alfred ! Rouille ! »

Cela ne retirait rien à son bonheur : les autres apprentis l'avaient rapidement accepté comme un des leurs, et Barnikel ne l'avait pas oublié pour autant. Chaque semaine, il était invité dans le hall du Danois pour y faire un copieux repas ; et bien qu'il ne fût qu'un apprenti pauvre dans la maison d'un homme riche, il avait presque le sentiment de faire partie de la famille. Il fit bientôt la connaissance de la fille de Leofric, qui y était souvent présente, et admira tant sa gentillesse, sa simplicité, que pendant l'été il en tomba presque amoureux lui-même.

Vers la fin du mois de juin, sa vie à l'armurerie commença à changer.

On leur avait commandé une douzaine de cottes de mailles neuves. Cette perspective excitait beaucoup Alfred, même si le maître pestait contre les délais trop courts et que les autres apprentis maugréaient. Il est vrai qu'avant de pouvoir fabriquer une cotte de mailles, il y avait une tâche particulièrement fastidieuse à accomplir : fabriquer le fil pour les maillons.

Alfred détestait ce travail. On chauffait une barre de fer, étroite et longue, dans la forge pour la ramollir, puis on en passait l'extrémité dans une plaque d'acier filière, percée d'un trou en son centre. L'apprenti le plus robuste de l'atelier tirait la barre à travers l'orifice, puis on répétait l'opération avec une autre plaque, percée d'un trou plus petit, et ainsi de suite ; de sorte qu'elle était à chaque fois un peu plus comprimée, un peu plus étirée. Mais une fois qu'elle avait été ainsi réduite, le dernier tréfilage était accompli par Alfred. Il serrait la barre dans les mâchoires de pinces attachées à une large ceinture de cuir qu'il portait autour de la taille ; puis, ainsi attelé, il reculait centimètre par centimètre à travers l'atelier, comme un homme luttant à la corde. Tout son corps souffrait dans l'exercice.

Un soir, après une journée occupée à ces rudes tâches, les apprentis s'apprêtaient à quitter l'atelier pour aller se désaltérer quand on entendit le maître crier : « J'ai besoin de quelqu'un pour m'aider ! Alfred, tu vas rester un moment. »

De sa voix bourrue, il ordonna au jeune garçon de s'occuper du soufflet, et les autres hochèrent la tête avec compassion. Le maître garda Alfred deux heures de plus auprès de lui, en lui confiant de menues tâches, avant de lui donner congé.

La même chose se répéta quelques jours plus tard, mais cette fois l'armurier fit rester un autre jeune apprenti également et il les garda tous les deux trois heures avec lui.

La fabrication d'une cotte de mailles fascinait Alfred. C'était simple, mais cela exigeait une précision parfaite. Dans un premier temps, le fil métallique était débité en anneaux, ouverts à leur extrémité ; cela se faisait en l'enroulant autour d'un axe, puis en pratiquant une entaille tout le long du rouleau ainsi formé. On poussait ensuite ces anneaux à travers une fente en V pratiquée dans un bloc d'acier, de manière que les deux bords de l'ouverture se resserrent et s'ajustent précisément l'un à l'autre. Les futures mailles étaient alors amollies au feu puis, toujours chaudes, placées dans un moule, où en deux coups de marteau on aplatissait les bords accolés. Un apprenti y perçait un petit trou, avec une paire de pinces spéciales. « C'est là qu'on mettra le rivet », expliqua-t-il à Alfred. Puis un autre écartait à nouveau, précautionneusement, les deux bords, pour pouvoir passer les anneaux les uns dans les autres, et on plongeait enfin ceux-ci dans un seau d'huile. « Toujours dans l'huile, prévint le maître. Si tu plonges le fer chaud dans l'eau, il refroidit trop vite et devient cassant. »

Ce qui émerveilla le plus Alfred fut de constater, une fois toutes ces opérations terminées, la précision du travail effectué : il était impossible de trouver la moindre différence d'un anneau à l'autre. Les mailles d'une cotte avaient rarement plus de trois dixièmes de millimètre d'écart entre elles !

La troisième fois que le maître donna l'ordre à Alfred de rester dans l'atelier à la fin de la journée, les autres apprentis murmurèrent, et deux d'entre eux offrirent de prendre sa place. Mais le maître lâcha simplement : « Au plus jeune de faire le sale boulot », et les congédia.

Cette fois-ci, au bout d'une heure, il appela le jeune garçon auprès de lui. Alfred s'essaya à chacune des tâches — enrouler, entailler, ajuster, percer et rouvrir. Le maître parlait peu, le corrigeant si besoin était, se contentant d'acquiescer en silence quand il avait bien œuvré. Puis il le conduisit jusqu'à la grande table à tréteaux qui occupait le milieu de l'atelier et lui dit : « Et maintenant, regarde bien. »

L'art du maître armurier ressemblait à celui du maître tailleur. Il commença par disposer en rangées les anneaux ouverts, de sorte que chacun puisse être relié à quatre autres — deux au-dessus, en diagonale, et deux au-dessous. La cotte aurait la forme d'une longue chemise, avec des manches descendant jusqu'aux coudes. Elle était fendue dans le bas, à l'avant et à l'arrière, pour ne pas gêner celui qui la portait, une fois en selle. Elle se terminait par un capuchon, que l'on pouvait rejeter sur les épaules ; le col en était ouvert comme celui d'une chemise et serré par des lacets. Un rabat, maintenu en place par une lanière, venait protéger la bouche du combattant.

Mais, alors qu'un tailleur peut couper et plier son tissu à sa guise, l'armurier devait disposer géométriquement tous ses anneaux ; et ce travail ressemblait plutôt à la mise en place du patron d'un tricot. Telle maille serait reliée à cinq autres au lieu de quatre ; telle autre serait laissée libre. Quand la pièce fut terminée, l'assemblage était si sûr et précis qu'il était presque impossible de retrouver les raccords.

Plusieurs heures durant, Alfred avait passionnément regardé le maître lui montrer comment confectionner cette chemise de métal, la disposition géométrique des mailles, les lignes de force, la liberté de mouvements à préserver ; tout ce grâce à quoi elle protégeait la vie des guerriers depuis plus de mille ans déjà. Alors qu'ils travaillaient maintenant à la lueur d'une lampe, l'armurier expliqua au jeune apprenti : « Place toujours les rivets de la même façon, depuis l'extérieur. Approche la main et tu sentiras pourquoi. » En passant la main sur la cotte, Alfred le constata : l'extérieur était rêche, tandis que l'intérieur, où le bout des rivets avait été aplati — et qui serait doublé par une chemise de cuir —, était aussi doux qu'une étoffe.

Le maître apposa son poinçon personnel sur certaines des têtes de rivets, et la cotte de mailles fut alors terminée.

Ou presque. Il ne restait qu'une ultime opération. Le fer qu'utilisait les armuriers médiévaux était relativement tendre ; pour l'endurcir en vue des combats, il fallait le cémenter. Alfred vit le maître rouler la pièce dans du charbon de bois qu'il avait pilé et placer le tout dans une boîte de fer, qu'il mit au feu. Elle fut bientôt portée au rouge.

« Il y a une interaction entre le fer et le charbon, lui expliqua l'armurier. Le charbon tourne à l'acier. Mais il ne faut pas le laisser trop longtemps dans le feu, sans quoi il devient cassant. Il faut que l'extérieur soit aussi dur que le diamant, et que l'intérieur reste souple. »

Puis, lui ayant enseigné les mystères de son art, il le laissa partir.

A dater de ce jour, le maître retint Alfred le soir au moins une fois par semaine. Et tandis que ses collègues le croyaient en train de manier le soufflet ou tirer les fils métalliques, le maître lui enseignait tranquillement les techniques en principe réservées aux apprentis ayant plus d'ancienneté que lui. Ils travaillaient souvent tous les deux tard dans la nuit ; le marteau, les pinces et les tenailles volaient à la tâche entre les mains d'Alfred. Ils ne parlaient à personne de ces séances, même si le garçon devinait, sans en être sûr, que le maître en tenait Barnikel informé.

La crise éclata au mois de septembre.

Un simple fait, malencontreux, ouvrit la voie aux événements qui devaient changer à jamais la face de l'Angleterre. Les hommes qui servaient dans la flotte anglaise annoncèrent qu'en septembre, mois des récoltes dans les champs, il fallait qu'ils rentrent chez eux. Rien de ce que put dire le roi Harold ne les retint. C'est pourquoi, un matin qu'Alfred, Barnikel et Leofric se trouvaient sur le quai de Billingsgate, ils virent tous les vaisseaux de cette flotte à l'amarre, jusqu'au plus petit. En de tels moments, ils le savaient, le royaume anglo-saxon était grand ouvert aux envahisseurs.

Ceux-ci frappèrent aussitôt.

L'invasion projetée par Guillaume de Normandie n'aurait guère pu se dérouler dans de meilleures conditions. Deux semaines après que la flotte eut regagné ses ports, le roi de Norvège mena une attaque sur les côtes du nord de l'Angleterre et prit York. Le roi Harold se précipita à sa rencontre et écrasa les envahisseurs au terme d'une bataille magistrale. Hélas, pour ce faire, il avait dû s'éloigner à quatre cents kilomètres de la côte sud — où Guillaume s'empressa de débarquer.

Son armée n'était pas très importante, mais redoutablement entraînée. Pour une part (la meilleure), on y trouvait l'entourage de grands seigneurs portant des noms fameux comme Montfort ; mais les autres louaient leur épée à qui voulait bien les payer, chevaliers sans terre de Normandie, de Bretagne, de France, de Flandre et même d'Italie du Sud. Grâce au fidèle soutien que l'Eglise apportait à Guillaume, il chevauchait sous la bannière papale. Quand ils prirent pied dans la baie de Pevensey, près du petit village d'Hastings, ils édifièrent un fort de terre et de bois et partirent en mission de reconnaissance.

Les événements des journées qui suivirent devaient rester toujours quelque peu flous dans la mémoire d'Alfred. Le roi revint à Londres. La cité fut mise sur le pied de guerre. Le staller, chef du corps de défense de la ville, et ses capitaines réquisitionnèrent tous les hommes valides qu'ils purent trouver. Chaque jour Barnikel arrivait en trombe à l'armurerie, avec de nouvelles demandes pressantes à satisfaire, et tout l'atelier travaillait jour et nuit.

Une petite scène devait pourtant s'inscrire avec précision dans l'esprit du jeune garçon. C'était un soir, dans la maison de Barnikel, après que le Danois et Leofric furent revenus d'un grand conseil tenu en présence du roi. Le Danois était agité, le Saxon préoccupé.

« Qu'est-ce qu'il attend encore ? cria Barnikel. Il faut attaquer maintenant ! »

Leofric était plus circonspect. « L'armée est épuisée après son retour forcé. Notre milice londonienne est courageuse, mais elle ne peut prétendre faire le poids face à des mercenaires bien entraînés. Par contre, si nous brûlons toutes les récoltes entre ici et la côte et que nous détruisons leurs moyens de transport, nous pourrons les affamer. Ensuite, ajouta-t-il d'un air sombre, faudra-t-il les tuer jusqu'au dernier ? »

Barnikel gronda de colère. « En tout cas, dans cette maison, on se battra ! »

Alfred devait l'apprendre plus tard, c'était à la solution de prudence prônée par Leofric que ses plus sages conseillers exhortaient le roi Harold.

Quelques jours plus tard — le 11 octobre —, pour des raisons qui n'ont jamais été clairement établies, le roi Harold d'Angleterre sortit de Londres et se dirigea vers la côte sud. Il n'avait pas reçu la moitié des renforts qu'il attendait des différents comtés, et se trouvait à la tête de sept mille hommes environ. On trouvait à la place d'honneur, près de l'étendard royal, le staller, Barnikel et la milice londonienne. Le fils aîné du Danois chevauchait à son côté ; quant à Leofric, à cause de son dos blessé, il n'avait pu prendre part à l'expédition. Barnikel portait sa hache d'armes à deux mains.

Alfred constata qu'en dépit des efforts qu'ils avaient fournis, toute la milice n'était pas correctement armée. Un homme, un sourire niais sur le visage, portait un simple volet de bois en guise de bouclier.

Leofric ne se résolvait pas à entrer.

C'était le soir, à l'heure qui suit les vêpres ; il se trouvait dans l'un des plus beaux quartiers de la colline ouest, celui qui s'étendait à l'ombre paisible de St Paul. Plusieurs jours avaient passé depuis le départ du roi et de son armée, et l'on était sans nouvelles d'eux. La cité se tenait coite, dans l'attente anxieuse des événements.

Dans le dos de Leofric, le long toit de bois de la cathédrale saxonne dominait le chaume des maisons avoisinantes. A sa gauche c'était l'enceinte, gardée jour et nuit, de l'Hôtel de la Monnaie. La rue étroite autour de lui, au sol jonché de feuilles jaunies, descendait en pente raide vers le fleuve. Le léger parfum provenant de la brasserie voisine se mêlait agréablement, dans l'air humide et tranquille, aux odeurs de feux de bois. Une cloche sonnait quelque part tandis qu'à l'ouest le ciel rougeoyait, pourpre comme le manteau d'un homme fortuné.

Le hall de Silversleeves, en face de Leofric, donnait une impression d'opulence tranquille. Tout en pierre, il n'était pas grand mais de proportions harmonieuses, avec un perron extérieur menant à l'entrée principale. Il le gravit lentement, rempli de crainte et d'appréhension.

Le maître de maison et ses deux fils l'accueillirent courtoisement. Leurs visages glabres et leurs longs nez choquaient moins, curieusement, quand on les voyait chez eux. En outre, même si sa propre robe verte, s'arrêtant aux genoux, était coupée dans la meilleure étoffe, Leofric ne pouvait s'empêcher de trouver que leurs longues robes normandes étaient d'une suprême élégance.

Un grand feu brûlait à l'une des extrémités de la pièce ; la haute fenêtre qui s'ouvrait de l'autre côté n'était pas garnie de parchemin huilé comme dans sa demeure à lui, mais de verre germanique de couleur verte. Les tentures aux murs étaient somptueuses. Sur la table, au lieu de lampes toujours fumantes, on trouvait de grandes et coûteuses bougies de cire d'abeille à l'odeur suave.

Plusieurs autres personnes étaient déjà là — un commerçant flamand, un orfèvre que Leofric connaissait un peu, et deux prêtres de St Paul. Il remarqua que ces deux-là, particulièrement, témoignaient à Silversleeves les plus grandes marques de respect. Il y avait encore un autre petit groupe dans la pièce, dont la présence en ces lieux laissa le Saxon perplexe. Assis sur un banc de bois dans le coin le plus éloigné du feu, trois pauvres bougres de moines, trois frères lais aux visages amaigris, contemplaient l'assistance d'un œil morne.

Silversleeves, priant son hôte de l'excuser pour les autres affaires qu'il devait finir de traiter, le laissa près du feu en compagnie de ses deux fils. Cela donna au Saxon l'occasion de faire mieux connaissance avec eux. Henri entama tout de suite une conversation courtoise, et semblait être un garçon plutôt agréable ; ce n'était pas le cas de son frère Ralph. Gauche, taciturne, maussade, la nature semblait avoir poussé en lui les traits familiaux jusqu'à la caricature. Son nez était non seulement long, mais aussi taillé à la serpe, ses yeux étrangement bouffis ; si son frère avait de grandes mains, les siennes étaient lourdes et noueuses. Il dévisageait le visiteur avec méfiance.

Tout ce que Leofric savait d'eux, c'est que l'un des deux jeunes gens qu'il avait sous les yeux désirait apparemment épouser sa fille.

Il était si troublé par cette idée que pendant quelques instants cela le plongea dans une sorte d'hébétude ; il ne comprit pas tout de suite ce qu'Henri était en train de lui dire, d'une voix solennelle. « C'est un grand jour pour notre famille... mon père fait construire une église... »

Une église ! Leofric prêtait maintenant toute son attention au jeune homme et le regarda d'un air interrogateur. « Votre père a fait un don pour qu'on bâtisse une église ? » Henri acquiesça de la tête.

Le Normand devait être vraiment riche, bien plus encore que Leofric ne l'avait pensé. Pas étonnant que les prêtres lui témoignent tant de respect.

Il y avait déjà plus de trente églises dans la ville anglo-danoise. Pour la plupart, c'étaient de petits édifices saxons, avec des murs de bois et des sols de terre battue ; certaines étaient à peine plus grandes que des chapelles privées. Mais fonder une église représentait pour une famille un signe de prospérité qui ne trompait pas.

Il apprit que Silversleeves venait d'acquérir un terrain juste en dessous de sa propriété. C'était un bon emplacement, sur Watling Street, dominant la zone d'entrepôts vinicoles connue sous le nom de Vintry. « L'église sera dédiée à saint Laurent, expliqua Henri en souriant. Comme il y a d'autres Saint-Laurent dans le voisinage, ajouta-t-il avec aplomb, j'imagine qu'on appellera celui-ci St Lawrence Silversleeves. » L'habitude de donner des noms doubles, pour honorer à la fois le saint et le fondateur de l'édifice, était déjà un trait caractéristique des églises londoniennes.

Ce n'était pas tout. Ce jour même, déclara le jeune homme, une autre consécration solennelle avait eu lieu : celle du négociant en personne. « Mon père est entré dans les ordres, affirma-t-il fièrement. Maintenant, il peut officier à l'église. »

Cela n'avait rien d'inhabituel. Quelle qu'ait été la piété d'Edouard le Confesseur, l'Eglise d'Angleterre avait sombré durant son règne dans un cynisme joyeux et total. Elle restait une institution puissante, possédant des terres partout, des monastères qui étaient autant de petits royaumes. Un homme en fuite pouvait trouver asile dans une église : le roi lui-même n'avait pas le droit de venir l'en déloger. En matière de moralité, c'était tout autre chose. Les prêtres vivaient souvent en concubinage, sans chercher à se cacher, léguant leurs bénéfices ecclésiastiques à leurs enfants, ou même les donnant en dot à leurs filles. Les riches négociants entraient dans les ordres, comme Silversleeves venait de le faire ; ils pouvaient même, si la fantaisie les en prenait, devenir chanoines de St Paul. C'était dans l'espoir (bien hypothétique) que Guillaume de Normandie mettrait un frein à ces abus que le pape avait donné sa bénédiction au projet d'invasion.

En tout cas, il apparut clairement à Leofric que la maison de Silversleeves était devenue fort puissante.

Les prêtres et les marchands restèrent quelques minutes encore dans la maison ; une fois qu'ils furent partis, Silversleeves revint trouver Leofric.

« J'espère que vous accepterez de souper avec nous ce soir, lui dit-il aimablement, afin que nous ayons le temps de parler. »

Trois servantes sortirent de derrière un rideau et vinrent étendre un grand drap blanc sur la table. Elles apportaient aussi deux pichets de faïence, des couteaux, des cuillers, des bols et des timbales. Quand tout fut disposé sur la table, avec autant de célérité que de discrétion, Silversleeves fit signe à son hôte d'avancer.

Le hasard voulait que ce fût un jour maigre, selon le calendrier de l'Eglise ; les personnes pieuses n'agrémentaient ce soir-là leur pain et leur eau que d'un léger repas de légumes. Puisque Silversleeves était maintenant prêtre, Leofric se résigna à une diète sévère. Mais en cela aussi, il avait sous-estimé son hôte. Celui-ci tourna le regard vers les trois frères lais, recroquevillés sur leur banc dans le coin de la pièce, et leur fit signe d'approcher. « Ces saints hommes prient et font pénitence pour nous », expliqua-t-il avec insouciance. Puis il les congédia, après leur avoir donné un penny d'argent à chacun, et ils se retirèrent tristement. Il dit alors le bénédicité.

Le repas commença par un brouet de chapon — un bouillon gras avec des épices surnageant à la surface.

Les hommes avaient l'habitude, à l'époque, de s'asseoir le long d'un des côtés de la table seulement, tandis que les mets étaient servis de l'autre côté, comme on le fait de nos jours devant un comptoir. Leofric se trouva placé à la droite de Silversleeves, avec Ralph de l'autre côté. Henri était plus loin de lui, à la gauche de son père. Le brouet était servi dans des bols à deux anses, placés entre chaque paire de dîneurs, et les règles du savoir-vivre exigeaient que chacun partageât le sien avec son voisin. Leofric devait donc plonger sa cuiller dans le même bol que Ralph.

Avec les Vikings barbus qu'il côtoyait sur le port, Leofric était habitué à toutes sortes de manières de se tenir à table ; pourtant, pour une raison ou une autre, le filet de bouillon coulant au coin de la bouche glabre de Ralph lui souleva le cœur. Son taciturne compagnon, en veine de politesse, lui offrit de partager aussi son gobelet — ce que Leofric ne put refuser.

Le repas lui-même fut remarquable. La table de Silversleeves ressemblait à celle d'un noble français. Le brouet fut suivi d'un *porray*, soupe de poireaux, oignons et autres légumes cuits dans du lait. Puis il y eut un civet de lièvre, grillé et cuit dans du vin. Comme le voulait la coutume, la nappe était longue, afin que les dîneurs puissent l'utiliser pour s'essuyer la bouche et les mains. Leofric fut impressionné de constater — était-ce à cause des saletés faites par Ralph, ou pour illustrer davantage encore la magnificence de leur hôte ? — que cette nappe était changée entre chaque plat. Il avait l'impression de dîner à la table du roi.

Silversleeves était un dîneur soigneux, méticuleux même. Il mangeait lentement, de petites bouchées à la fois, et se rinçait fréquemment les doigts dans un bol d'eau de rose. Pourtant Leofric observa que, sans avoir l'air d'y toucher, il engouffrait une quantité d'aliments considérable. Le vin contenu dans les deux pichets de faïence était excellent lui aussi ; c'était le plus prisé à l'époque, provenant de la région parisienne. Leofric but juste assez pour que les nez des ses trois voisins lui paraissent encore plus longs que d'habitude, alors qu'ils se levaient et s'abaissaient en rythme au-dessus de la table, à la lueur des bougies.

Enfin on apporta une fromentée, sorte de plat crémeux accompagné de figues, de noix et de vin épicé. Alors seulement, Silversleeves aborda l'affaire en cours.

Il commença indirectement. Ils avaient parlé de l'invasion en général, et des nouvelles qu'on pouvait s'attendre à recevoir. « Bien sûr, lâcha-t-il sans en avoir l'air, en tant que Normand, je connais certains des hommes de Guillaume. » Et de nommer Montfort, Mandeville, et plusieurs des proches du duc de Normandie. « Quel que soit le vainqueur, commenta-t-il, cela ne devrait guère avoir de répercussions sur nos affaires. »

Mais sur les miennes, si, songea Leofric d'un air sombre.

Silversleeves resta silencieux quelques instants, laissant le Saxon poursuivre le cours morose de ses réflexions. Puis, un léger sourire aux lèvres, il en vint doucement au nœud de l'affaire.

« L'un de mes garçons souhaiterait épouser votre fille », dit-il, comme si c'était la chose la plus naturelle du monde. Avant que Leofric ait trouvé quoi que ce soit à répondre, il continua suavement : « Nous ne demandons pas de dot. L'alliance avec un nom honorable comme le vôtre nous suffit. »

Leofric en resta sans voix : c'était aussi stupéfiant que courtoisement présenté. Pourtant ce n'était rien encore, comparé à ce qui suivit : « Je peux aussi vous proposer un arrangement qui vous intéressera peut-être. Si ce mariage a lieu, je serai heureux de vous libérer de vos deux dettes envers Barnikel et Becket. Vous n'aurez plus aucun souci à vous faire à ce sujet. » Sur quoi il replongea le nez dans son gobelet de vin, puis regarda poliment la nappe.

Pendant quelques minutes, Leofric demeura incapable d'articuler un mot. Quand Silversleeves avait affirmé dans son message qu'il pourrait l'aider, il avait certes songé que le Normand était un homme puissant ; mais cela allait au-delà de tout ce dont il aurait jamais pu rêver.

« Pourquoi ? » finit-il par demander.

Sur le visage de Silversleeves apparut ce qui, chez un autre, aurait pu passer pour un sourire sentimental.

« Rien n'est trop beau pour l'amour », murmura-t-il doucement.

Etre libre de ses dettes... Une alliance avec ce Normand pourrait même sauver le domaine, si Guillaume venait à triompher...

« Lequel de vos deux fils veut ma fille ? » parvint-il à articuler, malaisément.

Silversleeves sembla surpris. « Je pensais que vous le saviez... Henri. »

Leofric était si soulagé que ce ne fût pas Ralph qu'il enregistra distraitement le regard froid d'Henri, sans s'en préoccuper outre mesure.

Pourtant il savait bien, même avec cette perspective ouverte devant lui, qu'il ne pouvait pas accepter. N'avait-il pas donné sa parole à Barnikel ? L'honnête Saxon conçut alors, pour la première fois de sa vie, l'espace de quelques secondes, une pensée véritablement indigne et basse. S'il advenait que le Danois ou son fils fussent tués dans la bataille, alors il serait libre de sa promesse, et la fortune de sa famille sauvée.

« Je vais y songer, dit-il sans conviction, mais je crains...

— Nous attendrons votre décision », le coupa Silversleeves d'un ton conciliant, puis il éleva son gobelet. « Il n'y a qu'une petite condition... » commença-t-il.

Mais Leofric ne sut pas quelle était cette condition. L'un des frères lais fit brusquement irruption dans la pièce ; Silversleeves se tourna vers lui, mécontent, mais l'autre s'écriait déjà :

« Messires ! Le roi est mort ! Le duc de Normandie l'a vaincu !

— Où ?

— Sur la côte ! Un endroit près d'Hastings... »

La bataille d'Hastings, qui changea si profondément le cours de l'histoire anglaise, eut lieu le samedi 14 octobre.

Guillaume de Normandie avait mis plusieurs atouts dans son jeu. Il attaqua dès les premières lueurs du jour et prit le roi Harold par surprise. Il avait un redoutable contingent d'archers et une cavalerie bien entraînée, alors que son adversaire ne possédait ni l'un ni l'autre. En outre, les rangs des Anglais étaient trop resserrés, au sommet d'une colline, ce qui faisait d'eux une cible de choix pour les archers normands.

Pourtant, même ainsi, le combat dura toute la journée. Les archers ennemis ne parvenaient pas à briser la défense anglaise. Quand les cavaliers normands chargèrent, ils plièrent devant les terribles haches maniées à deux mains par des hommes comme Barnikel : leurs coups traversaient les cottes de mailles. Ils battirent en retraite, au point qu'il fallut toute l'autorité de Guillaume pour éviter une déroute générale.

Et le combat se poursuivit, de longues heures durant. A deux reprises la cavalerie normande avança, puis fit mine de fuir — attirant ainsi nombre d'Anglais dans un piège en bas de la colline. Ceux-ci voyaient leurs forces décroître, beaucoup de leurs chefs périr ; pourtant ils ne lâchaient pas prise, dans la grisaille de l'après-midi déclinante, et peut-être auraient-ils tenu bon jusqu'au soir. Mais il suffit d'une flèche — une flèche tirée au hasard, a-t-on affirmé — que le sort guida jusqu'à l'orbite de l'œil du roi Harold, le blessant gravement. Quelques minutes plus tard, la blessure s'avérait même mortelle.

Dès lors, tout fut fini. Le staller de Londres, grièvement touché lui aussi, fut rapidement évacué. Parmi le petit groupe de braves aux côtés desquels il avait combattu, sous la bannière royale, Barnikel et son fils en avaient réchappé tous les deux. Ils escortèrent la civière du blessé.

Deux mois plus tard, par un clair matin de décembre, plusieurs centaines de Londoniens furent les témoins d'une scène étonnante dans l'enceinte de la cathédrale. Le Folkmoot s'y était réuni et la séance venait de prendre fin.

Le visage de Barnikel de Billingsgate était écarlate. Il roulait des yeux furibonds en direction de son ami Leofric, et venait de cracher un seul mot, un mot terrible, d'une voix qui avait dû résonner dans la moitié du West Cheap :

« Traître ! »

Il ne destinait pas sa fureur au seul négociant saxon ; c'est toute l'assistance qu'il maudissait en bloc.

Les semaines d'après Hastings avaient été difficiles. Guillaume ne pouvait pousser tout de suite son avantage : ses troupes étaient affaiblies par le combat qu'elles venaient de livrer, des maladies s'étaient abattues sur le campement. Il lui fallait rester sur la côte en attendant des renforts. Côté anglais, les contingents envoyés par le Nord et les autres comtés commençaient enfin à arriver à Londres. Le Witan s'était empressé de désigner comme roi l'héritier légitime du trône, un lointain neveu du vieil Edouard.

« Pourquoi ne retournons-nous pas nous battre ? » criait Barnikel.

Mais, même aux yeux d'Alfred, la situation semblait désormais assez claire. La ville était remplie d'hommes en armes, mais sans personne pour les diriger, aurait-on dit. Le staller, toujours blessé, ne se déplaçait que sur une litière. Le jeune prince, qui n'était roi qu'en titre, ne se montrait guère en public. Les nobles du Nord parlaient de retourner chez eux. Des rumeurs parvinrent même jusqu'à l'atelier, selon lesquelles l'archevêque de Canterbury était en pourparlers secrets avec les Normands.

Le 1er décembre, Guillaume de Normandie se décida à faire mouvement. Il remonta la route Watling, la vieille voie romaine qui traversait Canterbury et Rochester ; son avant-garde atteignit rapidement les abords sud du pont de Londres. Mais celui-ci était défendu, et les portes de la ville closes ; aussi les Normands se contentèrent-ils de mettre le feu aux maisons de la rive sud, avant de se replier. « Il est trop malin pour se risquer à attaquer le pont, remarqua Leofric. Il va tâcher de nous avoir à l'usure. »

C'est exactement ce que fit le Normand. Il alla traverser le fleuve plus haut, après Windsor, puis encercla progressivement la ville par le nord, en brûlant les fermes sur son passage. « Encore quelques jours, commenta Leofric d'un air sombre, et il sera chez nous. » A la mi-décembre, l'archevêque se rendit dans le camp normand, accompagné du staller en personne, et le négociant saxon déclara à ses proches : « La ville va bientôt demander ses garanties à Guillaume. »

Les garanties arrivèrent : maintien de tous les anciens droits et privilèges de la cité. Guillaume de Normandie considérerait les Londoniens comme ses propres enfants. C'est pourquoi ce matin-là, au pied des murs de St Paul, Leofric le marchand avait énoncé sa position — sans gaieté, mais avec réalisme et lucidité : « Il faut accepter. »

Même le staller était d'accord. Londres se livrerait à Guillaume, et Barnikel ne pourrait rien y faire.

« Traître ! » vociféra-t-il à nouveau. Puis la moitié de la ville l'entendit crier : « Et pour ta fille, tu peux la garder ! Mon fils n'épousera jamais la fille d'un traître ! Tu as bien compris ? »

Leofric avait bien compris. Dans ces circonstances, et même si les affaires ne marchaient pas fort, il se dit qu'il pouvait remercier la Fortune.

« Comme tu veux », répondit-il, et il tourna les talons.

Quand, trois jours plus tard, la nouvelle des fiançailles d'Hilda avec Henri Silversleeves parvint à Barnikel, il refusa d'abord d'y croire.

« Mais c'est toi-même qui lui as dit que nous ne voulions plus d'elle ! gémit son fils. C'est toi qui as refusé le mariage !

— Il aurait dû comprendre que je ne le pensais pas vraiment ! » grinça le Danois. Puis l'idée lui traversa l'esprit que Leofric, tout bien pesé, l'avait peut-être compris.

Ce fut alors que Barnikel de Billingsgate se mit vraiment en colère.

Les riverains de Billingsgate et d'All Hallows s'accordaient généralement à l'affirmer : de toute leur vie, ils n'avaient rien connu de semblable. Même les vieillards qui avaient vécu le règne du roi Canut depuis ses origines, et qui vous juraient avoir vu de leurs yeux Ethelred le Malavisé, ne se souvenaient d'aucune scène capable de rivaliser avec celle-là. Tout le monde était sur le pas de sa porte ou penché à sa fenêtre ; quelques têtes brûlées du port s'étaient approchées à moins de trente pas de chez Barnikel, prêtes à s'égailler à la moindre alerte.

Le cataclysme dura plus d'une heure. Le lendemain, quand la famille du Danois risqua de nouveau un pied à l'intérieur de la maison, ils ne purent empêcher les voisins d'entrer avec eux pour voir. C'était un spectacle d'apocalypse.

Trois tonneaux de bière éventrés. Sept pichets de faïence, six plateaux de bois, deux lits, un chaudron, cinq tabourets, quinze pots de fruits en conserve, un bahut — le tout en miettes. Trois gros crochets à viande, ainsi que la broche sur laquelle on faisait rôtir celle-ci : tordus et inutilisables. Le manche d'une énorme hache de guerre à deux mains : brisé en deux. Plus, dévastés ou saccagés, une table à tréteaux, trois volets de bois, deux portes de chêne et le mur du cellier.

Les Vikings eux-mêmes, affirmait-on, n'auraient pas jugé leur arrière-petit-fils indigne d'eux en la circonstance.

Le couronnement de Guillaume, Conquérant de l'Angleterre, eut lieu le jour de Noël 1066, dans l'église de l'abbaye de Westminster.

Silversleeves et Leofric y assistèrent, assis côte à côte. La date du mariage avait été fixée à l'été suivant. Le négociant était libre de toute dette. La condition, l'unique condition, évoquée par le Normand lors de leur conversation, était que Leofric importât désormais ses vins par son intermédiaire et cessât de faire affaire avec Becket, le marchand de Caen. Le Saxon s'exécuta, non sans regret, mais c'était malgré tout un modeste prix à payer.

Deux jours après le couronnement, le jeune Alfred tomba par hasard sur Barnikel, dans l'East Cheap. Comme il lui faisait la remarque que le roi normand était en passe de devenir le nouveau maître de Londres, il fut surpris d'entendre le Danois lui répondre d'une voix sentencieuse, inhabituellement calme chez lui :

« *Wait and see.* »

Alfred se demanda ce qu'il fallait penser d'une telle formule.

5

La Tour

Une nouvelle silhouette commençait à se dessiner près du fleuve, au pied de la pente où vivaient les corbeaux.

Ce coin sud-est de la ville avait toujours été un endroit très tranquille. C'est là que l'ancienne muraille descendait jusqu'à la Tamise ; là aussi que l'éperon de la colline orientale formait une sorte de théâtre de verdure naturel au bord de l'eau. Il restait des vestiges d'édifices romains, telles des sentinelles du passé, ou encore les acteurs pétrifiés de quelque tragédie antique. Peut-être les corbeaux, juchés là-haut sur leur pente, attendaient-ils que le spectacle reprenne ; mais alors, cela faisait près d'un millier d'années qu'ils patientaient.

Puis survint le roi Guillaume.

Et maintenant, une grande levée de terre se dressait sur cette pelouse écartée ; par-derrière, on apercevait l'ébauche d'un nouveau bâtiment. A en juger par ses fondations, il serait fort vaste.

Il était de pierre grise ; on l'appelait la Tour.

Quand celui qui deviendrait le roi Guillaume Ier conquit l'Angleterre, il commit une erreur — une erreur bien compréhensible.

Alors qu'il restait toujours des prétendants rivaux au trône de l'île, il avait pensé que les nobles de sa suite (qui n'étaient pas si nombreux) vivraient en bonne intelligence avec les Anglais. Après tout, n'est-ce pas ce qui s'était passé avec Canut, le roi danois ? Et même s'il parlait français, n'était-il pas lui aussi un Viking ?

Au début, il avait adopté une attitude conciliante. L'Angleterre restait régie par le droit coutumier saxon, Londres conservait ses privilèges. Certes, quelques domaines avaient été confisqués pour rétribuer les efforts des compagnons de Guillaume ; mais cela se faisait **dans** tout le monde médiéval, et bien des nobles anglais conservèrent leurs terres durant ces premières années du règne.

Alors, pourquoi donc ces maudits Anglais n'avaient-ils pu se montrer raisonnables ? Voilà maintenant douze ans qu'ils ne cessaient de défier le roi normand. D'abord, ç'avaient été des révoltes anglaises ; puis des menaces venues d'Ecosse ; une invasion danoise... A plus d'une reprise, Guillaume avait paru sur le point de perdre son nouveau trône. A chaque fois, les nobles anglo-saxons auxquels il croyait pouvoir se fier l'avaient trahi ; le Normand, harcelé de toutes parts, avait été contraint de faire venir toujours plus de chevaliers du continent pour lui prêter main-forte, et de les rétribuer avec toujours plus de terres confisquées aux déloyaux Saxons. Ainsi arriva-t-il qu'en un peu plus d'une décennie toute la vieille noblesse anglaise fut renouvelée. Et le Conquérant pouvait affirmer, avec justesse : « Ils n'ont à s'en prendre qu'à eux-mêmes. »

Ce fut également pendant ces années-là qu'une autre innovation commença à changer la face de l'Angleterre.

Le premier château du Normand à Londres avait été assez sommaire : une solide tour de bois construite au sommet d'une butte de terre et entourée d'une palissade. C'était la « motte-et-clôture » normande typique : simple, mais suffisamment robuste pour impressionner les citadins. De tels châteaux forts avaient déjà été bâtis pour abriter les garnisons de Warwick, de York, de Sarum, et de nombreux autres bourgs d'Angleterre. Mais pour Londres et Colchester, sur la côte, sites clés de la défense orientale de l'île, on voyait maintenant plus grand : un donjon monumental, non pas de bois, mais de pierre. Le message adressé aux Londoniens était sans ambages :

« Le roi Guillaume est votre maître. »

La journée commençait, et déjà le soleil d'août était chaud dans le ciel. Les ouvriers arrivaient en foule sur le chantier au bord du fleuve ; on aurait dit des colonnes de fourmis.

Ralph Silversleeves se tenait debout, un fouet à la main. Le jeune ouvrier levait vers lui des yeux pleins d'espoir, tout en lui tendant le petit objet comme on ferait une offrande religieuse.

« C'est toi qui as fait cela ? »

Le garçon acquiesça, et Silversleeves regarda pensivement l'objet. Il était remarquable, cela ne faisait pas de doute. Puis il regarda à nouveau le jeune ouvrier, ses yeux suppliants, et jouit de l'idée qu'il tenait sa vie entre ses mains.

La Conquête avait été une bonne affaire pour Ralph. Il avait toujours su qu'il était l'idiot de la famille. Même s'il devait hériter un jour à part égale avec son frère, c'était bien celui-ci, l'intelligent Henri, qui reprendrait les affaires de leur père. Il admirait Henri et aurait voulu lui ressembler, mais savait que c'était impossible. Il n'était qu'un bon à rien, dont les gens se moquaient.

Mais avec l'arrivée de Guillaume, les choses avaient changé. Son père lui avait obtenu une situation auprès de Geoffroy de Mandeville lui-même, principal représentant du roi à Londres ; pour la première fois de sa vie, Ralph avait l'impression d'être quelqu'un. Certes, Mandeville ne l'employait qu'à de basses besognes, mais cela ne le gênait pas. « Je suis normand », aimait-il à répéter, donc membre de la nouvelle élite. Depuis l'année précédente, il était le contremaître des travaux de la nouvelle Tour de Londres.

« Alors, Osric, dit-il d'un ton froid. Qu'est-ce qu'on va faire de toi ? »

L'adolescent était encore jeune, seize ans seulement ; mais l'âpreté de sa vie, jointe au châtiment qu'on lui avait infligé, lui faisait une figure sans âge. Ses jambes étaient courtes et torses, ses doigts épais, son regard grave. Sa tête paraissait trop grande pour son petit corps.

Le village dont il était originaire se trouvait dans l'ouest de l'Angleterre, près de l'ancien bourg de Sarum ; il était tombé, peu après la Conquête, aux mains d'un des principaux barons de Guillaume. Même si ses parents étaient de bons artisans, la famille d'Osric ne se distinguait pas des centaines de familles de paysans vivant sur le même domaine ; et le nouveau possesseur de cette terre n'aurait jamais connu l'existence du jeune homme si celui-ci n'avait follement posé un piège pour faire tomber l'un des chevaux normands. Le chevalier qui le montait s'était cassé le bras dans sa chute. Le jeune garçon aurait pu y laisser la vie : mais le roi Guillaume, qui à l'époque espérait encore conquérir les cœurs de ses sujets anglais, avait prescrit la clémence. Aussi avait-on seulement coupé le nez du jeune Osric.

Au centre de son visage grave, il n'y avait donc plus aujourd'hui qu'une petite bouillie violacée. Il respirait par la bouche et détestait tous les Normands.

Le nouveau détenteur du domaine s'était également vu attribuer le château de Chelsea, en amont de Londres ; il y envoya l'adolescent. Un an plus tard, son intendant le revendit à un autre baron normand, qui n'était autre que Geoffroy de Mandeville. Aujourd'hui, Osric ne savait plus très bien s'il était serf ou esclave. Mais il était sûr d'une chose : s'il causait le moindre trouble, Ralph Silversleeves lui couperait les oreilles.

Il attendait donc avec anxiété le verdict qu'allait rendre le hargneux contremaître.

Sous le brûlant soleil estival, le site qui les entourait ressemblait, aux yeux d'Osric, à quelque forge énorme et mystérieuse, la terrasse herbeuse à une grande enclume verte, et les charpentiers, dont la colline proche renvoyait en écho les coups de marteau, à autant de petits forgerons.

La Tour avait sa propre enceinte réservée, sur la plate-forme dominant le fleuve. Juste derrière elle, du côté est, se dressait l'ancien mur romain ; à l'ouest et au nord, on avait conservé la palissade et la levée de terre du fort de bois. De nombreux entrepôts et ateliers se trouvaient à l'intérieur de cette enceinte, ainsi que quelques écuries.

Trois grandes barges de bois étaient mouillées près de la rive ; l'une était remplie de blocaille, la deuxième chargée de calcaire venu du Kent, tandis que la troisième contenait une pierre dure et pâle qui arrivait de Caen, en Normandie. Plusieurs équipes d'ouvriers faisaient la navette avec des charrettes à bras entre le fleuve et les fondations de la Tour.

Celles-ci étaient énormes. Le donjon lui-même faisait plus de trente mètres de côté ; où qu'il dirigeât ses yeux, le jeune Osric en avait le souffle coupé. La tranchée s'allongeait chaque matin un peu plus, comme si elle ne devait jamais finir. Elle n'était pas seulement longue et profonde, sa largeur aussi était extraordinaire : à leur base, les murs de la future tour mesuraient près de huit mètres d'épaisseur. Tandis que les maçons martelaient en rythme la grande enclume de la forge londonienne, l'énorme fossé engloutissait des barges entières de pierres, comme du métal chauffé à blanc qu'on aurait déversé dans un moule gigantesque.

Le travail était dur et pénible. Depuis des mois Osric hissait les charrettes en haut du talus ; il en avait les reins moulus. Souvent, recru de fatigue, le visage en feu à cause de la chaleur du jour, la bouche et les yeux remplis de poussière, il tâchait de voler quelques secondes de repos ; mais alors le fouet de Ralph ou le pied d'un chef d'équipe le renvoyait à la tâche. Ses mains, autrefois agiles et souples, étaient aujourd'hui durcies par les cals. Une seule chose lui rendait la vie supportable : regarder les charpentiers travailler.

Ils avaient beaucoup à faire sur un chantier tel que celui-ci. Des rampes de bois, des échafaudages et des monte-charge à installer ; plus tard il y aurait aussi des poutres et des planchers à poser. Dès qu'Osric avait quelques instants de libres, il allait rôder autour d'eux, ne perdant pas une miette de leur travail. Cela n'avait rien que de naturel. Sa famille avait fourni des générations d'artisans à son village ; instinctivement, il était attiré par de tels hommes. De leur côté les charpentiers, devinant ses dispositions, le laissaient flâner parmi eux et parfois lui montraient quelques secrets de leur art.

Il mourait d'envie de travailler avec eux... Cet ardent désir lui avait inspiré sa courageuse démarche. Grâce à l'un d'eux, un homme bienveillant, il avait travaillé une chute de bois, tous les soirs pendant trois semaines, et aujourd'hui n'avait pas à rougir du résultat. C'était fort modeste, un simple assemblage de deux pièces, mais si adroitement ajusté et si bien fini que n'importe lequel des charpentiers du chantier eût été heureux de l'avoir fabriqué lui-même.

Telle était l'offrande qu'il venait de faire à Ralph Silversleeves, accompagnée de cette prière : « Est-ce que je ne pourrais pas aider les charpentiers, messire ? »

Ralph tournait et retournait pensivement la pièce dans ses mains épaisses. Si ce serf, qui appartenait à son maître, faisait un bon artisan, nul doute que Mandeville en serait satisfait. Ce petit bonhomme, avec sa grosse tête et son nez coupé, ne valait sûrement pas grand-chose comme travailleur de peine. A cette minute précise, Osric touchait au but.

C'était compter sans la fatale erreur qu'il commit alors.

« Alors comme ça, tu pourrais faire un bon charpentier ? » demanda Ralph d'une voix distraite.

Pensant que cela pourrait servir sa cause, Osric s'empressa de répondre : « Oh ! oui, messire... Mon frère aîné est un excellent artisan. Je suis sûr que moi aussi, je pourrais en être un... » Il se demanda d'où provenait la crispation, presque une grimace de douleur, qui traversa le visage du contremaître.

Pauvre Osric. Sans le savoir, il avait touché le point le plus sensible. Si moi, je n'ai aucun espoir de jamais égaler mon frère aîné, pensa Ralph, pourquoi ce minable pourrait-il égaler le sien ?

Calmement donc, même avec une sorte de farouche plaisir, aurait-on dit, le Normand au long nez rendit son verdict :

« Ton frère est charpentier, Osric. Mais toi tu n'es qu'une bête de somme, et tu vas le rester, mon petit ami ! »

Puis, sans raison particulière, il cingla d'un léger coup de fouet le visage grave du garçon, avant de le renvoyer au travail.

Les deux hommes se faisaient face, chacun d'un côté de la table. Ils restèrent silencieux quelques instants, tandis qu'ils songeaient à la dangereuse entreprise dans laquelle ils s'étaient engagés. S'ils avaient parlé, ils auraient pu dire l'un et l'autre : « S'ils nous attrapent, ils nous tueront. »

C'est Barnikel qui avait voulu cette réunion, dans sa maison proche de la petite église d'All Hallows, qui donnait désormais sur la future tour. Il avait une bonne raison pour cela : depuis dix ans qu'ils poursuivaient leurs activités criminelles, il venait d'avouer, pour la première fois, qu'il était inquiet. Et il avait résumé son problème à Alfred.

Qui lui avait trouvé une solution.

Quand Alfred, l'armurier, regardait en arrière, il s'émerveillait de la facilité avec laquelle il était entré dans la profession. Il avait à peine eu le temps de réaliser ce qui lui arrivait. Tout avait commencé dix ans plus tôt, l'été où l'épouse de Barnikel était soudainement morte. Tous les parents et amis du Danois s'étaient mobilisés pour la circonstance, se relayant pour lui tenir compagnie et adoucir son chagrin ; ses enfants avaient invité le jeune apprenti à venir lui aussi. Un soir donc, au moment où il s'apprêtait à partir, Barnikel avait passé son énorme bras autour de ses épaules et lui avait murmuré à l'oreille : « Est-ce que tu ferais un petit travail pour moi ? Ça peut comporter certains risques. » Alfred n'avait pas hésité une seconde avant de répondre : « Bien sûr ! » Ne devait-il pas tout au Danois ? « Ton maître l'armurier te dira ce qu'il faut faire », avait conclu Barnikel, et les choses en étaient restées là.

La situation du pays était souvent tendue à l'époque ; Guillaume ne tenait pas son royaume en main, loin s'en faut. A Londres, Mandeville était nerveux, et le couvre-feu souvent imposé aux habitants. Les armuriers de la ville travaillaient à plein rendement, pour satisfaire les besoins de la garnison normande ; souvent Alfred et son maître restaient à la tâche, seuls dans l'atelier, après que la cloche du couvre-feu eut sonné la fin du travail.

Un soir d'automne, l'armurier avait dit au jeune homme : « J'ai encore à faire ce soir, mais tu peux t'en aller. » Alfred avait proposé de l'aider et l'autre avait poursuivi d'une voix neutre : « C'est un travail pour Barnikel. Tu n'as pas besoin de rester. »

Dans le court silence qui avait suivi, Alfred avait compris. « Je le ferai », avait-il simplement dit.

Après ce premier soir-là, le maître et l'apprenti étaient souvent restés ensemble fort tard dans l'atelier. En théorie, ils travaillaient pour Mandeville, aussi leurs étranges horaires ne pouvaient-ils éveiller les soupçons de personne. Ils s'entouraient néanmoins de précautions, barrant toujours la porte et gardant à portée de main leurs travaux « officiels » ; si quelqu'un essayait d'entrer, ils auraient le temps de cacher les armes illicites et de les remplacer par les régulières avant qu'on parvienne à ouvrir la porte.

Pour Alfred, ce fut la meilleure des formations possibles ; il n'y eut bientôt plus aucune tâche, ou presque, à laquelle il ne pût s'attaquer. Il fabriqua par douzaines des casques, des épées, des boucliers et des fers de lance. Il se félicitait plus que jamais d'avoir dissimulé ses capacités réelles à ses compagnons ; car ceux-ci, même s'ils constataient pendant la journée les progrès qu'il avait accomplis, auraient été fort étonnés de voir la nuit, au côté du maître, ses doigts voler au-dessus de son ouvrage. Une seule idée le tracassait, tandis qu'ils rangeaient dans une cache secrète du sol les armes qu'ils avaient fabriquées : à qui étaient-elles destinées ?

Puis Barnikel vint une nuit et les chargea sur des chevaux de bât. Il ne dit pas où il allait ; mais on apprit peu de temps après qu'une vaste rébellion avait éclaté dans le nord et l'est de l'Angleterre, qu'un débarquement danois avait eu lieu pour la soutenir et qu'en Est-Anglie un valeureux noble du nom d'Hereward le Vigilant avait pris la tête d'une révolte.

En réponse, le roi Guillaume avait impitoyablement pourchassé les rebelles et dévasté une grande partie du Nord. Les Danois avaient recommencé quatre ans plus tard. Cette année même, avec la révolte du fils de Guillaume en Normandie, les rumeurs allaient de nouveau bon train dans le royaume.

Un fait avait frappé Alfred. A chaque fois, la commande des armes n'intervenait pas au moment même de la rébellion, mais plusieurs mois auparavant.

Il n'aurait pas dû s'en étonner, pourtant. Le grand réseau nordique — la longue chaîne d'établissements vikings qui reliait les marchands entre eux, depuis l'Arctique jusqu'à la Méditerranée — restait très actif. Les mers boréales, où rôdaient encore les voix des anciennes sagas, s'ouvraient juste à l'embouchure de la Tamise, et il ne se passait guère de mois sans qu'arrive quelque nouveau bruit sur les côtes anglaises. Barnikel, le négociant viking, n'en perdait pas un seul.

Et maintenant, alors que le roi avait retraversé la Manche vers le continent, le Danois semblait posséder des informations particulières. Au cours des trois derniers mois, ils avaient fabriqué des lances, des épées et des pointes de flèche en quantité. A qui étaient-elles destinées ? Hereward le Vigilant vivait-il réfugié dans quelque forêt, comme certains l'affirmaient ? Des Vikings préparaient-ils à nouveau leurs drakkars pour débarquer sur l'île ? Nul ne le savait. Mais le roi faisait rebâtir sa tour, en pierre cette fois-ci, et l'on disait que Mandeville avait des espions dans toutes les rues de la ville. Personne, à la connaissance d'Alfred, ne soupçonnait l'armurier, mais Barnikel était manifestement soucieux.

Alfred avait changé, en dix ans. Il était maintenant armurier à part entière, et ne tarderait pas à prendre la suite de son vieux maître. Il s'était marié quatre ans plus tôt ; trois enfants étaient déjà nés de cette union. Cela l'avait rendu plus prudent. Certes, si Barnikel avait raison, si Guillaume était chassé par une révolte et remplacé, qui sait ? par un roi danois, alors le travail qu'il avait accompli en secret serait sûrement bien récompensé. Mais s'il se trompait...

« Le problème, lui avait expliqué le négociant, c'est que je ne peux plus me risquer dans les rues avec des chevaux. Il y a trop d'espions maintenant. Il faut que nous trouvions autre chose. »

C'est alors qu'Alfred lui avait fait part de son idée.

Après quelques instants de réflexion, Barnikel hocha sa grande tête rousse. « Ça pourrait marcher, convint-il. Mais nous avons besoin pour cela d'un bon charpentier, quelqu'un de confiance. Est-ce que nous en avons un dans nos relations ? »

Deux jours plus tard, Hilda descendit la colline, depuis St Paul, et sortit de la ville en passant par Ludgate. La soirée était douce et tiède.

La Tour n'était pas le seul château nouvellement édifié par le Conquérant à Londres. Deux forts avaient également été bâtis — à une échelle plus réduite — sur ce flanc ouest de la ville, près de la porte la plus proche du fleuve. Pourtant leurs silhouettes menaçantes n'affectaient pas l'humeur d'Hilda. Au contraire même, elle souriait : elle allait à la rencontre de l'homme qu'elle appelait son amoureux.

C'était une chance, elle s'en rendait compte, qu'elle n'ait jamais éprouvé d'amour pour son mari. Ainsi n'avait-elle jamais non plus été déçue par lui : elle l'avait toujours vu tel qu'il était en réalité.

Quel genre d'homme était Henri Silversleeves ? Intelligent et rude travailleur. Elle l'avait observé quand il traitait ses affaires. S'il ne possédait pas le sens stratégique de son père, il excellait à saisir les occasions, à réussir des coups. Il méprisait Ralph, même s'il avait appris à se montrer poli avec lui. Comme il l'avait affirmé un jour à Hilda : « Pourquoi Père tient-il tant à lui léguer la moitié de sa fortune ? C'est quelque chose que je n'arrive pas à comprendre. Au moins il n'a pas d'enfant, Dieu merci. » Toute la passion d'Henri, elle le savait, allait à la fortune des Silversleeves. C'était comme une forteresse dont il aurait été le gardien et qu'il ne livrerait jamais à personne d'autre. Il s'en occupait désormais si bien que son père allait souvent passer quelques jours dans un domaine qu'il avait acquis près de Hatfield, à une journée de voyage au nord de Londres.

Pour la famille d'Hilda, ce mariage avait porté les fruits qu'on en attendait. Quand le Conquérant avait confisqué la plupart des propriétés du Kent, Leofric avait lui aussi perdu Bocton, comme il le craignait. Mais Silversleeves était venu à son secours ; et c'était un plaisir de le voir aujourd'hui, libre de toute dette, rebâtir une solide fortune pour la transmettre un jour à son fils Edward. Oui, songea-t-elle, elle avait fait ce qu'on attendait d'elle.

Et en ce qui la concernait personnellement ? Elle vivait dans une belle maison de pierre, près de St Paul. Henri lui avait déjà donné deux enfants, un garçon et une fille. Il était prévenant et ne manquait pas d'attentions pour elle ; ç'aurait sans doute été un bon mari, n'eût été son cœur, parfaitement sec et rassis.

« Ta position est excellente », lui déclarait Leofric — et c'était vrai. Elle avait même rencontré le roi : la famille de Silversleeves avait accompagné celui-ci à plusieurs reprises dans le hall royal de Westminster, à la Pentecôte, quand Guillaume y réunissait sa cour. Le roi, rougeaud, corpulent, avec de grandes moustaches et des yeux perçants, s'était adressé à elle en français — langue qu'elle maîtrisait parfaitement, grâce à son mari. Il avait été si ravi de ses réponses qu'il s'était tourné vers toute sa cour pour déclarer : « Voyez ce jeune Normand, avec sa femme anglaise... C'est la preuve que nos deux peuples peuvent vivre heureux l'un avec l'autre ! »

Et il lui avait souri. « Bien joué », lui avait murmuré Henri à l'oreille, et elle s'était sentie fière d'elle-même.

Pourtant, l'année suivante, un événement moins plaisant s'était produit dans ce même lieu.

La position de Leofric vis-à-vis du Normand était toute pragmatique : « Je ne l'aime pas, mais il semble bien être ici pour rester, aussi faudra-t-il nous en accommoder. » En conséquence, entendant dire que le roi recherchait des faucons pour chasser, Leofric avait dépensé beaucoup de temps, et d'argent, pour lui en trouver une magnifique paire. Il les avait confiés à Hilda et son mari, lors de leur invitation suivante à la cour, avec mission de les donner à Guillaume de sa part.

Elle avait regardé, radieuse, les serviteurs de son mari apporter les oiseaux dans deux lourdes cages, puis avait entendu le roi s'exclamer joyeusement : « Jamais je n'en ai vu de plus beaux ! Où les avez-vous trouvés ? » Et elle était tombée des nues quand Henri s'était empressé de répondre, devant elle et sans même rougir :

« Je suis allé loin pour les chercher, Sire. »

Puis il s'était tourné vers elle et lui avait souri.

Elle ne pouvait contredire publiquement son mari devant le roi ; elle ne pouvait que soutenir son regard en silence. Mais au bout de quelques instants, en même temps qu'elle ravalait sa rage froide, elle avait senti quelque chose mourir au fond d'elle-même. Elle se dit plus tard qu'elle lui aurait peut-être pardonné, sans le sourire qu'il lui avait lancé.

C'est pourquoi, en cet instant, tandis qu'elle marchait à la rencontre de son amoureux, elle ne se sentait liée à Henri que par un sentiment de devoir conjugal. Rien d'autre.

A la sortie du pont de bois sur la Fleet, là où l'on trouvait jadis un puits sacré, s'élevait une petite église de pierre. Elle était dédiée à une sainte celte souvent associée à ce genre de site, près d'une rivière : Brigitte, encore nommée (comme c'était le cas ici) sainte Bride. C'est là qu'il l'attendait patiemment, près de la petite église de St Bride, non loin de Ludgate.

Barnikel de Billingsgate était amoureux.

La conquête de l'Angleterre avait porté un rude coup au Danois. Les Normands s'étaient emparés des terres qu'il possédait dans l'Essex. Il s'était même demandé pendant un temps si ses finances allaient s'en relever ; mais il avait réussi à sauver ses affaires à Londres, et à sa grande surprise Silversleeves avait tenu à lui payer scrupuleusement les intérêts de l'ancienne dette de Leofric. Son fils cadet lui-même, qu'il destinait si passionnément à la jeune Saxonne, avait fait un excellent mariage. Le jeune homme vivait aujourd'hui chez son beau-père, dont il reprendrait un jour l'affaire. « La situation pourrait être bien pire », ne manquait pas de lui dire sa femme. Mais elle était soudainement morte, et plusieurs mois durant le Danois avait senti son cœur lui manquer.

Deux choses l'avaient soutenu depuis ce temps-là. La première, c'était le combat qu'il menait en secret contre les conquérants normands. Combat qu'il avait juré de poursuivre jusqu'à son dernier jour.

La deuxième, c'était Hilda.

Au début, ils étaient gênés l'un vis-à-vis de l'autre, s'accordant à regretter la brouille qui avait séparé leurs deux familles. Mais après le mariage du fils de Barnikel, ils se sentaient moins embarrassés quand ils se rencontraient dans le West Cheap, et ils s'arrêtaient souvent pour échanger quelques mots amicaux. Ayant su où la jeune femme faisait ses promenades du soir, le Danois prit l'habitude d'aller flâner du côté de la Fleet aux heures où il avait des chances de l'y rencontrer. Pendant longtemps, toute une année après la mort de sa femme, le Danois avait cru n'éprouver qu'une affection paternelle pour Hilda ; elle-même découvrit la vérité bien avant lui, mais n'en dit rien.

Une seule fois — cinq ans plus tôt —, il s'était risqué plus loin qu'à l'accoutumée. Un jour qu'elle avait l'air triste et lasse, il lui avait soudain demandé : « Est-ce que ton mari te traite mal ? »

Elle avait attendu quelques instants avant de répondre, avec un sourire sans gaieté : « Non... Mais si c'était oui ? Qu'est-ce que tu ferais ? »

S'oubliant lui-même une fraction de seconde, le Danois s'était rapproché d'elle et lui avait dit d'une voix rauque : « Je t'emmènerais loin, très loin d'ici. »

Mais elle avait secoué la tête et murmuré : « Si tu me parles comme cela, je ne pourrai plus venir te voir. » Plus jamais il n'avait recommencé.

Et leur relation s'était ainsi poursuivie, platonique, au fil des années. Cela la réconfortait, mal aimée comme elle l'était dans son foyer, de sentir qu'un homme plus sage et plus âgé qu'elle l'appréciait. Quant à Barnikel, ce rôle de soupirant — peut-être pas tout à fait sans espoir — mettait une étincelle d'ardeur et de joie dans sa vie.

Il s'avança donc à sa rencontre d'un pas léger, impatient ; il portait une cape bleue toute neuve. Ensemble ils prirent vers l'ouest, en direction d'Aldwych et du vieux cimetière où reposaient ses ancêtres vikings, autour de St Clement Danes.

Que les caves allaient être vastes, et profondes... A mesure que les fondations s'élevaient, on distinguait bien ce que serait l'intérieur de l'énorme tour.

Toute la moitié gauche, quand on arrivait du fleuve, était dévolue à une immense salle. La partie droite se divisait en deux : à l'arrière, une longue pièce rectangulaire, orientée nord-sud, occupait les deux tiers de l'espace, laissant le devant, soit le coin sud-est de la tour, à une pièce plus petite. C'est dans ce coin que la chapelle prendrait place.

Le responsable de cet énorme chantier était Gundulf, un distingué moine — et architecte — normand, récemment arrivé en Angleterre et nommé évêque de Rochester dans le Kent. Gundulf avait apporté avec lui toute sa science de bâtisseur de châteaux forts sur le continent ; et le roi Guillaume l'avait aussitôt mis au travail, sur plusieurs projets à la fois. La grande Tour de Londres elle-même n'était pas unique en son genre, puisque sa sœur jumelle, ou presque, se construisait à Colchester, dans l'Essex.

Même s'il détestait le travail de bête de somme qu'on lui faisait accomplir, Osric ne pouvait s'empêcher de contempler, fasciné, les détails de la construction qu'il voyait croître autour de lui. Le premier niveau serait celui des caves. Côté fleuve, elles étaient à peu près à hauteur du sol, mais, à cause de la légère pente du terrain, presque complètement enterrées au niveau du mur arrière.

Les pierres étaient disposées en couches successives : d'abord du calcaire du Kent, grossièrement taillé, ou de la blocaille ; une couche de silex pour consolider l'ensemble ; puis à nouveau du calcaire. Le tout était lié avec un mortier composé des différents matériaux qu'on avait eus sous la main. A plusieurs reprises, on avait apporté des charretées d'anciennes tuiles romaines ramassées dans les environs ; Osric avait rejoint les hommes qui les concassaient à coups de marteau et les réduisaient en poudre pour en faire du ciment. Quand des tuiles y entraient, le mortier dans le mur avait des teintes rouges, et l'un des ouvriers remarqua un jour d'un air sombre :

« Regardez... La Tour est construite avec du sang anglais. »

La pierre normande claire, qui venait de Caen, était réservée aux angles des murs et aux encadrements des fenêtres. « Elle est particulièrement dure, avait expliqué le contremaître. Et comme elle n'est pas de la même couleur, cela donnera un air plus soigné au bâtiment. »

Tandis que les murs des caves commençaient à s'élever, Osric fit d'autres constatations. On pouvait passer de l'une à l'autre des grandes pièces, mais il n'y avait pas de porte donnant sur l'extérieur. On n'accéderait à ces caves que par un unique escalier en colimaçon, coincé dans la tourelle de l'angle nord-est. Quant aux fenêtres, le contremaître avait souri lorsque Osric lui avait posé la question de leur emplacement, puis il avait désigné du doigt deux étroits renfoncements, haut placés dans le mur ouest. « Les voilà », lui avait-il dit. Par la suite, les maçons s'y étaient attaqués : ce devaient être en effet deux minces ouvertures en forme de coin, allant vers l'extérieur en se rétrécissant.

« Ça ne laisse pas beaucoup de place pour faire une fenêtre, avait dit Osric à l'un des maçons, qui avait souri.

— Pas une fenêtre, non. Juste une fente, pas plus large que la main d'un homme. Aucun risque que personne puisse jamais entrer ni sortir par là. »

Osric fut également amené à s'intéresser à deux autres caractéristiques des caves. La première était un large trou pratiqué dans le sol de la salle principale, à l'ouest. Au début cela l'intrigua, puis il ne tarda pas à comprendre sa raison d'être : comme il était l'un des plus petits et des plus minces sur le chantier, Ralph le choisit pour l'y faire descendre. « Creuse ! » aboya-t-il d'un ton bref. Et quand le jeune ouvrier lui demanda étourdiment : « Jusqu'où ? », il l'injuria avant de répondre : « Jusqu'à ce que tu trouves de l'eau, imbécile ! » Même si la Tamise était toute proche et qu'il existait déjà un puits non loin de la berge, il était impératif que le château du roi dispose de sa propre alimentation, à l'abri de ses murs épais. Aussi des cordes descendaient-elles tous les matins Osric au fond du trou, pelle et pioche en main, avant de remonter dans des seaux la terre et les cailloux qu'il avait déblayés. Il s'enfonça toujours plus loin dans le sous-sol de la Tour, jusqu'à ce qu'il trouve enfin de l'eau. On mesura le puits qu'il avait creusé : il faisait douze mètres de profondeur.

Pourtant, c'était surtout l'autre détail qui le remplissait d'appréhension.

Le jour même où Ralph avait refusé qu'il rejoigne les charpentiers, il l'avait soudain rappelé : « Osric, toi qui sais si bien creuser des trous, j'ai quelque chose de nouveau pour toi. » Avant même que le jeune homme ait eu le temps de s'alarmer, il avait poursuivi : « Le tunnel, Osric. C'est tout à fait un endroit pour toi. »

Toute forteresse importante se devait de posséder un égout — et la Tour de Londres était remarquablement conçue sur le plan architectural. Partant d'un angle du bâtiment, d'un trou dans le sol à proximité du puits, il s'enfoncerait sous terre en pente douce, sur quelque cinquante mètres, jusqu'à atteindre le fleuve. A marée basse, l'égout serait à peu près à sec, mais à marée haute la Tamise s'engouffrerait à l'intérieur, et ainsi le nettoierait.

C'était une galerie étroite et basse ; seuls des petits gabarits comme Osric pouvaient y manier leurs pioches, en position accroupie. Il y descendait chaque jour et restait des heures à creuser. La terre qu'il avait dégagée était évacuée dans des sacs, et des charpentiers étayaient le tunnel au fur et à mesure pour éviter que le plafond ne s'effondre. Combien de jours, ou de semaines, lui faudrait-il creuser, avant que d'autres prennent le relais pour maçonner les parois ? Il n'en savait rien. Il savait seulement qu'il avait l'impression de s'être transformé en taupe, et que son dos le faisait continuellement souffrir.

Au bout d'une semaine de ce régime, il fit une seconde tentative, à nouveau pleine d'espoir, vers la liberté.

Gundulf, évêque de Rochester, était un homme de grande taille. Son crâne était chauve et sa face épanouie. Un mot définissait à la fois sa silhouette et ses propos : la rondeur. Mais une certaine vivacité dans ses mouvements dénotait son esprit rapide, par quoi il excellait à diriger les autres. En cette fin d'après-midi d'août, devisant avec ce balourd de contremaître, peut-être éprouvait-il de l'amusement, ou de la répugnance ; rien en tout cas ne transparaissait sur son visage. C'était le moment ou jamais de faire preuve de tact.

Il venait de modifier les plans de la Tour de Londres. Ralph Silversleeves allait devoir la reconstruire.

Au début, Ralph ne put y croire. Il contempla une fois encore les énormes fondations déjà en place : ce gros évêque pouvait-il véritablement exiger qu'il déplace cette énorme masse de pierre et qu'il recommence tout le travail ?

« Seulement le coin sud-est, mon ami, lui dit Gundulf d'une voix suave.

— Ça représente vingt-cinq barges de pierre ! riposta le contremaître avec fureur. Et tout ça pour quoi, bonté divine ! »

La raison de cette modification était simple. Le château jumeau de Colchester possédait, à ce même coin, une saillie en demi-cercle sur son flanc est. L'architecte de la Tour de Londres avait vu le résultat, l'avait approuvé, et avait décidé de faire la même chose ici.

« Elle accueillera l'abside de la chapelle royale, expliqua Gundulf d'une voix aimable. Cela donnera de la noblesse au château. Le roi en est fort satisfait », conclut-il.

L'esprit épais du contremaître avait-il saisi la portée de cette dernière remarque ? En tout cas, il n'en montra rien.

« Le chantier va prendre des semaines de retard, grogna-t-il. Disons plutôt des mois...

— Le roi est très désireux que le travail avance rapidement », répliqua l'évêque, poliment mais fermement. C'était un euphémisme : après les dix années de troubles que l'Angleterre venait de connaître, Guillaume voulait voir à Londres la nouvelle forteresse de pierre achevée sans délai.

« Aucune chance », grommela Ralph. Il détestait être bousculé par des hommes plus intelligents que lui.

Gundulf soupira puis lâcha, l'air de rien : « Je disais au roi, pas plus tard que l'autre jour, combien vous étiez zélé et bien fait pour cette grande tâche. Je dois le revoir bientôt... »

Même Ralph ne pouvait ignorer la menace qui se cachait derrière ces mots. Aussi hocha-t-il la tête d'un air renfrogné en marmonnant : « Comme vous voudrez... », avant de tourner les talons.

« Je dirai au roi, déclara l'évêque, onctueux, pour punir le grincheux de l'ennui qu'il lui avait infligé, que vous pourrez effectuer les modifications sans un jour de retard par rapport au programme initial. Il en sera très satisfait », conclut-il gaiement.

Osric entreprit sa démarche quelques instants seulement après la fin de cette scène.

Le jeune homme avait déjà vu plusieurs fois le corpulent évêque, lorsque celui-ci venait inspecter l'avancement des travaux.

Comme beaucoup de ceux qui occupent une position élevée dans la société, Gundulf avait depuis longtemps endossé les manières joviales et courtoises qui sont pour eux le meilleur passeport dans la vie publique. Quand il arpentait le chantier, un aimable salut de la tête, même adressé à des serfs, ne lui coûtait rien.

Il était donc normal que le misérable ouvrier qui travaillait dans son sombre tunnel ait pu concevoir un tel plan.

Tout son instinct le lui disait, il était né pour être artisan. C'était presque comme un fourmillement qu'il ressentait au bout des doigts. Cet instinct-là pouvait-il le tromper ? Peut-être Dieu lui avait-il envoyé les tourments de sa vie actuelle en châtiment de ses péchés ? Mais il était sûr d'une chose : Ralph Silversleeves ne pouvait être l'instrument de la volonté divine. Puisque cet homme était le démon. L'évêque Gundulf, lui, qui avait la haute main sur tout ce qui se faisait ici, était un homme de Dieu ; et de plus il paraissait bienveillant. Même un humble serf comme lui pouvait sans doute approcher un homme de Dieu.

De toute façon, songea-t-il, je n'ai plus rien à perdre.

Il avait attendu qu'une occasion se présente. Ce soir-là, au moment où il ressortait du tunnel après sa journée de travail, il vit l'évêque devant le chantier et décida de tenter sa chance. Il courut vers l'atelier des charpentiers, ramassa la pièce qu'il avait réalisée, puis s'approcha timidement du grand homme.

L'évêque Gundulf regarda, surpris, le petit personnage au visage grave qui se tenait devant lui, son morceau de bois à la main. « Que tiens-tu là, mon fils ? » lui demanda-t-il d'une voix aimable.

Osric le lui expliqua en quelques mots. « C'est moi qui l'ai fait. Je veux être charpentier. »

Gundulf n'eut pas de mal à deviner le reste de l'histoire en regardant le serf. Il vit que la pièce était bien réalisée, et tourna les yeux vers l'atelier des charpentiers ; il pourrait envoyer le garçon là-bas, et voir ce qu'ils sauraient faire de lui. Il était sur le point d'y emmener Osric quand un cri de rage fut poussé dans son dos.

C'était Ralph.

Dès qu'il avait tourné les yeux vers les deux hommes, le contremaître avait compris ce que faisait Osric. Déjà furieux comme il l'était, la vision du misérable petit serf s'adressant à Gundulf à son insu fut plus qu'il n'en pouvait supporter : il courut vers eux et poussa un nouveau cri, presque un hurlement de rage.

« Il dit qu'il voudrait être charpentier, observa l'évêque avec douceur.

— Jamais !

— Un talent d'artisan est un don du Seigneur, commenta Gundulf. Nous sommes censés en faire bon usage. »

Une inspiration vint alors à Ralph :

« Vous ne comprenez pas ! répliqua-t-il. On ne peut pas lui confier un ciseau, ni rien de tranchant ! Il est simple ouvrier ici parce qu'il a essayé de tuer l'un des chevaliers du roi. C'est pour cela qu'on lui a coupé le nez...

— Il n'a pas l'air bien dangereux, pourtant.

— Mais il l'est ! »

Gundulf soupira. Il avait du mal à croire ce que disait le contremaître. D'un autre côté, il songea qu'il lui avait causé suffisamment de problèmes pour aujourd'hui. Et l'important restait les travaux de la Tour, qui devaient se dérouler avec le moins de heurts possible.

« A vous de voir », conclut-il avec un haussement d'épaules.

Osric ne comprenait pas ce qu'ils disaient, puisqu'ils se parlaient en français, en dialecte normand ; pourtant il devina que l'ultime espoir qui éclairait encore sa jeune existence venait de s'éteindre.

Quelques instants plus tard, Ralph le ramenait devant l'entrée du tunnel en le tirant par l'oreille. Il écumait de rage.

« Tu pensais devenir charpentier derrière mon dos, hein ? Alors regarde bien autour de toi ! Tu vois cette terre et ces pierres ? Tu vas la creuser et les transporter pour le restant de tes jours ! Charpentier... Tu feras ça, et rien d'autre, jusqu'à t'en briser les reins ! » Il lui sourit d'un air sinistre. « Tu vivras sur ce chantier et tu y mourras aussi, parce que je te crèverai à la tâche, tu peux compter sur moi ! » Il le prit à bras-le-corps et le jeta dans le tunnel en criant : « Retourne au travail ! Tu n'as pas fini ta journée ! »

Aveuglé par son courroux, Ralph Silversleeves n'avait même pas remarqué la présence d'autres personnes autour de lui. Du reste, l'arrivée sur les lieux d'Alfred, l'armurier, n'avait rien d'extraordinaire.

Il était là pour une bonne raison : on lui avait commandé les grilles de métal qui recouvriraient le puits ainsi que l'entrée de l'égout, et il était venu en mesurer les dimensions.

Il avait vu d'un œil distrait la fureur du contremaître se déverser sur la tête du malheureux serf. Après le départ de Ralph, s'étant approché de l'entrée du tunnel, il aperçut le petit échantillon du travail d'Osric, tombé au sol quand le jeune homme avait été poussé dans le trou. Il le ramassa et le regarda pensivement.

Ce soir-là, après une longue conversation qu'il eut avec le jeune Osric, il put annoncer à son ami le Danois : « Je crois que j'ai trouvé le garçon qu'il nous faut.

— Tu lui fais confiance ? Et si ta vie était en jeu ?

— Je crois que oui.

— Pourquoi ? Quel est son but, à lui ? »

Alfred sourit.

« Se venger. »

La vengeance mettait du baume à l'âme d'Osric. Le plan n'était pas sans risque, mais il avait confiance. Surtout, il se sentait fier.

Le soir, il se glissait furtivement hors du quartier des ouvriers, près de la Tour, et gagnait la demeure de Barnikel, qui n'était pas très éloignée du chantier. Là, dans un débarras sur l'arrière de la maison, Alfred et lui travaillaient dur. Ses doigts épais et courts trouvaient d'instinct les gestes qu'il fallait ; de sorte que bientôt, à force d'attention et de tâtonnements, il eut exécuté un travail de menuiserie si habile, si ingénieux et si soigné que l'armurier ne put s'empêcher de s'écrier : « Pas de doute, tu es un véritable artisan ! »

La tâche que lui avait confiée le Danois consistait à modifier un grand chariot de manière à ce qu'on pût y dissimuler des armes. Mais, alors qu'il pensait que le jeune charpentier allait ajouter un compartiment secret en dessous du véhicule, celui-ci avait trouvé une meilleure solution. « S'ils vous soupçonnent et qu'ils fouillent le chariot, lui avait-il expliqué, c'est le premier endroit où ils iront chercher. » Plutôt que vers le plancher, donc, il s'était tourné vers les poutres massives qui constituaient le châssis du véhicule. Suivant son inspiration, œuvrant avec beaucoup de soin, il avait évidé ces poutres, puis bouché les orifices avec des panneaux amovibles ; et il l'avait si bien fait qu'une étonnante quantité d'épées démontées, de têtes de lances et de flèches trouvaient place à l'intérieur. Quand il eut terminé, la cachette était indécelable.

« On dirait que le chariot lui-même est constitué par des armes ! » s'exclama Barnikel, ravi ; et il serra le petit charpentier dans ses bras, si fort qu'Osric en eut le souffle coupé pendant plusieurs secondes.

Le Danois dit à Alfred qu'il ferait sortir un chargement d'armes la semaine suivante.

C'est par le plus grand des hasards qu'Hilda rencontra Ralph, deux jours plus tard. Cela se passa sur la colline, entre Ludgate et St Paul ; elle était de fort mauvaise humeur. Cela n'avait d'ailleurs rien à voir avec Ralph.

Sa colère était provoquée par une broderie.

Durant ces années-là, dans l'Angleterre du roi Guillaume, fut réalisé le plus grand et le plus célèbre travail d'aiguille sans doute jamais entrepris. La Tapisserie de Bayeux, ainsi qu'on nomme cette œuvre extraordinaire, n'est pas une tapisserie en réalité, mais une immense broderie de fils de laine sur une toile de lin, selon le vieil usage anglo-saxon. Bien que haute d'une cinquantaine de centimètres seulement, elle est exceptionnellement longue : soixante-dix mètres. Quelque six cents êtres humains y sont représentés, trente-sept navires, autant d'arbres, et sept cents animaux. Elle célèbre la conquête normande.

Mieux, c'est le premier exemple connu en Angleterre de propagande officielle. Elle se présente comme une énorme bande dessinée ; ses personnage stylisés racontent, en une longue suite de scènes, les événements (vus du côté normand) qui ont conduit à la Conquête, et donnent un récit détaillé de la bataille d'Hastings. Elle a été réalisée à l'initiative du demi-frère du roi, Eudes ; bien qu'évêque de la ville normande de Bayeux, ce qui lui assurait un confortable revenu, c'était aussi un soldat doublé d'un administrateur, non moins âpre et ambitieux que le roi lui-même. Et elle a été brodée par des femmes anglaises, du Kent pour la plupart, avant que le tout soit finalement réuni et cousu ensemble.

Hilda avait de bonnes raisons pour être exaspérée par cette magnifique œuvre d'art. Elle n'avait pas voulu prendre part à sa fabrication, mais Henri l'avait obligée à se joindre aux dames réunies dans le hall royal de Westminster pour y travailler. « Tu feras plaisir à l'évêque Eudes », lui avait-il dit — même si Eudes avait fait main basse sur la moitié du Kent, et si l'un de ses chevaliers occupait aujourd'hui le domaine ancestral de la famille d'Hilda à Bocton. Henri le savait, mais ne s'en souciait pas. La tapisserie, et le récit si vivant qu'elle faisait des événements récents, rappelait toujours à son épouse de pénibles souvenirs, la perte de sa chère maison, de son vieux pays ; et aussi les longues années passées à servir les intérêts de son mari, cynique et sans cœur.

Ce matin-là, comme elle revenait de chez les dames de Westminster, la colère dévorait toujours Hilda.

Puis elle vit Ralph.

Il était fort excité, cela se remarquait tout de suite. Son visage aux traits épais était plein d'une animation inhabituelle ; ses yeux, ternes d'ordinaire, brillaient. Il vint de lui-même à la hauteur d'Hilda et régla son pas sur le sien.

« Est-ce que tu veux connaître un secret ? » lui demanda-t-il.

Hilda avait parfois pitié de Ralph. En partie parce que Henri le méprisait, mais surtout, peut-être, parce qu'il n'était toujours pas marié.

Il n'y avait pas de femme dans sa vie. Il traversait parfois le pont jusqu'à la rive sud, où une petite communauté de prostituées vivait le long de la berge ; mais on disait que même ces femmes-là ne raffolaient guère de ses faveurs maladroites et bourrues. Deux ou trois fois Hilda avait proposé de lui trouver une épouse, mais Henri l'en avait découragée. « Pour qu'il ait des héritiers, merci bien... », lui avait-il dit. Un jour il lui avait déclaré sèchement : « C'est moi qui veille sur l'argent de la famille. Et j'ai bien l'intention de survivre à mon frère. » C'est pourquoi elle se força à sourire au peu séduisant personnage qui marchait à côté d'elle.

Si le hasard n'avait pas voulu qu'il rencontre sa belle-sœur si tôt après avoir quitté le grand Mandeville, Ralph ne se serait peut-être pas montré aussi bavard et irréfléchi. Il aimait bien Hilda. « Je ne suis pas aussi stupide qu'Henri le pense », lui avait-il dit un jour plaintivement. Aujourd'hui, rouge d'excitation, il ne pouvait résister au désir de se faire un peu valoir.

« On m'a donné une mission importante », lui dit-il.

La conversation entre Ralph et Mandeville avait été courte, mais substantielle. Le rôle du chef normand était d'être informé de tout ; et de fait, il se passait peu d'événements dans le sud-est de l'Angleterre qui ne venaient pas à sa connaissance. Ralph apprit de lui qu'on craignait de nouveaux troubles dans les campagnes. « Au cours de la rébellion d'il y a trois ans, lui dit Mandeville, il semble qu'ils recevaient des armes de Londres. Il faut absolument que cela cesse. »

Après réflexion, Mandeville avait décidé de confier la petite opération qu'il avait en tête à un homme qui fût à la fois méfiant, cruel et borné.

« Il y a là une bonne occasion de montrer ce dont vous êtes capable, affirma-t-il à Ralph en lui expliquant son plan. Vous aurez besoin d'être patient, et aussi de recruter des espions...

— Je démonterai pièce par pièce toutes les charrettes qui sortiront de Londres ! s'écria le contremaître.

— Vous ne ferez rien de tel, répondit Mandeville. En fait, je veux même que vous relâchiez le contrôle des marchandises qui sortent de la ville. (Il sourit.) L'idée, c'est d'endormir leurs soupçons. Vous posterez plutôt des hommes dans les bois : dès qu'ils verront le moindre chargement suspect, qu'ils suivent discrètement le chariot. Nous ne voulons pas seulement intercepter les armes, nous voulons qu'elles nous conduisent aux rebelles. Surtout, n'en parlez à personne. Vous m'avez bien compris ? »

Ralph avait bien compris. Un poste de confiance. Une mission secrète. Il avait traversé la ville, débordant de fierté. Rien d'étonnant donc à ce que, rencontrant Hilda, il ait eu envie de l'impressionner et lui ait dit :

« A toi je peux en parler, bien sûr, puisque tu es de ma famille... »

Sans la colère dans laquelle la séance de broderie du jour l'avait plongée, Hilda n'aurait peut-être pas prêté attention à la confidence de Ralph. Mais ce matin-là, contemplant son visage épais, réplique en plus grossier de celui de son mari, et songeant aux malheureux Anglais — son propre peuple — qu'il allait prendre au piège et sans nul doute envoyer à la mort, elle se sentit envahie par le dégoût.

La vérité, elle s'en rendit compte, était qu'ils l'écœuraient, tous. Henri, Ralph, les Normands et la loi qu'ils imposaient à l'Angleterre. Elle ne pouvait rien y faire, bien sûr. Sauf une chose peut-être...

« Tu dois te sentir très fier », dit-elle à Ralph en le quittant.

Il était prévu qu'elle aille la semaine suivante dans la propriété de son beau-père, à Hatfield, où elle devait rester un mois. Cette perspective ne l'enchantait guère ; aussi s'était-elle ménagé, pour ce soir-là, le plaisir d'une promenade au calme avec Barnikel — la dernière qu'ils pourraient faire ensemble avant longtemps.

Quand ils se retrouvèrent à St Bride, et commencèrent leur habituelle flânerie en direction d'Aldwych, elle lui conta par le menu tout ce que Ralph lui avait dit, ajoutant pour finir : « Je sais que tu n'es pas, disons... très ami avec les Normands. Si jamais tu connais quelqu'un qu'il faut prévenir, tu le feras, n'est-ce pas ? »

En voyant l'inquiétude et le désarroi, qu'il ne chercha pas à dissimuler, se peindre sur le visage de son ami, Hilda devina en un éclair qu'il était bien plus impliqué dans la lutte qu'elle ne l'avait cru. Alors, dans un élan, elle posa la main sur son bras et lui demanda d'une voix douce : « Mon cher ami, est-ce que je peux t'aider d'une façon ou d'une autre ? »

La route qui partait de Londres et montait vers le nord traversait d'abord des champs et des prairies marécageuses ; puis, tandis que le relief commençait à s'élever, elle pénétrait dans la forêt du Middlesex, près du vieux village saxon d'Islington.

Dix jours après sa conversation avec Mandeville, c'est un Ralph Silversleeves rouge de colère et de dépit qui redescendait vers le sud, escorté par une douzaine de cavaliers armés.

Il venait de réunir ses espions, pour qu'ils lui rendent compte, et ç'avait été un mauvais moment à passer. Ils n'avaient strictement rien trouvé. « Pas même la plus petite fourche... avait grommelé l'un d'eux. Peut-être qu'ils ont été prévenus », avait-il ajouté, mais Ralph s'était aussitôt écrié : « Impossible ! » Et quand un autre lui avait demandé : « Vous en êtes sûr ? », il n'avait pu s'empêcher de le gifler à toute volée.

Maintenant, sur le chemin du retour, il sentait que ses hommes n'avaient plus guère confiance en lui. Il avait le vague sentiment d'avoir été trompé, même s'il ne savait pas très bien comment. Pour un peu, il se serait mis à soupçonner ses propres espions.

C'est alors qu'il vit le chariot.

Il y avait quelque chose de suspect en lui, c'était clair. Il était grand, recouvert d'une bâche, et traînait manifestement une lourde charge, avec les quatre forts chevaux qui le tiraient et ses essieux qui grinçaient à chaque tour de roue. Une silhouette encapuchonnée était assise à côté du conducteur.

Ralph, à bout de nerfs, perdit tout contrôle : il crut avoir enfin trouvé sa proie. Oubliant complètement les instructions de Mandeville, il se rua sur le chariot, comme s'il avait craint que celui-ci ne s'envolât sous ses yeux, et cria au conducteur de stopper. « Halte et montrez-vous un peu, traîtres ! hurla-t-il. Sales chiens ! »

Le mystérieux personnage attendit que Ralph fût arrivé à sa hauteur, haletant, pour rejeter son capuchon en arrière et lui lancer un regard de profond dédain. C'était Hilda.

« Idiot ! cria-t-elle, de sorte que tous les hommes de Ralph l'entendirent. Henri m'a toujours dit que tu étais un imbécile ! » Puis elle se retourna pour découvrir le chariot et dévoiler son bien inoffensif chargement. « Des bouteilles de vin ! Un cadeau que ton propre frère fait à ton père !

Je les apporte à Hatfield... » Et elle fit mine de le frapper avec le fouet du conducteur, d'un geste si résolu qu'il se recula précipitamment, le visage blême.

On entendit des rires étouffés provenant des rangs de ses hommes. Fou de rage et d'humiliation, Ralph leur cria de le suivre, puis reprit rapidement la route de Londres sans un regard derrière lui.

Cinq semaines plus tard, près de l'église St Bride, après s'être assuré qu'il n'y avait personne aux alentours, Barnikel de Billingsgate s'autorisa à déposer un chaste baiser sur le front de son nouveau complice.

Puis, heureux l'un et l'autre, ils reprirent leur promenade le long de la berge.

Ils ne s'étaient pas aperçus que, cette fois-ci, quelqu'un les suivait discrètement à distance.

1081

Osric était dans sa vingtième année quand il remarqua la fille. Elle avait seize ans.

Il ne parla d'elle à personne, pas même à son ami Alfred l'armurier.

C'était curieux de voir les deux hommes ensemble. Alfred était maître armurier, désormais. La mèche blanche qu'il avait sur le front était presque invisible, depuis que le reste de ses cheveux était devenu gris. Sa silhouette s'était affirmée, élargie. Il donnait des ordres à ses apprentis d'une voix ferme ; à la maison, son épouse et ses quatre enfants lui obéissaient.

Mais il n'avait jamais oublié le jour où Barnikel l'avait ramassé, mourant de faim, près de la Pierre de Londres. A cette générosité dont il avait bénéficié, il aurait voulu répondre lui-même par une autre ; aussi faisait-il tout son possible pour aider son malheureux ami. Non seulement sa femme veillait à ce qu'Osric fasse un repas copieux au moins une fois par semaine, mais il avait lui-même offert plusieurs fois d'acheter la liberté du serf. Il n'y était jamais parvenu. D'une façon ou d'une autre, Ralph s'était toujours arrangé pour l'en empêcher. « Je suis désolé, répétait Alfred au jeune homme, mais je ne peux vraiment rien faire. »

Bien que basée sur rien ou presque, la haine de Ralph envers le serf avait tourné chez lui à l'habitude et, ce faisant, s'était renforcée. « Dans un sens, Osric, avait-il ricané un jour, on peut presque dire que je tiens à toi. » C'était la vérité même. Le petit ouvrier était pour lui comme un objet, un objet vivant, qu'il pouvait faire souffrir à loisir ; et si Osric le détestait en retour, il n'en jouissait que mieux. Rien ne lui procurait plus de plaisir que contrecarrer ses tentatives vers la liberté. « Ne t'en fais pas, lui avait-il promis, je ne te laisserai jamais partir. »

Elle était petite. Ses longs cheveux, partagés par le milieu, retombaient de chaque côté de son visage à la peau claire. La seule tache de couleur qui s'y lisait venait de ses lèvres, petites elles aussi, mais rouge sang. Tout en elle disait (même si Osric ne le savait pas) que ses ancêtres étaient celtes, peut-être aussi romains.

Les ouvriers étaient logés dans une série de baraquements de bois au bord du fleuve, au pied du vieux mur romain, côté intérieur. On les avait laissés libres de s'y installer comme ils le désiraient. Certains, comme Osric, n'avaient besoin de rien de plus qu'une paillasse personnelle ; d'autres, qui s'étaient trouvé une femme, s'étaient aménagé comme ils l'avaient pu un coin privé, avec quelques planches ou des bottes de paille. Aujourd'hui leurs familles s'étaient agrandies et avaient peu à peu colonisé une bonne part de l'espace intérieur. Ils composaient une foule bigarrée. Il y avait parmi eux des serfs, envoyés par leurs propriétaires en vertu du service qu'ils devaient au roi ; d'autres étaient esclaves ; un certain nombre portaient des mutilations, comme Osric, prouvant qu'ils s'étaient rendus coupables de quelque crime. La discipline s'était relâchée, Ralph se souciant peu de la façon dont vivaient les ouvriers, du moment qu'ils travaillaient bien.

Le père de la fille avait été le cuisinier du chantier et, tant qu'il avait vécu, la famille avait mangé à sa faim. Mais il était mort deux ans plus tôt et leur existence, depuis, était devenue difficile. Sa mère, usée par mille tâches de fortune, était constamment malade, les mains gonflées et douloureuses à cause des rhumatismes ; sans personne au monde pour leur venir en aide, sa fille se débrouillait comme elle le pouvait pour prendre soin d'elle. Une serve malade, sans famille autour d'elle, ne vivait pas longtemps à cette époque-là. La fille s'appelait Dorkes.

Il l'avait remarquée pour la première fois au mois de décembre. Les ouvriers travaillaient à la Tour quel que fût le temps, mais cet hiver-là avait été particulièrement rude. Un jour, deux semaines avant Noël, on leur avait donné l'ordre d'arrêter.

« Quand il fait aussi froid, expliqua le chef d'équipe à Osric, le mortier mouillé gèle et se fissure. » Le lendemain, plusieurs des serfs furent renvoyés dans leurs villages ; on réunit les hommes restés sur place et on leur dit qu'il fallait couvrir les murs.

Protéger le large sommet des murs était une tâche fastidieuse, mais nécessaire. C'était aussi une tâche nauséabonde, car on utilisait pour ce faire un mélange de paille et de bouse de vache encore chaude. « Mais ça marche », lui affirma le chef d'équipe ; et bientôt les énormes murs gris furent couronnés de chaume et de fumier.

Osric avait hâte que la fin de la journée arrive, pour pouvoir se laver ; en dépit du froid, il descendait assez souvent jusqu'à la berge de la Tamise et sautait dans l'eau tout habillé, avant de rentrer en hâte dans les baraquements des ouvriers, pour se déshabiller et faire sécher ses vêtements devant le brasero. Il s'aperçut à cette occasion qu'une autre personne dans le camp descendait elle aussi jusqu'au fleuve pour se laver, matin et soir : c'était Dorkes.

Elle était très propre, et parlait peu ; ce furent les deux premières choses que le jeune homme remarqua chez elle. Et aussi qu'elle paraissait un peu chétive. Il pensa qu'elle ressemblait à une souris et la regarda gentiment ; mais à cette époque-là, il ne fit pas autrement attention à elle. Il avait d'autres choses en tête.

Depuis le travail qu'il avait accompli pour Alfred et Barnikel trois ans plus tôt, il ne s'était pas produit de nouveaux troubles dans le pays ; l'Angleterre était restée calme. Quoi que Barnikel ait pu espérer quand il avait envoyé les armes, cela n'avait abouti à rien. Osric pensait que le Danois avait continué à en faire des réserves, mais il n'en était pas sûr.

Sa vie était malgré tout supportable. Certes, il passait le plus clair de ses journées à des corvées fastidieuses et sans intérêt — tirer des charrettes remplies de blocaille, hisser des seaux de pierre pour les maçons ou transporter le bois des charpentiers. Peu à peu, pourtant, il avait ajouté une nouvelle activité à toutes celles-là.

Depuis qu'il avait découvert sa propre habileté manuelle en travaillant au chariot de Barnikel, le jeune garçon s'était mis à ramasser des morceaux de bois au sol ou à quémander des débris de poutres auprès des charpentiers ; c'était plus fort que lui. Il les taillait le soir, assis à la lueur des braseros. Chaque semaine ou presque il fabriquait quelque chose de nouveau — une petite figurine, un jouet d'enfant ; bientôt les charpentiers et les maçons eux-mêmes ne l'appelèrent plus que « le petit artiste ». Ils le disaient avec affection, un peu d'amusement aussi, comme s'il était pour eux une sorte de mascotte. Après tout, il ne faisait pas partie de leur corporation ; il n'était qu'un portefaix. Mais sa présence ne les dérangeait pas ; et quand ils l'avaient auprès d'eux, ils lui montraient souvent ce qu'ils étaient en train de faire et lui expliquaient leur travail.

Chose étonnante, bien que sa vie ait été sacrifiée à l'édification de la Tour, chaque fois qu'il pénétrait à l'intérieur de ses murs austères, Osric trouvait le spectacle fascinant.

Les grandes caves étaient terminées, maintenant ; on les avait recouvertes de longues poutres supportant les planchers, sauf dans le coin sud-est, qui possédait une voûte de pierre. L'escalier en colimaçon descendant aux caves était déjà muni d'une lourde porte de chêne, cloutée de fer et fermée par une grande clé fabriquée par Alfred, l'armurier. « C'est ici que seront entreposées les armes de toute la garnison », avait dit le chef d'équipe à Osric.

Les murs de l'étage s'élevaient rapidement. Comme c'était l'habitude dans les forteresses normandes, l'entrée principale se trouvait à ce niveau-là : une belle porte percée dans la muraille sud, qu'on atteignait depuis l'extérieur par un grand escalier de bois. Bien qu'ils fussent presque aussi épais que ceux des caves, les murs de cet étage étaient ponctués de plusieurs alcôves, menant à d'étroites fenêtres ou autres ouvertures. Trois d'entre elles intriguaient spécialement le jeune ouvrier.

L'un de ces renfoncements, dans le mur ouest de la salle principale, avait quelque trois mètres de large. On pouvait aisément se mouvoir à l'intérieur, comme dans une petite pièce ; en levant les yeux, Osric vit que la cavité avait près de quatre mètres de haut et que, juste en dessous de son sommet, un petit trou ouvrait sur l'extérieur.

« A quoi ça sert ? demanda-t-il aux maçons.

— A faire du feu », lui dirent-ils en riant. Devant son air perplexe, ils lui expliquèrent : « L'appartement du roi sera juste au-dessus ; c'est pour cela qu'au lieu d'un brasero au milieu de la pièce, qui lui enverrait de la fumée à travers le plancher, il veut ces cheminées. Ils en ont comme cela en France. Il y en aura une autre dans la salle à l'est. »

C'est ainsi que les premières cheminées firent leur apparition en Angleterre, dans la Tour de Londres. Elles n'avaient pas de conduit, toutefois ; la fumée sortait par un trou percé dans le mur.

Deux autres alcôves, dans le mur nord, semblaient bizarres elles aussi. Chacun de ces étroits passages traversait toute l'épaisseur du mur ; au fond, dans un coin, se trouvait un banc de pierre, percé d'un trou en son milieu. « Regarde par le trou », suggéra l'un des maçons à Osric. Il le fit et vit une courte glissière, abrupte, qui ouvrait sur le dehors et surplombait un vide de quelque six mètres le long du mur. « Les Français appellent ça une *garde-robe*, lui expliqua le maçon. Tu devines à quoi ça sert ? » Osric acquiesça et l'homme ajouta : « Nous fixerons au bout de la glissière une gouttière de bois, qui descendra jusqu'au sol. De cette façon, ça fera une chute propre vers la fosse en dessous. C'est toi qui creuseras cette fosse plus tard. »

Osric réfléchit quelques instants. « Ça doit faire des courants d'air dans le bas du dos... »

Le maçon rit : « C'est sans doute pour que les gens ne s'y éternisent pas... »

L'incident se produisit au mois de juin. Ce n'était rien du tout, en réalité. Un soir qu'il faisait tiède et qu'ils avaient bien bu, un groupe d'hommes était assis sur la berge, au moment où la petite Dorkes descendit vers l'eau. Elle n'y resta que quelques minutes, le temps de recueillir de l'eau dans ses mains pour se laver les bras et la figure, avant de s'en retourner. Mais alors qu'elle passait devant les hommes, les yeux fixés au sol, l'un d'eux, un peu éméché, essaya de lui prendre la taille et dit : « Eh ! j'ai attrapé une souris. Donne un baiser, pour voir... »

Une autre aurait pris la chose en riant, mais Dorkes n'avait aucune expérience des hommes ivres. Elle rentra la tête dans les épaules, secoua ses longs cheveux sombres et tenta de se dégager. L'homme chercha à saisir ses petits seins, tout en riant à l'intention de ses camarades.

C'est alors que quelque chose le frappa.

Osric, qui venait d'arriver sur les lieux, n'avait pas perdu de temps à discuter : il s'était rué sur l'homme si violemment que, bien qu'il fît seulement la moitié de sa taille, l'autre perdit l'équilibre et fut projeté au sol. Le jeune garçon eut peur que l'ouvrier ou ses camarades ne s'en prennent à lui, et ne le jettent dans le fleuve ; au lieu de cela, ils poussèrent des rugissements de rire.

« Le petit artiste s'est mis à la boxe ! » Puis : « On ne savait pas que c'était ta bonne amie, Osric ! » A dater de ce jour, ce devint une plaisanterie courante sur le chantier de demander au garçon ce que devenait sa bonne amie.

Ce fut ainsi qu'il se mit à la regarder plus attentivement.

Il ne manquait pas d'occasions de le faire. Parfois elle descendait vers le fleuve, dans le jour naissant, et il la suivit des yeux. Comme c'était l'été, elle ne portait qu'une simple chemise ; aussi, lorsqu'elle descendait tout habillée dans l'eau pour se laver, comme la plupart des femmes, il pouvait distinguer sa silhouette à loisir quand elle en ressortait. Il découvrit qu'elle n'était pas aussi plate qu'il l'avait imaginé, mais au contraire dotée de fort mignons petits seins.

Le soir, quand elle s'asseyait avec sa mère auprès du feu, lui-même s'installait à quelque distance et contemplait son visage. Il ne fallut pas longtemps pour que le profil de la jeune fille, qu'il avait d'abord cru pâle et quelconque, se pare de tous les charmes aux yeux d'Osric.

Mais davantage que ses traits, il voyait désormais quelque chose de plus en elle. Timide, elle l'était, mais il fallait voir la tranquille détermination avec laquelle elle veillait sur sa pauvre mère, que ses mains déformées par les rhumatismes handicapaient chaque mois un peu plus. Sans jamais mendier ni abdiquer sa dignité, Dorkes faisait de petits travaux pour les uns ou les autres ; on les lui payait en nourriture, parfois d'une pièce de vêtement, et grâce à cela les deux femmes échappaient à la misère.

Depuis le jour où il avait pris sa défense, elle se montrait amicale et confiante avec Osric. Ils bavardaient souvent, ou bien allaient se promener ensemble. La mère de Dorkes, avec son visage morne, ses pauvres mains noueuses, les suivit du regard ; il était difficile de savoir ce qu'elle pensait et, comme elle n'adressait à Osric que de tristes signes de tête, il avait renoncé à le découvrir. Dorkes savait que les hommes plaisantaient le jeune ouvrier à son sujet, mais cela ne semblait pas la troubler. Pourtant il remarquait que, malgré son sourire paisible en apparence, elle restait sur la réserve quand ils étaient ensemble, par timidité ou pour quelque autre raison.

Il tomba amoureux en juillet ; il n'aurait su dire pourquoi exactement. Un soir qu'il la regardait, il sentit une vague de tendresse monter en lui, le désir de la protéger. Le lendemain, il ne cessa de se retourner dans l'espoir de l'apercevoir, et cette nuit-là elle lui apparut en rêve. Au matin, il lui sembla que sa vie prendrait enfin un sens s'il la passait auprès d'elle.

« Alors, se murmura-t-il à lui-même, je pourrai veiller sur elle. » Cette pensée le stimulait tant que même la misérable baraque où ils vivaient lui sembla baignée d'une lumière et d'une chaleur nouvelles.

Dorkes et Osric étaient ensemble, quelques jours plus tard, quand ils rencontrèrent Ralph.

Silversleeves avait coutume d'arpenter le chantier au petit matin, avant que le travail commence. En de rares occasions, il poussait jusqu'aux logements des ouvriers ; mais toujours, il faisait fièrement le tour de l'édifice en train de sortir de terre, comme si ç'avait été son château personnel. Ce jour-là, il venait de terminer son inspection quand il croisa les deux jeunes gens qui remontaient du fleuve.

Ralph avait entendu les plaisanteries que les hommes faisaient sur Osric et la fille ; mais comme le petit ouvrier n'était à ses yeux qu'un misérable, il n'imaginait même pas qu'une fille pût s'intéresser à lui. Ce jour-là, les voyant tous les deux ensemble, il se demanda soudain si une telle anomalie était pourtant possible : une femme s'intéresserait au misérable Osric ? Une femme, alors que lui-même, Ralph, n'en avait pas ? Mû par un brusque accès de jalousie, il regarda la fille et dit : « Qu'est-ce que tu fais, à tourner autour de ce pauvre avorton ? » Puis, au garçon : « Pourquoi tu ne laisses pas cette jolie fille tranquille, Osric ? Tu ne vois pas que tu la gênes, avec ta figure ? Tu es si laid... » Puis il repartit, non sans avoir cinglé d'un rapide coup de fouet le dos du petit ouvrier.

L'un et l'autre restèrent longtemps sans rien dire, puis la fille finit par chuchoter : « Je n'ai jamais fait attention à lui. »

Même en sachant combien Ralph le détestait, les mots du Normand avaient touché Osric au cœur, et il garda le silence.

En se retirant, la marée laissait plusieurs mares d'eau claire derrière elle le long des berges de la Tamise. L'après-midi du même jour, sous un ciel si radieux qu'on le voyait se refléter à la surface du fleuve, Osric descendit, seul, vers la rive.

Avec les années, une fois oubliée la douleur première de sa blessure, et après s'être habitué à sa respiration difficile, le jeune homme ne pensait plus guère à son aspect extérieur. Dans un environnement sans miroir ou presque, il n'avait guère l'occasion de se voir lui-même. Mais cet après-midi-là, en se penchant au-dessus d'une des mares, il contempla avec surprise son propre reflet.

Et fondit en larmes.

Il ne savait pas que ses cheveux étaient déjà aussi clairsemés. Il avait oublié l'amas violacé, à la place de son nez, qui le rendait si ridicule à voir. Il regarda sa trop grosse tête, sa silhouette frêle et tordue, la tache informe au milieu de sa figure, et eut envie de hurler ; mais il refoula ses sanglots, par crainte d'attirer l'attention sur lui, et se contenta de siffler entre ses dents : « Je ne vaux rien. Je suis un monstre. »

Puis il retourna au travail, triste, humble et désespéré.

Dans les jours qui suivirent, son premier mouvement fut de cacher son laid visage dans ses mains chaque fois qu'il rencontrait Dorkes. Pourtant il ne put jamais déceler dans ses yeux la répulsion qu'elle aurait dû éprouver en le regardant. Si elle la dissimulait, alors elle y réussissait admirablement bien. Elle lui souriait, du même sourire calme qu'elle lui adressait toujours.

Il commença à détailler les autres hommes du coin de l'œil, à l'affût de leurs disgrâces physiques. L'un boitait, un autre avait une main écrasée, un troisième une cicatrice couverte d'abcès. Après tout, se dit-il pour se consoler, je ne suis peut-être pas le plus laid de tous.

Si seulement elle pouvait m'aimer, songea-t-il. Je la protégerais. Je mourrais pour elle s'il le fallait. C'est dans cet état d'esprit qu'il passa les trois semaines qui suivirent.

Les maçons s'étaient attaqués à ce qui serait la crypte de la future chapelle. C'était un vaste espace de quelque treize mètres de long, qui aboutissait à l'abside est. Ils avaient déjà commencé à bâtir la voûte.

Osric aimait les regarder travailler. Les charpentiers fabriquaient d'abord de grandes arcades de bois en demi-cercle, qu'on dressait en échafaudages comme une succession de ponts en dos d'âne. Puis les maçons grimpaient au sommet de ces arcades et disposaient les pierres ;

chacune était soigneusement taillée en forme de coin, avec la partie large vers le haut, de sorte qu'une fois toutes les pierres en place, emboîtées les unes dans les autres, l'arc qu'elles formaient tenait tout seul, avec une exceptionnelle rigidité.

Osric ne tarda pas à découvrir une nouvelle caractéristique de la Tour.

Un matin, il arriva sur le chantier pour trouver les maçons protestant contre ce qu'ils appelaient « encore un de leurs maudits changements ». Ralph apparut quelques instants plus tard, pour lui ordonner avec colère d'aller chercher sa pioche et de se mettre au travail sans plus tarder.

Le mur séparant la crypte des appartements, sur le côté est de la Tour, avait plus de six mètres d'épaisseur. Après que les maçons y eurent percé une étroite ouverture depuis la crypte, on ordonna à Osric et à trois de ses compagnons de creuser dans la blocaille qui remplissait l'intérieur du mur, de manière à y aménager une pièce. Tels des mineurs s'enfonçant dans la roche, ils creusèrent ainsi plusieurs jours, et les charpentiers posaient des étais au fur et à mesure pour soutenir la maçonnerie au-dessus de leurs têtes. Au bout du compte, ils avaient créé une véritable chambre secrète, de près de cinq mètres sur cinq. « On dirait une grotte », remarqua Osric en souriant. La comparaison était juste, car les murs des châteaux médiévaux n'étaient pas là que pour délimiter l'espace ; c'étaient en eux-mêmes des parties du bâtiment, dans lesquelles on pouvait tailler et creuser comme à l'intérieur d'une montagne.

« Ce sera la chambre forte, leur dit Ralph, où l'on enfermera les objets de valeur. » Elle serait munie d'une porte de chêne.

Osric déclara son amour un dimanche matin, au début de l'automne. Le ciel roulait de gros nuages sombres.

Près de la Tour, un escalier grimpait au flanc du vieux mur romain, menant jusqu'au chemin de ronde. Comme on ne travaillait pas ce jour-là, Osric et Dorkes étaient montés là-haut afin de profiter de la vue qu'on y avait sur le fleuve. L'endroit était agréable et calme ; le jeune homme, se retrouvant seul avec son amie, fut soudain envahi d'une vague de tendresse pour sa petite silhouette pâle, et lui passa gentiment le bras autour de la taille.

Aussitôt, il la sentit qui se raidissait. Il se tourna vers elle, mais elle s'écarta de lui ; puis elle lui jeta un coup d'œil nerveux — ses yeux à lui étaient graves et solennels — et secoua la tête, avant de retirer le bras de sa taille, d'une main douce mais ferme.

« S'il te plaît, ne fais pas cela...

— Je pensais que, peut-être... » commença-t-il.

Elle prit une grande inspiration avant de dire :

« Osric, tu as été très gentil avec moi, mais... » Les deux yeux bruns le regardèrent calmement. « Je ne t'aime pas. »

Il hocha la tête, tandis qu'une énorme boule d'amertume remontait dans sa gorge. « C'est à cause de... » Il voulait ajouter : « ... de ma figure ? » mais n'y parvint pas.

« Laisse-moi, s'il te plaît », murmura-t-elle. Et comme il hésitait, elle répéta : « Laisse-moi, maintenant. »

Bien sûr. Il comprenait. Il redescendit l'escalier et regagna les baraquements, où il resta assis un long moment sur sa paillasse, pleurant silencieusement sur sa laideur et sa disgrâce.

Osric aurait été fort surpris si on lui avait dit que la pâle jeune fille, restée en haut du mur, le regard dans le vague, était sans doute encore plus déchirée que lui. Car le dilemme qu'elle affrontait n'était pas du tout celui qu'il croyait.

Bien sûr, Dorkes avait remarqué au début son visage mutilé, mais ensuite elle n'y avait plus pensé, ou à peine. Elle admirait son courage et appréciait sa gentillesse. Mais à quoi pourraient-ils bien lui être utiles ? se demandait-elle avec calme et réalisme. Osric ne possédait rien. Le plus misérable serf, dans le plus modeste village, avait une hutte pour vivre, un bout de terre à cultiver en propre ; Osric, lui, n'avait qu'une paillasse. Quelles étaient ses perspectives dans la vie ? Transporter des pierres pour Ralph Silversleeves, qui le détestait, jusqu'à ce qu'il s'écroule d'épuisement. Et elle-même, que possédait-elle ? Une mère percluse de rhumatismes, dont elle devait s'occuper. Comment continuerait-elle à le faire, si elle avait un homme dans sa vie ? Osric ne le permettrait sûrement pas. De toute façon, elle avait vu la grossière intimité réservée aux couples dans les baraquements, et aussi les gamins en haillons, au ventre creux, qui passaient leurs journées à fouiller la paille et la boue. « Ils vivent comme de la vermine, lui avait dit une fois sa mère. Ne fais pas cela. »

Son seul espoir était qu'un artisan ou bien l'un des serfs attachés à de grands domaines, et qu'on envoyait temporairement ici, la remarque un jour. Si cela n'arrivait pas, elle continuerait à prendre soin de sa mère du mieux qu'elle le pourrait. Et après ? Je n'aurai peut-être pas à supporter cette vie très longtemps, songeait-elle.

C'est pourquoi elle avait été prudente avec Osric ; elle voulait se montrer gentille envers le pauvre garçon, mais sans lui donner trop d'espoir. Ce matin, elle avait été nette et ferme, conformément à la ligne de conduite qu'elle s'était fixée, puis l'avait renvoyé. Et maintenant, laissant son regard errer à l'extérieur des longues murailles de la ville, puis revenant au chantier de la tour monumentale, elle maudissait le destin qui l'avait rivée à cette sinistre prison.

Par-dessus tout, il ne fallait pas qu'Osric devine le secret qu'elle enfermait au plus profond d'elle-même depuis plusieurs semaines : elle l'aimait.

Dans les jours qui suivirent, Osric et Dorkes se souriaient comme à l'accoutumée quand ils se rencontraient, mais ils ne se parlaient guère. Ils dissimulaient l'un et l'autre leurs sentiments, et l'on aurait pu penser que l'affaire en resterait là ; pourtant ce n'était pas tout à fait le cas.

L'épouse d'Alfred avait été la première à remarquer le changement chez Osric. D'habitude, les repas qu'il prenait une fois par semaine avec l'armurier et sa famille étaient des moments heureux. Alfred s'était fait construire une nouvelle maison, contiguë à l'armurerie ; solide bâtisse à pans de bois, qui comprenait une vaste pièce à vivre et des combles divisés en deux parties égales, l'une pour lui-même et sa femme, l'autre pour leurs six enfants. Les apprentis étaient logés dans une annexe, sur l'arrière de la maison.

L'épouse d'Alfred était une femme enjouée, d'un heureux caractère, fille d'un boucher. Elle dirigeait sa turbulente maisonnée avec la tranquille assurance d'une femme qui se sait aimée de son mari et qui règne sur le nombre exact de têtes blondes dont elle a toujours rêvé. Pour misérable que fût son existence, Osric arrivait généralement chez eux détendu et joyeux ; il apportait souvent aux enfants quelque petit jouet de bois qu'il avait taillé pour eux.

« Tu es une seconde mère pour lui, disait Alfred à sa femme.

— Tant mieux... Dieu sait qu'il en a besoin, le pauvre. »

Aussi, lorsqu'elle remarqua vers la fin de l'été qu'Osric avait changé, elle en fut intriguée. Il semblait préoccupé, mangeait peu. Se pouvait-il qu'il soit amoureux ? Elle posa la question à Alfred, qui ne le pensait pas. Mais quand, un jour d'automne, elle le vit arriver pâle et défait, incapable de prononcer un mot ni d'avaler une miette de nourriture, elle s'inquiéta. Elle essaya bien de le questionner discrètement, mais sans succès. « J'ignore de quoi il s'agit, dit-elle à son mari, mais rien de bon, en tout cas. Essaye de te renseigner là-bas, à la Tour. »

Alfred lui apporta la réponse quelques jours plus tard. « On m'a dit qu'il y a une fille avec qui il paraît très ami. Je l'ai vue. Toute menue et plutôt mignonne, avec un de ces airs timides... Je lui ai même parlé.

— Et alors ?

— Ils sont seulement amis, rien de plus. Du moins c'est ce qu'elle m'a dit. »

Sa femme hocha la tête et sourit, puis dit : « Je vais lui parler. »

L'épouse d'Alfred fut fort surprise du changement d'attitude d'Osric, quand il vint dîner le lendemain soir.

Il était toujours aussi pâle ; pourtant on eût dit que quelque chose, quelque secret, lui procurait une sorte d'excitation intérieure. En dehors d'une réconciliation avec son amie, elle ne voyait pas de quoi il pouvait s'agir.

Surtout, il mangea comme on ne l'avait jamais vu manger jusque-là. Elle apporta un ragoût et il en prit quatre portions ; de la bière et il en but trois chopes entières. Il avala deux fois ce que consommaient les apprentis, et Dieu sait pourtant s'ils étaient voraces ! « Regardez Osric ! criaient les enfants. Il va éclater ! »

« Tu prends des forces pour quelque chose en particulier ? lui demanda Alfred un peu plus tard.

— Oui. Ce soir, il faut que je me remplisse l'estomac au maximum », répondit-il, mais il refusa de dire pourquoi ; et on n'en savait pas plus quand il quitta la maison. En tout cas il s'en alla content, et cette nuit-là, couché sur sa paillasse, il souriait en songeant à son plan.

De la brume flottait au-dessus des berges, le lendemain matin, à l'heure où Ralph faisait sa promenade habituelle. On voyait des silhouettes fantomatiques aller et venir autour des baraquements, leurs voix et leurs toux étouffées par le brouillard humide. La grande masse de la Tour elle-même était floue ; on eût dit la coque de quelque gigantesque navire qui se serait échoué dans la brume matinale.

Ralph poussa un grognement. Il avait rendu visite cette nuit-là aux dames de la rive d'en face ; mais, s'il en retirait un bien-être passager, la satisfaction en était de plus en plus absente, et c'est de fort mauvaise humeur qu'il avait retraversé le pont à l'aube.

De plus, une autre contrariété le perturbait beaucoup.

Où diable était passé son fouet ? Il avait mystérieusement disparu l'avant-veille, alors que Ralph l'avait seulement posé quelques instants au sol ; et bien qu'il eût proféré les pires menaces, aucun des ouvriers de la Tour ne semblait avoir la moindre idée de l'endroit où le fouet se trouvait. Il s'était tellement habitué à son poids dans sa main, au fil des années, qu'il se sentait curieusement gauche, à devoir ainsi marcher sans lui, presque déséquilibré. « Si je ne le retrouve pas au plus vite, grommela-t-il avec colère, il va falloir que je m'en déniche un autre. »

Il ne prit pas la peine de visiter les quartiers des ouvriers, mais fit comme à son habitude le tour du monumental édifice. De temps à autre il levait les yeux vers la colline, comme pour vérifier que là-haut, dans la brume, les corbeaux montaient bien la garde pour protéger les murs noirs et luisants d'humidité.

Il venait juste de tourner le coin du bâtiment quand il vit son fouet.

Il était posé au sol près du mur, et n'avait pas été abîmé à première vue. Ralph supposa que le voleur avait pris peur et qu'il avait trouvé ce moyen-là de lui rendre son bien.

Il s'approcha, un petit sourire aux lèvres, et se pencha pour le ramasser.

Cela faisait près d'une heure qu'Osric attendait.

Il savait que son plan était dangereux ; mais depuis une semaine qu'il y pensait, il se disait que de toute façon il n'avait plus rien à perdre. Dorkes ne voulait pas de lui, et l'avenir ne contenait rien qui pût lui sourire. En outre, que pourrait-on lui faire qu'on ne lui avait déjà fait ? Il ne fallait donc pas se refuser le plaisir d'un coup, même mince, porté au contremaître qui l'avait tant humilié.

Aussi prépara-t-il soigneusement ce coup, depuis son poste d'observation là-haut ; il attendit jusqu'à la dernière seconde, puis, quand il jugea le moment venu, respira à fond, se contracta de tout son être et murmura entre ses dents : « Maintenant, oui... »

Les efforts qu'Osric avait fournis la veille au soir ne furent pas vains. Sa panse était si remplie qu'il s'était demandé si elle n'allait pas éclater pendant la nuit. La masse chaude et molle qui jaillit de lui à cet instant précis, pour dévaler le long de la face nord de la Tour depuis le banc percé de la garde-robe, était de loin la plus énorme qu'il eût jamais produite. Il se retenait depuis si longtemps qu'elle sortit avec une force et une densité incomparables. Pleine, onctueuse et compacte à la fois, elle glissa sans bruit vers sa cible.

Une seconde plus tard, s'étant à nouveau retourné pour regarder à travers la gouttière, Osric vit avec délices que son envoi avait frappé en plein dans le mille, sur la tête du contremaître.

Un cri monta du sol : d'effroi d'abord, puis de stupéfaction, une fois que Ralph eut posé la main sur son crâne, enfin d'indicible horreur, quand il eut contemplé et senti ce qui s'étalait sur sa paume. Le temps qu'il lève les yeux vers la gouttière, le jeune ouvrier avait disparu.

Le Normand fit le tour du bâtiment en courant et grimpa l'escalier quatre à quatre, hurlant de rage. Il se rua d'abord dans la garde-robe, puis explora les appartements, la crypte, même l'obscure chambre forte, mais ne trouva rien. Beuglant de fureur, il retourna dans le hall principal et s'apprêtait à poursuivre ses recherches quand une idée terrifiante le cloua sur place.

Dans quelques minutes à peine, les premiers maçons allaient faire leur entrée dans la Tour pour commencer leur travail. S'ils le voyaient ainsi coiffé, et puant, il deviendrait la risée du chantier et bientôt de toute la ville. Il ressortit donc en courant du bâtiment, dans un cri de rage impuissante, et quelques instants plus tard sa silhouette se fondait précipitamment dans le brouillard en direction de la cité.

Osric attendait, caché dans l'ombre de la grande cheminée ; ses jambes, qu'il pressait contre la paroi d'en face, le maintenaient en position assise à trois mètres du sol. Il sourit en entendant les hurlements de Ralph, puis l'écho de ses pas qui décroissait tandis que le Normand quittait la place.

Il attendit encore un peu, puis sortit de sa cachette.

Quelques jours plus tard Dorkes vit, à sa grande surprise, la femme de l'armurier s'approcher d'elle, tout sourire, et lui adresser la parole. La jeune fille resta d'abord sur la défensive, alors qu'elles marchaient ensemble en direction de Billingsgate ; puis elle se laissa peu à peu désarmer par la chaleur et la délicatesse de son interlocutrice ; enfin, sans l'avoir prévu au départ, elle s'abandonna complètement.

Encore cette surprise-là n'était-elle rien, comparée à ce qui devait suivre.

La femme lui expliqua, d'un ton affectueux et paisible, qu'elle et son époux étaient de grands amis d'Osric ; elle lui raconta combien de fois Alfred avait essayé de racheter le jeune serf afin de l'affranchir. « Un jour, il y arrivera », lui dit-elle. Ce fut alors qu'elle lui fit son offre.

« Nous nous occuperons de votre mère. Ralph lui-même ne tiendra pas à conserver une paire de bras qui ne lui sert à rien. Nous veillerons à ce qu'elle mange à sa faim, et s'il le permet, nous la prendrons chez nous à demeure.

— Mais si... » La fille hésitait. « Si jamais j'ai des enfants et qu'Osric...

— Et qu'Osric meurt ? compléta pour elle son interlocutrice. Nous prendrons soin d'eux du mieux possible, et je ne pense pas qu'ils mourront de faim. » Elle fit une pause avant de poursuivre : « Quelqu'un d'autre vous fera peut-être une meilleure offre. Mais il y a un autre détail à prendre en compte, c'est que (elle sourit) mon mari est maître armurier. Il jouit d'une certaine position ici. »

Dorkes garda le silence tandis qu'elles revenaient sur leurs pas ; elle ne savait que dire ni que penser. Enfin, parce qu'elle était jeune, et qu'elle était lasse, elle répondit simplement : « Merci », puis : « Oui. »

Et c'est ainsi que, quelques soirs plus tard, Osric leva les yeux pour voir avec stupeur, à la lueur du brasero, une silhouette mince et pâle s'approcher de lui.

Une année passa encore avant que la mère de Dorkes pût aller vivre dans la maison de l'armurier. Durant ce laps de temps, l'étage principal de la Tour fut achevé, et l'on prépara les énormes poutres de chêne qui soutiendraient son plafond.

Osric et Dorkes s'étaient aménagé comme ils l'avaient pu un coin à eux dans les baraquements des ouvriers, et vivaient ensemble sans que personne y trouve à redire. Il n'y avait eu ni cérémonie de mariage ni consécration d'aucune sorte ; mais nulle n'était requise, dans les circonstances de leur vie commune. Leurs voisins de chambrée parlaient naturellement de Dorkes comme de la femme du jeune Osric — et de lui comme de son mari. Il n'y avait rien de plus à en dire.

Hormis le jour où, peu après le départ de sa mère, Dorkes annonça tranquillement à Osric qu'elle allait avoir un enfant.

Au fil des mois, Alfred l'armurier se convainquit qu'ils avaient bien agi, sa femme et lui-même, et que, somme toute, la vie dans Londres devenu normand était supportable.

Ou du moins l'aurait été, sans un certain problème, préoccupant depuis longtemps et qui prenait de plus en plus d'importance : un problème qui menaçait de les emporter tous s'il ne parvenait pas à le résoudre.

Un matin d'automne, en l'an de grâce 1083, Leofric le négociant, demeurant à l'enseigne du Taureau dans le West Cheap, se tenait près de chez lui, en proie à une indécision passagère.

Deux spectacles sollicitaient son attention, si intéressants l'un et l'autre qu'il ne cessait de tourner la tête de droite et de gauche, comme s'il essayait de les regarder tous les deux en même temps.

En premier lieu, une église, encore à demi construite seulement.

Le Conquérant avait introduit les châteaux forts en Angleterre, mais aussi autre chose, d'une grande importance : les églises, telles qu'on les construisait sur le continent. Il avait promis au pape, en échange de sa bénédiction, qu'il réformerait l'Eglise d'Angleterre, et c'était un homme de parole. Aussi avait-il révoqué à la première occasion l'archevêque saxon de Canterbury, pour le remplacer par Lanfranc, un prêtre normand jouissant d'une très haute réputation. Le verdict de Lanfranc fut sans appel, à l'issue de la première visite qu'il rendit à ses ouailles : « Scandaleux. » Et il se mit à la tâche.

Quelques années plus tôt, un incendie avait ravagé le West Cheap. Il avait épargné la demeure de Leofric, mais la petite église St Mary, au bout de la rue, avait été réduite en cendres. L'archevêque Lanfranc avait ordonné, depuis, qu'on la reconstruise, et comptait en faire sa propre église dans la cité de Londres.

C'est pourquoi une nouvelle église se bâtissait aujourd'hui à mi-chemin du Cheap, petite mais de proportions élégantes, juste derrière les étals de merciers, de drapiers et de marchands de rubans. De même que la Tour à l'est, elle était carrée, solide, construite en pierre. La crypte, bâtie pour l'essentiel au-dessus du sol, était déjà achevée. L'église possédait une nef, quatre travées dans la longueur et deux bas-côtés. Les voûtes aussi étaient en pierre, même si les bâtisseurs y avaient mêlé quelques briques romaines trouvées dans les parages. Mais le trait le plus frappant, qui avait déjà fait forte impression sur les habitants de la ville, c'étaient les solides arcades : comme celles de l'abbaye de Westminster, elle étaient de style roman, arrondies comme des arcs. Cela avait valu à l'édifice, avant même qu'il fût fini, le nom qu'il conserverait plus tard : St Mary-le-Bow[1].

Il ne se passait guère de journée sans que Leofric vienne admirer les progrès de la belle église neuve, et il y restait souvent plus d'une heure. Elle avait beau être normande, et sur le pas de sa porte ou presque, elle ne lui en plaisait pas moins.

L'autre spectacle l'intriguait davantage de minute en minute.

Une étroite ruelle s'ouvrait au nord du Cheap, à moins de cent mètres de l'endroit où se trouvait Leofric : Ironmonger Lane, la rue des Ferronniers. Un curieux personnage était tapi au coin de cette ruelle, depuis cinq minutes au moins. Son capuchon était baissé sur son visage ; il se tenait voûté comme s'il avait cherché, vainement, à cacher sa taille et sans doute son identité. Le bord d'une grande barbe rousse dépassait de sous le capuchon.

Mais pourquoi se cachait-il à cet endroit-là ? Ironmonger Lane ne menait qu'à un seul quartier, connu par le nom de ses plus récents habitants : *the Jewry*, la Juiverie.

En même temps que les guerriers de sa suite, Guillaume le Conquérant avait amené un autre groupe en Angleterre avec lui : les Juifs de Normandie. Ils constituaient une classe à part. Placés sous la protection spéciale du roi, mais voyant nombre de métiers leur être fermés, ils en étaient venus à se spécialiser dans le crédit, les prêts financiers. Cela ne signifie pas que les marchands de Londres aient été, avant eux, étrangers aux opérations financières ; les prêts et leur corollaire nécessaire, les intérêts, existaient depuis longtemps dans la ville, comme partout où il y avait des commerçants et une forme quelconque de monnaie. Leofric, Barnikel et Silversleeves avaient tous pratiqué le crédit moyennant intérêts, ou leurs équivalents. Mais cette communauté de spécialistes était une nouveauté dans la ville anglo-danoise.

Pourquoi diable Barnikel se cachait-il ici ? Il n'y avait pas que sa tenue d'étrange, mais aussi tout son comportement.

Il faisait quelques pas dans la rue, s'arrêtait, rebroussait chemin en traînant les pieds, se retournait, avançait à nouveau, puis battait une fois encore en retraite, comme sous l'effet de quelque avertissement intérieur. Leofric regarda son vieil ami agir ainsi trois fois de suite, avant de se décider à aller le trouver, craignant qu'il n'ait perdu la raison. Mais Barnikel avait manifestement remarqué sa présence, car il s'évanouit dans le Poultry avec une étonnante agilité et disparut derrière des étals, laissant Leofric à sa perplexité : que manigançait le Danois ?

---

1. *Bow* signifie « arc » en anglais. *(N.d.T.)*

Hilda fut la première à connaître la réponse, le soir même, alors qu'elle se promenait avec Barnikel au-delà de St Bride, en direction de St Clement Danes.

Les choses n'avaient guère changé pour Hilda. Elle menait une vie tranquille. Elle avait eu un autre enfant. Si tant est qu'une femme déçue puisse être sereine, elle l'était. Ses chastes rendez-vous avec le Danois sur les berges de la Tamise étaient peut-être les plus grands bonheurs qu'elle connaissait.

Ces derniers temps, pourtant, son ami avait changé. Il n'était pas seulement préoccupé ; il paraissait vieilli, soudain. Les poils gris s'étaient multipliés dans sa barbe rousse, et certain tremblement de ses mains révélait qu'il buvait parfois un peu trop le soir.

Son père lui avait raconté l'étrange scène dont il avait été le témoin, près de la Jewry. Aussi, quand elle jugea le moment opportun, elle demanda doucement à son ami si quelque chose n'allait pas. D'abord, il ne répondit rien. Mais quand ils eurent atteint le petit débarcadère en ruine, à Aldwych, elle le fit s'asseoir sur une pierre ; et là, le regard tristement fixé sur le fleuve, il vida son sac.

Ses dettes s'étaient lentement accrues, lui dit-il. Elle soupçonna ses activités secrètes d'y être pour quelque chose, mais ne lui posa pas la question. Depuis la Conquête, bien des négociants danois avaient souffert de la concurrence des Normands ; en outre, les Londoniens avaient de lourds impôts à payer depuis quelque temps, pour financer le château fort du roi Guillaume. Barnikel n'était pas ruiné, mais il avait besoin d'argent. « Je devrai bientôt aller à la Jewry », avoua-t-il d'une voix morne, et il lui expliqua en hochant la tête : « J'ai déjà prêté de l'argent, mais je n'avais jamais eu à en emprunter. » Manifestement, cette idée le tourmentait beaucoup.

« Mais est-ce que Silversleeves ne te doit pas de l'argent ? demanda-t-elle, se souvenant de la veille dette de son père.

— Il paye les intérêts.

— Pourquoi ne lui demandes-tu pas de te rembourser ?

— Pour qu'il sache, ce Normand, que j'ai besoin de cet argent ? répliqua-t-il en se mettant debout. Que j'aille, moi, quémander devant lui ? (Soudain, il était presque redevenu lui-même.) Jamais ! tonna-t-il. Je préfère encore aller chez les Juifs ! »

Hilda resta ébahie une fois de plus, comme toutes les femmes, devant la vanité des hommes. Mais elle savait ce qu'elle devait faire.

Un peu plus tard, elle rendit visite à son père et lui suggéra : « Va voir Silversleeves. Ne lui dis pas que Barnikel a des ennuis, ni que je t'ai parlé. Dis-lui seulement que cette dette te pèse sur la conscience, et demande-lui de la rembourser. Il le fera pour toi et, si cela paraît naturel, Barnikel ne se doutera de rien. »

Leofric acquiesça. Avant de partir, il regarda pensivement sa fille.

« Tu l'aimes bien, n'est-ce pas ?

— Oui », répondit-elle simplement.

Leofric continua à la regarder. Depuis des années, il se demandait quel genre de relations elle avait avec le Danois, mais n'avait jamais osé lui poser la question. « Je suis désolé de t'avoir fait épouser Henri », finit-il par souffler.

Elle lui retourna son regard. « Non, tu ne l'es pas », dit-elle, et elle sourit. « Mais fais juste ce que je t'ai demandé. » Puis elle partit.

Peu après ces événements, un désaccord naquit entre Alfred et son ami et protecteur Barnikel. Ils conversaient en tête à tête quand cela se produisit.

C'était une soirée tranquille, dans la maison du Danois. Le décor n'avait guère changé. La grande hache à deux mains était toujours accrochée au mur. Tout était comme d'habitude — ou plutôt l'aurait été si Alfred ne venait de répéter, d'une voix plus ferme, les mots qu'il avait lancés quelques instants plus tôt au géant roux. Celui-ci le dévisageait d'un air furieux.

« Non. Je n'ose pas. » C'était la première fois qu'Alfred lui refusait quelque chose.

Barnikel avait entendu de nouveaux bruits courir par-dessus les mers. Il ne les avait pas rêvés ; ils étaient bien réels. Et de fait, dans les derniers mois de 1083, Guillaume d'Angleterre eut plus de souci que jamais à se faire pour son jeune royaume insulaire.

La cause en était une vaste conspiration venue du Nord. Elle partait du Danemark, où un nouveau roi, un autre Canut, brûlait de renouer avec l'aventure viking. Ses émissaires avaient commencé à négocier avec les rivaux du Conquérant, le roi de France, un envieux, et celui de Norvège, un fanfaron.

Même à sa propre famille, le Conquérant ne pouvait pas toujours se fier. Son fils Robert avait déjà tenté une fois de se rebeller contre lui, soutenu par le roi de France ; et Guillaume avait récemment dû mettre en prison son demi-frère, Eudes, le fougueux évêque de Bayeux, qu'il soupçonnait de trahison.

« S'ils arrivent tous ensemble, alors, même pour Guillaume, cela fera peut-être trop à la fois », s'étaient hâtés de conclure les émissaires danois.

Ces rumeurs, on s'en doute, faisaient le bonheur de Barnikel. Il pouvait crouler sous les dettes, il pouvait vieillir — « Mais dans un an ou deux, nous aurons peut-être de nouveau un Canut sur le trône d'Angleterre ! criait-il à Alfred avec enthousiasme. Penses-y ! »...

Comment celui-ci pouvait-il donc hésiter ?

Cela faisait longtemps que ses relations avec le Danois inquiétaient Alfred. Cinq ans avaient passé depuis qu'ils avaient envoyé leur dernier chargement d'armes. Cinq années pendant lesquelles le calme avait régné en Angleterre ; cinq années qui avaient vu Alfred devenir l'armurier attitré de la Tour. Il avait même confectionné une cotte de mailles pour Ralph, et jusqu'à l'épée de Mandeville en personne. Il avait élevé sa famille et assuré sa sécurité.

Certes, tous les mois ou tous les deux mois, Barnikel venait le trouver et lui commandait de nouvelles armes — jamais beaucoup à la fois. C'était assez facile de les fabriquer sans éveiller les soupçons, et de les dissimuler dans les différentes caches qu'il avait aménagées sous le plancher de l'atelier. Sans rien en dire à personne, pas même à sa femme, Alfred avait continué à rendre service au Danois, par fidélité. « Je lui dois bien ça encore », se répétait-il. Pourtant, à mesure que le temps passait et que sa famille s'accroissait, il y répugnait de plus en plus. Le mois précédent, il avait fait le compte du stock caché sous le plancher et en avait été horrifié.

« Il y a de quoi équiper une bonne centaine d'hommes », avait-il murmuré, et pour la première fois il s'était senti gagné par la panique. Si jamais les Normands venaient fouiller l'armurerie et découvraient ces armes ? Comment diable pourrait-il expliquer leur présence ?

« Ça me fait peur, avoua-t-il à Barnikel.

— Alors, c'est que tu es un lâche. »

Alfred se contenta de hausser les épaules ; il avait trop d'amitié à l'égard du Danois pour prendre offense de ses dires. En outre, la crainte n'était pas seule en cause.

« Je pense également, reconnut-il, que tout cela est désormais du temps perdu. Aujourd'hui, la plupart des Anglais ont accepté Guillaume comme roi, et ne seraient même plus prêts à prendre les armes pour les Danois. »

Barnikel poussa un rugissement de fureur — tout en sachant qu'Alfred n'avait pas entièrement tort. Londres, certes, aurait traité avec n'importe quel roi, en posant ses conditions ; mais dans plusieurs des rébellions qui avaient secoué les campagnes au cours des dix dernières années, les Anglais avaient bel et bien combattu aux côtés des Normands détestés, pourchassant les rebelles — pour la simple raison que de telles insurrections menaçaient les récoltes.

« Tu n'es qu'un traître ! » proclama Barnikel avec colère. A quoi Alfred releva la tête, piqué au vif.

« Si c'est vrai, que sont tes enfants, alors ? »

Le coup était rude, et il porta. Alfred savait fort bien le peu d'empressement que les grands fils du Danois mettaient à partager les activités secrètes de leur père. « Si le roi du Danemark vient ici, lui avait dit un jour son cadet, nous serons danois. Mais pas avant. » C'était une position pleine de bon sens ; pourtant, Alfred savait combien Barnikel en avait été blessé.

Ce fut peut-être à cause de la douleur manifeste de son vieil ami qu'Alfred finit par céder. Quelques minutes plus tard, il lui dit qu'il acceptait. Mais il ne le fit pas sans doutes ni appréhensions.

Au mois de décembre, Barnikel de Billingsgate fut très surpris de se voir inviter, fort courtoisement, chez Silversleeves.

Si Alfred avait conquis son indépendance, le Normand au long nez était, dans le même temps, devenu un personnage considérable ; nul ne pouvait le nier. Un homme d'armes se tenait en faction devant la porte de sa demeure. Dans la belle salle aux murs de pierre, deux commis travaillaient autour d'une grande table. Le maître des lieux était chanoine de la cathédrale St Paul. L'archevêque Lanfranc en personne avait fait appel à lui, et même si ce sévère réformateur avait pris la vraie mesure du marchand et de son zèle religieux, il était trop avisé pour faire plus qu'admonester le généreux chanoine et donateur de St Lawrence Silversleeves. Barnikel tâcha de ne pas se montrer impressionné, mais il n'était pas sûr d'y avoir réussi.

Le Normand l'accueillit avec la plus extrême politesse, le pria de s'asseoir en face de lui, puis, fixant la table par-dessous son long nez, prit gravement la parole :

« Hrothgar Barnikel, je n'ai jamais oublié l'ancienne dette de Leofric, que je reste vous devoir. Vous reconnaîtrez, j'espère, que je me suis toujours acquitté des obligations qu'elle me donnait envers vous. »

Barnikel acquiesça. S'il n'aimait pas le Normand, il ne pouvait nier que, depuis dix ans, celui-ci avait toujours payé les intérêts rubis sur l'ongle.

« Je souhaite depuis longtemps vous régler cette dette, poursuivit Silversleeves, mais cela représente une somme importante. » Barnikel leva des yeux méfiants ; il avait entendu parler de la tactique du Normand, consistant à contraindre ses créanciers à accepter moins que ce qu'il leur devait. Mais à sa surprise, l'autre continua, d'un ton doucereux : « Je crois pourtant que si vous voulez bien accepter mon offre, je suis aujourd'hui en mesure de vous rembourser l'intégralité de la somme. » Il se redressa et sourit.

Barnikel fut d'abord trop étonné pour réagir. Lui rembourser la somme en entier ? Il repensa à l'embarrassante visite qu'il avait faite à la Jewry l'automne précédent. Lui qui n'aurait reculé devant aucun combat, il n'avait jamais eu le courage d'y retourner. « Comment l'envisagez-vous ? » demanda-t-il d'un ton bourru.

Silversleeves se baissa pour ramasser un parchemin au sol et le déroula sur la table. « J'ai quelque chose qui peut vous intéresser, dit-il. Un domaine qui vient juste de tomber entre mes mains. Vous le connaissez peut-être. Il s'appelle Deeping. » Cela surprit davantage encore le Danois, car il avait en effet entendu parler de l'endroit.

Il se trouvait sur la côte est, à quelque vingt-cinq kilomètres de la propriété qu'il avait lui-même perdue dans la Conquête. Il ne s'y était jamais rendu, mais savait que la terre était riche le long de ce littoral ; et la charte saxonne posée entre eux donnait même à ce domaine une valeur plutôt supérieure à celle de sa créance.

« Repensez-y à tête reposée si vous le souhaitez, dit Silversleeves. Encore que j'aie ici un acte déjà prêt, si vous êtes intéressé. »

Barnikel le regarda, baissa les yeux vers le contrat puis soupira.

« J'accepte. »

La situation semblait devoir s'améliorer, en fin de compte.

De fait, pour Barnikel, le monde entier parut baigné d'une lumière nouvelle au cours de l'année qui suivit. Une lumière dangereuse, à coup sûr ; mais pour le Danois tout grondement dans le lointain, le moindre reflet sur l'horizon, annonçait le vaste embrasement auquel aspirait son âme de Viking.

Un grand impôt fut levé au cours de l'hiver. Il pesa lourdement sur Londres, mais même dans les campagnes, pas un village ne fut épargné. La tension monta au cours de l'année 1084, et l'on renforça les défenses de la côte est. Le bruit courait qu'une énorme flotte danoise serait prête à prendre la mer avant l'été suivant.

Au printemps 1085, on affirmait à Londres que le roi Guillaume faisait venir de Normandie une nouvelle armée de mercenaires. Dans la ville, le couvre-feu avait été sévèrement renforcé. Hilda prévint un jour Barnikel, alors qu'ils faisaient leur promenade habituelle : « Ralph place des espions dans toutes les rues. »

Cela ne faisait que donner du piquant à l'affaire, aux yeux de son ami.

Quand Alfred avait déclaré éteinte toute résistance au pouvoir normand, il se trompait. Le Danois connaissait cinquante ou soixante hommes prêts à prendre les armes, s'ils pensaient avoir la moindre chance de réussir. Quelques-uns étaient du Kent, où la rapacité d'Eudes avait rendu les Normands impopulaires ; d'autres, commerçants danois comme lui-même, avaient pâti depuis la Conquête de l'influence grandissante des négociants du continent ; d'autres encore, Saxons dépouillés de leurs terres, espéraient en reprendre possession.

Il ne s'agit que d'attendre le bon moment, songeait Barnikel avec satisfaction. Ce jour-là, je serai prêt.

Le coup qui fut porté à ces plans, au mois de mai, vint d'un côté où on ne l'attendait pas.

Pour Osric, ces temps-là furent heureux. Son premier-né, une petite fille pleine de vie et de santé, lui donnait de grandes joies ; grâce à Alfred et à sa famille, elle ne connaissait ni la faim ni le froid. Il lui semblait qu'une seule chose manquait encore à leur bonheur. « Peut-être qu'un jour nous aurons aussi un fils », disait-il à Dorkes.

En outre la crise politique, qui allait en s'aggravant dans le pays, avait plutôt tendance à améliorer son sort. Les travaux de la Tour progressant régulièrement, Mandeville avait confié de nouvelles tâches à Ralph, et sa surveillance du chantier se limitait généralement à une brève inspection quotidienne. Ouvriers et maçons se rendaient à l'ouvrage avec soulagement, et pour Osric, à l'ombre des murs déjà hauts de la Tour, la routine était devenue presque plaisante.

Et l'édifice était si beau... Le dernier niveau de la Tour serait de loin le plus magnifique de tous. « Je l'appelle l'étage royal », aimait à dire Osric.

C'était un niveau double, en réalité. Plusieurs siècles plus tard, un étage supplémentaire y serait inséré, à mi-hauteur ; mais à l'origine les pièces y avaient près de douze mètres sous plafond. Une vaste salle occupait toute la moitié ouest, tandis que l'appartement royal couvrait l'essentiel de la moitié est. Une galerie intérieure courait le long des murs latéraux, comme les allées d'un cloître, à quelque six mètres du sol ; là les courtisans allaient et venaient, contemplant la Tamise au-dehors par de petites fenêtres, ou bien les grandes pièces, au-dedans, sous les arcs romans. Il y avait de nouvelles garde-robes, ainsi qu'une autre cheminée dans l'appartement à l'est. La salle principale, quant à elle, serait chauffée à la manière traditionnelle, par de grands braseros placés en son centre.

Mais l'endroit le plus majestueux était la chapelle, dans l'angle sud-est.

Elle était d'un dessin fort simple, avec son abside ronde encastrée dans le mur est. Une double rangée de larges piliers ronds en divisait l'espace intérieur, délimitant une courte nef et deux bas-côtés ; une galerie courait au niveau supérieur. Ses arcs étaient arrondis, ses fenêtres juste assez larges pour qu'une douce lumière vienne baigner ses pierres pâles et grises. Elle était dédiée à saint Jean. C'était peut-être là, dans la chapelle simple et solide du grand donjon bordant le fleuve, qu'on pouvait le mieux saisir l'esprit de Guillaume de Normandie, Conquérant de l'Angleterre.

On allait achever de construire la principale rangée d'arcs quand, un soir de printemps, Osric reçut un message à l'improviste. Barnikel voulait le voir.

Deux personnes avaient semé la confusion dans les plans du Danois. La première était Ralph Silversleeves.

Dans le cadre des préparatifs contre l'invasion redoutée, le roi Guillaume ne s'était pas contenté de faire venir des mercenaires du continent ; il avait aussi ordonné à Mandeville de s'assurer des Londoniens. Ce qui impliquait une nouvelle tâche pour Ralph.

Pour une fois, le maussade personnage s'était acquitté intelligemment de sa tâche. Il avait envoyé ses hommes faire le tour des maisons de la ville pour ramasser les armes qu'ils y trouveraient. Ils devaient les prendre toutes, de quelque genre qu'elles soient ; on prévenait les habitants que s'ils étaient surpris à en dissimuler, le châtiment serait terrible. Les Normands avaient agi promptement. La seule arme peut-être qui leur avait échappé était la grande hache à deux mains de Barnikel : malgré les objurgations de sa famille, il avait obstinément tenu à la cacher.

Beaucoup de ces armes étaient dans un triste état : on les apporta aux armuriers pour qu'ils les réparent, et l'on posta des gardes devant leurs ateliers pour s'assurer qu'il ne serait touché à rien. Ensuite, on les emporterait pour les mettre en lieu sûr. « Après quoi, je ferai fouiller chez les armuriers aussi, pour être sûr qu'eux non plus ne cachent rien », se vanta Ralph un soir, en famille.

« Et les armes, tu les entreposeras où, pour finir ? lui demanda Hilda un peu plus tard.

— Dans la Tour », répondit-il avec un sourire satisfait.

Ce serait la première fois que la Tour servirait réellement. En attendant la fin des travaux, la garnison de Londres restait dispersée entre les forts de Ludgate et d'autres cantonnements ; mais la grande cave, coupée du reste du bâtiment, servirait d'entrepôt. Ralph avait déjà fait poser une seconde porte massive en bas de l'escalier en colimaçon, pour plus de sécurité ; et Alfred l'avait munie elle aussi d'une forte serrure. « Un garde à la porte du haut, commenta le contremaître, et ça suffira. » Le roi Guillaume serait heureux de savoir son grand château déjà en fonction.

Le lendemain, Hilda avait tout répété à Barnikel.

La crainte de voir fouiller l'atelier troublait beaucoup Alfred et Barnikel ; mais pour finir, ce fut la femme de l'armurier qui fit éclater la crise.

Un soir qu'elle était venue tard à l'atelier, elle surprit son mari en train de dissimuler une épée dans une cache sous le plancher. Quand, une fois sa première frayeur passée, elle l'eut obligé à tout lui avouer, elle lui lança un ultimatum : « Comment peux-tu nous faire courir ce risque à tous ? Tu dois cesser d'aider Barnikel ! Pour de bon ! Et les armes doivent partir d'ici ! »

Alfred ne tarda pas à découvrir que sa femme, d'habitude si douce et conciliante, pouvait se révéler implacable à l'occasion : « Sinon, c'est moi qui partirai ! »

Partir, le problème était bien là. Alfred, secrètement, était plutôt soulagé qu'une excuse se présente pour mettre fin à sa dangereuse activité ; mais il restait une évidente difficulté : « Les hommes de Ralph sont en poste devant l'armurerie, ses espions partout dans les rues. Où allons-nous bien pouvoir cacher les armes, maintenant ? Et même si je voulais aller les jeter dans le fleuve, comment les faire sortir d'ici ? »

Ni lui ni Barnikel ne trouvèrent la solution, jusqu'à ce que le Danois se souvienne de l'ingéniosité d'Osric lors de leur dernière expédition, et dise : « Demandons à notre petit charpentier. Il aura peut-être une idée. »

Après les avoir écoutés attentivement et y avoir réfléchi quelques minutes, Osric émit une suggestion qui fit d'abord suffoquer le colosse roux. Puis il poussa un rugissement de rire et s'exclama :

« Monstrueux ! C'est si énorme que ça pourrait marcher ! »

Tap. Tap. Il frappait aussi doucement qu'il le pouvait, et pourtant le petit marteau, le petit ciseau résonnaient dans l'énorme cave plongée dans les ténèbres. *Tap, tap.* Il retenait parfois sa respiration, ayant peine à croire que les murs de la Tour, même épais comme ils l'étaient, pouvaient étouffer ces bruits aigus.

Tink, chink, il cassait doucement le mortier. *Tap, scrap*, il déplaçait précautionneusement une pierre. Tout cela à la lueur d'une petite lampe à huile, dans la cave noire comme du charbon placée sous la crypte. *Tink, tink*, comme un gnome invisible, Osric creusait les entrailles de l'énorme donjon normand.

C'est la chambre forte à laquelle il avait travaillé trois ans plus tôt qui lui avait donné l'idée. « Le mur à côté de la crypte mesure près de six mètres d'épaisseur, avait-il dit à Barnikel. S'il y avait suffisamment de place pour y faire une chambre forte, alors ce doit être aussi possible juste en dessous, dans le mur de la cave. » Après de minutieux calculs, Barnikel et Alfred lui avaient dit qu'il leur fallait un réduit d'environ un mètre cinquante sur deux mètres cinquante, pour entreposer toutes les armes illicites qu'ils possédaient. Pourrait-il aménager une telle cavité ?

« Il me faut une semaine », avait-il répondu.

Tink, chink. Osric travaillait toute la nuit, fébrilement.

Il n'avait aucun mal à se glisser, le soir, dans la tour déserte. Alfred lui avait donné les clés des portes de la cave. Mais il fallait faire vite, très vite ; dès qu'il commencerait à y entreposer des armes, Ralph posterait des gardes à la porte. Aussi le petit ouvrier travaillait-il toutes les nuits, ne s'arrêtant qu'une heure avant l'aube. Il écartait les pierres avec précaution, juste de quoi se faufiler dans l'interstice, avant de tailler dans la blocaille, plus tendre, qui se trouvait derrière.

Cette blocaille, il l'entreposait dans un sac, qu'il traînait hors de la cave de la crypte, à travers la salle est, le long de la grande salle ouest, puis jusqu'au puits, où il le vidait ; enfin il retournait à l'ouvrage. A la fin de chaque nuit de travail, il remettait les pierres en place et les fixait avec une mince couche de mortier neuf, espérant qu'on ne le remarquerait pas dans l'obscurité du lieu. Puis il repartait, non sans avoir soigneusement nettoyé le sol.

Il continua ainsi, nuit après nuit. Hormis le fait qu'il semblait parfois s'endormir à la tâche pendant la journée, personne ne s'apercevait de rien.

Une seule chose le préoccupait : « Je déverse tant de blocaille dans le puits, disait-il au Danois, que j'ai peur de finir par le boucher. » Mais chaque nuit, quand il faisait descendre son seau, celui-ci continuait à entrer facilement dans l'eau, et il était toujours propre quand il le remontait. A la fin de la semaine, conformément à ses prévisions, une petite chambre secrète était dissimulée dans le mur de la cave, juste assez haute pour qu'il puisse s'y tenir debout.

Il ne lui restait plus qu'une tâche à accomplir.

La dernière nuit, au lieu de gagner son mur, il se rendit dans la grande cave ouest. Dans un coin se trouvait la solide grille de fer qu'Alfred avait fabriquée pour recouvrir l'entrée de l'égout. Afin qu'on puisse l'ouvrir, pour aller nettoyer ou réparer la galerie, elle était munie d'une charnière et d'un verrou. Osric la déverrouilla avec la clé que lui avait fournie l'armurier, puis se glissa à l'intérieur en se retenant à une corde ; courbé en deux ou presque, il suivit la longue galerie sur une cinquantaine de mètres, jusqu'à ce qu'il arrive à la bouche de sortie dans la berge du fleuve. Elle aussi était fermée par une épaisse grille métallique.

Osric était dans les temps, comme prévu ; la marée était basse, la galerie presque à sec. Il n'avait pas rencontré d'obstacle sur son passage, sinon quelques rats. Mais aucune clé n'ouvrait les solides barreaux de cette grille-là, aussi passa-t-il le reste de la nuit à attaquer la maçonnerie, jusqu'à ce qu'il l'ait descellée. Puis il la remit en place, avec un léger mortier seulement, de façon qu'on puisse la rouvrir plus tard de l'extérieur, de quelques coups de marteau appliqués aux bons endroits. Enfin il revint dans la cave, referma la grille de l'égout et s'en alla.

On pouvait désormais accéder aux caves de la Tour à partir du fleuve, en remontant l'humide et sombre galerie.

« Ralph ne pensera jamais à ça, avait-il fait valoir à ses amis. Après tout, qui aurait envie d'aller dans les caves, à part moi et les rats ? »

Ralph commença à faire entreposer les armes dans la Tour trois jours plus tard. L'opération se déroula sans encombre ; trois charrettes, étroitement surveillées par des gardes, firent le tour des armureries de la ville pour ramasser tout ce qui s'y trouvait.

Quand elles arrivèrent chez Alfred, il n'était pas tout à fait prêt ; les convoyeurs repartirent, non sans quelque irritation, pour revenir plus tard. Alfred ne fut prêt qu'en fin de la journée à charger sur les charrettes tout son stock, enveloppé dans des toiles huilées.

Le volume d'armes, les gardes le remarquèrent, était plus important que ce qu'on leur avait annoncé. Ils se hâtèrent vers le donjon, accompagnés par Alfred en personne.

Il fallait un grand nombre d'hommes pour transporter le lourd chargement à l'intérieur de la Tour, puis par l'escalier en colimaçon jusqu'aux caves, où l'on empilait les armes contre les murs. Quand Alfred appela d'un ton péremptoire Osric, qui traînait non loin de là, pour qu'il vienne aider, personne n'y prêta attention. Même Ralph, qui surveillait l'opération, n'eut aucun soupçon. Mais comment aurait-on pu en avoir, quand les armes étaient transportées à l'intérieur même de la Tour ?

Personne ne remarqua non plus, quand tout fut fini, les deux portes des caves refermées et des gardes postés à l'étage supérieur, qu'Osric avait disparu.

Il travailla toute la nuit, en s'entourant de mille précautions. Le plus silencieusement qu'il le put, avec les outils qu'Alfred avait introduits pour lui à l'intérieur des caves, il écarta les pierres afin de pouvoir se glisser dans la chambre secrète. Puis il commença à déplacer les armes.

Alfred avait tout disposé adroitement. Chaque toile roulée en contenait une seconde, dans laquelle une arme illicite était enveloppée ; de la sorte, même après qu'on aurait retiré toutes celles-ci, il semblerait y en avoir le même nombre qu'auparavant. Une par une, Osric déballa les épées, têtes de lances et autres, avant de les introduire dans la chambre secrète. Deux heures avant l'aube, elles y étaient toutes. Puis il remit les pierres en place dans le mur, en les fixant à nouveau par un mortier léger.

Le reste de son plan était simple : ouvrir la grille de l'égout, se glisser à l'intérieur, la refermer derrière lui en passant les mains à travers les barreaux ; cela ne devait pas être très compliqué. Ensuite, il n'aurait plus qu'à suivre la galerie jusqu'à la berge, à desceller la seconde grille, puis à la refixer elle aussi après être sorti.

Il s'attarda pourtant : d'abord il projeta de la poussière sur le pan de mur qu'il avait refait, afin de dissimuler le mortier encore humide ; puis, lampe en main, il inspecta plusieurs fois les parages, pour s'assurer qu'il ne restait aucun signe de son passage. L'aube s'approchait quand il jugea enfin que tout était en ordre et qu'il pouvait partir. Il avait à moitié traversé la grande cave ouest quand il entendit soudain, derrière lui, la lourde porte de chêne du bas de l'escalier s'ouvrir en grinçant.

Ralph n'avait pu trouver le sommeil. Il était trop excité pour dormir. Le roi lui-même avait déjà exprimé sa satisfaction quant au rassemblement des armes. Maintenant, dans l'aube naissante, Ralph avait décidé d'aller se rendre compte par lui-même.

Brandissant une torche au-dessus de sa tête pour éclairer les lieux, il parcourut la grande cave ouest, où l'on avait entreposé les armes. Un sourire s'étala sur ses lèvres tandis qu'il les contemplait : jolie collection, et qui ne pouvait être nulle part plus en sécurité qu'ici.

Puis il vit Osric. Le petit gars dormait, assis par terre, le dos contre le mur. Qu'est-ce qu'il fichait là, bon Dieu ? Ralph approcha sa torche de son visage, jusqu'à ce que le jeune ouvrier cligne des yeux, puis finisse par les ouvrir. Aussitôt, il sourit.

« Content qu'vous soyez là, messire », lui lança-t-il.

Il expliqua qu'il s'était laissé surprendre, la veille au soir, quand on avait fermé la porte. « J'ai tapé dessus, crié, mais personne n'est venu. J'ai dû passer toute la nuit ici. »

Ralph regarda autour de lui d'un œil soupçonneux, puis fouilla le jeune homme. Tout le temps que dura la fouille, Osric remercia secrètement le ciel d'avoir pensé à jeter, en même temps que ses outils, la clé de la grille dans le puits.

Ne trouvant rien de suspect, Ralph analysa la situation. L'ouvrier disait peut-être la vérité. Comment aurait-il pu se trouver là, sinon ? En outre, qu'aurait-il bien pu venir y faire ? Pour finir, parce qu'il était de joyeuse humeur ce matin-là, le Normand au long nez fit quelque chose de tout à fait inhabituel chez lui : une plaisanterie.

« Eh bien, Osric... dit-il. Voilà qui fait de toi le tout premier prisonnier de la Tour ! » Puis il le laissa partir.

Quelques heures plus tard, Barnikel murmura, avec une satisfaction qui ne le cédait en rien à celle de Ralph : « Les armes sont dans le seul endroit à Londres où personne ne pensera jamais à venir les chercher ! Mais nous, grâce à l'égout, nous pouvons y aller quand nous le voulons. »

Hélas ! la satisfaction du Danois fut de courte durée.

Dès le mois de juin, Londres était rempli de mercenaires. On s'attendait à l'invasion d'un jour à l'autre ; la ville était plus nerveuse qu'elle ne l'avait jamais été depuis 1066. Juillet arriva, puis août ; les soldats allaient et venaient, la moindre voile aperçue dans l'estuaire paraissait menaçante. Les rumeurs les plus folles couraient. « Et ils n'arrivent toujours pas, grommelait Barnikel. Je n'y comprends rien. » Puis, petit à petit, un bruit se répandit : « Il est arrivé quelque chose, un retard, un empêchement. Il ne vient pas. »

L'Angleterre attendait, mais aucun navire viking n'apparaissait à l'horizon.

La déconfiture de la grande expédition danoise de 1085 — expédition qui aurait bel et bien pu signifier la fin de la mainmise normande sur l'Angleterre — reste une énigme historique. La vaste flotte était réunie ; Canut, le nouveau roi, prêt à prendre la mer. Et ce fut alors qu'un différend intervint, sans qu'on ait jamais pu déterminer exactement de quoi il était question. Puis Canut fut tué, certainement l'année suivante ; était-ce le fruit d'un conflit interne au royaume, peut-être adroitement attisé par les agents de Guillaume, on n'a jamais pu le définir. En tout cas, quelles qu'en soient les vraies raisons, la flotte ne prit jamais la mer.

L'automne se termina, et la Tour continuait de grandir. Puis Noël arriva, glacial ; Barnikel arpentait la rive du fleuve, et seule la sévère silhouette de pierre se dressait devant lui, sombre dans le paysage de neige. Alors un profond sentiment de lassitude et d'inutilité s'abattit sur ses épaules.

Le printemps lui réservait une surprise autrement amère.

Barnikel avait commencé à soupçonner dès l'automne précédent qu'on l'avait dupé. Peu après la Saint-Michel, il avait demandé à recevoir les loyers de son nouveau domaine de Deeping : la somme envoyée par le régisseur était dérisoire. Quand il avait réclamé des explications, l'homme lui avait répondu par un message qui semblait n'avoir aucun sens. « Soit ce gars est un imbécile, soit il pense que j'en suis un ! » avait tonné le Danois ; et si la neige ne s'était mise alors à tomber dru, il serait parti sur-le-champ régler son compte au personnage. Il se mit en route dès que le temps se fut arrangé, au début du printemps.

Le voyage prit plusieurs jours. Il dut d'abord traverser les sombres forêts qui bordaient Londres, puis les étendues sauvages de l'Est-Anglie. Le vent d'est était humide, mais vivifiant.

Toutefois, le jour de son arrivée, la brise retombait et le ciel s'était éclairci. Quand il atteignit le hameau de Deeping, sur la côte, une agréable matinée de mars s'était installée.

Barnikel contempla le spectacle, médusé. Il ne pouvait en croire ses yeux.

« Qu'est-ce qui s'est passé ici, bonté divine ? » demanda-t-il au régisseur, un homme au visage sombre et buté. A quoi celui-ci répondit simplement : « Voyez vous-même... »

Le hameau et sa place centrale étaient perdus, non pas au milieu des champs, mais plutôt naufragés ; les eaux salées de la mer du Nord les entouraient sur trois côtés, venant presque lécher les murs des maisons.

« Elle est montée de cinquante mètres depuis le début de l'année, lui dit le régisseur. Deux ans encore et il n'y aura plus de village. C'est comme ça sur huit kilomètres le long de la côte. » Puis il ajouta, une sorte de joie mauvaise éclairant sa longue figure blême : « Voilà votre domaine, messire. (Il pointa le doigt vers l'est.) Entièrement sous l'eau. »

Le malheureux Barnikel contempla à nouveau le spectacle puis rugit : « J'ai été roulé par ce maudit Silversleeves ! Bafoué ! »

Mais pourquoi, se demanda-t-il, pantois, pourquoi la mer montait-elle ainsi ?

En réalité elle n'avait pas monté, ou à peine. Même si les ultimes répercussions du dernier dégel élevaient encore un peu le niveau des mers septentrionales, la vraie cause de cette inondation résidait dans l'autre phénomène au long cours qui affectait le sud-est de l'Angleterre : son inclinaison progressive dans la mer. Ce que Barnikel avait sous les yeux, c'était le fruit du lent mouvement géologique qui abaissait la côte d'Est-Anglie et élevait le niveau de l'eau dans l'estuaire de la Tamise. A plusieurs endroits, le long de ce plat littoral, la terre était grignotée puis reconquise par les flots vikings — ceux des ancêtres du Danois.

Il darda les yeux vers l'est et lança des injures à la face de la mer, mais plus encore contre le fourbe Silversleeves — pourtant il savait qu'il ne pouvait rien y faire. « J'ai mis ma marque et mon cachet dessus ! » cria-t-il. Le document était légal. On l'avait dupé.

Il aurait été bien plus stupéfait encore s'il avait connu la véritable origine de son infortune.

Quand Silversleeves avait repris la dette de Leofric envers Becket, le marchand de Caen, quelques années plus tôt, ce n'était qu'une étape du long processus par lequel il s'assurait secrètement le contrôle du commerce de son vieux rival avec Londres. A Noël dernier encore, alors qu'il devait pas moins de six cargaisons à Becket, le rusé chanoine de St Paul avait soudain cessé tout paiement et refusé toute nouvelle expédition. « A Pâques, avait-il expliqué à Henri, il sera ruiné. » A cause d'une stupide insulte qu'il avait lancée vingt ans plus tôt, Barnikel avait été mêlé à la vengeance de Silversleeves — un peu comme un architecte ajouterait une chapelle latérale pour parfaire la symétrie d'un édifice déjà très élaboré.

Barnikel revint tristement à Londres ; il se sentait plus sage, plus pauvre, plus vieux aussi, et ne pouvait se défaire de l'impression que, cette fois-ci, les Normands avaient définitivement gagné la partie. Lorsqu'il arriva chez lui, à Billingsgate, il ne brisa pas la moindre porte ; il se mit au lit et y resta trois semaines, buvant bien plus de bière qu'il n'était raisonnable. Il ne revint pas à lui avant qu'Hilda, qui avait déjà essayé trois fois sans succès, parvienne enfin à forcer sa porte et lui prépare de ses mains un bon bol de bouillon reconstituant.

En cette année 1086, Guillaume, Conquérant de l'Angleterre, se lança dans une des plus remarquables entreprises administratives jamais tentées au cours de l'histoire. C'est en partie le besoin de ressources supplémentaires rencontré l'année précédente, lors de la grande panique, qui l'y incita. L'entreprise témoigne de manière éclatante non seulement de la rigueur et de la minutie du roi, mais plus encore de la domination qu'il exerçait sur ses vassaux. Aucun autre roi, dans l'Europe médiévale, n'osa jamais prendre une telle initiative.

Il s'agit du *Domesday Book*, le grand relevé cadastral anglais. Guillaume en ordonna l'exécution le jour de Noël 1086. Ses envoyés parcoururent tout le pays, village par village ; chaque champ, chaque taillis fut mesuré et évalué, les hommes libres, les serfs et même les têtes de bétail furent dénombrés. « Il n'a pas laissé passer un cochon », disaient les gens, mi-admiratifs, mi-écœurés. Cela permit à Guillaume d'établir l'assiette fiscale la meilleure et la plus précise qui ait existé jusqu'aux temps modernes.

Guillaume bénéficiait d'un contexte particulièrement favorable. La plupart des seigneurs, dans l'Europe féodale, n'obéissaient à leur suzerain qu'à contrecœur, et n'auraient jamais laissé une telle enquête se dérouler. Lui-même n'aurait pas tenté l'équivalent dans son propre duché de Normandie. Mais la situation dans l'île d'Angleterre était différente. Non seulement il la revendiquait comme sienne, par la vertu de la Conquête, mais la plupart des possesseurs de terres étaient désormais ses hommes, liés personnellement à lui et qui lui obéissaient. Dans ces conditions, il pouvait se montrer tatillon.

Par un clair matin d'avril, Alfred l'armurier arriva dans le hameau, proche de Windsor, où il avait passé son enfance. Il projetait depuis plusieurs années de rendre visite aux siens ; maintenant, alors qu'il approchait du coude familier du fleuve, une grande excitation le gagnait.

Grâce à son père, il possédait toujours des intérêts ici. Dans les années d'après la Conquête, le forgeron avait pris en fermage plusieurs terres du domaine seigneurial, pour lesquelles il payait un loyer. A sa mort, il en avait légué certaines à Alfred, qui payait le loyer tandis que son frère s'occupait de leur exploitation. Cela valait au Londonien un petit complément de revenus, toujours bienvenu, et cela lui permettait aussi de garder un lien avec la région de son enfance. Apprenant que les enquêteurs du Domesday seraient bientôt à Windsor, il avait décidé de s'y rendre, afin

de s'assurer que ses droits sur les terrains en question seraient bien enregistrés.

Le spectacle qu'il vit à son arrivée était plein de vie et de charme. Le
vaste champ avait déjà été labouré, ensemencé, et maintenant l'on y passait la herse, avant que les oiseaux aient le temps de picorer les graines.
Quatre gros chevaux de trait tiraient dans la terre lourde le grand châssis
de bois, avec son dessous denté, pour enfouir les semences ; un troupeau
d'enfants les suivaient, criant et jetant des pierres, afin de chasser les
bandes d'oiseaux voraces.

Alfred retrouva la vieille forge avec son toit de bois, l'enclume de son
père, l'odeur âcre et familière du charbon de bois. Rien n'avait changé.

Et pourtant si. Son frère et la famille de celui-ci l'accueillirent avec
chaleur ; néanmoins, quelque chose troubla Alfred, sans qu'il pût dire
exactement quoi. Y avait-il une certaine tension entre son frère et sa belle-
sœur ? Quelque chose de gêné dans le regard du premier ? Il n'eut le
temps de poser aucune question, car les enquêteurs étaient déjà là.

Ils étaient trois : deux clercs français et un homme venu de Londres,
qui faisait office de traducteur. Le *reeve*, intendant du domaine, leur servait de guide. Rien n'échappait à leurs yeux exercés.

Ils finirent leur tournée d'inspection par la forge. L'un des clercs était
parti voir le pré avec l'homme de Londres, tandis que l'autre avait gagné
les maisons, en compagnie de l'intendant. Visiblement, il avait hâte d'en
finir ; néanmoins, il prit le temps de visiter courtoisement l'atelier. Il lança
un regard interrogateur vers l'intendant, qui commenta, en désignant le
frère d'Alfred : « C'est un de nos bons villageois. Il assure un service, en
échange de sa terre. »

Alfred le regarda, interdit ; pourquoi cet homme parlait-il à tort et à
travers ?

« Dis-leur que tu payes un loyer », souffla-t-il à son frère. Mais ce dernier baissa la tête d'un air embarrassé, et n'intervint pas alors que le clerc
inscrivait quelque chose sur son ardoise.

« Et lui ? » C'était maintenant vers Alfred qu'ils se tournaient.

« Je suis Alfred l'armurier, de Londres, déclara-t-il d'une voix ferme. Je
suis un homme libre et je paye un loyer. »

L'intendant acquiesça et confirma le paiement du loyer. Le clerc s'apprêtait à écrire de nouveau sur son ardoise, quand son collègue l'appela
pour lui montrer quelque chose dans le pré. Alfred profita de son absence
pour s'adresser à son frère :

« Qu'est-ce que ça veut dire ? lui demanda-t-il. Tu es serf ? »

Alors il sut tout. Les temps étaient difficiles ; il n'y avait pas suffisamment de travail à la forge, et trop de bouches à nourrir. Son frère lui
expliqua la situation de mauvaise grâce, sans conviction, pour finir sur
un haussement d'épaules.

Alfred comprenait, pourtant. Les hommes libres payaient des loyers,
ainsi que les impôts royaux. Il n'était pas rare qu'un paysan, incapable de
faire face à toutes ces charges, en soit réduit à payer son seigneur par son
travail, devenant ainsi un serf. « Et après ? Quelle différence, au fond ?... »
grommela son frère.

Concrètement, dans la vie de tous les jours, guère de différence en effet.
Mais pour Alfred, l'important n'était pas là ; l'important, c'était que son

trère avait baissé les bras. Voilà la conclusion qu'il en retirait. Puis il jeta un coup d'œil à sa belle-sœur et lut dans son regard : Si ce riche frère qui habite à Londres, songeait-elle, nous donnait la terre qu'il possède ici et dont il n'a pas besoin pour vivre, tout irait mieux pour nous.

Alfred éprouva alors la curieuse sensation que connaissent, souvent, ceux qui ont réussi dans la vie et qui ont des parents pauvres. Etait-ce mesquinerie, instinct de survie, peur d'être contaminé, ou simplement de l'irritation ? Il fut saisi d'un subit accès de rage. Une voix intérieure eut beau lui rappeler que lui-même, sans l'intervention de Barnikel, serait peut-être mort de faim, il la fit taire aussitôt. Quand ma chance est passée, j'ai su la saisir, pensa-t-il. C'est pourquoi il les regarda sans dissimuler son aversion et eut ce simple commentaire : « J'espère que notre père ne peut pas te voir, de là où il est. »

A son retour, le clerc français ne posa pas d'autre question. Il jeta un coup d'œil aux maisons alentour, puis s'apprêta à partir. Alors seulement, il se souvint qu'il avait été sur le point d'inscrire quelque chose à propos de l'homme à la mèche blanche sur le front. Il avait dit qu'il était quoi, déjà ? « Fichus Anglais, murmura le clerc. Il faut toujours qu'ils embrouillent tout. »

Car, en dépit de la minutie avec laquelle était établi le Domesday Book, les clercs français qui le dressaient étaient souvent déroutés par les réponses qu'on leur faisait.

« Celui-ci est-il un esclave, un serf ou un homme libre ? » demandaient, avec leur esprit d'ordre, les clercs formés à l'école latine. En retour, on leur servait souvent un curieux échafaudage de statuts flous et bâtards, mis en place par le temps et la coutume, et où les gens du cru eux-mêmes avaient de la peine à se retrouver. Comment faire entrer ces finasseries anglo-saxonnes dans les catégories claires et précises prévues par leurs documents ? Souvent, dans l'incertitude, ils recouraient à une appellation volontairement vague et fourre-tout. L'une d'entre elles était *villanus*, le vilain, terme qui n'avait pas de signification légale précise à cette date-là, et ne signifiait ni serf ni homme libre, mais plutôt « paysan ».

Le clerc fronça les sourcils. Il ne se rappelait pas ce que lui avait dit l'homme à la mèche blanche sur le front ; mais il se souvenait que l'autre, qui semblait être son frère, était serf. Aussi nota-t-il, en soupirant, *villanus*. Et c'est pourquoi, dans le grand Domesday Book d'Angleterre, Alfred n'eut droit qu'à une mention obscure et fausse. Sur le moment, cela ne parut guère avoir d'importance.

1087

Au mois d'août 1086, une grande réunion, chargée de valeur symbolique, eut lieu à cent trente kilomètres à l'ouest de Londres, dans le château de Sarum. On remit au roi Guillaume les énormes volumes du Domesday Book, et tous ses principaux vassaux lui rendirent hommage. C'était censé être une occasion de réjouissance, mais, même alors, une sorte de mélancolie flottait dans l'air. Le roi vieillissait ; il était devenu énorme et ne se hissait plus en selle qu'en suant et soufflant. Ses ennemis n'avaient jamais désarmé, au premier rang desquels le roi de France, dévoré de jalousie. Devant le spectacle de ce roi vieilli, malade, les grands barons du royaume étaient remplis de sombres pressentiments.

S'ils n'aimaient guère Guillaume pour la plupart, ils le craignaient ; il était brutal, mais faisait régner l'ordre. Qu'en serait-il de ses terres normandes et de son royaume d'Angleterre quand le grand Conquérant aurait disparu ?

Ils reviendraient à ses fils : Robert, au tempérament sombre et versatile ; Guillaume, appelé Rufus ou le Roux à cause de la couleur de ses cheveux, intelligent mais sans scrupules. Il n'était pas marié, et l'on murmurait qu'il préférait la compagnie de jeunes gens plutôt que de jeunes filles dans son lit. Enfin Henri, le plus jeune, tortueux et insaisissable. Il fallait aussi compter avec l'ambition de leur oncle, l'évêque Eudes de Bayeux, qui attendait toujours son heure dans la prison où le roi l'avait jeté. Oui, qu'arriverait-il lorsque la mort du Conquérant aurait laissé la voie libre à de tels individus ?

Les choses empirèrent au printemps suivant. Une épidémie frappa le bétail dans l'Ouest et se répandit rapidement ; puis ce furent de terribles orages, et l'on craignit que les récoltes ne soient ruinées. Une fois de plus, le roi Guillaume était parti combattre sur le continent, et ses agents tentaient déjà de lever de nouveaux impôts.

Rien d'étonnant donc si à Londres, parmi les marchands, calculs et supputations allaient bon train. Et si, au fil des mois, bien des conversations secrètes avaient lieu. Rien d'étonnant non plus si certaines de ces conversations concernaient Barnikel.

Pourtant, même dans ces journées sombres, il était un petit coin du monde qu'un rayon de lumière venait réchauffer. Au printemps de 1087, Osric apprit que Dorkes attendait un nouvel enfant.

C'était sa troisième grossesse. Après leur première fille, une seconde s'était annoncée, qui hélas était morte à la naissance. A en juger par les vigoureux coups de pieds qu'il donnait dans le ventre de sa mère, le même sort ne semblait pas attendre le nouveau bébé. Et Osric remarquait aussi que Dorkes le portait différemment. Au fond de lui-même, il en était sûr : ce serait un fils.

Un fils... Osric n'avait que vingt-cinq ans, mais les temps étaient difficiles et un ouvrier ne pouvait s'attendre à vivre très vieux. Un riche marchand, dans sa maison confortable, si ; mais Osric mourrait probablement aux alentours de la quarantaine. Il avait déjà perdu trois dents.

Un fils donc, qui avec un peu de chance aurait le temps de grandir avant la mort de son père. Qui connaîtrait peut-être lui-même une vie meilleure. « Qui sait ? disait-il à Dorkes. S'il a plus de veine que moi, il sera charpentier.

— Tu l'appelleras comment, si c'est un garçon ? »

Il y réfléchit un moment puis répondit : « Je lui donnerai le nom de notre plus grand roi anglais. Je l'appellerai Alfred. »

Mais l'événement le plus étonnant peut-être de cette année-là concerna Ralph Silversleeves.

Au mois d'août, alors qu'un nouvel orage venait de ruiner presque à coup sûr les récoltes, il annonça à ses proches qu'il allait se marier.

Il avait rencontré la fille en mai : grande créature blonde, fille d'un marchand germain, elle résidait quai des Germains, à l'embouchure du Walbrook. Son père était un homme riche, très riche même. Elle avait une grande figure plate, de grands yeux bleus, de grandes mains, de grands pieds et, comme elle le répétait en riant à qui voulait l'entendre, un grand estomac. A vingt-trois ans, pleine de vigueur et d'appétit, mais toujours célibataire, elle avait jeté son dévolu sur Ralph, malgré la gaucherie de ses manières. Et rien n'avait causé de plus grand plaisir à celui-ci que le ravissement manifeste de son père, et la stupéfaction incrédule de son frère Henri, quand il leur avait annoncé son prochain mariage.

Il portait fièrement autour du cou, au bout d'une chaîne, le talisman qu'elle lui avait donné et qui représentait un lion rampant. C'était ainsi qu'elle se le représentait, disait-elle. Le mariage était prévu pour avant Noël.

Elle s'appelait Gertha.

Cet été-là apporta un autre changement d'importance dans la famille Silversleeves. Pourtant, cela se fit tellement en douceur que pas même une ride n'apparut à la surface de leurs existences.

Au cours du mois de juin, Hilda s'aperçut que son mari la trompait. Elle ne pouvait dire avec certitude à quel moment cela avait commencé. Le fossé entre eux s'était lentement creusé, jusqu'au jour où elle s'était rendu compte qu'aucun des deux ne désirait plus le franchir. Elle devina qu'il devait y avoir d'autres femmes dans la vie d'Henri. Puis, un soir de juin, il sortit en disant qu'il ne rentrerait peut-être pas cette nuit-là.

Comme son père Leofric avait été souffrant peu de temps auparavant, elle alla lui tenir compagnie dans la vieille maison familiale, à l'enseigne du Taureau. Quelques nuits plus tard, Henri découcha à nouveau. Les soupçons d'Hilda s'étaient transformés en certitude.

Quand la crise qui couvait éclata enfin, cela se fit de manière plutôt inattendue.

Après les orages qui avaient dévasté les récoltes, le temps devint chaud et sec. A cet été pourri succéda un mois de septembre desséché, et tout le monde sentait qu'une catastrophe planait dans l'air.

A la fin de l'été, en l'an de grâce 1087, Guillaume, duc de Normandie et roi d'Angleterre, fut blessé en assiégeant un château français de peu d'importance. La plaie s'infecta, et il fut bientôt clair que Guillaume allait mourir.

Sa famille se réunit à son chevet. Robert reçut la Normandie en partage ; Guillaume Rufus, l'Angleterre ; le jeune Henri, de l'argent. Eudes, le demi-frère du roi, fut libéré de prison. Ainsi la scène était-elle dressée pour une génération de rivalités, d'intrigues et de meurtres. Quelques chaudes journées plus tard, après un long voyage jusqu'à l'église de ses ancêtres à Caen, le corps putréfié de Guillaume le Conquérant, si gonflé qu'on n'avait pu le faire entrer dans son cercueil, éclata pendant les funérailles, projetant ses tripes sur l'assistance.

Rufus avait déjà traversé précipitamment la Manche, pour aller se faire couronner en Angleterre.

Deux semaines plus tard, par une journée d'octobre chaude et sèche, Barnikel le Danois recevait quelques visiteurs dans sa demeure près d'All Hallows. Quand ils lui eurent dit ce qu'ils voulaient, le colosse sourit. « Je peux vous fournir ce dont vous avez besoin, leur dit-il. J'ai tout cela, sous clef. » Puis, en secret, il fit venir Osric.

Barnikel ne savait pas que sa chance venait de tourner.

Ralph Silversleeves, lui, pouvait à peine croire à sa bonne fortune. A la chance qui lui était offerte, si les choses se passaient bien, de faire impression sur le nouveau roi normand.

Il comprenait la situation politique, parce que Mandeville la lui avait patiemment expliquée.

« Robert va essayer de reprendre l'Angleterre à Rufus, parce qu'il voudrait régner sur un territoire aussi vaste que celui de son père. Eudes le soutiendra sans doute, et sera alors en mesure de rallier un grand parti de chevaliers dans le Kent. A ma connaissance, plusieurs barons du royaume sont prêts à le rejoindre, parce qu'ils n'aiment pas Rufus ; et tu peux en être sûr, à Londres même, il se découvrira beaucoup de partisans s'ils pensent y trouver leur intérêt. Mais dans les campagnes, et parmi les shérifs de la Couronne, on veut généralement être gouverné par le roi d'Angleterre, non par le duc de Normandie. C'est pour cela que nous soutenons Rufus. (Mandeville jeta à Ralph un regard sombre et menaçant.) Notre travail à nous, c'est de maintenir le calme à Londres. Démasque les conspirateurs, trouve leurs armes. Rufus nous sera reconnaissant si nous parvenons à découvrir quelque chose. »

Le lendemain, un renseignement inattendu — providentiel — lui était tombé dans l'oreille. Après y avoir bien réfléchi, Ralph avait convoqué une douzaine d'espions et leur avait déclaré : « Nous allons leur tendre un piège et ils vont tous y tomber. »

Osric se tenait près de la berge du fleuve et souriait. Tout allait bien se passer.

Derrière lui, la Tour le dominait de toute sa masse grise. Le grand étage royal était presque achevé maintenant. Les premières des énormes poutres de chênes qui allaient traverser tout le bâtiment pour supporter le toit étaient déjà arrivées sur le chantier. On n'avait pas trouvé d'arbres suffisamment grands à moins de quatre-vingts kilomètres de Londres ; ils avaient été apportés par voie fluviale. Il faudrait deux années encore pour achever la toiture ; et pourtant, tout normand qu'il était, le grand donjon sévère faisait déjà partie du décor, au même titre que les corbeaux celtes qui hantaient les pentes de la colline.

Osric promena le regard autour de lui. L'endroit où l'égout débouchait dans la berge était invisible depuis la terrasse de la Tour, des cabanes de charpentiers faisant écran. Le bateau de Barnikel pourrait mouiller juste à côté et être chargé à l'abri des regards. Desceller la grille serait l'affaire de quelques minutes ; puis il faudrait remonter la galerie jusqu'à la grille intérieure, dont Alfred lui avait de nouveau fourni la clef.

Pendant que Barnikel ferait le guet près du bateau, Osric viderait de ses armes la chambre secrète. Avant que se lève l'aube d'un nouveau jour d'automne, ils seraient en train de redescendre le fleuve, sans que personne y ait rien vu.

Il ne savait pas à qui les armes étaient destinées au juste, et n'avait pas posé la question. Il lui suffisait que le Danois ait dit qu'on en avait besoin. Le risque à courir était léger, jugeait-il, pour un coup de plus porté au roi normand. En outre, comme il l'avait déclaré au Danois : « Je ne peux rien rêver de mieux pour fêter l'arrivée de mon fils. »

La naissance était toute proche maintenant ; l'avant-veille déjà, il avait cru que Dorkes ressentait les premières douleurs. L'enfant serait sûrement né avant la fin de la semaine. Dorkes et lui étaient sûrs tous les deux que ce serait un garçon.

L'expédition à la Tour était prévue pour la nuit suivante, et c'est vers elle qu'Osric, convaincu que tout était en ordre, tournait ses regards.

Le même soir, Henri était sorti de chez lui en laissant entendre qu'il ne rentrerait peut-être pas. Aussi Hilda avait-elle décidé d'aller passer la soirée chez son père, laissant les enfants à la garde de ses servantes. Après une heure de conversation, heureuse et confiante, en sa compagnie, elle était sortie pour une petite promenade dans le West Cheap. Les derniers feux du crépuscule brillaient encore.

Ce fut juste comme elle s'en revenait, près de St Mary-le-Bow, qu'elle vit l'Allemande, qui la héla aussitôt. Hilda soupira. De par ses origines saxonnes, elle se sentait généralement de plain-pied avec les commerçants allemands de la ville, rudes travailleurs et cœurs généreux. Elle aimait aussi sa future belle-sœur, mais la trouvait épuisante. Gertha rayonnait visiblement d'enthousiasme.

Hilda lui demanda des nouvelles de Ralph.

« Il va très bien. Oh ! il est merveilleux. Je viens juste de le voir. » Ses yeux brillaient de plaisir et elle semblait encore tout excitée par le souvenir de leur conversation. « Il est si intelligent... » Sans paraître avoir noté le tressaillement d'Hilda à cette remarque, elle la prit par le bras et l'attira vivement à l'intérieur de St Mary-le-Bow. Là, adoptant soudain le ton de la confidence, elle lui fit une déclaration plus surprenante encore, et surtout beaucoup plus intéressante.

« Il m'a dit de n'en parler à personne, chuchota-t-elle, mais nous sommes de la même famille. (Elle jeta un regard aux alentours pour s'assurer qu'on ne pouvait pas l'entendre.) Tu sais garder un secret ? »

Les premières étoiles faisaient leur apparition au-dessus de la petite église d'All Hallows. Plus bas, dans le creux, de grandes ombres s'amassaient, qui semblaient ceinturer la Tour comme autant de douves infranchissables. Hilda se dirigeait sans bruit vers la solide demeure, au toit de chaume, de Barnikel le Danois.

Une fois à l'intérieur, elle le regarda pensivement faire le tour de la salle pour allumer les lampes. Sa barbe était désormais plus grise que rousse. Elle avait souffert de voir le masque usé, vieilli, qui lui était passé sur le visage quand elle lui avait annoncé les mauvaises nouvelles dès le seuil ; mais déjà, il paraissait avoir recouvré sa force. Il prit un pichet sur la table et leur servit un gobelet de vin à chacun. Elle le contemplait, mi-navrée, mi-admirative pourtant.

« Qu'est-ce que tu comptes faire ? » lui demanda-t-elle.

C'était un pauvre paysan des forêts de l'Essex qui avait fourni l'indication à Ralph. On l'avait trouvé en possession d'une épée et emmené au château de Colchester ; là, on l'avait soumis à un interrogatoire serré, pour savoir comment il s'était procuré son arme. Longtemps, il avait résisté, vaillamment, mais après qu'on lui eut broyé les articulations des doigts, il s'était mis à parler.

Il possédait cette épée depuis bien des années déjà, depuis qu'il avait vécu dans la forêt avec les hommes d'Hereward le Vigilant. Cela faisait plus de quinze ans aujourd'hui. « Et tous ces gens-là sont morts », ajouta-t-il.

Ses geôliers l'avaient envoyé ensuite à Londres, pour permettre à Ralph de l'interroger ; mais celui-ci n'en avait guère tiré davantage. Sauf sur un point, pourtant. Le paysan reconnut que les armes étaient venues de Londres, où vivait un homme en qui les rebelles avaient confiance. Il jura ses grands dieux qu'il ne savait rien de cet homme-là, jusqu'à ce qu'un détail lui revienne enfin en mémoire — c'était juste avant qu'il meure : « Il avait une barbe rousse. »

C'était tout, et ce n'était pas grand-chose. Dieu sait si la vieille ville anglo-danoise en comptait, des hommes à barbe rousse ; et beaucoup de Normands en portaient une aussi. Pourtant, peu à peu, en rassemblant plusieurs faits isolés, une idée commença à se faire jour dans l'esprit de Ralph.

Un ennemi juré des Normands ; un membre de l'ancienne milice de défense ; un ami d'Alfred l'armurier... D'autres détails encore lui revinrent en tête. Les pièces se mirent en place dans son esprit, jusqu'à ce qu'il s'écrie rageusement : « Je me suis fait avoir ! » Puis, avec un sourire cruel et rusé : « Mais cette fois-ci, c'est moi qui les aurai. Tous ! »

Et c'est alors qu'il avait imaginé son piège.

« Il viendra demain à l'aube. Il fouillera ta maison, ton entrepôt à Billingsgate et l'armurerie d'Alfred. S'il trouve des armes, il t'arrêtera ; sinon, ses espions te suivront dans l'espoir que tu les mènes quelque part », conclut Hilda d'un air anxieux.

Le Danois l'avait écoutée sans l'interrompre, se contentant de hocher la tête. Puis il lui affirma : « Ils ne trouveront rien. Quant à nous surveiller... (Il haussa les épaules.) Cela exige juste que nous changions légèrement nos plans. »

C'est alors qu'il lui parla d'Osric et du secret de la Tour.

En l'écoutant, elle mesura soudain le danger que courait son vieil ami, ainsi que ses complices. Incapable de tenir en place, elle se leva et fit les cent pas dans la pièce. « Pourquoi faites-vous tout cela ? » demanda-t-elle.

C'était facile à comprendre, comme il le lui expliqua. Si Robert devenait roi, il aurait de vastes territoires à contrôler. « Et il n'est pas l'homme qu'était son père. » La domination normande s'affaiblirait peu à peu, et alors... Les héritiers de la vieille lignée anglaise étaient toujours vivants, comme aussi la famille du roi Harold. Barnikel dépeignit longuement à son amie tout ce qui était susceptible de se produire, jusqu'à ce qu'elle secoue enfin la tête et sourie.

« Tu n'as toujours pas renoncé, n'est-ce pas ? »

Il eut un sourire joyeux, presque juvénile. « Je suis trop vieux pour renoncer. Si un vieil homme comme moi renonce, il meurt.

— Tu te sens vraiment si vieux que cela ?

— Parfois, oui. Mais pas quand tu es là », ajouta-t-il en souriant. Elle rougit, parce qu'elle savait que c'était vrai.

Un feu couvait dans le brasero, au centre de la pièce. Il le refit partir, prit place à côté sur une grande chaise de chêne, et désigna un banc à Hilda ; puis ils demeurèrent quelques instants en silence, tranquilles, presque heureux, si c'était possible. Elle remarqua que son visage, au repos, s'il n'était plus celui d'un homme jeune, conservait un air de force et de vigueur intactes, et toute la superbe d'un vieux lion. Il but pensivement son vin.

Quelle étrange soirée, pensa-t-elle. Elle avait fait tout ce qui était en son pouvoir, et maintenant elle aurait sans doute dû s'en aller ; pourtant, elle ne pouvait s'y résoudre. Son père s'endormait toujours avec le coucher du soleil ; quant à son mari, Dieu sait où il se trouvait. Au bout d'un moment, sans un mot, elle tira son banc près de la chaise de Barnikel, se pencha et posa la tête sur sa poitrine.

D'abord il ne bougea pas d'un pouce ; puis elle sentit sa grande main noueuse qui commençait à lui caresser les cheveux. La douceur de ses gestes était étonnante, et aussi le bien-être qu'elle ressentait. Elle se mit à jouer avec sa barbe, et l'entendit qui riait.

« Beaucoup de femmes ont déjà dû te faire cela, je suppose...

— Très peu, au contraire, souffla-t-il.

— Quel dommage... commença-t-elle, pour s'interrompre aussitôt.

— Pourquoi ? »

Elle s'apprêtait à dire : « Quel dommage que je n'aie pas épousé ton fils ! » Au lieu de cela, elle répondit : « Rien », et il ne répéta pas sa question.

Les minutes passèrent. Hilda pensait à ce qu'était sa vie. L'image d'Henri, le froid Henri, surgit devant ses yeux, et elle la chassa aussitôt pour songer : Comme je préférerais être sa femme à lui, même tel qu'il est aujourd'hui, vieilli, mais courageux, généreux, indomptable... Soudain, à la fois pour le réconforter et lui exprimer toute la tendresse qui habitait son cœur, elle se leva et, plongeant dans le sien son regard rieur, l'embrassa sur les lèvres.

Elle le sentit qui frissonnait, et l'embrassa à nouveau.

« Si tu fais ça, souffla-t-il, je vais...
— Alors, va » s'entendit-elle répondre dans un râle de bonheur

Barnikel n'avait plus fait l'amour depuis bien longtemps, et n'espérait guère que cela pût revenir un jour. Pourtant, quand il se leva et prit dans ses bras celle qu'il avait d'abord aimée comme une fille, puis comme une femme, tous les doutes, toutes les questions semblèrent se dissiper aussitôt.

Hilda, découvrant pour la première fois les caresses, douces et sûres, d'un homme plus âgé qu'elle, guidée vers le désir par des mains aimantes, sentit une vague de chaleur et de tendresse la submerger.

Ils restèrent ensemble jusqu'aux petites heures du jour ; puis elle se glissa dans les rues désertes jusqu'à la maison de son père, et là se faufila dans la pièce où il était profondément endormi.

Ainsi, au bout de douze ans, Barnikel avait-il fini par consommer le dernier grand amour de sa vie.

Peu après l'aube, comme il le lui avait demandé, Hilda se glissa hors de la maison de son père et porta deux messages : l'un à Alfred, l'autre à Osric.

Elle ignorait qu'elle avait — comme d'habitude — été suivie, à la fois quand elle était allée chez Barnikel et quand elle en était revenue.

Ralph Silversleeves, accompagné d'une demi-douzaine d'hommes en armes, rendit visite à Barnikel, en ses entrepôts de Billingsgate, au milieu de la matinée seulement. Le Normand informa poliment son hôte qu'il devait procéder à une fouille, et le Danois les laissa œuvrer, non sans hausser les épaules avec irritation. Trois des hommes se rendirent ensuite à son domicile, près d'All Hallows.

Ils étaient minutieux et leur fouille dura trois heures ; pourtant, à la fin de la matinée, ils renoncèrent. Un homme arriva au même moment de chez Alfred, l'armurier : il n'avait rien trouvé là-bas non plus.

« J'espère que vos soupçons sont apaisés, maintenant », commenta le Danois à l'adresse de Ralph, d'un ton sec ; et il prit la grimace qu'il reçut en réponse pour un signe d'assentiment.

Ralph emportait pourtant avec lui un tel sentiment d'avoir été dupé qu'une fois sur le quai il dit à ses hommes : « Je suis sûr qu'il y a des armes quelque part. Nous n'abandonnons pas. » Et il se mit sans attendre à inspecter les cargaisons, les bateaux amarrés, à la grande fureur des marins. Quatre autres des petits entrepôts furent fouillés eux aussi. Puis les hommes remontèrent la rue et parcoururent l'East Cheap, furetant dans toutes les charrettes et les étals ; les marchands, d'abord pris de panique, ne tardèrent pas à les railler et à les conspuer. Mais l'idée de passer pour un imbécile ne semblait guère déranger Ralph (si elle l'avait jamais dérangé). Congestionné, les sourcils froncés, il faisait son chemin en direction de la Tour.

Ce fut au début de l'après-midi, dans les baraquements des ouvriers, que la famille d'Osric s'agrandit d'un nouveau membre. Le petit ouvrier en conçut une telle joie qu'une fois dehors, les yeux tournés béatement vers le ciel, il resta incapable de parler pendant de longues minutes.

Il avait eu raison. C'était un fils.

Barnikel était nerveux. Il était resté chez lui tout l'après-midi ; les dernières vingt-quatre heures avaient été fertiles en événements, et il avait senti le besoin de prendre du repos. Mais maintenant, incapable de rester enfermé plus longtemps, il avait fini par ressortir pour aller s'aérer dans l'East Cheap.

Il faisait encore chaud, bien que le ciel à l'ouest eût tourné au mauve. Les petits marchands refermaient leurs éventaires sur son passage, alors qu'il remontait vers Candlewick Street. Il allait juste atteindre la fin du marché quand il vit Alfred qui venait tranquillement dans sa direction.

Les deux hommes firent fonctionner rapidement leurs méninges. Si on les suivait, il serait plus sage de ne rien faire qui pût éveiller les soupçons. Ils se préparaient donc l'un et l'autre à se croiser avec un simple salut de la tête — et l'auraient fait si, à ce moment précis, un petit personnage ne s'était rué vers eux et ne les avait impérieusement tirés par la manche.

C'était Osric. Cela faisait près d'une heure qu'il courait les rues, encore tout étourdi de bonheur. Hilda lui avait enjoint, à l'aube, d'éviter Barnikel ; mais en voyant ses deux amis réunis, le jeune homme avait été si excité qu'il avait oublié toutes les consignes et couru vers eux, sa bouille ronde illuminée par la joie.

« Oh ! messire, cria-t-il, oh ! Alfred... J'ai une de ces nouvelles à vous annoncer... » Le temps qu'Alfred s'arrête, que Barnikel baisse les yeux vers lui, il éclatait déjà : « J'ai un fils ! » Puis il les regarda, les yeux écarquillés, comme s'ils avaient incarné les deux portes du paradis.

Alors les deux hommes — qui, assaillis par leurs propres problèmes, avaient complètement oublié les affaires de la famille d'Osric — firent fête au petit ouvrier et l'étreignirent avec de grands éclats de rire.

Il n'y avait pas de lune cette nuit-là. Une légère brise de terre s'était levée, poussant devant elle un voile de nuages qui cachait même les étoiles. La seule lumière en vue, alors que le canot glissait sur le fleuve obscur, provenait d'un petit feu qui s'était allumé quelque part sur la colline ouest de la ville.

Le fond du canot heurta doucement la boue, sous la bouche d'égout de la Tour.

Osric était seul. La réponse qu'il avait faite au message du Danois, le matin, était simple : puisque Barnikel était surveillé, il n'avait qu'à rester chez lui. « Je peux réussir seul », lui avait-il affirmé.

Il amarra précautionneusement le canot à un pieu, puis en descendit et entreprit de desceller la grille. Quelques minutes plus tard, il se faufilait à l'intérieur de l'égout. Prudemment, ne donnant l'alerte qu'aux rats, il remonta le sombre tunnel jusqu'aux entrailles ténébreuses de la Tour de

Londres. Puis, se hissant à l'aide d'une corde, il atteignit la grille supérieure, la déverrouilla et prit pied dans les caves.

Hilda était assise sur sa chaise. Elle tenait son ouvrage de broderie en main, mais avait de la peine à se concentrer dessus. Henri était rentré tôt le matin mais, hormis une ou deux questions polies sur la santé de son père et les réponses appropriées, ils avaient peu parlé. Toute la journée elle avait attendu, tenaillée par l'angoisse ; maintenant elle essayait de broder, tandis qu'Henri jouait aux échecs avec leur plus jeune fils et lui jetait un coup d'œil de temps à autre, à sa manière froide et distante.

La soirée était calme. L'incendie qui s'était déclaré à quelque distance de là, dans les parages du West Cheap, s'était étendu aux maisons alentour. Mais de telles choses étaient fréquentes à Londres et Hilda n'y avait guère prêté attention.

Son cœur avait bondi dans sa poitrine lorsque, deux heures après le crépuscule, Ralph était venu leur rendre visite.

Tout Londres avait entendu parler de ses exploits du matin dans l'East Cheap ; mais ni Henri, qui semblait amusé, ni Hilda, visiblement anxieuse, n'aborda le sujet. Le maussade personnage avait l'air plus soucieux que véritablement en colère. Après un salut de la tête à la ronde, il se saisit d'un pichet de vin, s'assit sur le banc en face d'Henri et contempla le feu d'un air morne. Quand il se résolut à parler, Hilda pâlit.

« J'ai un problème, Henri, dit-il.

— De quel genre ? »

Ralph se servit une rasade de vin, puis releva lentement les yeux. « Un espion, dit-il lentement. Tout proche de moi. » Les mains d'Hilda se mirent à trembler. « J'ai failli faire une grosse prise aujourd'hui, reprit Ralph. Des armes. Je suis sûr qu'elles étaient là.

— Tu as peut-être commis une erreur...

— C'est possible, oui. Pourtant j'ai comme un instinct, qui me dit que les comploteurs ont été prévenus.

— Par qui ? »

Ralph garda le silence quelques secondes avant de répondre : « Par quelqu'un qui connaissait mes projets. » Il fixa Hilda droit dans les yeux. « Qui pourrait avoir fait cela, d'après toi ? »

Hilda sentait qu'elle était très pâle ; pourtant elle posa les mains sur ses genoux et lui rendit son regard, le plus calmement qu'elle le put. Savait-il, ou bien sa question était-elle innocente ? Peut-être bluffait-il dans l'espoir de la piéger ? Mais pourquoi l'aurait-il soupçonnée ? Elle passa rapidement en revue les différentes possibilités, puis répondit : « Je n'en ai aucune idée, Ralph. » Elle s'était efforcée de parler d'un ton ferme, mais il lui semblait que sa voix avait tremblé malgré elle.

Ils étaient maintenant deux à la fixer, Ralph et Henri ; elle brûlait d'envie de se lever et de quitter la pièce, mais n'osait pas le faire. Son supplice aurait pu durer longtemps sans une interruption imprévue.

Gertha. La promenade vespérale qu'elle venait de faire lui avait empourpré les joues, et ses yeux brillèrent de plaisir en les voyant tous rassemblés. Ignorant la tension qui régnait dans la pièce, elle alla droit à Ralph et l'embrassa, puis rit bruyamment en le voyant qui rougissait d'un air gêné. Ensuite, elle saisit le talisman qu'il portait autour du cou et le pressa amoureusement dans ses grandes mains.

« L'incendie là-dehors est en train de grandir », remarqua-t-elle, et Hilda pria pour que cela change le cours de la conversation. Mais sa prière ne fut pas exaucée.

Gertha se tourna vers Ralph et demanda : « Alors, tu ne l'as pas arrêté, l'homme à la barbe rousse ?

— Il s'est passé quelque chose, grogna Ralph.

— Je suis sûre que tu l'attraperas. N'est-ce pas, Hilda ? Il est si intelligent... »

A nouveau, Hilda réalisa qu'ils avaient tous le regard fixé sur elle, et dévisagea l'Allemande du coin de l'œil. Tout cela était-il un horrible piège ? Gertha avait-elle déjà dit à Ralph qu'elle l'avait mise au courant de la fouille, la veille au soir ? Ou peut-être s'apprêtait-elle à le faire, en ce moment même ? Non ; et pourtant ce qu'elle dit ne diminua en rien la frayeur d'Hilda : « Je l'ai vu dans l'East Cheap ce soir avec ses deux amis. Ils riaient et se donnaient de grandes claques dans le dos. »

Ralph la regarda, bouche bée.

« Quels amis ?

— Cet homme qui fait des armures... Alfred, c'est bien ça ? Et aussi le petit gars avec une bouille ronde et qui n'a plus de nez. (Elle rit.) Ils pensaient peut-être que tu ne les attraperais pas, mais je suis sûre que tu vas le faire. » Puis elle l'embrassa sur le front, déclara fièrement : « Maintenant je vais chez mon père » et quitta la salle.

Un long silence s'installa, sans un seul mot d'échangé. Hilda, les yeux baissés sur sa broderie, se sentait prise dans un tourbillon. Comment l'Allemande avait-elle pu voir les deux hommes avec Osric ? Elle n'en avait aucune idée. Quant à ce que cela pouvait signifier, elle n'osait même pas y songer. Elle finit par lever les yeux vers Ralph.

Il était parfaitement immobile, abîmé dans la contemplation du feu. Il semblait l'avoir oubliée ; son visage reflétait un travail intérieur, presque une douleur, aurait-on dit. Comment pouvait-il avoir méconnu ce maillon-là ? Cela paraissait si évident, pourtant. Barnikel, l'ami d'Alfred. Alfred, l'ami d'Osric. Osric, le petit serf loqueteux qu'il avait retrouvé dans les caves de la Tour. Les caves de la Tour, où les armes étaient entreposées ; les caves de la Tour dont Alfred avait fabriqué les clefs...

Et soudain, il *vit* ce qui s'était passé. Comment ils l'avaient fait, et pourquoi, c'était plus qu'il n'en pouvait imaginer. Mais il sauta sur ses jambes et s'écria :

« Les maudits ! Je sais ce qu'ils ont fait ! Je sais où les armes sont cachées !

— Où ? demanda Henri.

— A l'intérieur même de la Tour ! » s'exclama Ralph. Puis, pour la plus grande terreur d'Hilda, il ajouta : « J'y file tout de suite ! »

Et il se rua hors de la maison, suivi par Henri.

Hilda courait à perdre haleine ; dans l'obscurité de la nuit, il lui semblait même qu'elle volait. Elle laissa derrière elle la grande silhouette de St Paul, puis descendit la colline ouest jusqu'au Walbrook.

Le temps était compté, elle le savait ; il était peut-être déjà trop tard. Mais quels que soient les risques encourus, même si des espions surveillaient sa maison, elle devait y aller.

Il fallait qu'elle parle à Barnikel. Lui saurait quoi faire.

Si grande était sa hâte qu'elle s'aperçut à peine que l'incendie déclaré quelque temps plus tôt s'était maintenant étendu, poussé par le vent, à toute la longueur du West Cheap. Il commençait déjà à attaquer les premières maisons de la colline est.

Elle ne remarqua pas non plus un autre détail, plus étrange pourtant. Tandis qu'elle courait, d'autres pas la suivaient subrepticement, à peu de distance derrière elle.

Elle traversa le petit pont sur le Walbrook et s'engagea dans Candlewick Street. La rue semblait déserte ; Hilda haletait si fort qu'elle ne distinguait aucun autre bruit. Son cœur cognait douloureusement dans sa poitrine. A la Pierre de Londres, elle fit une pause, pour reprendre sa respiration et laisser à son point de côté le temps de s'apaiser. Elle se pencha en avant, les mains sur les genoux.

Des bras de fer s'abattirent sur elle sans qu'elle ait rien vu venir. En quelques secondes elle était immobilisée, une cape jetée sur sa tête. Avant même qu'elle ait eu le temps de pousser un cri, on l'avait traînée à l'intérieur d'une ruelle.

Le travail était plus facile qu'Osric ne l'aurait cru. Il avait rapidement trouvé son rythme. Il avait d'abord sorti toutes les armes de la chambre secrète et les avait transportées jusqu'à la grille. Ensuite, les descendre à l'intérieur de la galerie se révéla moins difficile qu'il ne l'avait imaginé : cela ne lui prit qu'une demi-heure. Puis, en plusieurs voyages, il entreprit de les traîner le long du sombre tunnel, jusqu'à la grille qui se dessinait faiblement dans le lointain.

Deux heures après avoir pénétré dans les caves, il était prêt à charger les armes dans le canot.

Un seul détail l'avait surpris. A chaque fois qu'il atteignait la sortie de l'égout, au bord du fleuve, le ciel au-dehors lui semblait un peu plus clair qu'au voyage précédent. Travaillant en grande hâte, il avait perdu la notion du temps ; pourtant il savait bien qu'on n'en était qu'à la première moitié de la nuit : il ne pouvait s'agir déjà des lueurs de l'aurore. Quand il émergea finalement sur la rive boueuse, il reçut un choc.

Attisé par le vent, l'incendie né sur la colline ouest avait pris désormais un énorme et terrible essor. Non seulement les maisons de bois étaient desséchées par l'absence de pluie des derniers mois ; non seulement le vent du ciel poussait les flammes de l'avant ; mais en outre, une fois dépassé un certain seuil critique, un grand incendie comme celui-ci engendre son propre vent interne. Voilà comment le feu s'était développé, en cette nuit d'automne de l'année 1087. Ronflant et crépitant, il dévorait la colline est à son tour, suivant l'éperon rocheux qui s'élevait derrière la Tour et se dirigeant vers All Hallows.

Au moment où il sortit du tunnel, ce fut le bruit qu'Osric entendit d'abord : un grondement sourd et continu qui venait de la ville. Quand il eut atteint le canot et se fut retourné, alors seulement il vit le spectacle.

C'était extraordinaire. Le feu craquait et sifflait de partout, crachait d'énormes gerbes d'étincelles en l'air, étreignait d'une main énorme les deux collines, comme s'il n'eût été qu'une seule et gigantesque flamme. Ici ou là un trait de feu traversait soudain la nuit, comme un invisible dragon ouvrant sa gueule pour embraser la ville. La grande masse sombre de la Tour se dressait, imperturbable, au-devant de l'énorme incendie.

Oui, c'était un spectacle extraordinaire — mais Osric n'avait pas le temps de s'y attarder.

Ignorant les collines en flammes, il replongea dans les ténèbres du tunnel.

Ralph descendait la pente le plus vite qu'il pouvait. L'incendie illuminait la haute silhouette de la Tour, en face de lui.

Il avait été retardé dans sa course. A deux reprises, alors qu'il dévalait la colline ouest, il avait été forcé de s'arrêter pour diriger l'action d'un petit groupe tentant de contenir le feu. Il avait bien des défauts, mais c'était un homme d'action. En faisant faire la chaîne à des soldats de la garnison de Ludgate, il avait tenté de sauver une maison avec des seaux d'eau tirés d'un puits voisin. Dans Poultry, il avait crié aux riverains : « Mouillez vos toits ! » En arrivant au bord du Walbrook encore, il s'était mis en devoir de coordonner l'action de la foule ; mais sous leurs yeux mêmes, le grand monstre rouge avait fait un bond de trente mètres, sifflant et crachant, pour sauter d'un toit de chaume à un autre. Alors Ralph avait réalisé que tous ses efforts étaient vains et il s'était remis à dévaler les rues, au sein de la populace affolée. Laissant dans son dos le grondement des flammes, il s'était rué vers la grande Tour obscure et silencieuse.

En quelques enjambées, il était en haut de l'escalier de bois. Jetant à peine un regard à l'incendie derrière lui, il franchit l'entrée et se précipita dans la grande salle, où il appela le garde.

Pas un bruit ne lui répondit. Il traversa précipitamment la pièce en direction de l'escalier menant aux caves. Une torche brûlait, passée dans un crochet métallique au mur, mais aucun garde n'était en vue. Ralph jura. Sans aucun doute, l'homme était sorti pour voir l'incendie. Il saisit la torche pour s'éclairer, ouvrit la porte et s'engagea dans l'escalier en colimaçon.

Une fois qu'il eut pris pied dans la cave, il ne remarqua rien tout d'abord.

Puis, poursuivant son inspection, il aperçut la grille ouverte de l'égout. C'était donc ça... Il prit position, l'épée en main, près de l'entrée de la galerie ; mais personne ne vint. Il attendit quelque temps encore, tendant l'oreille ; au bout d'un moment, craignant que peut-être les conspirateurs ne se soient déjà enfuis, il se glissa précautionneusement à l'intérieur du tunnel. Puis, la torche dans une main et son épée dans l'autre, il se faufila le long de l'égout.

Plus de la moitié des armes étaient maintenant à bord du canot, et charger le reste ne serait plus très long. Osric n'aurait plus ensuite qu'un dernier voyage à faire dans la cave, pour s'assurer qu'il n'avait rien laissé derrière lui. La marée commençait à monter, et c'était tant mieux : ce serait plus facile ainsi d'arracher à la boue le canot lourdement chargé.

Il embarquait une poignée de lances quand il entendit un bruit derrière lui. Il se retourna et vit émerger du tunnel le visage familier de Ralph Silversleeves, affublé de son long nez.

Une fois sur la berge, le Normand se redressa et sourit. « Seul, Osric ? » demanda-t-il, puis il promena le regard à la ronde et dit : « Je pense que oui. » Il dévisagea calmement le jeune serf, muet de stupéfaction, avant de poursuivre : « Je t'arrête, Osric, au nom du roi. » Puis il fit quelques pas dans la boue pour aller pointer son épée sur le ventre du jeune homme. « Tu pensais que tu pourrais me tromper, hein, avec tes amis ? siffla-t-il. Bientôt tu vas tout me raconter. Peut-être même là-dedans ! » Il désigna d'un mouvement de tête la Tour derrière lui.

A l'arrière-plan, les flammes jaillissaient plus haut que jamais, embrasant les pentes des collines. Un grand craquement se fit entendre, venant de derrière All Hallows, suivi d'une énorme gerbe de flammes. Le visage du Normand se détachait sur le ciel rougeoyant, moitié livide, moitié sombre et cruel.

C'est à ce moment que le pauvre Osric agit stupidement. Sautant à l'intérieur du canot, il se saisit fébrilement d'une arme ; une seconde plus tard, le visage blême, les yeux plus grands et solennels que jamais, il faisait de nouveau face au Normand, une lance à la main.

Ralph le contempla, sans la moindre trace de peur dans le regard. Quand le serf frappa violemment l'air de sa lance, il fit un pas en arrière ; puis il recula le long de la berge, tandis qu'Osric descendait du canot pour le suivre. Chaque pas que le jeune ouvrier faisait l'éloignait un peu plus du stock d'armes.

Pauvre Osric, comme il était pitoyable... Ralph lut la haine qui brûlait dans ses yeux : elle irradiait de tout son corps, aversion longtemps réprimée d'un homme qui avait enduré une décennie d'oppression. Ralph ne pouvait même pas le blâmer. Il gardait seulement un œil sur la pointe de la lance. Un autre pas en arrière ; il était à mi-hauteur de la berge maintenant, dans une position avantageuse pour lui. Grâce au rougeoiement du ciel au-dessus de la Tour, la pointe de la lance brillait, facile à repérer dans la pénombre ; tandis que, de là où il était, le serf devait cligner des yeux pour regarder Ralph.

Osric se rua en avant.

Ce fut si facile. Ralph détacha la tête de la lance d'un simple coup d'épée, ne laissant que la hampe entre les mains du serf.

« Eh bien, petit homme, dit-il doucement, c'est avec ce bâton que tu vas me tuer ? »

Le plus profond désarroi se lisait sur la face ronde d'Osric, le plus noir désespoir dans ses yeux graves ; Osric, avec sa cicatrice à jamais béante là où il y avait eu autrefois un nez ; Osric, avec sa hampe cassée là où il y avait eu une lance... Il fit un nouveau pas en avant, dérisoire, mais il ne pouvait pas renoncer, et menaça le Normand de son arme brisée.

Ralph sourit. « Tu veux que je te tue, pour échapper à la torture ? lui demanda-t-il. Tu le veux vraiment ? » Et il rit. Il voulait prendre le serf vivant, mais cela l'amusait de lui faire un peu peur auparavant.

Il leva son épée.

Osric avait l'air surpris tout à coup, stupéfait même. Etait-ce la lame de l'épée qui brillait devant ses yeux ? De voir la mort en face ? Ou encore la nouvelle vague de feu qu'on avait entendue jaillir en ronflant derrière la Tour ? Ralph sourit.

Ce n'était ni le feu ni l'épée, mais une tout autre vision qui avait cloué Osric sur place de stupeur. La vision d'une grande barbe rousse et d'une paire d'yeux étincelants, d'une énorme silhouette surgie des ténèbres et qui maintenant masquait même la Tour derrière elle. Entourée d'un halo de feu, les bras dressés comme ceux d'un dieu vengeur, d'un dieu viking, la vision balança haut dans le ciel embrasé sa puissante hache d'armes à deux mains, puis la laissa retomber de toutes ses forces sur la tête du Normand. La lame lui fracassa le crâne et lui fendit le torse en deux presque jusqu'à la taille

Barnikel était venu.

Une demi-heure plus tard, ils enterraient le cadavre de Ralph.

C'est Osric qui avait eu l'idée, et elle avait paru bonne. Ils avaient traîné le corps le long de l'égout, enveloppé dans des toiles huilées qui avaient contenu des armes ; puis ils l'avaient transporté jusqu'à la chambre secrète, désormais vide, et l'avaient placé à l'intérieur. Osric avait ensuite reconstitué le mur avec soin, puis ils étaient partis, sans laisser aucune trace derrière eux, refermant et fixant les deux grilles. L'idée du Normand enfermé là pour l'éternité plaisait beaucoup à son ancienne victime.

Peu de temps après, ils poussaient le canot dans le courant, pour qu'Osric le mène à l'endroit où des mains amies l'attendaient, prêtes à se charger des armes.

Barnikel de son côté retourna dans la ville. Sa propre demeure d'All Hallows était en flammes, mais il ne s'en souciait pas. Il n'y avait rien qu'il pût faire pour la sauver. Le feu était partout désormais, des étals de Candlewick Street jusqu'en haut de Cornhill. Mais le moment le plus important de la nuit, pour Barnikel, ce fut quand il entendit crier, alors qu'il traversait le Walbrook : « Le feu a atteint St Paul ! Il commence à descendre... » Ce qui amena un sourire sur ses lèvres. Car il tenait dans la main la chaîne et le talisman arrachés au cadavre de Ralph. Et maintenant, il savait où il allait les déposer.

Un mystère demeurait, pourtant.

Après qu'Osric et le Danois s'étaient débarrassés du corps, le petit ouvrier s'était tourné vers son compagnon. « Au fait, lui avait-il demandé, comment se fait-il que vous soyez arrivé juste au bon moment ? »

Barnikel avait souri. « J'ai reçu un message, et je suis venu aussi vite que j'ai pu. Comme je n'ai pas rencontré Ralph sur le chemin de la Tour, je suis descendu jusqu'à la berge. Juste quand il le fallait...

— Mais ce message, qui l'a envoyé ?

— Qui ? (Il hocha la tête.) Tu as raison, ça a été un vrai coup de chance. Un homme est venu, de la part d'Hilda. »

Là résidait le mystère.

1097

La solution en fut apportée dix ans plus tard, un soir d'été, alors qu'Hilda était assise dans la grande salle de sa maison près de Saint-Paul.

Quand elle se retournait sur sa vie, elle avait de quoi être satisfaite. Au cours de la dernière décennie, les choses s'étaient plutôt bien arrangées, c'était indéniable. Le pauvre Osric était mort, certes ; elle voyait parfois sa petite famille, qui vivait maintenant avec Alfred et les siens. Barnikel était mort lui aussi, mais sans doute valait-il mieux que cela se soit terminé ainsi. Un mois après le grand incendie de 1087, il avait été terrassé par une attaque, à Billingsgate, dont il ne s'était pas relevé. Un an plus tard, la rébellion tant attendue avait enfin éclaté, dans le Kent et à Londres, pour être aussitôt réprimée sans merci ; et Hilda se répétait souvent, dans son for intérieur : Grâce à Dieu, il n'était plus là pour se mêler de ces folies.

Et voilà que le vieux Silversleeves était mort, également. Deux mois plus tôt, par une pluvieuse soirée d'avril, un marchand était arrivé dans la belle demeure de pierre, avec à la main un message pour le vieil homme. Une heure plus tard, une servante était revenue trouver le maître : très droit sur sa chaise, on aurait pu croire qu'il continuait à lire le message posé sur la table devant lui. Mais il était mort.

Le chanoine de St Paul avait été enterré à St Lawrence Silversleeves, avec toute la pompe et les honneurs dus à son rang. Trois jours plus tard, Hilda et Henri étaient venus s'installer dans la maison ; dans les semaines qui avaient suivi, elle-même avait été surprise de découvrir l'énormité de la fortune que son beau-père leur avait léguée.

La paix régnait dans le pays : Rufus était maintenant solidement assis sur son trône. Il venait de se faire construire un vaste hall à Westminster, digne vis-à-vis pour l'abbaye du Confesseur ; et il avait également agrandi le fort proche de Ludgate. En outre, quand Hilda se trouvait dans la cour de sa maison, elle pouvait voir en levant les yeux, sur le site même où la St Paul saxonne avait été dévorée par les flammes au cours de la fameuse nuit, la silhouette d'une grande cathédrale normande, toute de pierre. Elle dominerait bientôt la ville, de même que la Tour dominait le fleuve.

Chaque fois qu'Hilda contemplait St Paul et pensait au grand incendie, certaines questions, certains mystères revenaient l'assaillir.

On avait retrouvé le talisman de Ralph dans les ruines calcinées de la cathédrale. Mais qu'allait-il faire là-bas ? Et à qui appartenaient les mystérieuses mains qui l'avaient retenue prisonnière deux heures durant cette nuit-là, avant de la relâcher tout aussi soudainement près du Walbrook — à temps pour qu'elle voie brûler la moitié de Londres ? Elle n'avait jamais pu résoudre aucune de ces deux énigmes, et ne pensait même pas y parvenir un jour.

Maintenant que leurs enfants étaient grands, Hilda et son époux se retrouvaient souvent en tête à tête le soir. Ils avaient depuis longtemps trouvé un modus vivendi, fait de politesse et d'ignorance mutuelles, qui permettait à chacun de supporter assez bien la présence de l'autre. Hilda travaillait silencieusement à son ouvrage ; Henri, assis devant l'échiquier de son père, jouait contre lui-même.

Ce soir-là pourtant, Hilda était nerveuse et irritable. La faute en incombait sûrement à la maison. Elle s'était toujours sentie mal à l'aise dans cette sévère demeure de pierre. Elle aspirait toujours à sortir, ou à vivre en un lieu plus intime, plus agréable ; et elle ne pouvait s'empêcher de lancer à son mari, responsable de la situation, des regards chargés de rancune.

Henri n'en perdait rien, mais ne réagit qu'après vingt coups joués sur son échiquier. Il se tourna calmement vers elle et lâcha : « Vous devriez tâcher de dissimuler un peu mieux vos pensées, ma chère.

— Vous n'avez aucune idée de ce que sont mes pensées », rétorqua-t-elle sèchement. Puis elle reprit son ouvrage, mais ajouta après quelques passages d'aiguille : « D'ailleurs, vous ne savez rien de moi. »

Henri se pencha sur son échiquier, le visage éclairé par un demi-sourire. « Vous seriez fort surprise de tout ce que je sais de vous, répondit-il.

— Quoi, par exemple ? »

Il garda quelques instants le silence puis dit, le plus calmement du monde : « Par exemple que vous étiez l'amante de Barnikel. Et que vous l'aidiez à commettre ses trahisons. »

Il y eut trente secondes d'un complet silence, dans la grande salle de pierre, interrompu seulement par le claquement sec d'une pièce déplacée sur l'échiquier.

« Que voulez-vous dire ? »

Henri ne releva même pas les yeux. « Vous vous souvenez de la nuit du grand incendie ? Je suis sûr que oui. Vous aviez passé la nuit précédente avec Barnikel. »

Elle en eut le souffle coupé. « Comment le savez-vous ?

— Je vous faisais suivre, expliqua-t-il posément. Je vous faisais suivre depuis des années.

— Pourquoi ? » Elle se sentait glacée, soudain.

Henri haussa les épaules. « Parce que vous êtes ma femme », répondit-il, comme si cela suffisait à tout expliquer.

Elle repensa au soir de l'incendie et fronça les sourcils. « La nuit du feu, quelqu'un m'a faite prisonnière...

— Bien sûr. (Il sourit.) Je pensais bien que vous iriez retrouver Barnikel, mais c'était trop risqué. Vous auriez pu être arrêtée. » Il fit une pause puis poursuivit : « Tout a marché à la perfection. Vous n'auriez pu mieux vous débrouiller.

— Je ne comprends pas...

— Ce n'était pas une bonne chose, que Ralph se marie.

— Ralph ? Il est mort à St Paul...

— Je ne crois pas, non. Je crois qu'il a rencontré votre ami Barnikel à la Tour. (Il sourit.) Mon père disait souvent qu'aux échecs je manquais de sens stratégique, mais que ma tactique était bonne. Il avait raison. (Il marqua à nouveau une pause.) Voyez-vous, ma chère épouse, c'est vous qui m'avez fourni la bonne occasion. En vous voyant prête à aller avertir Barnikel, j'ai finalement eu l'idée de le faire à votre place, après que mes hommes vous eurent arrêtée. J'ai envoyé quelqu'un lui porter un message de votre part. Il lui a dit qu'il devait aller à la Tour pour tuer Ralph. Quand j'ai vu que Ralph ne réapparaissait pas, j'ai compris qu'il l'avait fait. » Le maître tacticien soupira discrètement. « Deux possibilités : soit

Ralph arrêtait votre amant, soit votre amant tuait Ralph. Dans les deux cas, le coup était bon à jouer.

— C'est *vous* qui avez tué Ralph !

— Non. Je présume que c'est Barnikel qui l'a fait.

— Vous êtes le diable en personne !

— Peut-être. Mais, je vous en prie, imaginez que Ralph se soit marié et ait eu des héritiers : la part de vos propres enfants aurait été réduite de moitié...

— On devrait vous arrêter...

— Quel crime ai-je commis ? En revanche, ma chère, je ne pourrais pas en dire autant de vous. »

Elle se leva, écœurée ; il fallait qu'elle quitte à l'instant même cette maison maudite.

Quelques minutes plus tard, elle descendait la colline en direction de Ludgate ; puis elle sortit de la ville, traversa la Fleet et dépassa St Bride. Une douce brise venant du fleuve lui caressait les cheveux. Elle ne s'arrêta pas avant d'avoir atteint le vieux débarcadère, à Aldwych.

Là elle s'assit au sol et contempla le fleuve ; d'abord la courbe à droite, en direction de Westminster, puis de l'autre côté : le flot menait en droite ligne jusqu'à la Tour, qui se dressait en majesté à l'autre bout de la ville. Alors Hilda pensa à ses enfants, désormais riches, à la fuite des années, et réalisa à sa grande surprise qu'elle ne ressentait même plus de colère.

A soi seul, ce fait-là résumait pour elle tout le sens et la portée de la conquête normande.

Elle aurait été fort surprise si elle avait pu voir son mari, quelques minutes après qu'elle eut quitté la maison.

Il était toujours assis devant son échiquier mais avait terminé sa partie et venait de prendre en main un morceau de parchemin qu'il étudiait avec soin. C'était le message que son père avait reçu juste avant de mourir. Alors qu'Henri le relisait une fois de plus, son visage restait impassible, mais un sourire sans joie flottait sur ses lèvres.

Le message annonçait que la famille Becket, de la cité normande de Caen, projetait de venir s'installer à Londres.

6

Le Saint

Un matin de juin, dans le palais de Westminster. Dans la longue salle qui bordait le grand hall royal, tout était calme et tranquille.

Près de la porte, un petit groupe de courtisans devisaient à voix basse ; au centre de la salle, sept secrétaires s'affairaient, penchés sur leurs pupitres. Les plumes d'oie crissaient sur les parchemins ; quant à l'encre, c'étaient les moines de l'abbaye de Westminster qui la fabriquaient. A l'autre bout de la pièce se trouvait une grande table d'où provenait un curieux cliquetis. Un bruit de jetons, et les hommes qui les déplaçaient comptaient parmi les plus puissants d'Angleterre.

Tous avaient l'air grave et leur seule vue inspirait le respect. Il y avait là le trésorier, le grand justicier, l'évêque de Winchester, maître Thomas Brown et leurs clercs. Devant eux, les nobles comme les shérifs tremblaient.

Au centre de la pièce, un jeune homme pourvu d'un très long nez se tenait adossé au mur. Les hommes assis à la table du fond le connaissaient bien : c'était un clerc qu'on disait plein d'avenir. Mais pourquoi ce visage pâle comme celui d'un fantôme, par cette chaude journée de juin ?

Il s'appelait Pentecost Silversleeves.

Ils savent. Ils ont les yeux fixés sur lui. Ils savent tout à propos d'hier soir.

Le palais de Westminster... Au cours du siècle qui avait suivi la Conquête, la petite île de Thorney avait beaucoup gagné en lustre et en magnificence ; c'était maintenant une sorte de royale terrasse posée au bord de la Tamise. Un mur l'entourait tout du long et plusieurs ponts traversaient le Tyburn, qui coulait sur son flanc. La grande abbaye d'Edouard le Confesseur dominait toujours le site, mais elle était désormais accompagnée, telle une sœur venue sur le tard, par la modeste église normande de St Margaret, qui servait aux besoins de la paroisse locale.

Le prestige de Westminster s'était également accru lorsque, quelques années auparavant, le pape avait canonisé son fondateur Edouard le Confesseur. Comme d'autres pays d'Europe, l'Angleterre comptait désormais un saint parmi ses rois. Sa tombe, qui trônait dorénavant au centre de l'abbaye, était devenue un haut lieu de la foi, et Westminster avait vu confirmer sa position de centre spirituel du royaume.

Mais c'est près du fleuve qu'on pouvait observer la nouveauté la plus spectaculaire : le grand hall.

Westminster Hall, rebâti par Guillaume Rufus, était l'un des plus grands châteaux royaux en Europe. Avec ses quelque quatre-vingts mètres de long, deux rangées de piliers centraux étaient nécessaires pour soutenir sa massive toiture de bois. Il était si vaste que, sous ses hautes fenêtres romanes, les juges royaux pouvaient tenir trois sessions en même temps en trois endroits différents. A côté se trouvaient les cours, les salles et les appartements du palais royal. Le roi passait une grande part de son temps à parcourir ses vastes domaines, mais son administration était de plus en plus rassemblée en ce lieu. Et de tous les services de cette administration, aucun n'était plus connu, ni plus craint, que la cour qui siégeait en ce moment même.

« Une centaine de plus. »

Maître Thomas Brown parlait posément. Un clerc déplaça l'un des jetons. La cour siégeait, imperturbable, tandis qu'un shérif assis au bout de la table acquiesçait nerveusement. Après le trône, cette table, connue sous le nom de Grand Echiquier, était l'attribut le plus important de la royauté anglaise.

Elle était curieuse à voir. Mesurant trois mètres de long sur un mètre cinquante de large, elle était munie d'un rebord sur tout son pourtour, de quatre doigts de hauteur, qui lui donnait l'aspect d'une table de jeu. Son nom lui venait de son plateau, tendu d'une étoffe noire que des lignes blanches divisaient en petits carrés.

Selon le carré sur lequel il était placé, un jeton pouvait représenter mille livres, ou dix, ou même le simple penny d'argent qui constituait le salaire ordinaire d'un ouvrier pour une journée de travail. Ce tissu à carreaux n'était donc rien d'autre qu'une sorte de boulier, une calculatrice primitive servant à comptabiliser et à mettre en balance les recettes et les dépenses du royaume.

Chaque année, au printemps et à l'automne, à Pâques et à la Saint-Michel, les shérifs des différents comtés d'Angleterre venaient rendre leurs comptes devant l'Echiquier.

D'abord, dans une pièce voisine, on comptait les pennies d'argent qu'ils avaient apportés dans des sacs et l'on en vérifiait la qualité. Si les pièces étaient bonnes, vingt douzaines de pennies valaient une livre. Comme les Normands appelaient le penny anglais un *esterlin*, ce qui, transcrit en latin, donnait *sterlingus*, l'unité de compte était devenue la livre sterling.

Ensuite, on donnait au shérif une *taille*, latte de noisetier sur laquelle on pratiquait des encoches pour enregistrer les sommes qu'il venait de déposer. Afin que chacune des deux parties garde une pièce comptable, la latte était fendue en deux dans le sens de la longueur jusque sous la poignée ; les deux tailles qui en résultaient étaient désignées sous le nom de *foil* et *counterfoil*. Comme la *counterfoil* du shérif, qui établissait le montant de son crédit, était toujours la pièce la plus longue des deux, puisqu'elle incluait la poignée de la latte, elle était aussi connue sous le nom de *stock*.

C'est ainsi que dès le XIIᵉ siècle les termes d'Echiquier, de sterling, de counterfoil et de stock entrèrent dans le vocabulaire financier anglais[1].

Enfin, une fois que le chancelier de l'Echiquier s'était déclaré satisfait, derrière la grande table, les secrétaires notaient par écrit les opérations financières du shérif.

C'était une tâche plus lente à accomplir, mais fort importante. Ils commençaient par exécuter un brouillon, à l'aide d'un style pointu, sur des tablettes enduites de cire ; puis ces brouillons étaient recopiés avec soin sur un parchemin.

Les parchemins étaient disponibles en abondance à l'époque, à un prix assez modeste. Certes, les vélins les plus fins et les plus purs, obtenus à partir de peaux de veau soigneusement tendues et grattées, étaient rares et très recherchés ; mais les vélins n'étaient requis que pour des travaux d'art tels que des livres enluminés. Pour des documents ordinaires, on disposait d'une réserve presque illimitée de peaux de bœuf, de mouton ou même d'écureuil. Dans les comptes de l'Echiquier, le coût du parchemin était moindre que celui de l'encre. « La peau de mouton est la meilleure, déclarait maître Thomas Brown, en homme qui s'y connaissait, car si quelqu'un essaie de falsifier le registre, cela se voit presque toujours. »

Le système d'enregistrement en vigueur en Angleterre présentait une particularité. D'habitude, les feuilles de parchemin étaient pliées et réunies pour en faire des livres. Quand Guillaume le Conquérant avait fait dresser le relevé cadastral de son nouveau royaume, cela avait donné les gros volumes du Domesday Book. Mais par la suite, pour une raison quelconque, on avait décidé de conserver les comptes de la Couronne sous forme de rouleaux. Aussi restent-ils connus sous le nom de Grand Rôle (ou Rôle de la Pipe), d'un terme latin signifiant « parchemin roulé ».

Les pièces de monnaie elles-mêmes, à cette époque-là, étaient toujours conservées dans la Trésorerie — le *thesaurus*, ainsi que les clercs la nommaient en latin — à Winchester, la vieille capitale du roi Alfred. Mais en attendant qu'on les y transporte, elles étaient entreposées dans la chapelle qu'on appelait la Pyx, dans l'abbaye de Westminster toute proche.

Ainsi fonctionnait l'Echiquier.

Est-ce qu'il était en train de crier ? De hurler l'affreuse vérité ? Il posa la main sur sa bouche pour vérifier, puis mordit sa langue entre ses dents.
Le cauchemar de la nuit d'avant recommençait.

Pentecost Silversleeves était un jeune homme fort étrange.

Son prénom biblique était encore ce qu'il y avait de moins surprenant

---

1. L'Echiquier, on le sait, est aujourd'hui encore le nom du ministère des Finances anglais ; la counterfoil, « contre-feuille » que le shérif gardait en sa possession pour attester les sommes déposées, désigne le talon d'un chèque ; quant au stock, « tronc » ou « souche », en référence à la moitié principale de la latte incluant la poignée, le mot signifie dans le langage de la finance « capital », « valeurs »... Une méthode comptable équivalente a existé en France, d'où le nom de « taille » donné au principal impôt médiéval. *(N.d.T.)*

chez lui : il était devenu assez courant, dans la vague de renouveau religieux qui avait gagné Londres depuis quelques générations. Son père, le petit-fils d'Henri, aujourd'hui chef de la famille Silversleeves, aurait préféré quelque chose de plus normand ; mais une vague tante, devenue veuve et qui avait pris le voile, avait clairement signifié qu'elle ferait un legs à un garçon portant ce prénom-là, et pas un autre. Il s'était donc appelé Pentecost.

C'était bien un Silversleeves : cheveux bruns, nez grand et long, regard triste. Mais la nature avait réservé quelques « faveurs » supplémentaires à Pentecost : il avait les épaules tombantes, les hanches trop larges, une faiblesse générale des membres. Petit garçon, il était incapable de rattraper une balle qu'on lui lançait, et n'avait jamais réussi à se soulever à la force des bras. Toutefois, ses défauts physiques étaient compensés par ses formidables dons intellectuels.

Quand maître Thomas Brown interrogeait ses jeunes clercs pour les mettre à l'épreuve — « Trente-cinq chevaliers doivent recevoir cinq pence par jour pendant soixante jours ; quel est le coût total ? » ou bien : « Le comté d'Essex a une dette de trois cents livres ; il comporte quarante-sept fiefs de chevaliers ; combien cela fait-il par chevalier ? » —, il interdisait toujours à Silversleeves de répondre. Celui-ci trouvait en effet instantanément la réponse, sans avoir besoin de boulier ni de tablette. Il était capable de réciter intégralement le contenu du Rôle de la Pipe, non qu'il eût fait l'effort de l'apprendre par cœur, simplement parce qu'il possédait ce genre de mémoire.

De tels dons auraient dû faire de lui un savant ; pourtant il avait échoué à en devenir un. Ses parents l'avaient d'abord envoyé étudier à St Paul, puis dans une autre école, puis encore dans une autre, plus petite, qui venait de s'ouvrir à St Mary-le-Bow. A chaque fois, il fournissait le strict minimum, et ses professeurs se plaignaient : « Il a trop de facilités, il ne prend jamais véritablement la peine de travailler. »

On l'avait envoyé à Paris, où vivaient les plus grands savants d'Europe. Récemment encore, le célèbre Abélard y avait enseigné, jusqu'à ce que ses relations coupables avec Héloïse lui aient valu d'être émasculé et de tomber en disgrâce. Des compatriotes de Pentecost partis étudier à Paris, comme Jean de Salisbury, étaient aujourd'hui de fins lettrés et occupaient les plus hautes charges. Une belle carrière s'ouvrait devant le jeune homme. On donnait avec déférence le titre de *magister*, maître, à ceux qui avaient achevé leurs études là-bas. Mais le jeune Silversleeves n'alla jamais au bout de ses études. Il fit un bref crochet par l'Italie, puis revint chez lui, et personne ne l'appela maître.

Quel savoir possédait-il ? Il avait maîtrisé le *trivium* de base : grammaire (latine), rhétorique et dialectique. Depuis l'époque de l'Empire romain, l'enseignement classique reposait en Europe sur ces trois arts, et l'on n'avait jamais cessé de les dispenser en latin. Pentecost s'était également formé au *quadrivium* : musique, arithmétique, géométrie et astronomie ; cela signifiait qu'il connaissait un peu d'Euclide et de Pythagore, qu'il savait les noms des constellations et croyait que Soleil et planètes tournaient autour de la Terre en des révolutions compliquées. Il possédait suffisamment de théologie pour citer opportunément la Bible (en latin) au cours d'un débat, et pouvait énumérer une douzaine d'hérésies historiques, à demi oubliées pour la plupart ; il savait assez de droit pour faire à un abbé le décompte des taxes qu'il devait au roi. En Italie il avait suivi un cours d'anatomie, et Platon comme Aristote ne lui étaient pas étrangers. En deux mots, il connaissait le nécessaire, et rien de plus.

Mais s'il n'était pas un *magister*, qu'était-il alors ? La réponse à cette question était simple : il était un clerc, un homme d'Eglise.

Cela n'avait rien de surprenant. Dans un monde où peu de gens savaient lire, tout l'enseignement était entre les mains de l'Eglise. Il était donc courant, pour un jeune homme qui avait fini ses études, de recevoir la tonsure et d'entrer dans les ordres mineurs.

Le statut exact du jeune Silversleeves était celui de diacre. Comme tel, il était libre de se marier, de faire des affaires, de vivre à sa guise. Plus tard, s'il le voulait, il pourrait entrer dans les ordres majeurs ; mais, dès maintenant, il jouissait de tous les privilèges qui s'attachaient à l'Eglise.

L'Eglise chrétienne avait recueilli l'héritage de l'ancien Empire romain ; à ce titre, son influence était grande à travers l'Europe. Et tout homme un tant soit peu instruit — qu'il fût saint ou pécheur, érudit ou tout juste capable de réciter le Notre-Père en latin — était redevable à l'Eglise de ce qu'il avait appris. Il y avait des schismes de temps à autre ; en ce moment même, l'empereur d'Allemagne soutenait les efforts d'un rival du pape, qui prétendait monter à sa place sur le trône de Rome ; mais personne ne songeait à nier que le souverain pontife fût l'héritier direct de saint Pierre. Il pouvait adresser des réprimandes aux rois féodaux, car son autorité était bien supérieure à la leur. Les évêques étaient les égaux des nobles du plus haut rang. Dans un monde féodal où la promotion sociale était difficile, un homme intelligent, même fils d'un modeste serf, pouvait par le biais de l'Eglise s'élever jusqu'aux sommets — tout en servant le Seigneur avec dévouement, bien entendu...

Un autre lien spécial s'était peu à peu tissé entre les Etats et l'Eglise : des siècles de donations avaient fait de celle-ci le plus grand propriétaire terrien d'Europe. Et même si, en Angleterre, une génération après la Conquête, la plupart des terres disponibles avaient été distribuées aux familles des grands féodaux, l'Eglise possédait encore suffisamment de biens pour procurer d'énormes revenus aux dignitaires ecclésiastiques. Si le roi avait à récompenser un serviteur ou un ami, la solution était aussitôt trouvée :

« Faisons-en un évêque. »

Et c'est ainsi qu'un curieux mais inévitable système s'était développé. A côté d'évêchés confiés à des hommes d'une piété et d'une élévation morale parfaites, d'autres allaient à de grands administrateurs, à de proches serviteurs du roi. L'actuel évêque de Winchester était à la fois homme politique et parent du roi ; les sièges épiscopaux de Salisbury, d'Ely, et d'autres encore, étaient souvent confiés à des fonctionnaires royaux. De nombreux revenus étaient également distribués, provenant de charges moindres — archidiaconats, canonicats et autres riches bénéfices ecclésiastiques. En ce moment même, le chancelier d'Angleterre et l'archevêque de Canterbury n'étaient qu'une seule et même personne : le grand serviteur du roi Thomas Becket.

Les réformateurs de l'Eglise n'approuvaient pas toujours de telles pratiques, mais dans son ensemble l'institution s'en accommodait.

Un jour, peut-être, le jeune Silversleeves deviendrait évêque lui aussi.

Pourquoi les avait-il accompagnés ? Est-ce qu'il les aimait bien, seulement ?

Non, mais c'était la jeunesse dorée de Londres, les rejetons de riches familles de négociants comme la sienne. Une fois par mois ils partaient en virée. Cagoules noires, épées et poignards. La fois où ils étaient allés à la maison close, de l'autre côté du fleuve... La putain qu'ils avaient menacée à la pointe d'une épée... Elle avait dû se donner à chacun d'eux, pour rien. Mais comme elle les avait maudits pendant qu'ils s'exécutaient... Et le paysan qu'ils avaient croisé dans la forêt... Ils l'avaient entraîné dans une de ces galopades, au fond de sa charrette... C'était une nuit de pleine lune, et le pauvre gars avait tellement peur qu'il les avait pris pour des démons. Ensuite ils l'avaient jeté dans un ruisseau et abandonné là. Comme ils riaient quand ils en reparlaient entre eux...

Il n'y avait pas de vraie méchanceté là-dedans. Toute la jeunesse dorée s'amusait à ces tours-là. Juste une mode, que personne ne prenait au sérieux. Toujours plus loin, toujours plus de provocation, c'était la règle.

Mais lui, pourquoi les accompagnait-il ?

« Tu ressembles à une fille. » C'est ce qu'ils lui disaient à l'école, et ils se moquaient de lui. « Tu as des manières de fille. » Toujours cette stupide rengaine. Mais il leur montrerait. Aujourd'hui il faisait partie de la bande la plus sauvage. On ne les avait encore jamais attrapés.

Jusqu'à la veille au soir.

« Ce soir, il faut faire quelque chose de spécial, avait dit Le Blond. Après tout, c'est le jour du couronnement. »

Le jour du couronnement. Ç'avait été une drôle de journée. Sinon, il ne serait peut-être pas allé boire le soir avec ses amis. Il ne les aurait peut-être pas accompagnés.

Ils étaient tous tellement ivres... Comment auraient-ils pu se tromper de maison, sinon ? Bon Dieu... Ce n'était pas du tout une boulangerie, mais un armurier. Un homme qui portait une cotte de mailles, taillé comme un forgeron. Tout ce qu'ils voulaient, c'était lui voler sa chemise. Un trophée à emporter, rien de plus.

Puis il y avait eu l'apprenti. Le garçon avec son couteau et ses grands yeux écarquillés. Ensuite... Oh ! il pouvait à peine y repenser. Ses mains se crispaient tout de suite. Il fallait qu'il essaye de se détendre.

Personne ne l'avait vu. Ils étaient partis en courant, tandis qu'on criait haro dans leur dos. Puis ils s'étaient dispersés. Non, personne ne pouvait l'avoir vu.

Le couronnement qui avait eu lieu à l'abbaye de Westminster la veille, 14 juin 1170, était remarquable pour deux raisons. D'abord, le jeune homme qu'on avait couronné n'était pas roi.

Après les fils du Conquérant, Rufus et Henri Ier, et une période d'anarchie féodale quand les héritiers de la lignée féminine luttèrent pour le pouvoir, la couronne anglaise échut à un homme extraordinaire. Henri II avait hérité de l'Angleterre et de la Normandie par l'intermédiaire de sa mère, petite-fille du Conquérant ; son mariage fameux avec Aliénor lui acquit la vaste terre d'Aquitaine, qui comprenait le riche Bordelais viticole. De son père, français, il avait également hérité le fertile pays d'Anjou, qui faisait la transition entre ses terres normandes et celles de son épouse dans le Sud-Ouest. Ainsi le roi d'Angleterre était-il le maître d'un véritable empire féodal qui couvrait l'ouest de l'Europe, le long de la côte Atlantique, depuis l'Espagne jusqu'à l'Ecosse, et constituait même une menace pour le roi de France.

Henri avait encore hérité deux autres choses de son père. D'abord son curieux nom de famille. Un lointain ancêtre, disait-on, avait piqué dans sa coiffe non pas une plume mais une fleur, un brin de genêt. On l'avait appelé en français *Plante à genêt*, ce qui en anglais avait donné Plantagenêt.

Il avait aussi hérité du tempérament familial. Vif, impatient, l'œil aux aguets, Henri restait rarement plus de quelques jours au même endroit ; sans cesse il travaillait à agrandir et consolider son empire. C'était un administrateur hors pair. Il avait entrepris de transformer la justice anglaise et de remplacer les tribunaux des barons féodaux, peu fiables, par des cours royales placées sous l'autorité de juges qualifiés. Les affaires du royaume étaient conduites avec rigueur et sérieux. Cette année même, la moitié des shérifs anglais avaient tremblé en voyant les clercs de l'Echiquier arriver soudain pour examiner leur gestion. Et le père du jeune Silversleeves avait pu le réprimander un jour en lui disant : « Si tu te donnais seulement la peine de travailler et de bien servir ton roi, le monde entier serait à tes pieds. »

Mais les Plantagenêts avaient également un autre visage. Même selon les critères de cette rude époque, c'étaient des gens retors et cruels. Certains affirmaient qu'ils descendaient du diable. « Du diable ils viennent, avait un jour sévèrement déclaré le grand Bernard de Clairvaux, et au diable ils retourneront. » Leurs emportements étaient légendaires.

Le roi Henri II lui-même avait quatre turbulents fils. Aussi était-ce pour assurer la succession au trône d'Angleterre, et pour prévenir les risques d'anarchie, qu'il avait convoqué sa famille et les grands barons du royaume à l'abbaye de Westminster. On y avait couronné son fils aîné, alors qu'Henri était lui-même encore en vie. « Peut-être, murmurait-on pieusement dans l'assistance, cela mettra-t-il un peu d'ordre dans cette portée de démons. »

L'autre étrangeté de la cérémonie était l'absence du prêtre qui aurait dû officier, Thomas Becket, archevêque de Canterbury. Il avait fui le pays.

Becket. Maudit nom, maudite famille. On peut les abattre, ils se redressent toujours comme des serpents.

Une sombre nuit. Voilà ce que lui rappelait Becket. Une autre sombre nuit, voilà bien longtemps. Et un autre crime. Terrible.

Etait-ce sa propre famille qui l'avait commis ? Etaient-ils nés pour être des criminels ?

Non. Il ne pouvait accepter cette idée. Si les Becket vous poussaient à mal agir, c'étaient eux, ces maudits Becket, qu'il fallait blâmer. Forcément.

L'inimitié entre les Becket et les Silversleeves n'avait pas fait que se poursuivre, depuis le siècle dernier ; elle avait empiré.

Lorsque Gilbert Becket, prospère marchand de tissus, était arrivé à

Londres avec sa famille, les Silversleeves vivaient toujours dans leur belle maison de pierre à l'ombre de St Paul. Ils étaient fiers, riches et respectes. Pourtant, quand ils avaient hautement déclaré à propos des nouveaux venus : « Pff... des étrangers », personne n'y avait guère prêté attention, et cela n'était pas étonnant. A cette époque-là déjà, on comptait beaucoup de Londoniens de fraîche date parmi les citoyens en vue de la ville, arrivés de France, de Flandre et d'Italie. Des noms comme Le Blond et Bucherelli se transformaient rapidement en Blunt et Buckerell. Les Becket emménagèrent dans une maison cossue du West Cheap, juste en dessous de la Jewry ; ils prospérèrent et achetèrent une douzaine d'autres demeures. Mais quand le grand-père du jeune Silversleeves, qui attendait, confiant, d'être désigné pour une importante charge dans la cité, avait vu choisir Gilbert Becket à sa place, l'ancienne hostilité s'était transformée en haine implacable.

Qui avait allumé les incendies ? Le premier s'était déclaré dans la demeure des Becket, la nuit même où leur fils Thomas était né. Le second, plusieurs années plus tard, était parti d'ailleurs mais avait détruit la plupart de leurs biens. Et c'est alors que les bruits avaient commencé à circuler. « Ce sont les Silversleeves, murmuraient les gens. Ils ont allumé les incendies. Ils ont ruiné les Becket. » Scandaleuse accusation, qui jetait une ombre de suspicion sur la famille Silversleeves. Malgré les dénégations rageuses du père de Pentecost, la rumeur ne cessait de s'étendre, sans qu'on pût la contenir. Bientôt une nouvelle pensée s'était sournoisement glissée dans leurs esprits chagrins : « Ce sont les Becket qui ont lancé cette rumeur, décidèrent-ils. Ils veulent nous tourmenter jusque dans la tombe. » Le jeune Pentecost en doutait parfois dans son for intérieur, mais cela ne diminuait en rien le ressentiment qu'il éprouvait.

Et ces Becket n'étaient pas du genre à abandonner la partie. Les Londoniens d'aujourd'hui se souvenaient fort bien du jeune Thomas Becket ; Thomas de Londres, comme il aimait à s'appeler lui-même. Un garçon plutôt nonchalant qui, comme le jeune Silversleeves, n'était jamais devenu *magister*. Il était clerc néanmoins et, malgré la ruine de son père, avait réussi à se faire connaître. Pas étonnant, persiflait la famille Silversleeves, quand on passait comme lui son temps à se faire des amis pour les laisser tomber ensuite... Puis le vieil archevêque de Canterbury l'avait pris dans sa maisonnée. Il séduisit le roi ; cela aussi il savait le faire, avec sa haute taille, sa belle apparence, son élégance et l'éclat de ses yeux. Il avait bien dû servir ses maîtres, brillamment même, car soudain, au grand étonnement de tout Londres, il avait été nommé chancelier d'Angleterre. A l'âge de trente-sept ans seulement.

Pentecost l'avait vu descendre une fois le West Cheap à cheval avec sa suite. Il était magnifiquement vêtu, d'une cape doublée d'hermine, et des joyaux brillaient sur sa tunique. Même les hommes de son entourage auraient pu être pris pour des ducs. « Oui, il a de l'allure », avait admis son père à contrecœur. Puis, d'un air irrité : « Mais regarde-le... Il se donne de plus grands airs que le roi lui-même. »

Mais la surprise de voir Becket fait chancelier n'était rien comparée à la stupéfaction générale lorsque, sept ans plus tard, il était devenu archevêque de Canterbury. Thomas, le zélé serviteur du roi pour les choses de ce monde, nommé primat d'Angleterre ? Tout en restant chancelier du royaume ?

« Le roi veut faire passer l'Eglise sous sa coupe, avait commenté le père du jeune Silversleeves. Avec Becket à Canterbury, ça ne traînera pas. » C'était assez judicieux, même si cela pouvait choquer certains.

C'est alors que s'était produit l'épisode le plus surprenant de toute l'affaire. Pentecost s'en souvenait fort bien. Ce jour-là, à son retour de l'école, il avait trouvé la cour de la maison familiale remplie de gens qui parlaient avec animation.

« Becket s'est retourné contre le roi. »

Des querelles entre un roi et un archevêque étaient certes monnaie courante ; au cours des cent dernières années, un grand débat avait agité toute l'Europe sur le partage des pouvoirs entre l'Eglise et les Etats. Les grands évêques féodaux étaient-ils sujets des rois ou non ? Un pape pouvait-il déposer un roi ? Des mots violents avaient été échangés, des excommunications prononcées. En Angleterre même, une génération plus tôt, les vexations infligées à l'Eglise par Rufus avaient contraint le saint archevêque Anselme à quitter le royaume pendant plusieurs années. Et Henri II était bien le genre de roi à provoquer l'un de ces conflits. Mais Becket ? L'homme lige du roi ?

« Il a abandonné toute ostentation, tout luxe extérieur, rapportait-on. Il vit désormais comme le plus simple des moines. » Le Londonien rempli d'ambition, le mondain, était-il véritablement devenu dévot ? Pourquoi cette violente dispute avec Henri au sujet des droits de l'Eglise, puis ce départ du pays ?

Comment était-ce possible ?

« Je le sais, moi, avait commenté le père de Pentecost. C'est bien dans les manières des Becket. Il a trouvé un nouveau rôle à jouer. Il cherche juste à se faire remarquer, comme d'habitude. »

Quelles qu'en soient les raisons, la dispute s'était prolongée plusieurs années durant. Les deux hommes, jadis si proches l'un de l'autre, étaient devenus les pires ennemis du monde. C'est la raison pour laquelle le roi Henri avait fait couronner son fils non par l'archevêque de Canterbury, mais par celui d'York. Comme tout ce que faisait Henri, c'était calculé soigneusement — dans le cas présent, on peut même dire vicieusement. C'était l'insulte suprême.

« Pauvre Becket... avait remarqué la veille Silversleeves avec satisfaction. Ce doit être un coup terrible pour lui. Je me demande ce qu'il va faire. »

Pentecost Silversleeves aurait continué à méditer sur cette intéressante question si un soudain brouhaha ne s'était alors élevé à l'entrée de la pièce.

Le maître artisan court et trapu, avec sa barbe brune taillée ras et sa mèche blanche dans les cheveux, avait jailli à travers les rangs des courtisans et littéralement rebondi à l'intérieur de la pièce. Il portait une tunique d'un vert brillant, et des chausses également vertes. Son visage, aussi rouge que le cuir avachi de ses bottes, était si bouffi par la colère qu'on aurait dit un coq prêt au combat. Deux grands baillis le suivaient.

Les sept secrétaires sursautèrent et tournèrent la tête, leurs plumes levées. Les courtisans hésitaient, incertains sur la conduite à tenir. Les

graves personnages assis à la table de l'Echiquier, surpris par la grossièreté de cette interruption, dardaient des regards muets de l'autre bout de
la salle. Mais l'artisan n'en avait cure. Il se mit à crier :

« Il est là ! C'est celui-ci ! Saisissez-vous de lui ! » Et il pointait furieusement le doigt vers Pentecost.

Un silence stupéfait suivit, avant que s'élève la voix, redoutée entre
toutes, du grand justicier, représentant personnel du roi lui-même.

« De quoi est-il accusé ? »

Alors vint la réponse, qui claqua comme un coup de tonnerre dans la
solennité du lieu :

« De meurtre ! »

Le grand et gros homme tournait son large visage autour de lui avec
satisfaction. Les autres personnes présentes dans son petit hall courbaient
respectueusement la tête, et l'alderman Sampson Bull leur souriait en
retour. Ce jour promettait d'être le plus beau de sa vie.

Tout était rouge chez l'alderman Sampson Bull. Il portait une longue
robe rouge, des bas rouges, une tunique rouge à parements dorés et une
ceinture de cuir teint. Un grand béret rouge était posé sur sa tête. Son
visage, dont la forte mâchoire s'ornait d'une barbe blonde vieille de deux
jours, était rubicond. Il n'y avait que ses yeux de bleus. Avec son corps
massif et son cou tendu vers l'avant, on aurait dit qu'il voulait justifier
son nom de famille.

Ce nom lui-même, il l'avait acquis par étapes. Après la Conquête, la
famille avait eu à cœur de se mettre à la mode normande, consistant à
ajouter à son propre nom celui de son père, nanti du préfixe Fitz. Mais
ce système avait un inconvénient. Le fils de Leofric s'était appelé Edward
FitzLeofric, son petit fils Richard FitzEdward, et le fils de Richard à son
tour Simon FitzRichard. Si trois ou quatre générations vivaient en même
temps, la situation pouvait devenir très confuse. Mais comme la famille
avait toujours vécu à l'enseigne du Taureau, on leur donnait souvent, plus
simplement, le nom de Bull, Taureau.

Sampson Bull était un homme important. A la mort de son père, deux
ans plus tôt, il était devenu le chef de la famille. Riche grossiste en laines
et tissus, il avait déjà été désigné, à l'âge de trente ans, comme alderman
de son quartier. Et ce n'était pas une mince affaire que d'être alderman.
L'administration de Londres s'organisait alors, subdivisée en trois
niveaux distincts. Le premier était la paroisse, souvent très petite, mais
où pouvaient siéger quelques personnages de poids. Au-dessus venaient
les quartiers, ou _wards_, une vingtaine au total ; chacun d'eux possédait
son propre conseil, le _wardmote_, composé de ses principaux habitants,
qui se retrouvaient également au sein de l'assemblée municipale. Mais au
sommet on trouvait les aldermen, un par quartier. Parfois des pans
entiers de leur quartier leur appartenaient en propre ; souvent ils conservaient leur poste toute leur vie. Ils organisaient la milice communale. Et
c'étaient ces hommes-là qui, comme autant de barons féodaux, formaient
le tout-puissant conseil restreint de la cité. Sampson Bull faisait partie de
cette élite.

Le Londres qu'ils administraient s'était agrandi. Bien des maisons nouvelles avaient surgi le long des routes menant hors de la cité ; à l'ouest se dessinait une nouvelle limite de la ville, marquée par des bornes de pierre, au-delà de Newgate, là où le Holborn devenait la Fleet. Mais si les rues de Londres et son négoce étaient désormais administrés par de fiers commerçants comme Sampson Bull, la cité conservait les sévères sentinelles que la conquête normande lui avait adjointes. Les fortifications de Ludgate montaient la garde à l'ouest, tandis qu'à l'est, c'était la formidable Tour. Les deux châteaux de Londres appartenaient au roi et à ses grands barons ; l'un et l'autre ne semblaient répéter qu'un seul et même mot à la population de la ville : « Obéis. »

Pourtant, tandis que l'alderman Bull expédiait les affaires du wardmote, puis renvoyait ses membres d'un geste de la main, ce n'était pas au roi qu'il pensait. Il avait en tête un sujet bien plus réjouissant. Quelques minutes plus tard, alors qu'il gravissait la pente douce de Cornhill, il se laissa gagner par une douce rêverie.

Bocton. Bocton allait bientôt lui revenir.

Cela faisait un siècle que Leofric le Saxon avait perdu le domaine familial du Kent au profit d'un certain Saint-Malo, de la suite du Conquérant ; et les Bull avaient pensé qu'il leur avait définitivement échappé. Pourtant, quand le jeune Jean de Saint-Malo était parti pour la seconde croisade, voilà vingt ans de cela, il avait dû pour ce faire hypothéquer son domaine. La croisade avait été un désastre ; le chevalier en était revenu brisé et, après quelques années de lutte, avait fini par baisser les bras. Bocton venait de tomber aux mains de son créancier et, la veille, ce gentleman était venu trouver l'alderman pour le mettre au courant de la situation.

C'était un homme petit, soigné, élégant. Il portait une cape de soie noire, une calotte sur la tête et s'appelait Abraham.

« Dès que j'ai réalisé qu'il avait été dans votre famille, je suis venu vous trouver, avait-il expliqué à Sampson. Comme vous le savez, je dois de toute façon m'en défaire.

— Dieu en soit remercié », avait répondu Bull avec un sourire.

Le nombre de prêteurs s'était multiplié à Londres. Le développement du commerce, la grande échelle sur laquelle il se déroulait dans l'empire désormais européen des Plantagenêts, les frais des croisades outre-mer, tout cela demandait à être financé. Les prêteurs normands, italiens et français fournissaient d'énormes sommes d'argent ; de même l'ordre chrétien des chevaliers du Temple, qui se consacrait à la défense de la Terre sainte ; et la communauté juive d'Angleterre prêtait également de l'argent. Leurs méthodes aux uns et aux autres n'étaient pas fondamentalement différentes, à une exception près : tandis que la plupart des prêteurs possédaient des domaines (les Templiers étaient même devenus spécialistes de la gestion foncière), il était interdit aux Juifs de conserver des terres. Aussi, quand un financier juif entrait en possession d'un domaine, il le revendait aussitôt.

Abraham donna son prix, et Bull expliqua qu'il serait en mesure de le payer dès le retour de son bateau. « Alors Bocton sera de nouveau à nous », expliqua-t-il le soir à sa femme et à ses enfants. Que pouvait-il rêver de mieux ?

Avait-il un quelconque doute quant au succès du voyage ? Non, aucun. Abraham attendrait-il, comme il l'avait promis ? Sûrement. C'était un homme de parole. Alors, y avait-il quelque chose qui le préoccupait dans cette transaction ? Oui, peut-être. Une petite note discordante qui se faisait entendre, à l'arrière-plan de son esprit.

Il n'avait pas parlé à sa mère. Mais il gardait ce problème-là pour une autre fois.

Sa visite à Cornhill avait un objet bien précis. Maintenant qu'il avait atteint le sommet, il regardait vers le bas, cherchant des yeux la seconde raison expliquant sa bonne humeur du jour.

C'était un petit voilier. A l'époque, l'essentiel du fret maritime était assuré par des commerçants étrangers ; Bull, le mois précédent, était devenu l'un des rares Londoniens à posséder leur propre bateau. Le fin drakkar des Vikings, avec ses nombreux rameurs, continuait à parcourir les mers, mais son robuste petit vaisseau à lui, originaire du sud de l'Europe, était du type le plus courant à Londres à l'époque. Large, à fort tirant d'eau, généralement propulsé par une unique grand-voile, il était lent et pataud. Son gouvernail était placé à l'un des angles de sa poupe, de sorte qu'on le barrait un peu comme un batelier dirige sa barge, d'une rame. Toutefois la coque, comme on l'appelait, pouvait prendre la mer par tous les temps, avec un équipage réduit, et transporter une énorme cargaison.

Un tiers de la fortune de Bull reposait dans les flancs de ce bateau, sous forme de laine à destination de la Flandre. Quand il reviendrait, chargé de soieries, d'épices et de produits de luxe, le profit que son propriétaire retirerait de ce voyage serait suffisant pour faire accomplir à sa famille son plus grand bond en avant, en fortune et en statut social, depuis la conquête normande.

On aurait dit que la petite coque passait gaiement devant la Tour. Bull était monté en haut de Cornhill, de façon à embrasser du regard tout le panorama de la Tamise, dans sa course sinueuse vers l'estuaire. Le fleuve brillait au soleil du matin. Le bateau suivit le long bassin de Londres, qui offrait un mouillage facile en aval de la Tour, et approcha de la grande courbe du fleuve.

C'est alors qu'il se produisit un phénomène étrange. La coque se mit soudain à tanguer ; une seconde plus tard, la proue tournée vers la rive sud, elle dérivait par le travers, commençait à faire volte-face, puis enfin s'immobilisait, comme retenue par une main invisible.

L'alderman Bull comprit à l'instant même ce qui était arrivé. Il poussa un cri de rage qui dut s'entendre jusqu'à All Hallows, et peut-être même jusqu'au fleuve.

« Les gords ! hurla-t-il. Maudit soit le roi ! »

Puis il se précipita au bas de la colline.

Même si ce cri du cœur avait des accents de haute trahison, il n'est pas un alderman à Londres qui n'y eût fait écho. Les anciens droits de pêche de la ville étaient attribués depuis longtemps aux titulaires de certaines hautes charges ; sur plusieurs kilomètres vers l'aval, ils appartenaient alors à l'un des propres serviteurs du roi, le connétable de la Tour.

Comme la Tamise regorgeait de poissons, ces droits étaient fort avantageux, et cyniquement exploités par le connétable pour son profit maximal. Résultat, le lit du fleuve était encombré sur toute sa largeur de filets,
de barrages, de pièges et d'estacades. Il ne se passait pas de mois qu'un
bateau ne se fasse attraper dans ces gords, comme on nommait ces dispositifs de pêche. Les plus gros négociants ne cessaient de s'en plaindre,
dénonçant leur danger pour la navigation, allant jusqu'à en référer au roi
lui-même ; on leur faisait de vagues promesses, et les maudits gords restaient en place.

Tard cet après-midi-là, la coque était de retour le long du quai. Son
gouvernail était cassé, et la réparation prendrait au moins une journée.
Une journée de navigation perdue. Bull découvrit le propriétaire des
filets : un poissonnier aux cheveux roux nommé Barnikel, qu'il connaissait un peu, et qui lui fit justement remarquer : « Je suis désolé pour votre
coque, mais je paye une fortune au connétable pour pêcher ici. » Même
furieux comme il l'était, Bull ne trouva rien à répondre.

Pourtant il savait une chose ; et il la savait avec la même notion du
blanc et du noir, du juste et de l'injuste, que ses ancêtres. Il avait été lésé.
Le roi et son connétable, au mépris des dirigeants de la ville, avaient mis
en place un système déloyal, une escroquerie. Une escroquerie, il n'en
démordait pas. Seul au bord du quai, les yeux tournés vers la Tour, il fit
un serment silencieux et néanmoins solennel.

« Un jour, j'empêcherai cela. »

On aurait pu raisonnablement penser que le destin, après avoir gâché le
plus beau jour de la vie de l'alderman Bull, estimerait son travail achevé.
Sampson lui-même pensait certainement ainsi, alors qu'il rentrait amèrement chez lui ce soir-là, en traînant les pieds. C'était sous-estimer la viru-
lence dont le destin est capable.

Lorsqu'il arriva chez lui, l'alderman trouva sa famille qui l'attendait
anxieusement à la porte. Il pensa que c'était à cause du bateau et marmonna qu'on allait réparer le gouvernail. Mais sa mère lui dit, en
secouant doucement la tête : « J'ai peur qu'il y ait autre chose. » Puis,
devant son regard impatient : « Il faut que tu gardes ton calme, Sampson.
Ne te mets pas en colère.

— Qu'est-ce qu'il y a ?

— Eh bien... (Elle se mordit nerveusement les lèvres.) C'est au sujet de
ton frère... »

Il avait dix-sept ans quand il avait commencé. Dix ans avaient passé
depuis, et aujourd'hui, face au furieux abbé, il tremblait.

« Tu ne respectes pas tes serments », tonnait l'abbé.

Il tremblait, mais ne cédait pas.

Frère Michael était une âme simple et pure. De trois ans plus jeune que
Sampson, il ne lui ressemblait en rien. Il était aussi grand et maigre que
son aîné était trapu ; la prière et la méditation avaient adouci sa large
face saxonne ; il portait la tonsure, ses manières étaient toujours calmes

et douces. Aujourd'hui pourtant, alors qu'il avait tout le monastère contre lui, il se montrait inébranlable.

Pourquoi s'était-il fait moine ? Simple révolte de jeunesse contre son père, contre sa rudesse, sa vie toute centrée sur l'argent ? Non pas. Il savait que son père n'était pas pire que d'autres. Alors, était-ce à cause de Sampson, le frère aîné qu'il admirait quand il était enfant, mais dont il avait découvert un jour les malveillances, les mesquineries ? Etait-ce l'image de sa pieuse mère, de sa foi qui paraissait si simple et si sûre, quand elle priait tous les jours la Sainte Vierge ?

Non. Une voix intérieure l'y avait poussé, un sens toujours plus grand du vide qui l'entourait. Le besoin de secouer sa grossièreté et son ignorance, de trouver la pureté et la simplicité de l'âme. Comme un pèlerin aspire à toucher un fragment de la Sainte Croix dans son reliquaire, Michael aspirait chaque jour à sentir la présence vivante de Dieu auprès de lui. Et il savait que dans le monde il ne le pouvait pas.

L'histoire de Michael n'avait rien d'exceptionnel. En dépit des querelles entre l'Eglise et les rois, en dépit des compromis et des compromissions, un grand courant de renouveau religieux traversait l'Europe depuis plusieurs générations et avait atteint les rives anglaises. Sous la ferme impulsion de Bernard de Clairvaux, les grands monastères cisterciens avaient essaimé leur mode de vie simple et communautaire, leurs fermes et leurs moutons, de la Méditerranée jusqu'aux landes désolées du nord de l'Angleterre. Une dévotion passionnée pour la Vierge Marie avait vu le jour et, dans toute l'Europe, les routes de pèlerinage s'étaient couvertes de foules nombreuses. Par-dessus tout, au cours des soixante-dix dernières années, la Chrétienté avait vibré à l'appel de la croisade, et s'était lancée dans une longue suite d'aventures pour aller défendre les Lieux saints contre les Sarrasins.

Cette ferveur nouvelle était également sensible dans la ville même de Londres. Les cloches sonnaient ; les journées étaient plus rythmées par les sept offices monacaux que par le décompte des heures. Des églises et des fondations religieuses surgissaient aux alentours de la ville. Les Templiers construisaient leur maison londonienne sur les rives de la Tamise, près d'Aldwych, et dès cette époque l'endroit s'appela le Temple. Un hôpital dédié à saint Jacques, St James, s'élevait désormais près de l'abbaye de Westminster. Ces fondations étaient si nombreuses et si florissantes que plus du cinquième de la population de Londres était, à des titres divers, dans les ordres religieux.

Aussi, lorsque le jeune Michael avait dit à son père qu'il désirait être moine, celui-ci avait été déçu, mais pas étonné. Au bout de quelques mois, voyant que son fils persévérait dans ses desseins, il lui avait obtenu une place dans la fort distinguée maison bénédictine de l'abbaye de Westminster. Il avait fait à cet effet une généreuse donation, tout en remarquant, d'un ton plein d'espoir : « Le palais royal est juste à côté, et plusieurs moines d'ici ont fait de belles carrières. » Michael avait passé dix années heureuses dans le vieux monastère royal, parmi ses frères les moines en robe noire.

Il aimait qu'à Westminster la grande abbaye fût proche du grand hall, et l'atmosphère particulière de ce lieu où se côtoyaient des cloîtres, une chapelle et le siège de l'administration royale. Il aimait se promener dans les champs alentour ou laisser son regard errer à la surface de la Tamise. C'était à la fois un lieu de silence et de paix, et le centre des affaires de ce monde.

Il avait également été heureux de prononcer ses vœux. Comme le lui avait expliqué le vieux moine qui l'y avait préparé : « Tes trois vœux seront pour toi comme des amis qui t'accompagneront, ta vie durant, sur le chemin qui mène à Dieu. D'abord la pauvreté, avait-il poursuivi. Pourquoi prononçons-nous le vœu de pauvreté ?

— Parce que Notre Seigneur a dit : « Là où est ton trésor, là aussi sera ton cœur. » Et encore : « Donne tout ce que tu as et suis-moi. »

— C'est exact. Tu ne peux pas aimer à la fois Dieu et les biens de ce monde. Nous, nous choisissons Dieu. Et quant au vœu de chasteté ?

— Qui se soumet à la chair néglige son âme.

— Et l'obéissance ?

— Pour me délivrer de l'orgueil. Pour ne plus rien vouloir par moi-même.

— Et pour te laisser guider par d'autres, qui sont plus sages que toi. Car tu as besoin d'un guide au long de ton voyage. » Tous les moines chrétiens prononçaient ces trois vœux, lui rappela le vieil homme. « Tu dois leur rester fidèle, comme à de vieux amis, alors ils te protégeront. »

Frère Michael avait prononcé ses vœux et leur était resté fidèle ; aujourd'hui encore, ils lui étaient plus chers que n'importe quoi d'autre au monde. Il voyait bien, de temps à autre, que tous les moines à Westminster n'étaient pas chastes ou obéissants, ou même pauvres : ce n'était qu'un effet de la faiblesse humaine. Il priait davantage pour eux, ainsi que pour lui-même.

Il avait encore été fort heureux, juste un an après son arrivée à l'abbaye : après avoir lu la grande *Vie* de leur ancien roi, Edouard le Confesseur, que les moines avaient rédigée, ainsi que les nombreux documents sur lesquels elle s'appuyait, le pape avait fini par accéder à leur demande et par le canoniser. Il avait été heureux quand on l'avait installé à copier des manuscrits avec les autres scribes, car il s'était mis à aimer les livres, et l'abbaye possédait une magnifique bibliothèque. Enfin, comme tout moine qui se respecte, il avait été heureux du prestige grandissant qu'avait acquis sa maison. « Nous datons d'avant même St Paul, lui assuraient ses frères. Saint Pierre est venu lui-même en Bretagne et a fondé ici ce monastère. » L'idée de vivre sur un sol qui avait été sanctifié du temps des apôtres lui donnait un frisson d'exaltation religieuse.

Pourtant, à mesure que les années passaient, d'autres choses en vinrent à le troubler.

L'abbaye n'était-elle pas, oh ! juste un peu trop riche, avec les terres toujours plus nombreuses qu'elle possédait ? Les moines ne vivaient-ils pas un peu trop bien ? Qu'était-il advenu de leur vœu de pauvreté ? Quand ses frères lui montraient fièrement les grandes chartes établissant ces possessions, il se demandait s'ils n'en faisaient pas un peu trop grand cas.

Pendant des années il avait fait taire ses doutes. La vie à Westminster lui convenait parfaitement ; pourquoi gâcher ce pur bonheur ? Puis, voilà deux mois, quelque chose s'était produit.

Il travaillait depuis des années maintenant dans le scriptorium, à copier des manuscrits, et y avait acquis une grande habileté. Mais le soin et la conservation des registres monacaux étaient une tâche réservée aux scribes plus âgés. Aussi fut-il fort honoré quand l'un de ceux-ci l'appela un matin, pour lui demander son aide. Il tenait dans la main une charte qui, Michael le vit aussitôt, émanait d'un ancien roi saxon. « Que devons-nous faire ? » demanda-t-il, et il fut fort étonné par la réponse :

« La vieillir un peu, répondit suavement le moine. Poussière, huile, eau de mer... Tu sais comment l'on procède. (Il sourit.) En un rien de temps, elle sera très ancienne. »

Alors seulement, frère Michael avait commencé à comprendre.

Au cours du mois suivant, il avait étudié la plupart des chartes conservées par l'abbaye de Westminster. Il avait passé des heures à les examiner minutieusement et, dans sa quête d'informations, à poser des questions naïves autour de lui. Quand il en avait eu fini, il était allé trouver l'abbé pour lui annoncer d'une voix terriblement solennelle :

« J'ai découvert qu'au moins la moitié des chartes de l'abbaye sont des faux. »

Ce qui était arrivé alors, il ne devait jamais l'oublier.

L'abbé avait ri.

En réalité, la situation à l'abbaye de Westminster était encore nettement pire que ce qu'avait pu constater frère Michael. La grande *Vie* d'Edouard le Confesseur était, pour la majeure partie, de la pure fiction. De même, quand l'abbaye s'affirmait plus ancienne que St Paul, elle n'en possédait pas la moindre preuve. Comme la chose était pourtant sûre, aux yeux des moines, alors Dieu voulait qu'on trouvât quand même les documents manquants ; c'est pourquoi ils les avaient fabriqués. Puis une masse ininterrompue d'autres documents avait suivi. De telles contrefaçons étaient courantes à l'époque, dans toute l'Europe, particulièrement au sein de l'ordre bénédictin ; mais l'abbaye de Westminster en était devenue la championne incontestée. Chartes portant sur des cessions de terre, ordonnances royales notifiant des exemptions d'impôts, bulles papales même — certaines de ces contrefaçons étaient si bien faites qu'il faudrait des siècles avant qu'elles soient détectées. Toutes attestaient les droits acquis par l'abbaye, depuis des temps si reculés qu'on en avait perdu la mémoire.

Quelques jours après que l'abbé eut dit à Michael de ne pas s'inquiéter, le même moine l'appela de nouveau pour lui demander son aide. Cette fois-ci, il refusa.

En quelques semaines, sa situation devint intenable. On rappelait à Michael son vœu d'obéissance, son devoir de loyauté ; il priait pour qu'on le conseillât, mais ne pouvait échapper à son dilemme moral. Toutes ces chartes, se disait-il, avaient bel et bien pour objet d'accroître les privilèges et la fortune de l'abbaye. Comment concilier cela avec le vœu de pauvreté qu'il avait fait ? Quant à l'obéissance, s'il ne pouvait obéir en son âme et conscience, de quelle sorte de soumission s'agissait-il alors ? Il ne se sentait plus en accord avec la grande maison, et tous le savaient. Il ne lui restait donc plus qu'une chose à faire. Aussi était-il revenu trouver l'abbé, et il lui avait dit :

« Je pars.

— Tu es rempli d'orgueil ! tonna l'abbé. Qui es-tu, pour nous critiquer ? » Puis il se radoucit et fit valoir à Michael, d'un ton empreint de bienveillance : « Ne le vois-tu pas ? Ce que nous faisons, nous le faisons pour la gloire de Dieu. Lorsque nous écrivons l'histoire ou que nous racontons la vie des saints, ce n'est pas seulement pour informer les hommes des événements du passé, mais pour leur exposer le plan divin de la manière qu'ils pourront le mieux comprendre. De même, si c'est la volonté de Dieu que les droits et l'ancienneté de cette abbaye soient reconnus, il nous est permis d'en fournir la preuve, de telle sorte que les plus pécheurs des hommes soient convaincus de leur vérité. »

Michael ne pouvait toujours pas être d'accord avec les paroles de l'abbé ; le pragmatisme, le simple bon sens qu'il avait hérités de ses ancêtres saxons l'en empêchaient. Soit il s'agissait d'une ancienne charte, soit ce n'en était pas une ; soit l'on disait la vérité, soit l'on faisait un mensonge.

« Je suis désolé, mais je souhaite m'en aller, répéta-t-il.

— Et où iras-tu ? »

Frère Michael courba la tête. A cela, il avait déjà pensé. Pourtant, quand il eut répondu, l'abbé le regarda en homme chargé d'expérience et déclara : « Tu dois être fou. »

Il était encore tôt et la foule gardait le silence. La cloche d'un monastère proche finissait juste de sonner l'office matinal de tierce. A un signe que fit le bailli, le jeune Henry Le Blond retira à contrecœur la cape qu'il portait sur les épaules et s'avança. Il frissonnait, bien que ce fût une chaude matinée de printemps.

Pentecost Silversleeves, caché dans la foule, roulait des yeux terrifiés.

Ils se tenaient sur une vaste esplanade, de quelque quatre cents mètres de large, à l'extérieur de l'angle nord-ouest des murs de la ville. Aujourd'hui le soleil avait asséché sa surface boueuse, et l'on aurait dit un grand champ de manœuvres. A l'ouest, le sol s'inclinait en direction de la ravine où coulait le Holborn, avant qu'il devienne la Fleet. Un groupe d'ormes occupait le centre de l'esplanade, derrière une mare où s'abreuvaient les chevaux.

L'endroit s'appelait Smithfield. Un marché aux chevaux s'y tenait généralement le samedi, et l'on pratiquait parfois des exécutions dans les ormes. Certaines procédures judiciaires importantes avaient lieu près de la mare, aux alentours de laquelle une foule de plusieurs centaines de personnes était réunie en ce moment.

En plus de l'homme désormais nu, hormis le pagne qui lui ceignait les reins, deux autres jeunes gens se tenaient au bord de l'eau, deux baillis, une douzaine d'aldermen, un shérif, et le grand justicier d'Angleterre en personne.

Un maître artisan avait été attaqué, et l'un de ses apprentis tué. On connaissait tous les coupables : ils avaient espéré s'attirer l'indulgence des juges en dénonçant leurs complices et en s'accusant les uns les autres. Le crime avait eu lieu la nuit même qui avait suivi le couronnement du prince. Le roi Henri en avait été si furieux qu'il avait ordonné à son représentant de s'occuper personnellement de l'affaire. « Je veux qu'ils soient tous jugés dans les trois jours », avait-il précisé.

A un signe de tête que fit le justicier, les baillis attachèrent les mains du jeune homme derrière son dos et lui lièrent les pieds. Puis, le saisissant par les chevilles et les épaules, ils le soulevèrent de terre et commencèrent à le balancer en l'air.

« A la une ! rugit la foule. A la deux ! A la trois !... » Le corps de Le Blond traversa les airs et retomba dans la mare. Un grand silence se fit. Tous attendaient anxieusement.

C'était la vie d'Henry Le Blond qui se jouait.

Il y avait plusieurs manières de rendre la justice en Angleterre. Pour les conflits civils, les hommes libres pouvaient choisir de comparaître devant un jury, au sein des cours, équitables, mises en place par le roi Henri. Mais pour des délits graves comme le meurtre ou le viol, passibles de la peine de mort, l'affaire était trop sérieuse pour être laissée au jugement hasardeux des hommes. Aussi (même si de nombreux hommes d'Eglise s'élevaient désormais contre cette pratique) ces cas-là étaient-ils directement soumis au jugement de Dieu, à travers l'ancienne procédure de l'ordalie. Pour les femmes, cela consistait généralement à leur faire saisir un fer rouge et à observer ensuite si les cicatrices guérissaient, signe d'innocence, ou bien suppuraient, preuve de culpabilité. Aux hommes était réservée la procédure par l'eau, plus expéditive. Le principe en était simple : si le jeune Le Blond flottait à la surface, il était coupable.

Il était difficile de survivre à cette ordalie-là. Pour prouver son innocence, l'accusé devait couler ; sa meilleure chance d'y réussir était d'expulser de ses poumons tout l'air qui le faisait flotter. Et dans ce cas, bien entendu, si on ne le repêchait pas rapidement, il coulait. Souvent les hommes, effrayés, prenaient instinctivement une grande inspiration, qui les faisait flotter.

La foule gardait le silence. Puis elle hurla.

Henry Le Blond flottait.

Ç'aurait dû être lui. Il aurait dû être là-bas, avec Le Blond et les deux autres. Oh ! mon Dieu...

Mais Pentecost Silversleeves était libre, pour une bonne raison : il était entré dans les ordres.

Parmi tous les privilèges de l'Eglise, aucun n'était plus recherché que le droit pour l'un de ses membres, si humble que fût son rang et si grand son crime, d'être jugé par une cour ecclésiastique. On appelait de tels hommes les *criminous clerks*, les clercs coupables. Le système ouvrait à tous les abus et, dans sa dispute avec son ancien ami Becket, rien n'avait rendu le roi Henri II plus furieux que le refus de l'archevêque de le réformer.

« Soit vos cours d'Eglise acquittent purement et simplement les accusés, soit elles leur infligent des pénitences dérisoires ! Les pires vauriens, vous les innocentez...

— On ne peut toucher aux privilèges de l'Eglise, répondait Becket, c'est une question de principe. » Au vrai, ceux qui s'étaient rendus coupables de crimes graves étaient censés être bannis de leur ordre et traduits devant les cours royales pour recevoir un juste châtiment. « Mais même cela, vous vous y opposez, protestait Henri. C'est proprement scandaleux ! » Et beaucoup d'hommes de bon sens, dans l'Eglise, lui donnaient raison. Mais rien n'y faisait : Becket avait refusé de céder, préférant demeurer en exil, et le problème n'était toujours pas résolu.

Pentecost Silversleeves avait été jugé la veille, lors d'une audience organisée en toute hâte. Elle s'était tenue dans le grand hall de l'évêque de Londres, à St Paul. La manière en avait été rude.

Gilbert Foliot, évêque de Londres, était un aristocrate. Sa robe noire était de soie, son visage si émacié et jauni qu'on aurait dit un antique parchemin tendu sur un crâne décharné. Ses mains ressemblaient à des serres. Il n'avait pas de temps à perdre avec les clercs coupables, ni du reste avec Becket, qu'il regardait comme un vulgaire imbécile. Quand ses yeux de faucon s'étaient posés sur le jeune clerc au long nez, qui tremblait de tous ses membres, celui-ci n'y avait lu que du mépris. « Vous devriez être traduit devant la cour du roi, pour qu'on vous exécute », avait-il commenté sèchement, mais il ne pouvait rien y faire.

Les cours ecclésiastiques étaient encore régies par la règle du serment. Si le clerc qu'on jugeait affirmait être innocent, et pouvait produire suffisamment de témoins respectables en sa faveur, alors on était forcé de l'acquitter. Bien que les complices de Pentecost, qui subissaient au même moment les rigueurs de la justice royale, l'eussent tous accusé, la famille Silversleeves avait produit deux prêtres, un archidiacre et trois aldermen (tous lui devaient leur poste, ou bien elle avait un moyen de pression sur eux) pour témoigner sous serment devant l'évêque que le jeune Pentecost ne s'était jamais approché du lieu du crime.

« Je suis bien obligé, avait dit Foliot, avec un regard de dédain pour Silversleeves et ses témoins, de vous trouver innocent. Et puisque vous êtes en théorie innocent, vous ne pouvez être traduit devant la justice du roi. » Puis il avait ajouté, d'un ton froid et menaçant : « Toutefois je réserve toute mon opinion personnelle sur cette affaire, et je vous dis ceci : ni vous ni vos faux témoins ne jouirez plus jamais de la moindre faveur ni de la moindre promotion dans ce diocèse, si je peux l'empêcher. » Sur quoi, il les avait congédiés d'un geste de la main.

Les deux autres avaient flotté, eux aussi. Ils étaient donc tous coupables. La sentence allait être exécutée sur-le-champ, comme le roi l'avait expressément ordonné. Silversleeves tremblait.

C'est à ce moment-là qu'il aperçut le robuste personnage à la mèche blanche dans les cheveux ; il n'était qu'à une dizaine de mètres de lui et venait de se retourner. Pentecost baissa vivement la tête, pas assez vite cependant : le maître artisan l'avait vu. Une seconde plus tard, il fendait la foule dans sa direction. Inutile d'essayer de s'enfuir. Silversleeves se figea sur place.

Simon l'armurier était un homme épris d'ordre et de tradition. Il vivait dans la maison de son grand-père Alfred et avait repris son métier ; il avait également conservé des lopins de terre dans le hameau proche de

Windsor, pour lesquels il payait un loyer. Et il était fier de son habileté de maître artisan.

Pourtant il était fort différent des riches marchands de gros, les aldermen, qui dirigeaient la cité en pleine expansion. « Ils ne se salissent pas les mains à la tâche comme nous le faisons, avait-il coutume de dire. Ils ne touchent presque jamais leur marchandise eux-mêmes, et leurs enfants sont généralement trop fiers pour s'abaisser à travailler. Ils se prennent pour des nobles (ici il crachait par terre) mais ils n'en sont pas. Ce sont juste des marchands, tout comme moi. »

L'intrusion de la bande de godelureaux dans sa maison et le meurtre de son apprenti préféré ne l'avaient pas seulement profondément choqué et attristé ; ils l'avaient rendu fou furieux, en raison du mépris que cela supposait à l'égard de gens comme lui. « Non, ils ne sont pas meilleurs que nous, avait-il grincé. Ils sont bien pires ! Ce sont tous des criminels ! » Il fallait qu'ils soient reconnus comme tels, que justice soit rendue ; c'est pour cela que Simon était venu aujourd'hui à Smithfield, pour goûter sa revanche.

Pourtant, quelques instants plus tôt, quand les jeunes gens avaient été déclarés coupables, sachant ce qui allait suivre, il n'avait pu se défendre d'un pincement au cœur. « Ils ont fait quelque chose de terrible, avait-il marmonné, mais quand même... Pauvres diables... »

C'est alors qu'il avait vu Silversleeves.

Il ne fit pas de scandale. Il se glissa à travers la foule jusqu'au jeune homme au long nez, qui feignait contre toute vraisemblance d'ignorer son regard ; puis, si proche de lui que sa barbe frôlait l'oreille de Pentecost, il lui murmura : « Tu n'es qu'un tas de boue. Tu le sais, n'est-ce pas ? » Il vit les joues pâles du garçon s'empourprer, juste sous ses yeux. « Tu es aussi un meurtrier, tout autant qu'eux. Mais toi, tu es pire. Parce qu'eux vont mourir et pas toi, Judas. Tu es beaucoup trop lâche pour ça. » Il sentit Silversleeves se raidir. « Tas de boue », souffla-t-il à nouveau, puis il s'en alla.

Pentecost resta pour assister à la pendaison. Près de s'évanouir, il se força à regarder les trois jeunes gens, avec une horreur fascinée. On les conduisit, presque nus, jusqu'aux ormes ; sur les hautes branches, des cordes avaient été lancées. Il vit les nœuds coulants, puis ses trois amis soulevés en l'air tandis que la foule criait : « Oh... hisse ! » Il vit leurs visages suppliants se déformer, virer au rouge puis au violet, leurs membres battre désespérément l'air, et l'un des pagnes glisser au sol, pitoyable. Bientôt les trois silhouettes pendirent mollement au bout de leurs cordes, livides, et la brise les faisait lentement tournoyer sur elles-mêmes.

Une heure plus tard, quand Silversleeves pénétra dans la salle, la cour de l'Echiquier était en pleine activité. Normalement, la session de Pâques aurait déjà dû avoir pris fin, mais avec le travail supplémentaire apporté par le couronnement du prince, il restait encore beaucoup à faire Heureux de trouver une occupation pour le distraire du souvenir des exécutions, Pentecost se mit à la tâche avec ardeur.

Comme tout paraissait tranquille et normal ici... Les secrétaires penchés sur leurs tablettes, les murmures et le léger cliquetis des jetons provenant de la grande table à l'autre bout de la salle... Peu à peu, il sentit pourtant que ce silence n'était pas naturel. Les secrétaires ignoraient délibérément sa présence ; quant aux courtisans amassés près de la porte, ils se détournaient d'un air gêné s'il regardait dans leur direction. Pentecost savait bien ce que cela signifiait : l'embarras face à qui est devenu un proscrit, un paria. Il tâcha d'abord de ne pas y prêter attention, mais au bout d'un moment ne put faire autrement que de quitter la salle. Pendant quelque temps il parcourut le palais de Westminster, tête baissée, tentant de mettre de l'ordre dans la foule d'images qui assaillaient son esprit.

Il y avait ses parents, quand il leur avait tout avoué... Sa mère, grande, pâle, bouleversée. Incapable de comprendre comment son fils avait pu faire une telle chose. Son père avait été terrible de colère silencieuse — mais c'était lui qui avait réussi à faire acquitter Pentecost. Puis le procès, le regard de l'évêque. Les cadavres qui tournoyaient dans la brise. Le silence à son entrée dans la salle de l'Echiquier.

Tant que Foliot vivrait, il fallait abandonner toute perspective de carrière dans l'Eglise ; et en ce qui concernait l'Echiquier ? Tout était-il fini là aussi ? A cause d'une erreur de jeunesse ? Il était encore trop tôt pour le savoir. « Peut-être cela passera-t-il avec le temps », murmura-t-il.

Il en était là de ses réflexions quand, tournant dans un large corridor, il leva les yeux vers deux peintres au travail le long du mur.

Nombre de murs étaient peints, dans les pièces entourant le grand hall du palais. Ce panneau-ci consistait en une série de scènes morales, tirées des vies des rois et des prophètes bibliques. Au centre figurait une simple roue, à demi achevée seulement.

Les deux peintres, à l'évidence, étaient père et fils. Tous deux étaient courtauds, avec les jambes arquées ; ils avaient des doigts boudinés, de grandes têtes rondes et des yeux sérieux. Ils regardèrent placidement Pentecost, qui s'arrêtait pour admirer leur travail. « Qu'est-ce que cette roue représente ? demanda-t-il.

— C'est la roue de la fortune, messire, répondit le père.

— Et quelle est sa signification ?

— Eh bien, messire, qu'un homme peut s'élever jusqu'à la gloire et la fortune, puis redescendre tout aussi vite. Ou bien l'inverse. Elle signifie que la vie est comme une roue, qu'elle ne cesse de tourner. Et elle nous apprend à rester humbles, messire. Car même si nous sommes montés au sommet, nous pouvons redescendre tout en bas. »

Silversleeves hocha la tête. Tout homme un tant soit peu lettré avait entendu parler de la roue de la fortune. Le philosophe latin Boèce était très admiré dans les écoles de l'époque ; il avait prôné (lui-même avait été jeté en prison après des revers politiques) une acceptation stoïque du destin humain, et comparé la fortune à une roue en mouvement perpétuel. Cette image était alors si populaire que même d'humbles peintres tels que ceux-ci, qui ne savaient rien du philosophe, connaissaient parfaitement le thème de la roue. Pentecost sourit intérieurement : cela s'adaptait exactement à sa propre situation. Oui, il prendrait ses revers avec philosophie ; sans nul doute, s'il était tout en bas aujourd'hui, la roue tournerait à nouveau pour lui. Il poursuivit son chemin.

Quelques minutes plus tard, alors qu'il se trouvait perdu dans l'immensité du grand hall, il vit un groupe d'hommes se diriger vers lui. Ils étaient une demi-douzaine, vêtus de riches manteaux ; ils marchaient rapidement pour ne pas se laisser distancer par le premier d'entre eux. Dès que Silversleeves vit de qui il s'agissait, il retint son souffle et se cacha derrière un pilier.

A la différence de ses courtisans, le roi Henri II d'Angleterre était fort simplement vêtu, d'un pourpoint et de chausses vertes, comme s'il partait à la chasse. De taille moyenne, fortement charpenté, il aurait eu tendance à grossir, sans son infatigable activité et l'énergie qu'il dépensait tout au long de la journée. Ce matin-là, comme tous les autres matins, il était fringant, alerte, et rien ne lui échappait.

Si Pentecost n'avait pas tenté de se dissimuler derrière ce pilier, le roi ne l'aurait peut-être même pas remarqué. Au lieu de cela, alors qu'il se blottissait instinctivement contre la pierre grise, il entendit une voix s'exclamer rudement, en français : « Amenez-moi cet homme ! » Le roi Henri n'aimait pas qu'on se cache devant lui.

Quelques secondes plus tard, ils étaient face à face.

Bien que travaillant au palais de Westminster, Silversleeves n'avait encore jamais vu le roi Henri de près. Cela n'avait rien de surprenant. Henri Plantagenêt ne consacrait qu'une part de son temps à son royaume septentrional ; et même quand il était dans l'île, il ne cessait de voyager de place en place et de chasser dans l'intervalle.

Un visage couvert de taches de rousseur. Des cheveux roux à la normande, coupés ras et mouchetés de gris. Seigneur, le propre arrière-petit-fils du Conquérant... Des mains qui tortillaient nerveusement un morceau de ficelle. Impatient comme un Plantagenêt, avec ça. Le mélange était plutôt détonant, terrifiant même. Et les yeux, gris et perçants...

« Qui es-tu ?

— Un clerc, Sire.

— Pourquoi te cachais-tu ?

— Je ne me cachais pas, Sire... »

Pourquoi ce mensonge stupide ?

« Tu ne m'as toujours pas dit ton nom.

— Pentecost, Sire.

— Et après ? Pentecost quoi ? D'où ? »

Inutile de continuer à feindre.

« Silversleeves, Sire.

— Silversleeves... » Henri Plantagenêt fronça les sourcils, fouilla dans sa mémoire et se souvint : « Silversleeves. N'es-tu pas l'un de ces voyous qui ont attaqué mon armurier ? » Pentecost pâlit, tandis que les yeux d'Henri devenaient plus durs que l'acier. « Pourquoi n'as-tu pas été pendu ce matin ? » Il se tourna vers les courtisans. « On ne les a pas pendus ? » Les courtisans acquiescèrent de la tête. « Et celui-là, pourquoi lui a-t-on fait grâce ? Pourquoi n'as-tu pas été pendu ?

— Je suis innocent, Sire...

— Qui a dit cela ?

— L'évêque de Londres, Sire. »

Le roi Henri garda un instant le silence ; puis la tache rouge apparut juste sous son oreille gauche, avant de s'étendre à tout son visage. Quelque chose qui ressemblait à un reniflement sortit de son nez, et Silversleeves remarqua que les courtisans faisaient mine de s'éclipser discrètement.

« Un clerc coupable », siffla-t-il entre ses dents. Un gredin qui se soustrayait à la justice du roi en se cachant dans les jupes de l'Eglise. C'était le sujet, entre tous, qui avait empoisonné ses relations avec son vieil ami Becket. Et ce clerc coupable rôdait dans les couloirs de son propre hall de Westminster. Il renifla de nouveau.

Silversleeves eut alors le douteux privilège d'assister à l'une des scènes dans lesquelles la famille du roi s'était rendue célèbre : la fureur du Plantagenêt.

« Vipère ! » Le sang afflua soudain au visage du roi Henri, au point qu'il tourna au pourpre, puis à l'ocre : on eût dit quelque antique effigie de bois, sortie d'une tombe royale pour revenir à la vie. Ses yeux étaient si injectés de sang qu'ils semblaient rougeoyer. Il approcha son visage de celui de Pentecost, jusqu'à le toucher presque ; puis, dans son français nasillard (cela commença comme un grincement de dents, pour finir dans une explosion de rage), il lui dit sa royale façon de penser :

« Sacré gros tarin de fils de putain ! Hypocrite, mauvais prêtre ! Tu penses que tu as échappé à la potence, hein ? (Sa voix commença à enfler.) Tu penses que tu peux tromper le roi, vermine ? Tu crois cela ? (Il plongea les yeux au fond de ceux de Pentecost.) Réponds-moi ! Tu le crois vraiment ?

— Non, Sire, bredouilla Pentecost.

— Tu as raison ! cria-t-il, de plus en plus fort. Parce que tu ne le pourras pas, crois-moi ! Par tous les boyaux du Christ, je te jure que tu ne m'échapperas pas ! Je vais m'occuper personnellement de faire réexaminer ton cas ! Je vais t'arracher à l'évêque ! Je te ferai éventrer, tu m'entends, et tu te balanceras au bout d'une corde jusqu'à ce que tes entrailles pourrissent ! (Toute la rage ancestrale des Plantagenêts jaillissait maintenant par sa bouche.) Tu vas goûter à ma justice, pourriture, et pour toi elle puera la mort ! » Ce n'était plus un cri, c'était un hurlement rauque, qui résonna dans tous les coins et les recoins du hall de Westminster.

Pentecost Silversleeves fit demi-tour et s'enfuit ; ce fut plus fort que lui. Il sortit du hall par la cour des Plaids communs, dépassa la cour du Banc du roi et ses rangées de piliers, puis déboucha dans la cour extérieure, en passant par la grande porte à nervures. Il sortit de l'enceinte de l'abbaye par la porte donnant sur le fleuve, et traversa le Tyburn ; il s'enfuit en courant le long des rives de la Tamise jusqu'à Aldwych ; il dépassa le temple, franchit la Fleet, entra dans la cité par Ludgate ; il vola jusqu'à St Mary-le-Bow pour y chercher asile. Là, il resta assis plus d'une heure, tremblant de tous ses membres.

C'était une chaude après-midi de la fin septembre. Un homme et une femme étaient tranquillement assis sur un banc devant une longue rangée de maisons, à l'extrémité est de Smithfield, et ils attendaient. L'homme, en sandales et robe grise, était frère Michael.

La femme avait vingt-deux ans, même si sa figure ne portait pas d'âge. Elle était petite et plutôt forte ; ses sourcils restaient en permanence froncés, dans une expression résolue mais bienveillante ; elle avait une coquetterie dans l'œil gauche, et seuls ses cheveux roux, sévèrement tirés en arrière, attestaient qu'elle provenait de la famille danoise de Barnikel. Peut-être une légère trace d'embarras transparaissait-elle derrière son expression déterminée ; « Je dois toujours me concentrer, répétait-elle souvent, sans quoi les choses ont tendance à se brouiller dans mon esprit. » Mais cela n'enlevait rien au trait central de son tempérament : elle savait ce qu'elle pensait. Elle portait elle aussi une robe grise, et se nommait sœur Mabel.

Les maisons derrière eux étaient relativement récentes. Moins de cinq décennies plus tôt, un courtisan fort mondain, apprécié par le roi pour son esprit et son humour, avait soudain reçu une vision, à la suite de laquelle il s'était détourné du monde pour fonder un prieuré et un hôpital dédiés à saint Barthélemy. Le prieuré était somptueux, l'hôpital modeste.

Frère Michael et sœur Mabel appartenaient à l'hôpital St Bartholomew. Elle se tourna vers lui.

« Il ne viendra peut-être pas. » Elle n'avait pas peur, du moins pas pour elle-même ; mais pour le doux frère Michael, si. « Fais attention, l'avait-elle gravement averti. Il a le cœur noir. » Les portes de l'enfer étaient déjà béantes ; les démons n'attendaient qu'une occasion pour venir se saisir de son compagnon. Car, elle en était sûre, celui qu'ils attendaient était le plus méchant homme de tout Londres. Et leur tâche à eux, en ce jour, était de sauver son âme.

« Il viendra », dit frère Michael d'un air serein. Puis, avec un sourire : « Mère l'y obligera. » Enfin, comme elle avait toujours l'air de douter : « Je n'ai pas peur, sœur Mabel, puisque tu es là pour me protéger. »

Mabel Barnikel était la sœur du poissonnier qui avait endommagé malgré lui le bateau de l'alderman Bull. Beaucoup de gens plaisantaient dans son dos, à tort, car c'était une âme humble et pure.

Depuis son enfance, elle avait toujours écouté avec la plus grande attention tous ceux qu'elle pensait être sages, et s'était appliquée de son mieux à donner un sens au monde incompréhensible qui l'entourait. Aussi, quand elle eut finalement découvert un système qui lui paraissait juste, elle s'y cramponna avec l'énergie d'un naufragé qui a trouvé un radeau au milieu de la mer déchaînée.

Elle avait treize ans quand, en pleine puberté, elle avait compris que les flammes de l'enfer la menaçaient. La raison de ce triste état de choses était simple : elle était née ainsi.

« Le problème, expliquait-elle posément, est que je suis une femme. »

C'était le curé de la paroisse qui le lui avait fait comprendre. Il avait administré à ses ouailles un sermon sur Adam et Eve, et profité de l'occasion pour adresser un sévère avertissement aux femmes de l'assistance : « Si vous voulez sauver vos âmes, leur avait-il dit, souvenez-vous d'Eve. Car les femmes sont par nature exposées à la frivolité et au péché de chair, qui sont péchés mortels. L'enfer vous guette, vous tout particulièrement. »

C'était un vieil homme à cheveux blancs et Mabel le vénérait. Le sermon l'avait effrayée, et à la première occasion elle lui avait demandé : « Pourquoi le péché guette-t-il plus les femmes, mon père ? »

Le vieil homme avait souri gentiment. « C'est dans leur nature, mon enfant. Dieu a fait des femmes le sexe faible. » C'était une vieille croyance, qui remontait à saint Paul lui-même. « L'homme a été créé à l'image de Dieu, mon enfant. Sa semence produit sa parfaite ressemblance. La femme n'est que le récipient à l'intérieur duquel cette semence mûrit, aussi est-elle inférieure. Elle aussi peut atteindre le paradis, mais comme elle est inférieure à l'homme, cela lui est plus difficile. »

Il avait fallu plusieurs jours à Mabel pour assimiler cette affirmation péremptoire. Pourtant, certaines choses continuaient à la troubler ; aussi, tout en craignant de mettre l'aimable vieil homme en colère, et en s'excusant pour sa lenteur à comprendre, était-elle revenue lui demander : « Si la semence de l'homme produit sa parfaite ressemblance, comment se fait-il qu'il naisse aussi des femmes ? »

Loin de se mettre en colère, le prêtre avait posé la main sur l'épaule de Mabel. « Très bonne question, lui avait-il dit. Tu vois, une part de cette semence est défectueuse. Mais — et c'est l'une des merveilles de la création divine — il faut qu'il en soit ainsi, afin que soient produits les maillons grâce auxquels l'humanité peut se perpétuer. As-tu d'autres questions ?

— Je me demandais aussi, père... continua-t-elle humblement. Si un enfant naît de la seule semence de l'homme, comment se fait-il qu'il ressemble souvent à sa mère, et pas uniquement à son père ? »

Elle fut soulagée de voir la mine réjouie qu'arbora le prêtre. « La providence du Seigneur accomplit des merveilles ! s'exclama-t-il. Tu raisonnes comme un vrai médecin, mon enfant. La réponse à ta question n'est pas certaine, mais d'après le grand philosophe Aristote (il sourit d'aise à cet étalage de son propre savoir), l'enfant à naître absorbe, tandis qu'il grandit dans le ventre de sa mère, un fluide venant d'elle et qui n'est peut-être pas sans effet. C'est une explication dont tu peux te satisfaire.

— Encore une dernière question, père, dit-elle docilement. S'il est si difficile pour une femme d'être sauvée, alors, que dois-je faire ? »

Le prêtre fronça les sourcils, non qu'il fût irrité, mais parce qu'il ne connaissait pas la réponse. « C'est difficile à dire, finit-il par déclarer. Pratique sérieusement la prière, obéis à ton mari en toute chose... (Il marqua une pause.) Certains, mon enfant, affirment que seules les vierges gagnent facilement le paradis. Mais toutes les femmes ne sont pas destinées à suivre cette voie-là. »

Mabel retira trois choses de cette conversation : que les femmes étaient des êtres inférieurs ; qu'elle-même possédait peut-être quelque talent pour l'art de la médecine ; et que la virginité était le chemin le plus direct vers le paradis. La première et la dernière de ces assertions étaient très généralement partagées par ses contemporains.

Quelques années plus tard, quand elle comprit qu'elle n'avait guère de chances de trouver un mari, sa nature fervente ait fait naître en elle le désir d'entrer dans les ordres. Mais elle se heurta alors à une difficulté qui aurait pu se révéler insurmontable : « Nous ne sommes qu'une famille de poissonniers », devait-elle admettre.

Depuis leur gloire passée, aux temps vikings, le déclin de la famille Barnikel avait été progressif et sans doute inévitable. La conquête avait été fatale aux vieilles familles danoises de Londres : l'influence croissante des marchands normands, le réseau tentaculaire des ports de la Hanse avaient peu à peu grignoté leurs positions. L'actuel descendant des Barnikel de Billingsgate était poissonnier ; cela ne signifiait pas qu'il vendait du poisson dans la rue (bien qu'il possédât un éventaire), mais qu'il en faisait le commerce de gros, par voie maritime, en même temps que d'autres marchandises. C'était un homme prospère et respectable (même si sujet à des crises de rage occasionnelles), cependant, comme pour ses autres collègues poissonniers, son statut était comparable à celui des meilleurs artisans, loin en dessous des gros négociants comme Bull et Silversleeves.

Cela n'aurait pourtant pas dû poser de problème à Mabel. Les femmes d'alors étaient, en effet, d'ordinaire plus nombreuses que les hommes à l'âge adulte — la différence atteignait dix pour cent en Angleterre à cette date. A la génération de Mabel, elle avait encore été soulignée par le nombre croissant d'hommes entrant dans les ordres, et qui menaient (du moins en théorie) une vie de célibat. On aurait donc pu penser que beaucoup de femmes choisiraient elles aussi la vie religieuse.

Ce n'était pas le cas. Il existait certes de grands couvents de femmes, mais peu nombreux, d'accès difficile et fort coûteux, afin de les réserver aux familles nobles et à celles des plus riches marchands. Quelques belles et pieuses figures de femmes nobles ne pouvaient nuire à l'image de l'Eglise ; mais, étant donné sa conception du sexe faible en général, elle ne voyait guère l'intérêt de promouvoir les ordres féminins. Quant aux familles de marchands et d'artisans les plus modestes, les femmes restant disponibles dans la maisonnée étaient nécessaires à leur survie économique, par le travail qu'elles fournissaient et l'aide qu'elles apportaient.

Mabel n'était pas assez bien née pour devenir une vraie servante du Seigneur.

Mais elle était tenace. On lui parla d'un couvent qui engageait des sœurs converses pour s'occuper des tâches subalternes ; certains ordres croisés utilisaient même des femmes comme infirmières. Enfin on lui trouva une place dans l'hôpital attaché au riche prieuré de St Bartholomew — une place pour laquelle aucune donation n'était exigée.

Elle y fut heureuse. Elle aimait s'occuper des malades. Elle connaissait toutes les herbes et les remèdes, ou supposés tels, en usage à l'hôpital, et tâchait toujours d'en découvrir de nouveaux. Dans le cellier, elle conservait un véritable trésor dans des pots, des boîtes et des bocaux. « Des pissenlits pour purifier le sang, expliquait-elle, du cresson contre la calvitie, des herbes pour faire baisser la fièvre, des nénuphars contre la dysenterie. » Aux malades les plus gravement atteints, elle apportait de l'eau bénie par les riches chanoines réguliers du prieuré ; ou bien encore elle aidait un malheureux invalide à traverser Londres pour aller toucher quelque relique sainte, seul espoir pour lui d'obtenir la guérison du corps, ou mieux encore de l'âme.

Puis il y eut frère Michael. Dès le premier moment où elle posa les yeux sur lui, au début du mois de juin, elle sut que c'était un saint homme. Pourquoi sinon le fils d'un riche marchand aurait-il quitté l'abbaye de

Westminster, non pas même pour le riche prieuré, mais pour le pauvre hôpital qui lui était contigu ? Elle admirait Michael pour son calme et sa sagesse, pour la noblesse de ses manières et pour les livres qu'il lisait.

Pourtant, après qu'un premier mois puis un second furent passés, elle se rendit compte que personne ne partageait l'opinion qu'elle avait de lui. Certains le prenaient même pour un idiot, comme son méchant homme de frère, et cela la mettait en colère. « C'est seulement qu'il est trop bon pour eux », murmurait-elle. Aussi, tout en continuant à l'admirer, commença-t-elle à penser qu'elle était aussi là pour le protéger.

Frère Michael avait les yeux tournés vers la porte de la cité. Il fit un signe.

« Le voilà », dit-il joyeusement, tandis que l'alderman Bull s'approchait d'eux.

L'homme le plus méchant de Londres était, disons-le, de fort méchante humeur.

Sans sa mère, il ne serait jamais venu jusqu'ici. Cela faisait des semaines qu'elle le suppliait : « Réconcilie-toi avec Michael avant que je meure. » Il lui répondait d'un ton irrité qu'elle n'allait pas mourir, et elle répliquait invariablement : « Qu'en sais-tu ? » Il avait fini par céder.

Pourquoi sa mère prenait-elle toujours le parti de Michael ? Cela durait depuis la naissance de celui-ci. Personnellement, il n'avait jamais eu une très haute opinion de son cadet. Quand Michael était entré au monastère, à Westminster, il avait ricané. Mais quand il l'avait quitté, au mois de juin précédent, cela l'avait mis dans une fureur sans borne. « Toutes ces donations que nous avons faites pour rien ! » criait-il. Il n'avait pas reparlé depuis à Michael.

Pourtant la vraie raison n'était pas là, pour laquelle sa mère l'implorait d'aller voir son frère. La vraie raison, il la connaissait parfaitement bien.

C'était Bocton. En dépit du retard dû aux gords du fond de la Tamise, le voyage de son bateau avait été couronné de succès. Les négociations avec Abraham avaient pris du temps, mais l'accord de vente devait être conclu le lendemain. Et c'était bien ce qui choquait sa pieuse mère.

« Tu ne vois pas qu'il s'agit d'un crime ? avait-elle protesté. Cela te vaudra la damnation éternelle ! » Et bien des gens à Londres seraient tombés d'accord avec elle.

Un croisé était un pèlerin sacré, prêt à souffrir le martyre dans une juste guerre menée au nom du Seigneur. Aux yeux de l'Eglise, la croisade le lavait de ses péchés et lui assurait une place au paradis. La saisie des domaines de chevaliers croisés acculés à la ruine était une pratique courante ; pourtant, bien des gens la considéraient comme une grave atteinte à la morale, et souhaitaient qu'on fît des lois pour protéger ces braves contre leurs créanciers.

« Tu seras damné pour avoir tiré profit d'un croisé. Et pour l'avoir fait par l'entremise d'un païen de Juif ! » Et elle s'était tordu les mains de désespoir.

Puis, voyant que cela ne servait à rien, elle était allée secrètement voir Michael.

Au début, frère Michael eut l'impression que les choses se déroulaient plutôt bien.

Quels que soient ses défauts, Sampson Bull était un homme de parole. Il avait promis de venir se réconcilier avec son frère : il ferait de son mieux pour y parvenir. Il s'était préparé à l'épreuve et réussit même à sourire.

Il n'était pas venu à St Bartholomew depuis bien longtemps et, tandis que Michael lui en faisait faire le tour, ne put s'empêcher d'admirer l'endroit. Le prieuré réunissait une grande église normande, des cloîtres, un réfectoire et des bâtiments monastiques richement meublés. Non seulement il avait été fort bien doté, mais chaque mois d'août, à l'occasion de la fête du saint, une importante foire au drap se tenait à Smithfield, dont il retirait un joli bénéfice. La petite mais fort distinguée communauté de chanoines réguliers — c'était leur titre — qui y vivaient jouissait du meilleur confort.

L'église elle-même était pleine de noblesse : grande et haute nef, piliers massifs, arcs romans et voûtes en berceau. Le fond du chœur était particulièrement élégant, avec derrière l'autel, orientée vers l'est, une clôture en demi-cercle de piliers et d'arcs arrondis, à deux étages. Une lumière voilée d'automne baignait ce paisible décor, et l'alderman lui-même, à la face rubiconde, n'était pas insensible à l'atmosphère ambiante. Mélange de force normande et de chaleur orientale, elle faisait naître des images de calices et de milice céleste, de chevaliers voguant vers la Terre sainte.

Pourtant, même s'il tâchait de se montrer agréable, Bull ne pouvait s'empêcher d'être irrité par certains détails. La vision des orteils nus de son frère, le flip-flap de ses sandales sur les dalles de pierre l'agaçaient. Et cette Barnikel, avec son drôle d'œil qui louchait, qu'avait-elle à lui lancer ce regard noir ? Tandis qu'ils faisaient le tour du cloître, il recommençait déjà à soupirer.

Alors arriva le moment que Bull redoutait : ils pénétrèrent dans l'hôpital.

L'hôpital St Bartholomew était nettement distinct du prieuré. Les frères et les sœurs qui y officiaient n'étaient pas des chanoines réguliers ; leur rang était bien plus modeste. Le bâtiment principal, vers lequel frère Michael les conduisait d'un pas allègre, abritait un dortoir tout en longueur, d'aspect fort dépouillé, avec une simple chapelle à l'une des extrémités.

Comme la plupart des hôpitaux de l'époque, St Bartholomew avait commencé par être un hospice, où les voyageurs et les pèlerins fatigués pouvaient reprendre des forces. Mais la situation avait vite évolué, et aujourd'hui frère Michael comme sœur Mabel étaient fiers des quelque cinquante malades et infirmes dont ils s'occupaient. Il y avait là trois aveugles, une demi-douzaine de rhumatisants à des degrés divers, plusieurs vieilles femmes séniles. Des hommes en proie aux fièvres, des femmes couvertes de furoncles, tous les visages de la souffrance et du malheur. Selon l'habitude de l'époque, ils étaient deux, trois ou même plus à partager le même lit. L'alderman les regarda avec horreur. « Est-ce qu'il y a des lépreux parmi eux ? » demanda-t-il. A peine un mois plus tôt on avait découvert un boulanger lépreux, qui vendait son pain en pleine ville.

« Pas encore. »

Bull frissonna. Qu'était-il venu faire ici ? Et son frère, qui aurait au moins pu soutenir l'honneur de la famille dans un monastère prestigieux, que faisait-il dans ce lieu répugnant ?

Ce fut en ressortant du bâtiment que frère Michael tenta sa démarche. L'alderman dut l'admettre, il le fit avec une certaine grâce. Il le prit doucement par le bras, l'entraîna à quelques pas de Mabel, puis commença tranquillement : « Mon cher frère (sa voix était empreinte de sincérité), c'est notre mère qui t'a supplié de venir, j'en suis sûr, mais cela me touche quand même beaucoup de te voir ici. Il faut donc que tu me pardonnes (il sourit) si j'en profite pour essayer de sauver ton âme immortelle. »

Bull sourit sans joie. « Tu penses donc que je risque l'enfer ?

— Oui, puisque tu me poses la question, répondit son frère après un moment de silence.

— Tu ne voudrais pas voir Bocton revenir dans la famille ?

— Ton orgueil pour la famille t'égare, mon cher frère, et tu ne vois pas le péché que tu t'apprêtes à commettre.

— Quelqu'un d'autre achètera Bocton, si je ne le fais pas.

— Cela n'en est pas plus juste pour autant. »

Ils avaient fait demi-tour et s'en revenaient vers Mabel, dont l'un et l'autre avaient oublié la présence. C'est alors que Bull, avec un soupir et en secouant la tête, prononça les mots terribles : « Tu me fais de bien beaux sermons, frère Michael, mais tu perds ton temps. Je n'ai pas peur de la damnation. Pour tout te dire, je ne crois pas en Dieu. »

Mabel en eut le souffle coupé.

Cela n'avait pourtant rien de si extravagant. Même en cette époque pénétrée de religion, bien des gens doutaient. Deux générations plus tôt, le roi Guillaume Rufus n'avait pas fait mystère de son profond dédain pour l'Eglise et ses préceptes. L'existence même de Dieu était une cause que les penseurs et les prêcheurs ne jugeaient pas inutile de continuer à défendre. Dans un sens, l'idée de Bull qu'avec leurs dotations, leurs cours spéciales et tout ce qu'elles avaient accumulé au cours des siècles, les Eglises n'étaient rien d'autre que des créations humaines, cette idée était empreinte d'une honnêteté, brutale mais courageuse, pas si éloignée que cela de l'honnêteté de son frère.

Ce n'était pas l'avis de Mabel. Elle connaissait la cupidité de Bull ; elle savait qu'il méprisait la sainteté de son frère ; elle savait aussi qu'il projetait de dépouiller un croisé avec l'aide d'un Juif. Et maintenant, il venait de donner la preuve ultime de la noirceur de son âme.

C'était l'un des charmes de Mabel, aux yeux de frère Michael, qu'elle fût incapable de dissimuler ce qu'elle pensait. Pourtant, même lui fut légèrement estomaqué lorsque, plongeant ses yeux dans ceux du massif alderman, elle cria : « Vous êtes un très méchant homme ! Vous irez en enfer avec les Juifs ! Vous le savez ? » Elle le menaça du doigt — faire la leçon au diable lui-même ne l'effrayait pas : « Vous devriez avoir honte de vous ! Pourquoi ne donnez-vous pas votre argent à l'hôpital, au lieu de voler des pèlerins qui valent mille fois mieux que vous ne vaudrez jamais vous-même ? » Et elle le fixa si intensément qu'elle semblait s'attendre à ce qu'il cède devant elle.

Grave illusion.

Depuis des mois, la mère de Bull lui rebattait les oreilles avec ses plaintes et ses jérémiades. Maintenant, non seulement il se faisait sermonner par Michael, mais il était attaqué par cette folle dont le frère avait presque détruit son bateau. C'en était trop. Le sang lui monta au visage ; il baissa la tête en avant, comme un taureau qui s'apprête à charger, et courba l'échine sous l'effet de la fureur. Puis il explosa :

« Au diable ton hôpital et tes lépreux et tes vieilles sorcières qui croupissent dans leur crasse ! Au diable tes moines et tes stupides croisés et tes faux-jetons de prêtres ! Qu'ils aillent tous au diable ! Je te le dis, frère, rugit-il au visage de Michael, si je dois avoir un jour une religion, alors, bon Dieu ! je me ferai juif ! »

Cela n'avait rien d'original ; c'était même exactement ce dont le roi Guillaume Rufus avait menacé jadis les évêques qui l'assaillaient de leurs plaintes continuelles. Mais cela visait à scandaliser Mabel encore un peu plus, si c'était possible. Elle s'était déjà signée sept fois avant que Bull prononce le mot « juif ».

Mais il n'en avait pas encore fini ; après une seconde de pause à peine, il adressait sa dernière salve à son frère :

« Tu es né idiot et tu es resté idiot... Qu'est-ce que tu fais de ta vie ? Tu ne gagnes pas d'argent parce que tu as fait vœu de pauvreté. Tu n'as jamais de femme parce que tu as fait vœu de chasteté. Tu ne penses même jamais par toi-même, parce que tu as fait vœu d'obéissance ! Et tout ça pour quoi ? » Puis, comme pris d'une inspiration soudaine : « Pire encore, je ne crois pas que tu pourras respecter tes vœux stupides ! (Il sourit férocement.) Alors voilà ce que je vais faire — je vais même l'inscrire dans mon testament : quand tu seras sur ton lit de mort, fais-moi chercher, moi ou mes héritiers. Jure devant Dieu et devant un prêtre que tu n'as jamais rompu tes vœux, depuis ce présent jour, et par Dieu ! je léguerai Bocton à Bartholomew. C'est dit ! » Après cette étonnante mise au défi, il fit demi-tour et partit à grandes enjambées en direction de la porte de la ville.

« Oh ! mon cher frère », murmura frère Michael.

Au cours de l'automne 1170, une nouvelle inattendue traversa la Manche.

Quelques jours après sa rencontre avec le pauvre Silversleeves, Henri II d'Angleterre s'était rendu en Normandie, où il avait rencontré l'archevêque de Canterbury en exil. Becket, sans doute sous le coup de l'humiliant couronnement de l'héritier du trône qui s'était déroulé sans lui, avait fini par accepter de se réconcilier avec son roi. Le bruit courut bientôt qu'il rentrait au pays, mais on ne le voyait pas apparaître.

La famille Silversleeves vivait dans l'anxiété. Pentecost n'osa pas se montrer à la session de Saint-Michel de l'Echiquier. Que fallait-il attendre du tournant pris par les événements ? Le roi avait-il accepté de ne pas poursuivre les clercs coupables, ou bien au contraire Becket les avait-il lâchés ? On cherchait à obtenir des informations depuis la Normandie, mais personne n'était au courant de rien. Octobre passa, puis novembre. Finalement, au début de décembre, le bruit parvint du Kent : « Il est ici. »

Il n'était pas venu comme un agneau bêlant. Becket avait peut-être fait la paix avec le roi, mais pas avec les évêques qui l'avaient insulté en couronnant le prince en son absence. Au bout de quelques jours il avait déjà excommunié l'évêque de Sarum, ainsi que Gilbert Foliot, le méprisant évêque de Londres. Tollé dans l'Eglise d'Angleterre : « C'est encore pire que quand il était loin », disaient les ennemis de Becket. Foliot et ses partisans envoyèrent des courriers en Normandie, pour faire connaître à Henri ce qui se passait dans son royaume.

Un messager était aussi payé par la famille Silversleeves, pour les tenir informés de tout ce qui se disait et se faisait.

Dans l'après-midi du 30 décembre 1170, Pentecost Silversleeves, emmitouflé dans plusieurs épaisseurs de vêtements, pratiquait une curieuse activité. Une paire de tibias de bœuf, soigneusement polis et cirés, attachés à ses pieds par des lanières de cuir, il avançait en poussant sur un bâton. Il faisait du patin.

La patinoire de Londres se trouvait juste à l'extérieur du mur nord de la ville. Huit cents ans après le départ des Romains, les antiques tunnels par lesquels les bras du Walbrook passaient sous le mur étaient toujours encombrés de gravats, de sorte que la zone au-dessus demeurait humide. On l'appelait Moorfields, « le marécage ». Bourbier en été, elle se transformait au plus fort de l'hiver en une vaste patinoire naturelle où les Londoniens venaient prendre du bon temps. C'était une scène réjouissante à voir ; il y avait même là un homme qui vendait des marrons grillés. Mais Pentecost, lui, n'était pas joyeux.

Les nouvelles que les messagers venaient de rapporter de Normandie étaient très mauvaises.

« Le roi va arrêter Becket. Foliot a gagné, lui avait dit son père ce matinlà. C'est mauvais pour toi. Foliot hait autant qu'Henri les clercs coupables.

— Peut-être le roi m'a-t-il oublié, maintenant...

— Non. Il parle toujours de toi. Il va falloir que tu renonces au royaume, avait conclu son père d'un air sombre. Tu n'as pas d'autre solution. » Sa mère s'était mise à pleurer.

Renoncer au royaume. Quitter le pays. C'était la seule façon pour un criminel d'échapper à la justice. Mais où pouvait-il aller ? Les vastes domaines d'Henri lui étaient tous interdits. « Tu pourrais faire le pèlerinage de Terre sainte », lui avait pieusement suggéré sa mère, mais cette perspective n'attirait nullement Pentecost.

Aussi arpentait-il tristement la glace, le soleil déclinant déjà à l'horizon, quand un homme arriva en courant de la ville. Le message qu'il criait allait bientôt résonner aux oreilles de toute l'Europe, stupéfaite.

« Becket est mort ! Les hommes du roi l'ont tué ! »

Pentecost courut chez lui, brûlant d'en savoir plus.

Le meurtre de l'archevêque Thomas Becket eut lieu dans sa cathédrale de Canterbury, sur les marches mêmes de l'autel. Cela se passait le

29 décembre de l'an de grâce 1170, à l'heure de vêpres. Les chroniqueurs ecclésiastiques, qui à l'époque faisaient débuter la nouvelle année au jour de Noël, donnent souvent la date de 1171. Les détails du meurtre restent flous.

Quatre jeunes barons, du groupe chargé d'arrêter Becket, étaient partis en avant ; ils rencontrèrent l'archevêque, une scène fort confuse s'ensuivit, et ils l'assassinèrent. Ils avaient entendu le roi maudire Becket au cours d'une de ses crises de rage, et pensaient qu'il approuverait leur acte.

Mais ce fut surtout la suite qui bouleversa les gens. Quand les moines effrayés dévêtirent le corps de l'orgueilleux archevêque, ils furent stupéfaits de trouver, caché sous ses vêtements, le rude cilice des pénitents. Pire encore, ce cilice grouillait de poux. Soudain l'homme apparut sous un jour nouveau. Le chancelier devenu homme d'Eglise n'était pas ce qu'il avait laissé croire. Sa conversion n'était pas feinte ; son rejet de la vie mondaine avait été bien plus profond qu'on ne l'avait supposé. « C'était un vrai pénitent », cria-t-on, un vrai fils de l'Eglise.

Le mot courut de bouche en bouche, avec toujours plus de force ; aux yeux de tout Londres, le fils de marchand était un martyr. Bientôt toute l'Angleterre le répétait, et réclamait qu'on en fît un saint, pas moins. Puis la clameur se répandit à travers l'Europe. Le pape, qui avait déjà excommunié les meurtriers et leurs complices, y prêta l'oreille.

Pour le roi Henri II, c'était une catastrophe. « S'il n'est pas coupable, il est au moins responsable », affirmaient les dignitaires de l'Eglise. Pour échapper à la tempête qui menaçait, Henri partit hâtivement faire campagne en Irlande. Quant au problème des privilèges de l'Eglise, sur lequel il avait tant combattu Becket, il était désormais muet comme une carpe à ce sujet.

A l'automne de l'an de grâce 1171, c'était grande réjouissance dans la maison des Silversleeves.

« J'ai parlé au grand justicier et à l'évêque de Londres en personne, avait annoncé le père de Pentecost. La lutte du roi contre l'Eglise, c'est maintenant de l'histoire ancienne. Quant aux clercs coupables, il est terrifié à la seule idée d'en parler. Tu n'as plus rien à craindre. Tu peux même retourner à l'Echiquier. »

Pour la première fois depuis bien des générations, ils bénirent le nom de Becket.

Que le monde regorgeât de merveilles, sœur Mabel n'en avait jamais douté. La providence du Seigneur était partout. L'étonnante révélation de la sainteté de Becket n'était pour elle qu'une manifestation supplémentaire d'un processus d'autant plus admirable, à ses yeux, qu'elle ne pouvait pas l'expliquer.

Même la promesse faite par l'alderman Bull à son frère sous le coup de la colère — promesse à laquelle le moine n'avait pas véritablement cru — était pour elle article de foi. Elle savait que frère Michael était bon ; elle savait aussi que Bull n'aurait pas dû acquérir Bocton. « Tu verras que l'hôpital en héritera, affirmait-elle à Michael.

— Sur mon lit de mort, lui rappelait doucement le frère.

— C'est vrai », répondait-elle joyeusement.

Pourtant, sœur Mabel elle-même resta sans voix devant l'extraordinaire événement qui eut lieu par un clair matin d'avril de l'an de grâce 1172.

Elle s'était rendue à Aldwych, où on lui avait signalé un lépreux ; mais elle n'avait pu le trouver, et retraversait l'esplanade de Smithfield quand elle assista à un spectacle inhabituel.

C'était une procession, immense, qui arrivait de l'ouest. Elle était magnifique : une grande affluence de chevaliers et de dames ouvraient la voie, montés sur des chevaux richement caparaçonnés ; des ménestrels couraient autour d'eux, jouant de la flûte et du tambourin. Tous souriaient et avaient l'air heureux. Derrière eux venait un long cortège de gens ordinaires. Mais qui pouvaient-ils être ? Et pourquoi cette foule brillante s'était-elle rassemblée ? Bravement, elle s'avança et voulut aller interroger l'un des cavaliers ; mais il passa devant elle comme s'il ne l'avait pas vue.

Alors seulement, elle remarqua ce qui faisait toute l'étrangeté de la scène : juste avant d'atteindre la porte de la ville, la chatoyante compagnie disparaissait.

Elle écarquilla les yeux, mais il fallait bien se rendre à l'évidence : chevaux et cavaliers s'évanouissaient, comme happés par quelque brume invisible, ou engloutis dans les entrailles de Londres. Elle se retourna vers les chevaux suivants, qui passaient près d'elle, et remarqua autre chose : leurs sabots ne faisaient pas de bruit sur le sol.

Alors elle comprit. C'était une vision.

Elle avait bien sûr entendu parler des visions, comme tout le monde, mais ne s'était jamais attendue à en avoir une elle-même. A sa propre surprise, elle n'avait pas peur. Même si les cavaliers passaient tout près d'elle, à pouvoir la toucher ou presque, ils semblaient évoluer dans un autre univers que le sien. Elle remarquait maintenant que certains d'entre eux n'étaient ni chevaliers ni dames, mais de simples gens. Elle vit un tailleur de pierre qu'elle connaissait, une femme qui vendait des rubans en ville. Puis, à son grand étonnement, elle aperçut soudain l'un de ses patients de l'hôpital : il était vêtu d'une robe blanche immaculée, avec une étrange sérénité sur son visage amaigri.

Au bout de quelque temps, les cavaliers étaient tous passés, mais maintenant venait la masse des piétons qui les suivaient. Ils étaient très différents des premiers ; on trouvait parmi eux des hommes et des femmes de toute condition, depuis la véhémente poissonnière jusqu'au vieux noble décavé. La plupart marchaient à pied, le visage blême et les vêtements en haillons. Eux n'étaient pas escortés par des ménestrels, mais par les plus étranges personnages que Mabel eût jamais vus. On aurait dit des humains, mais ils avaient de longues jambes comme des pattes d'oiseaux, avec des griffes aux pieds et des queues recourbées. Ils allaient et venaient le long de la cohorte, pressant parfois les marcheurs à l'aide des tridents qu'ils portaient dans leurs mains noueuses. Leurs figures, âpres et tranchantes, semblaient humaines, pourtant Mabel remarqua qu'ils avaient des couleurs de peaux différentes — certaines rouges, certaines vertes, d'autres tachetées. « Ce doit être des démons », murmura-t-elle ; mar-

chant vers un vert et blanc qui passait devant elle, elle lui demanda :
« Quelle est cette procession ? » Cette fois-ci, elle eut plus de chance :

« Des humains, répondit la créature d'une voix nasillarde.

— Sont-ils morts ?

— Non. Vivants. (Il garda quelques instants le silence.) Ceux qui marchent devant sont en route vers le paradis. Ceux-ci (il poussa de son trident un gros moine ventru) vont droit vers l'enfer.

— Ont-ils commis de si terribles péchés ?

— Pas tous. Certains ne les ont pas encore commis. (Il poussa une sorte de croassement haut perché.) Mais nous les avons déjà sous notre coupe. Nous les conduisons vers la tentation, puis vers leur perte.

— Est-ce qu'il y en aura de sauvés parmi eux ? cria-t-elle dans son dos alors qu'il repartait déjà.

— Pas beaucoup, gloussa-t-il sans se retourner. Pas beaucoup... »

Mabel resta quelque temps à regarder ces mornes pèlerins passer devant elle. Il y avait là plusieurs personnes qu'elle connaissait, et elle murmura une prière pour chacun d'eux. A une ou deux reprises elle appela l'un d'entre eux, pour tenter de le prévenir, mais aucun ne semblait l'entendre. Puis elle vit l'alderman Bull. Il était sur un cheval, mais assis dans le mauvais sens. Il était vêtu de rouge, comme toujours, et son corps massif dégageait la même impression de puissance que d'habitude ; mais elle remarqua que ses mains comme son visage étaient couverts de pustules, et secoua tristement la tête. Elle savait de toute façon qu'il était promis à l'enfer, et n'essaya même pas de l'appeler.

Rien n'avait préparé Mabel à ce qui devait suivre.

Quelques pas seulement derrière l'alderman venait une figure bien plus familière. Son visage était pâle et défait, tragique ; en le voyant, Mabel suffoqua de stupeur. C'était frère Michael.

Comment était-ce possible ? Il marchait d'un pas lent mais ferme, comme à son habitude ; pourtant, on le voyait, ce n'était pas la réflexion qui lui faisait courber la tête, plutôt la honte et la douleur. Ses yeux semblaient fixer quelque chose au sol, juste devant lui, comme hypnotisé. Quel péché avait-il donc bien pu commettre ? Elle cria de toutes ses forces, puis se mit en marche le long de la procession, sans cesser de l'appeler, encore et encore. A un moment, il lui sembla qu'il levait la tête, comme s'il l'avait entendue ; mais ensuite, poussé en avant par quelque force invisible, il se pencha de nouveau et reprit sa marche lugubre.

Elle finit par s'arrêter sur le bord du chemin et s'interrogea. Elle ne pouvait croire que frère Michael se soit rendu coupable d'aucune faute grave. Etait-il destiné à commettre un jour un péché ?

Puis une idée lui traversa l'esprit : S'il est promis à l'enfer, alors moi aussi, j'en suis sûre. Elle chercha fébrilement parmi les silhouettes qui passaient, mais ne put apercevoir la sienne, malgré tous ses efforts.

Enfin la vision disparut.

7

Le Maire

1189

Le roi Henri II d'Angleterre mourut au cours de l'été 1189. L'héritier qu'il avait fait couronner l'ayant précédé dans la tombe, ce fut son second fils, Richard, qui lui succéda.

Les années qui s'ouvrirent alors sont devenues pour nous légendaires. Quelle période de l'histoire anglaise demeure plus connue que celle de Robin des Bois et du cupide shérif de Nottingham, du bon roi Richard, parti pour la croisade, et de son méchant frère Jean ? La légende est belle, même si ce n'est plus de l'histoire.

Le récit véridique de ce qui s'est passé pendant ces années-là se révèle un peu plus complexe, mais sans doute plus intéressant encore. Et Londres en est le cadre principal.

Où qu'il se rendît, la rumeur l'y précédait toujours. En ce matin du mois d'août, une petite foule était déjà réunie en demi-cercle devant la belle porte neuve, attendant son arrivée. Et personne parmi cette foule ne se montrait plus excité que le jeune garçon qui se tenait au premier rang.

David Bull ressemblait beaucoup à son père Sampson quand celui-ci avait treize ans : blond, rougeaud, le visage carré, des yeux bleus qui en ce moment brillaient de plaisir.

Il se trouvait devant l'entrée du Temple. De toutes les maisons religieuses dont les grands murs d'enceinte jalonnaient la cité, aucune ne surpassait celles des deux ordres croisés. Religieux et militaires à la fois, ces ordres soutenaient et assistaient la guerre sainte. Les chevaliers de St John, responsables des hôpitaux, étaient installés au nord de Smithfield ; ici même, sur les pentes dominant la Tamise, à mi-distance environ de St Bride et d'Aldwych, se dressaient les bâtiments des chevaliers du Temple, dont le puissant ordre organisait de grands convois d'argent et d'approvisionnement vers la Terre sainte. A travers la porte, on apercevait une robuste église de pierre ; elle était de construction récente et bien caractéristique, avec son dessin non pas rectangulaire mais rond, comme toutes les églises templières. On attendait d'un instant à l'autre qu'en sorte le grand héros de la chrétienté : le roi Richard Cœur de Lion.

De tout temps les guerriers avaient été fêtés comme des héros ; toutefois, dans les dernières décennies, une subtile transformation avait affecté l'univers de la chevalerie. Il y avait eu l'appel de la croisade, le faste nouveau des joutes et des tournois, importés du continent ; et voici qu'une vogue nouvelle arrivait du sud de la France, des cours ensoleillées de Provence et d'Aquitaine : l'amour courtois, qui inspirait de nombreux récits et poèmes. Cette mode s'accompagnait d'un raffinement de manières encore inconnu dans le monde septentrional. Le parfait chevalier se devait désormais d'être à la fois guerrier, pèlerin et amant : il priait la Vierge Marie mais son Graal à lui était aussi la dame, là-haut dans sa tour. Il joutait, et il chantait ; sa vie était faite de foi, de bravoure et de galanterie. Une vie exaltante. L'âge de la chevalerie connaissait son plus bel essor, illustré par les récits du légendaire roi Arthur et de ses chevaliers de la Table ronde, que l'on commençait alors à traduire du latin et du français en anglais.

Et cette ère nouvelle possédait son champion : Richard Cœur de Lion.

Elevé à la cour merveilleusement raffinée de sa mère en Aquitaine, Richard pouvait composer un poème lyrique aussi bien que n'importe quel troubadour. Il aimait les tournois et se révéla un formidable capitaine : construire un château, ou en assiéger un, n'avait pas de secret pour lui. Il pouvait également se montrer vaniteux ou cruel ; pourtant même ses proches, qui savaient ses défauts, lui reconnaissaient un style et un charme incomparables, ainsi que le don de commander aux autres. Bientôt, pour répondre à l'appel des Templiers et de tous ceux qui tenaient vaillamment tête aux Sarrasins en Terre sainte, il partirait pour la croisade, la plus sacrée de toutes les aventures pour un chevalier.

La croisade... Devant elle, même l'ancienne rivalité entre le roi de France et les Plantagenêts s'effaçait. Richard Cœur de Lion et Philippe Auguste allaient se croiser ensemble, comme deux frères. L'expédition anglaise se parait d'un prestige supplémentaire : on disait que Richard emportait l'ancienne épée du roi Arthur, la mythique Excalibur elle-même.

L'époque était aux réjouissances. Les dernières années du vieux roi avaient été sombres : le vacarme soulevé par le meurtre de Becket n'avait cessé de croître, au point que le pauvre Henri avait dû faire publiquement pénitence, et recevoir le fouet à Canterbury. On avait canonisé l'archevêque. La maîtresse que le roi chérissait, la belle Rosamonde, était morte ; son épouse et ses enfants s'étaient retournés contre lui ; deux de ses fils, dont l'héritier du trône, étaient morts à leur tour. Mais ces tristes temps étaient maintenant révolus, et Richard regagnait l'Angleterre en héros pour y être couronné.

Tout Londres partageait la même allégresse. Quand il dirigeait ses regards vers la Tamise, au-delà de l'enceinte du Temple, David pouvait apercevoir une flottille de vaisseaux de haute mer : un groupe de Londoniens devait y embarquer — non pas des nobles, mais des fils de négociants comme lui — pour suivre le roi en Terre sainte. La foule attendait avec impatience l'apparition de son héros.

La porte de l'église s'ouvrit et des hourras s'élevèrent de toutes parts :

accompagné de six chevaliers seulement, un homme de haute taille, bien découplé, sortit du bâtiment. Il portait une cape bleu et or, et le soleil faisait jouer des reflets dans ses cheveux, d'or eux aussi. Il marcha jusqu'à son cheval d'un pas ferme et puissant, et là, prenant à peine appui sur l'écuyer qui s'était courbé pour l'aider, sauta en selle pour se diriger vers la porte.

David Bull ne vit d'abord qu'un rude visage Plantagenêt ; mais un éclair de magie passa dans l'air. Après avoir franchi la porte, Richard Cœur de Lion promena le regard sur la foule rassemblée pour l'attendre. Quand il aperçut le jeune garçon, il plongea d'instinct les yeux dans les siens et lui sourit ; puis — sachant fort bien qu'il se l'était attaché pour la vie — il piqua des deux et s'éloigna en direction de Westminster.

Il fallut une minute entière à David Bull pour retrouver ses esprits. A la suite de quoi, les yeux fixés sur le dos du cavalier, il se murmura à lui-même : « Je vais aller avec lui. Je dois partir pour la croisade. » Prévoyant la terrible colère de son père s'il lui annonçait la nouvelle, il ajouta : « Oncle Michael m'aidera. Il parlera à Père. »

Une demi-heure plus tard, un badaud passant sur le pont de Londres aurait pu remarquer un étrange et lugubre spectacle. Un homme au long nez, monté sur un cheval pie, conduisait une élégante cavalière et deux chevaux de bât par-dessus la Tamise, vers la cité de Londres. L'homme en question n'était autre que Pentecost Silversleeves ; la dame s'appelait Ida et était la veuve d'un chevalier. Elle pleurait, ce qui n'avait rien de surprenant, car elle allait bientôt être vendue.

Tandis qu'elle contemplait la ville qui lui faisait face, il semblait à Ida que l'univers entier s'était transformé en pierre. La grande enceinte fortifiée de Londres paraissait celle d'une vaste prison. Sur la gauche, Ludgate et le robuste fort qui la flanquait ; sur la droite, près de la berge, la grande masse grise et carrée de la Tour, hostile et renfrognée. Le tout en pierre. La haute silhouette sombre de la St Paul normande planait comme une menace par-dessus les toits des deux collines. Même dans l'eau Ida pouvait discerner, en se penchant par-dessus le parapet de bois, les piles massives qu'on avait commencé à construire pour le nouveau pont, dont elle devinait qu'il serait de pierre, cette fois. Dans le calme du matin, le tablier de bois du vieux pont étouffait le bruit des sabots. L'écho d'une cloche glissa sur l'eau, grave et sévère, comme pour appeler des cœurs de pierre à des prières de pierre.

Ida avait trente-trois ans. Elle était fille de chevalier, veuve de chevalier, et tout en elle le proclamait. Ses cheveux bruns étaient ramenés en chignon sous sa coiffe raide et serrés dans un filet ; un voile protégeait l'ovale délicat de son visage. Sa longue robe, aux amples manches, dissimulait un corps mince et pâle, avec de petits seins et des jambes fuselées. Elle avait toujours su qu'elle était une dame : aussi pourquoi personne, pas même le roi Richard, ne semblait-il s'en soucier ? Sur l'ordre du roi, ce clerc au long nez l'emmenait pour qu'on la mariât à un vulgaire marchand, dont elle ne savait rien excepté son nom : Sampson Bull.

« Enfin, que pouvez-vous me dire de lui ? » avait-elle demandé la veille, impatiemment, à Silversleeves. Qui avait simplement répondu, après un temps de réflexion : « Il a très mauvais caractère, à ce qu'on raconte. »

Pourquoi la traitait-on ainsi ? L'explication était fort simple. Grâce à la bonne administration de son père, Richard Cœur de Lion était l'un des souverains les plus riches de la chrétienté — bien plus riche que son rival le roi de France. Cependant, la croisade coûtait une fortune. Lorsque, deux ans auparavant, le pape avait appelé à la Troisième Croisade, pour arracher Jérusalem aux mains du fameux Saladin, le roi Henri II avait levé un impôt spécial, la dîme de Saladin. Mais cela même s'était révélé insuffisant, et dès avant son arrivée le roi Richard avait fait savoir à l'Echiquier qu'il fallait réunir tout l'argent que l'on pouvait trouver.

Richard, jusque-là, n'avait pour ainsi dire jamais mis les pieds en Angleterre. « Franchement, confiait-il à ses intimes, l'Angleterre me paraît bien sombre et bien humide. Mais, ajoutait-il en riant, nous l'aimons pour l'argent qu'elle nous rapporte. »

A l'été de 1189, tout était donc à vendre : les charges de shérifs, les privilèges commerciaux, les exemptions fiscales. « Si vous me trouvez un acheteur, commentait Richard, je vendrai Londres lui-même. » Le roi disposait d'une série de veuves et d'héritières, dont les aléas de la vie et le régime du vasselage le faisaient protecteur. Il se devait de les établir de la manière qui lui paraîtrait la meilleure : cela signifiait aussi que, en cas de besoin, il pouvait vendre ces nobles dames aux plus offrants.

Silversleeves avait parfaitement saisi la situation, et le profit qu'il pouvait en tirer : Ida était la septième veuve qu'il avait dénichée et vendue en moins de six semaines. Il était fier d'avoir mené cette dernière affaire à bien, car Ida était pauvre et n'apportait aucun domaine à son mari ; s'il n'avait pas su que Bull, veuf lui-même et riche, recherchait une épouse dans la noblesse, il n'aurait sans doute jamais réussi à la vendre. Pentecost se tourna vers elle et vit qu'elle pleurait. Il lui fit tranquillement remarquer, allusion à son mariage qui aiderait à financer la Troisième Croisade : « Allons ! madame... Au moins vous êtes vendue pour une bonne cause... »

Un peu plus tard, comme ils arrivaient dans le West Cheap et longeaient ses étals bigarrés, Ida reçut le coup suprême. Juste avant qu'ils parviennent à la hauteur de St Mary-le-Bow, la petite église normande, Silversleeves se tourna vers elle, puis déclara en désignant un groupe de négociants qui se tenaient près de la porte : « C'est lui. Celui qui est en rouge. » Devant la face commune et rougeaude de son futur époux, sa silhouette épaisse, Ida s'évanouit.

Pentecost regarda d'un œil distrait les passants ranimer la malheureuse jeune veuve, mais son esprit était déjà ailleurs. Des choses bien plus importantes et bien plus urgentes l'occupaient — et d'abord le souci de sa propre carrière.

Pour la première fois depuis vingt ans, l'avenir semblait se dégager devant lui. Non seulement son vieil ennemi le roi Henri avait enfin quitté la scène, mais un événement presque inespéré s'était produit : il avait trouvé un protecteur.

William Longchamp était un self-made-man. Habile, coriace, doté d'une féroce ambition, il avait déjà acquis fortune et considération au service des Plantagenêts. A l'époque où Silversleeves avait fait sa connaissance, il caressait un nouveau projet d'envergure, et avait besoin pour le mener à bien de quelqu'un qui lui fût entièrement dévoué.

Malgré tous les efforts que Pentecost déployait à l'Echiquier, ses supérieurs ne semblaient jamais lui faire confiance, et il en était fort marri. Aussi, quand Longchamp l'avait soudain appelé auprès de lui, il s'était montré aussi étonné que ravi. « Si je le sers bien, disait-il à sa femme, les yeux brillants, il y a beaucoup à gagner. » Non que Pentecost fût pauvre : son père était mort quelques années auparavant en lui léguant une fortune considérable. Mais il avait une femme aussi corpulente qu'âpre au gain, et trois enfants déjà préoccupés par la taille de leur futur héritage, bien que l'aîné n'eût encore que seize ans. La nouvelle qu'il avait apprise la veille, de la bouche même de son patron, l'excitait donc beaucoup, et il s'était empressé de venir la répéter à sa famille : « Longchamp va être nommé chancelier d'Angleterre. Il va devoir payer le roi très cher pour cet office, mais l'affaire est presque conclue. » Sa femme l'avait embrassé et ses enfants avaient applaudi, avant de s'écrier : « Pense un peu à tout ce qu'il va pouvoir faire pour nous... »

Il n'y avait qu'un seul problème. Richard Cœur de Lion serait couronné dans moins de dix jours ; peu après il quitterait le royaume pour son héroïque croisade en Terre sainte. Mais reviendrait-il un jour ? Beaucoup pensaient que non. Les croisés mouraient en grand nombre : soit au combat, soit plus souvent encore de maladies ou d'accidents, pendant le long et dangereux voyage jusqu'au Proche-Orient. Et même s'il survivait, comment trouverait-il l'Angleterre à son retour ? Plus Silversleeves y pensait, plus il s'inquiétait.

La situation dans l'empire Plantagenêt était complexe. Trois candidats avaient brigué le vaste héritage du roi Henri : Richard, son frère Jean et leur neveu Arthur. Richard avait obtenu l'ensemble de l'empire, Arthur l'ancienne terre de Bretagne ; quant à Jean, personnage sombre et sournois, il n'avait reçu que quelques riches domaines, dont certains dans l'ouest de l'Angleterre, contre la promesse expresse de rester loin de l'île tant que son frère en était lui-même absent. Pis encore, du point de vue de Jean : si Richard mourait sans fils, la totalité de l'empire irait non pas à lui mais à Arthur, encore un enfant à l'époque.

Indéniablement, la situation était dangereuse : un empire sans personne à sa tête, un frère frustré et mécontent. Sans compter les autres facteurs d'incertitude, qui ne faisaient qu'accroître l'inquiétude de Silversleeves.

Mais une chose était sûre : quelque trahison dût-il en coûter, il serait du bon côté de la barrière. Il n'avait jamais oublié ses anciens rêves de carrière et d'ascension sociale. Il se montrerait prudent, très prudent ; « Je ferai tout ce qu'il faudra », dit-il à sa femme ce matin-là, pour la rassurer.

Au début de l'après-midi, sœur Mabel entra dans la cathédrale St Paul, pour sa visite habituelle à son confesseur. Aujourd'hui, pour une fois, elle avait quelque chose à confesser.

Depuis la vision qu'elle avait eue, bien des années auparavant, Mabel avait toujours su que le diable formait des projets pour le pauvre frère Michael, et peut-être pour elle aussi. Elle n'ignorait certes pas que son ami était un homme ; mais les manières austères du moine le plaçaient pour ainsi dire à part. Pourtant cette fois, quand le serpent avait surgi, il avait été si fourbe et si rapide qu'il l'avait prise au dépourvu.

Cela s'était passé un samedi matin, jour de foire aux chevaux ; Smithfield était noir de monde. Mabel se promenait avec frère Michael, admirant les chevaux dans leurs enclos, et ils retournaient vers l'hôpital au moment où un cri d'alarme avait retenti, suivi d'un hurlement de femme. Ils tournèrent la tête, pour voir un grand étalon bai qui s'élançait à travers la foule ; une seconde plus tard, il avait pris le galop et venait droit sur eux. Frère Michael ne fut pas long à réfléchir : il se jeta au-devant du cheval et l'attrapa par la bride. D'abord l'étalon continua sur sa lancée, mais deux hommes se joignirent au moine ; il y eut d'autres cris, un grand désordre, un bruit de déchirure. Quelques instants plus tard, son froc presque entièrement défait, frère Michael ramenait l'étalon à travers Smithfield. Il riait comme un enfant.

Mabel prit alors conscience qu'elle n'avait encore jamais vu son corps. Elle savait qu'il était grand et mince ; mais c'était un homme bien bâti et même athlétique qu'elle découvrait soudain, riant joyeusement et tirant sur son froc en lambeaux ; un homme, même, tel qu'elle n'en avait jamais vu de mieux proportionné. Ce fut pour elle une révélation si brutale, si physique, qu'elle ne put s'empêcher de s'exclamer à voix basse : « Seigneur ! Qu'il est beau... »

Pour la première fois de sa vie, sœur Mabel connut le désir charnel, et sut que c'était le diable qui le lui envoyait. Elle pria nuit et jour, tâchant de chasser de son esprit l'image de l'homme sous le froc, mais comment l'aurait-elle pu ? Elle le côtoyait sans cesse. Pendant trois semaines, le sentiment de sa présence physique annihila chez elle toute autre forme de pensée, ou presque : le bruit de ses pas, l'odeur sure et moite aux poignets de son habit, la couronne de cheveux, souvent en bataille, qui entourait sa tonsure. Puis ce sentiment lui-même parut se fondre dans un amour plus vaste et plus total ; un amour si intense que si Michael entrait à l'improviste dans une pièce où elle se trouvait, elle en perdait la respiration. Aujourd'hui, démunie face à cette vague intérieure, elle était venue chercher le secours de la confession.

Dans la pénombre de St Paul, sous les hautes voûtes normandes, le jeune prêtre lui demanda, passablement surpris : « Quelque chose a-t-il déjà eu lieu ?

— Non, mon père, répondit-elle tristement.

— Priez notre Sainte Mère, la Vierge Marie. Et que votre cœur sache que vous ne pécherez pas. »

Mais alors elle étonna fort son confesseur. Car, avec toute la ferveur de son âme, Mabel avait aussi le sens pratique de ceux qui s'occupent de malades. « Mais... je vais probablement le faire », déclara-t-elle. Le jeune prêtre ne put se défendre d'une certaine curiosité quant à la façon dont les choses allaient tourner.

Pendant trois jours, Ida tenta désespérément d'éviter ce mariage, dont l'idée même lui soulevait le cœur. Ce n'était pas tant que Bull fût lourd, grossier, et un complet étranger ; même s'il lui avait plu, cela n'y aurait pas changé grand-chose. Ce qui la faisait souffrir par-dessus tout allait au-delà d'une simple question de personne : Sampson Bull n'était pas bien né.

Dans le monde d'où elle venait, rien ne pouvait être pire que ces mésalliances, ces mariages forcés d'héritières et de veuves à des hommes d'un rang inférieur : la fille d'un grand baron unie à un petit seigneur, la veuve d'un petit seigneur à un humble chevalier, ou même, comme dans le cas d'Ida, la fille d'un modeste chevalier à un riche marchand. C'était... humiliant.

Elle se rendit à l'Echiquier, vit le grand justicier lui-même, mais personne ne s'intéressait à elle. N'avait-elle donc aucun ami haut placé ?

Il lui restait une chance, oh !... bien mince. Le petit fort carré proche de Ludgate, à l'ouest, qui se nommait le château Baynard, appartenait depuis longtemps à la puissante famille féodale des Fitzwalter, auxquels Ida était vaguement apparentée. Vaguement — mais c'était le seul espoir qui lui restait. Aussi y dirigea-t-elle ses pas.

Un jeune chevalier la reçut avec courtoisie : le lord était occupé, lui dit-il. Elle expliqua qu'elle était sa parente et que l'affaire était urgente ; il lui conseilla de revenir une heure plus tard. Elle alla prier à St Bride, puis y retourna à l'heure dite, mais pour s'entendre répondre d'un ton gêné que le maître des lieux était sorti. Le lendemain, elle ne vit que le portier, qui lui suggéra lui aussi de revenir un peu plus tard. Cette fois, elle attendit près de l'entrée ; pourtant, une heure plus tard, on lui dit à nouveau qu'elle venait de le manquer. A l'évidence, Fitzwalter n'avait que faire de ses parents pauvres. Elle avait perdu son dernier espoir.

La cérémonie se déroula à St Mary-le-Bow et, Dieu merci, elle fut brève ; seule la famille y assistait. On regagna ensuite la maison des Bull et Ida ne fut pas mécontente de se retrouver au calme.

Elle fit le point de la situation. Quand elle tournait les yeux vers le marchand, elle sentait le découragement l'accabler : son visage n'exprimait qu'un seul et unique sentiment, le contentement de soi. Bull avait accompli le rêve de sa vie en récupérant Bocton, et aujourd'hui, en épousant Ida, il parachevait ce rêve. Il n'avait pas fait que rentrer en possession de son domaine saxon : il s'était introduit au sein de cette même aristocratie normande qui l'avait jadis supplanté là-bas. Il n'était d'ailleurs pas le seul, et plusieurs marchands londoniens avaient déjà contracté de telles alliances. « Un jour, expliquait-il au jeune David, elle pourra nous aider à trouver une épouse noble pour toi. » Dans une génération, les Bull de Bocton occuperaient peut-être dans le pays une position plus haute que jamais. Rien d'étonnant donc que Bull parût aussi satisfait.

Heureusement, le reste de sa belle-famille faisait meilleure impression à Ida. Elle avait tout de suite vu que David, qui la regardait timidement, était un garçon franc, direct, et sans doute assez seul dans la vie. Quand elle lui avait dit qu'elle était désolée qu'il ait perdu sa mère, et qu'elle s'efforcerait de la remplacer s'il le voulait bien, elle avait vu ses yeux se mouiller de larmes, et en avait été émue.

Mais c'est de Michael qu'était venue la surprise. Comment ce rustre de marchand pouvait-il avoir un tel frère ? Elle aima le moine dès la première fois qu'elle rencontra son regard, intelligent et bon à la fois. Le temps avait modelé, affiné ses traits, et Ida devina aussitôt la pureté de son âme. Elle avait toujours admiré les religieux et se trouva d'emblée attirée par lui : elle le pria de venir lui rendre visite aussitôt qu'il le pourrait, ce qui fit rougir le moine.

Mais il lui restait encore à dormir au côté du marchand, et en ce domaine Sampson Bull fit preuve d'intelligence. Il connaissait fort bien les sentiments d'Ida à son égard, sa répugnance envers ce mariage, mais ne se laissa pas décourager pour autant ; il y vit plutôt un défi à relever. Quand ils se retrouvèrent tous les deux seuls dans la chambre à coucher, que l'heure fut venue pour elle de se donner à son mari, il laissa agir le temps. La première nuit, Ida, consciente de sa condition d'épouse et du fait que le jeune garçon dormait dans la chambre voisine, n'osa pas s'opposer à lui, mais demeura immobile et silencieuse pendant qu'il s'exécutait. La deuxième nuit, elle fut baignée de sueur et se mordit les lèvres. La troisième nuit, elle ne put se retenir de crier de plaisir. Puis elle s'endormit et n'entendit donc pas le marchand murmurer, tout en contemplant son corps pâle avec une grimace ironique : « Maintenant, ma chère, vous vous êtes vraiment mésalliée. »

Le matin du 3 septembre 1189, le roi Richard Ier d'Angleterre fut couronné à l'abbaye de Westminster. Une particularité caractérisa la cérémonie. Le vaillant croisé avait subitement craint que son sacre ne soit entaché et mis en péril par quelque sorcellerie particulière ; aussi avait-il ordonné, la veille du couronnement, qu'il baignât dans une atmosphère pure.

« Je ne veux voir ni femme ni Juif à l'église. »

Frère Michael hésitait. A cause du jeune garçon, se répétait-il. Pourquoi donc lui avait-il promis d'aborder le sujet de la croisade ? Il savait que cela ne servirait à rien, sinon à mettre son frère en fureur.

Les relations entre les deux frères s'étaient améliorées ces dernières années. Sampson professait toujours le même cynisme, mais semblait avoir accepté la vie que menait Michael. Un peu avant de mourir, leur mère avait fait appeler le moine et lui avait placé une somme d'argent considérable dans les mains. « Je veux que tu l'utilises, lui avait-elle dit, dans l'intérêt de la famille, mais son intérêt spirituel. Cela me désole que ton frère Sampson ne fasse rien pour le salut de son âme ; mais en toi au moins, je peux avoir confiance. Garde cet argent jusqu'à ce que tu lui aies trouvé une bonne utilisation. Je suis sûre que Dieu te guidera. » Pendant toutes ces années, il s'était donc fait le gardien de cette somme ; un jour il saurait à quoi l'employer, et cette idée le stimulait. Il avait d'abord attendu que son frère protestât ; mais quand l'alderman avait entendu cette histoire, il s'était contenté d'en rire. Puis la femme de Bull était morte, voilà un an de cela ; Michael leur avait rendu visite presque tous les jours, à David et à lui, pour les réconforter. Un jour, Bull était venu lui déclarer d'un ton embarrassé : « Merci, mon frère. Tu te conduis comme peu de gens le feraient. » Non, Michael ne souhaitait vraiment pas se disputer avec lui en ce moment. Mais il y avait autre chose.

Cela faisait près de vingt ans que son frère lui avait lancé son brutal défi, et pourtant les mots résonnaient toujours à ses oreilles : « Je ne te crois même pas capable de respecter tes stupides vœux. » Pourtant, il l'avait fait. Etait-ce si compliqué ? Pour le vœu de pauvreté, cela avait été facile : l'hôpital St Bartholomew ne possédait rien. L'obéissance non plus n'avait pas posé de problème. Quant à la chasteté, cela s'était révélé plus dur : les femmes l'attiraient, surtout dans les débuts. Pourtant, avec le temps, le célibat était devenu pour lui non seulement une habitude, mais un bien-être dont il avait retiré de grandes joies. En passant le cap de la quarantaine, il s'était cru sauvé. Aussi pourquoi hésitait-il maintenant, au seuil de la maison de son frère ? Un instinct l'avertissait-il d'un danger ?

Le couronnement s'était déroulé sans incident. Sampson Bull avait assisté à l'office, célébré dans l'abbaye de Westminster ; puis, tandis que le roi Richard festoyait avec sa cour dans le hall voisin de l'abbaye, le riche marchand était retourné chez lui pour un plus modeste repas, auquel il avait convié son frère.

La discussion était joyeuse et animée. Frère Michael n'ignorait pas les regards impatients de son neveu, mais lui-même n'était pas pressé. Assis à côté d'Ida, il participait à la conversation générale, sans pouvoir empêcher ses yeux de glisser fréquemment vers sa voisine. Comment avait-elle pu épouser son rustre de frère ? Etait-elle heureuse ? Difficile de savoir ce qu'elle pensait. Ce ne fut qu'à la fin du repas, quand il ne put reculer, qu'il aborda enfin le sujet de la croisade. Non sans appréhension.

A sa grande surprise, Bull ne se mit pas en colère. Il se renversa en arrière dans son siège, ferma quelques instants les yeux, puis sourit.

A la vérité, il s'y attendait plus ou moins. La croisade enfiévrait les esprits ; David était à l'âge où l'on se découvre une soudaine ferveur mystique (qui passe ensuite, songeait l'alderman), et si le jeune garçon rêvait d'aventure, c'était plutôt bon signe. Lorsqu'il rouvrit les yeux, ce fut pour remarquer : « Alors comme ça, tu veux aller en Terre sainte ? » Il se tourna vers le moine et s'enquit d'une voix suave : « Tu es si impatient, mon frère, de voir mourir cet enfant ?

— Certes non, répondit Michael en rougissant.

— Pourtant, beaucoup ne reviennent jamais de Terre sainte », fit observer le négociant, et c'était la vérité. Le moine gardait le silence. « Mais tu veux que ce garçon sauve son âme, n'est-ce pas ? Ce qui est difficile à Londres, je suppose. »

Il soupira. Comment les hommes pouvaient-ils courir après de grands idéaux, en ignorant la réalité ? Il se posait souvent la question. Parmi ceux qui partaient pour la croisade, on trouvait d'honnêtes pèlerins, des hommes qui recherchaient l'aventure, d'autres encore le profit. Beaucoup n'atteindraient même pas la Terre sainte et mourraient avant d'y arriver, de maladie ou même, comme on l'avait vu au cours de la dernière croisade, en se battant avec d'autres chrétiens. Tous ou presque seraient ruinés. Que restait-il donc de leurs grands idéaux ? Perdus en cours de route.

David reçut alors un soutien inattendu. Plus Ida voyait le jeune garçon, plus elle l'aimait ; l'idée de le perdre dans les périls de la croisade lui faisait horreur, mais en tant que fille de chevalier, elle le comprenait. Il lui avait confié son secret la veille. Elle avait commencé par répondre : « Tu es bien jeune », mais l'avait vu rougir de honte et s'en était beaucoup voulu. Elle prit donc la parole pour dire d'un ton calme :

« Je pense que vous devriez le laisser y aller. » C'était la première fois qu'elle s'opposait à son mari, et elle se demanda ce qui allait se produire.

Bull ne répondit pas tout de suite ; il se contenta de froncer les sourcils en s'interrogeant sur la conduite à tenir. Enfin il commenta, non sans perfidie : « A cause de la croisade, madame, on vous a vendue contre votre gré, et pourtant vous la soutenez toujours ?

— Peu importe, répondit-elle avec fierté. C'est une question de principes. » Elle adressa à frère Michael un sourire radieux.

Comme elle est belle ! pensa-t-il. Quelle noblesse dans ses manières... Elle est si pâle, et ces grands yeux sombres qu'elle a... Elle plane loin, loin au-dessus de cette maisonnée de commerçants. Il vit du coin de l'œil que le jeune David la contemplait lui aussi avec dévotion.

Ce fut sans doute de se voir ainsi admirée qui rendit Ida imprudente et la fit parler à la légère. Elle se tourna vers son mari et déclara, avec une nuance de dédain dans la voix : « Mais puisqu'il s'agit de principes, vous ne pouvez pas comprendre. »

Méritée ou non, c'était une insulte, et elle comprit aussitôt qu'elle était allée trop loin. Bull garda quelques secondes le silence, puis son visage s'empourpra.

« Non, répliqua-t-il d'une voix qui tremblait dangereusement, je ne le peux pas. » Elle vit ses veines qui commençaient à gonfler sur son front, et le regard anxieux qu'échangèrent Michael et David ; avec un frisson, elle comprit qu'elle allait faire sa première expérience des fameuses crises de fureur du négociant. Nul ne sait ce qu'il en serait advenu si un serviteur ne s'était rué juste à ce moment dans la salle et n'avait crié, renversant dans sa hâte un pichet de vin qui se trouvait sur la table : « Maître ! Une émeute, maître ! »

Dehors, des hommes couraient en tous sens. Frère Michael se précipita dans le West Cheap, puis remonta Ironmonger Lane, la rue des ferronniers, d'où provenaient des cris. L'une des maisons qui la bordaient, de bois et de chaume, était en flammes, et il vit le cadavre d'un homme gisant dans la rue. Alors, il se dirigea vers la petite foule.

Ils étaient peut-être une centaine, hommes, femmes et enfants. On reconnaissait des voyous parmi eux, mais aussi deux respectables marchands, ainsi que des apprentis, la femme d'un tailleur et deux jeunes clercs. Ils étaient en train d'enfoncer la porte d'une maison ; quelqu'un venait de jeter une torche enflammée sur le toit, et une voix criait : « Faites le tour ! Empêchez-les de s'enfuir par-derrière ! » Michael demanda à l'un des marchands ce qui se passait et celui-ci répondit : « Ils ont attaqué le roi à Westminster ! Mais ne t'inquiète pas, frère, on les tient ! »

« Ils », c'étaient les Juifs.

La grande émeute de Londres de 1189 commença sur un simple et stupide malentendu. Tandis que Richard festoyait avec ses chevaliers, les chefs de la communauté juive étaient venus au palais de Westminster pour se présenter au roi, animés des meilleures intentions du monde. Mais, comme on avait interdit aux femmes et aux Juifs d'assister au couronnement, les hommes de garde se méprirent, crurent à une attaque et se mirent à crier. Certains courtisans au sang vif sortirent du château, l'épée à la main ; ils frappèrent et plusieurs Juifs tombèrent. L'agitation gagna, de proche en proche ; moins d'une heure plus tard, des attroupements se formaient dans la ville.

Il n'en faut pas beaucoup pour qu'une émeute se déclenche. Dans le cas présent, alors que la croisade du Cœur de Lion enfiévrait les esprits, le prétexte était tout trouvé.

« A quoi sert de partir en croisade si nous laissons ces étrangers, ces infidèles, vivre comme des coqs en pâte ici même, à Londres ? » fulminait un marchand. Puis il en appela à l'assistance et cria : « C'est une croisade, les gars ! Tuons les infidèles ! »

Michael vit le Juif sortir de sa maison. C'était un homme âgé, aux yeux délavés, à la longue figure et à la grande barbe grise. Il portait une pelisse noire. Quand il vit la foule rassemblée devant sa porte, il hocha la tête avec amertume et murmura une prière, tout en sachant qu'elle ne le sauverait pas.

La foule gronda et fit un pas vers lui.

Alors seulement frère Michael reconnut le vieil homme : c'était Abraham, le Juif qui avait revendu le domaine de Bocton à son frère. Michael ne fut pas long à se décider : de toute façon, il n'avait pas le choix, lui sembla-t-il. Il se rua en avant. Voyant qu'il s'agissait d'un moine, la foule s'écarta pour le laisser passer et, un moment plus tard, il se tenait au côté du vieillard, la main levée comme pour retenir ses assaillants.

« Eh bien, frère ! cria quelqu'un. Tu nous laisses le tuer, ou tu veux le faire toi-même ?

— Personne ne le tuera ! Rentrez chez vous !

— Et pourquoi pas ? cria un autre. N'est-ce pas justice de tuer un infidèle ?

— Oui, frère. (C'était la voix du marchand de tout à l'heure.) Explique-nous ça... »

Pendant quelques instants, à son grand désarroi, Michael fut incapable de se rappeler ce qu'il fallait répondre.

Bien sûr, les principes d'humanité élémentaires disaient que ce n'était pas juste ; mais en un tel moment, ils ne suffiraient pas à sauver le vieil homme. Toute la chrétienté n'était-elle pas censée combattre les incroyants, les musulmans, les Juifs, les hérétiques ? Alors, quelle était la bonne réponse ? Michael se tourna vers le vieil homme, qui murmura doucement : « Nous sommes tous suspendus à tes lèvres, frère. »

Puis, Dieu merci, cela lui revint. Le grand Bernard de Clairvaux, l'infatigable fondateur de monastères, l'homme qui avait prêché la précédente croisade et que toute la chrétienté considérait comme un saint, avait lui-même formulé la doctrine qui s'appliquait aux Juifs : « Il est écrit qu'à la fin les Juifs eux aussi se convertiront à la vraie foi. Mais si nous les tuons, alors ils ne pourront pas se convertir. »

« Le bienheureux Bernard lui-même a dit qu'il ne fallait pas toucher aux Juifs, cria Michael, parce qu'ils sont destinés à se convertir ! » Et il adressa un sourire de triomphe au vieillard.

La foule hésita ; les deux hommes pouvaient voir les visages de l'assistance refléter les sentiments contradictoires qui les agitaient. Michael leva alors les yeux vers le ciel, puis fit une chose qu'il n'avait encore jamais faite. « De toute façon, s'écria-t-il, cela ne change rien ! Je connais cet homme : il s'est déjà converti. » Avant que personne ait rien trouvé à répondre, il saisit le vieillard par le bras, le poussa à travers la foule, indécise, et lui fit descendre la rue. Ils ne se retournèrent pas avant d'avoir tourné dans le West Cheap.

« Tu as menti, remarqua alors Abraham.

— Pardonne-moi.

— Je suis juif, remarqua le vieil homme. Je ne pourrai jamais te pardonner. » Michael ne le savait pas, mais c'était de l'humour juif.

Ils n'étaient pas encore sauvés pour autant. La foule derrière eux — sans nul doute en train de piller la maison d'Abraham — pouvait changer d'avis ; et d'autres groupes comme celui-ci erraient un peu partout dans la ville. Le moine réfléchit rapidement puis dit à Abraham : « Je vais t'emmener chez mon frère. »

Là encore, un choc attendait Michael. Il rencontra Bull près de St Mary-le-Bow, en compagnie de Pentecost Silversleeves. Quand il lui eut expliqué ce qu'il désirait, il obtint pour toute réponse : « Désolé, mais je n'ai aucune envie qu'on me brûle ma maison. Qu'il aille ailleurs.

— Mais tu le connais ! C'est lui qui t'a vendu Bocton ! Il risque la mort !

— Désolé, répéta Bull, inflexible. Trop dangereux. » Et il tourna les talons.

A la grande surprise du moine, la solution fut apportée par Pentecost Silversleeves. « Nous n'avons qu'à l'emmener à la Tour, intervint-il. Là-bas, le connétable protège les Juifs. Venez. » Et il se mit en marche, les deux hommes à sa suite. Toutefois, quand frère Michael fit la remarque qu'il se trouvait au moins un clerc de l'Echiquier pour faire preuve d'un peu d'humanité, Silversleeves lui coula un regard en coin et répondit froidement : « Je crains que vous ne m'ayez pas bien compris. Je le protège parce que les Juifs sont biens personnels du roi. »

Tous les biens personnels du roi n'eurent pas la chance d'Abraham. Beaucoup furent pris à partie ; la foule ne se priva pas de piller les demeures de ces riches étrangers. Aussitôt que la nouvelle des émeutes de Londres se fut propagée dans le pays, d'autres villes se mirent en devoir de les imiter ; les pires eurent lieu à York, où une assemblée entière de Juifs fut brûlée vive. Le roi Richard, furieux, **fit** condamner sévèrement les meneurs ; cependant, ces émeutes de Londres de 1189, premières de leur genre en Angleterre, marquèrent le début d'une lente dégradation de la situation des Juifs dans le pays, qui devait connaître des développements tragiques au cours du siècle suivant.

L'image, obsédante, que frère Michael garda de cette journée ne fut pas celle de la foule en colère, ni même d'Abraham.

Ce fut l'image d'une figure pâle et fière, de deux grands yeux sombres et d'une longue gorge blanche.

Depuis le début de l'année, une nouveauté de taille était intervenue dans la vie de Mabel, source de grand bonheur pour elle : elle avait un enfant.

Du moins pas elle-même, mais aussi proche d'elle que c'était possible.

Sœur Mabel ne faisait jamais les choses à moitié. Quand Simon l'armurier mourut, laissant derrière lui une veuve et un enfant en bas âge, elle n'avait pas seulement réconforté la mère, mais presque adopté le petit garçon. Son frère le poissonnier avait lui-même de jeunes enfants ; elle était arrivée un jour chez lui, le petit dans ses bras, en déclarant : « Voilà un compagnon de jeu pour nos bébés. » Il s'appelait Adam. Avec ses mains palmées et sa houppe blanche, on le surnomma vite chez les Barnikel *little duck*, « petit canard », ou encore *ducket* ; et avant longtemps il devint Adam Ducket.

C'était une grande joie pour Mabel. Il ne se passait guère de jour qu'elle ne trouve une raison de rendre visite à Adam et à sa mère ; et la veuve ne se plaignait pas du secours qu'elle lui apportait. « Les deux filles qu'il a eues de sa première femme sont déjà mariées, expliquait-elle à Mabel, et elles ne s'intéressent pas à nous. »

A d'autres égards pourtant, elle pouvait s'estimer heureuse. Beaucoup de simples artisans, à Londres, ne possédaient guère plus que leurs outils de travail ; mais, tandis que l'armurerie était reprise par un nouveau maître, Simon avait laissé à sa veuve une maisonnette de quatre pièces sur Cornhill. En louant deux de ces pièces et en travaillant dur comme couturière, elle parvenait à joindre les deux bouts.

Il y avait encore un autre héritage sur lequel elle pouvait compter. Un petit fait se produisit à cet égard, grâce à Mabel — un petit fait appelé à avoir les conséquences les plus imprévues sur le destin de la famille Ducket. Cela concernait le lopin de terre situé à Windsor.

La veuve de Simon n'avait jamais compris pourquoi l'armurier s'obstinait à conserver ces quelques arpents de terre, qui ne lui rapportaient pas grand-chose ; mais il semblait y tenir comme à son bien le plus précieux. « Mon père les possédait déjà, avait-il l'habitude de répondre en guise d'explication, et son père avant lui. On dit que notre famille était déjà là-bas à l'époque du bon roi Alfred. » Pour lui, conserver ce lien avec le passé allait de soi. Chaque année, il parcourait à cheval la trentaine de kilomètres qui le séparaient de Windsor, afin de payer son loyer et de faire ses comptes avec ses lointains cousins, hélas toujours serfs, qui travaillaient sa terre pour lui. Sur son lit de mort, il avait fait promettre à son épouse de ne jamais renoncer à ce bien. « Garde-le pour Adam », lui avait-il enjoint.

« Mais comment vais-je m'y prendre ? demanda-t-elle à Mabel. Rien que pour aller là-bas faire les comptes ? » La brave sœur lui apporta la réponse, en arrivant un matin à Cornhill avec une charrette et un petit cheval qui appartenaient à son frère. « Elle sent un peu le poisson, remarqua-t-elle, mais elle conviendra très bien. Vous irez à Windsor, et nous prendrons soin du bébé pendant ce temps-là. » C'est ainsi que la mère d'Adam quitta Londres, afin de s'assurer de son héritage.

Elle atteignit le hameau le lendemain de son départ. L'endroit n'avait guère changé depuis le passage des enquêteurs du Domesday Book. Elle n'eut pas de mal à retrouver les cousins de son mari : dès son arrivée, elle croisa dans le chemin un homme dont les cheveux arboraient une mèche blanche. Au premier abord, elle lui trouva l'air un peu fuyant ; mais ses craintes s'apaisèrent quand l'individu non seulement se révéla être le chef de famille, mais qu'il lui apporta, le soir même, la solution à son problème. « Vous ne souhaitez pas venir ici tous les ans ? lui dit-il. Mais ce n'est pas nécessaire. Nous continuerons à travailler la terre comme d'habitude, et nous prélèverons sur ce qu'elle rapportera le montant de votre loyer, que nous payerons à l'intendant du seigneur. Après quoi, l'un de nous ira à Londres pour vous remettre le solde. (Il sourit.) J'ai deux fils, une fille, et tous les trois ont envie de visiter Londres. Si vous les hébergiez quelques jours chez vous, c'est moi qui vous en serais reconnaissant. »

Dès le lendemain matin, l'affaire était conclue avec l'intendant, et la veuve fut libre de s'en retourner chez elle, enchantée de la facilité avec laquelle on lui avait épargné ce souci.

Le mois de septembre passa plutôt agréablement pour Ida. La maison dont elle était désormais maîtresse avait connu plusieurs agrandissements au cours des dernières décennies ; c'était aujourd'hui une imposante bâtisse. Comme la plupart des demeures de négociants, elle était faite de bois et de plâtre. Au rez-de-chaussée se trouvaient les bureaux d'où Bull dirigeait ses affaires ; l'étage, aménagé avec élégance, accueillait la grande salle commune et la chambre à coucher ; le jeune David, quant à lui, dormait sous les combles, ainsi que les domestiques. L'édifice présentait deux autres caractéristiques notables — communes, du reste, à presque toutes les maisons londoniennes de l'époque.

La première concernait sa structure même. Une fois le rez-de-chaussée achevé, les bâtisseurs de la maison n'avaient pas poursuivi en droite ligne vers le haut ; le sol de l'étage était sensiblement plus long que celui du rez-de-chaussée, de sorte qu'il avançait sur la rue, surplombant la tête des passants de plusieurs dizaines de centimètres. Peu de maisons avaient alors plus d'un étage ; mais, quand c'était le cas, le deuxième débordait davantage encore, transformant presque en tunnels les rues étroites de l'époque.

Autre trait remarquable, les poutres horizontales supportant la façade et les côtés en surplomb de la demeure des Bull étaient de grosses branches de chênes têtards, restées telles quelles, non équarries, parfois même ayant gardé leur écorce : si elles étaient extrêmement robustes, elles n'étaient rien moins que droites. Résultat, toutes ces maisons à pans de bois avaient un air de guingois, comme près de s'écrouler, alors qu'en réalité elles étaient bâties pour braver les siècles. Du moins tant qu'elles ne brûlaient pas.

Car là résidait leur grande faiblesse. Le danger du feu était permanent. Cette même année, un décret avait paru, enjoignant aux Londoniens de reconstruire leurs rez-de-chaussée en pierre et de remplacer leurs toits de chaume par des tuiles, ou autre matériau moins inflammable. Mais, comme l'avait affirmé Sampson Bull : « Du diable si je vais me presser de le faire ! Il y en a pour une fortune ! »

Bien qu'habituée à la conduite d'un domaine, Ida trouva que la tâche ne manquait pas. S'il n'y avait pas, ici, de serfs à diriger, on n'en attendait pas moins qu'elle prît sa part des affaires de son époux. Au bout de quelques jours, elle se surprenait à porter aux sacs de laine, aux balles de tissu et aux rouleaux de soie importée le même œil perçant qu'elle jetait naguère sur le grain ou sur la nourriture du bétail. Les domestiques, heureusement, se montraient loyaux et dévoués ; les deux filles de cuisine paraissaient sincèrement heureuses d'avoir à nouveau une maîtresse avec qui travailler. Dès le premier samedi, Bull l'emmena à Smithfield pour y faire l'acquisition d'une jolie petite jument.

Mais c'était David qui lui procurait ses plus grandes satisfactions. Une affection réciproque n'avait guère tardé à naître entre eux deux. Pendant la journée, le jeune garçon se rendait à l'école à St Paul, à deux pas de chez lui ; mais le soir, Ida prit l'habitude de venir s'asseoir auprès de lui. Depuis plus d'un an, il n'avait personne à la maison avec qui parler ; il suffit à Ida de l'écouter avec attention et sollicitude pour gagner sa confiance. Comprenant sa douleur de ne pouvoir partir pour la croisade, elle lui promit que les choses allaient s'arranger. N'ayant jamais eu d'enfant, elle se plaisait beaucoup dans ce rôle de mère.

Et puis, bien sûr, il y avait frère Michael. Une fois par semaine, sur l'insistance d'Ida, il venait s'asseoir à la table familiale. Elle aurait secrètement voulu le voir plus souvent.

Deux semaines après le couronnement, cette nouvelle routine quotidienne, à peine instaurée, subit une interruption quand Bull annonça soudain : « Nous allons passer quelques jours à Bocton. »

Ils arrivèrent à la tombée du jour et Ida aima l'endroit tout de suite. Le chevalier, ancien propriétaire des lieux, y avait laissé un modeste hall de pierre, une belle cour et de vastes dépendances en bois ; l'ensemble n'était pas sans rappeler le manoir dans lequel elle avait vécu. Mais sa plus grande surprise, elle la connut le lendemain matin, quand elle se leva en même temps que le soleil. Elle sortit de la maison et, devant le magnifique panorama qui s'offrait à elle sur le Weald du Kent, elle eut le souffle coupé. « Ce domaine avait toujours été dans notre famille, commenta la voix de Bull derrière elle, jusqu'à l'arrivée du roi Guillaume. » L'espace de quelques secondes, elle se sentit proche de son mari.

Son séjour à Bocton fut bref, mais agréable ; néanmoins, ses sentiments restaient mélangés. Elle était heureuse que Bull possédât un tel domaine, et en même temps il lui rappelait douloureusement son existence d'autrefois. Peut-être fut-ce ce sentiment qui lui fit commettre la première erreur grave de sa nouvelle vie conjugale.

Cela se produisit le jour de la Saint-Michel. Comme elle rentrait chez elle, dans le courant de l'après-midi, elle entendit des éclats de voix en approchant de la maison. Quelques secondes plus tard elle pénétrait à l'intérieur, pour y trouver une réunion insolite : Sampson Bull, le visage empourpré, assis devant une table de chêne, frère Michael et enfin, la mine pâle et vaguement dédaigneuse, Pentecost Silversleeves. Elle eut un choc en écoutant les propos de son mari :

« Si le roi Richard veut nous gouverner ainsi, alors qu'il aille au diable ! » tonnait le négociant. Horrifiée, elle l'entendit ajouter : « Londres se trouvera un autre roi ! » La pauvre Ida blêmit, car ce n'était ni plus ni moins que de la trahison.

La cause de cet emportement était simple à comprendre, pourtant : il s'agissait des impôts. Les tensions entre la ville et le roi ne dataient pas d'hier, mais avaient toujours respecté des limites traditionnelles. L'impôt annuel que versait la cité se nommait la ferme. Quand le roi était faible, elle pouvait négocier avec lui une diminution de la ferme, et choisir elle-même les shérifs qui la percevraient ; quand le roi était fort, il augmentait la ferme et nommait les shérifs, mais pas sans consulter les habitants de la cité. Quant à la perception elle-même, les modalités en étaient fixées par les principaux notables de Londres. On annonçait à la Saint-Michel les dispositions prises pour l'année en cours.

« Ce maudit Richard, tu sais ce qu'il vient de décider ? tempêtait Bull. Pas de shérifs pour collecter la ferme ! Il envoie juste ses hommes à lui, dans le genre de ce gars-là... (Il fit un geste de la main en direction du clerc au long nez.) Il a décidé ça tout seul, sans rien demander à personne ! Tu verras qu'ils nous saigneront à blanc... Inacceptable ! »

Cette description était exacte. Silversleeves, appliquant un vieux principe qui avait fait ses preuves, venait de lui demander une somme exorbitante. « Démarrons très haut, et laissons-les marchander » : les clercs de l'Echiquier avaient défini ainsi leur règle de conduite. Après tout, c'était la croisade du roi qu'il fallait payer.

Mais chez les chevaliers, on ne parlait pas de trahison à la légère, et Ida ne put s'empêcher de réprimander doucement son époux : « Vous devriez faire attention à ce que vous dites à propos du roi... »

Souvent, au cours des mois qui suivirent, Michael se reprocha sa conduite de ce jour-là. Si je l'avais emmenée dehors à ce moment-là, songeait-il, elle n'aurait pas entendu la suite. J'aurais dû deviner ce qui allait se dire entre les deux hommes. Mais il n'avait pas emmené sa belle-sœur au-dehors (en partie parce qu'il avait envie d'écouter lui-même) ; et rien, dans sa vie passée, n'avait préparé Ida à ce qui devait suivre.

Son époux s'adressait maintenant au clerc, d'un ton froid :

« Le roi est stupide. Les barons de Londres ne vont pas se laisser mener comme cela par le bout du nez. »

Ida savait que les riches bourgeois de la ville aimaient à s'appeler eux-mêmes « barons », mais n'y avait toujours vu qu'une marque de vaine prétention. Toutefois, si elle s'était attendue à une réaction brutale de la part de l'homme du roi, elle en fut pour ses frais. Silversleeves se montra plus sage que cela. Un souverain fort, comme Guillaume le Conquérant ou Henri II, pouvait dominer la ville ; mais, durant la période d'anarchie qui avait précédé le règne d'Henri, et dont les plus âgés se souvenaient encore, les Londoniens étaient en mesure, à l'abri des hautes murailles de leur cité, de faire basculer l'équilibre des forces dans le royaume. En outre, le clerc de l'Echiquier était un homme prudent, décidé à servir son maître, mais également soucieux, en ces temps incertains, de se faire le moins d'ennemis possible. C'est pourquoi, à la grande surprise d'Ida, il resta assis face à Bull, de l'autre côté de la table de chêne, et lui dit avec l'air de s'excuser, ou presque : « N'oubliez pas que Richard ne connaît rien à l'Angleterre, et qu'elle ne l'intéresse pas du tout.

— Alors, la ville se dressera contre lui.

— Le roi est puissant en ce moment. Vous serez obligé de payer, je crois.

— Cette année, oui. L'année prochaine, peut-être pas. Ensuite... (Bull le fixa droit dans les yeux.) Nous verrons. Avec un peu de chance, il mourra à la croisade, et nous serons débarrassés de lui. »

Ida suffoquait ; mais, loin de protester, Silversleeves se pencha en avant et demanda, sur le ton de la confidence : « Nous savons tous qu'il commet une erreur. Mais dites-moi franchement... jusqu'où pourrait aller la réaction de Londres ? »

Bull réfléchit avant de donner sa réponse et, quand il parla, il le fit d'une voix grave. « Si le roi ne veut pas respecter les règles du jeu, s'il se détourne de la coutume... (à nouveau il plongea les yeux dans ceux de son interlocuteur) nous ne le tolérerons pas. »

A Ida, ces paroles semblèrent absurdes, mais, pour Pentecost, elles sonnaient comme une menace. La coutume, en Angleterre, était la base de tout. L'ancien droit coutumier qui régissait manoirs et villages du royaume n'était pas couché par écrit ; pourtant, les conquérants normands s'étaient bien gardés d'y toucher. De même, si aucun texte n'établissait formellement les coutumes en vigueur à Londres, aucun roi depuis Guillaume ne s'était avisé de les enfreindre. Tel était le code que revendiquaient les bourgeois de la ville, aussi bien d'origine saxonne que viking : tant qu'on respecte les limites de la coutume, elle est souple et tolérante ; si l'on outrepasse ces limites, aucune coopération n'est plus possible. De cette notion, Ida n'avait qu'une vague idée, tandis que Pentecost en avait été nourri depuis le berceau.

Le mot que Bull prononça alors parut à Ida plus bizarre encore que tout ce qu'elle venait d'entendre ; pourtant, ce curieux mot devait lui devenir familier un jour, désagréablement familier.

« Pour parler franc, dit le négociant, je serais fort étonné si tout cela n'amenait pas une commune. »

Silversleeves blêmit.

Une commune... Ida n'aurait su dire de quoi il s'agissait ; mais en réalité, en tant qu'institution, cela n'était pas nouveau. En Normandie, l'ancienne cité de Rouen en possédait une depuis cinquante ans ; et l'on en trouvait également dans d'autres villes d'Europe, sous une forme ou une autre. Les barons de Londres eux-mêmes en avaient relancé périodiquement l'idée, sans jamais obtenir un grand succès.

Une commune : tous les bourgeois en rêvaient. Elle signifiait en effet que la cité se gouvernait elle-même, sans que le roi puisse intervenir, ou presque, dans ses affaires. Un royaume à l'intérieur du royaume, élisant son propre gouverneur, qu'on désignait le plus souvent par le mot, d'origine française, *mayor*, maire. Mais il existait une autre caractéristique des communes continentales, que connaissait bien Silversleeves.

Le roi possédait trois sources de revenus. La première était la ferme, versée chaque année par les comtés ; les deux autres étaient des impôts exceptionnels, levés pour des occasions particulières, aux moments que le roi et son conseil jugeaient les plus opportuns. Il y avait les aides, « don » fait en théorie au roi par ses grands féodaux, et la taille, impôt fixe et personnel que payaient tous les hommes libres du roi, spécialement dans les villes.

Or, dans l'Europe féodale, une commune était traitée comme si elle avait été un seul et unique baron. La ferme était versée au roi par le maire, qui la percevait lui-même à sa convenance auprès de ses concitoyens ; de même pour les aides. Mais en ce qui concernait la taille, puisque la commune n'était en théorie qu'un seul baron, tout se passait comme si les milliers d'hommes libres vivant à l'intérieur de ses murs s'étaient soudain évanouis dans la nature. Ce n'étaient plus les hommes du roi : ils appartenaient à un baron qui s'appelait Londres. Plus de taxe à payer. La commune était une sorte de paradis fiscal, mais destiné aux gens ordinaires et non aux riches. Voilà pourquoi le clerc de l'Echiquier regardait cette perspective avec horreur.

« Vous soutiendriez une commune ? demanda-t-il à son vis-à-vis.

— Oui », répliqua sèchement Bull.

Ida avait écouté avec une horreur croissante ces propos félons. Pour qui ces insolents marchands se prenaient-ils ? Si son séjour à Bocton n'avait réveillé en elle les souvenirs encore vifs de sa condition précédente, peut-être aurait-elle gardé le silence. Si elle avait été la veuve d'un grand baron, familière des us et coutumes des principales cités d'Europe et connaissant leur pouvoir politique, sans doute se serait-elle tue. Mais elle n'était que la veuve d'un petit chevalier de province, et elle manquait de jugement. Aussi, sans autre référence que les préjugés de sa classe, lança-t-elle à son mari, pleine de morgue et de dédain :

« C'est du roi que vous parlez ! Vous lui devez obéissance ! » Devant leurs visages stupéfaits, elle se mit à crier : « Des barons ? Vous vous appelez barons, mais vous n'êtes que des marchands ! Vous parlez de commune... Quelle extravagance ! Le roi vous écrasera et il aura raison ! Vous feriez mieux de payer vos impôts et d'obéir aux ordres ! » Plus hautaine que jamais, elle conclut sur un péremptoire « Vous vous oubliez, mon ami ! ».

Toute la douleur de sa propre humiliation transparaissait dans ses propos ; et c'était aussi leur rappeler que, quoi qu'ils lui fassent, elle resterait toujours une dame. Cramoisie, encore frémissante de colère, Ida se sentait fière d'elle-même et ignorait combien son discours avait été absurde.

Bull commença par garder le silence, les yeux baissés vers la lourde table de chêne, impassible. Enfin, il prit la parole :

« Je vois quelle erreur j'ai faite en vous épousant, madame. Je n'avais pas réalisé à quel point vous étiez stupide. Mais puisque vous êtes ma femme, je pense que vous me devez obéissance. Aussi, veuillez sortir de cette pièce. »

Au moment où elle se retournait, pâle et tremblante, elle vit le jeune David qui la regardait.

Au cours des semaines qui suivirent, les relations entre Ida et Bull restèrent en l'état. L'affrontement les avait blessés tous deux, même s'ils s'appliquaient à ne pas le montrer ; comme d'autres couples ayant découvert qu'ils se méprisaient l'un l'autre, ils campaient sur une paix armée.

Frère Michael continuait à leur rendre visite. Il faisait de son mieux pour détendre l'atmosphère du foyer et priait pour eux, mais doutait du succès de ses efforts. Quant à David, si Ida s'était interrogée sur ses sentiments, elle ne tarda pas à connaître la réponse. Quelques jours après la dispute, un après-midi qu'ils se tenaient assis l'un près de l'autre, il lui demanda à brûle-pourpoint : « Mon père est-il si mauvais que cela ? » Elle lui répondit que non, mais il insista :

« Il n'aurait pas dû parler contre le roi, n'est-ce pas ?

— Non, il n'aurait pas dû », reconnut-elle avec franchise, avant de mettre un terme à la discussion.

Elle n'eut durant cette période qu'un motif, un maigre motif, de satisfaction. Elle n'avait jamais renoncé à faire valoir ses liens de parenté auprès de lord Fitzwalter, malgré le peu d'intérêt qu'il lui avait témoigné avant son mariage. Un jour, elle l'intercepta adroitement, au moment où il revenait de la messe à St Paul, et il fut bien forcé de reconnaître son existence. Elle ne manquait jamais une occasion de mentionner sa parenté avec le lord auprès des amis de son mari, ce qui les impressionnait manifestement ; à plusieurs reprises, elle remarqua chez eux un embarras mondain dont elle retira un grand plaisir.

Et c'est ainsi que l'hiver succéda à l'automne. Au début de décembre, le roi Richard fit voile vers la Normandie, et l'Angleterre respira.

Par une nuit d'hiver, sœur Mabel manqua de perdre l'âme de frère Michael. Ou du moins, c'est ainsi qu'elle se représenta plus tard la chose.

Londres courbait la tête sous les frimas ; tout le monde quêtait un peu de chaleur. On fêtait Noël à St Bartholomew. La nuit était tombée, éclairée par un quartier de lune ; une couche de neige recouvrait le toit du prieuré ; la pâle lumière des étoiles baignait l'intérieur du cloître. Les chanoines festoyèrent après l'office de complies : il y avait au menu du cygne, des vins épicés, trois sortes de poissons différentes et des friandises. Les malades de l'hôpital eux-mêmes se régalaient, à la lueur des lampes fumantes, des morceaux qu'ils grappillaient ici ou là, et tout l'établissement respirait la bonne humeur.

Dans une telle ambiance, sœur Mabel était rouge d'avoir bu un peu plus que de raison. Comme ils traversaient l'allée du cloître, où brûlait un brasero, elle suggéra à frère Michael de s'asseoir un instant pour bavarder à sa douce chaleur.

Ils prirent place dans le halo de lumière que diffusaient les braises ; frère Michael se sentait bien. Ils parlèrent de leurs familles, et de fil en aiguille elle en vint à lui demander s'il avait jamais aimé une femme. « Oui », répondit-il. Du moins il le supposait. « Mais j'ai aussi prononcé des vœux », et il désigna de la main le cloître qui les entourait.

« Moi, je n'aurais jamais trouvé de mari », confessa-t-elle dans un élan du cœur.

Alors, avec un petit gloussement, sœur Mabel fit une chose inattendue.

Elle remonta sa robe un peu au-dessus de son genou, adressa un curieux sourire au moine et allongea la jambe. « Il me semblait que mes jambes n'étaient pas mal, dit-elle. Qu'est-ce que tu en penses ? »

C'était une petite jambe rondelette, marquée de taches de son , elle était étonnamment lisse, avec ses rares poils si blonds qu'on les voyait à peine. Beaucoup l'auraient jugée plutôt jolie. Frère Michael la regarda.

Les intentions de sœur Mabel paraissaient assez claires, pourtant il ne fut pas choqué. Il se sentit même plutôt touché. Comprenant que c'était sans doute la seule et unique avance que Mabel ferait de toute sa vie, frère Michael l'embrassa affectueusement sur le front et dit : « Une très jolie jambe, sœur Mabel, pour servir Notre Seigneur. »

Il se leva calmement, traversa le monastère et sortit de St Bartholomew, sur la grande esplanade déserte de Smithfield.

Deux jours plus tard, sœur Mabel s'était consolée en pensant que si le diable en avait après frère Michael, il avait manqué son coup. Aussi put-elle dire joyeusement à son confesseur : « C'est fini pour moi. J'irai en enfer et vous ne pouvez rien y faire. Mais pour frère Michael, tout va bien. »

Une assemblée secrète se tint la dernière nuit du mois de décembre.

Les sept hommes qui arrivèrent, séparément et sans se faire remarquer, dans la maison proche de la Pierre de Londres, avaient tous le rang d'alderman. Au cours de leur conversation, qui dura une heure, ils ne se mirent pas seulement d'accord sur les objectifs qu'ils poursuivaient ; ils échafaudèrent une stratégie et des tactiques. « La première question à aborder, déclara leur chef à l'assentiment général, est celle de la ferme. » Mais il restait d'autres problèmes à prendre en compte, certains plus graves encore.

Vers la fin de la réunion, comme quelqu'un remarquait qu'il leur fallait un homme de paille, l'alderman Sampson Bull affirma, après un moment de réflexion : « Je connais celui qu'il nous faut. Laissez-moi faire. » Quand on lui demanda de qui il s'agissait, il répondit en souriant :

« Silversleeves. »

Comme par hasard, quelques jours plus tard, des messagers arrivèrent à Londres, porteurs de nouvelles inquiétantes.

Jean, le frère du roi, avait débarqué sur les côtes anglaises.

Avril 1190

Pentecost Silversleeves contemplait la famille Barnikel. Ils ne l'aimaient pas, mais cela n'avait pas d'importance car eux-mêmes n'avaient pas d'importance. Il y avait là le robuste poissonnier aux cheveux roux et ses enfants, une autre femme qu'il ne connaissait pas, tenant un petit garçon par la main, et sœur Mabel, curieuse créature s'il en était.

« C'est injuste », protestait cette dernière.

Il le savait.

« J'ai payé pour placer ces filets, lui rappela le poissonnier.

— Je crains, dit Pentecost d'un ton mielleux, qu'il n'y ait pas de dédommagement prévu.

— Cela veut dire qu'il y a une loi pour les riches et une autre pour les pauvres », commenta Mabel avec indignation. Cela fit sourire Silversleeves.

« Assurément », dit-il.

Les gords. Le mal endémique de la Tamise. Non qu'en la circonstance présente les filets de Barnikel aient à nouveau endommagé le bateau de Bull ; mais de les avoir vus le matin dans le fleuve avait mis en fureur le riche marchand. Il en avait parlé à Silversleeves, qui en avait parlé au chancelier, et le jour même leur suppression avait été ordonnée ; et pourtant le poissonnier avait payé une somme importante pour obtenir le droit de les poser. Dès qu'il aurait quitté la maison, Silversleeves s'empresserait d'aller informer Bull de ce qui venait d'arriver. C'était bien naturel de sa part, car depuis trois mois, l'alderman Sampson Bull était devenu son meilleur ami.

Tout avait commencé lentement, imperceptiblement ; ce n'avaient d'abord été que de vagues rumeurs, des bruits de couloir. Mais Pentecost savait interpréter les signes et, au mois de mars, il était sûr de son affaire : Jean se cachait derrière toute cette agitation.

Pourquoi le roi Richard s'était-il laissé fléchir ? Pourquoi avait-il permis à son jeune frère de venir en Angleterre ? Parce qu'il le méprisait. De fait, comparé au reste de sa famille, Jean faisait pâle figure. Quand son père entrait dans des accès de rage, il avait des crises d'épilepsie ; alors que son frère Richard était grand, blond et couvert de gloire, Jean était obèse, noiraud, ne mesurait qu'un mètre soixante-cinq et n'était qu'un piètre soldat. Il pouvait avoir des idées brillantes, mais manquait de persévérance, et Richard ne le craignait pas. Pourtant, comme tous les Plantagenêts, Jean convoitait le trône de son frère.

En apparence, il ne faisait rien. Richard ne se trouvait qu'à deux semaines de voyage des côtes anglaises, occupé à rassembler ses forces sur le continent, à examiner la situation avec le roi de France, son frère en croisade ; Jean ne quittait pas ses vastes domaines, dans l'ouest de l'île. A ce qu'on savait, il chassait au chien et au faucon. Pourtant, Silversleeves ne s'y trompait pas : Il attend son heure pour frapper, songeait-il. Et il savait bien qui serait la cible.

Son patron, Longchamp.

Au début, tout paraissait aller si bien... Le chancelier avait réussi son affaire, devenant en l'absence de son maître l'homme le plus puissant d'Angleterre. Pour sa constance et son dévouement, Pentecost avait déjà été gratifié d'un ou deux jolis bénéfices. L'avenir aurait pu s'annoncer brillant, n'eût été un problème, pourtant.

« Longchamp est trop arrogant. C'est ennuyeux, répétait Pentecost à sa femme. Il se fait des ennemis. » Le chancelier ne faisait pas mystère du mépris dans lequel il tenait quelques-unes des grandes lignées féodales. « Et ceux-là ne rêvent plus que de l'abattre », se lamentait le clerc de l'Echiquier.

« Il ne faut pas qu'ils y arrivent ! criait sa grosse femme. Il vaut une fortune pour nous. »

Les signes restaient minces mais toujours menaçants. Si devant le chancelier se dressaient tous les barons et tous les chevaliers, on allait bientôt murmurer qu'ils étaient allés rendre visite à Jean. Et là n'était pas la seule rumeur. Dès le mois de janvier, un marchand avait affirmé à Pentecost que Jean avait déjà des agents à Londres ; il lui avait demandé lesquels, mais l'homme avait refusé de répondre. Silversleeves avait ouvert l'œil, en vain.

Quelle chance, donc, que son amitié avec Bull...

Il n'aurait su dire au juste comment c'était arrivé. Une simple invitation, sans façon, dans la demeure du négociant, quelques rencontres de hasard... S'il avait un tant soit peu creusé la chose, Pentecost aurait vite compris que tout s'était fait à l'initiative de Bull ; n'importe, il était content. « Personne n'est mieux informé que lui de tout ce qui se passe dans la ville, disait-il à sa femme. Je ne vais pas le lâcher d'un pouce. »

Il avait même tenté de se concilier les bonnes grâces du reste de la famille. Envers Ida, il s'appliquait à une extrême politesse ; elle n'éprouverait jamais d'amitié pour lui, mais le voir s'incliner désormais devant elle et la traiter comme une grande dame ne la laissait pas indifférente. Avec David, les choses étaient plus faciles. Pentecost ne cessait de lui affirmer fièrement : « Je suis l'homme du roi. » Il l'emmena un jour faire le tour de l'Echiquier et lui dit : « Ici nous traitons les affaires du roi. » Quant à Bull, rien n'était trop bon pour lui. L'épisode des gords, aujourd'hui, n'avait été qu'une manière supplémentaire de convaincre le puissant alderman que Silversleeves et son maître, Longchamp, étaient ses amis. « Et surtout, n'oubliez pas de me répéter tout ce que vous entendez dire », lui demandait-il en retour.

Au moment de partir, Pentecost remarqua soudain quelque chose de vaguement familier chez le petit garçon qui tenait la femme par la main. Il fronça les sourcils, perplexe, puis comprit d'où venait cette impression : l'enfant avait une mèche blanche dans les cheveux.

« Qui est-ce ? » demanda-t-il. Mabel le lui dit.

Ce fut un Pentecost pensif qui prit la direction de la maison de Bull. Il ne savait pas que Simon l'armurier avait laissé un petit orphelin ; mais il lui sembla que c'était plutôt une bonne nouvelle. Il avait un compte à régler avec eux. Père ou fils, c'était du pareil au même ; et vu l'âge de l'enfant, cela lui laissait du temps pour préparer sa vengeance. Il ne tarda pas à sourire — bientôt jusqu'aux oreilles.

Quand il arriva chez Bull, il eut un choc en découvrant le visage grave du négociant. Et lorsque celui-ci, après l'avoir remercié pour son concours au sujet des gords, le prit par le bras et lui dit : « Je dois vous informer de quelque chose », le pauvre Silversleeves devint très pâle.

Au cours du mois de mai, frère Michael comprit qu'il était en train de perdre la partie. C'est le mois durant lequel arriva l'étranger.

Il s'appelait Gilbert de Godefroi et il était chevalier. Son manoir se nommait Avonsford, proche du château de Sarum, dans l'Ouest. Il résidait ici dans la demeure de Bull.

Sa présence dans la maison n'avait rien d'anormal : les humbles pèlerins logeaient dans des hospices, mais un chevalier itinérant habitait souvent chez un négociant. Quand Godefroi arriva, porteur d'une lettre d'un marchand de l'ouest du pays que Bull connaissait, l'alderman ne put faire autrement que de lui offrir l'hospitalité. Le chevalier dormait dans le hall, son valet dans les écuries.

Gilbert de Godefroi était à Londres pour mettre de l'ordre dans ses affaires avant de partir pour la croisade. Il était de grande taille et avait un certain âge ; sa mine était triste et sévère, ses manières sèches et cassantes. Ses hôtes ne le voyaient guère, car il se levait chaque jour à l'aurore ; après avoir assisté à l'office de prime, le premier célébré à St Paul, il gagnait Westminster ou bien entraînait ses chevaux dans les bois d'Islington ; le soir, après un repas léger, il se retirait dans sa chambre. Une croix rouge sur son surcot marquait le fait qu'il était en croisade. C'était un parfait chevalier. Doublé d'un veuf.

Godefroi était là depuis quatre jours quand frère Michael fit sa connaissance, lors du repas familial hebdomadaire. Il fut frappé dès l'abord par son maintien plein de dignité. Le jeune David était visiblement très impressionné, et Bull lui-même plus silencieux que d'habitude ; mais ce que le moine n'avait pas prévu, c'était la transformation opérée chez Ida.

Il était naturel qu'elle réserve toute son attention au chevalier : c'était leur hôte. Qu'elle le serve en premier n'était que stricte courtoisie ; qu'elle ait choisi pour le recevoir la robe qui lui allait le mieux, une robe de grande dame, cela pouvait encore se comprendre. Mais les choses ne s'arrêtaient pas là : Ida n'était plus la même. On eût dit que, voyageant dans un pays étranger, elle avait enfin rencontré quelqu'un qui parlait la même langue qu'elle. Chaque fois qu'elle s'adressait au chevalier, il semblait toujours y avoir, sous-entendu dans ses propos : « De toute façon, ils ne pourront pas comprendre. » Elle paraissait avoir tout à fait oublié son mari ; « Et même moi, songeait frère Michael, elle me remarque à peine. »

Le chevalier parla peu et le moine quitta la maison, troublé. Il souffrait qu'Ida fît passer son frère pour un imbécile. Et elle aussi se ridiculise, pensa-t-il.

En fait, la situation était encore pire que le croyait frère Michael. Dès l'instant où le chevalier était apparu, Ida avait cherché à se mettre en valeur à ses yeux. Elle lui avait fait connaître quel genre de personne elle était, et comment elle avait été contrainte de se mésallier ; elle lui avait parlé de ses ancêtres, dans l'espoir qu'ils se trouveraient un lien de parenté. Quand elle se retirait le soir avec Bull, le regard que ses grands yeux sombres adressaient au chevalier disait clairement : « Sauvez-moi... » Elle s'arrangeait même pour l'accompagner quand il allait assister à l'office. Toutes choses que Bull contemplait sans rien dire.

Quand il revint, la semaine suivante, le moine constata que les choses s'étaient encore aggravées et jugea qu'il devait agir. Aussi, sous un prétexte quelconque, revint-il le lendemain, et le surlendemain. Au cours d'une de ces visites, un autre aspect de l'affaire, plus grave encore, lui apparut.

Si Ida faisait des avances à leur hôte, le jeune David quant à lui en était tombé amoureux. Chaque jour, frère Michael regardait le joli garçon au frais visage suivre partout le sévère chevalier. David allait voir Godefroi s'entraîner à l'épée et à la masse d'armes ; il aidait son serviteur, un jeune homme à peine plus âgé que lui, à nettoyer sa cotte de mailles pour la préserver de la rouille. Il était fasciné aussi par son bouclier, orné d'un cygne blanc sur fond rouge. Les chevaliers avaient pris l'habitude, au cours des dernières décennies, de se choisir un blason personnel qu'ils exhibaient dans les tournois : le jeune garçon y voyait une preuve supplémentaire que Godefroi était un héros. Impression confirmée quand le chevalier s'interrompait quelques minutes pour venir lui parler, à sa manière calme et sérieuse. Mais quand il galopait, juché sur son magnifique palefroi, il paraissait presque un dieu aux yeux du jeune David.

Comme il sortait un matin de la maison, dans un cliquetis d'armes, sous les yeux de David, de frère Michael et d'Ida, le jeune garçon se tourna vers sa belle-mère et lui dit : « Oh ! si seulement mon père pouvait lui ressembler... »

Ida commença par rire, puis ne put s'empêcher de répliquer :

« Ne dis pas de bêtises... Regarde donc ton père : on voit tout de suite que ce n'est qu'un marchand. On naît noble, on ne le devient pas. » Pour le réconforter, elle ajouta : « Je te trouverai une noble épouse, et peut-être auras-tu un fils chevalier. »

Ce jour-là, le fils du marchand londonien comprit que son père, malgré toute sa fortune, était non seulement rustre et d'un rang inférieur, mais que c'était Dieu qui l'avait créé ainsi.

En dehors de Londres, l'arrivée des Normands et des Plantagenêts avait profondément transformé la société anglaise. La vieille aristocratie anglo-saxonne s'enorgueillissait de ses ancêtres guerriers ; mais la vraie racine de sa noblesse, elle la trouvait dans sa fortune. Un homme qui possédait assez de terres était noble ; de riches négociants londoniens devenaient barons. En temps de guerre, c'était à eux qu'il revenait d'assurer la levée en masse dans les campagnes, selon l'ancienne coutume anglaise.

Les nobles normands, eux, restaient coupés de la population insulaire. Godefroi dirigeait son domaine d'Avonsford à peu près comme le Saxon qui l'y avait précédé, mais il en possédait un autre en Normandie ; il parlait anglais, mais sa première langue était le français. Il ne conduisait pas ses paysans au combat parce que la vieille levée en masse, d'hommes non entraînés au métier des armes, n'était plus guère en usage. Les soldats du Cœur de Lion étaient à gages : de rudes archers gallois et les terribles « routiers », ces mercenaires qui venaient du continent. Un chevalier pouvait être riche, mais aussi très pauvre : Bull aurait pu racheter deux fois les biens de Godefroi. Mais celui-ci appartenait à une aristocratie militaire européenne spécifique, une caste où tout le monde était cousin et qui regardait avec dédain le reste de la population. Cette nouvelle conception de la noblesse, une fois greffée sur la société anglaise, l'avait bouleversée tout entière.

L'alderman Sampson Bull avait compris que sa famille pourrait accéder avec le temps à cette noblesse, par l'argent et le mariage. Ida elle aussi l'avait compris — mais pour le regretter. Quant au jeune David, le chevalier lui semblait appartenir à un univers magique ; lorsqu'il regardait son père, il le trouvait dorénavant mesquin et, bien qu'étant son fils, ne pouvait s'empêcher de le mépriser en secret. C'était là l'ultime cadeau de mariage d'Ida à son époux.

Le moine voyait cela, et il en était malheureux. Pourtant, le véritable choc, il le reçut lors de sa visite suivante.

Après le repas, il était sorti avec son frère et le jeune garçon. Tout était calme dans le hall ; Ida était partie faire l'inventaire des provisions, et le chevalier demeurait assis à sa place, sans un mot. Le hasard voulut que frère Michael revînt sur ses pas et les vît.

Godefroi s'était levé, imperturbable comme toujours ; Ida, de retour dans la pièce, se tenait en face de lui et murmurait quelque chose. Puis elle tendit la main pour effleurer le bras du chevalier. Geste à peine esquissé, mais qui suffit à frère Michael pour tout comprendre. Il pâlit et quitta la salle.

L'affreux rêve vint le tourmenter cette nuit-là : il vit le corps si blanc d'Ida épouser celui du chevalier, l'extase palpiter sur sa gorge délicate ; il la vit s'abandonner à son amant. Ses grands yeux bruns, ses longs cheveux roulant sur sa poitrine... Il entendit le cri qu'elle laissa échapper et s'éveilla baigné de sueur, en proie à une vive angoisse. D'abord il s'assit dans son lit, puis se leva pour arpenter sa cellule ; incapable de se rendormir, il fit les cent pas durant les cinq longues heures qui le séparaient de l'aube. La même image ne cessait de repasser devant ses yeux, celle d'Ida étreinte de mille manières par son amant.

Peu après l'aube, tandis que les oiseaux chantaient à pleine gorge le joli mai, Michael traversa Smithfield et descendit jusqu'à St Paul. Là, près de la porte, tandis qu'une simple cloche appelait une poignée d'héroïques fidèles à l'office de prime, il vit s'approcher le taciturne chevalier.

Quand ce dernier eut entendu ce que Michael avait à lui dire, il ne daigna même pas paraître surpris. « Vous m'accusez d'adultère, moine ? répliqua-t-il d'une voix froide. Vous laissez entendre que je devrais quitter la maison ? Je n'ai nulle raison de le faire. » Et il pénétra à l'intérieur de St Paul sans un mot de plus.

S'était-il trompé ? Frère Michael s'essuya le front de la main. Pouvait-on vraiment soupçonner ce pieux chevalier ? Il s'en retourna, perplexe, ne sachant plus que penser.

Trois jours plus tard, Gilbert de Godefroi était prêt à partir. Ida lui avait offert son gant, pour qu'il le porte sur lui au cours de son voyage, geste issu de l'univers courtois de la chevalerie. Mais il l'avait refusé, le regard grave et en lui rappelant : « Je suis un pèlerin en route vers la Terre sainte. » Frère Michael avait poussé un soupir de soulagement.

Le départ du chevalier sembla plonger Ida, comme le jeune David, dans un morne abattement. Le garçon en tomba même malade et ses études en pâtirent. Aussi l'alderman demanda-t-il pendant l'été à frère Michael de venir en aide à son fils.

On ne pouvait dire que celui-ci fût un intellectuel ; mais il avait l'esprit curieux, délié, et un grand respect pour son oncle. « Tu es si instruit », lui disait-il ingénument, et cela encourageait le moine à lui transmettre son savoir.

La connaissance que frère Michael possédait du monde était celle des hommes relativement instruits de son temps : un pittoresque mélange de vérité et de légendes, amassé dans la bibliothèque de l'abbaye de West-minster, à l'époque où il aimait à y flâner. Il était capable de donner à son neveu une juste idée de la mosaïque d'Etats qui composaient l'Europe d'alors, avec ses ports et ses fleuves, ses villes et ses lieux saints ; il pouvait lui parler assez bien de Rome et de la Terre sainte ; mais quand il en arrivait aux confins du vaste univers médiéval, ses connaissances bascu-laient dans le mythique et le fabuleux.

« Au sud de la Terre sainte se trouve l'Egypte, apprenait-il avec raison à David, d'où Moïse a fait sortir les Juifs pour les conduire à travers le désert. La ville de Babylone (c'est le nom que les hommes du Moyen Age donnaient au Caire) est située à l'embouchure du grand fleuve qui s'ap-pelle le Nil.

— Et si l'on remonte le Nil ? interrogeait avidement le garçon.

— Alors on arrive en Chine », lui affirmait le moine avec assurance, parce qu'il l'avait lu dans un livre.

Il enseignait aussi à son neveu l'histoire de sa ville. « Londres a été fondé il y a très, très longtemps, bien avant Rome, par un grand héros nommé Brutus. Ensuite, il est allé fonder l'ancienne Troie. » Il lui raconta comment les Romains étaient venus puis repartis, et comment le roi Alfred avait rebâti les murs de la cité.

« Et qui étaient les rois avant Alfred ?

— L'Angleterre a connu beaucoup d'anciens rois, mais deux surtout ont été célèbres, il y a longtemps de cela. Le premier était le roi Arthur, avec ses chevaliers de la Table ronde.

— Et l'autre ?

— L'autre était le vieux roi Cole. » Ainsi les chroniques racontaient-elles l'histoire anglaise.

Ida venait souvent s'asseoir à leurs côtés, tandis qu'il instruisait son neveu.

Par une aussi belle matinée d'automne, on aurait pu s'attendre à ce que sœur Mabel fût de bonne humeur ; mais ce n'était pas le cas. La raison de sa colère se trouvait à l'intérieur d'une petite église dont elle venait de sortir.

St Lawrence Silversleeves était un fort joli petit édifice, coincé entre une corderie et une boulangerie. En bas de la colline se trouvait le quar-tier de Vintry, avec au bord de la Tamise les entrepôts des marchands de vin normands ; d'ici, on apercevait le fleuve en arrière-plan. L'église était en pierre, excepté son toit, en bois. Elle comportait quatre travées et une centaine de fidèles auraient pu y prendre leurs aises, si du moins la paroisse en avait compté autant. Sœur Mabel venait de rendre visite au vicaire.

Ce dernier était un personnage chétif, affublé d'une compagne et de deux enfants. Puisqu'il était dans les ordres, la créature douce et résignée avec laquelle il vivait ne pouvait être appelée sa femme, mais sa concubi-ne ; pourtant, bien peu y auraient vu un crime grave, même parmi les plus sourcilleux des paroissiens. La plupart des vicaires de Londres étaient mariés car, sans épouse pour prendre soin d'eux, ils seraient morts de faim.

La situation de St Lawrence Silversleeves était typique de ce qui se passait dans bien d'autres églises. Les Silversleeves nommaient le curé, qui empochait les revenus de sa charge ; si personne de la famille ne convoitait le poste, il allait généralement à un ami ou à une relation, qui était le plus souvent curé de plusieurs autres églises en même temps, dont il cumulait les revenus. Pour s'acquitter de ses nombreuses fonctions, il désignait à son tour des vicaires, qu'il payait une misère — au point que, sans une femme pour les aider, les malheureux n'auraient pu survivre.

Le vicaire de St Lawrence Silversleeves avait trente-cinq ans, des cheveux gris et clairsemés, et il souffrait de vertiges. Sa femme travaillait dans la boulangerie voisine ; elle était plus robuste que lui, mais avait des varices. Quant à leurs deux filles, au teint cireux, on eût dit d'après sœur Mabel une vieille paire de bougies. Ils s'entassaient tous les quatre dans un taudis derrière l'église ; et ils étaient si misérables qu'un Noël, deux ans plus tôt, les Silversleeves eux-mêmes leur avaient donné un shilling.

Sœur Mabel leur rendait visite aussi souvent qu'elle le pouvait. Ce jour-là, après un bon moment passé à manier le pilon et le mortier dans le cellier de l'hôpital, elle avait apporté une tisane de laitue des bois pour soigner la mauvaise vue de l'homme, ainsi que de la bétoine pour ses étourdissements. Elle avait également apporté de la sabine pour les pieds enflés de la femme, et du pain trempé dans du petit-lait pour les deux filles, qui avaient des vers. Elle avait passé une heure à les soigner et les réconforter, à sa manière franche et directe, et venait de les quitter avec une seule idée en tête : « Maudit Silversleeves ! Il pourrait faire quelque chose pour eux ! Je vais l'y obliger... »

Elle se rendit chez lui mais il n'y était pas. « Je le trouverai », murmura-t-elle tandis qu'elle regagnait Smithfield à pas pesants. En abordant la vaste esplanade, elle l'aperçut enfin : il se trouvait près de la porte de l'église St Bartholomew, parlant avec frère Michael. « Je te tiens ! » marmonna-t-elle d'un air satisfait ; et elle se rua vers lui, son panier ballottant contre sa cuisse. Mais elle n'était qu'à vingt pas de lui quand elle s'arrêta net en ouvrant de grands yeux.

Là-bas, juste derrière les deux hommes, aussi réel que la façade du prieuré, se tenait un étrange personnage vert et blanc ; il avait une figure d'oiseau, une queue recourbée et un trident à la main. Pas d'erreur : c'était bien le démon auquel elle avait parlé voici plusieurs années, quand elle avait eu sa vision. Aujourd'hui — pas d'erreur, là non plus —, son visage hideux souriait victorieusement. Il est venu pour Silversleeves, pensa-t-elle. « Arrange-le-moi bien ! » murmura-t-elle sans l'ombre d'un remords.

Mais elle s'aperçut alors, avec horreur, que le démon vert et blanc ne regardait aucunement Silversleeves ; c'était autour des épaules du cher, du bon frère Michael qu'il étendait ses bras. Et frère Michael ne s'en rendait même pas compte...

Quand les sept hommes se retrouvèrent en secret, peu après la Saint-Michel, ils convinrent que l'alderman Sampson Bull méritait leurs félicitations.

« Vous avez manipulé Silversleeves à la perfection », déclara leur chef. Et de fait, Bull estimait avoir joué de main de maître.

Non qu'il eût menti ; aucun Bull ne l'avait jamais fait. « Mais il est possible, admit-il, que j'aie quelque peu exagéré. » Et Pentecost avait été si prompt à le croire...

Quand il avait annoncé au clerc de l'Echiquier, au printemps, que les envoyés de Jean avaient entamé des négociations avec quelques-uns des principaux aldermen de Londres, la frayeur de Silversleeves avait été réjouissante à voir. De discrètes conversations avaient bien eu lieu ; mais Jean n'était pas assez en confiance, ni les aldermen suffisamment préparés, pour qu'ils se témoignent autre chose qu'un intérêt mutuel. Néanmoins, en laissant croire à Pentecost qu'un complot se tramait, Bull l'avait poussé à l'action.

« Avec les énormes impôts qui viennent d'être décidés, l'avait-il prévenu, j'imagine mal la ville ne soutenant pas Jean dans toute attaque qu'il lancerait contre votre maître. »

A compter de ce jour, Bull avait joué du clerc de l'Echiquier comme d'un poisson qu'on a ferré ; résultat, personne ne représentait avec plus d'empressement que lui au chancelier les dangers qu'il courait à mécontenter Londres. Il ne se passait guère de semaine que Pentecost ne rencontre Bull et ne lui demande anxieusement des nouvelles : à quoi le solide marchand répondait par quelque affirmation aussi vague que menaçante, « Jean est partout », ou bien « Les choses se présentent mal pour Longchamp ».

Silversleeves était un intermédiaire zélé : au milieu de l'été, des signes avaient indiqué aux aldermen que leur manœuvre commençait à porter ses fruits. Enfin, voilà quelques jours, lors de la session de Saint-Michel de l'Echiquier, la grande nouvelle était arrivée.

« Sur toute la ligne ! avait crié Bull à ses amis d'un air de triomphe. Nous avons gagné sur toute la ligne ! Le nouvel impôt du roi, complètement supprimé ! La ferme, ramenée à son taux inférieur ! Deux shérifs, que nous choisissons nous-mêmes ! » A Pentecost, il déclara solennellement : « Londres vous doit beaucoup, maître Silversleeves. » Puis, à la nouvelle question du clerc, il répondit : « Pourquoi Londres soutiendrait-il Jean, quand nous avons un tel ami en la personne de Longchamp ? »

Il valait mieux, pour la tranquillité d'esprit de Silversleeves, qu'il n'assistât pas à la réunion, dans la maison proche de la Pierre de Londres. Et donc qu'il ne pût entendre le chef du groupe déclarer suavement à ses collègues, après avoir félicité Bull :

« Et maintenant, mes amis, pour la prochaine étape... nous n'avons plus qu'à attendre. »

Car le jour même, on venait de l'apprendre, le roi Richard Cœur de Lion avait fini par quitter le continent ; il faisait voile sur la lointaine Méditerranée, et rien ne pouvait plus le faire revenir en Angleterre.

La mère d'Adam n'avait plus jamais entendu parler de ses cousins de Windsor. Malgré leurs promesses, aucun d'eux n'était venu jusqu'à Londres — ce qui signifiait qu'elle n'avait jamais reçu le moindre argent. Après un an sans nouvelles, elle s'était promis qu'elle irait là-bas l'année suivante, afin de tirer l'affaire au clair. Ou peut-être l'année d'après. Cela représentait un long voyage.

Quand Adam eut cinq ans, elle lui dit : « Ton père possédait quelques arpents de terre dans un village. En principe, ils devraient nous rapporter un peu d'argent. » Cela ne signifiait rien pour le petit garçon et, comme sa mère, lui-même finit par oublier.

La santé de David Bull s'altéra au cours de l'automne. Il se trouva soudain si pâle et si amaigri que son père en fut sérieusement alarmé. « Nous, les Bull, nous ne sommes jamais malades », répétait-il ; pourtant, l'état du jeune garçon ne semblait qu'empirer. On essaya toutes sortes de remèdes, y compris les herbes de Mabel ; et pendant un temps, que ce fût à cause des herbes ou bien des prières de son oncle, il sembla recouvrer des forces. Le mois de décembre passa. Mais en janvier, la maladie reprit.

D'abord il avait neigé, puis le froid s'était installé ; les rues de Londres gelaient et l'on répandait des cendres sur la chaussée. Chaque jour, après avoir enfilé une épaisse paire de bottes, le moine gagnait tristement la maison proche de St Mary-le-Bow. Il semblait que toutes les herbes de sœur Mabel elles-mêmes ne parviendraient pas à guérir l'adolescent ; et jusqu'aux yeux du rude marchand s'emplissaient de larmes, quand il disait à son frère : « On dirait que c'est la fin de notre famille. » Alors que le mois approchait de son terme, Ida dit au jeune garçon, couché dans sa chambre, tel un fantôme : « Bats-toi, David... Rappelle-toi : je te trouverai une femme noble... » A frère Michael, elle chuchotait : « Je l'aime comme si c'était mon propre enfant. Mais maintenant, il n'y a plus que vos prières entre la mort et lui. »

Jour après jour, frère Michael priait. Plus d'une fois il vit son frère s'agenouiller à côté de lui, la tête courbée sous le poids du chagrin. Parfois David posait sur eux un œil éteint ; parfois il dormait. Et tous les jours le moine songeait qu'il restait chez cet adolescent, si près qu'il fût d'abandonner la partie, un mince filet de vie, comme le dernier rayon du jour ; c'était sur ce filet qu'il concentrait ses efforts. Si seulement la lumière du soleil pouvait irriguer ce corps pâle et frêle ; si sa chaleur pouvait baigner ses membres affaiblis ; si je pouvais accomplir cela, songeait le moine, alors je crois qu'il s'envolerait au ciel comme un ange, ou bien qu'il guérirait.

Mais David risquait de mourir, et Michael devait au moins l'y préparer. Cela se révéla plus facile qu'il ne l'aurait cru. Soit qu'il eût peur de la mort, soit que la présence du moine à son côté le stimulât, le jeune garçon semblait souvent désireux de parler avec son oncle. Il lui posait des questions sur le ciel, l'enfer et le diable. Un jour il lui demanda : « Si mon âme est à la recherche de Dieu, pourquoi aime-t-elle le monde, qui est si éloigné du ciel ? Cela veut-il dire qu'elle est prisonnière du diable ?

— Les choses ne se passent pas ainsi. Les désirs de ce monde, l'ambition des rois et les intrigues de cour, le soif de l'argent, même l'amour d'une femme (et à cet instant Michael ne put s'empêcher de penser à Ida), ne sont en réalité qu'une forme pervertie de ton désir d'éternité. Ils sont les reflets ici-bas de ce qui peuple une cour bien plus haute et bien plus vaste, celle du Seigneur.

— Dans ce cas, pourquoi devrais-je craindre de quitter cette terre ?

— Tu ne dois pas le craindre, si tu y es prêt et si tu as bien servi Dieu.

— J'aurais tant aimé partir à la croisade ! soupira David. Je n'ai rien fait d'intéressant dans ma vie... »

Le lendemain, il interrogea le moine sur sa propre existence. Qu'est-ce qui l'avait conduit à entrer dans les ordres ? « La vocation, dit frère Michael. Elle signifiait seulement que je ne désirais plus rien que me rapprocher de Dieu. » A cela le garçon ne répondit rien ; il semblait très affaibli. Et pourtant il s'accrochait à la vie jour après jour. Une semaine plus tard, le temps parut se réchauffer un peu ; David se cramponnait toujours à l'existence, et son oncle continuait à prier pour lui.

Puis un jour, sans qu'il pût expliquer pourquoi, frère Michael sut qu'il vivrait. Il le dit à Ida, qui en fut si émue qu'elle l'embrassa. Ce matin-là, comme il sortait de la maison, il vit près de St Paul un perce-neige émerger dans un carré d'herbe.

A la mi-février, sœur Mabel comprit enfin le sens de sa vision. Elle était retournée rendre visite au vicaire de St Lawrence Silversleeves ; ses tentatives répétées pour persuader le clerc de l'Echiquier d'aider cette malheureuse famille n'ayant rien donné, elle faisait de son mieux pour les assister elle-même. Elle avait décidé, en sortant de chez eux, de rendre visite au jeune David ; aussi se dirigeait-elle vers le hall des Bull, de sa démarche vigoureuse et décidée. Elle franchit la porte et c'est là, en les apercevant assis près de la fenêtre, qu'elle comprit la vérité.

Ce n'étaient pas des démons, cette fois, mais trois figures bien humaines. Le jeune garçon siégeait à la table, un beau livre ouvert devant lui ; frère Michael avait pris place à son côté et guidait sa main le long des lettres calligraphiées, lui expliquant un passage obscur en latin ; en face d'eux, Ida regardait le saint moine d'un air extasié. Alors, en les contemplant tous les trois ensemble, Mabel mesura avec horreur l'amour contre nature qui croissait entre eux et s'apprêtait à les capturer à leur insu.

Elle délivra ses remèdes au jeune David, puis quitta la maison en s'interrogeant sur ce qu'elle devait faire ; elle pria, mais n'obtint pas de réponse. Pour finir, quand elle rencontra le moine dans le cloître, le soir, elle lui dit franchement : « Tu dois prendre garde, frère Michael, à l'amour contre nature. »

Le bon moine n'avait pas l'habitude de se mettre en colère ; pourtant, pendant quelques instants, il faillit s'emporter. Puis il se souvint de la propre tentative de Mabel dans ce même cloître, la nuit de Noël, et fut pris de compassion. Il comprit qu'elle était jalouse ; mais à quoi bon le lui jeter au visage ? Quant aux sentiments qu'il éprouvait pour Ida, il ne s'inquiétait pas à ce sujet.

« Nous devons tous être vigilants, répliqua-t-il doucement, et je te promets que je le suis moi-même. Mais je pense, sœur Mabel, que tu ne devrais pas me répéter cela une autre fois. »

Sur ces mots, il quitta la pauvre moniale, à qui il ne restait plus qu'à retourner dans sa cellule pour se remettre à prier.

Juin 1191

Le cauchemar avait commencé. C'était encore pire que tout ce que Pentecost avait imaginé.

Le prince Jean avait bien manœuvré. Silversleeves calcula qu'au début de l'année il ne restait pas un seul baron en Angleterre, nourrissant un quelconque grief contre le chancelier, qui n'eût rejoint les rangs des amis de Jean. Au printemps, ce dernier se manifesta.

Il commença par revendiquer la possession d'un château dans le sud du pays ; puis ce fut un important shérif du Nord qui refusa d'obéir au chancelier. En mars, un messager parvint à Londres avec des nouvelles plus fâcheuses encore : « Jean s'est emparé du château de Nottingham (l'une des principales places fortes des Midlands). Il est allé chasser dans la forêt de Sherwood comme s'il était déjà roi. » Les rumeurs succédèrent aux rumeurs : Jean parcourait le royaume et trouvait des partisans dans la moitié des comtés ; l'un des grands barons du pays amassait des troupes à la frontière galloise. Dès lors, deux questions étaient sur les lèvres de tous les Londoniens : « Le chancelier va-t-il tenir tête au frère du roi ? Jean attaquera-t-il Londres ? »

Silversleeves observait la scène qui se déroulait sous ses yeux. Une véritable petite foule s'activait devant la Tour. Ils avaient déjà dressé à la hâte un nouveau rempart, impressionnant à voir, autour de l'enceinte du donjon ; ils avaient également creusé un grand fossé le long de ce rempart. Pourtant, en contemplant ces préparatifs, Silversleeves ne ressentait que découragement. Longchamp était sans doute bon administrateur mais, comme l'un des ouvriers l'avait fait remarquer au clerc, il n'avait rien d'un bâtisseur de châteaux forts. Pentecost lui-même voyait bien que les fondations du rempart étaient trop précaires, sa maçonnerie trop légère pour soutenir une attaque en règle. Quant au fossé, on devait en faire une douve ; mais quand Longchamp avait tenté de le remplir d'eau, cela s'était soldé par un désastre. Il ne contenait à présent, en guise d'obstacle défensif, que quelques centimètres de vase. Voilà juste une semaine, une émeute avait éclaté dans l'East Cheap, comme pour annoncer des désordres plus graves ; on en était venu facilement à bout, mais Pentecost soupçonnait les agents du prince Jean de ne pas y être étrangers.

Londres resterait-il fidèle au chancelier ? Il avait accordé à ses habitants tout ce qu'ils désiraient. Mais il se montrait si peu diplomate... Le mois précédent, les travaux hâtivement menés devant la Tour avaient détruit un verger appartenant à l'un des aldermen. « C'est moi qui ai dû aller présenter des excuses », se plaignait Silversleeves.

« Londres restera fidèle au roi, qu'ils aiment ou non Longchamp », lui avait promis Bull.

Mais où se trouvait Richard aujourd'hui ? Quelque part sur la mer périlleuse, ou déjà en Terre sainte ? Etait-il même encore en vie ? Nul n'en savait rien. Si seulement on pouvait recevoir des nouvelles du Cœur de Lion...

Le printemps fut étrange pour frère Michael ; le monde qui l'entourait semblait fourmiller de menaces. Le roi croisé était loin des côtes anglaises ; qui pouvait dire ce que préparait son frère Jean ? Et pourtant, grâce à l'alchimie particulière de son âme pure et sereine, frère Michael se sentait heureux : David Bull allait bien et cela suffisait à le réjouir.

Il l'emmenait souvent, désormais, en promenade avec Ida. Au début, David s'essoufflait au bout de quelques pas ; mais à la fin de mars il marchait d'un pas si décidé, au côté du vigoureux moine, qu'Ida leur disait en riant : « Partez devant, les garçons. Vous allez trop vite pour moi. »

Un jour qu'ils passaient par Aldwych, par une chaude après-midi de la fin d'avril, ils virent de jeunes intrépides qui s'amusaient à plonger dans la Tamise. David surprit beaucoup son oncle en s'élançant soudain vers la berge, pour se déshabiller promptement et plonger dans l'eau à son tour. Tout en lui criant de revenir, Michael ne pouvait retenir un secret plaisir à la vue du corps de son neveu, toujours aussi mince et fuselé qu'avant, mais qui avait retrouvé sa force et sa santé. Quand il ressortit de l'eau, le moine le sécha vigoureusement pour éviter qu'il ne prenne froid, tout en le blâmant pour son imprudence ; puis ils rentrèrent à la maison d'un pas vif, l'oncle tenant son neveu enlacé contre lui pour le réchauffer.

Pourtant, malgré de tels accès de vitalité, David restait souvent pensif. Il prenait grand plaisir à prier avec son oncle désormais, et continuait à lui poser des questions touchant la religion. Une ou deux fois il laissa échapper, avec un pâle sourire : « Dieu m'a conservé la vie, mais je ne suis pas sûr de savoir dans quel but au juste. » Quand, en mai, Ida et Bull allèrent passer un mois à Bocton, David invoqua le prétexte des fêtes de printemps et de la joyeuse atmosphère qui régnait alors à Londres pour y demeurer en compagnie de son oncle.

Frère Michael n'aurait pu dire, par la suite, à quel moment il avait su comment agir. Peut-être était-ce arrivé au cours de la nuit qui avait suivi le plongeon de David dans la Tamise ; ou peut-être quelques nuits après le départ de Bull et d'Ida, quand il était entré dans la maison pour trouver son neveu en prière. Mais en tout cas il était sûr d'une chose : il ne laisserait pas l'âme du jeune garçon se perdre. Si Dieu avait arraché David aux griffes de la mort, ce devait être pour quelque objectif particulier. Peu importaient les conflits que cela pourrait entraîner avec son frère : Michael ferait son devoir. Je le sauverai, se promit-il.

Il comprit autre chose encore. Si Dieu l'avait désigné pour cette mission, la providence avait également mis entre ses mains les moyens de la mener à bien : l'héritage de sa mère. Les circonstances s'accordaient exactement avec les instructions qu'elle avait laissées : l'argent serait utilisé dans l'intérêt spirituel de la famille. « Tu sauras quoi en faire », lui avait-elle dit ; maintenant, il en avait la certitude.

A la mi-juin, il se rendit d'un pas léger à Westminster, demanda audience à l'abbé et prit les dispositions nécessaires.

Il était convaincu d'avoir agi pour le mieux. Quelles qu'aient pu être ses réserves, dans sa jeunesse, à l'égard de la vie à l'abbaye, elles lui paraissaient moins importantes aujourd'hui. Il savait qu'Ida approuverait le choix de ce cadre de vie aristocratique ; quant à lui, après tant d'années passées au service des autres à St Bartholomew, il avait mérité de prendre un peu de repos. Le moins qu'il pouvait faire était de garder un œil sur David. La généreuse donation leur permettrait d'être admis à l'abbaye et d'y séjourner dans de bonnes conditions : jamais Sampson Bull ne leur aurait alloué une telle somme. Oui, la providence avait bien fait les choses.

C'est donc l'âme en paix et le cœur en fête que frère Michael s'en alla trouver son neveu, par une chaude soirée de mai, sous une lune de printemps presque pleine. « Je crois que tu as peut-être la vocation, lui dit-il. Pour la vie religieuse. Qu'en penses-tu ? » A cette remarque, venant d'un saint homme qu'il admirait tant, et alors que son propre esprit était encore si jeune et plein d'incertitude, David ne put que rougir de plaisir et s'écrier avec gratitude : « Oh ! oui, je le crois moi aussi ! »

Le cœur empli d'un amour plus grand qu'il n'en avait encore jamais connu, le bon moine suggéra : « Si tu voulais entrer à l'abbaye de Westminster, je pourrais y être aussi avec toi, pour te guider. »

Michael attendit patiemment le retour de son frère et d'Ida, la joie dans l'âme, mais sans rien dire de ses projets à personne. Bull serait furieux, cela ne faisait pas de doute ; pourtant, quand il se souvenait de sa douleur quand il avait cru son fils perdu, Michael songeait que peut-être, à cette étape avancée de sa vie, le cœur dur et sceptique du négociant avait encore pu s'adoucir. Surtout, comme le moine projetait de le lui dire, Bull devrait se réjouir de voir David sain et sauf, après les épreuves qu'il avait traversées, et installé dans un monastère tout proche, où il pourrait aisément aller lui rendre visite.

Quant à Ida, nul doute qu'à l'idée de son beau-fils en sécurité dans le giron de l'Eglise elle n'éprouverait la même joie que lui. Aussi, quand un message arriva pour annoncer qu'ils rentraient dans le courant de juin, il fut impatient — un peu anxieux aussi, tout de même — de leur annoncer la grande nouvelle.

« Qu'avez-vous fait ? »

Il ne l'avait jamais vue dans un tel état auparavant. Son visage, si pâle et si noble, était devenu aussi âpre que celui d'un chevalier ; ses grands yeux bruns le fixaient avec colère et mépris, comme s'il n'avait été qu'un paysan insolent qu'il convient de remettre à sa place.

« L'œuvre de Dieu... commença-t-il.

— David, un moine ? Mais comment aura-t-il des enfants, alors ?

— Nous sommes tous les enfants de Dieu, marmonna-t-il, soudain confus.

— Dieu n'a pas besoin de mon beau-fils ! répliqua-t-elle, furieuse. Il se mariera et il entrera dans une famille noble ! »

Il la fixa d'abord avec horreur, puis avec colère. « Placeriez-vous l'orgueil familial avant le service du Seigneur et le bonheur de votre fils ? »

Mais elle le coupa brutalement : « Laissez donc les autres juger de ce genre de choses ! De quoi vous mêlez-vous donc, espèce de puceau ! Sortez de cette maison, retournez à votre cellule et à vos estropiés ! » Et c'est ainsi que le pauvre Michael fut poussé dehors, à demi assommé par le choc. Une heure plus tard, après une rapide conversation avec son mari, qui les trouva en tous points d'accord l'un avec l'autre, Ida repartit pour Bocton, emmenant David avec elle.

Mais la véritable humiliation, pour frère Michael, vint cet après-midi-là, quand il avoua ses déboires et son désarroi à sœur Mabel, dans le cloître de St Bartholomew. « Je ne comprends pas », répétait-il. Mabel, peinée pour lui, resta néanmoins ferme. « J'ai essayé de vous mettre en garde, lui dit-elle, au sujet d'un amour contre nature. »

Il pensa aux yeux pleins de mépris d'Ida et répondit tristement : « Je ne crois plus avoir guère d'amour pour elle...

— Elle ? Vous voulez dire Ida ?

— Et qui d'autre ? demanda-t-il, surpris.

— Mais David, bien sûr ! Le garçon ! Vous ne voyez donc pas que vous êtes tombé amoureux d'un garçon, vieux polisson ? » Et elle gloussa, comme si tout cela était très amusant.

Michael fut d'abord si abasourdi par cette idée scandaleuse et révoltante qu'il en resta sans voix. Puis une grande vague de fureur monta en lui ; mais, avant qu'il ait pu la traduire en mots, un gouffre immense et glacé lui succéda, dans lequel non seulement sa colère mais l'ensemble de sa vie parurent soudain s'abîmer. Ce qu'avait dit Mabel était vrai. Dans son innocence même, il n'avait pas su le voir.

Courbé en deux sous le double joug de la honte et de la douleur, frère Michael quitta Mabel et s'en alla dans sa cellule, d'une démarche cassée de vieillard.

A Bocton, la santé du jeune David acheva de se rétablir. Il aimait le vieux domaine et son superbe panorama ; il partait faire de grandes promenades dans les bois et les champs avec son père, qui les avait rejoints. Avec Ida, il lisait des histoires de chevaliers ; nulle part celle-ci n'était mieux à sa place que dans le rôle de châtelaine. Peut-être David recueillait-il, ici, quelque chose de la vigueur de ses ancêtres Bull. En tout cas, il ne s'était jamais senti aussi fort ni aussi épanoui.

Pour le couple aussi, ce fut une période heureuse. La maladie de David, puis la colère d'Ida contre le pauvre frère Michael les avaient rapprochés l'un de l'autre. Tandis qu'ils discutaient des aménagements à apporter au vieux domaine, qu'ils arpentaient le verger ou simplement s'asseyaient sur un banc au soleil pour jouir ensemble de la vue sur le Weald, ils avaient l'impression, pour la première fois, d'être devenus mari et femme. Ils n'abordaient plus le thème de la carrière de négociant, dans laquelle Bull désirait voir son fils lui succéder — sous-entendu pourtant quand Ida promettait de trouver une épouse noble à David ; mais cela même semblait plus amuser qu'irriter l'alderman. Quant au monastère, il se passa tant de choses cet été-là, dans le monde autour d'eux, qu'ils n'y pensaient même plus.

Les troubles causés par le perfide prince Jean semblaient s'être apaisés ; en juillet, il conclut la paix avec Longchamp, sous l'égide de l'archevêque de Rouen. L'Angleterre retrouvait le calme. Des nouvelles arrivèrent du roi Richard : il était sain et sauf, en bonne santé, et l'on annonça même au mois d'août qu'il avait épousé une princesse merveilleusement belle, qui lui donnerait sûrement l'héritier que le royaume attendait...

Silversleeves vint un jour de Londres, pour avoir avec le négociant une conversation à laquelle David prêta une oreille attentive.

« Etait-ce sage de la part du roi d'épouser cette princesse ? demandait Bull.

— Globalement, je pense que oui. Elle vient de Navarre, qui se trouve juste au sud de l'Aquitaine de Richard. Avec cette alliance, il se prémunit contre une attaque éventuelle du roi de France de ce côté-là. Oui, je dirais que c'est une bonne initiative. »

David ne laissa pas d'en être dérouté. Il n'était pas naïf, certes ; mais comme ses ancêtres saxons, il aimait que les choses soient claires. Un homme était soit votre ami, soit votre ennemi ; il ne pouvait être les deux à la fois. « Mais, dit-il au clerc de l'Echiquier, le roi Richard et le roi de France ne sont-ils pas de vrais amis ? Puisqu'ils se sont croisés comme deux frères... »

Silversleeves eut un sourire morne. Etant donné l'extension du vaste empire Plantagenêt, qui couvrait le flanc ouest du royaume de France, l'amitié entre les deux souverains ne pouvait être que précaire. « Ils sont de vrais amis... pour le moment », répondit-il.

Une ombre passa sur le visage de David. « Oh ! je mourrais pour le roi Richard ! s'exclama-t-il. Pas vous ? »

Silversleeves n'hésita qu'une seconde avant de répondre en souriant : « Si, bien sûr... Je suis l'homme du roi. »

Pourtant, quelques jours plus tard, alors qu'il s'apprêtait à rentrer à Londres, cette conversation était sortie de l'esprit de l'adolescent, tant les nouvelles qu'on venait de recevoir étaient miraculeuses. Elles prouvaient assez qu'en cette année de la Troisième Croisade Dieu envoyait un message d'espoir aux Anglais et à leur courageux roi.

Les moines de l'abbaye de Glastonbury, dans l'ouest du pays, venaient de découvrir, sur le site de l'ancien monastère, la tombe et les restes du roi Arthur et de sa reine Guenièvre. Pouvait-il exister signe plus éclatant de la faveur divine ?

Il n'y avait pas une minute à perdre. Pentecost Silversleeves n'avait plus éprouvé de panique depuis bien des années, mais, en cet après-midi du 5 octobre, il n'en était pas très éloigné. Il tenait dans sa main gauche la convocation pressante reçue de son protecteur et maître ; dans sa main droite, il avait une autre feuille de parchemin. Elles étaient aussi lourdes de menaces l'une que l'autre. Et posaient toutes deux l'angoissante question : quelle voie suivre ? Il hésitait.

La crise avait éclaté, inopinément, à la mi-septembre ; à cause d'elle, la session de l'Echiquier de la Saint-Michel s'était tenue à Oxford, quatre-vingts kilomètres plus haut sur la Tamise. Mais cette paisible ville fortifiée, avec sa petite communauté d'érudits, n'apportait pas la paix à Silversleeves.

Un bâtard était à l'origine de cette maudite histoire ; tout le problème venait de ce qu'on l'avait fait archevêque d'York.

Il était assez courant qu'on nommât évêques les bâtards royaux ; cela leur procurait un revenu et une occupation. La nomination de l'un des nombreux enfants naturels du roi Henri II comme archevêque n'aurait pas dû prêter à conséquence, s'il n'avait été un partisan déclaré du prince Jean, et si l'entrée en Angleterre ne lui avait été expressément interdite par le roi Richard.

Aussi, le mois précédent, quand il avait débarqué sur les côtes du Kent, le chancelier avait eu raison d'exiger de lui le serment d'allégeance. En revanche, Longchamp avait eu tort de jeter le rusé personnage en prison quand celui-ci avait refusé.

« Toute l'affaire était un piège depuis le début », jugeait Pentecost. Si tel était bien le cas, son maître s'y était jeté tête baissée. A la plus grande satisfaction de Jean, cela avait été un tollé ; bien qu'aussitôt relâché, on avait fait de l'archevêque un martyr, à l'instar de Becket lui-même. Jean et ses partisans avaient protesté ; et en ce moment même un grand conseil se tenait, entre Oxford et Londres, qui avait sommé Longchamp de s'expliquer. « Cette fois, ils veulent sa tête », grommelait Silversleeves.

Rien n'était encore fait ; de nombreux membres du conseil se méfiaient de Jean et le chancelier contrôlait encore plusieurs châteaux, dont Windsor. Comme d'habitude, Londres serait la clé de toute l'affaire. De quel côté la ville pencherait-elle ? Dans un tel contexte, Silversleeves ne s'était pas étonné de recevoir un message de son maître, qui l'y convoquait d'urgence.

Et le parchemin qu'il tenait dans l'autre main ?

A première vue, il ressemblait à un registre de l'Echiquier comme il en existait des centaines. Du moins tant qu'on n'avait pas regardé l'un de ses coins. Là en effet, nichée à l'intérieur d'une lettrine, on distinguait une caricature du chancelier, finement dessinée. C'était un petit chef-d'œuvre d'art et de perfidie : les traits épais du chancelier avaient été accentués jusqu'à évoquer une gargouille grasse et vulgaire ; ses lèvres dégoulinaient comme s'il venait de s'empiffrer. La chose était plus qu'une caricature, elle était méprisante, insultante. Et il s'agissait du chancelier en personne. Aucun secrétaire de l'Echiquier n'aurait laissé une chose pareille sur un registre — à moins d'être sûr de la ruine imminente de son maître. « Comment ce secrétaire peut-il donc savoir ce que je ne sais pas moi-même ? » se demandait Pentecost à haute voix.

Mais il y avait pire encore sur le parchemin. Une seconde caricature s'étalait dans la marge, à côté de la lettrine, représentant un chien tenu en laisse par le chancelier. On ne pouvait hélas se tromper sur la gueule de ce chien, avec son long nez et sa bouche gloutonne, baveuse : c'était lui-même, Pentecost, qui était visé.

Donc, ils croyaient à sa ruine. S'ils ne se trompaient pas, alors Pentecost n'avait que le temps de lâcher son protecteur. A toutes fins utiles, il passa en revue les initiatives du chancelier : n'y avait-il pas quelque crime secret qu'il pût dénoncer aux ennemis de Longchamp ? dans lequel il ne fût pas lui-même impliqué, bien sûr. Cela n'en laissait que deux ou trois d'utilisables, mais en cas d'urgence, c'était mieux que rien. D'un autre côté, si Longchamp survivait à cette crise et que Pentecost l'ait lâché, c'était la fin de tout espoir de promotion, sans doute pour toujours. Il passa quelques minutes à soupeser l'avenir, torturé par l'indécision.

Enfin, tirant son couteau de sa poche, il découpa avec soin l'impertinent coin du parchemin et s'en alla. Le soir même, il était en route pour Londres.

En ce début d'octobre, dans la maison à l'enseigne du Taureau, Ida prenait un peu de repos à la mi-journée. Elle en avait besoin, après les péripéties des deux derniers jours.

D'abord, le chancelier était arrivé la veille de Windsor avec une troupe d'hommes. Il se trouvait maintenant à la Tour, occupé à en renforcer les défenses ; une partie de ses hommes patrouillaient dans les rues de la ville. Puis, ce matin même, on apprenait que le conseil, le prince Jean, des chevaliers et des hommes en armes approchaient de Londres, où ils étaient attendus dans la soirée. « Ils veulent déposer le chancelier » : tels avaient été les mots du messager.

Toutefois, ce ne serait peut-être pas aussi facile. Si la ville choisissait de demeurer fidèle à l'homme de Richard et de fermer ses portes, le conseil ne pourrait pas faire grand-chose. Non qu'il se souciât guère de Longchamp, mais il ne trahirait pas Richard. « Et tout est préférable à ce traître de Jean », comme le faisait remarquer Ida à son mari. Bull avait quitté la maison deux heures plus tôt ; une réunion avait été convoquée, de tous les aldermen ainsi que des principaux notables de Londres, pour décider quelle attitude adopter en face du conseil. Ida en attendait le résultat avec anxiété.

Restait l'autre sujet, dont elle n'avait pas encore parlé à Bull.

Quand elle entendit un pas résonner dans la cour, elle s'attendit à voir son mari faire son entrée dans la pièce ; aussi fut-elle fort surprise quand arriva un tout autre personnage.

C'était Silversleeves ; elle ne l'avait jamais vu arborer un tel visage.

Bull avait dépassé St Paul et marchait à grandes enjambées. Son manteau était d'un bleu profond, avec un col doublé d'hermine. Il s'était composé une expression bourrue, qui ne laissait rien transparaître, mais son cœur bondissait de joie dans sa poitrine. Tout s'était passé comme prévu.

La réunion des aldermen s'était déroulée à huis clos. La discussion avait été serrée et différentes stratégies envisagées ; mais le groupe des sept avait bien préparé son affaire. Les mois passés à travailler insidieusement l'esprit de leurs collègues portaient aujourd'hui leurs fruits. Ils avaient de solides arguments à faire valoir, savaient ce qu'ils voulaient, et comment y parvenir. L'assemblée avait fini par décider de s'en remettre à eux. A la minute même, un messager avait été secrètement envoyé hors de la ville ; il était sorti par Ludgate.

Une seule décision supplémentaire avait été prise : pour que la stratégie des sept puisse aboutir, la plus grande discrétion était nécessaire. Il ne fallait révéler à personne la position adoptée par l'assemblée. « Et alors, laissa échapper Bull avec un soupir de satisfaction, l'avenir nous appartiendra. »

Il fut étonné, en rentrant chez lui, de trouver Pentecost Silversleeves qui l'attendait. Un regard lui suffit pour comprendre que le clerc de l'Echiquier n'allait pas bien. Depuis une heure, il faisait les cent pas dans la cour, et se rua sur le marchand dès son arrivée pour lui soutirer des nouvelles.

Bien que son visage demeurât impassible, Bull réfléchissait en hâte.

« Vous êtes en route pour aller voir Longchamp ? » demanda-t-il à son hôte. Silversleeves acquiesça. « Alors vous pouvez lui dire, affirma-t-il lentement, que Londres est loyal. »

Quelques minutes plus tard, un clerc de l'Echiquier fort soulagé se dirigeait vers la Tour, laissant Bull à ses pensées.

Ai-je menti ? se demandait-il. Non. Un Bull ne mentait jamais. « Je lui ai juste dit que Londres était loyal », répéta-t-il à voix haute.

Il n'avait pas dit loyal envers qui.

La nuit était tombée depuis peu lorsque le jeune David Bull avisa l'étrange cortège. Il s'était tenu tout l'après-midi près de Ludgate, guettant l'arrivée des troupes ; mais il ne les avait pas vues, bien qu'une rumeur affirmât qu'elles étaient proches de Westminster. Au crépuscule, on avait fermé les portes.

Qui pouvaient être ces vingt cavaliers encagoulés, que des hommes porteurs de torches et de lanternes guidaient rapidement à travers les rues calmes de la ville ? Il les aperçut près de St Paul et les suivit, sa curiosité éveillée, alors qu'ils descendaient vers le Walbrook. Arrivé à la Pierre de Londres, le cortège fit une pause ; trois des cavaliers s'engagèrent dans une ruelle en face, tandis que d'autres mettaient pied à terre. Toujours aussi intrigué, David s'approcha. Il n'y avait personne d'autre dans la rue. Les cavaliers étaient regroupés et il n'osait pas aller vers eux ; mais au bout d'un moment, un homme de haute taille qui tenait une lanterne se détacha du groupe et se dirigea vers la ruelle obscure. David courut vers lui, l'attrapa par la manche et lui demanda à mi-voix : « Messire, pouvez-vous me dire qui sont ces gens ? » Quand l'homme se tourna vers lui, il fut fort étonné de découvrir à la lueur de la lanterne le large visage de son père.

« Rentre à la maison ! » lança Bull à son fils, éberlué. Puis, d'une voix radoucie : « Je t'expliquerai plus tard. »

David tourna docilement les talons ; toutefois il resta là, incapable de résister au désir d'en savoir plus. « Mais qui est-ce, Père ? » insista-t-il.

Il reçut un choc en entendant son père lui murmurer : « C'est le prince Jean, idiot... Va-t'en, maintenant. »

Ida avait été soulagée d'apprendre que son mari et ses confrères négociants étaient loyaux. Restée seule cet après-midi-là, elle s'en était même félicitée : son influence commençait à porter ses fruits. Tout marchand qu'il fût, il y avait une trace de raffinement chez Bull. Elle se promit de lui dire son approbation le soir même.

Puis elle pensa à l'autre sujet à aborder. Ce serait une bonne occasion de le faire.

Aussi, quand David rentra à la maison et lui dit ce qu'il avait vu, elle refusa d'abord de le croire. « Tu t'es sans doute trompé », lui dit-elle. Mais une heure passa, puis une seconde, et elle commença à se poser des questions. Qu'est-ce que cela signifiait ? Que manigançait son époux ? Quand elle songeait aux aldermen négociant avec le prince félon, son visage pâlissait et se crispait. Lorsque Bull arriva enfin, elle fixa sur lui ses grands yeux sombres et ne lui posa qu'une question, d'une voix glaciale :

« Qu'avez-vous fait ? »

Loin de paraître gêné, il la considéra avec calme et répliqua :

« Un marché.

— Quel genre de marché ?

— Le meilleur de toute l'histoire de Londres ! s'exclama-t-il avec entrain.

— Vous négociez avec ce traître de Jean ?

— Avec Jean, oui.

— L'ennemi du roi... Quel marché ? »

Bull feignit d'ignorer le ton de sa femme, trop satisfait pour se soucier de son opinion. Il lui répondit d'un ton léger :

« Demain, madame, le prince Jean fera officiellement son entrée dans la ville, entouré du conseil du roi. Nous ouvrirons grand les portes pour l'accueillir. Puis la ville accordera son soutien au prince Jean et au conseil pour déposer Longchamp. S'il le faut, nous donnerons l'assaut à la Tour.

— Et ensuite ?

— Nous nous joindrons au conseil pour jurer de reconnaître Jean comme héritier du roi Richard à la place d'Arthur.

— C'est monstrueux ! Cela veut dire que vous livrez dès maintenant l'Angleterre à Jean !

— En droit, non. C'est le conseil qui gouverne. Mais dans les faits, il se peut que vous ayez raison.

— Pourquoi avez-vous fait cela ? »

A force de s'étrangler d'horreur, la voix d'Ida était devenue rauque.

« Pourquoi nous avons conclu ce marché, vous voulez dire ? Mais parce qu'il est excellent, ma chère. (Il sourit.) Voyez-vous, pour remercier Londres de sa collaboration dans un moment aussi critique, le prince Jean nous a promis quelque chose que nous méritons depuis longtemps.

— Et qui est ?

— Mais, ma chère, une commune, bien sûr ! Londres est désormais une commune ! Dès demain, nous pouvons choisir notre maire. (Il adressa à Ida et à David un sourire radieux.) Londres est libre ! »

Ida resta quelque temps trop abasourdie pour pouvoir parler. C'était encore pire, encore plus pervers et plus cynique que tout ce qu'elle avait pu imaginer. Oubliées, les semaines heureuses à Bocton durant l'été... Elle explosa :

« Londres, une commune ? Alors vous, les marchands, vous allez pouvoir plastronner, vous appeler barons et faire comme si votre maire était un roi ? Et c'est pour cela que vous avez vendu l'Angleterre à ce diable de Jean ? Traître ! »

Bull haussa les épaules et tourna les talons. Aussi ne vit-il pas, tandis qu'il quittait la pièce, le jeune David le fixer à travers ses larmes d'un air non seulement stupéfait mais aussi, pour la première fois de sa vie, plein de haine.

Pentecost parcourait les rues obscures en compagnie de quatre cavaliers, décidé à se joindre à la patrouille, dans l'espoir d'apprendre quelque chose de neuf ; mais tout demeurait calme dans la ville.

Sa rencontre avec Longchamp l'avait réconforté. Le chancelier pouvait bien avoir les traits épais, le visage noir, sa froide détermination n'en était pas moins impressionnante. Il apprit à Pentecost que tous les châteaux qu'il tenait encore étaient solidement défendus, et que les dispositions prises à la Tour étaient excellentes. « Demain à l'aube, tu t'assureras que toutes les portes de Londres restent bien fermées, comme je l'ai ordonné », dit-il à Silversleeves. Le clerc l'aida également à commencer une lettre au roi Richard, qui détaillait par le menu les machinations du prince Jean. « Si la ville est sûre comme tu me le dis, nous pourrons probablement tenir Jean en respect, commenta Longchamp. Ensuite, ajouta-t-il avec un sourire, il sera temps de te chercher un nouveau domaine, mon bon Silversleeves. » Cette perspective avait beaucoup contribué à renforcer le courage du clerc.

La patrouille avait atteint le bas de Cornhill et s'apprêtait à regagner la Tour quand ils rencontrèrent trois chevaliers qui arrivaient du fleuve. Heureux d'avoir enfin l'occasion d'agir, le chef de la patrouille leur demanda qui ils étaient ; Pentecost écoutait d'une oreille distraite. Il fut étonné d'entendre l'un des chevaliers répondre, après un temps d'hésitation : « Qui êtes-vous vous-mêmes ?

— Les hommes du chancelier. Faites-vous connaître. » De nouveau, une pause ; puis Pentecost entendit l'un des trois chevaliers murmurer quelque chose, et un autre rire. Enfin la réponse arriva :

« Apprends que je suis sir William de Montvent, mon ami. Et que ton maître n'est qu'un chien ! »

Les hommes de Jean ? Qu'est-ce que cela voulait dire ? Mais il n'eut pas le temps d'y réfléchir : un bruit d'épées qu'on tire de leurs fourreaux, de pâles éclairs d'acier dans la pénombre, et les chevaliers pressaient déjà leurs chevaux vers eux.

Les événements s'enchaînèrent alors si rapidement que Pentecost, après coup, fut incapable de les reconstituer avec précision. Tandis que les trois chevaliers se ruaient vers eux, il tâcha d'instinct de faire effectuer un demi-tour à sa monture, pour prendre la fuite ; mais la rue était pavée et, dans ce mouvement de panique, le cheval glissa puis tomba au sol. Silversleeves eut de la chance de ne pas se blesser dans la chute.

Le temps qu'il se remette sur ses pieds, deux des trois chevaliers étaient déjà loin. Il entendit un bruit métallique et leva les yeux : le troisième homme le contemplait du haut de son cheval, l'épée à la main. « Cela vous tenterait-il de croiser un peu le fer ? demanda-t-il en riant. J'arrive. » Il entreprit de descendre, nonchalamment, de sa monture.

Pentecost était si terrifié que son esprit refusait de penser. Tandis qu'il se campait sur ses jambes et tirait son épée du fourreau, il vit, dans un éclair, le dos que le chevalier lui présentait en mettant pied à terre. Il frappa instinctivement et eut la chance de plonger profondément son épée dans le flanc de l'homme. Un coup mortel.

Le chevalier s'abattit dans un cri ; Pentecost le dévisageait, hors de lui.

L'homme fut bientôt étendu au sol, levant vers son assassin des yeux incrédules ; il râlait déjà et son visage devint livide. Silversleeves regardait de tous côtés, se demandant que faire. Les autres avaient disparu au coin de la rue.

C'est alors qu'il vit une silhouette solitaire s'approcher de lui en provenance du West Cheap, arpentant l'obscurité d'un air morne. Il laissa échapper un murmure de surprise : David Bull. Pentecost hésita : devait-il se cacher ? Mais il était déjà trop tard. Le jeune garçon l'avait reconnu et se précipitait vers lui. Quand il aperçut le chevalier couché à terre, il suffoqua. « C'est lui qui m'a attaqué », expliqua Silversleeves en toute hâte.

L'adolescent prononça les mots qui rendirent Pentecost plus pâle encore que le chevalier. « Oh ! messire, savez-vous ce qui est arrivé ? Mon père et les aldermen ont vendu Londres au prince Jean !

— Tu es sûr ?

— Oui. Il me l'a dit lui-même. Il va y avoir une commune. » Son désarroi était si grand qu'il ne pleurait même plus ; il leva vers Silversleeves des yeux misérables et lui demanda : « Tout est fini, alors ? »

Cette fois, il fallait que Pentecost réfléchisse, et vite. Il commença par s'assurer que le chevalier était bien mort, puis parcourut des yeux la rue ; les autres chevaliers n'allaient pas tarder à revenir chercher leur compagnon. Quelqu'un avait-il assisté au meurtre ? Il ne le pensait pas.

« Non, tout n'est pas perdu, dit-il enfin. Le chancelier est ici et nous avons des hommes.

— Vous voulez dire que vous pouvez encore tenir tête au prince Jean ? (Les yeux de David s'éclairèrent.) Vous vous battrez pour le Cœur de Lion ?

— Bien sûr. Pas toi ?

— Oh ! si. Je me battrai !

— Parfait. Prends mon épée, dit Silversleeves en la lui tendant. Moi, j'aurai la sienne. » Il se baissa pour ramasser l'arme du chevalier, puis promena à nouveau le regard autour de lui. Tout était silencieux.

Alors, d'une seule poussée, sans effort, il plongea l'épée du chevalier dans le cœur du jeune David.

Quelques instants plus tard, après avoir remis l'arme dans la main du chevalier et refermé ses doigts sur la poignée, il retourna à son cheval. Par chance, l'animal ne s'était pas blessé dans sa chute. Il gagna le coin d'une ruelle voisine, où il se cacha pour voir ce qui allait se passer.

Les choses se déroulèrent comme il l'avait prévu. Au bout de quelques minutes les autres chevaliers, qui avaient pourchassé la patrouille jusqu'à la Tour, revinrent chercher leur compagnon. De là où il était, il pouvait entendre leurs voix.

« Par Jésus-Christ, cria l'un d'eux, il a été tué par un garçon !

— Qui l'a frappé dans le dos, regarde...

— Il a quand même réussi à tuer ce petit vaurien avant de mourir... » Ramassant la dépouille de leur compagnon, ils quittèrent les lieux.

Pentecost arriva peu après à la maison de l'alderman.

« J'ai une faveur à vous demander, dit-il à Bull. J'ai quitté Longchamp, il est fini. Voudriez-vous dire quelques mots pour moi à Jean et au conseil ? Après tout ce que j'ai fait pour vous... » Bull acquiesça — à contrecœur, mais il se sentait quelque peu coupable de l'avoir trompé.

« Entendu. Je ferai de mon mieux.

— Vous êtes un véritable ami.

— A propos... mon fils est sorti de la maison il y a un moment. Vous ne l'auriez pas vu, par hasard ?

— Votre fils ? Non... »

Le 7 octobre de l'an de grâce 1191 eut lieu un événement capital pour l'histoire de Londres. L'ancien Folkmoot des habitants de la ville, convoqué dans l'enceinte de la cathédrale par la grande cloche de St Paul, écouta le conseil déposer le chancelier Longchamp, en présence d'une large assemblée de barons, et bien sûr du prince Jean. Au cours de la même réunion, celui-ci fut proclamé héritier du trône. Mais par-dessus tout, on déclara solennellement que Londres allait devenir une commune, avec un maire, sous réserve de l'approbation du roi Richard (si du moins celui-ci revenait de la croisade).

Au milieu de la satisfaction générale, les collègues de l'alderman Sampson Bull évitaient de le regarder. Debout à l'écart des autres, le visage congestionné, sa grande silhouette était presque continuellement secouée de sanglots muets.

Quand il avait appris la nuit précédente le drame vécu par son fils, et qu'il avait ramené le corps de David à la maison, il en avait fait retomber, égaré par la douleur, toute la responsabilité sur Ida. « C'est vous qui l'avez dressé contre moi, vous qui lui avez rempli l'esprit de chimères ! avait-il crié à sa femme. Regardez ce que vous avez fait ! Je veux que vous quittiez ma maison pour toujours ! » avait-il rugi. Elle avait refusé, et il l'avait frappée.

Elle se sentait si coupable et si bouleversée, elle devinait si bien la profondeur de sa peine qu'elle ne réagit pas. Elle ne dit rien non plus quand il recommença, au moment où elle se remettait péniblement debout. Cette fois, il lui brisa deux dents.

Mais lorsqu'il leva la main sur elle pour la troisième fois, elle murmura : « Ne me frappez plus. » Comme il suspendait son geste, elle lui dit enfin ce qu'elle avait depuis quelque temps sur les lèvres : « Je suis enceinte. »

Etrangement, en ce jour de grande douleur, c'est auprès de frère Michael que Bull alla chercher du réconfort.

1215

Le château de Windsor était plaisant à voir. Construit au siècle précédent, au sommet d'une colline solitaire couverte de chênes, il veillait comme une sentinelle sur les riantes prairies bordant la Tamise. De là-haut, la vue était superbe sur la campagne et les hameaux alentour. Un haut rempart crénelé entourait le large sommet de la colline, dominant la cime des arbres. Mais alors que la Tour de Londres était massive et sévère, cet autre château royal, situé plus haut sur le fleuve, avait une allure débonnaire et presque amicale.

Silversleeves n'était qu'à cinq kilomètres des portes du château qu'il regrettait déjà de l'avoir quitté. Quand il s'était mis en route, en ce matin de juin, le soleil brillait ; mais maintenant il pleuvait à torrents. L'herbe des prés bruissant autour de lui sous l'averse drue, un brouillard de gouttes nimbant le bout de son nez, il faisait triste figure.

A la vérité, ainsi que le mot courait désormais chez les jeunes clercs de l'Echiquier, « le vieux Silversleeves avait une face de bouffon ». Ce n'était pas qu'une question d'âge ; après tout, le puissant comte-maréchal, l'un des plus hauts officiers du royaume, avait encore fière allure en selle à plus de soixante-dix ans. Mais le pauvre Silversleeves, avec ses épaules tombantes et son nez qui semblait s'allonger d'année en année, lui qui en cinquante années d'Echiquier n'avait jamais connu la moindre promotion — oui, Silversleeves faisait rire. L'histoire d'Henri II le chassant de Westminster Hall se déclinait maintenant en différentes versions, plus croustillantes les unes que les autres ; ses retournements de veste étaient devenus légendaires. Sans les rôles de l'Echiquier, qu'il emmagasinait tout entiers dans sa mémoire, et ses exceptionnelles dispositions pour le calcul mental, on l'aurait sans doute congédié depuis longtemps.

Du moins, c'était une consolation, avait-il gardé assez d'importance pour qu'on l'eût convoqué, trois jours plus tôt, à la grande réunion qui s'était tenue dans le pré voisin du château de Runnymede.

Richard Cœur de Lion n'avait pas été un bon roi. Il n'était jamais présent sur le sol anglais. Quand il était mort au combat et que son frère Jean lui avait succédé, certains avaient espéré que la situation s'améliorerait ; personne ne pouvait prévoir le désastre que serait ce nouveau règne. Jean avait commencé par faire tuer son jeune neveu, le pauvre Arthur de Bretagne ; ensuite, par une série de campagnes mal menées, il avait perdu presque tout l'empire de son père outre-Manche. Si Henri s'était disputé avec Becket, Jean, lui, avait réussi à se brouiller avec le pape, au point que celui-ci avait jeté l'interdit sur le royaume d'Angleterre. Des années durant, plus aucune messe n'avait été célébrée, et l'on pouvait à peine obtenir un enterrement décent. Pour finir, il s'aliéna tant de puissantes familles féodales anglaises qu'un petit groupe d'hommes décidés se rebella contre son autorité.

Le résultat en fut la *Magna Carta*, la Grande Charte, que Jean avait été forcé de signer trois jours plus tôt à Runnymede.

Par bien des aspects, c'était un document plein de modération. La plupart des conditions qu'il imposait au roi, ainsi que les libertés de base qu'il garantissait au peuple, n'étaient rien d'autre que les conventions établies de longue date par la société féodale et le vieux droit coutumier anglais. Jean se voyait notifier qu'il devait respecter les lois. La charte contenait cependant quelques avancées notables : on ne pouvait plus forcer les veuves à se remarier, comme cela avait été le cas pour Ida ; de même, des mesures étaient prises pour protéger les justiciables contre l'emprisonnement sans jugement. Mais on découvrait aussi des dispositions radicalement nouvelles. A la place de l'ancien conseil — le groupe de grands barons que le roi consultait traditionnellement avant d'agir —, les rebelles avaient réclamé la nomination d'un conseil permanent de vingt-cinq membres (dont l'archevêque de Canterbury et le maire de

Londres), qui s'assureraient que le roi respectait bien la charte. Si tel n'était pas le cas, ils pourraient le déposer.

« C'est du jamais vu ! avait fait remarquer Silversleeves à l'un des rebelles. Aucun roi ne s'est jamais soumis à une telle règle ! L'Angleterre tout entière ne sera plus qu'une vaste commune ! Vos vingt-cinq barons seront comme autant d'aldermen, et le roi ni plus ni moins qu'un maire !

— Vous n'avez pas tort, mon cher. Nous n'avons fait que suivre l'exemple de Londres. »

La ville elle-même n'échappait pas à la charte. Bizarrement, tout déterminés qu'ils fussent à défendre leurs privilèges, les aldermen n'avaient jamais fait valoir leurs droits à la commune qu'on leur avait promise. Bull en avait expliqué la raison à Silversleeves. « C'est à cause des impôts. (Il avait souri.) Nous avons vite compris que si une commune est considérée comme un seigneur unique du point de vue fiscal, cela signifiera que les autres citoyens voudront voir les plus riches d'entre nous payer la plus grosse part. Si le roi impose chaque citoyen individuellement, le régime sera moins lourd pour nous, les aldermen. Aussi, nous ne souhaitons plus autant une commune qu'auparavant. » Quant au maire, c'était une autre affaire ; la charte du roi entérinait définitivement son existence. « On ne nous le retirera plus jamais », affirma Bull. Il y avait encore une autre petite clause, qui portait le numéro trente-trois : « Tous les gords seront dorénavant retirés de la Tamise, du Medway et de toute l'Angleterre, hormis sur les côtes. »

Après quarante ans de patience, l'alderman Sampson Bull avait enfin triomphé du roi.

A la recherche d'un endroit où s'abriter, Silversleeves s'engagea dans un chemin conduisant à un hameau. Il n'y était encore jamais passé. Là, il poussa son cheval jusqu'à une chaumière où il demanda asile. Après s'être séché, il remarqua une curieuse caractéristique chez la famille de paysans qui l'avait accueilli de mauvaise grâce : le père avait une mèche blanche dans les cheveux. Il resta une heure chez eux, jusqu'à la fin de l'averse ; après quoi il rendit visite à l'intendant du domaine sur lequel se trouvait le hameau.

De retour à Londres, quelques heures plus tard, Pentecost Silversleeves souriait.

La vie avait bien traité Adam Ducket. Il était désormais membre de la guilde des poissonniers — guilde modeste, certes, mais qui lui assurait un statut respectable. Les épreuves ne l'avaient pas épargné : sa première femme était morte en couches, voilà plusieurs années ; mais Barnikel, son vieux protecteur, avait encore une fille en âge de convoler. Elle se prénommait Lucy et le mariage était prévu au printemps suivant.

Par un maussade après-midi du mois de novembre, un messager arriva dans la maison d'Adam Ducket sur Cornhill, porteur d'une étrange nouvelle. Elle n'était pas seulement étrange, elle n'avait tout simplement aucun sens.

Adam était convoqué devant la cour des Hustings, dans un délai de deux semaines. « Je n'ai rien fait de mal ! dit-il au messager. Que me veut-on ? » Quand il le découvrit le lendemain, dans la demeure du maire, il ne put en croire ses oreilles.

L'ancienne cour des Hustings se réunissait généralement le lundi. Elle tenait séance dans un simple hall de pierre, d'assez modestes dimensions, à toit de bois pentu ; il se trouvait dans le quartier d'Aldermanbury, juste au-dessus de la Jewry. Les alentours étaient plus dégagés que le reste de la ville, avec un grand nombre de cours intérieures, et les rues du voisinage suivaient un tracé courbe assez singulier. Quelques générations plus tôt, on pouvait encore discerner au sol le dessin d'un très ancien amphithéâtre romain ; mais il était effacé, désormais. Le petit palais de justice, où se retrouvaient maire et aldermen, était connu sous le nom de Guildhall.

C'est donc à l'intérieur du Guildhall qu'Adam Ducket, par une froide matinée de novembre, fit face au maire et aux aldermen de Londres. Sœur Mabel et Barnikel étaient venus le soutenir, et son accusateur se trouvait là lui aussi : Silversleeves.

Pendant dix jours, il avait cru rêver. L'accusation semblait tomber du ciel, venant d'un homme qu'il connaissait à peine de vue, et encore. Il n'était même pas accusé de crime, non, et c'était là le plus incompréhensible de toute l'histoire : comme il l'avait dit à Mabel, « ils affirment que je ne suis pas celui que je pense être. Et le pire, c'est que je ne peux même pas prouver qui je suis ».

Il avait essayé, pourtant ; le jour même où il avait eu connaissance de l'accusation, il avait galopé jusqu'au hameau proche de Windsor. Mais à sa grande stupeur, ses cousins éloignés — auxquels il n'avait jamais rendu visite — ainsi que l'intendant du seigneur avaient confirmé sa culpabilité. « Si seulement ma mère était encore en vie ! se désolait-il. Elle m'aurait peut-être dit quelque chose... » Mais personne ne pouvait lui venir en aide.

Silversleeves prit la parole. Il pouvait être maigre, voûté et ridicule ; une fois à son affaire, il faisait encore impression. « L'accusation, messire maire et vous tous, aldermen, est simple. Vous avez devant vous un Adam Ducket, poissonnier et citoyen supposé de Londres. Mais j'ai découvert que c'était un imposteur, et il est de mon devoir de vous le dire. Adam Ducket, il l'est bien, mais citoyen de cette noble commune (à ce mot, il inclina la tête en signe de profond respect), il ne peut l'être. Car Adam Ducket n'est pas un homme libre. C'est un serf. »

Les notables de Londres soupirèrent avec lassitude. « Quelles preuves en avez-vous ? » dirent-ils.

Ces accusations étaient alors fort répandues, et les tribunaux en résonnaient depuis plusieurs générations. En théorie, certes, un serf pouvait s'enfuir et aller vivre dans une ville ; si personne ne le réclamait pendant un an et un jour, il devenait libre. Mais de tels fugitifs ne se rencontraient guère en réalité, et s'ils ne possédaient pas d'argent, ils risquaient fort d'être traités comme des vagabonds. En outre, les hommes libres de Londres avaient déjà leurs propres parents à qui fournir du travail, les intérêts de leurs guildes à défendre. Et puis ils étaient fiers ; une chose que les hommes libres de Londres ne toléraient pas (la coutume se montrait claire à ce sujet) était la présence de serfs dans les rangs des citoyens de la ville. « Nous sommes des nobles, non des fuyards. » Qu'un authentique serf pût tenter de se faire passer pour un citoyen était donc inadmissible.

Néanmoins, les hommes appelés à juger le cas présent, subodorant quelque vengeance personnelle, restaient prudents. « Vos preuves, prévint le maire, ont intérêt à être bonnes. »

Elles l'étaient. Silversleeves fit rapidement défiler devant la cour les cousins d'Adam, qu'il avait fait venir de Windsor, puis l'intendant du domaine. Tous jurèrent qu'Adam tenait les terrains, que son père et ses ancêtres avaient tenus avant lui, non en échange d'un loyer mais d'un travail servile. « Tout comme nous », déclara le cousin de son père.

Dans un sens, ils disaient la vérité. Car depuis qu'Adam était enfant, ni sa mère ni lui ne s'étaient plus préoccupés de cette terre ; et ses cousins avaient pris l'habitude d'en payer le loyer en travail plutôt qu'en espèces, afin de garder pour eux les modestes profits qu'ils en retiraient. Depuis douze ans que l'actuel intendant était en fonction, il avait toujours vu les terres d'Adam payées par le travail que ses cousins fournissaient pour lui. Aussi, alors même qu'il habitait à Londres, à cet égard il était un serf. C'était obscur, éminemment formel, mais dans le monde féodal ce genre de détail comptait beaucoup.

« J'ai entendu dire que des cousins à moi étaient serfs, mais que nous-mêmes avions toujours été libres », protesta le jeune homme. Et de fait, quand il avait rendu visite au hameau, il aurait pu rencontrer un vieillard susceptible de témoigner en sa faveur — hélas, celui-ci était mort une semaine plus tôt.

Alors Silversleeves abattit sa carte maîtresse. L'idée lui en était venue quelques jours auparavant. « J'ai même consulté le grand Domesday Book du roi Guillaume, informa-t-il suavement la cour. Il n'est nulle part question d'un libre tenancier. Les membres de cette famille ont toujours été serfs. » Qu'un siècle et demi plus tôt un clerc normand pressé eût commis l'une des rares erreurs de l'énorme enquête, et omis d'enregistrer comme libres les ancêtres de Ducket, Silversleeves l'ignorait ou n'en avait cure.

Le maire gardait le silence et les aldermen étaient graves. Puis Sampson Bull prit la parole : « Quelque chose me gêne dans cette affaire, dit-il avec brusquerie. Le père de cet homme était Simon l'armurier, un citoyen respecté. Avec qui, si mes souvenirs sont bons (ici il jeta un regard sévère au clerc de l'Echiquier), Silversleeves a eu une querelle. Si Ducket est le fils de Simon, alors c'est bien un citoyen. Tout est là. »

Le soulagement de l'assistance fut perceptible ; personne n'aimait cette affaire.

Mais Silversleeves n'était pas clerc royal pour rien. « Si Simon était citoyen, dit-il, sans doute l'était-il indûment. Mais de toute façon, cela n'a rien à voir avec le cas présent. Car, messire maire et vous tous, aldermen de la cité, Adam Ducket tient *en ce moment* sa terre en échange d'un travail. *Aujourd'hui*, il est serf. (Il marqua une pause pour observer leurs visages.) Ou bien devons-nous changer l'ancienne coutume de Londres et faire de ce serf un citoyen ? »

Bull lui-même n'avait rien à répondre. Ducket était bien un serf, aucun doute là-dessus. Quant à l'habile allusion de Silversleeves aux coutumes de Londres, elle avait fait mouche.

Le maire prit la parole : « Je suis désolé, Adam Ducket, dit-il. Tout cela est bien regrettable et l'on ne peut même pas vous blâmer. Mais nous ne pouvons accepter des serfs au nombre de nos citoyens. Vous devez nous quitter.

— Mais, et mon métier ? Je suis poissonnier...

— Oh ! J'ai bien peur qu'il ne vous faille l'abandonner lui aussi. Puisque vous n'êtes pas un citoyen... »

Comme il sortait de la salle avec Mabel et Barnikel, Adam se tourna vers eux, en plein désarroi, et leur cria : « Mais qu'est-ce que je vais faire ?

— Nous t'aiderons, promit Barnikel.

— Et pour Lucy ? »

Mabel, toute seconde mère qu'elle ait été pour Adam, laissa parler la vraie Londonienne en elle :

« C'est terrible, Adam, dit-elle avec tristesse, mais nous ne pouvons plus te laisser épouser Lucy. Puisque tu n'es pas un citoyen... »

Pentecost Silversleeves tenait enfin sa revanche, après l'avoir si longtemps attendue.

1224

La situation s'améliorait, sans aucun doute. Tandis qu'elle observait le monde autour d'elle, sœur Mabel, alors dans la soixante-quinzième année de sa robuste existence, ne pouvait se défendre d'un sentiment de satisfaction.

L'Angleterre vivait en paix. Après une période d'incessantes querelles entre les barons et le roi, Jean était mort subitement, laissant son fils, encore un enfant, régner avec l'aide d'un conseil. Celui-ci gouvernait sagement. La Grande Charte et les libertés qu'elle garantissait avaient été confirmées par deux fois. Londres avait un maire. Si la taille restait toujours en vigueur, le nouveau gouvernement s'était abstenu de toute guerre étrangère, et n'avait donc pas eu besoin de lever des sommes trop importantes. « Nous n'avons même pas de problème avec le pape en ce moment », ajoutait joyeusement sœur Mabel.

Londres même avait connu une série d'aménagements récents. Le plus frappant était peut-être la grande tour de la lanterne, dont on venait de doter la nef de St Paul. Elle cassait la ligne étroite et longue de l'édifice, ajoutant grâce et dignité à la sombre silhouette dominant la colline ouest, qui jusqu'alors rappelait par trop une grange. Mais ce qui avait plus encore réjoui le cœur de Mabel, ces trois dernières années, ç'avait été l'arrivée dans la ville de deux nouveaux ordres religieux, différents de ceux qu'elle connaissait ; en ce moment même, ils construisaient leurs modestes demeures. Il s'agissait des disciples de saint François, les Franciscains ou *Greyfriars*, frères gris, et des Dominicains ou *Blackfriars*, frères noirs.

« Je les aime, ces frères, disait Mabel. Ils travaillent. » Les Franciscains, qui avaient fait un vœu spécial de pauvreté, prenaient soin des indigents ; quant aux Dominicains, ils se vouaient à l'enseignement. Mabel appréciait particulièrement les Greyfriars. « Si l'on s'y met tous, avait-elle l'habitude de dire, on peut tout. » C'est avec cette devise en tête qu'elle avait entrepris sa tâche du jour.

Le couple était étrange, qui faisait son chemin à petits pas : Mabel, solide et décidée, même si ses gestes étaient plus lents qu'auparavant, et la frêle silhouette qui marchait d'un pas raide à son côté, lui tenant le bras. Blafard comme une vieille craie poussiéreuse, voûté au point de sembler cassé en deux. Pentecost Silversleeves n'en paraissait pas moins immortel.

Il était aveugle et, chaque semaine, Mabel l'emmenait faire une promenade. « Vous ne pouvez pas rester assis toute la journée, lui disait-elle dans son beau hall de pierre proche de St Paul. Il faut sortir et prendre un peu d'exercice, sans quoi vous serez bientôt incapable du moindre mouvement. » Leurs promenades se déroulaient de manière immuable : elle commençait par le conduire, juché sur son petit cheval, jusqu'à un endroit agréable ; puis elle lui faisait faire un peu de marche à pied, avant de le ramener chez lui.

Ce jour-là pourtant, en se dirigeant vers le fleuve, elle avait un objectif particulier en tête. Elle emmenait son compagnon au pont de Londres.

De toutes les améliorations qu'avait connues Londres depuis la naissance de Mabel, c'était sûrement la plus magnifique. Là où Ida, voilà un demi-siècle, traversant le fleuve par le vieux pont de bois, apercevait dans l'eau les grandes piles de pierre d'un nouvel ouvrage, celui-ci était aujourd'hui presque achevé. Cela avait pris beaucoup de temps : une trentaine d'années avant qu'une chaussée surmonte les piles, mais le feu l'avait alors ravagée, et il avait fallu recommencer. Le coup d'œil était désormais magnifique. Dix-neuf grandes arches de pierres traversaient la Tamise. Le tablier du pont avait été récemment élargi, au point que des maisons commençaient à s'y élever ; la chaussée, assez large pour que deux charrettes puissent s'y croiser, passait au milieu. Une petite chapelle de pierre se dressait au centre du pont, dédiée à saint Thomas Becket, le martyr qu'honorait la cité.

Ils avaient laissé le cheval près de l'église de St Magnus, à l'extrémité nord du pont, et Mabel faisait traverser le vieillard à pied.

« Où sommes-nous ? lui demanda-t-il.

— Peu importe.

— Quelle rue est-ce ?

— Celle qui mène au paradis. Ou bien à l'enfer.

— Je veux rentrer, dit-il en fronçant les sourcils.

— Vous répétez toujours la même complainte, répondit-elle en le tirant par le bras.

— Je sens que vous manigancez quelque chose », grommela-t-il — et il ne se trompait pas. Car Mabel avait une mission à remplir, et n'entendait pas y manquer. Cela concernait son pauvre vieil ami, le vicaire de St Lawrence Silversleeves.

Pas lui-même, bien sûr : il était mort depuis longtemps, ainsi que son épouse. L'une de leurs filles, infirme, vivait maintenant à l'hôpital, mais l'autre menait une existence misérable dans un taudis proche de l'église. La famille Silversleeves refusait de s'occuper d'elle ; Mabel avait protesté auprès de Pentecost et de ses enfants, en pure perte. Furieuse, elle avait failli cesser ses visites au vieil homme, mais d'un autre côté il y avait un défi à relever, qui la stimulait. « Je ferai quelque chose pour la fille du vicaire », se promit-elle. Et comme elle s'était prise d'affection pour la petite chapelle au milieu du pont, elle avait décidé d'y emmener Silversleeves.

Ils arrivaient. Elle y fit entrer le vieillard, puis le conduisit jusqu'à un banc et l'aida à s'asseoir.

« Où sommes-nous ? lui demanda-t-il à nouveau.

— Dans une église. Maintenant, écoutez-moi bien. »

Plusieurs minutes durant, elle lui dit sa façon de penser quant à la famille du vicaire, avant de conclure : « Je ne peux pas vous rendre la vue, vieil homme. Je n'ai pas d'herbes pour cela. En revanche, je peux vous permettre de voir vos péchés. Maintenant, mettez-vous à genoux et priez bien, jusqu'à ce que vous soyez décidé à faire quelque chose pour la fille du vicaire.

— Et si je ne veux pas ?

— Alors je vous abandonne ici. »

Il s'agenouilla à contrecœur, pendant que sœur Mabel gagnait un autre banc et priait en silence le saint martyr.

Le miracle — pour Mabel, il ne pouvait s'agir que d'un miracle — se produisit un peu plus tard. Elle était plongée dans ses pensées quand une petite voix lui parvint, de l'endroit où Silversleeves était agenouillé.

« Je vois !

— Comment cela, mon vieil ami ? »

Il fixait les paumes de ses mains en répétant : « Je peux voir ! »

Elle s'approcha de lui : c'était la vérité. Il voyait. Mabel se signa et murmura : « Le saint a fait un miracle. »

Pentecost souriait malgré lui, d'un sourire presque enfantin, puis il laissa échapper un petit rire. « On dirait bien que oui. Un miracle ! Je vois !

— Allez-vous enfin donner quelque chose à ce pauvre homme, maintenant ?

— Oui, marmonna-t-il, décontenancé. Oui, je crois bien que oui. (Il promena les yeux autour de lui.) C'est merveilleux ! J'y vois vraiment ! (Puis il fronça les sourcils.) Quelle est cette église ? Je la connais ?

— La chapelle Saint-Thomas.

— Thomas ?

— Becket, bien sûr ! Qui d'autre, sinon ? »

Frère Michael s'éteignit paisiblement un mois plus tard, juste avant l'aube ; Mabel le veillait avec toute son affection. S'il n'avait pu relever le défi que lui avait lancé son frère, cela ne prêtait pas à conséquence, car Bull avait depuis longtemps doté généreusement St Bartholomew.

Après un moment passé en prières sur la dépouille de son ami, Mabel sortit faire quelques pas dans le cloître. La lumière matinale était encore

voilée, mais, quand elle parvint à l'angle sud-est, elle n'eut aucun doute
sur l'identité du personnage qu'elle apercevait en face d'elle, à l'autre bout
du promenoir. Le démon à longue queue tourna la tête dans sa direction
— et ce fut une grande joie pour Mabel de voir qu'il repartait les mains
vides, sans sa proie.

8

La Maison close

1295

On lui avait promis qu'elle serait toujours vierge le lendemain ; pourtant, aux alentours de midi, elle commença à se poser des questions.

Cette sombre matinée de novembre, elle l'avait passée assise sur un banc, enveloppée dans un châle, devant la maison de passe. Les quais en dessous de St Paul lui faisaient face, de l'autre côté de l'eau. Sur la gauche, entre le fleuve et Ludgate, là où se dressait jadis le petit fort du château Baynard, on apercevait désormais les Blackfriars, la vaste maison des Dominicains à robe noire. C'était un beau panorama, mais pour la jeune fille qui le contemplait, il semblait, ce jour-là, lourd de menaces. Elle s'appelait Joan et elle avait quinze ans.

C'était une petite personne fort soignée : ses cheveux bruns étaient tirés en arrière pour dégager l'ovale de son visage, elle avait le teint pâle et la peau douce. Ses mains comme ses pieds étaient courts et potelés, suggérant d'autres rondeurs que bien des hommes trouvaient fort à leur goût, elle le savait. Mais ses yeux calmes et sérieux, presque graves, le révélaient : elle appartenait à la famille de vaillants artisans descendants de cet Osric qui avait œuvré à la construction de la Tour.

Aujourd'hui pourtant, cela ne comptait plus ; plus depuis qu'elle avait pris sa terrible décision, tôt ce matin, et traversé le fleuve. Sitôt qu'il serait au courant, son père ne lui adresserait plus la parole, elle en était sûre ; ni sa mère. Mais même cela, songea-t-elle, elle saurait le supporter ; car si elle avait abandonné son foyer, sa famille, et le souci de sa réputation, elle l'avait fait pour sauver la vie du jeune homme qu'elle aimait. Elle le sauverait demain. Si du moins elle tenait jusque-là.

Il existait dix-huit établissements de bains, comme on appelait les maisons closes, alignés le long de la rive sud de la Tamise, en face de St Paul, sur une zone de marais asséchés qui se nommait Bankside. Certains étaient assez vastes, autour de cours intérieures, avec d'agréables jardins sur l'arrière qui s'étendaient jusqu'à Maiden Lane. D'autres étaient moins reluisants — hauts et serrés, avec des étages en surplomb, de bois et de plâtre, que des années de morne débauche au bord du fleuve semblaient avoir affaissés. Dans l'ensemble de ces établissements — chacun dirigé par un tenancier, qui payait un loyer —, pas moins de trois ou quatre cents prostituées exerçaient leur métier.

Vers le milieu de la rangée, la Tête de Chien, où Joan venait d'arriver pour y élire domicile, était de taille moyenne. Le plâtre de sa façade était peint en rouge ; elle avait un haut toit de chaume et une grande enseigne, au-dessus de sa porte, représentant une tête de chien tirant une énorme langue. A l'extrémité de la rangée, vers l'amont du fleuve, s'élevait une vaste demeure en partie construite en pierre ; c'était le Château-sur-le-Hoop. A l'autre bout, juste après les maisons closes, se dressait un grand bâtiment de pierre qui possédait son propre quai et son débarcadère : le manoir londonien de l'évêque de Winchester. Son enceinte abritait également une prison, petite mais très fréquentée, qu'on surnommait le _Clink_, la Taule.

Le manoir, le Clink, les dix-huit maisons de passe et leurs juteux profits appartenaient à l'évêque, qui les contrôlait de près.

Le quartier qui se trouvait au sud du pont de Londres avait toujours formé un endroit à part. Dès la lointaine époque de la domination romaine, la route de Douvres et de Canterbury y rencontrait celles venant du Sud, avant de traverser le fleuve. Depuis le temps des Saxons, le lieu s'appelait Southwark et formait un bourg en soi, indépendant de la cité. Comme tel, il accueillait toutes sortes de vagabonds, et les individus en délicatesse avec la loi n'y étaient généralement pas inquiétés. Le bourg de Southwark s'étendait sur une certaine distance le long du fleuve. Près du pont se tenait un marché ; plus à l'ouest, on trouvait une vieille église, St Mary Overy, d'où partait un bac qui traversait la Tamise. Puis c'était le manoir de l'évêque, et Bankside. Depuis quand y avait-il des maisons closes ici ? Depuis que le bourg existait, disait-on. De fait, on les désignait encore souvent sous leur nom saxon, _hor-hus_, la _whorehouse_, ou maison des prostituées.

Le domaine de l'évêque était vaste. A l'instar des anciens quartiers privés qu'avait jadis comportés la cité d'en face, c'était un véritable domaine féodal ; il y régnait en seigneur, y dispensant la justice. Comme ces circonscriptions particulières s'appelaient des _liberties_, et que celle-ci avait sur son territoire la prison baptisée Clink, l'ensemble du domaine était connu — jusque sur les documents officiels — sous une dénomination qui sonnait bizarrement : _Liberty of the Clink_, la Liberté de la Taule.

La Liberty of the Clink était sagement administrée, comme les dix-huit maisons de passe qu'elle abritait. Près d'un siècle et demi plus tôt, sous le règne d'Henri II, le bon évêque de Winchester — qui à l'époque se trouvait être également archevêque de Canterbury — avait estimé sans détours : « Mes bordels sont un vrai bordel. » Aussi, aidé par des assistants compétents, avait-il dressé une liste complète des règles nécessaires à leur bonne gestion ; et celle-ci était conservée dans la bibliothèque diocésaine, en latin et en anglais, pour l'édification des générations futures. « Pour l'honneur de Dieu, en accord avec les bonnes lois et coutumes de ce pays » : telle était la formule par laquelle le document se terminait. Les règles édictées par l'évêque étaient si excellentes que par la suite, quand il fut permis à la ville de Londres de posséder officiellement ses propres maisons closes, implantées dans Cock's Lane, près de St Bartholomew, les mêmes y furent appliquées, tandis qu'on continuait à donner aux prostituées le joyeux diminutif de « dindes de Winchester ». À l'époque où ces règles furent rédigées, le secrétaire de l'archevêque (sans qu'on sache la part qu'il y avait personnellement prise) n'était autre que le grand Thomas Becket.

Le tenancier et son épouse s'approchèrent de Joan. Lui était grand et fort, le crâne dégarni, avec une barbe noire qui semblait toujours graisseuse ; elle était replète et sa large figure, jaune et luisante, évoquait à la jeune fille une tranche de fromage qui aurait souffert de la chaleur. Dès qu'elle les vit, elle comprit. « Vous avez promis... » ne put-elle s'empêcher de dire — mais tous deux souriaient en la regardant. Elle était sous leur coupe.

Elle promena un regard désespéré aux alentours. L'idée venait des sœurs Dogget, lesquelles avaient promis de la protéger. Elles ne pouvaient pas l'avoir abandonnée ! Mais où étaient-elles donc ?

« Il y a un client pour vous, ma chère », dit la femme replète.

Tout le monde, à Southwark, connaissait les sœurs Dogget. L'une se prénommait Isobel et l'autre Margery, mais personne — pas même le tenancier de la maison close où elles travaillaient — n'aurait su les distinguer l'une de l'autre. Car c'étaient de vraies jumelles.

Elles étaient grandes et filiformes, avec d'épaisses tresses de cheveux noirs, d'immenses yeux de la même couleur, de grandes dents en avant ; leurs rires rappelaient un peu le braiment d'un âne. Et pourtant, avec leur corps mince et leurs seins épanouis, elles étaient remarquablement sensuelles. Comme si tout cela n'avait pas suffi à les distinguer du commun des mortels, elles portaient encore au milieu de leur front, parmi leurs tresses noires, une mèche de cheveux blancs.

Elles s'habillaient toujours à l'identique, tenaient les mêmes propos et louaient des chambres contiguës à la Tête de Chien, où elles faisaient commerce de leurs charmes. Aux clients qui désiraient les avoir ensemble, elles faisaient des prix ; pour peu qu'ils aient la forme physique nécessaire, elles restaient avec eux toute la nuit.

Les sœurs Dogget appartenaient à une petite tribu de parents et cousins, dont l'installation à Southwark avait pour origine la fierté têtue d'un de leurs ancêtres. Quand le pauvre Adam Ducket, quatre-vingts ans plus tôt, avait perdu la qualité de citoyen de Londres, sa réaction avait été stupide. Dans sa douleur et son amertume, il avait refusé toute aide de la famille Barnikel. « S'ils ne me jugent plus assez bon pour leur fille, avait-il déclaré avec colère, je ne veux rien accepter d'eux. » Un mois après son procès il avait gagné Southwark, où il avait d'abord essayé de tenir un étal sur le marché ; mais celui-ci avait périclité. Il avait alors travaillé dans une taverne et épousé une servante : une kyrielle d'enfants étaient bientôt nés, qui couraient pieds nus dans les rues du bourg. C'est ainsi que, en une génération, une famille londonienne modeste mais fière avait rejoint les rangs de ce prolétariat urbain présent dans toutes les grandes cités du monde depuis le début des temps. Les deux sœurs appartenaient à une fratrie de cinq enfants, entourée d'une douzaine de cousins. Tous vivaient à Southwark, et tous étaient également joviaux, louches et turbulents.

Ils continuaient à s'appeler Ducket — hormis les deux sœurs, auxquelles leur renommée avait valu un nouveau nom, professionnel en quelque sorte. Elles étaient si connues dans leur quartier, on les associait si étroitement à l'établissement dans lequel elles travaillaient qu'on ne les désignait plus que comme « les filles de la Dog's Head, de la Tête de Chien ». Ce qui n'avait pas tardé à donner Dogget, un de ces vieux noms anglais dont la formation ressemblait à celle de leur patronyme d'origine. Certains de leurs cousins Ducket, embarrassés par la réputation de leurs deux parentes, se félicitaient de cette mise à distance ; quant aux intéressées, elles l'acceptaient avec bonne humeur, et c'est ainsi qu'elles devinrent, sans vergogne, les sœurs Dogget.

Les sœurs Dogget avaient bon cœur ; mais elles ne pouvaient résister à l'attrait de l'aventure. Aussi lorsque, l'avant-veille, elles étaient tombées sur Joan en larmes à la sortie de St Paul et s'étaient fait raconter l'histoire de la jeune fille, elles en avaient été fort émoustillées. « Il faut faire quelque chose pour elle », avaient-elles aussitôt décidé. Et — était-ce Isobel qui l'avait suggéré à Margery, ou l'inverse ? Aucune des deux ne s'en souvenait — elles avaient échafaudé l'incroyable plan que Joan était en train de suivre, et qui, tout osé qu'il fût, avait parfaitement bien fonctionné jusqu'à présent.

Seul ennui, depuis une heure, elles avaient complètement oublié l'existence de la jeune fille. Tout le problème venait de Margery.

« Ça te fait mal ? » demanda Isobel. Les deux sœurs avaient gagné un endroit tranquille, sur les pentes de la colline, à un kilomètre de Bankside. Et maintenant, elles examinaient la petite lésion d'un air inquiet.

« Ça me brûle, répondit Margery.

— Alors, c'est bien ça. Ils vont le voir. »

Le régisseur de l'évêque examinait les filles une fois par mois, avec ses assistants ; si l'on trouvait sur elles une maladie, quelle qu'elle fût, on les chassait de la Liberty. Aucun pot-de-vin n'y pouvait rien : l'efficacité des contrôles sanitaires était, aux yeux de bien des Londoniens, l'un des avantages de l'administration des maisons closes par l'Eglise. Or Margery, à l'évidence, souffrait de la « maladie qui brûle ».

C'était une forme de syphilis, même si elle était moins grave que la variété qui devait apparaître quelques siècles plus tard. Nul ne sait au juste à quelle époque elle avait gagné l'Angleterre ; peut-être y avait-elle été rapportée par des chevaliers de retour de la croisade, mais on a de sérieux indices de sa présence sur l'île dès l'époque saxonne.

Que faire ? Si Margery était chassée de la maison close, elle perdrait du même coup ses moyens d'existence.

« Ah ! soupira-t-elle. Si seulement le roi n'avait pas expulsé les Juifs... »

S'il est un point qui mettait tout le monde d'accord à Bankside, c'était que le vieux docteur juif avait été le meilleur qu'on eût jamais connu ; et beaucoup de Londoniens partageaient cette opinion. Soit qu'ils aient plus facilement eu accès à l'ancien savoir du monde classique, ainsi que du Proche-Orient, soit qu'ils aient été mieux instruits que les autres et moins enclins à la superstition, la communauté juive avait souvent fourni les meilleurs médecins. Le vieux docteur de Bankside traitait la maladie qui brûle avec du mercure ; désormais, personne ne savait plus le faire.

La communauté juive avait disparu. Depuis les émeutes antijuives qui avaient marqué le couronnement du roi Richard, un siècle plus tôt, le ressentiment contre les israélites n'avait cessé de croître en Angleterre. Ce n'étaient pas, au départ, les activités financières de la communauté qui leur avaient valu ces persécutions. Certes, il s'était trouvé des hommes d'Eglise pour déclarer que tout prêt à intérêt était de l'usure ; néanmoins, cette ignorance des fondements mêmes de l'économie n'était pas universelle, même chez les ecclésiastiques. Aussi bien les évêques, pour gérer leur diocèse, que les abbés des grands monastères empruntaient beaucoup d'argent aux Juifs. Récemment encore, une grande opération de reconstruction de l'abbaye de Westminster avait été financée par ce biais. Un groupe de financiers juifs s'étaient même vu offrir, à leur plus grand étonnement, et à leur plus grand amusement encore, les reliques d'un saint — assurance d'attirer un flot nourri de pèlerins — pour garantir un prêt.

Mais trois facteurs jouaient en leur défaveur. Le premier était que l'Eglise avait mené une longue campagne contre eux à travers toute l'Europe, sur des sujets théologiques ; le deuxième que, comme tous les créanciers, ils s'étaient rendus impopulaires auprès de leurs nombreux débiteurs, nobles ou non, qui leur devaient souvent des sommes considérables. Enfin, le troisième facteur avait été le roi lui-même. Henri III, fils de Jean sans Terre, était resté plus d'un demi-siècle sur le trône ; son fils Edouard régnait depuis déjà près d'un quart de siècle ; et l'un comme l'autre avaient eu souvent besoin d'argent. Le plus facile, dans un tel cas, était de mettre les Juifs à l'amende. Mais cela s'était répété si souvent et dans de telles proportions qu'au cours de la dernière décennie tous les financiers juifs ou presque avaient été ruinés. Des prêteurs d'argent chrétiens avaient alors pris leur place, appartenant aux grandes maisons de finance italiennes soutenues par le Vatican. Bientôt, le roi n'eut plus besoin des Juifs. Et c'est ainsi qu'en l'an de grâce 1290 Edouard Ier d'Angleterre, mû par un admirable zèle religieux, avait annulé les dettes subsistantes et grandement contenté le pape en expulsant la communauté juive de son royaume insulaire.

Hélas, les médecins étaient partis, eux aussi. C'est pourquoi, en ce matin de novembre, faute du docteur juif et de son mercure, la situation des sœurs Dogget paraissait bien compromise. Quant à la petite Joan, après l'avoir poussée au bord du gouffre, elles l'y avaient purement et simplement oubliée.

Assis dans sa cellule, Martin Fleming ne pipait mot. « Tu ferais mieux de dire tes prières », lui avait lancé son geôlier, le matin même. Mais il avait beau se creuser la cervelle, aucune ne lui venait à l'esprit. Car il allait être pendu demain, et qu'il fût innocent n'y changeait rien.

Martin Fleming était à peine plus grand que sa bien-aimée ; mais ce qu'on remarquait le plus, chez lui, c'était sa curieuse silhouette. Partout où ses semblables étaient saillants, convexes, lui était creux et cave. Sa poitrine étroite s'affaissait en dessous de ses épaules, son visage faisait penser à l'intérieur d'une cuiller. Toute sa personne était si malingre et si chétive qu'à le voir on ne l'imaginait pas mieux doté sur le plan intellectuel. Bien peu savaient que l'âme de Martin Fleming abritait une secrète ténacité qui, une fois qu'il s'était attelé à un objectif, ne l'en laissait pas dévier d'un pouce.

Comme son nom le suggérait, sa famille était d'origine flamande. On en rencontrait beaucoup comme eux à Londres. Ce grand pays de drapiers situé outre-Manche, entre les terres allemandes et françaises, n'était pas seulement pour l'Angleterre un partenaire commercial, mais aussi le principal foyer d'où provenaient ses immigrants. Mercenaires, marchands, tisserands et artisans flamands (qui continuaient parfois à s'appeler Fleming, ou le plus souvent adoptaient des noms plus anglais) se faisaient sans peine une place au sein de la société insulaire, où ils prospéraient généralement assez vite. Cela n'avait pas été le cas de la famille de Martin. Son père était un pauvre cornetier, qui affinait la corne destinée aux parois des lanternes afin de la rendre translucide ; mais sa pratique ne lui rapportait qu'un salaire de misère. Aussi, quand la magnifique occasion s'était présentée à Martin, lui avait-il dit sans hésiter : « Profites-en. Je ne pourrai pas grand-chose pour toi. » La situation qu'on lui proposait, en elle-même, était modeste, mais son père avait ajouté : « Tu n'imagines pas ce qu'un homme comme lui peut faire pour toi. S'il t'apprécie... »

C'était là le problème.

Au début, le jeune Martin se sentait si heureux de travailler pour l'Italien qu'il n'avait rien remarqué d'anormal. Son employeur était l'un de ces riches prêteurs qui avaient remplacé les Juifs et qui avaient leur siège dans une rue du centre-ville, en dessous de Cornhill. La plupart venant de Lombardie, on nommait déjà cette rue Lombard Street. L'employeur de Martin était veuf et vivait seul à Londres, laissant son fils s'occuper des ses affaires en Italie. Il confiait au jeune homme toutes sortes de commissions et le payait bien, quoique à contrecœur.

« Il croit toujours que je suis en train de le voler », se plaignit bientôt Martin. Etait-ce parce que l'Italien comprenait mal l'anglais, ou seulement à cause de sa nature méfiante, le jeune homme n'avait pu le découvrir ; mais il y avait sans cesse des problèmes. Si son patron lui confiait un message à porter, il l'accusait au retour d'avoir traîné en route ; s'il l'envoyait faire des courses au marché, il le soupçonnait d'avoir empoché une partie de la monnaie. « J'aurais dû le quitter », songeait-il tristement aujourd'hui ; mais il ne l'avait pas fait. Parce qu'il avait autre chose en tête.

Joan. Elle n'était pas comme les autres.

A dix-huit ans, Martin avait découvert que son physique faisait rire les filles. Au 1er mai, bien des jeunes apprentis recevaient un baiser, ou même plusieurs — pas lui. Un jour, un groupe de filles s'étaient même moquées de lui. « On n'l'a jamais embrassé, il n'sait même pas comment ça fait... » chantonnaient-elles sur son passage.

Un autre en aurait peut-être été brisé : mais Martin, fort de sa fierté intérieure, se persuadait qu'il les méprisait. Qu'étaient-elles, après tout ? Seulement des femmes. Le sexe faible, le sexe volage — c'est ce que les prêtres disaient dans leurs sermons. Quant à leurs sourires, à leurs baisers, à leurs corps... il haussait les épaules. Œuvres de Satan, que tout cela. Avec le temps, le pauvre garçon s'aigrissait et ses tristes préjugés se renforçaient. Ne recevant toujours pas de baiser, il en était venu à penser, du haut de sa vertu forcée : Les femmes sont impures et je ne veux en connaître aucune.

Le père de Joan, artisan grave et respectable, peignait pour les riches et les nobles de grandes selles de bois sophistiquées. Ses deux fils travaillaient avec lui, et il avait sagement prévu de marier sa fille à l'un de ses confrères. Qu'avait-elle donc pu trouver à ce jeune Fleming, aux si maigres perspectives d'avenir ? Comme tout père qui se respectait, il avait tenté de la décourager. Mais elle avait persisté dans ses projets, avec calme et détermination, pour une raison fort simple : elle était aimée. En fait, elle était même vénérée, adulée.

Cela faisait six mois que Martin travaillait pour l'Italien quand il l'avait remarquée. Il montait vers l'East Cheap, revenant d'une course jusqu'au quai de Vintry, quand il l'avait vue au bout de Bread Street, assise devant l'atelier de son père. Qu'est-ce qui l'avait poussé à s'arrêter pour lui parler ? Il n'aurait su le dire. Une voix intérieure, sans doute. En tout cas, il était repassé par la même rue le lendemain, et le surlendemain encore.

La petite Joan était différente des autres. Si calme, si modeste... Elle ne semblait rien lui trouver de ridicule. Quand elle levait vers lui ses yeux graves et tranquilles, il se sentait un autre homme. Et surtout, il découvrit bientôt qu'il n'y avait personne d'autre dans sa vie. S'il la voulait, il l'aurait pour lui et pour lui seul. Elle, elle est pure, songeait-il. Et elle l'était, en vérité ; personne ne l'avait même jamais embrassée.

Aussi l'avait-il courtisée. L'absence de rival lui donnait la confiance dont il avait besoin ; plus confiant, il était aussi devenu plus sûr, plus protecteur. Il ne s'était jamais senti aussi fort jusque-là, et c'était un sentiment enivrant. Les premiers succès en amour rendent fats certains jeunes gens ; ils les incitent même à papillonner, pour voir s'ils réussiront aussi bien ailleurs. Mais Martin savait les femmes impudiques et frivoles, excepté Joan. Et plus il découvrait ses qualités, plus il était décidé à ne jamais la quitter. Il ne se passait pas de semaine sans qu'il lui fasse un petit cadeau ; si elle était heureuse, il l'était aussi ; si elle était triste, il la réconfortait. Personne n'avait jamais témoigné autant de sollicitude à la jeune fille. Tout naturellement, six mois plus tard, ils décidaient de se marier.

Mais comment faire ? Le peintre-sellier n'avait qu'une maigre dot à donner à sa fille, le père de Martin moins encore. Les deux hommes se rencontrèrent et hochèrent tristement la tête. « Il dit que personne d'autre n'existe pour lui », expliqua le cornetier, comme pour s'excuser. « C'est pareil pour Joan, répondit le peintre. Qu'allons-nous faire ? » Pour finir, ils arrivèrent à un accord : les jeunes gens attendraient deux ans, dans l'espoir que Martin améliore sa situation. Et après... « Qui sait ? disait le père de Joan. Ils changeront peut-être d'avis ? »

C'est alors que le désastre s'était produit.

Dans un sens, la faute en incombait à Martin. Selon le règlement, les gens du peuple devaient rentrer chez eux avant la tombée de la nuit. Si un serviteur se trouvait dehors, il devait avoir sur lui une permission de son maître ; même les tavernes étaient alors censées fermer. C'était le couvre-feu, typique des villes médiévales. Non que personne y fît particulièrement attention ; hormis les deux gardes postés aux portes de la ville, et les sergents de quartier, il n'y avait de toute façon personne pour le faire respecter.

Un soir d'octobre où son maître était absent, Martin s'était rendu dans une taverne. En regagnant deux heures plus tard la maison de Lombard Street, plongée dans l'obscurité, il avait surpris les voleurs. Ils étaient deux, et Martin les avait entendus dès le seuil. Ne songeant qu'à protéger les biens de l'Italien, il s'était rué vers l'arrière de la maison, où ils se trouvaient, en faisant tant de bruit qu'il les avait mis en fuite. Il les avait pourchassés dans une ruelle, où l'un d'eux avait fait tomber un petit sac dans sa course ; puis ils avaient disparu. Martin avait ramassé le sac et repris le chemin de la maison.

Quelques instants plus tard, le sergent sortait de l'ombre pour lui demander s'il avait l'autorisation d'enfreindre le couvre-feu. Et il inspectait le sac.

Quand l'Italien était rentré le lendemain, il s'était aussitôt persuadé que Martin avait essayé de le voler, et rien n'avait pu le faire changer d'avis. En effet plusieurs objets d'or, qu'il tenait cachés, avaient été retrouvés dans le sac. Aucune chance de se disculper n'avait été laissée au pauvre Martin. « Je l'avais déjà surpris auparavant en train d'essayer de me voler », affirma l'Italien au tribunal. C'était assez pour qu'on le déclarât coupable. La peine prévue en cas de vol était la mort.

La ville possédait trois prisons principales, toutes voisines du mur ouest : la Fleet, Ludgate, où l'on enfermait surtout les débiteurs insolvables, et Newgate. Rien de plus que quelques cellules de pierre, généralement surpeuplées. Le régime carcéral était simple : les prisonniers obtenaient de la nourriture en payant leurs geôliers, ou encore famille et amis, s'ils en avaient, leur en passaient à travers la grille, ainsi que des vêtements, quand ils leur rendaient visite. Autrement, à moins d'un geste de compassion d'un visiteur, ou d'un accès de bonté de leurs geôliers, ils mouraient de faim.

Martin Fleming se trouvait à Newgate depuis une semaine. Sa famille lui apportait de la nourriture et Joan venait le voir chaque jour, mais il n'avait aucun espoir. Parfois les riches pouvaient acheter une grâce royale ; mais pour un garçon comme lui, il n'y fallait même pas songer. Il allait mourir le lendemain, voilà tout.

Aussi ne savait-il que penser de l'étrange message qu'il venait de recevoir. C'était le frère de Joan qui le lui avait délivré, verbalement, à travers la grille de fer.

« Elle te fait dire que demain, tout se passera bien.

— Je ne comprends pas...

— Moi non plus. Mais elle a dit autre chose encore : quoi que tu puisses penser, rien ne sera comme il y paraîtra. Fais seulement ce qu'elle te dira. Elle a beaucoup insisté là-dessus et m'a dit de te le répéter deux fois : rien ne sera comme il y paraîtra, et tu dois lui faire confiance.

— Où est-elle en ce moment ?

— Justement, je n'en sais rien. Elle est partie. Elle m'a dit que la famille ne devait pas l'attendre avant demain, puis elle a disparu.

— Tu n'as aucune idée de ce que ça cache ?

— Ça me dépasse », répondit le frère de Joan en haussant les épaules, et il s'en alla.

Qu'est-ce qui allait « bien se passer » le lendemain ? se demandait Martin. Son exécution ?

Quelque temps plus tôt — environ une heure avant midi — un homme blond de haute taille, qui allait sur ses trente ans, stationnait devant une porte au premier étage de la maison de William Bull. Un serviteur l'avait fait monter jusque-là ; mais maintenant, arrivé devant cette porte, le courage lui manquait. Un grognement lui parvint de l'autre côté. Nerveusement, il frappa.

William Bull, assis dans ses *privés*, ne répondit pas. Il réfléchissait.

Les privés agrémentant l'étage de la maison à l'enseigne du Taureau étaient magnifiques. La petite pièce carrée avait une fenêtre munie de volets ; les murs et la porte étaient garnis de feutrine verte, le sol de joncs frais et odorants. La cuvette elle-même, ouvrant sur un conduit de trois mètres de long, était de marbre brillant ; un épais coussin rouge en forme d'anneau la recouvrait, orné d'une broderie de fruits et de fleurs rouges, jaunes et dorés. Le dernier roi, Henri III, s'était pris d'une passion pour l'hygiène et avait fait construire, à côté de nombreuses églises, une extraordinaire quantité de garde-robes, ou privés. Voulant se montrer à la page, les nobles l'avaient imité ; et le père de Bull, baron et alderman de Londres, en avait fait installer chez lui où il siégeait comme sur un trône, en orgueilleux roi du négoce qu'il était.

C'était aussi un lieu propice à la méditation ; et ce matin-là, William Bull avait bien des choses en tête. En particulier, il avait deux décisions à prendre, l'une modeste, l'autre plus importante. Si importante, en fait, qu'elle transformerait toute son existence. Et pourtant, étrangement, après les terribles événements de la veille, la grande décision était la plus facile à prendre.

C'était chose faite au moment où il avait grogné.

Un second coup retentit à la porte et il fronça les sourcils. « Qui que vous soyez, entrez donc, par tous les diables ! » grommela-t-il.

Ses proches le savaient, il avait coutume de recevoir dans ce sanctuaire privé. Aujourd'hui pourtant, quand il vit entrer son visiteur, une ombre de colère passa sur son visage. « Toi ! gronda-t-il. Toi, le traître... » Son cousin fit une grimace.

Elias Bull avait dix ans de moins que William. Aussi mince que le négociant était trapu, le teint frais quand son cousin avait les joues flasques et couperosées, il était tisserand mais gagnait fort mal sa vie. « Je ne veux pas t'importuner, lui avait-il dit lors de leur dernière rencontre, mais c'est pour ma femme et mes enfants... Comme tu le sais, notre grand-père n'a presque rien laissé à mon père. » Il avait juste besoin d'un coup de pouce. « Le fils doit-il vraiment payer pour les péchés du père ? » avait-il demandé à William — qui à sa grande surprise avait simplement répondu : « Oui. »

Le long règne du roi Henri III n'avait pas été favorable à la famille Bull. Il avait pourtant bien débuté, avec l'habile et sage régence que le conseil avait assurée durant l'enfance du roi. L'Angleterre n'avait connu aucun conflit sérieux, et le commerce de sa laine avait beaucoup prospéré. Sous la conduite de son maire et de son oligarchie d'aldermen, Londres s'était lui aussi développé. « Si seulement l'enfant n'était jamais devenu majeur... » avait coutume de dire le père de William. Et il ajoutait : « Ou si seulement il n'avait pas été un Plantagenêt... » Quel Plantagenêt était jamais né sans rêver d'un empire ? Le jeune Henri avait l'Angleterre, il lui restait des possessions en Aquitaine, autour de Bordeaux, mais cela ne lui suffisait pas : il lui en fallait plus.

Il avait finalement connu les mêmes mésaventures que son père Jean : une série d'engagements extérieurs, ruineux pour les finances du royaume, avaient échoué ; une large faction de barons s'étaient rebellés, conduits par le grand Simon de Montfort, pour instaurer un nouveau conseil régentant le roi, comme s'il était retombé en enfance. Montfort avait convoqué une grande assemblée de barons, de chevaliers et même de bourgeois, qu'il avait appelée le Parlement. Pendant quelques années il avait même semblé qu'une nouvelle forme de monarchie, assujettie à un grand conseil, allait naître en Angleterre. Et c'est alors, au beau milieu de cette tourmente, que s'était produit le terrible événement.

Londres avait déjà connu des dizaines d'émeutes, mais celle-ci était différente des autres. Ce n'était pas seulement l'affaire d'un petit peuple d'apprentis au sang chaud : de respectables citoyens — poissonniers, pelletiers, commerçants et artisans divers — avaient pris la tête de l'ancien Folkmoot, pour se rebeller ouvertement contre de riches dynasties comme celle des Bull. On s'était battu ; un parti conduit par un impétueux jeune poissonnier du nom de Barnikel avait même enfoncé la porte de la demeure de Bull et essayé de l'incendier. Pis encore, Montfort avait laissé ces révoltés déposer les aldermen et en élire de nouveaux, gens de basse extraction comme eux-mêmes. Cette pénible situation avait duré quelque temps, jusqu'à ce que Montfort soit enfin tué, que le roi retrouve le pouvoir et que les notables reprennent le contrôle de Londres.

Le plus scandaleux de toute l'affaire — à ce souvenir, Bull serrait encore les poings de fureur — avait été la conduite de son propre oncle, qui avait rejoint les rangs des rebelles. Un certain nombre de jeunes idéalistes (ou opportunistes) d'autres familles patriciennes l'avaient imité. « Mais ça ne change rien au fait lui-même, avait dit son père à William. Un traître est un traître, un point c'est tout. » Le jeune révolté avait été banni à jamais de la famille. Et voilà que, pour la troisième fois cette année, le misérable fils du traître venait le harceler pour qu'il l'aide. C'était indécent. Pourtant son regard s'éclaira et même il grogna, avec une pointe de satisfaction dans la voix. Après la grave décision qu'il venait de prendre, cette visite ne tombait pas si mal. Je suis peut-être en train de devenir féroce, songea-t-il ; mais il ne voyait aucune raison de se refuser le plaisir d'une petite revanche.

Fixant dans les yeux sa malheureuse victime (à qui, dans la posture où il était, il apparaissait comme un énorme et redoutable crapaud), le marchand lui dit d'un ton brusque : « Je te donne trois marcs pour que tu t'en ailles d'ici. » C'était suffisant pour améliorer quelque temps l'ordinaire de la famille, pas pour permettre le moindre changement dans leurs conditions de vie. L'angoisse s'était peinte sur le visage d'Elias. « Mais si tu reviens me trouver ici, dans un an jour pour jour... (William haussa les épaules) peut-être te donnerai-je alors l'héritage qui aurait dû te revenir. Maintenant, va-t'en ! cria-t-il. Et referme la porte derrière toi ! » Le pauvre Elias Bull quitta la pièce, en proie à la plus grande perplexité.

Toute la perfidie de la plaisanterie de William tenait dans ce qu'il avait passé sous silence : la grande décision qu'il venait de prendre.

Dans un an, il ne serait plus ici. Car les Bull allaient quitter Londres, pour de bon.

Dans un sens, cela n'avait rien d'étonnant ; déjà le père de William le disait : « La ville devient impossible. » Tout le problème de son père, exception faite de la rébellion, tenait dans un seul mot : les immigrants. Il était normal que, dans l'explosion économique que connaissait le siècle, la population de Londres se fût accrue ; mais le courant d'immigration s'était transformé en un véritable flot : Italiens, Espagnols, Français et Flamands, Allemands des ports de la Hanse, dont l'importance ne cessait de croître, sans parler des commerçants et artisans venus d'autres régions d'Angleterre. Pis encore, à l'exception des gens de la Hanse, qui formaient une communauté à part, ces nouveaux arrivants se mêlaient et se mariaient avec cette classe d'artisans qui, sous Montfort, avaient causé tant de tracas. « Tous ces étrangers et ces parvenus veulent nous pousser vers la sortie », marmonnaient les vieux patriciens.

Pour William, un événement qui avait eu lieu un an avant la mort du roi Henri résumait à lui seul tout ce processus. Une tempête avait abattu le petit clocher de St Mary-le-Bow, qui dans sa chute avait défoncé le toit d'une maison voisine, propriété des Bull. En temps normal, elle aurait été rapidement réparée ; mais son père avait hésité, puis décidé de s'en débarrasser. Un an plus tard donc, en même temps que trois autres maisons plus exiguës appartenant également aux Bull, elle avait été vendue et partagée entre un teinturier picard et un marchand de cuir de Cordoue. Puis un groupe de vulgaires tanneurs étaient venus s'installer non loin de là, sur Garlick Hill. Petites choses, certes, mais c'était un signe des temps. Le coup final avait été porté quand sa propre demeure, auparavant dans l'aristocratique paroisse de St Mary-le-Bow, avait été rattachée à celle, bien plus modeste, de St Lawrence Silversleeves. Une petite église de rien du tout, indigne des Bull et de leur rang social. Rien ne pouvait plus masquer le lent déclin de la famille.

Si le long règne d'Henri III ne leur avait pas été favorable, les vingt dernières années, sous son fils Edouard, avaient tourné au cauchemar. Aucun roi d'Angleterre n'avait jamais fait plus d'impression qu'Edouard Ier. Grand de taille et large d'épaules, avec un noble visage et une barbe flottant au vent, ses seuls défauts étaient une paupière gauche tombante et un cheveu sur la langue. Aussi bon administrateur que chef de guerre, il était intelligent et rusé à la fois. On le surnommait le Léopard. Il avait vu trop souvent l'autorité de son père bafouée pour ne pas vouloir imposer la sienne propre, qui était de fer ; et le plus souvent, il y réussissait. Il avait déjà soumis les Gallois, élevé de solides châteaux forts pour contrôler leurs terres, et mis à leur tête le premier prince de Galles anglais. Bientôt il gagnerait le Nord, pour écraser les Ecossais à leur tour. Or, s'il était dans son royaume une catégorie d'hommes qu'il n'aimait pas, c'étaient bien les orgueilleux aldermen de Londres, qui avaient élu leur propre maire et pensaient pouvoir faire et défaire les rois.

Il les avait attaqués avec beaucoup d'habileté. Quel marchand aurait pu en effet nier qu'Edouard fût son ami ? Ses lois étaient justes et bonnes pour le commerce. Le régime des dettes était réglementé, les impôts simplifiés ; une nouvelle taxe frappait les exportations de laine, mais à un taux raisonnable, que l'on pouvait facilement faire supporter aux clients étrangers. « Mais à quoi nous réduit-il, l'air de rien, nous autres patriciens ? commentait William. Le meilleur du commerce du vin, il le met entre les mains des Bordelais ; les plus gros marchands de laine sont aujourd'hui soit des Italiens, soit des gens de l'Ouest. » Et tandis que son père avait toujours vendu des articles de luxe à la Garde-Robe, ainsi qu'on appelait l'office d'achats de la Couronne, avec de confortables profits à la clef, William n'avait jamais rien pu lui vendre. « Nous ne sommes plus dans le circuit, concluait-il avec amertume. Le Léopard va chasser ailleurs... »

Encore tout cela n'était-il que broutilles ; le véritable assaut, dévastateur, avait été donné voilà dix ans. Soudain, sous le prétexte d'améliorer la loi et l'ordre dans le royaume, le roi renvoya le maire et mit à la place son propre gouverneur. Les aldermen en furent frappés d'horreur, mais ne reçurent guère de soutien de la part des Londoniens. Et c'est alors qu'Edouard se mit véritablement au travail. Une pluie de décrets s'abattit sur le royaume : la tenue des registres, les tribunaux, les poids et mesures, il réforma tout avec sa minutie coutumière. « Il est possible, admettait Bull, que notre propre administration se soit quelque peu relâchée ces derniers temps... » Mais surtout, pire que tout le reste : « Ses lois accordent à n'importe quel étranger autant de droits commerciaux qu'à nous », tempêtait Bull. Puis la cour de l'Echiquier, aux ordres du roi, avait soudain investi le Guildhall, traditionnellement acquis à la cour des Hustings et aux aldermen. Quand ceux-ci avaient fini par protester, deux ans plus tôt — « Que reste-t-il des anciens privilèges de Londres ? » avaient-ils demandé —, le gouverneur les avait froidement démis de leurs charges et remplacés par des hommes nouveaux, choisis par l'Echiquier. « Qui sont ces gens-là ? rugissait Bull. Des poissonniers, des tanneurs, rien que des petits artisans qui puent ! » C'était le retour de Montfort et de ses rebelles.

Pourtant, la vieille garde n'avait pas dit son dernier mot : ils gouvernaient tout de même Londres depuis plusieurs siècles. Beaucoup avaient alors regardé Bull — personnage respectable, qui n'avait pas encore occupé de fonction officielle et ne prêtait donc le flanc à aucune accusation de corruption — comme un champion possible pour leur cause. Récemment, il avait pensé qu'il tenait sa chance.

Voilà un an, afin de financer sa future campagne écossaise, le roi Edouard avait dépassé les bornes en augmentant brutalement les droits sur la laine. Ce nouvel impôt, connu sous le nom de *maltote*, était si sévère que tout le monde avait protesté. Dans une ville encore frémissante, la charge d'alderman pour le propre quartier de Bull s'était soudain retrouvée vacante.

Il l'avait assidûment briguée. « Du temps de mon père, faisait-il remarquer à sa famille, nous possédions une si grande partie de ce quartier que la charge d'alderman nous revenait d'emblée. » Mais il lui fallait en rabattre et ravaler son orgueil : il fit sa cour aux moindres marchands, aux plus modestes artisans ; il se rendit agréable au gouverneur, l'homme du roi. L'un des nouveaux aldermen, issu du vulgaire, alla jusqu'à lui dire placidement : « Nous avons besoin d'un homme comme vous, un homme qui ait de la classe... » Le jour de la nomination approchait et personne dans le quartier ne s'était avisé de venir le défier.

Hier, c'était enfin le grand jour. Heureux mais discret, fier de la responsabilité dont il se sentait investi par l'histoire de sa famille, William Bull s'était présenté devant le Guildhall afin d'être choisi, revêtu d'une élégante cape neuve.

L'homme de l'Echiquier n'avait pas même cherché à se montrer poli. « Nous ne voulons pas de vous, s'était-il contenté de lui dire. Nous avons choisi quelqu'un d'autre. » Quand Bull, ébahi, avait protesté — « Mais je n'ai pas de rival !... » — l'homme avait rétorqué : « Pas de votre quartier. De Billingsgate. » Un homme de l'extérieur... C'était inhabituel, même si cela arrivait parfois.

« Qui ? » avait-il demandé, mortifié.

Et la réponse, nonchalante, presque sans y penser : « Barnikel. »

Barnikel ! Ce maudit poissonnier de basse extraction ! Barnikel de Billingsgate, alderman du propre quartier des Bull ! Il était resté figé plusieurs minutes devant le Guildhall, presque incapable d'y croire. Et aujourd'hui, en ruminant encore une fois la nouvelle, il le savait : c'était plus qu'il n'en pouvait supporter.

La grande décision était prise : il était temps de quitter la ville.

Restait la petite décision.

Elle aurait dû être facile à prendre — et agréable aussi. Le message venu de Bankside avait eu de quoi l'intriguer : une pucelle à la Tête de Chien ! Denrée rarissime... Seuls quelques clients privilégiés avaient dû être prévenus. Même s'il ne rendait à la maison close que des visites occasionnelles, il restait un patricien, et le tenancier se montrait à son égard aussi respectueux que discret.

Pourquoi hésitait-il donc ? Une trace de culpabilité, sans doute — dont on pouvait bien se demander à quoi elle rimait. Comme en réponse à ses pensées secrètes, un coup léger fut frappé à la porte, suivi par une voix chagrine. Il grommela intérieurement.

« Qu'est-ce que tu fais ? » C'était sa femme.

« D'après toi, qu'est-ce qu'on fait ici ? tonna-t-il.

— Non, geignit-elle, ce n'est pas ça que tu fais. Tu es là-dedans depuis une heure. » Etait-ce bien ainsi, songea-t-il, qu'on parlait à un homme de son âge, à un distingué marchand de la ville ? « Je sais bien ce que tu fais, reprit la voix. Tu réfléchis. » Il soupira. Les disputes entre l'arrière-grand-mère Ida et son mari faisaient partie de la légende familiale ; mais sûrement aucun Bull n'avait jamais eu à supporter une telle épouse. « Je t'ai entendu ! cria-t-elle. Tu as soupiré ! »

Vingt malheureuses années durant, il avait essayé de l'aimer ; après tout, se répétait-il chaque jour, elle lui avait donné trois beaux enfants. Mais c'était bien difficile, et ces dernières années il avait abandonné la partie. Morne, grise et bornée, elle se plaignait quand il n'était pas là et le harcelait quand il était là. Rien d'étonnant qu'il aille chercher de temps à autre un peu de réconfort à Bankside. Il ne put s'empêcher, ne fût-ce que pour tromper l'ennui de sa présence, de lui annoncer sa grande décision :

« Nous allons quitter Londres. Nous irons vivre à Bocton. » Il se tut, l'entendit haleter de stupeur et ajouta, pour enfoncer le clou : « Toute l'année. »

En réalité, le projet de Bull n'avait rien d'inhabituel. Par le passé, des négociants londoniens s'étaient souvent retirés dans leurs domaines ; nombre de patriciens, qui trouvaient la compétition devenue trop dure en ville, avaient fermé leur négoce pour se transformer en gentlemen campagnards. Dieu merci, il lui restait encore de la fortune ; il lui faudrait simplement acheter davantage de terres. Un cri d'horreur et d'incrédulité traversa la porte :

« Je hais la campagne ! (Il sourit : il le savait.) Je resterai à Londres !

— Pas dans cette maison, dit-il avec bonne humeur, car je vais la vendre.

— A qui ? »

C'était encore l'aspect le plus facile de la question. La grande expansion qu'avait connue la cité, depuis l'enfance de William, s'était notamment traduite par une multiplication spectaculaire des débits de boisson. Dans une ville où soixante-dix mille personnes résidaient en permanence, on trouvait quelque trois cents tavernes servant à boire et à manger, sans parler du millier de brasseries où l'on pouvait se faire servir un pichet d'ale. Certaines de ces tavernes étaient d'assez gros établissements, qui offraient aussi le gîte aux nombreux visiteurs de la cité ; et leurs propriétaires avaient souvent fait fortune. Encore un mois plus tôt, l'un de ces prospères entrepreneurs, avec deux tavernes à son actif, avait dit à William : « Si jamais vous voulez vendre votre maison, je vous en donnerai un bon prix. » Aussi pouvait-il répondre aujourd'hui à sa femme : « Je vais la vendre à un tavernier.

— Monstre ! cria-t-elle. (Il leva les yeux au ciel.) Brute !

— Je sors », dit-il, et il lui intima le silence. Mais il n'obtint qu'une brève pause, lourde d'hostilité, suivie d'un de ces insupportables gémissements dont elle avait le secret.

« Je sais bien où tu vas aller. Voir une femme... »

C'en était trop. « Je devrais, oui ! gronda-t-il, frappant des deux poings le coussin brodé. Tu veux vraiment savoir où je vais ? Chercher les sergents de ville ! Quand je reviendrai avec eux, nous te passerons la bride des mégères, et je te promènerai comme cela dans les rues ! Voilà où je vais, si tu veux tout savoir ! »

Rude invention que la bride des mégères... Les femmes à la langue trop bien pendue pouvaient être condamnées à recevoir une cage de fer autour de la tête, avec une méchante petite tige qui pénétrait à l'intérieur de leur bouche pour leur immobiliser la langue. On promenait ainsi encagées les femmes mises au ban de la ville, de la même façon que d'autres malfaiteurs étaient cloués au pilori. Bull entendit sa femme pleurer et il eut honte.

Il prit sa décision : c'en était trop, il ne pouvait rester ici une minute de plus. Un moment plus tard, il passait à grandes enjambées devant son épouse et sortait de la maison. C'est ainsi que, peu après midi, il arriva à la maison close de Bankside et, accompagné par un tenancier tout sourire, se rendit auprès de Joan.

L'homme lui assura qu'il était le premier.

Joan regardait William Bull.

Il devait avoir dans les quarante ans ; grand et fort dans sa vaste cape, avec de gros mollets et des bottes de cuir à rabats sous le genou. Son visage sanguin dénotait l'habitude d'être obéi en toute chose. Il avait déjà récompensé le tenancier pour cette pucelle qu'il lui offrait.

La maison était calme. Peu de clients venaient à cette heure-ci ; la plupart des filles étaient soit dehors, soit en train de dormir. Des sœurs Dogget, il n'y avait toujours aucune trace.

Soudain, la colère monta en elle ; elle marcha sur le tenancier et cria : « Vous m'aviez promis que je n'aurais pas de client avant demain, espèce de sale menteur ! »

Bull jeta un regard interrogateur vers l'épouse du bonhomme.

« Ne faites pas attention, messire, répondit la digne personne. Elle est seulement un peu nerveuse. » Puis, se tournant vers Joan, elle siffla : « Toi, tu feras ce qu'on te dit de faire !

— Et si je refuse ?

— Refuser ? cracha le tenancier d'un ton haineux.

— Vous ne comprenez pas, ma chère, intervint mielleusement sa femme, changeant de tactique. Messire est un homme important, et un bon client de la maison...

— Ça m'est égal. »

Le sourire disparut sur le visage de la femme ; les deux petits yeux devinrent comme deux glaçons dans son visage jaunâtre. « Vous faut-il une correction pour comprendre ?

— Vous n'avez pas le droit ! »

Le principe de la maison close était que chaque fille payait un loyer pour sa chambre ; en dehors de cette obligation, elle était théoriquement libre d'aller et venir comme bon lui semblait. En réalité, le tenancier les tenait toutes, ou presque, d'une façon ou d'une autre.

« Peut-être que nous n'avons pas le droit... » Il était devenu très froid, soudain, et d'une pâleur inquiétante ; il marcha vers elle, jusqu'à ce qu'elle puisse humer les reliefs de repas emmagasinés dans sa barbe. « Mais je peux très bien appeler le régisseur de l'évêque et te faire jeter dans l'heure qui suit en dehors de la Liberty. Après cela, tu ne trouveras plus aucun travail. »

C'était exactement ce qui ne devait pas arriver.

« Alors, je vais le faire », finit-elle par répondre. Et elle se retourna, pour sourire à William Bull.

L'escalier, extérieur à la maison, desservait deux étages qui comportaient chacun trois chambres, elles-mêmes divisées en deux box par des cloisons de bois. Joan et le négociant gagnèrent le second étage, puis suivirent un couloir intérieur, fort étroit et sombre. Au bout de quelques pas ils rencontrèrent une nouvelle volée de marches, à peine plus qu'une échelle en vérité. La jeune fille commença à les monter à tâtons.

La chambre de Joan, une mansarde, se situait sur le pignon de la maison. Même si elle était fort exiguë, au moins n'y avait-il pas d'autre box à côté, donc pas de bruits ni de gémissements en perspective. Une petite fenêtre l'éclairait, recouverte d'un parchemin dans sa partie haute, d'un épais volet de bois dans le bas. Quand elle avait ouvert le volet ce matin-là, senti l'air humide et froid sur son visage, Joan avait constaté qu'elle pouvait apercevoir, par-delà le fleuve, les toits des Blackfriars et jusqu'au sommet de Newgate. Penser qu'elle pouvait voir d'ici l'endroit où se trouvait Martin l'avait réconfortée.

Les pailles qui jonchaient le sol n'avaient pas été changées depuis plusieurs mois, et elles empestaient. Joan était cependant parvenue à convaincre le tenancier (bien qu'il eût renâclé à la dépense) de lui en donner de fraîches pour recouvrir les vieilles. C'est donc dans une petite mansarde pas trop déplaisante, somme toute, qu'elle fit entrer le négociant, un peu haletant au terme de son ascension.

Le lit, au centre de la chambre, n'était qu'un simple matelas rembourré de paille. Joan laissa son châle glisser de ses épaules. Elle n'avait pas encore acquis la tenue rayée propre à son état ; elle était vêtue fort simplement, d'une robe de lin unie à manches longues, sur laquelle elle avait passé une blouse sans manches à motif de fleurs. Elle retira le bandeau qui lui ceignait le front et ses cheveux se dénouèrent ; puis, tournant la tête vers la fenêtre, elle alla ouvrir le volet. A une centaine de mètres d'elle, le fleuve coulait paresseusement. Elle s'aperçut qu'elle tremblait légèrement ; le négociant derrière elle l'avait-il remarqué ?

Une seule pensée lui occupait l'esprit : comment gagner du temps ? N'y avait-il pas, encore maintenant, une issue possible ?

« Tu es vraiment vierge ? » dit la voix derrière elle.

Elle acquiesça sans se retourner.

« Tu as peur ? » La voix du marchand était bourrue, mais n'y avait-elle pas décelé une pointe d'embarras ? Une trace de culpabilité, même ? Elle se retourna. Il avait retiré sa cape et commençait déjà à déboutonner sa tunique ; à l'évidence, il n'allait pas tarder à passer à l'action. Elle scruta son visage, large et rude, à l'affût du plus petit signe de bienveillance.

« Tu verras, ce ne sera pas si terrible... » lui dit-il.

Alors la lumière se fit dans l'esprit de Joan : il n'y avait, tout bien pesé, qu'une façon de retourner la situation à son avantage. L'espoir était bien mince, mais avec un peu d'audace — alors peut-être, oui, il accepterait de l'aider.

Elle s'efforça de rassembler tout son sang-froid.

« Je voudrais que vous fassiez quelque chose pour moi », lui lança-t-elle. Il la regarda, et elle lui dit ce qu'elle attendait de lui.

« Tu voudrais... quoi ? » lui fit-il répéter, stupéfait ; mais elle ne flancha pas :

« Laissez-moi vous expliquer... »

Au début de l'après-midi, un solide personnage sortit du vieux palais royal ; il était seul et souriait jusqu'aux oreilles. Il marcha allégrement jusqu'à son cheval, sauta en selle et prit la direction de la ville, laissant derrière lui la vénérable silhouette de l'abbaye de Westminster.

En cette année 1295, l'abbaye présentait un curieux aspect : lorsque le pieux roi Henri III avait décidé de la reconstruire, il s'était hélas quelque peu trompé dans ses calculs financiers. En dépit des énormes sommes fournies par les Juifs, et des bijoux qu'Henri avait mis en gage pour offrir un nouveau sanctuaire à Edouard le Confesseur, il s'était trouvé à court d'argent. Résultat, la moitié est de l'église, le chœur, les transepts ainsi qu'une petite portion de la nef lançaient majestueusement vers le ciel leurs voûtes gothiques et leurs arcs en ogive ; mais ensuite la nef redescendait brutalement à la hauteur, bien plus modeste, de la vieille église normande du Confesseur. Depuis un quart de siècle deux églises cohabitaient ainsi, de styles différents, et jointes de la plus étrange manière. Il faudrait cent années encore avant que les travaux reprennent, cent autres avant qu'ils s'achèvent. L'église du couronnement, sanctuaire du royaume, resterait en chantier pendant les règnes de douze rois d'Angleterre.

Pourtant, si Waldus Barnikel s'était retourné vers la vieille abbaye — ce qu'il ne fit pas —, il n'y aurait rien trouvé à redire. Car ce jour-là, il n'aurait rien trouvé à redire à nulle chose au monde. Comme il venait de le déclarer au roi en personne, il était l'homme le plus heureux de Londres.

Physiquement, Waldus Barnikel de Billingsgate ressemblait à un ballon, dont il possédait l'exacte rondeur. La nature semblait avoir voulu enfermer la force et le tempérament de toute sa lignée familiale dans l'espace réduit d'une morphologie individuelle, et s'être avisée que seule une sphère parfaite saurait contenir une aussi haute concentration d'énergie avec le moins de risques d'explosion possible. Il était rasé de près, ce qui contrastait avec ses cheveux roux, lesquels lui descendaient à mi-cou, et il portait une toque de fourrure ; il rayonnait d'optimisme et de confiance en lui.

Il avait, à vrai dire, de bonnes raisons pour cela. Les poissonniers n'avaient-ils pas élevé leur guilde, fort modeste à l'origine, jusqu'aux sommets de la société londonienne ? Waldus portait déjà la robe rouge des aldermen, et on lui donnait désormais du « seigneur ». Quant à l'humiliation infligée aux Bull, les orgueilleux patriciens qu'il haïssait depuis sa naissance, il avouait que son âme, rien que d'y penser, baignait dans un sirop de sucre. Il n'avait même plus à se laisser impressionner par la fortune des Bull : Barnikel était devenu riche.

L'histoire de son enrichissement ressemblait à celle de nombre de ses confrères. Peu après le règne du roi Jean, sa famille avait acquis un premier bateau de pêche, puis un deuxième. A l'époque de la naissance de Waldus, ils possédaient un entrepôt le long du quai de Billingsgate ainsi qu'un vaste éventaire au marché, avec pas moins de six employés pour servir les clients. Plus significatif encore, comme d'autres poissonniers londoniens parmi les plus prospères, ils avaient ouvert un second établissement. Il se situait dans un port du nom de Yarmouth, petit mais fort actif, à quelque cent cinquante kilomètres de Londres sur la côte est. Là, ils avaient acquis deux navires de pêche supplémentaires, ainsi que la moitié d'un navire marchand, dont ils retiraient de confortables bénéfices. C'est à Yarmouth que Barnikel avait rencontré sa femme et qu'il était devenu véritablement très riche ; c'est là aussi qu'il avait participé à un singulier mouvement historique.

Les vastes territoires de l'Est-Anglie avaient conservé leurs caractères d'autrefois, dans les siècles qui avaient suivi la Conquête. Certes, il était arrivé des étrangers — surtout des tisserands flamands, dont le savoir-faire était fort apprécié. Mais pour l'essentiel, les vastes horizons de prés, de bois et de marais y étaient restés tels qu'au temps du Danelaw : terre d'Angles et de Danois, marchands et propriétaires terriens ; une terre libre et lointaine, ne s'ouvrant qu'au grand vent venu de l'est, de la mer mugissante. L'Est-Anglie s'était enrichie au cours du dernier siècle, à l'image du reste du pays ; en particulier, elle avait commencé à exporter ses propres étoffes, de deux types différents, qui portaient chacun le nom de la bourgade autour de laquelle s'organisait leur production : Kersey dans le sud de la région, et dans le nord la petite ville de Worsted.

Il était naturel que Barnikel, rencontrant une jeune et riche héritière de Worsted, qui descendait comme lui des navigateurs vikings, ait voulu l'épouser. Par ce mariage, il doublait sa fortune. Quand il l'emmena à Londres, toute sa belle-famille les accompagna.

Parmi les nombreux groupes d'immigrants qui investirent Londres à cette époque, on comptait beaucoup de commerçants venus d'Est-Anglie. Comme Barnikel le faisait remarquer : « On dirait que les gens se sont mis à parler différemment. Maintenant, ils parlent tous comme mes beaux-parents ! » Mais ce qu'il ne pouvait deviner, c'est que cette légère inflexion donnée à l'accent londonien était le signal d'un infléchissement historique plus profond. En effet, simple effet du hasard ou décret du destin, en cette fin du XIIIᵉ siècle, les Vikings revenaient à Londres — non plus les aventuriers des mers de jadis, mais leurs descendants, qui avaient solidement les pieds sur terre.

Waldus était un riche marchand. Il continuait à vendre du poisson, bien sûr ; mais ses navires transportaient aussi des fourrures et du bois de la Baltique, du grain, et même du vin. Depuis la veille, il était devenu alderman. Et aujourd'hui ? Rien ne l'avait préparé à la convocation qu'il avait reçue ce matin même. Elle venait du roi Edouard en personne.

Voilà quelques instants à peine, il se tenait debout face au grand souverain à la barbe grise, et les yeux royaux plongeaient dans les siens comme pour lui sonder l'âme.

« J'ai besoin de toi, lui avait dit Edouard. J'ai besoin de toi pour mon Parlement. » Le visage du poissonnier s'était empourpré ; il pouvait à peine croire qu'un tel honneur lui échût. Un Barnikel au Parlement...

Quand le roi Edouard Iᵉʳ avait décidé de réunir des parlements, comme il le disait, deux fois par an, généralement à Westminster, il avait fait preuve de sa sagesse et de son habileté coutumières. Il s'était souvenu des humiliations infligées à son père et à son grand-père, que leur entêtement avait soumis à l'emprise des conseils seigneuriaux : lui-même se montrerait plus adroit. Nul ne pourrait jamais l'accuser de gouverner sans consulter personne. Aussi, dès qu'il avait à prendre une décision importante, convoquait-il non seulement le conseil des barons, mais aussi les autres parties concernées. Si l'Eglise y était impliquée, il convoquait des représentants du clergé ; le commerce, des bourgeois des villes ; une question d'ordre militaire, les chevaliers qui assuraient le service armé. Et parfois, il les convoquait tous ensemble. De tels parlements garantissaient aussi le bon fonctionnement de la justice royale — pour laquelle le roi, siégeant en son conseil, faisait office de juridiction suprême. Certes, il promulguait souvent des lois par lui-même, entouré de ses seuls proches conseillers ; mais il veillait à toujours respecter la mesure, et se servait de ses parlements pour mettre à l'épreuve ses idées nouvelles.

De même qu'il s'appuyait sur les marchands plus modestes pour contrer le pouvoir du maire de Londres et de son entourage, de même il se servait des parlements pour contenir les ambitions des grands barons féodaux (il faisait adopter régulièrement des lois à cet effet), ainsi que, dans une moindre mesure, de l'Eglise. C'est sous le règne d'Edouard Ier que le Parlement anglais, cette grande institution, commença à prendre forme ; non pas, certes, pour placer le pouvoir entre les mains du peuple, mais pour renforcer l'emprise politique du roi sur son pays.

La chance avait voulu que, la veille, l'un des bourgeois de Londres devant siéger au Parlement tombât malade. « C'est pourquoi je t'ai demandé de venir », avait dit Edouard à Waldus en souriant.

Bien sûr, une raison se dissimulait derrière tout cela ; Barnikel n'était pas stupide. Si le roi voulait voir des marchands siéger dans son Parlement, cela signifiait qu'il comptait imposer les villes. Pour qu'il soit prêt à flatter un alderman tout juste nommé, cela signifiait même qu'il lui fallait beaucoup d'argent. Eh bien, l'on verrait.

En tout cas c'était lui qu'il avait appelé, Barnikel, et pas un autre.

On pouvait s'attendre à ce qu'il fêtât dignement l'occasion — et c'est ce qu'il se proposait de faire. Juste avant de se rendre auprès du roi, il avait reçu un autre message, en provenance de Bankside, où il était question d'une pucelle. Il éperonna son cheval, avec une impatience toute particulière.

Waldus Barnikel avait coutume de se rendre une fois par semaine à la Tête de Chien ; il en usait ainsi depuis près de cinq ans. Aussi constant dans ses affections que régulier dans son emploi du temps, il passait toujours la nuit avec l'une des sœurs Dogget. Leur nom l'amusait parce qu'un orfèvre de la ville, fort respectable mais fort dénué d'humour, portait alors le même patronyme, sans leur être apparenté en rien. « Je suis allé voir vos cousines, de l'autre côté du fleuve », lui disait de temps à autre Barnikel pour le taquiner.

Il avait de toute façon prévu de se rendre aujourd'hui à Bankside. En effet, avec son habituelle clairvoyance, le roi Edouard avait d'ores et déjà compris la grande loi que toutes les assemblées législatives de l'histoire n'allaient cesser de vérifier : prostituées et politiciens étaient faits pour s'entendre et se fréquenter. « Si je laisse une masse de bourgeois et de chevaliers traîner dans la ville, commentait-il, ils iront à coup sûr courir les filles et il y aura des problèmes. » Aussi, quand le Parlement siégeait à Westminster, les maisons closes de Bankside restaient-elles fermées, du moins officiellement. Il risquait donc de s'écouler un certain temps avant que Barnikel puisse y retourner.

Quant à la nouvelle d'une pucelle à la Tête de Chien, elle l'émoustillait beaucoup. Et c'est moi qui vais l'avoir ! se répétait-il avec une excitation croissante. Il ferait quand même un petit cadeau à la Dogget aussi, pour ne pas la vexer.

Il ne fit qu'une brève pause sur son chemin. La large voie boueuse venant de Westminster suivait le fleuve et s'incurvait sur la droite à moins d'un kilomètre de l'abbaye ; la Tamise elle-même décrivait à cet endroit sa dernière courbe, à la hauteur d'Aldwych, avant d'aborder le grand plan d'eau qui traversait Londres d'un seul trait. Un grand monument de pierre, sculpté avec élégance, se dressait dans le tournant, surmonté d'une croix. C'est là que Barnikel s'arrêta pour dire une brève prière.

La croix n'était là que depuis cinq ans, depuis que l'épouse d'Edouard — à qui il était à la fois dévoué et fidèle, chose plutôt inhabituelle pour un roi — était morte dans le nord du pays. Un grand cortège s'était organisé pour transporter son corps jusqu'à Westminster, et s'était arrêté douze nuits en chemin ; la dernière étape, avant l'entrée solennelle dans l'abbaye, s'était située à ce tournant de la route. L'attachement d'Edouard à sa femme était si grand qu'il avait ordonné qu'on dressât une croix en chaque lieu où le cortège avait fait halte. Il y en avait une autre dans le West Cheap, près de Wood Street. Le présent lieu étant connu sous son vieux nom anglais de _Charing_, désignant le virage, on avait appelé l'émouvant petit monument Charing Cross.

Barnikel avait eu du respect pour la reine ; mais s'il faisait halte devant la croix, c'est que le jour même où on l'avait dressée, sa propre épouse qu'il chérissait était morte en couches ; elle lui avait donné sept enfants et s'apprêtait à mettre au monde le huitième. N'ayant jamais trouvé à la remplacer, il ne s'était pas remarié et se contentait de sa visite hebdomadaire à Bankside. Ce jour-là, il s'arrêta donc comme chaque fois à Charing Cross pour une petite prière à l'intention de sa femme, avant de repartir vers son rendez-vous. Aucun scrupule de conscience chez lui : son épouse était une personne joviale, qui aurait sûrement approuvé sa conduite. Il fit prendre le galop à son cheval.

A mesure qu'elles approchaient de la Tête de Chien, Isobel et Margery étaient toujours dans l'incertitude sur la conduite à tenir. Elles étaient allées voir un médecin, dans Maiden Lane, dont on disait qu'un pot-de-vin savait le rendre muet ; il avait aussitôt confirmé leurs inquiétudes. « C'est une lèpre », leur avait-il annoncé ; ainsi nommait-on ce genre de lésion contagieuse. Après l'avoir ointe de vin blanc, il avait donné à Margery un onguent qui la guérirait, il le lui avait promis. « Il contient plusieurs choses, mais surtout de l'urine de chèvre, lui avait-il affirmé d'un air confiant. Ça marche à chaque fois. » Elle l'avait remercié, gardant ses doutes pour elle.

« Je n'ai qu'à prendre le large quelque temps », avait-elle dit à Isobel. Elle n'avait jamais été séparée de sa sœur jusqu'alors. « Je peux payer le loyer, et demain nous serons de toute façon fermés, en principe, à cause du Parlement. » En pratique, le tenancier assurait généralement pour les habitués une sorte de service minimal, pour lequel il requérait l'assistance des deux sœurs. « Je vais prier pour toi », dit Isobel.

Isobel était pieuse. L'Eglise réservait à ses prostituées un régime assez bâtard ; elles avaient droit à la communion, mais ne pouvaient être inhumées en terre consacrée. Cela sous-entendait peut-être que les morts étaient plus exposés que les vivants à la contamination morale ; Isobel n'aurait su le dire. Mais, même ainsi, elle croyait que Dieu pourrait lui pardonner les péchés qu'elle avait commis dans ce monde cruel, et qu'au bout du compte elle serait sauvée. Elle savait néanmoins qu'on ne devait pas découvrir l'état de Margery. « Il vaut mieux que tu ne travailles pas ce soir, lui dit-elle. Nous pourrons décider quoi faire demain matin. »

Avec d'aussi graves questions pour leur occuper l'esprit, elles ne s'étaient toujours pas souvenues de la petite Joan. Ce fut un choc pour elles de la revoir, tandis qu'elles approchaient de la maison close. La jeune fille se tenait debout à l'extérieur, entourée de deux hommes et du tenancier. Manifestement, quelque chose n'allait pas.

Waldus Barnikel paraissait fort en colère ; Bull souriait d'un air narquois et le tenancier semblait très embarrassé.

« Vous m'avez promis une pucelle ! tempêtait le nouvel alderman.

— Elle l'était... ce matin, s'excusait le tenancier. Je pensais que vous viendriez plus tôt, seigneur.

— C'est ce que je comptais faire, déclara l'alderman avec un regard de dédain envers Bull, mais j'étais avec le roi Edouard. Nous parlions du Parlement, conclut-il, comme pour affirmer sa supériorité définitive sur le patricien.

— Elle n'a été qu'avec un seul client, dit le tenancier avec un regard nerveux en direction de Bull.

— Moi », commenta tranquillement celui-ci.

Le nouvel alderman et nouveau parlementaire roula des yeux furieux.

« Vous croyez que je voudrais d'elle après ce vieux barbon ? » cria-t-il avec un regard de haine, et le tenancier se demanda si tout cela allait se terminer par un pugilat. Mais Bull semblait prendre plaisir à contempler la colère du poissonnier.

« En tout cas, je suis passé le premier, dit-il sans détours.

— Fichu bâtard ! jura Barnikel à l'intention du tenancier. C'est comme cela que tu traites un bon client ? Par Dieu, j'irai ailleurs à l'avenir...

— Donc, vous ne voulez pas d'elle ? demanda Bull.

— Pas plus que je ne voudrais d'un chien ! » rugit Barnikel ; puis il se tut, indécis. Il était venu faire la fête et avait grand besoin d'une femme ; mais quand il voyait la jeune fille au côté de son vieil ennemi, qui l'avait eue le premier, son amour-propre lui interdisait de la toucher. Que faire ?

C'est alors qu'il avisa les deux sœurs, qui venaient d'arriver. « Je prendrai la Dogget, grogna-t-il. La même que d'habitude.

— Laquelle est-ce, déjà ? » Inquiet de la tournure prise par les événements, le tenancier avait oublié ce détail. Barnikel le foudroya du regard.

« Margery, bien sûr ! »

Les deux sœurs échangèrent un regard consterné. Elles n'avaient qu'une seule et même idée : si Barnikel attrapait quelque chose auprès de Margery, il leur ferait mener une vie d'enfer. Elles seraient flanquées dehors toutes les deux, et la maison démolie pierre par pierre. L'heure n'était pas à finasser. L'une des deux sœurs fit un pas en avant.

« C'est toujours moi qu'il demande, voyons, jamais ma sœur, dit-elle en souriant. Viens donc, mon grand ! », cria-t-elle à l'alderman. Elle n'avait nul souci à se faire : Margery lui avait expliqué depuis longtemps les goûts de Barnikel.

Pour la vraie Margery, quand elle se retrouva seule, il restait encore une énigme à résoudre. Elle s'était hâtivement préparée à s'excuser auprès de la pauvre Joan : les deux sœurs s'étaient engagées à la protéger, et voilà ce qui était arrivé. Or, si étonnant que cela pût paraître, on ne lisait aucun reproche dans les yeux de la jeune fille ; elle riait, même. Mieux, devant Margery, elle sourit à Bull et l'embrassa sur la bouche.

« Est-ce que je peux vous raccompagner jusqu'au pont ? » lui proposa-t-elle.

Joan se sépara de Bull juste avant d'arriver au pont, consciente de sa chance. Plus que cela, même. En entendant son histoire, beaucoup d'hommes auraient ri, ou ne l'auraient pas crue ; Bull, si. Au début, il en était resté comme abasourdi ; puis il avait secoué la tête et dit : « C'est la chose la plus courageuse que j'aie entendue de ma vie. » Enfin, il avait émis un petit rire : « C'est bon, je vais t'aider. Tu crois vraiment que cela peut marcher ?

— Il le faut », avait-elle simplement répondu.

La loi était claire : en dehors de la grâce, il n'y avait qu'un seul moyen pour un condamné d'échapper à la potence, c'était d'être réclamé par une prostituée.

Le rite à respecter était bien précis. La femme devait se présenter officiellement devant les juges, vêtue de la robe blanche à rayures et du capuchon qui constituaient en quelque sorte l'uniforme de sa profession. Elle devait également porter une bougie dans chaque main en signe de pénitence, et s'offrir en mariage au prisonnier. Si l'homme condamné à Londres acceptait de l'épouser, il était libéré et le mariage célébré aussitôt. L'Eglise, bien qu'administrant les maisons closes, ne pouvait qu'applaudir à une âme sauvée du péché, et les autorités, bien sûr, partageaient ce point de vue. On ne connaissait pourtant que peu d'exemples effectifs de cette procédure — soit que les prostituées ne se fussent guère souciées de quitter un métier lucratif pour épouser de pauvres bougres, soit que les hommes eux-mêmes eussent préféré se balancer au bout d'une corde plutôt que d'épouser de telles femmes.

Tel était le scénario imaginé par les sœurs Dogget. Joan devait devenir prostituée d'un jour ; elle devait entrer en bonne et due forme à la Tête de Chien, son nom apposé sur le registre du régisseur ; alors elle pourrait réclamer son homme. Elles en étaient sûres, c'était la plus grande aventure qu'elles avaient imaginée de toute leur vie.

« Mais je ne pourrai jamais aller avec des hommes, avait objecté la jeune fille. Je n'y arriverai jamais. Et quant à Martin... » Elle n'avait osé lui apprendre les détails de son plan : il s'y serait certainement opposé, et l'aurait fait échouer en racontant tout. Elle revoyait le visage de son bien-aimé, triste mais empreint d'une farouche fierté, et murmurait : « S'il imaginait seulement que... »

— Nous t'aiderons, avaient promis les deux sœurs. Nous nous arrangerons pour que tu passes une nuit dans la maison sans que personne te touche. » A cette idée, elles avaient été prises de fou rire. « Quelle bonne farce ! Quelle bonne blague ! »

Mais les objections de Joan portaient aussi sur les éventuels points faibles du projet. Elle n'imaginait pas que les autorités pussent s'intéresser de trop près au court laps de temps qu'elle aurait passé dans la maison close ; après tout, le déshonneur d'apparaître en public dans la robe d'infamie, ne fût-ce qu'une seule fois, comme prostituée dûment enregistrée, suffirait à la marquer pour la vie. Mais, songeait-elle, s'ils s'avisaient qu'elle n'avait pas véritablement exercé son métier, ils pourraient avoir une vue un peu différente des choses. Ce matin encore elle s'en était inquiétée, sans trouver de solution pour autant.

En contemplant le visage rubicond du marchand, dans la mansarde, l'idée lui était venue. Si elle lui révélait tout, n'y avait-il pas une chance qu'il la prenne en pitié, au lieu de la contraindre à s'exécuter ? Mieux encore, ne voudrait-il pas laisser croire au tenancier, et si nécessaire aux autorités, qu'elle avait bien tenu son rôle jusqu'au bout ?

Devant l'étrange petite personne, aux façons si sérieuses, William Bull s'était trouvé stupéfait qu'elle pût oser pareil stratagème. « Par Dieu ! lui avait-il dit après avoir accepté de l'aider, ton jeune ami a de la chance... Note bien, avait-il ajouté avec embarras en songeant à sa femme, que si l'on m'appelait à témoigner, je préférerais parler de notre rencontre aux juges en privé plutôt qu'en public... Mais il ne devrait pas y avoir de problème, je pense. Si le tenancier croit que j'ai couché avec toi, cela devrait suffire.

— Il y a encore autre chose... Quand ils auront relâché Martin, il faudra lui dire comment les choses se sont vraiment passées. Je ne voudrais pas qu'il pense...

— Bien sûr ! » sourit Bull. Mais lui-même n'aurait jamais imaginé l'extraordinaire coïncidence, au moment où il redescendait de la chambre avec la jeune fille : Barnikel était là, ce maudit marchand de poisson, blême de rage en constatant que Bull était passé avant lui.

Si extraordinaire était toute l'histoire, si douce à son cœur la revanche qu'il prenait sur l'alderman, que Bull, en traversant le pont, se sentait presque aussi satisfait que s'il avait joui d'une douzaine de pucelles. Il était de si belle humeur qu'il envisagea même de coucher avec sa femme cette nuit-là.

Joan de son côté, tout aussi satisfaite de la tournure prise par les événements, ne se pressa guère de retourner à la maison close. Elle fit d'abord quelques pas le long du fleuve, puis se promena entre les étals du marché ; ensuite elle entra dans l'église de St Mary Overy, afin de prier pour Martin Fleming devant une statue de la Vierge. Enfin elle retourna tranquillement à la Tête de Chien.

Personne, elle en était sûre, ne viendrait plus l'importuner aujourd'hui ; en outre, les sœurs Dogget étaient maintenant là pour la protéger. Le crépuscule de novembre tombait déjà tandis qu'elle approchait de l'établissement.

Dionysius Silversleeves regarda le lion et gronda ; le lion secoua sa crinière broussailleuse et gronda en retour. Silversleeves s'approcha de quelques pas et recommença. Puis il prit une grande inspiration et rejeta sa maigre figure en arrière, comme un serpent sur le point d'attaquer ; enfin il se projeta vers l'avant, son long nez saillant, ses lèvres retroussées sur ses dents jaunes, et poussa un cri qui tenait à la fois du rugissement et du sifflement.

Cela mit le lion en fureur ; il cogna des deux pattes sur les barreaux de sa cage, gronda de rage à nouveau et pour finir, au comble de l'exaspération, lança un rugissement qui dut résonner à travers toute l'enceinte de la Tour.

Silversleeves gloussa de plaisir et d'excitation. « Tu ne joues plus, n'est-ce pas ? dit-il. Tu voudrais bien me dévorer, n'est-ce pas ? » C'était un rite chez lui, qu'il observait scrupuleusement tous les soirs, quand il avait fini son travail ; et peu de choses dans l'existence lui procuraient plus de jouissance.

Dionysius Silversleeves avait vingt-neuf ans. Ses cheveux étaient sombres, son nez allongé, son corps maigre ; ses yeux brillaient étrangement et l'acné lui faisait flamboyer le visage.

Il avait des boutons partout : sur le cou, sur le front, sur les épaules, autour du menton et tout le long de son nez, qui luisait extraordinairement quand il avait bu. Dans son adolescence, ses parents lui disaient que cela passerait avec les années ; mais aujourd'hui, il lui semblait que les siècles eux-mêmes n'y changeraient rien. « Ce sont les humeurs que j'ai dans le corps, plaisantait-il. Il est sec et brûlant comme le feu. » Peut-être, qui sait, ce même déséquilibre interne le poussait-il à narguer les lions tous les soirs.

La première ménagerie londonienne se situait à l'entrée de la Tour, juste au-dessus du fleuve, sur le flanc ouest de l'énorme forteresse. Inaugurée au cours du règne précédent, elle réunissait plusieurs de ces animaux sauvages que les souverains d'Europe aimaient à s'offrir en présent. Quelques années auparavant on y avait vu un ours polaire, don du roi de Norvège ; les Londoniens allaient le regarder, attaché à une chaîne, pêcher des poissons dans le fleuve. Il y avait eu aussi un éléphant, qui était mort de façon soudaine. Mais il restait des lions et des léopards en cage dans le bastion proche de l'entrée, connu sous le nom de tour du Lion.

Cette ménagerie n'avait pas été la seule innovation apportée au bâtiment ; sous les deux derniers règnes, la vieille forteresse avait subi de grandes transformations. Le donjon carré du Conquérant se dressait désormais au milieu d'un vaste espace ouvert, la cour intérieure ; une massive courtine crénelée l'entourait, munie d'une série de tours supplémentaires, qui ressemblaient elles-mêmes à autant de forteresses en miniature. Au-delà, un large corridor lui succédait, côté terre ferme, aux trois points cardinaux — la cour extérieure, elle-même enfermée dans une seconde et magnifique muraille. Une énorme douve, aussi large que profonde, encerclait le tout, transformant l'ensemble de la forteresse en une île imprenable : on n'y pouvait accéder que par un pont-levis, puis par une série de courettes et de tours, dont celle du Lion au coin sud-ouest. L'édifice ressemblait beaucoup aux grands châteaux forts, avec leurs cercles de remparts successifs, qu'Edouard avait récemment bâtis pour contrôler le pays de Galles. Il était si puissant et si impressionnant que le plan d'ensemble ne devait plus en changer.

Le pieux roi Henri III avait estimé qu'on devait modifier l'aspect du grand donjon normand qui en occupait le centre, et ordonné que ses murs extérieurs fussent entièrement blanchis à la chaux. Dorénavant, à la place de la pierre grise de jadis, les Londoniens voyaient un grand château blanc se dresser, pâle et lumineux, au-dessus du fleuve. On continuerait à l'appeler la tour Blanche même lorsqu'elle aurait perdu son enduit.

Une décennie plus tôt, la Monnaie royale avait été transférée de ses anciens locaux, en dessous de St Paul, jusqu'à la Tour ; elle était maintenant abritée dans une série d'ateliers en brique situés dans la cour extérieure, entre les deux murailles. C'est là que Silversleeves passait ses journées, et il s'y sentait heureux. La Monnaie implantée à la Tour était l'une des six que comptait le pays, et de loin la plus importante. Outre l'usure normale des pièces, et les besoins d'un négoce en expansion constante, la vieille monnaie du règne précédent s'était trouvée dévalorisée ; le roi Edouard était décidé à en créer une nouvelle, qui favoriserait le commerce et le renom de son royaume dans toute l'Europe.

Comme clerc de la Monnaie, Silversleeves connaissait tout de son activité. Il y avait l'essai, où les pièces étaient testées pour le compte des hommes de l'Echiquier. Cela se faisait en les pesant avec le plus grand soin, en les fondant, puis en y mêlant du plomb en fusion ; il entraînait les impuretés vers le fond, et permettait de contrôler avec précision le titre d'argent des pièces et des lingots. Il y avait les grandes cuves de métal en fusion, qui faisaient luire et rougeoyer le visage de Dionysius plus encore que de coutume ; les moules pour fabriquer les pièces vierges, que les monnayeurs frappaient ensuite d'un unique coup de marteau bien ajusté. « Un coup, une nouvelle pièce », avait l'habitude de répéter Silversleeves, alors qu'il parcourait les salles résonnant du bruit des marteaux.

Enfin, dans la dernière de celles-ci, on comptait les pièces : les *farthings*, valant le quart d'un penny, les pennies d'argent et, dernière création en date, la rare et spéciale pièce de quatre pence, qu'on appelait le *groat*. Que ce fût à cause de la chaleur, du bruit, de l'animation permanente, ou encore parce qu'on fabriquait ici de la monnaie, denrée qu'il aimait tant, Dionysius Silversleeves s'estimait heureux de son métier, et même heureux tout court.

Par-dessus tout, quand il rentrait chez lui le soir, il n'avait nul souci au monde. Il laissait à ses deux frères aînés le soin de perpétuer la lignée familiale. Les Silversleeves étaient bien moins riches que quelques générations plus tôt, et avaient délaissé leur négoce de vin traditionnel ; mais il leur restait néanmoins assez d'argent pour s'occuper de leur mère, qui était veuve.

Aussi, quand Dionysius quittait son travail, il pouvait se consacrer à l'activité qu'il prisait le plus au monde : courir les femmes.

Bien sûr, il s'agissait toujours de prostituées ; la plupart des autres ne le regardaient même pas, bien qu'il fît parfois des tentatives dans leur direction. Mais auprès des filles de joie, il n'y avait pas plus assidu que lui. Pas un « établissement de bains » à Bankside, ni dans Cock's Lane, dont il ne fût un familier. Une fois par mois environ, on le voyait même débarquer dans une ruelle donnant sur le West Cheap, connue sous le nom de Gropeleg Lane, où résidaient quelques irrégulières. « Tiens, voilà le pot de colle », chuchotaient-elles entre elles.

Aujourd'hui, Dionysius se dirigeait vers Bankside comme à son habitude ; mais ce soir, c'était pour une raison particulière.

Une pucelle à la Tête de Chien...

Le tenancier n'avait pensé à lui envoyer le message qu'après coup, et Silversleeves n'en était pas dupe, mais cela lui était égal. Il s'approcha à nouveau, avec un sourire, de la cage du lion furieux.

« Ce soir, je vais avoir une pucelle, dit-il à l'animal. Tu ne peux pas en dire autant... »

Sans doute n'était-elle plus tout à fait pucelle, songea-t-il, mais peu importait. Après tout, quel intérêt de mettre une nouvelle pièce en circulation si l'on ne s'en servait pas ? Quelques instants plus tard, il quittait la forteresse par le pont-levis et prenait le chemin de Bankside.

L'obscurité était tombée ; la cloche du couvre-feu avait sonné. Tous les bacs avaient retraversé le fleuve, pour s'amarrer sur la rive londonienne — c'était la règle, afin qu'aucun voleur en provenance de Southwark ne pût franchir la Tamise à la faveur de la nuit pour se glisser dans la cité. Le guet prenait son poste sur le pont, et la ville s'apprêtait à passer une nouvelle nuit paisible, sous la protection des ordonnances royales.

A la Tête de Chien, on allumait les lampes. A la lueur de la lanterne, le plâtre rouge des murs prenait des reflets ocre, et l'enseigne de bois grinçait sous la brise du soir.

Le tenancier avait oublié Dionysius. Il était en train de se chauffer au brasero trônant au centre de la longue salle, basse de plafond, où les filles recevaient les clients. Elles étaient déjà presque toutes à l'étage, car un gros arrivage de mâles s'était produit en fin d'après-midi, parmi lesquels deux bourgeois montés à Londres pour siéger au Parlement et venus prendre une dernière fois du bon temps avant que l'établissement ferme officiellement ses portes. Il ne restait que deux filles dans la salle, dont Isobel Dogget, assise seule sur un banc. Silversleeves entra, promena le regard à droite et à gauche et demanda :

« Alors, où est-elle, cette pucelle ? »

Le tenancier jeta un regard indécis à Isobel, qui secoua la tête.

« Désolé, messire, mais elle n'est pas disponible, dit-il. Le couvre-feu vient de sonner. Vous arrivez trop tard. » C'était là un point important du règlement : une fois que la cloche avait retenti et que les bacs étaient rentrés à quai, les clients déjà avec des filles étaient censés demeurer auprès d'elles jusqu'à l'aube, afin qu'ils ne traînent pas dans les rues la nuit. Si Joan avait un client, elle était maintenant prise jusqu'au matin. « Que penseriez-vous d'une autre fille, messire ? » suggéra le tenancier.

A nouveau, Silversleeves contempla la pièce autour de lui. « Ces vieilles carnes ? Je peux les avoir n'importe quand. Je suis venu aujourd'hui pour de la chair fraîche. (Il sourit.) Ecoutez un peu... Dès qu'elle aura fini, allez dire à son client qu'il peut en avoir une autre à l'œil pour le reste de la nuit. Je paierai. Et vous me la donnez. Qu'est-ce que vous en pensez ? »

Mais de nouveau le tenancier secoua la tête, après une pause.

Si l'homme n'avait eu cette brève hésitation, s'il n'avait jeté un nouveau regard vers Isobel, Silversleeves aurait sans doute admis sa défaite. Mais il remarqua son manège, et une expression de ruse passa aussitôt sur son visage.

« A quoi jouez-vous ? cria-t-il. Qu'est-ce que vous êtes en train de me cacher, tenancier ? Vous essayez de me rouler ? » Si laid que fût Silversleeves, il savait faire impression. Il marcha vers le brasero ; à la lueur des braises, ses myriades de boutons lui donnaient un masque patibulaire. « Je pourrais vous faire avoir des ennuis », souffla-t-il. Il saisit la barbe de l'homme et tira doucement. « Je pourrais parler de la petite partie fine que vous avez prévue pour la semaine prochaine... »

La partie en question — avec des filles de la maison, bien sûr — était destinée à des bourgeois montés à Londres pour le Parlement. C'était illégal, mais le tenancier avait oublié que Silversleeves était au courant. « Je ne veux pas d'ennuis, murmura-t-il.

— Bien sûr que non, et moi non plus. Alors, vous allez me donner cette fille, oui ou non ? »

Le tenancier haussa les épaules. Il ne voyait pas pourquoi cette fille, après avoir si bien commencé, ne continuerait pas à travailler comme n'importe quelle autre. « Elle n'est plus vierge, précisa-t-il, au cas où cela aurait risqué d'entraîner de nouveaux problèmes. Elle a eu un client cet après-midi.

— Ça n'est pas grave. Qui ça, au fait ? »

Le tenancier hésita, mais il se méfiait du sournois personnage et préféra lui dire la vérité. « Bull, le marchand, lui répondit-il à contrecœur.

— Vraiment ? gloussa Dionysius. Le vieux cochon... C'est un bon ami à moi. Maintenant, allez me la chercher. »

L'homme allait s'exécuter quand une voix retentit dans la salle :

« Elle est malade... » Isobel Dogget s'était levée, fort en colère. « Laisse-la tranquille, pustule... »

Silversleeves se tourna vers elle. « Qu'est-ce qu'elle a, celle-là ? Et ne m'injurie pas, ou bien l'évêque te mettra à l'amende.

— Va au diable. Je t'ai dit qu'elle était malade...

— Bull y a été trop fort ? plaisanta-t-il.

— T'occupe pas de ça ! Tu ne poseras pas les mains sur elle ! Laisse-la tranquille ! » cria-t-elle, au tenancier cette fois-ci.

Mais le digne personnage en avait assez entendu.

« Non. Va la chercher toi-même », lui dit-il sèchement, pendant que Dionysius riait.

Joan se trouvait seule avec Margery Dogget quand Isobel pénétra dans la petite mansarde. A la lueur de la lampe, la jeune fille essayait une robe rayée de Margery, qu'elle revêtirait le lendemain pour se présenter devant les juges. Le vêtement était bien trop long pour elle ; la Dogget venait de le couper et de faire un ourlet grossier pour qu'elle puisse le mettre.

« Nous serons toutes très fières de toi », lui dit-elle en riant. Puis, à Isobel qui entrait : « Nous allons peut-être dénicher toutes des maris au pied de la potence... »

Quand sa sœur lui eut expliqué le problème, elle jura et Joan blêmit.
« Je ne pourrai jamais faire ça, dit-elle. Pas maintenant...

— Et encore, attends de l'avoir vu, ajouta Isobel d'un air sombre.

— Il faut que nous inventions quelque chose », dit Margery.

Les deux sœurs s'assirent sur le matelas posé au sol, le menton dans les
mains, et réfléchirent en silence pendant ce qui parut un siècle à Joan.
Puis elles commencèrent à se parler à voix basse, éclatèrent de rire, murmurèrent à nouveau, enfin levèrent des yeux joyeux.

« Nous avons un plan », dit l'une des deux, Isobel ou Margery. Et elles
lui expliquèrent de quoi il retournait.

« Elle arrive, c'est promis », déclarèrent les deux sœurs en prenant place
sur le banc, chacune d'un côté de Silversleeves. Et comme il semblait
méfiant, l'une renchérit : « C'est juré », tandis que l'autre confirmait :
« Elle descend. »

« Tout ce qu'il nous faut, s'écria Margery, c'est à manger !

— Et à boire, ajouta Isobel. Nous allons souper ! »

Le tenancier fronça les sourcils ; les maisons closes n'étaient pas censées servir à boire et à manger, ce qui aurait fait du tort aux taverniers.
Mais Silversleeves s'était mis à rire, et faisait tinter des pièces toutes
neuves dans sa poche.

« Je n'ai rien avalé depuis ce matin, dit-il, et j'ai besoin d'avoir l'estomac
plein pour trousser un jupon. »

Aussi l'homme sortit-il, à contrecœur, pour réapparaître bientôt avec
une cruche de vin, du pain, et la nouvelle que sa femme allait leur apporter sous peu un plat de bœuf.

« Buvez, les filles, dit jovialement Dionysius.

— On va s'en prendre une bonne », approuvèrent-elles, et elles remplirent son gobelet.

La femme du tenancier ne tarda pas à revenir avec un grand plat,
qu'elle posa sur la table devant eux. Il sentait bon. Silversleeves déploya
son long nez par-dessus, huma avec plaisir et commença à manger.

Il n'y avait toujours aucun signe de la fille, mais il ne s'en souciait pas ;
elle devait être en train de finir un client. Ou encore, elle s'était endormie.
Peu importait. Il ne se perdait pas en finasseries : si les sœurs lui avaient
promis qu'elle arrivait, il n'imaginait pas qu'elles pussent le tromper.

A moins que... Pendant qu'elles remplissaient de vin son gobelet, il
s'avisa que, décidées comme elles semblaient l'être à protéger cette
pucelle, elles essayaient peut-être bien de le soûler. Il sourit intérieurement : il avait bien des défauts, mais il tenait l'alcool. Il boirait une cruche
entière, deux s'il le fallait, mais il aurait la fille. Il finit le plat de bœuf et
elles lui apportèrent une énorme tarte aux pommes ; là encore, il saurait
se montrer à la hauteur. Mais avant d'attaquer la tarte, il envoya Margery
chercher la pucelle.

« J'ai suffisamment attendu », lui dit-il, pendant qu'Isobel lui resservait
du vin.

Quand Margery revint, quelques instants plus tard, elle souriait. « Cette
fois elle arrive, c'est promis », et elle servit une tournée générale. Au bout
d'un moment pourtant, après qu'on lui eut tendu un nouveau gobelet, un

peu trop rapidement à son goût, Silversleeves commença à s'impatienter. « J'en ai assez, marmonna-t-il. Je vais la chercher moi-même, si ça continue. »

Enfin elle arriva, et il en eut le souffle coupé.

Ses cheveux dénoués tombaient sur ses épaules ; ses pieds, menus, étaient chaussés de mules. Elle portait une chemise de nuit en soie, rouge et brillante, qui mettait en valeur ses petits seins ; une longue fente sur le côté laissait entrevoir la pâleur d'une jambe agréablement potelée. C'était le déshabillé le plus affriolant d'Isobel — et Joan ne portait rien d'autre en dessous. Le tenancier lui-même ne put s'empêcher de tressaillir, et son épouse lança un regard lourd de pensées à la jeune fille. Celle-ci sourit à Silversleeves ; puis elle marcha hardiment sur lui, s'assit sans façon sur ses genoux, regarda les reliefs du repas sur la table et déclara : « J'ai faim. »

Silversleeves soupira d'aise : elle était à lui. Beau brin de fille, en vérité. « A manger ! cria-t-il à son hôtesse, le visage rayonnant de plaisir. A manger et à boire ! »

A mesure que la soirée avançait, Dionysius songea qu'il n'avait jamais été aussi heureux de toute sa vie. C'était la première fois qu'il avait pour lui une fille saine, une fille neuve. Elle serait bientôt à lui, sans aucun doute ; elle était assise sur ses genoux, le bras passé autour de son cou, et semblait même le trouver à son goût. Son entrain habituel, toujours teinté d'ironie et d'agressivité, faisait place pour une fois à une manière de bonhomie. « Désolée de t'avoir fait attendre, lui dit la fille, mais nous avons toute la nuit devant nous... » Sûr qu'ils l'avaient. Il se sentait si heureux qu'il était même content de faire durer le plaisir. Toute la salle baignait dans une ambiance quiète et chaleureuse ; et quand elle murmura un peu plus tard : « Si tu veux tout savoir, je suis encore un peu nerveuse », il en fut touché, et lui caressa doucement le genou. « Il n'y a rien qui presse », lui dit-il, et il lui chantonna même une chanson.

Puis ils se mirent à chanter tous ensemble, sans cesser de boire. La fille avait laissé aller sa tête, confortablement, contre l'épaule de Dionysius ; une fois n'est pas coutume, il sentait sa propre tête tourner un peu. Plus tard dans la nuit — il avait perdu la notion du temps — il entendit un grincement provenant des volets de la maison, et se redressa pour regarder par-delà les visages repus et béats qui l'entouraient.

« Qu'est-ce que c'était ?

— Le vent, répondit le patron avec une grimace. Le vent d'est. » Comme pour confirmer ses dires, le volet grinça de nouveau.

Dionysius se mit debout ; la fille paraissait à moitié endormie. Il tituba un peu, mais sans perdre le sourire. « L'est temps d'monter... » bredouilla-t-il. Elle l'accompagna jusqu'à la porte d'une démarche incertaine. Sans qu'il sache pourquoi, les sœurs Dogget semblaient vouloir les accompagner.

Le froid du dehors lui fouetta le visage quand il sortit de la maison. Pendant qu'ils s'attardaient à l'intérieur, une rude nuit de novembre était descendue de la mer du Nord, le long des plaines d'Est-Anglie et de l'estuaire de la Tamise, pour venir envelopper Londres. Au sortir de la salle bien close, enfumée par le brasero, et où il avait bu plus encore qu'il ne s'en était rendu compte, l'air du dehors le fit chanceler. Il cligna des yeux ;

la lanterne à l'entrée de la maison était éteinte. La tête lui tournait toujours et il la secoua, pour tâcher de s'éclaircir les idées, puis il chercha à tâtons le mur qui le mènerait jusqu'à l'étage.

De l'autre main, il ne lâchait pas le poignet de Joan, bien qu'il pût à peine distinguer sa chemise de nuit rouge dans l'obscurité. « Viens, ma jolie, s'entendit-il lui dire d'une voix de fausset. C'est par là qu'on monte au paradis. » Puis il commença à gravir l'escalier.

Pourquoi donc tout semblait-il si bizarre autour de lui ? La nuit noire comme de la poix. Les gémissements du vent. L'escalier qui grinçait et semblait vaciller sous ses pas. Ou plutôt, on eût dit que c'était toute la Tête de Chien qui s'était mise à danser la sarabande. Peut-être l'ensemble de l'établissement, murs, enseigne, escalier, allait-il être happé dans un tourbillon de vent et s'envoler au-dessus de Bankside, loin là-haut dans les ténèbres... Il lutta pour reprendre son équilibre.

Puis il y avait les deux filles. Les Dogget.

Deux silhouettes pâles et ondoyantes comme des fantômes, qui l'appelaient et le tiraient par la main. L'une d'elles lui saisit le bras sur le premier palier et murmura : « Viens avec moi, chéri. Hmm, viens dormir avec moi... » Par trois fois elle essaya ainsi de l'attirer vers elle, et il sentit le frottement de sa robe, claire et rêche, tandis qu'il s'efforçait de l'écarter pour passer. Puis ce fut l'autre, dès qu'il s'engagea dans le couloir du second étage. Il sentit ses bras se lover autour de son cou ; elle l'entraîna au-delà du petit escalier menant aux combles et là réussit, il ne savait trop comment, à le faire entrer dans une chambre — sans qu'il eût lâché la petite Joan. On lui murmurait des mots sans suite, des mots d'amour et de désir : « Prends-moi... Oh ! prends-moi de toutes les façons que tu veux... » Il dut lutter avec elle et l'envoyer au sol pour se libérer de son étreinte ; il y eut des bruits de voix, des chocs, des pas rapides, et enfin le silence.

Tenant toujours la main de Joan dans la pénombre, il revint en titubant vers l'étroite volée d'escalier, poussa la jeune fille devant lui puis s'y engagea à son tour, remuant la tête pour ne pas sombrer dans l'inconscience.

La mansarde demeurait plongée dans l'obscurité. Il crut un moment qu'il allait défaillir ; mais il l'entendit, déjà couchée sur le matelas au centre de la pièce, alors il alla vers elle, trébucha sur la litière et s'y étala de tout son long. Il y resta couché plusieurs secondes, incapable du moindre mouvement et se demandant s'il serait d'attaque pour entreprendre quoi que ce soit cette nuit-là. Puis il allongea la jambe et sentit le contact de la sienne, sous la chemise de nuit soyeuse.

« Si on attendait demain matin... » l'entendit-il dire ; et pendant presque une minute, sa tête tourna si fort qu'il pensa qu'elle avait peut-être raison. Mais il se ressaisit, grogna et sourit.

« Oh ! non... Tu n'y couperas pas, cette fois-ci », marmonna-t-il. Il descendit la main vers son ventre puis sourit : oui, il était d'attaque. Après un grognement ensommeillé, puis une main baladeuse en guise de préliminaires, il se souleva sur ses bras et poussa rapidement son avantage, avec une précipitation brouillonne et des fanfaronnades d'ivrogne. Enfin, après un nouveau grognement repu qui se transforma en un long soupir, il roula sur le côté et s'endormit. C'était fini.

Peu après, la porte s'ouvrit doucement et se referma.

Il eut juste le temps, en s'éveillant le lendemain matin, de voir Joan sortir de la chambre. Elle se retourna et lui adressa un bref sourire au moment où elle passait la porte.

C'était une joyeuse petite foule que celle rassemblée à l'extérieur de Newgate. Voir pendre cinq voleurs était toujours un événement, même si ceux-ci manquaient un peu d'éclat. Une grande part de l'humanité a, de tout temps, aimé assister aux pendaisons. Avec le concours du peuple présent à Westminster pour le Parlement, la journée promettait d'être réjouissante.

Les lourdes portes cloutées de la prison restaient encore fermées, mais le tombereau arrivait déjà sur les lieux. C'était une drôle de petite charrette, plutôt basse, avec deux roues à rayons et un seul cheval pour la tirer. Elle était munie de ridelles auxquelles les condamnés, debout, pouvaient se retenir ; ainsi la foule jouissait-elle du spectacle, pendant le court trajet menant jusqu'à Smithfield et aux arbres qui servaient de gibet. Au sortir de Newgate, la charrette effectuait souvent un détour par les rues avoisinantes pour égayer le bon peuple de Londres.

William Bull promena le regard sur la foule et aperçut aussitôt, en face de la porte, un groupe de personnages aux figures tristes et bizarrement creuses ; il devina que c'était la famille de Martin Fleming. Près d'eux, un autre groupe avec de grandes têtes rondes, qui semblaient trop grosses pour leurs corps râblés : sûrement la famille de Joan. La journée était belle ; le vent était retombé, mais il faisait froid.

Plus loin sur la droite, un peu à l'écart mais avec une bonne vue sur l'ensemble de la scène, se tenait un personnage de haute taille, vêtu de noir. Ce devait être le Lombard, venu goûter le spectacle de la justice. Ou savourer sa vengeance. Bull tapa du pied sur le sol pour se réchauffer et ferma plus étroitement son manteau.

Les portes de la prison s'ouvrirent et un murmure impatient s'échappa de la foule. Quelques personnages en sortirent : d'abord l'un des juges du roi, un chevalier, qui superviserait l'ensemble de la procédure ; puis l'un des shérifs de la ville. Ils allèrent tous deux vers leurs chevaux, que des valets tenaient en main. Un premier bailli sortit ensuite, puis un second. Enfin vinrent les prisonniers.

Parmi les cinq hommes, quatre étaient de modestes artisans et le cinquième un vagabond, à en juger par son aspect. Les artisans portaient des chemises, des blouses et des chausses de laine ; le vagabond avait les jambes nues, le dos couvert de chiffons grossièrement assemblés. Tous les cinq avaient les mains libres mais étaient enchaînés par une cheville. Ils montèrent en silence dans la charrette, suivis par les baillis. Quelques voix s'élevèrent dans la foule, pour les saluer et leur adresser des mots d'encouragement : « Courage, John... », « Tout ira bien, mon gars... », « Bravo... ». Martin Fleming était le troisième du groupe.

Il aperçut sa famille, leur adressa un regard triste et vide, et ce fut tout ; dans leur chagrin, ils ne trouvèrent rien à lui dire eux non plus. Puis les yeux du jeune homme parcoururent la foule, comme s'il y cherchait quelqu'un.

Le valet qui tenait le cheval en main s'apprêtait à mettre la charrette en branle, quand on entendit un murmure traverser les rangs de l'assistance. Le shérif se tourna, avec un regard irrité, qui fit bientôt place à une expression de surprise ; il se pencha pour dire quelque chose au juge du roi, qui se retourna sur sa selle afin de voir lui aussi. Mais leur surprise n'était rien comparée à l'expression de stupéfaction, puis d'horreur, qui apparut sur le pâle visage de Martin Fleming quand il aperçut la silhouette qui se dirigeait vers lui.

Joan marchait lentement, mais sans faillir. Elle avait la tête recouverte d'une capuche blanche, à rayures, qui s'accordait avec sa robe blanche du même dessin — l'humiliante tenue des prostituées. Dans chaque main elle portait une longue bougie allumée, en signe de pénitence, et se dirigeait pieds nus vers la charrette, en dépit du froid. Elle s'arrêta devant le véhicule, sous les yeux du shérif et du juge royal.

« Je suis Joan, une prostituée, affirma-t-elle à haute voix, et chacun dans la foule put l'entendre. Martin Fleming veut-il m'épouser ? » Elle se tourna vers le jeune homme et lui lança un regard appuyé, un regard qui voulait dire : « Souviens-toi du message que je t'ai adressé. Tu n'as rien à craindre. »

La foule avait d'abord gardé le silence, stupéfaite, puis un murmure d'excitation commença à la parcourir. Les prisonniers regardaient Joan, de même que les baillis et le valet ; quant au shérif et au juge, ils se regardaient l'un l'autre.

« Que devons-nous faire ? demanda le shérif.

— Du diable si j'en ai la moindre idée, répondit le chevalier. J'en entends parler depuis toujours, mais je ne pensais pas le voir de mes propres yeux.

— Elle a fait cela dans les règles ? »

Le chevalier fronça les sourcils. « Je crois bien que oui. » Puis il baissa les yeux vers Martin, dans sa charrette — Martin dont il connaissait l'affaire et qu'il avait pris en pitié ; enfin il sourit. « Cette histoire-là, je sens que je la raconterai souvent à mes petits-enfants... »

De nouvelles voix s'élevèrent dans la foule, et le chevalier se tourna vers elles. Un homme petit et trapu, avec une grosse tête, s'était avancé de quelques pas ; il gesticulait beaucoup et son visage était blême.

« C'est ma fille ! cria-t-il. Nous sommes une famille respectable... » Il y eut des rires et des sifflets autour de lui. « Elle n'a quitté la maison que depuis hier ! » De nouvelles huées s'ensuivirent et quelqu'un lança : « Ça ne prend qu'une nuit !... » « Je jure qu'elle est encore vierge ! » reprit le peintre, et la foule explosa de rire. Joan continuait à fixer Martin Fleming, sans détourner la tête à droite ni à gauche.

Son père avait raison : Bull ne l'avait pas touchée, pas plus que Silversleeves. Le plan de la nuit précédente avait fonctionné à la perfection. Pendant que Dionysius luttait dans l'obscurité avec l'une des sœurs Dogget, l'autre avait couru jusqu'à la mansarde, revêtu à la hâte une chemise de nuit en soie comme celle de Joan, et s'était couchée sur le matelas. Joan elle-même, aussitôt après être entrée dans la pièce devant Silversleeves, s'était cachée dans un coin, sous une couverture, et y était restée en retenant son souffle jusqu'à ce que tout fût fini et qu'il se fût endormi. C'était avec la Dogget que Silversleeves, parfaitement ivre, avait fait l'amour dans les ténèbres. Aux petites heures du matin, les deux sœurs s'étaient retrouvées dans la pièce du bas, transportées de rire. « Ça a marché ! criaient-elles, ça a marché ! Quelle bonne blague ! »

« Nous irons te voir le sauver de la corde », avaient-elles promis à Joan le matin même. En ce moment pourtant, nul signe des Dogget au milieu de la foule, et cela pour une bonne raison : elles dormaient paisiblement toutes les deux.

Le juge regarda tour à tour Joan, puis son père, et dit à l'artisan bouillant d'indignation :

« Soit elle est une prostituée, soit elle n'en est pas une. Depuis quand, je crois que cela ne fait guère de différence. (Il se tourna vers Joan.) Peux-tu prouver ce que tu affirmes ? » s'enquit-il doucement.

Elle acquiesça. « A la Tête de Chien, à Bankside. Demandez au régisseur de l'évêque. »

Le juge se tourna vers le shérif. « Le mieux est de remettre ce garçon dans sa geôle jusqu'à ce que nous ayons vérifié ses dires. Nous pourrons toujours le pendre un autre jour si elle a menti. »

Le shérif hocha la tête ; la scène le réjouissait assez.

C'est alors qu'un cri farouche interrompit les conversations ; il émanait du Lombard, qui venait de comprendre ce qui se passait. « Non ! cria-t-il, sortant de la foule. La fille... (Il cherchait ses mots en anglais.) Pas une prostituée. Elle devait l'épouser, elle joue la comédie. *Commedia*... (Il lança des regards furieux au jeune Fleming.) Lui, c'est un voleur, il faut le pendre ! »

Le juge baissa les yeux vers le Lombard, décida qu'il ne l'aimait pas et se tourna à contrecœur vers Joan. « Eh bien ? » lui demanda-t-il.

Le secours vint à la jeune fille du côté qu'elle attendait le moins : d'un visage rouge et boutonneux, qui émergea de la foule avec un grand sourire joyeux. C'était Silversleeves.

Personne n'avait remarqué son arrivée ; lui-même en fait n'avait nullement prévu de se trouver à Newgate, pas plus qu'il ne se souvenait qu'il y aurait une pendaison ce matin-là. Il se rendait à Westminster, afin d'assister à la réunion du Parlement, quand il avait remarqué après St Paul un groupe en marche vers la prison. Il leur avait emboîté le pas, arrivant juste à temps pour voir Joan s'approcher de la charrette. Il avait entendu les propos des uns et des autres et maintenant, dévoré de curiosité et d'excitation au souvenir de la part qu'il avait prise dans l'histoire, il brûlait d'envie de faire son petit effet. Tout Londres ne va plus parler que de moi, se disait-il en faisant un pas en avant.

« C'est vrai, messires ! cria-t-il au juge et au shérif. Je suis Dionysius Silversleeves, de la Monnaie. (Tout le monde allait connaître son nom !) C'est une prostituée. Je me la suis payée la nuit dernière ! » Apercevant à cet instant William Bull dans la foule, il pointa le doigt vers lui et s'exclama joyeusement : « Et lui aussi ! » puis il promena un visage radieux sur l'assistance.

La consternation se peignit sur le visage de Joan ; elle n'avait pas prévu que les choses se passeraient ainsi. Les pensées se bousculèrent dans sa tête. Elle était décidée à leur faire croire qu'elle était une prostituée ; mais le pauvre Bull, qui avait accepté par pure bienveillance de se prêter au jeu... L'intervention de Silversleeves l'avait prise au dépourvu : maintenant elle se sentait inquiète et coupable. Et le malheureux Martin, qui regardait tout cela du haut de sa charrette... Qu'allait-il en penser ? Elle leva vers lui des yeux angoissés ; s'il pouvait la comprendre, lui faire confiance...

C'est alors que le juge prit la parole :

« Par Dieu ! Nous avons oublié quelque chose. (Il se tourna vers Martin Fleming.) Il semblerait, jeune homme, que cette fille soit une prostituée. Soit. S'il en est ainsi, êtes-vous prêt à l'épouser ? (Il fit une pause.) Cela signifiera que vous serez libre, ajouta-t-il avec bienveillance. On ne vous pendra pas. »

Martin Fleming resta muet, le regard fixe.

Il se sentait incapable de dire un mot, à peine capable de penser. Il marchait vers la mort, à laquelle il avait fini par se résigner ; et voilà que sa Joan, sa pure, sa bien-aimée, était apparue dans la tenue infamante des prostituées. C'était une chose si inconcevable que, pendant un temps, il n'avait pu comprendre ce qui arrivait. « Rien ne sera comme il y paraîtra. » Il se souvenait du message ; mais comment était-ce possible ? « Tu dois lui faire confiance. » Il aurait bien voulu ; et peut-être y serait-il parvenu, malgré les apparences, sans le regard qu'il venait de voir passer sur le visage de Joan. Un regard de faute et de détresse. Même si elle le fixait maintenant désespérément, ses lèvres murmurant quelque chose qu'il ne pouvait entendre, il était sûr d'avoir deviné la terrible vérité.

Elle était une prostituée. Peut-être avait-elle fait cela pour le sauver, sans doute même. Mais elle _était_ une prostituée. Alors qu'il affrontait la mort, pour un crime qu'il n'avait même pas commis, cette suprême horreur lui avait été envoyée par Dieu — un Dieu dont la cruauté était si profonde et si totale qu'il ne cherchait même plus à la comprendre. L'unique fille en qui il avait jamais eu confiance était finalement pareille à toutes les autres. Pire, plutôt. Tout n'était que saleté, amertume et vanité. Il leva les yeux vers le ciel si bleu, si clair, si froid, et décida : Assez. Je ne veux plus rien connaître de tout cela.

« Non, messire, dit-il. Je ne veux pas d'elle. »

« Non !... cria Joan, tu n'as pas compris ! » Mais la charrette s'était déjà mise en branle.

« Qu'il en soit ainsi », dit le juge pour tout commentaire, en s'éloignant.

Que pouvait-elle faire ? Comment lui parler ? Elle voulut se lancer à la poursuite de la charrette, mais de robustes bras la retinrent en arrière. Elle lutta pour se dégager en criant : « Laissez-moi ! » Pourquoi la retenait-on ? Qui était-ce ? En tournant la tête, elle aperçut les visages sévères de son père et de ses frères.

« C'est fini », dirent-ils.

Elle s'évanouit.

William Bull pressait son cheval.

Il n'avait guère apprécié d'être désigné publiquement par Silversleeves, même s'il n'en voulait pas à la jeune fille pour cela. Il ne comprenait pas très bien non plus ce qui était arrivé. Ce gars de la Monnaie lui avait-il pris son pucelage ? Si oui, cela avait dû être par force. En tout cas, il y avait une ruse quelque part.

Mais il était sûr d'une chose, c'est qu'il avait donné sa parole. « J'ai dit que je l'aiderais », murmura-t-il, et c'était suffisant : il essayerait. Il ne voyait qu'une seule issue, et encore, les chances de réussite étaient bien minces. « Je peux le faire pendre en dernier, lui avait dit le juge. Je vous accorde une heure, pas plus. »

Il allait essayer d'obtenir pour le jeune homme une grâce royale. Le gouverneur de Londres pouvait la lui accorder, et il siégeait au Parlement.

Une foule de gens se pressaient dans le vaste palais de Westminster quand il y arriva. Grands barons et moindres seigneurs revêtus de robes somptueuses, chevaliers et bons bourgeois comme lui-même, en lourdes capes à col de fourrure. Personne ne l'arrêta tandis qu'il pénétrait à pas pressés dans le bâtiment.

Il n'avait aucun plan, faute de temps pour en imaginer un. « Je dois voir le gouverneur de Londres ! cria-t-il. Quelqu'un sait-il où il se trouve ? »

Il erra plusieurs minutes durant, parmi les groupes, avant que quelqu'un désigne de la main l'une des extrémités du palais. Une estrade y était dressée sous un dais d'étoffe pourpre ; Bull y aperçut le gouverneur, qui conversait avec le roi. Bien... soupira-t-il intérieurement pour se donner du courage. Quand il faut y aller...

Les yeux du roi Edouard Ier d'Angleterre restèrent impassibles pendant que le robuste marchand exposait son cas au gouverneur, dont il avait osé troubler l'entretien avec le souverain. Une possible erreur judiciaire... Une grâce qu'on requérait... De telles choses arrivaient parfois... Le condamné était déjà à la potence. Voilà pourquoi l'homme était en nage. Mais il ne s'agissait que d'un modeste artisan, sans aucun lien avec ce bon patricien, qui était pourtant prêt à payer pour lui. Tout à fait inhabituel.

« Eh bien ? intervint le roi. Allons-nous lui accorder cette grâce ?

— Nous le pourrions, Sire », répondit le gouverneur avec réticence. Il avait l'oreille du roi et le savait, mais ne se souciait guère de complaire au riche patricien de Londres. « Mais la victime du vol est un Lombard. Et il est fort en colère...

— Un Lombard ? » Les yeux d'Edouard se posèrent sur Bull, si ardents que le puissant négociant ne put s'empêcher de blêmir. Puis il rendit son verdict, implacable : « Je ne veux pas mécontenter mes marchands étrangers. Pas de grâce. » Et d'un geste, il congédia Bull.

« C'est l'un des patriciens que vous vouliez soumettre, lui dit le gouverneur tandis que le solliciteur se retirait. Sage décision que vous avez prise là, Sire. »

Bull se dirigea lentement vers la ville, avec un sentiment d'échec, le cœur serré en pensant à la jeune fille et à son malheureux ami. Dépassant Charing Cross, il suivit la route qui s'incurvait vers l'est. Il détestait abandonner la partie, mais ne voyait aucune issue. S'il avait été religieux, il aurait prié pour que Dieu l'inspirât.

Il aperçut le groupe de cavaliers juste comme il arrivait à Aldwych. Sur le site qui avait abrité jadis le domaine de ses ancêtres, un bel ensemble de bâtiments neufs s'élevait aujourd'hui. Sous le règne précédent, l'endroit avait été offert à l'oncle du roi, un Italien, le comte de Savoie ; aussi appelait-on la résidence aristocratique qui s'y dressait, et qui ne cessait de s'étendre, le palais de Savoy. Les cavaliers y avaient fait halte pour saluer un autre groupe qui venait à leur rencontre : Bull vit qu'il s'agissait d'aldermen londoniens en route vers le Parlement. Ces mêmes hommes qui venaient de les évincer, lui et ses pairs. Nouveau et douloureux rappel du peu d'influence qu'il possédait désormais.

« Si l'un de ces maudits personnages avait plaidé à ma place la cause de ce garçon devant le gouverneur, marmonna-t-il, je parie qu'il l'aurait obtenue. » Il s'apprêtait à pousser son cheval de côté pour les éviter, quand il aperçut au milieu de leur groupe son ennemi, Barnikel en personne. « Il est reçu par le roi lui-même, jura-t-il, en pensant à ce qui s'était passé la veille. Je suis sûr qu'il obtient tout ce qu'il veut. »

C'est alors que l'idée lui frappa l'esprit. Il restait encore, après tout, une dernière chance pour Martin Fleming. Un homme pouvait encore influencer le roi.

« Par tous les diables ! grommela-t-il. Par tous les diables de l'enfer ! » Que n'exigeait-on pas de lui... « Mais une vie est une vie », se répétait-il pour se conforter dans sa décision ; et, la tête basse, il poussa son cheval vers le poissonnier.

« Encore quelqu'un pour demander la grâce de ce garçon ? » Le roi regardait le poissonnier avec surprise. « Comment fait-il pour avoir de tels amis ? »

Barnikel ne broncha pas. Il n'avait pas de raison particulière de s'intéresser à Fleming, mais savait ce qu'il avait dû en coûter au patricien de venir le solliciter de cette manière. S'il réussissait dans sa tentative, et donnait ainsi la preuve de sa supériorité nouvellement acquise sur les Bull, tant mieux.

« Vous venez déjà me demander une faveur, alderman Barnikel ? commenta le roi d'un ton froid, son œil scrutant le visage du visiteur sous sa paupière tombante. Vous savez que toutes les faveurs ont un prix, même celles des rois ?

— Oui, Sire », acquiesça Barnikel.

Le roi Edouard sourit. « Notre Parlement a fort à faire, remarqua-t-il. N'oubliez pas, alderman Barnikel, ajouta-t-il d'un ton plein de sous-entendus, que je compterai sur vous. »

Le poissonnier sourit à son tour. « Oui, Sire. »

Le roi fit venir un clerc.

« Accompagnez-le, lui dit-il. Vous feriez mieux de vous hâter, je pense. »

C'est ainsi que, un quart d'heure plus tard, Martin Fleming eut une vision stupéfiante, alors qu'il était déjà sous l'orme de Smithfield, la corde au cou ou presque. Il vit William Bull, l'alderman Barnikel et un clerc royal arriver vers lui au galop en criant :

« La grâce royale ! »

Le mariage de Joan et Martin Fleming fut célébré quelques jours plus tard à Southwark, au bord du fleuve, sous le porche de l'église St Mary Overy.

Martin était désormais tout à fait rassuré pour ce qui concernait la pureté de sa femme. Mais il avait fallu une longue conversation avec Bull pour qu'il surmonte l'horreur d'avoir vu Joan se transformer, même fictivement, en prostituée. Quant aux familles des jeunes époux, aucune des deux n'avait accepté l'événement ni voulu assister au mariage.

Ainsi arriva-t-il que l'alderman Barnikel accompagna Martin, que William Bull mena la promise à l'autel, que les deux sœurs Dogget furent demoiselles d'honneur, et que le prêtre pensa n'avoir rien vu de semblable de sa vie.

Martin Fleming, il faut le noter, était le seul homme de toute l'assistance à n'avoir jamais couché avec aucune des deux sœurs Dogget.

Margery et Isobel quittèrent Londres le lendemain. Elles avaient trouvé pour s'absenter un motif que même l'évêque ne pouvait leur contester : elles partaient en pèlerinage à Canterbury. Margery continua à utiliser pendant le voyage l'onguent que le médecin lui avait donné. A sa grande surprise, il sembla à son retour qu'il avait porté ses fruits.

Le Parlement de 1295, qu'on surnomme souvent le Parlement modèle en raison de sa large représentativité, conclut ses travaux avec succès à Noël. Barons et chevaliers accordaient au roi un impôt équivalant au onzième de leurs biens meubles, le clergé au dixième, et les bourgeois — stimulés sans doute par un éloquent discours de l'alderman Barnikel — lui en octroyaient généreusement le septième.

L'alderman aurait sûrement été curieux d'apprendre la conclusion à laquelle Isobel Dogget était arrivée, à contrecœur, le même jour : il allait être père.

« Je suis bien enceinte et je suis sûre que c'est de lui », dit-elle à sa sœur.

Juste après Noël, Dionysius Silversleeves commença à éprouver une sensation de brûlure au niveau de ses parties intimes. C'était avec Margery, et non avec Isobel, qu'il avait couché.

9

Le Pont de Londres

1357

Tandis que le monde médiéval jetait ses derniers feux, on pouvait affirmer deux choses avec certitude. Premièrement, que cette vie terrestre, si riche et passionnante, était également fugace : la guerre, la maladie ou la mort subite guettaient le voyageur à chaque pas. La deuxième chose, d'où l'on pouvait tirer quelque réconfort, était qu'on connaissait l'ordre même de l'univers. Plus de douze siècles avaient passé depuis que le grand astronome de l'Antiquité, Ptolémée, l'avait décrit ; comment aurait-on pu mettre en doute un savoir si anciennement acquis ?

La Terre était au centre de l'univers. Les hommes simples — et même quelques marins qui craignaient d'aller naviguer à ses confins — croyaient encore que la terre était plate ; mais les gens instruits savaient que c'était un globe. L'univers s'organisait autour de cette terre centrale, en une série de sphères concentriques, translucides et donc invisibles pour l'homme ; chacune des sept planètes — la Lune si familière, la rapide Mercure, la jolie Vénus, le Soleil, Mars la belliqueuse, l'inquiétante Jupiter et la menaçante Saturne — tournait sur l'une de ces sphères. Leurs courses autour de la Terre suivaient des tracés compliqués, que les astronomes savaient prévoir à l'avance. D'autres sphères s'étageaient par-delà, porteuses des étoiles : elles tournaient elles aussi, mais avec une extrême lenteur. « Et plus loin encore, déclaraient les savants, se trouve une sphère plus grande que les autres, dont les mouvements les font toutes tourner. C'est le *Primum Mobile*, actionné par la main de Dieu lui-même. »

Les cieux n'étaient pas indifférents aux destins des hommes sur la Terre. Comètes et étoiles filantes étaient autant de messages envoyés par Dieu. Si l'Eglise considérait l'astrologie comme une superstition païenne, bien des chrétiens attachaient néanmoins une grande importance aux signes du Zodiaque. Chaque planète avait un caractère particulier, et son influence sur les hommes ne faisait pas de doute. De même, les quatre éléments — l'air, le feu, la terre et l'eau — entraient dans la composition de toute matière terrestre ; parallèlement, l'année comportait quatre saisons, et le corps humain quatre humeurs. Ainsi un lien mystique unissait-il chaque chose, dans l'univers créé par Dieu.

Si la Terre était au centre de cet univers ordonné, y avait-il à la surface même de cette Terre un point qui fût le centre de tout l'immense système ? Là, les opinions différaient grandement. Certains tenaient pour Rome, d'autres pour Jérusalem ; les chrétiens orientaux revendiquaient Constantinople et les Sarrasins La Mecque. Mais si vous posiez la question à un vrai Londonien, il vous donnait tout de suite la réponse. Le centre de l'univers n'était rien de tout cela : c'était le Pont de Londres.

Le Pont de Londres était alors bien plus qu'une simple voie de passage au-dessus du fleuve. Depuis un siècle et demi qu'il avait été rebâti en pierre, son long tablier reposant sur dix-neuf arches s'était augmenté de nombreuses constructions. Une chaussée en occupait le centre, assez large, on l'a dit, pour que deux lourdes charrettes puissent s'y croiser. De part et d'autre de celle-ci s'alignait une rangée de maisons à hauts gables, débordant en saillie au-dessus du fleuve ; des passerelles jetées par-dessus la chaussée reliaient certaines d'entre elles. Seule, l'une des dix-neuf arches ne portait aucune construction : un pont levant y prenait place, de sorte que même les vaisseaux les plus hauts mâtés pouvaient remonter vers l'amont du fleuve. Deux grandes portes encadraient le pont de Londres ; à l'une d'elles, tous les « étrangers » qui pénétraient dans la ville devaient payer une taxe. L'ancienne chapelle dédiée à saint Thomas Becket occupait toujours son centre, bel édifice, désormais, qui comportait deux étages.

L'ouvrage possédait en outre un autre trait caractéristique : les piles qui supportaient ses arches étaient si massives qu'elles faisaient presque une sorte de barrage. Quand le flux remontait lentement la Tamise, on le remarquait à peine ; mais lorsque le reflux repartait vers l'aval, que la masse combinée de la marée et des eaux du fleuve venait buter sur l'édifice, elle s'y trouvait freinée. Le niveau du fleuve sur la face aval du pont se situait alors plusieurs dizaines de centimètres plus bas que les eaux contenues par sa face amont ; et chaque arcade se transformait en une buse où le courant s'engouffrait furieusement. Les plus hardis des mariniers engageaient parfois leurs bateaux dans ces sortes de rapides, mais l'entreprise était fort périlleuse : une fausse manœuvre, un chavirage, et le plus robuste risquait la noyade.

On exposait les têtes des traîtres au bout de piques, sur le Pont de Londres, à la contemplation populaire. De somptueuses processions y célébraient les grands triomphes nationaux. Oui, le Pont était bien le centre non seulement de Londres, mais de toute l'Angleterre.

Par une journée ensoleillée de mai, Gilbert Bull avait enfermé sa forte carrure dans une tunique courte, s'arrêtant à la taille, suivie d'une paire de chausses bleu et vert.

Le pont était décoré de guirlandes de fleurs. Le maire et les aldermen attendaient du côté ville, revêtus de leur robe rouge à col de fourrure ; devant eux, des massiers portaient les deux masses d'armes de la cité, or et argent. Les maîtres des différentes corporations les accompagnaient, certains vêtus de l'uniforme de leur guilde, d'autres portant des bannières qui représentaient leur métier. Les chanoines de St Paul étaient là également, ainsi que les Frères noirs et les Frères gris, les moines, les moniales et les prêtres d'une centaine de paroisses, tous aussi richement vêtus que le permettaient leurs ordres respectifs. Tout autour, des grappes d'hommes et de femmes s'accrochaient au moindre perchoir, dans l'espoir de saisir quelque chose de l'extraordinaire spectacle.

On amenait un roi de France en captivité dans la ville.

Au cours des dernières décennies, l'ancien conflit entre la France et les Plantagenêts était entré dans une nouvelle phase, ce que les historiens nommeraient plus tard la guerre de Cent Ans. Par le jeu des mariages et des descendances, les Plantagenêts pouvaient faire valoir aujourd'hui des droits à monter sur le trône de France ; les Français leur déniaient ces droits, mais cela n'empêchait pas les souverains anglais d'ajouter désormais, et pour plusieurs générations, la fleur de lis à leurs armoiries.

Face à son rival, l'Angleterre avait volé de succès en succès. Le roi Edouard III, digne petit-fils du grand Edouard Ier, à qui il ressemblait par bien des points, avait porté de sévères coups aux Français. Son fils aîné, le valeureux Prince noir, avait conduit les chevaliers et les archers anglais lors des fameuses batailles de Crécy et de Poitiers ; c'était le plus grand héros que le pays ait connu depuis Richard Cœur de Lion. Non seulement la Couronne anglaise contrôlait fermement les terres d'Aquitaine et les vignobles bordelais ; mais même dans le nord du pays, le port de Calais, dont les bourgeois s'étaient enchaînés pour venir implorer la merci d'Edouard et de la reine, appartenait désormais à l'Angleterre. Calais était un point de passage essentiel pour l'énorme commerce de la laine à destination du continent.

La guerre, fait remarquable, avait été financièrement une bonne opération. A aucun moment ou presque les marchands anglais n'avaient dû interrompre leur vaste négoce — avec la Flandre, avec les ports de la Hanse dans la mer Baltique, avec Bordeaux et l'Italie. Les fournitures aux armées elles aussi avaient été source de nombreux profits ; et les succès remportés sur les Français s'étaient accompagnés de tant de butins et de rançons, pour les chevaliers faits prisonniers, que pendant plusieurs années le roi Edouard n'avait eu besoin de lever aucun impôt parmi son propre peuple.

Et voici que, par ce clair matin de mai, le roi de France Jean le Bon lui-même, brave et séduisant compagnon qui avait été capturé au combat l'année précédente, allait devenir malgré lui l'hôte des Londoniens. Le Prince noir, héros de tout un peuple, brillant maître du nouvel ordre de chevalerie qu'avait créé son père, l'ordre de la Jarretière, chevauchait au côté du prisonnier. Avec une exquise courtoisie, il avait choisi une monture plus petite que la sienne, de sorte qu'il paraissait être son écuyer. Les Londoniens étaient accourus en foule pour souhaiter la bienvenue à cette fleur de la chevalerie. « Sa rançon sera sûrement prodigieuse », se disaient-ils entre eux.

Ce fut juste quand la procession arriva à la hauteur du maire que Gilbert Bull, debout à l'arrière, prit sa décision. Il se tourna vers sa voisine et lui affirma :

« J'ai décidé de t'épouser. »

Elle leva les yeux vers lui.

« Est-ce que j'ai mon mot à dire ? s'enquit-elle.

— Non, répondit-il d'un ton joyeux. Non, je ne crois pas. » A quoi elle sourit : elle voulait un mari qui sache prendre des décisions. Et il lui rendit son sourire, parce qu'elle-même était exactement la femme qu'il désirait.

Lorsque, soixante ans plus tôt, William Bull s'était retiré dans son domaine de Bocton, écœuré par l'évolution des temps, il avait cessé tout négoce et s'était consacré aux choses de la terre. Son fils et son petit-fils avaient suivi son exemple. Mais dans la génération d'après, en présence d'un seul domaine pour deux vigoureux garçons, il convenait de trouver une solution. Sur le continent, on aurait pu diviser le domaine en deux ; mais les rois d'Angleterre, trouvant que ce partage compliquait la levée des redevances féodales, n'avaient cessé de prôner la primogéniture, et donc l'héritage pour l'aîné des garçons. Si Bocton allait à l'aîné, que restait-il alors pour le cadet, Gilbert ?

Il restait l'Eglise, certes. Mais le clergé était désormais voué au célibat, ou presque, et le jeune Bull ne désirait pas mener une telle existence. Il y avait aussi le métier des armes ; à l'âge de quatorze ans, Gilbert avait suivi le Prince noir et s'était battu à Crécy. Cela avait été une expérience passionnante, et terrifiante aussi ; elle lui avait permis de découvrir ce qu'était la guerre au Moyen Age, et ses dures réalités. « A vrai dire, avait-il expliqué à son père à son retour, quand ils ne livrent pas bataille, nos soldats et leurs capitaines battent la campagne française. Si je me trouve un protecteur, j'aurai une chance de faire carrière ; sinon, je ne serai guère mieux qu'un brigand de grand chemin.

— Alors, tu devrais plutôt aller à Londres », lui avait dit son père.

Le négoce. Là encore, la situation en Angleterre était particulière. Quand un noble français épousait la fille d'un marchand, comme beaucoup d'entre eux le faisaient, il prenait l'argent du père, mais ne se mêlait pas lui-même de commerce. En Angleterre, bien que les rois normands et Plantagenêts y eussent importé des chevaliers qui partageaient les mêmes valeurs et continuaient à former l'essentiel de la haute noblesse, ces interdits continentaux n'avaient jamais véritablement pris racine. A peine plus d'un siècle après la conquête, Bull le négociant avait racheté le domaine de Bocton ; un siècle encore et son descendant William s'y était retiré. Avant la naissance de Gilbert, rien ne distinguait les Bull de Bocton du reste de la *gentry* locale ; parmi celle-ci on trouvait aussi bien des chevaliers normands que d'anciens aldermen, qui vivaient dans les domaines avoisinants du Kent. Ils parlaient le français comme l'anglais, savaient écrire un peu de latin, assuraient le service de chevalerie attaché à leur terre — généralement sous forme financière — et pouvaient même professer des préjugés aristocratiques. Mais ils savaient d'où provenait leur fortune, et leurs cadets étaient toujours considérés comme des gentlemen quand ils repartaient à Londres se refaire une santé financière. Ils pouvaient occuper une position à la cour, ou bien être employés à des missions requérant la présence d'un gentleman. Ainsi, alors même que l'Angleterre était encore féodale, le brassage social en vigueur chez les Anglo-Saxons et les Danois refaisait son chemin dans l'île.

Le jeune Gilbert Bull était parti vivre à Londres. Il y faisait commerce de lin et de tissus d'importation et, grâce à son capital de départ et à ses relations familiales, avait rapidement prospéré. Et maintenant, il venait de trouver une épouse.

Il n'aurait pu faire choix plus judicieux. Sa promise, fille d'un important orfèvre qui possédait des relations dans la bonne société, lui apporterait une jolie dot. Elle était de petite taille, plaisante à regarder, et si ses grands yeux cernés lui donnaient un air un peu las, elle était d'un joyeux naturel. Elle partageait toutes les opinions de Gilbert sur la vie en général et, pour autant qu'il pût le prévoir, ne lui causerait aucun souci. Ils étaient appelés à vivre fort heureux l'un avec l'autre.

Gilbert Bull était un agréable compagnon. Tous lui reconnaissaient un jugement sain ; comme un vrai Bull, il ne manquait jamais à sa parole ; et si, en privé, il confessait un certain goût pour les livres, même un penchant pour les mathématiques, c'étaient là de petites faiblesses dont il restait parfaitement maître. N'y avait-il donc aucun défaut dans le bel ordonnancement de sa vie ? Un seul peut-être : un terrible souvenir — partagé avec beaucoup d'autres — qui le rendait trop prudent, trop soucieux de contrôler de près le monde qui l'entourait. Mais, comme il le disait avec son bon sens habituel, personne n'est parfait.

1361

On était au printemps, sous le signe du Taurus, le Taureau. Au cours des deux derniers soirs, Vénus s'était levée au-dessus de l'horizon, rayonnant d'amour sur le monde.

Il avait plu ce matin-là, mais une brise humide soufflait maintenant du sud, poussant de petits nuages moutonnants dans le ciel clair et bleu. De l'autre côté du fleuve, Londres brillait sous le soleil retrouvé, et une légère vapeur montait du sol. Les deux hommes, à l'extrémité sud du Pont de Londres, regardaient le bébé.

Il était assis au sol sur le côté de la route, à quelques mètres des véhicules et des passants, le dos appuyé contre un tonneau vide. Il semblait bien nourri ; un châle blanc l'enveloppait, encore assez propre. Il ne paraissait pas malheureux — mais il n'y avait nulle trace de ses parents dans les alentours.

« Abandonné, d'après toi ? » demanda le plus jeune des deux hommes. Bien qu'il n'eût pas encore vingt ans, sa longue barbe brun foncé formait déjà une fourche. Son large visage respirait l'intelligence et ses yeux paraissaient curieux de tout. Son compagnon hocha la tête. Celui, ou celle, qui avait déposé l'enfant ici espérait sans doute qu'un passant le prendrait en pitié. « Quel âge peut-il avoir ?

— Dans les trois mois, répondit Bull.

— Vois comme il te regarde, Gilbert. » Quelque chose dans l'aspect du bébé suggérait déjà, même à son âge si tendre, que c'était un garçon ; et il ne faisait pas de doute qu'il contemplait la robuste silhouette de Bull avec intérêt. « C'est terrible de l'abandonner ici... », reprit le jeune homme. Les bébés dont personne ne voulait finissaient parfois dans le fleuve.

Bull soupira. Il possédait une grande maison, et pouvait certes proposer d'y prendre l'enfant. « Je voudrais bien le sauver, dit-il, mais le risque... »

Il n'avait pas besoin de finir sa phrase ; tous deux comprenaient à demi-mot.

Le bébé pouvait signifier la mort.

Le terrible souvenir... Treize ans avaient passé depuis la première fois que cela s'était produit. Les astronomes avaient bien prévenu de l'imminence d'une catastrophe, mais personne ne les avait écoutés.

L'année précédente, les récoltes avaient été maigres, et bien des indigents à Londres avaient souffert de la faim. Puis un rude hiver avait suivi, et enfin la pluie. Des journées entières de pluie, suffisantes pour que la Tamise déborde jusqu'à mi-chemin de Ludgate ; des torrents d'eau dévalant les pentes de Cornhill et les caniveaux du West Cheap ; les ruelles de la ville transformées en autant de ruisseaux, et les cours en mares de boue noirâtre ; les caves remplies de vase, dont l'âcre odeur remontait dans les étages supérieurs, et des milliers de rats noyés dans les cryptes des églises. La pluie s'infiltrait jusque dans les racines de la ville. Mais aucune cité, pas même Londres, n'en pouvait absorber autant ; et quand le déluge cessa enfin, la vieille métropole exsuda la fétide substance par tous ses pores, exsuda, sous un soleil jaunâtre, un souffle humide et chargé de miasmes.

Puis la peste vint, au début de l'été 1348.

Elle avait déjà ravagé la plus grande partie de l'Europe, et se déplaçait à une vitesse foudroyante. La peste noire s'abattit sur l'île de Bretagne, emportant un tiers peut-être de la population. Elle frappait avec une effrayante brutalité. D'horribles plaies et des boursouflures apparaissaient sur tout le corps ; la fièvre se déclarait, le malade étouffait et généralement mourait après quelques jours d'insupportables souffrances. On l'appelait le Grand Fléau.

Tel était le terrible souvenir de Gilbert. Il avait quitté Londres pour Bocton le jour même où l'épidémie avait atteint la ville, et y était resté un mois avec sa famille. Sur l'ordre de son père, le domaine avait été quasiment coupé du monde ; les occupants du château et du hameau attenant n'avaient pas le droit de le quitter, ni aucun visiteur d'y pénétrer. Tous ensemble, ils avaient attendu, contemplant au loin le grand Weald du Kent ; et par la grâce de Dieu, la peste les avait évités.

Quand Gilbert quitta à nouveau Bocton, il trouva que le monde avait changé. Dans les campagnes, la peste noire avait entraîné une telle pénurie de main-d'œuvre, les possesseurs des terres avaient partout un tel besoin d'hommes que le vieux système de serfs attachés à un domaine avait été aboli de fait, pour ne plus jamais réapparaître. Dans les villes, des rues entières étaient désertes, toutes les maisons vidées de leurs occupants. Un autre malheur était advenu : celle qu'il aimait s'en était allée avec toute sa famille. Personne n'avait même pu lui dire où on les avait enterrés.

La ville avait pourtant paru se relever du cauchemar avec une étonnante rapidité. A Londres, rien ne pouvait entraver la marche du commerce. Il était arrivé de nouveaux immigrants ; les enfants des survivants avaient commencé à réoccuper les places laissées vacantes. Bientôt, la vie semblait redevenue normale. Mais la peste n'avait pas disparu ; elle se tenait seulement cachée. Durant plus de trois siècles, le terrible fléau reviendrait bouleverser la grande cité le temps d'une saison, avant de disparaître tout aussi soudainement. Personne ne savait où elle se terrait entre-temps — dans quelque fétide recoin des entrailles de la ville, ou peut-être refoulée par le vent moite jusqu'à un sinistre nuage. En ce printemps de 1361, elle était réapparue, et plusieurs paroisses de Londres en avaient été frappées. Il y avait eu beaucoup de morts à Southwark. Et si cet enfant avait été abandonné, c'était probablement que sa famille était morte de la peste. Voilà pourquoi Bull n'avait guère envie de le toucher.

« Aucun nouveau cas ne s'est déclaré depuis une semaine, remarqua son ami. Si ce bébé avait été contaminé, il serait mort aujourd'hui. Je l'aurais bien pris moi-même, si je n'avais pas été célibataire. » Mais Bull ne bougeait toujours pas.

Ils n'avaient pas vu la charrette approcher, ni la flaque d'eau qui se trouvait à côté d'eux. Au passage du véhicule, ils furent éclaboussés. Le plus jeune des deux, et plus adroit, eut le temps de faire un saut de côté, mais Bull eut moins de chance : quelques secondes plus tard il baissait les yeux, consterné, vers sa belle cape rouge toute maculée de boue.

C'est alors que le bébé rit.

Les deux hommes tournèrent la tête, fort surpris ; mais il n'y avait pas à s'y tromper. La petite bouille ronde dévisageait Bull avec l'air de beaucoup s'amuser. « Jovial petit bonhomme, dit le plus jeune des deux amis. Tu dois le sauver, Gilbert. » Et c'est ainsi que Bull se pencha pour ramasser le bébé.

Quelques minutes plus tard, alors que les deux hommes prenaient congé l'un de l'autre, au centre du Pont de Londres, Gilbert Bull baissa les yeux vers le paquet qu'il tenait dans les mains. « Regarde ce que ce fichu garçon m'a obligé à faire », murmura-t-il en souriant. Il connaissait son jeune ami depuis quelques années déjà : celui-ci était au service du roi, dans un rang subalterne — alors que son père et son grand-père faisaient négoce de vin. Mais Bull pensait qu'ils avaient dû être cordonniers auparavant, car leur nom de famille venait du mot français *chaussure*. Il avait beaucoup d'affection pour le jeune Geoffrey Chaucer.

« Ton nom est Ducket. Le nôtre est Bull. » C'était la première phrase qu'il se souvenait lui avoir été adressée. Le négociant avait paru plus grand, plus impressionnant que jamais quand il la lui avait dite — pas hostile, mais ferme. Jusque-là, le petit garçon avait vaguement supposé qu'il faisait partie de la famille ; il comprenait maintenant que ce n'était pas le cas. Cela s'était produit le jour de la naissance de leur fille. Il avait alors cinq ans.

Mais qui était-il, au juste ? Le jeune Chaucer s'était mis en quatre pour découvrir l'identité du bébé, et l'avait trouvée au bout de quelques jours. « J'ai posé la question aux voisins, avait-il dit à Bull. Il semblerait qu'on l'ait relevé dans le logement de pauvres gens, nommés Ducket, qui sont tous morts de la peste. C'est un vrai miracle qu'il ait survécu. Ils l'ont abandonné près du pont dans l'espoir que quelqu'un le recueillerait, exac-

tement comme nous l'avions pensé. » Trouver un prénom avait été nettement plus difficile. Comme aucun enfant ne pouvait aller au ciel sans
avoir été baptisé, et que la mortalité en bas âge était élevée, on conduisait
généralement les bébés devant le prêtre dès après leur naissance. « J'ai
fait le tour des églises locales, avait rapporté Chaucer, mais je n'ai rien
découvert. » Comme ils s'interrogeaient, le jeune homme avait souri.
« Appelle-le donc Geoffrey, avait-il dit. Je serai son parrain. »

A l'âge de trois ans, comme c'était la coutume, le petit garçon avait reçu
la confirmation. Par la suite, il n'avait plus guère vu son parrain plusieurs
années durant, car Chaucer était souvent loin de Londres. S'il n'était
qu'un enfant trouvé, loin de sa véritable famille, sa vie n'en était pas
moins heureuse ; Bull veillait à se montrer scrupuleusement équitable en
toute occasion, et son épouse, calme par nature, était toute prête à jouer
le rôle d'une seconde mère. En fait, une seule chose troublait vraiment
Geoffrey.

Il avait une drôle d'allure : une curieuse mèche blanche ornait son
front, intriguant ceux qui le rencontraient ; quant à ses doigts palmés,
ils étaient peut-être plus curieux encore. Il se prenait souvent à baisser
subrepticement les yeux vers les mains des nouveaux venus, pour voir si
elles n'étaient pas palmées elles aussi ; mais elles ne l'étaient jamais. Il
avait découvert un jour que l'aide-cuisinière de la maison, une grosse fille
taciturne, s'appelait elle aussi Ducket. Mais quand il lui avait demandé,
plein d'espoir : « Est-ce que tu es de ma famille ? » elle avait enfourné au
fond de sa bouche son dernier morceau de gâteau au gingembre avant de
répondre : « Ch'sais pas. »

La demeure de Gilbert Bull était proche du milieu du Pont de Londres,
côté amont du fleuve. Elle possédait quatre niveaux ainsi qu'un haut toit
de tuiles pentu. C'était une maison à colombages ; ainsi que le voulait
désormais l'usage pour les plus belles demeures, ses poutres de chêne
foncé étaient sculptées. Une douzaine de bizarres petites gargouilles, à
faces animales aussi bien qu'humaines, contemplaient joyeusement l'animation de la rue depuis les coins saillants de l'édifice. Au rez-de-chaussée
on trouvait un bureau, pour la comptabilité des affaires de Bull ; à l'étage
principal, c'était un splendide *solar*, une salle de séjour, munie d'une vaste
cheminée dans le mur donnant sur le fleuve. La grande fenêtre portait
dans sa partie haute des petits carreaux de couleur verte. Du charbon
brûlait dans l'âtre. Comme il arrivait du nord par bateau, on l'appelait
charbon de mer ; il fumait moins et donnait plus de chaleur qu'un feu de
bois. Les chambres à coucher se trouvaient à l'étage supérieur, puis
c'étaient les combles. La cuisinière dormait dans la cuisine, au rez-de-
chaussée ; Geoffrey Ducket, les serviteurs et les apprentis sous les
combles.

Mais sa place préférée, c'était la cuisine, bourdonnante d'animation :
le grand tournebroche, près du feu qui brûlait en permanence ; le vieux
chaudron de fer tout noirci ; l'énorme cuve de bois où l'on conservait
l'eau, et qu'on remplissait le matin en laissant descendre un seau vers les
flots miroitants de la Tamise ; le vivier de cuir, grouillant de poissons,
parmi lesquels la cuisinière faisait son choix ; le lourd pot de miel dont
elle se servait pour adoucir les mets ; le baril de saumure et le buffet à
épices, dont l'enfant allait ouvrir les pots pour en respirer les arômes...

Plus amusant encore était le spectacle, une fois par mois, des femmes faisant la lessive. On posait un grand baquet de bois à même le sol, au centre de la cuisine, puis on le remplissait d'eau chaude, de cendres et de soude caustique. Draps et chemises de lin y étaient plongés, battus, rincés ; puis on les passait et repassait dans une essoreuse, jusqu'à ce qu'ils deviennent aussi raides qu'une planche. La cuisinière montrait aussi au petit garçon comment elle nettoyait la fourrure. « J'utilise un mélange spécial, lui expliquait-elle. Du vin et de la terre à foulon. » Elle lui faisait respirer sa mixture : il se penchait puis rejetait vivement la tête en arrière, quand l'âcre odeur de l'ammoniaque lui piquait les narines. « Ensuite, j'y mêle un peu de jus de raisins verts, et, tu le vois, toutes les taches s'en vont. »

Il traînait près de la porte de la cuisine le matin, après l'office de tierce, afin de voir les colporteurs venir proposer leurs marchandises. Il s'amusait aussi à jeter des brindilles dans le fleuve, depuis la courette d'où l'on faisait descendre le seau, puis à se ruer (non sans danger, à travers la chaussée surpeuplée) jusqu'à une autre petite cour du côté opposé, d'où il tâchait d'apercevoir ses vaisseaux miniatures, quand ils jaillissaient de sous le couvert de l'arcade, parmi les flots tumultueux.

Mais les meilleurs moments, c'étaient ceux qu'il passait avec son héros.

Plusieurs apprentis étaient généralement présents dans la maison ; ils se montraient amicaux envers le jeune garçon, mais avaient trop de travail pour lui consacrer du temps. Sauf l'un d'eux. D'une dizaine d'années plus âgé que Geoffrey, avec des cheveux bruns et bouclés, des yeux bruns, plutôt tête brûlée de caractère, mais plein de charme et de naturel ; aux yeux de l'enfant, c'était un véritable dieu. Il venait d'une riche et vieille famille de la petite noblesse de l'ouest du pays, dont il était le fils cadet ; son père l'avait envoyé à Londres pour qu'il y fasse son chemin dans le négoce. Ainsi que le disait la cuisinière, d'un ton admiratif : « C'est un véritable jeune gentleman. » Néanmoins, pour l'instant, Richard Whittington était toujours un apprenti.

Jadis, la citoyenneté londonienne s'achetait, pour ceux qui en avaient les moyens, ou encore se transmettait par héritage ; désormais, c'était presque toujours à travers les guildes qu'elle s'obtenait. Celles-ci avaient de longue date fixé les normes de qualité, les conditions de travail, les prix, métier par métier : aucun commerçant ni artisan ne pouvait exercer son activité sans appartenir à une corporation. Mais désormais les guildes dominaient également les quartiers de la ville, le conseil municipal et le conseil restreint des aldermen. Depuis les plus humbles corporations d'artisans jusqu'aux grandes guildes marchandes, comme celle des merciers, négociants en tissus, qui rivalisaient pour le contrôle des affaires de la ville, elles *étaient* Londres.

Whittington appréciait le petit Ducket ; le jeune garçon avait l'humeur si enjouée que l'apprenti s'amusait souvent avec lui. Il lui enseignait la lutte, la boxe, et découvrit vite un autre trait de son caractère : « On peut l'envoyer à terre autant qu'on veut, il se relève toujours, disait-il d'un air approbateur. Il ne baisse jamais les bras. »

Il l'emmenait parfois pour lui faire visiter la ville. Malgré les coupes claires que la peste avait pratiquées dans la population, Londres semblait toujours aussi débordante de vie ; et tout s'y mêlait dans un joyeux bric-à-brac. En s'enfonçant dans une ruelle, ils tombaient sur quelque grande demeure seigneuriale, avec des armoiries flottant à la fenêtre sur une bannière de soie ; tandis qu'à sa droite et à sa gauche se pressaient des enseignes de boulangers et de gantiers, ou encore de tavernes. La maison du Prince noir elle-même se trouvait dans une rue pleine d'étals de poissonniers ; on accrochait à sa porte de grands paniers d'osier remplis d'herbes aromatiques, afin d'atténuer un peu les odeurs environnantes. Du plus riche au plus pauvre, tous se côtoyaient, comme aussi le sacré et le profane. La grande enceinte fortifiée de St Paul isolait, certes, la cathédrale ; mais les baraques qui entouraient la petite église de St Lawrence Silversleeves, vidées de leurs occupants par la peste noire, s'étaient peu à peu effondrées, laissant place à un terrain vague où les vagabonds avaient pris l'habitude de venir se soulager ; la puanteur qui en résultait obligeait le vicaire à expédier les offices, un mouchoir plaqué sur le nez.

Un jour, les deux amis partirent pour une plus longue expédition. Ils voulaient remonter jusqu'à la source de l'approvisionnement en eau fraîche de la ville.

Comme la marée salait souvent l'eau de la Tamise, celle-ci n'était pas toujours bonne à boire. Jadis, les Londoniens avaient utilisé celle du petit Walbrook et de la Fleet voisine ; mais ni l'une ni l'autre n'étaient plus guère salubres. En plus des déchets rejetés par les pelletiers du voisinage, trop de demeures avaient leurs *privés* donnant sur l'étroit Walbrook ; quant à la Fleet, elle était devenue franchement sale. En amont, on trouvait plusieurs tanneries, dont les rejets donnaient à la rivière une odeur d'urine et d'ammoniaque. Puis il y avait Seacoal Lane, la « rue du charbon de mer » ; les barges y débarquaient leurs cargaisons de charbon, dont la poussière noircissait l'eau de la Fleet. A Newgate, des bouchers venaient des abattoirs vider tripes et boyaux dans la rivière. Le temps qu'elle arrive au moulin à eau qui s'élevait à son confluent avec la Tamise, la Fleet n'était pas belle à regarder.

C'est ainsi qu'un curieux édifice se dressait au milieu du West Cheap, en forme de donjon miniature. Des flots d'eau claire, amenés jusque-là par un petit aqueduc, en repartaient en permanence, à travers d'étroites conduites de plomb. On appelait l'ensemble du dispositif la Grande Canalisation. Un dimanche après-midi, Whittington et le garçon suivirent l'aqueduc tout du long jusqu'à la source qui l'alimentait, à trois kilomètres de là, sur une colline au nord de Westminster.

Pourtant, si l'enfant portait un regard émerveillé sur ce qu'il voyait, son héros ne semblait nullement s'en satisfaire.

« Dégoûtant, disait-il d'une zone comme St Lawrence Silversleeves. Il faut nettoyer tout cela. » Et pour la Grande Canalisation : « Un seul système pour une ville de cette taille ? Totalement inadapté. La cité doit revoir cela en mieux. Ou bien c'est moi qui le ferai un jour. » Quand le jeune garçon demandait à Whittington comment il comptait s'y prendre, son ami lui répondait tranquillement : « Je serai maire. »

« Comment devient-on maire ? » l'interrogea un jour Geoffrey.

Pour toute réponse, son ami désigna du doigt un solide bâtiment dans le West Cheap, juste en dessous de l'endroit où la Jewry était née. « Tu sais ce que c'est ? » lui demanda-t-il.

Sur l'emplacement même où vivait jadis la famille de Thomas Becket s'élevait une élégante chapelle, dédiée à la mémoire du saint londonien, avec un hall au-dessus. « C'est là que se réunissent les merciers, lui expliqua Whittington. D'abord tu deviens membre de leur guilde ; puis tu la diriges ; enfin, un jour, ils te font maire de Londres. La guilde, tout est là. » Ducket regardait le bâtiment et songeait que vendre des tissus, comme Bull et Whittington, devait être la plus belle chose au monde.

A l'âge de sept ans, on envoya le jeune Geoffrey étudier à St Mary-le-Bow. D'abord, cela l'avait quelque peu inquiété ; mais il eut une bonne surprise en y arrivant. On apprenait toujours aux enfants à lire et à écrire le latin, bien sûr, mais les cours étaient donnés désormais en anglais.

Bull, lui, en était étonné. Il s'en plaignit même auprès de Whittington — en ayant soin que le jeune garçon ne pût pas les entendre. « De mon temps, lui dit-il, c'était le latin et la trique. Qu'est-ce qui leur a pris de changer cela ?

— Toutes les écoles commencent à donner leurs cours en anglais de nos jours, messire, lui répondit le jeune homme en riant. Après tout, même à la cour on parle bien anglais. »

Mais le négociant n'était pas convaincu. « Je suppose que c'est assez bon pour un enfant trouvé », grommela-t-il.

Puis il y avait la fille. Une vague de cheveux sombres, une figure pâle avec un nez plutôt pointu, de petites lèvres vermeilles, des yeux gris-bleu. Theophania, ainsi que l'avait solennellement baptisée le curé, en utilisant la forme gréco-latine de son nom ; mais ensuite on ne l'avait plus jamais appelée que Tiffany, ce qui était à la fois plus simple et plus anglais. Bull l'adorait.

Ducket n'avait guère fait attention à elle jusqu'à ce qu'elle ait cinq ans, alors que le séjour de Whittington dans la maison touchait à sa fin. Mais dans les années qui suivirent, il passa beaucoup de temps en sa compagnie, et tâcha de se montrer aussi amical envers elle que son grand ami l'avait été envers lui-même. En outre, il était flatté d'avoir quelqu'un qui le respectait et le suivait partout comme son ombre. Il lui arrivait même d'interrompre une partie de lutte ou de ballon pour aller jouer à cache-cache avec la fillette ; ou encore, ce qu'elle préférait à tout, pour lui faire traverser le pont sur ses épaules et retour. Parfois aussi il l'emmenait pêcher et ils attrapaient une truite, ou encore l'un des saumons dont le fleuve regorgeait.

De tous les exploits qu'un jeune homme pouvait accomplir alors, le plus hardi, le plus dangereux aussi, avait le Pont de Londres pour théâtre. Un jour — Ducket avait onze ans — Whittington remarqua devant lui comme en passant : « Si tu regardes le fleuve demain matin, tu pourras voir un spectacle intéressant. » Cela ne pouvait signifier qu'une seule chose. Personne ne l'avait plus fait depuis des mois.

Le lendemain matin donc il monta avec Tiffany, main dans la main, jusqu'à la grande fenêtre à l'étage. La journée était belle et la Tamise miroitait au soleil ; mais, neuf mètres en dessous d'eux, l'eau tourbillonnait furieusement autour de la grande pile de pierre, puis s'engouffrait sous l'arche en rugissant comme le tonnerre. « Tu crois qu'il ne se fera pas mal ? » chuchota Tiffany. « Non », lui affirma-t-il ; mais il n'en était pas aussi sûr, dans son for intérieur, et se demandait s'il avait bien fait d'emmener la fillette jusqu'ici.

Whittington était debout dans un long canot, avec deux de ses amis. Il se tenait à la poupe et poussait l'embarcation d'une seule rame ; son visage était détendu et souriant. Dieu ! qu'il avait l'air brave... Tandis qu'il approchait du pont, il leva les yeux et salua joyeusement de la main les deux enfants. Il avait passé un foulard bleu autour de son cou. Puis, imperturbable, il plaça la proue du bateau en face du centre de l'arche, et le poussa dans le courant.

Alors seulement, Ducket s'aperçut que Bull était debout derrière eux. Son large visage était sévère et il marmonna : « Sacré jeune idiot » ; pourtant le jeune garçon crut détecter une nuance d'approbation dans sa voix. « Il vaut mieux aller s'assurer qu'il n'a rien », dit-il alors que le bateau disparaissait sous leurs pieds ; il fit sortir les deux enfants de la maison et les emmena de l'autre côté du pont. Whittington était déjà loin, presque au niveau de Billingsgate ; il avait retiré son foulard et l'agitait au-dessus de sa tête en signe de triomphe. Tiffany le contemplait, les yeux écarquillés ; puis elle se tourna vers Ducket et lui demanda : « Tu es capable de faire pareil ?

— Je ne crois pas, non, répondit-il en riant.

— Même pour moi, tu ne le ferais pas ? insista-t-elle.

— Pour toi, si » ; et il lui donna un baiser.

Lorsque Ducket eut douze ans, Bull le convoqua un jour dans la grande salle au premier étage.

« Il sera bientôt temps pour toi d'entrer en apprentissage, lui dit-il en souriant. Je voudrais que tu réfléchisses un peu à ce que tu aimerais faire. Tu peux choisir à ta guise. »

Le grand moment était arrivé. Celui qu'il attendait depuis des années.

« Je sais très bien ce que je veux faire ! s'exclama-t-il. Je veux être mercier ! » Comme Whittington, comme Bull lui-même. Il contempla le négociant d'un air heureux — sans s'aviser tout de suite que le sourire avait disparu de sa large figure.

Gilbert Bull était un homme intelligent. L'espace d'une seconde, il avait pensé que le jeune garçon voulait se montrer insolent, puis il réalisa : Ducket n'avait pas compris la situation. Comment la lui expliquer ? Mieux valait dire les choses comme elles étaient.

« C'est impossible, lui répondit-il. Pour entrer dans la guilde des merciers, il faut avoir de l'argent. Si tu étais un Whittington, ou... » Il faillit dire : « ... ou un Bull », mais se reprit à temps. Au vrai, des apprentis pouvaient entrer dans la prestigieuse guilde, même pauvres ; mais Bull n'avait pas l'intention d'y faire admettre l'enfant trouvé. « Tu n'as pas d'argent, tu comprends, lui déclara-t-il franchement. Il faut que tu apprennes un métier. » Et il renvoya l'enfant, en lui recommandant d'y réfléchir.

Ducket ne se laissa pas longtemps démoraliser. Quelques jours plus tard il arpentait la ville, passant la tête à l'intérieur des échoppes et des ateliers qu'il rencontrait sur son passage, curieux de tout et plein d'optimisme. Ce n'est pas le choix qui manque, songeait-il.

Les gantiers confectionnaient des gants ; les selliers fabriquaient des selles et les bourreliers des harnais ; les tonneliers faisaient des barriques, les tourneurs sur bois des coupes et des bols. Il y avait des artisans spécialisés dans la fabrication des arcs, d'autres dans celle des flèches. Les pelletiers vendaient des fourrures et les tanneurs apprêtaient les cuirs — mais la puanteur qui s'échappait des tanneries rebuta Ducket. Puis il y avait tous les commerces de rues, boulangers et bouchers, marchands de poissons ou de fruits. Chacun de ces métiers, il se voyait fort bien l'exercer.

C'est pourtant d'un tout autre côté que lui vint la solution.

Ducket, s'il se souvenait vaguement de l'existence de son parrain Chaucer, ne repensait guère à l'ami de Bull. Celui-ci, qui vivait dans l'entourage du roi, était souvent absent de Londres. De temps à autre, il entendait le négociant évoquer son ascension sociale spectaculaire. De modeste page, le fils du marchand de vin avait franchi les différentes étapes qui attendaient un jeune gentleman à la cour ; il avait su s'y rendre à la fois utile et populaire. Cette dernière tâche surtout lui avait été facile, en raison de son joyeux caractère. « Etonnant garçon, disait Bull à son sujet. Il ne se met jamais en colère.

— On dit qu'un jour pourtant, il a assommé un moine... objecta doucement son épouse.

— Eh bien... Quel étudiant ne l'a pas fait ? »

Chaucer avait pris part à plusieurs campagnes militaires ; une fois, il avait été rançonné. Il connaissait assez de droit pour pouvoir occuper n'importe quel poste officiel qui se présenterait à lui. Il possédait encore un autre talent : il savait tourner un joli poème, en français, pour célébrer une dame ou un grand événement. Dernièrement, il s'était même risqué à traduire certains de ses vers dans l'anglais (fortement francisé) qu'on parlait alors à la cour ; audacieuse innovation, qui avait beaucoup plu à l'entourage du roi. On l'avait envoyé se joindre à une mission diplomatique, afin d'élargir le champ de son expérience ; et ce n'était pas le seul bonheur qui venait de lui échoir.

Au sein de la cour d'Edouard III, société fort nombreuse et raffinée, il n'était pas rare qu'un jeune homme issu de la classe moyenne, mais dont l'étoile montait, trouvât à épouser une femme de la noblesse. C'est ainsi que Chaucer, dont le père était marchand de vin, s'était vu accorder la main de la propre fille d'un chevalier flamand. « Diabolique, la chance de ce garçon ! » s'était écrié joyeusement Bull en apprenant la nouvelle. La bonne fortune, unique, de Chaucer voulait en effet que sa nouvelle belle-sœur, Catherine Swynford, fût la maîtresse officielle du plus jeune fils du roi, Jean de Gand.

Le roi avait plusieurs fils, tous fort beaux garçons et arborant les longues moustaches tombantes qui étaient alors à la mode. Si Jean de Gand était plus court et trapu que le Prince noir, sa physionomie n'en était pas moins impressionnante ; et il était sans doute plus intelligent que son héros de frère. Son premier mariage lui avait acquis le duché de Lancastre, et les vastes domaines qui y étaient attachés ; par son second, avec une princesse espagnole, il pouvait faire valoir des droits sur le trône de Castille. Mais celle qu'il aimait véritablement, d'un amour fidèle et quasi conjugal, c'était sa maîtresse Catherine. Par sa femme, Geoffrey Chaucer s'était introduit dans l'arrière-cour de la maison Plantagenêt.

Jean de Gand vivait dans le vaste palais de Savoy, près d'Aldwych. C'est de là que Ducket et la petite Tiffany, un jour d'été, virent sortir un homme à la barbe fourchue. Ils étaient partis se promener en direction de Charing Cross et discutaient des mérites respectifs de l'état de boucher et de celui de fabricant d'arcs. Dès qu'il reconnut la mèche blanche ornant le front du jeune garçon, l'homme vint à eux et s'exclama joyeusement : « Comment se porte mon filleul ? »

Sans se démonter, Ducket lui expliqua son problème. Chaucer ne réfléchit que quelques secondes avant de lui répondre : « Je pense que j'ai ce qu'il te faut. »

Une semaine plus tard, tout était arrangé ; Ducket s'apprêtait à quitter la maison du Pont de Londres pour s'installer chez son nouveau maître. Un matin, avec des chausses de rechange et deux chemises de lin neuves que lui avait données la femme de Bull, il s'installa, plein d'enthousiasme, dans ce qui allait être désormais sa demeure. Elle n'était qu'à un kilomètre de l'ancienne, pourtant c'était une vraie rupture. Au moment où il prenait congé d'elle, la petite Tiffany lui demanda : « Tu reviendras me voir ? Au moins une fois par semaine ? » Il promit qu'il le ferait. « Et tu penseras à moi ? Au moins une fois par jour ? — Bien sûr... »

Même en ayant reçu cette assurance, elle resta un long moment à la porte pour le regarder s'éloigner.

Quant à Geoffrey Chaucer, quelque chose semblait l'amuser. « Ton maître est le meilleur des hommes, tu verras, assura-t-il au jeune garçon, mais la maison est, on pourrait dire... un peu bizarre. » Il ne voulut rien ajouter, laissant son filleul rempli de curiosité.

1376

Par une brumeuse matinée de printemps, dame Barnikel fit face à sa fille Amy, onze ans, assise au bout du lit conjugal, et s'apprêta à la bataille.

Le lit de dame Barnikel était un véritable monument. C'était de loin le plus beau meuble de la maison. De chêne massif, à baldaquin, sa propriétaire y avait déjà accueilli deux époux ; et dans les tavernes de Southwark, on pariait à cinq contre deux qu'il y en aurait un troisième avant sept ans. On affirmait que le premier y était mort d'épuisement. L'épais matelas en était garni de plumes ; un énorme coffre de bois, cerclé de fer, se trouvait à son pied. On y rangeait les draps, si serrés que quand dame Barnikel s'asseyait sur le couvercle pour le refermer, les malheureuses puces qui n'avaient pas eu le temps de sauter au-dehors étouffaient dans la minute qui suivait.

Elle fixa pendant quelques secondes sa fille, qui détourna les yeux, le visage fermé. Puis elle ouvrit les hostilités :

« Tu es beaucoup trop pâle ! » lança-t-elle d'un ton bourru. Elle s'interrompit, cherchant ses mots. « On dirait, rugit-elle soudain, qu'on t'a gardée sous cloche pendant des semaines ! »

Mais là n'était pas le véritable problème qui la tourmentait ; elle allait l'aborder maintenant.

« Ton jeune homme, ton charpentier... Il ne te convient pas du tout, non. (Elle regarda sa fille avec fermeté.) Tu ferais mieux de l'oublier, grogna-t-elle d'un ton qui se voulait affectueux, et tu te sentiras beaucoup mieux. »

Chaque fois que dame Barnikel contemplait sa fille, elle soupirait : Amy ressemblait tant à son père... Bien que plus solidement bâtie que lui, elle avait le même visage maigre et creux, la même aptitude au mutisme prolongé.

Si l'on croisait John Fleming et dame Barnikel ensemble dans la rue, on ne pouvait croire qu'ils étaient mari et femme. Avec sa figure en forme de cuiller et sa silhouette maigrichonne, il ne semblait guère à la hauteur face à une telle épouse. Quant aux raisons pour lesquelles elle avait épousé le paisible épicier, une année seulement après son veuvage, cela restait pour tout le monde un impénétrable mystère, défiant les lois de la nature et de la raison.

A trente ans, dame Barnikel était une splendide créature. Avec ses cheveux roux foncé, tirés en arrière comme ceux d'une amazone, elle dépassait Fleming d'une demi-tête. Même Bull, qui avait pourtant la dent dure, reconnaissait que c'était une belle femme. A la différence de son mari et de sa fille, elle n'avait pas la moindre aptitude au mutisme ; sa voix pouvait aussi bien crier des ragots d'un bout de la rue à l'autre que susurrer un secret à l'oreille. Une fois par mois environ elle s'enivrait, et ces jours-là, si quelqu'un lui cherchait querelle, elle était capable de rugir comme un Viking en pleine bataille. Mais ce qu'elle aimait par-dessus tout, c'était s'habiller de couleurs voyantes.

Cela pouvait poser problème. Dès le règne d'Edouard Ier plusieurs lois avaient été édictées, qui réglementaient les usages vestimentaires. Dans la société hiérarchisée du temps, personne n'y trouvait à redire : un marchand aurait de lui-même jugé impertinent d'endosser la robe rouge des aldermen ; sa femme n'aurait pas voulu arborer les coiffures compliquées et les flots de soie propres aux dames de la cour. C'étaient encore les religieuses qui enfreignaient le plus souvent la loi, du moins les plus mondaines d'entre elles ; celles qui en hiver, oubliant un peu leur vœu de pauvreté, doublaient leurs habits de fourrures de grand prix. Mais dame Barnikel, elle, se moquait bien de toutes ces lois. Si une coiffure, une robe de soie ou une riche fourrure lui plaisaient, elle les mettait. Et quand le sergent de quartier venait se plaindre à Fleming, comme cela arrivait souvent, l'épicier ne pouvait que hausser les épaules et lui répondre : « Allez donc le lui dire vous-même. » Sur quoi le sergent s'empressait de tourner les talons.

Le béguin de sa fille pour Ben Carpenter ne datait que de l'année précédente. La petite était fort jeune et Carpenter encore un apprenti, mais dame Barnikel ne voulait prendre aucun risque. Bien des filles se mariaient à treize ans, et se fiançaient parfois plusieurs années plus tôt, même parmi les gens simples. Elle voulait mettre un terme sans attendre à leurs relations.

« Il n'est pas assez bien pour toi, affirma-t-elle, péremptoire.

— Mais c'est mon cousin... » objecta la fillette. Sur ce point au moins, elle avait raison. L'un des petits-fils du peintre de selles (celui dont la fille avait sauvé Martin Fleming quatre-vingts ans plus tôt) était devenu charpentier, et s'était fait un patronyme de son nouvel état. Les deux branches de la famille, comme cela arrivait souvent chez les artisans à l'époque, s'étaient dès lors appelées respectivement Painter, « peintre », et Carpenter, « charpentier » ; Amy leur était vaguement apparentée. Mais cela ne suscita chez dame Barnikel qu'un reniflement méprisant.

« Père l'aime bien. »

Tout le problème était là. Pour une quelconque raison, Fleming s'était pris d'amitié pour le jeune apprenti aux manières si sérieuses. Sans cela, dame Barnikel l'aurait depuis longtemps envoyé promener ; mais elle mettait un point d'honneur à respecter l'opinion de son mari pour toutes les affaires concernant leur fille.

« La seule raison pour laquelle tu l'aimes bien, dit-elle à sa fille, c'est qu'il est le premier garçon à s'être intéressé à toi. Un point, c'est tout. »

Amy déconcertait souvent sa mère. Elle-même était née Barnikel de Billingsgate ; à treize ans, elle avait épousé un tenancier de taverne ; veuve à seize ans, elle s'était remariée avec Fleming. Mais si forte était sa personnalité qu'on ne l'appelait jamais que sous son nom de Barnikel, auquel — comme si elle avait été l'épouse d'un alderman — on ajoutait le titre de dame. « Si je ne le faisais pas, j'aurais trop peur qu'elle m'arrache les yeux », avait dit une fois Bull en riant.

Elle avait hérité de son premier mari la taverne appelée le George, à Southwark, qu'elle dirigeait personnellement, depuis quinze ans maintenant ; et elle était membre de la guilde des brasseurs.

Une telle situation n'avait rien d'inhabituel à Londres. Les veuves reprenaient souvent les affaires familiales ; bien des petits estaminets étaient tenus par des femmes. Elles étaient également membres de plusieurs corporations, et l'on trouvait de nombreuses apprenties dans les métiers liés à la couture et au tissage. En principe, lorsqu'une veuve épousait un homme exerçant un autre métier, elle était censée abandonner le sien ; mais dame Barnikel avait déclaré qu'elle continuait, et aucun brasseur n'avait été assez téméraire pour lui tenir tête.

Amy ne s'intéressait pas à l'affaire, préférant aider sa mère à la maison. Et quand celle-ci lui suggérait d'essayer d'un métier elle-même, elle secouait doucement la tête et répondait : « Tout ce que je veux, c'est me marier. » Quant à Carpenter... chaque fois que dame Barnikel regardait l'apprenti, avec ses jambes arquées et sa tête trop grosse pour son corps, sa grande face ronde et ses yeux si sérieux, elle murmurait : « Dieu ! qu'il a l'air ennuyeux... » Mais c'était exactement pour cela, elle le devinait, que sa fille l'aimait.

« Tu serais bien mieux avec le jeune Ducket », lui dit-elle. Elle s'était prise d'affection pour l'apprenti de son mari. Il pouvait être un enfant trouvé, avec une drôle d'allure de surcroît, elle admirait son entrain et sa bonne humeur. Sa fille semblait l'aimer bien elle aussi, mais cela ne suffisait pas à la détacher de son lugubre ami. « De toute façon, poursuivit-elle, ce n'est pas encore là le pire...

— Qu'est-ce que tu veux dire ?

— Tu ne le vois pas, fillette ? Le pauvre garçon est dérangé. Il n'a pas toute sa tête. Tu seras la risée du quartier. »

La pauvre Amy fondit en larmes et quitta la pièce en courant, pendant que dame Barnikel se demandait si elle pensait ou non ce qu'elle venait d'affirmer.

A dix-huit ans, James Bull faisait honneur à sa race. Grand et fort, une ample chevelure blonde encadrant son visage énergique, ses ancêtres saxons l'auraient tout de suite reconnu comme l'un des leurs. Le regard direct de ses yeux bleus révélait qu'il était parfaitement honnête : non seulement il ne manquait jamais à sa parole, mais il n'en avait même jamais l'idée. Franc et direct, tels étaient les mots qui caractérisaient le mieux sa personnalité.

Dans la petite affaire de ferronnerie que tenaient les siens, tous ne juraient que par lui. Ses parents lui faisaient confiance, ses frères et sœurs plus jeunes le respectaient ; et si, depuis trois générations, ce commerce n'avait jamais produit que le strict nécessaire pour nourrir la famille, tous étaient sûrs que James allait les conduire vers la prospérité. « Tout le monde a confiance en lui », expliquait sa mère avec une légitime fierté.

Pourtant, même ainsi, ses parents nourrissaient quelques doutes quant à son projet de rendre visite à son cousin Gilbert Bull. Cela faisait plus de quatre-vingts ans que la famille de ferronniers n'avait pas rencontré les riches Bull de Bocton, et ils craignaient d'aller au-devant d'une cuisante humiliation. Les plans de James pour améliorer le sort de la famille excitaient beaucoup ses frères et sœurs, mais son père, d'esprit plus rassis, demeurait circonspect.

James, lui, était confiant. « Quand il verra combien je suis honnête, dit-il à son père, il sera tout à fait rassuré. »

Et c'est ainsi qu'il se dirigeait, par une claire matinée de printemps, vers la grande demeure qui s'élevait sur le Pont de Londres.

Gilbert Bull revenait de Westminster et sentait le découragement peser sur ses épaules.

Le long règne d'Edouard III touchait à sa fin — et, hélas, il se terminait mal. Où étaient les triomphes de jadis ? Tous enfuis. La France avait une fois de plus réussi à récupérer presque tous les territoires conquis par le Prince noir. La dernière campagne menée par l'Angleterre avait été un gaspillage de temps et d'argent ; le Prince noir lui-même était tombé malade, avant de mourir dans l'île l'été précédent, en homme brisé. Quant au vieux roi, devenu sénile, il avait pris une jeune maîtresse, Alice Perrers. Comme souvent ses consœurs en pareil cas, celle-ci avait indisposé les juges en se mêlant de leur travail, les marchands en dépensant pour son propre usage l'argent des impôts qu'ils versaient à la Couronne.

Pourtant le pire, en tout cas pour Bull, était le Parlement qui venait de prendre fin.

La convocation d'un Parlement, dont Edouard Ier avait si adroitement usé, était devenue plus ou moins une institution durant le long règne de son petit-fils Edouard III. Ces grandes assemblées avaient pris l'habitude de se diviser en trois parties distinctes. Le clergé tenait séance en un endroit particulier ; le roi et son vaste conseil de barons (constituant le Parlement proprement dit) se rassemblaient généralement dans la « chambre Peinte » du palais de Westminster ; enfin, chevaliers venus des différents comtés et bourgeois, ceux qu'on appelait avec un rien de condescendance « le peuple », les *Commons*, se réunissaient dans la salle capitulaire, octogonale, de l'abbaye de Westminster, où ils attendaient qu'on vienne les chercher.

Les Commons, les Communes, avaient elles-mêmes changé. Au cours du siècle précédent, les bourgeois des villes n'y avaient été convoqués qu'occasionnellement, quand le besoin s'en faisait sentir ; désormais elles tenaient des séances régulières. Soixante-quinze bourgs au moins y envoyaient des délégués, dépassant même parfois le nombre des chevaliers. Londres en envoyait généralement quatre, à quoi il s'en ajoutait deux venant de Southwark. Dans les dernières années, une innovation supplémentaire avait vu le jour. Déléguer un homme à Westminster, où il devait parfois rester plusieurs semaines, représentait des frais importants ; aussi certains bourgs commencèrent-ils à se faire représenter par des négociants londoniens. « Après tout, observaient-ils avec justesse, ces gens-là sont des marchands, ils savent bien quels sont nos besoins. » Ainsi beaucoup de villes étaient-elles représentées, plutôt que par un timide provincial, par un homme de Londres : un homme riche, qui avait des relations dans la noblesse, et une séculaire tradition d'indépendance derrière lui. Un homme dans le genre de Gilbert Bull. Cette même année, il avait représenté un bourg de l'ouest du pays.

Il n'en était pourtant pas fier : si les historiens appellent le Parlement de 1376 « le Bon Parlement », c'est bien là la vision d'hommes qui parlent avec le recul du temps. Pour les contemporains qui y avaient siégé, cela avait été une tout autre affaire.

Tout le monde était alors en colère : le gouvernement, qui avait perdu une guerre et qui avait besoin d'argent, l'Eglise, propriétaire du tiers du pays, qui était rudement sollicitée par un pape nécessiteux.

Avant même le discours du chancelier, Bull avait compris que la session serait difficile. Plusieurs membres avaient souvent coutume d'apporter des pétitions, concernant des torts à réparer ; mais cette année, tout le monde semblait avoir son petit rouleau de parchemin. Quand ils se rassemblèrent dans la salle capitulaire et s'y assirent, serrés le long des murs, il y avait de l'impatience dans l'air. Ils firent un serment : « Nos discussions devront rester privées, pour que chacun puisse s'exprimer librement. » Pourtant, même ainsi, Bull fut fort étonné d'entendre, aussitôt cette résolution prise, un simple chevalier venu de la campagne s'avancer vers le lutrin au milieu de la salle et déclarer tranquillement : « Gentlemen, les fonds que nous avons votés la dernière fois ont été gaspillés. Je pense que nous devrions refuser de payer tant qu'on ne nous aura pas rendu des comptes. »

Le roi, malade, et qu'une attaque avait laissé à demi paralysé, n'était pas venu jusqu'à la salle du conseil ; ce fut Jean de Gand qui y reçut les

Communes le lendemain. D'habitude, deux ou trois de leurs représentants paraissaient, humblement, en présence du roi et de ses barons ; cette fois-ci, non seulement ils avaient choisi un *speaker* pour les représenter, mais les Communes tout entières insistèrent pour l'accompagner et firent dans la chambre Peinte une entrée massive et menaçante. La suite fut pire encore : dans la langue franco-normande officielle qui était toujours de mise en de telles occasions, le speaker informa Jean de Gand que les Communes n'étaient pas satisfaites de l'emploi donné aux fonds. « Pour tout dire, Sire, quelques-uns des amis du roi et de ses ministres en ont mal usé. Nous demandons qu'ils viennent rendre des comptes. » En attendant, affirma-t-il, les Communes refuseraient de débattre du principe même de toute nouvelle levée d'impôts accordée au roi. Ce n'était pas une requête, c'était une exigence. Une impertinence. C'était inimaginable.

Mais le roi était faible, et les humbles Communes tenaient leur triomphe.

Ils siégèrent plusieurs semaines durant. Les Communes mirent des ministres en accusation ; ceux-ci furent jugés coupables et démissionnèrent. Elles firent même renvoyer, suprême affront, la maîtresse du pauvre vieux roi (maîtresse qui s'était certainement rempli les poches). Cette procédure de mise en accusation par les Communes reçut un nom : en franco-normand, c'était l'*ampeschement*, qui resta en anglais sous le vocable d'*impeachment*.

Les Communes obtinrent tout ce qu'elles voulaient. Et tandis que Jean de Gand jurait secrètement de se venger d'elles — maudissant en particulier et à juste titre les délégués londoniens, qu'il tenait pour responsables des événements —, le Parlement finissait par se séparer en n'ayant accordé que la moitié des impôts demandés.

Une étape était franchie dans l'histoire constitutionnelle de l'Angleterre. De même que Londres avait son maire, et les barons leur charte, les humbles Communes avaient imposé leur speaker et la pratique de l'*impeachment*. Ainsi les premiers kilomètres de la longue route qui devait mener un jour vers la démocratie furent-ils pavés non d'idéal, mais d'opportunisme et de rébellions contre les impôts médiévaux.

Pourtant, alors qu'il rentrait chez lui en ce dernier jour du Bon Parlement, Bull ne ressentait que de l'amertume. Le spectacle du vieux roi persécuté par les hommes des Communes lui avait rappelé sa propre condition mortelle. Il n'avait pas non plus apprécié l'esprit même de la démarche, qui lui semblait aller contre l'ordre de l'univers. Aussi n'était-il pas de bonne humeur quand il arriva chez lui — pour y trouver James Bull qui l'attendait.

Le jeune James alla droit au but, comme à son habitude.

« Ainsi vous suggérez, répondit le riche marchand quand il eut fini, que si vous épousez ma fille, ma fortune restera dans la famille après ma mort... puisque vous vous appelez également Bull, n'est-ce pas ? »

L'honnête jeune homme acquiesça.

« Je pensais que c'était une bonne idée, messire.

— Mais, reprit Bull, si j'avais un fils ? Ou vous pensez peut-être que c'est peu probable ? »

James se troubla.

« Mais, messire... devrais-je penser que c'est probable, aujourd'hui ? »

A trois reprises, depuis la naissance de Tiffany, Bull avait pensé qu'il pourrait avoir un héritier ; mais à chaque fois son épouse, personne de mauvaise santé, avait perdu le bébé. Néanmoins, il continuait à espérer un fils, et en théorie il n'était pas trop tard. Aussi lança-t-il un regard sans chaleur au jeune homme qui parlait si franchement ; puis il contempla presque une minute entière la Tamise par la fenêtre avant de répondre :

« Merci de vous soucier ainsi de moi. Si j'ai besoin de vous, je vous ferai chercher. Bonne journée. »

Quelque temps plus tard, à sa famille réunie autour de lui pour savoir comment l'entretien s'était passé, le jeune James Bull répondit, ses yeux bleus et francs ne se voilant qu'à peine :

« Je n'en suis pas sûr, mais je crois qu'il s'est assez bien passé. »

Geoffrey Ducket appréciait son nouveau maître, et son travail à l'épicerie. Chaucer avait convaincu Bull de constituer un petit capital au jeune garçon, qu'il lui remettrait à la fin de son apprentissage. « Ainsi, lui expliquait son parrain, soit Fleming te laissera reprendre son affaire, soit tu pourras créer la tienne. »

C'était à une date récente que l'ancienne compagnie des poivriers, qui faisait le négoce des épices, s'était alliée à un groupe de marchands vendant toutes sortes de produits de consommation courante et qui, comme ils faisaient du commerce de gros, étaient connus sous le nom de « grossers ». La nouvelle guilde des *grocers* [1] était vaste et puissante ; elle-même et la guilde des poissonniers rivalisaient avec celles des laines et des étoffes pour contrôler les plus hautes charges de la cité. Mais, de tous ses membres, il n'en était guère de plus modeste que John Fleming.

Il possédait un petit étal dans le West Cheap, sur Honey Lane, mais entreposait ses marchandises dans un magasin situé derrière le George. Chaque matin, Ducket et lui quittaient Southwark et poussaient leur charrette, peinte de couleurs vives, à travers le Pont de Londres ; ils repartaient lorsque les cloches de St Mary-le-Bow annonçaient l'heure de fermeture des commerces, et Ducket enfermait la (maigre) recette de la journée dans une cassette qu'il cachait sous le plancher du magasin.

Ducket aimait cet entrepôt. Très vite il fut capable de s'y repérer les yeux fermés, d'ouvrir n'importe quel sac ou boîte et de dire rien qu'à l'odeur ce qu'ils contenaient. Il y avait le parfum sucré de la muscade et le riche arôme de la cannelle ; le safran et les clous de girofle, la sauge et le romarin, l'ail et le thym. Il y avait des noix et des noisettes, et des châtaignes quand c'était la saison ; du sel des marais salants de la côte est et des fruits secs du Kent. Et bien sûr il y avait de petits sacs de poivre noir, en grains, la denrée la plus précieuse qui fût dans le commerce de l'épicerie. « Ils arrivent d'Orient en passant par Venise, lui avait dit Fleming. Pour les épiciers c'est de la poudre d'or, jeune Geoffrey Ducket. D'or pur... » Et son regard se perdait dans le lointain.

Fleming était un homme scrupuleux : il pesait avec le plus grand soin sur sa balance chaque article qu'il vendait. « De ma vie je n'ai été emmené

---

1. Le français, en donnant aux *grocers* le nom d'épiciers, a en quelque sorte suivi le cheminement inverse. *(N.d.T.)*

devant la cour des Pâtés-et-Poudres » : il voulait parler du petit tribunal où les autorités de la ville recevaient chaque jour les plaintes déposées contre les marchands. Lui-même n'avait jamais escroqué personne, fût-ce d'un clou de girofle.

Un jour, peu après que Ducket eut commencé son apprentissage, un homme fut reconnu coupable d'avoir vendu du poisson avarié. Avec son maître Fleming, ils le virent emmené sur un cheval le long du Cheap ; deux baillis le suivaient, portant un panier de poissons. Le pilori se trouvait au bout de Poultry, en face de Cornhill. On posa un lourd joug de bois sur le cou de l'homme puis, tandis qu'il se tenait immobile, les baillis mirent le feu au poisson juste sous son nez. Ils le gardèrent ainsi pendant une heure, avant de le laisser repartir. « Ça n'a pas l'air si terrible... » remarqua Ducket. Mais Fleming tourna vers lui son visage maigre et triste et secoua la tête.

« Pense à la honte », dit-il. Puis, très calme : « Si l'on m'avait fait ça à moi, j'en serais mort. »

Ducket découvrit bientôt une autre particularité de son maître. Quoique Fleming ne possédât personnellement pas le moindre livre — il aurait eu de toute façon bien du mal à lire le latin ou le français dans lesquels ils étaient rédigés —, il était fasciné par toutes les formes de savoir. Il recherchait la compagnie des gens cultivés, et tâchait toujours d'engager la conversation avec eux. « Le temps qu'on passe avec un homme savant n'est jamais du temps perdu », déclarait-il avec conviction. Et si l'on en venait à parler de Chaucer, le parrain de Ducket, il affirmait : « C'est un homme de grande qualité. Va le voir autant que tu le peux. »

Le George était l'une des nombreuses auberges — plus de douze au total — que comportait la rue principale de Southwark ; on nommait le quartier le *Borough*, le Faubourg. La taverne de dame Barnikel était située du côté est, près du Tabard. Bien que les maisons closes de l'évêque ne fussent guère éloignées, à Bankside, le George, comme les autres auberges, était une maison respectable. Sa clientèle venait à Londres pour affaires, ou encore c'étaient des pèlerins allant prendre la vieille route du Kent, vers Rochester et Canterbury. L'arrière de la taverne abritait une brasserie. Comme pour la plupart des autres auberges, un solide mât, de deux mètres de long, surmontait la porte principale, et un petit bouchon[1] y était suspendu. A l'intérieur on trouvait une grande salle, où les voyageurs pauvres pouvaient passer la nuit ; tandis qu'au-dehors, autour d'une cour intérieure, trois étages de chambres attendaient les plus riches. Le soir, l'établissement était toujours noir de monde, et l'on dressait des tables à tréteaux dans la grande salle.

Dame Barnikel présidait avec superbe aux destinées du George. Le matin, on pouvait la voir sortir jovialement de la petite brasserie où, comme la plupart des tenanciers de tavernes, elle brassait elle-même son ale. Le soir, elle s'asseyait près du bar, où l'on servait de l'ale et du vin. Derrière ce comptoir, mais toujours hors de portée des clients, une lourde massue de bois était prête, pour calmer d'éventuels fauteurs de troubles. Sur le bar lui-même, devant la patronne, trônait un énorme et vénérable

---

1. Le « petit bouchon », ou rameau de feuillage, qui servait jadis d'enseigne aux cabarets, est devenu un sobriquet désignant l'établissement lui-même. *(N.d.T.)*

toby jug, un pot à bière, qui figurait un alderman. Pendant que sa mère présidait l'assemblée, Amy aidait à servir les clients ; mais dame Barnikel n'avait jamais permis à Fleming de rien faire dans la taverne. Comme elle l'expliquait : « Il a ses affaires et moi j'ai les miennes. »

Le moment le plus heureux, pour elle, c'était quand elle brassait son ale. Parfois elle autorisait le jeune Ducket à la regarder faire. Après avoir acheté son malt — « C'est de l'orge séchée », lui expliquait-elle — sur les quais, elle le montait pour le moudre dans le petit grenier de la brasserie. Le malt broyé était recueilli dans une grande cuve, qu'elle remplissait d'eau sortant d'une énorme bouilloire de cuivre. Une fois qu'il avait germé, elle laissait le liquide refroidir dans des baquets, puis le reversait dans une nouvelle cuve.

Et c'est alors que le véritable miracle commençait, quand dame Barnikel approchait avec un seau de bois rempli de levure. « Nous appelons cela un cadeau-du-ciel », expliquait-elle à l'apprenti. Car la levure faisait fermenter le malt, produisant ainsi de la mousse et — là résidait le miracle — davantage de levure. « Chaque fois que nous brassons, nous en revendons aux boulangers », disait-elle à Ducket. L'apprenti l'entendait souvent ronronner de plaisir, tandis qu'elle respirait les puissants effluves s'échappant de la cuve qui moussait ; et elle murmurait, en versant la levure à l'intérieur : « La voilà, la bonne manne, le cadeau-du-ciel... » L'ale d'orge de dame Barnikel était réputée pour la richesse de son goût.

Ducket appréciait la fille de son patron, pour son tempérament calme et tranquille. Mais, pendant les deux premières années qu'il passa dans la maison, ils n'eurent guère l'occasion de se trouver ensemble. Lui-même n'était après tout qu'un simple apprenti, et elle une timide fillette de onze ans. Ces derniers mois toutefois, depuis que le jeune Carpenter était entré dans sa vie et qu'elle y avait gagné plus de confiance en elle, une camaraderie franche et cordiale s'était instaurée entre eux trois. Ils allaient souvent se promener ensemble à Clapham ou Battersea, ou encore nager dans le fleuve, par les chauds après-midi d'été. Ducket avait remarqué qu'elle n'était pas désagréable à regarder, mais ne s'en était pas préoccupé outre mesure.

Par une belle journée, peu après la fin de la session du Parlement, il accompagna Amy et Carpenter en excursion jusqu'à Finsbury Fields. C'était un endroit agréable, une zone de marais asséchés au pied du mur nord de la ville ; les Londoniens allaient y tirer à l'arc.

On commençait tout juste à voir apparaître les premières armes à feu ; mais l'armement de base anglais restait l'arc long, taillé dans le meilleur bois d'if et qui, en formations serrées, avait causé tant de ravages dans les rangs ennemis à Crécy et Poitiers. Londres possédait un formidable contingent d'archers, dont Carpenter escomptait bien faire partie un jour. Aussi Ducket le regarda-t-il avec intérêt se mettre en position, arc en main, bras tendu, le dos droit ; et il attendit de voir son ami lâcher la première flèche.

Mais rien ne se produisit. Le robuste garçon restait dans la même position, parfaitement immobile. Quand Ducket lui demanda : « Tu ne vas pas tirer ? » il répondit : « Plus tard. » Puis après une pause, voyant la surprise de l'apprenti, il dit : « Tire sur mon bras. »

Ducket s'exécuta avec un haussement d'épaules ; mais à sa grande surprise, le bras resta totalement raide. Il tira encore ; à nouveau, rien ne se passa. Enfin, bien qu'il n'eût rien d'un gringalet, il se trouva incapable de faire perdre sa position à l'archer — à moins de l'assommer.

« Comment fais-tu ? lui demanda-t-il.

— L'entraînement. Et la patience. » Quand Ducket lui eut demandé combien de temps il pouvait tenir ainsi, il répondit : « Une heure. »

« Essaye », suggéra Amy. Mais au bout de quelques minutes Ducket commença à s'agiter, et bientôt ne put garder la posture. « Je suis vidé », dit-il. Il se retourna pour voir Carpenter toujours immobile ; Amy, assise sur le sol, le regardait avec admiration.

Il fut assez surpris en revenant au George de trouver dame Barnikel qui l'attendait, les bras croisés, solidement campée sur ses jambes. « J'ai à te parler, commença-t-elle en lui lançant un regard menaçant. Comment crois-tu que les jeunes gars comme toi démarrent dans la vie ?

— En travaillant dur, suggéra-t-il, mais il n'obtint qu'un reniflement méprisant.

— Il serait temps que tu te déniaises, mon garçon ! En épousant la fille de leur patron, voyons !... Le lit ! rugit-elle soudain, c'est là que tout se fait ! Trouve le bon lit où entrer et ta vie est toute tracée !... » Même alors, Ducket n'était pas sûr de ce qu'elle voulait sous-entendre ; mais les mots qu'elle prononça ensuite ne laissaient subsister aucun doute : « Tu penses vraiment que je vais abandonner tout cela (elle fit un geste circulaire pour désigner le George) à cette face de carême de Carpenter ? Tu penses vraiment que je veux voir ma fille l'épouser ?

— Je crois qu'il lui plaît... avança-t-il.

— Ne t'occupe pas de ça et fonce ! lui intima-t-elle. Prends-lui la fille. Et je te conseille de t'accrocher, dans ton propre intérêt. Même si elle commence par te dire non, pense au George... » Et elle tourna les talons, laissant Ducket plongé dans la plus grande perplexité.

S'il est une chose au monde dont Bull se sentait fier, c'était de sa fille et de l'éducation qu'il lui avait donnée. Avec ses cheveux soyeux, ses yeux clairs et pleins de douceur, Tiffany était si ravissante qu'elle le consolait presque de ne pas avoir de fils.

Quand elle eut onze ans, il lui dit qu'il était temps qu'elle songe à prendre un mari. Cela arriva le jour même de l'anniversaire de Bull, par un après-midi ensoleillé du mois de juin. Pour la première fois de sa vie, la fillette portait des vêtements d'adulte.

Sa mère, qui semblait assez lasse ces derniers temps, avait paru stimulée et galvanisée par la circonstance. Elle commença par lui faire revêtir un long dessous de soie, avec des manches étroitement ajustées et boutonnées du coude jusqu'au poignet ; les boutons eux-mêmes étaient recouverts de soie. Par-dessus vint une robe brodée de bleu et d'or, qui descendait jusqu'au sol. Puis, sans prêter attention aux protestations de sa fille, elle partagea ses cheveux sombres par le milieu et les tira très serré ; elle en fit deux nattes, qu'elle enroula et épingla en couronnes au-dessus de ses oreilles. « Maintenant, tu as l'air d'une vraie jeune femme », dit-elle fièrement. L'effet était simple et plein de charme. Tiffany était encore de petite taille et n'avait pour ainsi dire pas de poitrine ; mais quand elle se vit dans le miroir en argent de sa mère, elle sourit de plaisir. La robe brodée avait des fentes aux hanches, comme deux poches ; quand elle y glissa ses petites mains et qu'elle éprouva le contact de la soie en dessous, elle se sentit délicieusement féminine.

Une nombreuse compagnie se réunit dans la maison ce jour-là. Il y avait plusieurs gros merciers. Le jeune Whittington était venu ; à la demande de Tiffany, on avait également invité Ducket, vêtu d'une chemise de lin simple, mais fort nette et propre. Chaucer, retenu à la cour, ne pouvait être présent, mais il était venu le matin, apportant un cadeau qui avait fait le plus grand plaisir à Bull.

Un autre couple était là, que Tiffany n'avait encore jamais rencontré : un jeune homme et une nonne. Elle apprit que la nonne s'appelait sœur Olive et venait du couvent de St Helen, petit établissement très chic qui se trouvait juste à l'intérieur du mur nord de la ville. C'était là que les familles riches plaçaient souvent leurs filles non mariées. Sœur Olive avait un long nez et la figure pâle : quand elle souriait, c'était avec un air de piété et de bienséance ; ses grands yeux toujours doux étaient modestement baissés vers le sol. Le jeune homme qui l'accompagnait était son cousin : pâle et sérieux, affublé lui aussi d'un long nez, il se nommait Benedict Silversleeves. Tous les deux, à ce qu'il semblait, étaient des cousins éloignés de la mère de Tiffany. La jeune fille les trouvait plutôt bizarres.

Si au début elle se sentait un peu intimidée dans ses habits d'adulte, elle ne tarda pas à s'y habituer. Whittington se mit en grands frais pour elle ; quant à Ducket, le regard d'admiration sincère qu'il lui lança fit grand plaisir à Tiffany. Plusieurs marchands, ainsi que leurs épouses, vinrent lui parler ; elle fut également assez flattée de voir sœur Olive traverser la pièce, relever pour une fois ses yeux bruns, esquisser un pâle sourire et lui dire, d'un ton plein de componction, que la robe lui allait bien. « Mais venez donc, que je vous présente mon cousin Benedict », ajouta-t-elle ; et avant que la fillette ait compris ce qui lui arrivait, elle se trouva insidieusement tirée à travers la salle. Elle ne put s'empêcher de rougir, car elle n'avait encore jamais parlé à un jeune homme — aussi étrange, de surcroît — dans une réunion d'adultes, nouvelle pour elle. Plus perturbant encore, ce semblait être un personnage important. Vieille famille londonienne, étudiant en droit, promis aux plus hautes destinées : la nonne avait eu le temps de lui glisser toutes ces informations à l'oreille pendant qu'elles traversaient la pièce. « Et bien sûr, ajouta-t-elle dans un souffle, il est très pieux. »

Tiffany fut, dans ces conditions, soulagée par les manières affables du garçon. Il tourna vers elle un visage grave, mais fort courtois, lui parla des dernières affaires de la ville, de la santé du vieux roi qui se détériorait rapidement, de sujets qu'elle connaissait ; il lui demandait son avis et semblait approuver les réponses qu'elle lui faisait. Elle en était flattée, et se sentait plus adulte. Aussi décida-t-elle, en le regardant mieux, que si son nez était grand il lui donnait un certain air distingué ; ses yeux sombres étaient intelligents, même s'ils semblaient quelque peu mystérieux. Sa tunique et ses hauts-de-chausses noirs étaient coupés dans la meilleure étoffe flamande. Elle n'était pas tout à fait sûre de le trouver à son goût, mais devait admettre que ses manières, quoique un peu guindées, étaient parfaites. Au bout d'un moment, il prit poliment congé d'elle et alla débattre avec la mère de Tiffany des mérites respectifs de différents lieux saints du royaume.

Mais le grand moment de la fête, ce fut quand Bull les appela pour qu'ils admirent l'objet qui trônait sur une table au centre de la pièce : le cadeau qu'il avait reçu ce matin-là. « Il n'y a que Chaucer, s'exclama joyeusement Bull, pour avoir pensé à une chose pareille... » De fait, Tiffany n'avait encore jamais rien vu de tel.

C'était un fort curieux objet. La pièce principale consistait en un plateau rond, en cuivre, de quelque quarante centimètres de diamètre ; il était percé d'un trou en son centre, d'où sortait un axe. A l'avant de ce plateau, on trouvait un anneau pour le tenir ou le suspendre ; à l'arrière, un dispositif de visée permettait à l'utilisateur de mesurer l'angle des objets célestes. Il y avait encore plusieurs disques, prêts à être mis en place sur l'axe de la face supérieure. Les deux côtés du plateau étaient couverts d'un réseau de lignes, de repères d'étalonnage, de lettres et de chiffres, qui semblaient autant de signes magiques aux yeux de Tiffany.

« C'est un astrolabe, expliqua fièrement Bull. Grâce à lui, on peut lire le ciel nocturne. » Et de commencer à leur montrer le fonctionnement de l'appareil ; mais au bout d'une minute ou deux, alors que ses auditeurs tentaient péniblement de le suivre, lui-même s'embrouillait dans les différentes lignes de l'appareil ; bientôt il secoua la tête et confessa en riant : « J'ai besoin de quelques leçons, j'en ai peur. Si l'un de vous se sent capable de prendre ma place... »

Benedict Silversleeves fit un pas en avant. Les explications qu'il donna, d'une voix posée et un peu sèche, furent si simples et si claires que même Tiffany en comprit chaque mot. Il leur dit comment, selon l'endroit où l'on se trouvait à la surface de la Terre, et la période de l'année, on ne voyait pas la même portion des sphères célestes au-dessus de sa tête.

« L'astrolabe, dit-il, que Ptolémée connaissait déjà dans l'Antiquité, est une sorte de carte en mouvement. »

Il leur montra aisément comment prendre des visées, puis lire les repères indiqués sur l'astrolabe. On choisissait ensuite quel disque placer sur l'axe qui en occupait la face supérieure — chacun de ces disques portant un schéma des constellations telles qu'on pouvait les voir sous différentes latitudes et à différentes saisons. Il leur expliqua même comment l'on pouvait, grâce à l'astrolabe, non seulement identifier les étoiles, mais suivre la course du Soleil et des planètes. Malgré la sécheresse de sa voix, il semblait à Tiffany que c'était la musique même des sphères qui s'exprimait par sa bouche.

« Et ainsi, conclut-il d'un air compassé, avec ce petit disque de cuivre et quelques notions de mathématiques, nous pouvons deviner jusqu'au grand mouvement, au *Primum Mobile*, et ressentir la propre main de Dieu. »

Tout le monde applaudit ; Bull lui-même, bien qu'il n'eût d'abord guère apprécié l'air pincé du jeune juriste, ne pouvait s'empêcher d'admirer son intelligence et la clarté de son esprit. Plus tard, quand les invités s'en allèrent, il le pria de revenir leur rendre visite.

Ce soir-là, il était encore de joyeuse humeur quand il se tourna vers

Tiffany et déclara : « Je me demande bien, ma fille, à qui nous allons te marier... »

En fait, il y réfléchissait depuis longtemps déjà. « Dans l'idéal, disait-il à sa femme, j'aurais aimé la voir épouser un des fils de Chaucer. Mais comme il vient à peine de fonder sa famille, cela poserait quelques problèmes... » Il avait plusieurs fois posé des jalons du côté de Whittington ; mais on murmurait, hélas, que le jeune homme avait un autre projet en tête. Son orgueil mondain eût été flatté d'avoir pour gendre un chevalier — « mais à condition que ce ne soit pas un imbécile ».

Ce soir-là, contemplant affectueusement sa docile épouse et son obéissante fille, et sans réfléchir autrement à ce qu'il disait, il s'exclama dans un accès de bonhomie :

« Réfléchis-y, Tiffany, mais sache que je ne te forcerai jamais la main. C'est à toi de choisir. Tu es libre d'épouser qui tu veux. »

Peu de pères dans sa position auraient fait preuve d'un tel libéralisme. Il ne put pourtant s'empêcher d'ajouter, comme en passant — tant il avait été impressionné par la démonstration avec l'astrolabe : « Il y a le jeune Silversleeves, note bien. Tu pourrais faire un plus mauvais choix. »

Le jeune homme n'avait pas fait la même impression sur tout le monde. Alors que les invités traversaient le Pont de Londres, Whittington se tourna vers Ducket et dit, montrant du doigt l'étudiant qui marchait quelques mètres devant eux :

« Je ne peux pas supporter ce gars-là.

— Pourquoi ? demanda Ducket, à qui, dans sa modestie foncière, le brillant jeune homme avait paru appartenir à un autre univers que le sien.

— Je ne sais pas exactement, marmonna Whittington, mais il ne me dit rien de bon. » Au bout du pont, alors que Silversleeves tournait à gauche en direction de St Paul, il lança, d'une voix que l'étudiant ne pouvait manquer d'entendre : « Pourquoi donc personne ne s'occupe de nettoyer St Lawrence Silversleeves ? Ça pue... » L'autre ne tourna même pas la tête. « Faux jeton », grommela Whittington.

Si la pensée de son futur mari occupait l'esprit de Tiffany, elle n'était pas très sûre de la conduite à tenir. Au cours des mois qui suivirent, quand elle s'asseyait avec ses amies près de la grande fenêtre dominant la Tamise, à l'endroit où ses eaux s'engouffraient sous le pont, elles discutaient des mérites respectifs de tous les hommes qu'elles connaissaient. Il y avait un garçon qu'elles rêvaient toutes d'épouser.

Edouard III avait fini par mourir, peu après l'anniversaire de Bull, et le fils du Prince noir, Richard, âgé de dix ans, avait été proclamé roi. Son oncle Jean de Gand faisait office de loyal tuteur.

« Il a le même âge que nous », disaient les filles. Richard était indiscutablement un joli garçon. Ses traits étaient fins, son maintien déjà plein d'élégance ; il était un peu têtu de caractère, mais seuls ses proches le savaient. « Et ses yeux, commentait une des amies avec un soupir d'extase, ses yeux... Vous avez vu comme ils ont l'air tristes ? » Toutes, elles l'avaient déjà aperçu, mais comment faire pour le rencontrer ?

Les rois n'épousaient pas des filles de marchands, même s'ils avaient une belle maison sur le Pont de Londres. « Ton père trouvera peut-être quelqu'un qui te plaira », disait sa mère à Tiffany, d'un ton rassurant. Celle-ci ne répondait rien, mais se souvenait de la promesse. « Il a dit que je pourrais choisir », murmurait-elle à voix basse.

Jamais, depuis qu'il était entré chez Fleming, Ducket n'avait manqué à sa parole ; il allait voir Tiffany toutes les semaines. Parfois ils s'asseyaient ensemble dans la cuisine, tenant compagnie à la cuisinière ; mais si le temps était beau, ils sortaient. Par une claire journée d'octobre, cette année-là, ils allèrent voir Chaucer.

Ducket avait davantage l'occasion de rencontrer son parrain ces derniers temps, car Chaucer avait désormais une nouvelle fonction, qui le maintenait à Londres : contrôleur de la douane sur les laines.

Le bureau de la douane était une grande bâtisse tout en longueur, sise sur les quais entre Billingsgate et la Tour. Les règlements royaux applicables aux exportations de laine exigeaient qu'elles s'opèrent toutes par un certain nombre de ports déterminés — ainsi était organisé le grand marché anglais des matières premières. Et le port marchand de Londres était l'un des plus importants de tous. Chaque jour, des centaines de sacs de laine y arrivaient pour être contrôlés, pesés et taxés. Une fois la taxe payée, on les marquait du sceau royal, sous la surveillance de Chaucer en personne ; alors seulement, on pouvait les charger à bord d'un navire pour qu'ils aillent gagner la mer. Ducket aimait rendre visite à son parrain dans ses nouvelles fonctions, contempler le spectacle des hommes traînant les sacs de laine jusqu'à la balance romaine, parmi le tourbillon permanent des peluches qui couvraient le plancher de la grande salle. Chaucer lui montrait les interminables feuilles de parchemin sur lesquelles, avec ses clercs, il tenait les registres de la douane (« comme à l'Echiquier », commentait-il), ainsi que les coffres où l'on conservait l'argent. Un jour — c'était peu après qu'il eut vu l'astrolabe chez Bull — il demanda à son parrain : « Le *Primum Mobile* qui fait tourner l'univers, qu'est-ce que c'est, au juste ? » Chaucer lui répondit en riant : « La laine. » Car, malgré le développement du tissage dans l'île, l'exportation sur une grande échelle de laine brute vers le continent restait le pilier sur lequel reposaient le négoce londonien et toute l'économie anglaise.

Ce jour-là, Ducket et Tiffany retrouvèrent le contrôleur au moment où il s'apprêtait à rentrer chez lui, et ils l'y accompagnèrent. Le logement de fonction dont bénéficiait Chaucer était plein de charme. Il se trouvait près de la porte d'Aldgate dans le mur est de la ville, à quelques centaines de mètres de la Tour ; il comprenait notamment une salle de séjour vaste et luxueuse, qui dominait la porte elle-même et offrait un magnifique panorama sur la campagne et la vieille voie romaine menant en Est-Anglie. Ils y rencontrèrent la jolie femme brune de Chaucer, fort affairée avec un bébé ; puis leur hôte les conduisit à l'étage supérieur.

La grande pièce dans laquelle ils arrivèrent était certes agréable ; mais, comme Tiffany le chuchota à l'oreille du jeune garçon : « Quelle pagaille... » Des douzaines de livres, de tous les formats imaginables, s'empilaient un peu partout sur des tables. Certains avaient des reliures de cuir, d'autres non ; certains étaient soigneusement calligraphiés, d'autres portaient de telles pattes de mouche que l'œil s'épuisait à vouloir les lire.

Pourtant, c'étaient moins les livres que les morceaux de parchemin qui donnaient une telle impression de désordre : des feuilles partout, isolées ou en liasses, parfois proprement écrites, mais le plus souvent à moitié rédigées puis recouvertes d'une foule de corrections.

« Ici, c'est ma tanière, sourit Chaucer d'un air de s'excuser. Je viens y lire et y écrire tous les soirs. »

Tiffany avait entendu parler de ses travaux littéraires par son père. Pensant à ses propres exercices à l'école, elle lui demanda combien de lignes d'écriture il parvenait à exécuter en une soirée.

« J'en jette beaucoup, avoua-t-il. Parfois j'ai à peine une seule ligne de bonne. »

« Le pauvre, il ne doit pas être très bon en écriture », devait dire par la suite Tiffany à Ducket.

Ce fut après qu'ils eurent quitté Chaucer, comme ils faisaient quelques pas sur la vieille route au-delà d'Aldgate, que Tiffany se tourna soudain vers Ducket. Dans de tels moments, elle se laissait aller à rêvasser à son futur époux.

« A propos, lui dit-elle, on ne m'a jamais embrassée. Je suppose que tu sais comment on fait ? » Il le savait. « Alors, vas-y. »

En rentrant chez lui, Ducket trouva Benedict Silversleeves qui l'attendait, à l'extrémité sud du Pont de Londres. Quoi que pût en dire Whittington, l'étudiant l'impressionnait.

Silversleeves n'aurait pu se montrer plus poli ; il lui parla d'une voix calme et pleine de dignité. Le hasard avait voulu, lui dit-il, qu'il se promenât cet après-midi-là du côté d'Aldgate. « Aussi j'ai vu... vous devinez quoi. »

Ducket rougit. L'étudiant espérait, poursuivit-il, que son interlocuteur voudrait bien lui pardonner sa démarche, mais il espérait aussi que Ducket ne cherchait pas à profiter de l'âge et de l'inexpérience de la jeune fille — « A propos, vous savez qu'elle est ma parente ? » Que pouvait-il répondre ? Que c'était elle qui lui avait demandé de l'embrasser ? N'importe quel apprenti eût trouvé indigne une telle réponse. « Vous pensez peut-être que je me mêle de ce qui ne me regarde pas, continua Silversleeves. Mais moi, je ne le crois pas. »

Non, Ducket ne pouvait pas en vouloir au jeune homme. Silversleeves avait le droit d'agir ainsi, et lui-même avait honte.

« Voilà. C'est tout, conclut l'étudiant. Bonne nuit. » Geoffrey pensa qu'il valait peut-être mieux éviter de rendre visite à Tiffany pendant quelque temps.

Plus d'une année avait passé, depuis l'entretien qu'il avait eu avec son riche cousin ; mais James Bull n'était pas découragé pour autant. « La fille est encore jeune », disait-il à sa famille ; et il espérait bien recevoir, à tout le moins, une invitation à se rendre quelque prochain jour dans la maison du négociant. Ses pensées étaient une fois de plus tournées vers ce sujet — et vers le *beef pie* du repas du soir — quand, pénétrant dans la ville par Ludgate, un grisâtre après-midi de novembre, il eut l'œil attiré par une jolie jeune fille qui marchait rapidement, un panier à la main. C'était Tiffany.

Son hésitation fut brève. Après tout, se dit-il, puisque mes intentions sont parfaitement honnêtes, elle ne peut pas m'en vouloir. Il s'avança donc vers elle, arborant son regard le plus franc, et se plaça sur son chemin. Il commençait juste à pleuvoir.

« Je suis votre cousin James, l'informa-t-il. Votre père vous a sûrement parlé de moi ? »

Tiffany fronça les sourcils. Elle savait posséder beaucoup de parents, et ne voulait pas se montrer grossière ; d'un autre côté, c'était la première fois qu'elle entendait parler de lui.

« Qu'est-ce qu'il était censé me dire à votre sujet ? » demanda-t-elle prudemment.

James la contempla un instant, hésitant ; mais, puisque sa règle de conduite était d'être honnête, il répondit :

« L'idée était, je pense, que je vous épouse. » Voulant paraître encourageant, il ajouta : « Je lui ai dit que j'étais intéressé.

— Mais je ne vous connais pas ! » protesta-t-elle. Puis, mesurant que dans son monde ce n'était pas un motif suffisant pour empêcher un mariage, elle expliqua : « Vous savez, mon père a dit que je pouvais épouser qui je souhaitais.

— Vous voulez dire, s'exclama-t-il, stupéfait, que vous pouvez choisir vous-même votre mari ? » Le riche marchand avait-il véritablement pu accepter une chose aussi extraordinaire ? « Vous en êtes sûre ?

— Oui.

— Je suppose, dit-il avec une grimace, que cela n'est pas un bon point pour moi...

— Peut-être vais-je vous aimer bien ? concéda-t-elle.

— Peut-être... répéta-t-il, peu convaincu.

— Ne partez pas perdant d'avance, dit-elle en souriant.

— Vraiment ? » Il continua à la dévisager, tandis que la pluie tombait maintenant plus dru. « Il vaut mieux y aller », finit-il par dire, et il s'éloigna.

Ce soir-là James Bull se soûla, chose qui ne lui était encore jamais arrivée auparavant. Il alla jusqu'à Southwark, entra au George (sans raison particulière) et s'assit pour boire de l'ale tout seul. Il n'attira pas l'attention de Fleming, car il n'avait pas l'apparence d'un homme instruit ; mais, vers le milieu de la soirée, dame Barnikel vint s'asseoir pour causer un moment avec lui. « Tu parais avoir le cafard », lui dit-elle, et elle lui demanda ce qui n'allait pas.

« Ne t'inquiète pas, lui déclara-t-elle quand il eut terminé ses explications. Un beau garçon comme toi trouve toujours une fille.

— Parfois, confessa-t-il, je me demande si je ne suis pas un peu simple d'esprit. D'être aussi honnête, je veux dire. » Elle lui dit à nouveau de ne pas s'inquiéter, et lui donna un autre pot de bière. Plus tard dans la soirée, elle revint s'asseoir auprès de lui.

« Tu vois cet homme, là-bas ? » chuchota-t-elle. Elle désigna du doigt un homme de grande taille, au teint basané, assis à l'autre bout de la salle ; il avait une femme à sa droite, une autre à sa gauche, et claquait de la langue chaque fois qu'il buvait. « Lui, il a toujours des femmes. Mais tu sais ce qu'il fait dans la vie ? Il est voleur de grand chemin. Il détrousse les pèlerins, à ce qu'on dit, sur la route du Kent. Et tu sais ce qu'il fera dans cinq ans d'ici ? Il se balancera au bout d'une corde, c'est moi qui te le dis. Aussi, crois-moi, continue à être honnête, et tu t'en porteras bien mieux. » Et elle lui donna une bourrade amicale sur l'épaule.

Quand il s'endormit cette nuit-là, fortement éméché, James Bull vit en rêve le bandit basané se balancer au bout d'une corde, tandis que lui-même contemplait la scène, une fille à son bras. Tiffany, sûrement, se dit-il avec soulagement. Cela lui donna la force de murmurer dans son sommeil : « Je leur montrerai à tous... »

Si sa conversation avec Tiffany avait découragé James Bull, cela avait été pour la jeune fille, toute trempée qu'elle fût en arrivant chez elle, une agréable découverte. D'être convoitée par un homme, recherchée en mariage, pouvait être fort plaisant. Et quand, à Noël, son père s'enquit de ses idées sur la question, elle lui demanda respectueusement s'il lui accordait quelque temps encore avant de se décider ; à quoi il acquiesça volontiers. « Après tout, fit-il remarquer à sa femme ce soir-là, avec ma fortune, nous pourrions encore la marier à l'âge de quinze ans. » L'affaire en resta là pour le moment.

1378

Tandis que la menace d'une reprise de la guerre avec la France, désormais soutenue par l'Ecosse, continuait à inquiéter le conseil du jeune roi, les derniers événements en date étaient plus irritants encore : des pirates français attaquaient impunément les navires marchands anglais, et le conseil semblait impuissant à réagir. L'oncle du roi, Jean de Gand, homme entreprenant mais pétri d'orgueil, avait conduit contre les côtes françaises une expédition qui s'était soldée par un piteux échec. Il n'était pas plus tôt rentré qu'un simple commerçant londonien, un nommé Philpot, dynamique membre de la guilde des épiciers, avait équipé une flottille à ses propres frais, mis en déroute les pirates et regagné triomphalement la cité.

« Notre propre guilde ! criait Fleming à Ducket. Il devrait être maire ! » A dater de ce jour, il prit l'habitude de dire fièrement à son apprenti : « Gand est de sang royal ; mais comme homme, Philpot est le meilleur. »

Mais après le triomphe vinrent les épreuves. Un soir, un autre oncle du roi — le frère cadet de Jean de Gand — fut attaqué avec sa suite par des bandits dans les environs de la ville. Il décida qu'il s'agissait d'un complot fomenté par les Londoniens ; rien de ce que purent dire le maire et les aldermen ne le détourna de cette idée. Qu'ils ne reconnaissent pas leur culpabilité, ni ne traduisent personne devant les tribunaux, le mit hors de lui. « C'est une insulte aux princes royaux », affirma-t-il, et Jean de Gand l'approuva. « Il est temps de donner à ces insolents la leçon qu'ils méritent », déclarèrent les princes.

Par le passé, les rois avaient déjà menacé les Londoniens d'employer la force armée contre eux ; ils leur avaient infligé des amendes, et avaient même modifié les règles du commerce afin d'affaiblir les puissants négociants. Mais la tactique qu'employèrent les oncles du roi pour tenir la cité en respect était toute nouvelle.

Elle se manifesta pour la première fois par une claire matinée de la fin de l'automne. Ducket et Fleming venaient d'installer leur étal, quand un groupe de cavaliers descendirent le Cheap en faisant tinter leurs éperons. L'un d'eux tira son épée et projeta au sol un grand bol de terre cuite contenant des fruits en compote, qui se brisa. Loin de s'excuser, il s'éloigna en riant avec ses compagnons. Peu après l'étrange passage des cavaliers, on vit une grande charrette, chargée d'affaires et de mobilier, qui les suivait manifestement. Quand Whittington arriva sur les lieux quelques minutes plus tard, il fournit l'explication de la scène.

« Vous n'êtes pas au courant ? dit-il. Les princes l'ont décidé hier soir. Ils quittent la ville. »

En l'espace d'une heure, un véritable flot humain commença à se diriger vers les portes de la ville : chevaliers suivis d'hommes d'armes, palefreniers tenant des chevaux en main, valets conduisant des chariots remplis de meubles et d'effets domestiques. Un cortège d'élégantes dames vint ensuite, accompagnées d'écuyers, et qui gagnaient Ludgate.

« Ils veulent notre ruine ! » s'écria Fleming, au désespoir ; et c'était vrai. Avec leurs vastes possessions personnelles, plus celles de leur entourage, les princes contrôlaient la moitié de la richesse de l'Angleterre — cette richesse même qui faisait vivre les commerçants de Londres.

Au fil des jours et des semaines, la crise se révéla dans toute sa gravité. Le West Cheap était à moitié vide. « Tous les épiciers souffrent, commentait Fleming, les bouchers et les poissonniers plus encore. » Pourtant, les Londoniens ne se décidèrent à agir que peu avant Noël. « Ils vont acheter le retour des princes dans la ville », dit Whittington à Ducket. Devant la perplexité du jeune homme, il lui expliqua : « En leur offrant un énorme cadeau. Tous les hommes importants y participeront. Bull donnera quatre livres. » Même un jeune mercier comme Whittington y contribuerait pour cinq marcs. « Ne dit-on pas que le client est roi ? » commenta-t-il ironiquement.

Maître Fleming était satisfait de son apprenti ; mais dame Barnikel, Ducket le savait, était quant à elle moins satisfaite de ses services. Il n'avait pas réussi à gagner le cœur d'Amy, et ne pensait pas y parvenir jamais. A vrai dire, il ne s'était pas donné beaucoup de mal. Soit elle m'aime, soit elle ne m'aime pas, songeait-il, mais si je commence à lui faire des avances et qu'elle les repousse, cela me rendra la vie dans la maison impossible.

Peu après Noël, Amy et Carpenter vinrent trouver ensemble les parents de la jeune fille. La proposition qu'ils leur firent était assez simple. Ils souhaitaient se fiancer ; mais puisque, à treize ans, Amy n'était pas encore une femme, et que le consciencieux jeune homme tenait à s'établir comme maître artisan avant d'aborder ce qu'il appelait les « risques de la vie conjugale », il avait demandé à sa promise d'attendre trois ans encore.

« Vous allez peut-être trouver que c'est trop long ? » dit-il aux parents d'Amy. « Non, non... pas du tout, s'empressa de le rassurer dame Barnikel. Vous ne sauriez être trop prudents. » Sans le regard noir que sa fille lui lança, elle aurait même conseillé au jeune homme d'attendre plutôt cinq ans. Une fois qu'ils furent seuls, elle dit à son mari : « J'espère que d'ici là, elle aura regardé ailleurs... »

Fleming lui-même n'était pas mécontent de l'arrangement ; et Amy s'y raccrochait avec une silencieuse détermination, comme si le charpentier avait été sa planche de salut dans une mer tourmentée. Pour elle, la question était visiblement réglée.

Mais pas pour dame Barnikel, à ce qu'il semblait. Quelque temps plus tard, un jour qu'il revenait tôt à la maison, Ducket rentrait juste la charrette dans la cour du George quand il la vit rôder près de la porte. Il se maudit aussitôt de n'avoir pas évité les lieux ce jour-là. C'était la période de la ribote mensuelle de dame Barnikel, et il l'avait oublié.

Sa chevelure rousse dénouée, les yeux injectés de sang, elle regardait sa fille comme une bête sauvage prête à se jeter sur sa proie. Amy tremblait devant elle.

Ce que dame Barnikel était en train de dire à sa fille, Ducket ne put le découvrir ; mais en tout cas, sitôt qu'elle l'aperçut, elle se tourna vers lui avec un étrange sourire et lui cria : « Voilà justement l'homme qu'il nous faut ! » Avant d'avoir compris ce qui se passait, il sentit son bras pris comme dans un étau. « Viens là, toi aussi », grogna l'aubergiste et, saisissant sa fille de l'autre main, elle les entraîna tous deux vers la resserre. Arrivée là, elle ouvrit la porte, sans faire attention à leurs protestations, et poussa sa fille à l'intérieur. Puis elle entreprit d'y faire pénétrer également Ducket et, bien qu'il fût plus robuste que la plupart des garçons de sa taille, il se trouva démuni face à dame Barnikel. Elle l'empoigna par le collet et le poussa dans la resserre comme s'il n'avait été qu'un enfant. « Il est grand temps que vous fassiez mieux connaissance tous les deux », grommela-t-elle. Un moment plus tard, la porte claqua violemment ; ils entendirent la clé tourner dans la serrure, puis le pas de dame Barnikel qui s'éloignait.

Il faisait froid dans la pièce. Tous deux gardèrent quelque temps le silence, puis ce fut Amy qui parla la première :

« Elle veut que je me marie avec toi.

— Je sais. » Nouveau silence entre eux, de plusieurs minutes.

« Tu crois vraiment que Ben Carpenter est fou ? finit-elle par demander.

— Non. (Il se tut quelques instants.) Tu as froid ? » Elle ne répondit pas ; mais quand il s'approcha d'elle et passa le bras autour de sa taille, il découvrit qu'elle tremblait. Ils restèrent assis côte à côte en silence une heure durant, jusqu'à ce que Fleming les découvre et les délivre.

Le mystère commença quelques jours plus tard.

Fleming avait semblé assez abattu ces derniers temps. Avec une activité aussi réduite sur le marché, Ducket l'avait surpris à plusieurs reprises à rêvasser profondément sur son étal ; et le soir, s'il ne trouvait personne à qui parler, il restait assis près du feu, la tête basse et le regard si triste que le jeune homme finit par lui dire : « On croirait que vous attendez de mauvaises nouvelles du Jugement dernier. »

Le jeune apprenti fut donc heureux, un soir où Fleming semblait glisser dans une de ses crises désormais coutumières, de voir une figure inattendue faire son entrée dans la taverne. C'était Benedict Silversleeves, fort bien mis dans un grand manteau noir, et qui revenait juste de Rochester, dans le froid hivernal.

Bien qu'il fût assez intimidé par le jeune juriste, et par le souvenir de leur dernière conversation, où il s'était vu reprocher son baiser à Tiffany, Ducket n'hésita pas. Fleming était dépressif, et Silversleeves exactement le genre d'homme cultivé auquel son maître aimait parler. Il traversa la salle, se présenta et invita Silversleeves à rejoindre l'épicier auprès du feu.

Le nouvel arrivant se montra plein de prévenance et de courtoisie. S'il se souvenait de l'inconduite de Ducket, il ne le laissa pas voir. Un gobelet de vin chaud en main, il s'assit à côté du petit épicier ; et en un rien de temps, les deux hommes étaient plongés dans une conversation si passionnée, portant sur des sujets si complexes, que Ducket put se retirer sans même qu'ils s'en aperçoivent. Plusieurs fois, il observa son maître à la dérobée : un si évident plaisir illuminait son visage maigre que ce soir au moins, se dit-il, l'épicier avait trouvé un interlocuteur instruit, tout à sa convenance.

Plus tard dans la nuit, quand le bruit le réveilla, il ne sut pas quelle heure il pouvait être. Ce n'était pas grand-chose, juste le bruit d'une porte qui s'ouvrait en raclant le sol, mais un bruit inhabituel en pleine nuit. Il s'assit dans son lit en tressaillant.

Quelques instants plus tard il était dans la cour et gagnait la resserre sans faire de bruit. La porte restait entrouverte et de la lumière brûlait à l'intérieur. Il s'approcha, regrettant de ne pas avoir d'arme sur lui, puis risqua un œil dans l'entrebâillement.

C'était Fleming.

Il n'avait pas reparlé à son maître depuis le départ de Silversleeves. Il l'avait vu converser avec deux ou trois autres personnes, et il semblait parfaitement normal ; plutôt joyeux même, aurait-on dit. A un moment, il était sorti de la taverne en compagnie d'un homme de haute taille, sans doute pour lui indiquer la direction de Bankside, avait jugé Ducket. Il pensait que son maître s'était couché ensuite, en même temps que le reste de la maisonnée. Mais quelque chose avait dû arriver ; sinon, comment expliquer sa présence dans la resserre à cette heure-ci ?

Fleming était en transe, debout face à la porte ; mais bien que son regard fût fixé sur Ducket, il ne semblait pas le voir. Une lampe reposait sur l'un des sacs. Les mains de son maître étaient disposées en coupe devant lui et remplies de précieux grains de poivre. Il finit par prendre conscience de la présence de l'apprenti et le fixa d'un air extatique, comme s'il avait été un ange descendu sur terre. Puis il parla :

« Tu sais ce que c'est ?

— Des grains de poivre, répondit Ducket, très étonné.

— Oui. Des grains de poivre. Est-ce qu'ils sont précieux ?

— Bien sûr... C'est l'article le plus cher que nous possédions.

— Ah... » Il hocha la tête. D'un geste lent mais délibéré, il ouvrit alors les mains et laissa les grains s'écouler sur le sol. Ducket était horrifié, mais le sourire ne quittait pas le visage de Fleming. « Sans valeur, dit-il. Sans aucune valeur. » Comme Ducket s'était approché pour commencer à les ramasser, il lui prit le bras et l'attira vers lui, comme s'il avait un message d'une extrême importance à lui transmettre.

« Si un homme, lui chuchota-t-il à l'oreille, si un homme était sur le point de découvrir le secret de l'univers, que seraient les grains de poivre à côté ? » Ducket dut confesser qu'il n'en savait rien. « Moi, je le sais », dit doucement Fleming. Puis, le dévisageant à la faible lueur de la lampe : « Mon épouse est-elle une belle femme ? » lui demanda-t-il. Ducket convint que oui. « Et ceci, est-ce un bel établissement ? » D'un ample geste de sa frêle main, il désigna les biens de son épouse, dans la pénombre environnante. « Oui, bien sûr, répondit-il lui-même. Comme tout ce qui est à elle. » Puis, secouant la tête, avec un étrange petit rire : « Rien. Néant. » On aurait dit qu'il s'adressait aux sacs qui l'entouraient. Enfin, levant soudain des yeux presque sauvages vers le jeune homme, il s'écria : « Bientôt, Ducket, tu verras de grandes merveilles ! »

Après quoi il promena sur la pièce un regard si fixe et si vide que Ducket n'osa pas l'interrompre et ressortit discrètement, pour aller se glisser dans son lit.

Le lendemain matin, l'épicier semblait parfaitement normal. Ducket ne savait pas s'il devait ou non parler de l'incident à qui que ce soit ; mais il se demandait ce que tout cela pouvait bien signifier.

Cela intriguait parfois Tiffany — et la blessait secrètement — que Ducket vienne si rarement la voir, en dépit des promesses qu'il lui avait faites. Un baiser, songeait-elle, et il avait disparu de sa vie. Avait-ce donc été si terrible ? Sans rien renier de sa pudeur, elle décida pourtant qu'elle devait embrasser d'autres hommes, afin de ne pas rester sur cette fâcheuse impression.

Elle approchait de ses treize ans, et son père s'arrangeait pour qu'il ne manque jamais d'hommes dans la maison du Pont de Londres. Whittington, hélas, avait déjà trouvé une épouse, mais il invitait de nombreux autres jeunes merciers, de bonne famille ; trois aldermen avaient également des fils en âge de convoler, et il y avait encore un négociant en vins italien, un riche veuf allemand, un commerçant de la Hanse, qui lui faisait les yeux doux et fut rapidement congédié, ainsi qu'une dizaine au moins d'autres prétendants possibles. Même un jeune noble, héritier d'un vaste domaine dans le nord du pays ; mais bien qu'il fût assez joli garçon, le père comme la fille s'accordèrent à le trouver par trop stupide.

Avec le temps, un nouveau type de relations s'était instauré entre Bull et sa fille. Il restait bien sûr nombre de sujets dont elle préférait discuter avec sa mère ; mais, tout en continuant à lui montrer le même respect et la même soumission, Tiffany surprit Bull par ses confidences, impensables quelques mois plus tôt. Il n'avait jamais fait très grand cas des opinions des femmes jusqu'alors, encore moins d'une simple adolescente ; aujourd'hui pourtant, avec le vaste éventail de choix qu'il avait proposé à son jugement, il était frappé par la clairvoyance et le discernement de sa fille. Chaque fois qu'il lui présentait un nouveau parti, il attendait son verdict avec curiosité et rapportait ensuite fièrement à sa femme : « Tu sais ce qu'elle pense du jeune Untel ? Quand le moment sera venu, je suis sûr qu'avec mes conseils elle fera un bon choix. » Pour l'instant, lui-même n'avait nulle hâte particulière de la voir quitter la maison. « Aucun n'est assez bon pour elle », affirmait-il de temps en temps.

Il regardait pourtant un soupirant avec plus de faveur que les autres : Silversleeves.

Le jeune juriste avait adopté une stratégie très judicieuse. « Je dois vous dire, avait-il déclaré à Bull, que si ma famille est ancienne, ma fortune, elle, est modeste. » Les Silversleeves avaient quitté depuis plusieurs générations la vieille maison en dessous de St Paul. Depuis son veuvage, la mère de Benedict — elle-même disparue récemment — n'occupait qu'un petit appartement dans Paternoster Row, à l'ouest de la cathédrale. « Mais je suis ambitieux », précisait le jeune homme. Depuis quelques décennies, ils le savaient fort bien tous les deux, la carrière juridique avait commencé à concurrencer l'Eglise comme voie d'accession au pouvoir. Beaucoup de jeunes gens, qui préféraient se marier honnêtement plutôt que prononcer des vœux de célibat pour les enfreindre clandestinement, choisissaient cette voie ; et l'on trouvait désormais des juristes occupant les plus hautes fonctions aux côtés des évêques. « Votre fille est charmante, disait-il à la mère de Tiffany. Si j'avais le bonheur de trouver grâce à ses yeux, faire son bonheur serait pour moi un devoir de tous les instants. »

Mais il glissait aussi à Bull : « J'admire votre générosité, messire, d'autoriser votre fille à choisir elle-même son mari. Mais entre nous, si je n'espérais pas recevoir votre soutien dans l'entreprise, je me trouverais fort alarmé de devoir défendre seul ma cause auprès de Tiffany. » Plusieurs fois par mois, il apportait à l'épouse de Bull un cadeau soigneusement choisi.

Pour Tiffany même, il était un ami plein de prévenance et de délicatesse ; mais la jeune fille l'admirait aussi, et c'était naturel. Sa fortune n'était peut-être pas considérable, comme il le disait lui-même ; n'empêche qu'il arrivait toujours fort bien habillé et monté sur un magnifique cheval. Il pouvait discourir sur tous les sujets, il pouvait même se montrer spirituel. Et quand il parlait des affaires de l'heure avec son père, elle voyait que Bull semblait respecter son opinion.

« C'est certainement le plus intelligent de tous ceux que j'ai rencontrés, dit-elle un jour à sa mère.

— Eh bien ?...

— Je ne sais pas. Je dois être encore trop jeune, sans doute. »

Au vrai, Tiffany était incapable d'exprimer ce qu'elle ressentait. Peut-être manquait-il quelque chose, une certaine dimension, aux sentiments qu'elle éprouvait. Quand elle lisait des romans, dans lesquels des chevaliers mouraient pour l'amour de leur belle, elle en retirait une étrange excitation, un transport secret ; mais elle ne savait pas si cette sensation se rattachait au monde des adultes, ou si ce n'était qu'un reliquat de l'enfance. Une fois, parlant avec sa mère d'un roman qu'elle venait de lire, elle lui demanda : « Est-ce que de tels hommes existent vraiment ? »

Sa mère réfléchit quelques instants avant de répondre :

« En as-tu déjà rencontré toi-même, ma fille ?

— Non.

— Alors au moins, les autres ne te décevront pas...

— Je ne veux pas me marier avant d'avoir au minimum quinze ans »,
décida Tiffany.

Quand Ducket contemplait sa vie, en ce début du printemps 1379, une
chose le préoccupait : à dix-sept ans, il n'avait encore jamais connu de
femme.

Il en avait déjà embrassé, bien sûr ; il avait également prouvé sa virilité
à maintes reprises, quand il s'était agi de lutter ou de jouer des poings
contre d'autres apprentis. Mais quand ses amis faisaient une virée jusqu'aux « établissements de bain » de Bankside, comme cela leur arrivait
de temps en temps, il trouvait toujours une excuse pour ne pas se joindre
à eux. Non qu'il fût timide, mais le mauvais état des lieux et le risque de
maladie le faisaient reculer. Il était bien bâti, en bonne santé, et il lui
semblait parfois surprendre un regard appuyé chez une femme dans la
rue ; mais il ne savait jamais très bien comment s'y prendre pour
l'aborder.

Il ne pouvait guère s'ouvrir de ses problèmes à Fleming, à Bull, ni même
à son parrain Chaucer, si lancé dans le monde. Mais un jour du début
avril, il demanda son avis à Whittington, qu'il avait croisé par hasard
dans le Cheap. Celui-ci lui répondit : « J'ai peut-être une solution pour
toi. Donne-moi une semaine ou deux. »

Aussi le jeune homme était-il assez excité quand il retrouva son ami
dans une taverne, dix jours plus tard, derrière St Mary-le-Bow. Mais lorsqu'il pénétra dans la salle pleine de monde, Whittington vint à sa rencontre, l'air contrarié. « Il y a un problème, murmura-t-il, l'air de
s'excuser. Je me suis laissé mettre le grappin dessus. Viens me tenir
compagnie un moment avec la personne en question, ensuite nous parlerons de ton affaire. » A son grand désappointement, quand Whittington
l'eut mené à sa table, Ducket vit que l'importun n'était autre que la cousine de Silversleeves — la nonne de St Helen affublée d'un long nez, qu'il
avait déjà vue dans la maison du Pont de Londres. « Surtout, pas un mot
de notre projet », lui glissa Whittington à l'oreille.

Ducket avait bien du mal à participer à la conversation. Sans cesse
son regard s'échappait vers la salle alentour, dans l'espoir d'apercevoir la
femme dont il devait faire la connaissance ; mais en vain. Whittington se
mettait en frais pour la nonne, arborant un maintien si grave et respectable qu'on aurait presque cru qu'il assistait à la messe. Sœur Olive posait
à l'apprenti des questions sur lui-même, sur sa vie, et quelque chose dans
son sourire semblait indiquer qu'elle appréciait ses réponses.

Elle parut bientôt désireuse de se retirer ; Whittington l'accompagna
poliment jusqu'à la porte, puis au-dehors de l'établissement. Il resta
quelques minutes absent — sans doute remontait-il le West Cheap avec
elle — puis revint s'asseoir à la table en s'excusant. Enfin, il se tourna
vers Ducket et lui sourit.

« Et maintenant, ami, passons aux choses intéressantes. Prêt pour rencontrer la femme de ta vie ? »

Tandis qu'ils regagnaient la porte, Ducket lui prit le bras. « Tu es sûr ?...
commença-t-il.

— Elle est saine, c'est promis.

— Je l'ai déjà vue ?

— Tu n'arrêtais pas de la chercher des yeux tout à l'heure, répondit Whittington en riant. Je peux te dire que tu lui as fait bonne impression. Tu lui plais. » Il le conduisit dans l'arrière-cour de la taverne ; un escalier de bois menait à une chambre, donnant sur un petit verger enclos de murs. Un rai de lumière filtrait sous la porte. « Grimpe là-haut, jeune Ducket ! s'exclama Whittington. C'est la porte du paradis ! » Et il redescendit l'allée, sans ajouter un mot.

Il y était donc. Est-ce qu'il serait à la hauteur ? Est-ce qu'il saurait se comporter comme un homme doit se comporter ? Son cœur cognait dans sa poitrine tandis qu'il gravissait les marches et ouvrait la porte de la chambre.

La pièce était agréable ; une natte de jonc garnissait le sol et un coffre de chêne luisait dans le coin droit, à la pâle lumière de la lampe qui le surmontait. Du côté gauche, les volets de la fenêtre étaient fermés. Au milieu de la chambre trônait un lit à baldaquin, couvert d'une grande épaisseur de matelas et d'édredons.

Une mince et pâle silhouette reposait sur le lit, presque nue, ses cheveux sombres tombant sur ses épaules : sœur Olive.

Ce fut Whittington qui en parla à Bull. En fait, il en parla même à plusieurs personnes ; c'était plus fort que lui, non par l'effet d'une quelconque hostilité envers sœur Olive, mais simplement pour ennuyer son cousin Silversleeves. Bull était furieux. « Il faut jeter cette nonne hors de son couvent ! s'écria-t-il. Et pour Ducket, je vais le faire mettre au pilori ! » Seul Chaucer parvint à le calmer, quand il lui rendit visite quelques heures plus tard.

« Mon cher ami, lui fit-il valoir, il ne manque pas dans cette ville de moniales à la foi des plus profondes. Il y a aussi, à St Helen, plusieurs femmes qui n'ont aucune vocation pour la vie religieuse, et qui ne se trouvent dans un couvent que parce que leurs familles les y ont mises. Si sœur Olive n'est pas irréprochable, au moins elle est très discrète ; et je tirerai les oreilles de Whittington la prochaine fois que je le verrai, pour être allé la dénoncer partout. Sois donc un peu indulgent...

— Et Ducket ? »

Chaucer sourit.

« D'après ce que j'ai entendu dire, j'ai l'impression qu'il s'est payé du bon temps. »

Quelques jours plus tard, croisant Ducket dans la rue, Silversleeves lui lança un regard assassin. Même sa visite suivante chez Bull n'apporta guère de réconfort au jeune juriste. Le marchand se mordit les lèvres et remarqua : « Il court toujours à Londres toutes sortes de ragots et de médisances, mon cher. Moi-même, je n'y fais jamais attention. »

La seule personne avec qui l'on n'abordait pas le sujet était Tiffany. Pendant toute une journée, elle ne comprit rien aux rumeurs et exclamations dont résonnait la maison. Sa mère restait évasive quand elle lui en parlait, et personne d'autre ne voulait lui répondre. Pour finir, la cuisinière lui dit tout. Après quoi l'adolescente retourna longuement la question dans sa tête.

Donc, pensa-t-elle, il sait maintenant comment cela se passe. Cette idée l'excitait étrangement.

Mais, cet été-là, Tiffany apprit que son ami d'enfance avait peut-être des défauts moraux d'une tout autre portée que celui-là. Ils auraient pu rester à jamais cachés, sans une innovation qui venait de faire son apparition en Angleterre.

Quand le conseil du jeune roi, toujours à la recherche d'argent, s'était tourné vers la cité comme à l'accoutumée, il avait essuyé un refus. « Nous venons de payer une fortune pour voir revenir nos royaux clients », firent observer les Londoniens, et ils offrirent au conseil une somme fort réduite. Celui-ci décida qu'il fallait donc trouver d'autres ressources ; et c'est ainsi qu'un nouvel expédient fut imaginé, lors de la session d'été du Parlement. « C'est une capitation, expliqua Silversleeves à Tiffany. Le principe en est très simple : tout adulte en Angleterre, homme ou femme, noble ou serf, devra payer un impôt personnel. »

C'était simple, certes, mais aussi révolutionnaire. Car payer des impôts, dans l'Angleterre médiévale, avait toujours été réservé à une minorité d'hommes libres. Un citoyen de Londres payait, mais pas son apprenti pauvre. A la campagne, un riche meunier payait l'impôt, du moment qu'il était libre, mais l'humble serf en était exonéré ; il avait, lui, son service féodal à assurer auprès du seigneur, et quelques pence à verser à l'Eglise.

Au vrai, la vie traditionnelle dans les campagnes subissait elle-même de grands changements. A la génération précédente, avec la peste noire, l'ancien système féodal avait craqué aux entournures. Le fléau avait causé un tel ébranlement dans la société, une telle pénurie de main-d'œuvre aussi, que des serfs allaient désormais se louer comme travailleurs libres et parvenaient sans trop de peine à devenir eux-mêmes fermiers. Les autorités avaient bien essayé, avec le très impopulaire statut des travailleurs, d'endiguer le mouvement et de contenir la hausse des salaires ; elles n'avaient réussi qu'à provoquer la fureur des paysans. Les vieilles chaînes du servage se défaisaient, pour laisser place à un monde de francs-tenanciers et de travail salarié. Pourtant, même si la capitation dans un sens entérinait une situation acquise, ce genre de raisonnement ne suffit jamais à justifier un nouvel impôt dans l'esprit des gens. « C'est contraire à la coutume », tel était le cri général.

Une modeste tentative avait déjà été faite deux ans auparavant, mais celle-ci avait une tout autre portée. « Les sujets les plus riches du royaume auront à payer de grosses sommes, mais même les pauvres paysans devront verser l'équivalent de plusieurs jours de salaire, expliqua Silversleeves à Tiffany.

— Et vous pensez que cela va entraîner des problèmes ?

— C'est bien possible. »

Les collecteurs de l'impôt se présentèrent à l'improviste au George, tôt, un matin d'été ; Ducket chargeait la charrette à bras. L'épicier étant officiellement le chef de la maisonnée, on envoya l'apprenti à sa recherche.

Depuis leur étrange rencontre nocturne, Ducket trouvait son maître moins dépressif qu'auparavant, plutôt plus joyeux, même. Certes, il semblait parfois préoccupé derrière son étal, mais cela n'avait rien que de normal dans un marché toujours aussi peu florissant. Fait nouveau en revanche, depuis quelques mois il avait tendance à disparaître ; cela n'arrivait pas très souvent, une fois tous les dix jours peut-être, et toujours le soir. Ducket ne s'en inquiétait guère ; sans doute son maître, les beaux jours revenus, aimait-il à flâner dans les rues. Aujourd'hui, la seule question qui lui occupait l'esprit tandis qu'il allait chercher Fleming était de la pure curiosité : l'épicier allait-il tenter quelque chose ?

Avec la capitation, la fraude fiscale prit des proportions extraordinaires. A travers tout le pays, les maisonnées se vidèrent mystérieusement d'une part de leurs occupants, vieilles demoiselles, grands adolescents, apprentis, serviteurs... Des *cottages* se retrouvèrent déserts ; dans certaines régions, avec la complicité des percepteurs locaux, c'étaient des villages entiers qui disparaissaient purement et simplement de la carte. Qui se fierait aux chiffres officiels de la collecte pourrait croire que la peste noire s'était de nouveau abattue sur le pays : près d'un tiers de la population anglaise manquait à l'appel.

Fleming essaierait-il de dissimuler Amy ? se demandait le jeune garçon. Il était trop tard pour que l'épicier escamote son apprenti. Et combien les percepteurs allaient-ils lui réclamer ? Si les plus pauvres des paysans n'étaient redevables que d'un *groat* — un jour ou deux de salaire pour la plupart d'entre eux —, bien des marchands londoniens devaient payer une livre entière, ou même plus. Et dame Barnikel, serait-elle imposée comme épouse de l'épicier, ou comme commerçante indépendante ?

Ce que Ducket n'avait pas prévu fut que Fleming, mis en présence des collecteurs, dut avouer (le visage très pâle et après un long temps d'hésitation) : « Je ne peux pas payer. Je n'ai pas d'argent. » Les autres commencèrent par rire, puis lui suggérèrent de trouver une autre excuse ; mais l'épicier se rendit, tout tremblant, jusqu'au coffre dissimulé dans le sol de la resserre, pour n'en rapporter qu'un demi-marc. Alors Ducket dévisagea son maître et comprit qu'il avait dit la vérité : il était ruiné.

« Mais... comment ? » Dame Barnikel était trop stupéfaite pour se mettre en colère. Elle avait payé le montant de la capitation, qui s'était élevé à deux marcs ; maintenant, dans l'intimité de leur chambre, elle fixait son mari sans comprendre.

« Les affaires ont été si mauvaises... bredouilla-t-il.

— Mais tu avais des économies, n'est-ce pas ?

— Oui, dit-il d'un air évasif. Oui, je... je pensais en avoir plus. (Il secoua la tête.) Il me faut juste du temps, un peu de temps, murmura-t-il.

— Attends voir... Tu veux dire qu'il aurait dû y avoir plus d'argent dans le coffre ?

— Oui, bien sûr... (Il parut hésiter, puis secoua de nouveau la tête.) Je ne comprends vraiment pas, dit-il, mal à l'aise.

— Quelqu'un aurait-il pu voler cet argent ?

— Oh ! non... (Il semblait très perturbé.) Je ne pense pas...

— Qui connaît la cachette où tu ranges ton coffre ?

— Personne, en dehors de toi et moi. Et de Ducket. (Il grimaça.) Personne n'a rien volé, non .

— Alors, pourquoi donc n'y a-t-il plus d'argent ? » Mais l'épicier n'avait pas de réponse à cette question.

Deux jours plus tard, Bull s'ouvrit à sa fille Tiffany.

« Dame Barnikel est venue ici, lui raconta-t-il. Me demander si j'avais jamais pu soupçonner Ducket d'être un voleur. (Il regarda sa fille droit dans les yeux.) Je sais que tu l'aimais beaucoup, mais je veux que tu y réfléchisses bien. Te souviens-tu de quelque chose qu'il ait dit, ou fait, qui pourrait le laisser penser ?

— Non, père. (Elle y songea un moment.) Sincèrement, non.

— Dame Barnikel pense, poursuivit Bull, qu'ils ont été victimes d'un vol et que Fleming protège peut-être ce garçon. (Il mit un doigt sur ses lèvres.) Pas un mot de tout ceci à quiconque, et surtout pas à Ducket... Dame Barnikel va garder un œil sur lui, et s'il s'avère qu'il est innocent, l'affaire en restera là. Espérons que c'est bien le cas... Mais avec un enfant trouvé, on ne peut jamais savoir. Mauvais sang, n'est-ce pas... »

La seule autre personne à qui Bull choisit de s'ouvrir de ce pénible problème fut Silversleeves. Il avait confiance dans la discrétion du jeune homme ; et il s'était dit que, Ducket ayant mis le juriste dans l'embarras, celui-ci se souviendrait peut-être d'éventuelles rumeurs ayant couru sur le compte de l'apprenti. Silversleeves ne réfléchit que quelques secondes ; et sa réponse, sembla-t-il à Bull, était tout à son honneur.

« Je n'ai aucune raison d'aimer ce garçon, messire, dit-il, mais je n'ai rien entendu dire à son sujet. Il est peut-être... bien téméraire, mais je pense qu'il est honnête. (Il regarda Bull.) Pas vous ? »

Pour toute réponse, le négociant haussa les épaules.

« Je prierai pour lui », conclut le juriste d'une voix pleine d'onction.

Au printemps 1380, Amy s'aperçut que Ben Carpenter avait une idée derrière la tête. Au début, il semblait réticent à se confier ; mais quand il le fit, elle en fut fort déconcertée. Car Ben paraissait se faire beaucoup de souci à propos de Dieu.

En réalité, l'inquiétude du grave artisan n'avait rien d'exceptionnel dans le contexte de l'époque : ces dernières années, la question religieuse avait été sur toutes les lèvres. Pas seulement dans les lieux de culte, mais également dans les rues et les tavernes de Londres. La cause de cet intérêt soudain était à rechercher du côté d'un curieux personnage, un discret érudit, entre deux âges, qui poursuivait une modeste carrière dans la jeune université d'Oxford. Son nom était John Wyclif.

Au début, ses conceptions ne choquèrent personne ; certes, il luttait contre les prêtres corrompus, mais tous les réformateurs de l'Eglise le faisaient depuis des siècles. Puis, peu à peu, il avait évolué vers de plus dangereuses doctrines. « Toute autorité, déclarait-il, émane de la grâce de Dieu, non de la volonté de l'homme. Si l'Eglise peut déposer les mauvais rois, pourquoi pas les mauvais évêques, et même le pape ? » Les réactions hostiles des autorités ecclésiastiques ne faisaient que pousser l'érudit à se montrer plus radical encore. « Je ne peux vraiment pas admettre, disait-il, que le miracle de la messe soit célébré si les mains du prêtre sont impures. »

C'était une idée scandaleuse. Une autre encore des propositions de Wyclif mettait l'Eglise en fureur : « Il est anormal que seuls les prêtres, qui sont souvent pécheurs, soient autorisés à expliquer les Ecritures saintes aux fidèles. Dieu n'est-il pas capable de s'adresser directement à chacun d'entre nous ? Pourquoi le peuple ne lirait-il pas les Ecritures saintes par lui-même ? »

Une telle chose ne s'était jamais produite. L'Eglise catholique avait toujours réservé à ses prédicateurs le droit de faire connaître le monde céleste à leurs ouailles. « De plus, affirmait-on, la Bible est rédigée en latin, donc hors de portée des gens ordinaires. » A cela, Wyclif donnait la plus choquante des réponses : « Je vais donc la traduire en anglais. »

Rien d'étonnant à ce qu'il fût si populaire auprès des Londoniens. La Sainte Eglise dominait le monde médiéval depuis plusieurs siècles, pourtant jamais sa présence dans la cité n'avait été si envahissante. La grande et vieille ombre de St Paul s'étendait sur tout Londres : il y avait une église dans chaque rue ou presque ; monastères, couvents et hôpitaux des différents ordres, avec leurs vastes enceintes fortifiées, occupaient des pans entiers de la ville ; les belles demeures des abbés et des évêques, avec leurs luxueux jardins, embellissaient les faubourgs. Les gens — la plupart d'entre eux en tout cas — croyaient en Dieu, au paradis et aux flammes de l'enfer. Plus que jamais, guildes et marchands indépendants dotaient les églises de chapelles, où des messes seraient dites pour le repos de leurs âmes. Chaque année, au printemps, les tavernes de Southwark voyaient défiler des cortèges de pèlerins en route vers la tombe de Becket à Canterbury.

Mais l'Eglise était aussi une institution temporelle, qui possédait le tiers de l'Angleterre. Tous les jours on croisait dans la rue des dominicains à la panse rebondie, et même des franciscains, qui vivaient trop bien et prêchaient trop peu. On trouvait des prêtres vendant des indulgences, et des couvents au parfum de scandale. Ces dernières années, l'Eglise s'était une fois de plus divisée, entre deux papes rivaux qui proclamaient chacun que l'autre était un imposteur ou même un Antéchrist. Comme toute institution puissante, l'Eglise prêtait le flanc à la satire ; et cet impudent Wyclif d'Oxford ne faisait rien d'autre qu'en appeler au solide bon sens des Londoniens. Tout cela fut parfaitement résumé par dame Barnikel, un soir qu'un gros blackfriar buvait au George :

« Si ce Wyclif traduit la Bible, gros père, marmonna-t-elle, je vais enfin y découvrir ce que tu m'as toujours caché. »

L'Eglise déclara Wyclif hérétique, Oxford le censura, mais les choses s'arrêtèrent là. Jean de Gand lui-même, qui aimait contrarier les évêques, prit sous sa protection le réformateur. Ainsi Wyclif put-il poursuivre sa traduction de la Bible, aidé par d'autres érudits qui partageaient ses idées.

La plupart des Londoniens l'approuvaient instinctivement ; mais pour Carpenter, les choses se situaient à un niveau plus profond. Quand il s'entraînait au tir à l'arc ou qu'il œuvrait dans son atelier, le grave artisan tournait et retournait tous ces faits dans sa tête. « Il va se passer quelque chose de grave, avertissait-il Amy. Je ne sais pas quoi au juste, mais le Seigneur va probablement nous envoyer un signe. »

Toutefois, il continuait à travailler et à courtiser son amie comme si de rien n'était. Tous les orages du monde pouvaient s'amasser à l'horizon, aux yeux de la jeune fille leur petite barque continuait à voguer, calme et tranquille. Ben broyait parfois du noir, mais elle savait qu'elle pouvait compter sur lui.

Le jeune Ducket, lui, se laissait vivre. Il avait profité pendant quelque temps des faveurs de sœur Olive, en cachette du trop bavard Whittington ; puis, enhardi par cette première expérience, il avait désormais des bonnes fortunes en plusieurs endroits de la ville, et découchait souvent. Tout n'était pas clair, cependant, autour de lui. Bien que les affaires eussent repris et que Fleming semblât avoir meilleur moral, il continuait à disparaître de temps à autre ; à l'issue d'une de ces escapades Ducket le retrouva, le lendemain matin, les yeux injectés de sang et la main bandée à cause d'une sévère brûlure. « Un accident », avait-il grommelé, mais il avait refusé d'en dire plus. L'attitude de dame Barnikel était encore plus étrange ; tandis qu'Amy restait amicale, sa mère semblait avoir changé de sentiments à l'égard de l'apprenti. Ses yeux l'épiaient partout et elle faisait montre d'une grande froideur. Il en ignorait la raison.

Mais il ne laissait pas ces problèmes le tourmenter outre mesure ; si les gens autour de lui voulaient se conduire bizarrement, il l'acceptait avec bonne humeur. Dans moins de deux ans son apprentissage serait terminé : il serait alors temps de prendre la vie au sérieux. D'ici là, il pouvait encore en profiter.

Cette année-là vit une nouvelle expédition à destination de la France se terminer par un désastre. Le conseil avait nommé chancelier l'archevêque de Canterbury ; plein de bonne volonté, mais pas très avisé, il décida avec le Parlement de lever une autre capitation pour payer l'énorme facture. Mais celle-ci serait différente de la précédente. Plutôt que décréter un petit impôt pour les pauvres et un gros impôt pour les riches, l'archevêque décida, arbitrairement, d'une taxe à taux fixe. Les riches paieraient moins que la fois précédente, mais les pauvres trois fois plus — pas moins d'un shilling par personne.

« Nous paierons moins cette fois-ci, expliqua dame Barnikel aux siens, parce que la dernière fois nous avions la "chance" de faire partie des gros contribuables. Mais vous vous rendez compte de ce que cela représente pour un paysan ? Un shilling pour lui, un autre pour sa femme... Imaginez qu'ils aient en plus une fille de quinze ans vivant encore à la maison, et qui compte comme un adulte : un troisième shilling. Au total, plusieurs semaines de salaire à débourser. Comment voulez-vous qu'ils y parviennent ? Mauvaise affaire... »

On était en décembre de cette année 1380 ; la ville était recouverte d'un manteau de neige étouffant jusqu'au bruit même du fleuve quand il s'engouffrait sous le Pont de Londres. Ducket, emmitouflé dans de chauds lainages, approchait de la petite église de St Magnus, à l'extrémité nord du pont, quand il les vit qui arrivaient vers lui. Tous deux portaient d'opulentes capes doublées de fourrure et des toques également de fourrure ; ils marchaient côte à côte et riaient avec entrain. Silversleeves et Tiffany étaient si occupés l'un de l'autre qu'ils ne le remarquèrent pas tout d'abord.

L'apprenti n'avait plus revu Tiffany depuis quelque temps. Sa conversation avec Silversleeves ne lui avait pas fait perdre entièrement les habitudes d'antan ; il continuait à rendre visite de loin en loin à la jeune fille, en souvenir de leur amitié d'enfance. « Tu seras mariée bien avant moi ! » lui avait-il lancé une fois, sur le ton de la plaisanterie.

Le jeune juriste, auquel le froid donnait des couleurs, avait le visage presque avenant malgré son nez ; Tiffany était tournée vers lui et ses yeux brillaient de plaisir. Enfin, ils aperçurent Ducket. Il n'y eut nulle trace d'embarras dans le sourire de Tiffany, seulement de la gentillesse ; et dans le salut de Silversleeves, l'assurance tranquille d'un homme heureux en amour, quand il en rencontre un autre qui ne saurait être pour lui un rival. Mais n'était-ce pas dans l'ordre des choses ? Le juriste était un jeune homme intelligent, de bonne famille, avec un bel avenir devant lui ; tout à fait le mari qu'il fallait pour une aussi charmante jeune fille — sur laquelle Ducket ne pouvait émettre, lui, aucune prétention.

Pourquoi alors, en les croisant, l'apprenti ressentit-il une émotion si violente, si inattendue ? Une chaleur soudaine, accompagnée d'une certitude instantanée : c'était elle, elle seule, et pas une autre.

Mais non, il n'avait pas le droit ; c'était impossible, et inutile. Il ne pouvait pas, il ne voulait pas tomber amoureux de Tiffany Bull.

C'était la vigile de Sainte-Lucie, solstice d'hiver et jour le plus court de l'année. Une nuit longue et profonde recouvrait la terre, aussi noire que le néant lui-même et mère de tous les secrets. Or justement, celui qui se cachait derrière une paire de volets hermétiquement clos n'était pas un mystère ordinaire : ce n'était rien moins que le secret de l'univers.

Comment le secret de l'univers pouvait-il se trouver enfermé à l'intérieur de Londres ? C'était le résultat d'une légère modification topographique. Avec le temps, la ville s'était étendue bien loin derrière ses anciennes murailles. Une série de chaînes marquaient ses nouvelles limites ; placées en travers des différentes routes d'accès, elles forçaient les voyageurs à s'arrêter, pour s'acquitter de droits de péage. On nommait ces points de passage les *bars*, les barrières de la ville. Il y en avait deux du côté ouest : à un peu moins d'un kilomètre de Ludgate, sur la voie désormais appelée Fleet Street, près de l'ancienne maison des Templiers, on trouvait Temple Bar ; tandis qu'à une distance équivalente de Newgate se situait Holborn Bar.

C'est dans ce quartier, celui des hommes de loi, entre Holborn Bar et Temple Bar, que résidaient les hommes les plus instruits. Des auberges, appelées *inns*, accueillaient de longue date les juristes dans ces parages ; mais dans les dernières décennies leur nombre n'avait cessé de croître, et ils s'étaient abattus sur le quartier comme une nuée d'étourneaux. Leurs foyers et leurs écoles avaient déjà acquis des noms qu'ils conserveraient par la suite : Gray's Inn, Lincoln's Inn ; les bâtiments du Temple eux-mêmes, depuis la suppression de l'ordre, étaient loués à ces bataillons de beaux parleurs. Une artère assez étroite, Chancery Lane, traversait le centre de ce quartier, descendant d'Holborn pour rejoindre Fleet Street au sud. C'était près de Chancery Lane que les volets clos d'un petit appartement à l'étage, donnant sur une cour intérieure, enfermaient le secret de l'univers. Deux hommes le scrutaient avec la même attention que s'il s'était agi d'un contrat commercial long et compliqué, pour voir quels profits ils pouvaient en retirer.

Fleming, les braises rougeoyantes du foyer se reflétant dans ses yeux caves, regardait avec fascination le sombre personnage qui s'activait devant lui. Le sorcier était revêtu d'une robe noire, sur laquelle les images du Soleil, de la Lune et des planètes étaient cousues en fils d'or. Sur une table, au centre de la pièce, trônaient une vingtaine de pots, de bocaux, de fioles, d'ampoules et de cornues. Le sorcier s'affairait au-dessus d'eux ; à certains moments, on eût dit quelque étrange oiseau de proie, à d'autres un prêtre faisant ses dévotions ; mais tous ses gestes étaient également terrifiants et comme hallucinés.

« Vous avez le mercure ? »

En tremblant, l'épicier lui tendit une fiole qui contenait deux onces de métal liquide.

« Bien. » Le sorcier hocha la tête en signe d'approbation. Puis, avec mille précautions, il en préleva une once, qu'il versa dans un petit creuset de terre cuite. « Occupez-vous du feu », ordonna-t-il ensuite.

Fleming prit docilement le soufflet pour ranimer les flammes, tandis que le personnage continuait à rôder autour de la table.

La précision de ses gestes était étonnante à voir. Dans un pot il prenait de la limaille de fer, dans un autre de la chaux vive ; au mélange des deux il ajouta du salpêtre, du tartre, de l'alun, du soufre, des os calcinés et des feuilles d'herbe-de-lune, une espèce rare de fougère, la *Botrychium lunaria*, qu'il retira d'un bocal. Il y avait encore une poudre miraculeuse (elle devait l'être, à en juger par son prix), dont il n'avait jamais voulu révéler la composition ; enfin, peut-être en hommage à son visiteur, il réduisit en poudre l'un des précieux grains de poivre que l'épicier lui avait apportés la semaine précédente, et le jeta dans sa préparation. Puis il passa cinq bonnes minutes, le visage à demi dans l'ombre, à mélanger et chauffer son brouet magique ; pour finir, quand il s'estima satisfait du résultat, il en versa quelques gouttes dans une fiole, se tourna vers son disciple et lui déclara gravement, les yeux dans les yeux :

« C'est prêt.

— Vous... vous êtes sûr ? » demanda Fleming, le souffle court.

L'alchimiste acquiesça.

« C'est l'élixir », lâcha-t-il d'une voix pénétrée.

Fleming trembla et cela n'avait rien d'étonnant : car cet élixir contenait le secret de l'univers. Et maintenant, grands dieux, ils allaient fabriquer de l'or.

L'art (ou la science) de l'alchimie dans le monde médiéval était basé sur un principe fort simple. De même que les sphères célestes s'étageaient dans un certain ordre en direction de la voûte du firmament, de même qu'il existait une hiérarchie des anges, depuis les simples messagers ailés jusqu'aux plus rayonnants des séraphins qui trônaient aux côtés du Seigneur, ainsi chaque élément du monde physique était-il disposé selon un ordre divin, du plus vil jusqu'au plus noble.

C'était notamment le cas des métaux, dont les philosophes comptaient sept variétés différentes, chacune correspondant à une planète particulière : Saturne pour le plomb et Jupiter pour l'étain, Vénus pour le cuivre, Mars pour le fer, Mercure pour le métal qui portait son nom, la Lune pour l'argent, et pour l'or, le plus pur de tous, l'éclatant Soleil lui-même.

Mais ici résidait le grand mystère : au fil des millénaires (nul ne savait combien de temps durait le processus), la chaleur propre de la Terre affinait peu à peu chacun de ces métaux, étape par étape, jusqu'à une forme plus noble : le fer en mercure, le mercure en argent, et ainsi de suite ; de sorte qu'à l'ultime fin des temps tous se seraient finalement transformés en l'or le plus pur, leur dernier état et le plus parfait de tous.

« Mais qu'en serait-il, demandaient les philosophes, si l'on trouvait le moyen de hâter le processus ? De sublimer un métal, depuis sa condition la plus grossière jusqu'à sa forme d'or la plus pure ? » Tout naturellement donc, à l'instar des pèlerins en quête de guérison, ou des chevaliers des romans en quête du Saint Graal, les hommes de science qu'on appelait des alchimistes étaient en quête d'une substance qui fît se métamorphoser les métaux, depuis leur forme vile jusqu'à leur état le plus noble. Cette substance magique contenait sûrement le secret de l'univers. On l'appelait l'élixir, ou encore la pierre philosophale.

Et Silversleeves l'avait découverte.

Cela faisait cinq ans que Benedict Silversleeves pratiquait l'art magique de l'alchimie. Fleming n'était que l'un des nombreux clients (chacun persuadé pourtant d'être le seul à partager son secret) sur lesquels il faisait grande impression. Il y était passé maître. Non seulement il étonnait par ses connaissances même des hommes instruits, mais il pouvait réellement transformer des métaux vils en métaux précieux. Du moins ses clients le pensaient-ils, parce qu'ils l'avaient vu faire.

La réalité du miracle était en fait toute simple ; et bien qu'il eût inventé maintes variantes à son tour, toutes fort habiles, c'était la plus simple qu'il avait toujours préférée. Celle qu'il employait en ce moment même.

Après avoir versé quelques gouttes d'élixir dans le creuset, il posa ce dernier sur le feu ; puis, tout en le couvant d'un regard solennel, il commença à le remuer à l'aide d'une baguette, longue et mince. L'épicier fut autorisé à le remuer lui-même durant quelques secondes, comme une faveur spéciale. Ce qu'ignorait Fleming, c'est que la baguette était creuse et que Silversleeves y avait inséré quelques grains d'argent pur avant son arrivée. Ils étaient maintenus en place par un petit bouchon de graisse à son extrémité ; la graisse fondait à mesure qu'on remuait le mélange et, en fondant, libérait les grains d'argent. On pouvait employer le même tour avec n'importe quel métal.

Et c'est ainsi que, d'étape en étape, les clients du sorcier l'avaient vu faire apparaître du fer au milieu du plomb en fusion, ou de l'argent qu'il semblait tirer du fer, de l'étain ou du mercure. Il n'y a que l'or qu'ils n'avaient encore jamais vu.

Le sorcier était un homme rusé. S'il était capable de transformer des métaux vils en argent, se disaient ses clients, alors sûrement il mènerait un jour la dernière étape à bien : il fabriquerait de l'or. Leur confiance en lui n'avait d'égale que leur avidité. Comme des joueurs qui ne peuvent plus se passer de leur vice, ils y revenaient, encore et toujours. Avec de l'argent plein les poches.

« Ce n'est pas pour le fer ni pour le mercure, leur expliquait-il. De toute façon, vous pouvez en apporter vous-même. Non, c'est pour la poudre qui sert à préparer l'élixir. Elle coûte une fortune. C'est pour elle que j'ai besoin de votre aide. » De fait, il ne réclamait pas moins de cinq marcs pour produire un seul grain de cette poudre miraculeuse.

Celle-ci étant essentiellement composée de craie et de bouse séchée, les bénéfices permettaient à Silversleeves de fort bien vivre, en attendant le jour où il serait installé dans son état d'homme de loi.

Pourquoi agissait-il ainsi ? Quand il avait affirmé à Bull que sa fortune était modeste, c'était un euphémisme, pour ne pas dire un franc mensonge. En réalité, depuis le veuvage puis la mort de sa mère, les finances de la famille avaient tant dégringolé qu'elles étaient aujourd'hui presque réduites à néant.

Cela ne se faisait pas, pour un jeune homme, d'être sans le sou. Un riche marchand pouvait accueillir chez lui un fils cadet d'une famille de la petite noblesse ; la fortune de sa famille donnait de la surface sociale au jeune garçon, et il pouvait généralement compter sur un coup de pouce financier pour démarrer dans la vie. Un jeune homme ambitieux comme Silversleeves, venant d'une vieille famille londonienne et avec de solides perspectives d'avenir, pouvait entrer dans la maison d'un Bull — s'il avait quelques moyens derrière lui sur lesquels asseoir sa réputation. Mais le même jeune homme, s'il était sans le sou, devenait dès lors un intrigant, un objet de dédain et de suspicion. Voilà pourquoi Silversleeves s'était inventé une modeste fortune. Son fringant destrier et ses luxueux habits étaient entièrement payés par de pauvres dupes dans le genre de Fleming. En outre, il devait entretenir l'illusion durant le long et délicat parcours qui attendait le prétendant d'une jeune fille riche. A défaut d'autres vertus, sa patience et son sang-froid étaient exemplaires.

Fleming avait mordu à l'hameçon dès la première conversation qu'il avait eue au George avec le subtil et savant jeune homme. Mois après mois, il avait acheté davantage de poudre, vu Silversleeves sublimer les métaux, et puisé dans ses économies jusqu'à ne plus pouvoir payer la capitation. Il avait rêvé, aussi : quand l'or apparaîtrait enfin, dans quel luxe ne vivraient-ils pas ! Il pourrait acheter le George, le Tabard, toutes les auberges depuis Southwark jusqu'à Rochester, et même jusqu'à Canterbury. Dame Barnikel mènerait la vie à grandes guides ; il la couvrirait de fourrures et des plus somptueux vêtements dont elle aurait envie. Alors elle lui rendrait grâces, elle l'aimerait, elle le respecterait même, comme les autres femmes respectaient leurs maris. Et Amy pourrait épouser un gentilhomme. Ou bien Carpenter, si elle préférait. Quel ne serait pas leur bonheur... En y songeant, son cœur bondissait dans sa maigre poitrine, sa face creuse s'illuminait. Et peut-être tout cela allait-il se produire ce soir même.

Pour justifier la lenteur de leurs résultats, les charlatans qui pratiquaient ce genre d'activité invoquaient en général une insuffisance de leur équipement ou des matériaux dont ils disposaient. Silversleeves, lui, avait recours à une explication plus élégante.

« L'élixir est parfait, disait-il. Vous avez fait tester l'argent que nous avons fabriqué, et vous savez qu'il est pur. Mais la transmutation finale, jusqu'à l'or, est une autre affaire. L'élixir lui-même ne peut agir qu'avec le concours des planètes et des étoiles. Quand leur conjonction sera bonne, nous y parviendrons, je vous le promets. » Ce soir — il avait décidé d'offrir une élégante capuche neuve à Tiffany —, alors que le crépuscule était tombé sur le jour le plus court de l'année, il avait envoyé un garçon à l'épicier, porteur d'un message urgent :

« Mercure est à l'ascendant. Venez cette nuit. »

Le grand cataclysme de 1381 prit Geoffrey Ducket au dépourvu ; mais à vrai dire, bien peu d'Anglais l'avaient vu venir. Le printemps avait été plutôt calme cette année-là ; Fleming était toujours sombre, mais le jeune homme, qui ne savait rien de la passion de son maître pour l'alchimie, ne s'en préoccupait guère. Il avait rendu visite une ou deux fois à Tiffany ; toute la maisonnée de Bull chantait désormais les louanges de Silversleeves.

On parlait, il est vrai, du mécontentement des campagnes ; la nouvelle capitation scandalisait tout le monde et provoquait maints problèmes. Les paysans étaient furieux, et la population continuait à disparaître sur une large échelle, surtout dans les comtés de l'Est. Mais cela non plus n'affectait guère Geoffrey Ducket.

En mars, les résultats de la collecte furent très inférieurs aux prévisions. Cette fois-ci, le conseil du jeune roi se décida à agir. Ducket entendit le bruit courir un matin : « Ils ont à nouveau envoyé des collecteurs d'impôts dans le Kent et en Est-Anglie. » Le Kent, riche et puissant, proche de la capitale, partageait largement les valeurs et l'esprit de Londres ; l'Est-Anglie, outre son ancienne tradition d'indépendance, pâtissait d'une situation particulière. Dans les comtés demeurés plus féodaux, il y avait presque toujours un seigneur pour aider les paysans pauvres (soit par générosité, soit parce qu'il y trouvait son intérêt) à payer l'impôt. Mais l'Est-Anglie, avec son tissu de petites exploitations libres et autonomes, comptait peu de grands domaines, peu de seigneurs, et les paysans y étaient durement frappés.

En avril et en mai, les collecteurs envoyèrent beaucoup de rapports. Ils avait châtié Norwich ; six cents fraudeurs impénitents avaient été débusqués à l'intérieur des murs de cette seule ville. Au-dehors, dans la campagne, plus de vingt mille personnes avaient été retrouvées et forcées à payer — plus d'un adulte sur dix.

Au début de juin, les rapports se firent plus menaçants : « On a tué trois collecteurs d'impôts dans l'Essex. » Le lendemain : « Cinq mille paysans sont sur les routes. Ils ont envoyé des messagers dans tout le Kent. » Avant le coucher du soleil, le bruit courait le long des étals du Cheap : « Le Kent se soulève ! » Au matin du 7 juin, Ducket entendit dire que les rebelles avaient attaqué le château de Rochester. Il ne voulut pas le croire ; mais quelque temps plus tard, il rencontra Bull dans la rue et lui posa la question. « C'est vrai, j'en ai bien peur, lui confirma le marchand d'un air sombre. Je viens d'apprendre que la moitié des paysans qui vivent autour de Bocton sont descendus là-bas. Ils ont même élu un chef, grommela-t-il. Un homme du nom de Wat Tyler. »

La grande révolte des paysans anglais avait commencé.

Pendant que les hommes se rassemblaient dans l'Essex et que le reste de l'Est-Anglie s'apprêtait à se soulever, Wat Tyler conduisait rapidement ses troupes le long de la vieille route de Canterbury. L'archevêque, qu'ils maudissaient pour avoir instauré cette capitation, était absent ; ils mirent son palais à sac et ouvrirent grand les portes de sa prison. Puis Tyler leur fit faire demi-tour : il était temps d'aller voir le petit roi.

La marche sur Canterbury n'avait pas seulement permis à Tyler d'organiser ses troupes, elle avait eu un autre résultat important : ils avaient fait sortir de la prison de l'archevêque un prédicateur nommé John Ball, depuis longtemps en conflit avec l'Eglise à cause des prêches passionnés et fort peu orthodoxes qu'il prononçait dans les campagnes. Ce n'était pas un savant comme Wyclif, dont il était fort dissemblable ; mais il réclamait des réformes radicales dans tout le royaume et, aux yeux de bien des partisans de Tyler, faisait figure de héros. Avec Tyler comme général et Ball comme prophète, le mouvement prenait des allures de croisade paysanne.

Londres lui-même commençait à trembler, parce qu'une double force approchait, venant de l'est, et que cette force était formidable : les hommes de l'Essex arrivaient du nord de l'estuaire, ceux de Wat Tyler du sud. Les uns et les autres se comptaient par dizaines de milliers. Le petit roi et son conseil se réfugièrent dans la Tour, ainsi que l'archevêque, plus mort que vif ; mais ils n'avaient pas de troupes capables de contenir une telle quantité de rebelles. L'archevêque, au comble du désarroi, supplia qu'on le démît du poste de chancelier ; personne ne savait au juste quoi faire.

Ducket et Fleming fermaient juste leur étal, un mercredi après-midi, quand le bruit se répandit comme une traînée de poudre : « Ils arrivent ! Les hommes de l'Essex vont camper à Mile End ! (Ce n'était qu'à trois kilomètres d'Aldgate.) Et ceux de Tyler à Blackheath ! (Soit à peu près à la même distance de la ville, au sud de la Tamise.) » Tout le long du Cheap, on voyait les marchands plier boutique et rentrer précipitamment chez eux : l'épicier les imita. Comme ils traversaient le Pont de Londres, on affirmait que le maire avait ordonné de relever cette nuit le pont-levis. Dans la rue principale de Southwark, les gens clouaient hâtivement des planches sur tous les accès de leurs maisons ; au George, dame Barnikel les accueillit d'un air farouche. Elle tenait un énorme gourdin à la main. Ils enfermèrent toutes les marchandises dans la resserre, verrouillèrent celle-ci et barricadèrent la porte donnant sur la cour. C'était tout ce qu'ils pouvaient faire. Dame Barnikel inspecta les lieux, puis hocha la tête en signe d'approbation.

« Où est la petite ? » demanda-t-elle bientôt, d'un ton irrité. Amy semblait avoir disparu de la maison. Elle réapparut pourtant quelques instants plus tard, sans un mot : sa mère poussa un grognement satisfait, puis ne fit plus attention à elle. Mais lorsque Ducket pénétra dans la cuisine, il sentit qu'on lui prenait soudain le bras et qu'on l'attirait dans un coin de la pièce. En se retournant il fit face à Amy, qui était d'une pâleur inhabituelle.

« Aide-moi, je t'en supplie... » chuchota-t-elle. Quand il lui eut demandé ce qui n'allait pas, elle répondit dans un souffle : « C'est Ben ! Je ne sais pas où il est ! J'ai si peur qu'il lui arrive du mal...

— Je ne me fais pas de souci pour lui, tenta-t-il de la rassurer. Il ne doit pas être loin. Et aucun des rebelles n'est encore entré dans la ville.

— Tu ne saisis pas, siffla-t-elle entre ses dents. C'est le contraire. » Comme il la regardait sans comprendre, elle ajouta : « Je pense qu'il les a rejoints... Je pense qu'il est à Blackheath. »

La promenade plut à Ducket. A mesure qu'il marchait vers le sud-est, la route du Kent s'élevait lentement, depuis le fond de la vallée, en une série de terrasses menant jusqu'au sommet des collines. Il y déboucha à l'aplomb de l'endroit où le fleuve terminait son grand méandre vers le sud, près du hameau de Greenwich. Un vaste panorama de landes s'ouvrait devant lui, recouvrant le large plateau qui filait droit vers l'est. L'endroit était connu sous le nom de Blackheath.

Une grande affluence de gens marchait à ses côtés. Soit qu'ils voulussent rejoindre les rangs des rebelles, soit par simple curiosité, il en arrivait de tous les villages alentour : de Clapham et de Battersea, qu'il avait laissés derrière lui, comme de Bermondsey et de Deptford, plus bas sur le fleuve. Beaucoup de ceux d'Essex, qui campaient à Mile End, avaient également pris des bacs pour venir fraterniser avec les hommes du Kent. Pourtant, même ainsi préparé, Ducket en eut le souffle coupé quand il parvint à Blackheath.

Jamais, de sa vie, il n'avait vu une telle foule réunie en un même lieu. Il était incapable d'évaluer leur nombre : cinquante mille, peut-être ? Dans la chaude lumière crépusculaire de ce début d'été, l'énorme campement improvisé recouvrait la lande sur plus d'un kilomètre de long. Quelques feux s'allumaient ici et là, entre des groupes de tentes, des chevaux et des chariots ; mais la plupart des gens s'étaient couchés à même le sol, après avoir marché près de cent kilomètres depuis Canterbury. C'étaient des campagnards ; Ducket contemplait leurs larges faces brûlées par le soleil, leurs blouses de paysans, leurs épaisses bottines. Beaucoup, dans la chaleur du mois de juin, ne portaient pas de chausses. De puissantes odeurs de terre et de ferme émanaient d'eux. Mais le plus remarquable peut-être, c'était leur humeur. Il s'était attendu à trouver une troupe vindicative et menaçante ; en fait, peu d'entre eux étaient armés, et ils paraissaient joviaux pour la plupart. Ils semblaient plutôt partir pour une fête qu'aller se battre, songea-t-il.

Il avait peur de ne jamais trouver Carpenter ; mais au bout d'un quart d'heure il l'aperçut, en grande conversation avec un groupe d'artisans du Kent. Il se dirigea vers lui, espérant que Ben, avec son caractère si grave et susceptible, ne se formaliserait pas qu'il l'ait suivi jusqu'ici.

Tout au contraire, Carpenter parut charmé de le voir. Il semblait particulièrement animé. Après avoir présenté l'apprenti à ses nouveaux amis, il le prit par le bras et le conduisit jusqu'à un endroit d'où ils purent apercevoir un homme juché sur le dos d'un cheval, et qui donnait des ordres autour de lui. « C'est Tyler », lui dit l'artisan ; et Ducket contempla avec curiosité le solide personnage. Il portait un pourpoint de cuir sans manches, et son visage basané arborait déjà un air d'autorité.

Quand Ducket lui glissa, discrètement, qu'Amy se faisait du souci à son sujet et que dame Barnikel s'apprêtait à défendre le George contre l'attaque des rebelles, cela fit rire Carpenter. « Tu n'y es pas du tout, lui dit-il. Tous ces gens (il fit un grand geste du bras autour de lui) sont de braves gens, et loyaux. Ils sont ici pour sauver le royaume. Le roi lui-même viendra parler avec eux demain, et une fois qu'il les aura écoutés, tout ira bien dans le pays. (Il sourit.) Est-ce que ce n'est pas formidable ? »

Tout cela paraissait fort peu vraisemblable à Ducket, et il aurait bien essayé d'en discuter avec son ami ; mais un mouvement agita alors la foule, venant de l'extrémité sud du rassemblement. Quelques hommes arrivaient, tirant une charrette découverte. Un murmure sembla parcourir le campement tout entier ; des gens s'étaient déjà mis en marche vers la charrette, comme attirés par une main invisible. « Viens », lui dit Carpenter.

Ils gagnèrent une position surélevée, d'où l'on pouvait voir ce qui se passait, et n'eurent pas très longtemps à attendre. Quelques minutes à peine plus tard, Tyler fit son apparition ; à son côté, un homme grand et fort, portant une robe brune d'ecclésiastique, était juché sur une jument grise. Il mit pied à terre, puis sauta prestement dans la charrette ; là, élevant les deux mains droit devant lui, il déclara d'une voix grave, qui portait loin sur la lande environnante :

« John Ball vous salue, tous tant que vous êtes ! » Et soudain, au-dessus de ces cinquante mille têtes, on aurait entendu une mouche voler.

Le sermon que prononça John Ball ne ressemblait à aucun de ceux que Ducket avait entendus auparavant. Le thème central en était fort simple : tous les hommes sont égaux. Si Dieu avait voulu qu'il y ait des maîtres et des valets, Il les aurait créés ainsi dès l'origine. John Ball, qui prêchait pour le peuple, allait bien plus loin dans ses propos que Wyclif, pour qui toute autorité sur terre devait nécessairement procéder du Seigneur : lui affirmait que le pouvoir relevait toujours du diable, et qu'il fallait mettre tous les biens en commun. Rien ne pourrait aller bien en Angleterre tant que ce ne serait pas accompli.

Mais quel langage ! Quelle éloquence ! Comme il savait parler au cœur des Anglais ! La rime, l'allitération, tout lui était bon pour que ses phrases s'impriment profondément dans l'esprit de ses auditeurs. « Qu'ils sont hautains, nos châtelains ! s'écriait-il. Nos hommes d'Etat ripaillent, nos hommes de loi couchaillent ! » A chacune de ses phrases, Ducket voyait Carpenter acquiescer à côté de lui, et murmurer : « C'est vrai. Il a raison. »

« Bien au chaud vit le seigneur dans son château, bien au vent Pierre le Laboureur dans ses champs. Pourquoi ? (Sa voix se faisait menaçante.) Il est temps pour Jean le Franc de punir Jeannot l'Escroc ! N'ayez pas peur, vous serez les plus forts ! Vous avez la sagesse et l'adresse, la vigueur et l'ardeur ! » L'assistance buvait ses paroles : c'était la langue même, puissante et sonore, de leurs ancêtres anglo-saxons. Puis il en revenait à un thème simple, tiré de la Bible, et chantait d'une voix forte, qu'aucun de ses auditeurs ne pouvait manquer d'entendre, le couplet devenu fameux, et qui hante depuis lors la sagesse populaire anglaise :

> *Quand Adam bêchait et qu'Eve filait*
> *Qui était le noble et qui le valet ?*

Quand il conclut son sermon par un bruyant « amen », la foule laissa échapper un profond rugissement. Carpenter, le regard à la fois grave et rayonnant, se tourna vers Ducket et s'exclama : « Est-ce que je ne t'ai pas dit que tout irait bien maintenant ? »

Ducket avait espéré convaincre Carpenter de rentrer à la maison tout de suite après le sermon, mais l'artisan ne voulut rien entendre. « Il faut que nous attendions le roi », déclara-t-il. Aussi, tout en jurant entre ses dents, Ducket s'apprêta-t-il à passer une nuit à la belle étoile, dans le vaste campement. Il arpenta celui-ci et apprit beaucoup en bavardant avec les paysans qui le peuplaient. Nombre d'entre eux, à l'instar de Carpenter, n'étaient animés d'aucune intention hostile ; ils étaient venus ici pour aider le roi à remettre le monde dans le droit chemin. Il suffisait pour cela, assuraient-ils à Ducket, de supprimer toute trace d'autorité sur Terre. « Alors les hommes vivront libres. »

L'apprenti trouvait cette idée étrange. Il savait ce que la liberté signifiait à Londres : elle signifiait les anciens privilèges de la ville, les murailles qui protégeaient les Londoniens contre les soldats du roi, ou contre les commerçants et artisans de l'étranger. Elle signifiait qu'un apprenti pouvait devenir compagnon, peut-être un jour maître artisan. Elle signifiait les guildes, les quartiers, les aldermen et le maire, ayant chacun une place aussi assignée que celles des sphères célestes au firmament. Certes, le pauvre peuple protestait de temps à autre contre les riches aldermen, surtout quand ceux-ci fraudaient les impôts ; mais lui-même reconnaissait la nécessité de l'ordre et de l'autorité : sans eux, qu'en aurait-il été de la liberté de Londres ?

Pourtant, chez ces hommes de la campagne, il pressentait une approche des choses bien différente : un ordre non voulu par l'homme, mais plus vague et plus général — l'ordre même des saisons. L'ordre humain pour eux n'était pas une nécessité, comme pour les Londoniens, mais une contrainte. « La terre a-t-elle besoin de maîtres ? » demandait quelqu'un. Ils rêvaient d'être tous des paysans libres, comme les Anglo-Saxons de jadis.

Ducket remarqua autre chose encore. Quand il leur demandait d'où ils venaient, presque tous lui répondaient fièrement qu'ils étaient des hommes du Kent, ou des *Kentish*, comme s'ils constituaient une tribu. Et s'il s'était trouvé de l'autre côté de la Tamise, avec les hommes de l'Essex, il en aurait été de même. Angles, Jutes, Saxons des différentes communautés, Danois et Celtes — l'Angleterre, comme tous les pays de l'Europe à l'époque, restait une mosaïque de vieilles terres tribales. Ce soir-là, Ducket commença à comprendre ce que tout homme d'Etat un tant soit peu avisé savait en Angleterre : que Londres était une entité bien établie, mais que les comtés, en période de troubles, étaient toujours prêts à en revenir à un ordre plus ancien.

Si les hommes du Kent ne voulaient aucun mal au roi, comme Carpenter le lui assura, Ducket n'était pas si sûr de leurs autres intentions. Quand il demanda à quelqu'un ce qu'il pensait de John Ball, l'interpellé lui répondit : « Il devrait être archevêque de Canterbury.

— Il le sera, dit un de ses compagnons d'un air farouche, quand nous aurons liquidé l'autre. »

Ducket médita longuement ces mots au moment d'aller dormir.

L'aube fut radieuse, promesse d'une journée ensoleillée ; mais Ducket avait faim, et il semblait ne rien y avoir à manger dans le camp. Il se demandait avec curiosité ce qui allait se passer maintenant. Le soleil n'était pas levé depuis longtemps quand la foule tout entière se mit en branle, sur un ordre de Tyler. Elle quitta lentement la lande et commença à descendre le large coteau, sous les ombrages, qui allait se jeter dans la Tamise à la hauteur de Greenwich. En levant les yeux, Ducket vit que l'énorme troupe des hommes de l'Essex se rassemblait elle aussi de l'autre côté du fleuve.

Ils attendirent une première heure, puis une seconde, et Ducket était prêt à partir ; mais il vit alors une grande et belle barque descendre le courant dans leur direction, à force de rames. Quatre autres embarcations l'accompagnaient. C'était le jeune roi et sa suite. Ducket regarda, fasciné, la barque qui s'approchait. Elle était pleine d'hommes richement vêtus, sans doute les plus grands du royaume, supposa-t-il ; mais il n'y avait pas à se tromper sur le grand et mince adolescent, aux cheveux clairs, qui se tenait debout à l'avant afin de ne rien perdre du spectacle. Richard II d'Angleterre avait quatorze ans. Il avait atteint sa majorité quelques mois plus tôt et pris en main les rênes du gouvernement. Son conseil, avec à sa tête un archevêque aux abois, l'avait supplié de ne pas venir jusqu'ici ; mais le fils du Prince noir n'était pas un lâche. Il avait fière allure, pensa Ducket, debout dans le soleil levant à la proue de son esquif.

Il fut accueilli par un énorme rugissement, qui se répercuta longuement sur le fleuve ; les passagers de la barque parurent tous effrayés, à l'exception du jeune roi. L'embarcation s'immobilisa à quelque vingt mètres de la rive. Le souverain éleva le bras et la foule se tut ; puis il prit la parole, d'une voix claire et forte :

« Messires, je suis venu. Qu'avez-vous à me dire ? » Ducket remarqua qu'il bégayait légèrement.

Un autre rugissement lui répondit ; l'apprenti put distinguer qu'il s'y mêlait plusieurs cris différents : « Longue vie au roi Richard ! », « Que Dieu bénisse le roi ! ». Et aussi, plus menaçants : « Qu'on nous livre l'archevêque ! », « Où sont les traîtres ? »... Au bout de quelques instants, Ducket vit Tyler ordonner à quelques hommes de faire rame jusqu'à la barque royale, porteurs d'une pétition. Le roi la prit en main et la lut. « Tyler demande la tête de tous les traîtres », murmura quelqu'un dans la foule. On vit le roi hausser les épaules, et la barque royale fit demi-tour.

« Trahison ! criait maintenant la foule. Trahison ! » tandis que la barque s'éloignait. Puis un nouveau cri retentit : « En avant ! »

L'histoire de l'Angleterre en eût été changée si les hommes qui se tenaient sur le Pont de Londres avaient seulement voulu écouter Bull. Le visage empourpré, il se tenait au milieu de l'édifice (anxieusement surveillé depuis la maison par Tiffany, son épouse et les domestiques) et criait à l'alderman juché sur son cheval : « Au nom du Ciel, faites comme on vous l'a dit ! Hissez le pont-levis ! »

Il avait raison : les instructions du maire avaient été on ne peut plus claires. Pourtant, alors que l'immense troupe venue du Kent se répandait déjà dans Southwark, l'alderman en charge du pont refusait d'exécuter ces ordres. « Laissez-le baissé » ordonna-t-il.

Pourquoi ? Etait-ce trahison, comme d'aucuns l'affirmèrent plus tard ? L'accusation ne tient pas debout. Peur de la foule, s'il essayait de la contrarier dans son avance ? Peut-être. Pourtant la veille, trois de ses collègues aldermen qui s'étaient rendus à Blackheath étaient revenus en rapportant que Tyler et ses hommes étaient loyaux et ne montraient aucune hostilité. Il semble en fait qu'ils l'aient trop bien persuadé, et maintenant il sous-estimait la gravité de la situation.

« Ne les provoquons pas, disait-il. Laissons-les passer...

— Imbécile ! » cria Bull, avant de repartir précipitamment chez lui, puis de barricader de son mieux sa porte et toutes ses fenêtres. Quelques instant plus tard, la foule submergeait la maison, où toute la famille était retranchée.

Par deux fois, Ducket avait tenté d'arrêter son ami. Au moment où ils passaient près du George, il avait aperçu dame Barnikel, debout devant la porte et tenant son gourdin à la main avec une expression menaçante. Il avait essayé de l'attirer vers elle, car elle n'aurait eu aucun mal à l'arrêter ; mais une soudaine poussée dans leur dos les avait entraînés plus loin. A l'entrée du Pont de Londres, une partie de la foule attendait pour traverser, tandis qu'une autre se déversait le long de la rive sud, en direction de Lambeth. « N'y allons pas, adjura-t-il son ami. Ça va mal se passer, c'est sûr. » Mais Carpenter refusa de l'écouter. « Il n'y aura pas de problème, tu verras », lui dit-il.

Bizarrement, alors que le flot commençait à pénétrer dans la ville, les événements semblaient lui donner raison. Les ordres de Tyler avaient été formels : pas de pillage. Les Londoniens de leur côté se montraient prudents, mais plutôt bien disposés envers les intrus. Les hommes du Kent commencèrent à arpenter les rues de la cité, et Ducket vit qu'ils payaient normalement les aliments et les boissons qu'ils commandaient sur leur passage. Le corps principal de la foule gagna le Cheap, dépassa St Paul puis, par Newgate, sortit vers Smithfield ; là, sur la vaste esplanade, ils dressèrent leur campement. La bonne humeur de la veille semblait avoir repris possession des esprits. Ducket quitta son ami à la fin de la matinée et retraversa toute la ville, fort curieux de la tournure qu'allaient prendre les événements. A Aldgate, il trouva les portes grandes ouvertes ; il arrivait encore des hommes de l'Essex, qui avaient passé la nuit à Mile End, en un flux réduit mais continu. Il rencontra Chaucer, qui regardait la scène d'un œil ironique : « Je me demande pourquoi on a ouvert les portes, dit-il. Mais ils n'ont pas l'air d'en vouloir à mes livres, de toute façon. » Il jeta un coup d'œil vers la grande pièce, là-haut, qui dominait la porte.

Ducket lui rapporta ce qu'il avait vu et entendu, puis lui demanda : « Est-ce que les paysans peuvent prendre le pouvoir ?

— Ils ont déjà essayé, dans d'autres pays, mais n'y sont jamais parvenus. (Il sourit.) Tu vois la scène ? Tyler se pose la couronne sur la tête, et

demain ses chefs sont les nouveaux barons du royaume... Pour aujour-
d'hui, poursuivit-il en redevenant sérieux, je crains des troubles.

— Pourquoi ?

— Parce que ces gars-là n'ont rien à faire. »

Dès l'après-midi du même jour, ses propos se confirmèrent. Ducket
était revenu à Smithfield et avait retrouvé Carpenter depuis une heure à
peine quand il sentit la foule commencer à s'agiter. Quelques-uns s'étaient
mis à chanter, et un nouvel événement s'était produit : des groupes de
Londoniens les avaient rejoints. Il y avait parmi eux de simples apprentis,
venus pour se distraire ; mais d'autres étaient plus patibulaires. Des cris
de colère éclataient ici ou là ; puis soudain, spontanément ou sur les
ordres de Tyler, on l'ignore, la foule se rassembla à nouveau et prit le
chemin de Westminster. Juste avant Charing Cross, ils arrivèrent en face
de l'imposant palais de Savoy, la résidence de Jean de Gand. Ils avaient
maintenant une cible.

Tout le Savoy était la proie des flammes ; symbole des privilèges féodaux sur les bords de la Tamise, il ne serait bientôt plus que cendres.
Malgré les ordres de Tyler, les pillards (des voyous londoniens pour la
plupart) s'en donnaient à cœur joie. Ducket ne pouvait se défendre d'une
certaine fascination en regardant la scène — mêlée de tristesse, car c'était
un superbe édifice. A son côté, Carpenter regardait lui aussi, abasourdi
et murmurant de temps à autre : « Oui, il le fallait. Ça devait arriver... »
Pensant que son ami ne craignait rien au milieu de la foule, Ducket se
dirigea vers le Temple, pour y voir nombre de demeures d'hommes de loi
brûler également ; puis il revint sur ses pas, mais ne retrouva pas Carpenter. Celui-ci avait disparu. Il regarda aux alentours, n'aperçut aucun signe
de son ami et tourna les yeux vers le Savoy.

Qu'est-ce qui lui était passé par la tête ? Carpenter avait gagné la cour
du palais et maintenant la traversait, d'une démarche raide et somnambu-
lique. Bien d'autres émeutiers s'y trouvaient aussi, arrachant aux flammes
tout butin sur lequel ils avaient pu faire main basse ; mais l'artisan n'était
pas venu pour cela. Comme en état d'hypnose, il pénétra dans un des
bâtiments ravagés par le feu. L'acte d'héroïsme de Ducket fut purement
instinctif ; il ne prit pas le temps de réfléchir, il s'élança.

La malchance voulut que le bâtiment s'effondrât juste au moment où il
arrivait. Il vit Carpenter tomber au sol, bondit à l'intérieur, réussit à le
tirer hors du brasier et fut brûlé lui-même pendant l'opération. Ben avait
sombré dans l'inconscience. Avec l'aide d'un autre homme, Ducket parvint à le soulever et à l'emporter loin du théâtre des événements.

Une demi-heure plus tard, Carpenter était revenu à lui, même s'il restait
choqué et sérieusement brûlé. Ducket le laissa entre les mains des bons
frères de l'hôpital St Bartholomew et prit la direction du George, pour
informer Amy de ce qui s'était passé.

James Bull n'était pas homme à abandonner la partie. Certes, son riche
cousin ne lui avait jamais donné signe de vie depuis cinq ans ; certes,
l'année précédente, jugeant qu'elle était en âge de recevoir un tel présent,

il avait envoyé des fleurs à Tiffany, en même temps qu'un poème assez gauche, dont on ne lui avait jamais accusé réception ; mais il ne se décourageait pas pour autant. Comment attirer sur lui l'attention — et l'approbation — de son cousin ?

Quand James Bull vit les hommes de Tyler pénétrer dans Londres, son opinion fut aussitôt faite. La plupart des Londoniens haïssaient la capitation, et beaucoup d'entre eux regardaient avec sympathie le mouvement des hommes du Kent. Plusieurs habitants de la ville s'étaient déjà joints à eux. Mais James Bull, lui, ne partageait pas de telles idées. C'étaient des intrus, des fauteurs de troubles, et il n'avait pas besoin de s'interroger longtemps pour savoir ce qu'il convenait de faire avec les fauteurs de troubles : il fallait les écraser. En cela, il était bien un véritable Bull. Il avait suivi la foule, à distance, mais sans rien perdre de ses mouvements, jusqu'au palais de Savoy ; une fois là-bas, il vit l'occasion d'agir.

Par la suite, il se convainquit qu'il avait fait de son mieux. Il avait chassé trois pillards en puissance loin des ruines du palais en flammes, et ne s'était arrêté que devant l'évidence du lynchage qui l'attendait s'il persistait. Alors il s'était éloigné, pour aller chercher des renforts. Il n'avait pu trouver aucun des sergents de la cité, ni la moindre autorité dans les parages ; aussi était-il hâtivement revenu vers Ludgate, dans l'espoir de rencontrer des hommes d'armes. S'il voulait se faire une réputation et impressionner son cousin du Pont de Londres, il lui fallait accomplir une action d'éclat, et devant témoins. Alors qu'il passait devant le Temple, en flammes lui aussi, et atteignait Chancery Lane, il croisa Silversleeves juché sur un cheval, une robuste bête. « Emmenez-moi à la Tour ! Il faut trouver de l'aide... » cria-t-il ; mais l'homme de loi se contenta de lui jeter un regard froid et s'éloigna rapidement vers l'ouest — en empruntant une rue qui passait à près d'un kilomètre au large du palais de Savoy.

Ce fut donc par un coup de chance inespéré que James Bull aperçut, juste comme il atteignait le Pont de Londres, l'un des émeutiers qui marchait seul dans la rue. Aucune erreur n'était possible : la mèche de cheveux blancs, les brûlures aux mains... Il était sûr de l'avoir vu là-bas. Il courut dans sa direction, se jeta sur lui et s'écria tandis qu'ils tombaient tous deux à terre : « Je te tiens ! » La providence dut s'en mêler, pour que James, alors que le garçon tentait désespérément de s'échapper, vît approcher la robuste silhouette de son cousin, en provenance du Pont. Il lui cria : « Messire, aidez-moi ! Ce gars-là pillait le palais de Savoy ! »

Il fut surpris de voir le marchand, après lui avoir demandé s'il était sûr de ce qu'il affirmait, se tourner vers l'émeutier comme s'il le connaissait et lui déclarer, avec des éclairs dans les yeux : « Tu me le payeras, Ducket. »

Les heures qui suivirent furent interminables, dans la cuisine de la maison du Pont de Londres. Bull n'avait tenu aucun compte des dénégations de Ducket. Quant au jeune James Bull, qui avait poursuivi son chemin vers la Tour, il aurait été fort heureux d'entendre les commentaires du négociant à son sujet : « Fameux garçon... Il a bien vieilli, je dirais. Je l'avais peut-être mal jugé quand il était plus jeune. » Pour l'apprenti en revanche, il n'avait pas de mots assez sévères : « Tu resteras enfermé ici jusqu'à ce que je puisse te conduire aux autorités. » Il fit verrouiller les portes, barricader fenêtres et volets. Seule l'aide-cuisinière restait pour tenir compagnie à l'apprenti. « Surveille-le bien, lui recommanda Bull. Et s'il essaye quelque chose, donne l'alarme. »

Ducket levait de temps à autre les yeux vers la grosse fille. A un certain moment, comme il n'avait rien d'autre à faire, il tenta même de lui expliquer comment Amy l'avait envoyé chercher Carpenter, tous les événements auxquels il avait assisté, et enfin comment, loin de piller, il avait sauvé l'artisan des flammes. « Tu vois bien, lui dit-il en conclusion, que je ne suis coupable de rien du tout. » Mais elle continuait à manger d'un air placide, sans répondre.

Le même régime se poursuivit le lendemain. La cuisinière ne fit qu'une brève apparition durant la matinée ; elle ne lui parla guère, mais eut le temps de lui dire que le roi se rendait à Mile End. La maison retomba dans le silence pendant quelques heures. Mais ensuite Ducket entendit le bruit d'une vaste foule qui approchait ; d'après la clameur, il lui sembla que quelque chose se passait non loin de là. Un grand cri encore, puis le bruit d'une foule qui s'éloignait. Une heure plus tard, la cuisinière réapparut. « Ils sont allés dans la Tour et ont tué l'archevêque, dit-elle. Ils ont fiché sa tête sur une pique au milieu du Pont. »

Ce soir-là, Bull en personne entra dans la pièce. Il jeta un regard méprisant à Ducket et lui dit d'une voix sèche : « Tes amis ont gagné. Le roi a promis des chartes abolissant le servage. En remerciement, ils ont non seulement assassiné l'archevêque, mais sont allés rôder dans les rues, incendiant les maisons et tuant tous ceux dont la figure ne leur revenait pas. Près de deux cents personnes, et ce n'est pas fini. Je pense que tu es content ? » Il claqua furieusement la porte et la verrouilla derrière lui.

Le lendemain était un samedi. Les premières heures s'écoulèrent dans le calme puis, au milieu de la matinée, il entendit des bruits de course dans la rue. Il y eut des cris, mais différents de ceux de la veille ; on appelait des gens par leur nom. Des voix se firent entendre à la porte de Bull, des conversations précipitées ; enfin elles se turent et deux nouvelles heures passèrent. Ensuite de nouveaux cris, des hourras cette fois-ci, et des gens qui riaient. Un cheval s'arrêta devant le seuil et quelqu'un entra dans la maison, d'un pas lourd, lui sembla-t-il. Une demi-heure plus tard, la porte de la cuisine s'ouvrit et Bull apparut :

« Il semblerait que le roi t'ait pardonné », lui dit-il calmement.

James Bull avait tout vu.

A la Tour, après avoir capturé Ducket, il n'avait trouvé personne prêt à l'accompagner au palais de Savoy ; mais son empressement à servir les autorités était si manifeste que l'alderman Philpot en personne lui procura un cheval et des armes. « Vous saurez peut-être en faire bon usage », commenta-t-il. Dès lors, James n'avait plus quitté Philpot. Et c'est ainsi qu'en ce funeste samedi il avait assisté à l'extraordinaire dénouement de la révolte des paysans.

Tôt ce matin-là, après avoir assisté à la messe à Westminster, Richard II d'Angleterre, escorté d'une petite suite de nobles, du maire de Londres, de Philpot et de quelques autres aldermen, se rendit à Smithfield pour parlementer avec Wat Tyler.

Il courait un risque calculé. Jusqu'à présent, les émeutiers n'avaient pas semblé vouloir s'en prendre à sa propre personne. Mais ils pouvaient détruire Londres, et l'on signalait également des soulèvements dans toute l'Est-Anglie. « C'est l'existence même du pays qui est menacée », dit Philpot à James. Si le jeune roi Richard parvenait à persuader les hommes de Tyler de se disperser, bien des vies humaines pouvaient être épargnées. « Mais ils peuvent aussi changer d'avis et le tuer », commenta Philpot d'un air sombre.

Ils arrivèrent à Smithfield pour trouver Tyler et ses hommes regroupés du côté ouest de la vaste esplanade. La petite escorte du roi s'arrêta devant les grands bâtiments gris de St Bartholomew. La horde qui se pressait en arc de cercle en face d'eux était fort impressionnante à voir, et James lui-même ne put s'empêcher de trembler. Mais le fils du Prince noir, le sang Plantagenêt d'Edouard Ier et du Cœur de Lion coulant dans ses veines, s'avança seul vers le centre de l'esplanade. Tyler vint l'y retrouver.

James joua des coudes pour arriver juste derrière le maire, aux premières loges. Il n'avait jamais réussi à bien voir Tyler auparavant, malgré tous ses efforts au palais de Savoy ; mais maintenant, il n'était qu'à cinquante mètres de lui et pouvait distinguer ses traits. Il dévora des yeux le visage basané ; peut-être celui d'un homme qui boit, songea-t-il. Il fronça les sourcils.

Tyler ne perdit pas de temps. Après avoir salué le roi, d'une manière cordiale mais brusque, il formula aussitôt ses revendications. Tout pouvoir seigneurial devait être aboli. Il n'y aurait plus aucun évêque — sauf un, John Ball. Les vastes domaines de l'Eglise seraient confisqués et redistribués aux paysans. Et tous les hommes seraient désormais égaux, sous l'autorité du roi. Richard s'en retourna alors vers sa suite ; James l'entendit conférer à voix basse avec le maire et les autres. A un moment le roi dit : « Je vais lui répondre que nous réfléchirons à tout cela. » Puis il retourna vers Tyler.

Ce n'était pas sur le roi que les yeux de James Bull restaient fixés, mais sur Tyler. Il se creusait la cervelle : où avait-il déjà vu ce visage ?

Quand il reçut la réponse de Richard, Tyler sourit et réclama un pichet d'ale. L'un des hommes le lui apporta. Il l'éleva jusqu'à ses lèvres, y but à pleines gorgées, puis fit claquer sa langue en signe de triomphe.

Bien sûr ! se souvint James. Un soir, voilà bien longtemps, il avait vu un homme claquer de la langue au George ! Basané comme celui-ci ! Se pouvait-il que ce fût le même ? Oui. Il en était presque sûr. Et c'est ainsi que James Bull entra dans l'histoire d'Angleterre.

« Je connais cet homme ! cria-t-il, sa voix résonnant sur toute la surface de Smithfield. C'est un bandit de grand chemin qui sévit dans le Kent ! »

Quoi qu'il ait pu en attendre, l'effet produit par ses paroles laissa James abasourdi. Tyler releva les yeux en sursautant ; puis, que l'accusation fût vraie, ou simplement parce qu'il se sentait insulté, son visage s'empourpra. Hurlant de rage, il sembla oublier le roi, éperonna son cheval et se rua droit sur James en tirant un poignard de son fourreau. « Je vais te tuer ! » s'exclama-t-il. James blêmit et les événements se précipitèrent. Il y eut un remue-ménage devant lui, des épées brillèrent dans le soleil ; il vit celle du maire et celle d'un écuyer. Enfin, un grand cri. Le cheval de Tyler fit demi-tour et partit au galop ; juste avant d'arriver à hauteur du roi, son cavalier s'abattit au sol et y demeura inerte, perdant beaucoup de sang.

Un terrible silence tomba sur l'assistance ; les émeutiers retenaient leur souffle. James entendit Philpot murmurer : « Ils vont tous nous tuer, les maudits. »

Mais c'était compter sans le jeune roi. A quatorze ans, Richard II fit preuve d'un calme et d'un courage hors du commun. Elevant la main, il poussa son cheval vers le cœur de l'énorme troupe des émeutiers. Puis il prit la parole :

« Messires, je serai, moi, votre capitaine. Suivez-moi. » Et il se dirigea vers les champs qui s'étendaient au nord de l'esplanade. La foule hésita tandis que James retenait son souffle. Les émeutiers commencèrent à le suivre.

L'heure suivante fut pleine de frénésie. Le maire, Philpot et les autres fidèles du roi avaient investi Londres. Les hommes d'armes et les citoyens de la ville se décidèrent enfin à s'organiser contre les révoltés. Tandis que le roi tenait ceux-ci occupés à parlementer, la force ainsi constituée les encercla.

Ensuite, tout se passa très vite. Les émeutiers se rendirent ; le roi était sain et sauf. Le maire et Philpot furent faits chevaliers sur-le-champ. La tête de Tyler remplaça celle du malheureux archevêque sur le Pont de Londres. Néanmoins, le roi fut assez sage pour ordonner qu'on pardonnât à tous ses partisans, gens fort modestes, quels que fussent les crimes qu'ils avaient commis.

Mais son vrai triomphe, James Bull le connut quand, rouge d'excitation, il retourna à la maison du Pont de Londres pour y apporter des nouvelles fraîches. Pour la première fois, on le fit monter à l'étage ; là il trouva le négociant, sa femme et Tiffany réunis dans la grande salle.

« Et maintenant, mon garçon, lui dit son cousin avec un bon sourire, raconte-nous tout, exactement comme cela s'est passé. »

La grande révolte des paysans de 1381 était terminée. Il y eut bien encore quelques soubresauts, en Est-Anglie et ailleurs ; mais, ayant échoué à Londres, le mouvement était décapité. Les promesses que le roi avait faites aux paysans furent immédiatement oubliées. Comme il en informa sèchement une délégation des leurs, quelque temps plus tard : « Vilains vous êtes, vilains vous resterez. » Les étoiles avaient repris leur cours normal, la société retrouvé son ordre d'antan. Néanmoins, une importante leçon politique avait été tirée, que les siècles suivants ne devaient pas oublier. Bull la résumait d'une phrase : « La capitation, cela veut dire beaucoup de soucis. »

Deux jours après la mort de Tyler, quand toute trace de danger fut écartée, on vit un cavalier monté sur un cheval couvert d'écume se présenter à la porte de la maison du Pont de Londres. C'était Silversleeves. Sa joie, en voyant Bull se pencher à la fenêtre, semblait sans borne.

« Dieu merci, messire, vous êtes sain et sauf ! s'écria-t-il. Et notre chère Tiffany ? (Il poussa un soupir de soulagement.) J'étais si inquiet à votre sujet... » Il expliqua qu'il était ces derniers temps dans l'ouest du pays pour affaires. « Mais dès que j'ai entendu parler de ce Tyler, je suis revenu aussi vite que j'ai pu. » Il se rua dans l'escalier, et s'autorisa même à prendre sa bien-aimée dans les bras. « Comme je brûlais d'être auprès de vous !... » s'exclama-t-il. Bull en était tout ému.

Il était pourtant une personne envers laquelle son cœur ne s'était pas adouci : Ducket. « Il était avec les rebelles, disait-il, je ne veux pas en savoir plus. C'est un traître. » A l'apprenti lui-même, quand il le libéra, il dit d'un ton froid : « Cela ne m'intéresse pas de savoir quel rôle tu as joué dans tout cela. Je tiendrai les engagements que j'ai pris quand tu es entré en apprentissage chez Fleming, parce que j'ai donné ma parole. Mais je ne veux plus jamais te revoir dans cette maison. »

Un mois plus tard, Benedict Silversleeves et Tiffany Bull se fiançaient. A la demande de Tiffany, le mariage ne devait pas avoir lieu avant l'été suivant.

Quand James Bull apprit que Tiffany était fiancée, il resta longtemps plongé dans ses pensées ; « C'est comme ça » fut ensuite son seul commentaire. Si, au fond de son cœur, il savait depuis cinq ans qu'il espérait en vain, son sens de la famille comme de sa propre valeur ne lui avait jamais permis de le reconnaître. Et maintenant qu'il venait d'entrer enfin dans les bonnes grâces de son cousin, voilà que tout était fini. Il s'aperçut soudain que sa vie n'avait pas de but particulier et se mit à fréquenter le George. Non qu'il bût à l'excès, ni qu'il négligeât son travail ; mais il reste à un homme bien des heures pour s'asseoir à une table et méditer tristement sur lui-même — et c'est ce qu'il faisait.

Dame Barnikel le remarqua, et se souvint de l'avoir déjà vu dans cet état auparavant. Curieuse de nature comme elle l'était, elle se mit à l'observer et le désigna à Amy.

« Un homme, dit-elle à sa fille, est ce que tu fais de lui. » Non qu'elle ait elle-même réussi à faire grand-chose du pauvre Fleming, songeait-elle en soupirant. « Mais ce jeune homme, disait-elle, a besoin que quelqu'un s'occupe de lui. » Elle décida bientôt qu'elle allait le « prendre sous son aile ». Chaque fois que James venait au George, il trouvait désormais la redoutable patronne l'attendant, tout sourire. « Te revoilà, beau jeune homme », lui disait-elle de sa voix de rogomme, en le faisant asseoir. Puis elle ronronnait littéralement en face de lui. Grâce à elle, le grand gaillard se sentait presque une âme de séducteur. A Amy qui prenait un air gêné, dame Barnikel disait après coup : « Il faut que tu apprennes à réveiller tout ce qu'il y a dans un homme. On ne peut jamais être sûre à l'avance de ce qu'on ne va pas trouver chez ces gaillards-là. »

Amy, il faut bien l'avouer, se demandait parfois comment elle accomplirait une telle prouesse avec Carpenter. Certes, elle continuait à admirer sa force tranquille ; mais l'expérience de la révolte de Tyler l'avait un peu décontenancée. Quand Ben était revenu de St Bartholomew, il n'avait pour finir rien de plus que quelques brûlures et une énorme bosse sur le crâne. Mais quel eût été son sort sans l'intervention de Ducket ? Pourtant, cela n'avait changé en rien son opinion. « C'étaient des voyous de Londres qui se sont livrés au pillage, avait-il dit à Amy. Nous vivons toujours sous un pouvoir impie. Un jour, il faudra que cela change. » Elle n'était pas très sûre de ce qu'il fallait en penser ; mais il restait toujours l'homme de sa vie. Aussi ne put-elle que se réjouir quand il lui annonça, peu avant Noël : « Je pense que nous nous marierons cet été. »

Pour bien des gens en Angleterre, après les calamiteux douze mois qui venaient de s'écouler, le début de l'année 1382 sembla porteur d'un nouvel et brillant espoir. Janvier fut marqué par un événement heureux : Richard II, le courageux jeune roi, épousa Anne, une princesse sans grande beauté mais d'un agréable caractère. Elle était presque aussi jeune que lui et arrivait de la lointaine Bohême, dans l'Est de l'Europe, après avoir enduré les périls de la dangereuse traversée. A la plus grande joie de tous, il était manifeste qu'Anne de Bohême et Richard d'Angleterre étaient tombés amoureux l'un de l'autre dès leur première rencontre, comme dans un conte de fées.

Chez les Bull, une même perspective de fête et de réjouissance se profilait à l'horizon.

La grosse aide-cuisinière se décida à parler dans la dernière semaine de février. La raison pour laquelle elle le fit (s'il y en avait même une) était profondément enfouie dans les replis de sa pesante personne. « Ducket n'était pas avec les émeutiers, déclara-t-elle un jour à Tiffany dans la cuisine, à brûle-pourpoint. Il sauvait la vie d'un homme. »

Quand la jeune fille en parla à son père, la réaction de celui-ci ne fut guère encourageante. « Désolé, dit-il, mais je ne suis pas convaincu. Cette histoire-là, c'est Ducket lui-même qui l'a racontée à la fille de cuisine. Et une chose est sûre, quoi qu'il ait fait là-bas, c'est qu'il était bien au Savoy. N'oublie pas non plus les soupçons de dame Barnikel au sujet de l'argent disparu. Je ne suis pas prêt à réviser mon opinion, et toi (il lui jeta un regard appuyé), je te prierai de rester à l'écart de ce garçon. » Tiffany courba docilement la tête et ne dit rien.

Puis elle alla envoyer le message.

Ducket fut exact au rendez-vous qu'elle lui avait fixé à St Mary-le-Bow. Depuis plus de six mois, la porte de la maison des Bull lui restait fermée. Aujourd'hui, quand Tiffany regardait son visage familier, son regard enjoué, sa drôle de mèche blanche sur le front, elle sentait des remords poindre en elle. Même si son père avait raison, comment avait-elle pu laisser passer autant de temps sans chercher à le revoir ? Que n'avait-il dû éprouver, d'être ainsi proscrit, sans le moindre signe d'amitié de sa part ? Et aujourd'hui, l'embarras de Tiffany était plus grand encore. Pourtant, quand elle rapporta à Ducket les propos de la fille de cuisine, il ne fit montre d'aucun ressentiment. Au contraire, il dit en riant : « Je suis content que tu n'aies plus peur de me parler. C'est quand même drôle, ajouta-t-il, que tout le monde soit devenu si froid avec moi depuis deux ans. Je me demande bien pourquoi. »

Mais Tiffany, elle, savait. Et soudain, en pensant aux soupçons de son père et de dame Barnikel, en regardant le visage enjoué du jeune garçon, elle sut également, avec certitude, qu'il ne pouvait être coupable de ce dont on l'accusait.

« Je dois te dire une chose, je crois », lui déclara-t-elle.

Aux alentours de Pâques 1382, plusieurs copies d'un dangereux ouvrage furent introduites clandestinement à Londres. Comme chaque exemplaire devait être recopié par un scribe, cela limitait la diffusion des livres ; néanmoins, les autorités s'en alarmèrent.

Le livre en question n'était autre que la Bible. Il s'agissait d'une traduction littérale, assez peu agréable à lire ; on la devait pour partie à Wyclif lui-même, pour partie à d'autres rédacteurs ; ses auteurs eux-mêmes la considéraient comme un premier jet, demandant à être remanié. Mais elle était en anglais, et des hommes comme Carpenter pouvaient la lire, d'où l'inquiétude qu'elle suscitait. « Une Bible en anglais, disait Bull à sa femme, nous mènera droit à la révolution. » Les sermons de John Ball résonnaient encore aux oreilles du peuple, la terrifiante horde des rebelles restait imprimée dans toutes les mémoires ; aussi l'idée de simples gens lisant la Bible et se forgeant leurs propres sermons frappait-elle de terreur les responsables du pays. On commença à donner un sobriquet péjoratif aux partisans de Wyclif : les *lollards*, ce qui pouvait signifier les radoteurs ou les fainéants. La Bible de Wyclif fut surnommée la Bible *lollard*. Et tout cela sentait le soufre.

Ben Carpenter voulait une Bible lollard. Il avait déjà réussi à s'en procurer une partie, la Genèse. Comme bon nombre de ces ouvrages, elle était précédée d'une série de commentaires d'inspiration lollard ; Ben avait déjà lu à deux reprises à la fois le texte de l'Ecriture et les commentaires — lentement —, mais il avait compris. Il n'apporta pourtant pas l'ouvrage au George, car Amy le persuada que cela irriterait sa mère, qui depuis la révolte avait cessé d'apprécier Wyclif. Mais plusieurs fois il emmena Amy dans un endroit tranquille pour en lui lire des extraits. « Quand les jours seront plus chauds, lui promit-il, nous pourrons aller nous promener le soir, et je t'en lirai de plus longs passages. »

C'était un soir de printemps, plutôt frais et pluvieux pour un mois de mai. Des rafales de vent faisaient claquer les volets sur le passage de Ducket, qui venait de sortir par Ludgate. Cette occasion, cela faisait deux mois qu'il attendait patiemment qu'elle se présente. Deux mois depuis le jour où Tiffany l'avait averti des soupçons de dame Barnikel. Et ce soir, il veillait à ne pas perdre sa proie de vue.

Bien sûr, ça pouvait ne rien être du tout. Il n'y avait peut-être aucun lien entre les deux faits ; mais il ne pouvait s'empêcher de mettre en rapport les problèmes d'argent de Fleming et ses étranges escapades. Quoi que celui-ci manigançât, si Ducket voulait se laver des soupçons qui pesaient sur lui, il avait tout avantage à le découvrir. Il vit l'épicier traverser le pont sur la Fleet et continuer en direction de la barrière du Temple.

La pluie qui ruisselait sur son visage brouillait sa vision. Devant lui, Fleming tourna à droite juste avant la barrière et s'engagea dans Chancery Lane. Le quartier n'était pas familier à Ducket ; il se demandait où l'épicier pouvait bien aller. Il essaya de se rapprocher de lui. Un coup de vent, une rafale de pluie sur son visage ; quand il rouvrit les yeux, Fleming avait disparu.

Sans se soucier qu'on pût le découvrir, il remonta la rue en courant, parcourut ainsi cent mètres, puis deux cents, mais en vain.

« Il ne peut pas être bien loin, pourtant, marmonna-t-il en revenant sur ses pas. Il est sûrement entré quelque part. » Des rangées de maisons se dressaient des deux côtés de la rue ; avec leurs gables élevés et leurs poutres arrondies, elles semblaient le menacer, tapies au-dessus de lui, dans la pénombre. Il se rendit compte qu'il avait déjà dépassé un grand nombre de ruelles et de cours, et que Fleming avait pu pénétrer dans chacune d'elles. Ici ou là, un rai de lumière filtrait sous une porte, sous une fenêtre, seuls signes de vie aux alentours. « Le mieux est de surveiller le quartier, pensa-t-il. Même si je le vois seulement ressortir de quelque part, cela m'indiquera au moins où le chercher la prochaine fois. » Il se mit donc à faire les cent pas, ignorant la pluie qui continuait à tomber dru.

Une demi-heure passa, puis une heure. Enfin, comme il pénétrait dans une petite cour, il entendit un volet s'ouvrir, leva les yeux et vit un visage se découper brièvement dans l'embrasure d'une fenêtre éclairée.

Fleming contemplait le rougeoiement du feu avec une excitation croissante. Cette fois, pensait-il, ça allait marcher.

Ça devait marcher. Sa fille se mariait dans un mois et qu'aurait-il à lui offrir ? Rien. Il songea à sa femme. Depuis quand ne l'admirait-elle plus, ne le respectait-elle plus ? Seul l'argent saurait y remédier. Aussi avait-il ramassé encore une fois tout ce qui restait dans sa caisse pour l'apporter à Silversleeves. L'alchimiste avait paru confiant, lui aussi.

« C'est la dernière fois que je le fais, avait-il affirmé à l'épicier. Je n'en aurai plus besoin. » Comme Fleming se demandait visiblement si cela signifiait qu'enfin ils allaient fabriquer de l'or, il lui sourit. « Oui, mon ami, la dernière fois, car (ici il rendit secrètement grâce à Tiffany et à sa fortune) bientôt je vais être très riche. »

Il faisait chaud dans la pièce ; Silversleeves, vêtu de sa grande cape de sorcier, était courbé sur son travail. Il mélangeait les ingrédients de l'élixir, ajoutant cette fois un peu de sel et d'ail pour faire bonne mesure. Le temps passait, le feu crépitait, l'air dans la pièce se raréfiait ; dehors, la pluie fouettait les volets. Enfin, tout fut prêt. « Alimentez le feu », ordonna-t-il à l'épicier.

Pendant que Fleming s'exécutait, une rafale de vent ouvrit brusquement le volet ; d'un geste impatient, Silversleeves lui fit signe d'aller le refermer, et c'est alors que l'épicier se pencha à la fenêtre. Puis il s'empressa de retourner auprès du feu.

Déjà l'élixir bouillonnait dans le creuset. « Vous croyez que... » commença Fleming, mais Silversleeves posa un doigt sur ses lèvres. Brûlant de parler enfin, l'épicier se hissa sur la pointe des pieds, sans quitter des yeux le creuset qui frémissait sur les braises. La pluie continuait à tambouriner sur les volets. Il fut vaguement conscient d'un craquement du côté de la porte. Le creuset s'était mis à siffler.

Mais quelque chose d'étrange se produisit alors ; Fleming sentit le mouvement, et Silversleeves aussi, qui en releva les yeux de surprise. Non seulement le creusait s'agitait et bouillonnait, mais sur la table les bocaux et les fioles s'étaient mis à trembler eux aussi. La porte et la fenêtre vibrèrent et le creuset sauta en l'air ; le sol lui-même bougeait, comme s'il était pris de convulsions. Puis les murs et la maison tout entière commencèrent à vaciller de la plus surprenante manière.

« Dieu du ciel ! cria Fleming, transporté de joie. Ça y est ! » Voilà le genre de prodige qui devait arriver quand s'accomplissait le miracle alchimique. Après tout, à ce qu'il en savait, les planètes devaient tournoyer aussi furieusement, les sphères célestes s'agiter aussi violemment que la maison en ce moment. Peut-être — l'idée était terrible, mais sublime — Silversleeves venait-il de provoquer la fin du monde. En tout cas, l'alchimiste semblait inquiet.

C'est alors que la porte s'ouvrit.

Ducket observait la scène, bouche bée. Les derniers instants qu'il venait de vivre avaient compté parmi les plus étranges de sa vie. Il s'était rué à travers la cour, avait grimpé quatre à quatre un escalier branlant et il cherchait son chemin sur le palier, à tâtons dans le noir, quand la maison entière et toutes les demeures alentour s'étaient mises à trembler.

Il n'avait encore jamais vécu de tremblement de terre auparavant, ni n'en avait entendu parler. Rien de surprenant là-dedans : le grand séisme de mai 1382 fut l'un des rares dont l'histoire de Londres garde le souvenir, et s'il ne causa pas de graves dommages, il terrifia les Londoniens. Pourtant, Ducket n'avait guère le loisir de penser au tremblement de terre. Bien que ce ne fût pas un quartier de prostituées, il avait supposé que son maître se trouvait avec une femme. Ou parmi des hommes jouant aux dés, ou encore à un autre jeu, ce qui expliquerait qu'il ait perdu autant d'argent. Il avait projeté d'ouvrir avec précaution la porte, de jeter un regard sur ce qui se passait à l'intérieur, puis si nécessaire de battre précipitamment en retraite. Mais le soudain soubresaut du sol l'avait lancé violemment contre la porte, au moment même où il soulevait le loquet. Elle s'était ouverte en grand et maintenant, clignant des yeux dans l'étrange lumière, il apercevait Fleming, qui le dévisageait comme s'il était un fantôme — et là-bas, près du feu, il y avait un mage. Pourtant non, l'homme n'avait rien d'un mage, et Ducket fronça les sourcils. Il contemplait le dévot, le respectable Silversleeves — et celui-ci n'avait l'air en ce moment ni respectable ni même alarmé, mais coupable et gêné. « Qu'est-ce que vous faites ici ? s'exclama-t-il, stupéfait.

— Ducket ! s'écria l'épicier, soulagé maintenant qu'il avait reconnu l'intrus. Est-ce que je ne t'ai pas dit qu'un jour tu verrais des miracles ? (Il arbora un air extatique.) Oh ! Ducket, viens vite voir... Nous venons de fabriquer de l'or ! »

Alors l'apprenti, qui avait entendu parler de l'alchimie et des pratiques qu'elle dissimulait, se tourna vers Silversleeves. « Sois maudit !... » criat-il. L'homme de loi rentra la tête dans les épaules et ne répondit pas.

Ducket fut surpris, après coup, de la facilité avec laquelle il avait pris les choses en main. Il avait d'abord eu du mal à faire admettre à l'épicier l'idée qu'on ait pu le duper.

« Ne savez-vous pas que tous ces gars sont des imposteurs ? criait-il. Ils sont bien incapables de fabriquer de l'or ! Ils vous le font croire pour prendre votre argent, mais tout cela n'est qu'un tour de passe-passe ! (Il courut jusqu'au creuset.) Où est l'or ? Il n'y en a pas un seul grain ici ! » Même alors, il lui fallut menacer Silversleeves d'un coup de poing dans la figure, et que le pseudo-sorcier révèle la vérité à sa victime, pour que le pauvre épicier commence à comprendre. « Alors il m'a volé tout mon argent ? murmura-t-il.

— Et il va falloir qu'il vous le rende... » dit Ducket d'une voix forte. Mais l'homme de loi sembla retrouver une contenance. « Tout est parti », dit-il avec un sourire faussement contrit.

Ducket s'attendait à ce que Fleming explose de colère, menace Silversleeves de tout dénoncer, mais c'était oublier une chose : la victime était coupable elle aussi. Et maintenant Fleming l'implorait, avec des larmes dans les yeux :

« J'ai toujours été bon avec toi, Ducket. Promets-moi que tu ne diras à personne ce que j'ai fait. Si ma femme et Amy devaient l'apprendre... je ne pourrais pas le supporter. Tu me le promets ? »

Ducket hésita. Du coin de l'œil, il vit Silversleeves sourire avec suffisance ; à coup sûr, le fourbe pensait s'en tirer à bon compte. Il se tourna vers lui.

« Je raconterai à tout Londres ce qui s'est passé, déclara-t-il, à moins que ce démon ne prenne un engagement ici même. De renoncer à Tiffany. Renonce à elle, dit-il à Silversleeves, ou je dis à tout le monde quel genre d'homme tu es réellement !

— Je ne crois pas que ce soit souhaitable, murmura l'autre, très pâle.

— Je le ferai pourtant. A toi de choisir. »

Il vit le bref combat intérieur qui agita l'homme de loi, puis celui-ci céda enfin. « Très bien », dit-il.

Le lendemain matin, alors que tout Londres parlait du tremblement de terre et estimait les dégâts qu'il avait causés, Ben Carpenter, lui, se félicitait de son étonnante bonne fortune. L'homme avec qui il avait eu un rendez-vous discret près de St Paul, au lieu du seul livre de l'Exode promis, lui avait apporté une Bible entière, traduite de A à Z. En outre, il lui avait réclamé un prix certes élevé, mais qui restait dans la limite de ses moyens.

Il avait sa Bible. Il pouvait à peine y croire. Certes, une bonne part de ses économies y était passée ; mais c'était l'unique livre qu'il aurait besoin d'acheter de toute sa vie. Il l'enveloppa dans un morceau d'étoffe, mit le tout dans un sac et rentra chez lui.

Il fallait se montrer discret ; les lollards étaient moins que jamais en odeur de sainteté. Un synode ecclésial réuni quelques jours plus tôt aux Blackfriars avait de nouveau vigoureusement condamné les propositions de Wyclif comme hérétiques ; la simple possession d'une Bible lollard suffisait à rendre quelqu'un suspect. Il la rangea donc au fond d'un placard.

Ce faisant, une idée lui traversa l'esprit. Depuis l'été précédent, il s'en voulait de n'avoir jamais remercié dignement Ducket de lui avoir sauvé la vie au palais de Savoy. Il lui avait offert de l'argent, mais l'apprenti avait refusé. A plusieurs reprises, Ben s'était demandé quel cadeau il pourrait donner à son ami. La réponse était devant lui, posée dans le placard. Grave, mais heureux, il prit le livre de la Genèse.

Tard dans l'après-midi, Silversleeves sortit de chez lui pour aller tuer Ducket.

Il avait longuement pesé le pour et le contre. Fleming ne parlerait sans doute pas ; mais Ducket si, quand l'apprenti découvrirait qu'il comptait toujours épouser Tiffany. Il n'avait pas la moindre intention de renoncer à elle ; et une fois Ducket hors d'état de nuire, rien ne s'opposerait plus à leur mariage. Une seule conclusion s'imposait donc : l'apprenti devait mourir.

Il se sentait néanmoins un peu nerveux en glissant une dague effilée sous sa tunique.

Pour s'assurer que rien n'avait été divulgué, il se rendit d'abord dans la maison du Pont de Londres, où il reçut l'accueil le plus cordial. Nulle ombre dans les yeux de Tiffany : elle n'avait rien entendu le concernant. En ressortant il rencontra Bull, aussi aimable qu'à l'accoutumée. « Je me demandais, messire, si nous ne pourrions fixer un jour pour les noces », lança-t-il. « Certainement, acquiesça le marchand. Avant le mois de juin, ce sera décidé. »

Quand Silversleeves atteignit le Cheap, Ducket et l'épicier repliaient leur étal. Il les épia à distance, hésitant sur la conduite à tenir.

Comment tuait-on un homme ? Il n'avait encore jamais rien fait de tel. Avant tout, il ne fallait pas qu'on le voie ; il faudrait choisir un endroit discret, sans doute après la tombée de la nuit. Le mieux serait probablement de le surprendre par-derrière. Mais ensuite, que faire du corps ? L'abandonner sur place ? Le cacher quelque part ? Le jeter dans le fleuve ? S'il n'y avait plus de cadavre, personne ne pourrait conclure avec certitude au crime. Tout dépendrait des occasions qui se présenteraient, pensa-t-il non sans appréhension, et il commença à suivre sa victime à distance.

Les deux hommes se mirent en route comme d'habitude, tirant leur charrette le long du Cheap. Ils suivirent Poultry et se dirigèrent vers Lombard Street, d'où ils descendraient vers le Pont. Mais comme ils arrivaient à Lombard Street, un homme court et trapu, un artisan de toute évidence, les héla et vint parler à Ducket. Peu après, Ducket et l'homme repartirent en direction du Cheap, tandis que Fleming rentrait avec la charrette. Toujours aussi prudent dans sa filature, Silversleeves refit le même chemin en sens inverse, pour voir le couple s'engager dans la rue qui contournait St Mary-le-Bow, et là entrer dans une taverne.

Par chance, l'endroit était bondé. Il les repéra aisément, déjà assis à une table, mais sans qu'eux-mêmes le voient ; alors il commanda un pichet de vin et ne les lâcha pas des yeux. L'artisan semblait heureux, excité même ; il réclama une nouvelle tournée de bière. Une fois qu'on la leur eut apportée, il tendit un paquet à Ducket, non sans avoir jeté un coup d'œil furtif autour de lui. C'était visiblement un cadeau, à en juger par le regard pétillant qu'il adressa à son compagnon. Ducket entreprit d'ouvrir le paquet.

Silversleeves se rapprocha d'eux avec mille précautions.

C'était un livre : d'où il était, il ne pouvait rien distinguer de plus. L'apprenti avait commencé à le feuilleter, et les têtes des deux hommes étaient penchées au-dessus. L'espace d'un instant, Ducket souleva l'ouvrage ; et bien qu'il fût à près de trois mètres d'eux, Silversleeves entrevit le simple mot qui s'inscrivait en gros caractères en haut de la page : GENÈSE. C'était sans doute une Bible lollard.

Il fit rapidement retraite. Un écrit lollard... quel usage faire de cette information ? Son esprit rusé considéra la chose sous tous les angles, puis il sourit : un sourire de délectation. Il ne serait peut-être pas nécessaire de tuer Ducket, en fin de compte.

La soirée était bien avancée quand l'apprenti regagna le pont en flânant, le livre de la Genèse bien à l'abri dans un sac qui pendait à son épaule. Il ne se souciait guère, à vrai dire, de posséder un tel objet, mais n'avait pas eu le cœur de le dire à Carpenter. Le grave artisan le lui avait offert avec une telle fierté...

Quand il aperçut les deux hommes en face de lui, il ne prêta pas particulièrement attention à eux. Il reconnut dans le premier l'un des sergents chargés du maintien de la loi et de l'ordre dans la ville ; l'autre était Silversleeves, et il décida de l'ignorer. Ce ne fut qu'en les voyant s'approcher de lui qu'il le comprit : les deux hommes voulaient lui parler.

« Pourrais-je voir le sac, s'il vous plaît ? » lui demanda le premier. Ducket hésita, puis haussa les épaules : un apprenti ne désobéissait pas à un sergent. Il tendit son sac à contrecœur et l'autre en retira le livre, qu'il donna à l'homme de loi. « De quoi cela parle-t-il ? » lui demanda-t-il.

Silversleeves se contenta d'un bref regard avant de répondre :

« C'est le livre de la Genèse. Et il y a des écrits lollards à l'intérieur. Tout cela, c'est de l'hérésie, affirma-t-il gravement. Je pense que vous devriez le saisir.

— Vous n'avez pas le droit de faire cela ! cria Ducket. Je n'ai désobéi à aucune loi ! » Il vit le sergent jeter un regard à Silversleeves.

En réalité, aucun des deux hommes ne savait si la possession d'un tel ouvrage tombait ou non sous le coup de la loi. Mais les apprentis lollards représentaient un indubitable danger pour la société. « Vous feriez mieux de garder le livre, répéta le juriste d'une voix ferme, en attendant de savoir si son propriétaire est coupable ou non. Ça me paraît évident. » Le sergent ne put qu'approuver.

« Comment te l'es-tu procuré, mon gars ? » demanda-t-il à Ducket.

Celui-ci réfléchit rapidement. Si toute cette fichue affaire devait lui causer des ennuis, il ne fallait pas y mêler le pauvre Carpenter.

« Je l'ai trouvé, c'est tout.

— Réponse dilatoire, dit l'homme de loi. L'accusé est coupable...

— Espèce de sale filou ! cria Ducket, exaspéré. Qu'est-ce que tu mijotes encore ?

— Rien d'autre que protéger la loi et notre sainte Eglise », répondit Silversleeves avec douceur. C'en était trop pour Ducket qui s'exclama :

« Démon ! Nécromant !

— Ah ! sourit le juriste. Nécromant... On sait que pour vous, les lollards, la messe n'est qu'une pratique magique... Notez bien cela, sergent.

— Je saurai où te retrouver, mon garçon », dit le sergent d'une voix menaçante.

Quand Bull entendit ce que Silversleeves avait à lui dire, il entra dans une grande colère. « Bien sûr que vous avez eu raison de m'en parler, assura-t-il à son visiteur.

— J'ai hésité, affirma Benedict. J'aurais préféré ne pas vous en parler du tout, mais je sais les liens que vous avez avec Ducket, et je sens qu'il risque de se laisser entraîner sur une mauvaise pente. Ne pourriez-vous pas l'aider ? Pour ma part, ajouta-t-il, ce garçon me paraît bien inoffensif...

— Non ! s'écria Bull. Vous vous trompez ! Cela fait trop de choses pour un seul homme. Vol, rébellion, et maintenant lollardisme ! Si l'on peut vous reprocher une chose, Silversleeves, c'est d'être trop indulgent... Et vous dites qu'en plus il vous a calomnié ?

— Il m'a traité de nécromant, dit le juriste en riant. Un mot qui ne signifie rien... Il l'a dit sous le coup de l'emportement. Si tout cela doit aboutir à une arrestation, je pense que vous devriez parler en sa faveur.

— Non. Pas maintenant, pas après ceci. Je pourrais même être amené à prendre des mesures plus sévères.

— Oh ! mon cher... dit Benedict, l'air navré.

— Il est censé recevoir de moi une somme d'argent quand il aura fini son apprentissage, expliqua Bull. Mais je me demande aujourd'hui si je dois la lui donner ou non. Quand le sang est mauvais, cher ami... (Il donna une tape sur l'épaule de son hôte.) Pour parler de sujets plus gais, mariage dans trois semaines. Tenez-vous prêt. »

Ce soir-là, Benedict Silversleeves détruisit minutieusement toute trace de ses tentatives pour transmuer en or des métaux vils.

Fleming était sorti, et Ducket n'avait personne à qui parler. Assis dans la salle du George, le lendemain matin, il songeait que l'ordre de l'univers était décidément immuable. On ne pouvait fabriquer de l'or avec du métal vil — et un enfant trouvé ne s'élèverait jamais hors de sa sphère.

Il était désormais ruiné, déshérité. Bull ne s'était même pas dérangé pour venir le lui dire en personne, mais avait envoyé un message à dame Barnikel, qui lui avait annoncé la mauvaise nouvelle. Un apprenti épicier sans le sou. Quelle perspective d'avenir lui restait-il ? La guilde des épiciers allouait parfois un capital de départ à des jeunes gens de bonne réputation, pour les aider à démarrer dans la vie ; mais quel genre de réputation avait-il donc aujourd'hui ?

« Tout n'est pas perdu », lui avait affirmé dame Barnikel. Mais elle l'avait dit d'un ton ni très convaincu, ni même très chaleureux.

Dans ces conditions, il fut fort surpris de voir arriver Tiffany, peu avant midi. Elle portait une robe violette, assez claire, et une petite toque plissée. Sa robe mettait joliment en valeur sa jeune poitrine, et Ducket remarqua combien sa silhouette s'était affirmée ces derniers temps. Elle s'assit à côté de lui.

Dieu, qu'il avait l'air abattu ! Elle ne l'avait jamais vu comme cela auparavant. Et c'est nous, pensa-t-elle, ma propre famille, qui en sommes responsables...

« Tu ne devrais pas être ici avec moi, lui dit-il.

— Probablement pas, en effet. Mais je viendrai toujours, Ducket. Toujours. Quoi qu'il arrive. » Et elle lui prit la main.

A sa grande honte, il ne put empêcher les larmes de lui monter aux yeux. Ils restèrent assis plus d'une heure ensemble. Elle le persuada sans trop de peine d'expliquer comment il s'était trouvé en possession de la Bible lollard — bien qu'il refusât toujours de dire des mains de qui il la tenait. Comment Silversleeves avait-il pu être au courant ? Cela restait un mystère.

« Je suis vraiment désolée, dit-elle en fronçant les sourcils, que cela puisse venir de Silversleeves. Il ne pensait qu'à t'aider, j'en suis sûre. Je vais lui dire d'en reparler avec Père et de tout arranger. Tu sais, ajouta-t-elle, que nous allons nous marier dans trois semaines ?

— Vraiment ? Quand cela s'est-il décidé ?

— Hier soir. Juste après que vous vous êtes rencontrés. »

C'est alors que Ducket comprit tout. Le fourbe avait rompu leur marché ; mais auparavant il s'était arrangé pour le discréditer, et avec quelle astuce ! Rien de ce que Ducket pourrait dire désormais ne serait pris au sérieux, parce qu'on l'accuserait d'être mû par la rancune. A coup sûr, l'homme de loi avait effacé toute trace de ses activités occultes. Pourtant, il fallait tirer Tiffany de ses griffes.

« Me croiras-tu, dit-il enfin, si je te révèle quel genre d'homme est en réalité ton Silversleeves ? » Et il commença à parler.

Il lui raconta comment il avait démasqué le pseudo-sorcier, sans mentionner pourtant le nom de Fleming ; il lui dévoila quel menteur était Silversleeves, et comment il trompait les gens. Il lui dit tout ce qu'il put lui dire. Elle courbait la tête au fur et à mesure, plongée dans ses pensées, puis enfin elle prit la parole :

« Tu dis des choses terribles sur l'homme que je dois épouser ; pourtant tu ne me donnes pas le nom d'une seule de ses victimes. Tu ne me donnes aucune preuve. (Elle releva la tête vers lui, les yeux pleins de désarroi.) Comment puis-je te croire ? »

Comment, en effet ? Et pourquoi le croirait-elle ? Pour quelle raison aurait-elle plus confiance en lui qu'en Silversleeves ? Et si Tiffany se méfiait de lui, quelle chance aurait-il de convaincre Bull ou qui que ce soit d'autre ? En la contemplant, il se souvint du jour où il l'avait rencontrée sur le Pont en compagnie de Silversleeves, et comprit violemment, douloureusement, combien il l'aimait. Elle était inaccessible pour un humble garçon dans son genre ; pourtant il l'aimait comme jamais personne d'autre depuis sa naissance.

« Si tu reviens ici demain, dit-il, je te donnerai une preuve. »

Le pouvait-il vraiment ? La question l'obséda dès qu'elle eut quitté l'établissement. Silversleeves, à l'évidence, avait misé sur le fait que l'épicier ne parlerait pas ; il fallait que Ducket le persuade de le faire. Si Tiffany jurait de garder le secret, Fleming parlerait-il ? Il comprendrait sûrement l'urgence de sauver la jeune fille des mains de son fiancé. Et pourtant, même cela ne suffirait peut-être pas... Bull demanderait des explications ; Fleming serait-il prêt à tout lui raconter à lui aussi ? Et Bull le croirait-il ? L'habileté de Silversleeves à tromper son monde était immense. L'apprenti soupira. Pour l'instant, il ne trouvait pas de meilleure idée.

Il attendit le retour de Fleming.

Il était midi quand Fleming termina la lettre qu'il avait à écrire. Elle n'était pas longue, mais lui donnait toute satisfaction. Il la posa sur la boîte de poivre en grains, puis alla fermer la porte de la resserre. La tâche qui l'attendait maintenant était de celles qu'on doit accomplir sans être dérangé.

Il sourit. Si la chance lui venait en aide, il avait peut-être une solution aux problèmes des uns et des autres.

Dame Barnikel et Ducket découvrirent Fleming ce soir-là en pénétrant dans la resserre. Il s'était pendu avec une corde qu'il avait passée autour d'une poutre. Sa lettre était courte.

Je suis désolé pour l'argent de la capitation, et pour tout le reste aussi. C'est moi qui ai tout volé. J'essayais seulement d'en gagner davantage pour Amy et pour toi. Je t'en prie, n'essaye pas d'en savoir plus.

Je veux que le jeune Ducket reprenne mon commerce. Il a été pour moi un ami franc et loyal. Il a essayé de me sauver, mais c'était trop tard. Tu peux lui faire confiance.

Quand dame Barnikel eut terminé la lettre, elle n'accorda qu'un bref regard à Fleming ; puis elle se tourna vers Ducket.

« Tu y comprends quelque chose ?

— Oui.

— Il dit qu'il a volé l'argent.

— Ce n'est pas ce qu'il avait l'intention de faire. Je lui ai promis de ne jamais rien révéler.

— Je pensais que c'était toi qui l'avais volé, avoua-t-elle.

— Je sais. Mais je ne l'ai pas fait.

— Ce n'était pas une raison pour finir comme cela », commenta-t-elle brièvement. Pourtant Ducket comprenait le geste du pauvre Fleming ; car si la corde autour de son cou était la cause visible de sa mort, l'apprenti savait qu'en réalité son maître était mort de honte, et de rien d'autre.

« Il ne faut pas le laisser comme ça », dit dame Barnikel d'une voix brusque.

Rien de tout cela ne fut d'aucune aide à Ducket le lendemain matin, quand il vit arriver Tiffany. « J'ai perdu la seule personne qui aurait pu te convaincre, lui dit-il simplement. Je n'ai aucune preuve.

— Donc, il faut que je te croie sur parole ?

— Oui, acquiesça-t-il. Je ne peux rien te proposer de mieux. »

Il resta quelque temps immobile après le départ de Tiffany. Il ignorait ce qu'elle déciderait, mais il était au moins sûr d'une chose : jamais il ne la laisserait tomber dans les griffes de Silversleeves. S'il le faut, je le tuerai, pensa-t-il.

La contrition n'était pas le fort de dame Barnikel. Le lendemain matin pourtant, alors qu'elle parlait à Amy, assise sur le grand lit, elle était contrite.

« Jamais je n'oublierai combien j'ai été dure avec ce garçon, marmonna-t-elle. C'est un petit héros dans son genre. Regarde tout ce qu'il a fait : sauvé la vie de Carpenter, été soupçonné de vol, pris sur lui tout le blâme pour ton père. Il a même essayé de le tirer d'affaire, apparemment. Puis Bull l'a déshérité, et je parie que pour cette dernière affaire il y a aussi une bonne explication, que nous ne connaissons pas. Et tout cela sans jamais se plaindre. Oui, c'est un gars loyal et courageux, conclut-elle avec chaleur. Loyal... » Amy se gardait bien de la contredire.

Enfin elle se leva et dit : « Je vais m'occuper des obsèques de ton pauvre père. » Mais, une fois à la porte, elle ne put s'empêcher de se retourner et de dire : « Je sais que tu veux t'en aller d'ici. Mais crois-moi, n'épouse pas Carpenter. Tu sais toi-même que tu ne l'aimes pas. »

La préparation d'un mariage est chose joyeuse : il y a les vêtements à confectionner (y compris ceux pour la nuit), les grands coffres à ouvrir, pour aérer le linge de table que l'on conserve à l'intérieur... Bien que la cérémonie ne fût prévue que pour dans deux semaines, la cuisinière et sa grosse aide avaient déjà commencé leurs préparatifs. Bull et Silversleeves venaient d'acheter une jolie maison sur Oyster Hill, non loin du Pont, où les jeunes époux s'installeraient après le mariage. Chaucer lui-même avait été prié d'user de son influence à la cour, afin d'assurer une bonne situation à l'ambitieux homme de loi.

Pour Tiffany cependant, même si elle ne se départait pas de son sourire, c'étaient des journées sombres. Elle était en proie à un violent conflit intérieur. Son ami d'enfance, le courageux garçon qu'elle aimait comme un frère — se pouvait-il véritablement qu'il mente ? Elle contemplait le visage impassible de son futur mari, et se disait que non, les accusations de Ducket ne pouvaient être vraies. Aurait-il pourtant pu inventer une telle calomnie ? Etait-ce dans sa nature ? Ou bien cette nature était-elle irrémédiablement mauvaise, comme son père le croyait ? Lequel des deux hommes devait-elle croire — l'enfant trouvé ou le brillant homme de loi qui lui faisait la cour ?

Elle avait pensé un moment s'ouvrir à son père des accusations portées par Ducket, mais savait par avance quelle serait sa réponse. Et son jugement n'était-il pas solide, en général ? Peu d'hommes à Londres jouissaient d'une meilleure réputation que lui.

Et pourtant, jour après jour, tandis que les préparatifs se poursuivaient, une autre question continuait à la troubler. Même si tout ce qu'on disait sur le jeune Ducket était vrai — qu'il n'était qu'un menteur, et Silversleeves un parangon de toutes les vertus —, envers Silversleeves, qu'éprouvait-elle au juste ? Elle l'admirait, certes. Il était pieux, affectueux, en tout conforme à ce qu'il devait être. Il semblait très épris. Mais elle ne pouvait se sortir de l'esprit une conversation qu'elle avait eue jadis avec sa mère, quand elle lui avait demandé : « N'existe-t-il pas quelque part un parfait chevalier qu'une jeune fille puisse épouser ? — Tu n'en rencontreras jamais », lui avait dit sa mère. Ainsi donc, elle allait épouser Silversleeves, et ses parents étaient contents.

Mais pourquoi cette voix en elle, comme un murmure d'abord, puis de plus en plus forte à mesure que le temps passait, et qui lui criait : « Arrête ! Arrête ! Avant qu'il soit trop tard ! » Elle regardait les préparatifs qui avançaient si rapidement et songeait : Il est déjà trop tard.

Pour Amy Fleming, la décision avait été plus facile à prendre. Après la mort de son père, il était normal que son mariage avec Carpenter fût retardé. Carpenter avait lui-même suggéré de le fixer à l'automne ; mais Amy en avait décidé autrement.

Ce n'étaient pas tant les paroles de sa mère que la triste petite lettre de son père qui l'avaient finalement influencée. Son jugement si élogieux sur Ducket, sa volonté de voir le courageux garçon lui succéder, la recommandation qu'il leur avait adressée de lui faire confiance... Etait-ce un message qu'il adressait à sa fille, à sa manière, au moment de la quitter ?

Elle le savait, qu'elle n'aimait pas d'amour Carpenter ; mais du moins se sentait-elle en sécurité avec lui, tandis qu'avec Ducket, insouciant comme il l'était... Toutefois les événements des douze mois écoulés lui avaient donné à réfléchir. Carpenter au palais de Savoy ; Carpenter avec ses textes lollards... Les lubies de son sentencieux ami n'allaient-elles pas leur valoir des ennuis ? Et voilà qu'elle le découvrait, son père lui-même, son père qui semblait pourtant si calme et posé, s'était fourvoyé dans les pires histoires. Or qui les avait sauvés tous deux, ou du moins tenté de le faire ? Ducket — Ducket à qui son père lui recommandait instamment de faire confiance. C'était bien lui, au bout du compte, le plus brave et le plus fort de tous.

Il serait sans doute prêt à l'épouser. Après tout, il n'avait plus rien ; et si Fleming avait souhaité lui laisser son commerce, sans argent, que pourrait faire le jeune homme ? Le message de Fleming s'adressait sûrement aussi à Ducket. Epouse ma fille, lui disait-il. Mais elle décida d'agir par étapes — et d'abord de s'assurer des sentiments du jeune homme.

Elle en était là de ses réflexions quand elle vit un matin Tiffany Bull approcher du George. Supposant qu'elle venait pour Ducket, Amy alla l'attendre à l'entrée de la cour, et lui dit qu'il tenait l'étal dans le Cheap. Mais à sa surprise, la fille du négociant secoua la tête.

« En fait, c'est vous que je venais voir. » Elle jeta un regard à la ronde et demanda : « Pouvons-nous parler en privé ? »

Bien qu'elle eût déjà vu Tiffany auparavant, Amy ne lui avait encore jamais parlé ; et elle observa avec curiosité la riche héritière. Elle admira la fine soie de ses vêtements, si différents de ceux qu'elle portait elle-même, remarqua l'élégance avec laquelle elle s'assit. Il était étrange de penser que jadis Ducket, avec ses manières si simples, avait vécu dans la même maison que cette jeune femme d'un autre monde. Mais Amy fut encore plus surprise d'entendre celle-ci lui dire, d'une voix chargée d'émotion : « J'ai besoin de votre aide. Vous savez, ajouta-t-elle avec franchise et simplicité, je n'ai personne vers qui me tourner. »

Tiffany lui exposa son histoire, aussi brièvement qu'elle le put ; Amy l'écoutait en silence. « Et voilà, dit-elle en conclusion, ce dont Ducket accuse l'homme que je dois épouser. J'ai peine à le croire, et personne d'autre n'y ajoute foi. Pourtant, s'il y a la moindre part de vrai dans ce qu'il dit... (Elle écarta les mains, dans un geste à la fois éloquent et impuissant.) Dans deux semaines, Silversleeves sera mon mari. (Elle regarda Amy droit dans les yeux.) Vous voyez Ducket tous les jours depuis des années, et vous en savez sûrement beaucoup plus que moi sur sa vie. A votre avis, est-ce que tout cela peut être vrai ? »

Amy lui rendit son regard. Comme c'était étrange... Voilà une heure encore, elle se débattait dans des problèmes qui lui semblaient graves ; et voilà que cette riche jeune fille, qui paraissait avoir tout ce qu'elle voulait dans la vie, était en butte à un dilemme bien pire encore. « Je vous dirai tout ce que je sais, bien volontiers », lui répondit-elle.

Amy résuma ce qu'elle connaissait de la vie de l'apprenti ; Tiffany l'écoutait attentivement. Elle lui raconta comment elle l'avait imploré d'aller trouver Carpenter, au moment de l'émeute, et comment il avait sauvé l'artisan devant le palais de Savoy. « Donc tout ce qu'il a dit était bien vrai, intervint Tiffany. J'en étais sûre, d'ailleurs. » Puis, la gorge serrée, Amy lui révéla les tragiques circonstances de la mort de son père, et ce qu'il disait de Ducket dans le message qu'il avait laissé. « Il n'avait rien volé, vous voyez », commenta-t-elle. Mais ce fut un autre aspect de la question qui retint l'attention de Tiffany :

« Vous dites que votre père a pris l'argent, l'a perdu, mais n'a pas expliqué ce qu'il en avait fait ? Et que Ducket le sait, mais ne veut rien dévoiler ?

— Il a promis à Père qu'il ne le ferait pas.

— Mais il m'a prévenue que Silversleeves était un nécromant, qui escroquait les gens... Puis il a dit qu'il avait perdu la personne qui aurait pu le prouver, et c'était juste au moment où votre père est mort... »

Les deux jeunes filles échangèrent un long regard, puis murmurèrent en même temps : « Silversleeves... »

« Si c'est ainsi, dit Tiffany, je ne l'épouserai jamais.

— Nous n'avons pas de preuve, remarqua Amy. Et lui niera tout, bien sûr.

— Tant pis, dit Tiffany en souriant.

— Vous ne devriez pas sourire. Vous venez de perdre votre mari... » Et pourtant Tiffany, envahie par un étrange sentiment de soulagement, se mit même à rire. « Ça ne fait rien, dit-elle. Je ne l'ai jamais vraiment aimé. »

Amy s'étonna elle-même de l'amitié qu'elle éprouvait déjà, dès leur premier entretien, pour la visiteuse ; elle se pencha vers elle d'un air de conspiratrice. « Je vais vous confier quelque chose, lui dit-elle. Moi aussi, je crois que je vais abandonner mon prétendant, Carpenter. Je ne l'ai encore révélé à personne...

— Vraiment ? (Tiffany elle aussi appréciait beaucoup sa nouvelle amie.) Et vous avez quelqu'un d'autre en tête ? »

Amy sourit largement. « Mais voyons, Ducket, bien sûr... »

Le soleil se couchait ce soir-là, et son globe rougeoyant touchait déjà l'horizon du fleuve à travers la fenêtre, quand Tiffany fit face à son père et lui dit ce qu'elle avait à lui dire. D'abord il ne voulut pas la croire.

« Mais tout est déjà réglé pour le mariage, répondit-il, stupéfait. Tu ne peux pas revenir en arrière maintenant !

— Il le faut, Père.

— Pourquoi ? (Il la regarda soudain d'un air soupçonneux.) Tu as parlé avec Ducket ? Je sais qu'il fait courir des bruits...

— Je le sais aussi, dit-elle tranquillement. Mais la vraie raison n'est pas là. » Et dans un sens, c'était vrai. Bull fut fort étonné de cette soudaine opposition, chez une fille qui avait toujours été docile jusqu'ici ; mais il fit un effort pour se montrer conciliant : « Alors peux-tu me dire quel est le problème ? » demanda-t-il gentiment. A quoi elle s'écria, pensant qu'il allait la comprendre : « Je ne l'aime pas, Père ! »

D'abord il ne répondit rien, se contentant de pincer les lèvres d'un air perplexe. Fallait-il mettre cela sur le compte d'un soudain mouvement de panique, à la veille de se marier ? Ce genre de crise arrivait à certaines filles, il le savait. Quand il prit la parole, ce fut d'une voix ferme.

« J'ai bien peur qu'il soit trop tard pour changer d'avis, lui dit-il. Et que toute discussion à ce sujet soit inutile. » Tiffany le vit à son regard, les choses seraient plus difficiles qu'elle ne l'avait pensé.

« Tu m'as donné ta parole, cria-t-elle, et maintenant tu la reprends ! Tu m'as promis que je pourrais choisir ! »

C'en était trop : d'abord une récrimination dénuée de sens, puis une insulte, maintenant. Aucun Bull n'avait jamais manqué à sa parole.

« Tu *as* choisi ! rugit-il. Tu as choisi Silversleeves, ma fille, et c'est toi qui veux manquer à ta parole, pas moi ! Mais je ne te laisserai pas faire !

— Je le déteste ! C'est un scélérat ! » Jamais encore son père ne l'avait vue s'opposer à lui avec une telle âpreté.

« Il est trop bien pour toi, oui ! cria-t-il. Mais je te jure que tu l'épouseras quand même ! » Il aboya d'une telle façon que la jeune fille en sursauta malgré elle. « Assez ! Hors de ma vue ou, par Dieu, je te roue de coups jusqu'à ce que tu sois devant l'autel ! »

Mais à la grande stupeur de son père, Tiffany tint bon.

« Je refuserai de dire oui ! Je ferai appel au prêtre ! Tu ne pourras pas m'y obliger, quoi que tu fasses...

— Alors tu finiras tes jours dans un couvent !

— D'accord ! Envoie-moi tout de suite à St Helen ! Là au moins, je serai avec des gens sympathiques ! » Elle se rua hors de la pièce, laissant derrière elle son père livide et stupéfié.

Une heure plus tard Tiffany se retrouvait là-haut, dans sa chambre, la porte verrouillée de l'extérieur. « Elle y restera jusqu'à ce qu'elle ait entendu raison », avait déclaré Bull. Seule la grosse aide-cuisinière était autorisée à lui monter une cruche d'eau et un bol de gruau.

Trois jours passèrent ainsi. Sa mère avait mis l'épisode sur le compte de la nervosité ; mais elle était montée bavarder avec elle et en était revenue impuissante. Les préparatifs de la noce se poursuivaient, à la demande de Bull. A Silversleeves lui-même, on n'avait rien dit. « Elle cédera ou sinon, crois-moi, je l'enverrai bel et bien dans un couvent », affirmait le maître de maison à son épouse d'un ton sans réplique. Pourtant les jours passaient, et au quatrième il se sentit si découragé, si désorienté, qu'il fit ce qu'il n'avait encore jamais fait depuis le début de sa vie conjugale : il demanda son avis à sa femme.

« Je pense que tu devras la laisser agir à son idée, dit-elle calmement, ou bien l'envoyer au couvent, mais qu'il n'y aura pas de troisième solution. »

La chambre de Tiffany était propice à la réflexion. Placée au-dessus de la grande salle de séjour, elle offrait un agréable panorama sur la Tamise : la jeune fille pouvait y rester des heures assise à regarder le mouvement des bateaux sur le fleuve. Les jours s'égrenaient et elle avait tout le loisir de méditer sur sa situation.

Que voulait-elle au juste ? D'abord elle le sut à peine elle-même — sinon qu'elle ne voulait ni épouser Silversleeves, ni entrer au couvent. Le deuxième jour, elle commença à comprendre. Le troisième, elle *sut*, et tout lui parut soudain si simple, si naturel, qu'elle se demanda si en vérité elle ne *savait* pas depuis toujours. Mais comment arriver à ses fins ? Cela, elle l'ignorait.

Elle allait devoir gagner du temps.

Son ton était calme, sa voix douce et posée.

« Je t'ai toujours obéi en tout, Père. Si tu m'aimais, tu ne me condamnerais pas à vivre malheureuse. » Puis elle attendit. Quand il répondit enfin, ce fut d'une voix bourrue :

« Que veux-tu, au juste ? »

Elle leva vers lui des yeux confiants.

« Je voudrais que tu m'aides. Je ne sais plus où j'en suis. Je t'en prie, laisse-moi un peu de temps.

— Pour quoi faire ? Te choisir un autre époux ?

— Pour être sûre de mon cœur. »

Bull se tut. Jamais il n'avait souhaité la voir entrer dans un couvent ; Dieu sait qu'il voulait des petits-enfants... Il n'était pas non plus complètement ignorant des affaires du cœur humain. Tâchant d'oublier la gêne qu'il éprouvait vis-à-vis de Silversleeves, il s'efforça de comprendre ce qui se passait dans la tête de sa fille. Etait-elle sûre de ne pas aimer son prétendant ? Et même si elle en choisissait un autre, ne risquait-elle pas de changer d'avis à nouveau ? Peu de pères, dans des familles comparables à la sienne, auraient accordé à leur fille autant de liberté qu'il l'avait fait ; et cela avait sans doute été une erreur. Enfin, il lui donna sa réponse :

« Je vais conclure un marché avec toi, mais ce sera le dernier. » Il lui expliqua en quelques mots ce dont il s'agissait, puis ressortit de la pièce et verrouilla la porte derrière lui.

Après son départ, Tiffany demeura pâle et pensive. Ce n'était pas du tout ce qu'elle avait espéré. Mais que pouvait-elle y faire ? Il lui sembla qu'elle allait devoir jouer sa vie entière sur un simple coup de dés.

Quand Ducket reçut le message le lendemain matin, il questionna assidûment la grosse fille pour tâcher d'en savoir plus ; mais la commission
tenait en quelques mots.

« C'est tout ce qu'elle a dit ? De venir ce soir à la maison ?

— Et que je devrais te laisser entrer.

— Qu'est-ce qui se passera ensuite ?

— J'sais pas.

— Tu dois bien savoir quelque chose, quand même...

— La cuisinière dit que Tiffany doit se marier ou aller au couvent.

— Se marier avec qui ?

— L'homme au long nez, j'suppose. (Elle lui lança un regard éteint.)
Tu vas venir ou pas ?

— Bien sûr que je vais venir ! »

Qui se serait posté ce soir-là à la porte de la maison des Bull aurait
constaté, parmi les invités, une proportion élevée de jeunes hommes en
âge de se marier. Il y avait quelques aldermen d'âge moyen accompagnés
de leurs épouses, et de leurs filles pour deux d'entre eux, ainsi qu'une
veuve, et même un prêtre ; mais on ne comptait pas moins de sept ou
huit jeunes gens, tous célibataires.

Aucun ne connaissait la raison de sa présence ici. Peu avant midi, ce
même jour, le marchand en avait invité autant de leur espèce qu'il le
jugeait nécessaire. Outre Silversleeves — très à son aise et qui se tenait
au milieu de la grande salle, près du précieux astrolabe —, il y avait quatre
fils de négociants, un jeune mercier et un drapier, tous les deux d'excellente famille, et même l'héritier d'un grand domaine, qu'on avait déjà vu
dans ces murs. Seule exception parmi tous ces beaux partis, un homme
de grande taille, les joues échauffées, l'air assez agité, et qui était arrivé
après les autres. Le marchand avait rencontré par hasard James Bull dans
la rue l'après-midi même et, avec un haussement d'épaules, l'avait invité
lui aussi. Après tout, c'était un parent.

En ce début d'été, le jour était encore clair ; la soirée tiédissait et on
avait ouvert le bas d'une grande fenêtre afin de laisser entrer la brise du
dehors, rafraîchie par le fleuve. Le flux venait de s'inverser et les eaux
s'engouffraient en rugissant sous l'arche du pont, quelques mètres plus
bas. L'ambiance était agréable ; même James Bull, qui pour se donner de
l'assurance avant d'affronter une telle société avait passé plusieurs heures
à récapituler mentalement ses qualités, commençait à se détendre. Le
maître de maison avait un mot aimable pour chacun.

Tiffany entra. Comme elle était charmante ! Peut-être un peu pâle...
Elle alla vers Silversleeves, le salua affectueusement et commença à se
mêler aux autres invités. Elle vint même vers James et lui parla. De temps
en temps elle laissait traîner son regard en direction de la porte, sans
que personne y prête attention. Son père lui sourit et elle lui rendit son
sourire.

Cette réunion était l'objet même du marché qu'ils avaient passé
ensemble. « Je n'en parlerai à personne, lui avait-il dit la veille, car je ne
veux ni me ridiculiser ni embarrasser Silversleeves. Mais voilà ma dernière proposition : si tu aimes un des autres jeunes gens présents, tu pour-

ras l'épouser. Ils t'ont tous témoigné de l'intérêt par le passé. Je me chargerai d'expliquer la situation à ton fiancé. Mais si tu n'en choisis aucun, alors ce sera Silversleeves ou le couvent. Je ne reviendrai pas là-dessus, tu peux me croire », avait-il insisté en la regardant bien en face. Elle savait qu'il disait la vérité.

Le coup avait été dur. Elle avait eu l'intention de le préparer progressivement à entendre son nouveau projet d'avenir ; désormais, ce n'était plus possible. C'est pourquoi elle avait imaginé son stratagème en hâte, en priant pour qu'il réussisse.

Elle allait désigner Ducket.

Maintenant encore, il restait une terrible incertitude — une inconnue qui, si elle s'était trompée, ferait capoter tout son plan. Si Ducket ne voulait pas d'elle ? S'il s'était déjà promis à Amy ? Elle n'avait pas osé en dire plus à la grosse fille quand elle l'avait envoyée auprès de lui ; elle n'avait même pas osé lui confier de lettre. Et maintenant, ne le voyant pas apparaître, elle commençait à se demander si la messagère ne l'avait pas trompée. Ou peut-être son père, qui la regardait en ce moment en souriant, avait-il déjà intercepté le jeune homme ? Où donc était Ducket ?

Il prenait son temps. Il avait assisté de loin à l'arrivée des invités, ne voulant pas risquer de rencontrer quiconque avant de se présenter à la porte de la maison. Si Bull ou Silversleeves l'apercevaient, on le jetterait certainement dehors. Il n'entrerait donc pas avant le début de la réception.

Il avait encore une autre raison de vouloir prendre son temps : c'étaient peut-être les derniers instants de liberté qu'il vivait. Il ne savait pas au juste pourquoi Tiffany l'avait fait venir, mais craignait le pire. Silversleeves ou le couvent, avait dit la grosse fille. Il ignorait quel rôle les autres invités devaient jouer dans l'histoire, mais ne tarderait pas à le découvrir.

N'étant pas sûr de la présence de Silversleeves, il s'était néanmoins préparé à toute éventualité. Le couteau était caché sous sa chemise, glissé dans sa ceinture. Dès qu'il en saurait plus il s'en servirait, si cela était nécessaire.

Silversleeves devait mourir. Si possible, il le suivrait dehors et accomplirait son geste dans un endroit discret, à l'abri des regards ; mais s'il le fallait pour une raison quelconque, il ferait cela ici même. Quant à ce qu'il en adviendrait ensuite — il haussa les épaules. On me pendra sans doute, songea-t-il tristement.

Il en était là de ses sombres pensées, quand il vit un retardataire se presser vers la porte. C'était le prêtre que Bull avait invité. Alors, en un éclair, Ducket eut l'impression d'avoir tout compris. « Mon Dieu, murmura-t-il, il va les marier tout de suite. » C'est pour assister à la cérémonie que les autres étaient réunis. Il se hâta vers la porte de la cuisine, le cœur battant.

Comme il gravissait l'escalier familier, il entendit le bruit des conversations venant de l'étage. La grosse fille lui avait donné une vieille blouse de cuisine, ainsi qu'une petite coiffe pour dissimuler sa mèche si reconnaissable. Elle lui avait aussi mis un plateau de nourriture dans les mains.

Par bonheur il était rasé de près ; s'il gardait la tête baissée et restait au fond de la pièce, les gens le prendraient probablement pour une servante.

Ils s'arrêtèrent en haut des marches et la grosse fille se tint dans l'embrasure de la porte, comme un signal adressé à Tiffany. En regardant pardessus son épaule, Ducket vit qu'il y avait bien vingt personnes dans la pièce.

Puis Tiffany vint : elle contourna la grosse fille et, une seconde plus tard, Ducket se trouva nez à nez avec elle. Elle était pâle et l'effroi se lisait dans ses yeux.

« Dieu merci, tu es venu. (Elle tremblait.) J'ai dit à mon père que je ne voulais pas épouser Silversleeves. Mais il a dit...

— Je sais. Un couvent. Ne t'inquiète pas, tout ira bien.

— Attends, tu ne sais pas tout...

— Tiffany ! » C'était la voix de son père.

« Dis-moi... (Elle plongea dans ses yeux un regard à la fois grave et implorant.) Dis-moi, Geoffrey Ducket — tu vois, c'est moi qui te pose la question — est-ce que tu m'aimes ? Je veux dire, est-ce que tu pourrais m'aimer ? Tu sais, je... » Il l'interrompit :

« Assez pour mourir pour toi », lui assura-t-il, et c'était la vérité.

Elle était sur le point d'ajouter quelque chose quand la voix de son père résonna à nouveau. Plus proche, cette fois. Après une dernière mimique, à la fois éloquente et désespérée, en direction du jeune homme, elle fit demi-tour, contourna à nouveau la grosse aide-cuisinière puis alla rejoindre le négociant. Une seconde plus tard, elle avait disparu à l'intérieur de la pièce.

Ducket y pénétra lui-même, et personne ne parut faire attention à lui. Il vit Silversleeves un peu plus loin, debout à quelques pas de la table sur laquelle se trouvait l'astrolabe. James Bull lui non plus n'était pas loin, et Ducket jura entre ses dents en l'apercevant ; encore un qui risquait de le reconnaître. Par chance, un alderman et son épouse s'interposaient entre les deux hommes et lui-même. Gardant la tête baissée, il poursuivit son chemin ; il tenait son plateau dans la main gauche et, de la droite, saisit le poignard sous les plis de sa blouse. Il l'avait bien en main désormais, et prépara son assaut du regard. Il fallait frapper à coup sûr

Tiffany avait entraîné son père près de la fenêtre, un peu à l'écart de leurs invités. Bull lui avait lancé un regard interrogateur, et c'est elle qui prit la parole la première :

« Père, tu m'as bien dit que, si je ne pouvais vraiment pas épouser Silversleeves, tu me laissais libre de choisir quelqu'un d'autre, parmi ceux qui sont dans cette pièce ?

— Je l'ai dit, oui.

— Il y a un homme ici, dont tu as une piètre opinion, je le sais. Nous n'avons encore jamais parlé de lui comme d'un mari possible. Et pourtant, Père, c'est lui que j'aime vraiment. Veux-tu bien me laisser l'épouser ? Sinon il faudra que j'entre au couvent, je le crains. »

Bull promena le regard autour de lui : le seul homme paraissant correspondre à la description qu'elle avait faite, c'était James Bull. Sa fille avaitelle pu tomber amoureuse de ce balourd ? Quelle déception...

« Tu es sûre ? Tu ne préfères pas encore le couvent ?

— Sûre, oui. »

Il haussa les épaules. Au moins, pensa-t-il, il est intègre. « Bien, soupira-t-il. Alors...

— C'est Ducket, dit-elle en désignant du doigt le jeune homme.

— Quoi ? » Le visage de Bull s'empourpra et la pièce résonna de son rugissement. Les invités se tournèrent pour suivre la direction de son regard.

Ducket, devenu le centre de l'attention générale, blêmit : on l'avait reconnu. Il serra son couteau dans sa main : il fallait qu'il frappe avant qu'on le jette dehors. Il se dirigea vers Silversleeves, en contournant l'alderman qui les séparait.

Alors arriva quelque chose d'imprévu.

Bull se retourna vers Tiffany avec un hurlement de rage ; puis, levant son large bras, il la frappa au visage du plat de la main, si fort qu'elle chancela comme un oiseau touché en plein vol. Tout le monde retint son souffle.

Ce ne fut qu'un grand cri quand Tiffany, tournoyant sous l'effet du choc, fut projetée contre la fenêtre ouverte, perdit l'équilibre et bascula au-dehors.

« Bonté divine ! » Bull, le visage décomposé, se précipita à la fenêtre, et tous les invités l'imitèrent. Ce fut pour voir Tiffany, qui avait dégringolé comme un paquet de linge les quelque dix mètres la séparant du fleuve, disparaître dans les eaux de la Tamise. Elle n'avait poussé qu'un faible gémissement.

La succession d'événements qui s'enchaînèrent alors ne dura que quelques secondes ; mais pour les témoins de la scène, chacune de ces secondes parut une éternité.

Les amples vêtements de Tiffany avaient ralenti sa chute, amorti l'impact de son plongeon, et elle ne fut submergée qu'un bref instant. Même choquée comme elle l'était, elle eut le temps de voir qu'une des grandes piles de pierre n'était qu'à quelques mètres d'elle ; elle lutta pour l'atteindre, avant que le courant ne l'entraîne jusqu'à l'irrésistible tourbillon qui se formait à l'entrée de l'arche. Elle parvint à saisir quelques-unes des longues herbes qui poussaient le long du pilier, percevant vaguement les cris, au-dessus de sa tête, qui l'adjuraient de tenir bon. Mais déjà le flot l'entraînait, en s'engouffrant dans les plis de ses vêtements, et les tiges des herbes lui glissaient entre les mains. Elle s'y agrippa désespérément, mais il était clair qu'elle ne pourrait le faire très longtemps. A quelques mètres d'elle, les eaux rugissaient, écumantes et torrentueuses ; le courant semblait l'inviter, plus pressant de seconde en seconde, à se laisser emporter dans le gouffre sans retour.

Là-haut, dans la grande salle, la confusion la plus totale régnait. Que fallait-il faire ? Bull se débattait frénétiquement pour retirer sa lourde robe ; sa femme, qui se voyait sur le point de perdre non seulement sa fille mais aussi son mari, était au bord de la syncope. Silversleeves était tombé sur les genoux et priait, le regard confit en dévotion, tandis que James Bull agitait les bras en tous sens et criait : « Une corde ! Apportez une corde ! » Il se rua à travers la pièce, heurta la table dans sa hâte et fit tomber l'astrolabe, disloquant son délicat mécanisme.

Mais ce fut bien Ducket qui, laissant tomber le couteau et oubliant

Silversleeves, courut jusqu'à la fenêtre et sauta sans hésiter au travers. En bas, Tiffany venait juste de lâcher prise.

Il disparut une seconde après elle sous l'arche, dans le flot torrentueux.

Bull le négociant avait bien des défauts, mais l'ingratitude n'en faisait pas partie. Ni la mesquinerie.

Quelques heures plus tard, quand Tiffany eut suffisamment retrouvé ses esprits pour pouvoir parler, il passa un long moment à son chevet, écoutant tout ce qu'elle avait à lui dire. Ensuite il descendit à la cuisine, où Ducket était assis devant le feu, dans des vêtements secs, et lui demanda de l'accompagner jusqu'à la grande salle.

« Je t'ai déjà remercié pour avoir sauvé la vie de Tiffany, qui serait morte sans toi, et je le fais à nouveau. Mais je crois, après avoir parlé avec elle, que je te dois aussi les plus grandes excuses pour avoir douté de ton caractère. J'espère, Ducket, que tu me pardonneras... Il semblerait de plus que ma fille soit très désireuse de t'épouser, à la place de cet escroc de Silversleeves. Son jugement est indiscutablement meilleur que le mien. (Il sourit.) La question est donc, mon cher Ducket : voudrais-tu réfléchir à cette proposition ? »

Le mariage de Ducket et de Tiffany fut célébré une semaine plus tard. Ce fut une joyeuse cérémonie. Whittington se tenait au côté du jeune époux, et Chaucer fit un discours.

Le riche marchand n'avait posé qu'une condition avant de donner sa fille à l'enfant trouvé. « Puisque je n'ai pas de fils, et que tu hériteras donc un jour de toute ma fortune, je désire une chose, Ducket : que tu prennes le nom de Bull. » Le couple s'était empressé d'accepter. Ce furent donc un Geoffrey et une Tiffany Bull qui s'installèrent ensemble, pour vivre leur nouvelle vie, dans la jolie maison sur Oyster Hill, près du Pont de Londres.

Le mois suivant vit un autre événement heureux. A la veille du mariage de sa fille avec Carpenter, dame Barnikel fit une déclaration :

« Je vais épouser James. »

Elle avait décidé qu'elle pourrait tirer quelque chose de lui ; et James Bull pour sa part semblait penser que le George, si ce n'était pas la fortune dont il avait rêvé, n'en restait pas moins une bonne et solide affaire. « Nous allons en faire un brasseur », avait-elle dit aux gens de sa guilde, et personne n'avait osé discuter. Ainsi était née la brasserie Bull.

A l'idée de se marier à nouveau, dame Barnikel était aussi émoustillée qu'une jouvencelle.

1386

L'idée venait de Chaucer.

Il se faisait du souci pour son ami Bull, ces derniers temps. Tiffany était mariée, et la femme du négociant morte deux ans auparavant. Celui-ci se sentait désormais assez seul dans l'existence. En une ou deux occasions, Chaucer s'était demandé si son vieil ami ne s'était pas mis à boire. Aussi avait-il été fort heureux quand, au printemps 1385, une nouvelle charge officielle lui avait été offerte : cela allait lui donner une occasion rêvée d'arracher Bull à sa morosité. « Tu vas m'accompagner dans le Kent », lui avait-il dit. Car on venait de le nommer juge de paix.

La fonction de juge de paix était apparue quelque temps plus tôt. C'était un système excellent et plein de bon sens : des gentlemen locaux, aidés dans leur tâche par des huissiers de justice professionnels, qui les instruisaient de toutes les finesses du droit, présidaient les cours de justice des comtés. Geoffrey Chaucer avait pu prétendre à une telle charge parce qu'un petit domaine lui avait été attribué dans le Kent, pour loyaux services rendus à la Couronne.

Bull avait fini par accepter l'offre de son ami. Avant de partir, il lui restait néanmoins une grande décision à prendre. Qui s'occuperait de ses affaires pendant qu'il serait loin ? Depuis qu'il avait épousé Tiffany, son fils adoptif avait fait montre d'étonnantes capacités professionnelles, et Bull avait rapidement pris beaucoup de plaisir à lui apprendre tout ce qu'il savait ; pourtant, un détail avait déçu le négociant. Si le jeune homme avait accepté d'abandonner son véritable nom de Ducket pour celui de Bull, il avait refusé de rejoindre la guilde des merciers, alors que son beau-père lui avait proposé de l'y faire entrer. « C'est dans la guilde des épiciers que j'ai fait mon apprentissage, avait-il déclaré, et c'est ce métier-là que je connais. » La loyauté était chez lui une seconde nature. Que les épiciers fussent actuellement à la tête de la cité, et non les merciers, ne suffisait pas à consoler Bull de cette défection ; et il n'était pas sûr de vouloir remettre dès maintenant toutes ses affaires entre les seules mains du jeune homme. Il trouva finalement une solution qui agréait à tous : il fit appel à Whittington.

Ce dernier avait désormais passé le cap de la trentaine, et était devenu un membre important de la guilde des merciers. Son amitié avec le jeune Ducket ne s'était jamais démentie. « Je voudrais que vous veilliez tous les deux ensemble sur mes affaires pendant que je serai loin, leur avait dit Bull. Si vous avez un doute quelconque, vous pourrez toujours m'envoyer chercher. » Il était parti le cœur léger, confiant dans cet arrangement.

Le séjour dans le Kent se révéla délicieux. Au tout début, quand il avait été présenté aux juges rassemblés dans le château de Rochester, il avait craint de ne pas se sentir à l'aise parmi eux. Hormis les cinq huissiers de justice, ils appartenaient tous à la cour du roi, ou faisaient partie des plus grandes familles de propriétaires terriens du comté. Même riche comme il l'était, Bull n'avait jamais fréquenté ces cercles-là. Mais Chaucer vint aussitôt à sa rescousse. « Messeigneurs, sourit-il, je suis si novice dans votre comté que j'ai demandé à l'un de mes amis les plus chers de m'accompagner, pour m'éclairer de ses conseils. Il est né Bull de Bocton, une fort vieille famille du Kent, si je ne me trompe. » L'effet fut immédiat. « Etaient même ici avant nous ! » aboya l'un des vieux nobles locaux. « J'ai bien connu un Bull, sans doute votre frère ? » dit un autre cordialement à Gilbert. Avant la fin de la journée, il avait l'impression de les fréquenter depuis toujours.

Comme l'avait prévu Chaucer, Bull n'avait pas le temps de broyer du noir, car ils étaient sans cesse en déplacement. Il y avait des enquêtes à mener, sur la gestion d'une propriété appartenant à une riche héritière, sur des cessions de terres opérées par un monastère ; ils inspectaient avec soin les défenses côtières mises en place pour parer à une éventuelle attaque française. Mais surtout, il y avait l'administration quotidienne de la justice dans les villes, les villages et les domaines seigneuriaux à travers le comté ; cette tâche passionnait Bull et son ami le poète. Un collecteur d'impôts avait été rossé, la grange d'un _yeoman_, un petit propriétaire, incendiée ; on avait volé de la farine à un meunier, un paysan avait refusé le travail coutumier à son seigneur. Les plaignants venaient devant le tribunal, exposaient leur cas et se voyaient interroger — le tout en anglais. Les juges de paix, comme Chaucer, rendaient leur verdict en s'appuyant sur les informations que leur fournissaient les jurys locaux, et dans le respect des coutumes du cru. Pour Bull, le meilleur moment restait le soir, quand il discutait des événement de la journée avec le poète, dans une taverne ou dans le manoir d'un seigneur.

Chaucer avait grossi ces derniers temps ; sa courte barbe se mêlait de poils gris, son visage tirait sur le rouge, les coins de ses yeux tombaient. Il avait toute l'apparence d'un homme prospère, et de fait il en était un. Rien ne lui échappait. « Est-ce que tu as remarqué la verrue sur le nez de ce bon frère ? demandait-il soudain à Bull. Le shérif a sûrement couché avec la femme du meunier — tu as vu comme elle le regarde ? » Il gloussait. « On dirait que plus ils sont grossiers, plus tu les aimes », lui fit remarquer un jour Bull. Mais Chaucer secoua la tête. « Je les aime tous, répondit-il simplement, sans exception. Je ne peux pas m'en empêcher. »

Mais à mesure que le temps passait, un détail inquiétait Bull. Curieusement, cela ne concernait pas ses propres affaires, mais celles de Chaucer. Il avait toutefois tant de respect pour les talents de son ami que pendant longtemps il n'osa pas lui en parler. L'occasion s'en présenta enfin au mois d'avril.

Les deux hommes avaient rendu une visite à Bocton, où les avait accueillis le frère de Bull, entouré de sa famille. Le lendemain matin, alors qu'ils redescendaient sous le doux soleil printanier la route de Canterbury, Chaucer aborda un sujet qui lui tenait à cœur.

« J'ai l'idée d'un nouveau livre, d'un grand livre, expliqua-t-il. J'ai écrit tant et tant de petits poèmes si conventionnels... Cela fait longtemps que je pense à écrire quelque chose de différent. Songe à tous ces gens que nous voyons passer chaque jour devant le tribunal. Des yeomen, des meuniers, des moines, des marchandes de poissons... Si je parvenais à leur donner la parole — à eux, et pas seulement aux nobles courtisans ? (Il sourit.) Ce serait une grande œuvre, pleine de vie, pleine de sève... une fête !

— Mais, objecta Bull, comment faire parler des gens du peuple à l'intérieur d'un poème ?

— Ah ! cria Chaucer, j'y ai pensé ! Et si chacun disait un conte, une petite histoire, comme chez cet écrivain italien, Boccace ? Ils se révéleraient eux-mêmes à travers l'histoire qu'ils raconteraient. Habile, non ?

— Sauf que les gens du peuple ne restent pas assis à se raconter des histoires, comme des courtisans qui n'ont rien à faire de leurs journées...

— Oh ! mais si, s'exclama son ami. Ils le font lorsqu'ils voyagent ensemble. Et à quelle occasion des hommes et des femmes de toutes conditions voyagent-ils ensemble, mon cher Bull ? Sur cette route ? Ici même ? (Il éclata de rire.) Des pèlerins, Bull ! Des pèlerins en route vers Canterbury, vers le tombeau de Becket, et qui sortent d'une taverne comme le George ou le Tabard. Je pourrais leur faire raconter des douzaines d'histoires. Et j'appellerais cela les contes de Canterbury.

— Est-ce que ça ne prendrait pas beaucoup de temps ?

— Si. Mais ce serait l'œuvre de ma vie. »

Bull vit enfin l'occasion de dire à son ami ce qu'il avait sur le cœur :

« Si cela doit être le couronnement de ta carrière, mon cher ami, puis-je alors me permettre une requête ?

— Bien sûr, sourit Chaucer. Laquelle ?

— Pour l'amour de Dieu, implora le marchand, ne gaspille pas tout ton talent. Ne laisse pas toute ton œuvre se perdre.

— Ce qui veut dire ?

— Ecris-la en latin ! »

En réalité, la suggestion de Bull était parfaitement sensée, et bien des gens y auraient alors souscrit. Geoffrey Chaucer prenait un risque en écrivant ses poèmes en anglais : d'une certaine manière, la langue anglaise n'existait pas véritablement. Certes, on trouvait à travers le pays des dialectes voisins les uns des autres ; mais un homme du Kent et un autre de Northumbrie auraient eu bien de la peine à se comprendre. Quand un moine du Nord racontait l'histoire de messire Gauvain et du Chevalier vert, ou le poète Langland celle de Pierre le Laboureur, leurs œuvres, bien qu'écrites en anglais, résonnaient d'allitérations nordiques et des sombres échos des Anglo-Saxons de jadis, qui paraissaient rustiques et même comiques à l'oreille raffinée de Chaucer. Quelle langue utilisait-il lui-même ? Mi-anglais saxon, mi-français normand, remplie de mots latins, aussi chantante qu'un parler de troubadour français, c'était la langue de la cour et des Londoniens bien nés. Pas exclusive, du reste : un noble était toujours prêt à sauter au français dans le courant de sa conversation, un savant au latin. Même l'anglais parlé à Londres changeait sans cesse. « Ce n'est plus le même que quand j'étais enfant, rappelait Bull à son ami. Et je parie que mes propres petits-enfants auront du mal à comprendre tes vers. Avec le latin, c'est mieux, insista-t-il, car il est éternel. » On le lisait et le parlait à travers toute l'Europe, et il en serait toujours ainsi, cela ne faisait pas de doute. « Tu es comme un homme, reprenait Bull, qui se jetterait dans le fleuve pour le traverser à la nage, au lieu de construire un noble pont de pierre par-dessus. Ne laisse pas le temps emporter l'œuvre de ta vie. Lègue plutôt un monument aux générations futures. » C'était une recommandation pleine de bon sens ; elle ne troubla pourtant pas Chaucer le moins du monde.

« Je vais y réfléchir », répondit-il, tandis qu'ils poursuivaient leur chemin.

Il était peu de pratiques commerciales plus lucratives — et aussi plus impopulaires — que celle consistant à accaparer un marché. Acheter tout le stock disponible d'une marchandise donnée, au moment où une grande demande se portait sur elle, créer une pénurie artificielle, puis revendre au prix le plus élevé. Ce genre d'opération se pratiquait généralement sur une large échelle et impliquait tout un groupe de négociants à la fois. Dans le Londres médiéval, l'accaparement était — en principe — interdit.

Le jeune Geoffrey Bull, ex-Ducket, et Richard Whittington, le fameux mercier, étaient plus subtils que cela.

La situation que leur avait léguée Bull au moment de son départ était tout à fait confortable. Ils contrôlaient l'ensemble de ses affaires, fort importantes : les loyers des maisons qu'il possédait aux alentours du Pont, les exportations de laine à destination de Flandre et les importations de tissus ; il y avait aussi des revenus provenant des très anciennes relations commerciales qu'il entretenait avec des marchands de la Hanse. Mais ce n'étaient pas seulement les rentrées d'argent qui rendaient pour eux la situation si excitante : c'était aussi l'énorme crédit dont Bull disposait. « Avec ce genre de crédit, disait Whittington, un homme peut se lancer dans toutes les spéculations. »

Et c'est ce qu'ils faisaient ; mais la méthode qu'ils employaient était entièrement due à l'ingéniosité de Ducket. La particularité de l'arrangement voulu par Bull était que les deux gardiens de sa fortune appartenaient non seulement à des guildes différentes, mais encore à des guildes qui, en cette période précise, étaient dans les plus mauvais termes. Aussi, quand le cartel d'épiciers dont faisait partie Ducket achetait de grandes quantités d'une certaine denrée et que les confrères de Whittington faisaient main basse sur presque tout le reste, on supposait que les deux jeunes gens devaient être rivaux. Plus astucieux encore, ils veillaient à en laisser toujours un peu sur le marché, de sorte que quelques autres commerçants puissent bénéficier de la hausse des prix induite par leur opération. Ils choisissaient toujours des marchandises de luxe, dont les prix n'étaient pas réglementés et dont les délais de réapprovisionnement étaient longs.

Des grains de poivre. Des fourrures de la Baltique. Une cargaison tout entière de soie venue d'Orient. En l'espace de quelques mois, ils s'étaient abattus successivement sur tous ces produits, les achetant, les stockant dans leurs entrepôts, puis les écoulant au compte-gouttes et au prix fort. Entre l'automne 1385 et mai 1386, les deux compères frappèrent cinq fois de suite. A la fin de cette période, Whittington était devenu l'un des personnages les plus influents de sa guilde ; et Geoffrey Bull, ex-Ducket, s'était déjà acquis une jolie fortune personnelle.

L'idée venait de Tiffany. « Je n'en aurais jamais eu le courage, avouait son mari. Nous faisons cela derrière le dos de ton père. » Mais Tiffany était résolue. « Père, je m'en charge », lui répondait-elle.

C'est ainsi que, par un clair après-midi de juin 1386, Geoffrey Bull, ex-Ducket, quitta nerveusement sa maison d'Oyster Hill pour gagner, deux cents mètres plus à l'ouest, la grande demeure connue sous le nom de Coldharbour, dont les jardins descendaient jusqu'au fleuve. C'était là qu'un des plus hauts personnages du royaume avait ses bureaux. « J'ai peur qu'ils ne me jettent dehors », murmura-t-il comme il franchissait l'imposant porche d'entrée.

Si les dix mois qui s'étaient écoulés depuis le départ de Gilbert avaient permis à Geoffrey Bull, ex-Ducket, de faire fortune, la chance l'avait favorisé dans les dernières semaines d'une manière insolente.

La puissante guilde des épiciers contrôlait la ville : le maire était lui-même épicier, de même que les plus importants des aldermen. Comme dans toutes les organisations prospères, ses chefs regardaient vers l'avenir ; et quand ils tournaient les yeux vers le beau-fils de Gilbert Bull, ils avaient tout lieu de se féliciter. Ses récentes opérations les avaient impressionnés. Plusieurs membres de la guilde, qui avaient été membres du cartel constitué pour l'occasion, en avaient retiré de jolis bénéfices. « En plus, comme le fit remarquer un alderman, il va hériter de Bull une énorme fortune. — Bull, qui aimerait bien le voir passer chez les merciers », intervint un autre. « Il ne faut pas laisser faire cela » dit l'alderman. Comme tous ceux qui s'occupent de politique ou de charité publique, il savait qu'il faut choyer les gens riches. « Nous devrions faire quelque chose pour lui », conclut-il.

Et c'est ainsi que Geoffrey Bull, ex-Ducket, fut nommé membre du bureau de la guilde des épiciers, fait remarquable pour un garçon d'à peine vingt-six ans. Deux semaines plus tard, un siège se trouvant soudain vacant, il fut également intro

isé conseiller de son quartier. « Tu te rends compte, lui dit Tiffany, rouge d'excitation, que c'est le premier pas pour devenir un jour alderman ? »

Néanmoins, en dépit de sa bonne fortune, un aspect de la situation continuait à le perturber ; et il s'en voulait de sa propre réaction car, il était le premier à le dire, sans son mariage, il n'aurait connu aucun de ses récents succès. Mais voilà, cela ne passait pas. Quoi que je fasse au cours de ma vie, songeait-il, je le ferai toujours en tant que Bull. Jamais Ducket.

Tiffany elle-même avait abordé un jour le sujet.

« Tu détestes cette idée, n'est-ce pas ? » lui avait-elle dit. Il avait protesté, mais elle avait secoué la tête. « Je sais bien que c'est vrai. » Et à la grande surprise de son mari, elle ajouta : « Moi aussi, je la déteste. »

C'était la vérité. Elle était fière d'être elle-même une Bull, fière de la fortune de sa famille ; mais, même si elle n'en laissait rien paraître, cela l'irritait souvent d'être, aux yeux de ses amis, la fille qui s'était mariée en dessous de sa condition. Elle avait surpris un jour une jeune femme qui disait : « Le mari de Tiffany ? Celui qui a la mèche dans les cheveux et les drôles de mains ? Ils n'ont pas réussi à lui en trouver un de convenable, alors ils sont allés pêcher celui-là dans le fleuve... » Le mot l'avait blessée et elle avait failli répondre à la commère : « Non, c'est lui au contraire qui m'a retirée du fleuve, où j'allais me noyer » ; elle aurait voulu la gifler, mais à la place elle avait pris une décision : Je leur montrerai. Je leur prouverai à toutes que j'ai un mari dont je peux être fière, un mari meilleur que les leurs.

Le Collège héraldique de Coldharbour était un endroit fort impressionnant. On balayait deux fois par jour la cour pavée qui se trouvait derrière le porche d'entrée. Face à cette entrée, le bâtiment principal était en pierre dans le bas, puis en bois dans sa partie supérieure. La grande porte de chêne, soigneusement cirée et polie, arborait une vénérable patine. Le jeune Geoffrey Bull — ex-Ducket — fut introduit, par un valet portant une magnifique livrée armoriée, dans un hall fort élégant. De nombreuses bannières de chevaliers et de seigneurs, brillamment colorées, pendaient aux poutres du plafond. Après une courte attente, un clerc vint le chercher, lui aussi en livrée, pour le conduire à travers deux autres salles jusqu'à une grande pièce carrée. Au milieu de cette pièce, derrière une table de bois sombre, se tenait un personnage considérable : le maître des hérauts royaux en personne, Richard Spenser, *Clarenceaux King of Arms and Earl Marshal* d'Angleterre. D'un geste, il pria le jeune homme d'exposer l'affaire qui l'amenait en ces lieux. Après un instant d'hésitation, Geoffrey s'exécuta, la gorge sèche.

« Je me demandais donc, messire, dit-il en guise de conclusion, si je pourrais prétendre à posséder mon propre blason. » Puis il rougit jusqu'aux oreilles.

Un simple marchand, un individu ne possédant pas même un arpent de terre, et qui réclamait un blason ? Comme s'il était un chevalier, de bonne naissance et d'ancien lignage ? Un commerçant qui s'aventurait dans le saint des saints héraldique, sous les bannières de barons, de comtes et de princes Plantagenêts ? Absurde. Intolérable. Outrageant.

Pourtant, en Angleterre, les choses ne se passaient pas comme cela.

De même que les négociants londoniens pouvaient se transformer en gentlemen campagnards, et qu'inversement les fils cadets de la gentry pouvaient se lancer dans le commerce, de même, derrière les titres et distinctions dont elle se parait, la société féodale recouvrait souvent une réalité plus pragmatique. L'ordre des chevaliers lui-même, si convoité, n'était pas figé une fois pour toutes. Un siècle plus tôt, Edouard Ier en avait ouvert les portes à de riches marchands — de façon qu'ils payent désormais l'impôt féodal, grâce auquel il entretenait son armée de mercenaires. En matière héraldique, le système était encore plus souple.

Ce n'était, après tout, que pure convention. Avant que se répande la pratique des tournois, à l'époque du Cœur de Lion, bien des nobles n'avaient jamais entendu parler d'armoiries ; ensuite, c'était vite devenu une mode. Un blason était à la fois noble et brillant, héroïque et chamarré ; il était romanesque. Puis, bien dans l'esprit de la société médiévale, on avait réglementé et codifié cette nouvelle passion. Sous l'autorité des hérauts, le Collège des armes, ou Collège héraldique, était devenu une sorte de vaste corporation royale, avec ses règlements propres, ses strictes conditions d'admission, et même ses mystères : l'art et les règles du blason. Le prestige qui s'y attachait était avidement recherché : un homme possédant des armoiries, quelle que fût sa vie par ailleurs, avait l'impression d'être un des chevaliers de la cour du roi Arthur ; ses ancêtres, braves gens sans histoire, devenaient autant de héros méconnus. Une fois portée sur les rôles héraldiques, la famille gagnait sa part d'immortalité.

Il était normal, dans ces conditions, que les hérauts prennent en compte les prétentions des fiers individus qui continuaient à se désigner eux-mêmes comme les barons de Londres. Un maire, un alderman de la ville avaient droit à des armoiries. Bull en avait, qui lui venaient de son père.

Un membre du bureau d'une des principales guildes de la cité méritait respect et considération. Aussi le regard que l'Earl Marshal porta sur Ducket était-il étonné, mais non pas scandalisé.

« Vous êtes bien jeune pour une telle dignité, lui fit-il remarquer avec raison. Mais il est vrai que vous êtes bien jeune également pour être devenu membre du bureau de votre guilde et conseiller de votre quartier. Comment y êtes vous parvenu ? »

Sans faire mention de toutes les opérations menées avec Whittington, Ducket expliqua qu'il avait épousé la fille de Bull, et que c'était la raison de sa réussite. Il avoua aussi son humble naissance. « Je suppose que je ne devrais pas être ici... commenta-t-il.

— Certes, votre naissance joue contre vous, lui dit l'Earl Marshal, mais elle ne vous interdit pas de posséder des armoiries. Pour nous, votre réussite compte plus. Un point cependant n'est pas clair pour moi. Demandez-vous la permission d'utiliser les armes de la famille de votre épouse, ou bien de vous faire établir votre propre blason ?

— Je voudrais reprendre mon véritable nom, messire. Et je voudrais obtenir des armoiries pour la famille Ducket. » Tout l'enjeu pour lui était bien là : une fois qu'il aurait un blason, Bull lui-même ne pourrait plus s'opposer à ce qu'il conserve son propre nom.

L'Earl Marshal le regarda pensivement. L'auguste cadre de Coldharbour mettait mal à l'aise les plus fiers des marchands : il avait fallu du courage à Ducket pour en franchir la porte. Le jeune homme, pour autant qu'il pouvait en juger, n'avait rien d'un petit parvenu prétentieux ; il semblait même plutôt modeste. Un détail intriguait pourtant son hôte. « Pardonnez ma question, lui dit-il d'un ton aimable, mais comment diable avez-vous réussi à épouser la fille d'un riche marchand comme Bull ? »

Ducket le lui dit et l'homme ouvrit de grands yeux.

« Vous avez vraiment plongé dans la Tamise, sous le Pont de Londres, en plein milieu du tourbillon ? Ces choses-là... sont faciles à vérifier, vous savez.

— Oui, messire. Je l'ai fait. »

Alors l'Earl Marshal d'Angleterre éclata de rire.

« C'est l'exploit le plus sensationnel dont j'aie entendu parler depuis des années. Eh bien, conseiller Ducket, ajouta-t-il avec un regard encourageant, vous me semblez bel et bien décidé à vous conduire comme l'un des chevaliers de la Table ronde. Nous allons voir ce que nous pouvons faire pour vous. Suivez mon clerc. Il vous expliquera comment les choses se passent. »

Quelques minutes plus tard Geoffrey se retrouva dans une longue salle, remplie de monde. Elle tenait à la fois de la bibliothèque de couvent et de l'atelier d'un peintre d'enseignes ; une vaste table de travail en occupait le centre.

« Ici, maître Ducket, lui dit le clerc en guise d'introduction, vous allez pouvoir pénétrer les mystères de l'héraldique. D'abord, votre écu devra recevoir un fond d'une certaine couleur. Sauf, précisa-t-il en souriant, qu'en matière d'héraldique nous ne parlons pas de couleurs, mais d'émaux. Les principaux sont le bleu, que nous appelons *azur*, le rouge ou *gueules*, le noir ou *sable*, le pourpre et le vert[1]. Il y a également deux métaux, l'or et l'argent. Nous utilisons aussi des fourrures, la plus appréciée étant l'hermine.

« Le fond, nous l'appelons le champ. Vous pouvez le fractionner en plusieurs partitions : il peut être divisé en deux, coupé horizontalement ou verticalement, ou encore écartelé, c'est-à-dire partagé en quatre quartiers. Vous pouvez multiplier ces partitions et charger le champ de figures, comme des bandes, des barres, des fasces, des chevrons, etc. Tout ce qui vient s'appliquer par là-dessus se nomme des meubles. Ce peut être une croix par exemple, ou bien des épées, des haches, des flèches, des fers à cheval, et aussi des nœuds, des harpes... Voyez ici l'écu d'un chevalier qui a choisi d'y faire figurer un bélier rampant. Ou encore des arbres, des fleurs, des étoiles...

— Et pour ce qui est des animaux ? s'enquit Ducket.

— Ah ! (Le visage du clerc s'illumina.) Il y en a beaucoup... (Il se tourna et saisit une grande feuille de parchemin qui reposait sur la table.) Vous n'en avez ici qu'un petit échantillon », affirma-t-il d'un air satisfait. Ducket en resta bouche bée, tant le spectacle était saisissant. On voyait représentés des lions et des ours, des loups et des cerfs, des lièvres, des taureaux, des cygnes, des aigles, des dauphins, des serpents. Mieux encore, chacun d'eux était figuré dans plusieurs attitudes différentes : dressé sur ses pattes arrière (on disait alors qu'il était rampant), assis, accroupi, se retournant ; parfois le haut de son corps seul était représenté, ou même sa tête. Les possibilités de combinaisons semblaient infinies. Non loin sur la table, un autre clerc travaillait à dessiner deux lions debout l'un en face de l'autre, comme sur le point de se battre. « Lions rampants affrontés, lui commenta son guide. Et vous n'avez pas vu le plus beau. » Il emmena Ducket vers une autre liasse de dessins, qu'il entreprit d'étaler devant lui. « Voici les monstres héraldiques », dit-il en les enveloppant d'un regard affectueux.

Comme ils étaient fascinants... Certains étaient d'aspect familier : un superbe dragon, une élégante licorne. Mais d'autres étaient plus curieux : un griffon, mi-lion mi-aigle ; un coq à queue de dragon ; un léopard héraldique crachant le feu ; un lion marin qui avait une queue de poisson ; et bien sûr une sirène.

« Avez-vous une quelconque idée de ce que vous désireriez ? Une sirène, peut-être ? Un griffon ?

— Je me demandais si je ne pourrais pas choisir... un canard.

— Un canard ? » Le clerc parut déçu.

« Oui. Dans un fleuve. »

L'opération se révéla plus difficile que Ducket ne l'avait pensé. Sa première suggestion, un canard vert sur fond bleu, fut aussitôt rejetée. « Vous ne pouvez mettre une couleur sur une autre, lui expliqua le clerc. De l'or ou de l'argent sur une couleur, oui, ou encore l'inverse. Ainsi, le dessin ressort mieux Nous suggérons souvent un fleuve par quelques fasces qui traversent le champ en ondulant. Je vais vous en montrer des exemples. »

---

1. Pour désigner la couleur verte du blason, l'anglais emploie le mot français *vert*, et le français le mot *sinople*. Les autres noms sont identiques dans les deux langues, l'anglais employant les mots français *or* et *argent* pour les deux métaux. (*N.d.T.*)

Quelque temps plus tard, on présentait à Ducket un projet d'écu. Le fond était d'argent, que l'on figurait par du blanc dans les esquisses. Deux larges bandes ondulées, bleues, le traversaient par le milieu ; et trois canards rouges y apparaissaient, deux au-dessus et un en dessous de ces bandes. De tout cela bien sûr, il fallait donner une juste description selon les règles de l'héraldique, ce qu'on appelle le blason.

« D'argent à deux fasces ondées d'azur accompagnées de trois canards de gueules, deux en chef et un en pied, proclama le clerc d'une voix solennelle. Les armes des Ducket. »

L'homme qui comparaissait devant le tribunal siégeant au château de Rochester avait visiblement connu des jours meilleurs. Son manteau noir était couvert de taches ; sa tunique, coupée dans une étoffe de prix, était élimée. Un petit trou rond à l'arrière de ses hauts-de-chausses laissait voir sa peau, mais il ne semblait pas s'en préoccuper. Chaucer et l'huissier de justice qui l'assistaient contemplaient l'homme avec curiosité ; le poète avait le sentiment de l'avoir déjà vu quelque part. Il disait s'appeler Simon le Clerc et venir d'Oxford.

Sa défense, il faut l'admettre, était bonne ; il l'assurait avec fermeté et en homme cultivé :

« La vérité, honorables seigneurs, est que j'ai bel et bien pris de l'argent à ce meunier ici présent. (Avec un brin de répugnance, il désigna un robuste campagnard d'allure vulgaire.) Il a fait un pari avec moi, et je l'ai gagné. J'estime qu'il était sobre à ce moment-là ; mais s'il souhaite plaider qu'il ne l'était pas, et si vous le trouvez bon, messires les juges, je lui rendrai le montant du pari, soit la moitié de ce qu'il affirme que je lui ai pris. Quant au reste de son accusation (il haussa dédaigneusement les épaules), à savoir que je serais un mage, un nécromant, que je lui aurais promis de transformer en or du métal vil, c'est simplement absurde. En apporte-t-il la moindre preuve ? Où sont les outils dont je me serais servi pour mon infâme trafic ? Quelles fioles et quels creusets, quelles potions et quels élixirs ? A-t-on rien trouvé de tel sur moi ou dans mon logement ? Bien sûr que non, car ils n'existent pas et n'ont jamais existé. Il n'a pas l'ombre d'une preuve pour étayer ses affirmations, qui sont, si je puis dire, aussi viles que les métaux que je suis censé transformer en or. En un mot, messires les juges, c'est lui qui cherche à transmuer quelque chose dans cette ridicule affaire, pas moi. »

Les juges sourirent ; c'était bien dit. Le meunier secouait la tête et semblait furieux ; mais il était manifeste qu'il n'avait pas la moindre preuve à fournir de ce qu'il avançait.

« Rendez ce que vous avez gagné, ordonna Chaucer, et l'affaire sera close. » L'huissier de justice hochait la tête en signe d'approbation quand Bull arriva sur les lieux.

« Bonté divine ! s'écria-t-il. Mais c'est Silversleeves ! »

C'était le dernier jour de son séjour auprès de Chaucer ; voilà un an qu'il avait quitté Londres et, depuis le début de juillet, il sentait qu'il était temps de rentrer. Ce matin il avait visité la majestueuse cathédrale de

Rochester, avant de reprendre le chemin du château où il allait faire ses adieux à son ami.

Il ne lui fallut pas longtemps pour raconter à la cour ce qu'il savait ; après quoi Chaucer rendit un nouveau verdict, quelque peu différent du précédent.

« Grâce aux déclarations d'un témoin à la moralité irréprochable, dit-il à Silversleeves, nous savons désormais que vous nous avez donné un faux nom, que vous venez de Londres et non d'Oxford, et que vous avez déjà été suspecté exactement du même crime qu'aujourd'hui. C'est donc votre parole contre celle du meunier — et laissez-moi vous dire que la cour incline à croire le meunier. (Il se tourna vers l'huissier.) Est-ce de la bonne justice ?

— Assez bonne, messire.

— Donc, prononça le juge de paix Geoffrey Chaucer, je vous condamne à rembourser à ce meunier l'intégralité de la somme que vous lui devez, selon ses dires, et à passer la matinée de demain au pilori. (Il réfléchit quelques instants.) Avec, disons... un creuset attaché autour de votre cou. » La justice anglaise, si même elle n'avait eu que cette qualité, était du moins pleine de bon sens.

Gilbert Bull était d'excellente humeur quand il monta sur son cheval pour reprendre la direction de Londres, et de sa maison sise sur le Pont. Il n'avait prévenu personne de son retour.

Elle avait oublié dans quelles colères il pouvait se mettre. Trois jours après son retour inopiné, Tiffany faisait face à son père, dans la grande salle à l'étage, et se sentait presque redevenue une enfant. Avec son visage empourpré, ses yeux bleus qui lançaient des éclairs, elle ne se souvenait pas qu'il était aussi grand. Il était fou de rage.

« Traître ! rugissait-il. Ton mari est un Judas ! Je l'ai toujours dit : ne faites jamais confiance à l'enfant trouvé ! Quand le sang est mauvais... Quant à toi, Jézabel (il pointa le doigt vers elle), tu ne vaux pas mieux que lui !

— Ce n'est pas une trahison ! protesta-t-elle. Nos enfants resteront toujours tes petits-enfants !

— Si, c'est une trahison ! C'est bien de la fortune des Bull que tu comptes hériter, pas de celle des Ducket !

— Je ne pensais pas que tu le prendrais aussi mal, Père...

— Alors pourquoi donc l'as-tu fait derrière mon dos ? » rugit-il.

Bull avait tout découvert en entendant la cuisinière parler de Geoffrey comme de « maître Ducket ». « Vous voulez dire maître Bull », avait-il corrigé, mais elle avait persisté : « Oh ! non, messire, c'est maître Ducket, maintenant. » Et l'affaire lui avait été révélée.

Bull ne savait pas ce qui l'avait le plus blessé : d'avoir été ainsi trompé, la perte de son nom — son immortalité — dans les générations futures, ou bien le fait que, grâce aux brillants succès de Ducket en affaires, ils n'avaient désormais plus besoin de lui pour vivre. De toute façon, il refusait avec hauteur de seulement en parler avec eux. Il est une phrase qu'il pouvait dire pourtant, la plus terrible accusation qu'un Bull pouvait porter contre un autre homme :

« Il a manqué à sa parole ! » Puis il expliqua à Tiffany, qui blêmit, ce qu'il avait l'intention de faire.

« A son âge ? » D'abord, Ducket ne voulut pas y croire.

« Pourquoi pas ? Il est encore robuste.

— Peut-être, mais... tout recommencer, aujourd'hui ?

— C'est ma faute », se désola Tiffany. L'arrivée soudaine de son père l'avait prise au dépourvu. Elle pensait lui annoncer avec ménagement, au moment choisi, le changement de nom dont son mari avait eu l'idée ; mais en vérité, elle n'avait aucune excuse. Elle avait eu l'esprit si plein du bonheur de l'un des deux hommes qu'elle en avait complètement négligé l'autre.

« Cela veut-il dire que je dois redevenir un Bull ?

— Inutile, maintenant. Il n'a plus confiance en nous. Il penserait que nous irions changer de nouveau de nom dès qu'il aurait le dos tourné.

— Il changera d'opinion, peut-être ? » Mais Tiffany secoua la tête.

Car Bull avait l'intention de se remarier. « Et si j'ai un fils, lui avait-il dit d'un ton glacial, ce sera lui, non toi et ton Ducket, qui héritera de moi. »

Mais ce fut alors, à sa grande surprise, une nouvelle facette de son épouse que découvrit Ducket, une facette qu'elle ne lui avait encore jamais révélée. Elle secoua le tête, et ses yeux bruns d'ordinaire si doux devinrent soudain de marbre.

« Je ne suis pas sûre que tu aies bien compris, lui dit-elle avec un calme inquiétant, de combien d'argent nous parlons en ce moment.

— Mais qu'est-ce que nous pouvons faire ?

— L'amener à abandonner son projet. »

Dame Barnikel fut assez surprise de recevoir, au début du mois d'août, la visite de Tiffany. Elle fut encore plus surprise lorsque la jeune femme, qu'elle connaissait de loin, lui déclara qu'elle voulait lui parler confidentiellement. Elles prirent place à une table puis, après quelques propos de convenance, Tiffany entra dans le vif du sujet.

« Je me fais du souci à propos de mon père », dit-elle en guise d'introduction.

Et elle se lança dans une touchante description de lui. Un veuf, esseulé, et qui recherchait la compagnie de dames mûres. « Ou peut-être, continua-t-elle posément, y a-t-il des femmes mariées désireuses d'une relation discrète... Il est encore très en forme pour son âge. Je me demandais si vous ne connaîtriez pas quelqu'un qui... »

Dame Barnikel fronça les sourcils.

« Résumons la situation... Vous essayez de trouver une gentille maîtresse pour votre papa.

— Exactement.

— Et vous êtes venue me demander si je n'en aurais pas une sous la main.

— Je sais que votre jugement est bon, dame Barnikel. (Elle fit une pause, comme si ce qu'elle avait à dire était un peu délicat.) En fait, je crois qu'il a toujours eu une certaine... admiration pour vous. »

Ce n'était pas, à dire vrai, la première démarche que faisait Tiffany. Dame Barnikel était même la troisième femme à laquelle elle tenait ce genre de propos. Et elle ne se serait probablement jamais fourvoyée dans un endroit comme Southwark si elle avait eu plus de succès dans ses tentatives précédentes. Mais elle avait entendu son père, par le passé, dire du bien de la patronne du George, même s'il ne le faisait pas sans un demi-sourire. Cette fois-ci, elle n'irait pas par quatre chemins. Quant à sa stratégie, elle était on ne peut plus simple : « Soit, comme elle l'avait dit à Ducket, il épouse une femme trop âgée pour avoir des enfants, soit il se trouve une maîtresse qu'il ne peut pas épouser. Donc une femme déjà mariée. » Et, face au scepticisme de son époux, elle avait ajouté : « J'y arriverai. »

« C'est à moi que vous pensiez ? demanda dame Barnikel.

— L'idée m'a traversé l'esprit, oui.

— Vous ne voulez pas plutôt le laisser trouver tout seul ?

— Je l'aime tant, vous savez... Je ne voudrais surtout pas qu'il souffre. » Dame Barnikel la regarda bien en face.

« Beaucoup d'argent à la clé ? lui demanda-t-elle.

— Beaucoup, oui. »

C'est alors que l'aubergiste se mit à rire.

« Je ne pense pas que cela m'intéresse, non. J'ai déjà tout ce qu'il faut comme Bull chez moi. »

Et les deux femmes se séparèrent, l'une pour s'occuper de son mari, l'autre de son héritage.

La solution au problème de Tiffany provint non de ses efforts, mais d'un coup de pouce extérieur.

De tous les membres des Communes qui s'étaient réunis au début d'octobre pour l'ouverture de la nouvelle session, il n'y en avait guère de plus distingué qu'un des chevaliers choisis pour représenter le Kent. Car c'est en cette qualité que Chaucer, contrôleur des laines, soldat, diplomate, poète, juge de paix, et maintenant délégué de son comté, fit son entrée dans la prestigieuse assemblée. Bien qu'il n'eût pas été véritablement adoubé, il était considéré comme chevalier, en tant que représentant d'un comté.

En une aussi solennelle occasion, il était normal que Richard Whittington, mercier et gentleman, donnât une petite fête chez lui, en l'honneur de son ami. Il était également normal qu'il y invitât leur ami commun Bull. Et il était bien dans son caractère de ne pas oublier, au moment de dresser la liste des autres invités, le grave problème auquel devait alors faire face son ami et ex-camarade de jeu Geoffrey Ducket.

Ce fut donc pour Bull une fort agréable surprise de se trouver assis à côté d'une femme dont la sensualité, discrète et subtile d'abord, s'affirma à mesure que la soirée s'avançait. Il fut flatté de l'intérêt qu'à l'évidence elle lui témoignait.

« Je crois, lui glissa Whittington à l'oreille au moment où il partait, qu'elle est libre en ce moment. » Quant à Ducket, le lendemain matin, c'est avec un grand rire qu'il lui dit : « L'avantage avec elle, c'est qu'il n'y a aucun risque qu'ils se marient. »

On jasa beaucoup, dans un petit cercle londonien, quand on sut que Bull avait fait l'acquisition d'un bouquet de fleurs. Le bruit courait qu'il le destinait à sœur Olive.

1422

Au début du nouveau siècle, il était communément admis, à Londres, que peu de familles étaient davantage favorisées par le sort que les Ducket. Ils avaient sept enfants pleins de santé ; Geoffrey n'avait cessé d'augmenter sa fortune, aujourd'hui considérable ; quant à Tiffany, ses perspectives d'héritage s'étaient accrues dans des proportions qu'elle-même n'eût jamais osé espérer.

En 1395 en effet, l'héritier en titre de Bocton était subitement décédé, bientôt suivi par son père, terrassé par le chagrin. Le merveilleux domaine du Kent était passé dans les mains de Gilbert, le seul frère survivant, qui était devenu dès lors le Bull le plus riche depuis les origines de la famille. Comme il le remarquait lui-même, il ne lui restait plus guère d'années devant lui pour jouir de la propriété où il avait passé son enfance ; aussi quitta-t-il la maison du Pont de Londres, qu'il laissa à Tiffany et Ducket, et alla-t-il s'installer à Bocton. Son affaire avec sœur Olive ne dura pas moins de huit ans, huit ans de bonheur sans nuages — pour lui-même, comme pour sa fille et son gendre : les voluptés que sa maîtresse sut lui procurer lui firent rapidement oublier ses projets de nouvelle paternité, et le cortège d'ennuis qui l'accompagnerait. Quand ses joyeux petits-enfants vinrent à naître, il ne put s'empêcher de s'attendrir ; et même sur sa susceptibilité blessée, l'un des hérauts du Collège des armes versa du baume en lui faisant remarquer que, Ducket ayant désormais ses armoiries et Tiffany devant hériter un jour des siennes propres, les deux blasons des Bull et des Ducket seraient alors réunis, assurant au moins aux premiers l'immortalité héraldique à la face des générations futures. Alors qu'il contemplait depuis Bocton le superbe panorama du Weald du Kent, il semblait à Bull que les années de sa retraite baignaient dans une douce et agréable lumière.

Pourtant, avant qu'il trouve le repos de l'âme, de lourds nuages devaient venir assombrir ce riant paysage.

Après des débuts prometteurs, le règne du jeune Richard II s'était mal terminé. Beaucoup pensaient à la cour que la bravoure dont il avait fait preuve lors de la révolte des paysans et le succès ainsi obtenu lui étaient montés à la tête. Il était courageux, mais ne possédait pas l'aptitude à commander du Prince noir. On admirait certaines de ses initiatives, malgré leur extravagance, comme le superbe nouveau toit qu'il avait commandé pour Westminster Hall ; mais pas du tout certaines autres, telles les dépenses effrénées qu'il engageait pour ses favoris. Puis, peu avant la fin du siècle, sa conduite était devenue soudain si étrange qu'Henri, le fils de Jean de Gand, après avoir clamé haut et fort sa qualité d'héritier féodal, avait pris les armes et déposé le roi.

Henri IV, de la maison de Lancastre, nom donné à cette branche de la famille royale, gouvernait sagement. Pourtant l'épisode avait choqué le sens de la propriété, si ancré chez Bull. Le nouveau roi avait usurpé le trône légitime d'un autre, et l'ordre de l'univers en avait été dérangé. « A la longue, avertissait-il les siens, cela aura des conséquences funestes. »

Le ciel s'était assombri l'année suivante, en 1400.

La peste. Elle était réapparue à Londres au cours de l'été et, malgré leurs protestations, Bull avait fait venir toute sa famille à Bocton. Comme dans sa jeunesse, il avait attendu, réfugié au faîte de sa colline, que le fléau passe, et ne s'était risqué à rentrer avec eux à Londres qu'une fois tout danger écarté, à la fin octobre. Pour apprendre qu'une fois de plus les ténèbres avaient emporté l'un de ceux qu'il aimait.

Chaucer avait trouvé pour sa retraite une jolie petite maison à West-minster, juste entre l'abbaye et le palais, entourée d'un charmant jardin clos de murs. Il n'y était que depuis un an, travaillant à ses *Contes de Canterbury*, quand il s'était subitement éteint, l'été de la peste.

« Pourquoi n'ai-je pas pensé à lui ? se lamentait Bull. Pourquoi ne l'ai-je pas fait venir à Bocton ? » Il ne put toutefois apprendre avec certitude si son ami était mort de la peste ou d'autre chose. Le jardinier de la petite maison disait la peste, les moines de l'abbaye disaient que non.

« Mais je peux vous promettre une chose, lui assura l'un des moines, c'est qu'il a eu une belle mort. A la fin, vous savez, il s'est repenti de toutes ses œuvres. Que d'impiété et de sacrilèges dans ses contes... Il a dit que nous devions tous les brûler, conclut-il d'un air satisfait.

— Et vous l'avez fait ?

— Ceux que nous avons pu trouver, oui. »

Etait-il possible, se demandait Bull, que la douleur eût arraché à son ami un tel reniement ? Comment le savoir ? Pourtant, quand il songeait à l'œuvre de Chaucer, si vaste et foisonnante, mais inachevée à sa mort et écrite en anglais, hélas, irrémédiablement en anglais, qu'il l'eût reniée ou non n'avait plus guère d'importance, lui semblait-il.

« De toute façon, tout en sera bientôt oublié ou perdu », dit-il tristement en quittant la maison.

Les cloches appelaient à vêpres comme on le raccompagnait à travers l'abbaye. « Voudriez-vous voir sa tombe ? » s'enquit le moine ; et sur sa réponse affirmative, il l'y conduisit.

« Je suis heureux, au moins, qu'il soit enterré dans l'abbaye, dit Bull. Il était l'un des fleurons de l'Angleterre, et c'est bien que vous l'ayez reconnu. »

Mais le moine secoua le tête.

« Vous vous trompez, messire. Il est ici à cause de sa maison, un point c'est tout. Il la louait à l'abbaye, vous comprenez. »

Bull mourut cinq ans plus tard et Bocton revint à Tiffany. Elle s'y rendait bien plus souvent que Ducket, même si celui-ci s'était pris d'affection pour l'ancienne terre des Bull.

« Mais mon vrai foyer est à Londres », disait-il avec raison, et il y vivait heureux. Il vit son ami Whittington devenir maire non pas une, ni même deux, mais trois fois, et passer ainsi dans la légende. Il le vit réaliser bien des aménagements qu'il avait en tête depuis toujours, dont une nouvelle adduction d'eau. Dans son testament, le maire fit même un legs pour que l'on construisît des toilettes publiques neuves, non loin du vieux St Lawrence Silversleeves et de ses parages nauséabonds.

Ducket vit également prospérer la brasserie de James Bull, depuis ses modestes débuts au George jusqu'à la vaste entreprise qui devait fournir en bière les troupes du nouveau roi, Henri V, quand elles allèrent combattre à Azincourt. Il vit l'Angleterre remporter de nouveaux triomphes, comme au temps du Prince noir, dans son long conflit avec le voisin français. Il vit ses propres enfants grandir et prospérer — puis un jour il fut temps, pour lui aussi, de songer au départ.

A son âge encore, son plus grand plaisir restait de regarder la Tamise depuis la maison du Pont de Londres. Le soir, il s'installait devant la fenêtre de la salle de séjour, face à l'amont du fleuve ; le matin, il se levait tôt et gagnait la rive, du côté de Southwark, non loin de l'endroit où on l'avait découvert, voici bien des années. De là, il pouvait demeurer plus d'une heure à contempler le grand fleuve, dans son voyage éternellement recommencé vers le soleil levant.

10

Hampton Court

1533

Elle n'aurait pas dû pénétrer dans le jardin. Elle aurait dû passer outre quand elle avait entendu les chuchotements. Son frère ne l'avait-il pas mise en garde, pourtant ?

La chaleur était suffocante en cet après-midi d'août ; on n'apercevait pas un seul nuage au-dessus des toits d'Hampton Court. Le soleil estival brûlait les briques rouges de l'immense palais Tudor, au milieu de son vaste parc giboyeux bordant la Tamise. Londres se trouvait à une vingtaine de kilomètres en aval du fleuve. Les rires des courtisans parvenaient jusqu'à elle, glissant sur les pelouses qui entouraient le palais. Plus loin, on apercevait des cerfs flânant entre les arbres du parc, comme des ombres dans la lumière tachetée. Un léger parfum d'herbe fraîchement coupée, et aussi de chèvrefeuille, aurait-on dit, flottait dans l'imperceptible brise.

Elle avait marché vers la berge du fleuve, cherchant la solitude ; et c'est alors, au détour d'une haie, qu'elle avait entendu les murmures.

Susan Bull avait vingt-huit ans. Dans une époque qui prisait les teint pâles et les visages ovales, ses traits étaient plutôt ronds et sympathiques. Les gens disaient que ce qu'elle avait de mieux, c'étaient ses cheveux. Quand elle ne les relevait pas au-dessus de sa tête, ils tombaient naturellement de part et d'autre de son visage, bouclant à peine au niveau de ses épaules. C'était surtout leur couleur qu'on retenait : un brun riche et profond, avec une pointe auburn qui leur donnait éclat et chaleur, comme un bois de merisier richement patiné. Elle avait aussi les yeux de la même couleur. Mais ce dont elle était le plus fière, dans son for intérieur, c'était d'avoir gardé la même silhouette souple et mince, après avoir mis au monde quatre enfants. Elle était vêtue avec élégance, mais simplement : une coiffe blanche empesée sur la tête, sous laquelle elle tirait sagement ses cheveux, et une discrète robe de soie brune. La petite croix d'or qu'elle portait autour du cou disait sa piété et son attachement réel à la religion — même si chez d'autres femmes de la cour, ce n'était là qu'une question de mode.

Elle n'avait pas souhaité venir ici. Les courtisans avaient toujours l'air hypocrites, et elle-même détestait toute forme de dissimulation. Elle n'avait pas eu le sentiment qu'elle devait le faire. Elle soupira ; c'était une idée de Thomas.

Thomas et Peter, ses deux frères ; comment pouvaient-ils être aussi différents l'un de l'autre ? Thomas, le cadet, était vif, brillant, charmant, têtu. Elle l'aimait, bien sûr, mais avec des réserves, de solides réserves.

Et Peter, lui, si solide et tranquille... Il n'était en vérité que son demi-frère, issu d'un précédent lit, pourtant c'était de lui qu'elle se sentait le plus proche. Peter, l'aîné de la famille Meredith, avait remplacé leur père quand celui-ci était mort prématurément. Encore aujourd'hui il restait, et resterait toujours, la conscience de la famille. Elle n'en avait pas été surprise quand il s'était fait ordonner prêtre, laissant au jeune Thomas le soin des choses de ce monde.

Pas de meilleur curé dans tout Londres que le père Peter Meredith. Plutôt grand et corpulent, la quarantaine ornée d'un début de calvitie débonnaire, sa silhouette tranquille était aussi familière que rassurante pour ses paroissiens. C'était un homme intelligent et, sans une pointe de paresse dans sa jeunesse, il aurait pu devenir un savant. Sa paroisse de St Lawrence Silversleeves n'était pas de celles où un ambitieux pût trouver à faire carrière ; mais lui-même en était satisfait. Il avait restauré la petite église, avec son jubé noirci par les siècles, et l'avait dotée de deux beaux vitraux tout neufs. Il connaissait par leur prénom tous les enfants nés dans sa paroisse ; les femmes appréciaient sa jovialité, car elles savaient qu'il observait son vœu de célibat ; il ne dédaignait pas de boire un coup avec les hommes, mais sans jamais se départir d'une chaleureuse dignité. Après leur avoir administré les derniers sacrements, il tenait toujours la main des mourants jusqu'à ce qu'ils fussent partis en paix dans l'au-delà. Ses sermons étaient simples, ses propos concrets. C'était un bon prêtre catholique.

Mais l'année précédente, il était tombé assez gravement malade, au point qu'il avait dû se résoudre à abandonner son travail pastoral. Il avait choisi de se retirer dans le grand monastère londonien des chartreux, Charterhouse ; mais il avait décidé de faire auparavant le pèlerinage de Rome. « Voir Rome et mourir, avait-il plaisanté — encore que je n'aie pas l'intention de mourir tout de suite, rassurez-vous. » Il y était toujours, et c'est là-bas qu'elle lui avait écrit pour qu'il la conseillât sur l'affaire d'aujourd'hui. Ce matin-là, elle avait relu pour la vingtième fois sa réponse.

Suis ta conscience. C'est tout ce que je peux te dire. Ta foi est solide. Prie, et tu sauras ce que tu dois faire.

Elle avait prié, puis elle était venue ici.

Son cher époux Rowland se trouvait quelque part dans le grand dédale d'Hampton Court. Cela faisait maintenant une heure que Thomas l'y avait emmené — pour ce qui devait être, ils le savaient tous les deux, l'entretien le plus important de sa vie. Elle ne l'avait encore jamais vu aussi nerveux. Depuis trois jours il était sans cesse indisposé, mortellement pâle ; si elle n'avait pas été habituée à son tempérament passionné, à son anxiété native, Susan aurait pu croire qu'il était vraiment malade. C'est pour elle et pour les enfants qu'il accomplissait cette démarche, mais aussi pour lui-même. Voilà sans doute pourquoi elle désirait tant qu'il réussît.

Le plus beau cadeau que Peter lui avait fait avait été son mari. Peter avait trouvé Rowland, et l'avait envoyé à Susan avec ce seul message : *C'est lui et pas un autre*. « Bonté divine, en plus ils se ressemblent », avait persiflé Thomas. Il est vrai que Peter et son mari, avec leurs robustes constitutions et leurs crânes prématurément chauves, avaient un air de famille. Mais derrière cette ressemblance extérieure, il y avait une notable différence entre eux deux. Si le prêtre était plus vieux et plus sage, le doux Rowland possédait en revanche une profonde ambition dont, elle le savait, Peter manquait complètement. « Je n'aurais jamais pu épouser un homme sans ambition », confessait-elle.

Quant à leur entente sur le plan physique, elle n'aurait guère pu être meilleure, songeait Susan avec satisfaction. Comme elle souriait pourtant quand elle se souvenait de leurs débuts... Ils étaient alors si prudes, si malhabiles... Ils s'étaient efforcés de leur mieux de se conformer aux règles les plus étroites, afin de sanctifier leur union. Puis un jour elle avait pris les choses en main.

« Mais tu es une vraie Messaline ! s'était-il exclamé, très surpris.

— J'ai besoin d'avoir quelque chose à confesser », avait-elle répondu. Et maintes fois depuis ce jour-là, leur confesseur attitré, avec un demi-sourire qu'ils ne pouvaient voir, leur avait infligé, chacun à son tour, une pénitence bénigne avant de les absoudre paternellement.

Aujourd'hui, Rowland avait sa chance à saisir. Si l'entretien qu'avait arrangé Thomas était un succès, il porterait ses fruits : un débouché où exprimer ses talents ; un répit pour leurs continuels soucis d'argent ; peut-être même un jour, qui sait ? la perspective d'une certaine aisance. Elle pensait aux enfants et se disait que oui, il fallait le faire.

Il y avait encore une autre consolation. Quoi qu'elle pût penser des cours, elle savait que c'était un mal nécessaire. Les courtisans ne faisaient que servir une cause qui les dépassait, celle du personnage important entre tous, l'ami de son père, le bienfaiteur de son frère, l'homme qu'on lui avait appris à aimer et à suivre toute sa vie durant.

Le bon roi Henri, pieux souverain d'Angleterre, chef de la maison Tudor.

La lignée Plantagenêt avait été balayée par la terrible série de querelles qui avait mis aux prises la maison de Lancastre, issue de Jean de Gand, et sa rivale, la maison d'York, conflit connu sous le nom de guerre des Deux Roses. Tant de princes y avaient trouvé la mort qu'une obscure famille galloise, unie par les hasards du mariage à la vieille famille royale, accéda alors au trône. En tuant cinquante ans plus tôt le dernier Plantagenêt, Richard III, à la bataille de Bosworth, le père d'Henri avait donné aux Tudor la couronne d'Angleterre.

Susan se souvenait encore du jour où son père — c'était l'année qui précédait sa mort, elle-même ayant alors cinq ans — l'avait emmenée pour la première fois à la cour. Elle avait vu soudain paraître, s'avançant à travers le grand hall, l'homme le plus magnifique que ses yeux avaient jamais contemplé. Grand et bien bâti, dans sa tunique sertie de joyaux et munie d'énormes coussinets d'épaules, Henri ressemblait à un géant de légende. Ses chausses étroitement ajustées mettaient en valeur le galbe de ses jambes d'athlète ; entre elles saillait une braguette généreusement matelassée, afin de célébrer sa royale virilité. Le cœur de Susan lui avait manqué quand une paire de bras puissants l'avait soulevée de terre et levée haut dans les airs ; un large visage empreint de noblesse, deux yeux vifs et rieurs, une courte barbe brune tirant sur le roux...

« Voici donc votre petite fille », avait dit le puissant roi dans un sourire, en approchant Susan de ses lèvres pour lui donner un baiser ; et même à son âge, la fillette avait senti qu'il possédait au plus haut degré les qualités que tout homme rêvait d'avoir.

Aucun prince en Europe n'était plus beau qu'Henri. L'Angleterre pouvait être un petit pays — avec moins de trois millions d'habitants, sa population ne représentait que le cinquième de celle du royaume de France nouvellement unifié —, Henri compensait dans les esprits ce déficit par la somptuosité de ses manières. Sportif accompli, bon musicien, savant (sur les sujets qui l'intéressaient), infatigable bâtisseur de palais, c'était un parfait honnête homme selon les vœux de la Renaissance. Ses armées avaient écrasé les Ecossais à Flodden ; au camp du Drap d'or, en une fastueuse mise en scène historique, il avait conclu la paix avec le roi François Iᵉʳ, son égal en magnificence. Et par-dessus tout, à une époque où la chrétienté faisait face à la pire crise qu'elle eût connue depuis mille ans, Henri d'Angleterre était pieux.

Au début de son règne, Martin Luther avait commencé en Allemagne sa contestation religieuse. Comme dans le cas des lollards anglais jadis, les revendications luthériennes originelles pour une réforme de l'Eglise s'étaient bientôt transformées en un terrible défi lancé à la doctrine catholique. Les protestants en étaient vite arrivés à nier le miracle de la messe, l'utilité des évêques, et à affirmer qu'il fallait laisser les prêtres se marier. Certains princes régnants en Europe leur avaient prêté une oreille sympathique ; mais pas le bon roi Henri. Quand des marchands allemands avaient introduit des libelles luthériens dans Londres, il les avait aussitôt jetés dehors. Une traduction du Nouveau Testament par Tyndale avait été brûlée en public sept années plus tôt à St Paul ; et le roi lettré avait personnellement rédigé une si magistrale réfutation des thèses hérétiques de Luther que le pape, reconnaissant, lui avait donné un nouveau titre : défenseur de la foi.

Quant aux récents problèmes qu'il avait connus avec le souverain pontife au sujet de sa femme, les sympathies de Susan, comme celles d'un grand nombre de croyants anglais, allaient au roi. « Je crois qu'il fait de son mieux, dans une situation très difficile », affirmait-elle. Il fallait bien en sortir, pourtant. « Mais je ne suis pas près de le juger », ajoutait-elle.

Le parc qui s'étendait devant Hampton Court, connu sous le nom de Grand Verger, était typique de ceux dont l'époque aimait à entourer de telles demeures : subtile combinaison de jardins à la française et de belvédères, de charmilles et de bosquets retirés, propices aux tête-à-tête. Le roi Henri, qui aimait la mise en scène, les avait décorés de toutes sortes de bêtes héraldiques, cadrans solaires et autres décors peints, en bois ou en pierre.

C'est en passant près d'une haie, haute et touffue, entourant l'un de ces massifs que Susan avait entendu les chuchotements. Ils furent suivis d'un rire, lui sembla-t-il.

Daniel Dogget, debout près du débarcadère d'Hampton Court, baissait les yeux vers la silhouette trapue de sa femme, vers son petit mais robuste beau-frère, et réfléchissait.

Tout était tranquille autour de lui. Des cygnes blancs glissaient à la surface du fleuve et des poules d'eau noires s'y ébattaient, comme si l'été ne devait jamais finir.

Dan Dogget était un géant. Plus de deux siècles avaient passé depuis que Barnikel de Billingsgate avait rendu visite aux sœurs Dogget, à Bankside, et laissé un bébé en souvenir à l'une d'entre elles. Le jeune garçon avait hérité de la silhouette de son père, mais du teint et du nom de sa mère. Par la suite, ses propres enfants se distinguèrent à peine de leurs cousins de l'ancienne famille Ducket, sinon par la taille, et par leur nom légèrement différent. Au temps de la peste noire, lorsque le petit Geoffrey Ducket fut recueilli par Bull, les Dogget survécurent mieux au fléau que la branche originelle de la famille. Dan Dogget mesurait plus d'un mètre quatre-vingt-dix ; large d'épaules et mince de taille, il portait une abondante chevelure noire, avec une touffe blanche sur le front. C'était le plus solide des bateliers de la Tamise ; il pouvait briser une chaîne rien qu'en gonflant le torse. Dès l'âge de douze ans il avait manié les rames aux côtés des adultes ; avant d'avoir dix-huit ans il savait jurer aussi fort que n'importe lequel d'entre eux — un exploit remarquable, car les bateliers de Londres étaient de fameux braillards. A vingt ans aucun homme ne se risquait à le défier, même dans les plus sombres bouges proches des rives du fleuve.

« Alors, qu'est-ce que tu vas faire ? » demanda à nouveau le petit homme. Ne recevant pas de réponse, il formula sa propre opinion, en homme qui a bien pesé la question : « Tu sais quel est ton problème, Daniel ? Tu t'es mis trop d'obligations sur le dos. » A quoi Dogget se contenta de soupirer en silence. Il n'était pas homme à se plaindre. Tout dévoué à sa tendre (et rondelette) moitié, Margaret, ainsi qu'à leur bruyante nichée de petits Dogget, il était aussi plein de prévenances pour sa sœur et les siens. Et maintenant, alors que la femme du pauvre Carpenter était morte en donnant naissance à leur quatrième enfant, il avait emmené sa propre famille, depuis Southwark, jusqu'aux dépendances d'Hampton Court, où vivait et travaillait l'artisan. « Ils peuvent habiter ici avec toi, le temps que les choses s'améliorent un peu », avait-il proposé, et son ami en avait été éperdu de reconnaissance. Mais si encore il n'y avait eu que cela. Le problème de son père se posait aussi, hélas.

Cela faisait un an qu'il avait recueilli le vieil homme chez eux à Southwark — et cela faisait un an qu'il le regrettait. Le vieux Will Dogget était peut-être pour ses amis un joyeux drille, mais depuis sa dernière escapade et sa dernière beuverie, Dan avouait : « Je ne peux pas continuer à m'occuper de lui. » Que faire, alors ? Il ne pouvait tout de même pas jeter purement et simplement le vieil homme dehors. Il avait essayé de le confier à sa sœur, mais elle n'en voulait pas. De nouveau, il soupira. Quelle que soit la solution, songeait-il, une chose était sûre : cela coûterait de l'argent. Et cet argent, à part le voler, il n'avait qu'une seule façon de se le procurer.

C'est pourquoi il contemplait en ce moment même les embarcations amarrées à la jetée. L'une d'elles lui fournirait-elle la solution ?

Même s'il en existait de différentes tailles, les bateaux transportant des passagers sur la Tamise reprenaient tous le même dessin de base. Par leur structure c'était le drakkar viking, une quille peu profonde et des flancs bordés à clins, avec leurs longues rangées de planches, chacune chevauchant celle du dessous. L'intérieur se divisait en deux parties : l'avant, avec des bancs pour les rameurs, et l'arrière où s'asseyaient les passagers. Ce type de base donnait lieu à de nombreuses variantes. Il y avait les simples canots, larges et plats sur l'eau, qu'un ou deux rameurs suffisaient à manier, et qui faisaient la traversée entre Southwark et la cité. Il y avait les barques plus longues, avec plusieurs paires de rameurs, et généralement un dais pour protéger les passagers ; elles possédaient souvent, en outre, un gouvernail et un homme de barre. Enfin il y avait les grands bacs appartenant aux compagnies de la cité, avec des ponts équipés pour accueillir les clients et des proues magnifiquement sculptées ; une douzaine de paires de rames, ou même plus, les propulsaient. La barque dorée du lord-maire (ainsi le nommait-on désormais), qui conduisait chaque année le défilé sur le fleuve, était l'une des plus luxueuses.

Daniel aimait la vie de batelier. Physiquement, le travail était dur, mais il était bâti pour cela. Sentir les pales s'enfoncer dans l'eau d'un coup net et précis, le bond du bateau en avant, l'odeur des laîches et des massettes — il ne connaissait pas de plus grand bonheur. Et surtout, le rythme lent et régulier des rames diffusait puissance et chaleur dans sa poitrine, comme si, à l'instar du fleuve lui-même, ses propres forces étaient infinies. Comme il le connaissait, ce fleuve — chaque berge, chaque coude, depuis Greenwich jusqu'à Hampton Court... Un jour, alors qu'il emmenait un jeune courtisan, celui-ci avait chanté une ballade dont le refrain disait :

Jolie Tamise, coule doucement
Jusqu'à la fin de mon chant.

La ballade lui avait tant plu que souvent, par les clairs matins d'été, il se surprenait à en murmurer les paroles, tandis que sa barque glissait dans le flot.

Il ne manquait pas de travail. Comme il n'y avait encore qu'un pont sur la Tamise, et qu'il était souvent encombré, toutes sortes d'embarcations sillonnaient sans cesse le fleuve, en direction de la cité ou bien de Westminster. On voyageait également par voie fluviale pour de plus longs trajets : c'était moins rapide que la route, mais plus confortable. En été, bien des courtisans attendus le lendemain matin à Hampton Court allaient mollement s'allonger sur les coussins d'une des barques, somptueuses, assurant le service du palais, et remontaient le fleuve dans la nuit encore tiède, sous la conduite d'un nautonier à la livrée chamarrée. C'était bien plus agréable que de descendre, aux premières lueurs de l'aube, la route défoncée connue sous le nom de King's Road, qui par Chelsea menait au palais royal. Le cours de la Tamise était paisible et de tels parcours, avec toujours de généreux pourboires à la clé, étaient fort lucratifs pour les bateliers qui les effectuaient.

Si Dan avait pu travailler sur l'une de ces prestigieuses barques, ses conditions de vie en auraient été changées du tout au tout. Mais quand il avait sollicité un poste, on lui avait répondu : « Vous êtes trop grand... Comment former une paire avec vous ? » Et pour obtenir un bon emploi, même dans la modeste guilde des bateliers, il fallait des relations. « C'est justement ce que je n'ai pas », soupirait-il. Pourtant il fallait bien qu'il trouve une solution, ne fût-ce que pour sauver son pauvre vieux père. Alors, ses problèmes seraient enfin résolus.

Les deux hommes traversaient la grande cour en riant, les murs de brique renvoyant l'écho étouffé de leurs pas. L'heure était à l'allégresse.

Rowland Bull en soupirait d'aise. L'entretien s'était déroulé mieux qu'il n'aurait pu l'imaginer ; maintenant encore, il avait peine à croire à ce qu'on lui avait dit : « Nous avons besoin de vous. » Ce n'était pas rien, pour un consciencieux homme de loi comme lui, d'entendre une telle phrase dans la bouche du chancelier d'Angleterre lui-même. On réclamait Rowland Bull, fils du modeste brasseur de Southwark, au cœur même du royaume. Plutôt flatteur... Quant au revenu, c'était plus qu'il n'avait rêvé. S'il avait pu craindre l'esprit trop mondain de la cour, quand il songeait aujourd'hui à sa petite famille, et combien cela allait transformer leur vie, il ne doutait pas que tout cela fût la volonté de Dieu. Il se tourna.

« Je vous dois tout... »

Il était difficile de ne pas aimer Thomas Meredith. Svelte et séduisant, avec le même teint et les mêmes cheveux que sa sœur, tous les espoirs — terrestres — de la famille reposaient sur lui. Les Meredith étaient gallois ; comme nombre de leurs compatriotes, ils étaient arrivés en Angleterre avec les Tudors. Son grand-père s'était battu à Bosworth ; son père aurait fait une brillante carrière à la cour s'il n'était mort quand Susan et Thomas étaient encore enfants. Mais le roi Henri n'avait pas oublié les Meredith, et avait offert à Thomas une situation auprès du puissant secrétaire royal, Thomas Cromwell — situation qui semblait taillée sur mesure pour lui. Il avait étudié à Cambridge et dans les écoles de droit londoniennes, chantait et dansait à ravir ; il faisait de l'escrime et tirait à l'arc ; il jouait même avec le souverain au tennis, jeu royal. « Je veille toujours à perdre », disait-il en souriant. Oui, à vingt-six ans, il était doué de toutes les séductions.

Deux mots suffisaient à Rowland Bull à résumer les influences qui l'avaient conduit là où il était : les livres, et les Meredith.

Pour les livres, c'était facile à expliquer. Un membre de la guilde des merciers, un nommé Caxton, avait importé de Flandre en Angleterre la première presse à imprimer et ouvert une boutique à Westminster. Cela se passait juste avant la fin de la guerre des Deux Roses. Le résultat avait été foudroyant : un déluge d'ouvrages imprimés avait bientôt suivi. Les livres de Caxton étaient faciles à lire. En lieu et place des enluminures, ils étaient souvent ornés de gravures sur bois, en noir et blanc, pleines de vie ; et surtout, comparés aux anciens manuscrits copiés à la main, ils étaient bon marché. Sans quoi Bull le brasseur, même s'il aimait les livres, n'aurait jamais pu en posséder plusieurs douzaines. Rowland, son fils cadet, avait ainsi pu se plonger dans Chaucer, dans les histoires du roi Arthur, dans une foule de sermons et d'écrits religieux ; et son amour des livres lui avait finalement permis d'échapper à la brasserie pour aller à

Oxford, puis étudier le droit. C'étaient aussi les livres qui, dans sa jeunesse, lui avaient fait envisager un temps d'entrer dans les ordres.

Mais tout le reste était l'œuvre des Meredith. N'était-ce pas Peter, l'homme qu'il respectait le plus au monde, qui lui avait dit un jour : « Il y a d'autres voies pour servir Dieu, tu sais, que le sacerdoce... » ? N'était-ce pas Peter encore qui lui avait affirmé en souriant, alors qu'il craignait de ne pas pouvoir respecter le vœu de chasteté : « Mieux vaut se marier que brûler, comme disait saint Paul... » ? Par Peter, il avait rencontré Susan, et avec elle un bonheur qu'il n'aurait jamais espéré connaître un jour. Et s'il éprouvait de temps à autre quelque nostalgie de la vie religieuse, c'était son seul secret envers l'épouse à qui son existence était désormais liée. Quant à l'épisode d'aujourd'hui, il le devait à Thomas Meredith ; et cette reconnaissance-là ne lui était pas un fardeau, car il avait confiance en son ami.

Mais en cet après-midi du mois d'août, après un été d'incertitude, des nouvelles bien plus considérables étaient colportées de bouche en bouche à travers le palais. Tandis qu'ils sortaient de la cour et passaient sous un porche imposant, Thomas donna un coup de coude à son beau-frère et lui dit en souriant : « Regarde donc là-haut. »

La voûte du porche était superbe. Si la guerre des Deux Roses avait assombri le siècle précédent, il s'était rattrapé par son architecture — en particulier dans cette apothéose si typiquement anglaise du gothique, connue sous le nom de style perpendiculaire. Les rangées d'arcs en ogive y cédaient la place à une structure plus simple et plus pure, d'élégantes colonnades entre lesquelles s'élevaient non des murs opaques, mais de grandes verrières. Aux plafonds, presque plats désormais, se déployaient de merveilleuses voûtes en éventail, véritables dentelles de pierre. On en trouvait les plus beaux exemples dans les chapelles de Windsor et du King's College à Cambridge.

Le porche lui aussi possédait une voûte en éventail ; et là, au cœur des nervures de pierre, Thomas et Rowland pouvaient apercevoir les deux initiales, amoureusement entrelacées, qui apportaient en ces mois d'été un nouvel espoir à l'Angleterre : H pour Henri et A pour Anne.

Anne Boleyn.

Après deux décennies d'union heureuse avec Catherine d'Aragon, son épouse espagnole, Henri n'avait toujours pas d'héritier, en dehors d'une fille chétive prénommée Marie, et il en était légitimement inquiet. Qu'allait-il advenir de la dynastie Tudor ? Jamais une femme n'avait gouverné l'Angleterre. N'allait-on pas vers le chaos, comme au temps de la guerre des Deux Roses ? En bon fils de l'Eglise, il en était venu à se poser la question : pourquoi l'héritier mâle dont son pays avait besoin lui était-il refusé ? Qu'avait-il donc fait de mal ?

Il y avait une explication possible. Catherine avait été — très peu de temps, certes — l'épouse de son frère aîné. Avant sa mort prématurée, Arthur, alors héritier du trône, avait été marié le premier à la princesse espagnole. Dans ces conditions, l'union d'Henri n'était-elle pas illicite ? Il en était à ce point de ses réflexions quand il avait fait la connaissance d'Anne Boleyn.

C'était une rose d'Angleterre. Les Boleyn étaient de Londres : le grand-père d'Anne avait été lord-maire. Mais, en deux brillants mariages, l'ancienne famille de négociants s'était alliée à la plus haute aristocratie, tandis qu'un séjour à la cour de France avait donné à Anne une élégance et un esprit irrésistibles. Henri ne tarda pas à en tomber amoureux ; et avant longtemps il voyait dans cette séduisante jeune femme une prometteuse jeune mère. Ainsi se forgea-t-il une résolution, sous les deux aiguillons du désir et de la raison d'Etat : « Mon mariage avec Catherine est maudit. Je vais en demander l'annulation au pape. »

Ce n'était pas aussi choquant qu'il y paraissait ; Henri avait même toutes les raisons de supposer qu'elle lui serait accordée. L'Eglise n'était pas intraitable ; on trouvait parfois des prétextes pour libérer des couples prisonniers de mariages impossibles. Les laïcs exploitaient aussi les règlements à leur profit : un aristocrate épousait une cousine proche, à un degré prohibé, sachant fort bien que le mariage était annulable ; d'autres commettaient délibérément des erreurs en formulant leurs promesses de mariage, et se ménageaient ainsi une possibilité de les rompre en cas de besoin. Reste que le pape avait le réel désir, qu'il jugeait de son devoir, d'aider le loyal roi d'Angleterre à assurer sa succession, s'il le pouvait.

La malchance voulut, hélas, qu'au moment même où Henri l'appelait à l'aide le pape fût lui-même sous l'emprise d'un autre souverain catholique, encore plus puissant : Charles Quint, empereur romain-germanique, roi d'Espagne, chef de la maison de Habsbourg, et dont Catherine était la propre tante. « Une annulation serait une insulte pour les Habsbourg », déclara-t-il ; et tandis que les messagers d'Henri approchaient de Rome, Charles Quint pressait le pape de refuser.

Les négociations qui s'ensuivirent furent pour partie tragédie, pour partie farce. Elles causèrent la ruine du grand Wolsey, cardinal et ministre d'Henri, qui les menait côté anglais. Le roi s'impatientait, le pape tergiversait. Tout fut tenté ; on alla jusqu'à consulter les universités européennes, pour connaître leur opinion. Luther s'amusait fort prosaïquement de la situation : « Qu'on le laisse donc devenir bigame... » disait-il. Le pape lui-même suggéra qu'Henri pourrait divorcer et se remarier sans qu'il ait à lui donner son consentement — laissant espérer une régularisation ultérieure. « Cela ne servirait à rien, objectait Henri. Il faut que ce mariage et les héritiers qui en sortiront soient clairement légitimes. » Henri pensa faire peur au pape en exigeant de l'Eglise d'Angleterre qu'elle soumît à son contrôle les tribunaux ecclésiastiques et qu'elle cessât tout versement de taxes à Rome ; mais le pape avait toujours les mains liées, prisonnier qu'il était des Habsbourg.

Puis, en janvier 1533, tout s'accéléra : Anne était enceinte.

Encouragé par son nouvel archevêque, Thomas Cranmer, qui lui affirmait que sa cause était juste, Henri passa à l'action. Cranmer annula le mariage avec Catherine et unit le roi à Anne sous l'égide de la seule Eglise d'Angleterre.

Bien des voix s'élevèrent pour protester. Le vieil évêque de Rochester, Fisher, refusa de donner son consentement ; l'ancien chancelier du royaume, Thomas More, garda un silence réprobateur. Une fanatique religieuse, la Sainte Pucelle du Kent, prophétisa que le roi allait mourir pour expier ses péchés, et fut arrêtée pour trahison. Le pape, fort embarrassé

— et qui avait lui-même confirmé la nomination de Cranmer —, hésitait toujours à se prononcer sur le nouveau mariage.

Que pouvait penser de tout cela un couple pieux et instruit comme Rowland et Susan Bull ? Leur roi très catholique s'était brouillé avec le pape. Certes, de tels incidents s'étaient déjà produits auparavant ; en outre, ils comprenaient les enjeux politiques de la situation, et gardaient donc leur confiance à Henri. « Il a peut-être commis une faute, disait Susan, mais il l'a fait pour le bien de l'Angleterre. » « Tout finira par s'arranger », affirmait Rowland avec optimisme. C'était plus vrai que jamais aujourd'hui, après la merveilleuse nouvelle qu'on venait de recevoir, pensait-il comme il passait sous le porche en compagnie de Thomas Meredith.

Les astrologues l'avaient prédit ; Anne elle-même, occupée dans le palais à confectionner des blouses pour les pauvres avec ses dames de compagnie, en était certaine ; et voilà que ce matin même, les médecins avaient affirmé que l'enfant à naître serait à coup sûr un garçon. Enfin, l'Angleterre allait avoir un héritier. Et quel homme sensé, croyant ou non, pape ou non, pouvait ne pas s'en réjouir ?

C'est donc le cœur léger que Rowland Bull, en cet après-midi d'août, se hâtait d'aller retrouver son épouse.

Le jardin était couvert de roses rouges et blanches ; tout semblait parfaitement calme quand Susan y pénétra.

Elle n'aperçut l'homme et la femme qu'après avoir fait quelques pas. Ils étaient sur sa droite, sous une tonnelle, et la regardaient.

Elle ne connaissait pas la femme — sûrement une dame de la cour. Sa robe de soie bleue était relevée au-dessus de sa taille, ses bas blancs descendus sous ses genoux. Elle avait gardé ses mules aux pieds, mais ses jambes pâles et fuselées étreignaient les hanches d'un homme de grande taille qui la tenait dans ses bras. Lui-même demeurait entièrement vêtu, sauf en un endroit particulier : le rabat de sa braguette, à l'étoffe chamarrée, était grand ouvert. Le vêtement masculin permettait à l'époque une telle béance, utile en certaines occasions.

Le roi Henri VIII d'Angleterre avait largement profité de cette commodité cet après-midi-là ; et c'était dommage que, surpris en pleine action, il ait fait précipitamment retraite — avec comme résultat que Susan Bull se retrouvait contemplant au grand jour, les yeux écarquillés et comme frappée de stupeur, la virilité de son souverain. Qui lui-même la dévisageait.

Elle resta quelques secondes ainsi, privée de réaction. L'autre femme, qui d'abord n'avait pas bougé, espérant sans doute que Susan se retirerait, baissait maintenant les yeux vers le sol d'un air agacé. Quant au roi, elle le vit à sa plus grande surprise encore se tourner vers elle, le plus calmement du monde.

Que faire ? Il était trop tard pour s'enfuir. D'un geste inconscient, elle porta la main à la croix qu'elle avait autour du cou. Qu'exigeait le protocole en de telles circonstances ? Une révérence, peut-être ? Elle était paralysée. Le roi Henri prit la parole :

« Eh bien, madame, vous avez vu votre roi aujourd'hui. »

Il fallait qu'elle parle, elle en était consciente, qu'elle dise quelque chose d'amusant pour dissiper la gêne de la situation. Elle se creusait la cervelle, mais en vain. Pire : elle ne pouvait empêcher son regard de s'appesantir indiscrètement.

C'était plus fort qu'elle ; d'abord la vue d'Henri l'avait stupéfiée, mais maintenant, en le contemplant et en repensant à sa réputation d'amant hors pair, elle songeait malgré elle : Il n'a rien de plus que mon mari. Plutôt moins, même. Elle remarquait autre chose, à travers le pan de la chemise d'Henri, qui s'était ouverte. La superbe silhouette qui l'avait hissée en l'air quand elle était enfant était toujours là, mais le temps y avait laissé son empreinte ; de quelque quatre-vingts centimètres quand il était jeune, son tour de taille était passé à plus d'un mètre vingt ; et le ventre qu'elle apercevait, aussi large que velu, n'avait rien de très séduisant. Elle releva les yeux jusqu'au visage du roi.

Qui eut un petit sourire satisfait.

Ce sourire fut la cause de tout. Elle savait ce qu'il signifiait chez un homme. La plupart des princes avaient des maîtresses ; c'était entré dans les mœurs. Mais les choses ici étaient différentes. Après toutes les difficultés passées — la mise à l'écart d'une épouse loyale, les problèmes avec le pape, l'union avec Anne — et la naissance imminente de l'héritier tant attendu, le gros roi prenait du bon temps dans le jardin, au vu et au su de tout le monde, sous les fenêtres ou presque de la nouvelle reine. Son sourire disait tout : coupable mais triomphant, c'était un sourire concupiscent, le sourire d'un débauché. L'héroïque et pieux souverain de sa jeunesse n'était plus qu'un souvenir : devant elle, sous la lumière crue du soleil, elle ne voyait plus qu'un gros bonhomme vulgaire. Elle en fut écœurée.

Henri s'en aperçut ; il rajusta sa braguette d'un air soudain froid et distant, tandis que sa compagne remettait de l'ordre dans sa tenue. Le temps qu'il relève la tête, son sourire avait disparu. « Cette dame n'a-t-elle pas un air bien renfrogné ? » Il s'adressait à sa maîtresse, d'une voix dangereusement calme ; l'autre se contenta de hausser les épaules. Il se tourna ensuite vers Susan. « Nous ne connaissons pas cette dame », reprit-il d'un ton contenu ; puis, d'une voix grondante : « Mais nous ne l'aimons pas ! » Susan se souvint qui il était, quels pouvoirs il possédait, et se sentit soudain glacée.

« Quel est votre nom ? »

Mon Dieu... Venait-elle de ruiner la carrière de son mari avant même que celle-ci commence ? Le cœur lui manqua.

« Susan Bull, Sire. » Elle le vit froncer les sourcils. Sa mémoire était prodigieuse, tous les courtisans le savaient, mais le nom de Bull ne semblait rien évoquer pour lui. « Et avant votre mariage ? lui demanda-t-il brutalement.

— Meredith, Sire. » Avait-elle aussi brisé son frère ?

Un changement imperceptible, pourtant ; les traits du roi semblèrent se détendre quelque peu.

« Thomas Meredith est votre frère ? »

Elle acquiesça et il sembla pensif.

« Votre père était notre ami. (Il la regarda avec attention.) Etes-vous notre amie vous aussi ? »

Il lui offrait une chance de se reprendre, en souvenir de son père, et elle sut qu'il fallait la saisir. « Les rois, lui avait dit un jour Thomas, n'ont que des amis ou des ennemis. » Quels que fussent ses sentiments personnels, elle n'avait pas le droit de ruiner sa famille. Elle y alla de sa plus profonde révérence.

« J'ai été l'amie de Votre Majesté toute ma vie, Sire. Quand j'étais une petite fille, ajouta-t-elle en souriant, Votre Majesté m'a prise dans ses bras. » C'était juste le ton qu'il fallait, espérait-elle. Aimable mais soumis.

Henri la regarda plus attentivement encore. Il était expert en matière de soumission. « Veillez à bien le rester », lui dit-il, puis il la congédia d'un geste. Mais ensuite, par l'un de ces subits revirements qui sont le privilège des rois, il décida de la rappeler.

« Vous avez eu tort de nous rencontrer ici par hasard », remarqua-t-il gravement. C'était dit d'un ton posé mais ferme ; elle courba la tête. Dès cet instant, elle le comprit aussitôt, elle portait dans l'esprit du roi toute la responsabilité de l'incident, tandis que lui-même n'y était pour rien. C'était toujours comme cela avec Henri ; n'importe quel courtisan aurait pu le lui dire. Elle se retira.

Comme elle atteignait le seuil du jardin, elle se retourna et cria, pensant assurer ainsi le roi de sa loyauté : « Je n'ai rien vu, Sire, quand j'étais ici. »

Mais au moment même où elle prononçait ces paroles, elle mesura sa terrible méprise : elles impliquaient qu'il avait quelque chose à cacher, qu'elle-même possédait donc une supériorité morale, même fugitive, sur lui. C'était une impertinence, une dangereuse impertinence. Il lui jeta un regard furieux et la pressa de disparaître ; et elle, rouge de confusion, aurait voulu que le sol d'Hampton Court s'ouvre sous ses pieds pour l'engloutir.

Elle s'éloigna en tremblant, non pas tant par crainte des conséquences possibles pour elle et sa famille, mais à cause de l'horrible corruption qu'elle venait de découvrir au cœur le plus intime du royaume, une fois arrachée la pompeuse façade d'honneur et de dévotion.

Dan Dogget attendait, tâchant de paraître calme ; mais ce n'était pas facile compte tenu des circonstances.

Septembre était nuageux ce jour-là ; un vent mordant balayait les berges de Greenwich, et les eaux vertes de la Tamise viraient au gris sous le clapot.

Rien ne s'était fait de décisif depuis quelques semaines. Margaret et les enfants étaient installés à Hampton Court, et s'y plaisaient ; mais le batelier n'avait toujours pas trouvé de point de chute pour son turbulent géniteur.

Cela faisait maintenant un mois et demi que Meredith, avec deux membres de sa famille, avait utilisé pour la première fois sa barque à Hampton Court ; tout de suite, Dan avait jugé que c'était un garçon plein d'avenir. A la fin du trajet, il lui avait offert ses services, et n'avait pas tardé à devenir son batelier attitré. Meredith le faisait chercher chaque fois qu'il avait besoin de lui. Dan avait passé une couche de peinture fraîche sur son bateau pour l'occasion, et vérifiait toujours que celui-ci était impeccable. Son client semblait apprécier cet arrangement. Le batelier n'avait pas d'arrière-pensée particulière, mais comme son père le disait toujours : « Mets-toi bien avec un gentleman, et il te le rendra. »

Voilà une semaine, une perspective avait paru s'ouvrir : Meredith s'était étonné, dans le cours de la conversation, qu'un aussi solide gaillard que lui n'ait pas d'emploi sur une des barques élégantes. Dan avait profité du trajet, entre Chelsea et la ville, pour lui expliquer ses difficultés. Meredith n'avait rien dit, mais le surlendemain, alors que le batelier l'emmenait de Westminster à Greenwich, il lui avait demandé : « Si je peux vous aider, mon cher ami, serez-vous prêt à me servir ?

— Messire, s'était empressé de répondre Dan, je ferai tout ce que vous attendrez de moi. Hélas, avait-il ajouté d'un air de regret, je doute que vous puissiez m'obtenir une de ces barques... »

Le jeune courtisan avait souri, puis dit calmement : « Mon maître est le secrétaire Cromwell en personne. » Mâchoires serrées, regard méchant si tassé sur lui-même qu'on eût dit un bloc de granit : tout le monde savait que depuis la chute de Wolsey Thomas Cromwell gouvernait l'Angleterre au nom du roi. Dan ne savait pas son client si bien introduit.

Aussi ce matin, quand Meredith lui avait glissé l'air de rien, juste au moment de le quitter : « j'aurai peut-être des nouvelles pour vous aujourd'hui », il avait laissé le batelier dans un état de grande excitation.

Quand Dan Dogget songeait aux deux grands palais Tudor, sur la Tamise, entre lesquels il exerçait son métier, ils lui semblaient toujours appartenir à deux mondes différents. A une trentaine de kilomètres en amont, Hampton, planté parmi des bois et des prés verdoyants, semblait loin à l'intérieur des terres. Mais dès que Dan passait devant la Tour et abordait la grande boucle est du fleuve, il sentait son cœur s'accélérer. Il prenait une grande inspiration et l'air lui semblait chargé de sel ; le ciel paraissait soudain plus vaste ; droit devant, c'était la mer, et l'horizon sans limite.

Le palais de Greenwich recueillait quelque chose de cet air vivifiant. Au côté du vieux hameau, il déployait au bord de l'eau ses murs de brique brune et ses tourelles. Il possédait une vaste lice ; même si, depuis la guerre des Deux Roses, les progrès des armes à feu avaient rendu caduques les lourdes armures d'antan, Henri aimait les tournois, pour le sport, pour le risque, pour la pompe, et y participait assidûment. Une énorme armurerie occupait tout l'est du palais ; à quelque distance de là, vers l'amont, se trouvait le chantier naval tout neuf de Deptford, où l'on armait des vaisseaux de haute mer, dans l'odeur entêtante du goudron.

Dan Dogget avait toujours aimé cet endroit, et se demandait s'il lui porterait chance ce matin.

La carrière de Thomas Meredith progressait rapidement. Sa récente amitié avec le nouvel archevêque Cranmer — un homme encore jeune — lui avait valu aujourd'hui d'occuper une place de choix lors du baptême du bébé royal, dans la chapelle du palais de Greenwich. On avait enveloppé l'enfant dans un manteau pourpre avec une traîne d'hermine. En compagnie de plusieurs autres courtisans, Thomas attendait avec une serviette, pour recueillir l'enfant nu au sortir des fonts baptismaux. Cranmer était le parrain du bébé, auquel on avait donné un prénom royal et glorieux : Elisabeth.

La naissance de l'héritier tant attendu s'était soldée par une mauvaise surprise : c'était une fille. La reine Anne Boleyn était embarrassée ; la cour, en songeant à tout ce que le roi avait dû accomplir pour en arriver là, consternée ; Henri lui-même s'efforçait de faire bon visage. Quant au bébé, il était en pleine forme. Il en naîtrait d'autres. Pour l'instant, aux yeux de l'Eglise d'Angleterre, elle était l'héritière du trône, puisque Cranmer avait rendu en principe illégitime la princesse Marie, en annulant le premier mariage du roi. Quant à la position du Vatican, nul ne la connaissait, puisque le pape ne s'était toujours pas prononcé entre les deux mariages d'Henri.

Comme il s'approchait de l'embarcation, Meredith souriait intérieurement. Son batelier le dévorait du regard, mais il s'assit sans un mot et laissa Dan larguer les amarres. Il fit encore durer quelques instants le suspense, et attendit pour parler d'être à la hauteur des quais de Deptford. « Au fait, mon ami, vous recherchez toujours une barque ?

— Oh ! oui, messire. Mais laquelle ? »

Le courtisan sourit. « Mais la barque du roi, voyons... »

Dogget fut si estomaqué qu'il en oublia de ramer, et se contenta de regarder Meredith bouche bée. Il ne savait pas au juste ce que pouvaient gagner les nautoniers royaux, l'élite de sa profession, mais sans doute le double de n'importe lequel de leurs confrères. Le roi se déplaçait constamment sur le fleuve ; Greenwich était sa destination favorite, et il se rendait aussi à Richmond, ainsi qu'à Hampton Court. Il commença à remercier le courtisan, mais Meredith leva la main.

« Peut-être pourrai-je également trouver un hébergement pour votre père », poursuivit-il ; et voyant Dan une seconde fois sans voix, il sourit à nouveau.

Si on lui avait demandé pourquoi jeune homme récemment introduit dans les cercles les plus élevés du royaume, il se mettait tant en frais pour un humble batelier, Thomas Meredith n'aurait pas eu de peine à répondre. L'instinct du courtisan — le même qui lui avait fait trouver une place pour Rowland auprès du chancelier — lui disait qu'on n'a jamais trop d'amis. Qui sait quels services cet homme ne pourrait lui rendre un jour ? Tout l'art était d'avoir un peu partout des dizaines de tels obligés, sur qui l'on pouvait compter.

« Je vous dois énormément, messire », murmura Dogget.

Une semaine plus tard, Meredith avait tenu parole.

Aucun lieu peut-être, dans le Londres de l'époque, n'inspirait plus de respect que le grand monastère aux murs gris qui se trouvait à l'est du vieil hôpital St Bartholomew, juste au-dehors des murs de la ville. Outre les bâtiments communautaires, il se distinguait par sa grande cour entourée de petites maisons ayant toutes leur propre jardinet : chacune d'elles abritait la cellule individuelle d'un moine. L'ordre des chartreux auquel il appartenait n'était pas le plus ancien ; mais à la différence de la plupart des autres, aucun parfum de scandale ne l'avait jamais effleuré. Les règles des moines étaient strictes : ils devaient garder le silence, sauf le dimanche ; ils ne pouvaient sortir du monastère sans la permission du prieur. Ils étaient au-dessus de tout soupçon. Telle était la vie à Charterhouse, la chartreuse.

Une curieuse procession s'était formée, en ce jour ensoleillé, devant le porche d'entrée. A sa tête se trouvait Thomas Meredith ; derrière lui venait un couple qui, quelques instants plus tôt, tenait encore son étal dans la rue voisine — un fort lucratif petit commerce de crucifix, de rosaires, qui proposait également une magnifique collection de figurines de plâtre richement colorées. L'homme, de taille moyenne, avec un visage tout en creux, s'appelait Fleming. Sa femme, aussi grande mais plus large que lui, se répandait depuis quelques minutes en louanges à l'adresse du courtisan, ainsi que des moines, qui accueillaient si généreusement son père ; elle le pouvait d'autant plus qu'elle-même refusait depuis plus de cinq ans de s'intéresser au vieil homme. Enfin Will Dogget fermait la marche, serré de près par son fils Daniel, qui portait désormais la magnifique livrée des bateliers royaux.

Il s'était voûté avec les ans, sans quoi il eût été aussi grand que son fils. Bien que portant une chemise et une tunique propres, et sa longue barbe grise peignée de frais, il y avait dans sa démarche quelque chose de louche, suggérant qu'après une vie guidée par son seul bon plaisir il était prêt à chaque seconde à renouer avec le passé. Mais c'est à Charterhouse qu'il allait résider désormais.

Toute maison religieuse à Londres avait son quota de personnes à charge. Gentlemen ruinés qui finissaient leur vie dans le calme d'une cellule prêtée par les moines ; veuves assurant le blanchissage ou balayant les bâtiments ; pour ne rien dire des nécessiteux auxquels on donnait chaque jour de la nourriture aux portes du monastère. Les plus sévères censeurs des ordres les plus relâchés reconnaissaient le rôle qu'ils jouaient auprès des pauvres.

Bien que son frère Peter ne fût pas encore revenu à la chartreuse de Londres, Thomas Meredith connaissait assez les moines pour leur demander d'accueillir le vieil homme. Il dormirait dans une cellule avec deux de ses semblables, et travaillerait dans le jardin pendant la journée.

« Il va falloir que tu te tiennes bien, l'admonesta son fils quelques instants plus tard. Si on te jette dehors, ne compte pas sur moi pour te reprendre à la maison. » Will Dogget l'écouta en souriant, avec sa jovialité coutumière. « Dieu seul sait combien de temps il tiendra le coup », commenta Dan en soupirant à l'adresse de sa sœur, une fois qu'ils furent dehors.

Avant de repartir, il alla saluer Meredith. « Comment pourrai-je vous remercier, messire ? » lui dit-il.

Le courtisan sourit.

« Je vais y réfléchir... »

Pour Susan aussi, ce fut une époque heureuse. A la fin de l'été, Rowland et elle prirent une petite maison à Chelsea. Elle était pleine de charme, brique et poutres de chêne avec un toit de tuile. Il y avait deux chambres à l'étage supérieur, un grenier, des dépendances, ainsi qu'un joli jardin qui descendait vers le fleuve.

Aux premiers temps de la collaboration de Rowland avec le chancelier, elle avait souvent repensé à sa rencontre avec le roi. Avait-elle eu tort de la cacher à son mari ? N'auraient-ils pas dû s'éloigner de la cour, après ce qu'elle y avait découvert ? Mais au fil des jours, ses craintes avaient diminué. Nulle trace d'aucun problème : Rowland ne revenait de Westminster, où il passait le plus clair de son temps, que pour raconter le bon traitement qu'on lui réservait là-bas. La maison était fort agréable, et le revenu de son mari leur assurait désormais une aisance encore inconnue. Les enfants étaient heureux. Aussi, rassurée, elle commençait à oublier toute l'histoire.

La famille s'était installée naturellement dans sa nouvelle vie. Leur fille aînée, Jane, âgée maintenant de dix ans, secondait sa mère dans la maison ; mais celle-ci ne manquait pas de la faire asseoir chaque jour trois heures à côté d'elle et, tandis que les deux petites jouaient, de l'aider à étudier ses livres, comme sa mère l'avait fait pour elle. Jane connaissait déjà bien le latin ; et si parfois elle se plaignait à sa mère, disant que nombre de ses amies apprenaient juste à lire et à écrire l'anglais, Susan lui répondait d'une voix ferme : « Je ne veux pas te voir épouser un homme ignorant ; et crois-moi, un mariage heureux est un accord des esprits, pas seulement des cœurs. »

Ses plus grands bonheurs, elle les trouvait à s'occuper du petit Jonathan. Les trois fillettes étaient jolies à ravir ; mais le jeune garçon, à huit ans, avec ses cheveux de jais si soyeux, son visage grave et pâle, était le portrait craché de son père. Il allait désormais à l'école à Westminster. Bien souvent, c'était Rowland qui l'emmenait le matin ; Susan les suivait des yeux quand ils remontaient la rue tous les deux, main dans la main. Parfois aussi, quand le père partait à cheval, il hissait le fils devant lui à l'avant de sa selle. Une ou deux fois, en les voyant s'éloigner ainsi, elle avait été envahie d'une telle vague de bonheur et d'affection qu'elle en avait eu la gorge serrée.

Peter n'était toujours pas revenu à Londres ; sa compagnie et ses sages conseils manquaient à Susan, même si elle avait appris à mieux connaître et apprécier Thomas. Rowland et lui se voyaient souvent désormais, et son mari ramenait régulièrement son frère à la maison à la fin de la journée. Ils passaient en famille des soirées agréables et détendues ; Thomas, toujours la taquinerie aux lèvres, jouait avec les enfants, qui l'aimaient beaucoup. Elle continuait à le trouver trop mondain, mais ne pouvait s'empêcher de rire à ses plaisanteries et admirait l'intelligence avec laquelle il parlait de sa vie à la cour.

Parfois, devant le feu, après que les enfants étaient montés se coucher, la conversation se portait sur la religion ; les deux hommes se passionnaient pour le sujet et le débat s'animait.

Susan le comprenait, le ton frivole et badin de Thomas cachait un véritable intérêt pour les choses de la foi ; elle ne s'en était encore jamais rendu compte, et ne l'en aimait que mieux. Elle n'était pas loin de partager certaines de ses vues sur la superstition et le relâchement des mœurs qui gagnaient le corps de l'Eglise — même s'il allait parfois trop loin dans ses critiques.

« Je ne vois pas au nom de quoi nous refusons aux fidèles le droit de posséder une bible anglaise, disait-il. Je sais, interrompait-il Rowland qui s'apprêtait à prendre la parole, tu vas me parler des lollards et me dire que si on laisse le peuple livré à lui-même, il se détourne du droit chemin. Mais je ne suis pas d'accord.

— Luther a commencé en réformateur et fini en hérétique, répondait son beau-frère. C'est ce qui arrive inévitablement quand le peuple se retourne contre la sagesse et la tradition. »

Susan ne pouvait s'empêcher de trouver chez les réformateurs, surtout ceux qui se convertissaient au protestantisme, un orgueil certain. « Ils veulent que tout le monde soit parfait, s'insurgeait-elle. Mais ce que Dieu nous demande, c'est de faire de notre mieux, chacun de nous. Les réformateurs voudraient forcer tout le monde à leur ressembler, et pensent qu'il n'y a pas d'autre salut possible. »

Mais Thomas n'en démordait pas. « La réforme aboutira d'une façon ou d'une autre, ma chère sœur. Ça ne fait aucun doute.

— En tout cas une chose est sûre, disait Rowland en souriant, il n'y aura pas de protestants en Angleterre si le roi arrive à ses fins. Il les hait. »

Susan partageait entièrement son opinion.

Si Thomas Meredith prenait plaisir à obliger sa famille et ses amis, ses préoccupations allaient d'un tout autre côté. Deux jours avant le baptême royal, il avait eu un entretien très privé avec son maître Cromwell.

Le secrétaire royal ne cessait d'étonner Meredith. Parfait courtisan, conseiller le plus proche du roi, on aurait eu bien de la peine à deviner qu'il était fils d'un simple brasseur. Il ne s'était pas élevé comme Bull grâce à son savoir, mais grâce à son sens aigu des affaires. Et pourtant on sentait une autre dimension en lui — une distance cachée, peut-être un fond de convictions secrètes. Très peu d'hommes devaient s'en douter, gageait Meredith.

Ils étaient seuls, dans une pièce retirée, quand le secrétaire royal lui avait révélé avoir reçu des nouvelles de Rome. « Le pape, avait-il expliqué au jeune homme, est sur le point d'excommunier le roi. » Thomas en avait été alarmé, mais Cromwell s'était contenté de hausser les épaules : « Il faut bien qu'il sauve la face, après tout ce qu'Henri lui a fait subir. (Il eut un sourire ironique.) D'ailleurs, Sa Sainteté n'a toujours pas dit quelle est, selon lui, la vraie femme du roi. »

Manifestement, le secrétaire avait un but précis en lui faisant cette confidence. Les yeux de Cromwell, petits mais très écartés l'un de l'autre, plongeaient dans ceux de Meredith comme pour lui sonder l'âme. « Dites-moi ce que vous pensez de ces nouvelles. »

Thomas lui répondit en pesant chacun de ses mots : « Je regrette quand un homme, fût-il le pape, ne partage pas les vues de mon maître le roi.

— Parfait. (Cromwell parut réfléchir.) Vous étiez à Cambridge ? » Thomas acquiesça. « Ami de Cranmer ? » Rien n'échappait au secrétaire. Thomas en convint et Cromwell sembla satisfait ; mais il n'en avait pas fini avec lui. « Dites-moi un peu, mon jeune ami, continua-t-il à mi-voix, cette nouvelle de l'excommunication vous paraît-elle bonne ou mauvaise ? »

Meredith le regarda droit dans les yeux. « C'est peut-être une bonne nouvelle », répondit-il posément.

Cromwell n'émit qu'un grognement, mais les deux hommes le savaient : cela n'avait été qu'une première ouverture. Le secrétaire lui avait accordé sa confiance ; il avait fait allusion au secret. Aucun des deux n'en avait jamais parlé ouvertement, mais ils savaient depuis longtemps qu'ils le partageaient. Le secret que Meredith ne pouvait pas révéler à sa famille, et que Cromwell ne pouvait pas révéler au roi. Les prochains mois promettaient d'être intéressants, songea Thomas.

1534

Une seule fois, durant la première année passée à Chelsea, la tranquillité d'esprit de Susan fut menacée ; et ce problème-là, pensait-elle non sans fierté, elle l'avait assez bien résolu.

C'était par un jour d'avril, qui avait mal commencé : un messager était venu de Charterhouse, porteur d'une lettre de Peter arrivée de fraîche date de Rome. Il avait été malade là-bas et ne reviendrait pas à Londres avant plusieurs mois. C'étaient de bien tristes nouvelles pour Susan. Pourtant cela même lui sortit de l'esprit, au milieu de l'après-midi, quand elle vit son mari arriver à cheval, pâle et défait, accompagné de Thomas qui semblait grave. Elle courut à leur rencontre.

« Que se passe-t-il ? Tu as des ennuis ? » demanda-t-elle à Rowland. « Non, répondit Thomas, mais il risque d'en avoir demain. » Et il pénétra à l'intérieur de la maison.

Soucieuse avant tout de faire vivre ses enfants dans une atmosphère paisible, Susan avait délibérément écarté de son esprit les affaires du monde. Les événements politiques de ces derniers mois, même si elle les regrettait, ne lui avaient pas semblé inquiétants — d'autant moins qu'ils étaient prévisibles. Le pape, obligé de choisir entre le puissant empereur Habsbourg et le monarque insulaire, avait à contrecœur prononcé l'excommunication ; au mois de mars, avec plus de réticences encore, il avait déclaré Catherine d'Espagne et non Anne Boleyn véritable épouse du roi d'Angleterre. Celui-ci était prêt : un acte de succession fut présenté au Parlement par le secrétaire Cromwell et rapidement adopté. Il était accompagné d'un texte de serment, reconnaissant les enfants d'Anne comme héritiers légitimes, avec un préambule niant au pape toute autorité pour changer ces dispositions.

« Nous ne pouvons plus permettre qu'il subsiste le moindre doute au sujet de la succession, affirmait Henri. Tous mes sujets, sans exception, doivent prêter le serment. » A Londres, les aldermen étaient chargés de superviser l'opération, puis d'aller en faire le compte rendu à Greenwich ; ailleurs, les représentants de Cromwell s'en occuperaient.

Aux yeux de Susan, tout cela était fort choquant, mais hélas nécessaire. Mieux valait une succession officiellement établie — même si elle devait prolonger la brouille avec le pape — qu'un risque de dispute autour de la Couronne ; et la plupart des gens pensaient comme elle, pour autant qu'elle pouvait en juger. Les Londoniens grommelaient, certes, mais aucun à sa connaissance n'avait refusé d'obéir au roi. Le choc fut donc grand pour elle lorsque, une fois les deux hommes à l'intérieur de la maison, Rowland lâcha : « C'est le serment. Trois hommes ont refusé de le prêter, et ils ont été envoyés à la Tour. » Devant son air perplexe, il ajouta : « Je dois moi-même le prêter demain.

— Et il pense que son devoir est de refuser », expliqua Thomas.

Susan se sentit défaillir ; pourtant elle garda son calme. « Qui sont ces trois hommes ? » demanda-t-elle. Un certain docteur Wilson, lui fut-il répondu ; elle n'avait jamais entendu parler de lui. Et aussi le vieil évêque Fisher.

« C'était à prévoir », commenta-t-elle. Le saint homme avait été le seul évêque à refuser dès le départ d'entériner le nouveau mariage d'Henri ; on ne pouvait guère s'attendre qu'il changeât d'avis aujourd'hui. Mais c'est le nom du troisième personnage qui lui causa le plus grand choc : « Sir Thomas More. »

Elle savait que, pour Rowland, l'ancien chancelier — érudit, littérateur, homme de loi, et fervent catholique s'il en fut — était un modèle à admirer et à imiter.

« Que va-t-on leur faire ? demanda-t-elle.

— Heureusement, selon les termes de l'Acte de succession, refuser de prêter le serment n'est pas considéré comme une trahison. Mais ils risquent de moisir un bon moment sur la paille de la Tour. Et pour celui qui voudrait suivre leur exemple... (il tourna les yeux vers Rowland et fit la grimace)... ce serait la fin de sa situation. La fin de tout ceci. (Il fit un geste autour de lui, pour désigner la chère maison familiale.) Sans compter les ennuis que cela me vaudrait, en tant que beau-frère. »

Rowland ne semblait guère convaincu par les arguments de Thomas. « Mais More est un homme de loi ! Il doit avoir ses raisons... »

Susan émit un sifflement méprisant ; car, toute pieuse qu'elle fût, s'il y avait un homme à Londres qu'elle n'aimait pas, c'était bien Sir Thomas More.

L'histoire a plutôt bien traité Thomas More, non sans motif, certes ; mais l'hostilité de Susan Bull était assez généralement partagée par ses contemporains. Dans son cas, cette hostilité avait plusieurs causes. Depuis que le chancelier s'était retiré des affaires, deux ans plus tôt, il passait le plus clair de son temps dans sa demeure au bord du fleuve, à Chelsea, à moins d'un kilomètre de la maison des Bull. Si l'on rencontrait souvent son épouse dans le voisinage, toujours fort affairée, ainsi que des membres de sa nombreuse famille, le grand homme lui-même ne sortait guère de chez lui, toujours occupé à écrire. Ceux qui le connaissaient affirmaient qu'il était aimable, et même enjoué ; mais les rares fois où Susan avait croisé son chemin, elle lui avait trouvé l'air plutôt distant, avec son visage toujours pâle sous ses cheveux grisonnants ; et elle sentait également qu'il avait des femmes une piètre opinion. Pourtant, les vrais griefs qu'elle nourrissait à son encontre remontaient à l'époque où il était chancelier. L'un des aspects les plus dérangeants de sa personnalité s'était alors manifesté.

Il éprouvait une véritable haine personnelle à l'égard des hérétiques. Bien que n'étant pas lui-même dans les ordres, il s'était plus ou moins institué gardien et défenseur du roi en matière de religion. Juriste jusqu'au bout des ongles, il semblait apprécier le rôle de procureur aussi bien que celui de juge. De temps à autre, on amenait des personnes soupçonnées d'hérésie à Chelsea, par voie fluviale, pour qu'elles y soient questionnées, et il conduisait souvent lui-même les interrogatoires. Personne ne mettait en doute son intégrité, ni son intelligence ; mais Susan, malgré toute sa ferveur, trouvait que la piété de More tournait à l'obsession. « Il n'est pas évêque ! objectait-elle. En plus, ce n'est même pas un bon Anglais... » A la différence d'autres pays, l'Angleterre s'était toujours montrée clémente à l'égard des hérétiques, et ne leur avait pas fait la chasse.

« More n'est qu'un sectaire et un bigot ! affirma donc Susan.

— Réfléchis, intervint Thomas, s'adressant à Rowland. Ce serment n'est pas un article de foi ; il ne concerne que la succession. Est-ce le pape qui doit nommer l'héritier d'Angleterre ?

— Non, mais...

— Bien. Réfléchis encore. De qui émane ce serment ? Du roi tout seul ? Non. C'est le Parlement qui l'a promulgué. (Il sourit.) Tu comptes t'opposer au Parlement ? » La clé de l'affaire était là et Thomas le savait fort bien — la clé dont son maître Cromwell avait si adroitement usé.

Le Parlement d'Angleterre était resté médiéval pour l'essentiel ; mais pour un monarque fort comme Henri, il présentait un grand avantage : il pouvait entériner la volonté royale, d'une manière qu'il était impossible ensuite de contester. Qui aurait pu nier en effet que quand la Chambre des lords (où siégeaient aussi abbés et évêques) et la Chambre des communes parlaient d'une seule voix, c'était la voix même, temporelle et spirituelle, du royaume ?

Thomas poussa son avantage. « Imagine le cas suivant : si le roi et le Parlement décident que moi, Thomas Meredith, je dois être le prochain souverain, peux-tu, toi ou le pape, t'y opposer ? » Rowland secoua la tête. « Tu vois bien...

— Oui, mais le préambule... Est-ce qu'il ne dénie pas au pape son autorité sur le mariage en tant que sacrement ?

— Cela peut se discuter, en effet », concéda Thomas. Le libellé du texte avait fait l'objet d'un laborieux compromis entre Cromwell et les évêques, et son sens était délibérément obscur. « Mais les évêques l'ont accepté. Et même au cas où ils auraient eu tort de le faire, de leur point de vue, nous savons, nous, que cet accord était nécessaire, compte tenu de la situation inextricable où se trouvaient le roi et le pape. »

C'était un argument de poids. Susan vit l'hésitation de son mari et choisit ce moment pour intervenir : « Tu dois prêter serment. Tu n'as pas le droit de ruiner à la fois ta carrière et ta famille. Pas pour cela. Ça n'en vaut pas la peine.

— Je suppose que tu as raison, répondit-il. (Il sourit.) Je sais que je peux faire confiance à ton jugement. »

Susan se demanda si elle-même était persuadée d'avoir raison, ou si son instinct ne lui glissait pas à l'oreille que More et Fisher avaient en vérité bien pris la mesure de la situation. L'image d'Henri dans le jardin lui revint à l'esprit ; mais elle la chassa aussitôt, et pensa plutôt à ses enfants. Elle ne voulait pas qu'ils souffrent.

Ce soir-là, après le départ de Thomas, Rowland semblait en apparence avoir retrouvé son calme ; mais elle voyait bien, à sa pâleur, que sa conscience ne le laissait pas en paix. A une ou deux reprises il lança, en souriant tristement : « Ah ! j'aimerais tant que Peter soit ici... » Elle aurait tellement voulu trouver quelque chose à dire pour le rasséréner...

Tôt le lendemain matin, par la fenêtre de leur chambre, elle vit une barque émerger de la brume sur le fleuve. Quelques instants plus tard elle accueillait son frère, tout sourire, à la porte de la maison.

« Je tenais à vous dire, annonça-t-il, que je suis allé hier soir à Charterhouse. Ils ont tous prêté serment. » En réalité, les sévères chartreux n'avaient donné leur accord qu'en émettant les plus grandes réserves, mais il ne vit pas la nécessité de préciser ce détail. « Donc, conclut-il joyeusement, si les chartreux, chez qui Peter s'est retiré, ont accepté, vous pouvez le faire vous aussi. »

Elle vit le visage de Rowland se détendre enfin, et en rendit grâces à Thomas.

En ce clair matin de mai, quand Dan Dogget se présenta à son travail, il était de joyeuse humeur. Il faisait plaisir à voir : une veste écarlate gansée d'or, des chausses blanches, des souliers noirs brillants à boucle d'argent et sur la tête un élégant béret de velours noir à large bord. La livrée d'été des bateliers du roi mettait sa silhouette en valeur.

Le temps s'écoulait fort plaisamment pour lui, depuis qu'il avait pris du service sur la barque royale. La paye était plus qu'il n'avait jamais rêvé et, dans les grandes occasions, d'importantes primes venaient encore la grossir. Un seul détail lui avait posé quelques problèmes : il n'avait encore jamais eu jusque-là à se soumettre à une discipline et à des règlements. Quand le maître batelier lui lançait un ordre d'une voix sèche, il ressentait parfois un désagréable picotement dans la poitrine, et se prenait même à soupirer après la joyeuse anarchie dans laquelle avait vécu son père. Je lui ressemble peut-être plus que je ne pensais, songeait-il. Mais il réussissait toujours à dominer ses sentiments.

Ce matin-là, à son arrivée sur le quai de Greenwich, il ne fut pas peu surpris d'entendre le maître batelier lui dire : « Vous n'embarquez pas aujourd'hui, Dogget. J'ai un message disant que vous devez vous rendre à Charterhouse. Votre père est là-bas, c'est bien cela ? » Dan acquiesça et l'homme sourit. « On dirait que le vieux bonhomme a fait un peu de tapage. Vous devriez y aller voir. »

C'était encore pire qu'il ne l'avait craint. A son arrivée au monastère Dan trouva le sous-prieur qui l'attendait, en compagnie de sa sœur. « Le prieur est très mécontent », l'informa le moine. « Dieu ait pitié de son âme, pauvre vieil homme, intervint sa sœur d'un ton plus agressif que charitable. C'est à toi de t'en occuper, Dan », ajouta-t-elle d'une voix sans réplique.

L'épisode avait secoué Charterhouse ; les plus jeunes moines n'en avaient encore jamais vécu de tel. Il faut dire que le père Dogget, ivre, était un mémorable spectacle. Il avait poussé la porte d'une taverne des environs, où il avait fait des connaissances, qui lui avaient offert à boire ; là, puis dans d'autres tavernes voisines, il avait bu pendant des heures, et chanté. Enfin, après avoir ingurgité beaucoup plus d'alcool en une seule soirée qu'au cours des derniers mois, il avait repris le chemin de Charterhouse.

Il faisait nuit et le grand portail du monastère était fermé quand Will Dogget s'y était heurté en chancelant. Il lui avait asséné un jovial coup de poing, hélas resté sans réponse ; aussi avait-il entrepris sans attendre de démolir ledit portail. Quand un jeune moine effrayé était enfin venu lui ouvrir, le vieux bonhomme avait titubé jusqu'à un petit noisetier qui poussait dans la cour, puis s'était laissé tomber au sol en s'y adossant. Là, envahi d'une inexplicable nostalgie, il avait entonné quelques chansons de bateliers, dont les rimes n'avaient encore jamais dû franchir l'enceinte de Charterhouse.

« Nous ne pouvons tolérer ce genre de choses ici », expliqua le sous-prieur. Le vieil homme aurait déjà été jeté dehors si sa fille n'avait juré, par tous les saints dont elle vendait les effigies, qu'elle ne pouvait rien faire pour lui.

Quand il vit son fils arriver, Will Dogget se redressa tant bien que mal et lui lança un regard mi-réprobateur, mi-coupable.

« Ta sœur ne veut pas de moi, déclara-t-il. Les moines disent que je dois m'en aller et retourner vivre avec toi.

— Impossible. Je n'ai pas de chambre pour toi. »

Pour finir, l'aide leur vint du prieur lui-même. « Votre père n'est pas un mauvais homme, dit-il franchement à Dan, mais ce monastère est un endroit sérieux. Il peut continuer à vivre ici, à une seule condition, c'est qu'il reste désormais à l'intérieur de nos murs. »

Dan scruta le visage de son père et jugea qu'il n'y avait guère de chance pour que cela marche.

Le cauchemar de Susan Bull commença par une radieuse journée d'été.

Bien que sa carrière et son mariage l'eussent introduit dans la meilleure société, Rowland — et c'est l'un des traits qu'elle appréciait chez lui — n'avait nullement honte de sa famille de brasseurs. Ils rendaient souvent visite à la vieille brasserie de Southwark ; cette fois, Thomas les accompagnait. Après lui avoir fait faire le tour des vastes locaux que l'affaire occupait désormais, toute la famille gagna le George, la vieille auberge où tout avait commencé.

Susan se sentait paisible. Les menaces du dernier avril s'étaient dissipées. De bon cœur ou non, presque tout le monde avait voté l'Acte de succession ; et si Fisher, More et le docteur Wilson étaient toujours enfermés à la Tour, aucune autre sanction n'avait été prise à leur encontre. L'atmosphère à la cour, elle aussi, était meilleure. « Le roi et la reine Anne sont heureux, rapportait Thomas, et tout le monde est persuadé qu'il y aura un héritier mâle tôt ou tard. » Par-dessus tout, Rowland semblait apaisé : sa crise de conscience était passée, il aimait son travail, et leur vie conjugale était particulièrement heureuse.

Ce fut une joyeuse réunion. En plus des trois visiteurs, le père de Rowland et ses deux frères y assistaient ; Susan s'était toujours sentie bien en leur compagnie. Alors que Rowland, avec sa couronne de cheveux sombres autour d'un crâne dégarni, ressemblait plutôt à un Gallois, à un Celte, eux étaient demeurés proches du type familial, cheveux blonds, yeux bleus et larges faces saxonnes. Ils étaient profondément conservateurs dans toutes leurs opinions ; mais s'ils ne possédaient pas les dons intellectuels de Rowland, ils étaient à l'évidence aussi fiers de lui qu'il l'était d'eux. Thomas leur affirma d'un ton enjoué ce jour-là : « Un savant tel que Rowland ne peut manquer de devenir chancelier un jour. »

Thomas était en pleine forme. Il leur raconta de façon très vivante et colorée la vie à la cour, les joutes, les fêtes, la musique ; il leur narra de fort amusantes histoires sur les illustres personnages qu'il y fréquentait. Le père de Rowland s'intéressait au peintre Holbein, qui avait portraituré les grands du royaume. « Figurez-vous, leur dit Thomas, que son tableau du roi Henri est si plein de vie qu'en le voyant pour la première fois, un courtisan qui ignorait son existence a sursauté et s'est incliné devant lui ! »

Même son maître Cromwell, le revêche Cromwell, il parvenait presque à le rendre sympathique. « Il est dur, admettait-il, mais il a l'esprit plein de finesse. Il aime la compagnie des érudits, et Holbein dîne souvent avec lui. Vous savez qui est son meilleur ami ? L'archevêque Cranmer en personne. Nous, les courtisans, nous ne sommes pas tous si mauvais qu'on le dit », ajouta-t-il en souriant à l'attention de Susan.

Ils burent et parlèrent joyeusement ensemble une bonne partie de l'après-midi, dans la vieille taverne aux destinées de laquelle dame Barnikel avait jadis présidé ; au point que, quand ils décidèrent de retourner à Chelsea par le fleuve, ils étaient tous un peu éméchés.

Tandis que leur barque glissait à la surface du fleuve, le monde parut aux yeux de Susan un havre de paix et de félicité. L'eau était calme, le ciel bleu, l'air tranquille. Sous le règne des Tudors, Londres avait beaucoup embelli. Quand ils dépassèrent l'embouchure de la Fleet, que les endiguements successifs avaient resserrée, Susan admira du regard le nouveau hall royal au bord du fleuve, proche des Blackfriars ; ainsi que, longeant la Fleet et desservi par un pont, le petit palais de Bridewell où on logeait les visiteurs étrangers importants. Elle sourit d'aise à la vue du Temple, de ses pelouses vertes et de ses vastes bâtiments, possédant chacun son propre débarcadère. Certes, le vieux palais de Savoy avait perdu son ancien lustre — il ne l'avait en fait jamais recouvré depuis sa destruction par Wat Tyler, plus d'un siècle auparavant, et le site n'abritait plus désormais qu'un modeste hôpital. Alors qu'ils approchaient de Westminster, ils passèrent devant un autre vaste édifice en cours d'agrandissement — le splendide nouveau palais qu'Henri VIII appellerait Whitehall.

A la hauteur de Westminster, Susan s'aperçut que Rowland était véritablement très rouge, mais ne s'en inquiéta pas. Il fredonnait quelque chose, d'une voix assez mélodieuse du reste, et son regard était vitreux. Quant à Thomas, tout ce qu'il voyait semblait l'amuser beaucoup.

Ce fut quelques minutes plus tard, après qu'ils eurent dépassé Westminster, et comme ils arrivaient à la hauteur du palais de Lambeth, résidence de l'archevêque, sur la rive opposée, que Rowland la poussa du coude et lui montra quelque chose du doigt. En tournant la tête, elle vit une fort élégante barque amarrée devant le débarcadère du palais. Ses occupants s'apprêtaient à passer sous le grand porche de brique pour pénétrer à l'intérieur du bâtiment.

« Regarde ! C'est Cranmer... » Susan observa avec curiosité un personnage de grande taille, richement vêtu, sortant de la barque. Mais son attention fut aussitôt attirée par un autre spectacle. Tandis que des hommes déchargeaient une grande quantité de bagages, elle vit quatre d'entre eux transporter une longue boîte, qui ressemblait à un cercueil.

« Quelqu'un est mort, vous croyez ? » demanda-t-elle.

Sans raison apparente, Rowland se mit à ricaner.

« Je ne vois pas ce qu'il y a de drôle, protesta-t-elle. Il arrive que des gens meurent, tu sais. » Mais cette phrase entraîna une explosion de rire chez son frère, ce qui la mit de fort mauvaise humeur. « J'aimerais bien que tu m'expliques, lui dit-elle d'un ton sec.

— C'est le petit secret de Cranmer, murmura-t-il. Chut !. »

Elle haussa les épaules. « Tu es soûl... » Les yeux de Thomas étaient injectés de sang.

« Peut-être, ma sœur... » Il garda quelques instants le silence, tandis que le cercueil disparaissait sous le porche, puis se remit à glousser. « Si je te dis ce qu'il y a dans cette boîte, glissa-t-il sur le ton de la confidence, tu promets de ne le répéter à personne ?

— Soit, répondit-elle à contrecœur.

— Mme Cranmer. C'est sa femme qui est dans la boîte. »

Susan en resta sans voix. Elle savait que des prêtres enfreignaient leurs vœux, même si ce genre de relâchement avait plutôt épargné l'Eglise d'Angleterre ces dernières années ; mais un archevêque... Une femme chez un archevêque... « Cranmer a une maîtresse ? » demanda-t-elle.

Thomas secoua la tête. « Pas une maîtresse. C'est sa femme légitime. Sa seconde, en fait. Ils se sont mariés avant qu'il devienne archevêque.

— Le... le roi Henri le sait ?

— Oui. Il n'approuve pas, mais il apprécie Cranmer. Il a besoin de lui, aussi, pour entériner le mariage Boleyn. Il a fait promettre à Cranmer de garder le secret, et c'est pourquoi on ne voit jamais Mme Cranmer. Quand ils voyagent, il la met dans la boîte. (Il rit de nouveau ; sa voix était pâteuse.) Tu ne trouves pas cela amusant ? »

Susan regarda Rowland, mais il continuait à fredonner, en apparence à mille lieues de ce qui venait d'être dit. En apparence seulement, pensa-t-elle. « Elle doit avoir une drôle de moralité, dit-elle d'un air méprisant.

— Pas du tout, répondit Thomas. Très respectable, au contraire. Cranmer l'a épousée quand il étudiait en Allemagne. Son père est pasteur, je crois.

— En Allemagne. » Elle fronça les sourcils. Un pasteur ? Il lui fallut un moment pour mesurer tout ce que cela impliquait. « Un pasteur luthérien ? Tu veux dire, continua-t-elle, stupéfaite, que cette femme, mariée à notre propre archevêque, est luthérienne ? » Puis une idée bien pire encore l'assaillit : « Mais... et Cranmer alors ? C'est un hérétique qui se dissimule ?

— Un modeste réformateur, rien de plus, l'assura-t-il.

— Et le roi ? Tu ne vas pas me dire qu'il sympathise en secret avec les protestants ?

— Grands dieux, non ! »

Elle supposa que c'était vrai, mais remarqua néanmoins que l'humeur de Thomas avait changé ; il semblait dégrisé et même un peu inquiet. Elle aurait sans doute abandonné le sujet, si un terrible pressentiment ne lui avait soudain traversé l'esprit.

« Et toi, Thomas ? lui demanda-t-elle. De quel côté es-tu, au juste ? »

Oui, il était tout à fait dégrisé. Elle le regarda bien en face, mais il baissa les yeux et ne répondit pas.

Pour Thomas, comme pour beaucoup d'autres, la conversion avait eu lieu à l'époque où il était étudiant — encore que, pour désigner le changement profond qui s'était opéré dans ses convictions religieuses, le mot conversion ne convînt guère, puisqu'il n'avait pas rejoint une autre foi à proprement parler.

Le processus avait été subtil ; il en avait du reste ouvertement reconnu une partie, dans les conversations qu'il avait avec Susan et Rowland à Chelsea. Désir, du lettré qu'il était, de revenir au texte et au sens même des Ecritures, rejet de toute forme d'idolâtrie et de superstition. Mais derrière ces aspirations légitimes s'en cachaient d'autres, plus radicales, plus dangereuses aussi ; et, pour Thomas du moins, le chemin qui y avait mené portait un nom : Cambridge.

Des deux grandes universités anglaises, Cambrige avait toujours été plus progressiste qu'Oxford, celle-ci plus traditionaliste. Quand les hommes de Cambridge, sous l'influence d'Erasme et des érudits de la Renaissance, soumettaient au feu de leur critique l'énorme vieille machine brinquebalante de l'Eglise médiévale, ils ne tardaient pas à la ramener à ses rouages essentiels ; les doctrines les plus sacrées n'échappaient pas à leur impitoyable réexamen.

Thomas n'avait jamais oublié la première fois où il avait entendu attaquer la doctrine, primordiale, de la transsubstantiation, cœur même du miracle de la sainte messe. Il savait, bien sûr, que Wyclif et les lollards l'avaient déjà mise en question ; il savait également que l'hérésie protestante, sur le continent, la refusait désormais. Mais quand il avait entendu un respectable savant de Cambridge aborder le sujet, il avait reçu un choc.

« La discussion de cette question, avait fait remarquer celui-ci, n'a jamais porté que sur des points de détail. Dieu garantit-il véritablement le miracle à *tous* les prêtres, *tout* le temps ? Ou encore, sur un plan plus philosophique, comment une hostie peut-elle être en même temps un morceau de pain et une part du corps du Christ ? Mais tout cela, assurait-il, n'est au fond que spéculations accessoires. Le vrai débat est bien plus simple, et repose sur l'examen des mots mêmes que l'on trouve dans la Bible. Dans un seul des quatre Evangiles, nous voyons Notre Seigneur ordonner à ses disciples de renouveler cette partie de la Cène, et tout ce qu'il leur dit, c'est : "Vous ferez cela en mémoire de moi." Rien de plus. Ce n'est qu'une commémoration, un point c'est tout. Pourquoi donc avons-nous inventé un miracle ? »

Avant qu'il eût quitté Cambridge et l'air vivifiant d'Est-Anglie qui y soufflait, Thomas Meredith avait perdu sa foi catholique.

Si on l'avait pressé de définir son obédience, il aurait sans doute répondu qu'il appartenait au parti de la réforme. Vaste groupe en vérité. Si sa base intellectuelle était à Cambridge, il comptait également un petit cercle autour de Latimer, un savant fort en vue d'Oxford. On pouvait y ranger aussi des hommes d'Eglise progressistes comme Cranmer, quelques notables londoniens, certains nobles de la cour, dont des proches de la reine Anne Boleyn ; et jusqu'au secrétaire Cromwell, comme Thomas l'avait découvert. Ce mouvement ne touchait certes qu'une élite ; la majorité du peuple anglais restait attachée à la vieille croyance familière. Comme il arrive souvent, les réformateurs ne répondaient pas à un appel issu du peuple : ils avaient plutôt décidé de faire progresser ce même peuple.

« Je ne suis pas très sûr d'être ou non un luthérien, avait récemment avoué Meredith à Cromwell, mais ce dont je suis sûr, c'est que je veux voir la religion rénovée et purifiée en profondeur. » Un seul homme en Angleterre, néanmoins, était en mesure de changer la religion du peuple :

le roi. Par quel moyen les réformateurs pourraient-ils attirer dans leur camp celui qui se proclamait lui-même Défenseur de la foi ?

« Simplement en saisissant une occasion, répondait Cromwell. Après tout, qui aurait pu prévoir au départ comment se terminerait l'affaire Boleyn ? Cela a été un cadeau inespéré pour nous, les réformateurs, parce qu'elle a entraîné la rupture du roi avec Rome. Voilà sur quoi nous pouvons miser.

— Le roi peut bien être excommunié, objectait Thomas, il peut bien tolérer les orientations de Cranmer, parce qu'il l'apprécie ; mais il semble détester les hérétiques plus que jamais. Il n'a pas fait le moindre pas en direction de la réforme.

— Patience, marmonna Cromwell. Il pourrait bien se laisser influencer.

— Mais comment ? Par quels arguments ?

— Je vois, dit Cromwell en souriant, que vous ne connaissez pas encore grand-chose aux princes. Si vous voulez les influencer, mon jeune ami, oubliez donc les arguments. Etudiez plutôt l'homme que vous avez en face de vous. (Il soupira.) Henri aime le pouvoir, c'est là sa force. Mais il est immensément vaniteux, il veut toujours passer pour un héros, et c'est là sa faiblesse. Il a besoin d'argent, c'est là sa servitude. Avec ces trois leviers-là, nous pouvons soulever les montagnes. (Il darda intensément ses petits yeux sur ceux de son interlocuteur, puis sourit à nouveau.) Nous pouvons même, jeune Thomas Meredith, introduire une réforme religieuse en Angleterre. Laissez-moi seulement un peu de temps. »

Aujourd'hui, alors que Thomas relevait les yeux vers le visage alarmé de sa sœur, il ne savait quoi lui répondre. Il avait assez repris ses esprits pour se rendre compte que, dans l'euphorie de la boisson et de l'amitié, il en avait trop dit. Il fallait battre en retraite.

« Je ne suis pas protestant, l'assura-t-il. Ni personne à la cour. Tu te fais trop de souci. »

Mais son regard démentait ses paroles, et pour la première de sa vie Susan sut que son frère lui mentait. Elle ne dit rien mais sa peine fut profonde. Ce qui se passait à la cour, toutes leurs combinaisons cyniques, était une chose : mais ici, au sein de sa propre famille, elle savait désormais qu'elle ne pouvait plus faire confiance à son frère.

Déçue et choquée comme elle l'était, Susan ne laissa cependant pas la question lui accaparer l'esprit. Par chance, Rowland n'avait pas suivi leur conversation, et elle se garda de lui en reparler. Si son frère était dorénavant perdu pour elle, d'une certaine manière, elle ne voulait pas se décharger de ce fardeau moral sur son mari, si absorbé par son travail. C'était elle au contraire qui devait le soutenir et l'aider, songeait-elle.

Parfois seulement, quand elle se trouvait seule à la maison, un grand sentiment de tristesse l'envahissait. Une sorte de solitude intellectuelle et spirituelle. Si au moins elle avait pu correspondre avec Peter ; mais il lui avait dit dans sa dernière lettre qu'il était désormais assez remis pour entreprendre un pèlerinage vers quelques hauts lieux de la foi, de sorte qu'elle ne savait même pas où lui écrire. Elle continuait à recevoir de temps à autre Thomas chez elle, à le regarder jouer avec les enfants, et à faire comme si rien n'avait changé.

C'est elle qui avait eu l'idée de visiter Greenwich. Elle avait toujours désiré faire le tour du grand palais et, apprenant que le roi Henri s'était absenté, un jour d'automne que Rowland et Thomas devaient s'y rendre tous les deux, elle proposa de les y accompagner.

Ce fut une journée pleine d'agrément. Thomas lui fit parcourir le vaste palais du bord de la Tamise. Il avait même obtenu une chambre, où ils pourraient passer la nuit avant de retourner à Chelsea le lendemain matin.

Peu avant le crépuscule, ils gravirent tous les trois les pentes de la grande colline verdoyante qui s'élevait derrière l'édifice. Ils flânèrent quelque temps, jusqu'à l'orée de Blackheath, puis repartirent en direction de la crête, afin d'admirer le soleil couchant. Le panorama était magnifique. Le ciel était encore clair au-dessus de leurs têtes et une brise légère montait de l'estuaire, tandis qu'à l'ouest des nuages sombres, aux contours flamboyants, s'allongeaient au-dessus de l'horizon. A leurs pieds, les derniers feux du soleil venaient frapper en plein les tourelles de Greenwich ; vers la gauche, on devinait l'immense entrelacs des toits et des rues de Londres, tandis que plus loin encore le ruban doré de la Tamise s'éloignait en direction de l'ouest. Au bout de quelques minutes, le soleil disparut derrière un nuage, voilant de gris tout le paysage. Alors Thomas pointa le doigt vers le chantier naval de Deptford, un peu plus loin vers l'amont, et s'exclama : « Regardez ! »

Aucun roi n'avait jamais déployé autant d'efforts pour doter son pays d'une flotte qu'Henri VIII d'Angleterre. On apercevait en contrebas plusieurs navires dont le grand *Mary Rose*, qui jaugeait six cents tonneaux ; mais le fleuron de cette flotte était le *Henri, Grâce à Dieu*, le plus puissant navire de guerre anglais jamais construit. Et ce vaisseau venait justement d'appareiller, se détachant de l'enchevêtrement des mâts qui peuplaient les quais de Deptford.

Susan suivit d'un œil fasciné le grand quatre-mâts qui gagnait le milieu du fleuve. Il était gigantesque ; les matelots l'appelaient affectueusement le *Grand Harry*. « Il jauge plus de mille tonneaux », murmura Thomas d'un ton pénétré. Le navire semblait dominer le fleuve de toute son imposante stature.

Soudain, ils virent avec étonnement hisser non les voiles de tous les jours, mais celles de cérémonie du *Grand Harry*, ornées d'or. Au même instant, comme en réponse à un signal, un faisceau de rayons du couchant perça à travers une trouée des nuages, enveloppant le navire et ses voiles dans un halo flamboyant, sur le tapis sombre du fleuve. Il voguait lentement, majestueux, irréel, et Susan en avait le souffle coupé. La vision dura peut-être une minute, puis le soleil disparut à nouveau.

Elle aurait emporté avec elle cette image magique si le capitaine n'avait décidé d'entreprendre une nouvelle manœuvre. Juste avant que le soleil s'abîme à l'horizon, deux rangées de trappes s'ouvrirent brusquement, sur toute la longueur du vaisseau, et les gueules d'une vingtaine de canons émergèrent de leurs sombres cachettes ; de sorte qu'en un instant la féerique apparition se transforma en une brutale machine de guerre.

« Ces canons suffiraient à réduire le palais en cendres, commenta Thomas d'un ton admiratif.

— Magnifique », approuva Rowland.

Mais Susan, elle, restait sous le choc ; et elle se souvenait d'une autre métamorphose à laquelle elle avait assisté dans un jardin l'été précédent. Le vaisseau d'or et le vulgaire bateau de guerre, tous canons dehors, semblaient les deux visages du roi lui-même. Et pendant que ses compagnons continuaient à admirer le *Grand Harry*, dans sa lente descente du fleuve, un étrange malaise s'empara de Susan ; elle frissonna — mais sans doute était-ce dû à la brise, songea-t-elle, la brise venue de l'est et qui fraîchissait.

Ils se trouvaient dans le vestibule, dont les lambris foncés luisaient faiblement à la lueur des candélabres. Le jeune homme s'approcha de Thomas.

« Le secrétaire Cromwell a besoin de vous à la première heure demain matin », lui glissa-t-il. Puis, dans un sourire : « Cette fois, c'est décidé. Nous allons rédiger sans plus attendre le nouveau projet de loi. »

Intriguée, Susan se tourna vers Rowland ; mais son regard montrait qu'il n'était au courant de rien. Elle remarqua alors, même dans la pénombre, que Thomas rougissait. « Quelle loi ? » demanda-t-elle aussitôt.

Le jeune homme parut d'abord hésiter, et prit le parti de sourire. « De toute façon, ce ne sera bientôt plus un secret, aussi je peux bien vous en parler. On l'appellera l'Acte de suprématie.

— Et de quoi s'agira-t-il ? »

Au début, tandis que le jeune homme commençait à leur expliquer le contenu de la nouvelle loi, Susan n'était pas sûre de bien en discerner l'objet final. Le texte semblait récapituler toutes les mesures qu'Henri avait déjà prises, dans sa dispute avec le pape — appropriation des revenus destinés à Rome, dispositions concernant la succession, et une foule d'autres détails encore. Mais peu à peu, à mesure qu'il continuait, les yeux de Susan s'agrandissaient de stupeur.

A la fin, ce fut Rowland qui prit la parole : « Aucun roi n'a jamais revendiqué autant de pouvoirs au cours de toute l'histoire ! »

Par son nouveau titre de chef suprême de l'Eglise d'Angleterre, Henri entendait désormais non seulement accaparer les revenus ecclésiastiques, nommer les évêques et même les abbés — toutes manœuvres déjà tentées par des rois médiévaux aussi puissants que gourmands ; il voulait aussi trancher personnellement des questions de doctrine, de théologie et de spiritualité, ambition qui n'était jamais venue à l'esprit de ces rois médiévaux. Il voulait être à la fois roi, pape et concile à lui seul. Extravagant. Et même, insulte suprême, il confiait à Cromwell la responsabilité de toute l'Eglise, avec le titre de vicaire général : prêtres, abbés, évêques, tous devraient répondre de leurs actes devant le secrétaire à la triste figure.

« Henri veut s'égaler à Dieu lui-même ! protesta Rowland. Ce sera la fin de l'Eglise telle que nous la connaissons.

— Henri est un bon catholique, argua Thomas. Il défendra l'Eglise contre les hérétiques. » Susan ne disait rien.

« Mais si le roi change tout d'un coup d'avis ? objecta son beau-frère. S'il décide soudain d'interdire les reliques, de modifier la forme de la messe ? S'il choisit de se faire luthérien ? »

Personne ne répondit.

« Il y aura encore un autre acte, tu sais, ajouta enfin Thomas. L'Acte de trahison. Quiconque parlera seulement contre un point ou un autre de l'Acte de suprématie sera reconnu coupable de trahison. Ce qui voudra dire : la mort. » Cette dernière précision était superflue.

Susan ne put s'empêcher de trembler et se tourna vers Rowland. « Nous ne sommes pas des traîtres, dit-elle d'une voix aussi ferme qu'elle le put. Nous nous conformerons à l'acte s'il est adopté. »

Son mari gardait les yeux fixés au sol.

A mesure que les semaines passaient, et que le Parlement discutait de l'Acte, Susan devinait les sentiments qui agitaient son mari. A vrai dire, elle les éprouvait elle aussi, mais savait qu'il ne fallait pas qu'elle les montre. Elle se trouvait dans l'étrange situation d'avoir à défendre le roi, à faire cause commune avec son frère — qu'elle soupçonnait d'être un hérétique — contre les critiques de son mari.

« Dans la pratique, cela ne changera rien, ne cessait de répéter Thomas. Non seulement Henri est un catholique convaincu, mais même la plus modeste réforme aurait à passer devant les évêques et devant le Parlement. La foi ne court aucun danger. »

Il y eut moins d'opposition au Parlement que Susan ne s'y était attendue. Cela s'expliquait en partie par une raison que la femme d'un voisin lui donna un jour. « Mieux vaut voir notre Harry d'Angleterre en charge de l'Eglise qu'un Italien, à Rome, qui ne saurait rien de nous. » Susan soupçonna que se cachaient aussi, même parmi les évêques comme Cranmer, des réformateurs déguisés, qui pensaient leur cause mieux servie dans une Eglise d'Angleterre séparée que sous l'autorité du pape. Mais surtout, quand elle voyait agir l'implacable Cromwell, elle comprenait la raison qui avait fait se soumettre le Parlement à la volonté du roi : c'était la peur. Quand elle se souvenait du _Grand Harry_, le navire d'or aux flancs remplis de canons meurtriers, elle savait au fond de son cœur que le vaisseau de l'Etat était prêt à prendre la mer, avec un visage tout aussi funeste.

« Nous devons obéir à la loi », répétait-elle.

Il n'y avait dans toute l'affaire qu'un seul sujet de consolation : à la différence de la loi sur la succession, au printemps précédent, il n'était pas question ici de forcer qui que ce soit à prêter serment. Si l'un des sujets d'Henri voulait braver publiquement le nouvel acte, il se rendrait coupable de trahison ; mais tous ceux qui n'étaient pas d'accord avaient au moins la possibilité de souffrir en silence.

C'était exactement ce que faisait son cher époux. Il se rendait à son travail machinalement, sans conviction ; et même si, après une période de mortelle pâleur, il retrouva quelques couleurs, toute joie semblait l'avoir déserté. L'hiver succéda à l'automne, et Rowland s'enfonçait toujours plus avant dans un silence morose. Même seuls dans la chambre conjugale, si l'affection entre eux demeurait intacte, tout plaisir et toute chaleur avaient disparu. Susan savait qu'il avait raison sur le fond, mais aussi qu'elle devait tout faire pour préserver leur famille.

Si seulement, songeait-elle alors que l'année tirait à sa fin, si seulement Peter avait été là...

C'était une froide après-midi de décembre et Susan s'était rendue en ville. Elle avait descendu Paternoster Row, une petite rue proche de St Paul, pleine d'étals de bouquinistes, à la recherche d'un livre à offrir à Rowland pour Noël. Satisfaite de celui qu'elle avait trouvé, elle avait flâné quelque temps dans Cheapside, puis une inspiration l'avait fait tourner dans la ruelle qui longeait St Mary-le-Bow. Quelques instants plus tard, elle pénétrait dans St Lawrence Silversleeves.

Qu'elle était chaleureuse, la petite église, avec son sombre jubé, ses vitraux, sa statue de la Vierge devant laquelle brûlaient une demi-douzaine de bougies... Une odeur d'encens flottait dans les travées. Toute la personnalité de son frère, tout le soin qu'il avait pris de sa paroisse s'y reflétaient encore. En fermant les yeux, elle s'imaginait presque le sentir à côté d'elle.

Elle ne put retenir un cri quand, en se retournant, elle l'aperçut en chair et en os.

1535

Au mois de janvier 1535, un fort inquiétant rapport arriva de Rome au secrétaire Cromwell. Le pâle et timoré Clément était mort quelques mois plus tôt, et un nouveau pape l'avait remplacé. Aucune nouvelle de lui n'était encore parvenue en Angleterre : mais celles que contenait le rapport secret étaient fort choquantes.

« Il veut vous destituer », annonça Cromwell au roi.

Des lettres, disait-on, avaient déjà été envoyées au roi de France et à l'empereur Habsbourg. Malgré toutes les démonstrations de force d'Henri, si l'un de ces puissants princes — pour ne pas parler des deux, coalisés — se décidait à envahir l'île afin de le chasser du trône, il serait en grand péril. Etaient-ils prêts à se lancer dans une telle entreprise ?

« Ils pourraient en être tentés, jugeait Henri, s'ils pensent que le pays est divisé, et le peuple prêt à se soulever pour les accueillir.

— Qu'attendez-vous de moi, Sire ?

— C'est simple, sourit le roi. Nous allons leur montrer une fois pour toutes qui est le maître en Angleterre. »

Par une froide mais claire journée de février, Peter se décida enfin à sortir de Charterhouse pour rendre visite à sa famille à Chelsea. Le seul fait de le savoir de nouveau à Londres avait suffi à transformer l'atmosphère de la maison. Susan éprouvait un sentiment de sécurité et de bien-être retrouvés ; Rowland semblait plus joyeux lui aussi ; quant à Thomas, sa sœur décida de mettre de côté, au moins pour l'occasion, les doutes qu'elle pouvait nourrir à son sujet. « Ce sera une réunion de famille, affirmait-elle, et il doit en être lui aussi. » Elle s'activa pendant plusieurs jours dans la maison, afin que tout ce qui était bois, métaux ou étain fût propre et poli jusqu'à reluire. Elle cousit des dentelles neuves sur les vêtements des enfants et, quand le grand jour arriva, elle était fière d'elle-même.

Le déjeuner, servi peu après midi, devait être le grand moment de la journée. Le plat de résistance en serait un grand rôti, ainsi que le voulait la tradition pour toute famille anglaise qui en avait les moyens. « Un cygne », avait décrété Rowland. Les Londoniens aisés avaient le droit d'élever leurs propres cygnes sur la Tamise, et depuis l'année précédente il en possédait lui-même plusieurs, ce dont il n'était pas peu fier.

Susan s'était levée tôt le matin afin d'accommoder l'énorme volatile. « Nous aurons à manger pour une semaine », plaisantait-elle.

Il vint par barque et avait à peine pris pied sur le petit débarcadère qu'il hissait les enfants dans ses bras, l'un après l'autre. Il arborait son habituel sourire chaleureux. Prenant sa sœur par le coude, il se dirigea avec elle, tout sourire, vers la maison.

Avec son expérience de curé d'une paroisse, rien n'échappait à son regard. Il fit l'éloge du petit jardin, admira la jolie maison, s'extasia sur la bibliothèque, bien qu'elle fût encore modeste. Au bout de quelques minutes, les enfants et lui étaient de vieux amis.

Thomas arriva à la fin de la matinée ; peu après midi, ils étaient tous rassemblés autour de la grande table de chêne. Susan éprouva un grand bonheur à entendre Peter dire les grâces, et à regarder Rowland découper le grand cygne. Thomas souriait lui aussi.

« Vous vous ressemblez toujours autant, dit-il aux deux hommes.

— J'ai toujours l'avantage, en matière de poids, répondit Peter.

— Plus tant que ça » commenta Rowland en riant.

Peter passa le repas à leur raconter ce qu'il avait vu à Rome, ainsi que dans les autres sites religieux et lieux de pèlerinage qu'il avait visités — notamment Assise en Italie et Chartres en France. « J'aurais tant aimé faire aussi le voyage de Compostelle, leur dit-il. Mais l'Espagne était trop loin.

— As-tu assisté à la moindre guérison miraculeuse grâce à l'une de ces reliques ? demanda Thomas avec une pointe de malice dans la voix.

— Oui. Une femme guérie à Assise », répondit-il d'un ton tranquille.

Ils demeurèrent longtemps attablés à parler ainsi, gaiement, de sujets sérieux. Quelles que fussent les manœuvres des cyniques à la cour ou des hérétiques déguisés, Peter n'avait à la bouche que des paroles de sagesse et d'apaisement ; et soudain le roi lui-même, ses mésaventures et ses angoisses au sujet de la suprématie perdaient beaucoup de leur importance. Tout cela passerait, mais la foi, elle, resterait. Tel était, aux yeux de Susan, le message de réconfort que Peter leur apportait.

Alors que l'après-midi de février s'assombrissait déjà et que les enfants étaient montés jouer à l'étage, Peter se tourna vers Thomas et lui demanda — d'une voix calme, mais avec une légère pointe de reproche dans les yeux : « Alors, Thomas, le bruit qui court à Charterhouse est-il vrai ? » Devant l'air d'incompréhension de Susan et de Rowland, il expliqua : « On dit que le roi et le secrétaire Cromwell vont s'intéresser particulièrement à nous. »

C'était en fait une étape logique dans le contexte politique du temps, et Peter la commenta fort simplement : « Henri veut convaincre le monde qu'il est maître absolu chez lui. Son acte de suprématie a été voté par le Parlement et accepté par les évêques — qui sont pour une grande part des hommes à lui. Pourtant il reste quelques épines qui le démangent encore. More, Fisher et Wilson, bien sûr, mais aussi les plus strictes des maisons religieuses, comme Charterhouse et quelques autres. Celles qui n'ont prononcé le serment au printemps qu'à contrecœur. Puisque tout désaccord public est désormais considéré comme un cas de trahison, Henri vient d'avoir une brillante idée : faire peur à tous ces empêcheurs de régner en rond en promulguant le texte d'un nouveau serment. Nous n'en avons pas encore eu connaissance, mais il s'agira sans doute d'accepter toutes ses prétentions à la suprématie. Ainsi il aura conforté sa position. (Il fit une pause, le temps de lancer un regard sévère à son frère.) Ai-je bien décrit la situation, Thomas ?

— C'est en effet une idée nouvelle. Seuls ceux dont tu as parlé devront prêter serment. Aux autres (il regarda Rowland) on ne demandera rien.

— Nous sommes très honorés de ce traitement de faveur », dit sèchement Peter.

Susan vit son mari froncer les sourcils. « Que vas-tu faire, Peter ? s'enquit-il.

— Je ferai comme le prieur me l'ordonnera. C'est mon devoir en tant que membre de l'ordre.

— Et que t'ordonnera-t-il, d'après toi ?

— Je l'ignore. Il va rencontrer les supérieurs des autres maisons de chartreux, et j'imagine que les frères seront consultés eux aussi. Tout sera fait dans les règles. »

Pendant un moment, personne ne parla ; puis Rowland demanda, d'une voix posée : « Toi, Peter, si tu étais prieur, que déciderais-tu ?

— Moi ? Je refuserais », répondit-il sans l'ombre d'une hésitation.

Susan sentit son sang se glacer. « Tu ne peux pas dire cela ! cria-t-elle. Ce serait de la trahison !

— Non, dit-il posément. Non, ça n'en est pas. Le Parlement peut décider de bien des choses, et sûrement de la succession, mais il n'a aucune compétence pour modifier les relations de l'homme avec Dieu. S'ils veulent absolument parler de trahison, je ne peux pas les en empêcher. Mais en ce qui me concerne, n'oublie pas que j'ai prononcé des vœux, il y a longtemps, envers une autorité bien plus haute. Il n'y a pas à en sortir, tu sais. Henri essaye de devenir le chef spirituel du royaume, mais il n'est pas qualifié pour cela. Je suis désolé. Quant à cette histoire de Cromwell et de « vicaire général » (il ne put s'empêcher de prononcer le mot avec mépris, tout en lançant un regard oblique à Thomas)... le laquais du roi à la tête de l'Eglise ? Ridicule. Je ne peux évidemment pas l'accepter.

— Tu as donc envie de mourir ? » demanda Thomas d'un ton surpris.

Son frère haussa les épaules, avec une pointe d'impatience. « Moi ? Bien sûr que non. Pourquoi en aurais-je envie ? Mais qu'est-ce que tu me conseilles de faire ? Prêter un serment qui n'a aucun sens ? (Il se tourna vers Susan et Rowland.) C'est tout le problème d'être au pouvoir, comme Thomas. C'est une situation très difficile, vous savez. Ils veulent que les choses se fassent à tout prix, et tôt ou tard ils en oublient leurs principes. (Il revint à Thomas.) Soit une chose est juste, soit elle est injuste, mon cher. On ne peut se soustraire à cette loi-là.

— Et un homme comme moi, que doit-il faire ? » s'enquit Rowland.

Susan lui lança un regard anxieux ; Peter le vit et comprit, mais son expression ne changea pas d'un pouce, tandis qu'il observait le couple. « Je pense, dit-il lentement, que les laïcs n'ont pas besoin d'intervenir dans le débat. C'est à nous, les moines, que le défi est lancé, et c'est à nous de le relever.

— Pourtant, s'il s'agit d'une injustice, commença Rowland. Est-ce que tout chrétien ne doit pas... » Il n'acheva pas sa phrase.

« Il nous est enjoint de ne pas rechercher le martyre, répondit doucement Peter. C'est une faute contre l'esprit. Un chef de famille comme toi, avec les responsabilités dont Dieu t'a chargé... (Il sourit et posa la main sur l'épaule de son beau-frère.) Crois-moi, laisse ce fardeau aux moines. Nous sommes ici pour cela. »

Susan soupira, soulagée ; mais Rowland n'en démordait pas : « Et si on me demande de prêter le serment ? » poursuivit-il. « On ne te le demandera pas », trancha-t-elle. Pourtant il ne semblait toujours pas satisfait, continuant à fixer Peter d'un air de doute. Mon Dieu, pensa Susan, faites qu'il trouve la bonne réponse.

Peter le contempla pensivement puis dit : « Tu as une femme et des enfants. Je ne peux pas te dicter ta conduite. »

Ce n'était pas suffisant ; elle en attendit plus, mais rien ne vint. Et maintenant elle regardait avec effroi les deux hommes, si semblables l'un à l'autre, et était sur le point de crier : « Peter, oh Peter, pourquoi a-t-il fallu que tu reviennes ? »

Dans le grand hall d'Hampton Court, Carpenter faisait fièrement admirer son œuvre à Dan Dogget. Une magnifique réalisation, en vérité. Le palais, tel que Wolsey l'avait bâti à l'origine, était déjà vaste, mais Henri avait paru vouloir l'agrandir chaque année davantage ; et de tous ces ajouts successifs, aucun n'était plus majestueux que le hall. Il s'étendait sur la longueur entière d'une cour, et mesurait la hauteur de trois étages. A l'une de ses extrémités, une grande fenêtre, semblable aux verrières des églises de style perpendiculaire, laissait pénétrer une lumière tamisée par les tons de ses vitraux. L'extérieur en briques était peint : même le mortier qui les liait se rehaussait de gris. Le toit était couvert de tuiles rouges, les murs tendus de grandes tapisseries portant des motifs héraldiques. Mais le plus spectaculaire, le plus majestueux, c'était sa charpente à blochets. Celle que Carpenter montrait en ce moment à son ami.

La charpente à blochets n'était pas, en Angleterre, qu'une tradition architecturale, mais une véritable institution. Ce chef-d'œuvre technique, mis au point au Moyen Age, s'était révélé à la fois si fonctionnel et si esthétique qu'on y recourut pendant plusieurs siècles, même dans des cas où le besoin ne s'en faisait pas sentir. Elancé, mais d'une extrême robustesse ; massif en structure, délicatement sculpté et peint en surface, il représentait tout ce que les Anglais appréciaient. L'un des plus beaux exemples en avait été réalisé pour Westminster Hall ; toute guilde ou confrérie en mesure de s'offrir un hall voulait une charpente à blochets ; les collèges d'Oxford et de Cambridge exhibaient fièrement les leurs.

Le principe architectural en était simple. On montait deux arcs-doubleaux bout à bout, comme des consoles murales, le second faisant saillie à l'extrémité du premier ; deux rangées de ces supports s'élevaient de part et d'autre du hall, et se rejoignaient au sommet pour soutenir de grandes poutres transversales ; on pouvait ainsi couvrir un large espace et supporter une lourde toiture.

Le résultat était splendide. Huit de ces puissants dispositifs se succédaient dans toute la longueur du hall, partageant le plafond de la salle en sept compartiments différents. Au pied de chacun d'eux on trouvait une massive embase, un corbeau de bois, tandis que l'extrémité de chaque console était munie d'une lourde clef pendante, en surplomb au-dessus des têtes des visiteurs. Et tout cela, de même que nombre d'autres détails architecturaux alentour, sculpté avec un grand raffinement. Le bois de chêne jetait de sombres feux dans l'immensité du hall.

« Une partie de tout cela, c'est moi qui l'ai faite », dit Carpenter.

Les comptes des travaux d'Hampton Court étaient si bien tenus que la moindre intervention d'un maçon, d'un charpentier ou d'un peintre sur le chantier s'y trouvait mentionnée, avec le nom de l'artisan et la somme qui lui avait été payée. Ainsi Carpenter était-il déjà promis, sans le savoir, à l'immortalité (comme peut-être nous tous, du reste).

« Quelles sont les nouvelles de ton père ? demanda-t-il à son beau-frère, alors qu'ils ressortaient ensemble du hall. Il tient le coup, là-bas ? »

La réponse de Dan le surprit : « On dirait qu'il s'est assagi. »

Le retour du père Peter Meredith à Charterhouse semblait bien être la cause de ce petit miracle. Personne n'aurait su dire au juste comment il s'y était pris : peut-être était-ce l'effet de son influence spirituelle, ou simplement parce qu'il passait un peu de temps chaque jour avec le vieil homme ; toujours est-il qu'en moins d'une semaine Will Dogget s'était attaché au prêtre. « Chaque fois que le père Peter est dans les parages, il a l'air content de son sort. C'est la chose la plus étonnante que j'aie jamais vue.

— Espérons qu'il va rester longtemps », commenta Carpenter.

A l'extérieur de Newgate, à l'ouest du Holborn, s'élevait une modeste église de pierre dédiée à sainte Etheldreda, une princesse anglo-saxonne ayant vécu près d'un millier d'années plus tôt, aux premiers temps de l'évangélisation de l'île. Au Moyen Age, les évêques d'Ely y avaient édifié leur demeure londonienne, annexant l'église pour en faire leur chapelle et entourant l'ensemble d'un solide mur d'enceinte : mais St Etheldreda restait ouverte à tout fidèle désireux de se ressourcer spirituellement, à l'abri de ses vieux murs gris.

Par une claire journée du début mars, Rowland Bull, qui venait de Charterhouse et s'apprêtait à descendre Chancery Lane pour se rendre à Westminster, avisa le toit de l'église par-dessus le mur des évêques et décida d'y entrer, sur l'inspiration du moment.

Le printemps était dans l'air : les premiers bourgeons se formaient aux branches des arbres, de petits bouquets de crocus blancs et violets perçaient le sol à ses pieds, et des jonquilles jaunes recouvraient les talus. Il flottait dans l'air humide un parfum, âcre et léger, de terre fraîchement retournée. St Etheldreda comportait deux parties différentes : en haut, au-dessus du niveau du sol, une jolie chapelle, avec une belle verrière occupant une grande part du mur ouest ; quelques marches plus bas, la partie que l'on nommait la crypte, plus petite que la chapelle elle-même et néanmoins souvent utilisée pour les offices. Elle était vide et Rowland y pénétra.

La crypte était un endroit fort tranquille. Sur la gauche Rowland vit un autel, à côté duquel la flamme rouge du tabernacle luisait faiblement dans la pénombre. Tout au fond à droite, une fenêtre de verre teinté, de couleur verte, prise dans la partie supérieure du mur, diffusait une lumière douce. Juste en dessous, un vieux baptistère de pierre était recouvert de bas-reliefs saxons. Quelques bancs étaient regroupés au centre du petit édifice, ainsi que des coussins posés au sol, et Rowland s'agenouilla sur l'un d'eux pour prier.

Tant de soucis lui occupaient l'esprit... Son entretien du jour avec Peter ne lui avait pas apporté le réconfort espéré. Les moines de Charterhouse cherchaient des conseils dans la prière. Le prieur comptait demander à Cromwell un texte de serment qui heurtât moins leur conscience ; « Mais il refusera, avait commenté Peter. Ce qu'il veut, c'est nous briser. » Soit les chartreux se soumettraient à la volonté d'Henri, soit ils seraient convaincus de trahison. Rowland ne pouvait se résoudre à cette idée : les chartreux, ces saints moines, exécutés comme des criminels ? C'était si extravagant que cela en paraissait presque irréel. Henri irait-il jusque-là ? « Certainement, avait dit Peter. Qui donc l'arrêterait ? » Mais l'exécution d'un traître... C'était une chose horrible à voir. Les plus chanceux passaient sur le billot, mais la plupart mouraient selon la terrible coutume médiévale — pendus d'abord, puis descendus alors qu'ils étaient encore conscients, leurs entrailles arrachées et leurs membres découpés sous leurs propres yeux. L'image était si insoutenable qu'il en frissonna.

Cherchant à la chasser de son esprit, il promena le regard autour de lui et s'arrêta sur le tabernacle, qui brillait dans l'obscurité. La foi chrétienne peut conduire au martyre, c'est ce que la petite lumière rouge semblait lui rappeler silencieusement. La religion qui lui était si chère n'était-elle pas basée elle-même sur un sacrifice ?

Après l'horreur, après la mort — qu'y aurait-il ? La paix éternelle, disait la flamme rouge. Le salut. Il l'espérait. De tout son cœur, il croyait qu'il en serait ainsi. Et pourtant, même pour les plus fervents, il restait presque toujours un terrible doute. Si ce n'était pas vrai, après tout ? Si un homme perdait l'unique vie qui lui était échue, et plongeait dans la nuit éternelle — pour rien ? Ses yeux se détournèrent de la lueur tremblotante pour aller se poser sur le vieux baptistère, à l'autre bout de la crypte. Comme il avait l'air paisible, sous la lumière verte qui tombait de la fenêtre ; il semblait évoquer la douceur même de ce jour de printemps. Rowland pensa à la petite maison de Chelsea, à sa bibliothèque, à sa femme et à ses enfants. Ils lui étaient si chers... Soudain il sut, avec la force de l'évidence, combien il désirait vivre.

Il resta longuement agenouillé ; une ou deux fois il releva les yeux et murmura : « Seigneur, je t'en prie, indique-moi ce que je dois faire... »

Quand la réponse lui parvint enfin, elle ne se présenta pas comme un éclair de lumière venu d'en haut, ni même comme une légère voix montant de l'autel ; non, ce fut le souvenir des paroles que Peter avait prononcées, en ce jour où ils avaient discuté la question pour la première fois dans la petite maison de Chelsea : « Soit une chose est juste, soit elle est injuste, mon cher. »

Quelque chose de plus instinctif encore que son esprit d'homme de loi, de plus profondément ancré en lui, comprit enfin quelle voie il devait suivre. Une chose était soit vraie soit fausse, soit juste soit injuste, soit blanche soit noire : cette vérité-là, ce n'était pas l'université qui la lui avait inculquée, ni même la religion, mais les générations de Bull anglo-saxons qui l'avaient précédé. Les prétentions du roi étaient indues : il n'y avait rien à ajouter à cela. Soit lui-même était chrétien, loyal envers sa foi, soit il ne l'était pas. Tout était là. Il se sentit soulagé.

Mais il restait Susan, les enfants, et ses obligations morales envers eux ; c'est là qu'intervenait son esprit d'homme de loi. De ce côté-là aussi, il y avait une obligation à remplir, un droit à satisfaire.

Comme il quittait St Etheldreda, l'esprit apaisé, et retraversait le jardin enclos de murs, Rowland savait où était son devoir.

Susan dévisageait Rowland en silence, incapable de prononcer une parole. La nuit était tombée et les enfants montés se coucher : les deux époux étaient seuls l'un avec l'autre. En partie pour se donner le temps de la réflexion, elle commença prudemment : « Tu penses vraiment que les moines de Charterhouse refuseront de prêter le serment ? » Il acquiesça. « Et tu penses toujours que le roi n'exigera le serment que de ceux qui s'opposent à lui, comme les moines ?

— Oui.

— Tu ne crois pas qu'il te le demandera à toi...

— J'en ai déjà prêté un. Pourquoi s'inquiéterait-il de moi ?

— Mais si par hasard il changeait d'avis et l'exigeait à nouveau...

— Alors nous devons décider de ce que je devrai faire.

— Donc tu es venu me trouver, parce que tu as un devoir envers moi en tant que mari, et aussi envers tes enfants... » Elle hocha pensivement la tête puis répéta, de la voix la plus posée qu'elle put, la requête qu'il lui avait faite. « Tu me demandes la permission de refuser le serment ? La permission d'être exécuté, en somme ? »

Il l'enveloppa d'un regard affectueux et répondit tranquillement : « Oui. »

De la part de n'importe quel autre homme, songea-t-elle, cela aurait été un faux-semblant, une excuse. Dis-moi de ne pas le faire, voilà ce que cela aurait signifié. Permets-moi d'être un lâche sans rien perdre de ma dignité. A ce moment-là, elle aurait presque souhaité avoir épousé un tel homme, plus ordinaire, moins intransigeant. Mais elle savait que Rowland, lui, pensait véritablement ce qu'il disait.

Elle touchait au cœur de son dilemme. Dans son for intérieur, elle songeait que Rowland et Peter avaient raison, et la source de sa souffrance était pourtant là : savoir que son mari préférait l'abandonner, au nom même de l'amour qu'ils avaient en commun pour le même Dieu. Pire encore, savoir que, si pour sauver sa famille elle refusait de lui donner son accord, il se plierait à sa décision, mais ne le lui pardonnerait sans doute jamais.

Aussi, quand elle prit enfin la parole, ce fut pour dire à son mari : « Tu dois suivre ta conscience. Je ne veux te détourner de rien. » Puis elle tourna précipitamment la tête, pas seulement pour cacher les pleurs qui lui montaient aux yeux, mais surtout pour ne pas voir le terrible bonheur qui illuminait le visage de Rowland.

« Il ne se passera rien, affirma Thomas à Susan d'un ton convaincu. A moins qu'il ne veuille provoquer délibérément le roi, il n'y a aucun danger. Je vois Cromwell tous les jours et je sais quelles sont ses intentions. Tout ce que veut le roi, c'est mettre au pas ceux qui s'opposent à lui. Si cette petite poignée, comme les moines de Charterhouse, s'obstinent... cela leur coûtera cher, j'en ai bien peur.

— Pauvre Peter. .

— Je ne peux rien pour lui, hélas, reconnut-il. Mais le cas de Rowland, continua-t-il d'une voix encourageante, est tout à fait différent. Il a prononcé le premier serment, comme tout un chacun, il n'y a aucune raison de le soupçonner. A-t-il l'intention, d'après toi, d'afficher publiquement ses opinions ?

— Non.

— Eh bien... Si jamais son nom devait être évoqué, ce qui n'arrivera pas, j'assurerais personnellement à Cromwell qu'il est loyal. Aie confiance en ton frère. Je le protégerai.

— Tu es sûr ?

— Sûr. (Il lui donna un baiser.) Tu n'as rien à craindre. »

Demain, on serait en mai. L'après-midi était chaud et ensoleillé ; la barque royale, couverte de dorures, glissait à la surface du fleuve, au milieu des prés fleuris de primevères et de boutons d'or.

Dan Dogget souriait. Les mois écoulés lui avaient été particulièrement favorables, et il devait tout à Thomas Meredith. N'avait-il plus aucun souci ? Presque plus aucun. Il se retourna pour jeter un coup d'œil vers la cabine qui occupait la poupe du bateau.

Les tentures en étaient ouvertes, en raison de la douceur ambiante, de même que la porte d'entrée. De sa place au milieu des rameurs, Dan apercevait les deux hommes assis à l'intérieur, sur une large banquette tendue de soie : à gauche, la volumineuse tête et la barbe du roi ; à droite la large face, pâle et toujours maussade, du secrétaire Cromwell, qui lui murmurait quelque chose. Dan se demandait ce qu'ils pouvaient bien tramer.

Après s'être contenté plusieurs mois durant de menacer ses opposants, le roi Henri avait choisi de frapper ; il l'avait fait avec une précision presque chirurgicale. Seuls trois hommes — le prieur de la chartreuse de Londres et ceux de deux autres maisons religieuses — avaient été arrêtés, pour avoir refusé de prêter le serment reconnaissant sa suprématie. Le texte n'en avait pas encore été soumis aux autres moines de Charterhouse. Les trois prieurs avaient été jugés la veille à Westminster Hall, à huis clos, sous la présidence de Cromwell. Cranmer avait plaidé pour eux, devant un jury enclin à l'indulgence ; mais le secrétaire avait sèchement balayé leurs objections, et avant midi le bruit courait dans tout Londres : « On les a emmenés à la Tour. Ils vont être exécutés dans cinq jours. »

Mais pour lui-même, qu'en sortirait-il ? se demandait Dan. Henri poursuivrait-il aussi les autres moines de Charterhouse ? Oui, sans doute. Flancheraient-ils devant l'horreur de ce qui les attendait ? Il songea à Peter Meredith et soupçonna que non. Qu'adviendrait-il alors du vieux Will ?

Ce n'est pas sans une secrète appréhension que Daniel Dogget emmenait le roi à Hampton Court.

Il n'aurait pas dû pénétrer dans le jardin. Il aurait dû passer outre quand il avait entendu les rires. Il ne savait pas qu'Henri était déjà arrivé.

Il s'était fait le plus discret possible ces derniers temps, remplissant son office plus assidûment que jamais ; Cromwell l'en avait même félicité. Il n'avait guère vu le roi ; heureusement peu de monde à la cour, sinon personne, ne semblait s'être avisé que son frère Peter comptait au nombre des chartreux rebelles. Quant au procès de ce jour, nul ne savait encore à Hampton Court qu'il était terminé. C'est pourquoi Thomas reçut un choc en apercevant le roi.

Il n'avait que quelques courtisans avec lui. Désireux de se dégourdir les jambes après le long trajet sur le fleuve, il leur avait demandé de l'attendre, tandis qu'il faisait quelques pas dans le verger en compagnie de Cromwell. Le hasard voulut qu'il pénétrât dans le clos, caché derrière ses hautes haies, quelques instants seulement avant l'arrivée de Thomas.

Le roi était de joyeuse humeur ; il venait de mettre un peu d'ordre dans sa vie. En premier lieu avec la reine. Si Anne Boleyn prenait parfois ombrage de ses aventures extra-conjugales, sa récente assiduité auprès d'elle, dans le noble dessein de donner un héritier à l'Angleterre, avait apaisé ces problèmes privés. Il pensait qu'elle avait d'ores et déjà conçu. Puis il y avait les moines. Il venait d'annoncer aux courtisans la nouvelle des exécutions imminentes, et avait pu lire une pointe de crainte derrière leurs expressions polies. Il était bon que les courtisans craignent le roi. Au cours du trajet sur le fleuve, il avait débattu avec le secrétaire d'un éventuel élargissement du serment, afin de débusquer, et d'anéantir, les autres opposants possibles à sa suprématie ; mais Cromwell l'avait exhorté à la prudence. « Moins vous en éliminerez et moins vous paraîtrez avoir d'ennemis », lui avait-il fait remarquer fort justement.

Pourtant, en partie pour irriter Cromwell, en partie pour voir trembler les courtisans, il était revenu vers eux en s'exclamant : « Etes-vous bien sûr, maître Cromwell, que nous ne devrions pas réclamer à nouveau le serment ? Il pourrait fort bien y avoir des traîtres ici même (il promena les yeux sur le petit groupe), au cœur du palais. » Puis, sans cesser de dévisager férocement les courtisans qui blêmissaient, il partit d'un grand éclat de rire. C'est alors qu'il aperçut le jeune Meredith.

Henri aimait Meredith. Il lui rappelait son père, et Cromwell louait son travail. Il prenait plaisir à le battre toujours au tennis. En le voyant hésiter à l'entrée du jardin, il lui fit signe d'approcher.

« Venez par ici, Thomas Meredith. Nous parlions des traîtres », lança-t-il en souriant.

Pourquoi fallut-il que le jeune homme devienne mortellement pâle ?

Une image fit alors son chemin, dans l'esprit toujours aux aguets d'Henri, celle d'une autre rencontre dans ce même jardin ; comme elle n'avait pas été à son avantage, il avait choisi jusque-là de l'oublier. L'image d'une jeune femme et d'un regard de reproche, d'un regard coupable de déloyauté et d'impertinence. N'était-elle pas justement la sœur de Meredith ? Il lui semblait bien que si. « Parlez-moi un peu du reste de votre famille, Thomas », lança-t-il à brûle-pourpoint.

Thomas ouvrit de grands yeux. Que pouvait-il bien savoir ? Etait-ce à Peter qu'il pensait ? Sans doute. Il devait avoir découvert que son frère était à Charterhouse. Thomas ne se doutait nullement, n'ayant pas eu vent de la rencontre d'Henri et de Susan, que le roi pensait en réalité à sa sœur.

« J'ai un frère, Sire, commença-t-il. Il était prêtre, mais il a été malade et s'est retiré.

— Vraiment ? (Le roi l'ignorait.) Et où est-il maintenant ? »

Il savait sûrement ; c'était un piège. Et même si ce n'en était pas un, il découvrirait bientôt la vérité. Inutile d'essayer de le tromper.

« A Charterhouse », répondit-il avec effort.

Tout le monde retint son souffle.

« A Charterhouse ? » La surprise du roi n'était pas feinte : il ne le savait pas. Sa voix se fit rauque. « J'espère que vous ne partagez pas leurs opinions. Leur prieur va bientôt mourir. » Puis il se tourna vers Cromwell, dont la réponse fut instantanée :

« Meredith est loyal, Sire. » Dieu soit loué. Henri hocha la tête d'un air approbateur. Mais Thomas savait qu'il ne prisait guère ce genre de surprises ; et le roi n'en avait pas fini avec lui. « Quelle autre famille avezvous encore, maître Meredith ? demanda-t-il calmement.

— Seulement une sœur, Sire. » Elle ne pouvait pas l'intéresser.

« Mariée ? A qui ?

— A Rowland Bull, Sire. » Il tâcha de garder son calme, espérant que personne ne l'avait vu tressaillir.

« Bull ? (Le roi parut fouiller dans ses souvenirs.) Qui travaille pour le chancelier ? » Thomas hocha la tête et le regard d'Henri se figea, fixé sur la haie, aurait-on dit.

C'était bien elle. C'était bien la femme. Henri réprima une grimace. La femme avec son regard, comme un reproche vivant. On ne regarde pas les rois comme cela.

« Et... Mme Bull et son mari sont-ils loyaux ? » Il se tourna vers Cromwell, qui à son tour regarda Thomas. Tous attendirent sa réponse.

« Ils sont loyaux, Votre Majesté. »

Henri garda quelques instants le silence, hochant pensivement la tête, avant de déclarer :

« Nous n'en doutons pas, maître Meredith. » Sa voix était sèche ; à nouveau il se tourna vers son ministre. « Aussi nous pensons, Cromwell, que Mme Bull et son mari devraient prêter le serment. Veillez à ce que ce soit fait, demain matin, avant le lever du soleil. Tel est notre bon plaisir. » C'était un ordre et Cromwell courba la tête. Puis soudain le roi les contempla, de joyeuse humeur. « Nous avons une meilleure suggestion. Que notre loyal serviteur le jeune Thomas Meredith, ici présent, leur fasse lui-même prêter le serment. Vous y veillerez. N'est-ce pas une bonne idée ? »

Il partit d'un grand rire, dont l'écho remplit tout le jardin.

Le bateau avait quitté Hampton avant l'aube. Quelques heures durant, seul le son étouffé des rames avait traversé le silence ouaté ; le brouillard s'accrochait encore aux pieds de Thomas quand il avait gagné le seuil de la petite maison de Chelsea. Et maintenant Susan répétait une nouvelle fois, défaite : « Non, il ne prêtera pas le serment. »

Ils s'étaient âprement disputés pendant plus d'une demi-heure, à mivoix : Rowland n'était pas encore descendu, et les enfants dormaient làhaut. Susan ne cessait de faire encore et encore le même reproche à son frère : « Tu m'avais promis que ça n'arriverait pas ! Tu me l'avais promis ! »

Il y avait une chose pourtant que Thomas ne comprenait pas. Face aux reproches de sa sœur, il s'était senti si coupable et si démuni qu'il avait tenté, pour se défendre, de lui expliquer comment les choses s'étaient passées : sa rencontre avec le roi dans le jardin et les questions inattendues qu'Henri lui avait posées sur sa famille. Elle s'était tue quelques instants, pensive, puis elle avait murmuré : « Alors c'est aussi ma faute. »

Que voulait-elle dire par là ? Surtout, que devaient-ils faire maintenant ? « Je vais prêter le serment », dit simplement Susan. Il savait pourtant qu'elle n'y croyait pas davantage que Rowland. Y avait-il une chance pour que, voyant la soumission de sa femme, placé face aux terribles conséquences qu'aurait sa décision pour toute sa famille, il prête lui aussi serment en fin de compte ? Mais Susan secoua la tête et dit, d'une voix étranglée : « Non, il ne le fera pas. »

Cela ne lui laissait qu'une issue possible. Il y avait réfléchi durant la nuit, et tout le long du trajet depuis Hampton Court ; et il avait prié pour que ce ne soit pas nécessaire, car les risques étaient énormes et le succès pas même assuré. Mais devant la douleur de sa sœur, il pensa qu'il fallait essayer.

Le soleil avait dissipé la brume, jusqu'aux abords du fleuve, quand Rowland prêta le serment. Il le fit tranquillement, sans difficulté, puis sourit à sa femme qui se retournait vers lui avec soulagement.

« Je ne pensais pas que je le pourrais », commenta-t-il. Pourtant il l'avait fait, et mieux encore : sa conscience était en paix.

Thomas Meredith sourit lui aussi et dit : « J'en suis content. »

Cela n'avait pas été si compliqué. Il avait pris les plus grandes précautions, faisant répéter chaque mot à Rowland après lui, afin que son esprit de juriste saisisse leur portée avec précision ; alors, convaincu que sa foi n'était pas compromise, Rowland avait prêté le serment.

Thomas lui avait simplement fait prêter un mauvais serment.

Ou plutôt, pour être précis, il en avait dénaturé le texte. La formule qu'il avait présentée à son beau-frère était à peine différente de celle à laquelle Rowland avait consenti l'année précédente, au sujet de la succession. Surtout, après une brève mention de la suprématie d'Henri, Thomas avait ajouté ces quelques mots qui changeaient tout : « Pour autant que la Parole de Dieu le permette. » Cette petite clause était, ils le savaient tous deux, un vieux tour auquel l'Eglise avait recours depuis longtemps. Grâce à cette restriction, de bons catholiques pouvaient rejeter toute interprétation abusive que le roi viendrait à faire un jour du serment ; grâce à elle, les prétentions d'Henri à la suprématie devenaient en pratique vides de sens. Les moines de Charterhouse eux-mêmes auraient pu prêter le serment en toute conscience, si on les avait autorisés à y ajouter cette petite clause.

« Je suis étonné que le roi ait laissé figurer cette restriction, commenta Rowland.

— C'est une dispense spéciale, mentit Thomas. A ceux qui se sont opposés publiquement à lui, on soumet une formule plus radicale, mais on ne veut pas mettre dans l'embarras des hommes loyaux comme toi. Ne l'ébruite pas. Si quelqu'un t'interroge, dis seulement que tu as prêté le serment. Tu sais, toi, ce que tu as juré, et cela suffit. » Rowland fronça bien un peu les sourcils, mais accepta. Prions pour que cela marche, pensait Thomas.

« Je dois y aller, maintenant, dit-il. Pour rendre compte au roi. » C'est alors qu'il vit Susan regarder à travers la fenêtre d'un air horrifié ; et il se retourna lui-même.

Cromwell ne prit pas la peine de frapper : il entra directement dans la pièce. Deux de ses adjoints étaient restés devant la porte, tandis que deux hommes d'armes attendaient près de sa barque.

« J'ai fait prêter le serment... » commença Thomas, mais Cromwell l'interrompit :

« Rowland Bull... (Tourné vers l'homme de loi, ses deux petits yeux cruels ne semblaient voir personne d'autre dans la pièce.) Acceptez-vous la suprématie du roi en tous domaines, temporels et spirituels ? »

Rowland avait blêmi ; il se tourna vers Thomas, puis vers Susan, comme pour leur demander conseil, et répondit enfin d'une voix hésitante : « Oui... Pour autant que la Parole de Dieu le permette...

— La Parole de Dieu ? » Cromwell jeta un coup d'œil à Thomas et revint à Rowland. « Que vient-elle faire ici, maître Bull ? Reconnaissez-vous oui ou non, sans restriction, le roi Henri comme chef suprême dans tous les domaines spirituels ? »

Un silence éprouvant, puis Rowland dit :

« Je ne peux pas.

— C'est bien ce que je pensais... Trahison ! L'affaire est entendue. Dites adieu à votre femme. (Il se retourna vers ses adjoints au-dehors.) Faites venir les gardes ! »

Seulement alors, il regarda Thomas. « Imbécile... grommela-t-il. Vous pensiez le sauver avec cette ruse, et dire ensuite au roi qu'il avait prêté le serment ? » Thomas était trop choqué pour pouvoir même répondre. « Vous n'avez pas compris que cet individu n'intéressait nullement le roi ? C'est *vous* qu'il voulait mettre à l'épreuve ! Il voulait voir comment vous alliez vous conduire ! Son idée était d'envoyer ensuite quelqu'un d'autre faire prêter à nouveau serment à votre beau-frère, pour vérifier que vous l'aviez loyalement servi ! Je viens de vous sauver la vie... (Puis il revint à Rowland.) Quant à votre vie, vous venez de la perdre, j'en ai bien peur. (Il adressa un bref signe de tête à Susan.) Vous devriez lui donner quelques habits. Nous l'emmenons sans attendre à la Tour. »

Le père Peter Meredith reçut deux visiteurs à Charterhouse ce jour-là. Il était un peu souffrant, aussi était-il assis dans sa cellule quand le vieux Will Dogget introduisit le premier des deux. Susan. Elle semblait parfaitement maîtresse d'elle-même, alors qu'elle se tenait debout devant lui ; pourtant il crut déceler une légère note de reproche dans sa voix, ainsi que de désespoir. La requête qu'elle lui adressa était simple.

« Tu veux que je le persuade de prononcer le serment ? lui fit-il répéter, une fois qu'elle eut parlé.

— Oui.

— Tu ne crois pas qu'il est trop tard, maintenant ?

— Il faut qu'il y ait un procès en règle, devant un jury. S'il se soumet maintenant, il est possible que le roi accepte. De toute façon, c'est notre seule chance, conclut-elle d'un air triste et résigné.

— Et tu penses que mon intervention peut y changer quelque chose ?

— Tu es l'homme qu'il respecte le plus au monde. Et c'est bien ton opinion (la note de reproche contenue dans sa voix était maintenant indiscutable) qu'il a suivie quand il a refusé le serment. »

Il resta quelque temps les yeux fixés au sol, puis répondit enfin, d'une voix douce :

« Je pense qu'il suivait aussi sa conscience. Pour l'amour et pour l'honneur de ce en quoi nous croyons tous. »

Sa sœur ignora cette mise au point (faite du reste avec douceur et ménagement), mais il ne pouvait lui en vouloir : si elle était fervente chrétienne, elle était aussi mère, luttant pour sauver sa famille. Mais elle lui réservait une surprise.

« Tu ne sais pas tout », lui dit-elle. Elle lui raconta sa rencontre inopinée avec le roi dans le jardin, et comment il était arrivé la même aventure à Thomas. « Tu vois, conclut-elle, ces rencontres de hasard, et aussi le fait que tu sois un moine de Charterhouse : d'une certaine façon, nous sommes responsables de ce qui est arrivé à Rowland. Il n'était pas destiné, sans cela, à devoir prononcer le serment. »

Peter soupira. Pourquoi les voies de la providence étaient-elles si étranges et cruelles ? C'était le plan de Dieu, bien sûr. Mais pourquoi fallait-il que le dessin en fût si obscur, même aux yeux du plus convaincu ? « J'irai le voir, dit-il enfin. Mais je ne peux lui recommander de désobéir à sa conscience. Je ne peux mettre son âme en péril — son âme qui est immortelle, je te l'assure. »

Elle n'en fut guère réconfortée, et il n'avait pas pensé qu'elle le serait. Pourtant les derniers mots qu'elle prononça blessèrent son frère.

« Tu sais ce qu'ils vont lui faire ? Tu y as pensé ? (Elle lui lança un regard plein d'amertume.) Pour toi, bien sûr, c'est plus facile », ajouta-t-elle d'un ton froid, avant de s'en aller.

Plus facile ? Rien n'était moins sûr. On disait que les trois prieurs allaient être exécutés dans les jours qui suivaient — non par la manière clémente de la décapitation, mais par l'autre, la plus sauvage. Une fois que les moines auraient assisté à l'événement, les délégués royaux viendraient à Charterhouse proposer le serment à la communauté. « Ce ne sont que des chimères, qui nous sont envoyées pour éprouver nos âmes », avait dit un vieux moine. Mais Susan pouvait-elle vraiment croire que, heure après heure, dans le silence de sa cellule, il n'y pensait pas ?

Thomas vint ce soir-là.

Au début, quand il vit arriver le jeune courtisan mondain, Peter ne put se défendre d'un sentiment d'irritation. Certes, il semblait éperdu de douleur ; pourtant, songea Peter, quelle que fût son inquiétude au sujet de Rowland, il restait l'homme de Cromwell.

« Je suppose que tu vas me demander la même chose que ta sœur », lui dit-il d'une voix calme. Il soupira puis ajouta, non sans sécheresse : « Un frère à Charterhouse et un beau-frère qui refuse le serment, ce n'est pas très bon pour ta carrière... »

Thomas se contenta de secouer la tête et dit : « J'arrive juste de la cour. Même si Rowland prête le serment maintenant, le roi ne l'acceptera pas

Il le considère comme un traître et veut l'éliminer. (Il s'assit et prit son visage dans ses mains.) Tout est ma faute.

— Pourquoi ?

— C'est moi qui l'ai fait venir à la cour. C'est moi qui l'ai mis dans cette situation.

— Il a agi au nom de sa foi.

— Oui, mais c'est ma loyauté que le roi a décidé d'éprouver, sur un caprice, pas la sienne. Henri ne s'intéressait pas à lui.

— S'il meurt, il n'en sera pas moins considéré comme un martyr, tu sais. »

Même sur ce point-là, à sa surprise, Thomas n'était pas d'accord.

« Pour toi et pour Rowland, c'est un acte de foi, bien sûr. Mais j'ai peur que tout le monde ne le voie pas ainsi. Imagine un peu, Peter... Si les moines de Charterhouse sont exécutés, vous serez des martyrs et toute l'Angleterre le saura. Mais Rowland n'est pas quelqu'un d'important, lui, personne ne le connaît. Ils vont tranquillement l'exécuter un jour ordinaire, avec des criminels ordinaires — un obscur serviteur royal qui a trahi. Voilà tout ce que les gens en retiendront, et ils ne feront pas l'effort de chercher plus loin. Une simple vengeance royale, qui passera aux oubliettes de l'histoire.

— Dieu, lui, saura.

— Oui. Mais ce sont les moines qui sont chargés de défendre sa cause, si j'ose dire. Le pauvre Rowland n'est qu'un innocent, un loyal père de famille qui a eu le tort de se trouver au mauvais endroit au mauvais moment. Tout cela n'est qu'une erreur... J'ai une confession à te faire, mon frère.

— Laquelle ?

— Je suis protestant, en secret.

— Je vois, répondit-il tout en tâchant de masquer son dégoût.

— Pour cela, et parce que je sers Cromwell, je me sens doublement coupable. J'ai abandonné la foi de ma famille, puis causé la mort de Rowland.

— Alors, tu dois te sentir coupable, en effet.

— Oui. (Il regarda ses mains tristement, puis releva soudain les yeux et les plongea dans ceux de Peter.) Qui suis-je, mon frère ? Un homme qui se repaît des plaisirs de la cour ? Je tiens ma foi secrète parce que j'ai peur, parce que Henri brûle les protestants. Je cause la mort de Rowland et le malheur de ma sœur, seule et ruinée, avec quatre enfants. Alors je me demande, mon frère, si ma vie vaut ne fût-ce qu'un dixième de ce que valent les vôtres. Je ne le pense pas. Je te le dis franchement, si je pouvais mourir à sa place, je le ferais. Plaise à Dieu que ce soit possible. »

Peter vit qu'il le pensait ; et il jugea que, malgré ses fautes, il pouvait l'aimer à nouveau. « Si seulement cela l'était... » dit-il, sans la moindre trace de malice. Mais personne ne pouvait plus rien pour Rowland.

Peter dormit peu cette nuit-là. Il ne cessa de se tourner et de se retourner dans son lit, au point que le vieux Dogget, qui dormait à la porte de sa cellule depuis qu'il était malade, vint voir plusieurs fois s'il n'avait besoin de rien.

Il pensait à Susan et aux enfants ; il pensait à la mort terrible qui attendait le pauvre Rowland, et qui l'attendait lui aussi, cela ne faisait pas de doute ; et, malgré tous ses efforts et ses prières, le père Peter tremblait, comme n'importe lequel de ses semblables.

Quand il s'éveilla tout à fait, au sortir d'un sommeil entrecoupé, une idée nouvelle avait germé dans son esprit. Allongé dans son lit, les yeux sondant les ténèbres encore noires, il se demanda ce qu'il pouvait bien en tirer ; puis, après l'avoir examinée en tous sens, il se dit que peut-être elle pouvait réussir, même si elle comportait de grands risques pour ceux qui y seraient impliqués. C'est alors qu'une nouvelle difficulté lui apparut : n'était-ce pas un crime de priver l'Eglise d'un de ses martyrs ? En tant que religieux, le père Peter Meredith faisait face à un terrible dilemme : il ne savait plus où était le bien, où était le mal. Une chose en tout cas était sûre : lui-même se trouvait désormais en danger de perdre le salut éternel.

Peu après l'aube, cependant, il éveilla le fidèle Will Dogget et lui demanda d'aller chercher Thomas.

Thomas écouta son frère sans mot dire.

« L'affaire est périlleuse pour toi, dit le religieux en conclusion.

— Je l'accepte.

— Il faudrait aussi un homme fort, plus fort que toi ou moi.

— Cela peut s'arranger.

— Dans ce cas, la décision t'appartient.

— Mais... (Thomas hésita un moment avant de poursuivre :) C'est le dernier point qui ne passe pas.

— Désolé, dit simplement Peter, mais il le faudra bien, pourtant. »

Cet après-midi-là, Thomas rencontra Dan Dogget. Le batelier avait toujours une dette envers lui. « Je vous avais promis que je trouverais un moyen pour que vous vous en acquittiez », lui dit-il avec un sourire.

Susan observait Rowland. Son regard s'échappait au-dehors, à travers la grande fenêtre de pierre, et elle se demandait comment il pouvait rester aussi calme. Surtout en songeant à la scène qui avait lieu quelques mètres plus bas.

Au début, il n'avait pas su faire montre du même calme. Elle se souvenait de ce terrible 1er mai — voilà seulement trois jours —, lorsqu'ils étaient arrivés près de la Tour. Le cœur lui avait manqué quand la barque s'était présentée, non au débarcadère ordinaire près de la vieille porte du Lion, mais devant une tout autre entrée : un petit tunnel sombre qui s'ouvrait dans l'enceinte même de la Tour, côté fleuve. Le portail des Traîtres.

Une fois que la barque se fut engagée sous le quai, une lourde herse s'était soulevée en grinçant pour les laisser entrer. Ils avaient traversé un petit bassin, puis deux énormes portes à demi immergées, aux lourds barreaux de fer, s'étaient écartées lentement devant eux. Un quai obscur sous un fortin massif : le portail des Traîtres. Abandonne tout espoir, semblait-il dire, si tu entres dans la Tour par ici.

Quelques minutes plus tard, Rowland franchissait la muraille interne de la forteresse, puis était conduit dans une chambre du bastion flanquant la muraille à l'intérieur et qu'on appelait la tour Sanglante.

C'est ainsi qu'il fit connaissance avec la Tour de Londres. Etrange endroit, qui était un monde à lui seul. La Tour ne s'était guère étendue vers l'extérieur au cours des siècles précédents, sauf pour le quai, qui avait gagné sur le fleuve ; mais à l'intérieur de ses courtines, d'innombrables ajouts s'étaient succédé — un hall ici, une série d'appartements là, des tourelles et des fortins supplémentaires, de brique ou de pierre, afin d'accueillir la petite communauté sans cesse plus nombreuse qui vivait à l'intérieur.

Cette communauté était, au vrai, fort pittoresque. Outre l'armée de valets et d'artisans, de cuisiniers, de marmitons et de blanchisseuses qui assuraient le service et l'entretien de la place, outre le lieutenant, le connétable et les autres officiers que la tradition y avait fixés, il y avait aussi la Monnaie et ses gardiens, ainsi que le maître de l'arsenal. Les ateliers de fonderie étaient installés sur le quai, mais l'artillerie avait été entreposée ensuite à l'abri des murailles. Pour rehausser encore la pompe et l'apparat du lieu, la nouvelle unité de la garde royale créée sous les Tudors, les hallebardiers-gardiens, avait ses quartiers dans la Tour, et l'on pouvait admirer ces hallebardiers dans leurs magnifiques uniformes cramoisis. On trouvait encore, à l'angle sud-ouest de l'édifice, la ménagerie royale avec ses animaux exotiques et ses lions, dont les rugissements trouaient parfois le silence. Enfin il y avait bien sûr les corbeaux, qui vivaient sur la pelouse et dont les sombres croassements répétaient inlassablement ce que nul n'aurait osé contredire : c'étaient eux, et eux seuls, les authentiques gardiens de la Tour.

Les prisonniers étaient peu nombreux, et presque toujours bien nés, courtisans ou gentlemen qui avaient offensé le souverain d'une manière ou d'une autre. Il arrivait qu'on les soumît à la torture — encore que l'usage du chevalet et autres supplices fût rare en Angleterre —, mais le plus souvent ils étaient logés dans un relatif confort, adapté à leur rang.

Rowland lui-même fut assez bien reçu ; le lieutenant de la Tour, un homme fort courtois, lui rendit visite. Rowland le soupçonna d'être secrètement indigné par la conduite d'Henri, même s'il restait loyal envers son roi. Il apprit que sir Thomas More et l'évêque Fisher étaient incarcérés dans la tour de la Cloche, proche de l'entrée ; le docteur Wilson était ailleurs, et les trois prieurs en un autre lieu encore. Après quoi, hormis le garde qui lui apportait sa nourriture, il ne vit plus personne ou presque. Il n'était somme toute qu'un prisonnier de peu d'importance, qu'on abandonnait à ses pensées.

Il s'efforçait au calme, mais en vain, face à la terrible perpective qui l'attendait, ainsi qu'au souci qu'il se faisait pour sa famille.

A la fin de la première journée, où il avait été par deux fois indisposé, il était si pâle qu'on alla dire au connétable qu'il risquait de mourir. Les deux jours suivants, bien que recevant la visite de sa femme et de ses enfants, il allait à peine mieux. Et maintenant pourtant, alors qu'il observait par la fenêtre ce qui se passait au-dehors, il restait pâle mais il souriait, et lança même à Susan en se tournant vers elle :

« Viens donc voir, c'est extraordinaire... »

On conduisait les trois prieurs vers le lieu de leur exécution.

On les avait laissés marcher librement de leur logement jusqu'à la porte extérieure de la forteresse ; de là, ils parcourraient Londres sous bonne escorte jusqu'au gibet qui les attendait. Le lieutenant de la Tour les accompagnait, ainsi qu'un groupe de hallebardiers-gardiens pénétrés de respect et décidés à leur permettre de vivre le plus dignement possible leurs derniers moments avant le supplice. Ils venaient de traverser la pelouse où se pavanaient les corbeaux, quand Susan rejoignit son mari à contrecœur pour les regarder.

« Vois un peu comme ils ont l'air sereins et joyeux, murmura-t-il. De vrais agneaux du Seigneur... Voilà le vrai sens de la foi, je crois, dit-il doucement. Ils *savent*, tu comprends. Ils savent qu'ils agissent bien. » Il s'interrompit au moment où le petit groupe passait juste sous la fenêtre, puis reprit : « Voilà ce que les martyrs laissent derrière eux en témoignage. Un message plus fort que les mots. Ce sont les pierres mêmes, je suppose, sur lesquelles l'Eglise est bâtie. »

Susan ne dit rien.

Rowland continuait à les regarder ; il éprouvait maintenant le calme qui succède souvent à l'angoisse et à l'épouvante, une fois que l'homme est en face de l'épreuve suprême. Une sorte de soulagement paradoxal.

La veille au soir, Thomas lui avait apporté des nouvelles quand il était venu lui rendre visite. « Après les exécutions, lui avait-il dit, ils iront droit à Charterhouse, pour faire prêter serment aux autres moines. »

Peter. Il allait donc bientôt le retrouver. Peut-être seraient-ils jugés ensemble, peut-être même mourraient-ils ensemble. L'idée le réconforta et lui donna du courage.

Le 4 mai de l'an de grâce 1535 eut lieu l'exécution des trois prieurs, sur l'ordre du roi Henri VIII d'Angleterre, zélé défenseur de la foi.

Une fois sortis de la Tour, ils furent placés sur des claies et traînés ainsi à travers les rues. Le trajet était long car, si l'ancien site de Smithfield servait encore pour certaines exécutions, un autre lieu connaissait une vogue croissante : l'antique carrefour romain, un kilomètre et demi environ à l'ouest d'Holborn, où un arc de triomphe en marbre, *marble arch*, s'était jadis élevé. L'endroit portait le nom d'une petite rivière qui coulait à côté, la Tyburn, et le gibet était dénommé Tyburn Tree.

La foule qui s'était massée sur leur passage nota un détail inhabituel. De longue date, depuis le bon vieux temps où saint Thomas Becket avait défié le roi Plantagenêt, la coutume voulait qu'avant de remettre un homme d'Eglise aux autorités civiles pour qu'on l'exécute, on le dépouillât de son habit et de la protection religieuse qui s'y attachait. Mais aujourd'hui qu'Henri était le représentant spirituel et temporel de Dieu sur la terre, ce n'était plus nécessaire. Aussi les spectateurs remarquaient-ils, interloqués : « Ils sont habillés en prêtres... »

Une vaste foule attendait près du gibet de Tyburn. Le roi avait décidé de faire de l'événement un divertissement pour la cour. Non seulement lui-même était présent, mais aussi les ambassadeurs de France et d'Espagne ; plus de quatre cents courtisans à cheval accompagnaient Henri, portant tous des masques, comme pour une fête travestie.

Devant cette noble compagnie, les trois prieurs se présentèrent docilement. On leur offrit une dernière fois de se rétracter, au pied même du gibet, mais ils refusèrent tous. On leur passa alors la corde au cou, les hissa et les pendit ; puis on les redescendit et, alors qu'ils avaient encore toute leur conscience, on les découpa vivants. Leurs entrailles furent arrachées, et leurs cœurs ; enfin leurs bras, leurs jambes et leurs têtes furent sectionnés puis brandis en l'air, afin que la noble assistance n'en perde rien. C'était la bonne vieille méthode, avec toute la sauvagerie requise. Leurs membres sanguinolents furent ensuite emportés, pour être pendus ou cloués en différents endroits de la ville.

Et c'est ainsi, avec ce massacre des premiers martyrs chrétiens à contester la suprématie du roi, que la nouvelle Eglise d'Angleterre, l'Eglise d'Henri, affirma son autorité.

Peter assista aux exécutions et rentra au monastère. Quand il y parvint, il se sentit envahi par une extrême lassitude.

Peu de temps après, des valets du roi arrivèrent avec un petit paquet enveloppé dans un linge. Quand ils l'eurent ouvert, les moines reconnurent le bras coupé de leur prieur. Les hommes du roi le clouèrent à la porte du couvent.

Les membres de la commission chargée de faire prêter le serment arrivèrent, quant à eux, peu après midi. Les moines étaient tous rassemblés. Les délégués — parmi lesquels il y avait plusieurs ecclésiastiques — leur parlèrent de la satisfaction morale et des grands avantages physiques qu'on trouvait à obéir loyalement à son roi. Mais les moines refusèrent de prêter serment. Sauf un.

A leur grande stupeur, le membre le plus récent de leur communauté, le père Peter Meredith — visiblement fatigué, malade, et qui n'avait sans doute pu résister à l'horrible spectacle — s'avança pour, seul de l'assemblée, prêter le serment.

Le secrétaire Cromwell informa lui-même Thomas Meredith de ce qui était arrivé, et dont le jeune homme aurait dû se réjouir : « Non seulement il vivra, mais c'est bon pour vous aussi : j'ai déjà dit au roi que le seul à s'être montré loyal est votre frère. En fait, corrigea-t-il, en ce qui le concerne, j'ai peur qu'il ne puisse profiter très longtemps de ce bas monde. On m'a dit qu'il avait l'air très malade. »

Thomas le trouva tel en effet, quand il lui rendit visite à Charterhouse quelques heures plus tard. Tandis que le reste de la communauté était dans la chapelle ou au réfectoire, soumis à un feu nourri de menaces et d'arguties mêlées, Peter s'était retiré dans sa cellule, où le vieux Will Dogget prenait soin de lui. Il semblait avoir désormais de la peine à se lever de son lit, et Thomas n'échangea que quelques mots avec lui avant de le quitter.

Mais c'était surtout l'autre visite que Thomas redoutait. Il hésita longtemps à la porte de la maison de Chelsea, et n'entra que contraint et forcé, quand une des filles sortit en courant et le vit. Même alors, il trouva toutes sortes de prétextes pour éviter d'aborder le sujet, jouant longuement avec les enfants ; jusqu'à ce qu'enfin il se retrouvât seul avec Susan et ne pût différer le moment de lui annoncer la nouvelle.

« Peter a prononcé le serment. »

Elle ne voulut d'abord pas le croire. « J'ai été à Charterhouse et je l'ai vu, insista-t-il. C'est la vérité. » Elle resta longtemps sans prononcer une parole.

« Tu veux dire, commenta-t-elle enfin d'une voix sourde, qu'après avoir conduit Rowland à la mort, une mort certaine, il a voulu lui-même s'y soustraire ? Qu'il va laisser Rowland mourir seul ? Qu'il lui a fait faire tout cela... pour rien ?

— Il est très malade. Je pense qu'il est épuisé moralement.

— Et Rowland ? Lui est en parfaite santé, sauf qu'il va mourir.

— Je pense que Peter n'est pas seulement malade, mais qu'il a honte, aussi. J'essaie de comprendre.

— Non. Pas moi. Ce serait trop facile. » Après un nouveau long silence, elle dit avec calme — mais il y avait un tel chagrin dans sa voix que Thomas en fut terrassé de douleur : « Je ne veux plus jamais revoir Peter. »

Il savait que Peter avait sonné le glas de toute sa foi, de toutes ses espérances, qu'elle ne changerait jamais plus d'avis, et que lui-même n'y pouvait rien.

Dan Dogget leva les yeux en direction du ciel. Il ne lui arrivait pas souvent de prier mais pour l'occasion il le fit, subrepticement. Il y avait au moins un aspect positif dans cette histoire : il serait quitte envers Meredith quand il aurait accompli l'étrange tâche. « Faites que ce soit bientôt terminé », murmura-t-il.

Le soleil était presque couché quand ils se mirent en route. Le père Peter n'avait pas été assez bien pour faire le trajet dans l'après-midi ; mais depuis une heure il semblait avoir repris des forces et, selon les consignes de Thomas, Dan avait amené la petite carriole jusqu'à la porte du monastère.

L'atmosphère était lourde à Charterhouse. Depuis les exécutions de la veille, les dignitaires ecclésiastiques acquis à Henri ne cessaient de presser et de harceler les moines. Quelques heures plus tôt, trois parmi les plus âgés avaient été emmenés non pas à la Tour mais dans une simple prison pour condamnés de droit commun. « Le roi est décidé à briser au moins certains d'entre eux », affirmait-on. Quant au père Peter, sa situation était étrange : malade, il restait de toute façon dans sa cellule, mais Dan voyait bien qu'il avait été mis au ban de la communauté. Les hommes du roi eux-mêmes semblaient se désintéresser de lui, et l'un des vieux pensionnaires du monastère fit remarquer à Dogget : « Il vient juste d'arriver, vous savez. Il n'était pas encore vraiment des leurs. » Et pourtant, même ainsi, même si les autres moines détournaient la tête quand ils traversèrent la cour, Dan vit que son père continuait à traiter l'ancien prêtre avec un respect inchangé ; lorsque Peter s'apprêta à monter dans la carriole, il s'agenouilla et lui baisa la main.

Il conduisit lentement les deux frères Meredith à travers la ville, pour accomplir leur triste mission. Ils allaient rendre visite au pauvre Rowland.

On les laissa pénétrer sans peine à l'intérieur de la Tour : Thomas fut aussitôt reconnu comme l'homme de Cromwell. Mais ils durent laisser la charrette dehors, et Dan sentit alors combien ils avaient besoin de lui : pendant le trajet, les maigres forces du père Peter semblaient l'avoir de nouveau abandonné. Il descendit de la charrette avec difficulté et parut à peine capable de marcher ; bien qu'il eût perdu beaucoup de poids ces derniers mois, il fallut que Dan et Thomas le soutiennent chacun d'un côté le long de la rue pavée, entre les hauts murs de pierre. Le temps qu'ils atteignent la tour Sanglante, Peter était à bout de souffle. Après que Thomas se fut présenté au garde, qui le salua, ils gravirent lentement l'escalier en colimaçon menant à la cellule de Rowland.

Ils trouvèrent celui-ci assis sur un banc ; les dernières lueurs du couchant baignaient la pièce à travers l'étroite fenêtre. Le calme péniblement acquis la veille avait de nouveau abandonné Rowland, qu'une crise avait secoué ce matin. Il était très pâle quand Peter se laissa tomber sur le banc à côté de lui, mais sembla néanmoins heureux de recevoir leur visite.

Comme les deux hommes conversaient à mi-voix, Dan les contempla avec curiosité. Il venait de faire un peu connaissance avec Peter, mais ignorait tout de Rowland ; en les voyant côte à côte, il fut surpris de leur ressemblance. La maladie de Peter ne lui avait pas seulement fait perdre du poids, son visage s'était aminci, ainsi lui et Rowland auraient-ils pu passer pour deux frères. C'était drôle, songea-t-il, s'il ne les avait pas connus, il aurait sans doute pensé que, des deux, l'ancien curé était le père de famille et l'homme de loi le moine, avec son visage ascétique et presque éthéré. Peut-être auraient-ils dû échanger leurs destins.

Peter attendit quelques minutes avant d'annoncer la nouvelle : « J'ai prêté serment. »

Rowland l'ignorait ; il n'avait vu personne ces deux derniers jours, hormis le garde qui lui apportait ses repas. Et maintenant, passé les premières secondes de stupéfaction, sa réaction fut inattendue. Il regarda gravement Peter puis lui dit, d'un ton amical : « Pour toi aussi, cela a été terrible ?

— Ne voudrais-tu pas en faire autant ? lui demanda Thomas. Je ne crois pas que cela te sauvera, mais (il jeta un coup d'œil vers son frère), après le serment de Peter, cela pourrait adoucir l'humeur du roi. Je peux essayer d'intervenir, en tout cas. »

Rowland n'eut pas besoin de réfléchir longtemps avant de répondre : « Non. Je n'ai pas pu prêter serment alors, je ne le peux pas davantage aujourd'hui. »

Peter tira des replis de sa soutane un flacon de vin, puis, avec un petit sourire, trois gobelets. D'une main tremblante il y versa le vin, secouant maladroitement l'un des gobelets pendant l'opération ; enfin il contrôla suffisamment le tremblement de sa main pour en tendre deux à Rowland et à Thomas.

« Vu mon état de santé, murmura-t-il, je ne suis pas sûr que nous nous reverrons ici-bas. Aussi je voudrais que nous buvions une dernière fois ensemble. » Il regarda Rowland droit dans les yeux. « Toi qui es plus qu'un frère pour moi, lui dit-il, souviens-toi d'une chose, dans les heures d'angoisse : c'était bien toi, et non pas moi, qui méritais la couronne de martyr. »

Ils burent et restèrent quelque temps sans prononcer une parole ; puis Peter et Thomas Meredith se levèrent et firent ce pour quoi ils étaient venus.

La nuit était tombée quand Dan et Thomas quittèrent la cellule avec le moine. La maladie, mais aussi l'émotion de cette ultime séparation avaient submergé ce dernier ; ses jambes refusaient de le soutenir et ils durent quasiment le porter jusqu'à la sortie. Lorsqu'ils virent Thomas, les gardes ne lui ouvrirent pas seulement la porte, ils aidèrent aussi les deux hommes à installer le moine dans la carriole. Quand ce fut fait, Dan assura Meredith qu'il pourrait se débrouiller seul, et prit le chemin du retour vers Charterhouse, tandis que le courtisan revenait sur ses pas.

« Une sale nuit », fit-il remarquer au hallebardier-gardien de faction, qui acquiesça de la tête. « Je vais tenir compagnie un moment encore à ce pauvre Bull, ajouta Thomas. Il a l'air presque aussi mal en point que le moine. » Puis il s'éloigna lentement, l'air pensif.

Tout était calme cette nuit-là ; les prisonniers, les gardiens et jusqu'aux corbeaux dormaient. Les murs de pierre grise et les tourelles du vaste édifice se découpaient dans la pénombre, aveugles sous la lumière qui descendait des étoiles — hormis un faible rougeoiement derrière la fenêtre d'une des cellules, où brûlait une lointaine chandelle. Là veillaient deux hommes, et l'on n'aurait su dire lequel était au chevet de l'autre. Quand le garde risqua un œil à travers le guichet, il aperçut Thomas assis tristement sur le banc tandis que l'homme de loi murmurait ses prières, agenouillé près de la fenêtre.

Meredith ne l'interrompit pas, bien que ses prières fussent longues. Il repensait pendant ce temps à la conversation qu'il avait eue avec son frère, trois jours auparavant. Comme le moine avait été brave, et pourtant torturé par l'indécision, par quelles affres était-il passé... « Si nous le faisons, je vole deux martyrs à l'Eglise, avait-il tristement remarqué. Peut-être vais-je y perdre mon âme ? »

Pourtant, songea Thomas, Rowland s'était offert de son plein gré pour subir le martyre, et n'était-ce pas cela qui comptait ? Quant à Peter, comment appeler le sacrifice d'un homme prêt à donner non seulement sa vie, mais jusqu'à son âme immortelle, pour sauver son ami ?

La silhouette agenouillée près de la fenêtre se releva, fit un signe à Thomas et alla s'étendre sur le lit. C'était le moment que Meredith redoutait entre tous, la chose qu'il pensait ne jamais pouvoir faire.

« Il le faut, souffla l'homme étendu sur le lit. Nous ne devons rien laisser au hasard. »

Alors le courtisan prit une couverture et s'approcha du lit, puis la posa sur le visage de son compagnon et commença à appuyer.

Jusqu'à sa mort, Thomas Meredith devait voir dans le dénouement précipité des choses une intervention de Dieu, une preuve de sa miséricorde. Quand il appela le garde de faction, il n'y avait en effet aucun doute sur les causes de l'événement ; et les deux hallebardiers-gardiens, encore ensommeillés, qui les rejoignirent dans la cellule purent eux aussi en témoigner.

L'homme de loi couché sur le lit avait une violente attaque d'apoplexie. Sa respiration était haletante, son visage blême ; il tâcha sous leurs yeux de s'asseoir mais retomba sur le côté, bouche entrouverte, le visage étrangement détendu. L'un des hallebardiers s'approcha de lui puis se tourna vers Thomas. « Il est parti », lui dit-il. Il ajouta à mi-voix : « Mieux vaut pour lui... »

Thomas hocha la tête.

« Vous ne pouvez rien faire de plus, messire, murmura le garde. Nous allons informer le lieutenant. » Et il sortit avec les autres, le laissant par délicatesse quelques instants seul avec le défunt.

C'est pourquoi nul n'entendit Thomas murmurer, tandis qu'il posait la main sur le corps : « Dieu te bénisse, Peter. »

L'aube poignait quand Rowland Bull se réveilla. Il reprit lentement conscience ; sa tête lui paraissait lourde. Thomas était toujours à son côté. La dernière chose dont il se souvenait était qu'ils conversaient tous deux avec Peter. Puis il fronça les sourcils : pourquoi donc portait-il un habit de moine ? Il jeta un coup d'œil autour de lui et ne reconnut pas les lieux.

« Tu es à Charterhouse, lui dit Thomas tranquillement. Je vais tout t'expliquer. »

L'opération s'était déroulée sans difficulté. La drogue que lui avait donnée Peter pour le faire dormir avait agi plus vite encore qu'ils ne l'espéraient ; ensuite, échanger ses vêtements avec ceux du moine avait été l'affaire de quelques minutes. Ils n'avaient pas rencontré de problèmes non plus pour le faire sortir de la Tour. « C'est utile d'être l'homme de confiance de Cromwell », commenta Thomas. La seule difficulté, mais ils s'y étaient préparés, avait été d'introduire un homme inconscient à l'intérieur de Charterhouse ; pour un aussi court trajet, Dan Dogget l'avait porté dans ses bras vigoureux.

« Tu aurais été stupéfait de voir à quel point Peter te ressemblait, une fois dans tes vêtements, poursuivit Thomas. Et quand un homme est mort, il change de toute façon d'aspect.

— Peter est mort ? Comment cela ?

— En principe, je devais le supprimer. Il fallait qu'il paraisse être mort pendant son sommeil, nous nous étions mis d'accord là-dessus. Qu'ils pensent que tu étais déjà malade nous aidait beaucoup. Mais juste au moment où je m'apprêtais à... (il garda un moment les yeux baissés)... je rends grâces au Seigneur de l'avoir fait à ma place. Une crise d'apoplexie. Il était malade depuis longtemps, tu le sais.

— Mais moi ? Que vais-je faire ? demanda Rowland.

— Ah !... (Thomas garda quelques instants le silence.) C'est le message que je dois te transmettre de la part de Peter. Il n'a pas osé l'écrire, bien sûr, aussi je te le dis de vive voix. Il veut que tu continues à vivre. Ta famille a besoin de toi. Il te rappelle ce qu'il t'a expliqué là-bas : tu as déjà mérité la couronne du martyr, puisque tu étais prêt à mourir. Mais il a voulu t'épargner.

— Son serment, alors...

— Cela faisait partie du plan. Le père Peter a eu la vie sauve, et toi tu prends sa place. Cela ne devrait pas être trop difficile. Personne ne viendra te déranger ici : tu es mis au ban par les moines, tu n'intéresses pas les commissaires du roi, et de plus tu es censé être très malade. Reste tranquille dans cette cellule, et le vieux Will Dogget s'occupera de toi. Puis, d'ici quelque temps, je pourrai sûrement obtenir de t'emmener ailleurs.

— Et si je refuse ?

— Alors, moi et les deux Dogget, père et fils, nous t'accompagnerons dans une mort terrible. Et ta femme ne m'aura même plus pour la protéger après ta disparition. Peter espérait que tu ne refuserais pas.

— Et Susan ? Et les enfants ?

— Tu dois être patient, répondit Thomas. Pour ta sécurité et pour la sienne, elle doit croire que tu es vraiment mort. Plus tard nous verrons comment procéder, mais pas tout de suite.

— Tu as pensé à tout...

— Non, c'est Peter.

— Je suppose que je devrais vous remercier tous, murmura Rowland. Vous avez risqué vos vies pour moi.

— En ce qui me concerne, je me sentais... coupable. Will Dogget l'a fait parce que Peter le lui a demandé, et le vieil homme l'aimait. Quant à Daniel... (Il sourit). Disons qu'il me devait un service.

— Alors, je suppose que je n'ai pas le choix... dit Rowland d'une voix blanche.

— Il y avait encore un autre message de Peter, ajouta Thomas. Un peu étrange. « Dis-lui bien qu'il ne sera moine que pour quelque temps, et qu'ensuite il devra retourner vers sa femme. » Il me semblait que ça allait de soi... Tu comprends ce qu'il a voulu dire ?

— Oui, répondit lentement Rowland. Oui, très bien. »

De toutes les atrocités qui entourèrent la naissance de la nouvelle Eglise d'Angleterre voulue par Henri VIII, une exécution en particulier, au mois de juin 1535, choqua véritablement son peuple.

Elle avait été provoquée par une initiative du pape. En mai, l'énergique souverain pontife, qui pressait toujours les monarques européens de déposer le roi schismatique, fit cardinal l'évêque Fisher, toujours enfermé à la Tour avec Thomas More. La fureur d'Henri ne connut plus de bornes. « Si le pape envoie un chapeau de cardinal, jura-t-il, il n'y aura plus de tête pour le porter. »

Le 23 juin, le saint évêque de Rochester, brisé par l'âge et la tristesse, fut conduit sur la pelouse de la Tour de Londres, où sa vieille tête aux cheveux gris roula sur le billot. Pour la plupart des témoins, cela marqua la fin d'une époque.

Deux semaines plus tard, il fut suivi par l'ancien chancelier Thomas More. Pourtant, même si l'on savait que le serviteur du roi mourait pour sa foi, son destin fut perçu davantage comme une chute politique que comme un martyre religieux, et fit bien moins d'impression sur ses contemporains.

Le docteur Wilson, compagnon des deux hommes à l'origine mais qui ne possédait pas leur importance, resta dans la Tour, quasi oublié des autorités.

Les moines de la chartreuse londonienne continuèrent à endurer outrages et tourments ; trois d'entre eux encore furent exécutés, et les autres soumis à d'incessantes persécutions. On s'acharna d'autant plus sur eux que d'autres maisons de l'ordre avaient choisi de prêter le serment et que même les responsables de la congrégation, en France, les exhortaient à en faire autant.

A peine remarqua-t-on, un soir de juin, le départ du lâche Peter Meredith, sur des ordres reçus du bureau du vicaire général Cromwell. Encore très fragile, il devait rejoindre une autre maison religieuse, dans le nord du pays. Le vieux Will Dogget l'accompagnait.

Au printemps de 1536 se produisirent deux faits empreints d'une amère ironie. Si elle était restée sa femme, ou encore si elle avait été mieux traitée, Catherine, l'épouse espagnole d'Henri, aurait peut-être vécu plus longtemps ; mais le fait est qu'elle mourut, dans une demeure glaciale de l'Est-Anglie. Par conséquent, si le roi avait patienté, il aurait été libre de se remarier et n'aurait pas eu besoin de rompre avec Rome pour cela.

En outre, quelques mois plus tard, l'autre grande protagoniste de l'affaire, Anne Boleyn, ayant échoué à donner l'héritier mâle tant désiré, tomba en disgrâce et fut exécutée ; puis le roi Henri se maria à nouveau. Mais il ne retourna pas dans le giron de l'Eglise romaine. Il avait pris goût à la suprématie spirituelle — sans compter tout l'argent qu'il retirait de la nouvelle situation.

1538

C'était un matin du mois de mai ; pourtant il y avait de l'orage dans l'air.

Les deux Fleming échangeaient des regards sombres par-dessus leur petit éventaire. Aucun d'eux ne trouvait de mots pour traduire ce qu'ils ressentaient, mais ils se tournaient et se retournaient tristement vers Charterhouse, comme pour dire : vous nous avez abandonnés. Qu'aurait pu faire pourtant le pauvre vieux monastère, maintenant désert ? Mais Fleming et son épouse ne s'arrêtaient pas à ce genre de considération ; ils étaient bien trop occupés à s'apitoyer sur eux-mêmes. Ils démontaient leur étal pour la dernière fois de leur vie, car c'en était fini de leur petit négoce.

Tout était la faute du roi Henri. Ou plus précisément du vicaire général. Cromwell fermait tous les monastères.

La dissolution des monastères donna lieu au plus extraordinaire des remue-ménage. Depuis deux ans, à travers tout le pays, Cromwell ou ses hommes rendaient visite d'abord aux plus petites, puis aux plus grandes des maisons religieuses : certaines étaient jugées coupables de relâchement dans les mœurs, d'autres fermées sous de plus minces prétextes, et même sans aucune justification. Les vastes possessions foncières accumulées au cours des siècles tombaient ainsi entre les mains du chef spirituel de la nouvelle Eglise, qui les vendait pour la plupart, non sans permettre à ses proches d'en acquérir à des prix fort avantageux. Près d'un quart des terres anglaises changeait de main : ce fut le plus grand transfert de propriété depuis la conquête normande.

« Cela a aussi permis d'assainir les finances royales », notait Cromwell avec satisfaction. Grâce à quoi le chef suprême de l'Eglise commençait à bâtir Nonsuch, immense et nouveau palais à l'extérieur de Londres.

Mais ce n'était pas tout. Le parti réformiste, dans l'Eglise d'Angleterre, était sorti tellement renforcé de cette grande table rase du passé qu'il avait obtenu d'Henri la permission de la prolonger, au printemps, par une épuration d'un autre genre.

« Superstitions !... déclaraient Cromwell et ses amis. Nous devons débarrasser l'Angleterre des superstitions papistes !... » Ce n'était pas une épuration de masse, mais depuis des semaines une sélection d'images, de statues et de reliques était détruite dans tout le pays. Des morceaux de la Sainte Croix avaient été brûlés, des sanctuaires fermés ; même le grand reliquaire incrusté de pierres précieuses du saint de Londres, Thomas Becket, avait été brisé, son or et ses joyaux versés au trésor du roi.

Tout ce zèle, Cromwell lui-même était forcé de le reconnaître, avait eu une conséquence fâcheuse. Les monastères avaient apporté gîte et réconfort à des bataillons d'indigents ; des vieilles gens comme Will Dogget y trouvaient un toit, des affamés venaient se nourrir à leurs portes. Résultat, Londres comptait désormais des troupes de mendiants, dont les paroisses assuraient difficilement la charge. Les aldermen en appelèrent à Cromwell, qui dut convenir qu'il fallait agir.

Puis il y avait les propriétaires d'éventaires. Qu'allait-il advenir de ceux qui, comme les Fleming, faisaient commerce devant les portes des monastères de tous les bibelots, de toutes les images religieuses aujourd'hui condamnées ? Rien, apparemment. « Notre métier a disparu », se lamentait Mme Fleming. C'est pourquoi le couple démontait son étal avec tant d'amertume.

Quelques minutes plus tard, tandis qu'ils traversaient Smithfield avec leur charrette à bras, un spectacle les attendait qui n'était pas fait pour dissiper leur mélancolie. Une foule s'était rassemblée au milieu de l'esplanade, devant un curieux échafaud carré, sous lequel on avait amassé des tas de bois. S'approchant avec leur charrette, ils virent qu'un homme âgé y était pendu par les mains, à des chaînes ; le bois en dessous de lui allait être enflammé.

Les réformateurs avaient fait du bon travail ce jour-là. En même temps que les statues, les icônes et les reliques de l'idolâtrie, ils avaient trouvé un vieil homme à brûler.

On avait affirmé au docteur Forest qu'il aurait dû mourir depuis longtemps déjà. Son crime ? Il avait été le confesseur de la pauvre reine Catherine. A quatre-vingts ans, on l'avait à demi oublié depuis plusieurs années dans une geôle ; puis soudain on s'était avisé qu'il vaudrait mieux le brûler, sans quoi il pourrait bien mourir de mort naturelle. Les Fleming aperçurent un personnage de haute taille, à la sévère barbe grise, qui présidait la cérémonie. Comme ils approchaient de lui, ils l'entendirent qui interpellait le vieil homme : « Dans quel état d'esprit allez-vous mourir, docteur ? »

Hugh Latimer, l'érudit d'Oxford et prédicateur réformiste, était aujourd'hui évêque ; s'il avait eu des objections à faire valoir contre l'Eglise et sa justice, il n'en montrait plus nulle trace, bien au contraire. Le vieil homme répondit courageusement que si les anges eux-mêmes descendaient sur terre pour soutenir une doctrine qui ne fût pas la vraie doctrine de la Sainte Eglise, il refuserait d'y croire. Latimer estima qu'il était grand temps qu'on le brûle.

Un traitement particulier avait été réservé au vieillard. A la place du bûcher habituel, qui voyait les victimes périr assez rapidement, soit dans les flammes soit par étouffement, on avait décidé de le suspendre à des chaînes au-dessus du feu, afin qu'il souffre plusieurs heures durant les affres de l'agonie ; et Hugh Latimer était venu présider l'opération. Mais cette fois, la foule se révolta. Quand les flammes et la fumée commencèrent à s'élever du bûcher, un groupe d'hommes robustes se ruèrent sur l'échafaud et l'abattirent : deux minutes plus tard, le vieil homme était mort.

Les Fleming poursuivirent leur chemin.

« Heureusement, déclara Mme Fleming à son mari, que mon frère Daniel gagne beaucoup d'argent sur la barque royale. Il va devoir s'occuper de nous, maintenant.

— Tu crois qu'il le fera ?

— Bien sûr... Nous sommes sa famille, oui ou non ? »

Juste comme elle prononçait ces mots, le tonnerre gronda au loin.

Il n'y avait pas de tonnerre ce matin-là, une trentaine de kilomètres plus à l'est, dans la vieille cité de Rochester : seulement un ciel clair et pâle, qui se reflétait dans l'eau de la Medway, à l'endroit de son paisible confluent avec la Tamise.

Tout était calme autour de Susan. Elle attendait.

C'est Thomas qui avait eu l'idée, l'année précédente, qu'elle vienne s'installer à Rochester ; au début elle s'était montrée réticente, mais aujourd'hui elle était heureuse de trouver refuge dans la vieille cité pleine de charme, loin des scènes douloureuses associées pour elle à la capitale ; et les enfants y étaient heureux eux aussi. Dans son modeste logement près de la cathédrale, elle avait découvert une paix nouvelle.

Pourtant elle se posait bien des questions sur la rencontre de ce matin. Mais Thomas avait beaucoup insisté, et après toute la prévenance dont il avait fait preuve ces dernières années, elle n'avait pas eu le cœur de refuser. Il était venu lui-même jusque-là, quelques heures plus tôt, et par délicatesse avait emmené les enfants faire une longue promenade, afin qu'elle puisse recevoir seule son visiteur. Mais avait-elle envie de le recevoir ?

Peter. Les semaines qui avaient suivi la mort de Rowland, elle ne supportait même pas d'entendre prononcer le nom du moine ; quand elle avait appris qu'il avait quitté Londres pour le Nord, cela l'avait soulagée. A une ou deux reprises elle avait pensé lui écrire, ces deux dernières années, mais elle ne l'avait pas fait, et maintenant elle ne savait plus guère ce qu'elle pourrait lui dire. Et voici qu'il venait la voir. Les moines d'Angleterre se retrouvaient désormais sans toit pour les abriter ; tous les monastères ayant été dissous, ils avaient été forcés de les quitter. La plupart d'entre eux recevaient des pensions, assez confortables du reste. Certains, devenus séculiers, avaient rejoint des paroisses ; d'autres avaient quitté les ordres et même s'étaient mariés.

« Je veux bien le voir, avait-elle fini par dire à Thomas, mais qu'une chose soit bien claire : je ne peux pas le prendre ici pour vivre avec moi. J'espère qu'il n'y songe même pas. »

Au milieu de la matinée, un coup fut frappé à la porte, suivi d'un bruit de pas dans l'entrée de la petite maison. Et c'est ainsi que Susan retrouva son époux.

Peu de gens, dans les années suivantes, prêtèrent attention à la famille Brown. Ses voisins savaient seulement que Susan Brown, après avoir été une veuve fort respectable, s'était remariée. Il se disait que son nouveau mari, Robert Brown, était un ancien moine, mais personne n'en était sûr. C'était un homme paisible, très attaché à sa femme ainsi qu'aux enfants de celle-ci ; ils parlaient affectueusement de lui en le nommant « père ». Il fut engagé comme maître dans la vieille école de Rochester ; il paraissait heureux dans son travail, de même qu'en famille — même s'il laissait percer de temps à autre, pour ceux qui avaient appris à mieux le connaître, une expression mélancolique, laissant supposer qu'il rêvait encore de la vie monastique.

Quand il décéda, dix ans après son arrivée à Rochester, sa femme était si bouleversée qu'elle l'appela à mi-voix « Rowland » ; le prêtre, qui l'entendit, savait que c'était le nom de son premier mari. Mais il ne s'en étonna pas, car il savait également que, dans leur douleur, les gens en viennent parfois à confondre les noms et les époques.

Au fil des décennies, les Brown se montrèrent d'une discrétion exemplaire ; Susan y veillait. Les filles se marièrent et le jeune Jonathan devint maître d'école à son tour. Leur foi profonde, bien sûr, allait à la religion catholique ; mais après tous les événements du passé, leur mère leur avait recommandé : « Quoi qu'il arrive, gardez vos opinions pour vous. Ne les ébruitez pas. »

Les dernières années du roi Henri furent assombries ; il devint malade et obèse. La fortune dérobée à l'Eglise, il l'avait gaspillée en palais extravagants, en vaines aventures étrangères, n'ayant pour but que d'étancher sa soif de grandeur. Une nouvelle épouse chassait l'autre. Le rusé Cromwell lui-même tomba en disgrâce et y laissa sa tête.

Avec la troisième de ses six femmes, le roi avait fini par engendrer un héritier. Chacun répétait que le jeune garçon, Edouard, était brillant mais de santé fragile. Il apparut vite que ses tuteurs, Cranmer et sa clique, entendaient éloigner plus que jamais le petit roi de la vraie foi catholique, une fois qu'Henri serait mort. Susan fut néanmoins stupéfaite lorsqu'elle découvrit jusqu'où ils avaient l'intention d'aller.

« Le Livre de prières de Cranmer, disait-elle à sa famille, pourrait n'être pas si mauvais que cela, au fond ; il traduit pour l'essentiel la liturgie romaine, et je reconnais que sa langue est belle. » Mais les nouvelles doctrines qu'affichait l'Eglise d'Angleterre n'étaient même plus celles des réformateurs ; elles étaient désormais protestantes. « Le miracle de la messe est nié ! » s'exclamait Susan. Les prêtres avaient le droit de se marier et elle remarqua d'un ton acerbe : « C'est fait sur mesure pour Cranmer. » Enfin le plus choquant, sur le plan affectif, c'étaient peut-être les destructions matérielles exigées par les protestants. Elle en fit douloureusement l'expérience le jour où, visitant Londres, elle pénétra dans l'ancienne église de Peter, St Lawrence Silversleeves.

Le changement était extraordinaire : la petite église avait été littéralement mise à sac. Le sombre et vieux jubé qu'aimait tant son frère avait disparu ; on l'avait brûlé. Les murs avaient été blanchis à la chaux, l'autel retiré et une table nue installée à la place, au milieu de l'église. Même les vitraux, pourtant récents, avaient été crevés. Elle savait que le vandalisme était partout, mais ici, dans l'église même de son frère, cela lui serrait le cœur. Pensaient-ils véritablement, se demandait-elle, qu'en brisant tout ce qui était beau ils purifieraient leurs propres âmes pécheresses ? Pourtant, malgré toutes ces horreurs, elle restait fidèle à la règle qu'elle s'était fixée : garder le silence.

Quand le petit roi protestant mourut et que sa sœur Marie monta sur le trône, Susan évita de se réjouir trop vite. Certes, fille de la malheureuse reine espagnole Catherine, Marie Tudor était une fervente catholique ; certes, elle jura de ramener l'Angleterre dans le giron de la véritable Eglise, celle de Rome. « Mais elle est obstinée, commentait Susan, et je crains qu'elle ne s'y prenne mal. » Hélas, les événements ne tardèrent pas à lui donner raison. En dépit des protestations de son peuple, Marie s'entêta à vouloir épouser le futur roi Philippe II d'Espagne. La cause catholique signifiait désormais, dans l'esprit de nombreux Anglais, qu'ils devraient se soumettre non seulement à un pape, mais en outre à un roi étranger. Puis des protestants brûlèrent sur le bûcher ; tous les chefs de la réforme furent condamnés. Le jour où Cranmer fut supplicié, Susan elle-même en fut peinée. En revanche, quand le cruel Latimer monta sur le bûcher, elle ne fit que hausser les épaules. « Il a fait pire à d'autres », rappela-t-elle. Mais bientôt les Anglais en vinrent à appeler leur reine *Bloody Mary*, Marie la Sanglante. Et quand, après cinq funestes années, elle mourut sans descendance, Susan ne fut nullement surprise que la question religieuse soit toujours sans réponse en Angleterre.

Il ne restait plus qu'un seul des enfants du roi Henri : Elisabeth, la fille d'Anne Boleyn ; et Susan savait qu'elle ne ramènerait pas l'Angleterre vers l'Eglise de Rome. Car si le pape redevenait l'autorité spirituelle du royaume, le mariage de sa mère avec Henri devrait être considéré comme invalide ; elle-même serait une bâtarde, et ne pourrait donc siéger légitimement sur le trône d'Angleterre. Les dispositions religieuses que prit Elisabeth étaient un chef-d'œuvre d'équilibre politique. La question de la messe était enveloppée dans une formule si alambiquée qu'avec un peu de bonne volonté chacun pouvait y trouver satisfaction. Un certain niveau de rites et de cérémonial était maintenu. L'autorité du pape était niée, mais Elisabeth se nommait avec tact gouverneur suprême plutôt que chef suprême de l'Eglise d'Angleterre. Par conséquent, aux catholiques elle pouvait dire : « Je vous ai donné une réforme catholique », et aux protestants : « Nous ne dépendons plus du pape. » Ou encore, comme Susan l'exprimait dans une formule lapidaire : « A fille bâtarde, Eglise bâtarde. »

Et pourtant elle-même devait admettre qu'Elisabeth faisait preuve de sagesse. En un temps où la fracture religieuse s'étendait à toute l'Europe, où l'hostilité ne cessait de croître entre les deux camps, la position de la reine d'Angleterre n'était pas facile à tenir. Tandis qu'elle temporisait avec les grands princes catholiques, qu'elle laissait même entrevoir un possible mariage avec l'un d'entre eux et un retour de son pays vers Rome, elle devait faire face, à Londres et dans les autres villes du royaume, à un parti protestant toujours plus nombreux. C'était normal : les commerçants et les artisans éclairés, une fois qu'ils eurent leur Bible en anglais et leur propre livre liturgique, le *Book of Common Prayer*, prirent goût à penser par eux-mêmes. Leurs partenaires commerciaux, aux Pays-Bas, en Allemagne et même en France, étaient souvent protestants eux aussi. Peu à peu, les formes les plus radicales de la religion réformée gagnaient des adeptes, qui se donnaient le nom de puritains. Pour Elisabeth, il aurait été impossible d'arrêter cette progression sans recourir à la tyrannie ; or, même si elle avait haï les protestants (et secrètement elle se sentait en sympathie avec eux), elle ne voulait pas faire couler le sang.

Aussi elle-même et son sage ministre, le grand Cecil, adoptèrent-ils un compromis spécifiquement anglais. « Nous ne voulons pas sonder le cœur des hommes, disaient-ils, mais nous attendons d'eux un *conformisme* extérieur. » C'était une politique pleine de justesse et d'humanité ; Susan leur en était reconnaissante. A sa propre surprise, quand le pape fit mine de s'impatienter et menaça d'excommunier la reine d'Angleterre si elle ne ramenait pas son pays dans le sein de l'Eglise romaine, elle lâcha avec agacement : « J'espère qu'il n'osera pas... »

Un seul événement, au cours de ces années, la mit en rage : la publication d'un gros ouvrage, en l'an 1563. Il était dû à un certain John Foxe, s'intitulait *Livre des Martyrs*, et c'était une véritable entreprise d'intoxication des esprits. Jouant sur tous les registres du sentiment, de la pitié à la fureur, il évoquait en détail les martyrs d'Angleterre — à savoir les protestants qui avaient péri sous le règne de Bloody Mary. Des catholiques martyrisés avant eux, il ne disait pas un mot ; que certains de ces protestants, comme le féroce Latimer, aient été eux-mêmes des bourreaux et des tortionnaires, il l'oubliait. Le succès du livre fut prodigieux, et très vite il sembla qu'une seule persécution avait eu lieu, celle des protestants par les catholiques.

« Mensonge ! protestait Susan, et j'ai bien peur qu'il ne dure... » Il dura en effet. Le livre de Foxe était destiné à être lu en famille, pour l'instruction des enfants ; il modela pour plusieurs générations la perception que le peuple anglais avait de l'Eglise catholique.

Hormis cette unique explosion, Susan persistait dans son silence. Elle avait eu sa part de problèmes ; elle était décidée à vivre désormais en paix. Et la paix terrestre lui fut accordée, en dehors d'une légère perturbation apportée à sa vie quotidienne.

Après une longue carrière à la cour, où il n'obtint jamais l'avancement qu'il espérait, son frère Thomas finit par se marier sur le tard. Avec une fille de bonne famille, qui possédait quelque fortune, mais dont Susan soupçonnait qu'un petit accroc dans son caractère l'avait empêchée de se marier plus tôt. Elle donna un fils à Thomas, puis mourut. Peu de temps après, Susan reçut une lettre de son frère l'informant que lui-même ne serait plus longtemps de ce monde, et qu'il souhaitait lui envoyer son unique héritier à Rochester, « où je sais que toi et Jonathan veillerez sur lui ».

Et c'est ainsi que, dans les dernières années de sa vie, Susan se retrouva avec la charge d'un joli petit garçon aux cheveux auburn. Il s'appelait Edmund et, elle devait se l'avouer, il avait beaucoup de charme.

Parfois, elle se demandait pourtant s'il n'était pas un petit peu trop sauvage.

11

Le Globe

Les longues années du règne d'Elisabeth Ire sont passées à la postérité comme un âge d'or ; les Londoniens qui les ont vécues en avaient sans doute une vision plus nuancée. Ce furent d'abord, et pendant longtemps, des années de paix : Elisabeth était d'un naturel prudent, et de toute façon les extravagances de son père ne lui avaient guère laissé les moyens de se mettre en campagne. Ce furent aussi des années de relative prospérité. La vie de tous les contemporains, même de la petite minorité qui vivait dans les villes, continuait à dépendre des récoltes ; et la nature favorisa le règne d'Elisabeth. Il y eut également l'aventure maritime. Soixante-dix ans s'étaient écoulés depuis que Colomb avait découvert l'Amérique ; pourtant il fallut attendre l'époque d'Elisabeth pour que des aventuriers comme Francis Drake et Walter Raleigh entreprennent leurs « explorations » — en réalité un mélange de piraterie, de négoce et de colonisation — et que débute la grande rencontre de l'Angleterre avec le Nouveau Monde.

Mais l'événement décisif du règne eut lieu quand Elisabeth, ayant évité la guerre trente années durant, ne put finalement plus s'y soustraire. La religion, tout venait encore une fois de là. Si la Réforme avait d'abord asséné de rudes coups à l'Eglise catholique, Rome avait ensuite relevé le défi ; en s'appuyant sur des congrégations spécifiques comme les Jésuites, ou même sur la terrible Inquisition, elle avait entrepris de regagner le terrain perdu — et au premier chef le royaume schismatique d'Angleterre. Elisabeth ne faisait pas mystère de ses véritables sympathies ; et nombre de ses sujets, sous l'impulsion des sévères puritains, la pressaient de s'engager plus avant dans le camp protestant. Au comble de l'exaspération, le pape délia les catholiques anglais de toute fidélité envers leur hérétique souveraine ; et il exhorta les princes à la déposer. Sa cousine catholique, la reine d'Ecosse Marie Stuart, était candidate à sa succession. Chassée de son propre trône par les protestants écossais, tenue captive dans un château du nord de l'Angleterre, cette femme imprévisible et romanesque devint vite le pivot de tous les complots catholiques ; elle fut prise en flagrant délit de conspiration, et Elisabeth dut se résoudre à la faire exécuter. Mais la reine avait encore un autre rival, bien plus puissant que l'imprudente Marie.

Le roi Philippe II d'Espagne avait espéré offrir la couronne d'Angleterre à sa famille, les Habsbourg, le jour où il avait épousé Marie Tudor ; aujourd'hui, il pouvait arracher par la conquête cette même couronne — se faisant ainsi le champion de la vraie foi. « Ce n'est rien d'autre qu'une sainte croisade ! » déclarait-il.

A la fin du mois de juillet 1588, la plus grande flotte que le monde ait jamais connue appareilla d'Espagne. L'Invincible Armada avait pour mission de débarquer sur les côtes anglaises une énorme armée, contre laquelle la modeste milice d'Elisabeth resterait impuissante ; et Philippe était persuadé que tous les vrais catholiques de l'île allaient se soulever et venir à son aide.

Les Anglais tremblèrent, mais ils se préparèrent à lutter. Tous les vaisseaux susceptibles de combattre furent regroupés dans les ports du Sud ; de grands fanaux furent installés au sommet des collines, le long de la côte, pour signaler l'approche de l'Armada. Quant à l'attitude des catholiques, Philippe s'était trompé. « Nous sommes des catholiques, mais pas des traîtres », affirmèrent-ils. Mémorable fut la harangue qu'Elisabeth, armée de pied en cap, adressa à ses troupes quand elle vint les rejoindre.

Nous ferons trembler les tyrans ! Après la protection divine, c'est dans le cœur de mes sujets que j'ai toujours puisé mes forces ; aussi suis-je ici... décidée à vivre ou à mourir parmi vous, dans le feu du combat, au cœur de la bataille ; décidée à sacrifier mon royaume à l'honneur de mon Dieu, mon honneur au bonheur de mon peuple, à faire couler mon sang dans la poussière s'il le faut.

Je n'ai qu'un corps de femme, faible et fragile : mais j'ai les reins et le cœur d'un roi — et, qui plus est, d'un roi d'Angleterre !

Tandis que les lourds galions de l'Armada approchaient de la Manche, une furieuse tempête éclata ; harcelés par les petits vaisseaux anglais, les Espagnols furent mis en déroute. La tempête se prolongea plusieurs jours durant, les repoussant le long des côtes rocheuses d'Ecosse et d'Irlande, où beaucoup firent naufrage. Seule une fraction d'entre eux rentra en Espagne et le roi Philippe, ébranlé, se demanda s'il fallait y voir un avertissement du ciel. Les Anglais, eux, n'en doutaient pas : « Nous avons été sauvés par la main de Dieu », disaient-ils. Conséquence de l'événement, les catholiques romains furent dorénavant considérés comme de dangereux envahisseurs, tandis que Dieu avait clairement désigné l'île anglaise, et son royaume protestant, comme un havre de paix ; et telle elle demeurerait.

Au centre de ce royaume béni du ciel, Londres fourmillait de vie et d'animation. Vue du dehors, la vieille cité semblait inchangée ; la ville médiévale campait toujours sur ses deux collines, à l'abri des murs romains, champs et marais venaient toujours frapper à ses portes. La flèche de St Paul avait toutefois disparu, frappée par la foudre ; ne restait pour couronner la ville qu'une courte tour carrée, et la vieille cathédrale en paraissait moins moyenâgeuse. Du côté est, la Tour comportait maintenant quatre coupoles d'angle en forme de bulbe, qui brillaient au soleil et l'égayaient quelque peu, comme un palais champêtre des Tudors.

Londres, à l'intérieur de ses murs, s'était développé. Les maisons étaient plus hautes qu'auparavant : trois ou quatre étages à pan de bois, flanqués de hauts gâbles, surplombaient rues et venelles étroites. On avait utilisé tous les espaces vides : le vieux Walbrook qui coulait entre les deux collines disparaissait presque sous les maisons. Les vastes enceintes des anciens monastères, dissous par le roi Henri, avaient été colonisées par la vie laïque. Une partie des vieilles maisons religieuses était reconvertie en ateliers ; l'énorme enceinte des Blackfriars s'était couverte d'immeubles d'habitation à la mode. La population ne cessait de s'accroître, non que les familles elles-mêmes s'agrandissent — dans le Londres surpeuplé des Tudors, l'âge et la maladie fauchaient toujours plus de gens qu'il n'en naissait — mais à cause d'un fort courant d'immigrants, venus de toute l'Angleterre et même d'au-delà des mers ; des Pays-Bas notamment, où les protestants fuyaient les persécutions de l'Espagne catholique. A la fin de la guerre des Deux Roses, Londres comptait peut-être cinquante mille âmes ; dans les dernières années d'Elisabeth, quatre fois plus.

Ce Londres affairé, remuant, populeux, couvait en son sein l'un des plus purs joyaux que le génie anglais devait offrir au monde. Car le règne d'Elisabeth vit le premier épanouissement — qui resterait le plus brillant — du glorieux théâtre insulaire. Ce qu'on sait moins pourtant, c'est qu'à la fin de ce règne, quand William Shakespeare n'avait encore écrit que la moitié de ses œuvres, ce théâtre touchait déjà presque à sa fin.

1597

Plus tôt, cet après-midi de printemps, avait eu lieu un combat de coqs ; et maintenant c'était sur un ours qu'ils avaient lâché les chiens. Le parterre rond de la Courtine, d'où la scène avait été provisoirement retirée, mesurait à peu près quinze mètres de diamètre ; deux étages de grandes galeries de bois l'entouraient. L'ours était attaché à un pieu au centre du parterre ; sa chaîne était assez longue pour lui permettre d'aller se jeter contre les barrières, aux pieds des spectateurs. C'était une bête magnifique : il avait déjà massacré deux des trois mastiffs lancés contre lui, dont les corps sanguinolents traînaient dans la poussière. Mais le dernier chien luttait avec fureur. Projeté d'un terrible coup de patte à l'autre bout du parterre, il n'abandonnait pas la partie ; tantôt rusant, tantôt bondissant, il repartait sans cesse à l'attaque pour déchirer l'arrière-train de l'ours, l'affoler de douleur et de colère. Il réussit par deux fois, en profitant de la fatigue de son adversaire, à lui enfoncer les crocs dans la gorge. « Bien joué, Voyou ! Vas-y, mon gars ! » rugissait la foule. Il était rare que les ours fussent tués, mais on sauvait les plus braves des chiens — pour les envoyer une autre fois au combat. Comme on rappelait le mastiff, les spectateurs hurlèrent d'enthousiasme.

Personne ne criait plus fort — « Il s'est bien battu ! C'est un noble chien ! » — qu'un beau jeune homme aux cheveux auburn, dans une des galeries, entouré par un groupe d'amis qui buvaient ses paroles. Il était, on le voyait tout de suite, l'un des jeunes galants de la ville. Son pourpoint richement brodé était, selon la mode du temps, cintré à la taille et rembourré au niveau du torse, pour dessiner une silhouette en V. Si quelques jeunes gens arboraient encore les chausses médiévales — qui mettaient en valeur non seulement le galbe d'une jambe mais aussi le contour d'une fesse —, lui-même suivait la nouvelle vogue : une paire de bas de laine et, coupée dans le même tissu que son pourpoint, une culotte bouffante connue sous le nom de *galligaskins*, lacée aux genoux par des rubans. Il portait des souliers brodés, qu'il avait glissés dans une paire de mules pour éviter que la boue ne les salisse. Une fraise empesée, aussi blanche que neige, lui entourait le cou ; une courte cape couvrait ses épaules, elle aussi assortie à son pourpoint. Cette mode, qui rappelait la forme de l'armure espagnole, lui donnait une silhouette à la fois élégante et virile.

Une rapière, au pommeau d'or repoussé, pendait à sa taille, tandis qu'à l'arrière il portait une dague du même genre ; il avait des gants de cuir souple et parfumé, un anneau d'or à l'oreille droite. Sa tête s'ornait d'un haut chapeau d'où jaillissaient trois magnifiques plumes, ajoutant encore trente bons centimètres à sa hauteur. Telle était la tenue dans laquelle, aux dernières années du règne d'Elisabeth, un homme apparaissait sur la scène du monde, dans l'espoir d'y conquérir la gloire. Mais il restait un dernier accessoire pour que la tenue fût complète : cet accessoire qu'Edmund Meredith tenait dans la main droite, avec une nonchalance étudiée. Il était long, recourbé et fait d'argile.

Une pipe. Quelques années plus tôt, le favori de la reine, Walter Raleigh, avait appris des Indiens d'Amérique l'usage du tabac et l'avait importé en Angleterre. Très vite, le coûteux tabac de Virginie avait fait fureur chez les gens à la mode. Edmund Meredith, à vrai dire, appréciait moyennement le goût de la pipe ; mais il en avait toujours une avec lui dans les endroits publics, afin de dissiper sous ses narines les odeurs, réelles ou supposées, de la populace — « les becs-à-l'ail et les becs-à-l'oignon », comme il se plaisait à les appeler.

Pendant la pause, avant qu'une paire de coqs de combat soit introduite dans la fosse, Edmund Meredith sourit à ses amis.

« Shakespeare passe la main et c'est moi qui vais prendre sa place », se vanta-t-il avec sa forfanterie coutumière.

Le jeune Rose et le jeune Sterne, deux galants comme lui, applaudirent ; William Bull s'inquiétait pour son argent ; Cuthbert Carpenter tremblait, parce qu'il irait en enfer ; Jane Fleming se demandait si Edmund allait l'épouser ; quant à John Dogget, il souriait, car il n'avait aucun de tous ces soucis-là.

Nul ne prêta attention à l'homme à la peau foncée qui se trouvait derrière eux.

Edmund Meredith voulait faire bonne figure dans le monde ; rien d'autre ne l'intéressait, et cette ambition suffisait à son bonheur ; mais il la poursuivait avec assiduité. Si le monde était un théâtre, il voulait y tenir un beau rôle. Il avait toujours su que la vieille cité de Rochester, trop paisible, n'était pas faite pour lui. Heureusement son père lui avait laissé une petite rente, sur laquelle il pouvait vivre en gentleman ; il était venu à Londres.

Mais à quelle fin ? Comment un jeune homme faisait-il bonne figure dans le monde ? Bien sûr, il y avait la cour, voie royale de la fortune et de l'élévation sociale ; mais les ornières y étaient nombreuses, l'humiliation attendait le jeune courtisan à tous les carrefours, comme son père et son grand-père en avaient fait l'expérience. Il y avait aussi la carrière juridique : on plaidait à tout va, dans le Londres affairiste et commerçant du temps, et les meilleurs avocats amassaient d'énormes fortunes. Par conséquent, il avait suivi l'enseignement des *Inns of Court*, les écoles de droit, et presque terminé ses études. « Mais le droit est trop sec et trop ennuyeux pour moi », estimait-il. Quant à la brasserie de ses cousins Bull... « Se salir les mains à faire du commerce, très peu pour moi. »

Ce qu'il aimait, lui, c'était écrire des vers. « Je serai donc poète », affirmait-il. Mais pour être poète, il fallait un protecteur ; sans protecteur, ni la cour ni les gens à la mode ne faisaient attention à un auteur. Même si les imprimeurs tiraient des centaines d'exemplaires de ses œuvres, cela ne lui rapportait qu'une misère ; alors qu'un riche mécène, satisfait par les vers élégants qui immortalisaient sa noble maison, pouvait se montrer très généreux. On disait que le comte de Southampton avait si bien rémunéré Shakespeare pour un seul poème, *Vénus et Adonis*, que celui-ci en avait été pourvu pour la vie. Seul problème avec les mécènes, ils étaient souvent inconstants. Le pauvre Spenser, qui pourtant n'était pas moins poète que Will Shakespeare, avait hanté la cour pendant des années sans en retirer un penny, ou presque.

Par chance, il y avait le théâtre. Le phénomène était fort étonnant : dans l'enfance d'Edmund, le théâtre existait à peine. On jouait lors des fêtes religieuses des mystères inspirés par la Bible ; des baladins venaient chanter ou danser dans les cours d'auberges comme le George ; et bien sûr, les gens instruits connaissaient le théâtre des temps classiques, dont des scènes étaient parfois jouées à la cour. Mais la véritable mode de l'art dramatique était toute récente ; de grands seigneurs l'avaient lancée, encourageant des troupes d'acteurs à donner des spectacles plus recherchés, afin de plaire à la reine. Sous l'impulsion de leurs nobles protecteurs, les acteurs avaient découvert un immense champ de possibilités qui s'offrait à eux ; très vite, ils avaient voulu jouer leurs propres pièces. Ils avaient engagé des auteurs pour les écrire, et en l'espace de quelques années, comme par magie, le merveilleux théâtre anglais était né.

« Ce n'est qu'une mode, qui passera », disaient certains ; mais Meredith ne pensait pas ainsi. Le public venait en foule voir les pièces, non pas seulement à la cour, mais aussi à Londres ; les meilleurs acteurs, qui n'étaient guère plus que des domestiques ou des vagabonds quelque temps plus tôt, devenaient de vraies idoles populaires. Les dramaturges étaient bien payés ; si une pièce avait du succès, on reversait à l'auteur l'essentiel de la recette pour une représentation. Certains d'entre eux — des hommes de grande culture comme Ben Jonson — avaient gagné l'admiration de la cour grâce à leurs brillants esprits. Christopher Marlowe — qui fut tué jeune, hélas — avait composé des tragédies dans une langue si puissante que ses contemporains le comparaient aux grands tragédiens grecs.

Et puis, il y avait Shakespeare. Meredith appréciait également les deux frères Shakespeare. Il voyait plus souvent Ned, qui tenait assez bien les rôles secondaires : Will était toujours si occupé qu'on ne l'apercevait qu'en coup de vent. Mais quand il venait retrouver une tablée, à la taverne, c'était un fort joyeux compagnon. Il avait écrit plusieurs comédies, que le public avait aimées, ainsi que des drames historiques sur les rois Plantagenêts. « Grandiloquent, mais cela plaît au peuple », jugeait Edmund. Il ne s'était pas encore essayé à la tragédie ; sans doute cela excédait-il ses capacités. Sauf pour une pièce, pourtant : son *Roméo et Juliette*, qui avait surpris tout le monde. L'œuvre avait eu un très grand nombre de représentations, et tout Londres en connaissait le texte. « Mais je suis sûr qu'on l'a aidé pour cette pièce », affirmait Edmund. Depuis, il n'avait plus rien fait d'approchant, et Meredith disait à ses amis : « Il est assez intelligent pour reconnaître ses limites. » Avec son crâne dégarni, on aurait pu le prendre pour un savant, mais ce n'était pas le cas ; « Je connais un peu le latin, et pas du tout le grec », admettait-il de bonne grâce. Shakespeare n'était rien d'autre qu'un acteur doté d'une remarquable intelligence, et secrètement Meredith songeait qu'il était lui-même taillé dans une meilleure étoffe, qu'il était capable de le surpasser.

Il avait fait ses débuts un an plus tôt, avec une contribution de quelques lignes à une comédie qui fut fort appréciée. Même des auteurs à succès comme Shakespeare recevaient ce genre de commandes, et Edmund était satisfait de lui-même. Quelques mois plus tard, on l'avait laissé écrire une scène entière, puis une deuxième. De l'avis unanime, il excellait à mettre des reparties spirituelles dans la bouche de jeunes galants qui lui ressemblaient. Six mois plus tard, la compagnie du lord chambellan — la troupe pour laquelle écrivait Shakespeare — avait accepté le principe d'une nouvelle commande, portant cette fois sur une pièce entière ; il devait recevoir pour cela la somme de six livres.

« Vous l'avez finie ? »

Il baissa les yeux vers la jeune fille aux cheveux roux qui se tenait près de lui et sourit. « Presque. »

La pièce, de son propre aveu, était un chef-d'œuvre : rien à voir avec l'humour vulgaire qu'on jetait en pâture à la foule ; c'était un mets de choix, pour la cour et les beaux esprits. Il y était question d'un jeune homme qui ressemblait à Edmund, et le titre en était *Every Man Hath His Wit*, *Chaque homme vaut son esprit*. La jeune fille avait suivi pas à pas l'avancement de la pièce, au cours des mois écoulés, et maintenant il lui contait les derniers développements de l'intrigue.

Edmund Meredith appréciait plusieurs traits chez Jane Fleming. Elle avait quinze ans — suffisamment jeune pour respecter un homme comme lui, et pour se laisser encore façonner. Elle était jolie, mais pas d'une beauté qui draine une foule de soupirants, de rivaux autour d'elle. La vie de sa famille était liée au théâtre, et elle-même partageait la passion d'Edmund pour l'art dramatique. Si ses parents étaient modestes, elle devait recevoir un petit legs venant d'un de ses oncles ; « Assez pour faire vivre un ménage », avait-il confié aux Bull.

« Je suis étonné, avait commenté l'un de ses cousins, qui connaissait son ambition, que tu ne recherches pas une véritable héritière, ou une riche veuve. » Certains des plus grands personnages de la cour l'avaient fait. Mais Edmund connaissait ses limites : « On me regarderait de haut, comme un homme entretenu », expliquait-il — et il n'était pas assez fort pour bomber le torse sous les sarcasmes.

Peut-être épouserait-il un jour la jeune Jane Fleming.

Londres

C'est alors que l'homme à la peau foncée prit la parole .

« Je pense, mon jeune monsieur, que je viendrai voir votre pièce. » Ils se retournèrent tous, et découvrirent derrière eux le plus étrange personnage qu'ils aient vu de leur vie.

Il était malaisé de le décrire. Bien que ses traits fussent négroïdes, on pouvait seulement dire de sa peau qu'elle était d'un brun soutenu. Ses cheveux, longs et noirs, tombaient en boucles épaisses ; il était vêtu d'un justaucorps de cuir, sans manches, qui lui descendait jusqu'aux genoux, de bottes de cuir, de hauts-de-chausses rouges et d'une chemise de lin blanc. Des bracelets d'or entouraient ses poignets. Il ne portait pas d'épée, mais une longue dague recourbée. Il avait peut-être trente-cinq ans, mais encore toutes ses dents, aussi éclatantes que sa chemise blanche ; à ses gestes presque indolents, on devinait qu'un magnifique corps d'athlète se cachait sous cette chemise. Il était rare de rencontrer à Londres un homme à la peau sombre. Ses yeux étaient parfaitement bleus et il s'appelait Orlando Barnikel.

L'un des Barnikel de Billingsgate, un marin, l'avait ramené un jour à Londres comme mousse, au retour d'un voyage dans les mers du Sud, et il avait joyeusement annoncé à sa famille, stupéfaite : « Il est à moi. » Il n'en dit jamais plus, mais les yeux bleus du jeune garçon parlaient tout seuls ; et lorsque, dix années et quelques fructueux voyages plus tard, le marin disparut, il laissa à Orlando une coquette petite fortune. Suffisante pour acquérir une part d'un bateau, dont il était lui-même le capitaine. Avec un équipage recruté dans tous les ports d'Europe, un œil infaillible au pistolet, un corps dur et souple de serpent, une main rapide comme une détente de panthère, il parcourait les sept mers du globe.

C'était un pirate, bien sûr. A une autre époque, il aurait peut-être été pendu ; mais sir Francis Drake et bon nombre de héros anglais l'auraient sans doute été avec lui. Aujourd'hui, le royaume insulaire avait d'autres chats à fouetter. Il fallait piller l'Espagnol ; et quand des hommes comme Drake offraient à la reine aux abois une part de leurs profits, s'ils croisaient dans les mers lointaines un navire français ou quelque autre grosse prise, seul un niais leur aurait posé trop de questions au retour. De toute façon, comme Elisabeth le disait elle-même : « Impossible d'arrêter ces coureurs des mers. Autant essayer d'arrêter le vent. » A Orlando et à ses pairs, on devait la déroute de l'Invincible Armada.

Bien que sa peau fût sombre, il avait l'âme d'un Viking. Il n'accostait pas souvent à Londres ; mais chaque fois qu'il y débarquait il se rendait au marché de Billingsgate, devant le vaste éventaire où les Barnikel tenaient toujours leur affaire de poissonnerie. Ses cousins, fiers que cet étrange aventurier fût des leurs, lui faisaient toujours bon accueil. Certains à Billingsgate le nommaient le More (faisant allusion à la seule couleur de sa peau, et sans intention malveillante) ; mais ceux qui naviguaient avec lui, et tous les hommes qui le craignaient à travers l'Europe, ne l'appelaient que Black Barnikel.

Edmund Meredith ne savait rien de tout cela. Il examina l'homme avec surprise puis, sentant le regard des deux galants fixé sur lui, sourit tranquillement. Il était naturel, après tout, qu'un homme d'esprit comme lui se divertît un peu de ce curieux étranger. Aussi répondit-il, après un regard en coin à ses compagnons :

« Vous voulez voir ma pièce, monsieur ? »

Black Barnikel acquiesça.

« Dans ce cas, je vous remercie de votre obligeance. Et pourtant je ne peux rien faire pour vous.

— Pourquoi cela ?

— Parce que ma pièce, monsieur, n'est pas faite pour être vue. » Tandis que Barnikel le dévisageait, perplexe, les deux autres galants se mirent à rire ; car ils savaient ce qu'il voulait dire.

Il y avait deux sortes de pièces, dans le Londres élisabéthain. La foule allait voir un spectacle : une bataille, un duel à l'épée — les acteurs y étaient passés maîtres. Parfois même on tirait au canon sur la scène. Ce public-là aimait les bonnes grosses farces, les bouffons qui improvisaient leur texte, et toutes ces pièces, quel qu'en fût le sujet, se terminaient par une gigue et des chansons. Ces spectacles étaient écrits, comme le disaient Meredith et ses amis, pour être *vus*. Mais pour une audience plus raffinée, plus privée, pour les courtisans, il existait une autre sorte de pièces, bien plus spirituelles et littéraires — le genre qu'Edmund avait l'intention d'écrire. Des pièces écrites non pour être *vues*, mais pour être *entendues*.

« Elle ne sera pas jouée ? demanda le coureur des mers d'une voix aimable.

— Pardieu si, monsieur.

— C'est ici, à la Courtine, que j'ai l'habitude de venir.

— Alors vous ne la verrez ni ne l'entendrez.

— Où devrai-je aller pour cela ?

— Ma foi, vous pouvez aller au diable si cela vous chante, dit Edmund en riant. Encore qu'en ce qui vous concerne, monsieur, continua-t-il avec un fin sourire, je vous conseille plutôt un monastère. » La petite compagnie applaudit à son trait d'esprit.

Les propos d'Edmund n'étaient pas aussi gratuits qu'il y paraissait. Si l'on connaissait deux sortes de pièces à Londres, on trouvait également deux sortes de théâtres. La plupart consistaient en des scènes de plein air, entourées d'une galerie circulaire. Shoreditch en comptait deux, la Courtine et son voisin le Théâtre ; ce dernier, utilisé par Shakespeare et par les hommes du chambellan, était assez convenable et se limitait à l'art dramatique. Mais la Courtine, avec ses spectacles tapageurs et vulgaires, avait tout de la fosse aux ours — ce qu'elle était effectivement ce jour-là. Seul avantage de ces bâtiments bruyants, à ciel ouvert, les compagnies théâtrales pouvaient y accueillir un public nombreux, gage de bonnes recettes. Mais le rêve de tout acteur sérieux était de jouer dans un théâtre couvert, devant une salle attentive et silencieuse. En 1597, le bail du Théâtre ayant expiré et son renouvellement ayant été refusé, c'était justement la perspective que caressaient les hommes du chambellan.

Ce serait là une transformation radicale. De jeunes troupes, appartenant aux écoles de Londres, jouaient parfois en intérieur de petits intermèdes courtois ; mais jamais encore des acteurs professionnels n'avaient monté une véritable pièce dans un théâtre couvert. « Nous ne choisirons que les meilleures pièces », se promettaient-ils. Une très belle salle avait été aménagée dans l'enceinte des Blackfriars — l'ancien monastère —, et c'était là, dans ce cadre raffiné, qu'Edmund comptait voir jouer sa pièce. La salle devait entrer en fonction au cours de la même année.

Les yeux de Black Barnikel se voilèrent tandis qu'il contemplait le groupe. Le brasseur, le charpentier et le petit Dogget ne l'intéressaient pas ; il détailla avec attention la peau claire de la jeune fille, couverte de taches de rousseur, et sa chevelure flamboyante. Lui qui avait fréquenté, commandé, tué à l'occasion toutes sortes d'hommes, ce genre de petits-maîtres était nouveau pour lui. D'être la cible de devinettes et d'épigrammes ne l'offusquait guère ; Londres était rempli de gens spirituels, et même le public des théâtres les plus populaires attendait qu'on l'amuse avec des énigmes et des bons mots. Mais derrière les propos de Meredith, Black Barnikel devinait une pointe de mépris.

« Je pense que vous vous moquez de moi », commenta-t-il d'une voix paisible ; puis il tendit la main et tira sa dague, sans cesser de regarder courtoisement Edmund. « On dit que mes piques sont assez mordantes, elles aussi. »

Les deux galants mirent la main à l'épée ; mais si Edmund ressentit la moindre inquiétude, il avait trop d'esprit pour le montrer. « Je n'avais pas l'intention de me moquer, monsieur, répondit-il. Laissez-moi pourtant vous avertir que ma plume est plus puissante que votre dague.

— Comment cela ?

— Avec votre dague, vous pouvez mettre fin à mes jours, dit Edmund en riant, tandis qu'avec ma plume je peux vous rendre immortel.

— Ce ne sont que des mots, dit le navigateur en haussant les épaules. Gardez-les pour la scène. »

Mais il n'était pas facile d'imposer silence à Meredith. « Qu'est donc le monde, monsieur, sinon une scène ? répliqua-t-il. Et quand notre vie est achevée, quelle trace en reste-t-il ? Comment se souviendra-t-on de nous ? Par notre fortune ? Par nos actions ? Par une inscription sur notre tombe ? Mais donnez-moi un théâtre, monsieur, même une simple fosse comme celle-là, et j'y ferai naître la vie ! Je vous montrerai tout un homme, ses actions, ses qualités, sa vraie nature... »

Black Barnikel continuait à envelopper le petit groupe du regard. « Voulez-vous dire, demanda-t-il avec curiosité, que vous pourriez écrire une pièce sur moi ?

— Oui, monsieur, et une pièce qui vous prouverait toute la puissance de ma plume ! Car non seulement je peux vous rendre immortel, mais (il sourit) je peux même vous transformer, monsieur, vous métamorphoser, comme un magicien...

— Je ne vous suis pas, dit le More, ses paupières s'abaissant.

— Non, mais vous allez le faire, comme un chien suit sa laisse, continua Meredith d'un ton badin. Pour cette raison, écoutez : ma plume peut faire de vous ce qu'elle voudra. Un héros aussi bien qu'un imbécile, un amoureux subtil comme un pauvre cocu sans défense. Capitaine ou couard, aimable ou détestable... Sur une scène, monsieur, entre les mains d'un poète, un personnage est attaché comme un ours à sa chaîne. » Et il sourit triomphalement.

Comme il est fin, comme il est intelligent, pensait Jane en regardant Edmund. L'étranger à la peau sombre l'effrayait un peu, même si elle ne pouvait s'empêcher de le contempler à la dérobée.

Black Barnikel ne répondit pas tout de suite. S'il s'était senti attaqué ou insulté, il n'en laissait rien paraître ; pourtant, si Jane ou Edmund l'avaient regardé avec plus d'attention, ils auraient vu le bleu de ses yeux se teinter de gris. Après une pause, il murmura :
« Dans ce cas, je viendrai donc voir votre pièce, mon jeune monsieur. »

Le petit faubourg boisé de Shoreditch se situait à huit cents mètres au nord de la ville, au-dessus de Moorfields. Là se trouvaient les deux théâtres ; pour Jane Fleming, là se trouvait également, depuis toujours, son foyer.

Comme elle approchait de la maison de ses parents, une heure après la scène qu'on vient de décrire, elle ne pouvait se retenir de sourire. Ses parents étaient un peu bizarres — « tâche de ne pas leur ressembler », lui conseillait régulièrement son oncle — mais elle les aimait tels qu'ils étaient. Elle souriait parce que la maison était à l'image de son père : petite et mince. D'à peine deux mètres cinquante de large, haute de deux étages seulement, elle se dressait juste derrière le Théâtre, étouffée entre deux grandes demeures. De bas en haut, elle était remplie de vêtements.

Gabriel Fleming était le fidèle gardien de la loge des artistes — la pièce du théâtre dans laquelle les acteurs changeaient de costume — pour la troupe du chambellan. Toute la famille appartenait au théâtre : Nan, son épouse, et Jane, qui l'aidaient dans son travail ; même le petit frère de Jane, Henri, commençait juste à monter sur les planches. Comme le voulait l'habitude du temps, il tenait des rôles féminins. Quant aux vêtements, Gabriel conservait chez lui, pour des raisons de sécurité, la plupart des costumes du théâtre.

Rien n'était jamais rangé ; avec ses parents faisant la navette entre la maison et le théâtre, les acteurs qui débarquaient chez elle à toute heure, Jane avait l'habitude de vivre dans un joyeux désordre. Mais au moins la vie n'était jamais terne. La saison théâtrale battait son plein en automne et en hiver, culminant — si la troupe était choisie pour cela — avec les spectacles donnés devant la reine à Noël. Pendant le carême, les représentations étant alors interdites, Jane et sa mère ressortaient tous les costumes, les lavaient, les raccommodaient, les remplaçaient au besoin ; grâce à quoi la jeune fille était devenue une excellente couturière. Puis les spectacles reprenaient après Pâques. Mais c'était l'été que Jane préférait, car toute la compagnie partait alors sur les routes. On s'entassait dans une file de chariots ; l'un d'eux transportait la scène démontable et les accessoires, ses parents voyageaient dans un autre, rempli de costumes, et qui servait aussi de loge à chaque étape. Ils quittaient lentement Londres et partaient en tournée pour plusieurs semaines, dans les comtés environnants. Chaque fois qu'ils approchaient d'une ville, des membres de la troupe partaient devant pour annoncer leur arrivée, avec tambours et trompettes. Ils dressaient en général la scène dans la cour d'une auberge, afin d'être sûrs que les spectateurs paieraient leur entrée ; et pendant plusieurs jours ils y allaient de leur répertoire, jusqu'à ce qu'il fût temps de repartir. Parfois ils s'arrêtaient au passage pour jouer dans une maison noble. Jane adorait cette vie — la route, la liberté, les nouveaux horizons, un parfum d'aventure.

« Tu devrais quitter le théâtre. » Rien d'étonnant que son bon oncle la mît ainsi en garde : les Fleming étaient prudents et fiers de l'être. Quand la dissolution des monastères avait ruiné leur ancien commerce, ils s'étaient reconvertis dans la menue mercerie[1]. « La mercerie est plus sûre que la religion », avait décrété le grand-père de Jane, et il avait légué à ses trois visages creux de fils une petite affaire financièrement saine. Pourquoi Gabriel l'avait-il abandonnée pour le monde incertain du théâtre ? Jamais ses deux frères ne pourraient le comprendre. Le plus âgé, qui avait fondé sa propre famille, ne lui adressa plus la parole de sa vie ; mais Oncle, comme l'appelait Jane, était resté célibataire et s'était institué tuteur de la jeune fille. Il l'abreuvait de ses conseils et, convaincu que Gabriel mourrait dans la misère, lui avait promis un legs, ainsi qu'à son jeune frère Henri.

L'affaire de mercerie marchait bien : boutons et boucles, rubans et paillettes, et toutes sortes de colifichets. Comme beaucoup de leurs confrères, les deux frères Fleming possédaient également un atelier qui fabriquait des épingles de laiton. « C'est dans l'épingle que nous te trouverons un mari, lui affirmait son oncle. Un bon épinglier, c'est tout ce qu'il te faut. Laisse-moi m'en occuper, car tes parents ne feront jamais rien », ajoutait-il en soupirant.

Pourtant, Oncle lui-même était impressionné par Edmund, devenu un familier du Théâtre. Jane avait vu jouer des scènes de sa pièce et les trouvait merveilleuses ; à coup sûr, il était en passe de devenir un grand dramaturge, qui supplanterait peut-être un jour Shakespeare, comme il le déclarait lui-même.

On s'interrogeait sur les projets de Shakespeare. Certaines rumeurs affirmaient qu'il voulait s'établir comme gentleman. Jane savait que c'était une position enviable, mais qu'est-ce que cela signifiait exactement ? Tant de gens, dans le Londres élisabéthain, juraient être des gentlemen... Autrefois les choses étaient claires : ceux-ci appartenaient à la classe des chevaliers ; et les marchands, comme à toutes les époques, achetaient des domaines afin de s'introduire dans la bonne société. Mais tout était désormais plus compliqué. Ceux auxquels on donnait le titre de « maître », venant d'Oxford ou de Cambridge, étaient aujourd'hui des gentlemen, de même que les juristes des Inns of Court ; car on respectait le savoir. Pourtant l'idéal, pour tout un chacun — courtisan, homme de loi ou jeune fils de châtelain —, c'était d'être *né* gentleman, plutôt que *fait* gentleman, et de pouvoir le dire.

Edmund, avec un père et un grand-père courtisans, était né gentleman ; ce qui n'était pas le cas de Shakespeare.

« Et aujourd'hui, avait dit Edmund à Jane en souriant, il voudrait non seulement s'être fait, mais être né ! » Certains croyaient savoir que Will Shakespeare souhaitait faire fortune, pour se retirer comme gentleman à la campagne ; une rumeur disait qu'il était en passe d'acheter une grande

---

1. L'anglais possède deux mots distincts pour évoquer ce qui est réuni sous notre terme de « mercerie ». Le dictionnaire de Furetière, en 1690, établissait la distinction : « Ces gros marchands merciers vendent toutes les belles étoffes de soie, d'or et d'argent [c'est le sens de l'anglais *mercers*, et la guilde à laquelle appartient la famille Bull]. (...) Il y a aussi de menus merciers qui colportent, qui étalent de petites marchandises dans les marchés et les foires, qui ne sont pas du corps des marchands merciers [c'est l'équivalent de l'anglais *haberdashers*, et la profession des Fleming]. » *(N.d.T.)*

maison et des terres dans son village natal de Stratford ; mais Edmund, par ses amis juristes, avait découvert autre chose.

« Drôle d'histoire, expliquait-il à Jane. Son père est marchand, et son affaire a connu des revers. Il a demandé des armoiries il y a deux ans, parce qu'il voulait devenir gentleman, mais elles lui ont été refusées. Aussi, devinez ce qu'a fait Will Shakespeare. Il est allé au Collège héraldique l'année dernière et il a refait une demande. Cela m'étonne qu'ils aient pris en compte la requête d'un acteur (et je suppose que ça lui a coûté une jolie somme), pourtant ils ont accepté. Mais vous savez pour qui Will a demandé les armes ? Pas pour lui, mais pour son père ! Ainsi il peut maintenant retourner à Stratford et affirmer qu'il est *né* gentleman... Ce n'est pas une bonne histoire ? »

Une chose en tout cas semblait certaine : si Will Shakespeare avait eu assez d'argent pour mener l'affaire à bien, il aurait sans doute les moyens de se retirer un jour à Stratford. « Dans un an il sera parti », prédisait Edmund ; Jane savait que son père et certains membres de la troupe du chambellan pensaient pareillement. Le nom de Meredith remplacerait-il alors celui de Will, comme le plus illustre des auteurs dramatiques du temps ?

Et quand il aurait du succès, Edmund ferait-il encore attention à elle ?

Cuthbert Carpenter se faufila à l'intérieur de la maison, espérant que personne ne l'avait vu. Pour la forme, il avait effectué un crochet par St Lawrence Silversleeves, où il avait essayé de prier. Il avait à peine passé la porte qu'une voix aigre l'interpellait :

« Où étais-tu ?

— A l'église. (C'était la vérité.)

— Et avant ça ?

— J'ai marché.

— Et avant encore ? Au théâtre ? »

Cuthbert était costaud, et sa grand-mère lui arrivait seulement à la poitrine ; pourtant, depuis la mort de ses parents, la petite femme en robe noire régentait la famille d'une main de fer. Elle les avait mis tous deux, son frère et lui, en apprentissage chez des maîtres rigoureux ; elle avait marié d'autorité deux de ses sœurs à quinze ans, quant à la troisième, elle lui avait tout aussi fermement signifié qu'elle devait rester pour tenir la maison. Bien qu'il eût désormais vingt ans et qu'il fût passé compagnon charpentier, Cuthbert habitait toujours la maison familiale et participait financièrement au ménage. Sa grand-mère surveillait sa conduite et ses fréquentations comme s'il était encore un enfant, allant jusqu'à signaler ses plus graves défauts au maître pour lequel il travaillait. Cuthbert avait toujours aussi peur d'elle.

Car au fond, n'avait-elle pas raison ? Ceux qui avaient des pensées impures risquaient l'enfer, Cuthbert Carpenter en était convaincu. « Ceux qui vont avec les prostituées ou au théâtre souffriront au jour du Jugement », lui avait-elle promis, et il la croyait. Il n'avait jamais touché une prostituée. Pour le théâtre...

C'était un habile charpentier, son sévère maître lui-même le reconnaissait, et il ne renâclait pas devant le travail ; mais chaque fois qu'il le pouvait, il se glissait furtivement dans un théâtre. Il avait vu *Roméo et Juliette* dix fois — après quoi il était repris par la honte et la crainte. Pourtant il retombait inexorablement dans son ornière, et s'était mis à mentir de surcroît.

« Je ne suis pas allé voir une pièce », affirma-t-il. Au sens strict, c'était vrai, mais en réalité c'était un mensonge, bien entendu. Elle grommela quelque chose mais sembla néanmoins le croire — ce qui le fit se sentir plus coupable encore.

Comme la nuit tombait, Cuthbert Carpenter prêta serment : « Plus jamais de ma vie je ne retournerai au théâtre. »

Il faisait déjà sombre quand John Dogget emmena Edmund dans l'abri à bateaux. Ils avaient traversé le fleuve vers Southwark quelques heures plus tôt, puis étaient allés boire au George ; et, en gage de leur amitié naissante, le jovial garçon avait choisi de se confier au jeune et beau gentleman — au point de lui montrer le trésor. Peu de gens connaissaient son existence.

L'abri à bateaux se trouvait en aval du Pont de Londres, au milieu d'un groupe de bâtiments de bois similaires qui entouraient une crique ; à la lueur de la lampe de Dogget, Edmund vit qu'il s'agissait d'un atelier, de construction et surtout de réparation navale.

« C'est mon grand-père qui a lancé l'affaire », expliqua Dogget. Sous le règne d'Henri, le plus jeune fils de Dan Dogget, moins immense de taille que ses bateliers de frères et qui avait travaillé avec son oncle Carpenter, s'était spécialisé dans la réparation navale. Son fils, l'actuel patron de l'entreprise (fort prospère), l'avait imité, et il laisserait un jour l'affaire au jeune John. Celui-ci était satisfait de son sort. Avec sa mèche de cheveux blancs et son visage enjoué, on le voyait travailler chaque jour au côté de son père, à la face rubiconde ; une odeur d'algues et de copeaux de bois parfumait l'air. Les mains des deux hommes étaient légèrement palmées, mais cela ne les avait jamais gênés dans leur travail. Souvent ils relevaient la tête pour faire un signe à l'un de leurs solides cousins bateliers, quand ceux-ci passaient sur le fleuve.

John était apprécié aussi bien des hommes que des femmes. « Avec les femmes, si tu les fais rire, c'est gagné », lui répétait son père ; et il avait déjà fait rire bon nombre de jeunes filles de Southwark. Quant à s'installer pour de bon avec l'une d'entre elles... « Rien ne presse », disait-il en souriant. Récemment pourtant une occasion s'était présentée : la jeune Fleming, qu'il avait rencontrée au théâtre. Il la trouvait belle et elle avait l'air dynamique, aussi. « Elle héritera d'un peu d'argent », avait-il annoncé à son père. Certes, elle semblait n'avoir d'yeux que pour Meredith, mais le jeune artisan n'était pas homme à se laisser décourager ; il y avait tant d'autres filles sur terre... Il était possible, en outre, que Meredith lui-même ne soit pas véritablement intéressé. C'est pourquoi John avait décidé d'en apprendre plus sur le galant, et pour commencer d'en faire son ami.

« Je vais avoir besoin de votre aide », lui dit-il ; le conduisant vers le fond de l'atelier, il lui montra plusieurs piles de planches.

Pendant quelques minutes, Meredith l'aida à déplacer les planches ; ce faisant il devina des formes, étranges et longues, cachées avec soin sous des couvertures, et qui occupaient tout l'arrière du hangar. Quand ils eurent fini, John Dogget lui fit signe de se reculer, posa la lampe derrière un tonneau et s'avança seul dans la pénombre. Meredith ne pouvait rien voir, mais il l'entendait remuer les couvertures. Quand cela fut fait, Dogget revint sur ses pas, ramassa la lampe et l'éleva au-dessus de sa tête : alors, dans la lueur vacillante, un remarquable spectacle s'offrit aux yeux de Meredith.

Elle mesurait bien neuf mètres de long. A l'avant, on distinguait des bancs pour quatre paires de rameurs ; les flancs, bordés à clins, se terminaient par une proue pleine d'élégance, comme celle d'un drakkar d'autrefois, et chacune de leurs planches était polie à s'y mirer. Mais le plus splendide se trouvait à l'arrière : là se dressait une grande cabine, magnifiquement sculptée et dorée, ses rideaux de velours et tout son aménagement intérieur en parfait état de conservation. La lueur de la lampe y faisait jouer de sombres reflets.

« Seigneur, murmura Edmund, le souffle coupé. Qu'est-ce que c'est ?

— La barque du roi Harry. (Le visage de John s'éclaira d'un large sourire.) Elle est à moi. »

Peu avant la fin de sa longue existence, Dan Dogget avait retrouvé par hasard le vieux canot, alors dans un triste état. Ce n'était pas, bien entendu, l'une des grandes embarcations officielles ; seulement l'une des nombreuses barques que le fastueux monarque avait disséminées, pour son usage quotidien, dans ses différents palais du bord du fleuve. Pendant le règne d'Elisabeth l'argent s'était fait rare et elle était demeurée là, inutilisée, pendant quelque douze ans, jusqu'à ce qu'on enjoigne au maître des barques royales de la vendre. Désolé de la voir dans un tel état, Dogget l'avait achetée et apportée dans l'atelier de son fils ; à la naissance de John, il avait joyeusement proclamé : « Elle sera à lui ! »

Année après année, dès que leur journée de travail était terminée, le père puis le fils s'en étaient occupés avec amour ; restaurant une planche par-ci, un bout de dorure par-là, ils avaient progressé centimètre par centimètre jusqu'à lui faire retrouver son état originel. Ils n'avaient pas réparé que le bois et la dorure, mais aussi les luxueux matériaux garnissant l'intérieur de la cabine — jusqu'à ces cinq dernières années où ils n'avaient plus rien à faire que la contempler, dans son lustre d'antan, et la conserver comme un trésor dans le secret d'un temple.

« Quel dommage qu'elle ne serve jamais... » commenta Dogget après un temps de silence. Trop grand et trop fastueux pour un usage quotidien, pas assez grand toutefois pour devenir l'une des barques de la corporation, le trésor royal de John Dogget attendait là depuis des années, comme une promise qu'on oublie de mener à l'autel — mûre, épanouie, une Cléopâtre guettant son Marc-Antoine. « Vous n'avez pas une idée pour elle ? » demanda le jeune artisan.

Meredith ouvrait des yeux fascinés. « Non, murmura-t-il. Mais je vais y réfléchir... »

Le lendemain matin, William Bull attendait Edmund depuis quelque temps déjà quand il le vit arriver, nonchalant ; pourtant, s'il était contrarié, il n'en laissa rien paraître. Car, bien qu'il eût dix ans de plus que lui, son cousin lui en imposait. Edmund avait un tel style...

Ils se mirent en marche sans un mot, passèrent sous l'ancienne porte de la ville puis traversèrent un agréable quartier, le long de la berge du fleuve, couvert de pelouses et de placettes, connu sous le nom de Black-friars. Ils se dirigeaient vers la salle dont Edmund avait la clé.

Le théâtre des Blackfriars était un endroit majestueux. Des rangées de bancs de bois, munis de dossiers, occupaient le centre d'un grand hall rectangulaire, tandis que des galeries s'élevaient de part et d'autre. La scène consistait en un grand plateau, à peine surélevé, adossé au mur du fond ; les galants comme Edmund s'asseyaient sur des tabourets sur les côtés de cette scène, devant les balcons, imitant ainsi le côté infor-mel des représentations à la cour, où les acteurs jouaient au milieu d'un cercle de courtisans. La salle avait une allure typiquement Renaissance, avec ses piliers à l'antique soutenant les galeries et un écran de bois der-rière la scène, décoré d'arches et de frontons. Bull se sentit fort impres-sionné.

« Nous allons tous faire fortune », déclara fièrement Edmund.

Que le théâtre élisabéthain ait constitué un moyen d'acquérir du pres-tige pour ses nobles mécènes, ou d'obtenir la consécration pour les acteurs et les écrivains, toute son existence reposait sur le fait qu'il était, d'abord et avant tout, une entreprise. Et de tous les entrepreneurs qui soutenaient les différentes troupes, aucun n'était plus hardi que la famille Burbage, qui avait conçu l'aventure des Blackfriars. Le vieux Burbage était un personnage remarquable. Maître artisan devenu homme d'af-faires, il avait rapidement deviné les perspectives qui s'offraient au théâtre et transformé la troupe du chambellan en une vraie compagnie d'acteurs professionnels ; il avait loué une salle, financé des spectacles et des auteurs. C'est à lui que Will Shakespeare devait sa fortune naissante. L'an-née précédente, décidant qu'un cadre plus élégant était nécessaire, il avait loué les Blackfriars.

Le principe en était simple : le nouveau théâtre couvert offrirait moitié moins de places que les amphithéâtres à ciel ouvert, mais le public serait choisi. Au lieu d'un penny il n'en coûterait pas moins de six pence, au minimum, pour y accéder : aucun apprenti chahuteur, aucun bec-à-l'ail n'aurait les moyens de payer une telle somme. « Même les prostituées devront être du meilleur monde », commentait Edmund en riant. Mais le risque financier était grand : entre le bail et les travaux, on arrivait à la somme astronomique de six cents livres de mise de fonds initiale. Aussi avait-on recherché des investisseurs extérieurs.

William Bull avait été flatté que son jeune cousin, si lancé dans le monde, se fût adressé à lui. « C'est une occasion à saisir, lui avait expliqué Edmund. Je connais les Burbage et ils m'ont parlé de l'affaire. Je peux t'y introduire aussi, si tu le veux. » La brasserie était une entreprise prospère, mais William s'y ennuyait à mourir ; de toute façon, ses frères ne le lais-saient jamais prendre la moindre initiative. L'aventure du théâtre, elle, l'excitait beaucoup. Aussi avait-il prêté cinquante livres à son cousin, les-quelles, ajoutées à ses cinq livres, avaient permis à Meredith de faire très bonne figure quand il avait prêté le tout aux Burbage — en son propre nom. Peu après, signe que les choses se présentaient sous d'heureux aus-pices, Edmund lui annonçait fièrement qu'on lui avait passé commande d'une pièce pour l'ouverture du nouveau théâtre ; cela avait fait double-ment plaisir à William, en tant que cousin et bailleur de fonds.

Aujourd'hui pourtant, une certaine nervosité commençait à le gagner. Le vieux Burbage était mort durant l'hiver ; mais ses deux fils continuaient l'affaire, ils connaissaient fort bien le monde du théâtre, et William ne se faisait pas trop de souci à ce sujet. Toutefois, d'autres nouvelles avaient couru : certains résidents des Blackfriars s'opposaient à l'ouverture de la nouvelle salle, menés par l'alderman Ducket ; ils avaient même signé une pétition pour l'empêcher. L'alderman, disait-on, condamnait les théâtres comme foyers de désordre et d'impiété, menaçant de les faire tous fermer. Ils avaient la réputation d'être bruyants, et sans doute les habitants de ce quartier tranquille et résidentiel ne tenaient-ils pas à en voir un s'installer parmi eux. Etait-ce vrai ? s'enquit Bull avec embarras auprès de son cousin.

« Grands dieux ! oui... » Meredith aurait difficilement pu paraître plus gai.

« Cela ne t'inquiète pas ?

— Pas le moins du monde. (Il alla jusqu'à en rire.) Cela ne signifie rien. Ces gens ignorent tout à fait quel genre de pièces nous allons jouer, quel genre de public nous allons recevoir. D'ailleurs, comment pourraient-ils le savoir ? Ceci (il désigna la superbe salle qui les entourait) n'a encore jamais été fait avant nous. Quand ils auront compris que les gueux et les gens du vulgaire ne viendront pas ici, tout s'arrangera.

— Tu penses que les choses sont en bonne voie ?

— Nous aurons ouvert avant la fin de l'année.

— Et moi je récupérerai mon argent, répondit Bull avec un soupir de soulagement.

— Bien sûr », dit Edmund avec un grand sourire.

Nul membre de la compagnie du chambellan, cet été-là, ne fut plus heureux que la jeune Jane Fleming. Car il lui avait bien semblé, ces dernières semaines, que Meredith l'aimait.

Sa pièce était finie, et sans doute la jeune fille en connaissait-elle chaque réplique par cœur. A mesure qu'Edmund approchait du but, son excitation ne cessait de croître. Il lisait avec fierté ses passages préférés à Jane et lui demandait : « Vous trouvez que c'est bon ? » A quoi elle répondait immanquablement : « C'est merveilleux. » Comme il était brillant...

Un jour, comme elle essayait de se représenter la pièce dans son ensemble, elle lui avait timidement demandé : « De quoi parle-t-elle, exactement ? » Mais il s'était mis en colère, et elle ne lui avait jamais reposé la question. Pourquoi gâcher le plaisir d'Edmund, cette ivresse de sentir le triomphe proche, alors qu'il restait si attentionné envers elle ? Même quand il était avec ses amis à la mode, il ne se désintéressait jamais de la jeune fille.

Le bonheur de Jane avait une autre cause. Le plein été approchait ; déjà elle avait préparé avec ses parents les costumes qu'on chargerait dans le chariot. Certes, elle ne verrait pas Edmund pendant quelque temps, mais elle n'en était pas moins excitée par la perspective de ce voyage.

Alors qu'elle se promenait en sa compagnie, par un agréable après-midi de juillet, sur la route menant de Shoreditch à Londres, ils rencontrèrent l'alderman Jacob Ducket.

Même en ce jour d'été, il était vêtu de noir ; sa fraise blanche, le pommeau d'argent de son épée, incrusté de diamants, et la mèche argentée dans ses cheveux constituaient les seuls ornements qu'il se permettait, vu sa fortune et sa sévère autorité. Il se tenait face à Bishopsgate et — peut-être Jane aurait-elle dû s'en méfier — il souriait. Comme ils arrivaient à sa hauteur, Edmund retira son chapeau d'un air désinvolte et le salua profondément, avec un si savant dosage de respect et d'ironie qu'elle ne put s'empêcher de pouffer. Si d'ordinaire Ducket n'avait pas de temps à perdre avec le jeune Meredith, aujourd'hui il le regarda presque aimablement et, lui faisant signe d'approcher, lui demanda d'une voix douce : « Vous n'avez pas entendu la nouvelle ? »

L'alderman ne souriait pas souvent ; en fait, la seule trace encore visible chez lui des gènes de son jovial ancêtre qui avait plongé dans le fleuve était la mèche d'argent dans ses cheveux. Comme beaucoup de ses confrères aldermen, il était puritain — un calviniste de la plus sévère espèce.

Cela avait été une excellente journée pour l'alderman Ducket. Il s'était déjà rendu aux théâtres de Bankside, et y avait pris beaucoup de plaisir ; maintenant, il allait à Shoreditch. Quand il avait aperçu le jeune Meredith, connu pour son amour du théâtre, il n'avait pas résisté à l'attrait d'un nouveau petit bonheur. Avec calme, il l'informa : « Tous les théâtres vont être fermés. »

Les choses se passèrent comme il l'avait espéré. La fille en resta bouche bée et Meredith pâlit ; puis il fut le premier à se ressaisir : « Qui a dit cela ?

— Le conseil municipal.

— Impossible. Tous les théâtres sont en dehors de votre juridiction... »

Shoreditch, bien sûr, se trouvait hors des limites de la ville ; mais en outre, curieuse caractéristique de l'administration de Londres, même après la dissolution des monastères, leurs anciens privilèges féodaux n'avaient jamais été abrogés : ils étaient passés entre les mains du monarque. Par conséquent, les théâtres de Bankside demeuraient sous le régime de la vieille *Liberty of the Clink*, et les Blackfriars eux-mêmes restaient une *liberty*. Les maîtres de la ville acceptaient mal que les théâtres fonctionnent ainsi sous leur nez tout en échappant à leur juridiction.

« Nous avons demandé au Conseil privé de la reine de les fermer, répondit Ducket.

— Il ne le fera pas. La reine aime les acteurs.

— Pas depuis *L'Île des chiens* », dit-il en souriant.

Cette pièce, interprétée par la troupe de lord Pembroke, contenait des critiques pleines d'esprit, mais mordantes, non seulement des aldermen de la cité mais du gouvernement lui-même ; et pour les puritains, cela avait été un coup de chance inespéré. Ducket et ses confrères œuvraient depuis des mois à faire résilier le bail de la troupe du chambellan, au Théâtre de Shoreditch ; ils avaient même approché Giles Allen, le propriétaire, et l'avaient menacé : « Ne louez plus la salle à des acteurs, sans quoi nous vous acculerons à la ruine. » Depuis lors, Ducket avait fomenté la grogne des résidents des Blackfriars, mais sans parvenir encore à rien de définitif. Puis ces imbéciles d'acteurs de lord Pembroke lui avaient fourni une occasion en or, et il ne l'avait pas laissée passer. Une délégation avait été envoyée au Conseil privé de la reine, porteuse d'un rapport qui établissait, preuves à l'appui, que l'on avait insulté le gouvernement.

« Vous vous trompez, ajouta Ducket d'un ton aimable. Le Conseil pense comme nous.

— Mais alors, cela voudrait dire que...

— Que c'en est fini du théâtre. Certains de vos amis acteurs, poursuivit l'alderman, ont intérêt à faire attention. Ils pourraient bien être considérés comme des vagabonds. »

Ce n'était pas totalement une menace en l'air. Quiconque parcourait le pays sans avoir d'emploi fixe, comme le faisaient les acteurs, était passible du fouet et renvoyé dans sa ville d'origine ; et si Ducket ne pouvait s'attaquer à des hommes en vue comme Shakespeare, les pauvres comédiens n'ayant que des engagements temporaires s'exposaient à cette accusation s'ils partaient sur les routes. Pourtant, la véritable intention de l'alderman était perfide : le théâtre était en dehors de la société, et ses acteurs de simples vagabonds.

« Je refuse de vous croire », répondit Meredith, et il poursuivit son chemin.

Ce qu'avait dit Ducket était pourtant vrai ; le soir même, tout Londres était au courant. Les théâtres avaient reçu l'ordre de fermer leurs portes. Pire encore, le pauvre Ben Jonson, l'un des écrivains de *L'Île des chiens*, avait été jeté en prison pour outrage aux autorités, tandis que son co-auteur Nashe s'était enfui. Les gens de théâtre étaient désespérés ; « Je vais devoir retourner à la mercerie », se lamentait le père de Jane. Les acteurs se montraient inquiets et même les Burbage, qui avaient essayé à plusieurs reprises d'obtenir une audience auprès du Conseil privé, ne pouvaient rien leur dire d'encourageant.

On n'obtint de nouvelles informations qu'au bout d'une semaine.

« Nous sommes autorisés à quitter la ville pour faire notre tournée », apprit-on aux membres de la troupe. Mais lorsque quelqu'un demanda : « Après cela, aurons-nous le droit de revenir ? » il n'obtint pour toute réponse qu'un haussement d'épaules et un laconique « Qui sait ? ».

Au sein de cette désolation générale, celui qui leur remontait le moral n'était pas lui-même membre de la compagnie.

Edmund Meredith était un véritable roc. « Tout cela ne vise qu'à nous faire peur, affirmait-il aux membres de la compagnie. Le Conseil privé a été tourné en dérision, et c'est un avertissement qu'on nous lance. » Et quand Fleming fit la remarque, d'un air sombre, que certains membres du Conseil étaient aussi puritains que Ducket lui-même, il se contenta de rire. « La cour aura toujours besoin de distractions ! s'exclama-t-il. Croyez-vous vraiment que la reine irait gâcher son divertissement de Noël pour les puritains ? » Comme c'était un gentleman et que son père avait été courtisan, ils pensèrent qu'il savait sans doute des choses qu'eux-mêmes ignoraient.

Jane, de le voir ainsi enjoué, redonnant du courage à la bande d'acteurs faméliques et de petites gens qui se pressaient chez les Fleming, ne l'en aima que plus ; et pourtant, quand elle pensait à l'importance de l'enjeu, pour lui qui avait mis tous ses espoirs dans sa pièce... Oui, il y avait de la noblesse dans sa bravade. Quelques jours plus tard, quand la troupe monta dans les chariots et qu'il l'embrassa pour lui dire au revoir, avec cette promesse : « Nous nous en sortirons ensemble », elle songea que jamais elle ne s'était sentie aussi proche de lui.

Les mois d'été furent pénibles pour Edmund Meredith. Il était fier de sa conduite devant les Fleming, et savait qu'il avait fait bonne figure ; mais était-il aussi confiant quant à l'avenir ? Trois jours après la rumeur de l'interdiction, il avait connu un moment difficile quand son cousin Bull était venu le trouver dans sa chambre du Staple Inn, l'auberge de l'Etape, pour lui parler de ses cinquante livres.

« Ne t'en fais pas, lui avait-il dit. Ce ne sera bientôt plus qu'un mauvais souvenir. » Mais après le départ de son cousin, il avait secoué la tête en pensant à sa pièce. Qu'allait-il advenir d'elle ? Et lui-même, qu'était-il sans cette pièce ? Quel serait son destin aux yeux des hommes ?

A la fin de l'été, alors que les acteurs étaient toujours en tournée, il rencontra lady Redlynch.

Edmund lui avait été présenté par ses amis Rose et Sterne. Son mari, sir John, était mort l'année précédente ; à l'âge de trente ans, seule et sans enfants, la vie devait lui paraître bien vide. Malgré ses propres soucis, il compatissait à son sort.

Il avait tort de s'inquiéter, pourtant. Lady Redlynch, fille d'un marchand du sud-ouest du pays, savait parfaitement prendre toute seule sa vie en main. Grâce à sir John, elle possédait déjà une belle maison aux Blackfriars, et promit à Edmund de s'intéresser personnellement à l'affaire du nouveau théâtre. Elle avait des cheveux blonds et de grands yeux bleus, une jolie poitrine et une charmante voix de petite fille — qui disparaissait lorsqu'elle était pressée. Elle aimait les hommes spirituels et Meredith l'amusait ; elle décida d'en faire son amant.

A la fin octobre, la situation n'avait toujours pas changé. Les théâtres restaient déserts et sans vie, les costumes dormaient dans les garde-robes. Les Burbage retournèrent devant le Conseil privé ; on raconta que Will Shakespeare en discutait avec ses protecteurs à la cour, mais rien de définitif n'arrivait. Tous les jours, des acteurs venaient aux nouvelles chez les Fleming et demandaient : « Les choses sont-elles enfin arrangées ? Irons-nous là-bas ? » Pas encore, leur disait-on. Pas encore...

Edmund leur rendait visite chaque jour et il était parfait : toujours enjoué, toujours calme aussi. Il avait dit à Jane qu'il allait souvent inspecter la salle des Blackfriars, et que tout y était prêt pour que les spectacles puissent s'y donner.

« Soyez patients, les exhortait-il. Le public attend que les théâtres rouvrent leurs portes, et on ne pourra pas les décevoir éternellement. »

Jane le trouvait magnifique ; comme il faisait bonne figure... On sentait même quelque chose de nouveau chez lui, une confiance en soi, une mâle assurance qu'il ne possédait pas autrefois. Jane en était remuée et son imagination vagabondait parfois étrangement durant ces sombres journées.

Un acteur finit par lui apprendre qu'Edmund était l'amant de lady Redlynch.

Edmund Meredith envoya la lettre au début du mois de novembre. C'était un geste osé, mais il ne pouvait supporter que l'épreuve se prolongeât plus longtemps.

L'aventure avec lady Redlynch avait été un succès ; bien qu'ils fussent discrets, quelques bavardages avaient suffi pour asseoir la réputation mondaine du jeune homme. Pourtant, ces derniers temps, il s'était demandé à plusieurs reprises si cette liaison n'approchait pas de son terme. Peut-être se fatiguait-il des charmes un peu trop généreux de sa maîtresse ; peut-être s'inquiétait-il, la sentant parfois au bord de lui parler mariage. Il redoutait aussi une grossesse : les précautions contre une telle mésaventure étaient rares et plutôt rudimentaires dans l'Angleterre des Tudors. Une femme et son amant pouvaient utiliser la barrière d'un mouchoir, mais ce n'était pas toujours très efficace.

Il pensait aussi à Jane Fleming, encore que ce ne fût pas son premier sujet d'inquiétude. Elle ne saurait sans doute jamais ; et de toute façon, même si elle l'apprenait, un homme avec une réputation était toujours plus attirant pour une jeune fille.

Mais surtout, qu'en serait-il de sa pièce ? Etre un vaillant amant était certes chose agréable, mais cela ne résolvait pas la question essentielle : « Que suis-je, au juste ? Que puis-je répondre, si l'on me pose la question ? »

Si Edmund continuait à faire bonne figure, reste que, plus de trois mois après l'annonce de l'interdiction, Ducket et les autres aldermen paraissaient toujours aussi satisfaits d'eux-mêmes, et le Conseil privé gardait son inquiétant silence. Les amis d'Edmund à la cour n'avaient entendu parler de rien de neuf, pas plus que lady Redlynch. C'est alors qu'Edmund décida d'envoyer son message. Quand lady Redlynch lui demanda de quel genre de missive il s'agissait, il répondit :

« Une lettre d'amour. »

Elle était adressée à la reine.

De tous les souverains d'Angleterre, aucun n'a compris aussi bien qu'Elisabeth Iʳᵉ que la monarchie est un spectacle, que le théâtre en est la clé. Avec ses représentations continuelles et ses voyages dans les comtés, ses réceptions de nobles étrangers à la mise en scène savamment étudiée, la cour élisabéthaine fut l'une des plus brillantes pièces jamais jouées sur la scène du monde. Au centre, somptueusement vêtue de brocarts incrustés de perles, une immense fraise de dentelle entourant sa tête et son cou, ses cheveux rouge et or ramenés en chignon ou flottant librement, trônait Elisabeth — fille du roi Harry mais aussi née de son peuple, princesse de la Renaissance, reine vierge qui brillait telle une étoile aux yeux de ses sujets.

Voilà des années que ce rôle de reine vierge était pour elle une nécessité. Menacée par les dangereux princes qui gouvernaient l'Europe, elle avait protégé son petit royaume en laissant périodiquement entrevoir des projets de mariage à l'un ou à l'autre. Il faut dire qu'à ce jeu elle était rompue depuis longtemps. Ses favoris, comme Leicester ou Essex, avaient toujours affirmé qu'ils étaient amoureux d'elle, et elle avait toujours affirmé qu'elle les croyait. Sans doute était-ce parfois vrai, car Elisabeth était aussi une femme ; mais qui peut dire, en politique, ce qui est théâtre et ce qui est vérité ? L'un imite l'autre. Et si aujourd'hui, pressée par le Parlement qui voulait connaître son successeur, la vieille Elisabeth, le visage fardé et les cheveux teints, jouait toujours à la reine vierge, qui pouvait l'en blâmer ? Elle y jouait à la perfection, renaissant comme un phénix de ses cendres à chaque nouvelle saison, entourée de galants qui, de son automne fané, faisaient un éternel printemps.

La lettre d'Edmund était parfaite ; c'était en fait la meilleure chose qu'il eût écrite de sa vie. Il s'adressait à la reine dans les termes qu'emploie un admirateur inconnu. Inspiré par elle, il avait écrit une pièce qui pourrait la divertir ; mais aujourd'hui il apprenait, désespéré, que les prochaines pièces risquaient de rester désormais dans l'ombre, sans que l'éclat des yeux de la souveraine pût jamais les éclairer. La conclusion de cette protestation était bien du genre qu'elle aimait :

Mais si Votre Majesté pense que le bonheur de vous être agréable est trop bon pour moi, alors je préférerais que mes pauvres vers et moi demeurions à jamais dans l'ombre, plutôt que d'offenser vos yeux.

Il termina sa lettre par la suggestion — comme si Elisabeth était encore une jeune fille et qu'ils s'aimaient tous les deux en secret — que s'il existait pour lui quelque espoir elle laissât tomber son mouchoir, à une certaine heure et en un endroit où il pourrait la voir.

C'était, là encore, le genre de détail qu'elle aimait.

La nuit était déjà tombée mais Jane prenait beaucoup de précautions tandis qu'elle se dirigeait vers Charing Cross ; il y avait du monde dans la rue, et le couple qui marchait devant elle ne se doutait nullement de sa présence.

Le grand palais de Whitehall abritait une série d'élégantes cours intérieures entourées de bâtiments de brique et de pierre. On y trouvait des jardins clos de murs, un carrousel pour les tournois, une chapelle, un hall et une salle du conseil ; et aussi quelques logements réservés aux nobles visiteurs écossais et connus sous le nom de *Scotland Yard*, cour d'Ecosse. Le palais était largement ouvert au public et, comme son enceinte englobait un tronçon de la route de Charing Cross à Westminster, la foule le traversait sans cesse. La reine autorisait ses sujets voulant prendre une barque à passer par les jardins pour gagner le fleuve ; ils pouvaient même venir admirer les tapisseries décorant les grands escaliers, ou contempler les banquets officiels depuis une galerie. Ils pouvaient également, certains jours comme celui-là, s'attarder dans l'espoir d'apercevoir leur souveraine.

Edmund et lady Redlynch passèrent la porte et pénétrèrent dans l'enceinte du palais ; Jane les suivait.

Plusieurs douzaines de personnes étaient rassemblées dans la cour, certaines portant des flambeaux. Novembre, malgré le froid, était d'habitude une période joyeuse à la cour : au milieu du mois, un fastueux spectacle et une joute à Whitehall marquaient l'anniversaire du couronnement d'Elisabeth. La liesse des futures festivités semblait avoir gagné la foule ; Edmund attendait, confiant.

Les minutes passaient, les torches vacillaient ; enfin elle arriva. Les portes de la salle du Conseil s'ouvrirent ; deux, quatre, six gentlemen apparurent, vêtus de somptueuses tuniques sous de courtes capes, leurs mains posées sur le pommeau de leurs épées serties de joyaux ; puis ce furent des pages porteurs de flambeaux. Enfin six autres gentlemen sortirent à leur tour, portant une litière où la reine était assise — splendide, dans une ample robe incrustée de bijoux, avec une magnifique fraise de dentelle et un grand chapeau à plumes pour se protéger du froid. Un hourra monta de la foule ; la souveraine se tourna lentement, d'un mouvement raide, et son visage fardé comme un masque de cire esquissa un sourire. Grands dieux, se dit Edmund, songeant à sa lettre sans doute trop galante, est-elle devenue si fragile ? Mais la reine elle-même apaisa bientôt ses doutes lorsque, en réponse à l'habituel cri « *God save Your Majesty* », sa voix retentit à travers la cour, aussi claire qu'elle l'avait été face à ses troupes lors de la menace espagnole : « Dieu vous garde, mon bon peuple ! Peut-être aurez-vous de plus grands princes, mais jamais vous n'en aurez de plus aimant ! »

Elle disait la même chose à chaque fois, et cela plaisait toujours.

Le cortège traversa la cour jusqu'à la porte menant au grand escalier du palais ; après quoi Elisabeth disparut quelques instants à leur vue. Mais bientôt des chandelles brillèrent, au début de la galerie qui conduisait à ses appartements privés, puis d'autres encore ; quelques instants plus tard, le petit cortège défilait solennellement le long de la galerie, à son allure lente et majestueuse. La reine marchait maintenant, et les joyaux de sa robe étincelaient à la lueur des chandelles, tandis qu'elle apparaissait derrière une fenêtre, puis une autre, puis une troisième. C'était une vision féerique, irréelle et délicieuse en même temps ; c'était, Edmund s'en rendait compte, une pure vision de théâtre.

A la troisième fenêtre, il ne put s'y tromper ; elle s'arrêta et se tourna vers la foule, leva la main pour un salut silencieux — et laissa tomber son mouchoir.

Jane suivit Edmund et lady Redlynch sur le chemin du retour vers Ludgate et à l'intérieur de la ville ; comme ils traversaient la Fleet, elle les entendit rire. Elle les suivait encore quand ils pénétrèrent dans Blackfriars et les vit entrer dans la maison de lady Redlynch.

Dans l'ombre d'une porte voisine, elle resta trois longues heures à contempler la demeure de lady Redlynch, jusqu'à ce que les dernières lumières en fussent éteintes ; enfin elle se glissa à travers la ville silencieuse, et parcourut dans les ténèbres la route déserte de Shoreditch.

Le lendemain matin, Edmund s'éveilla rempli d'un nouvel espoir ; il songea ensuite à Jane et décida qu'il serait bientôt temps de se séparer de lady Redlynch. Jane, elle, n'avait pas fermé l'œil de la nuit, et continuait à pleurer en silence dans son lit.

« Nous allons donner quatre pièces à la cour. »

Ils étaient tous réunis — les deux frères Burbage avec leurs larges faces malicieuses, Will Shakespeare et les autres principaux acteurs de la troupe.

« Je vous l'avais bien dit, que cela arriverait... » Edmund était allé chez les Burbage, dès le lendemain matin de l'épisode avec la reine, afin de redonner du courage à la compagnie. D'abord ils ne l'avaient pas cru, puis un message était arrivé de la Maison royale : le maître des festivités leur ordonnait de préparer une sélection de leurs meilleures pièces, pour le Noël de la cour.

« Nous leur en offrirons trois de Shakespeare, dont _Roméo_ et _Le Songe d'une nuit d'été_, expliqua le plus vieux des Burbage, ainsi qu'une de Ben Jonson. (Il sourit.) S'ils acceptent, cela signifiera que le pauvre garçon est pardonné. Mais ce n'est pas tout ; il y a une meilleure nouvelle encore. Ce ne sera pas annoncé avant le Nouvel An, mais l'interdiction jetée sur les pièces va être en partie levée. Le Conseil privé va nous autoriser, comme pour la troupe du lord amiral, à reprendre les représentations publiques. Nous du moins, nous sommes graciés, si l'on peut dire. »

Edmund sentit une vague d'excitation le gagner.

« Alors ma pièce va pouvoir être jouée ! »

L'un des acteurs se mit à tousser, les deux Burbage semblaient embarrassés. Personne ne dit rien pendant un moment ; enfin, avec un regard de reproche adressé à ses compagnons, Will Shakespeare prit la parole :

« Mon ami, dit-il, prépare-toi à une déception. Il n'y a pas que des bonnes nouvelles, hélas. »

Ses yeux étaient pleins de commisération.

« Comment cela ? demanda Edmund.

— Nous n'avons pas de salle.

— Mais les Blackfriars... »

Shakespeare secoua la tête. « Nous n'osons pas les utiliser.

— Voilà deux jours, expliqua Burbage, le Conseil privé a reçu une nouvelle lettre, venant de Ducket et de nombreux résidents des Blackfriars. Quand ils ont appris que les représentations risquaient de reprendre, ils ont à nouveau protesté. Ils ne nous accepteront jamais là-bas, et dans la situation où nous sommes déjà... le risque à courir est trop grand.

— Mais lady Redlynch pense que... commença Edmund, qui s'interrompit en voyant les autres échanger des regards gênés.

— Elle aussi a signé la lettre, grogna Burbage. Je suis désolé. »

Edmund en resta quelque temps sans voix, et sentit qu'il devenait écarlate ; comme elle l'avait berné... Ce fut Shakespeare qui vint à son secours : « Elle a une maison là-bas et Ducket est puissant. Une maîtresse peut changer d'avis, je le sais moi aussi.

— Tout n'est pas perdu, continua Burbage. Pour l'instant au moins, nous disposons d'un théâtre où nous pouvons monter certaines pièces.

— Alors, la mienne... »

La gêne parut se réinstaller ; Shakespeare regardait Burbage comme pour lui dire : à ton tour de parler, maintenant. Celui-ci reprit la parole :

« Toute la difficulté est là, justement. Bien que j'aime beaucoup ta pièce, elle... (Il semblait fort malheureux.) Dans le théâtre où nous allons nous installer... elle ne conviendra pas.

— En deux mots, intervint Shakespeare, nous allons à la Courtine.

— A la Courtine ? » La fosse aux ours ! Le pire de tous les théâtres ! Bien peu, parmi les relations mondaines d'Edmund, se laisseraient convaincre d'y venir ; quant au public habituel de l'établissement, même les pires paillardises dont Shakespeare émaillait parfois ses pièces leur passeraient au-dessus de la tête. Alors la pièce d'Edmund, toute de brio et d'esprit courtois... « Ils siffleraient au bout de la troisième réplique, murmura-t-il.

— Tu comprends, n'est-ce pas ? (Burbage semblait soulagé.) Si d'autres compagnies veulent la monter, bien sûr, tu es libre de traiter avec elles.

— Il n'y a plus que la troupe de l'amiral, qui est désormais notre rivale, dit Edmund.

— Etant donné les circonstances, se hâta de répondre le second frère Burbage, nous ne pouvons te retenir », et les autres acquiescèrent de la tête.

Alors seulement Edmund se souvint de l'argent qu'il avait mis dans l'entreprise. « Je vous ai prêté cinquante-cinq livres, rappela-t-il.

— Nous te les rendrons, déclara Burbage.

— Pas tout de suite, précisa Shakespeare avec un sourire embarrassé. Car à vrai dire, nous n'avons pas un sou vaillant. »

C'était la vérité, et cela se comprenait : pas un penny retiré de l'énorme investissement des Blackfriars, pas de théâtre, pas de pièces, pas de recettes. Les représentations à la cour rapporteraient un peu d'argent, mais juste assez pour permettre à la troupe de continuer à vivre.

« Sois patient, dit Shakespeare. Les choses peuvent s'améliorer. »

Mince réconfort pour Edmund, qui venait de découvrir que sa maîtresse l'avait dupé et que sa pièce était pour ainsi dire condamnée. Lorsque le lendemain il rencontra son cousin Bull, qui lui demanda comment la situation se présentait, il ne put supporter de le regarder en face, mais marmonna que tout allait bien et prit lâchement la fuite.

Toutefois, il eut encore assez d'esprit pour arranger avec un certain style sa séparation d'avec lady Redlynch. Il lui envoya une lettre protestant de son amour en termes si extravagants et si hyperboliques qu'à la fin de sa lecture elle aurait compris qu'il s'était lassé d'elle. Puis il lui annonça la nouvelle : le théâtre des Blackfriars, qu'ils avaient tous deux si ardemment soutenu de leurs vœux, avait été brisé par des manœuvres basses et déloyales. Sa déception — qu'elle partagerait sûrement — était si grande qu'il allait se retirer de la société des hommes.

Et ni même l'éclat de vos yeux ni la loyauté de votre cœur ne pourront me faire revenir sur ma décision.

Elle comprendrait sans doute le message.

Et la pauvre Jane Fleming ? Deux jours après avoir envoyé sa lettre, d'humeur toujours aussi mélancolique, il se rendit à la maison de Shoreditch. Il s'aperçut alors qu'il ne lui avait pour ainsi dire plus parlé depuis sa rencontre avec la reine. A son arrivée chez les Fleming, si elle se montra aimable, il trouva néanmoins qu'elle avait changé : elle vaquait à son travail et ne semblait guère s'intéresser à lui. Il lui demanda si elle voulait aller se promener. Pas maintenant, lui dit-elle. Plus tard, alors ? Peut-être un autre jour. On verrait.

« Y a-t-il une raison pour que vous soyez aussi froide ? lui demanda-t-il, songeant à lady Redlynch.

— Moi ? Non... (Elle sourit et parut étonnée.) Je ne suis pas froide...

— Pourtant vous ne vous promènerez pas avec moi...

— Vous le voyez (elle fit un geste vers les piles de costumes, qui allaient maintenant resservir), j'ai beaucoup à faire. » Elle se remit à son travail, calme en apparence, mais feignant toujours d'ignorer le jeune homme.

Comme il ne se souciait guère d'essuyer un autre refus, il ramassa son chapeau et s'en alla.

1598

Les premiers mois de la nouvelle année avaient été éprouvants pour Edmund. Ses efforts littéraires n'avaient abouti à rien : il avait montré sa pièce à la troupe de l'amiral, qui avait dû (à regret) la refuser. « C'est trop bien pour nous, trop subtil », lui avaient-ils poliment répondu. Ensuite, plus rien. Un mois avait passé, et il s'enfonçait dans l'amertume ; puis un deuxième, et ce fut la grave saison du Carême. Enfin, la grande transformation intervint.

Au début, ses amis y crurent à peine. Au fond de lui-même, il était sans doute resté aussi spirituel et insouciant qu'avant, mais quant au reste... Finis, les précieux habits : sa tunique était simple et généralement de couleur brune ; son chapeau plus petit qu'avant, ne portant qu'une simple et unique plume ; il s'était même laissé pousser une petite barbe drue. Il avait désormais tout du travailleur manuel, de l'artisan. Quand Rose et Sterne s'en étonnèrent, il les traita de petits-maîtres. Mais le plus étonnant, ce fut quand il annonça : « Je vais écrire une pièce. Pas du tout une pièce pour la cour, non, pour les gens du peuple. Je vais l'écrire pour la Courtine. »

Après tout, c'était la seule possibilité qui lui restait ; et cette fois, il ne se laisserait pas rembarrer. Car s'il s'était montré trop confiant jusque-là, il était désormais résolu à aller jusqu'au bout. Les Burbage doutaient qu'il pût réussir dans l'entreprise, mais Edmund leur rappela posément qu'ils lui devaient cinquante-cinq livres ; quand ils convinrent à contrecœur qu'on lui devait une faveur et lui demandèrent quel genre de pièce il avait en tête, il répondit : « Un drame historique, avec beaucoup de combats. » Il avait déjà vu représenter de telles pièces, mais décida qu'il était maintenant temps d'en lire et d'en étudier les textes.

Mais il se heurta alors à une difficulté : fort peu de textes étaient disponibles. Quand un auteur avait fini de rédiger une pièce, elle subissait un sort assez curieux : son texte était entièrement découpé et réarrangé en plusieurs morceaux, chacun d'eux représentant l'un des rôles, afin que l'acteur qui tenait ce rôle puisse l'apprendre, tandis que le responsable de la loge des artistes se voyait confier les indications scéniques qui lui permettraient d'apporter accessoires et costumes au bon moment. Seul, en général, l'auteur, ou le directeur du théâtre, était en possession d'un texte complet, qu'il conservait avec soin. Parfois ces textes étaient imprimés, au bout de quelque temps, mais le plus souvent ils ne l'étaient pas : et plus la pièce avait de succès, moins il y avait de chances pour que le dramaturge la fasse imprimer.

Il n'existait pas en effet de loi sur les droits d'auteur : si une autre compagnie se procurait une copie de la pièce et montait une version « pirate » sans payer le dramaturge, celui-ci ne pouvait en rien s'y opposer. Par conséquent, les textes étaient des objets précieux. Et si Shakespeare ne faisait pas imprimer ceux de ses pièces — ce qu'effectivement il ne fit jamais —, ce n'était pas par ignorance de leur valeur : il protégeait tout simplement ses revenus.

Edmund aurait pu, bien sûr, demander aux Burbage des copies d'une bonne douzaine de pièces ; mais il craignit que cela ne trahît son manque de confiance en lui, et préféra s'en abstenir. Une meilleure idée lui vint à l'esprit : une fois les représentations terminées, les textes des différents rôles étaient souvent conservés dans la loge des artistes, pour le cas où l'on remonterait un jour le spectacle ; Fleming pourrait sans doute reconstituer pour lui des pièces complètes. Aussi, à Pâques, Edmund revint-il voir Jane et lui suggéra-t-il de lui trouver quelques manuscrits.

Il la vit fort occupée. Les premiers mois à la Courtine n'avaient pas été faciles ; bien que de taille à peu près identique au Théâtre, la salle était bien moins pratique. La loge des artistes était plus petite, la scène moins bonne. Ils devaient régulièrement libérer les lieux pour laisser place à d'autres spectacles, comme des combats de coqs. Jane était donc sans cesse en train de transporter et vérifier la garde-robe.

Avec tout ce remue-ménage, elle n'avait guère eu le temps de penser à Edmund. Elle avait entendu dire que sa liaison avec lady Redlynch était terminée ; mais dans les mois qui avaient suivi Noël, alors que le moral du jeune homme était au plus bas, on ne l'avait pas aperçu du côté du théâtre, et ils ne s'étaient donc pas rencontrés. Elle n'avait d'ailleurs guère pensé aux hommes en général — sauf peut-être à Dogget.

Difficile de dire au juste comment le jeune artisan était entré dans sa vie. Elle l'avait déjà vu auparavant, en compagnie d'Edmund ; mais, dans le courant du mois de janvier, ce fut comme si elle prenait conscience de son existence. Il semblait rôder souvent dans les parages du théâtre et la faisait rire ; elle lui en était reconnaissante. Mais un épisode au début de février la marqua davantage. Un groupe de gens de théâtre et leurs amis partaient boire à la taverne ensemble, et Dogget se trouvait parmi eux ; Jane devait rester, parce qu'il y avait beaucoup à faire dans la loge des artistes. Sans un mot, en souriant, Dogget était resté avec elle et l'avait aidée, cinq longues heures durant, à sortir et à nettoyer les costumes, comme si c'était la chose la plus naturelle du monde. Elle ne pouvait s'empêcher de se demander si Edmund Meredith aurait fait une chose pareille.

Une plaisante amitié s'était alors développée entre les deux jeunes gens. Dogget venait la voir assez souvent, et ils allaient se promener ensemble ; elle se sentait bien en sa compagnie. En février il l'avait embrassée, chastement, comme s'il n'espérait rien obtenir de plus d'elle. Une semaine plus tard, elle avait remarqué en plaisantant : « Je suppose que tu as déjà connu beaucoup de filles...

— Pas une seule, non », avait-il répondu, les yeux malicieux, et ils avaient ri tous les deux. Deux semaines plus tard, elle lui avait fait comprendre qu'il pouvait lui donner un vrai baiser, et s'était rendu compte qu'elle aimait cela elle aussi. Quand à l'approche de Pâques sa mère avait observé un jour : « Le jeune Dogget te fait la cour. Tu crois que tu serais heureuse avec lui ? » elle avait répondu, non sans hésitation : « Je crois... Peut-être... »

En réalité, si elle éprouvait quelque incertitude, c'était pour une raison si absurde que cela ne valait même pas la peine d'en parler. Cela ressemblait à ce qu'elle éprouvait chaque fois que la compagnie partait sur les routes pour sa tournée d'été : l'envie de voir des horizons nouveaux, un besoin d'aventure, comme on devait en connaître sur les mers. Jamais de telles idées n'avaient agité la famille Fleming, pour autant qu'elle le sache, et elle ne voyait guère à quoi elles rimaient. Aussi décida-t-elle que c'étaient des absurdités, des pensées puériles et qui lui passeraient bientôt. Dogget, avec son petit atelier de réparation navale à Southwark, ne s'accordait guère avec cette étrange soif d'aventure qu'elle sentait grandir en elle ; mais elle jugea que cela n'avait pas d'importance, et qu'elle n'en serait pas moins heureuse avec lui. C'est alors que Meredith réapparut.

A mesure qu'avançait le printemps, Edmund retrouvait le sourire. Le sujet de sa future pièce le passionnait : l'Armada espagnole. Il y aurait de nobles monologues de la reine, de Drake et des autres capitaines ; une bataille sur la scène, pour laquelle il faudrait tirer de nombreux coups de canon. Il pariait que ce serait le plus bruyant spectacle jamais produit à Londres. Pour la grande tirade finale, il comptait s'inspirer du style plus grandiloquent de Marlowe, afin d'évoquer l'intervention de Dieu et le naufrage des galions espagnols dans la tempête. « Le peuple va adorer, prédisait-il. Je ne peux pas ne pas réussir. »

Fin mai, quand le premier acte fut terminé, il se sentit plus confiant encore ; il recommença à s'imaginer faisant impression sur le monde. Avec cette vision retrouvée de lui-même, revint aussi l'agréable sentiment qu'il aimerait avoir Jane à son côté. Il était temps de renouer avec elle. La première semaine de juin, il lui offrit un petit bouquet de fleurs ; la semaine suivante, un bracelet d'argent. Et si, ayant été négligée, elle semblait aujourd'hui hésitante, il ne s'en inquiéta pas.

Jane se félicitait d'avoir gardé son calme quand Edmund était venu lui demander de l'aide la première fois. Elle avait été un peu intriguée par le changement qui s'était opéré chez le jeune homme ; mais tous les amis de Meredith s'en étonnaient comme elle. Quant aux fleurs et au bracelet, elle les considérait comme des remerciements pour les textes qu'elle lui avait procurés, et rien de plus. Peut-être y avait-il mis une autre intention, mais elle ne s'y attardait pas, sachant qu'il pouvait fort bien changer à nouveau d'avis et trouver une seconde lady Redlynch.

Pendant ce temps, à la Courtine, la situation était difficile. En dépit des efforts de la troupe, ils ne parvenaient pas à attirer dans la nouvelle salle les plus mondains de leurs spectateurs d'autrefois ; en outre, des tensions régnaient parmi les acteurs. Certains d'entre eux, conduits par le bouffon, pensaient qu'ils pourraient accroître leur public en montant des spectacles plus corsés, plus paillards ; d'autres, dont Shakespeare, privilégiaient au contraire la qualité et s'irritaient de l'orientation prise par la compagnie.

« Nous ne gagnons pas suffisamment d'argent », dit un jour le père de Jane à sa fille, et il lui laissa entendre que les Burbage avaient des problèmes financiers. « Ici, la troupe ne sera jamais chez elle », conclut-il. Si seulement ils avaient pu retourner au Théâtre... « C'est doublement rageant, commenta-t-elle, se souvenant d'une remarque de l'un des Burbage, quand on pense que nous avons nous-mêmes bâti la salle... » C'étaient en effet les Burbage qui, une vingtaine d'années plus tôt, avaient loué le terrain et construit le bâtiment de bois ; mais le bail était désormais résilié et ils ne pouvaient plus mettre un pied dans la salle. Au début du mois de juin, son père lui dit avec tristesse : « J'ai bien peur que cette saison soit pour nous la dernière... »

Cette perspective fit que Jane refusa de penser à Edmund. Si la compagnie n'existait plus, raisonnait-elle, et si personne ne prenait sa pièce, jamais Edmund ne se sentirait assez sûr de lui pour se marier. Lucide, elle jugea que l'intérêt qu'il lui portait tenait pour beaucoup au fait qu'elle appartenait au théâtre ; Dogget, lui, l'aimait pour elle-même. Elle se montrait donc aimable envers Edmund, mais sans plus.

Certain jour, tandis que l'été battait son plein, elle avait promis à John d'aller sur le fleuve avec lui, et attendait le soir avec impatience. Edmund passa à la Courtine dans l'après-midi : il allait se promener avec quelques amis dans les bois d'Islington, jusqu'à une petite clairière : ils emporteraient quelques bonnes bouteilles et improviseraient sûrement des scènes de comédie. Elle déclina poliment l'invitation, expliquant qu'elle était déjà engagée ailleurs, et Edmund s'en alla ; après son départ, elle se demanda si elle n'aurait pas dû proposer de venir avec Dogget, mais s'ôta cette idée de l'esprit. John n'aurait peut-être pas été d'accord, et de toute façon il était trop tard.

Pourtant ce soir-là, tandis qu'ils voguaient vers Chelsea et que le soleil encore chaud brillait à la surface du fleuve — le jeune artisan tirait sur les rames avec ses mains palmées, tout sourire —, Jane se sentit soudain envahie d'une inexplicable tristesse, et même en colère. Quand ils furent de retour à Shoreditch et que Dogget l'attira dans un coin d'ombre, près du théâtre où ne brillait plus nulle lumière, elle put à peine supporter de lui rendre son baiser.

Avant qu'ils se quittent, elle convint néanmoins d'un rendez-vous avec lui pour le surlendemain. D'ici là, ses baisers auraient sûrement retrouvé leur ardeur.

Le lendemain de leur départ de Londres pour leur tournée d'été, le père de Jane lui annonça une fâcheuse nouvelle, sur la promesse expresse qu'elle ne la répéterait pas aux acteurs.

« Shakespeare a posé ses conditions. Il a dit aux Burbage que s'ils ne lui trouvaient pas un vrai théâtre, il quitterait la scène. » Puisqu'il possédait maintenant une propriété à Stratford, Fleming jugeait que la menace était réelle. « Il peut se retirer là-bas d'un jour à l'autre, commenta-t-il.

— Il y a un espoir quelconque ? demanda-t-elle.

— Oui, mais bien mince. Les Burbage ont fait une offre à Giles Allen pour un nouveau bail au Théâtre. L'offre est si élevée qu'il va y réfléchir, malgré la crainte qu'il a de Ducket et des aldermen. Je ne suis pas sûr que les Burbage aient les moyens de payer une telle somme, mais voilà où nous en sommes, en tout cas. Il prendra sa décision d'ici l'automne. S'il refuse... (il écarta les bras en signe d'impuissance)... retour aux boutons et aux aiguilles, j'en ai peur. Pour toi comme pour moi. »

Pendant les longues semaines d'été, tandis qu'ils voyageaient de ville en ville, Jane se surprenait souvent à penser au théâtre vide qu'ils avaient laissé derrière eux. Et aussi, même si elle s'en défendait, à Edmund et à sa pièce.

Lorsque Meredith se rendit en ville, chez les Burbage, par une froide après-midi d'octobre, il était à la fois pensif et joyeux.

Pensif à cause de Cuthbert Carpenter. Il venait de passer une heure avec lui, au George, à l'écouter raconter ses malheurs. Sa grand-mère devenait de plus en plus tyrannique ; en outre elle s'était convaincue qu'il était voué à l'enfer, en raison de son amour immodéré des spectacles, et avait même fait part de cette conviction à son puritain de maître. Dévot lui-même, celui-ci avait commencé à trouver des défauts dans le travail qu'accomplissait Carpenter.

« Il va falloir que je me trouve un nouveau maître, avait dit Cuthbert à Edmund. Mais il y en a tant de puritains aujourd'hui, et parmi les meilleurs des charpentiers, qu'ils ne m'engageront pas si j'ai mauvaise réputation. Même si je ne remets plus jamais les pieds dans un théâtre, je sens que cela va être très difficile. »

Edmund l'avait réconforté de son mieux, mais sans pouvoir grand-chose pour lui, hélas.

Il était joyeux cependant ce jour-là, pour une raison bien plus importante (pour lui) : sa pièce était terminée. Il n'y manquait pas un assaut, pas un coup de canon ; c'était un chef-d'œuvre, un océan de mélodrame, de grandiloquence et de bruits en tout genre. Il en avait averti les Burbage deux jours auparavant, qui l'avaient prié de venir les voir ; aussi se rendait-il chez eux, son manuscrit sous le bras.

Il fut surpris d'y trouver Shakespeare, ainsi que trois autres membres de la compagnie ; il ne s'attendait pas à les voir là. Le visage grave, ils le contemplaient en silence par-dessus la table de chêne. Puis Burbage lui annonça la nouvelle.

« J'ai peur que c'en soit bientôt fait de la troupe du chambellan, lui dit-il. Nous ne voulons pas continuer à jouer à la Courtine. »

Edmund ouvrit de grands yeux. « Mais ma pièce... Je l'ai écrite pour la Courtine... rappela-t-il, comme si cela pouvait y changer quelque chose.

— Je suis désolé, dit Burbage avec un petit signe poli en direction de la liasse de papier, désormais inutile. En fait, nous t'avons appelé parce que tu es notre créancier.

— Cinquante-cinq livres, souffla l'autre Burbage, avec tout le respect dû à une telle somme.

— Nous ne pouvons te dire quand, ni même si nous te rembourserons un jour », reprit le premier.

Edmund sentit la sueur lui perler au front. « N'y a-t-il vraiment aucune chance de... ? commença-t-il.

— Nous essayons d'obtenir un nouveau bail pour le Théâtre, expliqua Shakespeare, mais Allen refuse. » Il haussa les épaules et pendant quelques minutes les autres expliquèrent à Edmund les innombrables problèmes auxquels la compagnie était confrontée.

Il était rare que Meredith oublie de faire bonne figure en société ; pourtant ce jour-là, sans même s'en rendre compte, il enfouit son visage dans ses mains et faillit verser des larmes. Au bout d'un moment, il leur adressa un vague salut de la tête et partit.

Il retourna lentement vers son logis, en remâchant la nouvelle : les acteurs n'avaient aucun endroit convenable pour jouer, et aucune solution n'était en vue. Il était si bouleversé qu'il en oublia même, brièvement, sa propre pièce.

En arrivant à l'auberge de l'Etape, l'idée lui vint — une idée qui le fit repartir en courant jusque chez les Burbage. Il passa la porte en toute hâte et, les trouvant assis à la même place, s'écria : « Montrez-moi le bail ! » N'était-il pas juriste, après tout ?

Quelques minutes plus tard, il émettait une suggestion. L'idée qu'il avait eue était si osée, si extravagante et si astucieuse en même temps que pendant quelques instants personne ne réagit.

« Nous devons veiller à ce que personne ne soit au courant », finit par ajouter Edmund.

Alors, Shakespeare eut un large sourire.

De tous les changements qui émaillèrent le long siècle durant lequel les Tudors siégèrent sur le trône d'Angleterre, l'un des plus frappants fut pourtant à peine remarqué des contemporains.

Il débuta sous le règne du grand roi Henri, mais l'évolution en fut lente. Au milieu du règne d'Elisabeth, il devint toutefois perceptible : l'Angleterre se refroidissait.

La mini-période glaciaire des XVIᵉ et XVIIᵉ siècles ne présenta jamais de caractère alarmant : nulle banquise ne descendit vers l'île, et le niveau des mers ne baissa pas. Mais, pendant dix décennies, la température moyenne de l'Angleterre chuta de plusieurs degrés. La plus grande partie de l'année, on s'en rendit à peine compte : les douces journées d'été n'avaient pas disparu et, même si le printemps et l'automne pouvaient sembler plus frais qu'auparavant, c'est en hiver qu'on voyait la différence. La neige était plus précoce, plus épaisse aussi ; d'épais et longs glaçons pendaient aux toits des maisons. Et surtout, phénomène rarement observé jusque-là même au plus froid de l'hiver, les rivières gelaient.

C'était un discret écho des lointains âges glaciaires ; ainsi qu'un rappel pour tous les Anglais (si quelqu'un l'avait oublié) que malgré la brise méditerranéenne soufflée par la Renaissance sur la cour, l'université et le théâtre, leur île appartenait et appartiendrait toujours au monde septentrional. En ce mois de décembre de l'an de grâce 1598, la Tamise était prise aans les glaces.

Tandis que descendait le crépuscule, après une journée particulièrement froide, personne ne faisait attention à un groupe d'hommes cheminant lentement vers Shoreditch. Certains portaient des scies, d'autres des marteaux et des ciseaux. Qui eût pris la peine de les observer aurait pourtant remarqué un curieux manège ; l'un après l'autre, ils s'engouffraient dans l'étroite maison des Fleming. L'obscurité tomba et deux nouveaux personnages arrivèrent encore, à pas étouffés, pour pénétrer eux aussi dans la maison : les frères Burbage. Enfin ce fut une silhouette plus mince, qui marchait d'un pas léger. Les ténèbres s'épaissirent.

Le visage de Cuthbert Carpenter rayonnait ; ils l'avaient gavé de pâté en croûte et de plusieurs verres de grog brûlant. Assis sur son banc, entre un confrère charpentier et une pile de costumes de *La Nuit des rois* encore moites de sueur, il arborait un sourire béat. C'était l'aventure la plus excitante qu'il eût jamais connue.

Il devait tout à Meredith, bien sûr. C'était Edmund qui, six semaines plus tôt, lui avait trouvé un nouveau maître ; Edmund aussi qui, voilà juste trois jours, lui avait donné le courage de franchir un pas encore plus audacieux : s'en aller de chez sa grand-mère. Mais cela même n'était qu'un crime mineur, comparé à l'extraordinaire entreprise dans laquelle il était désormais engagé. Après cette nuit de travail, oui, il irait sans doute en enfer ; mais — c'était là le plus étonnant et le plus merveilleux de l'histoire — il ne s'en inquiétait pas.

Une heure passa. Sous le pâle clair de lune échappé des nuages, les façades aveugles de Shoreditch, derrière leurs volets clos, ressemblaient à des visages qui se seraient refermés pour la nuit ; pas un murmure n'en sortait.

A dix heures, la porte de la maison des Fleming s'ouvrit enfin ; les hommes en ressortirent un par un, et certains portaient des lanternes sourdes. Ils se mirent silencieusement en marche vers le Théâtre, dont la grande silhouette se dressait dans la pénombre, et le contournèrent pour gagner l'entrée ; les Burbage furent les premiers à la porte.

Comme il était étrange dans l'obscurité, songeait Cuthbert... Le grand bâtiment rond avait soudain quelque chose de mystérieux, de menaçant même. Que faire si tout cela n'était qu'un vaste piège, si les aldermen de Londres les attendaient à l'intérieur pour les arrêter ? Son imagination se plut même à évoquer une autre image : une fois à l'intérieur, le plancher de la salle s'ouvrait brusquement et laissait apparaître un tunnel béant, qui menait droit aux flammes de l'enfer. Chassant ces folles pensées, il poursuivit son chemin le long du haut mur de l'édifice.

On entendit un craquement étouffé : les Burbage avait enfoncé la porte. Quelques instants plus tard, les hommes avaient tous disparu à l'intérieur du Théâtre.

A l'exception d'un seul, pourtant : Edmund était retourné dans la petite maison, sachant que l'on n'avait pas encore besoin de lui. Il était allongé sur une banquette, le corps recouvert d'une cape rouge qu'avait récemment portée un acteur jouant le rôle de Jean de Gand ; ses yeux étaient mi-clos, ses lèvres souriaient, et à côté de lui reposait Jane.

Elle avait presque oublié Dogget ces derniers temps, tant elle s'était rapprochée d'Edmund. Car si elle avait nourri des doutes à son sujet au cours de l'été, les événements de l'automne avaient tout changé ; il lui semblait même avoir découvert en Meredith un homme entièrement nouveau. Non seulement il était un soutien moral, un compagnon toujours joyeux, mais il y avait en lui une détermination tranquille et sérieuse qu'elle ne lui avait encore jamais connue. Pendant trois longues semaines il s'était retiré à l'auberge de l'Etape, où il avait étudié les baux et la jurisprudence les concernant ; enfin il était revenu trouver les Burbage, avec pour l'action de cette nuit un habillage juridique qui, au dire même de l'homme de loi expérimenté à qui il avait été soumis, était irréprochable. Edmund devenait conseiller bénévole de la compagnie, leur épargnant une fortune en honoraires d'avocat. « Il ne le fait pas que dans son propre intérêt, mais pour aider la troupe », avait indiqué Jane à ses parents.

L'audace de toute l'affaire plaisait à la jeune fille ; elle se pencha au-dessus de lui, l'embrassa longuement sur les lèvres puis remarqua en riant : « Tu agis comme un vrai pirate... »

Tap. Tap. Longtemps les sons restèrent étouffés, car les charpentiers travaillaient avec ingéniosité : ils grattaient tout le plâtre, dénudaient puis desserraient les assemblages, afin de dégager les planches en douceur, sur le pourtour de la salle ; ils travaillaient aussi silencieusement qu'ils le pouvaient, à la lumière des lampes. Déjà la scène n'était plus qu'un squelette. Mais maintenant, une heure avant l'aube, il fallait sortir les marteaux.

Des têtes apparurent bientôt aux fenêtres, des cris fusèrent ; des portes s'ouvraient et les voisins sortaient dans la rue, un manteau jeté en hâte sur les épaules. Edmund Meredith les attendait, tout sourire ; avec la plus parfaite courtoisie il leur assurait, comme si c'était la chose la plus naturelle du monde, que le bruit allait bientôt cesser. A ceux qui lui demandaient ce que les ouvriers étaient en train de faire, il répondait en toute franchise : « Ils démontent le théâtre, voyez-vous. Parce que nous l'emportons. »

C'était l'exacte vérité. En un exploit unique dans l'histoire de l'art dramatique, les Burbage démontèrent leur théâtre poutre par poutre, et allèrent le reconstruire ailleurs.

Le soleil était déjà haut dans le ciel quand l'alderman Ducket se fraya un chemin parmi la foule rassemblée autour de l'édifice. Son visage était blême et lui-même visiblement furieux. Il exigea qu'on lui donne des explications.

« Nous emportons simplement notre théâtre, lui répondit Edmund d'un ton aimable.

— Vous n'avez pas le droit d'y toucher ! Cette salle appartient à Giles Allen, et votre bail a expiré ! »

Cela ne fit que rendre plus affable encore le sourire de Meredith. « Le sol appartient à Allen, sans nul doute, confirma-t-il, mais la salle elle-même a été construite par les Burbage. Chaque poutre leur appartient donc. » C'était là le point faible qu'il avait fort habilement décelé dans le bail.

« Il vous traînera devant le tribunal ! tempêta Ducket.

— Pourquoi pas ? dit courtoisement Edmund. Mais je doute qu'il ait gain de cause.

— Où diable peut bien être Allen ?

— Ma foi, je n'en sais rien » répondit Edmund avec une moue d'ignorance. En réalité il savait que le marchand et sa famille étaient partis, deux jours plus tôt, rendre visite à des amis dans le sud-ouest du pays.

« Je vais faire cesser immédiatement ce scandale ! fulmina l'alderman.

— Vraiment ? (Edmund parut fort intéressé.) Mais comment vous y prendrez-vous ?

— Comme alderman de Londres ! hurla Ducket, au comble de la fureur.

— Mais voyons, monsieur, vous oubliez sûrement qu'ici nous sommes à Shoreditch, pas à Londres... (Il fit un petit geste navré.) Vous n'avez aucune autorité ici. » Par la suite, il repensa souvent à ce moment comme à l'un des plus agréables de son existence.

A la mi-journée, la moitié de la galerie supérieure avait été démontée et la scène chargée sur des charrettes. Ducket était revenu avec quelques ouvriers, pour tenter d'arrêter le travail ; mais Meredith les ayant menacés d'une accusation d'atteinte à l'ordre public et à la paix royale, ils n'avaient pas osé intervenir. Au crépuscule ils attaquaient la galerie inférieure, et personne ne les importunait plus. Ils jugèrent néanmoins plus prudent de prendre des tours de garde, la nuit, à l'entrée du théâtre — tandis qu'un Cuthbert Carpenter toujours euphorique entretenait un bon feu au parterre, afin qu'ils pussent s'y réchauffer.

Avant le Nouvel An, le Théâtre aurait quitté Shoreditch.

L'opération n'était pas seulement hardie : elle était nécessaire. Même sans le problème financier provoqué par l'échec des Blackfriars, la construction d'un nouveau théâtre butait sur un grave inconvénient : le prix du bois. Rien d'étonnant à cela : en moins d'un siècle, la population de Londres avait quadruplé et la demande de bois d'œuvre était considérable. Notamment, les puissants madriers qu'on tirait des chênes à la lente croissance, et qui étaient requis pour toute charpente d'un bâtiment fréquenté par la foule, coûtaient un prix exorbitant. Les magnifiques poutres de chêne qu'arboraient les maisons élisabéthaines témoignaient à elles seules de la prospérité de l'époque ; et l'énorme chargement de bois que les Burbage allaient charrier loin de Shoreditch représentait une véritable fortune.

Le site choisi par les Burbage pour y construire le nouveau théâtre était idéal. Occupant une partie d'un vaste terrain découvert de Bankside, il était situé dans la *Liberty of the Clink*, mais à l'écart des maisons closes du secteur. L'accès par le fleuve était facile, permettant aux citoyens respectables d'arriver directement par le débarcadère, sans rien rencontrer en chemin qui pût les choquer. Si les négociations avec le propriétaire du terrain étaient pratiquement achevées, le contrat n'était toujours pas signé ; aussi serait-il nécessaire d'entreposer les poutres quelque part une semaine ou deux. Il existait encore un autre petit écueil à éviter.

Si furieux qu'il pût être, l'alderman Ducket restait un homme prudent ; il s'était renseigné avant de tendre son piège. Le document officiel qu'il comptait produire était contresigné par plusieurs autres aldermen ; les vingt hommes qui devaient s'emparer des charrettes se tiendraient discrètement à l'écart, en attendant le moment d'agir. La chance était de son côté : ses espions avaient découvert que les Burbage, malavisés, comptaient transporter dans le même voyage les madriers de chêne les plus lourds, ceux qui avaient le plus de valeur. Ils avaient loué dix grands chariots à cet effet.

« Quand ils arriveront au pont, ils devront s'arrêter pour payer la taxe. C'est à ce moment-là que nous interviendrons, expliquait Ducket aux aldermen ses confrères. Personne ne pourra mettre en question notre autorité, puisqu'ils seront à l'intérieur de la ville. Mes hommes s'empareront alors des chariots et nous saisirons le bois, au motif qu'il y a suspicion de vol. (Il eut un large sourire.) Dès le retour d'Allen, l'affaire ira devant le tribunal.

— Et si Meredith a raison et qu'ils gagnent ? demanda l'un des aldermen.

— Aucune importance. Le procès peut durer des années. Pendant ce temps (il sourit à nouveau), pas de poutres, donc pas de théâtre. J'espère qu'ils seront ruinés. »

Et maintenant, en ce dernier jour de l'année, il attendait patiemment sur le pont. On était au milieu de la matinée et les chariots allaient arriver.

Le cortège approchait de Bishopsgate à pas lents ; Edmund était assis dans le premier véhicule. Il scrutait le chemin devant lui et ne voyait rien de suspect ; même la vieille porte fortifiée qui défendait l'entrée de la ville semblait accueillante et débonnaire. Ensuite le chemin serait facile jusqu'au pont. Il sourit.

Juste avant la porte, le premier chariot tourna, de manière inattendue, à gauche ; peu de temps après il suivait le chemin contournant la cité par l'extérieur, le long des murs et des fossés. Les autres véhicules suivaient. Cinq minutes plus tard — la Tour se dressait à quelques centaines de mètres sur leur droite —, ils cahotaient le long d'un sentier gelé, qui traversait un terrain découvert et menait jusqu'au fleuve.

Vue de l'entrée du Pont de Londres, la Tamise gelée présentait un pittoresque spectacle. Juste en amont, des commerçants entreprenants avaient dressé des stands sur la glace, une petite foire improvisée ; des châtaignes et des friandises grillaient dans des braseros. Plus loin, en face de Bankside, une grande aire vide avait été déblayée ; des groupes d'enfants et d'adolescents y patinaient, y glissaient de toutes les manières. Tout puritain qu'il était, l'alderman Ducket ne trouvait rien à redire à ces passe-temps innocents, et les considérait même d'un air approbateur.

Il fronça les sourcils. Où diable étaient ces charrettes ? Elles auraient dû déjà être ici. Un idiot les aurait-il retardées à la porte de la ville ? Il était tenté d'aller jusqu'à Bishopsgate pour voir par lui-même, mais se retint. Quelques minutes passèrent encore, puis il tourna les yeux vers l'aval du fleuve.

Les dix chariots s'étaient tous engagés sur la glace. Ils étaient à plusieurs centaines de mètres au-delà de la Tour et pourtant, même par ce gris matin d'hiver, il en distinguait tous les détails. Il pouvait apercevoir Meredith, assis dans le véhicule de tête. Il resta un long moment à les observer, incapable de prononcer une parole ; peut-être la glace allait-elle céder sous leur poids ? Meredith, oui, Meredith lui-même se noierait ? Mais non. Les chariots continuèrent leur chemin, imperturbables.

Peu de temps après, ils s'arrêtèrent dans la cour de l'atelier naval de John Dogget ; c'est là que Meredith avait prévu d'entreposer les poutres. Du pont, l'alderman impuissant les regarda décharger leur bois.

1599

Le 21 février 1599 fut signé dans la cité de Londres un document qui, par chance, nous a été conservé. C'était un assez modeste document : un simple bail par lequel un certain Nicholas Brend, propriétaire d'un terrain à Bankside, accordait le droit d'y construire et d'y exploiter un théâtre. Il présentait une particularité inhabituelle : le preneur n'était pas une seule partie mais un groupe de gens, et le contrat détaillait avec soin les termes du partage. Il était fait pour moitié au nom des deux frères Burbage ; l'autre moitié était divisée en parts égales entre cinq membres de la troupe du chambellan — l'un de ces cinq membres étant William Shakespeare.

Le nouveau théâtre allait être possédé et dirigé par une compagnie. Le mot « actionnaire » n'existant pas encore dans le vocabulaire de l'époque, on recourait à un terme d'usage plus domestique : Shakespeare et ses compagnons investisseurs étaient désignés comme les « locataires ». Le théâtre détenu en commun recevrait également un nouveau nom : ils décidèrent de l'appeler le Globe.

Cuthbert Carpenter n'ignorait rien des pensées de sa grand-mère, car il s'estimait moralement tenu de lui rendre visite, à elle et à sa sœur, une fois par semaine. Pour elle, Bankside était à la fois Sodome et Gomorrhe, le théâtre, le temple de Moloch. Mais si, comme sa grand-mère le pensait, Dieu l'avait déjà destiné à l'enfer, il n'y avait de toute façon plus rien à faire. Aussi œuvra-t-il avec ardeur à édifier le temple de Moloch, plus heureux que jamais.

Le théâtre du Globe était un bel édifice. Une grande enceinte circulaire et découverte, d'un diamètre de plus de vingt-cinq mètres (en réalité elle n'était pas ronde mais, comme les autres théâtres, c'était un polygone à près de vingt côtés) ; au centre, un grand parterre, et tout autour trois étages de galeries. Au fond de la vaste scène, un mur droit était percé de deux portes, à droite et à gauche, par lesquelles les acteurs faisaient leurs entrées et sorties. Derrière ces portes se situait la loge des artistes ; au-dessus, et s'étendant sur toute la largeur du mur du fond, la tribune des musiciens, connue sous le nom de loge des Lords. Car lorsque aucune musique n'était requise pendant le spectacle, les gens à la mode aimaient venir s'y asseoir ; ainsi, ils pouvaient à la fois voir la pièce et se faire admirer du public.

Un toit de bois dominait tout l'arrière de la scène, soutenu sur le devant par deux robustes piliers. Le plafond de ce toit, une fois qu'il serait achevé et décoré d'étoiles, serait appelé le « ciel ». L'accessoire le plus amusant, pour Cuthbert, c'était la poulie munie d'un harnais qu'on utiliserait quand un acteur devrait voler au-dessus de la scène.

Enfin, une tourelle s'élevait au-dessus et à l'arrière du toit de la scène ; de là un homme sonnerait la trompette, les jours de spectacle, pour faire savoir à tout Londres qu'une représentation allait bientôt commencer.

En mars, en avril et encore en mai, Carpenter travailla d'arrache-pied à l'édification du nouveau Globe, jusqu'à ce que son grand toit de chaume fût fini, qui couvrait l'ensemble des galeries. Alors les peintres commencèrent à décorer l'extérieur du théâtre de fenêtres en trompe-l'œil, de frontons classiques et de niches, afin d'en faire une brillante petite imitation d'amphithéâtre romain. Quand Cuthbert rendait visite à sa grand-mère et qu'elle lui demandait sévèrement ce qu'il avait fait ces derniers temps, il pouvait l'étonner beaucoup en lui répondant :

« Aujourd'hui j'étais dans la loge des Lords, et figure-toi, Grand-mère, que j'ai vu le ciel. »

Tandis qu'on approchait de la fin des travaux, la fièvre montait parmi la compagnie. Tout Londres avait entendu parler de l'audacieux transport à travers le fleuve. Comme prévu, Giles Allen avait entamé une procédure légale contre l'enlèvement de la charpente, mais cela n'avait fait qu'accroître la curiosité et la sympathie de la population ; les amateurs de théâtre étaient ravis de voir la troupe du chambellan tourner en ridicule ces pisse-froid d'aldermen. La cour royale, disait-on, en avait été fort divertie, et même la troupe de l'amiral le reconnaissait : « Vous avez frappé un grand coup, qui nous profitera à tous. »

Quant au bâtiment lui-même et à son emplacement, la compagnie était satisfaite de l'excellent choix. Le seul inconvénient qu'on pouvait lui trouver — et c'était un inconvénient mineur — concernait les voies d'accès.

Pour arriver à pied jusqu'au Globe, à moins d'habiter Southwark, il fallait traverser le Pont de Londres. Si l'on venait de l'est de la ville, le trajet était assez direct ; mais, à partir de l'ouest ou du quartier des Inns of Court, cela voulait dire soit un long et fatigant détour jusqu'au Pont, soit prendre un bac, avec les frais en rapport : même huit personnes, en se regroupant, auraient à payer six pence pour louer un canot suffisamment grand. « Nous risquons de perdre quelques jeunes avocats sans le sou », avait affirmé Fleming à Jane ; mais avec tant d'autres détails à régler, personne ne s'était inquiété de ce détail.

La famille Fleming devait déménager elle aussi, pour suivre le théâtre ; au mois d'avril, le père de Jane commença à négocier avec plusieurs propriétaires afin de trouver un logement convenable aux alentours du Globe — mais sans être trop près des maisons closes.

Un après-midi du début mai, comme elle revenait de visiter une petite maison qui plaisait à son père, Jane rencontra John Dogget ; comme aucun d'eux n'avait d'obligations à ce moment-là, ils allèrent ensemble au George.

John était semblable à lui-même, enjoué comme toujours. Même s'ils s'étaient vus moins souvent depuis l'automne, il paraissait ravi de la retrouver. Quand elle lui annonça leur arrivée prochaine à Southwark, son visage s'éclaira et il répondit : « Alors tu vas habiter près de chez nous ? Je suis si heureux... » ; et elle se rendit compte qu'elle aussi était heureuse. D'ailleurs le temps passait si vite en sa compagnie qu'elle remarqua à peine qu'une heure, puis deux s'étaient écoulées. Une simple observation, qu'elle fit par hasard, mit un terme à leur conversation au George. Pendant qu'elle lui parlait du nouveau Globe, elle mentionna la question du coût de la traversée par le fleuve. John lui fit répéter sa phrase et il se tut quelques instants, pensif ; enfin son visage se fendit d'un large sourire et il lui dit : « Viens avec moi. Je vais te montrer quelque chose ! »

Le soleil plongeait déjà à l'horizon, laissant un long sillage écarlate à la surface du fleuve, lorsqu'ils arrivèrent dans la cour des Dogget. Jane le regarda avec surprise déplacer les planches du fond de l'atelier ; quand ce fut fini, il alluma deux lampes, les suspendit à une poutre et la pria de se retourner. Tandis qu'elle admirait les feux du couchant, elle entendit John remuer des couvertures derrière son dos ; la voix du jeune homme résonna : « Tu peux regarder, maintenant. » Alors, stupéfaite, elle découvrit la longue silhouette brillante et magnifiquement dorée du trésor secret de son ami. Il rayonnait.

« Pourquoi ne l'utiliserait-on pas ? Pour faire traverser les gens vers le Globe ? »

Enfin, il avait trouvé un rôle digne d'elle à la barque du roi Harry.

« Nous pourrons y faire monter trente personnes sans difficulté », lui affirma-t-il.

Ils passèrent une demi-heure à l'essayer, s'asseyant sur toutes les banquettes, heureux et riant comme deux conspirateurs.

Le crépuscule était tombé quand il s'offrit à la raccompagner chez elle.

La pièce était terminée.

C'est *Le Marchand de Venise* qui lui avait fourni l'idée originale : un escroc s'acharne à faire le mal, mais les forces du bien finissent par triompher. Une idée simple. Mais ce qui avait frappé Edmund était la figure du méchant dans la pièce : un réprouvé, en même temps qu'une personnalité saisissante. Voilà ce dont il avait besoin pour sa propre pièce, un méchant qui sortît de l'ordinaire, inoubliable ; inquiétant non seulement par ses actions mais par sa personne même. Avec une part de mystère en lui. Mais quoi ? Un jésuite ? Un Espagnol ? Trop banal, trop convenu. Il s'était creusé la cervelle pour trouver quelque chose d'original — et s'était soudain rappelé l'étrange individu qui l'avait menacé devant la fosse aux ours, deux ans auparavant : Black Barnikel, le pirate.

Un More. Un pirate. Un Nègre. Que pouvait-il y avoir de plus étrange, de plus menaçant ? Le public ne le quitterait pas des yeux.

Il avait fait le Nègre abominable, hideux ; aussi terrible que Tamerlan, rusé comme Méphistophélès. Ses tirades et ses monologues flamboyaient : la voix même du mal sortait de sa bouche. Il n'y avait pas en lui une seule qualité qui pût le racheter. Pour finir cependant, pris dans ses propres rets, on le livrait à la justice des hommes ; puis — démontrant au passage qu'il savait aussi être lâche — il était conduit jusqu'au bourreau, qui l'exécutait en grimaçant de mépris. Quand il avait reposé sa plume, Meredith en était sûr : cette fois, il allait vraiment faire bonne figure dans le monde.

Cet après-midi-là il décida de sortir, et fit ce qu'il n'avait plus fait depuis longtemps : il ressortit ses *galligaskins*, sa fraise de dentelle blanche et son chapeau à volutes de plumes.

Le crépuscule était tombé lorsque Edmund et la dame traversèrent le pont. Elle était portée par deux serviteurs dans une chaise couverte : il marchait à côté, tenant galamment une lampe pour éclairer la route. Ils s'étaient rencontrés à un spectacle donné par la troupe de l'amiral, avant d'aller souper dans une taverne voisine avec un groupe de gens à la mode. Jusque-là, Edmund connaissait à peine sa compagne, une amie de lady Redlynch ; mais elle-même semblait se souvenir de lui puisque, quand elle l'avait croisé dans la galerie du théâtre, elle s'était retournée pour lui lancer d'un air mutin : « Je vois, monsieur Meredith, que vous êtes à nouveau vêtu comme un gentleman. » Edmund ignorait ce que lady Redlynch avait pu lui dire à son sujet ; mais à l'évidence cela ne l'incitait pas à le fuir, tout au contraire, et elle savait le lui faire comprendre.

Ils avaient fait halte, cent mètres au nord du pont, quand John Dogget et Jane arrivèrent à portée de vue, revenant du hangar à bateaux.

S'ils ne s'étaient pas arrêtés, si Edmund ne s'était pas penché vers l'intérieur de la chaise couverte, Jane n'aurait sans doute pas compris qu'il s'agissait de lui ; mais dans son mouvement il tint la lampe à la hauteur de son visage, et il n'y avait pas à s'y tromper. Même à cette distance, elle les distinguait tous deux dans le petit rond de lumière : Edmund, son fin visage aristocratique à moitié dans l'ombre, et la dame, belle mais trop maquillée, disant quelque chose qui le faisait rire. Elle la vit avancer la main pour prendre celle du jeune homme : elle pensa d'abord qu'il allait se reculer, mais il n'en fit rien. Jane s'arrêta.

Tout recommençait donc comme avant ; rien n'avait changé. Une boule d'amertume et de dégoût lui contracta la poitrine.

A son côté, Dogget ne s'était aperçu de rien et bavardait toujours gaiement. Elle se força à reprendre sa marche, et John fut surpris de sentir qu'elle lui saisissait la main pour la serrer dans la sienne.

Ils n'étaient qu'à une cinquantaine de mètres quand Edmund se retourna. Avec la lampe qu'il tenait si près de ses yeux, il ne les aurait peut-être pas reconnus, n'eût été la mèche blanche de Dogget ; et, à sa démarche, il comprit que la silhouette près de lui devait être Jane.

Il hésita quelques instants. Il savait que les deux jeunes gens étaient amis ; pouvait-il exister quelque chose de plus entre eux, qu'il aurait igno-ré ? Pouvaient-ils même — la pensée lui traversa l'esprit — être amants ? Non, décida-t-il, la petite Jane ne ferait jamais une pareille chose. Dogget la ramenait simplement chez elle, en tout bien tout honneur. Pourtant, songea-t-il, que faisait-il lui-même ? Il ramenait aussi cette femme chez elle — mais la quitterait-il à sa porte ?

Il fut sur le point d'aller les trouver, puis se ravisa : ils pourraient croire qu'il souhaitait à tout prix savoir ce qu'ils faisaient ensemble, et cela nui-rait à sa dignité. Quant à rassurer Jane, l'hypocrisie du geste l'embarras-sait malgré tout, alors qu'il passerait peut-être la nuit dans les bras de la dame. Qu'elle pense ce qu'elle voulait ; un galant comme lui avait bien le droit d'agir à sa guise. De toute façon, elle ne l'avait sans doute pas reconnu.

Un instant plus tard, Edmund et la dame avaient bifurqué vers l'ouest, tandis que Jane et Dogget continuaient en direction du nord.

Une semaine après ces événements, un petit cortège traversa le Pont de Londres à midi ; la journée était radieuse et les charrettes avaient un air de fête. Dans la première, bourrée de costumes, trônaient Fleming et son fils, tandis que dans la deuxième sa femme présidait. La troisième char-rette, découverte, était pleine d'accessoires ; Cuthbert Carpenter était perché sur le dessus pour s'assurer que rien ne tomberait à terre. Jane était montée dans la quatrième, elle aussi remplie d'accessoires. Et dans la cinquième, Dogget.

Le contenu des charrettes ressemblait à un inventaire de carnaval. Il y avait là un trône, un châlit, un sceptre doré, une toison d'or ; un cupidon avec arc et carquois, un dragon, un lion, une bouche de l'enfer. Et encore un chaudron de sorcière, une mitre de pape, un serpent, une jambe de bois ; une armure, des lances, des épées, des tridents — bric-à-brac qui mêlait l'histoire, la légende et les superstitions. Les passants contem-plaient en riant cet étonnant chargement, et les passagers des chariots répondaient joyeusement à leurs saluts.

Le Globe était sur le point d'ouvrir ; Fleming avait désormais sa maison à Southwark, et il n'était que temps d'y transporter ses réserves. Personne dans le groupe n'était plus radieux que Jane, car elle avait pris sa grande décision.

Elle ne voulait plus songer à Edmund et avait choisi John à la place. Depuis qu'elle-même et le jeune artisan avaient parlé de l'avenir, elle éprouvait une paix et un bonheur incomparables. Elle avait hâte d'en faire part à Meredith.

Deux jours plus tard, Edmund commença à nourrir des doutes au sujet de sa pièce. Voilà plus d'une semaine qu'il l'avait donnée aux Burbage ; les jours passaient et il attendait leur réponse, dans l'incertitude. La visite qu'il reçut de William Bull ne fut pas de nature à calmer ses angoisses.

« Il est grand temps que je rencontre moi-même les Burbage, lui dit fraîchement son cousin. Je veux mes cinquante livres !

— Surtout pas ! cria Edmund. (Il ne pouvait tout de même pas avouer à William que les Burbage pensaient que la somme entière venait de lui...) C'est la pire chose que tu pourrais faire ! » Une désagréable pensée lui traversa l'esprit : si les Burbage apprenaient que ce n'était pas son argent, peut-être ne monteraient-ils jamais sa pièce.

« Pourquoi cela ?

— Parce que... (Edmund se creusait les méninges)... ce sont des gens... insaisissables. Remplis d'humeurs étranges. Saturniens. Atrabilaires. Le Globe va leur fournir leurs premiers revenus depuis trois ans, et tu n'es pas le seul à qui ils doivent de l'argent. Je les ai convaincus de te rembourser avant les autres, mentit-il. Mais si tu vas les trouver maintenant, alors qu'ils ne pensent qu'à leurs premières représentations... mets-toi à leur place, cousin. Ils seront furieux et, ajouta-t-il avec une noble indignation dans le regard, ils auront raison de l'être. (Il regarda Bull dans les yeux et leva le doigt en signe d'avertissement.) C'est alors qu'ils te feraient *vraiment* attendre. »

Il vit que Bull hésitait. « Tu... tu crois ?

— J'en suis sûr.

— Bien... (William soupira et s'apprêta à partir.) Mais je compte sur toi.

— Jusqu'à la mort », dit Edmund avec un indescriptible soulagement.

Le lendemain, il reçut un mot des Burbage : sa pièce serait montée la semaine suivante.

Le soleil matinal était encore pâle dans le ciel. Devant le Globe, Jane attendait Edmund, dont la pièce serait jouée le lendemain. Elle était vêtue de vert, et la brise fraîche soufflant de la Tamise faisait danser des mèches folâtres dans sa chevelure rousse.

Elle s'était préparée à ce moment. Elle n'éprouvait plus aucun sentiment de triomphe ni de revanche ; en fait, elle se sentait plutôt un peu nerveuse. Mais elle savait exactement ce qu'elle allait faire : elle allait lui dire qu'elle se mariait.

Il ne tarderait sûrement pas, car ce matin avait lieu la répétition générale de sa pièce. Les Burbage avaient bien fait les choses, et Meredith ne pourrait pas s'en plaindre. Sur la porte du Globe, derrière Jane, une affiche proclamait :

LE NÈGRE
par
EDMUND MEREDITH

Quelque mille exemplaires en avaient été imprimés et distribués dans les tavernes alentour, les Inns of Court, et autres lieux où se rassemblaient les amateurs de théâtre ; on avait aussi engagé un crieur pour annoncer la pièce, en même temps que les principaux spectacles marquant l'ouverture du nouvel établissement.

Jane avait appris par son père que la programmation de la pièce d'Edmund ne s'était pas faite sans hésitations ni tiraillements. L'un des frères Burbage aurait voulu la récrire. Pour finir, néanmoins, à cause de la dette et des services qu'il avait rendus pour le bail, on avait décidé de la mettre au programme — mais très vite, dans la pré-saison d'été, quand on était encore en période d'installation. La véritable saison commencerait à l'automne, avec la nouvelle pièce de Shakespeare.

De toute façon, bons ou mauvais, les écrits de Meredith ne faisaient plus partie des préoccupations de la jeune fille. Elle s'efforça de se détendre quand elle le vit arriver.

Il était vêtu avec simplicité ; les vêtements à la mode avaient disparu et il ne portait pas de chapeau. Au lieu de son habituel pas nonchalant, il y avait de la rapidité, voire de la nervosité dans sa démarche. Tandis qu'il s'approchait, elle trouva qu'il avait minci, et qu'il était blanc comme un linge. Il lui adressa un bref signe de tête et murmura : « C'est la répétition générale aujourd'hui. » Il aurait aussi bien pu dire l'enterrement, tant il semblait abattu. « Ils vont l'entendre en entier. »

Pour faire revenir fréquemment leurs clients, les théâtres changeaient sans cesse leurs programmes. Entre les reprises de succès comme *Roméo et Juliette* et les nouvelles pièces, qui n'étaient données qu'une seule fois si elles ne plaisaient pas au public, les acteurs devaient jouer plusieurs œuvres différentes chaque semaine. La période de répétitions était extrêmement courte et, comme chaque acteur se consacrait à son propre rôle, il arrivait qu'il ne connût même pas la trame générale de la pièce jusqu'au jour de l'ultime répétition.

« Qu'est-ce qu'on en dit, dans la troupe ? demanda Edmund.

— Je n'en sais rien.

— Ils m'ont expliqué (il la regarda, plein d'espoir) qu'elle leur semblait si prometteuse qu'ils avaient voulu la monter tout de suite.

— Tu dois être content, alors.

— Tous mes amis vont venir. (Il semblait retrouver un peu d'entrain.) Rose et Sterne ont promis d'en amener une vingtaine. » Il n'avoua pas à Jane qu'il avait même écrit à lady Redlynch pour qu'elle lui apporte son soutien. « C'est du parterre que j'ai peur, confessa-t-il soudain.

— Pourquoi ?

— Parce que... » Il hésita et elle fut frappée par son regard, presque implorant. « S'ils se mettent à siffler ? » Puis, avant même qu'elle ait pu répondre : « Tu penses que Dogget ou un autre pourrait venir au parterre avec des amis ? Pour soutenir la pièce ?

— Tu veux dire que... tu voudrais que je le lui demande ? » Elle se tut quelques instants : la conversation prenait un tour fort différent de celui qu'elle avait imaginé. Elle choisit de changer de sujet : « Edmund, je dois te dire une chose...

— A propos de la pièce ? »

Elle s'interrompit : il semblait si inquiet, si démuni, si loin du garçon sûr de lui qu'elle connaissait... Non, elle ne pouvait le lui dire maintenant. Il fallait attendre. « Tout ira bien, affirma-t-elle. Sois courageux. » Et, se sentant pour la première fois plus maternelle qu'amoureuse, elle se pencha vers lui et l'embrassa.

« Vas-y, lui dit-elle, et bonne chance. »

Pendant toute la durée de cette conversation, ils n'avaient pas remarqué une paire d'yeux bleus qui les observait attentivement. Des yeux bleus qui se teintèrent étrangement de gris au moment où ils se détournèrent.

Black Barnikel était arrivé l'avant-veille à Londres et ne comptait pas s'y attarder ; son bateau devait embarquer une cargaison de tissus avant de repartir. Après quoi un groupe de marchands des Pays-Bas l'avait affrété, et il ferait voile vers le Portugal. Ces deux dernières années, sa vie aventureuse avait conduit le capitaine aux Açores et jusqu'en Amérique. Ses visites dans les ports lointains avaient engendré deux enfants, dont il ne savait rien, ainsi qu'un coffre plein de lingots d'or qu'il avait mis en sécurité, sur le conseil de ses cousins de Billingsgate, dans la chambre forte de l'alderman Ducket. Mais il était encore une autre affaire qu'il avait espéré résoudre lors de son escale à Londres. Il avait consulté ses cousins, l'alderman Ducket, plusieurs autres de ses connaissances dans la ville ; mais ils s'étaient tous montrés peu encourageants, ce qui avait laissé Orlando Barnikel dans un état d'esprit fort partagé.

Il avait été étonné, la veille, en découvrant l'affiche pour *Le Nègre* à la taverne ; il se rappelait sa conversation avec le jeune présomptueux, lors de sa dernière visite, et se demandait s'il pouvait s'agir du même Meredith. La curiosité l'avait poussé le matin jusqu'à Southwark, afin de découvrir le nouveau Globe, et peut-être la réponse à la question qu'il se posait. Quand il aperçut Edmund en compagnie de Jane, il se remémora tout de suite le visage du galant ; il se souvenait également de la jeune fille, elle aussi présente devant la fosse aux ours ce jour-là. Aucun doute, c'était bien le même Meredith. Et s'il en était ainsi, le sujet de la pièce ne pouvait être que lui-même, il le devinait.

Qu'avait donc dit le jeune présomptueux ? Qu'il pouvait faire de lui un héros comme un escroc ? Que tout Londres parle d'un Nègre comme un héros conviendrait fort bien à ses projets actuels, songea-t-il — et le jeune Meredith lui serait alors utile. Mais une canaille, au contraire, ne l'arrangerait pas du tout.

Le ciel était couvert alors que la foule approchait du Globe. Les gens traversaient le pont par petits groupes, tandis que sur l'eau le nouveau bac de Dogget avait déjà effectué trois voyages depuis la rive nord.

Même sur une Tamise aussi grise que ce jour-là, l'ancienne barque du roi Harry faisait un magnifique effet. Ses tons dorés et cramoisis jetaient leurs feux d'une rive à l'autre du fleuve ; sur le toit de la cabine, un grand pavillon représentant le Globe se déployait fièrement dans la brise. Six solides rameurs — dont deux étaient des cousins de John Dogget — transportaient trente passagers à chaque trajet, qui payaient un demi-penny chacun. Le bateau avait également servi à faire connaître le nouveau théâtre et ses spectacles ; il avait transporté les affiches qu'on avait distribuées tout le long du trajet, jusqu'à Chelsea d'un côté, jusqu'à Greenwich de l'autre.

Depuis la tourelle surmontant le toit du Globe, la trompette avait sonné par deux fois pour annoncer que la pièce commencerait à deux heures. Les spectacles du soir étaient interdits, car on ne voulait pas voir de foules déambuler dans les rues après la tombée du jour ; ils ne pouvaient même pas avoir lieu en fin d'après-midi, de peur qu'ils n'empêchent le peuple d'aller remplir ses devoirs à l'église, pour l'office du soir. Par conséquent, les représentations du théâtre élisabéthain devaient commencer peu après le repas de midi (qu'on appelait alors le dîner).

L'un des deux barbus, les frères Burbage, surveillait à la porte l'arrivée du public et comptait la recette. L'entrée coûtait un penny au parterre, deux pence dans les galeries ; quant à la loge des Lords, dominant le fond de la scène et à laquelle on accédait par un escalier situé derrière la loge des artistes, elle valait aujourd'hui six pence. Pour l'instant, avec sept cents entrées, le théâtre était loin d'être à moitié rempli : ce n'était pas un désastre mais, à moins que la pièce ne reçoive un très bon accueil, cela ne suffirait pas à assurer la poursuite des représentations. Rose et Sterne, qui avaient promis vingt amis, n'en avaient amené que sept, et la loge des Lords restait vide. Lady Redlynch n'était pas venue.

Mais dans la loge des artistes, un drame d'une tout autre ampleur était en train de se jouer.

Edmund promenait désespérément les yeux autour de lui : seulement cinq acteurs, dont le petit frère de Jane. Où se trouvaient les trois autres ? Will Shakespeare s'était excusé dès le début des répétitions — mais c'était normal, pensait Edmund, puisqu'il travaillait à sa propre pièce. Toutefois, l'effectif avait été complet lors de la répétition générale. « Richard Cowley est malade », dit quelqu'un ; « Thomas Pope a perdu sa voix », ajouta Fleming d'un air morne. Quant à William Sly, personne n'avait entendu parler de lui ; il avait disparu depuis la veille.

« Pouvez-vous vous partager leurs rôles ? » supplia Edmund — tout en cherchant avec fièvre, mentalement, comment il arrangerait l'affaire. Après s'être plongé plusieurs minutes durant dans le texte de la pièce, il réussit, moyennant quelques coupes, à répartir entre les acteurs présents les rôles de Pope et de Cowley ; mais c'était perdu d'avance sans Sly : « On ne peut pas la jouer, se lamenta-t-il. Impossible. » Il les contempla, désespéré ; sa pièce et tous les efforts qu'elle lui avait coûtés, balayés à la dernière minute ! Il faudrait rembourser le public... Il ne pouvait y croire. Les acteurs se regardaient en silence, embarrassés ; pour finir, le petit frère de Jane prit la parole : « Ne pouvez-vous jouer le rôle vous-même ? »

Ils observèrent Edmund avec curiosité.

« Moi ? (Il blêmit.) Sur une scène ? » Il était un gentleman, pas un acteur...

« Je crois que c'est la meilleure idée », approuva Fleming, tandis que les autres continuaient à le contempler.

« Mais je n'ai jamais joué de ma vie...

— Vous connaissez la pièce, dit le jeune garçon. De toute façon, il n'y a personne d'autre pour le rôle. » Après un silence, long et angoissé, Edmund reconnut qu'il avait raison.

« Oh ! mon Dieu, souffla-t-il.

— Je vais te chercher un costume », dit Jane.

Le choc le frappa de plein fouet, comme une immense vague, aussitôt qu'il arriva sur scène. Il les voyait toutes, à la lumière crue du jour qui tombait par l'ouverture du toit : huit cents paires d'yeux qui l'observaient, depuis le parterre à ses pieds et les galeries de chaque côté de la salle. S'il gagnait le bord de la scène, les plus proches occupants de la galerie pourraient le toucher en étendant le bras. Et dans tous ces yeux braqués sur lui il ne lisait qu'un seul sentiment : l'impatience.

Non que ce sentiment dût s'y lire très longtemps : les acteurs élisabéthains devaient réveiller à chaque instant l'attention de leur public. Si les spectateurs commençaient à s'ennuyer, ils ne se contentaient pas de s'agiter sur leurs sièges (la foule au parterre et beaucoup d'occupants des galeries restaient de toute façon debout) ; ils se mettaient à parler. S'ils s'impatientaient, ils sifflaient ; s'ils s'énervaient, une pluie de noix, de trognons de pomme ou de poire, de croûtes de fromage, ou de tout ce qui leur tombait sous la main, atterrissait sur la scène ou sur la tête des acteurs. Voilà pourquoi, dans le prologue de leurs pièces, les auteurs s'adressaient souvent, pleins d'espoir, à leurs « gentils spectateurs ».

Pourtant, Edmund n'avait pas peur. Dans sa main gauche il avait son texte, sous forme d'un petit manuscrit enroulé autour d'un bâton, que Fleming lui avait discrètement glissé tandis qu'il passait la porte de la scène. Le procédé n'était pas rare, chez les acteurs qui commençaient une nouvelle pièce, et c'était à peine visible de la salle ; pourtant le geste lui avait semblé absurde. Il y avait peu de risques qu'il oublie un texte qu'il avait écrit lui-même. En attendant que vienne son tour, il promena son regard sur le public ; il aperçut Rose et Sterne, surpris de le voir sur scène. Il faudrait qu'il invente une bonne raison à donner à ses amis. En regardant l'acteur qui jouait le Nègre, il trouva qu'il s'en tirait assez bien : pour l'instant du moins, les yeux du public restaient rivés sur l'étrange personnage noir qu'il avait créé, et il songea avec satisfaction que son idée avait été bonne. Mais c'était bientôt son tour à présent ; il sourit, fit un pas en avant et prit une grande inspiration.

Puis plus rien ; il avait l'esprit totalement vide. Il regarda l'acteur tenant le rôle du Nègre, comme s'il attendait une réplique de sa part, mais rien ne vint. Il sentit qu'il pâlissait et entendit la voix de Fleming qui lui soufflait quelque chose depuis la porte de la scène ; enfin il parvint à secouer sa torpeur et jeta furtivement un regard vers son texte.

« Eh bien, l'ami, comment va ma dame aujourd'hui ? » Comment avait-il pu oublier ? C'était si simple, pourtant ! Un soupçon d'agitation sembla parcourir les rangs du public, après ce passage à blanc ; pas de sifflets, non, rien qu'un frémissement dans l'air. Heureusement, il parut se dissiper.

Le premier acte, qui n'était pas long, se termina sans encombre. En déroulant discrètement le manuscrit dans sa main gauche et en y jetant un coup d'œil pour se rassurer, Edmund constata qu'il ne manquait plus ses répliques. La pièce se mettait en place.

L'étrange rumeur commença dans la dernière minute de l'acte. Le Nègre prononçait sa première tirade importante, au centre du plateau ;

elle vous glaçait le sang et Edmund en était assez fier. Mais juste quand il en atteignait le point culminant, quelque chose sembla distraire l'attention du public : Meredith vit des mains qui se tendaient, des coups de coudes échangés. Une fois la tirade terminée, au lieu d'un silence admiratif, il y eut davantage encore de chuchotements et de doigts pointés. Edmund se retourna pour sortir de la scène, perplexe ; alors il vit enfin.

Il n'y avait personne dans la loge des Lords au début de la pièce ; la galerie du fond était vide. Mais un spectateur, un unique spectateur y était entré depuis ; il avait pris place juste au centre, comme s'il présidait un tribunal, et se penchait en avant pour mieux voir l'action. Ainsi, du parterre, son visage paraissait suspendu au-dessus de la scène ; comme un étrange spectre, un reflet du drame planant au-dessus du drame. Rien d'étonnant que le public chuchotât et le montrât du doigt.

Car son visage était noir, comme celui du Nègre de la pièce.

« C'est lui, j'en suis sûre ! » Jane était sortie dans la salle pour aller examiner l'étranger depuis la galerie. « Ses yeux sont bleus », ajouta-t-elle.

Il n'existait généralement pas de coupures entre les actes ; le deuxième avait déjà commencé, et Edmund devait rentrer en scène. Jane et lui échangèrent un regard ; ils ne se rappelaient que trop bien la conversation qu'ils avaient eue avec le More. Devinerait-il que Meredith s'était inspiré de lui pour écrire sa pièce ? Oui, sûrement.

« Comment a-t-il l'air ? demanda-t-il, nerveux.

— Je n'en sais rien. (Elle réfléchit.) Il regarde, simplement.

— Qu'est-ce que je dois faire ?

— Ne fais pas attention à lui », lui conseilla-t-elle.

Une minute plus tard, Edmund était de nouveau face au public.

Si dur qu'il trouvât de ne pas se retourner vers le sombre visage surplombant la scène, il parvint à se concentrer sur ses répliques et joua son rôle sans incident. On en était arrivé au premier grand crime du Nègre, un vol doublé d'un viol ; le public suivait l'action avec intérêt, et les acteurs semblaient prendre de l'assurance.

Pourquoi alors, vers la fin du deuxième acte, Edmund se sentit-il mal à l'aise ? Il y avait beaucoup d'action, le caractère et les actes du Nègre étaient terrifiants. A mesure que le temps passait, la sensation s'amplifiait pourtant : la pièce se dégonflait, tombait à plat.

Le troisième acte commença. Tout comme les forfaits du pirate, son outrecuidance atteignait de nouveaux sommets ; mais Edmund se rendait soudain compte que les tirades ronflantes qu'il avait si amoureusement peaufinées étaient pompeuses et vides. Le public commençait d'ailleurs à s'impatienter ; çà et là il entendait des murmures, des conversations chuchotées ; levant les yeux vers la galerie, il vit Rose dire quelque chose à l'oreille de Sterne. Tandis que l'acte tirait à sa fin, il fouillait dans sa mémoire à la recherche d'une nouveauté, d'un coup de théâtre, au moins au début de l'acte suivant : en vain. Avec un sentiment de froide panique, il se souvint qu'il restait encore deux actes, et qu'ils étaient identiques à celui-ci. La pièce n'avait pas de cœur, ni d'âme.

Jane était au milieu du public elle aussi ; mais si son attention s'évadait de la scène, c'était pour une autre raison.

Comme il avait l'air étrange... Sans cesse, depuis la galerie où elle se trouvait, son regard glissait des acteurs vers le visage qu'on apercevait tout au fond.

Il ne bougeait pas, même entre les actes ; il aurait pu être sculpté dans le bois. Son visage paraissait suspendu en l'air, aussi inexpressif qu'un masque. Comme tous les Elisabéthains, Jane n'était pas certaine que les gens de couleur fussent des êtres humains ; pourtant, à mesure qu'elle le contemplait, elle ne pouvait s'empêcher de trouver une certaine noblesse à cette figure immobile et sombre.

Que pensait-il donc ? Sous ses yeux, un acteur, grimaçante caricature de sa personne et de sa condition, étalait complaisamment aux yeux du public toute la noirceur de son âme. Et lui-même, était-il aussi terrible ? Jane se rappelait fort bien tous les détails de leur rencontre devant la fosse aux ours ; son corps aux allures de serpent, la sensation de danger qui émanait de lui, sa dague... En le contemplant aujourd'hui, elle ne doutait pas qu'il pût être dangereux. Et pourtant, il lui sembla que ses yeux étaient tristes.

Elle aurait dû retourner dans la loge des artistes, après le troisième acte ; au lieu de cela, elle resta dans la salle à le regarder. Que pensait-il ? Qu'allait-il faire ?

Le quatrième acte commença et, au bout de quelques minutes, Edmund sentit que la situation se dégradait. Les méfaits du pirate noir allaient toujours croissant ; mais, maintenant que le public en avait pris l'habitude et avait détecté les ficelles de la pièce, il s'en désintéressait. Allait-il se mettre à siffler ? Les spectateurs étaient d'humeur joyeuse. Sachant que c'était sa première pièce, ils avaient tendance à se montrer indulgents envers l'auteur. Vers la fin de l'acte, presque en signe de soutien, on entendit des sifflements et grognements divers chaque fois que le Nègre apparaissait sur scène. Comme le dernier acte commençait, Edmund put constater que, pour une partie des spectateurs au moins, l'étrange homme noir dans la tribune du fond présentait plus d'intérêt que la pièce elle-même.

Seul dans la loge des Lords, Orlando observait la scène et la salle. Il voyait et il comprenait ; mais il ne se laisserait pas humilier de la sorte.

Il avait payé six pence pour accéder à la loge des Lords, plus qu'aucun autre spectateur. Sans doute était-il plus riche que n'importe qui d'autre dans ce théâtre. Il avait payé, parce qu'au fond de lui-même il espérait se voir sous les traits d'un héros.

A l'évidence, il avait inspiré le personnage central de la pièce. Dès qu'il était arrivé, le public l'avait montré du doigt ; il avait entendu rumeurs et chuchotements avec un sentiment de satisfaction. Le début de la pièce l'avait conforté dans cette impression : le Nègre était capitaine d'un navire, visiblement un homme de quelque importance. Seuls les rois et les héros, songeait-il, devaient inspirer des pièces de théâtre. Puisqu'il présidait en quelque sorte un drame dont il était le sujet, il choisit de se pencher au-dehors de la tribune, afin que tous pussent le connaître et voir son visage.

Dès le deuxième acte pourtant, il commença à comprendre ; au troisième, il en était sûr. Il n'avait pas vu beaucoup de pièces dans sa vie, mais ce Nègre était un triste sire, c'était facile de s'en rendre compte. Tandis que le quatrième acte traînait en longueur, il sentit l'indignation puis la colère monter en lui. Ce flibustier de pacotille avait-il jamais entendu tonner le canon, mugir la tempête ? Avait-il jamais vu la mort en face, un équipage se mutiner ? Saurait-il conduire un bateau dans la tourmente, quand les vagues passaient par-dessus bord, que le tonnerre grondait dans la mâture ? Tuer un homme de sang-froid, parce qu'il le fallait ? Que connaissait-il des retours à terre, de la beauté des ports, du corps velouté des Africaines ? Parce qu'il n'avait pas d'instruction, seul de tout le public, lui le marin, le Moresque, voyait tout ce qu'il y avait de vulgaire et de faux dans la pauvre pièce d'Edmund.

Il se rappela à nouveau ce que Meredith avait dit : « Je peux vous transformer en héros comme en scélérat, en homme sage comme en imbécile. » Voilà donc pourquoi ce freluquet faisait si grand cas de sa plume : il pensait pouvoir, dans les limites de cette salle de bois, faire de lui non seulement un brigand mais même un misérable.

Le visage toujours impassible, il chercha sa dague de la main.

Le public finit par perdre patience ; au cinquième acte, ils n'y tinrent plus. Si la pièce était mauvaise, ils avaient au moins le droit de s'amuser un peu. Tandis que le Nègre, sur le point de commettre le plus terrible de tous ses crimes, était démasqué et arrêté — le tout immanquablement suivi d'un procès et d'une exécution —, chacun guettait les acteurs, tout en réfléchissant au meilleur moyen de déchaîner le tumulte.

Quelqu'un du parterre, avisant à la fois le bandit sur la scène et l'étrange homme noir au visage de masque qui se penchait si incongrûment de la loge des Lords, vit où était la plaisanterie.

« Pendez le démon, cria-t-il, et l'autre aussi ! »

C'était une bonne plaisanterie, à laquelle le public adhéra tout de suite. Il y avait là une idée intéressante. Un acteur interprétait le rôle d'un Nègre, tandis qu'un véritable Nègre planait au-dessus de lui, comme un esprit présidant à ses destinées.

Dès lors, la suite était prévisible. « Sauvez l'acteur et pendez le Nègre ! cria un autre spectateur.

— Qu'on pende quelqu'un pour cette pièce !

— Ils sont complices, pendez-les tous les deux ! »

Si au parterre on y voyait une bonne farce, de la galerie fusèrent des suggestions plus subtiles : « Sauvez le Noir et pendez l'auteur ! Le crime, c'est la pièce !

— Non ! s'exclama un galant. La pièce n'est pas mauvaise, c'est juste un portrait fidèle ! Regardez (il montra Orlando Barnikel du doigt), voilà le vrai méchant ! »

Le public ne se contint plus ; ce fut une explosion de rire. Pendant un moment, les acteurs durent s'arrêter de jouer.

Black Barnikel ne bougeait pas d'un pouce ; le masque recouvrait toujours son visage.

Les objets commencèrent à pleuvoir sur la scène. Rien de bien méchant : ils ne voulaient pas faire de mal aux acteurs. Des noix, des croûtes de fromage, quelques trognons de pomme, une ou deux cerises.

C'était même fait avec délicatesse : pour épargner trop de déshonneur aux acteurs et même au jeune auteur, ils lançaient leurs projectiles vers le More dans la loge des Lords ; bouc émissaire idéal, il était à leurs yeux, sans qu'ils sachent exactement comment, l'inspirateur de toute cette affaire. La plupart des jets étaient trop courts ; seuls deux ou trois objets atterrirent près de lui ou même le touchèrent. Au bout de quelques minutes, l'un des Burbage rappela les acteurs et envoya un bouffon pour la gigue habituelle ; le public était si content de lui-même qu'il l'accueillit avec des hurlements de joie.

Ainsi prit fin la pièce d'Edmund Meredith.

Black Barnikel ne broncha pas : pas un muscle de son visage ne bougea, ses yeux ne cillèrent pas tandis que les projectiles volaient vers lui. Jamais de sa vie il n'avait tressailli, même quand les plombs et les boulets de canon volaient en haute mer ; il ignora les noix, les fruits et les croûtes de fromage, comme il ignorait ceux qui les lançaient. Il méprisait profondément tous ces gens, qu'ils fussent au parterre ou dans les galeries.

Somme toute, Meredith pouvait être fier de son œuvre. Le More était venu voir une pièce qui parlait de lui, et c'était cette farce qu'on lui avait montrée : tout Londres penserait à lui désormais non comme à un riche et téméraire capitaine, ainsi qu'il l'avait souhaité, mais comme à un bandit et, pire encore peut-être, comme à un misérable. Des hommes qui sur les mers auraient tremblé rien qu'en entendant son nom lui lançaient des rognures au visage et se moquaient de lui.

Plus affreux que tout était le sentiment d'accablement — accablement d'un homme découvrant que, quoi qu'il accomplisse, il serait encore et toujours méprisé ; que, comme ses cousins de Billingsgate l'avaient laissé entendre à mots couverts deux jours plus tôt, même là où il se croyait chez lui, il resterait toujours un banni. Son destin était celui d'un marin pour lequel il n'y aurait jamais de retour au port.

Que lui restait-il dans la vie ? La seule chose qu'il avait jamais vraiment possédée en propre : son honneur. Meredith avait osé l'insulter ; il avait déjà tué des hommes pour bien moins que cela. Pendant que le bouffon continuait à danser, Black Barnikel quitta la tribune en silence.

Jane raccompagna Edmund jusqu'à l'Etape ; elle ne pouvait le laisser seul en un tel moment. Elle glissa le bras sous le sien et s'efforça de lui communiquer toute sa chaleur pour lui réchauffer le cœur.

« Etait-ce vraiment si mauvais ? » Il n'avait pas encore prononcé un seul mot, jusqu'à ce qu'ils atteignent le pont.

« Il y avait de bons passages... »

Il se tut à nouveau et ne reprit la parole qu'à la sortie de Newgate :

« C'était ridicule.

— Non... Tout est venu du More dans la loge des Lords. C'est lui qui les a fait rire, pas ta pièce.

— Tu as peut-être raison. (Il soupira.) Où est-il passé ?

— Je n'en sais rien. »

Quand ils arrivèrent à l'Etape, elle le serra dans ses bras et l'embrassa longuement ; plus tard, elle serait contente de l'avoir fait. Puis elle prit lentement le chemin du retour.

Black Barnikel l'observait — comme il le faisait depuis qu'elle avait quitté le Globe avec Meredith. Il contempla d'un air pensif la haute façade à pans de bois de l'auberge.

Le crépuscule venait de tomber, le lendemain soir, quand le sombre personnage et les deux matelots qui l'accompagnaient se jetèrent sur leur proie. Ce fut fait proprement, sans coup férir ; ils étaient à l'affût depuis longtemps.

Ils roulèrent le corps dans une petite voile et l'emportèrent aussitôt ; peu après, leur canot voguait vers l'aval, en direction du vaisseau de Black Barnikel. Celui-ci ferait voile avant l'aube, avec le reflux.

Les visages étaient graves, le lendemain, devant la porte de la maison des Fleming. L'affaire demeurait inexplicable : pas de message d'aucune sorte, personne n'avait rien vu, pas non plus trace du moindre corps. Les aldermen, informés, avaient déjà ordonné qu'on commence les recherches. Jacob Ducket lui-même, bien que n'aimant pas ces gens, s'était montré courtois et même obligeant ; quelques minutes plus tôt, il était venu en personne leur annoncer que les sergents de ville n'avaient encore rien découvert. Ni Dogget, ni Carpenter, ni les frères Burbage n'avaient la moindre lumière ni la moindre solution à proposer.

La brise soufflait du sud-ouest, aussi descendirent-ils l'estuaire à bonne allure. Au milieu de la matinée ils suivaient la dernière grande courbe du fleuve, qui ne cessait de s'élargir devant eux ; au début de l'après-midi ils laissaient la vaste embouchure de la Medway sur leur droite, tandis qu'à gauche les côtes d'Est-Anglie filaient déjà vers le nord, pour disparaître à l'horizon quelques heures plus tard.

Debout sur le pont, Jane respirait l'air vif et salé du large.

Cela s'appelait un enlèvement, bien sûr ; mais, elle l'avait vite compris, Black Barnikel ne courait guère de risque. Qui aurait pu deviner où elle était ? Et même si c'était le cas, que pourraient-ils y faire ? Le bateau serait bientôt loin. Après tout — elle sourit amèrement —, n'était-ce pas un pirate ?

La première idée d'Orlando Barnikel, en arrivant à Londres, avait été de trouver une femme. Il était fatigué des amours de passage, des rencontres dans les ports. Il avait désormais assez d'argent pour poser son sac à terre quand il le voudrait ; et souvent, alors qu'il voguait dans les mers lointaines, il pensait aux cheveux roux de son vieux père, à ses braves et bons cousins de Billingsgate. Comme il serait doux de se trouver une épouse, dans le seul lieu au monde qu'il pouvait appeler son port d'attache — du moins le supposait-il...

Les Barnikel de Billingsgate lui laissèrent entendre qu'aucune fille à Londres, si humble fût-elle, n'accepterait d'épouser un More. « J'ai de l'argent », avait-il fait valoir ; dans plusieurs villes de Méditerranée, des femmes l'auraient accueilli de grand cœur. Mais les poissonniers avaient secoué la tête. « Tu es notre cousin et tu le seras toujours, lui avaient-ils assuré, mais quant au mariage... » Et l'alderman Ducket avait exprimé lui aussi les mêmes réserves.

L'espace d'un instant, Orlando avait espéré que la pièce, inattendue, le montrerait sous un jour meilleur — assez pour impressionner une fille, quelle qu'elle soit. Mais cela aussi s'était révélé une amère illusion

Et c'est ainsi que, se demandant s'il allait tuer ou non Meredith, il en était arrivé à une autre conclusion. Pourquoi donner à ces Londoniens qui le méprisaient le plaisir de le pendre un jour ? Sa colère, sa peine et son honneur réclamaient la mort de Meredith ; mais il était sagace aussi, sans quoi il n'aurait pas accompli tout ce qu'il avait fait. Il pouvait punir le jeune homme d'une autre manière, et ainsi résoudre son propre dilemme en même temps. Par deux fois il avait observé le couple ensemble, et pu voir combien ils étaient proches : il allait donc voler la fille à Meredith.

Quant à l'enlèvement et aux difficultés que cela soulèverait, s'il revenait jamais à Londres, Barnikel sourit. « D'ici que nous revenions, elle proclamera qu'elle est partie de son plein gré », prédisait-il à son second. Il en avait déjà fait plus d'une fois l'expérience.

Jane — qui ne se faisait guère d'illusions sur ce qui l'attendait — regardait fixement vers l'est et vers la ligne d'horizon ; elle s'était résignée à son destin. Quand ils arrivèrent en pleine mer, une étrange excitation s'empara d'elle. Les visages de ses parents, de John et d'Edmund lui apparurent à la crête des flots — puis le vent les emporta, et elle ne fit rien pour les retenir.

12

Le Feu divin

1603

Mars fut humide et venteux. Dans l'île de Bretagne, deux hommes attendaient avec anxiété, à plusieurs centaines de kilomètres l'un de l'autre ; chacun espérait recevoir un signe personnel du Seigneur.

Au nord, Jacques Stuart, roi d'Ecosse, attendait un messager. Car bien plus loin au sud, dans un palais des bords de la Tamise, la vieille reine Elisabeth se mourait. Ce n'était plus un secret pour personne ; sa somptueuse perruque et son épais maquillage, tous les artifices et faux-semblants du monde ne pouvaient plus dissimuler les ravages du temps. Les jeux étaient faits. Mais qui serait son héritier ?

La reine vierge ne se résolvait pas à nommer elle-même son successeur, pourtant chacun — la cour, le Parlement, le Conseil privé — le savait : ce devait être Jacques. Son arrière-grand-mère était une Tudor, la sœur du grand roi Henri, ce qui faisait de lui le prétendant au trône le plus proche par le sang ; et bien qu'il fût le fils de la traîtresse Marie Stuart, reine catholique d'Ecosse, la réputation de Jacques était sans tache. Placé très tôt sur le trône d'une mère qu'il connut à peine, on le prépara à régner prudemment, en souverain protestant ; l'austère Conseil écossais y veilla. Aussi conviendrait-il fort bien à la monarchie anglaise.

Et l'Angleterre elle aussi convenait fort bien à Jacques. Après les longues et froides années passées dans ses pauvres terres du Nord, le riche royaume d'Angleterre lui apparaissait comme un havre de chaleur et d'agrément. Etait-ce cette merveilleuse destinée que Dieu lui avait réservée, ainsi qu'à ses futurs héritiers ?

Un matin, la main de Dieu se manifesta. Tel un soudain courant d'air qui s'engouffre au long d'un corridor, soulevant les tapisseries et chassant les rideaux, le grand vent du temps balaya tout devant lui dans la galerie des rois Tudors. Un messager chevauchait vers le nord ; l'épopée des Stuarts avait commencé.

En bas de la rue qui descendait de St Mary-le-Bow, sur l'emplacement d'une ancienne taverne — et près de l'endroit où l'enseigne du Taureau se balançait voilà plusieurs siècles —, une belle maison se dressait aujour-d'hui, faite de bois, de brique et de plâtre, haute de cinq étages et entourée d'un verger clos de murs. Ses trois grands pignons dominaient la petite paroisse de St Lawrence Silversleeves, en contrebas. L'alderman Ducket, furieux car on donnait désormais des représentations théâtrales aux Blackfriars, s'était installé là deux ans plus tôt ; et ce jour-là, tandis qu'un messager royal chevauchait vers le nord, lui aussi était sur le point de connaître la destinée de sa famille. Il jeta un coup d'œil prudent vers le berceau où dormait le nouveau-né ; il lui prit furtivement la main, afin que sa femme ne le voie pas, et la palpa avec soin. Enfin, il sourit de soulagement.

La malédiction était conjurée.

Trois fois il s'était marié : il avait eu trois enfants de sa première épouse, trois de la seconde, et cela faisait maintenant trois de plus avec celui-ci, le neuvième. Aucun d'entre eux ne portait la malédiction familiale, les doigts palmés. Jamais il n'avait oublié le jour où, étant lui-même enfant, il avait examiné les mains de son grand-père et que le vieil homme lui avait dit : « Mon grand-père était ainsi, et il le tenait de son grand-père — le Ducket qui avait plongé dans le fleuve et épousé l'héritière des Bull. Cela l'avait peut-être aidé à nager. »

La famille Ducket était riche, plus riche que les Bull ne l'avaient jamais été. Quand le roi Henri avait dissous les monastères et s'était emparé d'une grande partie de l'énorme trésor d'orfèvrerie de l'Eglise, le grand-père de l'alderman en avait tant acquis qu'on l'avait surnommé *Silver Ducket*, Ducket d'Argent. Ils n'avaient pas renié pour autant leurs modestes origines, ni été tentés de le faire. Ils avaient du sang Bull dans les veines et, comme ceux-ci, méprisaient toute forme de mensonge ; de plus, à chaque génération (ou une fois sur deux, c'était variable), les doigts palmés réapparaissaient pour leur rappeler d'où ils venaient. Ils les accep-taient de bonne grâce. Mais le petit garçon, trop fier, ne l'avait pu ; les mains de son grand-père l'avaient choqué. Il avait l'impression qu'au grand fleuve patricien des Bull, auquel il se sentait appartenir, un ruis-seau souillé était venu s'adjoindre ; pire encore, en cet âge toujours plus calviniste, il en venait à se demander s'il n'y fallait pas voir un signe du déplaisir de Dieu, et à penser que lui-même et sa race ne feraient jamais partie des élus.

Assurément, le ruisseau était désormais purifié. Son père n'avait pas été touché par la disgrâce familiale, et lui non plus. Avec chaque fois la même appréhension, mais un espoir chaque fois grandissant, il avait examiné tous ses enfants nouveau-nés (la troisième génération donc) ; par trois fois il en était venu trois au monde, indemnes de toute tare. La malédiction avait disparu. Sûrement.

Certes, il fallait rester prudent ; les élus eux-mêmes devaient combattre le démon, l'ennemi qui se cache en nous. Ainsi, cela aurait amusé les acteurs du Globe de savoir que Ducket avait vu certaines de leurs pièces et les avait aimées ; mais il avait réprimé cette faiblesse en lui, aussi impi-toyablement qu'il avait tenté de les réprimer eux-mêmes. Quand, deux ans plus tôt, malgré ses vigoureuses protestations, une troupe de jeunes acteurs — fort sages et discrets — avaient été autorisés à donner quelques représentations dans le nouveau théâtre des Blackfriars, il était venu s'installer dans cette nouvelle maison pour échapper à la contagion. Mais désormais il pouvait avoir confiance, Dieu lui avait bien montré Sa présence. Tant qu'il élèverait sérieusement sa famille et ne dévierait pas d'un pouce de ses principes, l'avenir resterait dégagé.

Il regarda d'un air satisfait son neuvième enfant (et troisième fils), sourit et, comme il aimait l'Antiquité, déclara :

« Nous l'appellerons Julius. Un nom de héros, comme Jules César. » Puis il saisit affectueusement les petits doigts de l'enfant et chuchota . « Qu'aucune malédiction ne descende jamais sur toi, mon fils. »

Un mois plus tard, une preuve lui fut accordée de la faveur divine maintenant attachée à sa famille : comme il était allé accueillir le nouveau roi en compagnie du maire, il reçut l'accolade et le titre de chevalier, en même temps que ses confrères aldermen. Il était désormais sir Jacob Ducket, lié au roi par une allégeance sacrée. Ainsi pouvait-il donner en toute confiance deux graves leçons à ses enfants : « Soyez loyaux envers le roi » et, peut-être plus important encore : « Il semble que Dieu nous ait choisis. Soyez-en humbles. »

Par quoi il voulait dire, bien sûr : Soyez-en fiers.

1605

A la veille du 5 novembre, jour où le roi Jacques — premier du nom en Angleterre mais sixième en Ecosse — devait ouvrir le Parlement anglais, on découvrit une grande cache de poudre à canon dissimulée dans le palais de Westminster ; un nommé Guy Fawkes, avec d'autres conspirateurs catholiques, avait prévu de faire sauter le roi, les Lords, les Communes et toutes les personnes présentes, au beau milieu de la cérémonie.

La nouvelle fit sensation. Sir Jacob Ducket tint à emmener sa famille dans l'enceinte de St Paul pour assister aux exécutions. Le petit Julius était trop jeune pour cela ; mais à l'âge de quatre ans, quand les enfants du quartier dressaient un grand bûcher en face de St Mary-le-Bow pour commémorer ce jour, et brûlaient une effigie de Guy Fawkes, il connaissait déjà la rengaine :

> *Souviens-toi, souviens-toi du 5 novembre,*
> *Poudre, traîtrise et conspiration...*

Il en connaissait également la signification, que son père lui avait fermement enseignée — c'était la troisième leçon-à-ne-jamais-oublier : « Pas de papisme, Julius. Les papistes sont nos ennemis de l'intérieur. »

1611

Il était impossible de ne pas aimer Martha Carpenter quand on la connaissait ; pas plus que de l'imaginer agissant par malveillance ; et de fait, elle en était incapable. Toujours douce, toujours docile, elle n'avait à l'âge de vingt-sept ans jamais rien demandé pour elle-même. Quand sa grand-mère lui avait dit qu'elle devait rester à la maison pour l'aider, elle

l'avait vécu comme une preuve d'amour plutôt que comme un devoir ;
quand Cuthbert était parti pour construire le Globe, elle avait continué à
le voir et à prier pour le salut de son âme, bien que la vieille dame l'eût
maudit. Ce jour-là pourtant, tandis qu'elle tendait le livre à son frère et
qu'elle le contemplait, avec sa face ronde et son doux sourire, elle blê-
missait.

« Jure ! » lui dit-elle.

Martha partageait une qualité avec beaucoup de puritains : l'espérance.
L'espérance était une grande vertu, en passe de transformer le monde.

Car la Réforme n'était pas simplement venue pour détruire. La vraie
doctrine des protestants, telle qu'eux-mêmes la concevaient, était faite
d'amour ; et leurs meilleurs prédicateurs annonçaient un message de joie
sans pareille.

De tels hommes étaient nombreux à Londres. Son préféré, quand elle
était enfant, avait été un Ecossais : un vieil homme tranquille à crinière
blanche, aux yeux du bleu le plus limpide qu'elle eût jamais vu. « C'est
simple, lui avait-il dit. Enlève la pompe, les superstitions et les fastes du
siècle aux papistes, et que reste-t-il ? La Vérité. Car nous connaissons la
Parole de Dieu grâce aux Ecritures, l'enseignement de Notre Seigneur par
les Evangiles. » Quand elle lisait la Bible, elle s'en rendait compte, Dieu
s'adressait directement à elle.

Plusieurs de ses voisins, dans la petite paroisse de St Lawrence Silversleeves, étaient des puritains comme elle. Quand ils se retrouvaient pour
écouter un sermon, prier ensemble dans l'une ou l'autre maison, ils le
faisaient dans un esprit de charité ; les réprimandes étaient rares. Les
paroisses étaient ainsi organisées, dans l'Ecosse presbytérienne et les pays
calvinistes d'Europe : il n'y avait pas de prêtres, chaque assemblée de
fidèles élisant ses propres anciens pour la diriger. Il n'y avait pas non plus
d'évêques : à leur tour, les anciens élisaient des comités régionaux pour
coordonner leurs activités. Ces noyaux de vie religieuse, se développant
de proche en proche, avaient semé la graine de la plus grande espérance
de toutes : le royaume de Dieu pouvait descendre sur la terre.

Certes, le véritable et parfait Royaume n'adviendrait pas avant la fin du
monde, comme l'enseignait l'Apocalypse ; mais on pouvait tout du moins
s'approcher de cette perfection. N'était-ce pas le simple devoir de tout
puritain né libre, que de marcher avec ses frères vers la clarté et de
construire le royaume de Dieu — la cité de lumière au sommet d'une
colline — ici et maintenant ? C'était somme toute l'idée qu'on se faisait
d'une commune au Moyen Age ; mais il s'agissait là d'une commune vouée
à Dieu.

Ainsi la petite Martha, ayant grandi dans une telle atmosphère, en vint
à nourrir un rêve qui devait déterminer sa conception de la vie. Quand elle
traversait le fleuve et contemplait Londres depuis l'autre rive, ses maisons
amassées et la sombre silhouette du vieux St Paul gothique, elle voyait en
esprit le royaume de Dieu prêt à naître. Comme elle la voyait bien, la cité
de lumière sur sa colline...

Martha possédait encore une autre vertu, la patience, et la patience lui
était nécessaire. Quand le roi Jacques était arrivé en Angleterre, venant
de l'Ecosse presbytérienne, l'espoir avait flambé au cœur des puritains :
« Il amènera sûrement la vraie foi avec lui », disaient-ils. Mais Jacques,

roi d'Ecosse, n'avait guère apprécié de devoir se soumettre aux anciens de son pays ; et il avait compris que son autorité de monarque anglais dépendrait de sa suprématie sur l'Eglise d'Angleterre. Celle-ci devait donc être maintenue, avec sa foi catholique réformée, ses évêques, ses cérémonies et le reste. Ainsi que le roi Jacques le résumait à ses conseillers : « Pas d'évêques, pas de roi. »

C'est pourquoi l'évêque de Londres continuait à diriger la vieille église de St Paul ; et dans la petite paroisse de St Lawrence Silversleeves, le *clergyman*, ou prêtre anglican, aidé par Ducket et par les autres *vestrymen*, ou membres du conseil paroissial, exigeait de Martha et de ses frères puritains qu'ils communient trois fois par an et qu'ils fassent preuve, au moins extérieurement, de *conformisme* envers l'Eglise de leur pays.

Le livre qu'elle poussait maintenant avec insistance vers son frère était la Bible de Genève ; elle contenait l'ensemble des Ecritures saintes, traduites depuis longtemps en anglais courant, du temps du roi Henri, par Tyndale et Coverdale, puis révisées par les érudits calvinistes de Genève ; et depuis un demi-siècle elle était le guide cher au cœur de tous les protestants anglais. Elle comportait également des illustrations. Cette même année, une nouvelle traduction avait été publiée, entreprise sur les ordres du roi ; elle était moins calviniste de ton, moins dépouillée aussi. Bien que suivant de près son modèle genevois, cette nouvelle version dite du Roi Jacques, ou Version autorisée, contenait des phrases grandiloquentes et remplies de latinismes qui choquaient les oreilles des puritains, épris de simplicité ; comme la plupart des authentiques protestants, Martha n'avait pas l'intention de l'utiliser.

« Jure ! »

Il fallait de la patience, avec Cuthbert. Sa grand-mère avait dit qu'il était damné, mais elle-même n'avait jamais perdu l'espoir de le sauver ; et il lui semblait que, peu à peu, ses prières étaient entendues. Il avait épousé une fille sensée, pas une impie. Bien qu'habitant seulement une rue plus loin, sa grand-mère avait d'abord refusé de les voir ; après qu'une fille leur était née, Martha avait persuadé la vieille dame de leur rendre visite. Quelle joie ils lui avaient donnée quand, après la naissance de leur premier fils, Cuthbert et sa femme lui avaient demandé de choisir un prénom pour eux ! Elle l'avait trouvé dans la Bible. « Appelez-le Gideon, leur avait-elle dit, car c'était un guerrier de Dieu. »

L'événement d'aujourd'hui était plus extraordinaire encore, fruit de longues années de prières ; mais aussi une épreuve à laquelle, aimante comme elle l'était, elle ne pouvait se dérober.

Ce maudit théâtre... Malgré les adjurations de Martha, Cuthbert s'y laissait toujours aussi facilement entraîner, même après toutes ces années. La faute en revenait à son ami Meredith, ce débauché qui fréquentait des femmes ; mais aussi, elle le savait maintenant, à ce William Shakespeare. Quoi qu'il fît, celui-là, il semblait avoir jeté un sort aux Londoniens : *Macbeth, Othello, Hamlet* — les foules allaient au Globe par milliers, et le pauvre Cuthbert comme les autres, aussi insensé que les autres. « Tout Londres y va », lui avait-il fait valoir un jour ; mais elle avait corrigé : « Pas *tout* Londres, non. Et de toute façon, le théâtre reste une offense envers le Seigneur. » Shakespeare, elle en était sûre, aurait beaucoup à répondre au jour du Jugement. Mais Cuthbert, lui, pouvait encore être sauvé, et aujourd'hui elle avait une chance de le faire.

Trois semaines plus tôt, leur grand-mère était morte, la laissant seule dans la maison où elle avait grandi avec Cuthbert. Le logement de ce dernier était petit, et sa famille s'agrandissait chaque année ; pourtant sa grand-mère avait été inflexible : « La maison appartient à Martha. » Quand quelques jours plus tôt Cuthbert et son épouse étaient venus lui demander s'ils ne pourraient partager la grande maison avec elle, elle avait su ce qu'elle devait faire.

« Je ne peux laisser venir Cuthbert dans la maison de Grand-mère s'il fréquente en même temps les théâtres, leur avait-elle dit. Le moment est venu, avait-elle doucement ajouté à l'intention de son frère. Je vais t'aider à conjurer le maléfice. »

Le pauvre Cuthbert n'avait songé qu'au bonheur de sa famille ; et maintenant, prenant la bible qu'elle lui tendait, il jura. Puis il s'en alla, l'âme sauvée mais le cœur désolé. Et Martha se réjouissait grandement.

Comme Julius apprenait vite, et bien... Sir Jacob lui-même en était étonné. Bien que quatre de ses enfants fussent morts en bas âge, trois filles et deux garçons vivaient encore. Deux d'entre elles étaient mariées, et l'aîné des fils était allé à Oxford à seize ans. Mais si ses filles faisaient preuve d'une fâcheuse tendance à la frivolité, et son fils aîné à la paresse, sir Jacob ne pouvait trouver aucun défaut à Julius. Il y avait tant de bonne volonté en lui... A l'âge de quatre ans il savait déjà crier : « Halte au papisme ! » ou « Dieu sauve le roi ! » avec tant de conviction que son père lui-même ne pouvait s'empêcher de sourire.

Il adorait se promener avec Julius. Leur trajet était invariablement le même : ils remontaient la rue en direction de St Mary-le-Bow et tournaient à droite dans Cheapside, ainsi qu'on appelait maintenant le West Cheap. Sir Jacob Ducket était vêtu d'une cape et d'une tunique de couleur sombre, avec des bas assortis et des chaussures à boucle d'argent ; sa barbe grise en pointe, taillée avec soin, dépassait de sa fraise blanche amidonnée, et son chapeau portait une unique plume ; sa démarche était un peu raide mais très droite, comme la canne à pommeau d'argent qu'il tenait à la main. Il ressemblait en tout point à ce qu'il était réellement, un gentleman protestant. Le petit Julius, âgé maintenant de huit ans, portant culotte et tunique à large col de dentelle, marchait à son côté et recevait fièrement les saluts des passants. Leur premier arrêt, une centaine de mètres plus bas dans Cheapside, était immanquablement pour le hall des merciers.

Le monde des guildes londoniennes était plus florissant que jamais. Les plus importantes, au nombre desquelles comptait celle des merciers, avaient obtenu non seulement des armoiries mais aussi leurs propres tenues de cérémonie ; elles étaient désormais connues sous le nom de *livery companies*, compagnies à livrée. A l'instar d'autres guildes sous les Tudors, les merciers s'étaient fait bâtir une superbe salle de banquets, avec d'énormes poutres de chêne au plafond et beaucoup de dorures — toujours sur le site où s'élevait jadis la demeure familiale de Thomas Becket. « De tout temps, nous avons été merciers, avait coutume de déclarer sir Jacob à son fils, comme Dick Whittington. Et comme le père de Thomas Becket aussi, à ce qu'on dit. » L'enfant comprenait que les merciers, encore plus que les autres corporations, devaient être fort proches du Seigneur.

Mais leur véritable destination, c'était un lieu que Julius affectionnait plus que tout, au-delà de Cheapside et de Poultry, en remontant vers Cornhill : une pente douce au flanc de la colline est, juste en dessous du vaste site qui avait accueilli douze siècles plus tôt le forum romain, aujourd'hui disparu. Une grande cour rectangulaire et pavée s'y déployait, entourée d'arcades, avec des pièces à l'étage. Le bâtiment, tout de brique et de pierre, en style Renaissance, avait été construit sous le règne d'Elisabeth à l'initiative de sir Thomas Gresham — un mercier, bien sûr.

On l'appelait le *Royal Exchange*, la première Bourse londonienne. Là, au début de l'époque Stuart, sir Jacob Ducket s'était lancé dans des projets dont ses ancêtres n'auraient même pas rêvé.

Tout au long du Moyen Age, les vastes flottes des villes de la Hanse avaient dominé les mers septentrionales ; le puissant marché d'Anvers, dans les Flandres, avait été la plaque tournante de tout le commerce nord-européen. Mais au cours des soixante dernières années, de grands changements étaient intervenus. La marine marchande anglaise, en plein essor, avait tant empiété sur le monopole hanséatique que la vieille Balance romaine qu'entretenaient à Londres les marchands de la Hanse avait été fermée ; en outre, la Réforme ayant entraîné les protestants d'Anvers dans une guerre ruineuse contre leur suzerain catholique Habsbourg, Londres en avait profité pour s'emparer d'une bonne part du commerce flamand. Le nouveau Royal Exchange londonien était une réplique de la grande Bourse d'Anvers.

Mais le véritable changement était plus profond. Les Bull, ancêtres de sir Jacob et fiers marchands de l'Etape (qui voyait attribuer des privilèges d'exportation aux négociants de certaines villes sur certains produits), avaient d'abord exporté de la laine ; petit à petit, des tissus s'y étaient ajoutés. Silver Ducket exportait plus de tissus que de laine. Mais ces anciens commerces vieillissaient aujourd'hui et déclinaient peu à peu : « Nous devons trouver d'autres voies de développement », prédisait déjà Silver Ducket. Un groupe d'audacieux entrepreneurs élisabéthains, merciers pour la plupart, avaient été le fer de lance de ces nouvelles pratiques commerciales : ils se surnommaient eux-mêmes les Marchands aventuriers. Chaque fois qu'un nouveau marché s'ouvrait à l'Angleterre, grâce à des corsaires tels que Francis Drake, ils s'empressaient d'instaurer avec lui des liaisons commerciales régulières. Ils finançaient les expéditions et les convois maritimes, cherchaient à signer chartes et traités de commerce. Fort logiquement, des consortiums virent bientôt le jour, pour aider au développement de ces nouveaux marchés ; mais comme ces entreprises supposaient des investissements très lourds, les risques devaient être largement partagés. En outre, puisqu'il ne s'agissait pas d'un unique voyage, mais d'un négoce de longue durée, on devait trouver de nouvelles formules d'accords commerciaux, à plus long terme. Shakespeare et ses amis avaient décidé de partager les coûts de construction du Globe et de se répartir chaque année les bénéfices : les Marchands aventuriers de Londres agirent de même, à une plus grande échelle. Ainsi naquirent à Londres les sociétés par actions.

La compagnie du Levant, la compagnie de Moscovie, la compagnie de

Guinée, la compagnie des Indes orientales : au Royal Exchange, le jeune Julius se familiarisait avec tous ces noms. Sir Jacob était un Marchand aventurier à l'épais portefeuille ; dans toutes, il avait des parts. Il parlait d'elles au petit Julius, ou parfois lui lisait des extraits des *Voyages* de Richard Hakluyt, qui le faisaient rêver. Mais lorsqu'un jour, au Royal Exchange, son père lui demanda lequel de ces noms prestigieux il préférait, le petit garçon s'exclama avec enthousiasme :

« La compagnie de Virginie !

— La compagnie de Virginie ? » Sir Jacob était surpris. Quand sir Walter Raleigh avait baptisé le grand territoire américain, il ne s'y trouvait encore rien, en dehors de quelques Indiens ; des tentatives pour y établir un comptoir commercial avaient tourné court. Ces dernières années néanmoins, confiante dans le potentiel de ces vastes espaces vierges, la compagnie de Virginie y avait envoyé de nouveaux colons ; une fragile tête de pont, nommée Jamestown, avait été fondée par le capitaine John Smith. « Pourquoi la Virginie ? » demanda sir Jacob.

Comment l'enfant aurait-il pu l'expliquer ? Un ancien atavisme, transmis par ses ancêtres saxons Bull, qui avaient fondé des comptoirs et des colonies comparables mille ans plus tôt, sur les rives de la Tamise ? L'attrait romanesque pour un immense continent inconnu ? Les deux, peut-être. Mais comme il ne trouvait pas de mots pour exprimer ce qu'il ressentait, il se souvint d'autres mots, qu'avait employés un jour son père, et répondit : « Parce que ce sera comme l'Ulster. »

Sir Jacob baissa les yeux vers lui, ravi : c'était exactement ce que la nouvelle contrée se proposait d'être. La création de l'Ulster, au nord de l'Irlande, était source de fierté pour sir Jacob. Dans cette contrée de farouches papistes — « à peine mieux que des animaux » —, le roi Jacques avait décidé d'ouvrir un grand territoire aux colons anglais et écossais. La terre leur était proposée à des conditions très favorables ; un accord avait été passé avec les guildes londoniennes, qui avaient consenti un effort important pour pourvoir les fermes en bétail et reconstruire entièrement la ville de Derry, en échange de loyers et revenus futurs. A eux seuls, les merciers y avaient contribué pour plus de deux mille livres. Le parallèle avec la Virginie n'était-il pas évident ? Entre les farouches papistes d'Irlande et les Indiens païens d'Amérique, la similitude était toute trouvée. Le roi — et sir Jacob — le disait explicitement : « La Virginie sera l'Ulster de l'Amérique. »

Il questionna l'enfant avec curiosité : en quoi consistait au juste la colonisation ? Devait-elle mettre de l'ordre dans ces contrées lointaines ? Julius hocha la tête. « Oui, pour que les choses y marchent bien. » Etait-elle seulement une question de commerce ? Julius fronça les sourcils. « Je pense qu'elle concerne tous les bons protestants. » Julius pensait-il alors qu'il pourrait servir Dieu ici, au Royal Exchange, aussi bien qu'à l'église ? A quoi le jeune garçon répondit joyeusement, après quelques instants de réflexion : « Oh ! oui, Père ! Est-ce que Dieu ne nous a pas choisis, de toute façon ? »

Sir Jacob fut fort satisfait de cette réponse.

Un mois plus tard, Julius découvrit le coffre de marine.

Il était entreposé dans un recoin de la grande cave, sous la maison de son père, derrière des balles de tissu ; un coffre sombre, renforcé de bandes de cuivre qui avaient noirci avec le temps, et fermé par trois gros cadenas. Il devait être très vieux.

La présence d'un tel objet dans la maison n'avait rien d'exceptionnel. Si le Royal Exchange incarnait pour Julius l'attrait du Nouveau Monde, l'ancien monde n'en gardait pas moins de plaisantes couleurs autour de lui. Dans la demeure familiale, on trouvait de massifs lits à baldaquins du temps du roi Henri ; une édition Caxton de l'œuvre de Chaucer, imprimée peu après la guerre des Deux Roses ; de l'argenterie monastique ayant appartenu à Silver Ducket, et qui était plus ancienne encore. Les lambris eux-mêmes et les plafonds de chêne, avec leurs corniches et leurs solives, semblaient déjà noircis par l'âge et la fumée des lampes, même s'ils ne dataient que d'une dizaine d'années. Et c'était la même chose à Bocton. Bien que la vieille façade de pierre bourrue eût été remodelée à l'époque Tudor, grâce à une double rangée de fenêtres à meneaux qui lui donnait un nouvel équilibre, les paysans du domaine continuaient à venir payer leurs redevances féodales dans la salle d'audience ; les vénérables chaudrons noirs, dans la cuisine, servaient depuis l'époque des Plantagenêts. Et les biches glissaient toujours entre les arbres du parc, aussi légères et silencieuses que leurs ancêtres des siècles passés.

Mais le coffre de marine lui parut si mystérieux que Julius demanda à son père ce que c'était ; et il fut fort étonné par la réponse.

« C'est le trésor d'un pirate. »

Un vrai pirate ! Et, encore plus excitant, un More ! Il écouta, captivé, ce que son père lui raconta de l'étrange marin qui avait laissé le trésor sous sa garde. « Il est parti. On a dit qu'il avait enlevé une fille du Globe, mais personne n'en est sûr. On ne l'a jamais revu. Certains affirment qu'il est parti pour l'Amérique, d'autres qu'il est dans les mers du Sud. (Il sourit.) Si jamais il revient, je parie qu'il y aura trois marées pour lui. » Chacun connaissait le châtiment réservé aux pirates : ils étaient enchaînés à un pieu à marée basse, en aval de la Tour, à Wapping, et laissés ainsi jusqu'à ce que la marée haute les ait submergés trois fois — destin aquatique qu'on jugeait adapté à leur condition.

Les flibustiers n'avaient plus leur place dans le nouveau partage des mers. Les compagnies voulaient un commerce régulier ; et ils n'étaient même plus nécessaires à la défense de l'île depuis que le roi Jacques avait conclu la paix avec l'Espagne. Tout ce qui pouvait ressembler à un rapprochement avec l'ennemi catholique ne plaisait guère aux puritains ; mais l'Angleterre n'avait pas les moyens de soutenir des guerres coûteuses, et la plupart des Anglais en étaient conscients. On n'avait donc plus besoin de corsaires pour attaquer les vaisseaux ennemis, et des hommes comme Black Barnikel étaient désormais voués aux chaînes.

Cela ne changeait rien à la fascination qu'éprouvait Julius devant le coffre. Il s'imaginait déjà Black Barnikel sous les traits d'un ogre, immense comme un géant de carnaval, avec une barbe hirsute et des yeux comme deux boules de feu... Il rêvait déjà, quand la voix de son père le rappela à la réalité :

« Et maintenant, je veux t'enseigner une leçon très importante au sujet de ce coffre. (Julius écoutait avec respect.) Réfléchis bien, continua sir

Jacob. Si ce trésor appartenait au roi, devrais-je veiller sur lui, au péril de ma vie ?

— Bien sûr, Père.

— Mais il m'a été confié par un pirate qui mérite, je pense, d'être pendu. Dans ces conditions, dois-je quand même veiller sur lui ? » Comme l'enfant hésitait, son père reprit d'une voix sévère : « Oui, Julius. Et pourquoi ? Parce que j'ai donné ma parole, dit-il solennellement. Et qu'une parole est sacrée, Julius. Ne l'oublie jamais. »

Julius ne l'oublia jamais.

Secrètement, il brûlait de savoir ce qu'était devenu le pirate.

1613

A la fin de juin 1613, il se produisit deux événements sensationnels : d'abord, le théâtre du Globe fut réduit en cendres. Cela arriva durant une représentation de l'*Henry VIII* de Shakespeare : un canon avait tiré sur scène et envoyé des flammèches dans le toit de chaume, qui mirent le feu au théâtre tout entier. Cuthbert qui, ayant tenu ses engagements, n'avait pas vu de pièce depuis deux ans, en paraissait fort affecté ; Martha, elle, y vit un jugement de Dieu et en fut transportée d'aise.

Second événement sensationnel, la même Martha se maria. John Dogget, l'ami de Cuthbert qui possédait un atelier de construction navale, avait perdu brutalement son épouse ; avec cinq jeunes enfants, le pauvre garçon était bouleversé. « Il a besoin d'une femme, avait dit Cuthbert à sa sœur. Une femme chrétienne pour veiller sur ses enfants. » Ne sachant trop que penser, Martha avait accepté de les rencontrer : elle trouva que Dogget était un homme de cœur, un rude travailleur, mais accablé par les soucis, et que l'éducation des enfants laissait à désirer. « Ils s'aiment, cela se voit, mais ils connaissent à peine les Ecritures », déclara-t-elle à Cuthbert. « Tu pourrais les sauver. Ce pourrait même être ton devoir de chrétienne », lui fit-il valoir. Touchée de l'intérêt qu'il prenait au sort de son ami, elle accepta d'y réfléchir, si Dogget lui-même le souhaitait.

Pendant plusieurs jours, elle hésita. La perspective d'aller vivre à Southwark ne lui souriait guère ; mais elle sentait que les Dogget avaient grand besoin d'elle. Aussi, mettant ses sentiments de côté, elle alla voir l'artisan.

« Il faudra m'apprendre comment se comporte une épouse », lui dit-elle. Et pour la première fois, elle le vit sourire.

« Je le ferai, lui promit-il avec reconnaissance.

— Il faudra aussi apporter quelques changements ici, suggéra-t-elle doucement.

— Bien sûr, répliqua le pauvre veuf éploré. Tout ce que vous voudrez... »

1615

Tôt, en cet après-midi d'octobre 1615, deux hommes s'apprêtaient à se rencontrer ; pourtant aucun des deux ne souhaitait, au fond de lui-même, cette rencontre. L'un d'eux était sir Jacob Ducket ; l'homme qui venait le voir, âgé d'environ quarante ans, portant une robe noire et une petite fraise blanche, était dans les ordres. Une certaine élégance se dégageait néanmoins de lui. Quand il arriva à la porte de sir Jacob, il attendit quelques instants, soupira et entra.

Edmund Meredith n'était plus très fringant. Quinze années s'étaient écoulées depuis le désastre de sa pièce ; qu'en restait-il aujourd'hui ? Trois autres pièces, qu'il n'était jamais parvenu à faire monter. D'autant plus frustrant que le théâtre était plus à la mode que jamais ; le roi Jacques lui-même protégeait désormais les acteurs du Globe, qui avait été splendidement reconstruit après l'incendie. Loin de se retirer, Shakespeare n'avait cessé de voir sa renommée grandir. Et quand Edmund s'était plaint un jour aux Burbage, disant qu'il lui avait volé son idée du *Nègre* pour son propre *Othello*, les frères lui avaient vertement répliqué : « Il y a également eu une douzaine de *Macbeth*, pourtant c'est bien celui de Shakespeare que les gens veulent voir. » Il fréquentait toujours le théâtre, mais y avait moins d'amis qu'auparavant ; même les Fleming avaient pris leurs distances avec lui. Toutefois, c'était grâce à eux qu'il s'était acquis le peu de renommée qu'il possédait. Ou plus exactement grâce à Jane.

Qu'était-elle devenue ? Ses parents eux-mêmes étaient persuadés qu'elle avait été assassinée, mais un instinct lui disait qu'elle était toujours en vie ; et parce que sa disparition coïncidait avec la visite de Black Barnikel, Meredith avait lancé la rumeur de son enlèvement, qui continuait à alimenter de loin en loin les conversations.

Mais la véritable importance de Jane, aux yeux d'Edmund, concernait sa réputation. Peut-être n'avait-il guère d'autres centres d'intérêt dans la vie ; peut-être tout commença-t-il le jour où une dame à la mode remarqua (astuce à laquelle elle recourait toujours lorsque la conversation s'épuisait) : « Je gagerais, monsieur Meredith, que vous avez quelque peine secrète. Une femme, sans doute ? » Le fait est que, deux ans après la disparition de Jane, il se mit à penser à elle avec mélancolie. Il emportait partout son souvenir, comme un amant garde sur lui une miniature peinte de sa belle, et se tailla la réputation d'un galant qui avait perdu l'amour de sa vie. Il composa quelques poèmes, ardents mais bien tournés, qui circulèrent dans le public ; le plus connu commençait par ce vers :

Puisqu'on m'a ravi celle que j'aimais...

Le succès de ses poèmes lui avait valu trois aventures mondaines, brèves mais flatteuses pour son amour-propre.

Hélas, tout cela ne menait à rien. Avec les années, un esprit nouveau avait gagné la cour, plus âpre, plus froid qu'auparavant : la galanterie élisabéthaine d'Edmund n'y faisait plus recette. Les femmes se lassaient de lui.

« Si seulement Jane était encore là, soupirait-il parfois. Qui sait ce que je n'aurais pas fait ! » Ces derniers temps, il avait pensé au mariage. « Mais je n'en ai pas les moyens », concluait-il tristement. Il ne savait que faire de sa vie — alors, il était entré dans les ordres.

Ce n'était pas aussi incongru qu'il y paraissait. Certes, ce n'était pas la carrière normale d'un gentleman ; mais plusieurs mondains, lassés du faste ou déçus par la cour, y étaient eux aussi entrés dans les années récentes ; l'un d'eux en particulier avait produit une forte impression sur Edmund.

Personne ne pouvait nier que John Donne fît bonne figure dans le monde. Gentleman de naissance, sa famille était apparentée à celle du grand Thomas More ; ses brillants poèmes et ses aventures amoureuses avaient fait de lui un galant selon le cœur de Meredith, qui l'avait souvent rencontré à Londres. Donne était aussi devenu l'un des favoris du roi Jacques ; mais celui-ci — sans doute bien avisé — lui avait promis son aide à la condition expresse qu'il entrerait dans les ordres. Depuis, Donne brûlait de voir d'autres galants le suivre dans la voie qu'on l'avait obligé à emprunter.

« Savoir faire de bons sermons peut mener loin dans la vie », avait-il coutume de dire. Pas seulement aller loin, mais aussi trouver un public, et un public à la mode, de plus : Edmund médita ce conseil, qui lui parut plein de sagesse. C'était presque comme le théâtre, somme toute. Il ne lui fallut qu'une semaine ou deux pour se décider, et ainsi entra-t-il dans les ordres.

Il devait maintenant se trouver un bénéfice ; là encore, Donne lui offrit son aide.

« Une paroisse est vacante en ce moment. J'en ai déjà parlé au roi, qui en a lui-même parlé à l'évêque de Londres. Tu n'as qu'à te recommander au conseil paroissial, et s'ils t'apprécient, la prébende est à toi. (Il eut un sourire encourageant.) Tu trouveras difficilement une meilleure situation. Le premier conseiller paroissial est un gros actionnaire de la compagnie de Virginie. Bonne chance... »

Seul inconvénient, le conseiller en question était sir Jacob Ducket.

Julius contempla Meredith avec curiosité, tandis que celui-ci faisait nerveusement son entrée dans le grand salon lambrissé où siégeait le conseil paroissial. Son père lui avait permis d'assister à la séance, estimant que ce serait une bonne formation pour lui : cela faisait partie des charges qu'il était appelé à exercer un jour.

Le vieil ordre médiéval de Londres, comme la cité elle-même, conservait sa forme d'antan. Sous l'autorité du maire qu'ils s'étaient choisi, les aldermen gouvernaient toujours, un pour chacun des vingt-quatre quartiers de la ville. Chaque quartier possédait son propre conseil ; à l'échelon en dessous, chaque paroisse avait elle aussi son conseil, formé des principaux paroissiens (qui se choisissaient par cooptation), responsables de la bonne marche et du bien-être de leur communauté. Ils avaient aussi pour habitude, dans la présente paroisse, de faire connaître à l'évêque leur point de vue concernant le choix de leur pasteur. Etant donné ses opinions calvinistes, sir Jacob se serait personnellement passé d'un évêque ; mais puisque le roi y tenait, et qu'il était lui-même loyal envers le roi, cela réglait la question. Le conseil paroissial de St Lawrence Silversleeves ne comprenait que trois membres : sir Jacob, alderman, un drapier qui siégeait aussi au conseil de quartier et un gentleman âgé qui, fort obligeamment, n'avait pas ouvert une seule fois la bouche en trois ans.

La paroisse n'était pas grande mais, grâce à une donation faite par Silver Ducket cinquante ans plus tôt, elle représentait désormais pour son titulaire un assez joli bénéfice — à ne pas accorder à la légère, donc. Sir

Jacob ne recevait Edmund, qu'il détestait cordialement, qu'à la demande de l'évêque et à cause du mot envoyé par la cour ; il avait l'intention d'en finir au plus vite avec lui. Il écourta donc les formules de politesse et attaqua d'entrée de jeu :

« Ecrivez-vous toujours des pièces, monsieur Meredith ?

— Non, sir Jacob. Pas depuis bien des années.

— Des poèmes ?

— D'inspiration religieuse, parfois. Et seulement pour mon édification personnelle.

— Mais, sans nul doute (le sourire de sir Jacob était si mince qu'on eût dit une lame de rasoir), vous avez toujours une maîtresse ?

— Non, sir Jacob.

— Voyons, cher monsieur... Nous n'ignorons pas quel genre d'homme vous êtes, dit sèchement l'alderman.

— Vous vous trompez sur moi, protesta Meredith, qui ne pouvait retenir un léger tremblement.

— Vraiment ? Dites-nous un peu ce qui vous a conduit à entrer dans les ordres... »

Edmund, désespéré de voir sa prébende lui glisser entre les doigts, chercha quelque chose à répondre ; tout ce qu'il trouva, ce fut, comme un cri du cœur : « Je ne voyais pas où aller, sinon... »

C'était l'une de ces rares occasions où la vérité, inopinée, sonne mieux que tous les calculs.

Un murmure inattendu provint du vieux gentleman assis à la droite de sir Jacob : « Repentir », entendit-on faiblement. Le drapier donnait des signes d'approbation, et Ducket comprit qu'il était allé trop loin. Il fit un effort sur lui-même.

« La question que nous nous posons, reprit-il d'une voix un peu radoucie (mais sans pouvoir retenir un clin d'œil sévère en direction de ses deux collègues), est : ce repentir est-il sincère ? »

Meredith avait eu le temps de reprendre ses esprits. Il fit silence quelques instants, fixant gravement le plancher ; puis il releva la tête et s'adressa posément aux trois hommes, le regard modeste et sérieux :

« Mon grand-père, sir Jacob, était un gentleman de la cour du roi Henri ; mon père l'y a suivi ; et je n'ai jamais entendu personne prétendre que ma condition n'est pas aussi bonne que la leur. Aussi, même si mes paroles ne suffisent pas à vous persuader, dites-moi quelles autres raisons j'aurais eues d'entrer dans les ordres, sinon par conviction personnelle ? »

C'était parfait ; c'était imparable. En reprenant discrètement l'alderman, qui l'avait traité d'hypocrite, Meredith marquait un point. Pour quelle autre raison en effet un gentleman à la mode aurait-il choisi une aussi humble occupation ? Cela n'avait aucun sens. Sir Jacob, se rendant compte qu'il avait mal joué, hésita sur la conduite à tenir ; ce fut alors, au cours du silence qui suivit, que Julius parla.

Il demanda innocemment, depuis son tabouret près de la cheminée : « Est-il vrai, sir, que le roi lui-même a parlé pour vous ? »

Il y eut un silence ; Edmund, aussi surpris que les autres par cette intervention, se tourna vers le jeune garçon et répondit, avec le plus naturel et le plus charmant des sourires :

« Je pense bien qu'il l'a fait ! »

C'était fini. Le drapier et le vieux gentleman étaient radieux ; sir Jacob était vaincu, et suffisamment intelligent pour le reconnaître. Pouvait-il repousser ce pénitent, si sincère et si courtois, soutenu de plus par un roi auquel il avait lui-même juré fidélité éternelle ? « Il semble, monsieur Meredith, remarqua-t-il avec la meilleure grâce qu'il put, que vous nous avez convaincus. Mais n'oubliez pas, ajouta-t-il d'un ton ferme sous les regards approbateurs des deux autres, que nous attendons de vous de beaux sermons ! »

Edmund, ayant sauvé sa peau, eut le loisir de méditer sur l'avenir — selon toute vraisemblance, il devrait prêcher tous les dimanches devant sir Jacob pour le restant de ses jours — et sur le fait que son seul véritable ami était un enfant de douze ans.

Si seulement Jane n'avait pas disparu...

En ce jour du printemps suivant, le hall des merciers était bondé et bourdonnant d'excitation ; le jeune Julius, amené ici par son père, regardait impatiemment comme les autres. Cela allait être la première apparition publique de la nouvelle merveille. Dehors, dans Cheapside, une grande foule s'était amassée, dans l'espoir de l'apercevoir ; et cela n'avait rien d'étonnant, car bien peu de Londoniens avaient jamais vu un tel prodige.

La rumeur enfla quand un homme se profila au fond du hall : beau, bien bâti, on eût dit quelque marchand de province. « Rolfe », chuchota sir Jacob. Mais aussitôt après le hall entier se tut, car *elle* était entrée.

Julius ressentit une pointe de déception : elle n'était pas du tout ce qu'il avait attendu.

Elle était quasiment vêtue comme un garçon, une tunique de velours avec un grand col de dentelle et des manchettes, et portait un chapeau tout simple à bord rigide, d'où ses cheveux tombaient en boucles sombres. Dans une main, elle tenait un éventail en plumes d'autruche ; elle marchait très droite, en faisant de petits pas ; et n'eût été le brun fauve de son visage — qu'on avait du reste rehaussé de rouge — nul n'aurait jamais deviné qu'elle était indienne. Elle s'appelait Pocahontas.

Du moins, c'était le nom de sa tribu en Virginie, sous lequel elle est passée à la postérité ; son peuple la connaissait sous celui de Mataoka. Quand elle avait été baptisée dans la foi chrétienne, on l'avait appelée Rebecca ; et comme c'était une authentique princesse indienne, les Londoniens l'appelaient la lady Rebecca. Le roi Jacques lui-même, pour qui le sang royal n'était pas un vain mot, avait exprimé quelques réserves quant au mariage d'une princesse, fût-ce d'un peuple sauvage, avec un roturier anglais. Car la princesse indienne n'avait pas fait qu'accorder son amitié aux colons ; elle avait accordé sa main au capitaine Rolfe, trois ans plus tôt. Au sens strict, la première Américaine à visiter l'Angleterre était donc une simple Mme Rolfe.

Toute l'Angleterre connaissait la romanesque histoire : quand le capitaine Smith, de Jamestown, avait été capturé par sa tribu, la petite Indienne (une enfant à l'époque) avait offert sa propre tête pour lui sauver la vie. Rien ne s'était passé entre elle et Smith, car elle était trop jeune ; mais l'amitié qui l'avait ensuite liée aux colons l'avait conduite à Rolfe, puis jusqu'en Angleterre, où on l'avait accueillie en héroïne.

Cependant, elle n'en possédait pas l'allure aux yeux de Julius. Tandis qu'elle parcourait la pièce, disant quelques mots à l'un ou à l'autre, il était difficile de déterminer si sa réserve était faite de timidité ou d'arrogance. Les promoteurs de la séance comptaient que tous les gens d'importance pourraient la voir et parler avec elle ; mais elle en eut bientôt assez des marchands et vint droit vers Julius. Quelques instants plus tard une petite main se tendait vers lui, une paire d'yeux bruns en amande le regardaient, avec une franchise qu'il n'avait encore jamais vue.

Elle était plus petite et semblait plus jeune qu'il ne le croyait ; il savait qu'elle avait dépassé la vingtaine, mais on ne lui aurait guère donné plus de quinze ans. Julius était fort préoccupé du léger duvet qui venait à peine de poindre sur sa lèvre supérieure ; il rougit — sur quoi la princesse indienne éclata de rire et poursuivit son chemin.

En dehors de sa rencontre avec l'adolescent, le reste de son apparition avait été réglé comme une pièce de théâtre. Quand elle eut fini son tour de la pièce, on la conduisit à l'extérieur, où toute la compagnie la suivit. Dans la rue, une armée de serviteurs portant la livrée des merciers la firent monter dans une chaise découverte, qu'ils portèrent sur leurs épaules afin que la foule pût la voir. Ils empruntèrent Cheapside en direction de l'ouest, et Pocahontas adressait de petits signes de la main ; à ce moment-là, elle avait vraiment l'allure d'une princesse. Le temps qu'elle atteigne St Mary-le-Bow, plus de cinq cents personnes la suivaient. Tout à coup, elle disparut : la chaise descendit brutalement, l'Indienne monta dans une voiture fermée qui attendait au coin d'Honey Lane et s'ébranla aussitôt ; une seconde plus tard, elle se volatilisait dans Milk Street. Le tout fut exécuté si rapidement que l'attention de la foule resta pour ainsi dire en suspens, cherchant quelque chose à quoi se raccrocher. Alors, comme en réponse à un signal, une voix sonore et mélodieuse se fit entendre, d'une estrade dressée devant St Mary-le-Bow, et la foule se retourna. « Voici la servante du Seigneur ! Aujourd'hui, mes très chers frères, un signe nous a été envoyé. »

C'était Meredith, et il allait prêcher.

En réalité, la compagnie de Virginie rencontrait maints problèmes ; jusqu'à présent, la colonisation était un désastre. Seuls quelques navires de colons étaient arrivés à destination ; des bruits couraient sur la dureté des conditions de vie là-bas, sur les attaques indiennes, la famine qui y sévissait ; résultat, la compagnie perdait de l'argent. Elle avait organisé une loterie, à l'échelon national, afin de se procurer des fonds ; mais elle avait besoin d'un stimulant, d'un coup de fouet, pour accélérer le processus. Aussi, que l'histoire de Pocahontas et du capitaine Smith fût exacte, ou que Smith et la compagnie de Virginie l'aient inventée pour les besoins de la cause, la visite de cette princesse indienne christianisée et amie des Européens, accompagnée de son époux anglais, était une aubaine dont sir Jacob et ses amis entendaient tirer le maximum de profit.

Engager un prédicateur pour promouvoir une bonne cause était une pratique alors assez courante ; et la compagnie de Virginie avait plusieurs chapelains à son service. Mais ce jour-là, avec plus de cinq cents personnes devant lui, Meredith tenait la grande occasion qu'il avait plusieurs fois sollicitée auprès de sir Jacob ; et il n'allait pas la laisser passer.

Le sermon qu'il avait préparé était à deux volets. La première partie concernait Pocahontas ; ce n'était qu'une introduction, destinée à intriguer la foule. La seconde partie, véritable but de sa harangue, était un encouragement à aller s'établir en Virginie. Il n'entendait pas les convaincre que c'était une riche contrée : il supposa qu'ils le savaient déjà et choisit ses textes bibliques en conséquence. Pour finir il conclut, en une envolée passionnée :

« Allez donc car votre promise vous attend, votre nouvelle terre, la Virginie ! »

C'était exactement le genre de sermon que la compagnie de Virginie appréciait. A la fin de la péroraison, des employés de la compagnie se répandirent dans la foule — encore sous le choc des mots brûlants — avec des feuillets informant les colons ou les investisseurs éventuels de l'adresse de la compagnie, à Philpot Lane, et du moyen d'y obtenir plus de renseignements.

Julius, à côté de son père, n'avait rien perdu du sermon ; il constata que sir Jacob était satisfait, et il en fut heureux car il aimait Meredith. Après qu'ils l'eurent félicité et que son père fut retourné à ses occupations, il se sentit lui-même trop excité pour rentrer directement chez lui.

Sir Jacob était toujours d'excellente humeur lorsque Julius revint à la maison ; et il sourit avec indulgence quand son fils s'approcha de lui avec une nouvelle à lui annoncer.

« Savez-vous, père, la chose étrange que j'ai vue ? »

Julius n'avait guère rencontré Martha Carpenter depuis qu'elle avait quitté la paroisse pour épouser Dogget. Elle venait rendre visite de temps à autre à son frère et aux siens, mais c'était tout ; quant à sa nouvelle famille de Southwark, Julius ne savait rien sur eux. Aussi en avait-il été fort intéressé, quand il avait rencontré le petit groupe à Watling Street.

Eux aussi étaient venus voir Pocahontas ; et bien que Martha se méfiât de Meredith à cause des pièces qu'il avait écrites, ils étaient restés pour le sermon. Il y avait là Dogget, cinq enfants dont le plus âgé avait un ou deux ans de plus que Julius, et un bébé, qui était de toute évidence celui de Martha. Voyant que celle-ci l'avait reconnu, il alla courtoisement lui parler ; ce fut alors qu'il fit la découverte :

« Le constructeur de bateaux et deux de ses enfants ont une mèche blanche dans les cheveux, Père, comme nous. Mais le plus bizarre, ce sont leurs mains. Dogget et un de ses enfants ont les doigts palmés, on dirait... » Il s'interrompit, car le changement dans la physionomie de son père était saisissant.

L'espace d'une seconde, on aurait pu croire que sir Jacob avait reçu un coup, puis il parut chanceler ; le jeune garçon se demanda si son père n'avait pas une attaque. L'alderman recouvra lentement ses esprits mais, plus étonnant encore, il fixa Julius avec une sorte de répugnance.

« Quel nom dis-tu ? Dogget ? » Sir Jacob ignorait tout de ces petits Dogget de Southwark et n'imaginait pas que ces gens lui fussent apparentés d'une façon ou d'une autre.

Restait, bien sûr, l'histoire de l'enfant trouvé. Sir Jacob sentit une sueur froide l'envahir. L'orphelin, l'enfant du ruisseau... S'il contemplait Julius avec répugnance, ce n'était pas son fils qu'il voyait, mais un spectacle affreux — comme si le sol s'était ouvert devant lui sur un dédale de caves, d'égouts et de cloaques ; là, des entrailles putréfiées de ses propres ancêtres, Dieu savait quelles répugnantes monstruosités pouvaient remonter encore vers la lumière, remonter jusqu'à lui... Oubliant la présence de son fils, il murmura : « La malédiction... »

Julius le contempla, perplexe. Quelle malédiction ? De quoi voulait-il donc parler ?

Mais tout ce que lui dit sir Jacob en guise d'explication, ce fut, d'une voix terrible : « Ne t'approche pas de ces gens-là ! Ils sont tous maudits... »

Julius ne quittait pas son père des yeux. « Vous voulez dire... les Dogget, Père, ou bien la famille de Martha Carpenter aussi ? »

L'affaire avait bouleversé sir Jacob, aussi répondit-il brutalement : « Tous... Tous ! » Il le fit d'un ton si tranchant que Julius n'osa pas lui poser d'autres questions.

Dès le lendemain, sir Jacob fit faire une enquête discrète sur la famille de Southwark.

Bien que l'incident eût fort intrigué Julius, il lui sortit de l'esprit la semaine suivante, chassé par un événement qui lui causa une grande joie. Cela se produisit un matin, alors qu'il quittait la ville à cheval avec son père ; ils allaient inspecter l'entreprise qui, parmi les nombreux investissements de sir Jacob, était son plus grand sujet de fierté.

Quand les habitants de Londres étaient décidés à trouver des défauts à leur vieille cité, immanquablement la question de l'eau potable revenait sur le tapis.

Certes, il y avait la Tamise : mais une fois que les bouchers y avaient jeté leurs rebuts, les tanneurs lavé leurs peaux, les brasseurs, teinturiers et autres déversé leurs résidus, auxquels il fallait ajouter les rejets naturels d'une ville de deux cent mille âmes, l'eau du fleuve était loin d'avoir un goût agréable. Le Walbrook avait pratiquement disparu sous les maisons ; la Fleet empestait. Bien sûr, la vieille conduite de l'époque de Whittington fonctionnait toujours, et avait même été agrandie ; mais même ainsi elle ne suffisait pas, et l'eau devait encore être acheminée par des porteurs, avec leurs deux seaux suspendus à une perche en travers de leurs épaules, et qui passaient de maison en maison. Leur cri : « Eau fraîche, qui veut de l'eau fraîche ? », résonnait tous les jours dans les rues.

Tout cela allait changer désormais, grâce à un homme, un homme remarquable : sir Hugh Myddleton.

C'était un aristocrate, comme Whittington et Gresham avant lui, issu d'une excellente famille galloise ; il avait amassé une énorme fortune dans la corporation des orfèvres. C'était aussi un homme audacieux, et clairvoyant. Quand il avait offert de munir la ville d'une nouvelle alimentation en eau, le maire et les aldermen lui en avaient été éminemment reconnaissants, et sir Jacob s'était empressé d'acquérir des parts de l'entreprise.

La Nouvelle Compagnie fluviale, ainsi qu'on l'appelait, était énorme. Sous le contrôle expert de Myddleton lui-même, on traça un canal pour amener l'eau des sources pures qui coulaient quelque trente kilomètres plus au nord. On construisit un réservoir au-dessus de la ville ; à l'intérieur de celle-ci, l'eau fraîche était directement acheminée jusqu'aux maisons individuelles. Cela ne s'était encore jamais vu en Angleterre. Le coût de l'entreprise avait été si important, les difficultés rencontrées si nombreuses, que le roi y avait participé lui-même, achetant la moitié des parts et accordant un monopole à la compagnie, lorsque des rivaux de moindre importance menacèrent de lui faire concurrence. « Quand de tels investissements sont en jeu, avait expliqué sir Jacob à Julius, un monopole est nécessaire. »

Rien ne procurait plus de plaisir à sir Jacob que de quitter Londres à cheval avec Julius et de suivre l'aqueduc jusqu'au grand réservoir, d'où l'on avait vue sur l'ensemble de la ville. Ce jour-là, ils venaient de partir quand un cri joyeux les arrêta : « Père, on m'avait dit que je vous trouverais dans cette direction ! » Julius se retourna pour voir un grand jeune homme aux cheveux sombres approcher d'eux, fièrement campé sur son cheval, et d'une élégance qui frisait le dédain. C'était son frère aîné, Henry.

Cela faisait trois ans qu'ils ne l'avaient pas vu. D'Oxford, au lieu de revenir à Londres, il était parti avec l'un de ses amis pour l'Italie, où il avait étudié une année ; puis il en avait passé une autre à Paris. Pendant ce temps, l'étudiant au teint cireux était devenu un homme. Vêtu de noir, avec une mèche argentée dans les cheveux, on voyait au premier coup d'œil qu'il était le fils de son père ; pourtant — alors qu'il avait maintenant rejoint les deux cavaliers et qu'ils suivaient ensemble l'aqueduc, échangeant des nouvelles de Londres et de Paris, des cours de France et d'Angleterre — la différence dans leur allure et leurs propos était nettement perceptible. Sir Jacob était un gentleman, le jeune Henry un aristocrate ; l'alderman puritain était sévère, l'élégant voyageur dur ; le père croyait à l'ordre, le fils à la domination.

Julius pouvait à peine détourner son regard du nouvel arrivant ; son cœur bondissait de fierté à la vue d'un frère si noble d'aspect, si élégant. « Tu es revenu pour de bon ? » osa-t-il enfin lui demander ; et pour sa plus grande joie Henry lui répondit, en l'accompagnant d'un sourire ironique : « Oui, petit frère. Pour de bon. »

1620

Par une nuit étoilée du mois de juillet, une foule de soixante-dix personnes réunie en demi-cercle, sur la rive de la Tamise, attendait l'aube. Certains étaient anxieux, d'autres excités ; quant à Martha, les yeux fixés sur l'eau miroitante, elle avait le cœur en fête et ne cessait de célébrer intérieurement la gloire de Dieu.

Voici plusieurs années que les plus fervents chrétiens de Londres parlaient de l'entreprise qui allait aujourd'hui voir le jour. Mais comment aurait-elle rêvé d'en faire partie ? Et qui aurait pu prévoir l'extraordinaire changement qui s'était opéré dans la famille Dogget ? L'attitude inattendue du jeune garçon ? Et même, plus merveilleuses encore, les circonstances toutes récentes et fort étonnantes qui avaient amené la famille au bord du fleuve ce matin-là... Elle leva les yeux vers son mari et sourit ; mais John Dogget, lui, ne souriait pas.

John aimait sa femme. Quand Jane Fleming avait disparu du Globe vingt ans plus tôt, il en avait été profondément affecté ; mais le temps avait passé, et deux ans plus tard il épousait une jeune fille pleine d'entrain, fille d'un batelier. Ils avaient vécu plusieurs années de parfait bonheur, jusqu'à la mort soudaine de son épouse. Les mois qui suivirent furent si sombres que, lorsqu'il épousa Martha, il se rendit à peine compte de ce qu'il faisait.

Jamais il n'oublierait l'arrivée de celle-ci à la maison, le jour de leurs noces ; il avait essayé d'arranger au mieux le logis, proche de l'atelier naval, mais la famille vivait depuis toujours dans une joyeuse pagaille. Même leur première nuit, si l'essentiel y fut accompli, ne combla pas Martha comme elle l'aurait pu, et John le sentit. Le lendemain matin il partit travailler, l'humeur inquiète et songeuse ; quand il revint le soir, tout était transformé. La maison était propre et les vêtements des enfants lavés ; une grande tourte et un bol de pommes cuites aux clous de girofle trônaient sur la table ; de l'âtre montait un délicieux arôme de gâteaux d'avoine. Depuis un an, la famille n'avait plus aussi bien mangé. Cette nuit-là, le cœur plein de reconnaissance, il lui fit l'amour avec ardeur et tendresse.

Avec quelle douceur elle s'était acquis l'affection des enfants... Jamais elle ne s'était imposée à eux, se consacrant à son travail ; mais ils s'étaient vite rendu compte que la maison respirait la fraîcheur au lieu d'un air vicié, que leurs vêtements étaient raccommodés, le garde-manger bien garni : une quiétude nouvelle descendait sur le foyer. Elle ne leur demanda pas de l'aider, mais il ne fallut pas longtemps à l'aînée des filles, âgée de huit ans, pour avoir envie de faire la cuisine avec elle ; quelques jours plus tard le plus grand des garçons, voyant Martha dehors à nettoyer la cour, lui prit le balai des mains en disant : « Je vais le faire... » La semaine suivante, alors qu'ils travaillaient ensemble sur un bateau, il fit remarquer à son père : « Elle est bonne avec nous... »

Et pourtant, Martha déconcertait son époux par certains côtés. Les Dogget étaient une famille naturellement enjouée : il était rare qu'une journée passe sans qu'ils trouvent un sujet d'amusement autour d'eux. Mais quand ils riaient, John remarquait que Martha restait assise — un demi-sourire aux lèvres, parce qu'elle les voyait heureux, mais sans jamais rire elle-même. Il en venait à se demander si elle avait le sens de l'humour. Et leurs rapports amoureux, les appréciait-elle vraiment ? Elle y trouvait du plaisir, cela se voyait, et accueillait bien ses avances ; mais il remarquait qu'elle ne prenait jamais l'initiative elle-même. Peut-être pensait-elle que c'était impie ? Mais quand elle lui demanda au bout de trois mois : « Suis-je une bonne épouse ? » et qu'il répondit (en le pensant) : « La meilleure qui soit », elle en eut l'air si heureuse que la moindre réserve de sa part eût été cruelle et déplacée.

Puis un enfant leur naquit.

Le changement s'opéra si lentement que d'abord il en eut à peine conscience ; peu à peu pourtant, il commença à se rendre compte que quelque chose était arrivé à sa famille. Même dans le Southwark gouailleur et populaire, les plus respectables marchands des quatre-saisons lui souriaient poliment, presque avec déférence, à lui comme à ses enfants — chose qu'ils n'avaient assurément jamais faite jusque-là. Plus surprenant encore, le bedeau de la paroisse s'excusa auprès de lui de la gêne causée par certains ivrognes bruyants à « de bons chrétiens comme vous ». Mais la véritable rupture lui apparut le jour où, lorsqu'il désigna à sa fille de dix ans un jeune et beau batelier en lui faisant remarquer : « Voici un mari pour toi », l'enfant lui répondit : « Oh ! non, Père... Je veux épouser un homme convenable. » Il supposa qu'elle avait raison ; mais quelque chose mourut en lui ce jour-là.

Il fit une autre découverte. « Je n'ai pas épousé une femme, plaisantait-il, mais toute une église. » Ce n'étaient pas seulement les réunions de prière auxquelles elle assistait ; il semblait exister tout un réseau de gens, partageant ses convictions, tissé à travers les quartiers de la ville et loin au-delà de ses murs. C'était presque une grande famille, vers laquelle elle pouvait se tourner pour recevoir de l'aide ; et cela se fit jour à l'occasion de l'unique querelle que connut le couple.

Il s'agissait du fils aîné de John. Bien qu'il aidât son père à l'atelier, il ne manifestait nul désir de reprendre son affaire plus tard ; la lenteur et la précision du travail manuel l'impatientaient, et il annonça un jour qu'il voulait se faire pêcheur et partir en mer. Dogget, sachant que son atelier naval était une solide petite entreprise, espérait que Martha le soutiendrait dans la conversation qui suivit ; mais après avoir demandé conseil à la prière, durant toute une journée, elle déclara : « Tu dois le laisser partir. Notre mission sur terre, c'est l'adoration : si un homme n'aime pas son travail, comment pourrait-il adorer Dieu ?

— Il doit obéir à son père, protesta Dogget.

— Dieu est son père, corrigea-t-elle posément. Pas toi. »

Furieux, il ne lui adressa pas la parole pendant plusieurs jours.

Une semaine plus tard, il se rendit avec Martha à Billingsgate ; là, elle le présenta à un grand individu à la barbe rousse, qui n'était autre que le chef de la famille Barnikel et l'un des plus éminents membres de la corporation des poissonniers. Celui-ci lui dit tout de go : « Trouvé un bon embarquement pour votre fils, mon vieux. Le patron du bateau est un ami à moi. » Avant que John ait eu le temps de bredouiller une réponse, il ajouta : « Content de vous aider, mon vieux. Le bon renom de votre femme la précède partout, vous savez. »

Aujourd'hui, tandis que le ciel s'éclaircissait à l'horizon, les mêmes mots semblaient résonner dans son esprit. Le bon renom de sa femme. Sans ce maudit bon renom, rien de tout cela ne serait arrivé. Mais qu'y pouvait-il ? Le canot arrivait déjà pour les prendre. Et de l'autre côté du fleuve, amarré juste en dessous de Wapping, il apercevait le piège vers lequel on le conduisait.

Le solide trois-mâts s'appelait le *Mayflower*.

A midi, ils dépassaient la Medway.

Le *Mayflower*, de Londres, était un bon bateau. Il jaugeait cent quatre-vingts tonneaux et appartenait pour un quart au capitaine Jones, qui le commandait — autre bon point en sa faveur. Les marchands londoniens l'affrétaient souvent, et il avait transporté beaucoup de vin en Méditerranée. En parfait état de naviguer, spacieux, les cales remplies de provisions, il était prêt à appareiller avec ses passagers vers le Nouveau Monde.

Martha avait déjà été abordée, dans le passé, par des agents de la compagnie de Virginie, lui demandant si elle et sa famille n'auraient pas envie de s'établir là-bas. Mais cela ne signifiait rien : la moitié de Londres avait été sollicitée. Et elle avait — gentiment — fait valoir à ses interlocuteurs qu'il n'y avait guère d'intérêt pour elle à traverser l'Atlantique, si c'était pour retrouver l'Eglise du roi Jacques une fois qu'elle serait de l'autre côté. Mais cette fois, c'était différent. Quand elle avait entendu parler d'un petit groupe de puritains qui entendaient fonder leur propre communauté, non pas en Virginie mais dans les étendues sauvages du Nord, le long de la côte, elle en avait été captivée : elle avait senti dans son cœur la morsure de l'envie, et malgré tous ses efforts elle n'avait pu en triompher. Elle en avait même parlé à Dogget, mais il n'avait fait qu'en rire.

L'aide lui était venue du côté qu'elle n'attendait pas. Le fils aîné de John, de retour à Londres après une saison de pêche, avait annoncé : « Père, une nouvelle expédition va partir. Elle ira bien plus au nord que la Virginie, dans la colonie du Massachusetts. Ce sont les Marchands aventuriers qui l'organisent. Nous pourrions très bien réussir là-bas ; Barnikel le poissonnier le pense lui aussi. » Et quand son père lui avait demandé pourquoi, il avait répondu par un seul mot : « Morue. »

Grâce à la morue, tout était possible. Quand le roi Jacques avait demandé de quoi les colons pensaient vivre et qu'on lui avait répondu : « De la pêche », il avait commenté sur le ton de la plaisanterie : « Comme les apôtres, alors... » ; mais il n'ignorait pas que les eaux les plus poissonneuses du monde baignaient la nouvelle colonie. « Il y a un risque, bien sûr, avait concédé le jeune homme. Mais imagine : tu construis les bateaux et moi je pêche... » Pourtant, même ainsi, Dogget ne se montra guère enthousiaste.

L'offre mystérieuse arriva le lendemain. Martha n'y était pour rien, quoi que pensât Dogget : le mystère était tout aussi grand pour elle que pour lui — même si à l'évidence l'offre venait de la communauté puritaine, d'un ou plusieurs de ses membres. Martha se demandait si elle ne venait pas de Barnikel en personne. Un message leur avait été adressé : s'ils voulaient se joindre à l'expédition, « on » était prêt à payer à Dogget une jolie somme pour son atelier naval — bien plus qu'il ne valait en réalité — et, en outre, à acheter en leur nom des parts de la compagnie. Comme l'aîné le dit à John, en présence des autres enfants : « Connais-tu un autre moyen, père, de gagner autant d'argent pour la famille ? » Le problème résidait là : il n'avait aucun autre moyen. Une semaine plus tard il avait cédé, à contrecœur.

Le périple du *Mayflower* est bien connu. Après avoir descendu le large estuaire de la Tamise, le petit bateau continua vers l'est, laissant la longue côte du Kent sur sa droite ; puis il vira vers le sud, incurvant sa route vers la pointe du Kent, et entra dans la Manche par le détroit de Douvres. A Southampton, à mi-parcours de la côte méridionale de l'Angleterre, il devait retrouver un autre navire de pèlerins, le *Speedwell*. Le *Mayflower* arriva à Southampton juste avant la fin du mois.

Le *Speedwell* était un très petit bateau, de seulement soixante tonneaux. Alors qu'il approchait de Southampton, sa coque paraissait enfoncée dans l'eau : il évoluait d'une manière curieuse et maladroite. Dogget le contempla et grommela : « Il a un trop grand mât. » Quand il fut plus proche, un silence inquiet s'établit parmi les spectateurs, et ce fut le fils aîné des Dogget qui le rompit. « Ce navire n'est pas en état de naviguer », lâcha-t-il.

De fait, il ne l'était pas. Dans l'heure qui suivit, ils entendirent des membres de l'équipage affirmer : « Il a besoin de réparations avant de repartir. » Et ce n'était pas tout. Dogget et son fils montèrent à bord, pour revenir bientôt en secouant la tête : « Ils n'ont presque pas de provisions à bord », rapportèrent-ils.

Août était déjà bien avancé quand ils quittèrent enfin Southampton ; toutefois le temps était beau, et l'atmosphère assez joyeuse. Ils dépassèrent les côtes sablonneuses qui s'étendaient en dessous du New Forest, puis les hautes falaises et les criques du Dorset. Le lendemain à l'aube, ils avaient quitté la côte du Devon quand Martha entendit un cri :

« Ils sont arrêtés ! » Une voie d'eau s'était ouverte dans le *Speedwell*.

Pour finir, il fut déclaré à nouveau en état de naviguer, et les deux navires repartirent. Pendant cinq jours ils firent route vers l'ouest, à allure réduite ; le sixième jour, alors qu'ils avaient parcouru une centaine de lieues, Martha trouva en se retournant le *Speedwell* dangereusement bas sur l'eau, et penchant vers l'arrière. Une heure plus tard, les deux bateaux faisaient demi-tour.

« Le *Speedwell* ne peut plus avancer. Il est pourri », déclara le capitaine Jones aux passagers rassemblés, lorsqu'ils eurent regagné le port de Plymouth. « Le *Mayflower* ne peut emmener qu'une centaine d'entre vous. Vingt devront rester à terre. »

Dans le silence qui suivit, John Dogget, qui s'était tu pendant plus de six semaines, prit la parole :

« Nous allons rester », dit-il. Ses enfants approuvèrent, même l'aîné. « Nous sommes fatigués de vous », dit encore Dogget, et même Martha ne pouvait l'en blâmer. D'autres passagers, maintenant, reconnaissaient eux aussi qu'ils ne souhaitaient pas continuer. « Ils n'arriveront jamais là-bas », affirma l'aîné à Martha.

Ainsi, au mois de septembre de l'an de grâce 1620, les pères pèlerins firent enfin voile sur le *Mayflower*, du port de Plymouth — mais sans la famille Dogget, qui retourna à Londres.

Par une belle matinée du début octobre, sir Jacob Ducket rentrait chez lui quand il rencontra Julius. Remarquant le regard indécis de son plus jeune fils, il lui demanda ce qu'il avait en tête ; après quelques instants d'hésitation, celui-ci le lui dit :

« Vous vous rappelez ces gens, Père, avec de drôles de mains ? (Sir Jacob se renfrogna.) Je viens juste de les voir, poursuivit l'adolescent, avec Carpenter. Je crois qu'ils sont venus vivre avec lui. »

Sir Jacob fut frappé au cœur : car plus tôt dans l'année, en gardant l'anonymat et par l'intermédiaire d'une tierce personne, il leur avait versé une énorme somme d'argent pour qu'ils s'en aillent. Ce soir-là, après être resté assis seul quelques heures durant en face d'un pichet de vin — chose qui ne lui arrivait jamais en temps normal —, sir Jacob Ducket eut une attaque. Deux jours plus tard, il fut manifeste que ses deux fils, Henry et Julius, devraient reprendre ses affaires.

C'était un spectacle familier, pendant toutes ces années : chaque soir, peu avant le coucher du soleil, on pouvait la voir au sommet de la petite butte appelée Wheeler's Hill, la colline du charron, les yeux tournés vers l'est.

Que regardait-elle au juste ? Les vastes champs à ses pieds, les méandres de la rivière ? Par temps clair on apercevait l'Atlantique, mais contemplait-elle l'océan ? Personne ne lui posait la question. La veuve Wheeler gardait ses pensées pour elle.

La ferme Wheeler était typique des exploitations virginiennes d'alors : quelques centaines d'hectares à peine, une ferme de *yeoman*. Wheeler lui même ne s'était jamais donné beaucoup de mal pour la développer, à la différence de sa veuve : elle s'occupait de tout et dirigeait ses employés. Elle avait deux esclaves ; l'esclavage débutait à peine en Virginie. La plupart des autres ouvriers étaient des Anglais travaillant sous contrat — certains pauvres, d'autres endettés, ou encore des hommes coupables de crimes mineurs et qui devaient dix ans de travail afin de recouvrer leur liberté. Leur patronne avait la réputation d'être juste mais inflexible. La vraie cause des profits engrangés par la ferme était le type de culture qu'on y pratiquait : comme dans beaucoup d'autres exploitations en Virginie, chaque pouce de terre était consacré à une seule et unique plante, dont les grandes feuilles vertes se balançaient à perte de vue, tels des lambeaux parcheminés agités par la brise.

Le tabac. Depuis son lancement par John Rolfe, le mari de Pocahontas, l'essor du tabac en Virginie avait été fulgurant. Quelques années plus tôt, la colonie en avait exporté dix mille tonnes ; cette année, qui sait ? peut-être deux cent cinquante mille tonnes.

Depuis ses difficiles débuts, la colonie de Virginie s'était rapidement développée. Plusieurs milliers de colons y vivaient désormais, qui chaque année défrichaient de nouvelles terres. Certains gros fermiers s'étaient si bien enrichis qu'ils commençaient à faire venir d'Angleterre quelques produits de luxe. Mais la veuve Wheeler, elle, n'achetait presque rien. Peut-être était-elle puritaine, peut-être simplement avare. C'était difficile à déterminer et, il fallait l'avouer, ses voisins n'en savaient pas très long à son sujet.

Ils auraient sans doute été fort surpris d'apprendre que, pendant quinze ans, la respectable veuve Wheeler avait vécu avec Black Barnikel, le pirate.

L'expression ne convenait guère pour décrire leur relation, étrange et vagabonde ; Jane elle-même, durant toutes ces années, disait plus simplement : « Je suis sa femme. »

Elle l'avait été dès le premier voyage ; il ne lui avait pas donné le choix. Elle avait été sa femme quand, une fois enceinte, il l'avait laissée dans un port d'Afrique pour qu'elle y mît l'enfant au monde ; lorsqu'il y était revenu, quelques mois plus tard, il s'était fort réjoui d'avoir un fils et l'avait couverte de cadeaux. Puis cinq autres voyages avaient suivi, une douzaine de ports et trois nouveaux enfants. Les années s'écoulaient pour elle dans des lieux étranges et exotiques, des Caraïbes jusqu'au Levant.

Comment les avait-elle vécues ? Au tout début cela avait été bizarre d'être entièrement en son pouvoir, de savoir qu'il pouvait la tuer s'il le voulait ; aussi avait-elle étudié son caractère et sa conduite. Il était si tendre, en même temps, si attentionné : quand ils faisaient l'amour, il veillait d'abord à son plaisir à elle et savait toujours lui en donner. Pensait-elle alors à s'échapper ? Il était trop avisé pour lui en laisser la possibilité, ne s'approchant jamais de l'Angleterre au cours de leurs périples. Puis les enfants naquirent et que pouvait-elle faire, dès lors ? Les abandonner ? Impossible. Les remmener avec elle à Londres ? Mais quelle place y auraient-ils eue, avec l'étrange couleur foncée de leur peau ? Quand elle y songeait, elle devinait la colère sourde qui animait Orlando Barnikel ; et dans ces moments-là elle l'aimait, bien plus encore que dans l'intimité charnelle.

La fin de l'histoire était arrivée brutalement. Après le troisième enfant — un autre garçon — elle avait perdu deux nouveaux bébés ; puis Orlando avait beaucoup voyagé, et elle n'avait pas conçu pendant plusieurs années. Après que leur plus jeune fils, âgé de douze ans, eut fait son premier voyage avec son père, Orlando annonça à Jane : « Je pars pour l'Amérique. Viens avec moi. » Quand ils arrivèrent en Virginie, il l'accompagna jusqu'à Jamestown ; là, il lui mit une bourse d'argent dans la main et lui dit · « Il est temps maintenant que tu me quittes. »

Elle avait presque trente ans ; assez jeune encore pour se marier et fonder une famille, dans une contrée comme celle-ci où les colons avaient grand besoin de femmes. Black Barnikel avait vu juste.

Six mois plus tard, elle avait rencontré Wheeler et l'avait épousé. Seul problème, il était tombé malade et le couple n'avait jamais eu d'enfants. Quant à Orlando, elle ne l'avait plus revu, ni n'avait entendu parler de lui. Ces derniers temps, tandis qu'elle se tenait au sommet de Wheeler's Hill, d'où le regard portait bien au-delà de la plantation, elle se prenait souvent, par temps clair, à contempler les reflets bleus de l'océan.

Des nouvelles obtenues de la bouche d'un de ses employés l'avaient laissée songeuse. L'homme en question venait de Southwark et connaissait bien le Globe ; n'ayant nulle idée de la véritable identité de sa patronne, il lui avait appris que ses parents étaient tous deux morts récemment, et son frère parti vivre dans le sud-ouest du pays. Ces nouvelles avaient laissé à Jane une curieuse sensation de liberté : quoi qu'elle fasse ou ne fasse pas désormais, cela ne changerait rien pour personne.

Tous les producteurs de Virginie savaient que le tabac épuisait la terre : la plupart des plantations ne produisaient plus rien au bout de sept ans d'exploitation. Les colons, à vrai dire, ne s'en préoccupaient guère, car l'immense continent américain s'étendait devant eux. Ils fondaient simplement une nouvelle plantation, plus loin à l'intérieur des terres. Dans trois ans, Jane le savait, la terre de sa ferme serait stérile et elle devrait s'installer ailleurs. Mais dans trois ans aussi, elle aurait économisé une belle somme d'argent : assez sans doute pour faire autre chose, songeait-elle en regardant la mer.

Certains le trouvaient peut-être fier, mais Julius ne pouvait qu'admirer le courage avec lequel Henry avait pris la direction de la famille. Sir Jacob n'avait jamais récupéré de son attaque : il avait tout le côté droit paralysé, et ne pouvait plus parler. C'était une triste vision, et certains fils auraient pu vouloir cacher leur père ; mais pas Henry. Sur ses ordres, impeccablement vêtu et suivi de ses deux fils, sir Jacob était amené une fois par semaine sur une litière au Royal Exchange, où les gens venaient lui présenter leurs respects. « A lui et à toute notre famille, disait Henry à Julius.

Quoi qu'il arrive, l'important c'est de toujours garder la tête droite »
Henry avait du style.

La vie de Julius aussi avait été transformée par l'accident de son père.
Il comptait aller lui aussi à Oxford, cette même année ; mais un mois
avait à peine passé qu'Henry lui annonçait : « J'ai besoin de toi, petit frère.
Je ne peux m'occuper de tout à moi seul. »

Henry abandonna rapidement la comptabilité et les questions de transport maritime à Julius : « Tu as le sens des chiffres », lui disait-il. Il prit
aussi une très ingénieuse initiative : « Je vais acheter une parcelle de terrain à Bocton, le long de la crête, annonça-t-il un jour.

— Pour y faire quoi ?

— Du houblon. Nous allons produire de la bière. Tout le monde en fait
aujourd'hui. » La suite des événements lui donna raison. Les brasseurs
anglais, qui avaient mis au point un nouveau brassin, étrangement
sombre, à partir de houblons d'importation, trouvaient moins cher de s'en
procurer sur l'île même ; encore fallait-il que les paysans en produisent.
Les Ducket signèrent bientôt un avantageux contrat avec la brasserie Bull,
de Southwark ; désormais, même quand le négoce était difficile, les
champs de houblon de Bocton leur fournissaient un revenu régulier.

Mais le véritable génie d'Henry, comme Julius ne tarda pas à le découvrir, tenait à sa manière de se faire des amis puissants. Il y était passé
maître. Quelques semaines après son retour à Londres, il semblait déjà
connaître tout le monde, non seulement dans la ville, mais même à la
cour. Tandis que Julius se plongeait dans les livres de comptes, Henry
passait le plus clair de son temps dehors, chassant, dînant avec un lord
important, assistant à un divertissement de la cour à Whitehall. Au début,
Julius avait pensé que c'était seulement pour élever le rang social de la
famille ; mais un après-midi, arrivant d'un pas décidé, toujours en costume de chasse, Henry avait nonchalamment laissé tomber un document
sur la table : un contrat pour la vente d'un énorme lot de soieries, signé
par Buckingham lui-même, le plus puissant favori de la cour. « Des amis
bien placés, commenta Henry, c'est tout ce dont on a besoin dans la vie. »

Les monopoles, tout était là. Officiellement, bien sûr, les monopoles
étaient réservés aux grandes compagnies de négoce : leurs chartes, qui
leur accordaient des exclusivités commerciales avec les pays lointains,
étaient sans doute nécessaires compte tenu des énormes investissements
que leurs activités supposaient. Mais les monopoles dont parlait Henry
étaient bien plus petits, concernant des affaires insignifiantes. « Tu veux
ouvrir une taverne ? Il te faut une licence, et tu dois passer pour cela par
un certain favori à la cour. Tu as besoin de fil d'or ? Un de mes amis en
détient le monopole. Crois-moi, Julius, un petit monopole vaut une fortune. Et toutes les cours européennes le pratiquent. » La cour des Stuarts,
aurait-il pu ajouter, plus que les autres.

Comme Julius parvenait à l'âge adulte, c'était précisément du côté de
la cour qu'il trouvait des raisons de s'inquiéter.

Rien ne servait de le nier : tout n'allait pas au mieux entre la nouvelle
maison Stuart et le peuple d'Angleterre.

Le caractère du roi Jacques n'arrangeait pas les choses. N'ayant jamais
eu beaucoup de dignité, son comportement, avec l'âge, en devenait gênant
pour son entourage. Personne ne savait s'il était véritablement homo-

sexuel, ou s'il se prenait d'une affection sénile pour les jeunes gens. « En tout cas, il bave devant eux », confiait Henry. Par chance, son héritier, Charles, était à la fois fort digne et d'une moralité irréprochable ; aussi les puritains fermaient-ils les yeux sur le père, pour ne songer qu'à l'avenir avec le fils. Les favoris royaux régnaient sur la cour ; le premier d'entre eux, qui ne tarda pas à jouir d'un pouvoir et d'une influence considérables, se nommait Buckingham. Il avait un charme fou, peu d'esprit, et tant d'allure que Jacques en fit un duc. Beaucoup pensaient, à la cour et dans le pays, que Buckingham et ses amis concentraient trop de monopoles entre leurs mains. « Comme pour tous les favoris, expliquait Henry à son frère, la vieille aristocratie voit son ascension d'un très mauvais œil. Ils ne manqueront pas l'occasion de se venger de lui, si elle se présente. »

Ce n'étaient pourtant là que les habituels problèmes des cours royales, et l'on pouvait s'en accommoder. La vraie difficulté, bien plus grave, apparut moins d'un an après l'attaque de sir Jacob.

Le Parlement de 1621 ne s'ouvrit pas sous de très bons auspices. D'abord, Jacques ne l'avait pas réuni depuis plusieurs années ; certes, cela signifiait aussi qu'il n'avait pas levé de nouveaux impôts, mais depuis des siècles maintenant les parlementaires avaient pris l'habitude d'être consultés régulièrement, et se sentaient délaissés. Par conséquent, si certains nobles entendaient attaquer les favoris royaux, pour leur cupidité, les Communes étaient toutes prêtes à s'associer à cette fronde. A peine furent-elles rassemblées à Westminster qu'elles se rappelèrent bruyamment au bon souvenir du roi. Leur méthode prit la cour par surprise.

« *Impeachment*, annonça Henry à son frère. Mise en accusation. Aucun Parlement ne l'a prononcée depuis les Plantagenêts. »

En fait, les Communes agirent avec assez d'intelligence : elles ne mirent pas Buckingham lui-même en accusation, mais deux favoris, fort corrompus et de moindre importance. Avantage de l'*impeachment*, c'était la seule procédure que les Communes et les Lords pouvaient engager sans le consentement du roi. Le message était clair ; il était temps de faire preuve d'un peu plus de considération envers le Parlement. Hélas, tout le problème était bien là : le roi Jacques, fort cultivé mais nourrissant des idées bizarres, s'était plus ou moins persuadé que les monarques, puisqu'ils étaient par leur sacre oints du Seigneur, régnaient de droit divin. Et donc que leurs sujets leur devaient en tout obéissance, car ils ne pouvaient se tromper. Telle était la loi de Dieu, affirmait-il, et il en avait toujours été ainsi — prétention qui aurait horrifié un clerc médiéval et fait éclater de rire n'importe quel roi Plantagenêt. Les Tudors eux-mêmes prenaient soin d'envoyer leurs conseillers au Parlement pour contrôler les débats, et Elisabeth était experte dans l'art du compromis. Mais le roi Jacques n'attendait de ses sujets qu'une attitude : l'obéissance. Les Communes rédigèrent une protestation.

« Il l'a déchirée, rapporta Henry, qui riait jaune.

— Que va-t-il arriver, alors ? lui demanda Julius d'une voix angoissée.

— Rien. Le Parlement est furieux, mais il sait que le roi vieillit. Il n'y a rien à craindre. »

Quand Dogget et Martha revinrent à Londres, ils se demandèrent avec anxiété si leur bienfaiteur inconnu, lorsqu'il apprendrait leur retour, demanderait à être remboursé ; mais, plus mystérieux que jamais, il ne donna aucun signe de vie. L'autre question qui se posait à eux était : que faire, maintenant ? La réponse fut finalement apportée par Gideon Carpenter. Son père, Cuthbert, était mort juste après leur départ ; il suggéra donc à John Dogget de s'associer pour monter une affaire ensemble. Les deux hommes trouvèrent un logement, ainsi qu'un atelier et une remise, presque au sommet de Garlic Hill (la « colline de l'ail ») ; là, ils réparaient tout ce qu'on leur apportait. Dogget regrettait les bateaux, mais au moins ils ne manquaient pas de travail.

Et c'est ainsi, aux jours de fêtes religieuses, quand ils étaient contraints de se rendre à St Lawrence Silversleeves, que sir Jacob contemplait cette famille maudite à travers la nef de la petite église, avec une répulsion hélas impuissante — prisonnier à la fois de l'attaque qui l'avait paralysé, et du fait que même s'il pouvait parler et demander le retour de son argent, tôt ou tard ces gens voudraient savoir pourquoi il le leur avait prêté. Julius, voyant son père trembler de rage à leur seule apparition, pouvait juste en conclure que Martha et sa famille devaient être épouvantables.

Néanmoins, il ne leur voulait pas de mal ce jour-là, quand il sortit de la ville pour franchir le Holborn et gagner l'église de St Etheldreda.

Le quartier avait changé au cours des dernières décennies. L'ancienne demeure de l'évêque était devenue résidence de l'ambassadeur d'Espagne, et l'église sa chapelle privée ; les jardins voisins, ayant appartenu à un favori de la reine Elisabeth qui s'appelait Hatton, avaient pris son nom. Juste comme il arrivait à Hatton Garden, Julius vit paraître la voiture de l'ambassadeur d'Espagne. Comme le voulait la politesse, il retira son chapeau et s'inclina ; toutefois, il ne le fit pas sans une grande répugnance.

L'Angleterre des Stuarts occupait en Europe la même position qu'au temps d'Elisabeth. Le continent restait divisé entre le camp catholique et celui des protestants. La France catholique était puissante, les Habsbourg d'Espagne et d'Autriche toujours déterminés à réinstaurer l'Eglise universelle de Rome, et l'Angleterre protestante une petite île, qui ne pouvait soutenir une grande guerre. Jacques devait manœuvrer avec prudence. A la différence d'Elisabeth, cependant, il avait des enfants ; et quand récemment son gendre, allemand, avait été chassé de ses terres par l'Autriche catholique, il avait analysé la situation ainsi : « Si nous nous rapprochons des Habsbourg, peut-être obtiendrons-nous qu'ils lui rendent ses possessions. » Aussi de timides avances furent-elles faites à l'ambassadeur du très catholique royaume d'Espagne.

Ce n'était guère du goût des Londoniens : l'équilibre du pouvoir ne signifiait pas grand-chose à leurs yeux, et ils ne croyaient pas à l'amitié catholique. « Souvenez-vous de Marie la Sanglante ! protestaient-ils. Souvenez-vous de Guy Fawkes ! »

La petite troupe d'apprentis qui flânaient autour d'Hatton Garden était d'humeur joyeuse. Ils se montrèrent la voiture du doigt quand ils la virent passer ; l'un d'eux rit et fit un geste grossier, puis vinrent les cris : « Chiens d'Espagnols ! », « Papistes ! », « On ne veut pas de papistes ici ! »...

Julius haussa les épaules et la voiture s'en alla. Il n'y pensa plus jusqu'au lendemain, lorsque Henry, qui revenait de Whitehall, annonça : « L'ambassadeur d'Espagne a été insulté. Le roi est furieux.

— Mais j'étais là ! dit aussitôt Julius. Ce n'était rien du tout !

— Tu étais là ? (Henry lui saisit le bras.) Tu les as vus ? Si tu les connais, il faut aller le dire. Le roi a écrit au maire, il veut qu'on trouve les coupables et qu'on les punisse sévèrement. »

Julius resta indécis : l'un des jeunes gens était Gideon Carpenter.

Il fallut près d'une heure à Henry pour expliquer à son frère où était son devoir ; si l'on découvrait que Julius savait et qu'il n'avait rien dit, c'en serait fait des projets familiaux liés à la cour. Il termina ainsi : « Réfléchis : si Dieu nous a choisis pour faire partie des dirigeants de cette ville, est-ce le remercier que de nous dérober à nos devoirs de citoyens ? »

Henry rapporta l'information au maire puis au roi, qui l'en remercièrent chaleureusement, et les coupables furent fouettés avec un chat à neuf queues. Un tel châtiment était rude : l'un d'eux en mourut. Gideon survécut.

A dater de ce jour-là, quand la famille venait à l'église, Julius pouvait sentir le regard de Gideon implacablement fixé sur lui. Martha quant à elle se contenta d'une unique déclaration, qu'elle fit d'une voix triste quand elle le rencontra le lendemain de la correction : « Ce n'était pas juste. » Julius, comme son père, espérait du fond du cœur que tous ces gens, les Carpenter aussi bien que les Dogget, quitteraient la paroisse et même le pays pour n'y jamais revenir.

Si Henry savait se montrer cruel, il n'en continuait pas moins à accomplir des prodiges pour sa famille ; deux ans après l'incident avec l'Espagne, il lui fit franchir un nouveau grand pas dans l'échelle sociale.

Les souverains anglais avaient toujours récompensé leurs amis en leur conférant des titres ; les Stuarts, eux, les vendaient. Cela pouvait être fort rentable. Buckingham avait même, au nom de Jacques, vendu vingt mille livres une baronnie. Toutefois, plutôt que d'obliger les lords à accueillir trop de nouvelles têtes dans leurs rangs, les Stuarts eurent une brillante idée.

Le titre de baronnet. Un baronnet se faisait appeler sir, comme un chevalier. Il ne siégeait pas à la Chambre des lords ; mais son premier fils, puis l'aîné à toutes les générations suivantes conserveraient le titre et le sir à perpétuité. Seuls des gentlemen de bon renom et jouissant d'un revenu confortable pouvaient postuler ; mais cela n'empêcha pas une foule de candidats de se présenter. Henry Ducket obtint le titre pour son père ; il lui en coûta douze cents livres. Un an plus tard, le vieux roi Jacques s'éteignit, et sir Jacob ne tarda pas à le suivre dans la tombe. S'il avait encore fallu prouver la pureté du sang familial, c'était désormais chose faite : il mourut en noble héréditaire. Henry devint sir Henry.

Son ascension sociale ne se ralentit pas dans les années qui suivirent. Le nouveau roi, Charles, avait fini par épouser une princesse catholique — mais française, ce qui semblait atténuer la menace. Très jeune encore, haïssant Buckingham, elle se sentait seule à la cour ; Henry se lia d'amitié avec elle, et cela se révéla un excellent calcul. En 1628, un soldat sans emploi tua Buckingham dans la rue. Avec le départ du favori, Charles et son épouse se rapprochèrent l'un de l'autre comme jamais auparavant ; la reine l'entretint avec chaleur de « ce charmant sir Henry Ducket ».

Si seulement le roi ne s'était pas disputé avec son Parlement... Mais, comme son père, Charles croyait au droit divin. Lorsqu'il leur demanda de l'argent, les parlementaires ne lui accordèrent pratiquement rien ; le jeune roi en appela alors à la gentry, et lança un emprunt. « Mais certains shérifs se sont un peu laissé emporter, raconta Henry. Ils ont mis en prison des gens qui refusaient de souscrire. » Le Parlement ne tarda pas à présenter au roi une Pétition des droits, pour lui rappeler que, depuis la Grande Charte, il ne pouvait emprisonner personne illégalement, ni lever des impôts sans son consentement. La session suivante, au début de 1629, tourna à la crise. Certains des membres les plus jeunes et les plus téméraires des Communes, furieux de l'attitude du roi, perdirent la tête : ils firent adopter par acclamation des résolutions dirigées contre le roi et immobilisèrent sur son fauteuil le *speaker*, qui voulait lever la séance. Julius se demandait ce qui allait se passer désormais.

« Ce qui va se passer, je peux te le dire, lui répondit Henry avec un sourire désabusé. On ne convoquera plus le Parlement. Le roi va gouverner sans lui. »

En l'an de grâce 1630, Edmund Meredith avait en tête des choses bien plus importantes que le Parlement. Il occupait une charmante maison dans Watling Street, à haut pignon ; une gouvernante, une femme de chambre et un petit valet y vivaient avec lui. Son revenu était confortable ; ses sermons hors de la paroisse — il était fort demandé — lui valaient d'appréciables honoraires complémentaires. Si sir Jacob n'avait fait que le tolérer, sir Henry se félicitait d'avoir un gentleman comme pasteur ; il l'invitait à dîner une fois par mois, ce qui plaisait beaucoup à Edmund. Au début, il avait même pensé au mariage ; mais la présence d'enfants dans la maisonnée, pensait-il avec raison, lui aurait enlevé un peu de sa grave dignité. Et pourtant, Edmund rêvait d'autres horizons.

En vérité, il s'ennuyait un peu. Le succès lui avait enfin souri, mais aujourd'hui il se sentait prêt pour d'autres destinées. Il pensait toujours pouvoir faire meilleure figure dans le monde ; et il lorgnait en particulier sur une situation, prestigieuse entre toutes. John Donne était gravement malade ; il tiendrait un an encore, peut-être même deux ou trois. Mais quand il s'en serait allé, la place en question serait libre. Doyen de la cathédrale St Paul.

Eternelle St Paul... Certes, le bâtiment lui-même était en assez piteux état ; mais ce n'étaient pas les vieilles pierres qui importaient à Edmund, c'était le nom. Et les sermons.

Les sermons étaient en général prononcés à l'intérieur de la cathédrale ; mais par une curieuse tradition remontant aux débuts de l'époque saxonne, on donnait les plus importants à l'extérieur, du haut de la chaire connue sous le nom de St Paul's Cross. Des tribunes de bois étaient dressées pour le maire et les aldermen, comme pour assister à un tournoi ; l'énorme foule s'amassait tout autour. C'était la chaire la plus importante d'Angleterre.

Mais comment l'obtenir ? Sir Henry, qui aurait été fier de voir son propre pasteur occuper une telle place, en avait parlé au roi ; mais, Meredith le savait, c'était sur le nouvel évêque de Londres qu'il devait surtout faire impression. Et cela pourrait ne pas être facile.

William Laud était un petit homme au visage rougeaud, avec une moustache, une barbiche grise bien entretenue et une volonté de fer. Il était d'accord en tout point avec le roi en ce qui concernait son Eglise, et s'était montré très clair dès le début : « Il y a trop de presbytériens et de puritains à Londres. La moitié du clergé en est infectée. » Edmund comprit vite comment s'y prendre pour s'attirer les bonnes grâces de Laud.

La première étape était de convaincre le conseil paroissial, mais il n'attendait pas d'obstacles de ce côté-là. Sir Henry et Julius siégeaient tous deux au conseil désormais, et maintenaient la paroisse dans une parfaite harmonie. Pourtant, à sa surprise, le paisible Julius parut préoccupé.

« Cela ne ressemble pas un peu au papisme ? demanda-t-il.

— Pas le moins du monde, lui assura Meredith. Le roi lui-même veut ces sermons, et je vous promets qu'il n'a rien d'un papiste. »

En effet ; mais cela ne réglait pas le problème pour autant.

L'Angleterre était protestante : mais qu'est-ce que cela signifiait au juste ? Sur la scène européenne, que le royaume insulaire, protestant, ne se laisserait jamais annexer par les grandes puissances catholiques ; à l'intérieur, que beaucoup d'Anglais, en particulier à Londres, étaient puritains. Reste que l'Eglise nationale, même si la bonne reine Bess y avait apporté quelques retouches, demeurait, sur le plan doctrinal, celle qu'avait fondée ce catholique d'Henri VIII. Le credo récité par tout Anglais, loyal à son Eglise, était clair :

Je crois à la Sainte Eglise catholique, à la communion des saints, à la rémission des péchés...

Les fidèles pouvaient bien se dire protestants, en toute sincérité : l'Eglise du roi Henri et de la reine Bess était, sans conteste, une Eglise catholique réformée. Séparée, schismatique, hérétique même aux yeux de Rome — mais catholique.

Le roi Charles Ier croyait au compromis élaboré sous Elisabeth : l'Eglise de Rome s'étant fourvoyée dans les voies du mal, l'Eglise d'Angleterre avait repris le flambeau du catholicisme authentique ; les évêques anglicans étaient les véritables héritiers spirituels des apôtres. La loi stipulait que tous les sujets du royaume devaient assister à l'office dominical, sous peine d'une amende d'un shilling ; mais peu de paroisses, dans la pragmatique Angleterre, l'appliquaient dans toute sa rigueur. Le conseil de St Lawrence Silversleeves fermait les yeux, comme les autres. Cependant le roi Charles ne l'entendit pas de cette oreille : de ses sujets, il attendait l'obéissance. Si son Eglise était parfaitement réformée, il n'existait nulle raison pour que son peuple lui tournât le dos. Si des cérémonies solennelles étaient nécessaires — et il pensait qu'elles l'étaient —, on devait les observer. C'était aussi simple que cela.

L'évêque Laud aimait lui aussi les cérémonies.

Trois semaines plus tard — un samedi —, Martha et son neveu Gideon eurent la surprise de recevoir la visite du bedeau ; il les informa qu'ils devaient, sans faute, se rendre à l'église le lendemain. Pourquoi ? demandèrent-ils ; ordre de sir Henry et du conseil paroissial, leur dit-on. Chaque maisonnée de la paroisse était ainsi convoquée

« Nous paierons l'amende, offrit Martha.

— Aucune amende ne sera acceptée », répondit le bedeau.

La paroisse de St Lawrence Silversleeves ne comportait pas cent foyers ; néanmoins, une telle foule se pressait le lendemain dans la petite église que la plupart des fidèles devaient rester debout. L'attente et la curiosité étaient perceptibles dans l'air. Pourquoi les avait-on convoqués ? La plupart, en contemplant les murs blanchis à la chaux, jugeaient que l'endroit avait une allure assez normale ; mais Martha — arrivée aussi tard que possible — avait remarqué la différence dès son entrée.

« L'autel ! chuchota-t-elle à Gideon d'un air horrifié. Regarde ! »

Depuis plusieurs décennies déjà, l'autel de St Lawrence Silversleeves était placé en haut de la nef, à la manière protestante ; aujourd'hui, on ne l'y voyait pas. Quelqu'un l'avait repoussé dans le minuscule chœur — ancien domaine du prêtre, avant la Réforme, où il officiait à l'écart des fidèles. Pourtant, ce n'était encore rien à côté de ce qui devait suivre : l'arrivée du révérend Edmund Meredith.

Le pasteur de St Lawrence Silversleeves, par respect envers le vieux roi Jacques, portait depuis longtemps la chape et le surplis traditionnels des prêtres ; mais ils étaient toujours si simples et si sobres que sir Jacob ne s'en était jamais plaint. Aujourd'hui, il en allait autrement. On eût dit que, descendant le long de Watling Street, Edmund avait été aspergé par une soudaine pluie d'or. En fait, il avait acheté dans la mercerie des Fleming pour quarante livres de fils et de paillettes d'or — la plus importante commande qu'ils aient reçue depuis qu'ils avaient fourni au Globe les costumes de l'*Antoine et Cléopâtre* de Shakespeare. L'assemblée en resta bouche bée ; Martha et ses frères puritains, en état de choc, regardèrent Meredith célébrer l'office, transformé en apparition papiste. Ils écoutèrent les lectures en silence, puis Edmund se leva pour le prêche.

« Je voudrais vous parler aujourd'hui de deux sœurs, claironna-t-il. Elles se nomment : Humilité et Obéissance. »

Tout de suite il attaqua, venimeux : chaque aspect du puritanisme, si cher à Martha, fut impitoyablement disséqué et condamné. Il leur rappela que les évêques étaient leurs suzerains spirituels ; comme les rois, ils gouvernaient de droit divin. Ensuite vint le coup, terrible : « C'est la volonté des évêques qu'à l'avenir tous les fidèles se rendent chaque dimanche dans leur église paroissiale. Dans notre paroisse, cette règle sera respectée. » Il baissa les yeux vers l'assistance et lui intima : « Ecoutez la parole du Seigneur ! Soyez humbles et obéissants ! »

Ils lui rendirent son regard, abasourdis.

Edmund avait pour habitude de se tenir près la porte de l'église, pour saluer ses paroissiens à la fin de l'office ; ce jour-là, le comité paroissial se trouvait à ses côtés. La plupart des fidèles se hâtèrent de sortir, sans croiser son regard ; quelques-uns le dévisagèrent avec colère.

Julius les regarda quitter l'église, et il s'apprêtait à suivre son frère à la maison quand il se retrouva face à Gideon.

Il ne pouvait se défendre d'un certain malaise en présence de Carpenter : c'était désormais un citoyen sérieux, un fervent chrétien aussi. Il s'était marié l'année précédente. Mais le souvenir de l'affreuse correction ne s'effacerait jamais ; et sous le regard sombre de Gideon, Julius rougis-sait malgré lui.

« Votre conseil paroissial a décidé d'autoriser tout ce papisme, lui déclara le jeune homme d'une voix posée. Mais dites-moi une chose, Julius Ducket : d'où tire-t-il son autorité ? » Julius le contempla sans savoir quoi lui répondre.

« Si nous élisions nous-mêmes le conseil, poursuivit Gideon, nous y aurions des hommes pieux, et un pasteur pieux. Tandis que vous siégez comme par droit divin. Vous n'avez aucun droit, en réalité. Vous vous imposez à nous. » Sur ces mots, il lui tourna le dos et s'en alla.

Lorsque Julius rapporta leur conversation à Henry, celui-ci n'y répondit que par une moue méprisante. Ce garçon avait déjà été fouetté une fois ; peut-être faudrait-il recommencer ?

Mais Julius, après réflexion, n'en était pas aussi sûr.

Quant à Meredith, il était satisfait de son ouvrage du jour. Trois jours plus tard, un message lui fut adressé par le secrétaire de l'évêque Laud : l'évêque souhaitait pouvoir lire son sermon. En aurait-il, par chance, conservé une copie ?

Deux semaines plus tard, lorsqu'il entendit, un soir, un coup frappé à sa porte, il espéra que ce serait peut-être un émissaire de l'auguste person-nage ; aussi fut-il surpris de voir sa gouvernante entrer dans le salon et lui annoncer qu'une dame désirait le voir. Il s'enquit du nom de la visiteu-se ; mais celui-ci ne lui disait rien.

« Une Mme Wheeler. »

Quelques secondes plus tard, il se retrouvait face à Jane.

Il n'y avait pas à s'y tromper : la femme qu'il avait devant les yeux ressemblait étonnamment à la jeune fille qu'il avait connue, comme si le temps avait à peine agi sur elle. Sa silhouette était plus pleine, et cela lui allait bien ; sa robe de soie prouvait qu'elle était riche. Tandis qu'il la contemplait avec stupeur, les souvenirs du temps jadis l'assaillirent par surprise, des longues années où il avait rêvé d'elle ; là, devant lui, se tenait l'amour de sa vie, qu'il avait cru si longtemps perdu. Et Jane, observant avec émotion son visage, qui n'avait rien perdu de sa prestance, se deman-dait tranquillement si elle allait ou non l'épouser.

Elle n'était pas revenue à Londres pour cela ; en fait, elle n'avait pas de projets bien définis. L'argent qu'elle avait mis de côté en Virginie lui assu-rait une vie confortable ; et si elle rencontrait un homme qui lui convînt, elle s'était dit qu'elle pourrait se remarier. Pour le reste, après ses années de vie vagabonde, elle ne désirait plus qu'une chose : la paix. Une paix sûre et respectable. Dieu sait, pensait-elle, si elle l'avait méritée...

Elle avait d'abord supposé qu'Edmund s'était trouvé une riche épouse, ou peut-être végétait dans le théâtre, dans quelque emploi subalterne ; et voilà qu'il était devant elle, clergyman, et même l'un des prêcheurs les plus connus de Londres. Plus beau que jamais, imposant, respectable — et, chose étonnante, non marié. Ne ressentait-elle pas quelque chose de ses anciennes émotions de jeune fille ? Si. Mais le temps avait dressé des murailles autour de son cœur, et elle examinait Edmund d'un œil sans passion.

« Vous êtes en vie... (Il ne pouvait détacher les yeux de Jane, captivé.)

— Comme vous le voyez.

— J'en étais sûr, d'ailleurs. Etes-vous mariée ?

— Je suis veuve. (Elle vit une lueur dans son regard et comprit.) Bien dotée. Mon mari, Wheeler, avait une bonne ferme en Virginie, et pas d'enfants.

— Je vois. » Il souriait, et elle s'aperçut qu'elle savait désormais lire dans ses pensées : lui aussi s'interrogeait ; la même idée leur était venue.

« Vous et moi devions nous marier ensemble, dans le temps, lui dit-il posément.

— Je sais. (Elle sourit.) Et vous ne vous êtes jamais marié....

— Je serais curieux d'apprendre quelque chose, lui dit-il après un long silence. Quand vous avez disparu, et qu'on supposait que vous étiez morte, vous n'avez pu aller directement en Virginie, car la colonie n'existait pas encore. Je... (il semblait embarrassé) je me suis demandé... c'est arrivé si vite. Il y avait un pirate... un Nègre... » Il n'acheva pas sa phrase.

Jane hésitait. Elle n'avait pas eu l'intention de parler d'Orlando à quiconque ; après tout, pourquoi l'aurait-elle fait ? Personne à Londres ne savait. Face à la question de Meredith, il lui suffisait de mentir : ce n'était pas plus difficile que cela. Alors, pourquoi hésitait-elle ? Peut-être voulait-elle l'éprouver un peu, savoir de quel bois il était fait.

« Je vous saurai gré de garder le secret, lui dit-elle finalement. Mais si vous voulez connaître la vérité... Oui, il m'a enlevée. (Elle haussa les épaules.) Je n'ai pas eu le choix. Personne ne le sait, et cela se passait il y a bien longtemps. »

Elle l'observait avec curiosité : il baissa les yeux au sol, son visage parut se crisper. Puis il sembla pensif.

« Non, personne ne doit l'apprendre », murmura-t-il comme pour lui-même. Il semblait hésiter et Jane se demanda si c'était en songeant que, sans nul doute, un Nègre l'avait possédée physiquement ; ou autre chose ?

En vérité, les pensées qui se bousculaient dans l'esprit du révérend Edmund Meredith étaient à la fois plus subtiles et plus terre à terre. Certes, l'idée du Nègre lui était désagréable ; mais aussi, puisque c'était aujourd'hui du passé, elle faisait flotter sur Jane un étrange parfum d'aventure. Toutefois, était-il pensable que le doyen de St Paul ait une épouse dont on pût imaginer, même une seconde, qu'un Nègre l'avait touchée ? Cette seule idée le fit frémir. Il pensa à John Dogget, qui se trouvait par malchance dans sa propre paroisse, et conclut d'une voix sourde : « Mais ils vont deviner... »

Elle comprit que c'était fini ; quelques minutes plus tard, en protestant de leur respect mutuel, ils se séparaient.

Dans Watling Street, à sa grande surprise, elle rencontra John Dogget.

Ce fut durant les longues et paisibles années 1630 que Julius eut sa brillante idée, qui pouvait libérer pour toujours le roi du poids du Parlement.

La fin du Parlement ? Si à tout Anglais né libre une telle pensée était odieuse, pour plusieurs membres de la cour du roi Charles, en particulier pour Henryette-Marie, son épouse française, une telle issue paraissait naturelle et souhaitable. De l'autre côté de la Manche, les souverains de l'Europe catholique commençaient à instaurer des Etats centralisés et des monarchies absolues ; de ces parvenus de parlementaires, ils ne supportaient aucun affront. Rien d'étonnant que Charles, qui croyait au droit divin, et Henryette-Marie de France aient décidé : « Nous allons bâtir nous aussi une monarchie comme les leurs. »

Jusqu'ici, tout fonctionnait bien. Le pays était en paix ; le roi Charles réussissait à vivre de son revenu. Les membres du Parlement n'avaient rien à dire. En 1633, l'évêque Laud devint archevêque de Canterbury et entraîna tout le pays dans une stricte soumission à l'Eglise épiscopale anglaise ; il promettait qu'il irait « jusqu'au bout ». Bientôt, « jusqu'au bout » devint l'expression consacrée pour désigner tout le régime du roi Charles. « Les puritains haïssent Laud, mais ils ont toujours la possibilité d'émigrer en Amérique, commentait le monarque. Il est le meilleur allié que la compagnie du Massachusetts ait jamais eu. » Depuis 1630, lorsqu'un homme énergique du nom de Winthrop était parti là-bas, la modeste colonie puritaine d'Amérique s'était rapidement développée.

Pour Julius, ce furent des années heureuses. Il épousa une fille aux yeux bleus, enjouée, d'une famille aussi bonne que la sienne, et ils eurent bientôt des enfants. Henry, qui n'avait manifesté aucun désir de se marier jusqu'à présent, et qui se rendait souvent à Bocton, leur avait proposé d'occuper la grande maison proche de St Mary-le-Bow. La vie à Londres était agréable ; au moins, l'absence de Parlement signifiait aussi l'absence de nouveaux impôts. Une atmosphère de progrès et de prospérité régnait à l'intérieur de la ville ; à l'extérieur des murs, deux aristocrates, lord Leicester et lord Bedford, avaient commencé à construire sur des terrains qui leur appartenaient, juste au nord de Charing Cross, de grands îlots clairs et spacieux de maisons à façade classique. L'un d'eux, Covent Garden, devint tout de suite à la mode ; Henry s'y installa, dans une élégante demeure, et il expliquait à Julius : « La ville n'est pas mal ; mais de nos jours, un gentleman doit vivre à Covent Garden. »

Avec le départ d'Henry, Julius prit la tête du conseil paroissial ; et il tenta d'y introduire un peu plus de souplesse et de chaleur. Meredith n'avait pas réussi à devenir doyen de St Paul, et du même coup son zèle réformateur avait faibli. Si les offices à St Lawrence Silversleeves restaient célébrés à la manière de la High Church de Laud, proche des catholiques, Julius dit à Martha et Gideon qu'une présence mensuelle y serait suffisante. Ils bouillaient toujours de colère et d'indignation — mais au moins Julius n'aurait plus à les voir aussi souvent.

Un événement inattendu se produisit : sans doute pour se consoler de n'avoir pu devenir doyen, Edmund Meredith, à près de soixante ans, se maria. Il épousa Matilda, respectable demoiselle d'une trentaine d'années, fille d'un homme de loi et qui, fort pieuse, était tombée amoureuse de lui en entendant ses sermons. Un an plus tard, ils avaient un enfant.

Le roi Charles, avec son règne personnel, valut d'appréciables profits aux Ducket. Ils lui consentirent plusieurs prêts, toujours à dix pour cent d'intérêts et toujours intégralement remboursés. Mieux, comme le faisaient souvent les monarques, Charles afferma les droits de douane : en échange d'un paiement forfaitaire, Henry acquit la collecte des taxes sur plusieurs produits de luxe. « Nous faisons un bénéfice de vingt-six pour cent », se flattait-il auprès de Julius. Le régime du roi Charles leur convenait donc parfaitement. « Au lieu de payer les taxes votées par le Parlement, nous faisons des bénéfices en collectant de l'argent, résuma Henry. Pourvu que ça dure... »

Un seul point faible dans ce système : il ne pouvait fonctionner qu'en l'absence de toute situation d'urgence nationale. Que survienne le moindre conflit armé, et le roi devrait demander une levée d'impôts. « Ce qui signifierait un Parlement, s'inquiétait souvent Henry. Comment être sûrs de ne jamais en arriver là ? »

Tel était justement le problème que Julius Ducket avait résolu.

Il se tenait debout sur le pont de Londres, en cette soirée d'été. En regardant vers l'amont le soleil qui se couchait au-dessus de Westminster, il vit ses rayons à la surface miroitante de l'eau, comme un immense fleuve d'or. Et tout à coup, il lui vint à l'esprit que cette image correspondait à la ville, grouillante d'affaires et de négoce.

Oui, c'était bien cela : un fleuve d'or. Si l'on considérait les besoins financiers du roi au cours des douze dernières années, qu'avaient-ils de plus frappant ? Leur (relativement) modeste taille. Cent, deux cent mille livres — de telles sommes pouvaient provoquer des conflits avec le Parlement, mais étaient-elles en réalité si énormes ? Pour la puissance et la richesse de Londres, non. Julius lui-même aurait facilement pu réunir des douzaines d'hommes valant chacun plus de vingt mille livres ; et si l'on additionnait toutes les richesses disponibles dans la cité, on obtenait un nombre incalculable de millions. Même à des situations d'urgence, Londres pouvait faire face sans recourir au Parlement. Londres était un fleuve d'or.

Alors pourquoi, se demandait Julius, la ville se montrait-elle si réticente à prêter de l'argent ? Non que le roi manquât de payer les intérêts, non : le vrai problème résidait ailleurs. Dans la nature même des emprunts et de leur remboursement.

Les emprunts de la Couronne concernaient presque toujours un projet particulier — que les Londoniens pouvaient ne pas approuver. En outre, ils étaient généralement contractés à court terme, remboursés par les revenus de la Couronne en à peine plus de six mois — ils ne pouvaient donc jamais porter sur des sommes très importantes. Etait-ce sans remède ? Non. L'argent demeurait l'argent : qu'il soit investi dans un prêt au roi, ou dans des parts de l'une des grandes compagnies par actions, le résultat était le même : il produisait un certain rapport. Et n'était-ce pas le flux des revenus du roi qui alimentait les intérêts des emprunts du roi — ces intérêts constituant un flux d'argent continuel ? Alors la pensée frappa Julius : si l'on peut acheter des parts d'une compagnie par actions, qui promet le versement d'un revenu régulier, pourquoi ne pas acheter de la même manière des parts de la dette du roi ? Si le prêteur veut récupérer son argent, il n'aura qu'à revendre sa part à un autre, qui percevra les intérêts à sa place. Tant que le roi continuait à verser les intérêts, il n'y avait pas de raison pour qu'il se trouvât contraint à rembourser le capital avant une vingtaine d'années. C'était un système perpétuel, comme l'arrivée d'eau de Myddleton, la compagnie de Virginie ou des Indes orientales, ou n'importe quelle autre grande compagnie par actions. Son approche de la question était moins mathématique qu'instinctive ; le sentiment d'un flux sans fin. Un flux d'argent, comme le fleuve d'or qui coulait à travers la ville.

Julius Ducket venait d'inventer la dette publique.

Par une journée radieuse, sous un ciel de cristal, sir Henry Ducket fit descendre le fleuve à son frère cadet, afin de rencontrer le roi.

L'idée venait d'Henry : « Si l'on te présente au roi, avait-il insisté, tu dois faire honneur à la famille » ; aussi avait-il veillé à son habillement. A la place de sa tenue habituelle, plutôt modeste, Julius arborait une tunique écarlate, bien prise à la taille, ainsi qu'une cape. Au lieu d'une simple fraise, il portait un vaste col de dentelle qui retombait sur ses épaules ; ses bottes de cuir souple avaient un grand rabat au genou ; enfin un chapeau à larges bords couronnait l'édifice, muni d'une longue plume d'autruche qui s'incurvait avec une savante élégance. En Angleterre, cette mode était connue sous le nom de style « cavalier ». Il fallait l'admettre, avec sa moustache et sa barbe bouclées, Julius était parfait. Au point que sa femme lui décocha une œillade flatteuse, éclata de rire, lui chatouilla les côtes et s'exclama : « N'oublie pas de revenir ce soir ! »

« Le seul détail qui ne va pas, commenta Henry, ce sont tes cheveux. Ils devraient être plus longs. » Les siens flottaient sur ses épaules, dans le meilleur style de la cour. « Mais tout ira bien, tu verras. »

Ainsi accoutrés en cavaliers, les Ducket descendirent le cours de la Tamise jusqu'à Greenwich.

« Tu n'as rien à craindre », répétait Henry à son frère tandis qu'ils faisaient le tour du vieux palais — et sans doute avait-il raison ; mais Julius ne pouvait s'empêcher de gémir : « Oh ! mon frère... Je me sens si fruste, si simple... »

Jamais la cour d'Angleterre, même au temps du grand roi Harry, n'avait attiré une telle pléiade de talents. Les *masques*, ou mascarades, qu'on y donnait étaient d'authentiques chefs-d'œuvre ; de grands artistes européens comme Rubens et Van Dyck y étaient venus en visite et avaient décidé d'y séjourner. Le roi Charles, malgré ses modestes ressources, rassemblait petit à petit une collection de peintures — des Titien, des Raphaël, des maîtres flamands — pouvant rivaliser avec n'importe quelle autre collection européenne. La cour était brillante et cosmopolite ; les deux frères en eurent une parfaite illustration lorsque, ayant gravi les pentes verdoyantes qui s'élevaient derrière le palais, ils se retournèrent pour jouir du spectacle. Julius reçut un choc et ne put que murmurer .

« Seigneur ! A-t-on jamais rien vu de plus merveilleux ? »

La Maison de la reine à Greenwich venait tout juste d'être achevée. Depuis le fleuve, les anciennes constructions datant de l'époque Tudor la dissimulaient aux regards, aussi Julius l'avait-il à peine remarquée jusque-là. On devait déjà un autre chef-d'œuvre classique à son architecte, le grand Inigo Jones : le Banqueting Hall, salle des banquets de Whitehall, dont Rubens lui même peignait le plafond cette année-là. Pourtant, si majestueux qu'il fût, le Banqueting Hall, noyé au milieu des bâtiments de Whitehall, n'offrait pas une vue comparable à celle que les deux frères avaient maintenant sous les yeux.

La Maison de la reine était la perfection même. Adossée au mur d'enceinte des jardins du vieux palais, face au parc, cette blanche villa de style italien ne comportait que deux étages ; avec ses trois rangées de fenêtres dans la partie centrale et deux sur les côtés, elle était à la fois si sobre et si classique, si lumineuse qu'on aurait pu la prendre de loin pour un chef-d'œuvre miniature illustrant la virtuosité d'un orfèvre. « Oh ! mon cher, répéta Julius, je me sens un tel paysan... » En se retournant alors, il vit le roi, à moins de vingt mètres d'eux.

Charles s'avança. Fort bien mis dans sa tunique de soie jaune, il portait lui aussi un chapeau à larges bords ; il l'enleva courtoisement, en réponse au profond salut qu'ils lui adressèrent. Un groupe de dames et de gentlemen l'accompagnaient : les dames portaient d'amples et longues robes de soie. Charles marchait avec grâce, une canne à pommeau d'or à la main ; comme il arrivait devant eux, Julius s'aperçut qu'il était très petit. Il lui arrivait à peine à l'épaule, et pourtant c'était bien l'homme le plus aristocratique qu'il eût jamais rencontré. Tout, dans la personne du roi, respirait la même élégance que le joyau d'architecture qui se dressait derrière eux.

« Quelle belle journée... dit-il d'un ton aimable aux deux frères. Pourquoi ne pas nous entretenir ici même ? » Il les conduisit vers un tertre verdoyant, à l'ombre d'un chêne, et se mit en devoir de les écouter.

Au début, tentant d'expliquer ses vues sur l'emprunt royal, Julius trébuchait un peu sur les mots ; mais peu à peu il reprit confiance, et le roi l'y aidait. Si l'appréhension l'empêchait de bien expliquer tel ou tel détail, Charles lui disait doucement : « Pardonnez-moi, monsieur Ducket, je ne vous ai pas tout à fait compris... » Julius remarqua en outre que le roi bégayait légèrement, ce qui le réconforta.

Le plus impressionnant chez Charles, peut-être, c'était ce quelque chose que Julius ne cernait pas avec précision : une qualité mystérieuse et presque magique qui faisait de cet homme petit, plutôt timide, d'une politesse scrupuleuse, un personnage à part. Le charme royal des Stuarts, sans doute. Le temps qu'il ait fini son exposé, il se surprenait à penser : « Vraiment, cet homme n'est pas comme les autres ; avec la royauté, il a été touché par la main de Dieu. Même s'il se trompe, il restera toujours mon roi, consacré par le Seigneur. Et je le suivrai toujours. »

Charles l'avait écouté jusqu'au bout avec attention et semblait intéressé par ses propos ; il convenait de la nécessité de maintenir de bonnes relations avec la ville, et cette nouvelle manière d'inciter les Londoniens à prêter de l'argent piquait sa curiosité. « Nous en parlerons plus avant, promit-il à Julius. De nouvelles méthodes comme la vôtre peuvent se révéler fort utiles, et nous ne craignons pas l'innovation. Même si, ajouta-t-il dans un sourire en se tournant vers Henry, nous devons songer à ce que nos prérogatives nous permettent déjà de faire. »

Ce fut une journée très satisfaisante ; les deux frères s'accordèrent à le penser.

Dans les semaines qui suivirent, Julius n'entendit plus parler des propositions qu'il avait soumises au roi ; mais il fut un peu surpris, dans le courant de l'automne, d'apprendre que Charles avait envoyé une demande de *ship money* à Londres et aux grands ports du royaume. Cette taxe imposée aux villes côtières pour l'entretien de la flotte était ancienne, légale mais impopulaire. Cela n'empêcha pourtant pas le roi de l'étendre, avant Noël, à toutes les villes de l'intérieur. « Cela ne s'est encore jamais vu, commenta Henry, même si en théorie le roi est dans son droit. » Au début de 1635, Charles poursuivit la ville de Londres devant la Chambre étoilée, cour de justice royale, l'accusant de mal gérer ses établissements en Ulster. « Il a tout confisqué, apprit bientôt Henry à son frère, et condamné la cité à payer une amende de soixante-dix mille livres. C'est une façon comme une autre de se procurer de l'argent », ajouta-t-il d'un ton ironique.

Quelques semaines plus tard, les commissaires de Charles demandaient à la ville combien elle était prête à payer pour obtenir le pardon royal. Londres entra en ébullition. « C'est bien joué, commenta Henry. Le roi ne sort toujours pas de ses prérogatives. »

Le pauvre Julius en restait fort perplexe : comment tout cela était-il possible ? Comment Charles, après avoir écouté attentivement ses propositions et convenu de l'importance du bon vouloir de Londres, comment ce roi affable et courtois pouvait-il se conduire ainsi ? La moitié des négociants de la ville juraient aujourd'hui qu'ils ne lui prêteraient plus un penny ; et Julius lui-même dut se répéter à plusieurs reprises, pour bien s'en convaincre :

« Il est toujours mon roi consacré. »

Une fois de plus, Martha se félicita que la respectable Mme Wheeler fût là pour veiller sur son mari quand ils seraient séparés. Dogget la lui avait présentée quelques années plus tôt, lorsqu'ils l'avaient rencontrée dans Cheapside : « Cette dame vient de Virginie », lui avait-il expliqué. Elle apprit que Mme Wheeler occupait un agréable logement aux Blackfriars ; quelques jours plus tard, elle vit Meredith la saluer poliment dans la rue. Si peu qu'elle aimât Meredith, cela indiquait du moins que c'était une femme respectable.

Mme Wheeler savait écouter ; ce qu'elle disait paraissait toujours judicieux et plein d'à propos. En une seule occasion, Martha l'entendit s'exprimer étourdiment : un jour, après qu'elle lui eut expliqué les méfaits du théâtre, elle les surprit un peu plus tard à rire ensemble, Dogget et elle ; quand elle lui en demanda la raison, Mme Wheeler lui narra une histoire qui ne semblait pourtant pas amusante. Martha en déduisit qu'elle ne devait pas avoir un sens de l'humour très développé.

Mme Wheeler devint l'amie de la famille. Quand le plus jeune fils de Dogget tomba malade, elle aida Martha à le veiller la nuit ; quand la fille de cette dernière voulut se faire couturière, Mme Wheeler, révélant des talents inattendus, lui apprit l'essentiel de son futur métier. Un jour que Martha lui demandait si elle avait jamais pensé à se remarier, elle se contenta de rire : « Je peux me débrouiller sans homme. » Martha pensa l'avoir comprise à demi-mot. « Un mari est une lourde tâche », convint-elle.

Ce qu'elle aimait surtout, c'était discuter de l'Amérique avec Mme Wheeler. Elle pouvait l'écouter des heures durant, et la conversation suivait toujours le même cours ; après l'avoir poliment laissée parler de la Virginie, elle lui demandait : « Et le Massachusetts ? Que savez-vous du Massachusetts ? »

La légendaire terre promise... Jamais Martha n'y avait renoncé. Elle pouvait bien dire du *Mayflower* : « Peut-être est-ce une bonne chose que nous n'y soyons pas allés » — l'expédition s'était soldée par un désastre, plus de la moitié des pèlerins avaient péri dans l'année —, le rêve d'une communauté de croyants, d'une cité de lumière ne s'était jamais effacé de son esprit. Du reste, ces dernières années, ce rêve n'existait pas seulement dans l'esprit de Martha : pour bien des Anglais, il était devenu réalité. La raison de cette situation tenait en deux noms : Laud et Winthrop.

Martha ne doutait pas que l'archevêque Laud fût un très méchant homme. Son emprise sur Londres n'avait cessé de croître, d'année en année ; l'une après l'autre, les paroisses rentraient dans le rang. Beaucoup de clergymen se résignaient. « Mais où est passée la Réforme ? » pouvait s'interroger Martha.

Pire encore : Laud était mondain. Quand il parcourait Londres à cheval, il se faisait escorter d'une troupe de beaux gentlemen et précéder de laquais qui criaient à la foule : « Dégagez la route ! Laissez passer le lord évêque », comme s'il était un cardinal du Moyen Age. Il siégeait au Conseil du roi, avait la haute main ou presque sur les finances royales. « Laud et le roi, c'est du pareil au même », disaient les gens. Pourtant, même cette pompe et ce faste choquaient moins Martha que le sacrilège.

« Respectez le Jour du Seigneur » ; tout bon puritain le faisait. Mais le roi et l'évêque autorisaient sports et jeux, les dames avaient le droit de porter des parures ; un jour, Martha avait même vu des jeunes gens danser autour d'un arbre de mai, et s'était plainte aux autorités de l'Eglise. Personne ne s'en était ému.

Rien d'étonnant donc qu'elle-même et d'innombrables autres puritains aient désiré fuir de tels outrages.

John Winthrop leur en fournit le moyen. La colonie du Massachusetts, dont il fut l'un des fondateurs et le premier gouverneur, ne cessait de croître, plus vite encore que celle de Virginie ; les puritains qui hésitaient jusqu'alors à prendre la mer se sentaient en confiance. Chaque fois qu'un navire revenait en Angleterre, on entendait les mêmes mots : « Ils vivent en vrais chrétiens, là-bas... »

Martha brûlait de s'y rendre. Des gens avec qui elle priait depuis son enfance avaient été parmi les premiers à partir ; en 1634, beaucoup de ses proches avaient quitté l'Angleterre. « Un de ces jours vous nous suivrez, Martha », lui assuraient-ils. En 1636 ce n'était plus un bateau, mais une petite flottille qu'elle voyait à Wapping, en partance pour l'Amérique ; l'émigration, qui avait démarré au compte-gouttes, se transformait en un flot continu. Quand sir Henry avait dit en plaisantant à Julius que Laud était le meilleur allié du Massachusetts, la remarque était plus juste encore qu'il ne le pensait. L'archevêque et le roi pouvaient bien croire qu'ils ne perdaient que quelques provocateurs : cette année-là et les suivantes, les bateaux des puritains transportèrent deux pour cent de la population anglaise vers les côtes orientales de l'Amérique.

Parfois elle s'en entretenait avec sa famille, mais Dogget marmonnait qu'ils étaient trop vieux pour se lancer dans un tel voyage. Pourtant, lui rappelait-elle avec douceur, ils n'avaient encore qu'une cinquantaine d'années ; des gens bien plus âgés faisaient la traversée. Le plus jeune fils de Dogget, qui n'avait pas encore d'idée précise concernant son avenir, n'était pas opposé au projet ; quant à l'aîné, ce qu'on rapportait de la pêche à la morue là-bas était si extraordinaire qu'il avait déclaré : « Si vous y allez, j'irai avec vous. » En fait, la personne qui retenait Martha en Angleterre était, chose curieuse, Gideon — ou plus exactement son épouse.

Elle avait toujours essayé d'aimer la jeune femme : elle avait même souvent prié pour cela. Pourtant, elle ne pouvait surmonter un certain sentiment de déception. La femme de Gideon ne lui avait donné que des filles — une tous les deux ans, avec une régularité de métronome. On les avait baptisées, comme c'était prévisible, de ces noms vertueux chers aux puritains ; ils laissaient transparaître l'agacement croissant de la famille concernant le sexe des nouveau-nés. Il y avait eu abord Charité, puis Espérance, ensuite Confiance et Patience, et enfin, le fils n'arrivant toujours pas, Persévérance. Le plus difficile à accepter pourtant, chez la femme de Gideon, c'était sa maladie.

Ce mal était fort curieux ; il semblait la frapper chaque fois que Martha et Gideon abordaient ensemble le sujet de l'Amérique. La nature n'en fut jamais précisée mais, comme Mme Wheeler le fit remarquer un jour à Martha : « Elle est juste assez malade pour ne pas voyager. »

Puis, à la surprise générale, l'épouse de Gideon donna naissance à un fils dans les derniers jours de 1636. Si grande était la joie de la famille qu'ils cherchèrent un nom propre à exprimer leur gratitude envers le Seigneur ; ce fut Martha qui finit par le trouver. Un matin d'hiver, un Meredith assez perplexe tint l'enfant sur les fonts baptismaux, et déclara — non sans un regard ironique en direction de la famille : « Je te baptise *O Be Joyful*, O Sois Joyeux. »

Les coreligionnaires de Martha prenaient parfois, en guise de nom, une expression complète tirée de leur chère Bible ; autre façon de réaffirmer leur loyauté puritaine, contre laquelle Laud lui-même ne pouvait pas grand-chose. Et c'est ainsi que O Be Joyful Carpenter, fils de Gideon Carpenter, fit son entrée dans le monde.

La femme de Gideon pouvait se tranquilliser. Les quatre premières années de la vie d'un enfant étaient de loin les plus incertaines : s'étant délivrée d'un si précieux fardeau, elle savait que, pour quelques années au moins, Martha ne suggérerait pas que O Be Joyful risquât un long voyage en mer. Cela suffit à lui faire recouvrer la santé.

Ce fut une grande surprise pour sa famille (et d'abord pour elle-même) quand Martha offensa gravement l'ordre public, au cours de l'été 1637. Elle n'avait pu supporter le spectacle dont elle avait été témoin ; tout Londres en avait été furieux avec elle.

Bien que gentleman et savant, maître William Prynne aimait la dispute, chacun s'accordait à le reconnaître. Trois ans plus tôt, il avait écrit contre le théâtre un pamphlet que le roi Charles tenait pour une insulte envers son épouse, qui jouait dans des comédies à la cour : Prynne fut condamné à avoir le nez cassé et les oreilles coupées au pilori. Martha en fut outrée, mais l'affaire ne souleva guère de manifestations.

En 1637, Prynne eut à nouveau des ennuis, cette fois pour avoir écrit contre la profanation du Jour du Seigneur par les sports ; et aussi, plus dangereux encore, pour avoir réclamé la suppression des évêques. « Il retournera au pilori, déclara la cour de justice du roi On lui arrachera même les restes de ses oreilles ; puis il ira en prison pour le restant de ses jours. »

« Toute liberté de langage est-elle donc interdite ? demandèrent les Londoniens. Si le roi et Laud le traitent ainsi, que feront-ils de nous ? Nous sommes d'accord avec ce qu'il dit... »

Le 30 juin arriva, jour du châtiment ; c'était une belle journée d'été. Traînée dans une charrette le long de Cheapside, la haute silhouette de Prynne, déjà affreusement mutilée (mais on devinait qu'il avait été un fort bel homme), se tenait droite, fière, invaincue. « Plus bas on m'écrase, avait-il déclaré un jour, plus haut je me redresse » ; telle était bien l'image qu'il donnait aujourd'hui. Une immense foule était venue l'encourager le long du chemin, jetant des fleurs dans la charrette ; et quand le bourreau exécuta l'abominable sentence, un rugissement de fureur s'éleva, qui résonna contre les murs de la ville et s'entendit de Shoreditch à Southwark. Martha rentra en frissonnant.

Le dimanche suivant, quand Meredith évoqua dans son sermon la vilenie de ceux qui, comme Prynne, contestaient les évêques de Dieu, quelque chose se rompit soudain dans le cœur de Martha. N'y tenant plus, elle se leva et prit la parole — d'une voix contenue, mais claire : « Ceci n'est pas la maison de Dieu », dit-elle.

Il y eut un silence étonné ; elle répéta :

« Ceci n'est pas la maison de Dieu. » Dogget la tira par le bras, mais elle continua posément : « Je dois vous parler franchement », dit-elle à l'assemblée — et elle le fit.

On se souvint plusieurs années durant du petit discours qu'elle prononça à St Lawrence Silversleeves ; et pourtant, jusqu'à ce que le bedeau se saisisse d'elle et la tire hors de sa place, il n'avait pas duré plus d'une minute. Il touchait au papisme et au sacrilège, au véritable royaume de Dieu — avec des mots simples, où chaque protestant de l'assemblée pouvait se reconnaître. On se souvint surtout d'une terrible phrase qu'elle prononça : « Il y a deux grands maux sur cette terre : l'un s'appelle un évêque, l'autre s'appelle un roi. »

« Sûrement, elle aura les oreilles coupées elle aussi », murmurait-on dans l'assistance.

Il fallut, pour la sauver, que Julius déploie toute la persuasion dont il était capable. L'évêque de Londres voulait la jeter en prison, mais le cadet des Ducket n'avait jamais oublié la gêne et le sentiment de culpabilité qu'il ressentait envers Gideon ; aussi, le mardi qui suivit sa harangue, expliqua-t-il fermement à Martha : « Il est préférable pour vous de quitter le pays. Avez-vous une idée de l'endroit où vous pourriez aller ?

— Dans le Massachusetts », répondit-elle aussitôt.

Et c'est ainsi que, durant l'été 1637, Martha, sa petite-fille et les deux fils de Dogget se préparèrent à prendre le bateau pour quitter Londres. Gideon et sa famille ne pouvaient encore risquer le voyage ; et comme Gideon avait besoin de son aide dans leur petite affaire, il fut décidé que Dogget resterait lui aussi, pendant un an peut-être, le temps qu'ils décident de ce qu'ils allaient faire.

La compagnie rassemblée à Wapping ce jour-là était bigarrée : on voyait plusieurs artisans, un homme de loi, un prédicateur, deux pêcheurs. Il y avait aussi un jeune diplômé de Cambridge, récent bénéficiaire d'un héritage ; une partie de son argent provenait de la vente d'une taverne à Southwark. Son nom était John Harvard[1].

Les derniers mots que prononça Martha au départ du bateau furent pour Mme Wheeler : « Promettez-moi de veiller sur mon mari », lui dit-elle.

Mme Wheeler le lui promit très volontiers.

Bien des bateaux arrivèrent sur les rivages du Massachusetts, en cet automne 1637 ; l'un d'eux transportait Martha et John Harvard. Les autres venaient également d'Angleterre, ainsi que d'autres pays européens pour quelques-uns.

C'est à peine si l'on remarqua le bateau, vieux et lent, qui remontait des Caraïbes avec une cargaison de mélasse. Le directeur du port et le commis qui avait noté son arrivée à Plymouth auraient sans doute oublié son existence si son capitaine n'avait choisi cette brève escale pour mourir subitement. Ce qui rendait l'événement mémorable, c'était l'aspect du vieux marin : sa chevelure était blanche, mais sa peau était noire. « Aussi noire que ton chapeau », rapporta le commis à sa femme.

Orlando Barnikel mourut en paix, car il n'avait plus de vraie raison de continuer à vivre.

Ses années d'après-flibuste ne lui avaient guère apporté de satisfactions ; il s'était petit à petit coulé dans l'emploi, plus tranquille, de capitaine à gages, qui se louait aux uns ou aux autres. On vantait son adresse et son savoir-faire ; ses bateaux arrivaient par tous les temps, et il semblait avoir un don pour éviter les ennuis.

Où étaient ses fils ? Deux d'entre eux étaient morts, il le savait ; un autre était pirate barbaresque en Méditerranée, soit le rang le plus bas dans l'échelle de la flibuste. Quant au quatrième, Dieu seul savait où il se trouvait aujourd'hui. Tous les quatre l'avaient quitté, pour n'arriver nulle part ; mais, il s'en rendait compte, c'était inévitable pour des hommes à la peau noire dans un monde de Blancs.

Avant de mourir, il voulut s'acquitter d'une dernière dette. Il réclama un homme de loi et lui dicta, en privé, un court document qu'il remit ensuite à son second, en qui il avait toute confiance ; l'homme avait pour seule instruction de le donner à Jane, qu'Orlando lui décrivit soigneusement. « J'ignore si elle est encore en vie, et comment elle se nomme aujourd'hui, lui dit-il ; tout ce que je sais, c'est que je l'ai laissée en Virginie. »

Il passa l'ultime heure de sa vie à contempler en silence, par la fenêtre, la côte rocheuse et la mer sauvage qui venait inlassablement la battre.

1642

Qui aurait pensé que les choses iraient aussi loin ? En 1637, croyant avoir effrayé les puritains d'Angleterre, le roi Charles Ier et l'archevêque Laud se tournèrent vers le nord de l'île ; ils donnèrent des ordres pour

---

1. Il sera, dans le Massachusetts, le premier bailleur de fonds du Harvard College, future université d'Harvard. (*N.d.T.*)

que le Livre de prières et la liturgie de l'Eglise d'Angleterre soient imposés, sans plus attendre, aux austères presbytériens écossais. En quelques semaines, toute l'Ecosse s'enflamma ; avant la fin de l'année les Ecossais se soulevaient en masse, prêts à mourir pour défendre leur foi protestante. Ils prêtèrent serment, s'armèrent et s'apprêtèrent à marcher sur l'Angleterre. Le nom de leur mouvement devait rester à jamais célèbre dans l'histoire écossaise : le *Covenant*, le Pacte.

Pour Charles, l'heure était à la fermeté. Il fit appel à son serviteur le plus énergique, l'homme de confiance qui gouvernait depuis plusieurs années les malheureux Irlandais d'une main de fer. Le comte de Strafford revint en Angleterre, une troupe fut réunie tant bien que mal ; mais la moitié des soldats semblaient prêts à pactiser avec les *Covenanters*. Après plus d'un an de vaines négociations, Charles convoqua un Parlement à contrecœur. « J'aime à croire, affirmait-il, qu'avec ces Ecossais en maraude à nos portes, les gentlemen d'Angleterre voudront lever une armée décente. » Mais ceux-ci exigèrent de pouvoir discuter de la conduite des affaires publiques ; aussi Charles, fort irrité, congédia-t-il au bout de quelques jours seulement ce Parlement, qui passa à la postérité sous le nom de Court Parlement. « Nous devrons donc embaucher des hommes », décréta Charles ; ses ennuis ne faisaient que commencer.

L'argent. Il en demanda à la ville de Londres, mais personne ne voulut lui en prêter. Strafford s'adressa aux marchands et leur dit : « S'il le faut, nous nous en procurerons en rognant la monnaie. » Il suggéra aussi au monarque, en présence des Londoniens : « Doublez la somme demandée, Sire, et pendez quelques aldermen ; vous verrez que cela marchera. »

Julius quant à lui se désolait auprès de son frère. « Si seulement le roi m'avait écouté sur la façon de négocier sa dette, il ne serait pas dans cette situation aujourd'hui... » Hélas, il y était. Les Ecossais profitèrent habilement de sa faiblesse pour occuper le nord de l'Angleterre ; ils ne s'en iraient, affirmaient-ils, que contre le versement d'une énorme indemnité. En conséquence, Charles dut convoquer à nouveau les parlementaires ; à l'automne 1640, ceux-ci étaient prêts à en découdre.

« Ces hommes sont de dangereux radicaux, déclarait Henry avec colère. Ils ne valent guère mieux que des traîtres. Ils sont d'accord avec les Ecossais. » Certes, mais ce n'étaient pas des traîtres pour autant, ni même à peine des radicaux. C'étaient pour la plupart des gentlemen campagnards, fortunés, que les méthodes de Charles indignaient. L'un d'eux, un homme d'un certain âge nommé Hampden, était parti en guerre contre la *ship money* ; un autre, un certain Oliver Cromwell — petit propriétaire d'Est-Anglie et parent éloigné du secrétaire Thomas Cromwell qui avait dissous les monastères un siècle plus tôt —, siégeait au Parlement pour la première fois : il fut choqué par la cour royale, qui lui parut impie. Mais le premier de tous, leur inspirateur et leur guide, était un maître tacticien qui se nommait Pym.

« Le raisonnement de Pym est simple, déclara un jour à Julius, au Royal Exchange, un gentleman de ses partisans. Tant que les Ecossais tiennent le Nord — et ils nous ont promis de ne pas le lâcher — et que nous, au sud, lui refusons tout argent, le roi Charles est pris au piège. Comme dans un étau. Il ne peut rien faire. Vous le voyez, conclut-il avec ironie, le moment est venu de le pressurer un peu. »

Ils le pressurèrent. Toute perception de droits de douanes fut retirée au roi ; le Parlement serait désormais convoqué tous les trois ans, et l'actuel siégerait aussi longtemps que ses membres le jugeaient nécessaire ; la colonie d'Ulster serait restituée aux Londoniens. On nota ces lois l'une après l'autre, pour la plus grande humiliation de Charles. En novembre, Strafford fut envoyé à la Tour, où l'archevêque Laud le suivit, moins d'un mois plus tard.

Au printemps 1641, tandis que le Parlement poursuivait sa grave et sévère tâche, Julius ne se sentait pas alarmé. Depuis des siècles le Parlement s'opposait au roi, chaque fois qu'il l'osait ; il faisait tomber les favoris et privait même les souverains de leurs maîtresses. La situation d'aujourd'hui était mauvaise, mais non pas désespérée. Curieusement, sa plus grande inquiétude ne venait pas des agissements des grands personnages siégeant à Westminster, mais d'une source bien plus humble, dans sa petite paroisse de St Lawrence Silversleeves.

Tout avait commencé peu après l'ouverture du Parlement. Julius se souvenait fort bien du jour en question : c'était celui de la libération de William Prynne, le héros puritain cruellement supplicié, qu'une foule immense avait porté en triomphe à travers les rues. Les cris en résonnaient toujours quand on vint annoncer à Julius, à sa grande surprise, que Gideon Carpenter demandait à le voir ; et sa surprise s'accrut encore lorsque l'artisan, le fixant droit dans les yeux, lui tendit un grand rouleau de papier et lui demanda : « Voulez-vous signer ? »

— Signer quoi ? demanda Julius.

— Une pétition. Nous avons déjà près de quinze mille signatures. Pour la suppression des évêques et de leurs œuvres, *root and branch*. Racines et branches. » Et Gideon lui montra la masse de signatures qu'il avait collectée.

Julius avait entendu parler de cette pétition. Lancée par Pennington, ardent puritain du conseil municipal, encouragée par les délégués écossais presbytériens récemment arrivés à Londres, elle avait été signée par de nombreux opposants à Laud et à son Eglise. Pourtant, malgré tous les problèmes que connaissait le roi avec son Parlement, Julius n'imaginait pas que Charles daignât baisser les yeux vers un tel document. « Pourquoi me l'apportez-vous ? » demanda-t-il à Gideon, pour recevoir une réponse qui ne fit que l'étonner davantage. « Quand vous m'avez fait fouetter, lui répondit posément Carpenter, vous ne m'avez pas laissé une chance. (A nouveau, il le regarda dans les yeux.) Moi, je vous en donne une. »

Une chance ? De quoi le grave jeune homme voulait-il donc parler ? « Portez-la ailleurs », lui répondit Julius d'un ton sec — mais il ne put s'empêcher de continuer à y réfléchir, après le départ de son visiteur. Lui donner une chance ? C'était une étrange expression. Bientôt, il allait en apprendre une nouvelle.

Le Parlement s'efforçait maintenant de mettre Strafford en accusation, mais la valeur légale de cet *impeachment* demeurait douteuse. « Nous l'accuserons de crimes, sans préciser lesquels, et il faudra bien que le roi signe son arrêt de mort. » Et la ville de commenter, pateline : « Nous ne prêterons plus un penny tant que sa tête reposera sur ses épaules. »

Le roi Charles résistait. Au beau milieu de toute l'affaire, en avril, un jour qu'une énorme foule s'était rassemblée à Westminster pour manifester son mécontentement, Julius rencontra Gideon par hasard. Ne voulant pas sembler impoli, il s'arrêta pour échanger quelques mots avec lui et lui fit remarquer qu'une exécution lui paraissait improbable, quoi qu'on pût penser par ailleurs de Strafford ; le roi ne le permettrait pas. Aussi fut-il étonné quand Gideon, au lieu de discuter, se contenta de sourire puis lui demanda :

« Quel roi ?

— Quel roi ? Il n'y en a qu'un seul, Gideon. »

Carpenter secoua la tête. « Il y en a deux, maintenant. Le roi Charles dans son palais, et le roi Pym à la Chambre des communes. Et je pense, maître Ducket, que le roi Pym le permettra, lui. »

Le roi Pym ? Ce chef parlementaire ? Julius n'avait jamais entendu cette expression jusque-là, et il la trouva de fort mauvais goût ; « Vous devriez surveiller vos propos », prévint-il Gideon. Mais dès le lendemain, son regard fut attiré par un placard affiché sur le calvaire de Cheapside et dont le titre portait, en grands caractères : « Le roi Pym dit que... » En moins d'une semaine, il entendit répéter la même expression une douzaine de fois. Il s'avéra en outre que Gideon avait eu raison. Moins d'un mois plus tard, sous la pression du Parlement et du manque d'argent, le roi Charles dut céder : Strafford fut exécuté sur la Colline de la Tour (l'esplanade découverte, à l'extérieur de la citadelle, où les condamnés étaient mis à mort).

Julius apprit encore un dernier mot, un terrible mot.

On releva peu de changements au cours de l'été. Le roi Pym ne sortit pas de son Parlement ; le roi Charles se rendit en vain dans le Nord, pour tâcher de conclure un marché avec les Ecossais, mais les presbytériens ne changèrent pas d'avis ; il resta pris dans son étau. Les frères Ducket, quant à eux, vaquaient à leurs affaires. Julius et les siens rejoignirent Henry à Bocton pour l'été, amenant plusieurs familles de la paroisse avec eux — dont, à sa grande surprise, la femme de Gideon et ses enfants — pour aider à la récolte du houblon. Sous la paix du Kent, même sir Henry et le petit O Be Joyful semblèrent fraterniser, tandis que le garçonnet trottinait dans la campagne au soleil.

Dès leur retour à Londres pourtant, il fut évident que de nouveaux problèmes s'amassaient à l'horizon. Des troubles avaient éclaté en Irlande : il y avait eu des morts, on avait incendié des domaines. Le roi Pym et le roi Charles étaient tous deux d'avis qu'on envoyât des troupes pour dompter la province rebelle ; mais leur accord s'arrêtait là. « J'aurai le contrôle des troupes », déclarait le roi Charles ; cela avait toujours constitué une prérogative royale. « En aucun cas, répliquaient les parlementaires, nous ne paierons pour des soldats que le roi retournerait sûrement contre nous. »

« Ce n'est pas assez de limiter les pouvoirs du roi, argua ensuite le Parlement, car il pourra toujours contre-attaquer. Nous devons contrôler ces pouvoirs. » Cela revenait à dire que le roi Pym devait être plus grand que le roi Charles ; et chaque semaine une proposition nouvelle, plus radicale que les précédentes, voyait le jour. « L'armée ne doit obéir qu'au Parlement. Nous devons pouvoir censurer les ministres du roi lui-même. » Et les puritains d'ajouter — mais cela n'avait rien de surprenant : « Plus jamais d'évêques. »

En novembre, Gideon recueillait des signatures pour une nouvelle pétition. « Nous en aurons vingt mille cette fois-ci », affirmait-il. A Westminster, la foule se réunissait régulièrement désormais ; Pym et ses amis ne faisaient rien pour la décourager.

« J'ai passé la journée avec des parlementaires, des hommes de confiance, dit Henry à Julius un soir. Ils commencent à être inquiets eux aussi. Ils veulent toujours contrôler le roi, mais ils pensent maintenant que Pym les livre peu à peu à la foule, à la loi de la rue. Ils préféreraient qu'on s'arrange avec Charles, plutôt que de poursuivre sur cette voie dangereuse. » A la fin du mois, quand Pym et ses partisans imposèrent au vote du Parlement leur « grande remontrance », qui comprenait les plus radicales de leurs exigences, ils la firent passer de justesse : une large minorité de parlementaires vota contre. « Pym va trop loin, jugeait Henry. Il n'aura plus de majorité s'il n'apprend pas à se modérer. »

Bien des aldermen de la cité, ainsi que les plus riches familles de Londres, commencèrent à avoir de semblables doutes : « Le nouveau conseil municipal que les quartiers ont élu est rempli de radicaux et de provocateurs », murmurait-on. Comme pour confirmer leurs craintes, une vaste troupe d'apprentis participa à une émeute à Westminster juste après Noël, et dut être dispersée par la troupe. Ce fut alors que Julius entendit pour la première fois le mot qu'il allait bientôt apprendre à redouter. « Tu sais le surnom que les soldats ont donné aux apprentis qu'ils ont poursuivis plus loin que Whitehall ? lui demanda Henry. Comme la plupart de ces vauriens ont les cheveux coupés ras, ils les ont appelés les Têtes rondes. (Il rit.) Têtes rondes... Ça leur va parfaitement. »

En quelques jours à peine, cinq cents jeunes gentlemen des Inns of Court offrirent leurs services au roi Charles pour maintenir l'ordre ; même le nouveau conseil municipal était d'accord pour faire appel aux milices de la ville.

Hélas, au moment où nombre de gens influents commençaient à s'interroger sur leur opposition au roi, Julius, assis un matin devant ses livres de comptes, eut la surprise de voir la lourde porte en chêne de la pièce s'ouvrir brutalement et son frère lui-même s'exclamer : « Le roi est devenu fou ! »

Les actes du roi Charles Ier d'Angleterre dans la première semaine de janvier 1642 témoignent non de sa folie, mais plus simplement de son ignorance de la réalité politique anglaise.

Le 3 janvier, il envoya l'huissier d'armes arrêter cinq membres des Communes ; celles-ci lui refusèrent l'entrée. Le lendemain, au mépris de tous les usages, il s'y présenta lui-même, pour constater que les cinq en question, dont le roi Pym et Pennington, le puritain de Londres, avaient disparu. Le président ne voulut pas lui révéler l'endroit où ils se trouvaient ; « Votre Majesté, lui dit-il, je n'ai ni d'yeux pour voir ni de langue pour parler, hormis de ce qu'il plaît à cette Chambre de me dicter. » Privé de ses proies, le roi eut ce commentaire : « Je vois que les oiseaux se sont envolés. »

Les souverains n'arrêtaient pas les parlementaires pour ce qu'ils avaient pu dire dans l'enceinte de la Chambre ; c'était contraire aux habitudes, une atteinte aux privilèges du Parlement. Depuis ce jour, quand le représentant du roi vient convoquer les Communes pour la cérémonie annuelle d'ouverture de la session parlementaire, on lui claque symboliquement la porte au nez. Le lendemain, lorsque Charles se rendit au Guildhall, le maire et les aldermen, qui détestaient pourtant les radicaux, ne purent lui venir en aide.

« Privilège du Parlement », lui rappelèrent-ils ; « Privilège du Parlement », répétait la foule sur son passage, à travers les rues.

Cinq jours plus tard, le roi Charles partit avec la reine se réfugier à Hampton Court. Le roi Pym, lui, demeura à Londres.

Tout le printemps, Julius attendit ; il restait peut-être quelques raisons d'espérer, même si elles étaient minces. Le Parlement maintenait au moins une apparence de loyauté envers la Couronne. Il réclama des troupes, mais au nom du roi — pour les envoyer en Irlande, affirmait-il. Le Parlement s'y prenait en tout cas bien mieux que le roi pour obtenir le soutien de la ville : Londres lui accorda aussitôt un énorme prêt (qu'il avait jusqu'alors refusé à Charles), contre la cession d'un nouveau million d'hectares de terres irlandaises.

En avril on leva une nouvelle milice, qui ne comptait pas moins de six régiments, « pour la défense du roi », bien sûr. Julius vit un jour Gideon, une hallebarde à la main, qui conduisait solennellement une petite troupe d'apprentis le long de Cheapside. Il persista, là encore, à croire que le bon sens finirait par prévaloir.

Quand Henry, qui était parti avec le roi, revint enfin, Julius se jeta sur lui pour avoir des nouvelles. « Charles ne va pas chercher un compromis ? » Mais Henry secoua la tête.

« Il ne le peut pas. Quelles que soient ses erreurs, Pym l'a poussé trop loin. Tu le sais, Julius, c'est notre rôle de maintenir l'ordre. Le Parlement doit recevoir une leçon.

— Il va lever des troupes ?

— La reine est partie pour la France avec les joyaux de la Couronne. Elle va les mettre en gage pour réunir des fonds. »

Henry repartit au bout de trois jours ; quand il refit une brève apparition, trois mois plus tard, il dit à Julius :

« Le roi est monté jusqu'à York, d'où il appelle tous les parlementaires qui sont restés loyaux à se joindre à lui. Certains viennent. » Mais il dut aussi reconnaître : « Tous les ports de l'Est et du Sud nous sont fermés. On dirait que la flotte nous a lâchés.

— Le Parlement a demandé des contributions volontaires, lui apprit Julius. Les gens ont apporté tellement d'argenterie qu'ils ne savent plus quoi en faire. »

Au cours de l'été, il sembla à nouveau qu'un petit signe d'espoir se faisait jour ; certains partisans du roi rédigeaient des pamphlets, d'esprit plutôt raisonnable et modéré, qui paraissaient ouvrir la porte à un compromis. « Peut-être, dit Julius aux siens, une solution est-elle encore possible. » Mais au mois d'août le maire fut révoqué, et Pennington le puritain choisi pour le remplacer. Comme Ducket rencontrait un jour Gideon dans Watling Street, le robuste artisan lui lança : « Maintenant, nous sommes tous des Têtes rondes ! » Une semaine plus tard, la nouvelle leur parvenait que Charles avait levé son étendard à Nottingham : c'était pour un roi la manière traditionnelle, chevaleresque, de déclarer la guerre.

Henry revint à nouveau en septembre ; il arriva au crépuscule, et Julius vit qu'il portait désormais un plastron de cuirasse par-dessus sa tunique. Après une courte visite à son logis de Covent Garden, il passa la nuit dans la maison proche de St Mary-le-Bow ; là, il s'entretint de longues heures durant avec son frère.

« Le Nord et une grande partie de l'Ouest restent loyaux, lui apprit-il, et plusieurs grands lords ont promis d'envoyer des troupes. Le roi Charles a demandé à son neveu Rupert de venir d'Allemagne le soutenir. » Le prince Rupert, Julius le savait, était un excellent capitaine de cavalerie. « L'engagement sera court, prédit Henry. Les troupes qu'a levées le Parlement sont mal entraînées ; elles ne tiendront pas longtemps face à Rupert. (Il sourit.) Alors nous remettrons un peu d'ordre dans tout cela. »

Peu après l'aube, Henry quitta sans bruit la maison. Il emportait avec lui, cousues dans ses vêtements et son bagage, pour trois mille livres en pièces d'or et d'argent. A Julius qui tiquait sur l'importance de la somme, il répondit par un regard plein de superbe et lui lança : « Nous sommes des gentlemen, mon frère, et de loyaux sujets du roi. N'est-ce pas ce que notre père aurait voulu ? »

Le lendemain, comme en prévision des temps sombres qui s'annonçaient, le maire et le conseil municipal ordonnèrent la fermeture de tous les théâtres de Londres. Bientôt, on vit des groupes de miliciens quitter la ville, tandis que les défenses aux portes étaient renforcées. Aux premiers jours d'octobre, chacun attendait avec inquiétude les nouvelles d'une bataille ; mais rien ne venait. Julius se rendit compte qu'il n'avait plus vu Gideon depuis quelque temps.

L'événement extraordinaire survint à St Lawrence Silversleeves le dernier dimanche d'octobre.

Une manière de bataille avait eu lieu cette semaine-là dans le sud-ouest du pays, mais sans que rien de décisif en sortît. Les miliciens revenaient peu à peu dans Londres, pour s'y regrouper ; le roi Charles et le prince Rupert traversaient les provinces, à petites étapes lentes et prudentes. On ne recevait toujours que des bribes d'informations.

Ce matin-là, les Ducket arrivèrent au dernier moment à l'église, parce qu'un des enfants était malade. Julius ne prit guère le temps de jeter un coup d'œil autour de lui, tandis qu'il les poussait sans bruit vers le banc familial ; il remarqua seulement que la petite église semblait anormalement pleine de monde. Une minute plus tard, dans le silence précédant le début de l'office, il aperçut un autre détail inaccoutumé.

L'autel n'était pas à la bonne place ; on l'avait remis dans la nef.

Meredith fit son entrée. Il ne portait pas son habituelle chape étincelante, mais une simple chemise blanche et un long manteau noir. Il gagna l'avant de l'église à grandes enjambées ; mais là, au lieu de s'asseoir à sa place dans le chœur, il monta aussitôt en chaire comme s'il allait prêcher. Julius ne put que le regarder, perplexe, tandis qu'il commençait le service.

Ducket fronça bientôt les sourcils : ce n'était pas le service. Les mots n'étaient pas les bons. Qu'arrivait-il donc à Meredith, qui connaissait pourtant le Livre de prières par cœur ? Etait-il devenu fou ? De quoi diable parlait-il ? Puis Julius comprit : Edmund lisait le directoire, le recueil liturgique presbytérien. Du calvinisme, ici, dans sa propre paroisse ! Il tourna les yeux vers sa femme, qui paraissait aussi stupéfaite que lui. Ce que tramait Meredith, il n'en avait aucune idée ; mais il savait fort bien ce qu'il devait faire lui-même. Il se leva. « Arrêtez cela immédiatement ! » Sa voix retentit, sonore, et il s'en flatta, pleine d'autorité : « Monsieur Meredith, je pense que vous n'avez pas le bon livre ! » s'exclama-t-il.

Edmund sourit sans répondre, d'un air doucereux.

« Le Livre de prières, monsieur Meredith ! insista Julius. En tant que chef du conseil paroissial, je dois... » Il fut interrompu par la porte de l'église, qui s'ouvrit brutalement ; Gideon Carpenter fit son entrée dans la nef, en habit d'officier, l'épée au côté. Six hommes en armes le suivaient. Le premier moment de surprise passé, Julius ouvrit la bouche pour les rappeler à l'ordre ; mais il fut devancé par Gideon : « Vous ne faites plus partie du conseil paroissial, sir Julius.

— Plus partie... ? (Que voulait dire cet homme ? Et pourquoi diable s'adressait-il à lui de cette façon ?) Sir Julius ?

— Vous n'étiez pas au courant ? Je suis désolé. Votre frère est mort et vous êtes désormais sir Julius Ducket.

— Mort ? » Julius le dévisageait, tâchant d'assimiler la nouvelle, incapable d'ajouter le moindre mot.

« Il y a autre chose, sir Julius. (Ce fut dit doucement, sans aucune malveillance.) Vous êtes en état d'arrestation. »

1649

29 janvier. Le soir était tombé, mais il faisait sombre depuis cinq heures de l'après-midi. Une longue nuit débutait, constellée d'étoiles ; pour beaucoup d'hommes et de femmes à Londres, ces heures froides et silencieuses composeraient la plus grave des veillées funèbres. Car dans la pâle lumière grise du matin, à Whitehall, un acte allait s'accomplir comme le sol anglais n'en avait encore jamais vu.

Edmund Meredith était assis, seul ; sa femme et ses enfants étaient montés dans leurs chambres, mais n'étaient pas encore couchés. Sur la table était posé son chapeau noir, à la forme haute et rigide, aux larges bords. Il portait encore ses habits du jour : un pourpoint noir sans manches, étroitement boutonné sur le devant, depuis sa pomme d'Adam jusqu'en dessous de sa taille ; une chemise à rayures noir et blanc, avec un large col et des manchettes de lin blanc ; une culotte noire, des bas de laine et des chaussures simples. Ses cheveux argentés lui encadraient le visage, accompagnant jusqu'à la courbe de son menton. Cette apparence volontairement ingrate et revêche était à la mode parmi les puritains ; Edmund l'avait adoptée sans hésiter trois ans plus tôt.

Il siégeait sur une lourde chaise au dossier capitonné et pressait ses longs doigts les uns contre les autres devant son aristocratique visage ; ses yeux étaient mi-clos, comme s'il priait. Mais Edmund Meredith ne priait pas ; il pensait. Il pensait à l'art de survivre.

Il excellait dans cet art-là. A près de quatre-vingts ans, il en paraissait vingt de moins ; de ses cinq enfants vivants, le plus jeune n'avait que six ans, et Edmund méditait même de vivre assez vieux pour l'accompagner jusqu'à l'âge adulte. Quant à son art de survivre en politique...

« Tout est dans le *timing* », avait-il expliqué un jour à Jane ; et quand il se retournait vers les sept années de troubles et de conflits qui venaient de s'écouler, il pouvait juger que son *timing* personnel n'était pas mauvais.

Il aimait parler avec Jane ; ils en savaient trop long l'un sur l'autre pour conserver aucun faux-semblant ni aucun secret. Edmund appréciait la douce ironie de Mme Wheeler ; elle était le seul être devant qui il se montrait totalement lui-même.

La première étape avait aussi été la plus importante : quand, en 1642, il avait bouleversé le pauvre Julius en rejoignant les rangs des presbytériens. Le roi Charles approchait alors de Londres ; beaucoup escomptaient qu'il allait triompher de ses adversaires. « Comment avez-vous su quel camp choisir ? lui avait demandé Jane.

— J'ai observé la milice de la ville et j'ai pensé que Charles ne parviendrait pas à ses fins cette année-là.

— Mais ensuite ? Le roi aurait très bien pu vaincre le Parlement. Alors, vous auriez tout perdu...

— C'est vrai, reconnut-il. Mais ensuite, j'étais encore plus certain que le Parlement allait triompher.

— Pourquoi cela ?

— Les réserves. Les Têtes rondes avaient la flotte et presque tous les ports, tandis que Charles ne pouvait guère attendre de renforts. De plus, les ports rapportaient des droits de douane au Parlement. Et surtout, les Têtes rondes tenaient Londres. Les guerres longues coûtent cher, et c'est à Londres que se trouve l'argent. (Il sourit.) J'ai parié à deux contre un sur les Têtes rondes, et je me suis fait presbytérien. »

Les événements n'avaient guère tardé à lui donner raison. Quelques mois plus tard, abandonnant toute apparence d'autorité royale, le Parlement supprima les évêques et conclut un marché avec les Ecossais. Par ce Covenant solennel, il était décrété que l'Angleterre deviendrait presbytérienne, en échange d'une armée permettant de vaincre Charles. Une sévère purge affecta le clergé anglais ; les paroisses de Londres étaient en pleine ébullition. Meredith, lui, survécut ; « de justesse », confessait-il. Cette même année, il aida à abattre le vieux calvaire de Cheapside. « Ces choses-là ne sont que superstition et idolâtrie », affirma-t-il à ses ouailles. Tandis qu'Ecossais et Parlement élaboraient ensemble la nouvelle Eglise calviniste d'Angleterre, et que se réunissait à Londres le premier conseil des anciens, même les plus sévères des visiteurs écossais en convenaient : cet homme, Meredith, prêchait d'excellents sermons. Pleins de conviction.

Tout cela se passait voilà longtemps, quand la guerre entre Charles et le Parlement durait encore. Les choses avaient bien changé depuis — en pire, de l'avis d'Edmund. Et nul ne pouvait prédire de quoi l'avenir serait fait. Mais Meredith était presque sûr qu'il trouverait toujours un moyen de survivre. Et ce soir-là, seul dans son salon, tandis qu'il tournait et retournait la question dans sa tête, ce n'était pas pour lui qu'il s'inquiétait.

C'était pour Jane. Dieu savait pourtant qu'il l'avait prévenue.

La bougie brûlait encore dans sa chambre ; à sa lueur vacillante, Jane regardait l'homme endormi à côté d'elle, heureuse de le voir aussi paisible.

Meredith avait-il raison ? Etaient-ils réellement en danger ? Dogget ne le croyait pas ; mais, pensait-elle affectueusement, il avait toujours pris la vie avec optimisme. Tandis que Meredith pouvait bien être un cynique et un imposteur, son jugement à lui était sûr. Etaient-ils donc des amants maudits — comme Roméo et Juliette, Antoine et Cléopâtre ? L'idée l'amusait. Dogget et Jane : étrange couple de tragédie, car elle avait déjà soixante ans quand ils étaient devenus amants. Et même alors, pensait-elle, sans la guerre, cela ne serait probablement jamais arrivé.

Curieusement, le principal souvenir que Jane gardait de toute la guerre civile (et beaucoup de Londoniens avec elle), c'était le silence. Car dès le premier printemps, toute l'agglomération fut enfermée derrière un rempart. Sa construction représenta une énorme entreprise ; semaine après semaine, les Londoniens sortaient pour creuser la terre. Tous les hommes valides, y compris les plus âgés comme Dogget, furent enrôlés et reçurent une pelle. Ils travaillèrent durement, même le dimanche ; par un bel après-midi, tandis que Jane leur apportait à boire, quelqu'un lui dit : « Cent mille personnes sont à l'œuvre aujourd'hui. » Le résultat, achevé pendant l'été, fut un grand mur de terre flanqué d'un fossé ; de dix-huit kilomètres de circonférence, il entourait la ville et ses faubourgs sur les deux rives du fleuve, par-delà Westminster et Lambeth à l'ouest, au-delà de Wapping à l'est ; non seulement les faubourgs de la cité, mais de grandes prairies, des champs et des vergers, et jusqu'au réservoir de la Nouvelle Compagnie fluviale de Myddleton, qui fournissait son eau à Londres. Les remparts comportaient des portes, des fortins et des batteries de canons, fournis par la Compagnie des Indes orientales ; ils étaient inexpugnables. Et ce fut là que, posé tel un garrot sur la principale veine irriguant la nation, l'opposition parlementaire établit son quartier général, pour toute la durée de la guerre.

Si Meredith avait bien prédit les conséquences de la guerre civile, il fallut longtemps pour que l'ensemble de ses prévisions se vérifie. Le conflit était long et haché — ici une escarmouche, là une ville ou une place forte assiégées, quelques assauts secondaires. Quand le roi Charles et le prince Rupert sortirent de leur camp, à Oxford, ils firent une forte impression sur les esprits. Au nord, le vaste port de Newcastle, qui approvisionnait Londres pour l'essentiel de son charbon, était acquis à Charles, ainsi qu'une grande partie de l'ouest du pays. Même quand les presbytériens descendirent d'Ecosse et qu'avec leur aide le Parlement remporta la grande victoire de Marston Moor, les nouvelles reçues à Londres ne varièrent pas : « Les royalistes tiennent bon. » Une bonne part des difficultés incombait aux troupes des Têtes rondes. Les milices venues de la capitale étaient en général les meilleures sur le terrain ; mais si leurs payes étaient en retard, elles amenaient les couleurs et repartaient chez elles.

Différentes régions du pays connurent elles aussi leur lot de combats ; mais pour Jane, à l'abri de sa grande levée de terre, la guerre ne signifiait, mois après mois, qu'un long silence.

Certes, une fois par semaine, avant qu'il quitte Londres, elle apercevait Gideon et ses hommes marchant fièrement vers Finsbury Fields ou vers le terrain d'artillerie qui s'étendait au-delà de Moorgate ; là, les milices de la ville venaient s'entraîner. Alors les mousquets crépitaient, les canons tonnaient tout l'après-midi. Parfois l'on voyait de longues colonnes de Têtes rondes quitter la cité, pour revenir quelques semaines plus tard, poussiéreux et couverts de bandages. Mais la plupart du temps, Londres restait silencieux. Beaucoup d'éventaires avaient disparu du marché de Cheapside ; le Royal Exchange était souvent désert. Les arrivages de tissus en provenance du Sud-Ouest étaient bloqués par les partisans du roi, l'importation de produits de luxe ne se faisait qu'au ralenti ; pour la plupart des marchands, les affaires périclitaient. Certains, soupçonnés de sympathies royalistes, se terraient chez eux. On disait que sir Julius Ducket était ruiné. Quant au peuple, si la nourriture ne manquait pas, il souffrit cruellement du froid pendant quelques mois, lorsque les hommes de Charles coupèrent la route du charbon de Newcastle ; et les nouvelles taxes qu'on levait chaque mois pour payer les troupes réduisaient ses revenus. Et pourtant, Jane apprécia plutôt cette période. L'attaque que l'on redoutait n'arrivait pas, et au bout de quelque temps elle eut la certitude qu'elle ne se produirait jamais. La vie était dure, certes, mais du moins différente ; et puis, bien sûr, il y avait Dogget.

Pourquoi avait-il renoncé au Massachusetts ? Il avait toujours trouvé des excuses pour différer son départ. Pendant un an ou deux, cela avait été le travail ; puis deux des enfants de Gideon avaient été malades. « Tu ne crois pas que tu devrais rejoindre ta femme ? » le pressait-elle parfois ; mais il ne se décidait jamais. Puis la guerre civile arriva, Gideon partit pour l'armée ; alors la présence de Dogget se révéla nécessaire, pour faire fonctionner l'affaire et prendre soin de la famille de Carpenter.

Tout commença un après-midi de septembre, peu après l'achèvement des remparts. Jane et Dogget étaient sortis de la vieille cité, pour se promener ensemble à Moorfields ; le soleil brillait et l'air était calme. Devant elle, à un kilomètre et demi environ, elle apercevait les sentinelles au sommet des remparts de Shoreditch, comme autant de petits points sur le fond du ciel bleu ; elle songea alors que, à l'abri de la grande enceinte — elle n'aurait pu dire au juste pourquoi, mais c'était ainsi —, ils habitaient dans un lieu irréel, hors du temps ; un lieu qui s'était lui-même coupé du reste du monde. Comme s'il lisait dans ses pensées, John se tourna à demi vers elle et remarqua :

« On se sent... plus jeune, ici. »

Oui, pensa-t-elle, elle se sentait jeune. Elle sourit.

« Tu n'as pas beaucoup changé, de toute façon », lui répondit-elle. Ses cheveux grisonnaient et son visage était ridé, mais c'était bien le même John Dogget qui lui avait jadis montré le bateau du roi Harry.

Il hocha la tête, sans la quitter des yeux.

« Qu'y a-t-il ? » lui demanda-t-elle.

Il la regarda en souriant.

« Oh !... » Elle baissa les yeux et resta pensive, tandis qu'ils cheminaient vers les remparts ; au bout de quelques minutes, elle lui prit la main et la pressa doucement. Ni l'un ni l'autre ne parlait. Ils regagnèrent la maison ensemble, dans la vaste lumière de l'après-midi ; et c'est ainsi que leur aventure commença, dans l'étrange silence des remparts, en ce temps de guerre. Deux amants de soixante ans, liés par leurs souvenirs et par une longue affection, qui s'offraient mutuellement le réconfort, la tendresse et même l'éveil des sens — tous deux surpris que de telles choses soient encore possibles.

Ils avaient été discrets ; seul Meredith, le perspicace Meredith, avait deviné ; mais à lui, elle le savait, elle pouvait faire confiance. De toute façon, cela n'avait guère d'importance : s'ils s'apportaient un peu de joie l'un à l'autre, qui cela regardait-il ?

Mais cela se passait cinq ans plus tôt, avant le grand bouleversement et la terrible crise que l'Angleterre connaissait aujourd'hui. Et maintenant, alors qu'elle contemplait avec tendresse la silhouette endormie à son côté, les mots pressants que Meredith lui avait dits quelques jours plus tôt lui revenaient en mémoire :

« Vous serez bientôt en danger, peut-être en grand danger, même. (Il l'avait fixée d'un air grave.) Qui est au courant, pour vous deux ?

— Vous. (Elle avait réfléchi quelques instants.) Sinon, je ne sais pas. Les gens ont peut-être des soupçons. Mais pourquoi est-ce si important ?

— Vous ne comprenez pas... Dites-moi une chose — c'est capital. Gideon est-il au courant ? »

Gideon reposa sa plume d'oie. Sa lettre à Martha était ouverte devant lui, mais pour la centième fois il hésitait. Il jeta un regard à travers la pièce en direction de sa famille : sa chère épouse — malade quand on parlait de voyager mais en bonne santé le reste du temps — cousait tranquillement ; à côté d'elle, Patience, qui allait bientôt se marier, Persévérance, toujours sans amoureux. Et la lumière de sa vie, O Be Joyful : un solide petit adolescent, qui lisait la Bible. Le jeune garçon avait manifesté un tel talent qu'au lieu de le prendre dans sa propre affaire Gideon l'avait mis en apprentissage chez le meilleur sculpteur sur bois qu'il avait pu trouver. Pourtant, plus encore que de son talent, il était reconnaissant à Dieu d'avoir doté son fils d'une nature si douce et si pieuse. Comme Martha serait heureuse, et fière, si elle pouvait le voir aujourd'hui... Mais cette pensée, loin de réjouir son cœur, ramenait désagréablement Gideon à sa lettre. Et à cette déchirante question · devait-il révéler à Martha ce qui se passait entre Jane et Dogget ?

Gideon avait essayé, parfois, de se persuader qu'il ne savait pas, qu'il n'avait jamais vu ces deux-là s'embrasser quand ils se croyaient seuls, ni Dogget disparaître dans la maison de Jane. En dehors de lui, peu de gens avaient compris, jugeait-il. Pour ses enfants, Jane était tante Jane ; et le jour où un voisin avait remarqué innocemment : « Dogget et Mme Wheeler sont cousins, n'est-ce pas ? »... il s'était contenté de sourire. Dieu lui pardonnerait ce mensonge. Et dire que lui-même, Gideon Carpenter, était censé montrer l'exemple dans la paroisse de St Lawrence Silversleeves...

Tel était son rôle, depuis qu'ils avaient chassé sir Julius et ses amis ; par trois fois, la petite communauté l'avait élu membre du comité paroissial. Et leurs critères moraux, il s'en flattait, étaient fort exigeants. Plus de la moitié des hommes avaient le pourpoint et le chapeau des puritains ; leurs épouses portaient de longues robes grises ou brunes, et des bonnets pudiquement noués sous le menton.

Pourquoi donc avait-il laissé s'accomplir l'odieuse trahison envers sa pieuse tante qu'il vénérait ? En partie, il faut le dire, par crainte d'une querelle familiale et d'un éventuel scandale. Mais aussi, et surtout, pour ne pas ruiner le bonheur de Dogget. Car sans le vieil homme qui travaillait dans son affaire, il ne se serait pas senti libre — cela, Martha pouvait le comprendre — de servir la cause, plus haute que toutes les autres, qui allait trouver son apothéose le lendemain. La cause défendue par Cromwell et ses Saints.

La guerre civile avait un vainqueur : Oliver Cromwell. Après les premières années, peu concluantes, l'énergique parlementaire d'Est-Anglie avait entrepris de recruter sa propre cavalerie, bien entraînée, les « Côtes de fer » ; après quoi il avait demandé au Parlement : « Laissez-moi réorganiser toute l'armée. »

Quelle période passionnante... Laissant Dogget et sa famille à Londres, Gideon s'était empressé de rejoindre la troupe de Cromwell. On l'appelait l'armée « nouveau modèle » ; permanente, aussi bien entraînée que disciplinée, aguerrie au combat, elle renversa le cours de la guerre sous la conduite de Cromwell et du général Fairfax. Il ne lui fallut pas un an pour infliger, à Naseby, une écrasante défaite à Charles et à Rupert ; elle s'empara des forteresses royales l'une après l'autre. Oxford tomba et Charles se rendit aux Ecossais ; ceux-ci le vendirent aux Anglais, qui l'assignèrent à résidence.

Mais ce qui importait le plus à Gideon, c'est que ces Têtes rondes nouveau modèle n'étaient pas seulement des soldats : c'étaient des Saints.

« Saints » : eux-mêmes s'appelaient ainsi. Certains d'entre eux n'étaient que des mercenaires ; mais la plupart étaient, comme Gideon, des hommes épris de justice, des soldats du Christ ; ils se battaient pour pouvoir enfin bâtir, en Angleterre, la cité de lumière au sommet de la colline. Dieu, ils n'en doutaient pas, se trouvait de leur côté ; ne leur avait-Il pas donné la victoire ? Cette conviction les raffermissait, et ils avaient besoin de fermeté ; car en dehors d'eux-mêmes, à qui auraient-ils pu se fier ?

Certainement pas au Parlement. La moitié du temps, l'armée n'était pas payée ; les Saints le savaient fort bien, la plupart des parlementaires ne rêvaient que de conclure un accord avec le roi dans les conditions les plus avantageuses possible. Certainement pas aux Londoniens non plus. « Londres est si grand ! se désolait Gideon. C'est une hydre à mille têtes. » Bien sûr, la majeure partie de la population soutenait les Têtes rondes ; mais nul ne pouvait dire combien de royalistes s'y dissimulaient, attendant leur heure. Et surtout, ce que voyaient les Londoniens, c'étaient eux-mêmes et leurs propres intérêts. Une fois éloignée la menace de l'armée royaliste, il ne leur faudrait pas longtemps pour disperser les Saints, et même pour négocier avec Charles.

Par-dessus tout, ils ne pouvaient faire confiance au roi. Il tergiversait sans arrêt, menait un double jeu et tenait un double langage face à chacun de ses adversaires ; il promettait n'importe quelle réforme avec pour seule intention de ne rien changer, en recommençant à régner comme avant. Lorsqu'il réussit enfin à fomenter un nouveau soulèvement, les Saints en eurent assez : malgré les protestations des Londoniens, Fairfax pénétra dans la ville et y établit son armée. Les trésors de plusieurs corporations marchandes furent saisis afin de payer les troupes. Et voilà quelques semaines, à la grande satisfaction de Gideon, le colonel Pride était parti avec un petit bataillon pour Westminster, où il avait jeté dehors les parlementaires trop pusillanimes pour soutenir la grande cause — qui consistait, tout simplement, à rebâtir l'Angleterre.

Gideon avait fait ces deux dernières années une découverte qui l'avait grisé : « Il ne reste plus un seul pouvoir capable de s'opposer à nous. » L'armée de Cromwell représentait le seul véritable pouvoir qui demeurait dans le pays. Disciplinée, unie, elle pouvait imposer sa volonté. Un roi captif, un Parlement inerte : aux Saints s'offrait la possibilité — et la mission — de rebâtir le vieux pays sur un nouveau modèle.

Mais quel devait être ce nouveau modèle ? Aujourd'hui encore, Gideon se le demandait.

Quand la guerre civile avait éclaté, la situation lui avait paru claire, comme à la plupart des Têtes rondes : le Parlement devait remettre au pas le roi ; les évêques, leurs pompes et leurs œuvres devaient disparaître. On s'orienterait vers une manière d'Eglise presbytérienne — pas tout à fait aussi stricte ni austère que le modèle écossais, pourtant. Mais la guerre se poursuivant, enhardi par la camaraderie qui régnait au sein des troupes de Cromwell, Gideon avait commencé, avec les autres Saints qui l'entouraient, à envisager une perspective plus haute et plus brillante : un nouveau monde, ici même, au cœur de l'ancien. Avec quelle passion il avait lu et relu les lettres que Martha lui envoyait ! Quelle inspiration il trouvait dans les récits de ce Massachusetts où, libres de tout évêque, les élus de chaque communauté choisissaient non seulement leurs pasteurs, mais aussi les gouverneurs et les magistrats ; où les impôts n'étaient levés qu'avec l'accord de tous, où chacun vivait dans la stricte observance de la Bible... A coup sûr, pensait Gideon, le Massachusetts était proche du royaume de Dieu, de la cité de lumière au sommet de la colline.

Certains des Saints, connus sous le nom de « Niveleurs », voulaient aller plus loin encore : ils accordaient à tous le droit de vote, abolissaient la propriété privée. Cromwell y était opposé, de même que Martha, comme ses lettres le montraient.

Sur ce sujet comme sur beaucoup d'autres, Gideon s'était fié aveuglément à elle au long de ces années ; elle avait été pour lui comme un phare, qui brillait sans faillir d'une rive à l'autre de l'océan. Comme il aurait voulu la trouver à son côté aujourd'hui, alors qu'il s'apprêtait à accoster avec les Saints la terre promise — une fois que la terrible action du lendemain matin serait accomplie...

Aussi, que pouvait-il bien lui dire ? Combien fallait-il lui en dire ? Il hésitait encore, la conscience frémissante, avant de se décider enfin à reprendre sa plume.

Ainsi, on en était arrivé là. Sir Julius Ducket était assis seul, dans le salon lambrissé, pour cette veillée solennelle.

Ils allaient tuer le roi Charles dans la matinée. Après une scandaleuse parodie de procès, les Têtes rondes allaient assassiner le roi consacré.

Si Julius put connaître un peu de réconfort, au cours de cette terrible nuit, il le puisa dans l'idée qu'il s'était toujours montré loyal. « Je suis resté fidèle jusqu'à la fin », murmurait-il.

Et il avait souffert pour cela. Après qu'il eut été arrêté par Gideon, il s'était retrouvé, sous bonne garde, en compagnie de trois douzaines d'autres notables royalistes. Quand ils demandèrent la raison de leur arrestation, on leur répondit : « Vous êtes des *Malignants* » ; ainsi désignait-on les fidèles de Charles Ier, opposés à Cromwell, comme quelque tumeur maligne qui se serait développée sur le corps de la politique anglaise. La première semaine, on ne leur permit pas de recevoir la moindre visite ; quand sa femme eut enfin le droit de venir le voir, Julius reçut un nouveau choc. Il lui suggéra de partir avec les enfants pour Bocton, mais elle répondit : « Bocton ? Tu n'es pas au courant ? Les Têtes rondes se sont emparées de tous les domaines des Malignants. Nous n'avons même plus le droit de nous en approcher. »

Sombre période. Les premières semaines, il continua à croire en la victoire des royalistes. Des bruits couraient : le prince Rupert avait mené avec succès un nouvel assaut ; les milices londoniennes avaient refusé de se battre et étaient rentrées chez elles, parce qu'elles n'étaient pas payées. Mais on persistait à le traiter en criminel. Plusieurs mois s'écoulèrent, puis on l'emmena enfin au Guildhall, et là il fut conduit dans une pièce ; une demi-douzaine d'officiers des Têtes rondes y siégeaient autour d'une table.

« Sir Julius, lui dit-on, vous pouvez être libre ; mais il y a un prix à payer.

— Combien ?

— Vingt mille livres, l'informa-t-on froidement.

— Vingt mille ? Je serais ruiné, protesta-t-il. Laissez-moi en prison.

— Nous pouvons vous condamner de toute façon à payer », commenta l'un des officiers.

Et c'est ainsi qu'au début de 1644 sir Julius était tristement revenu dans sa maison proche de St Mary-le-Bow, pour y recommencer sa vie.

Mais comment ? La condamnation avait dévoré presque tout son capital. Sa femme possédait quelques bijoux, et il y avait la grande maison elle-même ; mais la vendre, même s'il l'avait voulu, aurait été fort difficile tant que Londres restait une ville assiégée. Il chercha une entreprise à laquelle il pourrait prendre part ; mais les affaires étaient toujours au point mort. Trois sinistres semaines passèrent ainsi et il avertit sa famille : « Nous devrons désormais faire attention à ne pas dépenser trop d'argent. » Quant à l'avenir, il était incapable de le prévoir.

Tout à fait par hasard, un jour de mars, il se rappela soudain le trésor du pirate.

La cave était sombre et sentait le moisi quand il y descendit, une lampe à la main. Il n'avait plus revu le vieux coffre depuis trente ans. Une multitude d'objets ménagers s'entassaient devant l'endroit où il était entreposé, et Julius se demanda un instant s'il s'y trouvait encore ; mais après quelques minutes de recherches, il poussa un soupir de soulagement. Le coffre était bien là, couvert de poussière mais toujours le même, sombre et mystérieux comme jamais.

Il hésita. Que lui avait donc dit son père, des années plus tôt ? Qu'il veillerait sur ce coffre, au péril de sa vie. Et pourquoi ? Parce qu'il avait donné sa parole, et que sa parole était sacrée. Mais c'était voilà trente ans et le pirate n'était jamais revenu ; il n'y avait pas une chance qu'il fût encore en vie. Ni probablement qu'il ait une famille qui pût venir réclamer son bien. N'était-ce pas un vagabond des mers ? Le coffre de marine n'appartenait à personne. Julius se demanda ce qu'il pouvait contenir. Des pièces ? De l'argenterie volée ? Une carte, peut-être — il sourit — de quelque île éloignée, où un trésor serait enfoui ? Se saisissant d'un marteau et d'un ciseau, il se mit au travail. Le coffre était résistant et les vieux cadenas robustes ; mais pour finir, après trois grands craquements, il réussit à les briser. Lentement, il souleva l'antique couvercle qui grinçait.

Il en eut le souffle coupé : le coffre était rempli de pièces jusqu'à ras bord. Des pièces de toutes sortes, d'or et d'argent ; des shillings anglais, des doublons espagnols, de lourdes piastres des Pays-Bas. Certaines avaient cinquante ou soixante ans, remontant à l'époque de l'Armada espagnole et de la reine Bess ; mais ce n'en était pas moins du bon or et du bon argent. Dieu savait ce que ce trésor pouvait valoir ; plusieurs milliers de livres ? Une véritable fortune. Il était sauvé.

A dater de ce jour commença le lent rétablissement de sir Julius. Il se montra prudent : après avoir réparti l'argent dans vingt sacs différents, il les cacha tous dans des endroits où l'on ne pourrait les retrouver. Il ne dit rien du trésor, pas même à ses enfants ; il laissa seulement entendre qu'il avait récupéré de l'argent mis jadis de côté, ce qui lui permettait de refaire un peu de négoce. Et ainsi, en arrondissant secrètement ses bénéfices avec de petites ponctions prises sur le magot, il parvint à faire vivre correctement les siens sans éveiller la curiosité. Lorsqu'il exhibait une pièce ancienne, il remarquait d'un ton dégagé : « Je la tiens de mon père » ; et dans tout Londres on murmurait : « Le pauvre Ducket a tout perdu. Il tâche de se débrouiller avec les vieilles pièces qu'il grappille dans les recoins de sa maison. »

Il devait sans cesse rester vigilant. Bien qu'il ne fût pas le seul royaliste de renom à vivre dans la ville, il savait qu'on les observait de près ; il soupçonnait Gideon, en particulier, d'être au courant du moindre de ses mouvements. Il se dissimulait souvent parmi les éventaires de Cheapside, pour voir si personne de suspect ne rôdait autour de sa maison. A l'occasion, il savait se montrer plus malin que les Têtes rondes ; un jour de printemps, il avait même réussi à se glisser hors de la ville, pour remplir une mission spéciale.

Si Julius avait douloureusement ressenti la disparition de son frère, si l'usage d'un trésor qui n'était pas à franchement parler le sien lui pesait sur la conscience, le voyage qu'il fit en secret jusqu'à la cour du roi, à Oxford, le réconforta. En compagnie de deux hommes sûrs, il sortit de Londres à cheval, dans les premières heures de la matinée, habillé en Tête ronde — déguisement qu'ils conservèrent pendant plus de trente kilomètres. Des quantités de pièces d'or étaient cousues dans les vêtements des trois hommes, fournies par Julius, qui les avait prélevées sur le trésor. A eux trois, ils transportaient presque un millier de livres. Le lendemain soir, ils arrivaient devant les fortifications qui défendaient la vieille cité universitaire ; et le surlendemain, au collège de Christ Church, Julius pouvait remettre son argent au monarque en main propre.

« Fidèle sir Julius... (Il connut la plus grande fierté de sa vie lorsque le roi Charles prononça ces paroles.) Nous vous comptons parmi nos plus loyaux amis.

— Je me battrais avec joie pour Votre Majesté, déclara-t-il, mais je n'ai aucune compétence dans le métier des armes.

— Nous préférons que vous restiez à Londres, reprit le roi. Nous avons besoin d'amis fidèles sur lesquels nous pouvons compter. » Pendant toute une demi-heure, le roi arpenta avec lui la cour du vieux collège, lui posant toutes sortes de questions sur l'état de la ville et de ses défenses. En retour, il n'hésita pas à s'ouvrir à lui, lui confiant notamment : « Beaucoup de mes partisans voudraient me voir compromettre ma conscience, mais je ne puis m'y résigner. J'ai une mission sacrée à remplir. » Ce furent cependant ses derniers mots, au moment où ils se quittaient, qui allèrent droit au cœur de Julius. « J'ignore, dit-il posément, comment cette grave question va se résoudre. Tout repose entre les mains de Dieu. (Son regard se fit solennel.) Mais si quelque chose devait m'arriver, sir Julius... J'ai deux fils, tous deux de sang royal, pour me succéder. Puis-je vous demander de tenir vos engagements envers eux, comme vous les tenez envers moi ?

— Votre Majesté n'a pas besoin de me le demander, répondit Julius, très ému. Vous avez ma parole.

— Aucune n'est plus sûre que la vôtre, répondit le roi. Merci, sir Julius. »

Par la suite, Julius ne put retourner à Oxford ; les issues de Londres étaient surveillées de trop près. Mais à compter de ce jour, il sentit qu'il avait gagné une nouvelle force intérieure. Si sa vie à Londres était morne, il était là du moins pour une cause, comme il le rappelait à sa famille : « J'ai donné ma parole au roi. »

Même ainsi, pourtant, il lui fut difficile de ne pas céder au découragement. Au début de 1645, les Têtes rondes exécutèrent l'archevêque Laud, afin de montrer leur détermination. Quand Cromwell et son armée eurent gagné la guerre et que le roi Charles fut fait prisonnier, Julius continuait à espérer qu'on parviendrait à un accord. Des envoyés secrets de Charles lui rendirent un jour visite, et il leur dit : « Si le roi renonçait aux évêques, le Parlement et les Londoniens accepteraient sans doute un compromis » ; mais le roi Charles refusa et il n'en fut pas surpris, se souvenant de ses mots : « J'ai une mission sacrée à remplir. » Les négociations se prolongèrent interminablement, et Julius se demandait s'il en verrait un jour la conclusion.

Toutefois, les événements des deux derniers mois le laissèrent pantois. Après l'épuration du Parlement par Pride, l'armée révéla crûment l'étendue de sa puissance ; ayant affirmé une première fois sa force, rien ne semblait plus la retenir. En janvier, le décor du dernier acte était planté : on conduisit le roi à Westminster pour qu'il y subît son procès. « Ou plutôt un simulacre de procès », selon les mots de Julius. Nombre de ceux qui furent appelés à y siéger, dont beaucoup d'aldermen de Londres, refusèrent. Charles dénia toute autorité à cette cour pour le juger — on pouvait s'y attendre ; mais il fit également remarquer que ce n'était plus un tribunal parlementaire, puisque l'armée avait chassé la plupart de ses membres. La réponse de la cour fut de lui faire quitter la salle, le premier et le deuxième jour de son procès. « En réalité, on l'a jugé en son absence », commentait Julius. Le troisième jour, les suppôts de l'armée — qui insistaient pour s'adresser à lui en tant que « Charles Stuart, cet homme de sang » — condamnèrent leur monarque à mourir. « Nous avons tué l'archevêque, proclamaient-ils ; maintenant, avec le roi, notre œuvre est accomplie. »

Ainsi, on en était arrivé là. Au matin, quand cette froide nuit étoilée aurait pris fin, ils tueraient leur roi. Jamais encore l'Angleterre n'avait vécu un tel événement. Mais s'ils pensaient changer le cours des choses... Sir Julius au moins, au cours de cette veille tragique, en fit à voix basse le serment : « Ils n'y parviendront pas. »

C'était déjà la quatrième nuit que l'homme passait au George. Vieux loup de mer grincheux, mais discret, il ne créait pas d'histoires. Il sortait le matin et ne revenait qu'au crépuscule ; personne ne savait à quelles affaires il pouvait bien vaquer entre-temps. Il avait révélé à l'aubergiste qu'il venait pour la première fois à Londres. Manifestement, ses affaires étaient pressantes ; quand son hôte lui demanda s'il irait voir l'exécution du roi le lendemain matin, il répondit : « Pas le temps. » Il ne lui restait que trois jours avant de reprendre la mer.

Douze années avaient passé depuis que le second avait reçu sa mission de Black Barnikel ; pendant douze années, il avait transporté avec lui le testament du pirate. Mais le temps n'avait pas d'importance : on lui avait demandé de le remettre à sa destinataire et, s'il le pouvait, il tiendrait parole. Il lui avait fallu trois ans avant de pouvoir faire une enquête détaillée sur Jane en Virginie ; et encore, ses premières recherches ne lui avaient pas permis de trouver le moindre renseignement sur elle. Un an plus tard, il avait eu l'occasion de passer de nouveau dix jours à Jamestown, et cette fois il avait eu plus de chance. Quelqu'un se rappelait la femme qu'il décrivait, et lui dit qu'elle avait épousé Wheeler ; avant de repartir, il était à peu près certain que Jane et la veuve Wheeler étaient une seule et même personne. On lui apprit qu'elle était retournée en Angleterre ; « Elle disait qu'elle venait de Londres », se rappelait un fermier. Il était d'abord passé par Plymouth pour y effectuer des recherches ; cinq ans plus tard il se rendait à Southampton, et aujourd'hui il était à Londres.

Sa méthode d'enquête était simple et logique : il allait de paroisse en paroisse et demandait au pasteur s'il avait entendu parler d'une veuve Wheeler. Jusqu'à présent il n'avait rien trouvé, mais demain peut-être il aurait plus de chance : il comptait gagner Cheapside, pour rendre visite à St Mary-le-Bow et à la petite église de St Lawrence Silversleeves.

La foule afflua tôt vers Whitehall, en ce matin glacial ; mais plusieurs heures s'écoulèrent avant que la séance débute. En face du magnifique Banqueting Hall d'Inigo Jones, étincelant de blancheur même dans la pâle lumière de janvier, on avait dressé une estrade en bois. Un détachement de Têtes rondes, avec leurs épaisses tuniques de cuir et leurs lourdes bottes, montait la garde tout autour ; à deux reprises des renforts armés de piques les avaient rejoints, forçant la foule à reculer toujours plus loin.

Julius s'interrogeait sur l'état d'esprit de cette foule. Etaient-ce tous de sévères puritains comme Gideon ? Certains sans doute, mais l'ensemble paraissait plus mélangé ; on y distinguait toutes sortes de gens, des gentlemen et des hommes de loi jusqu'aux poissonnières et aux apprentis. Etaient-ils indifférents ? Venus uniquement pour assister à un spectacle ?

Tandis qu'ils patientaient dans le froid cinglant, ils semblaient étrangement silencieux. Julius pensait à la salle des Banquets, avec son magnifique plafond peint par Rubens : on y voyait Jacques Ier, le père de l'actuel
roi, montant au paradis. Ce n'était pas la première fois qu'une grande
œuvre d'art reposait sur un sujet absurde en apparence ; mais il songeait
à la signification profonde qu'on pouvait lui donner. Elle symbolisait la
cour, le monde, européen et civilisé, du roi et de ses amis ; les magnifiques
demeures, la grande collection de tableaux — tout cela allait être détruit,
balayé, par ces puritains grossiers et bornés, qui croyaient en un Dieu
fruste et brutal. Le roi attendait-il à l'intérieur, en ce moment même ? Le
laisserait-on jeter un dernier regard sur toute cette beauté qu'il avait sus-
citée, avant que la hache du bourreau s'abatte sur lui ? La foule ne cessait
de grossir autour de Julius ; l'enceinte de Whitehall était désormais noire
de monde. Des hommes à cheval avaient fait leur apparition et pris position autour de l'échafaud. Il y eut un roulement de tambours ; une fenêtre
s'ouvrit brusquement, dans le haut du Banqueting Hall ; un moment plus
tard, vêtu avec simplicité mais élégance d'une grande cape et d'un pourpoint, le roi Charles Ier d'Angleterre sortit à pas lents de l'édifice.

Comme c'était étrange... Julius guettait dans la foule une clameur, ou
même des huées, peut-être ; mais pas ce silence... Un clergyman suivait
le roi, revêtu d'une longue robe, puis venaient plusieurs secrétaires et
autres auxiliaires de l'exécution. Le bourreau fermait la marche : il portait
une hache et son visage était recouvert d'un masque noir.

C'était l'usage qu'un condamné pût s'adresser à la foule, et Charles
Stuart en bénéficia comme les autres. Le roi tenait un morceau de papier
à la main, sur lequel il avait écrit quelques phrases ; il commença à parler,
et avec quelle grâce, quelle élégance... Julius se remémora le jour où il
l'avait rencontré à Greenwich : c'était le même calme, la même courtoisie
tranquille. A cette populace venue se repaître de son supplice, il s'adressait comme si c'étaient autant d'ambassadeurs.

Mais que disait-il ? Julius pouvait voir les secrétaires sur l'estrade
prendre des notes ; mais depuis sa place, il lui était malaisé d'entendre
les propos de Charles. Il saisissait certaines phrases au passage : c'est le
Parlement, déclarait le roi, qui avait déclenché le conflit sur les privilèges,
et non pas lui ; les monarques étaient là pour préserver les anciennes
Constitutions, qui garantissaient la liberté du peuple. Aujourd'hui,
qu'avaient-ils ? Par quoi l'avaient-ils remplacé ? Par l'arbitraire d'une
épée. « Je suis un martyr du peuple ! cria-t-il. Et un fidèle sujet de l'Eglise
d'Angleterre, telle que mon père l'a léguée au pays... »

Le dénouement arriva. Ils lui enlevèrent sa cape et son pourpoint, et il
resta en chemise blanche et en culotte ; ils couvrirent ses cheveux d'un
bonnet, afin qu'ils ne fassent pas obstacle à la hache, puis le conduisirent
au billot. Et ce fut alors, dans l'affreux silence qui précéda son agenouille-
ment, qu'en promenant les yeux sur la foule le roi Charles rencontra le
regard de Ducket.

Comme ces yeux semblaient tristes, dans ce noble visage royal... Néanmoins, tandis qu'ils s'attardaient sur sir Julius, celui-ci voulut y lire une
question muette. Comment aurait-il pu oublier sa promesse d'Oxford ?
Les mots du roi — « Si quelque chose devait m'arriver... » — résonnaient
dans sa mémoire, tragiques et prophétiques. Fixant Charles droit dans les

yeux, il lui adressa un rapide signe de tête, sur lequel il n'y avait pas à se tromper : « J'ai promis. » Au moment de sa mort, le roi Charles saurait que Ducket au moins, parmi tous les hommes présents dans cette foule, tiendrait les engagements qu'il avait pris envers ses fils. Julius crut lire dans ses yeux un regard de reconnaissance.

Même ses ennemis jurés ne purent dénier à Charles Ier d'Angleterre d'avoir affronté la mort avec une suprême élégance. Tandis que l'homme à la hache frappait un seul coup, franc et net, un grand gémissement s'éleva de la foule — comme s'ils mesuraient soudain l'horreur de l'événement. Et quand le bourreau éleva en l'air la tête tranchée, peut-être sir Julius ne fut-il pas le seul à murmurer tout bas : « Le roi est mort, vive le roi ! »

Deux jours plus tard, Julius reçut la visite de Jane Wheeler. Le document qu'elle lui présenta était explicite : il stipulait qu'un capitaine au long cours du nom d'Orlando Barnikel léguait à Jane son coffre, qui avait été confié à la garde de l'alderman Ducket, le père de Julius. Il décrivait l'objet avec précision et aucune erreur n'était possible. Au nom du ciel, s'interrogeait Julius tout en dévisageant Jane avec stupeur, qu'allait-il bien pouvoir faire ?

Le vieux coffre, avec ses cadenas brisés, gisait-il toujours dans la cave ? Il n'arrivait pas à s'en souvenir. Quant au trésor... Près de la moitié en avait déjà disparu ; mais qui pouvait prévoir ce dont il aurait besoin, dans les années pleines d'incertitude qui s'annonçaient ? Qu'arriverait-il, s'il lui en donnait une partie seulement, en expliquant qu'il avait retiré tout le trésor du coffre afin le cacher plus facilement ? Le croirait-elle ? Sans doute non. En outre, si l'histoire se savait, cela risquait d'attirer la curiosité du public sur sa maison ; inévitablement, on murmurerait que les vieilles pièces qu'il avait écoulées appartenaient au capitaine et non à son père. On le traiterait de voleur.

Mais un capitaine ! Il connaissait le genre d'homme qui avait légué son trésor à cette veuve à l'apparence si respectable. Un More. Un pirate. C'était de l'argent volé, de toute façon. Et bien sûr, s'il en faisait état, ce serait admettre qu'il était au courant. Pourquoi cette femme, amie de Dogget et de ces maudits Carpenter, se serait-elle emparée d'une fortune que de telles gens ne méritaient en rien, et qui pourrait être encore utile à la cause royaliste ? Non, ce ne pouvait être cela, la justice, ce ne pouvait être la volonté divine. Ne lui avait-on pas enseigné depuis l'enfance que les Ducket avaient été choisis par Dieu pour accomplir Sa volonté sur terre, et que ces misérables étaient maudits ? Le Père céleste n'avait pu modifier ses priorités ; cela aurait été trop injuste. Aussi secoua-t-il gravement la tête.

« Je crains fort, madame Wheeler, dit-il à Jane, que ce document ne soit un faux. Je vais consulter les archives de mon père, et si je peux retrouver ce coffre, il sera à vous. Mais je dois vous dire que, de ma vie, je ne l'ai vu. A moins qu'il ne se trouve à Bocton, ajouta-t-il, pris d'une inspiration subite. Mais alors, c'est aux Têtes rondes que vous devrez le réclamer. »

Jane le regarda dans les yeux et dit d'un ton très calme : « Vous mentez. »

Outré, Sir Julius la pria de partir. « Personne ne m'a jamais parlé ainsi », affirma-t-il. Mais tard cette nuit-là, alors que toute la maisonnée était endormie, il descendit dans la cave, retrouva le vieux coffre et le brisa en morceaux qu'il brûla dans l'âtre ; il retira des cendres les parties métalliques et avant l'aube il les avait enterrées. Il espérait bien s'être débarrassé de toute l'affaire.

Espoir trompeur. Une semaine plus tard, Jane revenait le voir.

« Gideon a entamé des recherches à Bocton, l'informa-t-elle. Le coffre n'y a jamais été. Qu'en avez-vous fait ? » Il lui assura qu'il n'en savait pas plus, mais elle renifla de colère et de mépris. « Vous ne vous en sortirez pas comme cela », lui promit-elle.

Contre Julius, Jane remua ciel et terre ; elle lui fit écrire par un avocat, elle demanda qu'on fouille sa maison — ce qu'il refusa avec indignation. Une année passa, puis une autre, sans qu'elle obtienne satisfaction.

1652

Oui, pensait Martha, on lui avait fait bon accueil pour son retour à la maison. Comme c'était agréable d'être à nouveau réunie avec Gideon et les siens, avec cette chère Mme Wheeler, et aussi avec son mari, bien sûr ! Certes, elle aurait voulu répondre plus tôt aux lettres pressantes de Gideon, et rentrer sans délai ; mais le plus important était que, comme Gideon l'en avait assurée, elle avait une chance de voir réaliser le rêve de toute sa vie — ici même, dans la vieille Angleterre, peut-être mieux encore que dans le Massachusetts.

A dire vrai, Martha était revenue un peu déçue par le Massachusetts. Elle peinait à l'admettre, quand elle se trouvait encore là-bas ; mais comme elle l'avoua à son amie Mme Wheeler : « Il y a eu des rechutes, en Nouvelle-Angleterre. » Oui, même à Boston et à Plymouth. Et quand Mme Wheeler lui demanda ce qui avait fait sortir certaines colonies du droit chemin, Martha n'hésita pas : « La morue. C'est le poisson qui a éloigné les hommes du Seigneur. »

Les prises, sur les côtes de Nouvelle-Angleterre, avaient été exceptionnelles, bien au-delà des rêves les plus fous des colons. « Il y a tant de poissons, affirmaient-ils, qu'on pourrait presque marcher sur l'eau. » Chaque année, les pêcheurs du Massachusetts expédiaient entre un tiers et un demi-million de barils de poissons à travers l'océan, à destination de l'Angleterre. « Dieu leur en a accordé une telle abondance qu'ils pensent ne plus avoir besoin de Lui, se plaignait Martha. Ils thésaurisent sur terre plutôt qu'au ciel. » De fait, la prospérité sans cesse croissante des hommes de la côte, la fortune promise aux fermiers et aux trappeurs, qui s'appropriaient d'immenses concessions à l'intérieur des terres, avaient agi de façon si pernicieuse sur leurs cœurs que pas une église ou presque, dans la colonie, n'avait été épargnée. « Ils parlent de Dieu mais ils pensent à l'argent », confessait tristement Martha. Certains des pêcheurs ne s'en cachaient même pas ; elle ne pourrait jamais oublier, ni tout à fait pardonner, cette terrible fois où l'aîné des fils Dogget, maintenant patron de pêche prospère, s'était tourné vers elle en criant : « Bon Dieu, femme, je suis venu ici pour pêcher et non pour prier ! »

Ce n'était pas la faute du gouverneur Winthrop, ni même des hommes et des femmes qui peuplaient la communauté : mais subtilement, la colonie du Massachusetts se teintait d'une ambiguïté qu'elle ne perdrait jamais plus. Protestantisme et richesse iraient désormais toujours de pair, dans la terre promise de Nouvelle-Angleterre.

Martha était donc incertaine, partagée, quand elle avait reçu les appels pressants de Gideon trois ans plus tôt. Avec la mort du roi, lui assurait-il, les Saints de Cromwell allaient bâtir une société nouvelle, digne d'elle ; « Nous avons besoin de toi ici », affirmait-il. Et d'ajouter : « Ton mari lui aussi a grand besoin de tes conseils moraux. » Pendant un an et demi elle hésita pourtant, avant de se décider enfin à revenir, non sans que Gideon l'en eût longuement priée. Elle ramena avec elle le plus jeune fils de Dogget, qui n'avait pas réussi à obtenir la citoyenneté au Massachusetts et pensait tenter sa chance à Londres ; ainsi que sa propre fille, dont Martha craignait qu'elle ne cède aux demandes en mariage d'un homme qui, bien que pieux, ne l'était pas encore assez à son goût.

Le nouveau pays qui l'attendait lui était inconnu. Avec l'exécution du roi, la Constitution avait brutalement changé ; la Chambre des lords avait été abolie ; ce n'était plus un royaume, mais un *Commonwealth of England*, une République d'Angleterre, dirigée par la Chambre des communes. Rien ne semblait pouvoir ébranler ce nouvel ordre. Cromwell, général en chef à la tête de l'Etat, voyait sa puissance s'accroître chaque année ; quand le fils aîné du monarque supplicié, qui s'était proclamé lui-même roi sous le nom de Charles II, avait tenté d'entrer dans le pays avec une armée d'Ecossais, lui et ses hommes avaient été sévèrement défaits. Il vivait désormais en exil à l'étranger. Cromwell avait aussi vaincu et dompté les farouches Irlandais. On disait qu'il avait fait couler beaucoup de leur sang ; « Mais ce sont des papistes, commentait Martha, peut-être le fallait-il... » Même au sein de sa propre armée, les Niveleurs avaient été mis au pas. L'ordre régnait dans le Commonwealth d'Angleterre ; il était prêt à recevoir la Loi du Seigneur.

Certes, il restait encore beaucoup à faire ; la cité de lumière ne se construirait pas en un jour. A cause d'une faiblesse de Cromwell, sa tolérance religieuse, Martha constatait avec tristesse qu'une certaine confusion régnait toujours parmi les églises de Londres. « Je suis sûre que beaucoup d'entre elles serviraient avec autant de zèle un évêque, une assemblée presbytérienne ou n'importe quelle autre autorité », jugeait-elle fort lucidement. Les gens non plus ne se comportaient pas tous aussi bien qu'elle l'aurait rêvé ; il était difficile d'instaurer un ordre parfait dans une cité de la taille de Londres. Mais ce qui importait, c'était de savoir si la société cherchait ou non à s'amender ; de savoir si sa situation morale s'améliorait, ou au contraire se dégradait.

Or le gouvernement des Saints étonnait Martha elle-même. Jamais encore, dans toute son histoire, la vieille cité n'avait connu pareille situation. Même si, comme c'est généralement le cas, une minorité active était à l'origine des réformes, ce noyau de fervents semblait jouir d'un large soutien dans la population. Les Londoniens qu'elle croisait dans la rue étaient, pour la plupart, si sobrement vêtus qu'elle aurait pu se croire encore à Boston. Le jour du Seigneur était scrupuleusement respecté : aucun sport n'était autorisé ; une simple promenade, sinon pour aller à l'église, était mal vue. Fêter l'arbre de mai était interdit. Les tribunaux veillaient à la stricte observance de ces principes : des peines sévères sanctionnaient les atteintes graves à la morale, pendant que des amendes étaient prévues pour les infractions mineures. John Dogget lui-même, juste avant l'arrivée de Martha, avait été condamné à payer un shilling, pour un juron qu'on avait jugé blasphématoire ; « Ce n'était que justice, mon époux », commentait-elle d'une voix tranquille. Mais ce qui réjouissait le plus Martha, c'était le sort des théâtres : fermés dès le début de la guerre civile, leurs accès étaient désormais condamnés par des planches, et l'on avait décrété qu'ils ne rouvriraient jamais. « Plus une seule pièce dans tout Londres... (Elle souriait à cette seule idée.) Dieu soit loué ! »

Elle avait aussi ce bonheur, dont elle remerciait humblement le Seigneur, que sa propre famille fût en bonne santé, physique et morale. Toutes les filles de Gideon étaient mariées désormais, et bien mariées — même Persévérance avait trouvé un mari digne d'elle, bien que taciturne. Quant au jeune O Be Joyful, sa nature grave mais affectueuse était pour Martha une source de joie et d'inspiration. « Tu seras un bon sculpteur sur bois, lui disait-elle, parce que tu sculpteras pour le Seigneur. »

Une seule question ne laissait pas de la déconcerter, touchant au bien-être et au salut de son mari. Gideon avait tant insisté dans ses lettres sur le soutien moral dont Dogget avait besoin que, dès le lendemain de son arrivée, Martha l'avait pris à part et lui avait demandé ce qu'il voulait dire par là. Il avait paru embarrassé, comme s'il hésitait à s'expliquer. « Est-ce la boisson ? lui avait-elle demandé. A-t-il souvent l'habitude de jurer ? » Dogget, elle le savait, n'avait pas une âme aussi forte qu'elle-même ; mais ce n'était pas un mauvais garçon, comme elle le rappela à Gideon : « Nous devons faire preuve de compassion et d'indulgence envers nos frères qui sont plus faibles, neveu Gideon. Tout ira bien, j'en suis sûre. »

C'était son devoir d'aimer Dogget, mais aussi de lui montrer le droit chemin, songeait-elle. La première nuit où ils se retrouvèrent, il passa le bras autour de ses épaules, ce qu'elle jugea convenable ; mais quand la seconde nuit ses mains commencèrent timidement à vagabonder, elle le réprimanda avec douceur. « Ces choses-là sont faites pour engendrer des enfants, lui dit-elle. Dieu ne nous donne aucune raison de les accomplir maintenant. » Elle fut heureuse de constater qu'il lui obéissait sans protester.

Elle devait se l'avouer pourtant, elle était heureuse que cette chère Mme Wheeler fût là pour la soulager de son mari de temps à autre. Comme la veuve était sage, et attentionnée... Si Martha ne pouvait approuver entièrement son interminable querelle avec sir Julius Ducket — « Vous ne devriez pas tant penser à l'argent », lui déclarait-elle, car c'était son devoir de le lui dire —, elle ne doutait pas que sir Julius fût coupable et méritât qu'on lui demande des comptes. Aussi ménageait-elle la veuve, et elle suggérait souvent à Dogget : « Pourquoi n'irais-tu pas voir un moment Mme Wheeler ? »

Si elle avait suivi l'avis de Meredith, elle aurait renoncé depuis longtemps : « Tôt ou tard, les gens apprendront que Barnikel était un More et un pirate, l'avait-il avertie. Vous y perdrez votre réputation, et les Têtes rondes croiront la parole de sir Julius contre celle d'un pirate. » Mais

Jane savait que Julius mentait ; la femme d'affaires, en elle, ne pouvait supporter d'être dupée. « Cela m'est égal, disait-elle à Meredith. Je veux mon argent. »

Difficile, pourtant, de savoir comment agir. Elle ne se gênait pas pour le harceler, pour l'interpeller à haute voix chaque fois qu'elle le croisait dans la rue · « Qu'avez-vous fait de mon argent ? » Elle continuait à lui faire adresser des lettres par des avocats, mais rien n'en sortait, et Julius l'ignorait poliment. Puis un jour de décembre, en voyant la femme du baronnet acheter de la viande au marché, Jane eut une idée nouvelle et ingénieuse ; une offensive de longue haleine, mais cela valait la peine d'essayer. Elle aurait besoin d'aide, mais savait où en trouver : elle alla voir Martha.

Jane était assez surprise que la fervente puritaine ne se soit jamais doutée de leur liaison — même si à leur âge, songeait-elle en souriant, on ne pouvait plus guère parler de passion coupable. Certes, à proprement parler, elle trahissait l'amitié et la confiance de Martha ; pourtant elle ne parvenait pas à se sentir fautive. Pendant plusieurs années, les deux époux avaient vécu à plus de six mille kilomètres de distance l'un de l'autre ; aux yeux de Jane, cette liaison avait débuté comme un acte de tendresse envers un homme solitaire. Et depuis le retour de Martha ? Au début, elle avait pensé que leur aventure prendrait fin ; mais au bout de quelques jours de retrouvailles, John l'avait informée avec tristesse : « Martha affirme que nous sommes trop vieux pour ces "choses-là". Que Dieu ne serait pas d'accord. » Jane l'avait embrassé en riant, avant de répondre dans un sourire : « Qu'allons-nous faire, à ton avis ?... »

Elle en venait parfois à se demander si Martha ne savait pas, et n'avait pas choisi d'ignorer ; elle n'éprouvait manifestement aucun désir charnel, et semblait fort contente de se débarrasser de temps en temps de son mari. Pourtant, en songeant à la piété de Martha, elle pensa que non, elle ne pouvait pas savoir ; mais tout de même, il fallait qu'elle fût peu curieuse pour ne se douter de rien. Aussi leur liaison continuait-elle. Dogget devenait un vieil homme, elle sentait qu'elle lui apportait vie et chaleur ; quant à elle — eh bien, c'était exactement la même chose.

Ils se retrouvaient en général le dimanche. Martha et le reste de la famille assistaient au service de l'après-midi, à St Lawrence Silversleeves ; ils poussaient parfois plus loin dans la ville, s'ils voulaient entendre un sermon. Martha ne semblait pas s'offusquer que son époux restât en arrière ; il pouvait donc aller chez Jane Wheeler pour y passer une heure ou deux. Il lui arrivait même de mentionner, le soir, qu'il avait rendu visite à la veuve ; Martha ne s'en inquiétait jamais.

Quand Jane exposa son plan à son amie, celle-ci lui fit bon accueil. « Vous avez raison, lui dit-elle quand elle eut fini, il faut faire quelque chose. Je vais en parler à Gideon. »

Le 25 décembre de l'an de grâce 1652, sir Julius Ducket et les siens siégeaient autour de la table, dans le grand salon lambrissé ; ils se souriaient avec des airs de conspirateurs, car ils étaient sur le point de commettre un crime.

Avant que le repas commence, cependant, sir Julius prit selon son habitude un petit livre, d'un air grave et respectueux. Aucune commémoration importante n'avait lieu sans qu'il en lise quelques pages, afin de rappeler ses devoirs à sa famille ; et il n'y manqua pas ce jour-là.

C'était un petit ouvrage fort simple et fort émouvant. Son titre, *Eikon Basilike*, venait du grec et signifiait « l'image du roi » ; il contenait, affirmait-on, les prières et réflexions du roi martyr. Moins de trois mois après la mort de Charles, on l'avait déjà réimprimé à trente reprises. Les Têtes rondes avaient tenté de le faire interdire ; ensuite ils avaient demandé au grand poète puritain, John Milton, d'écrire un pamphlet contre lui. Mais cela n'avait servi à rien : même des hommes qui soutenaient le Parlement, mais qui avaient des doutes sur le nouveau régime militaire instauré par Cromwell, lisaient le livre du roi. N'y trouvant qu'humble piété et douceur d'âme, ils commençaient à s'interroger sur le bien-fondé de son exécution.

Pour la famille Ducket, bien sûr, la question ne se posait même pas. Ce livre faisait figure à leurs yeux de petite Bible, et le roi de saint martyr. Ce jour-là, après en avoir lu quelques pages, sir Julius le reposa doucement et leur rappela : « Charles II est notre souverain légitime ; s'il venait à mourir, son frère Jacques lui succéderait. Rappelez-vous bien : nous avons promis. » Puis, l'air réjoui, ils attaquèrent leur dîner de Noël.

Ils n'entendirent pas les soldats approcher de la maison et pénétrer dans la cour ; ils furent pris au dépourvu quand la porte s'ouvrit brusquement, avec fracas. Gideon fit son entrée dans la pièce, accompagné de quatre soldats, et ils prirent position autour de la table.

« Sir Julius, déclara-t-il, vous devrez en répondre devant les magistrats. » Le crime du baronnet n'était pas la lecture du petit livre, qu'il avait tout juste eu le temps de glisser dans sa poche, ni même ses paroles concernant le roi : le crime de sir Julius Ducket et de sa famille était le repas de Noël.

Car c'était un autre progrès moral, dont les Saints avaient fait bénéficier la société anglaise : « Les grandes fêtes religieuses seront désormais, comme le jour du Seigneur, un temps consacré à la prière et non aux fêtes païennes. » Le peuple anglais devait se rapprocher du Seigneur ; quiconque, en l'an de grâce 1652, était surpris devant un dîner de Noël, se retrouvait passible du tribunal. « Vous avez profané un jour consacré », dit Gideon d'un air plein de répugnance. Il ordonna à ses troupes : « Fouillez la maison.

— Fouiller la maison ? demanda Julius. Pourquoi ?

— Images superstitieuses. Marques de papisme », répondit froidement Gideon.

Julius ne pouvait s'y opposer. Pendant une demi-heure les Têtes rondes allèrent de pièce en pièce, ouvrant les placards et les coffres, retournant les matelas ; ils cherchèrent même dans la cave, mais ne trouvèrent rien. Julius n'était pas inquiet : même pour un Malignant notoire comme lui, la peine encourue pour un dîner de Noël n'allait pas au-delà d'une faible amende. Furieux pourtant de voir violer son intimité, il les suivait partout, et commentait avec mépris à l'intention de Gideon : « Je veux être sûr qu'ils ne me volent rien. »

Il était dans la pièce du haut quand, jetant un coup d'œil à travers la fenêtre, il aperçut les deux femmes : Martha et Jane attendaient à la porte et semblaient observer impatiemment la maison. Il pouvait comprendre la présence de Martha, mais Jane ? Que faisait-elle là ? Soudain, il comprit tout ; il se tourna vers Gideon et cria : « Vous ne cherchez pas des images papistes ! Vous cherchez l'argent de la veuve Wheeler ! » Et Carpenter ne put s'empêcher de rougir, l'espace d'une seconde.

C'était de voir l'épouse de Julius acheter une si grande pièce de bœuf au marché qui avait donné l'idée à Jane : sûrement, ils allaient préparer un dîner de Noël. Parfaite excuse pour pénétrer dans la maison et la fouiller. Martha avait tout organisé.

Le temps que Gideon termine son inspection, Jane s'était discrètement éclipsée ; aussi quand Julius, blanc de rage, raccompagna Carpenter et ses hommes à la porte, il n'y trouva que Martha. Alors, au comble de la fureur, ne se possédant plus, il proféra ce qu'en temps normal il n'aurait pas osé dire :

« Quelle bonne amie vous faites, madame Martha ! Non seulement vous aidez la veuve Wheeler à chercher son trésor, mais en plus vous la laissez coucher avec votre mari ! » Après quoi il tourna les talons et rentra dans la maison.

Martha le suivit des yeux, bouche bée ; puis elle fronça les sourcils ; enfin elle regarda Gideon. Il était livide.

Dans le Londres puritain du Commonwealth, les fidèles disposaient de nombreux secours extérieurs pour fortifier et vivifier leur foi ; mais aucun, tandis que débutait l'année 1653, n'égalait les fameux prêches qu'on connaissait sous le nom de « Derniers Sermons de Meredith ».

Le temps avait fini par rattraper Edmund ; il avait maintenant quatre-vingts ans, et pour la première fois il paraissait son âge. Une grave maladie, l'année précédente, l'avait laissé si maigre et émacié que les gens qui le croisaient dans la rue avaient l'impression de croiser un fantôme. Edmund Meredith côtoyait la mort — et il s'en faisait une vertu.

Sa méthode était simple. Le gouvernement des Saints avait engendré une atmosphère de bigoterie dont il se méfiait et contre laquelle il avait tenté de mettre Jane en garde ; mais une si grande confusion religieuse en avait également résulté qu'Edmund lui-même ne savait plus auquel de ces saints se vouer : presbytérien, quaker, ou d'une autre communauté indépendante ? Lequel choisir ? Aussi avait-il opté pour la solution la plus simple : il s'était placé au-dessus des églises. Son âge lui permettait d'accomplir une telle prouesse. Sa voix, brisée, prenait de la hauteur ; son visage émacié se tournait vers le ciel. Plus ses sermons étaient inspirés, moins leur doctrine était claire ; mais ses auditeurs ne s'en formalisaient pas. Les plus sévères des puritaines, avec leurs robes noires et leurs coiffes serrées, défaillaient en entendant sa voix ; leurs époux, sous leurs hauts chapeaux, versaient des larmes quand l'esprit d'Edmund prenait son envol.

Pour prononcer ses Derniers Sermons, il gravissait péniblement les marches de la chaire : avant même qu'il ait commencé, les assistants se penchaient en avant avec inquiétude. Ses cheveux blancs, qu'il avait laissés repousser, descendaient plus bas que ses épaules, ses yeux étaient profondément enfoncés dans leurs orbites ; sa seule vue imposait aux fidèles un silence respectueux. Le sujet dont il les entretenait était invariablement le même : la mort.

Les occasions ne lui manquaient pas pour l'aborder : si l'on était en carême, il méditait sur la mort et la Résurrection du Christ ; si c'était l'Avent, sur la mort du monde païen et la naissance du christianisme. En toute chose gisait une semence de mort, qu'Edmund exhumait d'une voix tremblante. Les sermons du dimanche après-midi étaient alors fort courus et, chaque dimanche où Meredith se sentait d'humeur agonisante, il faisait référence aux textes traditionnels de l'office du soir :

« Seigneur, laisse maintenant Ton serviteur partir en paix... » Levant les yeux par-dessus les têtes de l'assistance, il regardait fixement dans la direction de la fenêtre ouest, comme s'il apercevait une foule d'anges qui venaient le chercher, et il poussait un cri : « Car mes yeux ont enfin vu Ta gloire... »

Il était prêt ; toute la communauté pouvait le constater. Prêt et résolu. A l'évidence, il pouvait s'éteindre à tout moment, sous les yeux des fidèles, et cette perspective attirait les foules à ses sermons ; Edmund était réclamé partout. Au cours de l'automne, il avait prêché à St Bride, à St Clement Danes, à St Margaret, à Westminster, et même à St Paul. Il n'oubliait jamais d'instiller dans ses prêches la dose de remords et de mortification sans laquelle un sermon puritain n'était plus un sermon puritain. Abaissant des yeux sévères vers l'assistance, il demandait : « Et vous, très chers frères, si vous deviez partir avec moi aujourd'hui... seriez-vous prêts ? (Il marquait une pause, d'un air accablé, et pointait vers eux un long doigt accusateur.) Etes-*vous* prêts ? » Un grand gémissement s'élevait de leurs rangs, parce qu'ils ne l'étaient jamais. Cela conduisait Edmund vers la conclusion de son prêche, qui électrisait l'assistance : se hissant sur la pointe de ses orteils, comme s'il s'apprêtait à s'envoler, élevant ses bras, tendant son visage émacié vers le ciel, dans ce qui risquait à chaque fois d'être son ultime et grandiose convulsion, il criait d'une voix suraiguë : « L'heure est venue ! Je Le vois, avec tous Ses anges ! Il est sur nous, mes frères, Il nous tient tous en son pouvoir ! Ah ! Je Le sens qui saisit mon cœur, et les vôtres aussi, mes frères ! Il est là, Il est là ! Maintenant ! Maintenant ! »

Après quoi il reculait à grand fracas, avant de redescendre en vacillant de la chaire ; deux aides le soutenaient jusqu'à son siège. Les Derniers Sermons de Meredith étaient la plus grande chose qu'il eût accomplie de sa vie.

Aussi fut-il un peu surpris, un après-midi de janvier, de voir deux membres de l'assistance s'éclipser discrètement alors qu'il s'apprêtait à prêcher à St Lawrence Silversleeves. C'étaient Martha et Gideon.

Jane et Dogget étaient couchés ensemble sur le lit de la veuve quand la porte s'ouvrit brusquement pour laisser passage à Martha.

Déterminée comme elle l'était, il ne lui avait pas fallu longtemps pour arracher la vérité à Gideon : mis au pied du mur, il n'avait pas osé mentir. « Je ne suis sûr de rien, avait-il dit, sur la défensive, mais j'ai peur qu'en effet...

— Ça continue maintenant encore ?

— Peut-être, oui... »

Outre Gideon, elle avait demandé à un voisin de l'accompagner. « Il faut des preuves », disait-elle. Et la preuve était là, devant elle. Le voisin semblait stupéfait, Gideon fort embarrassé ; quant à Martha, elle était livide. Une fois qu'elle eut vu, elle partit.

Une heure plus tard, quand Jane lui eut tout raconté, Meredith la contempla d'un air sévère. « Voilà ce que j'ai toujours craint, lui dit-il. Avant même qu'ils tuent le roi, j'ai bien vu dans quel sens soufflait le vent. Aujourd'hui les puritains ont réformé toutes les lois... (Il secoua tristement sa vieille tête chenue.) Maudits soient ces Saints, avec leurs leçons de morale et leur chasse aux sorcières... grommela-t-il. Et maintenant, on vous a prise en flagrant délit d'adultère...

— A mon âge, ça paraît absurde...

— Vous oubliez, l'avertit Meredith, qu'une seule peine est aujourd'hui prévue pour l'adultère : la mort. »

Le jeune O Be Joyful était tassé sur le bord de son siège. Comme c'était étrange de voir Mme Wheeler et Oncle Dogget, ainsi qu'il l'appelait, réunis là comme des criminels... Mais des criminels, c'est bien ce qu'ils étaient ; tout le monde était au courant. Même les enfants de Dogget avaient compris que leur père était un mauvais homme. Martha s'était chargée de le leur expliquer.

Le procès de Jane et de Dogget eut lieu au Guildhall. La salle d'audience était comble ; la foule, et même les graves puritains, semblait trouver l'histoire fort amusante, à cause de l'âge des accusés. Mais personne ne paraissait sentir l'ironie plus profonde de la situation.

Devant un juge sévère et un jury de douze respectables citoyens, une femme âgée, qui était restée plus de dix ans éloignée de son mari, poursuivait une autre femme encore plus âgée qu'elle. Et pourquoi la poursuivait-elle ? Pour avoir fait avec son mari ce qu'elle-même, à en croire le témoignage de l'homme, se refusait à faire... En vérité, elle la poursuivait parce qu'elle ne supportait pas d'avoir été ridiculisée aux yeux du monde ; parce qu'elle était jalouse de voir qu'ils s'aimaient tous les deux ; parce que son Dieu était un Dieu vengeur.

Le juge était grave ; il savait quelle peine risquaient les deux accusés.

Le crime était irréfutable : il avait été vu, par des témoins dignes de confiance. Pourtant, sur le conseil de l'avocat trouvé par Meredith, les accusés plaidèrent non coupables. Les témoins, affirmèrent-ils, s'étaient mépris sur ce qu'ils avaient vu ; aucun acte charnel n'avait été commis. Mais personne, dans la salle, n'ajouta foi à ce mensonge manifeste. L'affaire ne fut pas longue à être jugée. Chacun connaissait le châtiment que la loi prévoyait pour un tel crime. Le Londres des Saints ignorait la faiblesse et l'indulgence, comme les circonstances atténuantes ; sa justice était un roc, un roc noir et sévère. Un grand silence se fit quand le juge donna ses instructions au jury. Il ne fallut pas longtemps à ses douze membres pour délibérer : au bout de quelques minutes seulement, ils indiquèrent qu'ils étaient prêts à rendre leur verdict. Le président du jury vint se placer solennellement face au juge, afin de répondre à la terrible question : « Quel est votre verdict ? » Sa voix retentit, claire et sonore : « Non coupables, monsieur le juge.

— Non coupables ? (Martha s'était levée, frémissante de colère.) Non coupables ? Bien sûr qu'ils le sont !

— Silence ! tonna le juge. Le jury s'est prononcé. (Il fit un signe de la tête vers Jane et Dogget.) Vous êtes libres de vous en aller.

— C'est un scandale ! » criait Martha — mais personne ne l'écoutait.

Le juge soupira de soulagement : le verdict avait été conforme à ce qu'il espérait. Car si, dans leur ferveur, les Saints avaient imposé à l'Angleterre de sévères lois tirées de l'Ancien Testament, ils avaient pourtant oublié un détail : les jugements devaient toujours, pour être prononcés, passer devant un jury de citoyens anglais. Et les citoyens ordinaires n'avaient pas totalement perdu leur humanité. Même s'ils réprouvaient la conduite des accusés, l'idée de pendre un homme et une femme pour adultère offensait leur sens de la justice : c'est pourquoi ils refusaient de les juger coupables. Sur vingt-trois procès similaires répertoriés dans la juridiction de Londres, un seul aboutit à une condamnation. « Cela veut dire qu'ils sont innocents ? » demanda O Be Joyful à Martha. « Non, répondit-elle, exaspérée. Pas du tout... » La honteuse indulgence du jury ne signifiait pas que le couple échapperait pour autant à tout châtiment : Martha y veillerait, et la communauté y pourvoirait. Meredith lui-même dut le leur expliquer, en tant que leur pasteur : « Vous ne pouvez rester dans la paroisse. Ils ne toléreront pas votre présence. » Ils ne tardèrent pas à le vérifier, hélas.

La vie de Dogget devint bientôt insupportable : ses deux enfants affectaient de l'ignorer, calquant leur comportement sur celui de Martha, comme ils en avaient l'habitude depuis si longtemps. Personne ne voulait plus lui parler. Quant à Jane, c'était pire encore : si elle sortait de chez elle, elle était saluée par des cris de « Putain ! »... Son fournisseur, installé dans le bas de sa rue, cessa de lui livrer du bois de chauffage ; le porteur d'eau ne s'arrêta plus pour la servir. Aux étals de Cheapside, où elle avait l'habitude d'aller s'approvisionner, les marchands détournaient la tête à son approche. Un jour elle rentra pour trouver CATIN peint en grandes lettres sur sa porte. Avant la fin du mois, elle déclarait tristement à Meredith : « Vous avez raison. Nous devons nous en aller. »

La neige tombait, en ce dernier jour de janvier. Dogget avait déjà emporté dans une charrette toutes les affaires de Jane, et maintenant le couple montait dans une barque, sur le quai de Vintry, pour se faire conduire vers l'amont du fleuve. Ils se rendaient dans un petit îlot d'habitations, du côté de Westminster. Un siècle auparavant, des marchands français y avaient constitué une enclave, commode pour commercer avec les palais royaux de Westminster et de Whitehall ; depuis lors, l'endroit était connu sous le nom de *Petty France*, Petite France. C'était considéré comme un lieu mal famé, même si récemment des personnalités du monde littéraire, dont John Milton, s'y étaient installées. « Au moins, leur avait dit Meredith, Martha et ses amis ne viendront pas vous harceler à Petty France. Vous pourrez y vivre en paix. »

1660

Au cours des années 1650, nul Anglais peut-être ne fut plus fidèle à la maison des Stuarts en exil que sir Julius Ducket. Mais, avec Oliver Cromwell et ses Saints maîtres du pays, les royalistes ne pouvaient guère agir.

Aussi Julius lut-il, et il médita. Il lut la Bible en totalité, deux fois de suite, et sut que c'était le plus grand livre jamais écrit. Il lut les classiques ; il étudia l'histoire de l'Angleterre, prit des notes sur l'évolution de sa Constitution. Et il attendit.

En apparence, le gouvernement de Cromwell était solide ; aux yeux de Julius, sa grande face ronde marquée d'une verrue semblait flotter au-dessus du pays comme un masque noir issu des temps païens. Cromwell avait exécuté le roi, chassé son fils vers la France ; les Ecossais étaient matés, les Irlandais écrasés dans le sang. Tout cela, il l'avait accompli en l'espace de quelques années seulement, de sorte que Julius était forcé d'en convenir : « Son épée est puissante. »

Mais si le but du Commonwealth était de construire une ville de lumière au sommet de la colline, alors c'était le cœur des hommes, et pas seulement les lois, qu'il fallait changer : or était-ce bien le cas ? Pour Julius, le procès et l'acquittement de Jane et Dogget avaient été révélateurs : « Les puritains sont allés trop loin », avait-il commenté à l'intention de sa famille. Dans des détails mineurs aussi, on voyait à l'œuvre l'incorrigible nature pécheresse de l'homme. « Certains bateliers, raconta un jour Julius aux siens, font un concours à qui sera le plus souvent condamné pour ivresse dans l'année. » Tout se passait, songeait-il, comme si les grandes rues de la ville avait été nettoyées par les puritains, mais que toutes les ruelles alentour fourmillaient encore de pécheurs.

La situation de la religion n'était guère plus claire. En dehors des évêques, tout ou presque était toléré, semblait-il. A St Lawrence Silver-sleeves, Meredith s'était longtemps plié à la liturgie presbytérienne ; mais par la suite — à l'époque où il prononçait ses fameux Derniers Sermons — il l'avait délaissée pour d'autres prières et hymnes protestants, que Martha approuvait entièrement. Et dans d'autres églises, il en allait pareillement. Cromwell était si tolérant en ces matières qu'une année il força même le Parlement à adopter une loi autorisant le retour des Juifs en Angleterre. On n'en avait plus vu un seul dans le royaume depuis qu'Edouard Ier les avait bannis en 1290. Beaucoup de puritains, conduits par leur héros William Prynne, qui haïssait les Juifs, protestèrent avec vigueur ; mais la loi avait été votée, et Julius découvrit quelque temps plus tard qu'une petite communauté de Juifs s'était installée près d'Aldgate. « Ils ont même prévu d'y construire une synagogue », dit-il aux siens. En fait, sir Julius ne décelait guère qu'une seule contrainte religieuse : le Livre liturgique anglican, considéré comme royaliste, était désormais interdit. Baptêmes, mariages et enterrements ne devaient plus se dérouler à Londres que devant un magistrat. Dans une église ou deux pourtant, des clergymen utilisaient encore en secret l'ancien Livre anglican ; et quand le fils de Julius fut sur le point de se marier, son père lui dit joyeusement : « J'ai trouvé un pasteur loyal, qui viendra célébrer la cérémonie à la maison. »

Pourtant, la pire de toutes les confusions résidait ailleurs : dans le fait que personne, pas même Cromwell, n'arrivait à se décider sur la forme de gouvernement à donner au Commonwealth.

Tout fut essayé. Au début, le Parlement gouvernait ; mais il n'était d'accord sur rien, se querellait avec l'armée et refusait de se dissoudre. Cromwell en chassa les membres, comme il devait le faire pour leurs successeurs, au cours d'une suite d'expériences constitutionnelles. Il s'était déjà institué lui-même Protecteur ; ce qui restait du Parlement était dorénavant si las du pouvoir de l'armée qu'ils lui suggérèrent de se faire sacrer roi selon l'ancienne Constitution. « Nous ne nous sommes pas battus pour cela ! » se récriait l'armée des Saints. « Mais il a été tout près d'accepter leur offre, nota sir Julius. Adieu, le gouvernement puritain... »

Ducket attendait patiemment. Martha et Gideon gouvernaient la paroisse et il ne faisait rien pour les provoquer. Meredith prononça son Dernier Sermon de nombreuses fois encore, toujours avec autant de style. Un jour qu'il le donnait à St Paul's Cross, devant plusieurs centaines de personnes, il avait choisi son texte dans l'Apocalypse. Quand il en arriva à sa péroraison, son visage émacié se tourna vers le ciel ; juste à ce moment, le soleil perça les nuages et vint le baigner. « Je vois... une nouvelle Terre et un nouveau Paradis ! s'écria-t-il. Il me transporte vers une grande, vers une haute montagne... Il me dévoile la grande Cité, la Jérusalem céleste, qui sort du Paradis... » Pour la dernière fois de sa vie, il regarda alors son auditoire et l'invita à le suivre : « Venez avec moi, très chers frères ! Venez là-bas ! » Il leva à nouveau les yeux, droit vers le soleil, les bras tendus, et s'exclama : « Ah ! Il m'appelle, Lui, l'Alpha et l'Oméga ; Il m'appelle maintenant : "Viens ici... Viens ici..." » Puis il tomba de la chaire, à grand bruit — pour ne plus jamais se relever.

Malgré tout ce qui le séparait de Meredith, Julius avait fini par s'accommoder de lui ; après sa mort, il se lia même d'amitié avec Richard, le fils du prédicateur. C'était un jeune homme intelligent, qui avait étudié à Oxford ; comme il l'avoua à Julius, il aurait aimé être ordonné prêtre, s'il avait pu le faire dans la confession anglicane. A défaut, il avait étudié la médecine et s'était installé comme praticien. Il possédait la curiosité d'esprit et le scepticisme caché de son père.

Le seul sujet qui continuât à embarrasser Julius était Mme Wheeler. Il avait appris que Dogget était mort, trois ans après leur départ ; et il était heureux de la savoir toujours là-bas, dans Petty France — à une distance respectable de lui et des siens.

Pourtant, si un sentiment de culpabilité envers Jane venait troubler parfois sa conscience, la pensée de sa mission secrète et de sa fidélité aux deux fils du défunt roi faisait beaucoup pour l'apaiser. Il n'était pas le seul dans son cas, bien sûr ; en compagnie d'une douzaine d'autres loyaux sujets, il continuait à envoyer au prétendant au trône, exilé en France, des lettres contenant toutes sortes de renseignements. La soudaine mort d'Oliver Cromwell, en 1658, le transporta d'aise.

L'effondrement du Commonwealth prit un peu plus d'un an. Le fils de Cromwell, homme d'un commerce agréable mais dépourvu d'ambition, renonça presque tout de suite à succéder à son père. Le Parlement et l'armée continuaient à se quereller. Après avoir observé pendant neuf mois la situation du pays, Julius osa écrire personnellement au jeune Stuart :

Si Votre Majesté veut bien passer un compromis avec le Parlement, ce que votre père a toujours refusé, et si vous réglez sa solde à l'armée, ce que le Parlement ne veut pas faire, le royaume pourra vous appartenir.

Quelque temps plus tard un discret messager arriva, porteur de nouvelles qui réjouirent le cœur de Julius.

« Le roi vous sait gré de votre loyauté sans faille, que ni lui ni son père n'ont jamais oubliée. (Là, le messager sourit.) Il a un caractère bien plus facile que son père, vous savez. Il dit qu'il acceptera au plus tôt un compromis avec cette bande de singes, plutôt que de passer le restant de sa vie en exil. A propos, ajouta l'homme au moment où il partait, il sait que vous avez perdu Bocton à cause de votre loyauté. Dès qu'il sera roi, le domaine vous sera rendu. »

Au printemps de 1660, la joie de Julius fut indicible quand il entendit enfin retentir le cri : « Le roi arrive ! Vive Charles II ! Longue vie au roi ! »

13

Le Feu de Londres

Ned était un bon chien : de taille moyenne, avec de soyeux poils bruns et blancs, des yeux brillants, et tout dévoué à son cher maître. Il pouvait attraper n'importe quelle balle que celui-ci lançait en l'air ; il pouvait se coucher sur le dos et faire le mort. Quand son maître ne le regardait pas, il lui arrivait de poursuivre un chat, pour le plaisir ; mais c'était surtout un excellent chasseur de rats. Il n'y avait plus un seul rat dans la maison de son maître : il les avait tous tués depuis longtemps.

Par cette chaude journée d'été, Ned gardait la maison de Watling Street. Son maître était sorti tôt, et il espérait qu'il reviendrait bientôt. De nombreux passants déambulaient dans les parages, comme d'habitude ; mais aussi un inconnu que Ned n'aimait pas. Il s'était tenu devant la porte d'une maison, plus bas dans la rue ; quand Ned était allé l'examiner de plus près, l'inconnu avait fait mine de le frapper avec la longue pique qu'il portait à la main. Ned avait aboyé, mais était resté ensuite à distance de l'inconnu. Une femme aussi était venue, peut-être une heure plus tôt, et il avait senti son odeur au passage ; il ne la connaissait pas, mais c'était une mauvaise odeur. Un peu plus tard il avait entendu un bruit de pleurs, sortant toujours de la même maison. Pas de doute, les gens se conduisaient bizarrement.

C'est à ce moment-là qu'il vit le monstre.

Les Ducket étaient prêts. Deux carrosses, ainsi qu'une charrette, les attendaient à la porte, et sir Julius enveloppa sa petite famille d'un regard heureux : son épouse, son fils et héritier, la femme de son fils, et deux enfants. Un valet et deux servantes les accompagnaient ; ils monteraient dans la charrette, avec la malle de vêtements et les autres affaires. « Mais nous avons de la place pour quelqu'un de plus, dit sir Julius. Et je suis bien décidé à ne pas le laisser en arrière. » Pour la troisième fois de la matinée, il sortit dans la rue : où diable ce garçon était-il passé ?

Sir Julius, maintenant dans sa soixante-troisième année, était fort satisfait de lui-même et de la vie en général. Il était prospère, couvert d'honneurs, ami du roi ; et c'était une chose merveilleuse que d'être ami du roi Charles II. Grand, quand son père était petit ; aussi familier que son père se montrait réservé ; plein d'humour — Charles Ier était plutôt sérieux —, et surtout joyeux coureur de jupons, quand son père, quelles qu'aient été ses fautes par ailleurs, était la chasteté même. Le roi Charles II connaissait les vicissitudes de l'existence ; il ferait tout ce qui se révélerait nécessaire pour conserver son trône, parce que, comme il aimait à le répéter : « Je n'ai pas la moindre envie de recommencer mes tribulations. »

La cour de Charles à Whitehall était l'endroit le plus plaisant qui fût. Le roi utilisait régulièrement le Banqueting Hall — théâtre de l'exécution de son père — et ses sujets pouvaient assister à son dîner. Il avait fait du terrain boisé qui s'étendait à l'ouest du palais le parc Saint-Jacques, St James's Park ; on venait le voir se promener, accompagné des jolis petits épagneuls qu'il adorait, ou encore jouer avec les Cavaliers ses courtisans au jeu de *pall mall*, « paille-maillet » ou mail, dans la longue allée bordée d'arbres qui s'étendait au nord du parc. Charles était un adepte de ce jeu, qui tenait à la fois du croquet et d'une forme primitive de golf ; et tous les Londoniens appréciaient l'humeur plus légère que retrouvait désormais leur ville. On pratiquait de nouveau les sports, les arbres de mai refleurissaient. Les théâtres rouvraient leurs portes ; un nouveau avait vu le jour près d'Aldwych, dans Drury Lane ; la compagnie du roi y jouait, une jeune actrice plantureuse du nom de Nell Gwynne y avait fait ses débuts. Si l'extravagance et la joyeuse immoralité de sa cour choquaient les sujets les plus puritains de Sa Majesté, personne ne voulait en revenir à la tristesse du Commonwealth.

Par-dessus tout, Charles ne se faisait pas d'illusions : il savait qu'il était là non par droit divin, mais parce que le Parlement en avait décidé ainsi. « Le Parlement et moi avons besoin l'un de l'autre », commenta-t-il un jour à l'intention de Julius. La Chambre des communes et celle des lords réapparurent, telles qu'un demi-siècle plus tôt, et Charles s'efforça d'en tirer tout ce qu'il pouvait en tirer ; mais il veilla à ne jamais les pousser dans leurs retranchements. Avec la religion, il en usait de même. Sa jeune épouse, portugaise, était catholique, tout comme sa sœur, mariée dans la maison de France ; mais il n'ignorait pas que beaucoup de ses sujets restaient puritains. « A tous, je voudrais garantir la même tolérance », déclarait-il ; mais le Parlement n'était pas d'accord. Ainsi la situation en revenait-elle plus ou moins au compromis instauré sous le règne de la bonne reine Bess : tout le monde devait se conformer à la règle de l'Eglise d'Angleterre, avec sa pompe et ses évêques. Ceux qui ne le faisaient pas subissaient des sanctions mineures, et l'accès aux offices publics leur était interdit ; mais c'était tout. Le message du roi était clair :

« Soyez loyaux ; en dehors de cela, allez jouer ou allez prier, comme vous voulez. » Tels étaient la nouvelle cour royale et le nouveau compromis connus sous le nom de Restauration.

Le jovial monarque ne manifestait guère de goût pour la vengeance. Un ou deux des assassins de son père furent exécutés ; le corps d'Oliver Cromwell fut déterré et pendu à Tyburn. « Il a meilleure allure que quand il vivait encore », remarqua Julius d'un ton aigre. Mais Charles ne fit rien pour poursuivre ses ennemis. Ses amis en revanche, au nombre desquels comptait sir Julius Ducket, il s'en souvenait avec chaleur.

« Le Parlement ne m'a pas permis d'acquérir Bocton pour vous l'offrir », s'excusa-t-il. Mais ce que je peux faire, c'est vous octroyer une pension d'Etat, pour toute la durée de votre vie. Aussi je vous suggère de vivre longtemps, cher ami. » La pension était généreuse ; en outre, sans Têtes rondes pour l'interroger sur ses actes, Julius pouvait également dépenser le reste du trésor, et relancer énergiquement ses affaires. Voilà un an, il avait pu racheter Bocton — à un prix modeste, car la maison faisait grise mine ; en quelques mois, il l'avait remise en état.

Toute l'Angleterre semblait vivre dans l'optimisme et l'enthousiasme. Son commerce ne cessait de prospérer, ses colonies lui valaient de confortables profits. Même le récent mariage du roi avec une catholique avait été bien accepté, quand on avait appris qu'elle apportait en dot rien moins que Bombay, le riche port de commerce des Indes orientales. La domination anglaise sur les mers ne cessait de s'affirmer. L'année précédente, ses rivaux hollandais avaient été chassés de plusieurs colonies, dont un établissement fort prometteur en Amérique. Ils l'avaient appelé New Amsterdam, avait entendu dire sir Julius. « Aussi nos marins l'ont-ils baptisé New York. » De l'avis de Ducket, jamais l'état de l'Angleterre n'avait été aussi bon.

Du moins, jusqu'à une dizaine de jours plus tôt ; car maintenant, il n'en était plus aussi sûr. Et ce n'était pas sans une pointe d'anxiété qu'il regardait alentour : où diable était le jeune Meredith ?

Les poils de Ned se hérissèrent, il se dressa sur ses pattes en grognant, montra les dents, fit deux pas en avant. Le monstre progressait toujours dans la rue, et le grognement de Ned devint plus féroce : de sa vie il n'avait vu pareille créature. Elle était au moins de la taille d'un homme : tout de cuir ciré, son corps avait la forme d'un vaste cône et descendait jusqu'au sol. La créature possédait deux bras, et d'immenses mains de cuir ; elle portait un petit bâton. Mais le plus terrible, c'était sa tête : entre deux énormes yeux de verre, cerclés d'anneaux, saillait un bec de cuir proéminent ; par-dessus cette tête, le monstre portait un chapeau à larges bords, lui aussi de cuir.

Ned aboya, grogna, aboya encore, recula ; mais quand le monstre le vit, il obliqua et vint droit sur lui.

Une heure auparavant, le docteur Richard Meredith était l'homme le plus heureux de Londres ; c'était un grand honneur qu'on lui avait conféré la veille, surtout compte tenu de son jeune âge. Le matin, il était sorti de chez lui d'un pas alerte ; puis, au Guildhall, on lui avait montré le document.

Si la Restauration avait eu lieu quelques années plus tôt, le jeune Meredith aurait pu se faire clergyman. Mais il n'avait pas souhaité être ministre puritain, instruit par l'exemple de son père : « Regarde ce que je suis obligé de faire pour survivre », l'avait mis en garde le vieil homme. Aussi, à Oxford, avait-il décidé de devenir médecin. C'était un autre moyen de servir ses semblables ; et cela convenait également à son intelligence, car il était naturellement curieux et avait l'esprit d'analyse.

La médecine de l'époque restait assez fruste — mélange de savoir classique et de superstition médiévale. Les médecins croyaient encore à la doctrine des quatre humeurs : ils appliquaient des sangsues et saignaient leurs patients, parce que leur sang avait besoin d'être désépaissi, supposaient-ils. Ils utilisaient aussi les herbes médicinales traditionnelles (dont certaines étaient efficaces), le bon sens et la prière. Dans certains cas, le miracle était considéré comme un remède normal : aucun praticien n'aurait dissuadé les malades souffrant des écrouelles de défiler devant le roi, qui était censé les guérir rien qu'en les touchant. Les sciences naturelles en étaient au même stade ; des hommes instruits continuaient à débattre des éventuelles vertus magiques des cornes de licorne. Pourtant, dans les dernières décennies, un nouvel esprit scientifique, plus rationnel, s'était fait jour. Le grand chercheur William Harvey avait prouvé que le sang circulait dans le corps ; il avait aussi commencé à étudier le mode de développement du fœtus humain. Robert Boyle, grâce à des expériences soigneusement conduites, avait formulé des lois concernant les propriétés des gaz. Et nul autre lieu que Londres n'aurait pu être plus favorable à la formation de Richard Meredith : car Londres abritait la Royal Society.

La Royal Society avait débuté comme un simple club de réunions et de débats, quelque vingt ans auparavant. Meredith y avait pénétré pour la première fois l'année même de la Restauration : il avait pu assister à une conférence donnée par un jeune astronome des plus renommés — du reste fils de pasteur comme lui — qui s'appelait Christopher Wren. L'accès au club était strictement réglementé ; cependant, en tant que médecin, il avait le droit de venir aux conférences, qui avaient lieu le mercredi après-midi. Le roi Charles lui-même devint membre de l'association et lui accorda une charte royale ; à la suite de quoi, on ne la connut plus que sous le nom de Royal Society.

Voilà quelques mois, un Richard Meredith fort intimidé avait fait à son tour une courte communication devant la société, qui lui avait valu d'aimables remarques de Wren et de plusieurs autres membres. Mais jamais il n'aurait osé espérer la merveilleuse nouvelle qu'il venait de recevoir la veille : « Docteur Meredith, vous avez été élu membre à part entière de notre société. » Pas étonnant que sa joie fût complète — du moins une heure plus tôt.

Meredith n'avait guère prêté attention au problème quand quelques cas étaient apparus au mois de mai ; des résurgences isolées comme celles-ci étaient, depuis des siècles, caractéristiques de l'été londonien. Il ne s'était pas alarmé non plus quand de nouveaux cas s'étaient déclarés au mois de juin : aucun n'avait été signalé dans les paroisses de Cheapside ; Watling Street n'était pas touchée. Il ne s'était pas produit de crise importante, se rappelait-il, depuis près de vingt ans, et rien de majeur depuis le règne de Jacques Ier. Quand les gens lui demandaient s'il y avait lieu de s'inquiéter, il les rassurait : « Evitez les quartiers ouest, vers Drury Lane et Holborn. Mais la ville est à peine touchée, dans l'ensemble. » La température fut très élevée ce mois-là. « Cette chaleur sèche, estimaient la plupart des médecins, va accroître l'élément de feu dans le sang des gens. Cela produira de la bile jaune et les rendra coléreux. » Peut-être cela expliquait-il l'augmentation du nombre des malades ; en juillet, Meredith entendit dire qu'ils se multipliaient dans le bas de Southwark et sur la route de l'Est, à l'extérieur d'Aldgate. Mais ce matin, quand on lui avait montré le document, il avait reçu un choc.

Le registre des morts était mis à jour chaque semaine. Sur deux longues colonnes il notait le nombre de décès, pour une cinquantaine de causes différentes, dans la ville et les paroisses environnantes. La plupart de ces nombres étaient peu élevés : *Apoplexie : 1. Hydropisie : 40. Mortalité infantile : 21.* Mais vers le haut de la deuxième colonne, le secrétaire avait tendu le doigt vers un terrifiant *1 843.* Et à côté de ce nombre, un seul mot, horrible : *Peste.*

La peste, l'Épidémie, la Mort noire : tous ces termes désignaient une seule et même maladie. « Avez-vous l'intention de quitter Londres, demanda le secrétaire.

— Non. Je suis médecin.

— Tous les médecins que j'ai vus ce matin s'en vont, dit l'homme avec un sourire. Ils disent qu'ils doivent s'occuper de leurs riches patients, et que comme leurs riches patients partent, ils partiront eux aussi... Cependant, poursuivit-il d'un ton approbateur, si vous avez l'intention de rester, nous avons ici quelque chose que vous feriez mieux de porter. »

Ned essaya de repousser le monstre, mais celui-ci vint sur lui. Où pouvait-il attaquer la créature ? Elle n'avait pas de jambes ; ses bras étaient trop épais pour qu'il eût prise. Il gronda et aboya furieusement, mais sans résultat.

Alors, le monstre fit quelque chose d'extraordinaire. Il retira sa tête ; puis, ôtant son énorme gant de cuir, il lui donna sa main à sentir et l'appela par son nom. C'était le maître de Ned.

L'énorme tenue de cuir que le secrétaire du Guildhall avait remise à Meredith était terriblement chaude. Son grand bec était bourré d'herbes aromatiques, achetées chez un apothicaire ; beaucoup de gens pensaient en effet que la contagion se transmettait par l'air vicié.

« Pauvre Ned ! (Richard riait.) Je t'ai fait peur ? (Il caressa affectueusement le chien.) Entrons dans la maison... » Il venait d'ouvrir la porte quand il vit arriver sir Julius.

« Mon cher Meredith... » Tandis que Ducket contemplait l'étonnant uniforme, il mesura à quel point il appréciait le jeune homme. « Quelles nouvelles de la peste ? » lui demanda-t-il.

Richard lui parla du registre des morts.

« C'est bien ce que je craignais, commenta sir Julius. Meredith, je vous en prie, venez avec nous... Nous partons pour Bocton, et la peste atteint rarement la campagne. Vous resterez là-bas jusqu'à ce que ce soit terminé.

— Je vous remercie, répondit cordialement Richard. Mais mon devoir est ici, je crois. »

Julius le laissa, non sans soupirer ; mais il fit patienter sa famille une demi-heure encore, avant de revenir sur ses pas pour essayer une dernière fois de persuader le jeune homme. Cependant Richard était déjà reparti, laissant la maison à la garde de Ned.

Triste et pensif, Ducket retourna chez lui et prit ses pistolets ; il le faisait toujours avant de s'engager sur les routes désertes menant vers le Kent. Une fois qu'il les eut chargés et que tout le monde eut pris place dans les voitures, il donna le signal du départ. Quelques minutes plus tard, ils descendaient Watling Street en direction du Pont de Londres. Là, il fit stopper quelques instants le convoi ; il y avait au moins un service qu'il pouvait rendre à son jeune ami.

Ned remua la queue quand il vit sir Julius approcher de la maison ; c'était un ami et il se leva pour lui faire fête. Il savait accueillir dignement les amis de la famille, même quand son maître était absent. Ducket était tout près de lui, mais pour une raison quelconque il s'était arrêté. Il tendait la main — ou plutôt il dirigeait quelque chose vers Ned ; que faisait-il ?

Le grand bruit, la fumée, l'énorme choc qui le projeta en arrière, contre la porte de la maison — tout cela ne dura qu'une seconde, irréelle et fulgurante. Ned sentit une terrible douleur lui déchirer la poitrine, quelque chose de chaud lui couler dans la bouche — puis plus rien.

Une fois que sir Julius eut abattu Ned, il l'attacha par une corde à l'arrière de la charrette et le convoi repartit, le traînant derrière eux ; arrivés au fleuve, on y lança le chien. Sir Julius ne douta pas un instant du bien-fondé de son acte, même s'il était désolé d'avoir dû l'accomplir. Les gens les plus avertis ne savaient-ils pas que chiens et chats transmettaient la maladie ? Mais, connaissant l'affection de Meredith pour l'animal, Julius savait qu'il n'aurait jamais eu le cœur de s'en charger lui-même. Maintenant, au moins, Ned ne contaminerait plus son maître. « C'était le moins que je pouvais faire pour sauver ce vaillant jeune homme.

— Ned était un bon chasseur de rats, remarqua son fils. Meredith n'en avait pas un seul chez lui.

— Peut-être, répondit Julius, mais la question n'est pas là. »

A la mi-août, le registre des morts relevait le nombre de quatre mille décès par semaine ; à la fin août, six mille. Chaque matin, Richard Meredith revêtait sa grande tenue de cuir et sortait de chez lui.

Par moments, il aurait pu se croire transporté dans une autre ville, qui ressemblait à Londres mais qui n'était pas Londres. Les rues étaient désertes, les étals avaient disparu de Cheapside ; les maisons étaient barricadées comme si elles avaient voulu se fermer, nez et bouche, à la contagion. La cour s'était transportée à Salisbury, dans le sud-ouest du pays. Depuis la fin juillet, dans un grondement continuel, un flot de voitures et de chariots s'écoulait par le pont ou les portes de la cité ; gentlemen, marchands, même les plus riches des artisans se pressaient vers la sécurité de la campagne. A de rares exceptions près, seuls les pauvres restaient dans la ville.

Sinistre spectacle... De paroisse en paroisse, Meredith voyait sur son chemin la mise en application des règles édictées par le maire. Dès que les inspecteurs municipaux décelaient la présence de la peste dans une maison, celle-ci était fermée, un garde armé d'une pique posté à l'entrée, afin d'empêcher quiconque d'y entrer ou d'en sortir ; on peignait sur la porte une funeste croix rouge, généralement accompagnée des tristes mots : *Que le Seigneur ait pitié...* Seul un médecin vêtu comme lui était autorisé à rendre visite aux malades. Quand une maison signalait un cadavre, un contrôleur venait vérifier la cause du décès ; peu après, le plus souvent à la tombée du jour, les porteurs arrivaient avec leur charrette, faisant tinter une clochette et retentir ce cri lugubre et glaçant :

« Sortez vos morts ! Sortez vos morts ! »

Certaines paroisses, près d'un quart au total, n'étaient pas touchées. Dans les derniers jours du mois d'août, comme Meredith passait près de St Paul, il croisa un nommé Samuel Pepys qu'il avait plusieurs fois rencontré à des réunions de la Royal Society. Pepys était haut fonctionnaire au ministère de la Marine et, Richard le savait, il avait accès à toutes sortes d'informations. « Le nombre réel de décès est plus élevé que ne le dit le registre des morts, lui affirma Pepys. Les secrétaires ont falsifié les chiffres, et certains de ces malheureux ont été oubliés. Le registre comptabilise sept mille cinq cents morts pour la semaine dernière.

— Et quel est le nombre réel ?

— Près de dix mille, répondit Pepys, le visage sombre. Mais peut-être, docteur Meredith, ajouta-t-il d'un ton plus enjoué, si Dieu nous épargne, vous et moi, aurai-je le plaisir de vous entendre donner une conférence à la Royal Society sur la véritable cause de la peste ? »

Aucun sujet, en effet, ne préoccupait plus Richard que celui-là. Tandis qu'il passait de maison en maison pour visiter des malades — des familles entières — fiévreux, délirant, hurlant d'angoisse et d'agonie, il éprouvait un affreux sentiment d'impuissance. Il était médecin ; mais en vérité il ne pouvait rien contre la peste, et le savait. Et pourquoi ? A cause de sa complète ignorance de la maladie, qu'il partageait avec tous ses contemporains. Comment prescrire un remède, ou simplement atténuer les souffrances de ses patients, quand il n'avait aucune idée de ce qui les causait ; comment protéger la population, quand il ne connaissait même pas les voies de la contagion ?

Il avait bien des idées, des soupçons sur le sujet. On présumait que la peste se transmettait directement d'un malade à l'autre, d'où les tentatives de quarantaine. Certes, quand Richard se rendait dans les quartiers les plus touchés — Southwark, la paroisse de Whitechapel à l'extérieur d'Aldgate, la route de Shoreditch, Holborn — et qu'il voyait des rues entières dont chaque porte ou presque portait la terrible croix, cette supposition semblait juste. Mais pourquoi une telle concentration de malades dans ces quartiers-là et pas dans d'autres ? Nombre de gens fumaient la pipe, parce que sa fumée était censée purifier l'air ; on disait qu'aucun marchand de tabac n'avait encore attrapé la peste. Mais si celle-ci était transportée par l'air, pourquoi alors la trouvait-on dans telle paroisse et pas dans telle autre, qui commençait une rue plus loin ? Meredith ne parvenait pas non plus à découvrir de point commun entre les quartiers les plus touchés — l'un était marécageux, l'autre au contraire sec et aéré. L'air ne pouvait être seul en cause, songeait-il ; d'autres agents véhiculaient sans doute la maladie. Mais lesquels ? Les chiens et les chats ? Il avait su par un voisin que c'était sir Julius qui avait tiré sur Ned et l'avait emporté ; il n'avait pas décoléré pendant une semaine, mais aujourd'hui il n'y pensait plus. Dieu sait combien de chiens et de chats avaient été exterminés, par ordre du maire... Vingt ou trente mille, peut-être. Mais en admettant même que les chiens ou les chats fussent responsables de l'épidémie, comment la transmettaient-ils ?

Une réponse possible à la question de la transmission lui fut fournie au début de septembre, alors qu'il assistait un homme en train d'agoniser, dans le quartier de Vintry.

La peste se présentait essentiellement sous deux formes : dans l'une, la bubonique, un malade sur trois environ en réchappait ; dans l'autre, la pneumonique, presque tous mouraient. Les poumons du patient gonflaient ; il éternuait beaucoup, toussait et crachait, avait de soudaines et violentes crises de fièvre suivies d'hypothermie ; puis il sombrait dans un profond sommeil, qui devenait de plus en plus profond jusqu'à ce que la mort l'emporte. Le pauvre homme qu'assistait Meredith, un humble porteur d'eau, avait le dos voûté et six enfants. Les frissons le faisaient grelotter et il répétait « Je m'en vais » à Meredith ; impuissant à le guérir, celui-ci ne tentait même pas de le détromper. Comme l'un de ses enfants venait à son chevet pour le réconforter, le malheureux ne put se retenir et éternua au visage du jeune garçon, qui grimaça ; alors Meredith, saisi d'une terrible intuition, se précipita sur l'enfant, prit un chiffon et lui essuya le visage. « Tenez-les éloignés de lui ! cria-t-il à la mère. Et brûlez ce tissu ! » C'était sans doute cela, pensait-il, les glaires et les crachats d'un malade véhiculaient la contagion, car ils provenaient de la partie du corps la plus affectée par la maladie. Une semaine plus tard, le jeune garçon mourait.

Martha hésitait encore, malgré l'insistance de son beau-fils Dogget.

« Je n'ai rien à craindre là où je suis », répétait-elle. Bien qu'ils fussent revenus ensemble du Massachusetts, elle ne se sentait plus grand-chose de commun avec le cadet des Dogget ; il manquait par trop d'élévation morale. Même si elle n'aimait pas se formuler cette pensée, elle était heureuse qu'il ne fût pas son propre fils. Il s'était marié et s'était fait batelier, au lieu de prendre un état d'artisan ; mais il passait chaque semaine, et elle se rappelait qu'en chaque homme ou presque existait une étincelle de bonté.

« Je vois ce que c'est. (Il gloussa.) Vous pensez être en sécurité, chère vieille, parce que Dieu est à vos côtés ? (Il la prit affectueusement par la taille.) Vous pensez que nous seuls, les pécheurs, nous allons mourir... N'est-ce pas ? » Bien que désapprouvant son ton, elle ne nia pas : c'était ce qu'elle pensait. Martha connaissait, elle, la cause de la peste : les vices et les péchés des hommes.

La plupart de ses contemporains en seraient du reste tombés d'accord avec elle. Pestes et fléaux n'étaient que des instruments dans la main de Dieu, dont il se servait contre l'humanité pécheresse depuis qu'Adam et Eve avaient été chassés du Jardin d'Eden. Et s'il avait subsisté le moindre doute, dans le cas présent, Martha l'aurait aisément balayé : où la peste avait-elle commencé en effet ? A Drury Lane. Et pourquoi à Drury Lane ? Les puritains connaissaient bien la réponse. A cause du nouveau théâtre, patronné par le roi, avec ses femmes, sa cour extravagante et lubrique. Londres n'avait-il pas reçu un premier avertissement, un demi-siècle plus tôt, quand le Globe de Shakespeare avait été détruit par les flammes ? Maintenant, sur les ruines morales de ce qui aurait pu être la brillante cité de Dieu, Martha voyait distinctement la vérité ; elle ne pouvait donc imaginer que la peste viendrait jusqu'à elle.

Et pourtant, l'épidémie approchait. Depuis Vintry, où elle se cantonnait la semaine précédente, elle n'avait cessé de progresser sur Garlick Hill en direction de Watling Street. Rien d'étonnant donc si la famille de Martha se faisait du souci pour elle.

Si seulement Gideon était encore là... Mais il était mort trois ans plus tôt. O Be Joyful faisait de son mieux pour le remplacer auprès de Martha , mais bien que le sculpteur sur bois eût maintenant près de trente ans et fît la joie de ses vieux jours, il ne possédait pas l'autorité de son père. Il était toujours compagnon, pas encore maître, et commençait tout juste à déchiffrer ses lettres ; ce fut bien lui, pourtant, qui régla la question.

Il vint trouver Martha un jour, accompagné de sa femme et de ses deux jeunes enfants. « Nous allons partir nous aussi, lui dit-il. Je t'en prie, viens avec nous pour être notre guide spirituel. » Elle accepta à contrecœur ; une demi-heure plus tard, en compagnie des deux petites familles, elle descendait lentement la colline. La matinée de septembre était chaude et tranquille. Lorsqu'ils furent au bord de l'eau, Dogget les fit monter dans sa barque et commença à ramer. Une fois au milieu du fleuve, Martha regarda droit devant et s'écria, horrifiée : « C'est là que nous allons ? »

Leur destination était la plus étrange des visions. Cela se trouvait au beau milieu du courant ; bien que vaste, et ne cessant de grandir à mesure qu'ils s'en approchaient, il était malaisé de définir ce que c'était. « Je l'appelle le palais des bateliers », dit Dogget d'un ton enjoué ; car c'étaient les gens du fleuve qui y avaient pensé. D'innombrables radeaux, barques et esquifs de toutes sortes, attachés les uns aux autres, formaient une grande île de bric et de broc à la surface du flot. On voyait des hommes y travailler assidûment, ajoutant des pontons pour l'agrandir et des cabanes pour servir d'abris. Leur raisonnement était simple, mais assez logique : s'ils pouvaient demeurer sur le fleuve, coupés de la contagion, ils avaient une chance de survivre. « Nous trouverons de l'eau, et du poisson ; tout ce dont nous avons besoin, c'est de nous construire quelques abris », expliqua Dogget. Et quand Martha lui demanda ce qu'avec ses amis il ferait si quelqu'un contractait la peste sur ce refuge, il répondit dans un large sourire : « Nous le jetterons dans le fleuve. »

A la mi-septembre, la situation en ville devint intenable. Les survivants n'obéissaient plus aux ordres du maire ; les règles de la quarantaine n'étaient plus observées. On tenait cachées les victimes de la maladie ; les gens refusaient de rester enfermés dans des maisons infectées, ou bien essayaient de faire sortir clandestinement leurs enfants pour les mettre à l'abri. Avec le nombre limité de gardes dont on disposait, il était impossible de contrôler tout le monde. Pour tenter de séparer les bien portants des malades, le maire avait ordonné qu'on accueille le plus possible de ces malheureux dans les hôpitaux de la cité. Mais on en trouvait peu : le vieux St Bartholomew, un autre hôpital dédié à St Thomas, à Southwark, et St Mary au nord, près de Moorfield. Ils étaient tous combles. La cité en avait ouvert quelques autres en supplément, qu'on appelait « maisons de la peste », au nord de la ville, à l'est, ainsi qu'à Westminster : pleins eux aussi. Plus choquante encore, aux yeux de Meredith, était la situation réservée aux défunts. Les cimetières paroissiaux n'ayant plus assez de place pour les contenir tous, on avait creusé de grandes fosses pour les victimes de la peste, la plupart à l'extérieur des murs, où les corps étaient lancés par dizaines. Pourtant, observait Richard, les bedeaux continuaient à empiler les cadavres dans les cimetières, jusqu'à ce que quelques centimètres de terre seulement recouvrent les plus récents. Dans une paroisse, il avait même vu des bras et des pieds sortir du sol.

Il se rendait fréquemment à la maison de la peste de Westminster. En en revenant un jour, il fut abordé par un garde, qui lui demanda s'il voulait bien s'arrêter dans une maison du voisinage, où l'on avait besoin d'un médecin. Quelques minutes plus tard, il pénétrait dans une maison petite mais agréable ; elle se trouvait dans Petty France.

Jane Wheeler avait senti les premières fièvres six jours plus tôt. D'abord, elle tenta de les ignorer ; elle dédaigna de même les élancements qu'elle éprouvait dans les bras et les jambes. Après tout, se rappelait-elle, j'ai quatre-vingts ans passés. Un soir, elle se sentit faible, mais ne put trouver le sommeil. Le lendemain, des vertiges apparurent ; à midi elle décida de sortir de chez elle, mais à peine avait-elle parcouru dix mètres qu'elle se mit à tituber. Dans un état de semi-inconscience, elle fit demi-tour pour regagner son logis ; un voisin vint l'aider. Des heures suivantes, elle se souvenait à peine : son voisin était revenu dans la soirée, lui semblait-il, et encore le lendemain matin. Ensuite, ce fut une étrange femme, qu'elle n'avait jamais vue auparavant ; une sorte d'infirmière, sans doute. Mais à ce moment-là elle ne pensait déjà plus qu'à une chose : dans son cou, sous ses aisselles, entre ses jambes, les énormes grosseurs. Elle les sentait en y passant la main, et puis il y avait la douleur, la terrible douleur.

Meredith soupira. Si la forme pneumonique de la peste tuait rapidement, l'autre forme, la bubonique, était plus terrible à voir encore. La vieille femme qu'il avait sous les yeux était atteinte de la peste bubonique, dans sa phase finale.

Dans cette forme-là de la maladie, les glandes lymphatiques, horriblement enflammées, gonflaient jusqu'à donner ces protubérances qu'on appelait les bubons ; des hémorragies se déclenchaient sous la peau, provoquant des taches noires et des marbrures violettes. Souvent les patients déliraient. A la fin du processus, des taches de couleur rose apparaissaient fréquemment sur le corps ; Meredith les observait chez sa malheureuse patiente. Pourtant celle-ci, dans l'ultime crise de son mal, restait lucide. Et semblait désirer quelque chose.

« Savez-vous lire et écrire ?

— Bien sûr... Je suis médecin.

— Je voudrais rédiger mon testament, mais je suis trop faible pour le faire moi-même. (Elle fut secouée par un frisson.) Il y a une plume et de l'encre là-bas. » Il les trouva puis, s'asseyant sur une chaise, retira l'un de ses gants ; il était prêt à écrire quand elle commença : « Moi, Jane Wheeler, saine d'esprit... »

C'était donc elle... Sa patiente n'avait aucune idée de l'identité de Meredith ; mais lui-même, bien que ne l'ayant pas revue depuis son enfance, se rappelait fort bien le scandale qui l'avait entourée. Pauvre femme, pensa-t-il. Quelle triste façon de s'en aller...

Le testament était court et sensé. Elle n'avait pas d'enfant ; elle laissait sa petite fortune — qui, semblait-il, avait beaucoup diminué avec le temps — en parts égales à tous les enfants survivants du défunt John Dogget, exception faite de celui qu'il avait eu avec Martha. Guère surprenant, pensa Meredith à part lui. « Est-ce tout ? demanda-t-il.

— Presque, répondit-elle. Mais il y a une chose encore. »

Richard Meredith n'avait pas conscience, tandis qu'il écrivait, qu'un rat noir venait de mourir sous le plancher de la pièce. Il ne pouvait non plus voir, car elle était minuscule, une puce se glisser entre deux lattes dudit plancher.

La puce était dans une piteuse forme. Depuis plusieurs jours elle se nourrissait du sang du rat noir, qui avait la peste. Ce sang contenait des centaines de milliers de bacilles de la maladie ; et des dizaines de milliers d'entre eux avaient été transmis à la puce. Ils s'étaient multipliés dans son estomac, dont ils obstruaient l'entrée, avec pour résultat qu'elle mourait de faim. Maintenant que son hôte était sans vie, la puce était à la recherche d'un autre corps sur lequel se nourrir. Dès qu'elle aurait perforé la peau d'une nouvelle créature, elle essaierait — en vain — d'ingérer du sang à travers l'entrée bouchée de son estomac ; pendant ce temps, des milliers de bacilles s'infiltreraient dans l'organisme de leur nouvel hôte, où ils se multiplieraient rapidement. La puce apportait la mort. La puce était la mort. Elle sauta sur le manteau de Meredith.

Le dernier paragraphe du testament de Jane Wheeler était surprenant

Enfin, je réserve ma dernière volonté et mon dernier souffle à sir Julius Ducket. Voleur et menteur, il a dérobé ma fortune légitime et causé ma ruine : je lui lègue ma malédiction. Puisse Dieu, dans sa justice, l'expédier dans les flammes de l'enfer pour ses péchés ; puisse toute sa famille être maudite, et son héritage volé comme le mien l'a été. Amen.

« Vous êtes sûre que vous voulez mettre cela ? demanda Meredith.

— J'en suis sûre. L'avez-vous écrit ? Montrez-le-moi. (Ce qu'il fit.) Bien, murmura-t-elle. Donnez-moi la plume. (Elle signa avec difficulté.) Vous et l'infirmière êtes témoins. » Meredith signa et l'infirmière apposa sa marque.

La puce sauta sur la manche de Richard.

« Je dois partir », dit-il, et il remit son gant ; Jane semblait à peine l'entendre. Soudain, elle poussa un cri de douleur. Le médecin et l'infirmière se regardèrent : ce ne serait plus très long. Il décida qu'il ne révélerait pas au pauvre sir Julius qu'il avait été maudit.

La puce ne pouvait rien tirer du manteau ; elle s'apprêtait à essayer la main nue de Meredith quand celle-ci disparut dans le long gant de cuir. Comme Richard traversait la pièce, la puce sauta sur l'infirmière.

Avec le mois d'octobre, la peste sembla avoir franchi son pic maximal. Les deux premières semaines, le registre comptabilisa quelque quatre mille morts ; la quatrième semaine du mois, moins de mille cinq cents ; puis environ un millier pendant trois semaines. Ensuite, le nombre ne cessa de baisser. Même si des cas continuèrent à se déclarer jusqu'en février, à partir du mois de novembre la vie recommença, prudemment, à Londres. A la fin janvier, même les carrosses des plus riches citoyens — accompagnés de leurs médecins — revenaient dans la ville.

Le nombre total de morts, officiel, de la Grande Peste dépasse soixante-cinq mille ; le nombre véridique est sans doute plus élevé, peut-être près de cent mille. Une curieuse conséquence de la maladie, qu'on ignore souvent, fut ces colonies de gens qui vivaient sur des îles flottant sur la

Tamise : de ces vastes et étranges constructions, il y eut un nombre considérable. Au total, quelque dix mille personnes vécurent ainsi sur le fleuve pendant plusieurs semaines ; pour autant qu'on le sache, peu (sinon aucun) attrapèrent la peste. Le docteur Meredith nota le fait, mais à son grand regret il fut, là encore, incapable de l'expliquer.

A la fin novembre, Dogget et sa famille se risquèrent à rentrer chez eux, pour apprendre qu'ils avaient reçu un petit héritage.

Si Richard Meredith regretta son impuissance à comprendre la peste, personne ne fit mieux que lui ; il faudrait près de deux siècles encore pour identifier la vraie nature de la maladie, ainsi que ses facteurs de transmission. D'ici là, elle serait seulement connue pour sa résistance à toutes les plantes médicinales, ainsi que pour ses symptômes, éruptions roses ou éternuements ; ils donnèrent lieu à une comptine que les enfants commencèrent à chanter quelques années plus tard :

> *Tout couronnés de roses*
> *Petits bouquets de fleurs*
> *Nous faisons : Atchoum ! Atchoum !*
> *Et nous tombons à terre.*

1666

La nuit du 1er septembre s'annonçait tranquille ; sir Julius dormait paisiblement dans la grande maison proche de St Mary-le-Bow. La famille s'était attardée à Bocton, pour prolonger un été agréable, et n'en était revenue que la semaine précédente. Le lendemain était un dimanche.

Vers minuit, Julius s'éveilla un court instant et gagna la fenêtre ; l'air était frais, grâce au soupçon de brise qui soufflait de l'est. Il prit plusieurs inspirations profondes et retourna se coucher.

Vers une heure du matin, il se leva de nouveau ; n'avait-il pas entendu quelque chose ? Il regarda au-dehors, par la fenêtre : il lui semblait avoir perçu un léger bruit, provenant du Pont de Londres. La cour ressemblait à un lac d'ombre ; des reflets tombaient des étoiles sur les toits alentour. Julius écouta encore et, au bout d'une minute ou deux, estima qu'il n'y avait rien. Aussi retourna-t-il se coucher et se rendormit-il rapidement.

Il était près de quatre heures du matin quand sa femme le réveilla. Cette fois, le doute n'était plus possible : au-dessus des toits, sur sa gauche, il discernait un faible rougeoiement. Des flammes et des braises devaient s'élever dans le ciel, quelque part du côté du Pont. Assez loin, sans doute. « Je vais aller voir », décida-t-il.

Il passa quelques vêtements et sortit de la maison.

C'était bien un incendie, mais de peu d'importance. Il avait démarré peu après minuit, dans la maison d'un boulanger qui se trouvait dans le bas d'une rue étroite donnant sur l'Eastcheap et appelée Pudding Lane. Une servante, affolée, était montée se réfugier sur le toit ; là, prise au piège, elle avait brûlé vive. Le feu s'était maintenant propagé à une douzaine de maisons du voisinage, groupées autour de celle du boulanger ; mais Ducket avait souvent vu des incendies pires que celui-ci. Les hommes lançaient des seaux d'eau sur les flammes, sans beaucoup de conviction. Alors que Julius s'apprêtait à rentrer chez lui, il rencontra le maire.

« Ils m'ont tiré du lit, dit celui-ci d'un ton irrité.

— Cela ne semble pas bien grave, commenta Julius.

— Une femme pourrait l'éteindre en pissant dessus », grommela le maire, et il s'éloigna d'un pas lourd.

Ce jugement, aussi trivial que célèbre, ne serait pourtant pas entré dans l'Histoire — et l'incendie de Pudding Lane lui-même aurait été oublié — sans l'intervention d'un facteur extérieur, auquel personne ne prit garde sur le moment.

Le vent s'était levé ; le temps que Julius ait retrouvé la douillette sécurité de son lit, la brise soufflait allégrement. Tandis qu'il se rendormait, sa femme dans les bras, des étincelles et des braises gagnaient la rue voisine ; de là, l'incendie se dirigea vers le Pont de Londres. A l'aube, il atteignait l'église St Magnus ; peu après, il abordait le Pont lui-même. Au milieu de la matinée, le feu menaçait les entrepôts qui bordaient le fleuve.

Entre-temps, Julius était ressorti de chez lui, pour gagner un site d'où la vue était dégagée, près du haut de Cornhill ; de là, il observa qu'un immense incendie s'étalait maintenant aux abords du Pont. Il estima que deux, peut-être trois cents maisons qui se pressaient dans cette zone brûlaient déjà ; les craquements du bois, le rugissement des flammes résonnaient à travers toute la ville. Julius était tellement fasciné par ce spectacle qu'il resta là plus de deux heures avant de redescendre de la colline, s'approchant du feu d'aussi près qu'il l'osait ; puis il remonta Watling Street. Il rencontra alors le jeune Richard Meredith, en grande conversation avec un gentleman qu'il lui présenta comme étant M. Pepys. Ce gentleman, qui semblait particulièrement bien renseigné, était aussi fort caustique.

« J'ai vu le roi et son frère à Whitehall, disait-il. Ils ont donné l'ordre d'abattre des maisons, pour ménager des coupe-feu ; mais les autorités ont peur des indemnités que pourraient demander leurs propriétaires, aussi ils n'y touchent pas.

— Avez-vous vu le maire ? demanda Julius.

— J'en sors. D'abord il a manqué pleurer ; ensuite il a dit que personne ne voulait lui obéir ; enfin il a annoncé qu'il était fatigué et qu'il allait dîner. Dégoûtant.

— Que va-t-il arriver ?

— Le feu va se déchaîner », répondit Pepys.

Dans le courant de l'après-midi, O Be Joyful avertit sa famille de se tenir prête à partir. Le feu n'avait cessé de progresser ; depuis quelque temps un flot de charrettes, où les gens avaient entassé quelques affaires à la hâte, piétinait le long de Watling Street, en provenance du quartier du Pont.

Au cours des derniers mois, O Be Joyful avait pris plus nettement conscience de ses responsabilités. Le temps passé sur le fleuve, le désordre général causé par la peste avaient affaibli Martha. Au printemps, il l'avait persuadée de venir vivre avec eux ; la présence de sa grand-tante rappelait chaque jour à O Be Joyful qu'il lui fallait désormais tenir dans la famille la place qu'avait eue Gideon. En outre, avec quatre enfants à charge, il devait faire preuve de détermination et d'autorité. Si seulement cela avait un peu plus été dans son tempérament...

Ce jour-là pourtant, il sut agir avec fermeté. Un ami qui possédait un logement à Shoreditch avait accepté de les recevoir ; ils se tenaient prêts à partir, dès que cela serait nécessaire. Il avait donc l'agréable sentiment d'avoir accompli son devoir, quand Martha annonça soudain : « Je vais aller voir si Mme Bundy, ma vieille amie, est en sécurité. »

Il connaissait un peu la pieuse femme, et offrit de s'y rendre lui-même. « Mais tu n'es jamais allé chez elle », fit remarquer Martha. Pour finir, ils se mirent en route ensemble. Pendant qu'ils descendaient Watling Street pour traverser le Walbrook, les volutes de fumée, devant eux, s'élevaient à plusieurs dizaines de mètres de hauteur. Comme ils atteignaient la Pierre de Londres, Martha indiqua une rue étroite qui descendait sur la droite, et s'y engagea d'un air résolu — droit sur le feu.

A elle seule, la vision qu'ils avaient sous les yeux suffisait à expliquer comment l'incendie avait grandi, jusqu'à devenir incontrôlable. La rue étroite, les maisons de bois et de plâtre (siècle après siècle, on continuait à ne pas tenir compte des ordres, pourtant toujours renouvelés, de construire en brique et en pierre), les étages qui faisaient saillie, chacun plus loin que celui d'en dessous, jusqu'à toucher ou presque la maison d'en face : cet enchevêtrement de vieilles bâtisses et de courettes, de char-pentes de bois toutes de guingois, bossues et chancelantes comme une rangée de commères ivres, n'était ni plus ni moins qu'une vaste poudrière. Pire encore, dans leur hâte à remplir des seaux pour tenter d'éteindre le feu, les gens avaient éventré les canalisations de bois qui couraient dans les rues, puis laissé l'eau s'écouler ; aussi les citernes, même celles du nouveau réseau de Myddelton, se retrouvaient à sec. En regardant vers le bas de la rue, O Be Joyful pouvait voir le feu se propager irrésistiblement d'une maison à l'autre.

Mais le plus étrange, c'était l'attitude de la foule. Si les riches empor-taient leurs biens les plus précieux, les pauvres, qui ne possédaient rien d'autre qu'un toit où s'abriter, restaient souvent blottis dans leur logis ; espéraient-ils que le feu s'arrêterait par miracle à leur porte ? O Be Joyful voyait des familles entières sortir au tout dernier moment de chez elles, quand leur toit était déjà en flammes.

La maison que cherchait Martha se trouvait vers le milieu de la rue ; le feu faisait rage cinquante mètres plus bas. Quand ils y parvinrent, O Be Joyful proposa d'entrer, mais elle lui dit : « Je sais où la trouver. Surveille dehors. » Il la vit pénétrer dans le vestibule et disparaître dans l'escalier.

Les progrès du feu étaient effrayants, mais aussi fascinants. La fumée, grisâtre et brunâtre, dressait comme un immense mur devant l'artisan, lui cachant entièrement le ciel ; la chaleur fut bientôt si intense qu'il dut mettre une main devant son visage pour se protéger. L'air était rempli de flammèches et de braises incandescentes ; plusieurs tombèrent tout près de lui. De petits foyers s'allumaient sur les toits des maisons alentour. Et il y avait le bruit, terrifiant : les craquements, les crépitements, le rugisse-ment toujours croissant du feu, qui dévorait implacablement une bâtisse après l'autre. Bientôt, il ne fut plus qu'à trente mètres. Où donc était Martha ? Même si elle avait bien trouvé Mme Bundy à l'intérieur et qu'elle l'aidait à redescendre, elle ne devait plus tarder...

La déflagration puis la langue de feu qui jaillit en rugissant de la maison prirent O Be Joyful au dépourvu ; le souffle brûlant le projeta à terre. Comme il se relevait, il vit des flammes rougeoyer aux fenêtres, des volutes de fumée s'échapper déjà du toit. Comment était-ce possible ? Soudain, il comprit : il avait oublié ce qui se passait à l'arrière des maisons. Le feu était arrivé en rugissant par-derrière.

Il s'élança dans le vestibule et, un pied sur la première marche, cria le nom de Martha : mais l'énorme grondement empêchait d'entendre. Quelque part au-dessus de sa tête, des flammes commençaient à crépiter, et des filets de fumée passaient entre les lattes du plancher. Il monta les marches, sans cesser d'appeler.

Un autre grand craquement retentit dans les étages, suivi d'une explosion ; Dieu seul savait ce qui se passait là-haut... Il hésita, ne sachant pas au juste dans quelle partie de la maison Martha se trouvait ; il fit demi-tour, redescendit en hâte les quelques marches qu'il avait gravies et ressortit dans la rue.

« Martha ! criait-il toujours. Martha ! » Le feu attaquait déjà d'autres maisons vers le haut de la rue ; il scruta anxieusement les alentours, pour s'assurer que la retraite ne lui était pas coupée. « Martha ! »

Enfin il la vit ; elle se penchait à une petite fenêtre, tout en haut de la maison, sous le toit. Désespérément, il lui fit signe de descendre, mais elle répondit par un geste qu'il ne put comprendre. Demeurait-elle bloquée là-haut ? Il lui indiqua de la main qu'il montait à sa rencontre et se précipita à l'intérieur ; quelques secondes plus tard, il grimpait l'escalier quatre à quatre.

Un énorme fracas : sans doute une poutre qui tombait quelque part. Une détonation, puis une autre ; un épais nuage de fumée emplissait l'escalier devant lui. Du côté gauche, vers l'arrière de la maison, un violent craquement se fit entendre ; un pan de plâtre tomba, à peine à trois mètres de lui. Les flammes arrivaient et il fallait faire vite. Il poursuivit son chemin, dans un escalier qui craquait sinistrement de partout. A l'étage supérieur, il vit des flammes jaillir ; il suffoquait et le cœur lui manqua. Au lieu d'aller plus loin, il fit demi-tour et s'enfuit. Un peu plus tard, de retour dans la rue, il leva à nouveau les yeux vers Martha. Il lui adressa un signe, tâchant de lui expliquer que l'escalier était infranchissable ; la face pâle et ronde de la vieille femme continuait à le fixer de là-haut.

« Saute ! » cria-t-il — mais seulement pour soulager sa conscience ; l'aurait-elle fait qu'elle se serait probablement tuée ; et de toute façon la fenêtre était trop petite. « Martha ! » La fumée s'échappait en lourdes volutes de sous la corniche du toit. Criait-elle ? Ils restèrent là une minute entière, à se regarder, jusqu'à ce que le toit fût transformé en torche, dans un immense craquement. Les poutres commencèrent à s'affaisser ; les flammes envahirent la fenêtre. Enfin, Martha disparut.

Le feu était maintenant si proche d'O Be Joyful qu'il ne pouvait plus supporter sa chaleur. Il battit en retraite, se demandant si par quelque miracle Martha pouvait encore sortir de la bâtisse en flammes.

Le lundi matin, on releva le maire de ses fonctions de surveillance du feu. Le vent continuait à souffler avec force ; en outre, l'incendie était désormais si violent qu'il semblait engendrer ses propres rafales internes. Non seulement il progressait le long des berges du fleuve, vers l'ouest et les Blackfriars, mais il montait aussi vers le nord, presque aussi rapidement, gravissant les pentes de la colline est. Tôt le matin, peu après que Julius eut surveillé le troisième chargement de ses biens, dans la troisième charrette, et dit à sa famille de se tenir prête à repartir pour Bocton, il entendit une nouvelle qui lui parut de bon augure : le frère du roi, Jacques, duc d'York, était arrivé dans la cité avec un corps de troupe. Jacques était un marin, un solide gaillard ; peut-être parviendrait-il à reprendre le contrôle de la situation.

De fait, en sortant de chez lui, il aperçut la noble silhouette du duc qui dirigeait ses hommes dans le bas de Watling Street. Ils étaient occupés à faire sauter une douzaine de maisons avec de la poudre à canon. Julius alla lui présenter ses respects.

« Si nous élargissons cette rue, lui expliqua Jacques, peut-être réussirons-nous à créer un pare-feu. » Ils reculèrent de quelques pas et se mirent à l'abri ; une énorme déflagration retentit bientôt. « Et maintenant, sir Julius... demanda Jacques en souriant. Nous aiderez-vous ? »

Quelques minutes plus tard Julius se retrouva, à sa grande surprise, un casque de cuir sur la tête, une hache d'incendie à la main, travaillant au côté du duc et d'une douzaine d'autres hommes pareillement vêtus : ils abattaient murs et poutres pour ménager un pare-feu. C'était un travail pénible et il n'aurait pas été fâché de s'arrêter ; mais, tournant les yeux vers un nouveau démolisseur venu les rejoindre, il lui trouva quelque chose de familier, avec sa large silhouette et son teint basané. Bientôt, dans un sursaut de joie et d'excitation, il comprit qu'il s'agissait du roi lui-même.

« Est-ce bien à Votre Majesté de faire cela ? lui demanda-t-il.

— De préserver mon royaume ? Oui, sir Julius. (Le monarque sourit.) Vous savez combien je m'y accroche, pour ne pas le perdre... »

Hélas, le pare-feu ne suffit pas : la force du feu était telle, son élan si impétueux qu'une heure plus tard il bondissait par-dessus la brèche.

L'épisode le plus terrible eut lieu le mardi matin. O Be Joyful y assista depuis le bas de Ludgate Hill.

Sa propre maison avait été dévorée par les flammes le lundi après-midi ; comme prévu, il avait emmené sa famille à Shoreditch et ils y étaient restés. De nouvelles informations ne cessaient d'arriver. Le soir, il entendit dire que le Royal Exchange était en flammes ; à l'aube, que St Mary-le-Bow n'existait plus. Quelques heures plus tard, il décida d'aller voir par lui-même : il gagna les portes de la cité, mais se trouva bloqué en chemin. Les troupes ne laissaient entrer personne à l'intérieur. « C'est une fournaise », le prévint-on. Le vaste espace de Moorfields avait été transformé en un immense campement pour les gens qui ne possédaient plus de toit. Il longea les vieux murs, jusqu'au-delà de Smithfield, où un autre petit camp s'était formé près de l'hôpital St Bartholomew ; et c'est ainsi qu'il parvint à Ludgate. Une foule de gens y était rassemblée : il aperçut le bon docteur Meredith, resté à son poste au moment de l'épidémie. Tous les yeux, béants, étaient tournés vers le sommet de la colline.

St Paul brûlait, de fond en comble. L'énorme bâtisse grise, dont la longue silhouette flottait depuis six siècles au-dessus de la cité, la sombre et vieille maison de Dieu, qui montait la garde en haut de sa colline depuis l'époque normande, impavide sous les tempêtes, la foudre et les ravages du temps, l'antique St Paul s'effondrait lentement sous leurs yeux. Il demeura plus d'une heure à la contempler.

Comme il repartait le long de Fleet Street, il aperçut un groupe de jeunes gens en approchant du Temple. Ils avaient acculé un jeune homme contre un mur, et ne semblaient pas bien intentionnés à son égard. Il entendit même l'un d'eux crier : « Pendons-le ! »

D'abord il hésita : ce n'étaient que des jeunes, mais il y en avait une douzaine, et plutôt bien bâtis. Il traversa la rue pour les éviter et continua son chemin vers le Temple ; derrière lui, le jeune homme poussa un cri. Il s'arrêta soudain, honteux.

Il n'était guère entré dans les détails, pour raconter aux siens la mort de Martha. Depuis qu'il avait reculé dans la rue en flammes, il s'était convaincu que de toute façon il n'aurait rien pu faire. Il s'était encore conforté ce matin dans cette certitude, tandis qu'il descendait vers la ville, puis sur le chemin de Ludgate. Alors, il avait vu Meredith.

Le docteur Meredith, fils du prédicateur ; Meredith qui, contrairement à la plupart de ses confrères, était resté à Londres malgré la peste, risquant à coup sûr sa vie plusieurs dizaines de fois. Meredith qui, sans invoquer aucun appel intérieur, aucune vocation religieuse, s'était montré courageux, tranquillement courageux.

Et lui-même, qu'était-il ? La question traversa la carapace morale de O Be Joyful, comme une flèche transperce une armure, et lui causa une vive douleur. Lâche. C'était la seule réponse à apporter. En admettant même que Martha ne pût être sauvée, avait-il tenté de le faire ? N'avait-il pas perdu tout courage et redescendu l'escalier en courant ? Alors, l'idée le frappa soudain : « Si tu passes maintenant ton chemin, tu prouves que tu ne vaux rien. » Il revint sur ses pas, et quelques instants plus tard il affrontait le petit groupe.

« Qu'a-t-il fait ? » demanda-t-il. Le jeune homme voulut répondre lui-même, mais les autres le coupèrent :

« Il a déclenché l'incendie de Londres, sir ! » crièrent-ils.

La rumeur était née la veille ; un tel feu tel ne pouvait être l'effet du hasard. Certains affirmaient que c'étaient les Hollandais, mais la majorité des gens — peut-être la moitié du bon peuple de Londres — avaient un soupçon plus profondément ancré. « Ce sont les catholiques ! affirmaient-ils. Qui d'autre aurait pu faire une telle chose ? »

« Mais je ne suis pas catholique ! criait le malheureux dans son mauvais anglais. Je suis protestant ! Huguenot ! »

Un huguenot... Si les Anglais redoutaient les tendances papistes des Stuarts, aux yeux de tous les protestants vivant dans la France catholique, le royaume d'Angleterre restait une terre d'asile. Massacrés par milliers sur l'ordre d'un pieux monarque en 1572, l'édit de Nantes les avait ensuite protégés de la violence ; mais ces fervents calvinistes restaient en butte à des restrictions continuelles. Aussi un flux, modeste mais régulier, traversait-il la Manche pour venir s'installer en Angleterre : là, on leur permettait de pratiquer discrètement leur culte. On appelait ces calvinistes français des huguenots.

O Be Joyful le devinait, le jeune homme en face de lui n'avait pas plus de dix-sept ans. Il était mince, l'œil vif, avec de fins cheveux bruns ; le trait le plus remarquable chez lui était sa paire de lunettes, à travers laquelle il dévisageait ses assaillants d'un regard de myope.

« Vous êtes protestant ? demanda Carpenter.

— *Oui*[1]. Je le jure ! répondit-il.

— Mais écoutez-le ! C'est un étranger ! cria l'un des garçons. Rafraîchissons-lui un peu la mémoire ! »

Rassemblant tout son courage, l'artisan alla se placer en face du jeune homme et dit fermement à ses agresseurs : « Je suis O Be Joyful Carpenter. Mon père Gideon s'est battu avec Cromwell, et ce garçon est de la même religion que nous. Laissez-le tranquille, ou vous aurez d'abord affaire à moi ! »

Jamais il ne sut ce qui se serait passé si l'une des patrouilles du duc d'York n'était opportunément arrivée sur les lieux, venant de St Clement Danes. Le groupe se retira à contrecœur, et il se retrouva seul avec le jeune huguenot.

« Où habitez-vous ? lui demanda-t-il.

— Près du Savoy, monsieur », répondit le jeune homme. Carpenter le savait, il existait là-bas une petite communauté de protestants français, qui possédaient leur propre église ; il lui offrit de le raccompagner.

« Vous êtes arrivé récemment ? lui demanda-t-il tout en marchant.

— Hier. Je vis ici avec mon oncle. Je suis fabricant de montres.

— Comment vous appelez-vous ?

— Eugène, monsieur. Eugène de la Penissière.

— *De la* quoi ? (O Be Joyful secoua la tête : il ne se ferait jamais aux noms français.) Trop compliqué à retenir, commenta-t-il.

— Comment devrais-je me faire appeler en anglais, monsieur ? lui demanda le jeune homme.

— Eh bien... » Carpenter réfléchit ; le seul mot un tant soit peu approchant qu'il connaissait était un mot fort ordinaire. « Je pense que vous pourriez essayer Penny, finit-il par répondre.

— Eugène Penny ? » Le jeune homme parut d'abord hésiter, puis son visage s'éclaira. « Vous m'avez sauvé la vie, monsieur ; vous êtes un homme très courageux. Si vous dites que je devrais m'appeler Penny, *alors*... (Il haussa les épaules et sourit). Penny... Où pourrai-je vous trouver, monsieur, pour vous remercier comme il convient ?

— Inutile... Je n'ai plus de maison, de toute façon. Mais je peux du moins vous donner mon nom : O Be Joyful Carpenter. Je suis tailleur sur bois. »

Au Savoy, les deux hommes se séparèrent.

« Nous nous reverrons », lui promit Eugène. Mais juste avant de tourner les talons, il lui dit : « Ces garçons qui voulaient me tuer : ils n'étaient pas complètement stupides. *Non.* Car cet incendie, c'était sûrement l'œuvre des catholiques... »

---

1. En français dans le texte. *(N.d.T.)*

Le feu faisait toujours rage. St Paul n'était plus qu'une immense ruine calcinée ; le Guildhall, les Blackfriars, Ludgate, tous en allés en fumée. Le mardi, puis le mercredi, l'incendie franchit les murailles de la ville, pour se propager le long de Holborn et de Fleet Street. St Bride disparut à son tour. Enfin, avec les vastes pelouses dégagées qui entouraient le Temple, les flammes rencontrèrent un coupe-feu capables de les arrêter. A l'est, la Tour de Londres fut sauvée par une trouée ouverte par le duc d'York. Pour le reste, à quelques rares exceptions près, la vieille cité médiévale fut détruite à l'intérieur de ses murailles.

Chez deux personnes, la peste puis l'incendie suscitèrent en outre une crise plus personnelle, plus intérieure. L'épidémie avait fait naître chez le docteur Meredith un profond sentiment d'échec : son rôle s'était borné à réconforter les mourants. Tout son art n'avait servi à rien, il le reconnaissait lui-même ; bien du chemin restait encore à parcourir, pour que la médecine devienne une véritable science. « Autant essayer de sauver leurs âmes », songeait-il ; et, tandis que de Ludgate il voyait brûler St Paul, il avait décidé : « Je vais finalement entrer dans les ordres et me faire clergyman, comme c'était ma première intention. » Rien ne l'empêchait de continuer à étudier la médecine en même temps ; Dieu merci, la Royal Society serait toujours là.

A Carpenter, l'incendie n'apporta qu'amertume et désespoir. Après avoir quitté Eugène, il ne retourna pas auprès des siens, mais erra dans les parages en contemplant le feu ; les mots du jeune homme lui revenaient sans cesse aux oreilles, comme pour le tourner en dérision. Quel homme « courageux » il faisait... Inutile de continuer à s'illusionner : « J'aurais pu aller chercher Martha là-haut et la sauver. Par ma peur et par ma lâcheté, je l'ai laissée brûler. » Etait-il bien le fils de Gideon et l'héritier spirituel de Martha ? Non. Il était indigne d'eux.

Et leur cité de lumière, qu'en était-il advenu ? Le feu poursuivait sa progression le long de Fleet Street, comme quelque funeste char émané des enfers ; ses craquements semblaient autant de grincements de roues, dont le message était à la fois simple et terrible : « Tout est parti, tout est détruit, tout est mort. »

Encore aujourd'hui, les raisons pour lesquelles la peste n'est presque jamais réapparue à Londres après le Grand Incendie restent une énigme qui divise les médecins ; les causes de l'incendie sont toujours discutées, elles aussi. La plupart des Londoniens en rendaient, à l'époque, les catholiques responsables ; la commission parlementaire appelée à statuer sur le sujet rendit un avis plus mesuré. La faute, affirmait-elle sans équivoque, ne pouvait être imputée à aucun groupe social en particulier, ni aux étrangers, ni même aux catholiques. Le feu de Londres, concluait-elle simplement, n'était qu'une manifestation de la puissance de Dieu. C'était un feu divin.

14

St Paul

Le soleil baignait la façade sud de l'étrange petit bâtiment juché sur la colline. Patiemment, Eugène Penny attendait que les deux hommes aient terminé leur conversation. L'édifice projetait une ombre longue jusqu'au bas de la pente, tranquille et verdoyante ; loin en dessous, à Greenwich, la blanche Maison de la reine miroitait au bord de l'eau. Il se demanda si Meredith serait là cette nuit, à regarder les étoiles au travers de son grand tube. Il ressentit une bouffée d'embarras en pensant à ce qu'il devait dire à l'aimable pasteur ; car, il le savait, Meredith lui répondrait qu'il était fou.

Richard avait bien vu Eugène, mais il ne pouvait s'en aller aussi facilement qu'il l'aurait voulu : il y avait un problème avec sir Julius Ducket. C'était d'autant plus irritant qu'il guettait avec impatience la cérémonie d'inauguration du bâtiment.

Le choix de son ami sir Christopher Wren — astronome, membre de la Royal Society, et qui avait brillamment réorienté vers l'architecture ses talents de mathématicien — pour exécuter les plans du bâtiment s'était révélé judicieux. Car le petit octogone de brique qui dominait désormais la colline surplombant Greenwich était le premier du genre en Angleterre : l'Observatoire royal.

Curieusement du reste, son but premier n'était pas d'étudier les étoiles — même s'il était, bien sûr, équipé d'un télescope. Son objet principal, comme Meredith l'avait expliqué à sir Julius plus tôt dans la matinée, était pratique.

« Il doit aider les marins, lui avait-il dit. Actuellement les navigateurs peuvent, en utilisant un quadrant, mesurer l'angle du soleil à son zénith, ou encore de certaines étoiles, et calculer ainsi à quelle distance ils se trouvent vers le nord ou vers le sud. Mais ce qu'ils ignorent, poursuivit-il, c'est à quelle distance ils se trouvent vers l'est ou vers l'ouest — leur longitude. Jusqu'à présent, ils doivent faire une estimation rudimentaire, en se basant en général sur leur nombre de jours de navigation ; ce n'est guère satisfaisant. Mais il existe un moyen de déterminer la longitude.

« Suivez-moi bien, sir Julius. Chaque jour, tandis que la Terre poursuit sa ronde autour du Soleil — car nous savons qu'elle le fait, malgré les vieilles objections de l'Eglise romaine —, elle tourne aussi sur elle-même. C'est la raison pour laquelle le Soleil, comme on l'a établi, nous apparaît à l'est, ici à Londres par exemple, plusieurs minutes avant qu'on l'aper-çoive à l'ouest de l'Angleterre. » Les contemporains en étaient d'autant plus conscients que l'heure locale était une affaire éminemment variable : chaque cité réglait ses horloges en fonction du Soleil, de sorte que le port de Bristol, à l'ouest, ne vivait pas à la même heure que Londres.

« Nous avons calculé, continua Richard, qu'une différence de quatre minutes représentait un degré de longitude ; une heure représente quinze degrés. De cette façon, si un navigateur calcule sa propre heure, ce qu'il peut faire d'après le Soleil, il n'aura ensuite qu'à la comparer avec l'heure qui est ici la nôtre, à Londres, pour savoir à quelle distance il se trouve de nous, à l'est ou à l'ouest.

·— Il faudrait pour cela qu'il ait avec lui une horloge indiquant l'heure de Londres.

·— Oui. Hélas, nous ne savons pas fabriquer d'horloge capable de conserver une heure donnée en pleine mer. Cependant, nous pouvons faire des tables des positions de la Lune sur le fond du ciel, fort précises · ainsi, en comparant ses propres relevés avec ce qu'il lira sur un almanach, un marin pourra connaître l'heure de Londres à un moment particulier du jour. Ensuite, en confrontant cette horloge astronomique de référence, en quelque sorte, avec son heure locale, il pourra déterminer sa longitude.

— Cela prendra longtemps pour mettre ces tables au point ?

— Plusieurs décennies, à mon avis. C'est une énorme tâche. Mais c'est justement pour cela que avons créé l'Observatoire royal : pour dresser une grande carte de tous les corps célestes et de leurs mouvements.

— Ainsi tous les navigateurs — même ceux des autres pays, j'imagine — détermineraient leur position d'après le temps de Londres, qui serait un temps de référence ?

— Exactement. (Meredith sourit.) S'ils veulent savoir où ils se trouvent, ils devront se baser sur le temps de l'Observatoire royal. Nous l'appelle-rons le temps de Greenwich. »

C'est après avoir conduit sir Julius à l'Observatoire pour lui montrer le télescope, l'horloge et les autres instruments, que Meredith s'était laissé entraîner à une malheureuse confidence. Pire encore, c'était en grande partie sa faute, il lui fallait l'admettre.

Il y avait un mois qu'il avait laissé échapper l'anecdote. En le faisant, il avait supposé — bien à la légère, il s'en rendait compte aujourd'hui — que lui-même n'ayant pas pris l'affaire au sérieux, il en irait pareillement pour le baronnet. Il avait eu tort : Julius y avait vivement réagi. Il en avait même été terrifié ; le riche sir Julius Ducket, ami du souverain, tremblait de peur, parce que la pauvre Jane Wheeler avait jeté une malédiction sur lui au moment où elle mourait de la peste.

« Si c'était une sorcière, lui glissa sir Julius d'une voix pressante, n'y a-t-il pas des prières que vous pourriez dire ? Ou peut-être devrions-nous déterrer son corps et le brûler ? »

Meredith soupira. Comment son ami avait-il de telles pensées, après avoir vu l'Observatoire qui permettrait d'établir une carte du ciel ? En tant qu'homme de science, il était blessé qu'on pût encore ajouter foi à de telles superstitions — même s'il savait que bien des hommes instruits continuaient à croire à la sorcellerie. Récemment encore, on avait brûlé plusieurs sorcières dans les campagnes, très officiellement. Et ce n'était pas une simple survivance des papistes et de leur religion médiévale : les austères puritains d'Ecosse, et jusqu'à ceux du Massachusetts, à ce qu'on disait, envoyaient avec empressement les sorcières au bûcher.

« Ce n'était pas une sorcière, répondit calmement Richard. Et de toute façon, vous ne pouvez la déterrer d'une fosse de la peste.

— Mais la malédiction...

— Morte avec elle. » Mais, il le voyait bien, Ducket était loin d'être satisfait. Sir Julius n'était pas l'une de ses ouailles. Après le Grand Incendie, la petite église de St Lawrence Silversleeves, de même que plusieurs autres environnantes, n'avait pas été reconstruite. Sir Julius quant à lui n'était pas resté en ville, il s'était installé plus à l'ouest, tandis qu'on avait bâti sur le site de sa vieille maison, près de St Mary-le-Bow, un nouvel hôtel particulier devenu la résidence officielle du maire. Peu après son ordination, Meredith avait été assez heureux pour obtenir le bénéfice de St Bride, dans Fleet Street.

Bien que son bon sens s'insurgeât contre toute l'affaire, il n'en réconforta pas moins son compagnon : « Je prierai pour vous », lui dit-il. Mais il ne fut pas fâché de voir sir Julius s'en aller enfin, et de pouvoir se tourner vers Eugène Penny, qui l'attendait patiemment.

Meredith aimait le huguenot, même s'il appartenait à une église étrangère. O Be Joyful le lui avait présenté ; puis il avait pu aider le jeune homme à trouver un emploi chez le grand horloger de Londres, Tompion, qui installait l'horloge de l'Observatoire royal. Il écouta avec attention ce que Penny avait à lui dire — et comme ce dernier l'avait prévu, il lui répondit : « Vous devez être fou. »

La communauté huguenote de Londres était en pleine expansion, et son pasteur un homme fort occupé. Ils s'étaient bien intégrés : certaines familles, comme les riches Des Bouveries, s'étaient même déjà hissées au sommet de la société. Leurs noms français — Olivier, LeFanu, Martineau, Bosanquet — se prononçaient désormais à l'anglaise ; ou bien ils s'étaient transformés, comme cela avait été le cas pour Penny, en un équivalent anglais : Thierry en Terry, Mahieu en Mayhew, Crespin en Crippen, Descamps en Scamp. Leur goût pour des mets aussi délicats que les escargots étonnait leurs nouveaux compatriotes ; mais ils apportaient également d'autres plats avec eux, comme la soupe de queue de bœuf, vite devenus populaires chez les Anglais. Leur savoir-faire en matière de meubles, de parfums, d'éventails, et de perruques à la dernière mode, était fort apprécié ; et si, comme tout nouvel arrivant, on les avait d'abord regardés d'un œil vaguement soupçonneux, les puritains respectaient leur religion calviniste. Quant au roi, il avait élaboré un compromis raisonnable. Les premières églises françaises — au Savoy et dans Threadneedle Street — pouvaient observer le rite calviniste, à condition que leurs fidèles restent discrets, et loyaux envers le royaume. Les églises nouvellement établies devaient, elles, utiliser la liturgie anglicane, transcrite en langue française ; si de légères différences ici ou là pouvaient apaiser les consciences puritaines de leurs paroissiens, on ne leur chercherait pas querelle pour cela. Curieusement, parce qu'ils étaient dévots et soucieux de n'offenser en rien la loi (à la différence de tant de puritains anglais), les évêques anglicans de Londres avaient en général tendance à les protéger.

Dans ces conditions, pourquoi Eugène Penny voulait-il donc quitter la ville ?

« Est-ce à cause des émeutes ? » lui demanda Meredith. Plusieurs attaques contre des huguenots s'étaient produites dans les faubourgs est de la cité, cette année-là ; peut-être cela avait-il inquiété Penny ? Mais, Richard en était convaincu, l'affaire ne visait pas les huguenots en tant que tels, aussi enchaîna-t-il : « Si c'est le cas, laissez-moi vous rassurer tout de suite. »

Certes, il existait toujours des frictions entre les « étrangers » — en fait, toute personne extérieure à la cité — et les Londoniens, qui craignaient la concurrence pour leurs métiers et leurs emplois. Mais dans ce cas précis le problème, Meredith l'avait bien compris, était une conséquence directe du Grand Incendie ; et les anciennes règles d'administration de la ville étaient en cause.

Dans les mois qui avaient suivi la catastrophe, alors que la vieille cité n'était plus, à l'intérieur des murs, qu'une ruine vide et noircie, ses habitants s'étaient même demandé s'ils n'allaient pas l'abandonner. Peu à peu pourtant, on l'avait reconstruite ; mais sa structure médiévale avait disparu. De nouveaux quartiers à la mode avaient surgi autour de la cour royale, à Whitehall ; les riches s'y installaient désormais plus volontiers qu'ailleurs. Les artisans quant à eux, qui avaient dû émigrer vers les faubourgs nord et est, trouvaient finalement économique de ne plus repartir. Le maire et les aldermen n'avaient pas cherché à étendre leur autorité sur ces nouveaux quartiers en expansion ; et les guildes non plus. Si un homme voulait être citoyen de la ville et membre d'une corporation, avec tous les avantages qui s'y attachaient, il restait soumis aux anciennes règles et au passage par l'état d'apprenti. Mais contre les artisans ou commerçants qui choisissaient de s'établir dans les faubourgs, et donc de se soustraire à ces règles, les guildes ne pouvaient pas grand-chose. Aussi, quand un groupe de tisserands huguenots s'étaient installés dans le petit faubourg de Spitalfields, juste à l'extérieur du mur est de la cité, leur travail et leur savoir-faire leur ayant valu un succès immédiat, certains de leurs voisins, qui gagnaient moins bien leur vie, en avaient pris ombrage.

« C'est seulement une difficulté locale, lui dit Meredith. Les Londoniens n'ont rien contre les huguenots, je vous assure. »

Eugène secoua la tête. Il avait retiré ses lunettes et les essuyait — un moyen qu'il utilisait souvent pour gagner du temps quand il était embarrassé. Il allait vers ses trente ans et son visage s'était aminci. Ses traits étaient finement ciselés ; ses yeux, bien que myopes, brillaient d'un brun profond. Un beau garçon, pensa Meredith, il pourrait presque être espagnol. Mais tout le problème d'Eugène Penny venait de ce qu'il était français.

Il avait été expédié en Angleterre par son père. Prudents, prévoyants, persévérants, le père et le fils étaient tombés pleinement d'accord sur la conduite à tenir. « Par l'édit de Nantes, avait dit le premier au second, les rois de France ont fait le serment que nous pourrions pratiquer librement notre foi, désormais et pour toujours. Mais Rome est puissante, le roi dévot. Pars donc pour l'Angleterre, mon fils. Si nous voyons que notre sécurité est assurée ici, tu pourras revenir ; sinon, tu prépareras un nouveau foyer là-bas, pour tes frères et tes sœurs. »

Mais au retour de sa dernière visite à sa famille, un terrible mal du pays s'était emparé d'Eugène ; de mois en mois, il empirait. Aussi confessa-t-il à Meredith : « Je veux juste rentrer chez moi, en France. Ma famille n'a plus rien à craindre là-bas, rien ne m'oblige donc à rester ici. »

Meredith ne savait guère quoi lui répondre. Sur la situation en France, il n'avait pas de conseil à lui donner ; mais cela l'attristait, pour la carrière du jeune horloger, qu'il quitte un aussi bon maître que le sien. « Au moins, écrivez d'abord à votre père, pour lui demander sa permission », lui dit-il tout en doutant qu'Eugène suive son avis.

Lorsque Meredith l'eut quitté, Eugène Penny repartit lentement. Il reconnaissait la sagesse des propos de son aîné, mais son cœur n'en était pas moins déchiré. Du sommet de la colline, il gagna la vaste étendue de Blackheath, reprit la vieille route du Kent et commença la longue redescente vers Southwark. Cela représentait une promenade de cinq bons kilomètres, mais elle ne lui faisait pas peur. Tout Londres s'étalait devant lui — la vieille cité noircie, encore en pleine reconstruction, le lointain palais de Whitehall, les coteaux boisés, plus lointains encore, de Hampstead et Highgate. Devant lui, du Pont jusqu'à la Tour et au-delà, le long du bassin de Londres et encore passé Wapping, partout où portait son regard, il apercevait des bateaux ; une forêt de mâts, si dense qu'on eût dit des arbres, et qui se touchaient presque. Une bonne centaine de grands vaisseaux devaient être rassemblés là, signe que le puissant port de Londres ne laisserait jamais aucun adversaire — peste, incendie ou même guerre — l'empêcher de commercer avec le monde entier.

Comment, songea Eugène, pouvait-il penser à partir ?

Quelques jours plus tard, par un après-midi ensoleillé, un groupe d'hommes faisaient cercle au centre d'une vaste ruine vide, sur la colline ouest de la ville. Il y avait là plusieurs artisans et tailleurs de pierre, qui portaient le tablier de leur état — ce qui était tout indiqué en l'occurrence car l'homme, à l'œil vif et aux manières affables, qui les avait convoqués n'était pas seulement le plus grand bâtisseur d'Angleterre, mais un fervent franc-maçon lui-même.

« Aujourd'hui, leur annonça sir Christopher Wren, est un grand jour pour notre ville. »

Londres renaissait de ses cendres. La nouvelle cité qui sortait de terre aurait certes pu être plus majestueuse : Wren et ses confrères avaient soumis des plans pour une somptueuse série de places, d'avenues et de carrefours qui en auraient fait la merveille du monde septentrional. Mais l'énorme charge de dédommager les milliers de propriétaires qui détenaient des droits le long des rues, l'urgence de se mettre à la tâche, le coût final d'une telle magnificence avaient forcé le roi et son gouvernement à adopter une solution plus modeste. Aussi le dessin de la nouvelle cité reprenait-il, dans ses grandes lignes, le vieux plan médiéval.

Là pourtant s'arrêtait la ressemblance. Car sept siècles d'immeubles de bois, pressés les uns contre les autres et débordant au-dessus des rues, soudain réduits en cendres, c'était aussi une chance de ne pas reproduire les erreurs du passé : le gouvernement ne la laissa pas échapper. On édicta des règlements : les rues seraient plus larges, certaines pentes adoucies. Les maisons formeraient des alignements réguliers ; elles seraient bâties dans un style simple et classique, toutes sur un même modèle — deux étages, plus une cave et les combles, dans les rues latérales, trois ou quatre étages dans les rues principales. Et surtout, elles seraient obligatoirement de brique ou de pierre, avec des toits de tuile ou d'ardoise ; lorsqu'un ou deux marchands crurent bon d'enfreindre ce règlement, leurs maisons furent abattues.

Quelques repères médiévaux subsistaient néanmoins : la Tour, toujours en sentinelle au bord de l'eau ; à l'abri du mur est, une ou deux églises gothiques avaient survécu à l'incendie. Au-dehors, à Smithfield, St Bartholomew reflétait toujours la tranquille quiétude des jours de la croisade. Sur le fleuve lui-même, les flammes avaient roussi les hautes demeures du Pont de Londres, pittoresques vestiges du monde d'hier, mais ne les avaient pas abattues : pendant quatre-vingt-dix ans encore elles rappelleraient le charme et la gloire du Londres médiéval, celui de Chaucer et du Prince noir.

Mais la cité moyenâgeuse elle-même avait disparu : et chose curieuse, ce qui se relevait sur ses ruines n'était pas sans rappeler la ville romaine qui l'avait précédée. Certes, aucun amphithéâtre ne se dressait plus sur la colline ouest : le Guildhall occupait le terrain. Le goût qu'eurent de tout temps les hommes pour les effusions de sang devait se contenter désormais des exécutions publiques et des combats de coqs, au lieu de combats de gladiateurs. Certes, il faudrait encore deux siècles pour redécouvrir le chauffage central ; les routes du XVIIe siècle auraient fait rire n'importe quel citoyen romain ; et l'alphabétisation était, pour autant qu'on puisse en juger, moins répandue que dans l'ancien monde. Mais en dépit de ces reculs, la nouvelle cité avait à peu près retrouvé le niveau de bien-être et de civilisation dont les habitants de Londinium jouissaient, mille quatre cents ans plus tôt.

De tous les reconstructeurs de Londres, aucun n'égalait sir Christopher Wren ; l'astronome devenu architecte se répandait partout. Il avait déjà reconstruit St Mary-le-Bow en la dotant d'une tour magnifique et d'une flèche classique ; en guise de petite adjonction pleine de charme et d'esprit, il avait muni sa tour d'un balcon donnant sur Cheapside, rappel de l'ancienne tribune d'où rois et courtisans assistaient jadis aux joutes. St Bride était déjà relevée, dans Fleet Street ; nombre d'autres projets étaient en train. Pourtant, aucun ne pouvait se comparer avec l'énorme entreprise à venir.

St Paul... Vaste, obscure, presque entièrement privée de toit, ses hauts murs noircis étaient restés debout plusieurs années durant après l'incendie. La poudre à canon eût été trop dangereuse : Wren avait ordonné qu'on les abattît lentement, à l'aide d'un bélier ; ils étaient tombés, morceau par morceau. Sauf le mur ouest, ils n'avaient plus que quelques dizaines de centimètres de haut. Pour remplacer la vieille église gothique,

Wren avait jeté les plans d'un nouvel édifice, grandiose, qui serait la fierté de Londres.

Tous les artisans présents sur les lieux souriaient — tous, sauf un.

O Be Joyful Carpenter ne s'était jamais remis de l'incendie de Londres ; d'une certaine façon, il en avait été l'une des victimes. Le feu de la vérité l'avait mis à nu ; il s'était vu tel qu'en lui-même : un lâche. Pire encore : un Judas. Toute sa vie depuis ce jour-là ne le prouvait-elle pas ?

Jusqu'à la mort de Martha, le petit tailleur sur bois avait toujours supposé qu'il était l'un des élus. Cela n'allait pas sans un certain orgueil, loin de là : mais n'avait-il pas marché avec Dieu toute sa vie, en compagnie de Gideon et de Martha ? N'était-ce pas pour le Seigneur qu'il taillait le bois ? Ne venait-il pas d'une famille que Dieu avait spécialement choisie pour accomplir Son œuvre sur terre ? Tout cela avait été vrai — jusqu'à ce qu'il tue Martha. « Tu l'as laissée brûler pour sauver ta vie, n'avait-il cessé de se répéter depuis. Ta foi en Dieu, qu'en as-tu fait ? Quand Il t'a mis à l'épreuve, tu t'es dérobé. Ta foi n'est qu'une imposture, un faux-semblant. » De nombreux mois durant, son âme avait souffert le martyre.

Un jour du printemps qui avait suivi l'incendie, il s'était rendu de Shoreditch jusqu'à la cité détruite. Même après tant de mois, les ruines de Londres fumaient encore ; on pouvait emprunter les rues les plus larges, mais beaucoup de pierres noircies restaient trop chaudes pour qu'on pût les toucher. Partout, dans ce paysage de désolation, des filets de fumée s'élevaient des tas de pierres calcinées ; une odeur âcre et suffocante prenait Carpenter à la gorge, et il songeait que le sol de l'enfer lui-même, consumé d'un feu éternel, ne devait pas offrir de plus sombre spectacle. Puis, dans un brusque accès de désespoir, il comprit qu'il n'était pas l'un des élus, mais l'un des damnés ; et sa propre vie devint un enfer.

Il lui sembla qu'il avait perdu toute son énergie ; il se forçait à travailler, mais le travail ne lui procurait plus aucune joie. Il ne priait que lorsqu'il était avec sa famille, et pour sauver les apparences. Rares étaient ses occasions de pécher, mais il ne faisait aucun effort pour mener une vie pieuse, car il n'avait plus de but dans l'existence.

Il aurait pu sombrer toujours plus avant dans la dépression, s'il n'avait eu autant de travail. Les années suivantes, les maisons s'élevèrent par centaines ; comme compagnon menuisier, travaillant pour plusieurs maîtres, il était sans cesse occupé. Des portes, des lambris, de la taille en tout genre — la demande était énorme pour le travail du bois.

Un jour, il avait croisé Meredith par hasard, et cette rencontre avait modifié son existence. Richard, qui avait connu O Be Joyful toute sa vie, était toujours resté en bons termes avec lui. Il avait été heureux de pouvoir aider le jeune huguenot, ami de Carpenter ; et il avait déjà obtenu plusieurs petites commandes pour ce dernier, dans sa nouvelle paroisse de St Bride. Voyant un matin l'artisan descendre Ludgate Hill d'un air mélancolique, une joyeuse pensée lui était venue, propre à lui redonner bon moral.

« Mon ami Wren a récemment engagé un remarquable tailleur sur bois, qui a besoin d'assistants. Si je vous présentais à lui ? » suggéra-t-il. Grâce à Richard, l'après-midi même, Carpenter rencontrait l'excellent Grinling Gibbons.

Gibbons, comme lui, était un artisan calme et discret. Carpenter avait entendu parler de lui quelques mois plus tôt, quand l'homme s'était fait connaître en présentant un magnifique travail d'art au roi. Aujourd'hui, pour la première fois, il découvrait l'œuvre de Gibbons, et il en était ébloui. Des hommes, des animaux, des arbres, des fruits, des fleurs — il n'y avait rien, semblait-il, qu'il ne fût capable de représenter. Mieux encore, il ne se contentait pas de reproduire des formes usuelles : une simple pomme, au sein d'une somptueuse guirlande de fruits ornant une boiserie, possédait tant de présence et tant de grâce qu'on aurait presque tendu la main pour la saisir et la croquer. « C'est plus qu'un tailleur sur bois, c'est un véritable sculpteur », murmura O Be Joyful à Meredith alors qu'ils visitaient l'atelier du maître.

« Il n'a pas son égal à Londres, acquiesça Richard. Mon ami Wren l'engage, poursuivit-il, pour travailler à ses nouvelles églises. Aimeriez-vous vous joindre à lui ? »

O Be Joyful promenait en silence le regard autour de lui. Que répondre ? Il avait beau être condamné pour l'éternité, il existait pourtant des choses auxquelles il ne pouvait se résoudre : toute une vie d'habitude le lui interdisait. Martha et Gideon le regardaient peut-être de là-haut avec commisération et dégoût ; mais travailler dans une des églises du roi, avec leurs livres de prières, leurs habits ecclésiastiques et leurs évêques — si enfoncé qu'il fût dans le péché, il ne pouvait insulter la mémoire des siens en le faisant.

Et pourtant, il n'avait jamais vu un tel travail du bois ; et il savait que, de toute sa vie, il ne retrouverait un tel maître. La voix de Martha le réprimandait de là-haut : « Images terrestres... idolâtrie... péché... » et c'était vrai ; cet amour de la beauté matérielle était en pleine contradiction avec ce qu'il savait être puritain et saint.

Il regarda Meredith, puis l'atelier ; « Oui, j'aimerais travailler pour Grinling Gibbons », dit-il.

Ses véritables malheurs commencèrent quelques mois plus tard. La reconstruction de St Paul fut longtemps retardée, car son coût était énorme ; une solution simple fut pourtant trouvée au problème. Les autorités promulguèrent une taxe sur le charbon ; chaque fois que les bateaux en provenance de Newcastle accostaient à Londres, avec leur cargaison destinée à chauffer les maisons, on taxait les sacs que l'on déchargeait ; sur chaque somme de trois shillings, quatre pence et demi allaient directement à St Paul. La grande cathédrale de Wren serait donc payée par le charbon.

L'argent commençait à s'amasser, et l'on avait dessiné des nouveaux plans pour l'édifice. Gibbons avait montré à O Be Joyful la maquette de bois, sommaire, réalisée à partir du plan initial de Wren — une construction rudimentaire, munie de tribunes, qui plaisait à Carpenter car elle lui rappelait un temple protestant. Mais, semblait-il, le roi voulait quelque chose de plus grandiose. « Ils sont en train d'exécuter une maquette de la nouvelle église, lui expliqua un jour Gibbons, et je voudrais que vous les aidiez. »

Le lendemain matin, en arrivant à l'atelier, O Be Joyful pensait trouver un ou deux autres compagnons, œuvrant à un modèle de la taille d'une petite table ; à la place, il trouva toute une équipe d'artisans occupés par une maquette monumentale. A l'échelle de 1/24, elle devait mesurer un peu plus de six mètres de long sur presque deux mètres cinquante de haut ; plus redoutable encore, elle était en chêne, bois extrêmement dur à travailler. Enfin, ce qui rendait l'entreprise formidable, chaque détail, corniche ou autre, devait être parfaitement reproduit, aussi bien à l'intérieur qu'à l'extérieur. « Mon Dieu, murmura Carpenter, ce sera encore plus facile de construire la cathédrale elle-même... »

Les dessins à partir desquels ils allaient œuvrer n'arrivaient que peu à peu, mais la silhouette générale du bâtiment était déjà précisée : une splendide construction classique en forme de croix grecque, avec de grandes fenêtres romaines et des portiques surmontés de frontons. Les plans du toit n'avaient pas encore été exécutés, aussi Carpenter ne savait-il pas à quoi il ressemblerait ; mais en attendant, le travail ne manquait pas. Les colonnes et pilastres de la grande basilique étaient d'ordre corinthien ; on les lui confia. Leur chaste simplicité le remplissait d'aise ; « Mais à sculpter, ils sont diaboliques », reconnaissait-il. Il y travailla plus d'un mois, tous les jours, et pendant ce temps les murs prenaient forme. Wren venait fréquemment à l'atelier, disait quelques mots puis repartait en hâte. Malgré lui, O Be Joyful tirait une certaine fierté de la tâche qu'il accomplissait.

Un après-midi, comme il terminait sa journée, il vit arriver Meredith, qui lui fit signe de l'accompagner. « Je voudrais vous montrer quelque chose », lui dit-il. Quelques minutes plus tard ils étaient sur le site de l'ancien St Paul, où le clergyman lui indiqua un trou pratiqué dans le sol.

Afin de s'assurer que sa grande œuvre durerait, peut-être pour l'éternité, Wren avait décidé que les fondations seraient stables et profondes. On avait pratiqué des sondages, pour tester le sol : on avait creusé à trois, à six, à neuf mètres. Les précédentes fondations avaient été dépassées, puis celles de l'église encore antérieure, enfin les vestiges laissés par les Saxons ; mais le grand architecte n'était jamais satisfait, et il ordonnait sans cesse : « Plus profond ! Encore plus profond ! »

« Regardez... » Meredith ouvrit une boîte posée à terre, pour montrer à Carpenter des fragments de tuiles et de poteries antiques. « Voilà ce qu'on a trouvé, datant de l'époque où la ville était romaine. » Mais ils étaient allés plus profond encore, exhumant du sable et des coquillages ; Richard sourit. « Il semble qu'à une lointaine époque la mer recouvrait cette région. Peut-être du temps de Noé, qui sait ? » O Be Joyful s'émerveillait à l'idée que la nouvelle église plongerait ses fondations jusqu'au temps du Déluge. « Enfin ils ont trouvé une couche solide, de gravier et d'argile, à plus de douze mètres de profondeur », conclut Meredith.

Mais le lendemain matin, lorsque O Be Joyful arriva à l'atelier, un choc l'attendait. On avait apporté les dessins du toit.

« Il va poser *ça* sur une église ! » s'écria-t-il ; et il n'était pas le seul artisan à regarder ces plans avec horreur. Car Wren avait surmonté la partie centrale de la croix d'un énorme tambour entouré de colonnes ; il soutenait un noble et puissant dôme, qui s'élevait magnifiquement vers le ciel. « Il ne peut pas faire cela ! » protesta l'artisan.

Nul ne pouvait se tromper sur la signification du dessin ; aucune église d'Angleterre n'avait jamais été disgraciée de la sorte. Avec son dôme et ses colonnes corinthiennes — chaque détail semblait trouver tout à coup son explication —, l'édifice était sinon une copie, du moins le frère du temple de l'iniquité, surmonté de son infâme coupole. « Mon Dieu ! s'exclama O Be Joyful. Mais c'est Saint-Pierre, au Vatican ! C'est l'église de Rome ! » Pris de terreur, il s'enfuit de l'atelier.

« La forme du bâtiment ne change rien à la religion elle-même, assura Meredith une heure plus tard à un Carpenter venu lui rendre visite dans tous ses états. Les catholiques eux-mêmes prient dans des églises de tous les genres et de toutes les formes. D'ailleurs, Wren est fils d'un clergyman anglican, ajouta-t-il d'un ton encourageant. Il n'a rien d'un papiste. » Pourtant il voyait bien que O Be Joyful n'était pas convaincu.

« Wren peut être tout ce que vous voulez ! s'exclama-t-il. Mais le roi, lui ? » Et à cette question, pensa Meredith, il n'était pas facile de répondre.

Quand la Restauration avait remis Charles II sur le trône, tout avait paru très clair : l'Eglise d'Angleterre serait l'Eglise anglicane de son père et de son grand-père, le compromis de la bonne reine Bess. Les puritains pouvaient ne pas l'aimer, mais du moins le papisme était-il banni du royaume. Il en serait ainsi, pour le meilleur et pour le pire.

Mais en était-il bien ainsi ? Des relents de catholicisme avaient toujours flotté sur la cour des Stuarts ; cela se révélait plus que jamais vrai depuis son exil, au temps du Commonwealth. La femme du roi était catholique, de même que sa sœur, en France, et que nombre de ses amis. Charles II, certes, avait toujours tenu avec loyauté son rôle d'anglican ; mais avec les années, beaucoup jugeaient qu'il était en trop bons termes avec son parent Louis XIV, le très catholique roi de France. Quand ils avaient, récemment, fait union pour tenter d'écraser les rivaux commerciaux des Anglais, les protestants hollandais sous la conduite de Guillaume d'Orange, le Parlement anglais s'en était ému.

« Affaiblir les Hollandais, oui ; ils sont nos concurrents. Mais les détruire, non ; ce sont des protestants eux aussi. Et souhaitons-nous voir toutes les côtes qui nous font face aux mains des catholiques ? » Les bonnes relations de Charles avec Louis ne se démentant pas, le Parlement avait commencé à s'en inquiéter ; par précaution, il avait imposé au roi une nouvelle mesure. Le Test Act de 1673 exigeait non seulement que tout titulaire d'un emploi public soit anglican, mais qu'il renie sous serment la messe catholique de Rome. Aucun vrai catholique ne pouvait faire une telle chose. On attendit de voir ce qui en sortirait : deux mois plus tard, le propre frère du roi, le duc d'York, démissionna de son titre de *Lord High Admiral*, chef suprême de la Marine. Il était secrètement catholique.

Jacques était un homme correct et consciencieux. Tout le monde ou presque l'appréciait ; les gens se souvenaient du rôle qu'il avait joué pendant le Grand Incendie. Tous en étaient également d'accord, il avait agi honorablement en se démettant de ses fonctions — mais le choc n'en était pas moins rude. Car si Charles II avait, disait-on, quelque treize bâtards, aucun de ses enfants légitimes n'avait survécu jusqu'alors : aussi Jacques risquait-il d'être un jour l'héritier du trône. Par chance, Charles semblait bien se porter ; peut-être survivrait-il à son frère. Et les deux filles de Jacques avaient affirmé leur foi protestante. Il n'y avait donc pas de crise ; des royalistes comme sir Julius Ducket assuraient à qui voulait l'entendre que le roi était en bonne santé, l'Eglise anglaise en sécurité. « Mais est-ce vrai ? » demandait aujourd'hui O Be Joyful à Meredith.

« Oui, je vous le promets », dit le clergyman.

Mélancolique, un doute lui poignant le cœur, O Be Joyful retourna à l'atelier. Plus d'une fois, il avait demandé à Gibbons de lui confier d'autres tâches ; mais il travaillait trop bien pour qu'on pût se passer de lui. Aussi façonna-t-il lentement colonnes et chapiteaux entourant le grand dôme ; tristement, il paracheva le sommet de la maquette, juché sur une échelle ; pitoyablement, il regarda les apprentis et les plus jeunes artisans polir l'énorme modèle de chêne, jusqu'à ce qu'il brille comme du bronze. « C'est une véritable œuvre d'art », lui dit Meredith quand il la vit terminée. Carpenter fut heureux de revenir à d'autres travaux et tâcha de se sortir la maquette de l'esprit.

Il fut très surpris lorsque, quelque temps plus tard, croisant par hasard Meredith dans Cheapside, le clergyman s'approcha de lui en souriant. « Venez, lui dit-il. J'ai quelque chose qui va vous plaire. » Richard l'emmena à St Paul et le fit entrer dans un bureau proche du site de la future cathédrale ; là, il lui désigna une grande feuille couverte de plans affichée sur un mur. « La grande maquette à laquelle vous avez travaillé a été refusée, lui expliqua-t-il. Les autorités de l'Eglise n'aimaient pas, elles non plus, le dôme papiste. Pour finir, ce que vous avez sous les yeux a été approuvé. »

O Be Joyful observa les dessins au mur. Certaines parties du projet antérieur subsistaient, mais le nouveau était plus long et plus fin, ressemblant davantage à une église conventionnelle. Au-dessus du centre de la croix, plus aucun dôme : à la place, supportée par une charpente assez similaire, se dressait une grande flèche. Elle était classique dans sa forme, tout en rappelant celle qui ornait la cathédrale précédente. Le dessin, il fallait l'avouer, avait quelque chose de maladroit, pas du tout ce qu'on aurait attendu de Wren ; mais l'exigence principale était satisfaite.

« Vous le voyez, confirma Meredith, il n'y a plus de dôme. Le travail va commencer tout de suite », ajouta-t-il.

Ainsi, ce jour-là, Carpenter était présent aux côtés de Grinling Gibbons et des autres principaux artisans de Wren, pour une cérémonie impromptue. Non pas une réception officielle pour les notables de la cité : une modeste réunion, bien dans la manière du grand architecte, improvisée au dernier moment et destinée aux simples ouvriers. Rien de particulier n'avait été préparé. Chacun était gai — à l'exception de O Be Joyful : il était si enfoncé dans sa tristesse qu'il ne vit pas tout de suite que les autres s'étaient tournés vers lui et riaient.

Christopher Wren venait de déclarer qu'il avait besoin d'une pierre pour marquer le centre de la future église ; et il avait demandé qu'on aille en chercher une dans le cimetière voisin. Un tailleur de pierre se mettait en route quand les yeux du grand homme étaient tombés sur Carpenter, et qu'il s'était souvenu de son prénom si peu banal.

« O Be Joyful ! s'exclama-t-il. Quel nom parfait pour une telle mission ! Allez avec lui, O Be Joyful, et trouvez-moi une pierre ! » Et la compagnie riait avec bonne humeur.

Pour Carpenter cependant, alors qu'il s'éloignait en compagnie de l'autre artisan, ce rire contenait une nuance de moquerie : ils riaient non à cause de son nom, mais à cause de sa sottise. Etaient-ils dans le secret, alors ? C'était peu probable. Mais Wren, son maître Gibbons, beaucoup d'autres sans doute faisaient partie du complot ; et ils riaient parce qu'ils pensaient qu'il n'avait lui-même rien deviné. Il les maudit tous intérieurement.

Avec son compagnon, ils passèrent quelques minutes à chercher dans le cimetière ; ne voulant pas être trop longs, ils choisirent une pierre plate, de toute évidence un morceau de pierre tombale. Un unique mot était écrit dessus. L'autre homme ne savait pas lire ; O Be Joyful déchiffra lentement les lettres, mais elles ne signifiaient rien pour lui. « Elle ira », dit-il en haussant les épaules. Ils la rapportèrent ; et tous deux furent assez déconcertés quand Wren, à la vue de leur pierre, frappa fort inopinément dans ses mains. Il avait l'air ravi.

« O Be Joyful, cria-t-il, vous êtes une merveille ! Savez-vous ce que cela veut dire ? » Il les pria de retourner la pierre, afin que tout le monde pût voir l'unique mot latin qui y était inscrit : RESURGAM.

« "Je me relèverai", voilà sa signification ! leur expliqua Wren. Pas de doute, la providence est avec nous », rayonna-t-il.

Ils mirent la pierre — tournée du bon côté — au centre de la future église.

O Be Joyful, lui, ne souriait pas ; il ne ressentait que de l'humiliation, car il savait fort bien ce qui allait s'élever au-dessus de cette maudite pierre. Il l'avait compris le jour même où Meredith lui avait montré les nouveaux plans ; et aujourd'hui, face au visage rieur de Wren, il en était sûr. Impossible que le grand architecte projetât de bâtir l'édifice, si laid et maladroit, qu'il avait vu au mur du bureau. Cela ne pouvait signifier qu'une chose : les nouveaux plans de St Paul n'étaient qu'un leurre ; Wren trompait son monde pour gagner du temps. Il projetait bien de construire une cathédrale papiste, avec un dôme papiste. Il ressemblait à un anglican, pensa O Be Joyful, et il se disait franc-maçon, mais en réalité c'était un jésuite, hypocrite et menteur comme ils l'étaient tous.

Alors, tout honteux qu'il fût de lui-même, sûr d'être voué à la damnation, O Be Joyful se fit un serment intérieur, dans un sursaut d'amour-propre : « S'il construit un dôme, je refuserai de travailler dans son église. Même si Gibbons me renvoie pour cela. » Oui, il connaissait l'infâme secret de St Paul ; mais cette fois au moins, il tiendrait bon.

1679

La malédiction jetée par Jane Wheeler sur les Ducket n'avait pas réussi. Un événement, en juillet 1679, en convainquit sir Julius.

Ce jour-là, son carrosse descendait Pall Mall en grand tintamarre. Malgré ses soixante-seize ans, il se sentait redevenu un jeune homme ; qui eût pensé qu'à son âge un tel honneur lui échoirait ? Il en était si ravi que, non content de s'être fait confectionner une nouvelle garde-robe par son tailleur, il avait aussi apporté un changement spectaculaire à son apparence : sir Julius Ducket portait désormais une grande perruque grise.

La mode — comme la plupart des modes — venait de la cour de Louis XIV, puissant roi de France. Charles l'avait lancée à Whitehall juste après l'incendie ; et même si la cour ne risquait pas de tenir rigueur à sir Julius de s'y soustraire à son âge, il avait décidé ce jour-là de se montrer à la hauteur de l'événement. Sa perruque n'était pas une petite affaire ; imitant les longs cheveux des Cavaliers, ses boucles serrées ne couvraient pas seulement la tête de Ducket, elles roulaient sur ses épaules en lourdes volutes. Elle était fort coûteuse ; et elle resterait, sous une forme ou une autre, l'attribut essentiel de la bonne société pendant plus d'un siècle — pour continuer plus longtemps sa carrière dans les tribunaux du royaume.

Sir Julius se sentait plus jeune, et sa mise n'en était pas seule responsable : tout vibrait autour de lui de vie, de sève et de vigueur. Une cité neuve s'élevait sur les ruines du vieux Londres, et le nouveau quartier de Whitehall croissait un peu plus chaque année ; au nord s'étendait désormais Leicester Square, au dessin classique ; à l'ouest, le long de St James's Park, l'ancienne allée d'arbres de Pall Mall s'était récemment transformée en une longue rue bordée de luxueux hôtels particuliers ; la gentry, l'aristocratie et même l'actrice Nell Gwynne, la favorite du roi, y avaient élu domicile. Au-dessus de Pall Mall, on mettait la dernière main à St James's Street, à Jermyn Street ainsi qu'à l'imposant St James's Square : ils composaient ensemble le West End, nouveau havre de l'aristocratie. Comparée à ses vastes places et à ses larges avenues, même la cité néo-romaine d'à côté semblait exiguë. Pour sir Julius, le développement de Londres s'accompagnait d'un développement de sa fortune personnelle. Il avait obtenu le droit de bâtir des logements, des rues entières de logements, sur d'anciens terrains de chasse au-dessus de Leicester Square — qui restaient connus par le cri des chasseurs de jadis : « Soho » — et en avait retiré un énorme profit.

Mais par-dessus tout, c'était la sensation de sa propre utilité qui exaltait sir Julius. La monarchie traversait encore des épreuves ; et son roi l'avait appelé à l'aide.

Toute l'affaire dans un sens était absurde — même si elle concernait la succession au trône. Charles II d'Angleterre n'avait toujours pas d'enfant légitime ; il avait de nombreux bâtards en revanche, et l'un d'eux, brillant jeune protestant devenu duc de Monmouth, était extrêmement populaire. « Mais on ne peut faire un roi d'un bâtard, commentait sir Julius. Entre autres bonnes raisons, il y en a tant aujourd'hui que si l'on s'engage dans cette voie, on court au-devant d'une guerre civile entre les frères rivaux. » La légitimité était la clé de l'ordre politique ; ce qui signifiait qu'à Charles succéderait son frère — catholique — Jacques.

Jacques n'avait que deux filles, Mary et Anne, toutes deux résolument protestantes. Après la mort de leur mère, le duc d'York avait épousé une catholique, au mécontentement général, mais ce mariage n'avait pas donné d'enfant. Mieux encore, afin de rassurer ses sujets protestants, le roi avait marié sa nièce Mary à leur farouche coreligionnaire hollandais Guillaume d'Orange, ennemi juré du roi Louis de France et des catholiques de tout poil. « Ainsi, concluait Ducket, même si le roi mourait avant son frère, nous aurions Jacques quelques années sur le trône, puis très vite l'un des princes les plus protestants d'Europe. Je ne vois rien là qui puisse inquiéter un homme sensé. »

Pourtant ce quelque chose existait, et il avait pour nom Titus Oates.

L'Histoire a vu beaucoup de canulars ; peu furent plus dévastateurs que le grand canular de 1678. Titus Oates, jambes torses et joues creuses, filou notoire autant que besogneux, imagina un moyen infaillible de se rendre célèbre. Aidé d'un complice, il mit au jour un complot si terrible que toute l'Angleterre en trembla. Les conspirateurs étaient papistes, affirmait-il. Leur plan était de tuer le roi, de mettre son frère Jacques, duc d'York, sur le trône à sa place, et de proclamer que le royaume faisait retour au pape. C'était l'Invincible Armada et l'Inquisition mélangées, tous les fléaux que redoutaient les puritains anglais confondus en un seul. C'était aussi, de A à Z, pure affabulation. Certains détails étaient franchement absurdes ; quand il fut dit que l'armée des papistes serait conduite par certain vieux pair catholique — lequel, Oates n'y prit pas garde, était cloué au lit depuis longtemps —, le roi Charles éclata de rire. Mais, comme d'habitude en politique, la vérité n'était pas seulement différente : elle était sans importance. La seule chose qui comptait, c'était ce que les gens croyaient. Tandis que les amis du roi au Parlement protestaient, les puritains les plus résolus, ainsi que ceux qui voulaient voir réduit le pouvoir de la Couronne, exigèrent que justice soit faite. Les partisans de Oates paradèrent dans les rues de Londres en arborant des rubans verts ; les catholiques étaient harcelés, injuriés. A Oates lui-même, on attribua un logement près de Whitehall, et l'on prit soin de lui comme d'un prince. Et, par-dessus ces clameurs, un cri montait : « Changez l'ordre de succession ! » Certains avançaient le nom de Guillaume d'Orange, d'autres celui du duc de Monmouth, mais surtout résonnait cet appel : « Boutez dehors Jacques le catholique ! Pas de roi papiste ! » La Chambre des communes avait un projet de loi tout prêt, soutenu par une majorité de parlementaires ; même la Chambre des lords était indécise.

Les partisans du roi, ceux qui jugeaient que le principe héréditaire devait rester inviolable, avaient acquis un surnom : on les appelait *tories*, ce qui signifiait « rebelles irlandais ». A leur tour, ils gratifièrent les opposants au roi d'une épithète tout aussi brutale : *whigs*, ce qui voulait dire « brigands écossais ».

Pour sir Julius, aucun doute n'était possible. En dehors de sa foi dans l'ordre de succession, et de son peu de confiance envers les dires du ridicule Oates, il était lié par un serment personnel et par toute une vie de loyauté. Sir Julius était un tory.

A l'extrémité de Pall Mall s'ouvrait la porte, Tudor, du petit palais St James ; un agréable bâtiment de brique, que le roi aimait utiliser de temps à autre et qui permettait d'accéder facilement au parc. Quelques minutes plus tard sir Julius traversait la pelouse, vers la longue avenue bordée d'arbres connue sous le nom de Mall ; elle menait vers le centre du parc et le roi Charles II y prenait le frais, sans façon.

Comme tout semblait étrange... Sir Julius se rappelait une autre rencontre, plus de quarante ans auparavant, lorsqu'il était allé voir le premier roi Charles avec son frère Henry, à Greenwich. Quel contraste entre les deux monarques... Il songea au petit homme calme, si évidemment chaste, si poliment solennel ; et il le compara au grand homme au teint basané qui s'approchait de lui. Rien de solennel chez Charles II : aux courses de Newmarket, qu'il appréciait tant, il se mélangeait cordialement à la foule, et tout homme qui le souhaitait pouvait venir lui parler. Quant à être chaste... parmi les femmes qui l'entouraient dans le Mall se trouvait sa favorite, Nell Gwynne. Tandis que le joli petit épagneul royal reniflait les pieds de Ducket, le roi le salua chaleureusement.

« Alors, cher sir Julius, avez-vous choisi votre nouveau nom ? »

Car Ducket allait être fait lord. Charles II aimait récompenser par des titres ses fidèles amis — tout comme il avait fait ducs la plupart de ses bâtards ; mais dans le cas de sir Julius, des considérations pratiques s'y mêlaient. Issu d'une bonne famille de la cité, sans la moindre trace de papisme, cultivant des opinions respectables, sir Julius représentait le genre d'hommes dont Charles aurait besoin à la Chambre des lords, quand la question de la succession serait débattue à l'automne.

« J'aimerais être lord Bocton, Votre Majesté. » L'antique berceau de la famille ; le choix avait été facile.

Le roi hocha pensivement la tête. « Nous pouvons compter sur votre soutien, au sujet de cette loi d'exclusion ? Vous n'abandonnerez pas mon royal frère ?

— J'ai donné ma parole à votre père, Sire, de soutenir ses fils.

— Fidèle ami... Je pense (le roi se tourna vers ses compagnons) que nous pouvons faire mieux pour lord Bocton. La baronnie de Bocton est à vous, mon cher lord, déclara-t-il en souriant, mais... que diriez-vous d'être fait comte, en plus ?

— Votre Majesté... » Pendant quelques instants, sir Julius se sentit trop éberlué pour pouvoir répondre. Une baronnie, le titre normal pour un pair d'Angleterre, était déjà fort enviable ; au-dessus se trouvaient les vicomtes. Mais ensuite venaient les trois titres de la plus haute aristocratie, comtes, marquis et ducs. Quand une famille accédait à de tels sommets, il n'y avait plus rien au-dessus d'elle, hormis le monarque — et sans doute les portes du paradis elles-mêmes. « Comte ?

— Quel titre vous plairait-il de porter ? » Le roi riait.

Un autre titre ? Sir Julius était si ébahi qu'il pouvait à peine réfléchir.

Comme il hésitait, Nell Gwynne s'exclama joyeusement : « Décidez-vous, lord Bocton ! Nous n'allons pas passer la journée dans St James's Park, à attendre que vous soyez fait comte ! Trouvez-vous un nom !

— Pourrais-je être... comte de Saint-James ? bredouilla Julius, sautant sur les mots qu'il venait d'entendre.

— Vous le pouvez et vous le serez ! s'écria Charles, au comble de la bonne humeur. Ladies, déclara-t-il aux dames qui l'entouraient, traitez un ami fidèle avec tout le respect qu'on lui doit. Nous n'en avons pas tant que cela... Sir Julius, vous êtes désormais baron Bocton, comte de Saint-James, et moi je compte sur vous. » Le dernier titre lui assurait un partisan dévoué jusqu'à la mort et ne lui coûtait rien. Il espérait seulement trouver une centaine d'hommes comme sir Julius, et faire d'eux des comtes.

Une heure plus tard, le récent promu roulait à bonne allure le long de Pall Mall, l'esprit dans un tourbillon. Les conséquences de ce qu'il venait de vivre étaient si considérables qu'assis dans son carrosse il ne cessait de les tourner et retourner dans sa tête. On appellerait désormais son fils aîné lord Bocton, lui-même étant le comte ; les armoiries des Ducket recevraient la couronne ornée de feuilles de fraisier. Quand son père lui disait que la famille faisait partie des élus, il voulait dire par là élus de Dieu ; mais au fond de son cœur, même s'il refusait de l'admettre, sir Julius savait que les portes du paradis elles-mêmes ne valaient pas un bon titre de comte.

Son carrosse venait de dépasser Whitehall et s'approchait du vieux Savoy lorsqu'il croisa un groupe d'hommes qui portaient les rubans verts des whigs ; à l'évidence, ils se dirigeaient vers le palais, afin d'y manifester leurs opinions. Il haussa les épaules en les voyant et n'y aurait plus repensé si l'un deux, au visage mélancolique et rond, qui marchait à l'arrière de la petite troupe, ne lui avait été vaguement familier. Il arrivait déjà au Temple quand il se souvint de qui il s'agissait : O Be Joyful, l'un de ces maudits Carpenter. Avec le souvenir des Carpenter revint celui de Jane et de la malédiction qu'elle avait jetée sur la famille. Il n'avait plus songé à elle depuis plusieurs semaines ; mais quel événement aurait pu prouver, mieux que ceux d'aujourd'hui, combien cette malédiction avait été vaine ?

Au cours de l'été, O Be Joyful prit toute la mesure de la sournoiserie papiste de sir Christopher Wren.

Pour construire une grande église, l'usage avait toujours été de commencer par la partie la plus à l'est, et de l'achever avant les autres ; ainsi pouvait-on y célébrer des services sans attendre que l'ensemble du bâtiment fût terminé. Mais chaque fois que O Be Joyful passait devant le chantier, il lui semblait apercevoir les ouvriers occupés dans tous les endroits à la fois ; très vite, il devint clair que Wren avait l'intention de poser la totalité des fondations avant de commencer à bâtir. Carpenter avait déjà vu le maître architecte procéder ainsi, pour des églises de moindre importance, aussi n'y fit-il d'abord guère attention ; mais cela finit par l'intriguer, et ses soupçons s'accrurent encore un jour de la fin 1677. Ce jour-là, curieux de revoir le plan de la cathédrale avec sa flèche, il se rendit au bureau où Wren et ses contremaîtres avaient élu domicile. Il le trouva vide, à l'exception d'un commis fort obligeant. O Be Joyful lui expliqua qu'il travaillait pour Gibbons, et lui demanda s'il pouvait consulter les plans.

« Ils ne sont pas ici, expliqua le commis. Sir Christopher les a tous emportés.

— Vous devez quand même avoir quelque chose... » s'étonna Carpenter. L'homme secoua la tête.

« Je sais que cela paraît étrange, mais nous n'avons rien. Un plan au sol mais pas d'élévations, pas de maquette, rien. La seule chose que fait Wren, c'est de nous fournir des dessins de la partie sur laquelle nous travaillons. Je suppose qu'il a tout dans la tête. »

Les premiers signes dans le ciel apparurent au printemps suivant. Personne encore n'avait rien vu de tel ; et le message était non seulement clair, mais insistant. Il y eut deux éclipses de lune, puis une de soleil, une deuxième, enfin une troisième. Au milieu de ces terribles signes, les affirmations de Titus Oates confirmèrent les pires craintes conçues par O

Be Joyful. Il se tramait un complot papiste dans lequel sir Christopher Wren était impliqué ; Carpenter en était sûr.

Il aurait aimé le dénoncer ; mais s'il le faisait, il perdrait son travail et personne ne le croirait. Il descendit dans la rue avec les whigs ; mais toute cette année et encore la suivante, tandis que les révélations de Titus Oates se succédaient et que la cour papiste ne lâchait pas prise, il ne pouvait que se dire, avec une amertume croissante : Qu'aurait pensé Martha ?

Ce qui troublait le plus O Be Joyful, c'était l'attitude de Meredith. Une ou deux fois, il avait rappelé au clergyman ses craintes concernant la cathédrale papiste de Wren ; pourtant, même après que Oates eut révélé la conspiration, Meredith refusa de s'en inquiéter. Le plus incompréhensible fut sa réaction face aux éclipses.

« Les éclipses sont d'excellentes choses, déclara-t-il à Carpenter. Elles nous aident à mesurer avec précision les mouvements des corps célestes.

— Ne sont-elles pas des signes de Dieu ? » lui demanda avec angoisse O Be Joyful. Richard sourit.

« Elles sont des signes de la façon merveilleuse dont Il a conçu l'univers. » Du mieux qu'il le put, il expliqua à l'artisan le fonctionnement du système solaire, et comment se produisaient les éclipses. « Toutes, on peut les prévoir avec précision, lui dit-il. Même les étoiles errantes, les comètes flamboyantes qui d'habitude effraient les hommes, même elles, on peut le présumer, suivent certaines trajectoires que nous saurons établir un jour. » Du moins était-ce l'idée d'un membre de la Royal Society, Edmond Halley, qui rentrait tout juste d'un voyage dans l'hémisphère Sud, où il avait dressé la carte du ciel austral. « Les éclipses, les comètes, tous les mouvements du ciel sont déterminés par de vastes causes physiques, non par les minuscules actions humaines », lui dit-il pour l'apaiser. Pourtant O Be Joyful ne se sentait nullement rassuré, car l'univers décrit par Meredith ressemblait à une machine, terriblement impie.

« Vous voulez dire... que Dieu ne peut pas nous envoyer de signes à l'aide d'une éclipse ou d'une comète ?

— Sans doute le peut-Il, dit Richard en riant, car tout Lui est possible, mais Il ne le fait pas. Vous n'avez nul besoin de vous inquiéter. » Et O Be Joyful s'inquiétait encore plus ; il se demandait si toute la science de Meredith, sa Royal Society et son Observatoire n'étaient pas eux aussi l'œuvre du diable. Wren lui-même n'était-il pas astronome ? Carpenter se désolait que Meredith, qu'il savait être bon, pût se trouver à son insu sur le chemin de l'enfer.

A l'été 1679 seulement, O Be Joyful comprit toute la ruse de sir Christopher Wren. Il travaillait dur, à une chaire pour la vieille église de St Clement Danes que reconstruisait Wren ; en rentrant chez lui, il passait souvent devant le site de la cathédrale. Un soir, il s'était arrêté pour bavarder avec un maçon qui œuvrait à l'extrémité est de l'édifice, quand il promena le regard sur l'ensemble de l'immense construction. Non seulement la totalité des fondations était déjà visible, mais les murs commençaient eux aussi à s'élever. « Sauf la partie la plus à l'ouest, il construit la cathédrale d'un seul tenant, confirma le maçon. Du moins, c'est ce qu'il nous semble. Je ne sais pas pourquoi... »

O Be Joyful, lui, sut soudain pourquoi ; et il se demanda comment il ne l'avait pas deviné plus tôt.

« Il la construit ainsi, dit-il amèrement, parce qu'avant que les gens comprennent ce qu'il fait, il sera trop tard pour y rien changer. Ils devront soit le laisser finir à son idée, soit tout démolir et tout recommencer. » Il ne pouvait s'empêcher d'admirer l'intelligence de l'architecte — même s'il la savait au service du mal.

« Mais alors, qu'est-ce qu'il manigance ? demanda le maçon.

— Attendez quelques années encore et vous le verrez », répondit Carpenter.

Le Parlement se rassembla à l'automne, et la Chambre des communes voulut modifier l'ordre de succession afin d'en exclure le catholique Jacques ; O Be Joyful, étant donné ce qu'il savait, ne fut nullement surpris que la Chambre des lords rejetât le projet de loi et se prononçât en faveur de Jacques. Il ne l'ignorait pas, le tout nouveau comte de Saint-James avait joué un rôle prépondérant dans l'âpre débat, défendant passionnément la cause du roi et de son frère.

La conspiration plongeait partout ses racines ; sous les yeux mêmes de Carpenter, la cité de lumière au sommet de la colline s'apprêtait à accueillir le règne du Malin. Il fallait seulement espérer que l'ex-sir Julius Ducket serait de la suite du diable, afin qu'il les conduisît tous en enfer.

1685

Les deux enfants se cramponnaient à lui, terrifiés ; l'un des soldats, qui n'était pas descendu de cheval, récoltait les noisettes aux alentours, tandis que deux autres avaient ligoté un cochon puis l'avaient égorgé avec leurs sabres. L'officier qui commandait les dragons regarda Eugène d'un air de froide insolence.

« Nous avons besoin de vos trois chambres.

— Mais où allons-nous dormir ? demanda sa femme.

— Vous avez la grange, madame, répondit l'officier en haussant les épaules. (Il regarda les deux petites filles.) Leur âge ?

— Moins de sept ans, *monsieur le capitaine*, répondit sèchement Eugène. Je vous l'assure. » Si seulement je n'étais jamais revenu, songea-t-il.

Malgré la protection de leur cher vieil édit de Nantes, les huguenots trouvaient Sa Majesté très catholique de moins en moins encline à tolérer leur religion, à chaque nouvelle année qui passait. Non seulement leurs synodes calvinistes avaient été interdits, mais leurs pasteurs devaient payer des taxes spéciales, et il leur était défendu d'épouser de bons catholiques. Pour les pousser à s'amender, on leur promettait des réductions d'impôts s'ils abjuraient leur hérésie et faisaient retour à la foi catholique Peu auparavant, le roi Louis avait introduit une mesure plus sévère encore : chaque huguenot âgé de plus de sept ans pouvait être converti de force, sans le consentement de ses parents. Encore un an ou deux, Eugène le savait, et la pression s'exercerait sur ses filles. Rien de tout cela ne serait arrivé s'il était resté à Londres.

Son retour en France n'avait guère été joyeux. Son père se montrait furieux. « Tu devais préparer notre venue », lui avait-il rappelé avec sévérité, et il avait refusé de lui parler pendant toute une année. Après qu'il eut épousé une huguenote, fille d'un affréteur bordelais, le conflit s'apaisa néanmoins entre eux ; et ils étaient à nouveau en bons termes quand le père d'Eugène était mort, voilà cinq ans, laissant à ce dernier la charge de leur famille. Les querelles n'avaient pas pris fin pour autant : un an ne s'était pas écoulé que la veuve de son père, jeune encore, se convertissait et abandonnait la maison pour épouser un catholique, qui possédait un petit vignoble. Résultat, Eugène n'avait pas seulement la garde de ses deux filles mais aussi de sa demi-sœur, célibataire, qui avait refusé d'accompagner sa mère et de se faire catholique.

Si difficile qu'ait été la vie des huguenots, ces quatre dernières années le roi Louis XIV l'avait rendue insupportable. Sa méthode était simple : il cantonnait ses troupes dans leurs demeures. Bien des fois Eugène avait entendu le même récit : des troupes de dragons arrivaient dans les familles huguenotes, consommaient leurs provisions et détruisaient leurs meubles, allant jusqu'à terroriser les femmes et les filles. Le roi pouvait dire qu'ils bénéficiaient en principe de la liberté de culte ; en pratique, c'était une politique de persécution qu'il menait. Ces derniers temps, Eugène s'était plusieurs fois demandé s'il ne fallait pas émigrer à nouveau en Angleterre avec sa famille ; il répugnait pourtant à quitter les lieux qu'il aimait, tant qu'on ne l'y obligeait pas — et il y avait aussi l'aspect financier, à ne pas négliger.

« Le roi a interdit à ses sujets de quitter la France sans son autorisation, avait-il expliqué à sa femme. Ce qui signifie que si nous essayons de vendre notre maison ou nos meubles, nous serons presque à coup sûr arrêtés et soupçonnés de vouloir émigrer. Si nous partons, nous n'aurons que ce que nous pourrons emporter avec nous. » Comme horloger, il gagnait modestement sa vie ; le capital de la famille résidait dans la maison et les vergers dont il avait hérité. Comme les autres huguenots de la région, ils avaient donc prié avec leur pasteur, souvent dans le secret de leurs maisons particulières, et lu la Bible en espérant des jours meilleurs. Jusqu'à aujourd'hui.

« Combien de temps comptez-vous rester ici, vous et vos dragons ? demanda-t-il à l'officier.

— Qui sait ? Un an ? Deux ans ?

— Et si je me fais catholique ?

— Alors, monsieur, nous pourrions partir dès demain. »

Mais si l'officier pensait venir facilement à bout de cet horloger myope, avec ses deux filles et sa paire de lunettes, il en fut pour ses frais.

« Bienvenue donc dans ma maison, *monsieur le capitaine*, conclut Eugène d'un ton railleur. J'espère que vous vous y plairez. »

Il ne se plaignit pas une seule fois, au cours des deux mois suivants ; la famille dormait dans la grange tandis que les soldats occupaient la maison. Un matin qu'il croisa l'officier, celui-ci sembla embarrassé. « Ils partiront d'ici avant nous, disait-il à ses enfants. Soyez patients. » Les choses en restèrent là, jusqu'à cet après-midi où l'officier fit bruyamment irruption dans la cour. Il arborait un visage grave.

« Je vous apporte des nouvelles qui vont changer bien des choses ici, annonça-t-il à Eugène. L'édit de Nantes a été révoqué. C'en est fini de la tolérance... (Il marqua une pause avant de poursuivre :) Tous vos pasteurs sont bannis, et ceux qu'on attrapera seront exécutés. Tous les huguenots comme vous resteront ; aucun ne pourra quitter le royaume. Vos enfants deviendront tous catholiques. Telle est la nouvelle loi. »

Ils se retirèrent dans leur grange en silence ; cette nuit-là, aux approches de minuit, Eugène réveilla doucement ses enfants. « Habillez-vous aussi chaudement que possible et mettez vos bottes, leur dit-il. Nous partons. »

Comme homme de Dieu, Meredith avait tort d'agir ainsi, et il le savait ; mais quand, provenant du Pont de Londres, il gravit la colline en direction d'Eastcheap et aperçut le triste visage d'O Be Joyful tourné dans sa direction, il chercha des yeux un endroit où se dissimuler. La providence lui offrit une porte à proximité ; il remercia Dieu et s'y tapit en toute hâte, attendant que le danger soit passé.

Ce ne fut pas sans horreur qu'il entendit, quelques secondes plus tard, des pas traînants puis un soupir ; enfin il vit, à moins de deux mètres, le dos familier de l'artisan qui s'asseyait sur les marches juste devant lui. Malheur ! pensa-t-il. Maintenant je suis pris au piège. Il ne lui restait qu'une issue possible : monter l'escalier derrière lui. Et c'est ainsi que, cinq minutes plus tard, il admirait la vue qui s'offrait au visiteur depuis le sommet du Monument de Londres.

Peu de sites, dans toute la ville, étaient plus remarquables que le Monument. Enorme colonne dorique solitaire, dessinée par Wren pour commémorer le Grand Incendie, on l'avait dressé tout près de l'endroit où, dans Pudding Lane, avait pris naissance le gigantesque sinistre. Il était construit en pierre de Portland et s'élevait à près de soixante-deux mètres de hauteur ; une urne de bronze doré le dominait, d'où jaillissaient des flammes qui brillaient en réverbérant les rayons du soleil. L'interminable escalier intérieur en spirale conduisait à un balcon, situé juste en dessous de l'urne ; de là-haut, l'à-pic était tel que beaucoup de visiteurs avaient le vertige. Après avoir profité du panorama — on suivait la Tamise sur plusieurs kilomètres, vers l'amont comme vers l'aval —, Meredith se pencha pour voir s'il pouvait redescendre en toute sécurité. Il ne le pouvait pas : O Be Joyful se tenait toujours là.

Que le tailleur sur bois eût des soucis n'aurait rien eu d'étonnant ; l'année avait été fertile en événements. En février, le roi Charles était mort, inopinément, sans même qu'il ait paru malade. Son frère catholique était donc devenu le roi Jacques II, et l'Angleterre avait retenu son souffle. Au soulagement de tous, il avait scrupuleusement observé les rites anglicans lors de son couronnement, au printemps ; on sentait néanmoins qu'il attendait plus de tolérance envers ses sujets catholiques, et à l'évidence qu'il ne les laisserait pas maltraiter. Au cours de l'été, Titus Oates, dont on avait enfin démasqué l'imposture, fut attaché à l'arrière d'une charrette et fouetté à travers les rues, d'Aldgate à Newgate ; Meredith ne s'était jamais fait la moindre illusion sur le personnage, et il approuvait la condamnation. Plus dangereux fut l'activisme protestant du jeune Monmouth ; surestimant imprudemment son pouvoir et sa popularité, il tenta de soulever le sud-ouest du pays. Les troupes régulières, sous l'efficace conduite de John Churchill, écrasèrent sans peine les rebelles, et l'on exécuta le pauvre Monmouth. Mais les suites furent plus sinistres encore. Le juge

Jeffreys, à travers des procès sommaires qu'on nomma aussitôt « les assises sanglantes », envoya les rebelles au gibet par douzaines ; Jacques en fut si satisfait qu'il fit de Jeffreys le premier juge du royaume. Avec tout cela, Meredith le savait, O Be Joyful était capable de l'assaillir de plaintes et de jérémiades plusieurs heures durant.

A mesure qu'il vieillissait, Meredith se sentait de moins en moins concerné par de tels problèmes. Qu'étaient ces affaires passagères, comparées aux grands mystères de l'univers ? Surtout quand l'un des plus grands de tous était en passe de se dissiper, cette année, à Londres même.

Sur l'instigation de Halley, appuyé par Pepys, qui la présidait alors, la Royal Society avait publié les théories professées par Isaac Newton, un professeur de Cambridge au caractère difficile. Newton, qui préparait depuis plusieurs mois la publication de sa grande théorie, avait envoyé une foule de demandes à l'observatoire de Greenwich, concernant des données astronomiques ; elles avaient permis à Meredith de se faire une assez juste idée du principe de pesanteur qu'avait développé le savant, et qu'il trouvait fascinant. Il savait que l'attraction entre deux corps dépendait du carré de la distance qui les séparait ; il avait également appris que deux objets lâchés d'une certaine hauteur, indépendamment de leur masse, tombaient ensemble à la même vitesse. Et à cet instant, tandis qu'il regardait le sol, il songea que le Monument serait l'endroit idéal pour en faire la démonstration. S'il lâchait, maintenant, deux objets ensemble, ils atterriraient à la même seconde sur la tête d'O Be Joyful.

Soixante mètres plus bas, Carpenter ignorait les risques qu'il courait. Ce n'était pas la première fois qu'il venait au Monument ; quelques mois plus tôt, alors qu'il admirait la délicate gravure des panneaux entourant sa base, un gentleman lui avait fort obligeamment traduit l'une des inscriptions en latin qui les accompagnaient. Une phrase supplémentaire avait été ajoutée, au bout de quelques années, à la description du Grand Incendie :

> *Mais la folie papiste, qui a causé*
> *ces horreurs, n'est pas encore éteinte.*

« Car vous savez, lui avait expliqué le gentleman, ce sont les papistes qui ont allumé le Grand Incendie. »

Que ce fût couché par écrit, sur un Monument d'une telle ampleur, rendait la chose indiscutable. Et pendant une demi-heure encore, tandis que Meredith prenait froid au-dessus de sa tête, O Be Joyful resta assis à la même place, se demandant tristement de quels terribles méfaits les catholiques allaient se rendre encore coupables.

Quand tout fut prêt, ils prièrent. Puis ils mirent les enfants dans les tonneaux.

Le beau-père d'Eugène était un homme robuste et corpulent, qui n'était pas sans évoquer lui-même la forme d'un tonneau. Nul n'était mieux placé que le marchand de Bordeaux pour les aider ; et plus tôt ils partiraient, mieux cela vaudrait. « Tant de huguenots chercheront bientôt à faire la même chose que toutes les voies pour fuir seront vite encombrées, ou découvertes par les autorités », disait-il à sa femme.

Louis XIV, le Roi Soleil, était un autocrate ; même Charles Ier d'Angleterre, qui croyait au droit divin, n'aurait pu rêver de posséder un tel pouvoir. Le roi qui avait bâti l'immense château de Versailles, et pratiquement détruit les protestants de Hollande, le roi qui avait été capable de déchirer l'édit de Nantes, irait sûrement jusqu'au bout de son entreprise. Une heure seulement après qu'ils s'étaient glissés dans la demeure du négociant, l'un des enfants rapporta que des troupes s'étaient déployées sur les quais et inspectaient chaque bateau.

Eugène se félicitait de s'être fié à son beau-père. « Je vais vous faire monter sur un bateau anglais, leur avait annoncé celui-ci. Le capitaine et moi travaillons ensemble depuis plusieurs années. On peut lui faire confiance. C'est votre meilleure chance. » Le bateau faisait voile vers le port anglais de Bristol.

Eugène le remercia de prendre autant de risques pour eux ; puis il lui demanda s'il avait l'intention de les suivre.

« Non, répondit son beau-père. Je vais devoir me convertir, j'en ai peur... (Il haussa les épaules.) Vous êtes jeune encore, et vous avez un métier que vous pouvez exercer n'importe où. Moi, je fais des expéditions de vin ; tout ce que je possède est ici, et j'ai encore cinq enfants sur lesquels je dois veiller. Donc — pour le moment en tout cas — je devrai me faire catholique. Mais peut-être les enfants finiront-ils par vous rejoindre ? » De toute évidence, tout cela l'attristait beaucoup.

Le problème principal avait été : comment faire monter clandestinement à bord Eugène et sa famille ? Mais l'affréteur s'était montré encourageant : « Cinq tonneaux, au milieu d'une centaine d'autres... On vous placera vers le centre du chargement. » On avait percé de petits trous sur le dessus de chaque tonneau. « Je pense que le capitaine pourra vous laisser sortir une fois que vous serez en sécurité, en pleine mer, avait-il expliqué à Eugène, mais au cas où... » Sa femme leur avait donné une bouteille d'eau et deux miches de pain à chacun. « Mais rappelez-vous que vous devrez peut-être rester fort longtemps à l'intérieur, les avait-il prévenus. Aussi je vous conseille de boire et de manger le moins possible... »

Au milieu de la matinée, les chariots transportant les tonneaux de vin roulaient bruyamment sur le quai, vers l'endroit où était amarré le vaisseau anglais ; rien d'inhabituel ne les signalait aux regards. Les employés de l'affréteur et les matelots anglais commencèrent le chargement, sans montrer de hâte particulière. Le jeune officier qui commandait les troupes vint inspecter la manœuvre ; il s'était placé près du négociant, qu'il observait du coin de l'œil, avec méfiance. A un certain moment, les hommes portant l'un des fûts semblèrent légèrement déséquilibrés ; il s'approcha à pas lents, dégaina son épée, ordonna aux hommes de poser leur tonneau à terre — et en transperça le couvercle d'un seul coup de lame.

1688

Comme elle était massive, comme elle était gracieuse aussi, sur la colline ouest... Les murs étaient déjà en place, et l'on avait commencé à poser le toit. Tel un immense temple romain, la cathédrale St Paul dominait

Ludgate comme si elle s'était trouvée là de toute éternité. Et, s'il n'y avait au-dessus du centre de la croix qu'un grand trou béant, ouvrant sur le ciel, la disposition des piliers de soutènement indiquait sans la moindre équivoque ce qui allait venir. Le roi Jacques avait mis tout son poids dans le projet ; des taxes supplémentaires avaient été levées pour la circonstance ; personne n'avait encore vu de plans complets, et chacun pourtant savait que la grande cathédrale de Wren serait bientôt surmontée par un énorme dôme papiste. Il avait bien pu être modifié, mais, O Be Joyful en restait persuadé, il ressemblerait pour l'essentiel à la grande maquette de bois à laquelle il avait travaillé quelque douze ans plus tôt. Et maintenant, avec un roi catholique sur le trône, la conspiration triomphait.

Malgré la honte qu'il éprouvait, Carpenter se pliait toujours aux consignes de Grinling Gibbons ; il tâchait cependant, quand il le pouvait, de se tenir à l'écart des projets qui lui semblaient par trop papistes. Quelques années plus tôt, il avait aimé travailler à la reconstruction du hall des merciers à Cheapside ; voilà deux ans, il avait réussi à se soustraire à la frise qu'on voulait lui faire ciseler pour une statue du nouveau roi catholique. A présent, il œuvrait au petit palais St James, ce qui laissait sa conscience en repos.

Mais en ce clair matin du 9 juin 1688, tandis que Carpenter s'arrêtait devant St Paul, il se demanda s'il avait bien eu raison, la veille au soir, de parler comme il l'avait fait à son ami Penny, tout juste arrivé de Bristol. Le huguenot en avait paru fort étonné.

« Vous, O Be Joyful, vous soutenez maintenant un roi papiste ?

— Oui. Oui, en effet... » Il soutenait le roi Jacques. Après ce qui venait d'arriver, il avait semblé à O Be Joyful que là était son devoir. Pourtant, en repensant à la voix pressante du huguenot, à son expression inquiète, il s'interrogeait maintenant : Et si tout cela n'était qu'un piège ?

Il était midi, ce jour-là, quand Eugène Penny découvrit enfin Meredith. Il était d'abord allé à St Bride : là, la gouvernante lui avait dit que le pasteur était sorti, tout en lui indiquant quelques endroits où il avait pu se rendre. Depuis, il avait essayé le Child's à St Paul, le Grecian près du Temple, le Will's à Covent Garden, le Man's à Charing Cross, trois autres à Pall Mall et St James ; enfin, Eugène avait trouvé le clergyman au Lloyd's, assis confortablement à une table et fumant la pipe. Surpris, mais ravi de le revoir après tant d'années, Meredith le pria de s'asseoir.

« Mon cher Penny ! Puis-je vous offrir un café ? » Des nombreux avantages que présentait la nouvelle cité depuis l'incendie, aucun ne procurait plus de plaisir à Meredith que l'apparition des cafés. Il semblait s'en créer un nouveau chaque mois. Ouverts toute la journée, servant du chocolat chaud et du café — qu'on buvait toujours noir, même si l'on y ajoutait généralement du sucre —, les cafés de la cité et du West End étaient des lieux plus élégants que les anciennes tavernes ; chacun eut vite son caractère et sa clientèle propres. Les beaux esprits fréquentaient l'un d'eux, les militaires un deuxième, les hommes de loi un troisième. Meredith, qui goûtait fort les plaisirs de la conversation, en changeait chaque jour — même s'il avait tendance à éviter le Child's, parce qu'il était rempli de clergymen. Le Lloyd's, récemment ouvert, accueillait bon nombre de négociants et d'assureurs : c'était une excellente clientèle. Pendant longtemps, on s'était livré à des tentatives, parmi les marchands, pour assurer les bateaux et leurs cargaisons, même si les compagnies d'assurances restaient inconnues avant le Grand Incendie. Mais l'énormité du désastre, le fait aussi que les nouvelles maisons de Londres, de brique et de pierre, risquaient moins d'être détruites par le feu avaient donné un grand élan au secteur de l'assurance : nombre de belles demeures et presque tous les navires étaient normalement assurés aujourd'hui. Garantir un bien, estimer les risques, devenait la nouvelle science à la mode ; Meredith lui-même y était fort versé. adorant deviser avec les clients du Lloyd's, où les affaires étaient prospères, de sujets aussi abscons que la juste prime à payer pour un vaisseau faisant route vers les Indes orientales.

Ayant accepté le café qu'on lui offrait et essuyé ses lunettes, Eugène Penny s'enquit d'un air embarrassé : « Je me demandais si... vous pourriez m'aider à retrouver mon ancien emploi. J'aimerais revenir à Londres. »

Jusqu'à ces derniers temps, il avait semblé à Penny que la providence était de son côté. Trois ans plus tôt, le capitaine du voilier anglais avait ouvert le couvercle de son tonneau, pour lui dire qu'ils étaient désormais en sécurité en pleine mer ; il lui avait également raconté, en riant, que l'officier avait transpercé de son épée le tonneau... voisin du sien (qui par bonheur était plein de vin) ; aussi Richard avait-il supposé, à bon droit, que Dieu avait l'intention de le laisser en vie. A Bristol, on leur avait réservé un accueil encourageant ; une communauté de huguenots s'y était déjà implantée, qui ne cessa de croître au cours des mois suivants. Quant aux Anglais eux-mêmes, ils avaient plutôt bien reçu ces nouveaux immigrants. Même à Londres, où une grande masse d'entre eux avait afflué, en particulier à Spitalfields, nul ressentiment ne s'exerçait contre la concurrence de cette main-d'œuvre étrangère. Ils étaient nombreux à avoir enduré maints dangers et souffrances en quittant la France ; le récit des persécutions qu'ils avaient endurées choquait les protestants anglais. Quand on entendit raconter, comme ce fut bientôt le cas, qu'en France leurs pasteurs étaient suppliciés sur la roue, les gens furent scandalisés. Des dizaines de milliers de huguenots comme la famille Penny émigrèrent en Angleterre au cours de ces années-là, portant le total de la population française dans l'île à deux cent mille personnes — un nombre assez important pour qu'on estimât, par la suite, que trois Anglais sur quatre pouvaient avoir un huguenot dans leurs ancêtres. Avec tant de ses compatriotes établis à Londres, Penny avait décidé de rester à Bristol ; il y avait trouvé un emploi, et modestement prospéré.

Pourtant, travailler pour Tompion lui manquait ; on rencontrait quelques bons horlogers à Bristol, mais aucun de sa valeur. Aussi avait-il fait deux jours plus tôt le trajet jusqu'à la capitale, retrouvé son vieil ami Carpenter et résolu d'implorer son ancien employeur de le reprendre à son service.

Mais le grand horloger avait été, à l'époque, fort mécontent que Penny le quitte aussi soudainement ; et il ne se montrait nullement disposé à lui pardonner.

Penny ne s'en étonna guère, mais le coup fut rude, particulièrement quand il contempla dans l'atelier les magnifiques montres que le grand artisan était en train de fabriquer. Aussi, ce matin, était-il allé trouver Meredith, afin de lui demander d'intercéder en sa faveur.

« Oui, je connais Tompion », acquiesça Meredith. Pourtant, semblait-il au clergyman, Penny avait autre chose en tête. Après une pause quelque peu gênée, l'offre d'une tasse de café supplémentaire et une discrète question sur ce qu'il pourrait faire d'autre pour lui venir en aide, Meredith vit le huguenot prendre une longue inspiration.

Penny avait passé près d'un an à Bristol avant d'avoir le moindre soupçon ; et même alors, il se demandait que penser. Le roi, qui voulait plus de tolérance à l'égard de ses coreligionnaires, avait commencé à nommer un certain nombre d'officiers catholiques dans l'armée, ainsi que quelques-uns dans son Conseil privé. La justice avait accepté ses choix, à contrecœur, parce qu'il n'outrepassait pas ses droits ; mais beaucoup de gens étaient scandalisés. « Qu'en est-il du Test Act ? » criaient les puritains. L'évêque de Londres refusa d'empêcher ses clergymen de protester contre ces nominations dans leurs sermons, et il fut suspendu. Penny n'était pas sûr de ce que tout cela signifiait ; avec les mois de paix qui suivirent, l'affaire lui sortit de l'esprit, jusqu'à ce qu'au printemps suivant un nouvel épisode laisse l'Angleterre stupéfaite.

« C'est une déclaration d'indulgence, apprit Penny à sa famille étonnée, un jour du mois d'avril. Chacun est libre de choisir désormais la confession qui lui plaît. » Le roi Jacques, irrité semblait-il par l'opposition de l'Eglise, avait fait appel à un protestant, William Penn, chef des quakers, et conçu avec son aide ce remarquable édit. « Cela signifie, expliqua Eugène, que les catholiques sont libres de pratiquer leur religion et d'occuper des emplois publics ; mais que les autres confessions le peuvent elles aussi — calvinistes, baptistes et même quakers. » Une telle tolérance religieuse n'était pas inconnue dans l'Europe du Nord : ainsi, dans la Hollande protestante, les catholiques et les Juifs pratiquaient librement leurs cultes, sans être inquiétés par Guillaume d'Orange. La déclaration neutralisait le Test Act, jusqu'à ce que le Parlement abrogeât celui-ci.

A Bristol, Penny le remarqua, la plupart des protestants dissidents reçurent favorablement cette nouvelle ; les catholiques seraient moins nombreux que les protestants à en bénéficier. « C'est une bonne chose pour nous, fit remarquer un baptiste à Eugène, donc nous l'accueillons bien. » Ils adressèrent même des remerciements officiels au roi. Mais Penny, lui, se montra plus circonspect. Il commença à prêter attention aux nouvelles qui arrivaient de Londres ; il lut les feuilles imprimées, posa des questions. Il apprit ainsi que le nonce du pape était venu à Windsor en grande pompe ; partout dans le pays, il le découvrit, le roi remplaçait par des catholiques les lords lieutenants et les juges de paix qui parcouraient les comtés. Le bruit courut qu'à Oxford Jacques essayait de transformer l'un des collèges en séminaire catholique ; à la fin de l'année, on annonça même que la reine était à nouveau enceinte — encore que, n'ayant jamais fait que des fausses couches en quinze ans de mariage, personne n'y prêtât guère attention. Mais toutes ces informations, mises ensemble, inquiétèrent Penny. Les flegmatiques Anglais les acceptaient peut-être ; mais les huguenots autour de lui, qui avaient connu les persécutions du roi de France, y voyaient des menaces. Ce printemps-là, quand le roi Jacques déclara qu'un Parlement serait convoqué pour faire de cette tolérance une loi, et ordonna qu'on lût sa déclaration dans les églises, Penny demeura sceptique. « Nous étions protégés jadis par l'édit de Nantes, commentait-il, et voyez un peu ce qui est arrivé. »

Eugène ne pouvait faire grand-chose pour apaiser ses craintes ; mais il avait de toute manière l'intention de voir Tompion, aussi était-il venu à Londres ; et il comptait aussi retrouver son vieil ami Carpenter. La plus grande surprise lui était venue de ce dernier. Le tailleur sur bois haïssait le papisme, et pourtant il semblait prêt à soutenir le roi.

« Comme les aldermen de Londres et les corporations », lui expliqua-t-il ; il ajouta, presque en s'excusant : « Les choses ont changé. »

Quand il découvrit ce qui s'était passé à Londres, Penny comprit toute l'adresse du roi Jacques II. S'il voulait transformer sa déclaration en loi, il fallait qu'un Parlement la votât ; comme les tories, ses partisans naturels, étaient pour la plupart acquis à l'Eglise d'Angleterre, il ne pouvait compter sur eux. Mais l'opposition whig, qui avait hérité de certains traits des Têtes rondes de Cromwell, soutenait la tolérance. Le roi Jacques II s'était donc employé à promouvoir les whigs dans tous les bourgs du pays, afin qu'ils soient représentés en nombre au Parlement. Et nulle part il ne s'y était plus activement employé que dans la cité de Londres.

« Par dispense royale, expliqua O Be Joyful, il n'est plus nécessaire d'appartenir à l'Eglise d'Angleterre pour entrer dans une corporation ou devenir alderman. Les dissidents y sont entrés en masse ; les tisserands, les orfèvres, même la grande et vieille guilde des merciers ont adressé des remerciements au roi. Tout ce pour quoi mon père s'est battu est désormais accordé. La plupart des officiers de la ville sont aujourd'hui des puritains et des dissidents ; même le maire est baptiste, je crois ! »

Mais, pour le tailleur sur bois, l'événement le plus important s'était produit dans l'après-midi de la veille. Pas moins de sept évêques de l'Eglise d'Angleterre avaient signé une pétition s'élevant contre la tolérance : ils avaient été conduits devant le conseil du roi et inculpés de sédition.

« On les a envoyés à la Tour pour y attendre le procès. Par bateau. Je l'ai vu de mes yeux », dit Carpenter à Eugène. Les bons anglicans étaient bouleversés, mais l'artisan ne pouvait dissimuler sa joie. Le roi contre les évêques — qui aurait cru cela possible ?

Penny était pourtant incapable de partager son optimisme. Le même après-midi, curieux de voir comment le West End s'était développé pendant ses douze années d'absence, il avait flâné du côté de Whitehall. Comme la famille royale passait désormais plus de temps à St James, le vieux palais était davantage une série de bureaux qu'une résidence royale. L'ancienne lice où les courtisans tournoyaient jadis s'était transformée en terrain de manœuvres, le Horse Guards. Tandis qu'il le longeait, Eugène devait admettre que le spectacle des soldats s'entraînant, dans leurs vestes rouges, était réjouissant à voir sous le soleil déclinant.

Les bataillons de soldats brillamment colorés étaient devenus une vision caractéristique de Londres au cours des deux dernières décennies. Issus, à l'origine, des forces levées par les deux camps rivaux au temps de la guerre civile, ils constituaient aujourd'hui de loyaux régiments du roi. Penny reconnut l'unité d'infanterie qui manœuvrait sous ses yeux comme étant les élégants Coldstream Guards ; peu après, un escadron de la Garde royale, les magnifiques Life Guards, fit son apparition dans un cliquetis d'armes. Il les regardait non sans admiration quand son voisin, un gentleman d'un certain âge, s'adressa à lui :

« Joli spectacle, n'est-ce pas ? Mais j'aurais préféré qu'il n'y ait pas un vaste camp militaire à seulement quinze kilomètres de Londres, sous la conduite d'officiers catholiques. Le roi a d'autres camps comme celui-ci à travers tout le pays. Que signifient toutes ces troupes catholiques ? J'aimerais bien le savoir... »

L'escadron arrivait près d'eux ; comme les dragons semblaient immenses, sur leurs superbes montures ! Comme leurs plastrons étaient rutilants, leurs casques étincelants ! Comme ils s'avançaient fièrement ! Et comme les yeux d'Eugène se dessillaient soudain... Ce que toutes ces troupes signifiaient, il le comprenait ; il le comprenait si bien qu'il en avait la nausée. Il avait déjà vu des dragons de ce genre-là auparavant, et il savait de quoi ils étaient capables.

Ces Anglais... pensa-t-il. Ils ont fait une guerre civile, pour lutter contre un tyran obstiné et têtu ; mais son fils, lui, est bien plus rusé. Il les réduira en esclavage. Il prendra son temps, comme l'a fait le roi de France, mais il y parviendra. Et Eugène, l'angoisse au cœur, se demanda s'il n'avait fui les persécutions en France que pour trouver les mêmes en Angleterre.

Il en débattit sans succès le soir même avec Carpenter, et maintenant il s'adressait d'un air sombre à Meredith, dans le café. « C'est un piège », lui dit-il.

Le révérend Richard Meredith se contenta de soupirer, tout en sirotant son café. La publication de la grande œuvre de Newton, il lui fallait l'admettre, lui importait beaucoup plus que vingt livres de sermons en tout genre. Il avait lu en chaire la déclaration d'indulgence, sans états d'âme ; et, s'il s'était senti moralement obligé de soutenir son évêque et les autres protestataires, il le faisait sans grande conviction. Sur la question catholique, il avait une approche cynique : le roi Jacques lui-même croyait, sans nul doute, qu'un grand nombre de ses sujets afflueraient vers l'Eglise de Rome si on leur en laissait la possibilité ; Meredith n'y voyait qu'un nouvel exemple de l'incapacité profonde de la famille Stuart à comprendre les protestants anglais. Comme ancien médecin, il était également instruit de deux informations inconnues de Penny : le roi Jacques II n'était pas en bonne santé ; en outre, voilà plus d'un an, il avait contracté une maladie vénérienne. Le monarque catholique ne vivrait probablement plus très longtemps, et ses chances d'engendrer un héritier mâle sain et valide étaient très faibles.

« L'Angleterre restera protestante, assura-t-il à Penny. Même avec ses dragons, il ne peut nous imposer le catholicisme par la force. Vous êtes en sécurité, je vous le promets. »

Penny ne semblait pas convaincu.

O Be Joyful aimait travailler au palais St James. L'essentiel des ornementations entreprises par Grinling Gibbons était terminé, mais il restait à Carpenter nombre de petites commandes à exécuter. Les gardes étaient habitués à le voir entrer et sortir ; et comme il veillait toujours à s'installer dans un endroit où il ne gênait personne, on le laissait à peu près libre de ses déplacements dans le palais. Cet après-midi-là, il avait jeté son dévolu sur un panneau de porte, où il sculptait des fruits et des fleurs —

pas avec autant de délicatesse que Gibbons, mais assez joliment tout de même, et il était fier de son ouvrage. Celui-ci était achevé, mais il voulait passer de la cire sur le bois et le faire briller. Pour être plus à sa main, il dressa un échafaudage, sur le côté de la porte où il travaillait, et s'y installa à son aise. Cette partie du palais semblait vide ; la porte demeurait entrebâillée, mais une demi-heure s'écoula avant qu'il entende un bruit de voix. Encore n'étaient-ce que des murmures, accompagnés d'un léger bruissement quand les hommes approchèrent de la porte. Soudain, les voix se turent ; O Be Joyful vit une tête se glisser dans l'entrebâillement, pour s'assurer que la pièce était vide, puis les deux hommes reprirent leur conversation, debout de l'autre côté de la porte. Il avait eu le temps de l'apercevoir, la tête appartenait à un jésuite ; embarrassé, il s'apprêtait à faire du bruit pour manifester sa présence quand l'autre homme prit la parole :

« Ma seule crainte est que le roi n'aille trop vite en besogne. »

O Be Joyful se figea. Selon toute vraisemblance, ces deux hommes étaient papistes ; qu'arriverait-il s'ils le découvraient ? Pourtant, soupçonneux comme toujours lorsqu'il s'agissait des catholiques, il ne put résister au désir de les écouter. Une seconde plus tard, quand la voix s'éleva de nouveau, il reçut un choc.

« Le roi est décidé à ramener tous les Anglais à Rome, mais vous devez l'exhorter à la prudence. Cela ne peut se faire du jour au lendemain, ni même par la force. »

O Be Joyful se sentit glacé.

« Cher père John... (Le jésuite parlait anglais, mais avec un accent français.) Nous regrettons tous, bien sûr, que cette tolérance doive être étendue aux sectes protestantes — pour l'instant. Mais le temps joue en faveur de notre Sainte Eglise, n'en doutez pas. Et ne nous accusez pas d'impatience, car nous travaillons avec cette famille royale depuis longtemps déjà.

— Avec Jacques, oui, mais il n'est roi que depuis peu », objecta le prêtre anglais. Ses mots furent suivis d'un court silence, et O Be Joyful se demanda si la conversation était terminée ; mais le Français reprit bientôt la parole — plus bas cette fois :

« Les choses ne sont pas aussi simples, et vous ignorez peut-être un aspect de l'affaire. Son frère, en réalité, est mort dans la vraie foi.

— Le roi Charles ? Un catholique ?

— Oui, mon ami. Il l'a caché à son peuple. Mais quand il est mort...

— L'archevêque de Canterbury était présent.

— C'est vrai. Mais quand l'archevêque ressortait par l'avant du palais, notre bon père Huddlestone y entrait secrètement par l'arrière. Il a entendu Charles en confession et lui a administré l'extrême-onction.

— Je l'ignorais, en effet.

— Il ne faut le répéter à personne. Mais je vais vous révéler autre chose encore. Bien avant tout cela, le roi Charles II avait passé un traité secret avec le roi Louis de France. Il y promettait qu'il déclarerait sa vraie foi et qu'il ramènerait l'Angleterre à Rome ; et le roi de France lui promettait toutes les forces dont il aurait besoin pour y parvenir. Personne n'est au courant, en dehors d'une poignée de gens à la cour de France ; Charles a trompé même les plus proches de ses ministres. Mais cela fait déjà quinze ans que la conversion de l'Angleterre est en préparation. Si je vous dis tout cela, c'est uniquement pour que vous compreniez mieux le sens de la tâche que nous attendons de vous. »

Le roi Charles, un catholique secret ? Pendant tout ce temps ? O Be Joyful en frissonnait. Même s'il avait toujours cru à la réalité d'un complot catholique, de l'entendre ainsi confirmer par quelqu'un d'autre, d'un ton aussi doucereux, lui faisait froid dans le dos. La véritable conspiration était donc plus grave encore que ne l'avait imaginé Titus Oates. Le roi de France se sentait prêt à utiliser la force ? L'édit de tolérance n'était que temporaire ? Penny avait donc raison : tout cela n'avait été qu'un piège. Carpenter en était si effrayé qu'il avait peine à respirer ; et il remercia Dieu lorsque, quelques instants plus tard, il entendit les deux hommes s'éloigner.

Son premier mouvement fut simple : il fallait qu'il dévoile tout. Mais qui le croirait ? On l'accuserait d'être un nouveau Titus Oates, de colporter des ragots, et il n'aurait aucun moyen de prouver la réalité de ses dires. La solution ? Ne rien dire, garder le secret pour lui, continuer à vivre dans son coin sa petite vie tranquille. Personne ne saurait jamais rien. Et si l'Angleterre était livrée à Rome ? C'est que le destin l'aurait voulu. Lui-même était voué de toute façon à la damnation éternelle ; même la vision de Martha lui reprochant amèrement sa lâcheté ne suffisait pas à secouer son apathie. Il demeurait terrassé, maudit, et selon toute vraisemblance l'Angleterre entière l'était avec lui. Pendant cinq bonnes minutes il resta là, méditant sur la conduite à tenir et se sentant plus honteux que jamais.

Soudain il se redressa ; et à sa propre surprise il fut submergé par une vague d'indignation, par une rage comme il n'en avait encore jamais connu. Comme si tout le dégoût qu'il avait si longtemps éprouvé envers lui-même, tout son ressentiment face au mépris avec lequel ces papistes royaux le traitaient se déversaient dans un brutal accès de fureur ; c'était, sans qu'il s'en rendît compte, la même colère rentrée qui dévorait déjà son père avant lui. Non, décida-t-il, cette fois, quel qu'en soit le prix, il leur tiendrait tête.

Il descendit de son échafaudage et sortit du palais : il irait voir le lord-maire protestant de Londres. Et aussi toutes les guildes, s'il le fallait. Sa terreur, sa rage avaient disparu, remplacées par une sorte d'excitation sauvage.

Il était encore dans tous ses états lorsque, une centaine de mètres plus loin dans Pall Mall, un carrosse s'arrêta devant lui ; il avisa un vieil homme qui en descendait pour se diriger, d'un pas lent, vers l'entrée de l'un des hôtels particuliers élégants qui faisaient la renommée du quartier. Comme il atteignait le perron, il tourna les yeux vers O Be Joyful, et les deux hommes se reconnurent.

Voilà neuf ans que le vieux Julius avait été fait comte de Saint-James ; jamais il n'aurait espéré vivre aussi longtemps. A quatre-vingt-cinq ans, il ne pouvait guère se plaindre : son dos était voûté, ses yeux chassieux, une jambe arthritique et douloureuse l'obligeait à s'appuyer sur une canne ; mais il y avait gagné la dignité un peu raide qui avait été jadis la marque de son père, l'alderman Ducket, au temps où Shakespeare vivait encore.

Il regarda Carpenter avec le détachement des vieillards qui vont bientôt partir et qui le savent ; le sourire éteint, l'œil indifférent.

Mais O Be Joyful ne vit pas en lui un digne vieillard : il vit le persécuteur de la famille, le royaliste détesté, l'homme à qui l'on avait octroyé un titre de comte afin qu'il vote pour le roi catholique. Il appartenait au complot papiste, Carpenter en était sûr. Pire encore, voilà que le vieux démon, certain que ses richesses, ses titres et même son âge lui assuraient l'impunité pour tous ses crimes, lui souriait d'un air triomphant.

Songeant à peine à ce qu'il faisait, l'artisan se rua en avant et cria d'une voix pleine de rage et de mépris : « Démon ! Vous croyez nous avoir tous trompés, n'est-ce pas ? Eh bien non ! (Enhardi par la mine stupéfaite de Julius, il vociféra de plus belle :) Je sais tout, vous m'entendez ! J'ai vu vos prêtres au palais ! Je sais tout sur le roi et sur votre complot papiste ! Dans une heure, le maire et tout Londres sauront aussi ! Alors, *my lord*, nous vous pendrons tous, vous, le roi et les prêtres ! » Dans un dernier hurlement, il s'enfuit.

Il fallut quelques secondes à lord Saint-James pour récupérer de cet assaut verbal ; dès que ce fut fait, il remonta dans son carrosse et aboya : « Roulez, aussi vite que le vent ! »

Vingt minutes plus tard, tandis que O Be Joyful se hâtait le long de Fleet Street, il vit Meredith venir vers lui à la hauteur de St Bride. Le clergyman le salua, selon son habituelle manière cordiale ; il s'arrêta.

« Eh bien, maître Carpenter... On dirait que vous venez de voir le diable en personne ! »

O Be Joyful n'était pas fâché de rencontrer le clergyman. Malgré toute sa colère et sa détermination, affronter le maire l'intimidait quelque peu. En disant ce qu'il savait à lord Saint-James, il avait brûlé ses vaisseaux ; mais il ignorait toujours comment convaincre le maire. Maintenant, face à Meredith, il songeait que si celui-ci l'accompagnait, les choses se présenteraient différemment ; le clergyman, lui, on le croirait.

« C'est terrible, commença-t-il. Je...

— Venez dans l'église, lui suggéra Richard. Nous y serons plus au calme pour parler. »

Ce fut donc à l'abri de la belle église neuve de St Bride qu'O Be Joyful raconta, à un Meredith stupéfait, ce qu'il avait entendu.

Une fois qu'il eut terminé, le clergyman lui fit signe de le suivre. « Venez avec moi, lui dit-il. Je dois vous montrer quelque chose. » Il le conduisit le long d'un étroit corridor : au bout, une lourde porte gardait l'escalier qui descendait dans la crypte. Meredith alluma une lampe, la tendit à Carpenter et lui demanda d'ouvrir le chemin ; lorsque l'artisan eut parcouru la moitié des marches, Richard referma la lourde porte et tourna la clef dans la serrure — ainsi que lord Saint-James le lui avait recommandé.

Il traversa l'église, laissant O Be Joyful prisonnier de la crypte.

« Le croyez-vous ? » demanda lord Saint-James à Meredith. Ils étaient assis dans le salon de la demeure du clergyman.

« Lui, en tout cas, est persuadé que c'est vrai. »

Le comte garda quelques instants le silence, puis demanda :

« Pouvez-vous le retenir ici ? »

« — Le pauvre garçon pourrait hurler tant et plus dans la crypte, personne ne l'entendrait. Mais croyez-vous vraiment que ce soit nécessaire ?
— Pour aujourd'hui seulement. J'ai besoin de réfléchir. » Le vieil homme se leva et prit congé.

A mesure que les heures passaient, l'incertitude de Julius croissait. Comme pour beaucoup de personne âgées, le passé récent était moins présent à sa mémoire que l'époque de sa jeunesse : et malgré ce qui avait pris place dans l'intervalle, malgré la guerre civile, il éprouvait envers les Carpenter, à cause de l'affaire de Gideon et de l'ambassadeur d'Espagne, un sentiment de culpabilité toujours aussi vif que si cela avait eu lieu la veille. Contrairement à O Be Joyful, il était sûr qu'on croirait l'artisan, s'il allait raconter dans tout Londres son histoire de nouveau complot papiste. En dehors des troubles que cela pourrait provoquer, la réaction du roi Jacques n'était guère douteuse : avec le juge Jeffreys en fonction, Carpenter avait toutes les chances d'y laisser la vie. « J'ai envoyé le père, Gideon, se faire fouetter, songeait Julius, je ne peux laisser le fils aller à la mort sans intervenir. » C'est pourquoi il s'était précipité vers St Bride, dans l'espoir que Meredith l'aiderait à empêcher l'artisan de se jeter dans la gueule du loup. Mais comment protéger Carpenter contre lui-même ?

Et pourtant, ce problème était moins grave que les autres auxquels il devait réfléchir. Le complot papiste ; Carpenter n'avait-il pas mal entendu, mal compris ? Ce jésuite français n'avait-il pu mentir, pour une raison ou une autre ? Que Jacques soit catholique était une chose — mais Charles avait-il pu tromper ses fidèles partisans pendant tant d'années ? Avait-il réellement promis de livrer l'Angleterre à Rome, et de laisser entrer des troupes françaises pour y parvenir ? L'idée était inconcevable ; c'était une traîtrise insupportable.

Lord Saint-James soupa seul et but un peu de cognac. Incapable de s'endormir, il veilla tout au long de la nuit — comme jadis, voilà bien longtemps, avant l'exécution du roi martyr. A ceci près que maintenant ce n'était pas le visage triste et chaste du premier Charles qui lui apparaissait, mais le visage cynique, sensuel et basané du second.

Son roi, auquel il était lié par un serment sacré, pouvait-il avoir commis un tel acte ? Fallait-il se laisser influencer par les racontars de ces maudits Carpenter ? Comment était-il possible, s'interrogeait-il anxieusement dans le silence et les ténèbres, qu'il eût aujourd'hui tendance à croire O Be Joyful plutôt que son propre monarque ? La réponse, bien que faible et ténue, faisait néanmoins son chemin dans l'esprit de Julius, et c'était l'expérience de toute sa vie qui la lui dictait : la loyauté des Stuarts s'exerçait plutôt vers l'étranger que vers l'Angleterre ; et les hommes de la famille — oui, même le roi martyr, s'il fallait dire la vérité — étaient presque tous des menteurs.

La crypte de St Bride était sombre et sentait le moisi ; nul son ne s'en échappait, et la porte en était solide.

C'était la trahison qui faisait le plus mal à O Be Joyful. Meredith lui-même était-il du complot papiste ? Ne restait-il personne à Londres en qui il pût avoir confiance, en dehors d'Eugène Penny ? Tandis que les heures s'écoulaient, il se demandait quel sort on lui réservait. S'ils voulaient l'arrêter, pourquoi tardaient-ils tant ?

Il finit par s'endormir, s'éveilla, s'assoupit à nouveau, puis perdit la notion du temps. Sa famille devait s'inquiéter ; Penny parcourait certainement les rues à sa recherche. Mais aucune chance que quiconque vînt le chercher là, dans la crypte de St Bride. A un certain moment, qu'il supposa proche de l'aube, il songea que peut-être Meredith entendait le laisser mourir ici.

Le dimanche matin, lord Saint-James prit un petit déjeuner léger ; il ne savait toujours pas quoi faire de Carpenter.

Au milieu de la matinée, il se rendit à l'église pour assister au culte. Il avait espéré y trouver l'inspiration, mais il n'en fut rien. Quand il rentra chez lui, on lui remit un mot de Meredith, lui rappelant avec courtoisie qu'il ne pouvait garder indéfiniment O Be Joyful enfermé dans son cachot. *Au moins*, concluait-il, *il faudrait que je lui donne un peu d'eau — et quelques explications.*

Enfin, peu après le milieu du jour, on apporta à lord Saint-James une nouvelle inattendue, qui changeait tout.

« Vous êtes sûr ? demanda Meredith à Julius, quand il la lui eut répétée.

— C'est ce qu'on dit officiellement. La question est : est-ce possible ? En tant que médecin, qu'en pensez-vous ?

— Cela fait plus d'un mois d'avance. Vous dites qu'il est en bonne santé ?

— Un « beau bébé ». Ce sont les termes qu'on m'a rapportés.

— Cela paraît... (Meredith pesa ses mots) improbable. » Il marqua une pause ; les deux hommes se regardaient. « Elle a toujours fait des fausses couches jusque-là, reprit-il lentement, et le roi est aujourd'hui... en mauvaise santé. Qu'il puisse avoir un "beau bébé" maintenant me paraît... (il fit une grimace) providentiel. »

O Be Joyful n'avait aucune idée de l'heure qu'il pouvait être quand la porte s'ouvrit, en haut de l'escalier. Comme il remontait vers la lumière, il ne vit aucun soldat, mais Meredith et lord Saint-James qui lui souriaient.

« Je suis désolé d'avoir dû vous enfermer ainsi, lui déclara le clergyman, mais c'était pour votre sécurité. Nous croyons ce que vous nous avez dit. Et maintenant, il faut que vous partiez avec lord Saint-James. Nous ne pouvons vous y forcer, mais c'est vraiment préférable, je pense. Vous serez revenu dans une semaine.

— Partir avec lui ? Une semaine ? (Il clignait des paupières dans la lumière retrouvée, hagard.) Pour aller où ?

— En Hollande, répondit le vieil homme. Je vais voir Guillaume d'Orange. »

Les événements de l'été 1688 marquent un tournant dans l'histoire d'Angleterre ; mais employer à leur propos, comme on le fait, les termes de « Glorieuse Révolution » est abusif. Ce n'était pas une révolution, et elle n'eut rien de glorieux.

Quand, le dimanche 10 juin, le roi Jacques annonça à un peuple stupéfait que sa femme avait enfin donné naissance à un fils et héritier, les Anglais loyaux se trouvèrent confrontés à un terrible dilemme. Si l'enfant vivait — et l'on affirmait qu'il était en bonne santé — il hériterait du trône ; il serait aussi, sans nul doute, catholique.

« Nous tolérions Jacques, expliquaient les bons protestants, seulement parce que nous savions qu'après lui nous aurions Guillaume et Mary. » Depuis longtemps en effet, certains des protestants les plus inquiets étaient entrés discrètement en contact avec Guillaume d'Orange pour qu'il pressât au moins son beau-père de modérer ses ardeurs papistes — prudent, le Hollandais avait préféré ne pas intervenir. Mais ce nouveau-né changeait tout.

Pour lord Saint-James, déjà bouleversé par les révélations d'O Be Joyful, la conscience déchirée sur la conduite à tenir, cette nouvelle était un choc ; pour d'autres, moins fidèles à la Couronne, c'était un appel aux armes. Les whigs étaient atterrés ; les tories — qui venaient de voir sept de leurs évêques anglicans enfermés à la Tour — alarmés. Saint-James ne fut pas le seul à gagner la Hollande, et à la fin du mois une invitation fut adressée à Guillaume par certains des plus grands personnages du pays : « Si vous voulez votre royaume d'Angleterre, lui disaient-ils, vous feriez mieux de venir le prendre maintenant. »

Mais comment, quelles que fussent les circonstances, Julius pouvait-il abandonner la voie de la loyauté, qui lui était congénitale ? Et rompre, qui plus est, son serment envers un roi qui l'avait fait comte ? N'était-ce pas aller contre tout ce qu'il représentait ? Pourtant, aussi profondément enraciné en lui, il y avait cet autre impératif hérité de son père quatre-vingts ans plus tôt — la règle qui en dernière analyse prévalait sur toutes les autres : « Pas de papisme. »

Mais ce qui avait le plus étonné le peuple anglais, et inspiré à lord Saint-James et à Meredith un regard sceptique, c'était la naissance de ce bébé catholique et royal. Un garçon en bonne santé, après tant de fausses couches ? Et prématuré de plus d'un mois ?

« Je vais vous dire exactement ce que j'en pense, commenta lord Saint-James à un O Be Joyful mal remis de ses émotions, tandis que leur bateau descendait l'estuaire de la Tamise. Je pense que la reine a fait une fausse couche et qu'ils y ont substitué un autre bébé. Meredith est de cet avis lui aussi. » Comme la plupart des Anglais. Les historiens et les médecins ont reconnu depuis lors que l'enfant était sans doute légitime ; mais en 1688, tandis que les protestants de l'île se tournaient vers Guillaume d'Orange, on proclamait haut et fort que le bébé catholique n'avait aucun droit à hériter du trône. On l'avait introduit dans la chambre caché dans une bassinoire : ce fut la version la plus communément admise.

Le prudent Guillaume prit son temps. Le 5 novembre, il débarquait dans le sud-ouest du pays : Jacques gagna Salisbury. Certaines régions du Nord se déclarèrent pour Guillaume, tandis que Jacques hésitait. Puis le meilleur général du roi, le valeureux John Churchill, passa à Guillaume : celui-ci marcha lentement sur Londres, et Jacques s'enfuit. En janvier le Parlement se réunit, décida que Jacques avait de fait abdiqué en quittant son poste et, après quelques tractations, offrit la couronne à Guillaume et à Mary. C'est cette série d'événements, assez peu héroïques en vérité, qu'on appelle la Glorieuse Révolution.

Elle n'en constituait pas moins un grand tournant : les querelles politiques et religieuses qui déchiraient l'Angleterre depuis plus d'un siècle allaient enfin trouver une solution durable. Au bout du compte, la grande perdante serait l'Eglise catholique. A Guillaume et Mary, s'ils n'avaient pas d'enfants, succéderait la sœur protestante de Mary, Anne ; les descendants catholiques de Jacques étaient écartés de toute succession. La mesure principale était qu'à l'avenir nulle personne de religion catholique ou même ayant un conjoint catholique ne pourrait monter sur le trône d'Angleterre. Quant aux catholiques ordinaires, ils furent redevables de taxes spéciales et tout emploi public leur fut interdit.

Les puritains non plus n'avaient pas accès à la plupart des fonctions publiques ; mais ils étaient libres de pratiquer leur religion comme ils le souhaitaient. Mary espérait pouvoir les intégrer dans une Eglise anglicane dont on aurait quelque peu élargi les frontières.

Plus subtil, mais tout aussi important, était l'aspect politique du nouveau compromis. Le Parlement affirmait qu'il s'agissait seulement de rétablir d'anciens droits, mais cela allait en réalité bien plus loin. Le Parlement devait désormais être convoqué à intervalles réguliers ; aucune armée ne serait levée sans son consentement ; la liberté de parole était assurée. On s'en aperçut vite, le Parlement veillerait dorénavant à ce que le roi fût toujours à court d'argent, et donc sous son contrôle en dernier ressort. Les efforts des Stuarts pour conduire progressivement l'Angleterre vers la monarchie absolue, comme en France, avaient échoué. Après être sorti vainqueur de la guerre civile, le Parlement l'était aussi de la paix.

Petit changement politique qui ne bouleversa pas Westminster, le vieux comte de Saint-James, qui avait toujours été tory entre les tories, commença à voter avec les whigs. A leur grande surprise, il leur affirma penser désormais que les rois devaient dépendre du Parlement. Mais il ne dit pas pourquoi.

De l'avis de Julius, il était préférable que le secret de la trahison de Charles II reste enseveli : « Réveiller tout cela ne pourrait amener aucun bien », disait-il à Meredith. O Be Joyful lui non plus ne souhaitait pas ébruiter l'affaire, maintenant que Jacques et ses héritiers catholiques étaient partis. L'étonnant et déloyal accord qu'avaient bel et bien passé le roi Stuart et son parent le roi de France devait rester inconnu pendant un siècle encore.

Une chose était claire : il n'y avait plus le moindre risque qu'un monarque anglais conçoive de menaçantes alliances avec les puissances catholiques d'Europe. Les Anglais et les Hollandais partageaient désormais un même souverain, protestant calviniste, qui avait Louis XIV pour pire ennemi. Les huguenots comme Penny pouvaient en être certains, le royaume insulaire était pour eux un abri sûr. S'ils restaient rivaux en matière commerciale, les Anglais et les Hollandais étaient maintenant alliés sur le plan politique. Les deux pays avaient du reste beaucoup de choses en commun : leurs langues se ressemblaient, et nombre d'Anglais descendaient des Flamands, voisins des Hollandais. L'Espagne catholique, pendant toute la durée de la Réforme, avait été leur ennemie. Les insulaires admiraient les artisans et les artistes du continent ; les marins anglais servaient sur des bateaux appartenant à des Hollandais, et ils leur empruntaient des termes comme « skipper » ou « yacht ». Si le roi Guillaume affirmait à ses sujets anglais que leurs cousins hollandais étaient en danger par la faute des Français papistes, ils les aideraient à défendre la cause protestante.

Le comte de Saint-James vécut jusqu'à un âge fort avancé. En 1693 il fêta ses quatre-vingt-dix ans et, s'il marchait avec difficulté, il gardait l'esprit vif. Il était fort entouré : outre ses enfants et petits-enfants, une foule de visiteurs venaient bavarder avec un homme né le dernier jour du règne de la bonne reine Bess. De la Conspiration des poudres jusqu'à la Glorieuse Révolution, il avait tout vu, disait-on. En 1694, dernière année de sa vie, il lui fut permis de connaître encore un événement.

Cette année-là, après bien des discussions, la cité de Londres se vit doter d'une nouvelle institution : une banque par actions fondée par plusieurs gros négociants de la ville. Son objet était de financer à long terme les dettes du gouvernement, en émettant des titres qui portaient intérêt. On l'appela la Banque de Londres.

« J'en avais déjà expliqué le principe au premier roi Charles, affirmait le comte à ses visiteurs (et c'était exact). Mais il n'a pas voulu m'écouter. Peut-être (il en souriait aujourd'hui) était-ce aussi bien, après tout. » Il fut fort heureux que la banque élût domicile dans le hall des merciers qu'on avait reconstruit, à Cheapside : « C'est la corporation de notre famille », faisait-il fièrement remarquer. Il aurait pu ajouter qu'en choisissant cet emplacement la nouvelle institution — qui bientôt ne s'appellerait plus seulement Banque de Londres, mais Banque d'Angleterre — naissait sur les lieux mêmes où s'élevait autrefois la maison familiale de Thomas Becket, le saint martyr de Londres.

Deux mois après la fondation de la Banque d'Angleterre, Julius mourut paisiblement, un matin. Il manqua d'un an un événement qui lui aurait fait plaisir : Richard Meredith s'était marié tard, comme déjà son père avant lui ; mais il s'était bien marié, et en 1695 il connut le bonheur d'avoir un fils.

Un mois plus tard, par un matin pluvieux, il reçut la visite d'Eugène Penny.

Le huguenot était venu avec un cadeau, dans une petite boîte ; à l'intérieur, Meredith vit une jolie montre d'argent. Mais lorsque Penny la sortit, le clergyman remarqua qu'elle comportait quelque chose d'inhabituel.

Penny retira ses lunettes pour les essuyer avec soin et sourit. « Regardez », lui dit-il ; et, ouvrant le dos de la montre, il désigna le mécanisme de son doigt tendu.

Cela faisait vingt ans que Tompion avait commencé à fabriquer des montres à ressort spiral ; mais aujourd'hui le grand artisan avait conçu un nouveau perfectionnement qui devait assurer à Londres une place de premier plan dans l'horlogerie européenne. Le petit mécanisme qu'Eugène indiquait à Meredith, et qu'on nommait échappement à cylindre, autorisait un progrès considérable dans les montres portatives : il permettait de disposer horizontalement les roues dentées à l'intérieur du boîtier — d'où une montre plate, que l'on pouvait glisser dans une poche.

« De ma vie, je n'ai rien vu de plus ingénieux ni de plus soigné ! » s'exclama Meredith.

Le présent d'Eugene célébrait la naissance de son fils, et remerciait aussi le clergyman pour l'aide qu'il lui avait apportée lorsqu'il avait voulu retourner auprès de Tompion, le maître horloger.

Peu après le début du nouveau siècle, la vie de Meredith connut un autre embellissement : au cours de l'année 1701, son ami Wren dessina un magnifique clocher pour son église, St Bride. C'était une œuvre remarquable : posé sur une élégante tour carrée, comme à St Mary-le-Bow, il consistait en une série d'assises octogonales, constituées de piliers et d'arches, et creuses à l'intérieur ; elles s'élevaient sur plusieurs étages, allant en se réduisant, comme une lunette télescopique qu'on aurait placée à l'envers, et son sommet était surmonté d'un obélisque. Plus haut que le Monument de Londres, le nouveau clocher de St Bride pouvait s'apercevoir sur toute la longueur de Fleet Street, et faisait de l'église l'un des points de repère de la ville.

1708

Ils étaient à l'heure. O Be Joyful ne leur avait pas dit où il les emmenait ; il avait obtenu une dispense spéciale et voulait leur faire une surprise. Bien qu'ayant dépassé soixante-dix ans, il se sentait encore assez en forme pour sa mission du jour, et c'est avec une joyeuse hâte qu'il conduisait ses deux petits-enfants préférés vers le sommet de Ludgate Hill. En cette fin du mois d'octobre, la journée était radieuse, et les gens se pressaient dans les rues le cœur en fête. C'était le jour de la procession du lord-maire.

Sauf du temps du Commonwealth, où ce genre de festivités était banni, la traditionnelle cérémonie annuelle était devenue plus fastueuse et plus sophistiquée de décennie en décennie. Plus tôt dans la journée le maire avait revêtu sa robe, dans sa résidence proche de St Mary-le-Bow (l'ancienne maison de sir Julius Ducket, O Be Joyful y repensait chaque fois), avant de sortir de chez lui et de descendre à cheval jusqu'à la rivière. Dans une barque magnifique, escortée par celles de toutes les corporations londoniennes, il avait remonté le fleuve en direction de Westminster ; là, tel un baron féodal d'autrefois, il renouvelait son serment de fidélité envers le monarque. Après quoi les barques faisaient demi-tour et leurs passagers débarquaient aux Blackfriars ; alors le maire, les aldermen et les corporations de la ville, revêtues de leurs couleurs, commençaient une somptueuse parade à cheval, aussi brillante que chamarrée, qui les conduisait jusqu'à Cheapside puis au Guildhall. D'où les deux enfants auraient-ils mieux vu le défilé que de la grande galerie extérieure du dôme de St Paul ?

Le puissant dôme leur faisait face, jaillissant en plein ciel, dominant la colline ouest de toute sa masse. En ce moment, on mettait la dernière main à la grande tour en pierre de la lanterne, qui prolongeait son sommet de plus de quinze mètres pour se terminer par une croix d'or, culminant à une hauteur vertigineuse : plus de cent dix mètres au-dessus du sol de la cathédrale. Le dôme était bien tel que sur la grande maquette en bois fabriquée presque trente-cinq ans plus tôt par Carpenter — qui l'avait toujours prédit. Avec une différence, tout de même : l'ouvrage final de Wren était plus élevé, et plus majestueux encore, que sur la maquette originale.

Carpenter l'avait regardé se construire, fasciné. Wren lui-même était souvent présent, vieil homme désormais, mais qui se faisait courageusement hisser dans un panier au sommet de l'édifice pour pouvoir inspecter le travail. Carpenter avait été fort étonné de voir que la grande toiture ne comportait en réalité pas un, mais trois dômes : entre le plafond à coupole qu'on voyait de l'intérieur de la cathédrale et le toit extérieur revêtu de feuilles de plomb — qui s'élevait quinze mètres plus haut — s'intercalait une structure intermédiaire qui n'était pas tout à fait un dôme, mais un massif cône de brique qui ressemblait presque à un four.

« C'est lui qui supportera la lanterne, lui avait expliqué un jour Wren, et qui fera tenir l'ensemble en place. » Une semaine plus tard, il avait pris avec lui dans le panier le tailleur sur bois, terrifié, et l'avait conduit dans l'échafaudage, où il lui avait dévoilé certains de ses secrets.

« Un double chaînage entoure la base du dôme ; c'est une précaution supplémentaire, pour empêcher le poids qui repose au-dessus d'écarter les murs vers l'extérieur. Puis, sur toute la hauteur du cône intérieur, j'ai disposé des bandes de pierre et des chaînes de fer qui maintiennent l'ensemble, comme les cerclages métalliques autour d'un tonneau. Le tout se doit d'être solide, ajouta-t-il non sans tristesse, car la toiture extérieure devait originellement être en cuivre, mais pour finir ils m'ont fait utiliser du plomb. Cela représente un millier de livres d'économie, mais ajoute six cents tonnes à la charge que le bâtiment doit supporter. »

Des galeries circulaires couraient autour de la base du dôme, à l'intérieur comme à l'extérieur ; et maintenant que l'énorme édifice était terminé, des escaliers menaient les plus courageux jusqu'à la tour de la lanterne. La vue de là-haut était magnifique ; grâce à Wren et à Grinling Gibbons, O Be Joyful avait reçu l'autorisation d'y emmener aujourd'hui ses petits-enfants. Il était assez fier de lui en arrivant au sommet de Ludgate Hill, et ils se dirigèrent ensemble vers le grand portique ouest de la cathédrale, avec ses énormes piliers.

Cela l'amusa de constater qu'en arrivant à la porte les deux enfants hésitèrent avant de pénétrer à l'intérieur ; mais cela ne le surprit pas. Dans un sens, cela lui fit plutôt plaisir.

Gideon et Martha : ses deux préférés, parmi ses sept petits-enfants. Comme leurs homonymes auraient été fiers de les connaître, songeait-il souvent, tranquilles mais résolus, le visage sérieux, le regard grave... Eux aussi avaient reçu une éducation stricte, à la manière puritaine. Depuis la promulgation de la tolérance en 1688, les dissidents (ainsi appelait-on désormais tous les protestants qui n'appartenaient pas à l'Eglise d'Angleterre) avaient beaucoup prospéré : ils possédaient plus de deux mille temples à travers toute l'Angleterre, avec bien sûr Londres comme centre principal. Il était rare que les vrais puritains s'habillent de noir et portent de hauts chapeaux ; mais l'on voyait des centaines de braves gens, en brun uni ou en gris, venir en foule écouter leurs pasteurs prêcher le dimanche. Les sévères lois morales du Commonwealth avaient peut-être été abrogées, mais les enfants appartenant à ces communautés savaient que toute fantaisie vestimentaire était un péché, que les plaisirs de ce monde étaient condamnables, que s'ils buvaient, jouaient ou forniquaient, la réprobation muette de tous leurs frères les suivrait partout. Si les puritains n'étaient plus au pouvoir, leur conscience morale n'en continuait pas moins à peser sur la vie publique anglaise ; les dissidents qui voulaient jouer un rôle effectif dans cette vie publique allaient recevoir la communion dans une église anglicane, pour sauver les apparences, comme s'ils appartenaient réellement à l'Eglise d'Angleterre. « J'administre le sacrement à cinq bons dissidents, dit un jour Meredith à Carpenter. Je le sais et ils savent que je le sais. Cela ne me trouble pas particulièrement. Nous ne faisons que contourner une législation qui ne devrait pas exister. »

De tels compromis n'avaient pas cours dans la famille Carpenter : maintenant qu'ils n'étaient plus obligés de fréquenter l'Eglise anglicane et ses évêques, les héritiers des premiers Gideon et Martha se gardaient bien de le faire. Ni le petit Gideon, âgé de neuf ans, ni Martha, âgée de onze ans, n'étaient jamais entrés dans une église anglicane. Quant à la cathédrale d'apparence papiste qui leur faisait face... ils regardèrent leur grand-père avec hésitation.

O Be Joyful avait été surpris, au cours de la dernière décennie, de faire figure de personnage respecté au sein de la famille. Lui-même ne savait que trop qu'il ne le méritait pas ; mais il sentait qu'il devait au moins tenter de remplir ce rôle auprès des jeunes générations. Aussi, quand ses petits-enfants lui demandaient : « Raconte-nous comment Gideon s'est battu contre le roi avec Cromwell... » ou encore : « Est-ce que Martha est vraiment partie sur le *Mayflower* ? » il faisait de son mieux pour les satisfaire. Il avait même, que Dieu lui pardonne, dû perpétuer la fable selon laquelle il avait fait de son mieux pour sauver Martha au cours du Grand Incendie.

Ses enfants escomptant qu'il les aiderait à instruire ses petits-enfants, il était allé jusqu'à réapprendre à lire, lentement et avec beaucoup de difficulté ; il avait même dû demander à Penny de le mener chez un bon fabricant de lunettes, afin de soulager ses vieux yeux fatigués. Toutefois il y était parvenu et, avant que la petite Martha eût cinq ans, il lui lisait la Bible tous les jours.

Plus encore que la Bible, cependant, il était un livre que la famille lui réclamait toujours. Ecrit par un grand prédicateur puritain à la fin du règne de Charles II, il racontait sous forme allégorique l'histoire d'un chrétien qui, accablé soudain par le sentiment de son propre péché et de la mort qui l'attend prochainement, part dans une quête spirituelle. Un pèlerinage tout puritain : pas de saint, pas d'autorité ecclésiastique, seules sa foi et la Bible guident le pauvre chrétien. Le pays à travers lequel il voyageait était un vaste paysage moral, familier aux austères congrégations puritaines : la Vallée de l'Ombre de la Mort, le Village de la Moralité, le Château du Doute, la Foire aux Vanités, le Tréfonds du Désespoir — le genre d'endroits que l'on rencontrait sur la route de la Cité céleste. Les gens que croisait le pèlerin portaient des noms comme Plein d'espoir, Fidèle, Homme-plein-d'expérience, Monsieur-bon-à-rien, ou le géant Désespoir. Le ton du livre était celui de la Bible — surtout de l'Apocalypse —, mais si bien retranscrit, dans un langage si simple et si clair, que le lecteur le moins instruit y trouvait son compte. Son message n'était pas non plus sévère ni intransigeant : au contraire, le pauvre pèlerin ne cessait de tomber dans toutes sortes d'erreurs, d'où il fallait constamment l'aider à ressortir. C'était un ouvrage puritain, certes ; mais *Le Voyage du pèlerin*, de John Bunyan, qu'O Be Joyful avait appris à lire et à aimer, était aussi plein de bienveillance et d'humanité.

Tandis qu'ils contemplaient la cathédrale anglicane, O Be Joyful rassura les deux enfants : « Ce n'est qu'un bâtiment, ce n'est pas le Tréfonds du Désespoir. » Il leur prit la main et les conduisit à l'intérieur.

A la vérité, il en était venu à aimer la grande cathédrale, et son serment de ne jamais travailler sous ce dôme papiste lui semblait lointain aujourd'hui. Quoi qu'il en ait pensé jadis, il n'y avait assurément plus rien à craindre de Rome. Anne, la sœur protestante de Mary, était montée sur le trône quelques années plus tôt, succédant à Guillaume et à Mary ; après Anne, l'autorité passerait à ses cousins de la maison allemande de Hanovre, protestants eux aussi. Non seulement la Couronne était sauve, mais ces dernières années l'armée anglaise et ses alliés hollandais, commandés par le grand John Churchill, désormais duc de Marlborough, avaient écrasé les forces du puissant roi de France Louis XIV et fortifié la position des protestants dans tout le nord de l'Europe.

Quant à St Paul, même son grand dôme ne paraissait plus aussi inquiétant aujourd'hui. Grâce aux vastes fenêtres en verre uni, les espaces intérieurs de la cathédrale étaient si clairs et lumineux que les visiteurs venus de Hollande auraient pu se croire dans une grande église protestante de chez eux. St Paul, semblait-il maintenant à Carpenter, n'était pas tant une menace que l'expression du compromis anglais — l'esprit protestant dans une enveloppe romaine —, à l'image de l'Eglise d'Angleterre elle-même, au fond.

En dehors du bedeau qui les accueillit à l'entrée, ils purent s'imaginer pendant un moment qu'ils avaient le lieu pour eux seuls. Tandis qu'ils remontaient l'imposante nef, O Be Joyful vit que les deux enfants étaient impressionnés par le spectacle qui les entourait. Tout à coup pourtant, le silence fut rompu par deux claquements qui résonnèrent sèchement au centre du grand transept, devant eux ; le bedeau eut un grognement d'impatience. « Qu'est-ce que ça peut être ? » demanda Carpenter.

Il se trouva que c'était Meredith.

« Il a passé toute la matinée là-haut », annonça le bedeau, d'un ton qui laissait planer des doutes sur la santé mentale de Richard. Au moment où ils arrivaient sous la coupole, ils aperçurent en levant les yeux le savant clergyman, dans la galerie au-dessus de leurs têtes. Il adressa un signe amical à Carpenter, puis disparut dans l'escalier, pour réapparaître quelques instants plus tard au niveau du sol.

« Je faisais juste une expérience », leur déclara-t-il, tandis que Carpenter et les enfants l'aidaient à ramasser les divers objets qu'il avait laissés choir de là-haut. « Ce dôme est le lieu idéal pour éprouver la théorie de la pesanteur de Newton. Toutes les dimensions en sont connues, l'air y est immobile, les conditions de l'expérience sont maîtrisées. C'est bien mieux que le Monument. Savez-vous que la Royal Society projette de conduire toute une série d'expériences ici très prochainement ? » Après un dernier signe joyeux de la main, suivi par le bedeau qui faisait la grimace, il repartit vers la porte ouest, laissant O Be Joyful de nouveau seul avec les enfants.

Il avait tant des choses à leur faire voir... Il leur montra la pierre, RESUR-GAM, et leur expliqua ce que l'inscription signifiait. « C'est moi qui l'ai apportée ici », leur dit-il[1], et il s'amusa de leur surprise. Puis il les conduisit dans le chœur.

De tous les projets auxquels il avait œuvré au cours des vingt dernières années, plusieurs lui avaient procuré un plaisir particulier : il était fier du plafond qu'il avait réalisé pour la salle à manger de la Nouvelle Compagnie fluviale de Myddelton ; il avait aimé travailler sur la belle aile neuve d'Hampton Court, et sur les magnifiques bâtiments de Wren pour l'hôpital de Chelsea. Mais rien de tout cela n'était comparable aux merveilleuses stalles sculptées du chœur de St Paul.

Elles étaient énormes ; il n'y avait pas que les longues rangées de sièges de bois rutilant, destinées au clergé et aux choristes ; il y avait aussi le grand buffet d'orgue. L'entreprise avait résulté de la conjonction de deux talents : Wren avait dessiné les plans d'ensemble et fait réaliser des maquettes, tout en confiant à son ami Grinling Gibbons le soin de l'ornementation.

Le résultat était à couper le souffle. A l'intérieur d'un cadre simple et classique — panneaux rectangulaires, pilastres, frises et niches — prenait place une grande variété de sculptures : riches, sensuelles même, tout en restant parfaitement maîtrisées. Entrelacs de vignes et ruissellement de feuilles, fleurs et trompettes, visages de chérubins, guirlandes de fruits jaillissant des corniches et des chapiteaux, frontons, balustres et consoles. Dans toute l'Angleterre, il n'existait rien d'approchant. La quantité de matériau utilisé, plusieurs dizaines de tonnes de chêne, était prodigieuse ; le travail fourni, plusieurs centaines de mètres de sculpture, considérable ; le coût, gigantesque. Si important que même la taxe sur le charbon ne pouvait régler les dépenses, de sorte qu'il fallut faire appel à des investisseurs, au nombre desquels comptaient de grands maîtres comme Gibbons lui-même : ils se feraient rembourser plus tard, avec intérêt. « J'ai financé les stalles du chœur, à six pour cent », avait dit un jour Gibbons à Carpenter.

O Be Joyful avait travaillé trois années de suite à St Paul, les plus belles de sa vie. Les plus habiles menuisiers et ébénistes de la cité semblaient s'être réunis pour assurer l'énorme tâche ; l'atmosphère était sérieuse et familière à la fois. Un jour, dans les débuts, il s'était plaint à Gibbons de la grossièreté de certains ouvriers : le lendemain, Wren interdisait tout écart de langage pendant le travail. L'atmosphère était si imprégnée de gravité et de dévouement que Carpenter pouvait presque croire, bien qu'il s'agît d'une église anglicane, qu'il y accomplissait la volonté de Dieu.

Les deux enfants savaient, certes, que leur grand-père était un habile tailleur sur bois, à la carrière bien remplie ; mais ils n'avaient encore jamais vu d'exemples concrets de son art, surtout d'une telle dimension. Aussi leur montra-t-il avec fierté les stalles luisantes, commentant pour eux leurs caractéristiques : « Vous voyez ce panneau ? Il est en chêne d'Angleterre. Mais le bois de celui-là (il en désignait un autre, plus richement sculpté) vient de Dantzig. Le chêne allemand est moins noueux, plus facile à travailler. (Il pointa le doigt vers le haut.) Ce chérubin, vous le voyez ? » Pour de tels détails, Grinling Gibbons procédait souvent en exécutant un modèle original, que O Be Joyful et ses autres assistants recopiaient ensuite. « J'ai fait celui-ci. Et celui-là aussi. »

« Ce panneau-ci, leur expliqua-t-il ensuite, comme ils arrivaient devant l'une des pièces à l'ornementation la plus délicate, n'est pas en chêne mais en tilleul, qui est un bois plus doux. C'est celui que M. Gibbons préfère travailler. »

Il leur désigna la stalle où s'asseyait le lord-maire, ainsi que le buffet d'orgue ; enfin ils arrivèrent à la pièce dont il retirait la plus grande fierté. Dans l'un des coins, surmonté par un splendide dais orné de longues guirlandes, se dressait le plus grand de tous les sièges, la pièce maîtresse de toutes les stalles : le trône de l'évêque.

« M. Gibbons et moi avons réalisé ce siège ensemble, leur déclara-t-il en leur montrant d'un air triomphant la prodigieuse ornementation de la partie supérieure. Remarquez cette mitre, et en dessous le pélican avec sa piété, comme on l'appelle. C'est un très ancien emblème chrétien. Et ces belles feuilles de palmier, vous les voyez ? Personne ne peut dire, leur affirma-t-il (et c'était exact) où s'arrête son travail et où commence le mien. » Ce trône était le chef-d'œuvre d'O Be Joyful.

Les deux enfants le contemplaient en silence ; après avoir promené les yeux sur la magnificence de la cathédrale, ils se regardèrent l'un l'autre ; enfin la jeune Martha prit la parole. « C'est très beau, Grand-père, dit-elle doucement. C'est très... (elle chercha le mot) décoré. » Le doute et la réprobation étaient perceptibles dans sa voix. Mais Gideon le tirait maintenant par la manche et désignait la mitre.

« Qui s'assoit ici, Grand-père ? demanda-t-il.

— L'évêque, répondit Carpenter, surpris de voir l'enfant baisser ses yeux graves, d'un air gêné.

— Tu as fait un trône pour un évêque ? s'étonna-t-il. Tu ne pouvais pas refuser, sans doute ? »

Comme il avait dû les décevoir ! comprit-il soudain. Quel idiot d'avoir, emporté par sa fierté d'artisan, oublié l'essentiel... Oui, le petit garçon avait sans doute raison : le vieux Gideon, lui, aurait sûrement refusé de se charger d'une telle commande. « Quand on travaille pour un maître comme M. Gibbons, répondit-il maladroitement, on est bien obligé de faire ce qu'il vous demande, et de le faire de son mieux. » Mais ses deux petits-enfants, il le voyait, restaient incrédules et perplexes.

Aucun des trois ne parla, tandis qu'ils quittaient le chœur et retournaient vers le transept ; Martha était pâle, le jeune garçon pensif. Mais alors qu'ils marchaient sous la grande coupole, le petit Gideon sembla pris d'une inspiration soudaine. La révélation de la faute inattendue de son grand-père le troublait manifestement ; il voulut lui donner une chance de se racheter. Aussi, se tournant vers lui d'un air enthousiaste, il lui demanda à brûle-pourpoint : « Raconte-nous, Grand-père, comment tu as essayé de sauver Tante Martha de l'incendie... »

Carpenter se taisait. Il comprenait fort bien pourquoi Gideon avait dit cela ; les deux enfants voulaient qu'il redevienne à leurs yeux un grand-père respecté et courageux, à l'image du vieux Gideon et de ses Saints. Mais ce serait un nouveau mensonge : une lâcheté de plus à ajouter à la première. Ses petits-enfants voulaient avoir confiance en lui, mais que valait une confiance basée sur une imposture ?

« La vérité est, Gideon, s'entendit-il confesser, que je n'ai pas vraiment essayé de la sauver. Je l'ai vue là-haut, mais... je n'ai pas eu le courage.

— Tu veux dire... (le garçon ouvrait de grands yeux) que tu l'as laissée brûler ?

— J'ai essayé de monter une première fois, mais... oui, je l'ai laissée brûler. (Il soupira profondément.) J'ai eu peur, Gideon. J'ai gardé le secret là-dessus pendant quarante ans, mais c'est la vérité. »

La stupéfaction, puis la consternation se peignirent sur le visage du petit garçon. O Be Joyful les invita alors à le suivre dans l'escalier en colimaçon qui montait vers le dôme.

C'était une longue ascension : le balcon intérieur surplombait d'une trentaine de mètres le sol de la cathédrale. Carpenter eut tout le temps de méditer, tandis qu'il le gravissait devant eux. Les deux enfants gardaient le silence. Avait-il définitivement perdu leur respect, même leur amour, peut-être ? Il lui semblait que leurs pensées pesaient lourdement sur ses épaules, rendant la montée plus dure encore. Disparues, les années qu'il avait passées à rechercher un modeste bonheur dans le travail : il se retrouvait de nouveau face à lui-même, comme quarante ans plus tôt, face à lui-même et au sentiment glacial de sa lâcheté. Mais maintenant, ses petits-enfants étaient au courant. Le temps qu'il atteigne enfin la base du dôme et prenne pied dans la galerie circulaire intérieure, il se sentit profondément las. Il dit aux enfants qu'ils pouvaient en faire le tour et il s'assit pour se reposer.

Le balcon intérieur de St Paul était un endroit impressionnant : quand les visiteurs jetaient un regard par-dessus le garde-fou, ils avaient le senti-ment d'être suspendus au-dessus de l'énorme vide central, sans rien en dessous de leurs pieds, aurait-on dit, pour soutenir le balcon. Quand ils levaient les yeux vers l'immense coupole qui les dominait de trente nou-veaux mètres, ils auraient pu croire qu'un lien invisible les y attachait miraculeusement, et qu'il leur serait loisible de voler à volonté au-dessus du gouffre béant.

De là où il se tenait assis, dos au mur, O Be Joyful suivait les deux enfants d'un œil morne ; il les voyait s'approcher à tour de rôle du para-pet, puis leurs têtes disparaissaient quand ils battaient en retraite vers la sécurité du mur. Le lieu était tranquille ; quoi qu'il se passât au-dehors, les trois dômes superposés ne laissaient filtrer aucun son. Les enfants en face de lui n'étaient plus visibles ; peut-être se reposaient-ils eux aussi ? Il ferma les yeux.

Alors il les entendit. Leurs voix arrivaient, l'une à son oreille droite, l'autre à son oreille gauche, aussi clairement que s'ils s'étaient trouvés près de lui. Car il avait oublié de leur parler de cet autre grand prodige propre à St Paul : le mur entourant la galerie intérieure, à la base de la coupole, était si parfaitement rond que même les plus faibles sons glis-saient sur lui, se propageant sans encombre jusqu'au côté opposé. C'est pourquoi on l'appelait la galerie des Murmures. Les yeux fermés, il enten-dait les murmures de ses petits-enfants, aussi distinctement que s'ils flot-taient sur le gouffre ouvert devant ses pieds.

« A-t-il vraiment laissé mourir Martha ? (C'était la voix de Gideon.)

— Il le dit lui-même.

— Oui. Pourtant, Grand-père...

— Il a manqué de courage. Il a manqué de foi, Gideon.

— C'est courageux de sa part de nous l'avoir dit, tu ne trouves pas ?

— On n'a pas le droit de mentir. »

Il y eut une pause, puis le petit garçon remarqua :

« Il avait peur, c'est tout. (Une nouvelle pause.) Martha, tu crois qu'il ira quand même au paradis ? »

Manifestement, la fillette réfléchissait. « Ceux qui sont élus y vont, dit-elle enfin.

— Mais lui, est-ce qu'il ira ?

— Nous ne savons pas qui est élu, Gideon. »

Le jeune garçon à son tour devait méditer.

« Martha, reprit-il (et le murmure devint plus fort, plus clair), s'il est envoyé en enfer, je descendrai là-bas et je le sauverai.

— Tu ne pourras pas.

— J'essaierai. (Un silence.) Est-ce que nous pouvons encore l'aimer ou pas ?

— Je pense, oui.

— Retournons le voir, maintenant », dit le petit garçon.

La galerie extérieure de St Paul étant située plus haut que celle des Murmures, Carpenter et les enfants durent gravir encore un escalier, avant de sortir sur le balcon entourant la base du formidable dôme de plomb.

Le jour était radieux au-dehors, le ciel cristallin ; une légère brise effleurait la surface de la Tamise, la faisant scintiller. Le panorama de Londres se déployait devant eux à mesure qu'ils faisaient le tour de l'édifice. Au fond de sa tristesse, Carpenter ne pouvait rester indifférent à ce merveilleux spectacle ; il ne pouvait pas, tandis que l'air vif de l'automne baignait son visage, ne pas se sentir encouragé et fortifié.

Vers le nord, par-dessus le Guildhall nouvellement reconstruit, par-dessus les rues romaines du nouveau Londres, par-delà le vieux Shoreditch et les bois d'Islington, le regard allait jusqu'aux vertes collines de Hampstead et Highgate ; vers l'est, au-dessus de l'autre colline et des toits de la Tour, au-delà des faubourgs de Spitalfields où vivaient les tisserands huguenots, de la forêt de mâts dans le bassin de Londres, il portait jusqu'au long estuaire menant à la pleine mer. Au sud, Carpenter et ses petits-enfants contemplaient le fleuve, la vieille silhouette du Pont de Londres, si grande et bizarre d'aspect avec ses maisons médiévales à hauts gâbles en équilibre au-dessus du fleuve, le fouillis de Southwark sur la rive opposée. Mais la vision la plus glorieuse, c'était de l'ouest qu'elle leur venait.

Les barques étaient de retour. D'abord celle du maire, dorée, grande et majestueuse ; puis les magnifiques embarcations des guildes — toutes toiles au vent, tous dais flottants, rouges et bleus, verts ou argent, avec de vives rayures et de riches broderies, leurs rangées de rames tirées dans un parfait unisson par les bateliers en livrée ; derrière elles, des dizaines de bateaux, plus petits mais brillamment décorés. La grande procession, rutilante de dorures, couvrait la surface du fleuve. Quand le lord-maire descendait la Tamise en grande pompe, il n'existait aucun spectacle comparable dans toute l'Europe, si ce n'est les fastes de Venise. O Be

Joyful n'en perdait pas une miette ; quant aux deux enfants, ils ouvraient de grands yeux, émerveillés.

Malgré son amertume, Carpenter sourit. Les enfants avaient raison, bien sûr ; tout en contemplant Londres du haut de son grand dôme, sous cet autre dôme plus vaste encore de ciel vif et bleu, il le savait : il n'était pas destiné à la vie éternelle.

Mais aujourd'hui, en présence de ses deux petits-enfants, il lui semblait que cela n'avait plus beaucoup d'importance ; sa propre vie, même le sort de son âme immortelle ne lui paraissaient plus aussi primordiaux. Le Gideon et la Martha d'avant avaient quitté cette terre, mais dans un certain sens ils y étaient revenus : le jeune Gideon, plus pur et pieux que lui, le vaillant petit garçon prêt à braver les feux de l'enfer pour sauver son grand-père défaillant, réussirait là où lui-même avait si lamentablement échoué. Peut-être ces enfants pourraient-ils, un jour, construire la cité de lumière au sommet de la colline.

Loin là-bas, les barques approchaient maintenant des Blackfriars ; le maire ne tarderait plus à débarquer.

A cet instant précis, les cloches se mirent à sonner pour l'accueillir dans la cité. Elles étaient plus nombreuses que jamais, dans la ville et dans les faubourgs ; on en avait généreusement doté les églises relevées après l'incendie. L'un après l'autre, les clochers et les tours de Wren se mirent à carillonner par-dessus les toits ; ceux de Cheapside et d'Aldgate, de l'Eastcheap et de Tower Hill, de Holborn, de Fleet Street et du Strand. Beaucoup de ces cloches possédaient leur son propre ; debout aux côtés des deux enfants, O Be Joyful leur apprit à les reconnaître, citant pour chaque carillon le petit distique par lequel il était connu :

> *Des oranges et des citrons*
> *Disent les cloches de St Clements*
>
> *Vous me devez cinq farthings*
> *Disent les cloches de St Martin's*
>
> *Quand est-ce que vous me paierez*
> *Disent les cloches de l'Old Bailey*
>
> *Le jour où je serai riche*
> *Disent les cloches de Shoreditch*
>
> *Quand est-ce que vous le serez*
> *Disent les cloches de Stepney*
>
> *Je ne le sais pas du tout*
> *Dit la grande cloche de Bow.*

« St Mary-le-Bow, leur expliqua-t-il. Les cloches de l'Old Bow sont l'âme de Londres. »

Elles étaient de plus en plus nombreuses à se mettre en branle — cloches isolées ou carillons, qui sonnaient et tintaient avec cet éclat viril qui n'appartient qu'aux cloches d'Angleterre. Le carillon anglais ne tire pas sa gloire, comme dans d'autres pays, de sa richesse mélodique, mais de la rigueur de ses arrangements : ce qu'on cherche à y entendre, ce sont les mathématiques du ciel. Leurs puissantes sonneries ne cessaient de croître, déployant tout l'éclat de leur gamme, faisant vibrer la ville en majeur, jusqu'au dôme de St Paul qui semblait résonner à l'unisson. Et tandis que cette formidable musique déferlait autour de lui, si forte et si violente, Carpenter eut soudain l'impression que mille autres voix s'y dissimulaient : celles, puritaines, de Bunyan et de ses pèlerins, celles de son père Gideon et de ses Saints, celle de Martha — même la voix du Tout-Puissant protestant. Alors, noyé dans ce chœur immense, oubliant jusqu'au souci de son âme perdue, il étreignit ses petits-enfants et cria, plein d'allégresse :

« Ecoutez ! Oh ! écoutez la voix du Seigneur ! »

Toutes les cloches de Londres s'étaient mises en branle ; O Be Joyful était vraiment joyeux.

15

Gin Lane

1750

Numéro 17, Hanover Square. Il est midi passé, un jour de fin avril ; le printemps est dans l'air. A l'intérieur de la belle demeure à quatre étages avec ses grandes fenêtres à guillotine — cinq dans la largeur de la façade — lady Saint-James s'apprête à prendre son bain.

Deux valets de pied sont apparus, en livrée cramoisie et bas de soie blancs, portant la baignoire métallique, et l'ont déposée au milieu de la chambre de Madame. Ils reviennent par trois fois, apportant d'immenses aiguières d'eau chaude encore fumante ; ils en remplissent la baignoire et se retirent. La femme de chambre teste l'eau de son petit doigt potelé ; tout est comme Madame aime.

Voici Madame qui vient du grand lit, aux riches armoiries brodées : elle traverse la pièce dans sa chemise de nuit, une merveille de rubans bleus et de dentelle blanche. Arrivée près de la baignoire, elle hésite ; un délicat pied blanc se dévoile, une élégante cheville sous l'ourlet de la chemise de nuit. Son pied touche la surface de l'eau, où il creuse une petite ride. Maintenant, de la dentelle s'écarte, pour révéler un fin mollet nu. La femme de chambre, à côté, tend le bras pour recevoir la chemise de nuit. Il y a un léger bruissement, un murmure de satin sur la soie ; les bras de la servante se retirent.

Enfin, elle apparaît : mince, parfaite, délicatement parfumée. Sa jambe glisse sous la surface de l'eau, qui bientôt entoure sa poitrine ronde et ferme, puis enveloppe ses épaules d'albâtre.

Sa femme de chambre est aux petits soins : d'abord le savon, puis les huiles pour garder la peau douce. Madame s'attarde un moment dans son bain, mais pas trop longtemps, de peur que cela ne lui assèche la peau. Quand elle est prête à se relever, une immense serviette est déployée pour l'accueillir ; pourtant elle ne sera pas frottée, mais doucement pressée et tapotée. Ensuite ce seront de petits nuages de poudre, des onguents pour ses pieds ravissants, quelques gouttes de parfum autour de son cou.

Madame déteste l'imperfection : c'est la seule chose au monde dont elle ait peur.

Elle se repose sur une chaise, vêtue d'une longue robe de soie, buvant une tasse de chocolat chaud à petites gorgées, pensive. Quand elle a fini, la femme de chambre lui apporte une cuvette d'argent remplie d'eau et une brosse ; elle dépose de la poudre sur la brosse. Avec soin et minutie, sa maîtresse se brosse les dents, semblables à des perles. On lui donne un grattoir d'argent, arrondi ; avec une moue élégante, elle tire sa langue rose et la frotte, devant le miroir que tient la femme de chambre, pour s'assurer qu'aucune trace foncée de chocolat ni de tartre blanchâtre ne la dépare.

Se peut-il que la comtesse de Saint-James se prépare pour un rendez-vous d'amour ? Oui : ce soir même, dans cette maison même.

17, Hanover Square. La maison se dressait au milieu d'un des côtés du grand rectangle, pavé de pierre et de galets, auquel on avait donné le nom de la dynastie régnante ; et quel autre patronyme eût mieux traduit l'aisance aristocratique du lieu ?

Les Allemands de Hanovre n'avaient peut-être que de faibles arguments dynastiques à faire valoir pour prétendre à la couronne d'Angleterre : le Parlement ne les avait pas moins choisis. Ils parlaient un mauvais anglais, mais ils étaient protestants ; ils pouvaient être stupides, leur règne apportait paix et prospérité. La dynastie était sûre. Cinq années plus tôt, dans une escapade romantique mais folle, le dernier des Stuarts, le jeune Bonnie Prince Charlie, avait débarqué en Ecosse dans l'espoir de fomenter un vaste soulèvement. Mais les vestes rouges anglaises avaient fait mouvement ; l'insurrection avait été vite contenue, et facilement écrasée à Culloden. La cause jacobite, défendue par les partisans du prince Charlie, était morte.

Certes, des conflits se tramaient à l'étranger ; les différentes puissances européennes cherchaient, encore et toujours, à prendre l'avantage l'une sur l'autre ; mais, depuis les triomphes de Marlborough une génération plus tôt, l'Angleterre n'avait plus connu de raison de s'alarmer. Les colonies britanniques ne cessaient de s'étendre ; le riche commerce qui en découlait, depuis l'Amérique et les Caraïbes jusqu'à l'Inde et l'Orient fabuleux, engendrait un flot de richesses toujours croissant. En Angleterre même, l'amélioration des techniques agricoles augmentait les revenus de nombreux propriétaires fonciers.

Un seul événement aurait pu ébranler la confiance que les Anglais avaient en eux-mêmes. En 1720, la Bourse de Londres fut le théâtre du premier accès de folie vécu par le nouvel ordre économique, entièrement capitaliste ; tout le Stock Exchange de Londres s'enfla d'abord démesurément, puis s'effondra dans un désastre resté dans les mémoires sous le nom de Krach des mers du Sud. De grands personnages aussi bien que de petites gens avaient placé leur argent dans des affaires frauduleuses, convaincus que les prix n'allaient cesser de monter ; ils y perdirent ce qu'ils possédaient. Il y eut tant de victimes que le gouvernement dut intervenir. Pourtant, la croissance de la nation était si forte qu'une dizaine d'années plus tard on aurait pu croire que le krach n'avait jamais eu lieu. Les affaires étaient reparties de plus belle.

Rien de surprenant que Londres s'agrandît en conséquence. L'expansion commencée sous le règne des Stuarts, à l'extérieur des murs de la cité, ne se démentait pas ; aristocrates, gentlemen, spéculateurs, tout le monde construisait vers l'ouest, en de vastes et splendides quartiers neufs. Et si la propriété morcelée du vieux Londres, maison par maison, avait fait obstacle à la reconstruction d'une ville grandiose à l'intérieur des murailles, il en allait autrement des vastes domaines fonciers du nouveau West End. Les nobles qui possédaient des terres pouvaient concevoir de longues perspectives de rues et de squares magnifiques, auxquels ils donnaient leurs noms de famille : Grosvenor Square, Cavendish Square, Berkeley Square, Bond Street. Les particuliers n'étaient pas seuls à le faire : les corporations, les collèges d'Oxford, l'Eglise et la Couronne, tous possédaient des domaines dans le West End. De grandes rues et de beaux squares s'étendaient désormais à l'ouest, jusque en rase campagne ; verdure, champs et pâturages reprenaient leurs droits aussitôt que se terminaient les constructions. Pour la première fois dans l'histoire, les maisons étaient numérotées. Leurs façades alignées et régulières étaient simples, inspirées de l'Antiquité classique ; les rois de la dynastie de Hanovre s'appelant tous Georges, leur style reçut le nom de georgien.

C'était un âge classique. Les aristocrates effectuaient le *Grand Tour*, le tour de l'Europe ; ils en revenaient avec des peintures italiennes et des statues romaines pour décorer leurs maisons. Les ladies et les gentlemen allaient prendre les eaux dans la vieille ville thermale romaine de Bath ; de grands écrivains tels que Swift, Pope et le docteur Johnson calquaient leurs poèmes et satires sur ceux de la Rome d'Auguste. C'était un âge de raison ; les hommes visaient à posséder au moins autant de dignité discrète, de sens de la mesure, que les squares georgiens autour desquels ils vivaient. C'était par-dessus tout un âge élégant ; élégance était le maître mot au numéro 17, Hanover Square.

A une heure, lady Saint-James passait ses projets en revue.

Balthazar, le coiffeur, était arrivé ; il en avait pour une heure ; aussi Madame avait-elle envoyé sa femme de chambre rejoindre les autres servantes, pour qu'elle déjeune. Balthazar ajouta un bourrelet ; le modèle qu'il avait composé pour aujourd'hui élèverait la chevelure dorée de lady Saint-James à une trentaine de centimètres au-dessus de sa tête, pour se terminer par un chignon bien serré, orné d'une petite couronne de perles ; autour du cou, elle porterait un collier de perles assorti.

Sa robe s'étalait juste à côté, sur une chaise dorée à la française. Elle était faite d'un brocart de soie fort raide, qu'avaient tissé les huguenots de Spitalfields, avec de somptueux motifs de fleurs, comme une riche et sombre forêt. Dieu savait ce que pouvait coûter chaque mètre d'un tel tissu — sans compter les heures que la couturière avait passées à doubler les coutures : Madame avait l'œil et aurait vu tout de suite si une seule d'entre elles avait été oubliée.

Avant son rendez-vous, lady Saint-James devait se rendre à un dîner, puis à une réception. Les gens à la mode vivaient dans un tourbillon permanent ; si lady Saint-James était invitée partout, ce n'était certes pas pour passer inaperçue.

« Si Dieu nous a placés là où nous sommes, expliquait-elle dans un sourire éclatant, c'est bien pour qu'on nous regarde. » Les magnifiques squares et les luxueuses demeures avaient été construits pour se peupler d'une foule élégante ; la brillante parade ne devait jamais prendre fin.

Mais après tout cela, plus tard dans la nuit... Elle tourna les yeux vers la fenêtre.

Elle jugeait qu'elle pouvait se fier aux domestiques et se félicitait de sa prévoyance ; en principe, le maître et non la maîtresse de maison engageait le personnel, mais très tôt après leur mariage, elle avait persuadé lord Saint-James qu'il était trop occupé pour s'en charger. C'est pourquoi aussi bien l'intendante que le maître d'hôtel lui étaient aujourd'hui tout acquis. Les deux valets de pied obéissaient au maître d'hôtel, mais elle veillait à entretenir leur dévouement ; quant aux servantes, elles recevaient de l'argent et des vêtements en cadeau. Le cuisinier, le chef pâtissier — dont les extraordinaires inventions arrachaient des cris d'impatience aux invités chaque fois qu'on annonçait l'arrivée du dessert — et le cocher dépendaient de l'autorité de son mari ; mais les valets d'écurie étaient tous les deux amoureux d'elle, parce qu'elle veillait à leur effleurer le cou lorsqu'ils lui tenaient l'étrier.

Si donc ce soir une certaine personne entrait discrètement dans la maison pendant que Monsieur était absent, et si cette même personne pénétrait dans la chambre de Madame — à laquelle Monsieur lui-même n'avait pas accès sans sa permission expresse (« C'est l'unique courtoisie que je vous demande, mon ami », lui avait-elle déclaré un jour d'une voix théâtrale) —, elle était sûre qu'il n'y aurait ni ragots, ni regards à travers la serrure, ni oreille collée à la porte. Rien ne troublerait le silence — sauf peut-être un crissement de soie dans le secret de la chambre, un craquement du lit, un gémissement...

Elle contemplait rêveusement cette perspective, depuis plusieurs minutes que Balthazar travaillait sur sa chevelure. Enfin, s'étant assurée que ses plans étaient en ordre, elle laissa son regard errer vers le second personnage qui se trouvait à son côté. En plus de Balthazar, quelqu'un d'autre avait été autorisé à demeurer dans la pièce ; il se tenait assis en silence sur un petit tabouret, à sa portée pour le cas où il viendrait la fantaisie à Madame de s'intéresser à lui — ce qu'elle fit, en lui caressant la tête. C'était un garçon de onze ans, au visage rond, habillé d'une veste cramoisie comme celle des valets de pied ; il la dévorait de ses yeux immenses, remplis d'adoration. Il s'appelait Pedro et il était noir.

« Es-tu heureux, Pedro, que je t'aie acheté ? » lui demanda Madame ; et le jeune garçon s'empressa de hocher la tête. Aucune maison à la mode n'aurait pu se passer d'un mignon petit jouet comme lui, à la peau sombre. Pedro était esclave.

Si la vue d'un Noir provoquait la curiosité à Londres au siècle précédent, ce n'était plus le cas aujourd'hui ; les colonies britanniques y avaient activement pourvu. Près de cinquante mille esclaves étaient transportés chaque année d'Afrique par bateau, pour travailler dans les champs de sucre des Antilles et les plantations de tabac de Virginie. Même les puritains du Massachusetts participaient à ce trafic. De telles cargaisons poussaient souvent jusqu'aux côtes anglaises ; si Bristol et Liverpool y étaient les principales destinations des bateaux de négriers, près d'un quart des esclaves aboutissaient à Londres, où les petits nègres étaient achetés comme domestiques ou comme jouets.

« Dis-moi, Pedro, le taquina lady Saint-James. Est-ce que tu m'aimes ? »

Officiellement, le garçon était un esclave, mais il vivait avec les serviteurs ; et les serviteurs des maisons aristocratiques vivaient bien. Habillés à la perfection, plutôt bien logés, bien nourris et raisonnablement payés, ils formaient une véritable caste de privilégiés dans leur profession ; particulièrement les valets de pied, parce qu'on se les prêtait volontiers de maison en maison. Les rangs serrés de valets de pied qu'on voyait dans les réceptions, même dans les plus grandes demeures ducales, avaient généralement été empruntés à des amis. Les pourboires étaient souvent généreux ; un valet de pied londonien qui savait se rendre agréable pouvait mettre assez d'argent de côté pour se lancer, le jour venu, dans les affaires. Pedro savait aussi que, si lady Saint-James le voulait, elle pourrait l'affranchir un jour et le mettre sur la voie de la prospérité. On connaissait des cas de maîtres d'hôtel et de commerçants noirs. Et s'il avait dû échouer dans une plantation en Virginie...

« Oh ! oui, Madame » répondit-il ; et — c'était une familiarité qui amusait sa maîtresse — il couvrit ses mains de baisers enfantins.

« Je l'ai acheté et il m'aime, dit-elle en riant. Ne t'inquiète pas, mon petit homme (elle baissa les yeux vers lui et gloussa) — car tu deviens un petit homme, n'est-ce pas ? —, je ne te revendrai jamais. Tant que tu me serviras bien. »

Pour lady Saint-James, les gens comme les choses à Londres étaient à vendre. Les esclaves étaient à vendre, les belles maisons étaient à vendre, la mode était à vendre, et même la position sociale : dans le Londres georgien, fortunes anciennes et récentes se mêlaient sans difficulté. Même le titre de son mari, comme tant d'autres, avait jadis été acheté ; et les votes de nombreux membres de la Chambre des communes, l'assurait-il, étaient chaque jour à vendre. Il n'existait qu'une exception — et cette exception-là plongea à nouveau lady Saint-James dans ses réflexions : une certaine personne, semblait-il, n'était pas à vendre.

Le capitaine Jack Meredith. Elle se mordit les lèvres. Il s'avérait difficile de l'acheter, et pourtant elle espérait y parvenir. Elle l'espérait beaucoup. Afin de l'avoir pour elle toute seule.

Ses pensées furent interrompues par un coup frappé à la porte. Quand Pedro l'eut ouverte, elle vit son mari pénétrer dans la pièce.

Le troisième comte de Saint-James n'était pas d'humeur badine. D'une main, il congédia Pedro et Balthazar ; dans l'autre, il tenait une liasse de factures.

Il n'était ni beau ni laid ; il ressemblait à sa mère, d'une blondeur assez conventionnelle. « Fade » était le mot qui le définissait le mieux. Non qu'il fût stupide : ses placements avaient été prudents, mais judicieux ; le domaine de Bocton était fort rentable ; lui-même était un membre actif de la Chambre des lords, dans la mouvance whig. (Hanover Square avait la faveur des politiciens whigs.) Il avait mis sa perruque poudrée et portait une veste bleue richement brodée, dont le large bâillement dévoilait les prémices d'un bel embonpoint ; proche de la quarantaine, la silhouette de lord Saint-James serait sans doute imposante d'ici une dizaine d'années. On admirait ses mains, toujours manucurées avec soin. Le paquet de factures qu'il tenait semblait épais. Il salua brièvement sa femme avant de commencer.

« Je pense que vous en conviendrez, madame, je satisfais la plupart de vos désirs. »

Lady Saint-James ne répondit pas mais le regarda d'un air circonspect. Il fallait faire attention. Elle souhaitait par exemple qu'il démolisse le vieux manoir jacobéen de Bocton. « Pas du tout ce qui convient pour un comte », disait-elle à ses amis. Une demeure georgienne avec un portique à colonnade, même moitié plus petite que ce qu'elle suggérait, ferait grande impression sur la colline, au-dessus du parc aux cerfs. Sa Prudente Seigneurie y réfléchissait encore et, lui semblait-il, se déciderait peut-être à lui donner satisfaction. En revanche, il avait fermement refusé de lui laisser réaménager leur maison londonienne à la manière rococo venue de France. « Vous voyez bien que tout le monde le fait autour de nous ! » ne cessait-elle pourtant de lui répéter. Jusqu'à présent, il lui avait seulement permis de tapisser une pièce de papiers peints chinois, en guise de consolation. Au vrai, elle se trouvait tellement sous sa coupe qu'elle ne pouvait se souvenir que d'un seul succès, et encore ne pouvait-elle même pas s'en targuer en public. Elle avait réussi à lui faire changer son nom de famille, et il valait mieux oublier l'ancien.

Etre comte de Saint-James était une bonne chose ; en tant que simple miss Barham, le projet de devenir comtesse avait eu de quoi la séduire. Mais Ducket, en revanche, c'était une autre histoire. La moitié des plaques commémoratives de Londres rappelaient aux passants que tel Ducket ou tel autre avait été alderman, marchand ou membre d'une guilde ! Ils avaient beau être devenus récemment comtes, la famille n'en prenait pas moins ses racines dans le commerce ; et cette idée-là, la jeune et élégante miss Barham la trouvait humiliante.

L'histoire suit la mode, elle aussi. A la fin de la période des Stuarts, les cadets des familles de la petite noblesse devenaient encore merciers ou drapiers, comme ils l'avaient toujours fait ; aujourd'hui, s'ils pouvaient l'éviter, ils l'évitaient. Ils préféraient la carrière des armes, impensable quelques générations plus tôt, ou encore l'Eglise, que leurs grands-pères auraient dédaignée ; ils pouvaient aussi, à la rigueur, devenir hommes de loi. L'histoire leur fournissait tout ce qu'il fallait comme exemples de chevaliers féodaux ou de sénateurs romains pour justifier cette mode ; et ainsi, au milieu du XVIIIe siècle, les classes supérieures d'Angleterre commencèrent à croire à l'adage : « Un gentleman ne fait pas de commerce. » Pure absurdité historique, mais qui n'en continua pas moins à régler la vie des hommes au cours des deux siècles qui suivirent, et même audelà.

Résultat, ils oublièrent ou firent disparaître leurs ancêtres commerçants, puisque noblesse et commerce ne pouvaient se mêler. Unique concession accordée par la mode au bon sens, un gentleman pouvait *épouser* le commerce. Même dans les décennies les plus snobs et les plus guindées de ce siècle tout d'élégance georgienne, les gentlemen, y compris les nobles et même des familles ducales, épousaient joyeusement et fort publiquement des filles de marchands. Ce qui aurait beaucoup choqué leurs homologues français ou allemands, eux n'en avaient cure. En Angleterre, seule la lignée mâle comptait.

Mais la lignée mâle de la maison Saint-James portait toujours le nom de Ducket, un nom de commerçants ; et miss Barham ne pouvait s'y résigner. Pour l'obliger donc, le jeune comte, à l'époque fort ébloui — elle était la reine de tous les bals —, en changea la graphie pour une version française peu vraisemblable : *de Quette*. C'était, expliquait-elle à ses amis, l'ancienne forme de ce nom, que seul le temps avait altérée ; et l'on admit bientôt que le nom de famille du comte devait trouver son origine dans la conquête normande. Certains ancêtres étaient *nés*, d'autres avaient été *faits* sur le tard : les de Quette n'étaient pas les seuls à avoir ainsi arrangé leur généalogie.

« Mais cela se prononce *diou Quette* ! » proclamait-elle dans un sursaut de patriotisme.

Cet épisode, songeait-elle avec tristesse, marquait son ultime effort pour lui complaire. Elle possédait aujourd'hui un nom, une maison ; mais quant au reste...

« Ces factures, madame, les avez-vous vues ? »

Lady Saint-James émit un vague son, qui pouvait signifier tout ce qu'on voulait. Elle ne regardait jamais les factures.

« Elles sont importantes, lady Saint-James, poursuivit-il.

— Avons-nous des problèmes d'argent ? demanda-t-elle avec une feinte ingénuité. Dois-je vendre Pedro ? (Elle bâilla.) Je vous en prie, mon ami, ne me dites pas que nous sommes ruinés...

— Pas tout à fait », répondit-il d'un ton sec. Il le savait, elle le soupçonnait d'être plus riche qu'il ne voulait bien l'admettre ; et en effet, comme pour nombre de ses pairs, l'expansion coloniale ainsi que le progrès des techniques agricoles accroissaient chaque année ses revenus, déjà substantiels. Même les frais de la demeure londonienne étaient atténués : la plupart des viandes et produits qu'on y consommait étaient apportés par charrette une fois par semaine, du domaine du Kent. Le matin même (bien qu'il n'eût pas l'intention de le dire à son épouse), le comte avait reçu les plans d'un nouveau manoir pour Bocton. « Si nous ne sommes pas ruinés, lui répondit-il, c'est parce que je veille à ne pas vivre au-dessus de mes moyens. Madame, j'ai ici plusieurs factures de fournisseurs, dont le total atteint trois cents livres. »

Lady Saint-James releva les yeux, et aurait relevé la tête aussi, si cela n'avait risqué de déranger le savant échafaudage de Balthazar.

« Peut-être n'avons-nous pas besoin de les payer toutes », suggéra-t-elle. La générosité de lady Saint-James, si prodigue envers ses domestiques, ne s'étendait pas à ses fournisseurs.

Lord Saint-James commença à détailler les factures à haute voix. Une modiste, Twinings le marchand de thé, son chausseur, sa couturière, deux fabricants de parfums, Fleming le boulanger, même un libraire. A chaque fois, elle commentait d'un murmure ou d'un gémissement : « C'est du vol ! » ou : « Impossible... » Enfin, il arriva au bout.

« Il faut payer la couturière », dit-elle d'un ton ferme ; elle n'en retrouverait jamais une aussi bonne. Puis elle réfléchit un moment. Sans doute ces factures étaient-elles justifiées, mais celle du boulanger l'agaçait. Elle avait donné une grande fête et décidé de décorer toute la pièce avec des gâteaux ; mais la fête n'avait pas été un succès. « Donnez-moi la facture du boulanger ! cria-t-elle. Je la lui ferai manger ! » En réalité, elle comptait la jeter au feu. Fleming le boulanger pouvait bien attendre : il n'avait pas d'importance à ses yeux.

Elle espérait que son mari allait maintenant partir, mais il n'en faisait rien. Au contraire, il s'éclaircit la voix.

« Il y a encore un autre sujet, madame, dont je souhaite vous parler. » Elle attendit, impassible. « La famille de Quette, madame. Je suis le troisième comte et je n'ai toujours pas d'héritier. (Il marqua une nouvelle pause.) Il faut faire quelque chose pour que cela change. Je ne doute pas d'en être capable.

— Oui. Bien sûr, répondit-elle d'un ton vague.

— Quand, madame ?

— Mais bientôt... Nous sommes si occupés en ce moment. La saison... (Elle se ressaisit.) N'irons-nous pas à Bocton cet été ? A la campagne ? (Elle parvint à sourire.) A Bocton, William. »

Pourtant, si elle souriait, lady Saint-James avait peine à se montrer encourageante, même au minimum requis par son propre instinct de conservation. Une épouse pouvait éviter son mari, non se refuser absolument à lui. Si seulement elle ne s'était pas sentie aussi découragée par sa présence...

Pourquoi en était-il ainsi ? Elle se posait souvent la question. Que lui avait-il donc fait ? Il avait assez belle allure, pourtant. S'il se montrait un peu moins prudent, songeait-elle parfois. S'il faisait quelques folies de temps en temps — sans mettre leur train de vie en péril, bien sûr. Et elle, que voulait-elle, au fond ? Un an plus tôt, elle n'aurait guère su répondre à cette question ; mais aujourd'hui...

Aujourd'hui, elle voulait Jack Meredith. Et aussi longtemps qu'il resterait à Londres, elle ne supporterait pas la présence de son mari.

« Vous m'avez déjà donné un héritier une fois », lui rappela-t-il d'un ton radouci.

Elle ferma les yeux.

« Je sais. » Dieu, pensa-t-elle, pourquoi faut-il qu'il en reparle ?

« Je suis désolé. Pauvre petit George... »

C'était la part d'ombre, ce dont ils ne parlaient jamais. La mort du bébé. Huit ans plus tard, l'histoire continuait de troubler lord Saint-James ; quant à son épouse, qui en avait été brisée à l'époque, c'était un sujet qu'il ne fallait jamais aborder devant elle. Son mari venait d'enfreindre cette règle — mais aujourd'hui, il semblait particulièrement remonté contre elle.

« L'été est encore loin », dit-il ; puis il quitta la pièce, suivi par le regard noir de lady Saint-James.

Elle se tenait assise, seule.

Cette nuit-là... L'horreur de cette nuit-là, huit ans plus tôt, quand l'enfant était né.

L'accouchement avait été long ; ensuite, elle s'était sentie épuisée et avait sommeillé quelque temps, contente que ce fût fini. Elle n'avait pas aimé être enceinte. Si grosse, si lourde : c'était horrible. Maintenant au moins, elle éprouvait la sensation d'avoir réussi quelque chose. Le bébé était un garçon ; il s'appellerait George, du nom de son grand-père. Mais le point important aux yeux de sa mère, c'est qu'il était l'héritier d'un comte, avec un titre de courtoisie personnel qui lui était accordé dès sa naissance : le petit lord Bocton. En l'entendant crier, elle avait demandé à la nurse de le lui apporter. Tout sourire, elle avait soulevé le bébé, pour l'examiner à la lueur de la bougie ; son visage s'était assombri.

Elle avait espéré qu'il serait mignon ; au moins blond, comme ses parents. Mais le petit être avait des cheveux sombres. Plus bizarre encore, il semblait y avoir une curieuse trace blanche au milieu. Mais cela n'était rien à côté de ce qu'elle découvrit ensuite ; car, quand elle saisit les petits poings du bébé et lui ouvrit la main du pouce et de l'index, elle vit autre chose.

Elle laissa échapper un cri : le bébé avait les doigts palmés.

« Ce n'est pas le mien ! hurla-t-elle. Vous m'avez apporté un autre bébé ! Où est le mien ?

— Mais, Madame, lui assura la nurse, c'est bien le vôtre...

— Sorcière ! Voleuse ! C'est impossible ! » A ce moment le médecin entra et lui confirma que l'enfant était né exactement tel qu'elle le voyait.

Seigneur, comment pourrait-elle montrer un tel être à ses amis ? Une sensation d'horreur l'envahit : horreur du bébé, horreur d'elle-même — mais non, ce ne pouvait être sa faute ; horreur de son mari, qui était sûrement la cause d'une telle monstruosité...

« Emmenez-le ! » cria-t-elle, et elle retomba sur son oreiller.

Par chance, son mari avait été obligé de se rendre peu après dans le nord de l'Angleterre, la laissant seule à Londres. C'est alors qu'elle avait conçu son plan.

L'entretien qu'elle avait eu avec la nourrice lui avait donné une idée. Il était bien sûr impensable pour une dame dans sa position d'allaiter elle-même son enfant ; on avait trouvé une jeune femme à la plantureuse poitrine, qui avait accouché un mois plus tôt. Au cours de la conversation qu'elles eurent ensemble, la jeune femme lui dit :

« J'ai encore beaucoup de lait, Madame, assez pour nourrir aussi le vôtre. A moins que le mien ne meure, et alors tout irait à votre bébé.

— Tant de bébés meurent-ils ? » demanda la comtesse. Elle le savait vaguement, mais le problème ne l'avait jamais troublée jusque-là.

« Comment donc, Madame... répondit la nourrice. Des dizaines chaque jour à Londres. » Les riches eux-mêmes n'étaient pas à l'abri : n'importe quelle fièvre pouvait emporter un nouveau-né. Quant aux pauvres, dans leurs logis surpeuplés et insalubres, c'est à peine si un enfant sur trois atteignait l'âge de six ans. Des bébés abandonnés, morts ou sur le point de mourir, étaient une vision tristement familière à l'époque. Cette information, ajoutée à certaines recherches qu'elle avait entreprises, fournit à lady Saint-James la base de son projet.

Tout ce dont elle eut besoin ensuite, ce fut une complice ; elle n'eut pas de mal à la trouver. La misérable femme aux yeux verts sur laquelle elle jeta son dévolu, dans un recoin sombre de Covent Garden, n'avait nulle idée de l'identité de cette étrange dame enveloppée dans sa grande cape ; mais les cinq livres que lui remit la comtesse, et la promesse de dix autres une fois l'affaire accomplie, suffirent à s'assurer son concours et sa discrétion.

Les domestiques, à Hanover Square, s'étonnèrent de la soudaine angoisse dont Madame fit montre, deux jours après le départ de Monsieur.

Le bébé était malade, annonça-t-elle ; c'était la faute de la nourrice, qui fut renvoyée. Il fallait trouver d'urgence du lait de chèvre. « Personne d'autre que moi ne doit approcher de l'enfant », répétait Madame ; on ne l'avait encore jamais vue dans un tel état. Ils proposèrent de faire venir l'infirmière, le médecin ; elle parut y réfléchir, puis répondit : « Non, je n'ai confiance en personne. » Enfin, par une aube terrible, des cris retentirent et Madame descendit en hâte de sa chambre, affolée, portant le bébé enroulé dans un châle. Elle donna des ordres : la chaise de poste, plus rapide, devait être prête à partir pour Bocton dans l'heure qui suivait. Pour Bocton, pensez donc, qu'elle n'avait jamais aimé ! et à cette heure de la matinée ! Elle ne voulait emmener personne avec elle, sauf le cocher et un valet d'écurie.

« L'air de la campagne ! criait-elle. Le bébé a besoin d'air pour se rétablir ! » Elle sortit dans le square, l'enfant dans ses bras — qui eût osé l'arrêter ? —, et disparut pendant près d'une heure.

Quel voyage insensé ce fut ensuite... La chaise traversa à grand fracas le Pont de Londres, parcourut Southwark, remonta la vieille route du Kent vers les hauteurs dénudées de Blackheath, s'engouffra sur la longue piste de Shooter's Hill ; le groom faisait office de postillon, menant les chevaux de tête, à demi mort d'épouvante à cause des bandits de grand chemin ; ils allaient un train d'enfer, ne s'arrêtant que pour changer de bêtes, à Dartford puis à Rochester. Et Madame qui les pressait toujours : elle ne voulait même pas quitter la chaise au relais, se faisait apporter un pot de chambre... La nuit tombait déjà, en ce jour de mars, quand ils arrivèrent en vue de la colline de Bocton avec son parc boisé ; l'intendante du manoir, surprise, s'empressa de faire préparer la chambre. Madame s'y retira aussitôt, tenant l'enfant serré contre elle.

Le lendemain matin, le médecin qu'on était allé chercher à Rochester annonça, perplexe :

« Mais cet enfant est mort au moins depuis hier ! »

Lady Saint-James semblait perturbée ; hagarde, elle répondit que le bébé irait beaucoup mieux maintenant, grâce au bon air de la campagne. Sagement, le docteur emporta le petit corps, sans insister.

Dix jours plus tard, quand lord Saint-James revint de son voyage dans le Nord, on lui apprit que son héritier reposait dans le cimetière du parc aux cerfs de Bocton, et que sa femme était presque folle de chagrin ; pendant un temps, on craignit qu'elle ne perde la raison.

Tel était le sombre souvenir qui assaillait Madame, presque huit ans plus tard, assise dans sa chambre de Hanover Square avec sa si savante coiffure.

Pour son véritable enfant — qu'elle avait échangé contre un petit cadavre quand elle avait disparu, tôt le matin — elle ne ressentait rien. Quand la femme de Covent Garden lui avait demandé ce qu'il fallait en faire, elle avait répondu : « Ce que vous voulez, pourvu que je ne le revoie jamais. » Elle ne l'avait jamais revu. Je n'ai pas tué l'enfant, se disait-elle ; elle espérait seulement qu'il était mort.

Mais cela se passait voilà longtemps... Aujourd'hui sa femme de chambre venait de rentrer dans la pièce, silencieusement, afin d'aider Madame à revêtir sa somptueuse robe avant qu'elle ne sorte.

Isaac Fleming était content, et il pouvait l'être. Lady Saint-James ne lui devait pas moins de trente livres ; en outre, il avait mis un soin particulier à honorer l'énorme commande de gâteaux, et il espérait que cela porterait ses fruits. Comme tous ceux qui n'ont encore jamais eu le privilège de servir des gens à la mode, Isaac Fleming croyait que les aristocrates payaient toujours leurs factures.

« Peut-être va-t-elle nous recommander à ses amis ? » avait-il dit à sa famille.

Les ambitions immédiates d'Isaac Fleming n'étaient pas démesurées, mais précises : il voulait une boutique avec une vitrine avançant sur la rue.

Du temps de son grand-père, quand la famille travaillait encore dans la mercerie, cela n'existait pas. Après l'incendie, on avait vu apparaître des rangées de boutiques en brique, remplaçant les étals de bois du vieux Londres, mais elles restaient rudimentaires pour la plupart — un simple comptoir, la marchandise disposée sur des étagères, un plancher de bois recouvert de sable. Ces dernières années, les choses avaient commencé à changer.

Dans son enfance, Isaac sortait souvent de la ville par Ludgate, pour aller se promener le long de Fleet Street. Juste après l'ancienne église de St Clement Danes, la rue s'élargissait ; elle devenait la grande avenue qui passait devant le vieux Savoy et que l'on connaissait sous le nom de Strand. Isaac aimait le Strand : on y trouvait des établissements à la mode comme le café Grecian, le restaurant New Church, et autres lieux de réunion des gentlemen et des hommes de loi. Mais ce qu'il préférait à tout, c'était un petit magasin étroit, dont il poussait la porte chaque fois qu'il passait dans les parages : Twinings, la boutique de thé. On n'y vendait que du thé, mais comme elle était élégante et belle... De grands pots étaient peints sur la vitrine ; à l'intérieur, les tonnelets de thé étaient joliment étiquetés ; sur le comptoir, à côté des poids et mesures, trônaient plusieurs boîtes merveilleusement marquetées. Ce n'était pas qu'une boutique, c'était une véritable œuvre d'art.

« Je veux en avoir une comme celle-là quand je serai grand », disait-il à son père.

Quelques années plus tard, il avait souhaité entrer en apprentissage chez un modeste boulanger, aussi son père avait-il jugé peu probable qu'il eût besoin d'une boutique aussi élégante ; mais c'était compter sans l'esprit d'initiative du jeune garçon. Dès qu'il eut ouvert son propre établissement, derrière la taverne du Old Cheshire Cheese — du Vieux Chester — dans Fleet Street, Isaac se lança dans les gâteaux. Il les réussissait à merveille ; en quelques années à peine, les recettes qu'il en retirait s'élevaient à plus de la moitié de ce que lui rapportait son pain.

« Tu ne commets qu'une erreur, l'avertissait son père : tu y mets tant de bonnes choses qu'ils sont à peine rentables.

— Je dois d'abord me faire un nom, répondait Isaac. Après, je pourrai augmenter mes prix. » Un jour, espérait-il, il parcourrait les quatre cents mètres stratégiques qui le rapprocheraient de Twinings, dans le Strand. « Là-bas, j'aurai des clients comme lady Saint-James », disait-il.

Il caressait même en secret un espoir plus grand. Ce n'était encore qu'un rêve, même s'il se promettait d'y parvenir avant le jour où il laisserait l'affaire à son fils : il arrêterait le pain pour ne plus fabriquer que des gâteaux. Et il s'installerait à Piccadilly.

Piccadilly, c'était la mode elle-même. Le nom provenait à l'origine d'une plaisanterie : le négociant qui avait acheté le terrain avait fait fortune en fournissant des *picadils*, des fraises empesées, à la cour des élisabéthains et des Stuarts. Mais aujourd'hui, cela n'avait plus rien d'une plaisanterie. Entre St James Palace et Pall Mall au sud, les demeures élégantes de Grosvenor Square et d'Hanover Square au nord, la meilleure société fréquentait Piccadilly. Et là se trouvait, à côté du petit marché jouxtant l'église St James, une boutique si splendide, si somptueuse, dépassant de si loin toutes les autres à Londres, qu'Isaac Fleming ne pouvait s'empêcher de courber respectueusement la tête en passant devant elle. Si la boutique de Twinings était son modèle, celle-ci était son inspiratrice ; si Twinings était une église, celle-ci était la Jérusalem céleste, planant loin au-delà des simples aspirations humaines.

Fortnum et Mason. Les deux amis avaient fondé le magasin en 1707, lorsque Fortnum, ex-valet de pied dans la maison royale, avait pris sa retraite. La quantité de denrées qu'on y trouvait était extraordinaire : tous les articles d'épicerie fine, de la poudre de corne de cerf dont on faisait des sels jusqu'aux mets les plus raffinés, aux confiseries exotiques importées par la Compagnie des Indes orientales... Mais le plus remarquable, c'était l'agencement du magasin : les vitrines tendues de tissus magnifiques, les pièces brillamment illuminées, les tables décorées comme dans les salons des plus élégants hôtels particuliers. Le magasin avait dû coûter une fortune à ses propriétaires, bien plus qu'Isaac ne pourrait jamais dépenser ; mais un jour il s'installerait à proximité, et la clientèle illustre qui rendait visite à Fortnum et Mason verrait au passage ses vitrines de gâteaux. C'était un rêve, certes, mais un rêve réalisable.

Le premier pas à franchir pour se rapprocher de ce lointain empyrée était d'aménager son actuel magasin ; et pour cela, il fallait en transformer la façade. Pour commencer, il devait changer son enseigne. Si la plupart des boutiques ordinaires gardaient leur vieille enseigne suspendue au-dessus de leur porte, comme aux temps médiévaux, les nouveaux magasins élégants peignaient leur nom à même la vitrine, parfois en lettres dorées. Ensuite, il avait besoin d'un bow-window, d'une vitrine en saillie.

Le bow-window était une idée fort ingénieuse pour un magasin : non seulement c'était élégant, non seulement, par son avancée discrète dans la rue, cela semblait inviter le passant à s'arrêter et à entrer ; mais, d'un point de vue plus terre à terre, cela agrandissait la boutique et permettait au commerçant d'augmenter la taille de son étalage. « On la voit bien avant d'arriver, résumait Isaac, donc on la voit plus longtemps. » Ce jour-là, il avait enfin pris sa décision : il allait doter la modeste boulangerie de Fleet Street d'une nouvelle et belle devanture en saillie sur la rue. Il ne regarderait pas à la dépense.

« En avons-nous les moyens ? lui demanda sa femme, quelque peu inquiète.

— Je pense bien, répondit-il joyeusement, et son étroite figure creuse rayonnait à cette idée. Souviens-toi que la comtesse de Saint-James me doit encore une note de trente livres... »

Piccadilly n'était pas seulement le siège des plus belles boutiques de Londres. A cinq heures, cet après-midi-là, une chaise à porteurs, où trônait la resplendissante lady Saint-James en personne, en rejoignit une centaine d'autres, ainsi que de nombreux carrosses richement armoriés : elle venait de passer le porche et de pénétrer dans la cour à colonnades d'un immense manoir palladien. Du côté nord de la rue, il campait fièrement en léger retrait, dans un isolement tout romain, en face de Fortnum. C'était Burlington House.

Les squares à la mode du West End accueillaient de fort vastes demeures ; mais il restait encore quelques aristocrates, surtout des ducs, assez riches pour s'offrir des palais personnels. Lord Burlington était l'un d'eux. Et même si les Burlington, depuis plusieurs années, préféraient résider dans l'exquise villa italienne qu'ils possédaient à l'ouest de la ville, dans le village de Chiswick, l'énorme maison de Piccadilly servait encore de temps à autre pour des réceptions mondaines.

Tout le monde était là, bien sûr : nobles, politiciens et aussi, dans ce haut lieu du mécénat aristocratique qu'était Burlington House, quelques grandes figures des arts et lettres : Fielding, dont le roman *Tom Jones* avait tant amusé le public l'année précédente, était venu avec son demi-frère aveugle John, tous deux fort joyeux compagnons ; le peintre Joshua Reynolds, et même Garrick, l'acteur. La règle, dans les grandes réceptions, consistait à réunir autant de gens éminents que possible dans un même endroit ; Burlington House contenait cinq mille personnes, et l'on pouvait en faire tenir une ou deux centaines de plus près des escaliers. Lady Saint-James passait élégamment d'un groupe à l'autre, disant quelques mots ici ou là, s'assurant qu'on la regardait ; mais pendant ce temps, en secret, ses yeux *le* cherchaient. Il avait dit qu'il serait là.

Il y était.

Quand lady Saint-James s'approchait du capitaine Jack Meredith, avant que leur liaison ne débute, elle avait l'impression de rougir comme une adolescente ; c'était fort gênant. Ou bien, se trouvant dans un groupe où il était lui aussi, toute son élégance, cultivée depuis si longtemps qu'elle lui faisait comme une seconde peau, la quittait soudain comme une robe qu'on délace ; et elle se tenait là, gauche et maladroite, se demandant avec anxiété qui avait remarqué sa métamorphose.

Aujourd'hui, tandis qu'elle s'approchait de lui, elle éprouvait de tout autres sensations.

D'abord, des battements de cœur ; puis un petit tremblement que même l'arrangement parfait de sa robe, sa coiffure si bien tirée ne pouvaient dissimuler tout à fait. Un picotement, une chaleur... Cela commençait dans ses seins, dont le haut était délicieusement exposé aux regards ; cela rayonnait jusqu'au centre de son corps et se diffusait partout comme une grande lame, baignant ses membres d'une vie si brûlante que c'en était presque douloureux.

Sa veste brodée était de couleur violine ; avant même qu'il la regardât, elle vit tout de suite que la teinte en était assortie aux yeux du capitaine. Il était seul pour l'instant, sa haute et mince silhouette tournée vers l'une des grandes fenêtres de l'immense pièce. S'avisant de sa présence pendant qu'elle s'approchait de lui, il prit soin de ne pas lui faire face tout de suite ; il tourna à demi la tête et sourit, comme à n'importe quelle femme, et elle remarqua le sillon viril qui creusait sa joue. Un peu de poudre était tombée de sa perruque sur sa manchette.

Ils se tenaient à l'écart de la foule, attentifs l'un à l'autre ; ils parlèrent à voix basse pour ne pas attirer l'attention.

« Tu viendras ?

— A huit heures. Tu es sûre qu'il ne sera pas là ?

— Certaine. En ce moment, il est à la Chambre des lords ; ensuite il va souper et jouer aux cartes. (Elle soupira.) Il ne change jamais son programme d'un pouce.

— En plus, il joue des mises ridicules, remarqua Meredith. Je ne lui ai jamais gagné plus de cinq livres, au club.

— Huit heures, alors ?

— Bien sûr... »

Elle lui adressa un petit signe de tête et poursuivit son chemin, comme si elle avait à peine daigné le remarquer. Mais son cœur, en secret, battait la chamade.

Il y avait des huîtres pour le souper à Seven Dials. Harry Dogget examina la troupe d'enfants qui lui faisaient face : ils avaient tous l'air de polissons des rues — ce qu'ils étaient en effet. Les deux garçons de sept ans, Sam et Sep, étaient pieds nus et fumaient de longues pipes ; mais fumer était assez courant chez les enfants, dans le Londres georgien.

« Des huîtres ? Encore ? »

Les enfants hochèrent la tête et désignèrent l'escalier, non sans inquiétude ; Dogget leva les yeux vers l'étage supérieur. Ils savaient tous ce que cela signifiait. Comme en réponse, un coup provint de la pièce, là-haut ; les lattes du parquet gémirent plusieurs fois, annonçant l'arrivée imminente de Mme Dogget, ou, selon le surnom que lui donnait Harry et qui lui allait bien, « Dispute et Drame ».

Harry Dogget soupira ; et encore, songeait-il, la situation aurait pu être pire. Au moins, les enfants commençaient à se débrouiller dans la vie — même si, pour dire la vérité, il ne se rappelait jamais combien ils étaient au juste. Un point en tout cas le rassurait (tandis qu'un bruit sourd annonçait que Mme Dogget allait s'attaquer à l'escalier) : « Ce sont tous de vrais cockneys. Ça, j'en suis sûr. »

Harry Dogget était lui-même cockney, et fier de l'être. L'origine du terme était discutée : certains affirmaient qu'il signifiait au départ « œuf de coq », donc « œuf mal fichu », d'autres « imbécile », ou autre chose encore. Personne ne pouvait dire exactement quand ni comment on en était venu à appliquer le mot aux Londoniens — même si Harry avait entendu dire qu'on ne l'employait guère avant l'époque de son grand-père. Mais tout le monde s'accordait sur l'essentiel : pour avoir la qualité de véritable membre de l'éminente confrérie, il fallait être né au son de la grande cloche de St Mary-le-Bow.

Avec le vent, ce son pouvait porter à une grande distance. La majeure partie des habitants de Southwark, de l'autre côté du fleuve, affirmaient être cockneys ; et des gens vivant à l'extérieur des murs, dans des endroits comme Spitalfields, à l'est de la Tour, estimaient en général qu'ils l'étaient aussi — à moins qu'ils ne voulussent être considérés comme huguenots. De l'autre côté, vers l'ouest, le long de Fleet Street et du Strand, jusqu'à

Charing Cross, Covent Garden et Seven Dials, des hommes tels que Harry Dogget, quand ils entendaient sonner la vieille cloche dans le calme du dimanche soir, hochaient la tête et disaient : « Je suis cockney, bien vrai. Pas d'erreur là-dessus. »

Les cockneys londoniens étaient célèbres pour leur esprit, et cela n'avait au fond rien d'étonnant. Le port de Londres n'était-il pas rempli depuis plusieurs siècles d'hommes — Anglais de vieille souche, mais aussi Vikings, Français de Normandie, Italiens, Flamands, Gallois, ou autres — qui vivaient des ressources de leur esprit ? Vendeurs du marché à l'œil vif, bateliers forts en gueule, tenanciers de taverne, habitués des théâtres, tous baignaient dans la langue pleine de sel et de verdeur, à la fois subtile et grossière, de Chaucer et de Shakespeare. A Londres, l'homme de la rue nageait dès sa naissance dans le torrent verbal le plus riche que le monde eût jamais connu ; pas étonnant que l'esprit cockney jouât autant sur les mots. Et ce qu'il aimait par-dessus tout, c'était faire des rimes — l'une des plus vieilles occupations de l'espèce humaine.

Dès qu'ils savaient parler, Harry enseignait à ses enfants : « Les moines ? Des ânes. Ta bouille ? Une citrouille. Lapin et canard : beaucoup trop bavards. Alors cesse de cancaner et fais travailler ta citrouille. Descends dans la rue, passer la charrue », poursuivait-il sans faiblir. Puis il clignait de l'œil :

« Qu'est-ce que des chignoles, vous le savez ?

— Des roubignoles ! criaient les enfants.

— Pas du tout, leur répondait-il d'un ton sévère. Ce sont les ailes en bois qu'on trouve sur les dévidoirs des passementiers. Souvenez-vous-en. On les appelle aussi des tournettes.

— Des roupettes ! » hurlaient joyeusement les petits.

Et, tandis que Mme Dogget descendait l'escalier en titubant, Harry murmura : « Voilà Dispute et Drame. » Il voulait dire : ma femme.

Elle était déjà rubiconde quand elle arriva devant sa famille qui l'attendait autour de la table ; et cela ne se fit pas sans encombre. Car Mme Dogget avait des problèmes avec les abeilles — c'est-à-dire avec les bouteilles. Ces abeilles-là vous enfonçaient dans la gorge une terrible épine.

Du gin.

On l'appelait aussi « mère en ruine », mais c'était plutôt « familles en ruine » qu'il aurait fallu dire ; car Dieu savait combien de familles à Londres en pâtissaient. Le problème venait de ce que l'alcool transparent était bon marché à produire ; et quand le roi Guillaume avait introduit en Angleterre cette boisson, fort populaire dans sa Hollande natale, les classes pauvres des villes s'y étaient rapidement adonnées ; c'était devenu l'un des premiers fléaux de l'époque. « Ivre pour un penny, ivre mort pour deux pence », affirmait un dicton ; et Mme Dogget dépensait souvent, hélas, plus de deux pence par jour. « Un petit peu de réconfort », disait-elle chaque fois qu'elle commençait ; et quand elle avait commencé, rien ne pouvait plus l'arrêter, semblait-il.

C'était une petite femme toute ronde. La boisson lui donnait des yeux bouffis, mais à travers les deux fentes qui lui restaient elle y voyait encore assez bien. Harry Dogget s'adressa à elle d'une voix ferme, mais sans méchanceté.

« Encore des huîtres ? » On en récoltait tant, dans l'estuaire de la Tamise, que c'était devenu l'un des articles les moins chers sur les étals du marché.

« Les abeilles avaient beaucoup d'épines ce matin », commenta l'un des aînés.

« Mais je t'ai donné un shilling ! s'indigna Dogget. Tu n'as tout de même pas pu boire tout ça, ma vieille ? »

Bien qu'il fût difficile de déchiffrer quelque chose sur le visage rubicond de Mme Dogget, la perplexité s'y devinait quand même ; et elle avait l'air sincère.

« Je... je n'ai dépensé que deux pence, bredouilla-t-elle.

— Alors, où est le reste ? » lui demanda-t-il cependant que les enfants secouaient la tête.

Pourtant, si Harry avait regardé plus attentivement sa progéniture, il aurait vu les deux garçons de sept ans échanger un furtif sourire de connivence. Car Sam et Sep savaient fort bien où se trouvait l'argent ; et ils n'avaient l'intention de le révéler à personne.

Seven Dials, les Sept Cadrans, était un curieux endroit ; on aurait dit que sept rues, dont aucune n'avait d'importance particulière, avaient décidé de se rencontrer là. Au centre du carrefour, une colonne dorique en pierre était entourée d'une barrière ; en haut de cette colonne trônait une horloge, assez remarquable car elle possédait sept faces identiques, dirigées vers chacune des sept rues. Situé comme l'était le carrefour, à côté de Covent Garden, où se tenait désormais un marché aux fleurs quotidien, à cinq minutes de Piccadilly, cela aurait dû être un endroit respectable ; mais les sept rues ne partageaient pas l'élévation morale de leurs voisines, préférant s'encanailler dans une atmosphère de franche et joyeuse débauche.

Si l'on cherchait le gin le moins cher, on venait à Seven Dials ; certains appelaient l'endroit Gin Lane. Si l'on souhaitait de la compagnie féminine, pas trop vilaine d'apparence et à peu près en bonne santé, on marchait jusqu'à l'horloge et sur son chemin on croisait une douzaine de femmes — moins des prostituées régulières que des épouses de braves travailleurs, en quête d'un complément de revenus. Et si d'aventure on voulait se faire détrousser, eh bien, on n'avait qu'à arpenter l'une de ces sept rues ; quelqu'un ne tarderait pas à exaucer ce vœu.

Mais pour Sam et Sep, Seven Dials était un lieu ami. Ils y étaient nés, dans un appartement donnant sur une cour, à moins d'une minute du carrefour ; tout le monde les connaissait. Et ils n'auraient sans doute jamais rien à redouter des plus louches de leurs voisins : n'étaient-ils pas les fils de Harry Dogget, un citoyen d'importance dans le quartier ?

Depuis toujours, des marchands ambulants vivaient à Londres : des hommes ou des femmes, avec des paniers ou des voitures des quatre-saisons, qui colportaient leurs marchandises de porte en porte ; mais aujourd'hui, on en voyait plus que jamais. Les raisons étaient simples : une population toujours en expansion, et la transformation des étals de rue en boutiques.

Les pauvres ne fréquentaient pas ces nouvelles boutiques : tout y était plus cher, et les commerçants n'encourageaient guère les miséreux à venir souiller leurs locaux en faisant fuir leurs meilleurs clients. Aussi la ronde des petits marchands ambulants ne cessait-elle jamais ; leurs cris et leurs hurlements remplissaient l'air, et l'on avait souvent l'impression qu'un vaste et bruyant marché avait soudain décidé de quitter ses étals et de partir en procession dans les rues. « Tourtes chaudes ! » entendait-on crier. « Achetez mes beaux poulets ! » « Oranges et citrons ! » « Cerises bien mûres ! »... Ou encore certains, comme le vendeur de muffins, faisaient simplement sonner une cloche. Le vacarme était extraordinaire.

Mais de tous les vendeurs ambulants, les véritables princes des commerçants cockneys étaient les marchands des quatre-saisons ; et Harry Dogget était de ceux-là.

Il possédait sa propre voiture, magnifiquement décorée, et son âne pour la tirer ; il vendait du poisson, des fruits et des légumes, selon la saison et le jour de la semaine. Les membres les plus importants de cette digne corporation régnaient sur la rue, chacun dans son district ; ils maintenaient l'ordre parmi les autres commerçants, et se transmettaient leur état de génération en génération, au sein de dynasties cockneys. Venant juste au-dessous de cette suprême élite, Dogget, le marchand des quatre-saisons, n'était pas quelqu'un qu'on traitait à la légère. Loyal dans ses transactions, toujours le premier à blaguer (et à rire aux blagues des autres), aimé de tout le monde et notamment (et notoirement) des femmes, un éternel foulard rouge noué autour du cou, Harry Dogget était une figure de la rue, de taille moyenne mais carré d'épaules.

« Il m'a cogné dessus, dans le temps. » Un robuste boucher racontait un jour l'histoire, en présence des deux enfants. « Je l'avais un peu cherché, il faut le dire.

— Ça t'a fait quoi ? demanda quelqu'un.

— J'aurais préféré un bon coup de sabot de cheval », grommela le boucher.

En un mot, Harry aurait été un homme heureux, n'eût été le problème de Mme Dogget.

« Ce n'est pas tant qu'elle coûte cher, expliquait-il, mais elle ne rapporte rien. » Un homme dans sa situation, même un marchand des quatre-saisons, attendait de sa femme qu'elle contribue d'une façon ou d'une autre au revenu de la famille.

Les tâches domestiques, comme la lessive, restaient toujours inachevées à la maison. On avait pourtant tout essayé pour la détourner du gin. Un printemps, Harry avait essayé de l'emmener pendant une semaine à Chelsea et Fulham ; des gens venaient du sud-ouest de l'île, et même d'Irlande, pour travailler dans les immenses jardins maraîchers. Mais elle avait toujours réussi à se procurer du gin et à se saouler au beau milieu d'une serre. Le dernier été, Harry pensait avoir trouvé la solution : un ami qui travaillait à la brasserie Bull lui avait proposé que Mme Dogget vienne dans le Kent récolter le houblon avec ses enfants, dans les vastes champs de Bocton. « Je ne pense pas qu'elle trouvera la moindre goutte de gin là-bas », lui avait-il dit. Mais elle avait refusé d'y aller ; « Impossible de la faire bouger, soupirait Harry. Elle est plus accrochée qu'une moule à son rocher. »

Il se demandait parfois s'il était responsable de cette situation. L'avait-il poussée à boire ? Etait-ce à cause de ses autres femmes ? Il ne le pensait pas. Malgré ses défauts, Mme Dogget s'était toujours montrée facile à vivre ; quant à ses propres incartades, il songeait que la conduite de sa femme n'y était peut-être pas étrangère. « Certaines personnes se laissent aller à boire, concluait-il. Elle y a pris goût, c'est tout. » Quelle qu'en fût la raison, cela signifiait en tout cas que Harry, même avec sa voiture des quatre-saisons, ne connaîtrait jamais la réussite ; et c'est pourquoi il répétait si souvent à ses enfants :

« Il faut que vous appreniez à vous débrouiller tout seuls dans la vie, et vite. »

C'est exactement ce que Sep et Sam étaient en train de faire.

Sep s'inquiétait parfois des vols de Sam. « Un jour les sergents de Bow Street vont t'attraper », le prévenait-il.

Juste un an plus tôt, Henry Fielding — en plus d'écrire des romans comme *Tom Jones*, il était également magistrat — avait mis en place à Londres la première ébauche de force de police régulière ; elle était basée à Bow Street, près de Covent Garden.

« Ne t'en fais pas pour moi », répondait en riant Sam à son frère.

Sans être jumeaux, les deux garçons se ressemblaient beaucoup ; ils possédaient tous deux la mèche de cheveux blancs et les doigts palmés qui, si Harry Dogget lui-même n'en avait pas hérité, venaient du père du marchand des quatre-saisons. Sam était le plus jovial des deux, toujours la plaisanterie aux lèvres, tandis que Sep révélait un tempérament plus sérieux. De même que leurs autres frères et sœurs, ils ne chômaient pas ; mais alors que les aînés aidaient leur père à la voiture, que leurs sœurs entretenaient le logis familial ou travaillaient comme domestiques à l'extérieur, eux passaient leurs journées ensemble : ils effectuaient des petits travaux, des courses à droite et à gauche, tout ce qui pouvait leur rapporter un peu d'argent — qu'ils dissimulaient soigneusement à leur mère. Sam, le plus intrépide des deux, y ajoutait quelques mauvais coups. Sa méthode était habile.

Le nouvel établissement qui avait ouvert ses portes dix-huit ans plus tôt à Covent Garden était le plus beau théâtre de Londres. Quand le public en ressortait à la nuit tombée, il apercevait à l'extérieur, outre une foule de chaises à porteurs de location, des jeunes gens munis de torches et proposant de raccompagner les spectateurs qui préféraient rentrer à pied, à travers les rues non éclairées de l'époque. Beaucoup de gentlemen, qui avaient accepté les offres d'un sympathique petit garçon à la sortie du théâtre, se retrouvaient cinq minutes plus tard délestés de leur argent par un brigand aux alentours de Seven Dials. Ils auraient été surpris d'apprendre qu'en dépit de son apparente frayeur et des larmes qu'il avait versées durant l'attaque, un Sam parfaitement calme et cynique recevait le lendemain matin sa récompense des mains du voleur.

« Les sergents me laisseront tranquille, assurait-il à Sep. De toute façon, ils ne pourront rien prouver. »

Quant à l'autre genre de vols qu'il commettait, Sep se joignait volontiers à lui. Leur victime était Mme Dogget. Ce n'était pas véritablement du vol, ils étaient bien d'accord là-dessus ; ils ne faisaient que prélever la part qui leur revenait de l'argent familial. Et s'ils ne la prélevaient pas, on savait bien où elle irait.

« C'est toujours ça que les abeilles et les épines n'auront pas », commentait Sam.

Si on lui demandait à quoi il destinait cet argent, Sam connaissait la réponse. Il voulait être marchand des quatre-saisons comme son père ; et puisque son frère aîné hériterait de la voiture, il lui fallait de l'argent pour en acheter une et s'installer à son compte. Les vendeurs ambulants ne possédaient pas d'autorisation officielle ; il n'y avait pas de guilde pour leur activité, et tout un chacun pouvait l'exercer à condition que ses aînés le lui permettent. « Avant d'avoir quinze ans, je ferai de meilleures affaires que lui », s'était-il juré en souriant. Au début — jusqu'à ce qu'il ait cinq ans — Sep avait cru qu'il désirait la même chose ; puis il fit une découverte qui changea beaucoup de choses dans sa vie.

Dans le Londres georgien, l'année était marquée par de nombreux événements. La plupart avaient lieu depuis plusieurs siècles : Noël, Pâques, le 1er Mai, le grand défilé sur le fleuve pour l'intronisation du nouveau lord-maire. Mais au temps où Harry le marchand des quatre-saisons était enfant, une nouvelle attraction, bien que plus modeste, était venue s'y ajouter. C'était une course de bateaux, qui se déroulait au tout début du mois d'août : six embarcations y prenaient part, chacune mue par un seul batelier, depuis le Pont de Londres jusqu'à Chelsea vers l'amont. Le prix en était un riche manteau et une médaille d'argent massif. La course avait été fondée par un comédien et directeur de théâtre, qui avait fait un legs pour la doter ; mais ce qui lui donnait toute sa valeur aux yeux du jeune Sep, c'était le nom de ce bienfaiteur des bateliers : Thomas Dogget. Son propre nom de famille. Tout Londres assistait à la *Dogget's Coat and Badge Race*.

« Est-ce qu'il a un rapport avec nous ? » avait demandé le petit Sep, enthousiaste, quand son père l'avait emmené pour la première fois voir la course à l'âge de cinq ans.

« Bien sûr... C'était mon oncle Tom », avait répondu le marchand des quatre-saisons — ce qui était un fieffé mensonge. Harry Dogget ignorait si ce Thomas-là (qui n'était pas un Londonien d'origine) avait le moindre lien de parenté, même lointain, avec sa modeste famille ; mais il s'amusait de voir le petit garçon rougir de fierté.

A dater de ce moment, en tout cas, le fleuve et les bateliers prirent une signification nouvelle dans l'esprit de Sep. Certes, c'était une belle chose que d'être marchand des quatre-saisons ; mais cela pouvait-il se comparer à la gloire du fleuve — cette Tamise à laquelle les Dogget étaient naturellement liés, il en était sûr ? Il ne passait guère de jour sans qu'il rêvât de rejoindre les hommes, hauts en couleur, qui y naviguaient ; et à sa grande surprise, lorsqu'il s'était confié un jour à son père, celui-ci l'avait encouragé dans ce projet. Non seulement la vie de batelier s'avérait plaisante, lui dit Harry, mais il y avait un autre aspect de la question, auquel Sep n'avait pas pensé.

« Tu peux aussi être pompier », lui apprit son père.

Les brigades du feu avaient été créées par les compagnies d'assurances. Quand celles-ci eurent compris que la façon la plus simple de limiter les indemnités à payer était d'éteindre les feux chaque fois que c'était possible, chaque compagnie eut sa propre voiture avec des tonneaux d'eau, des seaux, même des pompes et des tuyaux rudimentaires. Une plaque de métal apposée sur la façade de la maison, portant le nom et l'insigne de la compagnie, signalait les assurés à l'attention des pompiers ; si on ne possédait pas cette plaque, ils laissaient la maison brûler. Comme pompiers, les sociétés d'assurances employaient les bateliers de la Tamise, toujours prêts à accomplir toutes les tâches. Sep les voyait souvent passer dans la rue en courant, tirant leur voiture avec leur attirail ; ils portaient des uniformes brillamment colorés et un épais casque de cuir sur la tête. Les équipes de la *Sun Insurance Company* le fascinaient particulièrement.

« En plus, ils gagnent bien leur vie », lui disait Harry.

A sept ans donc, le jeune Sep pouvait se considérer comme privilégié par rapport aux garçons de son âge. Il se sentait bien à sa place, dans une famille au nom illustre ; il connaissait son destin, qui était d'être pompier ; et il savait déjà à peu près tout ce qu'il fallait savoir sur la vie dans les rues de Londres, et sur le propre rôle qu'il devait y tenir.

En fait, il n'y avait qu'une chose, le concernant personnellement, qu'il ignorait ; mais avait-elle la moindre importance ?

Il était très tôt ce jour-là, huit ans plus tôt, quand Harry Dogget était parti dans la rue boueuse avec sa voiture, près de Seven Dials. Il était d'excellente humeur. Un nouveau fils, Sam, lui était né la semaine précédente et il s'en félicitait à double titre : non seulement il avait espéré que ce serait un garçon, mais le nouveau-né tiendrait occupée Mme Dogget, qui ces derniers temps s'était mise à boire plus encore que de coutume. Aussi sifflotait-il joyeusement tandis qu'il approchait de la colonne, avec son horloge à sept cadrans ; ce fut là qu'il remarqua le paquet.

Il était déposé à l'intérieur de la grille entourant la colonne, et criait.

Harry soupira. Ce spectacle n'avait rien de surprenant dans le Londres de l'époque, pourtant il n'avait jamais pu s'y résoudre. Il ne blâmait pas les mères ; un enfant non désiré faisait partie des risques du métier, à Seven Dials, et que pouvait décider une fille qui n'avait pas de mari ? Il avait entendu dire qu'un certain capitaine Coram avait récemment fondé un hospice pour accueillir les orphelins ; mais pour y faire admettre son bébé, la mère devait s'y présenter elle-même et s'expliquer. Même ainsi, les petits candidats étaient si nombreux que l'orphelinat devait les sélectionner par tirage au sort. Pour cet enfant, de toute façon, aucun espoir : il allait mourir et personne n'y pouvait rien. Harry ne parvenait pourtant pas à passer son chemin. Il s'approcha pour l'examiner de plus près.

Ce n'était plus un nouveau-né, mais il ne devait guère avoir plus d'un mois. Un garçon, qui paraissait en assez bonne santé. Harry fronça les sourcils. Bizarre : le bébé semblait avoir une trace blanche dans les cheveux, comme Sam. Il haussa les épaules, tendit un doigt pour que le bébé s'en saisisse — et une seconde plus tard tressaillit de surprise. Un autre enfant avec des mains palmées ? Quelle coïncidence était-ce là ?

Il récapitula mentalement ses différentes incartades.

Il y avait eu la femme du cordonnier. Quand était-ce, déjà ? Mais non, il l'avait revue plusieurs fois depuis, et elle n'était pas enceinte. Il y avait eu cette fille dans la boulangerie, à peu près à la même époque ; quand l'avait-il vue pour la dernière fois ? Voilà un mois. Ce n'était donc pas elle non plus. Mais alors... Ah ! oui. La jeune femme qu'il avait rencontrée au marché aux fruits et aux fleurs de Covent Garden. Elle tenait son étal quand il avait fait sa connaissance. Deux ou trois fois ils s'étaient éclipsés ensemble dans un endroit tranquille... Cela se passait dix mois plus tôt — les dates correspondaient. Ensuite, elle avait disparu. Oui, c'était peut-être elle. Avait-elle — elle ou une autre — abandonné l'enfant à cet endroit par hasard, ou bien parce qu'elle pensait que le père vivait près de Seven Dials ? Mystère. Les gens agissaient souvent bizarrement. Il examina plus attentivement le bébé ; aucun doute n'était possible sur les mains et les cheveux. Non, cela ne pouvait être une coïncidence. Et il lui semblait maintenant que l'enfant avait le même visage et les mêmes yeux que Sam.

« Tu en as, de la chance ! dit-il en souriant. D'avoir retrouvé tout de suite ton père... » Et il ramassa le bébé.

Harry fut honnête avec sa femme : il lui avoua tout, sans chercher à dissimuler. Elle soupira, regarda l'enfant et conclut elle aussi :

« C'est tout le portrait de Sam.

— Je ne pouvais pas le laisser mourir...

— Bien sûr que non. J'ai dû avoir des jumeaux, Harry, sans que personne s'en aperçoive ! » De ce jour, sans que personne abordât le sujet, Sam eut un frère jumeau. Les autres enfants, s'ils manifestèrent une certaine surprise sur le moment, oublièrent vite l'épisode ; quelques voisins s'en amusèrent un temps, puis passèrent à d'autres commérages. A Seven Dials, personne ne se montrait trop curieux quant aux enfants des autres. Quelques jours plus tard, Harry emmena le bébé devant le pasteur ; le clergyman, qui ne connaissait que trop bien ses ouailles, se garda de réprimander le père et se félicita plutôt que l'enfant eût trouvé un foyer grâce à la providence divine. Comme Harry n'avait aucune idée de prénom, il suggéra en riant : « Pourquoi ne pas l'appeler Septimus ? C'est le mot latin pour septième, et vous l'avez trouvé près de Seven Dials... »

Quelques heures plus tard, chez les Dogget, Septimus était devenu Sep. Et c'est ainsi que Sam et Sep grandirent de conserve. Quant à Harry, l'incident ne fit que sceller à jamais l'affection qu'il éprouvait pour sa femme. De sorte que ce jour-là, malgré sa face rubiconde, sa mise débraillée et le shilling qu'elle avait perdu, le marchand des quatre-saisons la regarda avec tendresse et lança d'une voix joviale :

« Tu es une brave fille. Voilà ce que tu es, sûr. »

Peu avant huit heures ce soir-là, le capitaine Jack Meredith sortit du White's Club dans St James Street et remonta la rue en direction de Piccadilly.

La transformation de quelques-uns des cafés les plus élégants en clubs privés pour gentlemen, à l'accès réservé, ne datait que de quelques années ; mais le White's était d'ores et déjà le plus brillant. Trop brillant même pour certains. Car, si dans la plupart de ces clubs on jouait, au White's on jouait gros. Très gros.

Le capitaine Meredith était un homme fort brillant ; quant à jouer, il avait grand besoin de gagner, et de gagner beaucoup d'argent. Son grand-père, clergyman comme le vieil Edmund, s'était bien débrouillé dans l'existence et avait mis de côté une jolie fortune ; son père, qui avait servi sous les ordres de Marlborough, avait épousé une veuve bien dotée et fait de Jack un jeune homme riche. Assez riche pour perdre cinq mille livres aux cartes en une seule soirée. Pour les perdre deux fois — mais pas trois, ainsi qu'il l'avait pourtant fait. Le brillant capitaine Meredith possédait une maison dans Jermyn Street, où les domestiques n'étaient plus payés depuis six semaines ; ses dettes envers ses fournisseurs s'élevaient à plus de mille livres. Quant à son grade de capitaine — car les offices militaires étaient achetés et revendus dans l'armée anglaise, il l'avait déjà engagé auprès d'un prêteur qui vivait dans une ruelle proche de Lombard Street.

Un seul ami de Jack, membre de son club, connaissait l'état réel de ses affaires ; il ne s'était pas gêné pour lui dire crûment ce qu'il en pensait.

« Tant que tu ne bois pas et que tu gardes la tête froide, tu ne joues pas trop mal. Il faut que nous te trouvions un pigeon à plumer. Un jeune freluquet frais débarqué de son domaine à la campagne, et qui veut faire impression dans les endroits à la mode. Viens tous les jours au club ; j'ouvrirai l'œil. » S'ils avaient pu dénicher l'oiseau rare ce jour-là, Meredith n'aurait pas hésité à faire faux bond à lady Saint-James.

« Je ne lui gagnerai pas tout son domaine, avait juré Jack. La moitié me suffira. »

Tandis qu'il remontait St James Street pour aller retrouver sa maîtresse, personne n'aurait pu en le regardant soupçonner l'état de ses finances. D'abord, le capitaine Meredith avait un admirable talent pour chasser les soucis de son esprit et se concentrer sur l'affaire du jour ; cela faisait de lui un remarquable amoureux, ainsi que l'une des plus fines lames de tout Londres. Deuxièmement, il avait trop de style pour se laisser deviner.

On ne pouvait dire qu'il fût vain ; il était trop viril pour cela. Il était aussi bon officier que sportif accompli. Proche de ses soldats, ne reculant pas à l'occasion devant des plaisanteries de corps de garde, il pouvait vaincre à la boxe à peu près n'importe quel soldat de son régiment. Superbe avec les hommes, tendre avec les femmes, c'était un amant plein de prévenances, aux succès innombrables, d'autant plus irrésistible qu'en toutes circonstances il savait exactement ce qu'il faisait. Pourtant sa liaison avec lady Saint-James ne ressemblait pas aux autres ; elle avait une qualité bien à elle. A certains moments, au cours de ces derniers mois, la pensée de sa maîtresse l'avait hanté. Assis au White's, il se mettait à rêver à son corps, à sa nudité, aux cent façons dont il pourrait la posséder, et ne parvenait plus à en détacher son esprit. Avec un certain nombre de femmes auparavant, les choses s'étaient déjà passées ainsi, pour qu'il finisse par s'en lasser au bout du compte ; mais avec lady Saint-James, il y avait quelque chose de plus. Il avait l'impression de découvrir chaque fois quelqu'un d'autre en elle, une nouvelle femme ; et l'explication ne résidait pas dans son corps mais dans sa personne. Son ressort intérieur, les artifices de la séduction qu'elle savait si bien déployer, son brio dans un salon pouvaient suffire à le captiver pendant des années, peut-être sa vie entière.

S'il n'était pas futile, le capitaine Meredith n'en était pas moins de St James Street, et bien de St James Street. La conscience que ses ancêtres étaient venus en Angleterre avec la première cour Tudor, son club, ses vêtements, ses relations, jusqu'au fait d'être l'amant d'une comtesse (même si c'était un secret), cela composait sa vie. Si l'on en avait retiré tous ces ornements, son existence n'aurait plus été qu'une coquille vide, comme ces belles demeures georgiennes que le feu ravageait de temps à autre pour ne laisser debout que des murs calcinés.

Il se sentait prêt à tout pour continuer à vivre dans les mêmes conditions, à tuer s'il le fallait ; il aurait su justifier cela au besoin. N'étaient-ce pas les anciennes règles de la classe noble, des chevaliers ? Les règles du jeu. De nombreux membres des clubs de St James en seraient tombés d'accord avec lui ; et à cet égard on pouvait dire que son cœur, tout ardent qu'il fût, enfermait une zone qui restait glacée.

Il arrivait au coin de Piccadilly quand les trois hommes sortirent de l'ombre et se saisirent de lui. Deux d'entre eux lui tinrent les bras dans le dos ; le troisième se plaça en face de lui.

« Capitaine Meredith ? Je vous arrête pour dettes. »

La porte s'ouvrit lentement et lady Saint-James sentit un léger tremblement la parcourir. Enfin, il était venu.

Il était déjà huit heures et demie ; à une ou deux reprises au cours de la demi-heure écoulée, elle avait craint qu'il n'eût changé d'avis.

Elle avait mis beaucoup de soin à s'habiller : sa robe de soie fort lâche découvrait largement ses épaules ; on sentait qu'au moindre geste elle pourrait glisser délicieusement à ses pieds. Ses cheveux n'étaient plus retenus que par un simple peigne d'écaille : eux aussi se dénoueraient aisément sous l'action d'une main complice. Ses seins se tendaient voluptueusement sous la soie de la robe. La porte s'ouvrit en grand.

Lord Saint-James entra dans la chambre.

« Vous ? » Elle ne put retenir une grimace de surprise et de déception.

« Je suis ici chez moi », me semble-t-il. Le fade visage de son mari se contracta et il haussa les sourcils. « Vous attendiez quelqu'un d'autre ?

— Non... (Elle lutta pour redevenir maîtresse d'elle-même.) Mais d'habitude, vous frappez toujours.

— Mes excuses », dit-il non sans sécheresse.

Que savait-il exactement ? Où était Meredith ? Son amant allait-il apparaître lui aussi ? Il fallait absolument qu'elle le prévienne ou qu'elle réussisse à se débarrasser de Saint-James. Par-dessus tout, elle devait garder son calme.

« Je croyais que vous deviez rentrer tard ce soir...

— J'ai changé d'avis. Cela vous déplaît-il ?

— Non, non... Pas du tout... »

Un coup frappé à la porte fit pâlir lady Saint-James ; mais une seconde plus tard, la femme de chambre fit discrètement son entrée. Madame avait-elle besoin de quelque chose ? Elle lança un regard pénétrant à sa maîtresse.

Intelligente, cette fille... Il faudrait la remercier pour cela.

« Je ne pense pas... » Lady Saint-James se tourna vers son mari. « Vous ne ressortirez pas de la maison ? » Il secoua la tête ; elle regarda la femme de chambre et lui sourit. « Non, je n'aurai plus besoin de rien. » La domestique acquiesça. Si le capitaine Meredith approchait, on le préviendrait. Lady Saint-James soupira intérieurement de soulagement, tandis que la femme de chambre quittait la pièce.

« Vous vous prépariez à vous retirer ?

— Oui. (Elle lui tourna le dos.) Je suis exténuée. »

C'était vrai. Sans même parler de l'énorme déception de ne pouvoir passer la soirée avec Jack, la seule présence de son époux dans sa chambre avait toujours le même effet sur elle. On eût dit qu'alors quelque chose se défaisait à l'intérieur d'elle-même ; une impression d'épuisement et d'ennui s'emparait de son esprit. Dans ces cas-là elle voulait s'éloigner au plus vite, mettre le plus de distance possible entre eux.

Son mari la contemplait d'un air songeur.

« Je regrette fort que vous soyez fatiguée », commenta-t-il. Elle ne dit rien, priant pour qu'il s'en aille, mais il insista. « Nous avons parlé ce matin du besoin que j'ai d'un héritier.

— Nous avons dit cet été... répondit-elle d'une voix lasse.

— Je ne veux pas attendre aussi longtemps », rétorqua-t-il tranquillement.

Il s'approcha de la chaise longue ; résolument, il retira sa veste brodée et l'y déposa ; enfin il se tourna pour faire face à son épouse. Tel qu'il était, avec son gilet, sa culotte et ses bas de soie blancs, il avait assez belle allure. N'aurait-elle pas trouvé ce corps attirant, si cela avait été celui d'un autre homme ? Elle ne le savait plus. Les yeux de son époux, posés sur ses épaules découvertes, glissèrent vers sa poitrine.

Elle était passée maîtresse dans l'art d'éviter les rapports avec son mari. Non seulement l'accès de sa chambre lui était en principe interdit ; s'ils rentraient ensemble d'une réception ou d'un bal, elle feignait toujours de se sentir indisposée ou de tomber de sommeil. Mais même ainsi, certains soirs il était impossible d'éviter le lit conjugal sans risquer de trahir ses sentiments véritables. Elle recourait alors à mille petites ruses pour refroidir les ardeurs du comte, réduire ses initiatives, ou même l'amener à abandonner la partie. Une protestation qu'il l'avait pincée, ou chatouillée, suivie aussitôt d'une excuse ; un bâillement réprimé ; détourner la tête, comme si son haleine était déplaisante ; ou même un petit cri incommodé. Si lord Saint-James avait été moins poli, ou moins sensible, ces stratagèmes n'auraient servi à rien ; mais dans la pratique, elle parvenait en général à le repousser sans se refuser véritablement à lui.

Parfois cependant, afin de le convaincre qu'il avait toujours une femme à qui il fallait plaire, elle changeait soudain de tactique et se présentait à lui sous le jour le plus séduisant possible. Une ou deux fois l'année précédente, quand elle l'avait jugé nécessaire, elle avait fermé les yeux et tâché de se persuader qu'elle se trouvait dans les bras de Jack Meredith ; mais même avec un grand effort d'imagination, elle ne parvenait pas toujours à y trouver son compte.

Ce soir, la situation était différente : il l'avait surprise alors qu'elle s'apprêtait à recevoir Jack ; il avait ignoré sa fatigue et ses protestations. Soupçonnait-il quelque chose ? Si c'était le cas, sa propre sécurité exigeait qu'elle lui ouvrît les bras. Elle sourit pour gagner du temps, ferma à demi les yeux et l'épia avec attention.

Quelques instants plus tard, elle était rassurée.

« A la vérité, lady Saint-James, l'informa-t-il d'un ton doucereux, j'ai décidé que votre conduite à mon égard allait changer. (Elle ouvrit les yeux en grand, se demandant ce qui allait suivre.) Je n'entends plus devoir vous demander la permission d'entrer dans cette chambre. Je veux y pénétrer quand je le désirerai.

— Et quand avez-vous pris cette décision, monsieur ?

— Ce matin. Vous m'avez dit qu'il fallait attendre, pour mon héritier. Pourquoi devrais-je attendre ? J'ai déjà patienté trop longtemps. (Ce qui ressemblait à un petit sourire fat apparut sur son visage.) Parmi les serments que vous avez prononcés le jour de votre mariage figure le mot "obéir", madame. Il est temps de vous en souvenir. »

Lady Saint-James tenait la réponse à la question qu'elle s'était posée. Non pas celle que son mari pensait lui avoir donnée : c'était le petit sourire fat qui la lui avait fournie. Un homme qui soupçonne sa femme, un homme qui se bat pour la reconquérir ne sourit pas de cette façon-là. C'était une moue d'autosatisfaction, et rien d'autre. Il était content de lui, le misérable. Elle sentit l'exaspération monter en elle, si forte qu'elle en frissonna ; le sourire de son époux s'agrandit, et elle comprit aussitôt ce qu'il avait dans l'esprit.

Grands dieux, songea-t-elle, il croit qu'il s'est montré le maître et que cela me plaît. Elle pensa à Jack, qui n'avait nul besoin de cela et qui, à juste titre ou non, méprisait l'homme qu'elle avait en ce moment en face d'elle.

Lord Saint-James commençait à déboutonner son gilet.

« Non ! ne put-elle se retenir de s'exclamer. Pas maintenant, monsieur ! Je vous le demande, pas maintenant... » Pourquoi, après avoir habilement rusé pendant tant d'années, ne pouvait-elle aujourd'hui trouver une échappatoire, ou lui céder avec des apparences de bonne grâce ? C'était bien ce qu'elle devait faire ; et pourtant, sans savoir pourquoi, elle ne pouvait s'y résoudre. Etait-ce dû à la conjonction d'événements contraires — la déception de n'avoir pas vu apparaître Meredith, mêlée au sourire satisfait sur le visage de son époux ? Pour une fois, elle ne contrôlait pas la situation. Elle ne pouvait pas l'affronter.

Il ne parut même pas l'avoir entendue.

« Monsieur... » reprit-elle. Sa voix, même si une nuance de crainte s'y dissimulait, était glaciale. « Je ne souhaite pas votre présence maintenant. Je vous en prie, laissez-moi. »

Il retira son gilet et le déposa froidement par-dessus sa veste.

« Ma période mensuelle est venue, mentit-elle sans pouvoir s'empêcher de rougir.

— Vraiment ? Nous allons bien voir.

— Oh ! Vous n'êtes pas un gentleman ! s'écria-t-elle.

— Je suis un comte. (Il se tourna et lui saisit le poignet.) Et vous êtes à moi. »

Elle tâcha de dégager sa main, mais il n'eut aucune peine à la retenir ; elle tira de nouveau, de toutes ses forces, mais il ne fit qu'assurer sa prise. De sa main libre, il lui saisit l'autre poignet, puis lui écarta lentement les bras, jusqu'à ce que ses seins jaillissent de son décolleté. A sa propre surprise, elle ne pouvait rien faire ; elle n'avait jamais mesuré jusqu'alors combien il était physiquement plus fort qu'elle. Sous le coup de l'humiliation, oubliant toute élégance, elle projeta violemment son genou vers le bas-ventre du comte.

C'était une erreur ; il esquiva le coup juste à temps, et le genou de son épouse ne rencontra que sa cuisse. Mais elle sentit qu'un spasme et un grand accès de rage le submergeaient ; et elle sut alors, comme si le choc avait ranimé une zone archaïque au fond de son cerveau, rappel d'une humanité ancienne et primitive, qu'il avait le pouvoir de la tuer d'un simple coup.

Il ne la tua pas mais, lâchant l'un de ses poignets, la gifla si fort, à pleine volée, que sa tête pivota violemment sur ses épaules. La saisissant à bras-le-corps, il traversa la pièce et alla la jeter sur son lit. Quelques secondes plus tard il était couché sur elle, l'immobilisant de tout son poids.

« Et maintenant vous allez voir, madame, qui est le maître ici. »

Des minutes qui suivirent, malgré la douleur qu'elle ressentait, le souvenir qu'elle garda fut avant tout celui du visage de son mari. Disparu, le masque fade et doucereux qu'il revêtait toujours : elle vit une tout autre expression, qu'elle ne lui avait encore jamais connue. Large, dur, impitoyable, c'était le visage des anciens Bull. Mais tandis qu'ils se montraient terribles sous l'emprise de la colère, il y avait chez le comte quelque chose de blasé, de maussade et de détestable.

Lord Saint-James ne viola pas la comtesse — pour la simple raison que le droit comme la coutume s'accordaient à affirmer qu'un tel mot n'avait pas cours entre époux. Avec une sauvage brutalité, il déchira sa robe et la lui arracha ; le temps d'ouvrir sa braguette, il la pénétra si rudement qu'elle cria ; et il la besogna de toute sa force, encore et encore.

Elle était cruellement blessée, son visage encore pantelant du coup qu'elle avait reçu ; elle sentait le goût du sang qui coulait dans sa bouche. Mais plus encore que la douleur, l'humiliation était affreuse, le sentiment de son intimité violée. Elle faillit appeler les domestiques au secours ; l'un des valets de pied l'entendrait à coup sûr. Mais alors, que ferait-il ? Défier son mari, pour se faire renvoyer sur-le-champ ? De toute façon, elle était trop fière pour se laisser voir dans une telle situation ; aussi rassembla-t-elle toutes les forces qui lui restaient, et elle tâcha de lutter.

Elle n'avait encore jamais eu à se battre auparavant mais elle le fit, comme un chat sauvage. Elle tenta de le griffer, de lui donner des coups de pied, de le mordre : cela ne servit à rien. L'homme grand et lourd qui était couché sur elle la tenait en son pouvoir. Il entendait lui montrer qu'il était le maître ; il était le comte, et elle son épouse. Son titre de comtesse, sa maison, l'argent qu'elle dépensait, et maintenant son propre corps, tout cela appartenait à son époux. Et parce que Dieu l'avait fait homme, et elle femme, il avait en dernier recours la force physique nécessaire pour la dominer et la brutaliser.

« A partir de maintenant, vous serez mienne quand je le déciderai, et autant de fois que je le voudrai », lui dit-il en guise de conclusion, quand il eut fini. Puis il quitta la chambre.

Le capitaine Jack Meredith était assis sur un banc de bois et frissonnait : il faisait froid et la cellule était exiguë. A la lueur d'une méchante chandelle dont la flamme vacillait sur la table, il pouvait détailler les nombreuses fissures des vieilles parois de pierre. Depuis deux heures il tournait et retournait la situation dans sa tête, pour en arriver toujours au même constat : elle était sans issue.

Il se trouvait dans le Clink.

Le Londres georgien possédait plusieurs prisons où l'on enfermait les débiteurs insolvables : les plus vastes étaient la **Fleet** à l'extérieur de Lud-gate, et Marshalsea à Southwark. Mais, comme cela arrivait souvent, elles étaient pleines ce jour-là ; aussi avait-on envoyé Jack Meredith dans la geôle la plus proche qui n'était pas encore comble, à savoir le Clink. La petite prison médiévale des évêques de Winchester n'avait jamais été très importante ; même aux temps féodaux, quand les évêques régnaient sur la Liberty of the Clink et sur les maisons closes de Bankside, on n'y trou-vait que quelques cellules. Depuis les époques Tudor et Stuart, quelques dissidents religieux et traîtres ou supposés tels y avaient séjourné ; mais la plupart de ses pensionnaires étaient des débiteurs.

Etre débiteur dans le Londres georgien n'avait rien d'une partie de plai-sir. Si les créanciers obtenaient que les tribunaux condamnent l'insolvable (comme l'avaient fait plusieurs créanciers de Meredith), il pouvait être arrêté et jeté dans une geôle sans autre forme de procès ; et il y restait jusqu'à ce qu'il ait remboursé sa dette. Soit jusqu'à la fin de ses jours s'il le fallait. Quelle sorte de vie l'attendait là-bas ? C'était la question qui occupait les pensées de Jack Meredith, au moment où il entendit le bruit d'une grande clef tournée dans la serrure ; quelques secondes plus tard, il sentit que la porte de sa cellule commençait lentement à s'ouvrir. La personne qui entrait tenait, semblait-il, une lanterne. C'était aussi, mani-festement, un homme qui aimait prendre son temps.

La pointe de son nez apparut en premier.

Ce nez, quel que fût son propriétaire, n'était pas un nez ordinaire ; rien que la taille de sa pointe indiquait le nez d'importance, le nez à ne pas prendre à la légère. Avant même qu'il eût passé à demi la porte, son carac-tère d'exception était indiscutable. Mais une fois mis en présence de la totalité de l'énorme appendice, le spectateur ne pouvait qu'écarquiller les yeux, et présumer qu'il n'en existait pas un seul de comparable sous le soleil.

Comme dans une lugubre procession, il était suivi par deux yeux à l'ex-pression sinistre, puis par une perruque si miteuse qu'elle semblait avoir servi à frotter le plancher. Enfin le nouvel arrivant se présenta en entier devant le capitaine, les épaules voûtées, et lui dit :

« Ebenezer Silversleeves, sir, à votre service. Je suis le gardien du Clink. »

Comme bien d'autres charges publiques, celle-ci se transmettait alors par héritage. Avant Ebenezer, son père et avant lui son grand-père avaient exercé leur médiocre autorité sur la modeste prison ; et l'on pouvait presque dire qu'ils avaient cela dans le sang, puisque, quand la famille résidait encore à Rochester, ils étaient petits greffiers ou geôliers — depuis l'époque, quatre siècles plus tôt, où Geoffrey Chaucer avait ren-contré l'ancêtre Silversleeves devant un tribunal. Et pourtant, tout gar-dien de prison qu'il fût, quand Ebenezer Silversleeves se déclarait au service de Meredith, il le pensait véritablement. Le capitaine était le genre de prisonnier qu'il appréciait.

Au Clink, comme dans la plupart des autres prisons, les règles étaient simples : si on voulait du pain et de l'eau, on n'avait qu'à les demander ; si on souhaitait quoi que ce fût d'autre, il fallait payer Ebenezer.

« Oh, mon Dieu ! sir... (Ainsi entreprenait-il toujours ses clients.) Un gentleman comme vous ne devrait pas être ici... » Et il désignait la petite cellule sombre d'un air dégoûté. Une chambre bien plus vaste était justement disponible non loin de là, expliquait-il alors, parmi les vestiges de l'ancien palais épiscopal ; elle conviendrait beaucoup mieux au visiteur, et il pourrait l'avoir pour — ici, tout dépendait de ce qu'il estimait être les ressources du gentleman — un shilling ou deux par jour. Sans doute son hôte désirait-il également un bon dîner, une bouteille de vin ? D'ici un jour ou deux, il pourrait être installé aussi confortablement que s'il était chez lui. Moyennant finances, bien sûr.

Mais comment un homme couvert de dettes pouvait-il s'offrir de telles faveurs ? Là intervenait l'ingéniosité de Silversleeves, et elle était grande. Quel que fût l'état, même désastreux, de leurs finances, les gentlemen de qualité avaient presque toujours des objets de valeur sur eux : une montre en or, une bague — il irait les vendre et leur rapporterait aussitôt l'argent, moins sa petite commission. Mieux, même, il pouvait envoyer chez eux un garçon discret, avec pour mission de récupérer les menus objets de valeur sous le nez de leurs créanciers. Et puis les gentlemen avaient des amis, également : ceux-ci ne pouvaient régler leurs dettes, mais ils se montraient souvent prêts à atténuer les rigueurs de l'incarcération des pauvres prisonniers. Quand toutes ces ressources avaient été épuisées, Silversleeves avait encore d'autres solutions à proposer ; il pouvait se charger de vendre leur beau manteau et de leur en fournir un autre, encore fort présentable ; l'argent ainsi recueilli permettait de tenir quelques semaines de plus. Même une perruque, il pouvait en obtenir quelque chose. Enfin, lorsqu'on avait vendu jusqu'à ses dernières nippes, et que tous ses amis avaient laissé choir le prisonnier, il restait toujours la sombre cellule, bien assez douillette pour un miséreux de son espèce, ainsi qu'une diète au pain et à l'eau, qui lui permettrait de survivre encore quelques semaines.

« Donnez-moi un gentleman que ses créanciers ont tondu, avait il coutume de dire à ses enfants, je vous montrerai comment on peut encore l'écorcher. »

Aussi, quand le capitaine l'informa qu'il était actuellement sans le sou, l'obligeant Ebenezer n'en fut nullement rebuté. Meredith n'avait pas si tôt retourné ses poches pour le lui prouver que l'œil exercé du gardien y discernait un petit disque de métal : un jeton de théâtre, qui donnait à son possesseur accès à Covent Garden pour le reste de la saison. « Je pourrais en tirer quelques livres, sir, déclara-t-il. Et maintenant vous n'en aurez plus guère l'usage vous-même... » Et il fit prestement main basse sur le jeton.

Le gentleman souhaitait-il entrer en communication avec ses amis ?

Jack Meredith soupira ; depuis une heure, il se posait la question. Car aussitôt qu'il l'aurait fait, tout Londres saurait. Son humiliation serait publique, et toute perspective d'être admis à une partie de cartes s'évanouirait à l'horizon. Sans doute les gens ne tarderaient-ils pas à apprendre son infortune, mais il aurait voulu une journée de plus pour réfléchir.

Il fallait cependant envoyer au moins une lettre, par politesse : une lettre pour expliquer les raisons de son absence à la comtesse de Saint-James. La question était : que lui révéler ? Pouvait-il lui faire confiance ? Il n'en était pas sûr.

« Pouvez-vous vous arranger, demanda-t-il enfin à son gardien, pour faire remettre une lettre à quelqu'un le plus discrètement possible ? »

Onze heures venaient de sonner quand l'homme, après avoir attendu que lord Saint-James fût sorti de la maison, s'approcha de la porte du numéro 17, Hanover Square ; bientôt après, il était admis dans la chambre de Madame, à qui il remit la lettre. Il attendit, la tête respectueusement baissée, pour savoir s'il y avait une réponse ; Madame était fort pâle, remarqua-t-il.

Lady Saint-James se tenait assise sur la chaise longue ; un oreiller lui soutenait le dos, un châle lui recouvrait les jambes, de grands cernes noirs entouraient ses yeux : elle n'avait pas dormi de la nuit.

Quand son mari l'avait quittée la veille au soir, elle s'était relevée en tremblant de son lit, mais n'avait pas appelé sa femme de chambre. Elle avait rempli toute seule une cuvette, avec le broc d'eau qui se trouvait sur sa table de nuit ; en s'accroupissant au-dessus, elle avait tâché d'effacer toute trace du passage du comte. Ensuite elle avait pris place sur la chaise longue, s'était enveloppée d'un châle, et avait passé ainsi le reste de la nuit.

Elle avait pleuré — une seule fois, et en silence. A plusieurs reprises, elle avait été secouée de tremblements. Elle se sentait endolorie et contusionnée de partout, le corps comme l'esprit. Pendant plusieurs heures elle demeura ainsi, le regard dans le vide ; peu à peu, avant l'aube, elle commença à recouvrer sa lucidité.

Son mari croyait sans doute qu'elle allait se soumettre ; elle s'y refusait. Elle avait réussi jusque-là à mener sa vie à sa guise et entendait continuer. Tout ce qu'il avait gagné, c'était de lui inspirer une répulsion et un dégoût incoercibles. Mais que pouvait-elle faire ? Le quitter, s'enfuir d'ici ? Elle ne possédait presque aucun argent. Trouver un riche protecteur, un amant sans doute ? Plus facile à dire qu'à faire, même pour une femme aussi belle et mondaine. Sans doute devrai-je aller à l'étranger, pensa-t-elle. Le capitaine Meredith partirait-il avec elle ? Il le proposerait probablement mais elle n'était pas certaine qu'il le souhaiterait vraiment. En tout cas, quelle que fût la solution, elle était sûre d'une chose : elle ne se laisserait pas réduire à l'impuissance. Ses frissons se ralentirent, puis cessèrent ; le choc et la douleur se transformèrent peu à peu en une rage froide et silencieuse. Si lord Saint-James croyait qu'elle était faible et qu'on pouvait l'humilier impunément, il apprendrait à ses dépens qu'il se trompait. Un serpent, songea-t-elle, on pouvait le plaquer au sol ; mais qu'il s'échappe et se retourne, et alors... Quand le jour se leva, sa colère était contenue, implacable — et mortelle.

Je le frapperai, se jura-t-elle, comme frappe un serpent. Plusieurs heures durant, elle échafauda des plans.

Et maintenant la lettre du capitaine Meredith lui donnait une idée.

« Dites-lui de patienter quelques heures, répondit-elle au messager qui venait du Clink. Peut-être pourrai-je lui venir en aide. »

Sam Dogget lui aussi eut une idée.

Le milieu du printemps était l'un des moments agréables de l'année : à l'occasion du 1er Mai, on érigeait des arbres de mai ; des apprentis parcouraient les rues dans leurs plus beaux atours, des laitières avec des guirlandes de fleurs sur la tête ; on jouait du pipeau, du tambour et de la vielle. Depuis la nuit des temps une grande fête se tenait au nord de St James ; aujourd'hui encore, alors que au-dessus de Piccadilly rues et squares élégants avaient conquis le quartier, celui-ci gardait son ancien nom de Mayfair.

Note plus moderne, mais fort pittoresque, les ramoneurs formaient leur propre procession ; grâce à toutes ces belles demeures neuves, ils étaient alors en pleine expansion.

Sam et Sep les regardaient passer, à Grosvenor Square, quand Sam eut son idée.

Les ramoneurs formaient une troupe plutôt joyeuse : sales et couverts de suie lorsqu'ils travaillaient, ils s'étaient soigneusement lavés pour le 1er Mai, puis vêtus de chemises et de culottes d'un blanc étincelant. Mais ce qui attira surtout l'attention de Sam, c'étaient leurs assistants. Chaque ramoneur en avait un ou deux avec lui — des petits garçons, dont certains n'avaient guère plus de cinq ou six ans. C'étaient eux que l'on faisait grimper dans les conduits de cheminée, quand les brosses à long manche butaient sur un angle. Leur travail était pénible : à demi étouffés par la suie, ils devaient gravir parfois près de dix mètres le long du conduit noirci. Et la vie qu'ils menaient était souvent rude. Si le ramoneur était leur père, il les traitait généralement bien ; mais si c'étaient des orphelins ou des enfants de familles pauvres qu'on envoyait au travail, ils étaient durement menés. Souvent pourtant, le maître de maison, ou même l'un des domestiques, prenait ces malheureux en pitié et leur glissait un peu d'argent dans la main, ou encore de la nourriture ; si l'on se débrouillait bien, avait entendu dire Sam, on pouvait amasser ainsi un petit pécule. Mais un autre aspect de la question lui était également apparu.

Ces ramoneurs pénétraient dans les plus belles demeures de Mayfair, et visitaient chaque pièce. Un sourire éclaira son visage.

« Sep, je pense que j'ai trouvé comment nous faire un peu d'argent. »

La meilleure chambre du Clink représentait assurément un grand progrès par rapport à la cellule initiale du capitaine. Elle possédait un lit convenable, une table où l'on pouvait écrire, une natte sur le sol, et une étroite fenêtre médiévale d'où l'on avait vue sur un petit jardin envahi de mauvaises herbes. Dès qu'il y fut installé, Jack Meredith se sentit redevenir quelque peu lui-même ; et le message de lady Saint-James, s'il était obscur, n'en restait pas moins encourageant. Il décida de ne rien faire avant d'avoir reçu d'autres nouvelles de sa part.

A midi, Silversleeves lui apporta son repas : un poulet, un gâteau et une bouteille de bordeaux. Egalement un journal.

« La plupart de mes gentlemen demandent le *Spectator* », commenta-t-il.

Quand il eut fini de déjeuner, Meredith s'absorba pendant une heure dans cette lecture ; ensuite un coup fut frappé à la porte, et un visiteur annoncé. Bien que s'attendant à moitié à voir apparaître lady Saint-James, le visage de ce visiteur était si soigneusement dissimulé, par un chapeau et un foulard de soie, qu'il hésita d'abord à le reconnaître. Elle ne se découvrit que quand la porte se fut refermée ; et Meredith reçut un choc.

Lady Saint-James avait soigné son aspect extérieur. Avant de sortir, elle avait demandé à sa femme de chambre de gifler longuement, avec une serviette mouillée, la joue que son mari avait frappée la veille ; de sorte que la moitié de son visage était maintenant affreusement bouffie et gonflée. En outre, Madame était allée jusqu'à s'agenouiller pour cogner l'autre côté de son visage contre le montant du lit : ainsi avait-elle également un œil au beurre noir. Elle ne manquait ni de courage ni de détermination.

Le capitaine, qui s'était levé d'un bond, la regardait d'un air horrifié.

« Qui t'a fait cela ?

— Qui, à ton avis ?

— Saint-James ? Bon Dieu ! Comment ? Pourquoi ? »

Elle haussa les épaules, lui faisant signe qu'elle désirait s'asseoir ; lentement, en se laissant arracher les mots l'un après l'autre, elle lui raconta l'assaut qu'elle avait subi de la part de son mari.

Lady Saint-James ne mentit pas à proprement parler ; ce n'était pas nécessaire. Après tout, elle avait bel et bien été agressée et cruellement frappée. Mais, le temps qu'elle eût tout raconté à Jack, la violence de la scène s'était accrue pour parvenir à la hauteur, ou même plus, des ecchymoses qu'elle portait sur le visage. Tout cynique et mondain qu'il fût, Meredith en était bouleversé.

« Il faut le mettre hors d'état de nuire, s'écria-t-il. La canaille !

— Mais comment ? répondit-elle avec tristesse.

— Par Dieu, moi je l'en empêcherai !

— Tu es en prison, lui rappela-t-elle. Tu ne peux rien faire. (Elle marqua une pause avant de reprendre d'une voix douce :) Veux-tu vraiment me protéger, Jack ? »

Il la regarda, se souvint de son message et subodora, dans un recoin de son esprit rompu aux habitudes du monde, la présence d'une ruse ; pourtant, même le sachant, il éprouvait un grand désir de la protéger. Elle lut dans ses pensées et dit à mi-voix :

« Si tu ne me sauves pas, Jack, je suis condamnée à passer ma vie avec lui. Et je ne sais comment y échapper.

— Non, cela n'arrivera pas !

— Il y a peut-être une façon de nous sauver tous les deux, Jack. Mais elle a un prix. (Elle eut un pâle sourire.) Et comme j'ignore si tu m'aimes réellement, j'ignore aussi si tu es prêt à le payer.

— Quel est ce prix ? »

Elle le regarda et parut sur le point de fondre en larmes.

« Tu ne devines pas ? »

Il ne dit mot.

Elle soupira. « Je suis à bout, Jack. Je ne peux affronter cela toute seule, et je ne le veux pas. (Elle baissa le regard, comme pour ne pas rencontrer le sien.) Si je continue à vivre, c'est pour toi que je le fais, pour toi seul. »

Jack Meredith réfléchit quelques instants, puis il prit sa décision. Elle était venue passer un marché avec lui, il le comprenait ; mais c'était aussi une femme ravissante, en plein désarroi — et, grands dieux, il n'avait aucun autre projet d'avenir.

« Je suis à toi, pour toujours », lui dit-il.

Alors elle lui expliqua son plan.

Fleming regarda la chaussée de Fleet Street et secoua la tête. Il avait oublié le pavage

La qualité des rues de Londres était inégale. Il n'existait pas de service municipal qui en fût responsable ; particuliers et commerçants avaient la charge des rues le long desquelles ils résidaient, chacun payant au prorata de sa propre façade. Dans les quartiers pauvres, venelles et passages ressemblaient à des bourbiers ; mais les riverains des grandes avenues veillaient à ce qu'elles eussent le meilleur pavage. A Fleet Street, on avait décidé de refaire la chaussée, en utilisant des pavés d'excellente qualité, et le pauvre Fleming venait de se voir notifier la somme qu'il aurait à payer.

« Cinquante livres ! » Il tourna des yeux consternés vers l'endroit où devait s'édifier sa nouvelle vitrine en saillie. « Il va falloir attendre, soupira-t-il. Pour un 1er Mai, la fête est plutôt ratée... Et le pire, c'est que je n'ai même pas cet argent !

— Il faut que tu ailles voir lady Saint-James, lui dit sa femme. Elle te doit trente livres.

— Je crois qu'il le faut, en effet », répondit-il. L'idée d'importuner une aussi grande dame ne lui plaisait pas ; elle risquait de s'en offenser.

« Mais tu n'as pas le choix », lui rappela doucement sa femme.

Il était quatre heures quand il arriva à Hanover Square. Il avait revêtu son meilleur manteau brun, trop chaud pour la saison, et transpirait sous son chapeau. Non sans inquiétude, il s'approcha de la grande porte, remarqua au passage que la maison était protégée par la Sun Insurance Company, et tira la cloche. Un valet de pied se présenta ; mais avant même qu'il ait pu lui demander si M. le comte ou Mme la comtesse se trouvaient chez eux, l'homme en livrée, voyant au premier regard qu'il s'agissait d'un fournisseur, le renvoya vers l'entrée de service et lui claqua la porte au nez.

Fleming eût sans doute ressenti moins de découragement s'il avait su que, dans les maisons aristocratiques, même un gentleman connaissant le maître des lieux — surtout si ce dernier était un comte — avait peu de chances de rencontrer, à moins d'être attendu, quelqu'un qui se situât au-dessus de son maître d'hôtel ou de son secrétaire particulier. Il gagna la ruelle de derrière, tachant de boue son beau manteau, et trouva l'entrée de service à côté des cuisines.

Là, sur un ton un peu plus aimable, on lui annonça que lord et lady Saint-James étaient sortis ; mais quand il demanda à être reçu par l'un ou par l'autre, lorsqu'ils seraient rentrés, seul un ricanement lui répondit.

« Posez votre note ici, et allez-vous-en. » Or il n'était pas venu pour cela. Aussi retourna-t-il dans le square et, prenant position près d'un poteau où quelques chaises à porteurs attendaient des clients, il épia l'entrée du numéro 17. Une demi-heure plus tard, il lui sembla que sa patience était enfin récompensée : une petite voiture, portant les armes des de Quette, s'approcha de la porte. Il s'avança vers elle.

Le groom courait déjà à la porte de la voiture et tendait le bras pour aider son occupant à descendre. Fleming ne put distinguer le visage de la dame, parce qu'un foulard de soie le dissimulait ; mais il en était sûr, il s'agissait bien de lady Saint-James. Il s'avança encore et la salua du mieux qu'il le put.

« Lady Saint-James ? C'est Fleming, Madame. Le boulanger... » Il sourit, plein d'espoir. La dame au visage recouvert ne lui adressa pas le moindre signe de reconnaissance ; il lui sembla qu'elle voulait passer son chemin, mais, sans même s'en rendre compte, il l'en empêchait. « Madame a été assez bonne pour... » commença-t-il, quand le groom se tourna vers lui avec un geste du bras péremptoire.

« Va-t'en d'ici ! »

Du coin de l'œil, Fleming aperçut le cocher qui descendait de son siège.

« C'est Fleming, Madame... » voulut-il répéter ; se troublant soudain, il tendit sa facture.

Il l'avait recopiée le matin, de sa plus belle écriture ; mais il vit soudain que tandis qu'il attendait, la feuille dans la main, sa transpiration avait coulé par-dessus, imbibé le papier et brouillé l'encre ; aussi ne tendait-il, de ses doigts tachés, qu'une pauvre chose informe et sale. Lady Saint-James recula aussitôt.

« S'il vous plaît, Madame... » dit-il d'une voix plaintive, et il fit un nouveau pas vers elle.

Le fouet du cocher claqua près de son oreille, sans le toucher pourtant ; l'homme aurait pu chasser une mouche de son nez sans y laisser de marque, s'il l'avait voulu. Mais le claquement résonna comme un coup de pistolet, effrayant tellement Fleming qu'il tressaillit et perdit l'équilibre. Lançant instinctivement la main vers l'avant pour se retenir, ses doigts pleins d'encre rencontrèrent quelque chose de doux et voulurent s'y accrocher ; mais ce quelque chose glissa, et il l'entraîna avec lui dans sa chute.

C'était l'extrémité du foulard de soie de lady Saint-James. Une seconde plus tard, Fleming levait les yeux vers son visage désormais découvert ; il en resta bouche bée.

Lady Saint-James, se trouvant exposée aux regards, n'essaya pas de dissimuler sa figure enflée et contusionnée ; elle ne tenta même pas d'écarter le boulanger pour qu'il lui cède le passage. Au contraire, elle décida de lui dire le fond de sa pensée.

« Comment osez-vous m'aborder, vulgaire petit commerçant ? Vous comptez me harceler longtemps ainsi, en pleine rue ? Escroc !... Votre facture n'est qu'un torchon, de toute façon... Aucun de mes invités n'a touché à vos gâteaux, et vous pouvez être sûr que vous ne les vendrez plus jamais à personne dans le grand monde ! Quant à votre conduite d'aujourd'hui, si jamais j'entends une seule fois reparler de vous, je vous ferai arrêter pour m'avoir agressée. J'ai des témoins ! » Elle désigna le groom, qui hocha vigoureusement la tête ; puis, tout en s'éloignant vers la maison, elle s'adressa au cocher : « Je crois que ce voyou m'a poché l'œil », lui dit-elle. Le cocher sourit et donna dans les jambes de Fleming un coup de fouet qui fit hurler de douleur le pauvre boulanger.

Il regagna tristement Piccadilly, en boitillant. On l'avait fouetté, humilié ; sa clientèle était perdue, ses espoirs de belle vitrine envolés. Et il en était de trente livres dans l'affaire. Les belles maisons et les magasins élégants de Piccadilly, toute la société à la mode semblaient se moquer de lui sur son passage ; près de Fortnum et Mason, il s'assit et ne put retenir ses larmes.

Et comment diable allait-il payer ce maudit pavage ?

La nuit était constellée d'étoiles au-dessus de l'eau ; on aurait pu se croire à Venise, et la barque glissait doucement, comme une gondole, sur les flots sombres de la Tamise. Seuls bruits qu'on entendît, le discret plongeon des rames du batelier, et le tintement des verres de la lanterne qui se balançait au-dessus de la proue.

Mais qui était le grand personnage, si nonchalamment allongé sur le siège du passager ? Il portait un tricorne sur la tête, un domino — longue cape flottante à capuchon, à la mode italienne — ainsi qu'un masque blanc sur le visage qui dans l'obscurité lui donnait un air de fantôme, pâle et mystérieux. Un gentleman se rendant à un bal vénitien ? Un amant en route vers quelque rendez-vous secret ? Un assassin ? La mort en marche ? Peut-être tout cela ensemble.

Les mascarades vénitiennes étaient fort à la mode depuis plusieurs années. La moitié des fêtes qui se donnaient à Londres étaient déguisées : depuis les grands bals où les costumes les plus extravagants étaient *de rigueur*, comme l'on disait, à la française, jusqu'aux soirées ordinaires de théâtre où les loges accueillaient nombre de ladies et de gentlemen portant des masques. Mais qu'aurait été la vie des gens à la mode sans le théâtre, sans l'artifice, et surtout sans un *frisson* de mystère ?

Laissant derrière elle les maisons de Bankside, la barque suivit lentement la grande courbe du fleuve ; sur la droite, la chère vieille silhouette du palais de Whitehall se détachait sur la berge. Tandis que apparaissait Westminster, une construction moins familière se profila.

Pendant mille six cents ans, Londres avait dû se contenter d'un unique pont, toujours encombré, pour traverser le fleuve ; récemment toutefois, un autre avait fait son apparition, qui enjambait la Tamise en quelques arches gracieuses. Il venait d'être terminé dans l'année, à la grande fureur des bateliers de Westminster et des exploitants de l'ancien bac. Le coût final avait tant dépassé les estimations de départ que la ville avait dû organiser une loterie pour lever les fonds qui manquaient. Mais aujourd'hui il était bien là, solidement campé entre Westminster et Lambeth, non loin des jardins de l'archevêque de Canterbury. Comme la barque passait au-dessous, son passager se redressa sur son siège ; il scrutait le fleuve devant lui et se préparait à l'entreprise qui l'attendait.

Quand il songeait à ce qu'il devait accomplir, Jack Meredith gardait la tête froide. Jusqu'alors, tout s'était déroulé sans encombre. Officiellement, il se trouvait toujours dans le Clink ; mais Silversleeves se montrait toujours disposé à accorder une permission de sortie à ses gentlemen — moyennant finances, bien sûr, et contre la promesse qu'ils reviendraient. Lady Saint-James lui avait donné cinq guinées. Quant à l'aspect moral de l'entreprise, Meredith n'avait guère de scrupules : il méprisait Saint-James, et de plus la chose serait faite dans les règles, si cruelles fussent-elles.

Il aperçut bientôt sur la rive sud, au-delà du palais de Lambeth, les lumières de l'endroit où il se rendait ; elles brillaient comme une traînée de perles au bord de l'eau. Cinq minutes plus tard, il débarquait dans les jardins d'agrément de Vauxhall.

Depuis les temps médiévaux où il se nommait encore Vaux's Hall, le petit domaine avait subi plusieurs transformations ; mais aucune n'était comparable à la plus récente d'entre elles. Un entrepreneur nommé Tyers, avec l'aide de son ami le peintre Hogarth, y avait aménagé un magnifique jardin, lieu de rendez-vous et de divertissements mondains. Comme leurs rivaux du Ranelagh, de l'autre côté du fleuve, les jardins de printemps de Vauxhall, ainsi qu'on les appelait, connaissaient un grand succès ; le prince de Galles lui-même les honorait fréquemment de sa visite. On y avait accès pour quelques shillings, sauf les jours où ils étaient réservés pour une réception privée. Ils avaient peut-être connu leur plus grand triomphe lorsque, au printemps précédent, la *Musique pour les feux d'artifice royaux* de Haendel y avait été répétée pour la première fois en public. Une foule de douze mille personnes s'était déplacée pour l'occasion.

Meredith y pénétra. On entrait dans les jardins en passant sous le porche d'une vaste bâtisse georgienne ; mais aussitôt après, le capitaine vit s'étendre devant lui une longue allée à trois rangées d'arbres, qu'illuminaient des centaines de lampes. Sur la droite, il apercevait la silhouette d'un kiosque à musique ; sur la gauche s'élevait une magnifique rotonde à six côtés, dont le somptueux décor intérieur accueillait des bals et des réceptions. Non loin de là se trouvaient les loges où l'on s'installait pour entendre les concerts, ornées de panneaux merveilleusement peints par Hogarth, par le jeune Gainsborough et d'autres confrères ; c'était l'endroit que préférait Meredith. Il ne s'y attarda pourtant pas, tout à la recherche de sa proie.

C'était un soir de mascarade. Certains ne portaient qu'un loup, couvrant la moitié supérieure de leur visage ; une ou deux femmes arboraient une voilette. Généralement, les gens du monde se reconnaissaient les uns les autres, mais pas toujours ; Meredith avait eu quelques surprises délicieuses par le passé. Il jeta un coup d'œil dans la rotonde mais ne l'y vit pas ; puis il descendit la longue avenue, où de nombreux couples se promenaient. De part et d'autre s'éloignaient des allées plus sombres, elles aussi à trois rangées d'arbres, théâtres de rendez-vous plus discrets. Il l'aperçut enfin, au milieu d'un groupe de gentlemen qui parlaient et riaient dans une charmille en demi-cercle, entourée d'arcades classiques.

Le capitaine n'eut aucun mal à se joindre au groupe. Lord Saint-James avait été facile à repérer ; toutefois, Meredith fit mine de ne pas l'avoir reconnu derrière son masque. Il y avait là deux ou trois gentlemen sur lesquels il ne pouvait pas mettre de nom. La conversation roulait sur la politique, et il ne s'y mêla pas ; mais au bout de quelque temps, on en vint à rapporter des commérages. Alors il y joignit sa propre voix, tout naturellement, semblait-il.

« Il paraît que le dernier scandale en date concerne lord Saint-James... » lança-t-il.

Un grand silence se fit ; il vit l'un des gentlemen lancer un coup d'œil interrogateur en direction du comte, avant de demander calmement :

« Et de quoi s'agit-il, sir, s'il vous plaît ?

— Eh bien, l'on dit, gentlemen (il s'était fait une voix frivole et mondaine), que le comte s'est mis à battre sa femme. (Il observa une pause, pour laisser à ses mots le temps de faire leur effet.) L'amusant de l'histoire, c'est qu'il ne sait même pas pourquoi il le fait. Parce que, en vérité, il aurait bien plus à se plaindre d'elle qu'il ne le croit ! (Il rit bruyamment, avec la plus grande insolence.) Tous ceux qui comme moi ont joui des faveurs de la dame le savent bien... »

Voilà. C'était fait et bien fait, estima-t-il. Si le comte voulait conserver la moindre parcelle d'honneur, une seule issue lui restait. D'une main pâle et quelque peu tremblante, Saint-James retira son masque.

« Puis-je connaître le nom du misérable auquel je m'adresse ? »

Meredith retira son masque à son tour.

« Capitaine Meredith, *my lord*. A vos ordres, répondit-il avec raideur.

— Mes amis se présenteront chez vous, sir.

— J'y serai dans l'heure qui suivra. A Jermyn Street », répondit Jack. Puis il salua et tourna les talons.

Celui qu'on avait défié avait le choix des armes ; c'était la coutume. Cette nuit-là, quand les deux gentlemen envoyés par le comte se présentèrent chez lui, Meredith leur répondit :

« Je choisis la rapière. »

Il avait déjà pressenti ses deux seconds, à son club. On décida que l'affaire se réglerait dès l'aube.

Lord Saint-James s'était à demi attendu que sa femme fût endormie quand il rentrerait chez lui ; aussi s'étonna-t-il de trouver non seulement la porte de sa chambre ouverte, mais elle-même qui le guettait.

Tout au long de son retour de Vauxhall, il s'était posé la question : devait-il avoir une explication avec elle, ou bien se rendre au duel sans un mot ? Une autre question le préoccupait : si par hasard il mourait, tous les biens des Saint-James passeraient à sa femme, dans la situation présente ; tant qu'il n'avait pas de fils, il n'existait aucun héritier. Voulait-il laisser toute sa fortune à une épouse infidèle ? Dans le cas contraire, fallait-il faire venir un homme de loi, en plein milieu de la nuit ? Et dans quel sens changerait-il son testament ? Il l'ignorait. Ce fut dans cet état d'esprit, rempli de doutes, qu'il se retrouva face à lady Saint-James ; elle l'invita à entrer dans sa chambre et referma la porte.

Elle avait meilleure apparence que plus tôt dans la journée. Son visage n'était plus enflé ; à force de poudre et de fard, elle avait presque dissimulé son œil au beurre noir. En outre, à la grande surprise de son époux, elle semblait désireuse de se réconcilier avec lui.

« Monsieur, constata-t-elle avec douceur, vous m'avez fort mal traitée la nuit dernière. Toute la journée j'ai attendu un mot de vous — une excuse, un message de tendresse... mais rien n'est venu. (Elle haussa les épaules, puis soupira.) Cependant, je sais que je vous ai donné des motifs pour agir ainsi. Je me suis davantage consacrée aux plaisirs mondains qu'à mon époux, j'ai suivi mon plaisir plus que mon devoir, qui était de vous donner des enfants. J'en suis désolée. Ne pouvons-nous pas nous réconcilier ? Si nous partions pour Bocton tout de suite ? »

Il la dévisagea.

« Et vous me donnerez un héritier ?

— Bien sûr... (Elle grimaça un sourire.) Peut-être en avez-vous déjà un, depuis la nuit dernière... »

Saint-James la regarda pensivement ; quel était ce nouvel artifice ?

« Je dois vous parler de quelque chose, madame, commença-t-il lentement. Une certaine personne m'a assuré qu'il avait été votre amant. Bien sûr, j'ai défendu mon honneur et le vôtre. Qu'avez-vous à me dire à ce sujet ? »

S'il est possible d'exprimer, dans une seule et même mimique, à la fois la stupeur, l'incrédulité et l'innocence, lady Saint-James réussit cette mimique avec un naturel admirable.

« Qui ? Qui peut avoir prétendu pareille chose ? s'indigna-t-elle.

— Le capitaine Meredith, répondit-il froidement.

— Jack Meredith ? Mon amant ? (Elle le dévisagea comme si elle avait peine à y croire.) Et vous dites que vous allez vous battre avec lui ?

— Que pouvais-je faire d'autre ?

— Grands dieux ! » Elle secoua la tête et ajouta, comme pour elle-même : « Pauvre idiot, qui croyait bien faire... Oh ! William, tout est ma faute...

— Vous voulez dire qu'il était bien votre amoureux ?

— Grands dieux ! non. Jamais de ma vie je n'en ai eu. Vous savez, Jack Meredith fait mine d'être un libertin, mais la vérité est bien différente . c'est un homme fort délicat, qui m'a confié depuis longtemps ses déboires amoureux. Il est devenu un ami pour moi. Et quand hier vous m'avez si cruellement traitée que je ne savais plus quoi faire, je suis allée lui demander conseil. Oh ! Il était très en colère, William. Mais j'ignorais qu'il irait vous attaquer ainsi...

— Pourquoi m'a-t-il affirmé alors qu'il était votre amant ? »

Elle semblait sincèrement perplexe. « Pour vous obliger à vous battre, je suppose, dit-elle enfin. Il pense sans doute que j'ai besoin d'être défendue. Vous ne le croyez pas, n'est-ce pas ? »

Lord Saint-James haussa les épaules.

« Pensez à ceci, William, poursuivit-elle : quoi qu'on puisse penser de Meredith, nul ne niera que c'est un gentleman. Si une telle histoire était vraie, croyez-vous qu'il irait la crier sur les toits, devant un groupe d'étrangers ? »

L'objection était valable, Saint-James devait l'admettre ; même dans l'état de colère où il était en rentrant chez lui, cela lui avait paru bizarre.

« C'est un courageux idiot, ajouta-t-elle. Et toute la faute m'en incombe, pour lui avoir laissé croire que vous étiez une brute. »

Saint-James gardait toujours le silence.

« William, s'écria-t-elle, ce stupide duel ne doit pas avoir lieu !

— Mais l'insulte a été faite, et en public. Je serai la risée de tout Londres si je n'y réponds pas. »

Elle réfléchit un moment et suggéra : « L'honneur ne peut-il se satisfaire d'une simple piqûre ? Quelques gouttes de sang suffiront-elles ?

— Je suppose que oui. » Beaucoup de duels se concluaient par une simple blessure, souvent au bras, à la suite de quoi les seconds des deux adversaires s'empressaient de mettre fin à l'engagement. Il y avait des morts, mais c'était rare.

« Je vous en prie, s'exclama-t-elle, ne le tuez pas, car il ne l'a assurément pas mérité ! Je vais lui écrire sans attendre pour le réprimander, lui dire que nous sommes réconciliés et qu'il n'a plus aucune raison de me défendre de cette absurde manière...

— Vous n'avez donc plus besoin qu'on vous défende contre moi ?

— Tout cela est oublié. Nous sommes réconciliés, n'est-ce pas ? (Elle l'embrassa.) Je ne vous ai jamais trahi, mon cher ami, et ne le ferai jamais. (Elle sourit.) Allez vous reposer maintenant, pendant que j'écris ma lettre. »

Peu après, un valet de pied portait en hâte la missive scellée à Jermyn Street. Quant à lord Saint-James, il ne dormit pas ; quelque temps plus tard, il vint se coucher auprès de sa femme, qui lui tint la main plusieurs heures durant. Elle s'était assoupie quand il l'embrassa et, peu après l'aube, il sortit à la pâle clarté du jour naissant.

Il ne lui fallut que cinq minutes pour atteindre Hyde Park.

Pendant des siècles, l'ancien parc aux cerfs qui s'étendait à l'ouest de Mayfair avait appartenu aux moines de Westminster, jusqu'à ce que le roi Harry le leur reprenne, au moment de la dissolution des monastères. Les Stuarts l'avaient ouvert au public, et la longue chaussée carrossable qui en faisait le tour, la *Route du roi* comme on l'appelait en employant l'expression française (les gens du peuple avaient rapidement prononcé *Rotten Row* — route pourrie), était un endroit en vogue ; les dames allaient s'y montrer dans leurs voitures. Embellissement plein de charme, on avait construit un barrage sur le petit Westbourne, pour créer un grand étang incurvé qu'on nommait la Serpentine. Mais aux premières heures du jour, ses vieux chênes et ses clairières tranquilles servaient à un tout autre objet : les duels.

Se lancer des défis entre gentlemen était une ancienne tradition qui remontait à l'époque des combats médiévaux, et même au-delà ; mais durant l'élégant XVIIIe siècle, les duels privés devinrent à la mode. Il est difficile de savoir au juste pourquoi. Peut-être le West End de Londres, où se concentraient une foule de gens ayant des loisirs et posant à la noblesse, fournissait-il un terrain favorable aux querelles mondaines ; peut-être était-ce dû au nombre sans cesse croissant de régiments, avec leurs codes militaires et chevaleresques. Ou peut-être la bonne société, influencée par les aristocrates qui avaient accompli le *Grand Tour* d'Europe, singeait-elle les coutumes françaises et italiennes. En tout cas, on se battait pour défendre son honneur, ou simplement pour faire respecter la courtoisie ; et à coup sûr cette pratique, si elle devait paraître un jour barbare aux yeux d'époques plus timorées, incitait les gens à se montrer polis envers leurs semblables.

La loi se montrait assez clémente à l'égard des duels ; les tribunaux, après tout, étaient dirigés par des gentlemen, qui comprenaient ces choses-là. On ne pouvait parler de meurtre, puisque par définition les deux parties étaient consentantes. Si on tuait son adversaire, on risquait une amende, peut-être une condamnation pour la forme à trois mois de prison — rien de plus.

Sept hommes étaient présents sur les lieux : les duellistes, chacun avec leurs deux seconds, plus un médecin ; les voitures stationnaient un peu à l'écart. Les seconds avaient choisi pour le combat un petit vallon, dissimulé aux regards par un rideau de chênes. S'il n'y avait pas âme qui vive dans le parc, Saint-James était vivement sensible à la présence des oiseaux, dont le chœur matinal remplissait l'espace. Après que les seconds eurent examiné les épées, le comte retira sa cape, la tendit à son témoin et prit la rapière. Il était vêtu d'une chemise de lin à manches larges, un choix judicieux, juste assez épaisse pour le protéger de la légère fraîcheur qui flottait dans l'air. L'herbe était couverte de rosée ; il fallait prendre garde à ne pas glisser.

Au moment où les deux hommes, qui se faisaient maintenant face, s'adressèrent un salut courtois en abaissant leurs épées, le soleil illumina le faîte des chênes. Les pointes des deux épées se levèrent et glissèrent sans bruit l'une vers l'autre — on eût dit deux serpents d'argent se livrant à quelque danse silencieuse, dont la signification n'était connue que d'eux seuls — avant de s'élancer l'une contre l'autre, dans un frottement de métal.

Saint-James était une fine lame, mais Meredith le surpassait de loin. Jack s'étonna pourtant que son adversaire ne le pressât pas plus fort ; sans doute une ruse, songea-t-il. Il se tint donc sur ses gardes, presque une minute durant, avant qu'une ouverture s'offre à lui ; alors, d'une unique fente, rapide et mortelle, il plongea sa rapière droit dans le cœur de lord Saint-James.

Les témoins poussèrent un cri, le médecin se précipita ; mais quelques secondes plus tard, le comte était mort.

« Par Dieu, sir, était-ce vraiment nécessaire ? » s'exclama le médecin.

Meredith haussa les épaules. C'était le marché passé avec lady Saint-James ; et s'il avait risqué de changer d'avis, une fois en présence de son mari, le message reçu d'elle au milieu de la nuit l'en aurait dissuadé.

« Pour l'amour de Dieu, fais attention, Jack, y était-il écrit. Il veut te tuer ! »

Il était tard cette nuit-là, et Jack Meredith venait de souffler la chandelle, dans sa chambre du Clink ; il sentit que la porte s'ouvrait en silence et que quelqu'un entrait.

Bien qu'il distinguât à peine sa pâle silhouette dans la pénombre, il la reconnut au parfum qu'elle portait. Elle s'approcha de lui, lui effleura doucement les lèvres du doigt, puis l'embrassa sur le front.

« Il ne faut pas qu'on nous voie ensemble pendant quelque temps, chuchota-t-elle. Mais je me suis donné beaucoup de mal pour toi. Puisque Saint-James t'avait provoqué, et que j'ai dit qu'il comptait te tuer, on sera indulgent à ton égard. »

Elle s'approcha de la fenêtre, sous laquelle se trouvait une chaise ; il pouvait l'entendre qui commençait à retirer ses vêtements. Il lui offrit de battre le briquet pour rallumer la chandelle, mais elle refusa. Quand elle s'approcha de son étroite couche, elle ne portait plus qu'une courte chemise de nuit, pour autant qu'il pût le voir. Il lui sembla que la matière en était assez rêche, ce qui le surprit ; mais bientôt il n'y pensa plus.

Et c'est ainsi que lady Saint-James fit l'amour avec l'assassin de son mari, vêtue de la chemise de lin encore tachée de sang dans laquelle il avait été tué — et prit sa revanche.

Tandis que s'avançait le joli mois de mai, le seul point sur lequel Sam et Sep ne pouvaient se mettre d'accord, c'était l'idée du vol.

L'affaire du ramonage se déroulait assez bien. Comme partenaire, ils avaient trouvé un jeune homme un peu simple d'esprit, mais qu'ils avaient pu former à leur convenance. Quand il se présentait dans une maison en compagnie de l'un des deux garçons, il l'envoyait dans la cheminée avec quelques paroles rudes ; il le laissait là-haut pendant qu'il se rendait dans la maison voisine avec l'autre frère, où il opérait de la même façon. Il retournait alors dans la première, où il attendait que quelqu'un vienne pour maudire Sam ou Sep, selon le cas, d'avoir été si long, et lui promettre le fouet ; le petit aide se recroquevillait sur lui-même et se faisait si pitoyable que l'occupant de la maison lui glissait presque toujours un pourboire supplémentaire. Traitant ainsi deux maisons à la fois, ils partageaient les gains — mais non les pourboires — avec leur benêt de partenaire, et s'assuraient un joli revenu.

Pourtant, comme le répétait Sam, ils pouvaient faire mieux.

« C'est les petites choses qu'il faut empocher, expliquait-il. Pas un objet de valeur, ou alors ils s'apercevront du vol. Juste un petit objet dont ils ne remarqueront même pas l'absence. Si tu vois une guinée d'or et de la menue monnaie sur une table, laisse la guinée mais prends une pièce d'argent. Ils penseront qu'ils l'ont perdue, à moins qu'ils ne voient même pas qu'elle n'est plus là. » Une pièce d'argent par ici, un peigne d'ivoire par là, un bouton en or — cela finissait par constituer un modeste pécule. Sam ne comprenait pas la répugnance de Sep à profiter d'une occasion aussi facilement offerte et s'en irritait.

Comment Sep l'aurait-il expliquée ? Il ne la comprenait pas lui-même. On eût dit qu'une sorte d'instinct profond lui dictait de respecter la propriété des autres, même si lui-même ne possédait rien. Peut-être était-ce l'ancienne voix de ses ancêtres Bull, dont il ignorait jusqu'à l'existence ; peut-être était-ce autre chose, mais en tout cas il ne voulait pas voler. Il ne s'y résolut qu'après avoir entendu deux semaines durant les récriminations de Sam.

« D'accord. Si l'occasion se présente...

— Bien... répondit son frère. Demain, on va justement dans ces grandes maisons, là-bas à Hanover Square. »

De toute sa vie, Isaac Fleming le boulanger ne connut de plus grande stupeur qu'en ce matin de la mi-mai où la porte de sa boutique s'ouvrit et où lady Saint-James y pénétra. Il n'était pas seulement stupéfait de la voir ici, mais s'étonnait aussi de son visage, aussi serein que si leur terrible rencontre n'avait jamais eu lieu.

Elle ne portait plus aucune marque sur la figure. La mort de son mari, dont toutes les gazettes de Londres avaient parlé, ne semblait l'avoir nullement affectée ; elle souriait même, et ses yeux se posaient sur le boulanger avec une paisible indifférence, comme s'il n'eût été qu'un élément du paysage par une belle journée ensoleillée.

« J'ai besoin d'un gâteau de mariage », remarqua-t-elle d'un air détaché. Comme elle ne lui donnait pas d'explication, ni sur sa présence dans sa boutique ni sur la noce à laquelle le gâteau était destiné, Fleming s'inclina très bas et se demanda ce qu'il devait faire.

Pour lady Saint-James, tout se passait comme prévu. Ainsi qu'elle l'avait supposé, les magistrats avaient fait preuve d'indulgence ; et puisque Meredith n'avait pas les moyens de payer une amende, et qu'il était de toute façon en prison, ils avaient décidé de ne pas le poursuivre et d'ignorer l'affaire. Il ne lui restait plus qu'une tâche à accomplir : s'assurer de son amant.

Le marché qu'elle avait passé avec Jack Meredith comportait deux facettes. D'abord, il devait provoquer un duel avec Saint-James et le tuer ; deuxièmement, il devait épouser sa veuve. En retour, elle réglerait ses dettes avec la fortune dont elle disposerait dorénavant. « Et alors, lui avait-elle affirmé, nous pourrons vivre heureux à jamais. » Jusque-là, il avait rempli sa part du marché ; mais lady Saint-James était une femme prudente. Avant toute chose, elle pensait à ses intérêts. Elle avait mis en lieu sûr tous ses bijoux de famille et une importante quantité d'argent : une fois qu'elle serait mariée, sa fortune passerait sous le contrôle de son nouvel époux ; et quoi qu'il pût advenir, elle entendait ne plus jamais dépendre d'un homme. Quant à la personne de Meredith, là non plus elle ne voulait rien laisser au hasard. Avant de le faire sortir de prison en réglant ses dettes, elle l'épouserait : elle décida que cela aurait lieu sans attendre. Ensuite ils quitteraient l'Angleterre pendant un an, voyageraient en Europe, avant de reprendre leur vie normale.

Certes, quelques personnes pourraient s'indigner d'un mariage aussi précipité avec l'homme qui venait de tuer son époux ; mais elle avait commencé à y parer. Grâce à ses amis, des rumeurs du cruel traitement que lui avait infligé Saint-James couraient déjà dans Londres. Et elle laissait entendre qu'elle souffrait depuis des années en silence. Une femme, qui la connaissait à peine mais rêvait d'être de ses intimes, allait partout affirmant qu'elle était « un martyr, un ange ». Elle pouvait se marier en toute sécurité.

Mais comment épouser un homme qui se trouvait en prison pour dettes ? Et comment le faire rapidement ? En 1750, à Londres, rien n'était plus facile.

Si le Clink et Marshalsea accueillaient depuis longtemps des débiteurs insolvables, un autre établissement était plus réputé encore à cet égard : la Fleet. La vieille prison proche de Ludgate avait abrité toutes sortes de débiteurs depuis l'époque des Plantagenêts. Petits commerçants, hommes de loi, chevaliers et même pairs du royaume, on en croisait de tous les genres, mais l'endroit se spécialisait dans les ecclésiastiques ; c'est souvent par douzaines qu'on les y rencontrait. Et comment un clergyman endetté pouvait-il se procurer de l'argent, afin de subsister dans la prison ou d'essayer de rembourser ses créanciers ? Eh bien, en remplissant les fonctions qu'il était toujours habilité à remplir, malgré ses dettes et l'absence d'église à sa disposition : en mariant les gens.

Tout le monde pouvait se marier dans la Fleet ; on n'y publiait pas plus de bans qu'on n'y posait de questions. On pouvait avoir déjà une épouse, donner un faux nom : si on y mettait le prix, un prêtre célébrait le mariage en bonne et due forme. Il portait les noms sur les registres de la Fleet, et l'acte était aussi valable que s'il s'était déroulé dans la cathédrale St Paul. Certains clergymen s'y prenaient si bien qu'en payant une redevance à leurs geôliers ils avaient ouvert de petites officines à l'extérieur de la prison, où ils offraient leurs services aux passants. Ces étranges stands de vente au détail de l'Eglise d'Angleterre, ouverts à quelques centaines de mètres de la grande cathédrale de l'évêque de Londres, fonctionnaient depuis plusieurs générations sans être inquiétés par les autorités ecclésiastiques. On appelait cela un « mariage Fleet ».

Lady Saint-James s'était déjà arrangée avec l'un de ces dignes clergymen : dès qu'elle le ferait chercher, il viendrait au Clink pour la cérémonie. Une fois que ce serait fait, et seulement alors, avait-elle décidé, Jack pourrait ressortir, libéré de ses dettes.

Un seul détail l'irritait, alors que ce jour se rapprochait : que ce mariage ne donnât lieu à aucune mondanité. Elle était résolue à maintenir sagement Jack sous clef jusqu'à ce qu'il l'ait épousée ; elle le savait aussi, la décence exigeait qu'ils quittent aussitôt Londres pour quelque temps. Mais elle n'en restait pas moins une mondaine, ce qui expliquait sa présence dans la boulangerie. On pouvait sûrement trouver un moyen pour qu'une festivité marquât un événement aussi considérable ; il lui semblait que, sans une petite réception, le mariage ne serait pas consacré, qu'il existerait à peine. C'est en cherchant un prétexte pour organiser cette réception qu'elle s'était souvenue de Fleming.

Il l'avait vue, avec son visage gonflé et contusionné. Alors, la présence du boulanger l'avait exaspérée, mais aujourd'hui elle songeait qu'il pouvait lui être utile : comme témoin — le seul témoin — des mauvais traitements qu'elle avait subis. En y réfléchissant, elle vit la chose se dessiner : une petite réunion, un groupe d'amis restreint, un gâteau de mariage — quelque chose de particulier, qui ferait date — qu'elle commanderait à Fleming. Et ce mot glissé à un ou deux proches :

« Je recours toujours à Fleming. C'est le meilleur, et un brave garçon de surcroît. Il m'a aperçue un jour, vous savez, après que Saint-James... » Elle entendait déjà sa voix frémir à cette évocation. « Mais je peux faire confiance à sa discrétion, comme je vous fais confiance à vous aussi. » Tous ses amis se rueraient aussitôt dans la boutique du boulanger.

Assurée désormais qu'une réception mondaine était nécessaire, elle avait commencé à la planifier. Cela se passerait un ou deux jours après le mariage dans le Clink. Juste une poignée de ses amis les plus proches, triés sur le volet.

« Je veux un gâteau dont les gens se souviennent, dit-elle à Fleming. Quelque chose qui sorte de l'ordinaire. Si je suis satisfaite, alors je me laisserai peut-être fléchir et je vous recommanderai à mes amis. » Et elle le gratifia d'un signe de tête qui, pour autant que le terme d'amitié eût un sens entre deux êtres que séparait un tel abîme social, était presque amical.

Pendant ce temps, Fleming, devenu plus circonspect dans ses relations d'affaires avec la bonne société, se demandait si on le paierait.

« Si je suis contente, ajouta-t-elle nonchalamment, je vous paierai même votre précédente facture. Que diriez-vous d'un total de quarante livres ? »

Quarante livres... Si elle les lui versait, ses finances seraient presque à flot. Etant donné le prix de revient d'un gâteau de mariage, même le plus somptueux, il ne pouvait laisser passer une telle chance — et elle le savait fort bien, songea-t-il. Mais son visage creux se fendit d'un sourire plein de bonheur et de gratitude.

« C'est très généreux de votre part, madame la comtesse. Nous allons voir ce que nous pouvons faire pour qu'ils soient vraiment surpris », se permit-il de commenter. Lady Saint-James sortit de la boutique de fort belle humeur.

« Et quelle sorte de gâteau vas-tu préparer ? lui demanda sa femme quelque temps plus tard.

— Je n'en ai pas la moindre idée, lui avoua-t-il d'un air morose. Et je te parie qu'elle ne me paiera pas, de toute façon. »

Le mariage du capitaine Jack Meredith et de lady Saint-James eut lieu le lendemain, sans demoiselle d'honneur. Le vénérable clergyman de la Fleet officiait ; Ebenezer Silversleeves, revêtu pour l'occasion d'une magnifique veste ayant appartenu à un précédent pensionnaire de la maison, décédé depuis, était garçon d'honneur.

« Et maintenant, Jack, lui annonça sa jeune épouse aussitôt que la cérémonie fut terminée, je vais payer tes dettes.

— Quand pourrai-je sortir d'ici ?

— Demain, je pense », lui répondit-elle avec un grand sourire.

Dans tout Londres, il existait peu d'endroits plus à la mode que l'hospice pour enfants trouvés de Coram Fields, au-dessus d'Holborn. Qu'un lieu aussi inattendu eût tant de succès était dû pour l'essentiel au compositeur Haendel qui, au cours des longues années qu'il passa à Londres, soutint activement plusieurs bonnes œuvres. Ces derniers temps, il avait aidé la nouvelle fondation : non seulement il avait fait don d'un orgue au bâtiment, mais il y avait formé un chœur d'enfants d'excellente qualité. Cette année, il y avait donné plusieurs représentations de son *Messie*, auxquelles tout Londres s'était pressé ; elles avaient permis de collecter la somme appréciable de sept mille livres, faisant du grand compositeur l'un des rares dont on se rappelât presque autant le zèle philanthropique que le génie musical. Afin de se rendre à l'une de ces représentations, le capitaine et Mme Jack Meredith, comme on devait les nommer maintenant, s'apprêtaient à sortir, cet après-midi-là, de leur demeure d'Hanover Square.

Mme Meredith était plus heureuse qu'elle ne l'avait jamais été de toute sa vie ; quant à Jack, il était sorti de prison quelques heures plus tôt.

La vie, comme l'amour, était sans doute un combat plein de traîtrise et de perfidie ; mais aujourd'hui, elle avait triomphé. Tout ce qu'elle voulait, elle l'avait obtenu : elle avait attrapé et solidement ferré son mari. Autour d'elle et de Jack, elle ne voyait que paix et sécurité. C'était un sentiment nouveau, et elle supposa que cela deviendrait bientôt une habitude. Même la petite réception qu'elle avait si soigneusement préparée pour le lendemain ne lui semblait plus aussi importante ; le tour d'Europe, d'une année, pourrait être écourté. Six mois suffiraient peut-être, pensa-t-elle, puis elle l'aurait pour elle seule à Bocton. Ces pensées lui remplissaient l'esprit depuis plusieurs délicieuses minutes, tandis qu'elle se préparait à sortir, quand soudain le calme de la maison fut dérangé par un cri, bientôt suivi d'un gémissement pitoyable.

« Qu'est-ce que c'est, par tous les diables ? » Jack sortit de la pièce et disparut dans le couloir. Quand il revint une minute plus tard, il arborait un grand sourire, et tenait par l'oreille un petit polisson noir comme du cirage.

« Grands dieux, Jack, cria-t-elle, mi-horrifiée, mi-amusée, tu ne vas pas amener cette chose crasseuse ici ! Pourquoi le tiens-tu ainsi ?

— Mais parce que c'est un dangereux criminel ! lui répondit-il avec un clin d'œil. Ton valet de pied l'a attrapé juste comme il volait un shilling sur la table de la cuisine... Il était supposé ramoner la cheminée. (Il se tourna vers l'enfant.) Nous allons appeler les sergents de Bow Street, petit monstre. Qu'est-ce que tu en penses ?

— Je n'ai jamais rien volé !

— Si fait !

— Mais c'est la première fois, sir... Je vous le promets ! Je vous en prie, ne soyez pas trop dur... » C'était dit avec tant de conviction qu'on avait presque envie de le croire.

« Jack, emmène cet être dehors, implora la maîtresse de maison, quoi qu'il ait pu faire. »

Mais Jack Meredith — qui n'avait jamais eu d'autre intention que frotter les oreilles du coupable et le jeter dehors — s'amusait assez au spectacle de toute cette suie menaçant la chambre immaculée de son épouse. Le vaurien, qui avait commencé à crier sous la poigne de son gardien, secoua fort obligeamment la tête de façon à faire pleuvoir de la suie tout autour de lui et à faire hurler d'horreur Madame. Les pleurs laissaient des traînées sur ses joues noircies ; il offrait, il faut l'admettre, un pitoyable spectacle. Tel un animal capturé par les mâchoires d'un prédateur plus fort que lui, il cessa de lutter, fléchit sur ses jambes et se mit à trembler. Malgré tout son ennui, la maîtresse de maison éprouva un mouvement de compassion à son égard.

« Comment t'appelles-tu, mon garçon ? » lui demanda-t-elle d'une voix radoucie.

Elle n'obtint pas de réponse.

« Voles-tu depuis longtemps ? »

Il secoua vigoureusement la tête.

« Tu ne sais pas que c'est mal ? »

Il hocha la tête avec une conviction qui paraissait sincère.

« Quelqu'un t'a-t-il dit de le faire ? » demanda Meredith.

Nouveau hochement de tête, à contrecœur.

« Qui ? »

Pas de réponse.

A ce moment, comme les deux adultes échangeaient un regard et haussaient les épaules, l'enfant fit une tentative soudaine et désespérée pour s'enfuir ; d'un violent mouvement de tête, qui lui blessa cruellement l'oreille, il se jeta en avant et se précipita dans le couloir.

Jack l'eut rattrapé en trois enjambées ; il le ramena d'où il venait, en le tenant par la main cette fois, et s'exclama d'un air surpris :

« Regarde cette chose étrange... »

Il éleva la main de l'enfant, saisit l'autre et vit qu'elle offrait la même particularité ; il observa encore qu'une curieuse mèche blanche ornait les cheveux, qui avaient maintenant perdu l'essentiel de leur suie. « Quel drôle de petit gars ! commenta-t-il. Il ne manque pas de caractère, en tout cas. » Il se retourna alors vers sa femme.

Elle s'était pétrifiée : blême comme si elle venait de voir un fantôme, fixant l'enfant bouche bée.

« Qu'y a-t-il ? » s'écria-t-il, inquiet.

Mais lady Saint-James, si elle recouvrait peu à peu ses esprits, ne pouvait rien dire d'autre que : « Oh ! mon Dieu ! Ce n'est pas possible... Sûrement... Oh ! grands dieux... »

Meredith, stupéfait, lâcha l'enfant sans s'en rendre compte, ou à peine. Quelques secondes plus tard, celui-ci avait disparu dans la rue.

Elle ne parlerait pas ; elle ne lui dirait rien. Ni par la flatterie, ni par un accès de colère, il n'obtiendrait rien d'elle.

« Il s'est passé quelque chose à propos de ce garçon, n'est-ce pas ? lui demandait-il. Faut-il que j'aille le rechercher ?

— Non ! C'est sans importance », criait-elle.

Elle avait été bouleversée mais ne voulait pas en parler. Ils se rendirent au concert en silence ; ensuite elle parla de choses et d'autres, de la réception du lendemain, de leur départ pour le continent, mais sans se départir de sa pâleur ni de son air absent. Jack ignorait le secret qu'elle semblait si déterminée à lui cacher, mais elle en était visiblement torturée. Et pourtant elle ne le partagerait avec personne, pas même avec lui.

Du moins jusqu'aux heures sombres de la nuit.

Etait-ce la soudaineté du choc ? Les marques laissées en elle par ces trois dernières semaines, pendant lesquelles elle avait si froidement joué avec la vie et la mort ? Etait-ce que, sûre enfin de l'amour et de la présence de Jack à son côté, son cœur commençait à s'ouvrir, à s'adoucir ? Car ce n'était pas seulement l'horreur ni la culpabilité qui tenaillaient son corps et tourmentaient son esprit dans son sommeil ; c'était aussi la douleur, le désir, l'irrépressible sentiment maternel qui la firent crier encore et encore, sans même qu'elle s'en rendît compte, à son nouvel époux aux petites heures du matin :

« L'enfant ! Oh ! mon Dieu... Mon enfant perdu... »

Quand elle s'éveilla, elle trouva Meredith assis en silence sur une chaise à côté du lit. D'une main douce mais ferme, il prit la sienne et lui demanda :

« Qu'as-tu fait avec ton enfant ? Ne nie pas. Tu as parlé dans ton sommeil.

— Je... je l'ai abandonné, avoua-t-elle. Mais, oh ! Jack, c'était il y a si longtemps ! C'est oublié maintenant, et je ne peux rien y faire. Qu'il vive sa vie aujourd'hui, et nous, oublions-le.

— De qui était-il ? »

Elle hésita.

« Cela n'a pas d'importance...

— Je pense que si. Saint-James ? »

Elle se tut quelque temps et hocha la tête.

« L'héritier du domaine, donc ?

— Non, l'héritier sera *notre* fils, quand nous en aurons un. C'est à lui que le domaine reviendra. L'autre était... Tu l'as vu par toi-même. (Elle frémit à cet ancien souvenir.) Il était... Ses mains... »

Mais le capitaine Jack Meredith savait désormais ce qu'il devait faire pour sauver sa propre âme, ainsi que celle de son épouse.

« J'ai tué le père, mais que je sois damné si je déshérite le fils, déclarat-il tranquillement. Si tu ne le reprends pas avec toi, je te quitte. »

Et elle savait qu'il le ferait.

« Tu ne le retrouveras pas, de toute façon », dit-elle enfin.

Il ne lui fallut pas longtemps. Après le désastre de la veille, les fils Dogget avaient décidé d'éviter Hanover Square ; mais, en mettant le pied dans Grosvenor Square, Meredith aperçut un petit gaillard tout noir, qui tenait un balai de ramoneur à la main et qui, dès qu'il l'eut vu, jeta sa brosse et se mit à courir. L'enfant s'engouffra dans Audley Street et parut sur le point de lui échapper ; or Meredith était en forme, et avant d'arriver à Hay's Mews, il l'avait rattrapé.

« Amène-moi à ton père, lui ordonna-t-il, ou bien il t'en cuira. »

Ainsi se dirigèrent-ils de conserve vers Seven Dials.

Ils rencontrèrent le marchand des quatre-saisons à Covent Garden, où le marché aux fleurs battait son plein. Harry Dogget se tenait près de sa voiture, une casquette sur la tête ; comme il le faisait souvent quand il devait pousser la charrette, il portait une paire de gants de cuir. Il était en train de contempler une assez jolie fille, qui tenait un étal voisin, quand il vit Meredith s'approcher de lui avec le jeune garçon. Il se tourna vers eux et leur demanda, sans cérémonie :

« Qu'est-ce qui se passe ?

— Votre fils a commis un vol dans une maison hier, répondit le capitaine.

— Impossible... Jamais il n'a fait une chose pareille.

— Je crois bien que si, insista Meredith d'une voix pleine d'entrain. Mais ce n'est pas pour cela que je suis ici.

— Non, monsieur ? sourit Dogget. Vous n'êtes quand même pas venu chercher la bagarre, dites ?

— Pas aujourd'hui, non... Ce que je voudrais savoir, c'est d'où vous avez ce garçon. Est-il né chez vous ?

— Peut-être bien que oui, répondit Dogget, sur ses gardes.

— Oui ou non ?

— Pourquoi est-ce que vous me posez la question, monsieur ? Et en quoi est-ce que ça vous regarde ?

— Je suis le capitaine Meredith, répondit aimablement Jack, et j'ai des raisons de penser que cet enfant a été abandonné par... (Il jugea plus prudent de faire une légère entorse à la vérité.)... une servante qui avait été renvoyée par sa maîtresse. C'est tout ce que je peux vous dire pour l'instant. Mais si le garçon est à vous, nous nous en tiendrons là. »

Harry Dogget devint pensif.

« Je suis le père de ce garçon depuis qu'il est tout petit, dit-il enfin. Je lui ai donné une bonne maison. Je ne peux pas le laisser partir n'importe où, comme ça.

— Regardez-moi bien, dit le capitaine.

— Vous avez l'air d'un gars régulier, je suis d'accord », reconnut Dogget. Puis il révéla exactement à Meredith dans quelles circonstances il avait trouvé le bébé à Seven Dials.

« Alors, je dois vous le dire, lui expliqua Meredith quand il eut fini, il s'agit sans aucun doute du garçon en question.

— Mais, papa... » s'écria l'enfant, en plein désarroi. Il n'éprouvait pas la moindre affection pour ce grand étranger, et se sentait plonger dans la plus grande confusion.

« Ferme-la donc, petit voleur, répondit affectueusement le marchand des quatre-saisons. Tu ne peux pas parler de ça, vu que tu étais à peine né quand ça s'est passé... »

A contrecœur, l'enfant se tut.

« Mais comment vous savez que c'est lui ? demanda Dogget au capitaine.

— Oh ! les mains. Et les cheveux aussi. On les reconnaîtrait entre tous.

— En effet. »

Et ainsi, laissant sa voiture à la garde d'un de ses confrères, Harry Dogget les raccompagna jusqu'à Hanover Square. Quand il vit la maison, il émit un sifflement et demanda : « Vous dites qu'il va vivre ici, pas comme domestique, mais comme un de la famille ? » Et quand le capitaine eut acquiescé, il secoua la tête, abasourdi. Il refusa l'offre que lui fit Meredith d'entrer, mais demanda : « Je peux revenir demain pour le voir ? Juste pour être sûr que tout va bien ? » Certes, il le pouvait, et même il le devait.

C'est ainsi que George, autrefois lord Bocton et aujourd'hui nouveau comte de Saint-James, retrouva sa maison.

Pour Isaac Fleming, ce matin-là n'avait apporté nulle joie, mais au contraire un sentiment d'échec sans remède.

Si seulement il n'y avait pas eu ces quarante livres... L'idée de cet argent l'écrasait. Non pas seulement parce qu'il en avait tant besoin — ce qui était déjà assez terrible en soi ; mais ce qui le paralysait surtout, c'était de dépendre tellement de ce gâteau. Résultat, chaque fois qu'il imaginait un modèle qui plairait à la comtesse, l'idée de ces quarante livres pesait sur ses épaules comme pour lui dire : « C'est tout ? Pour une telle somme ? » Il pensa à un château, à un bateau, même à un lion (à ceci près qu'il était incapable d'en réaliser un) ; l'un après l'autre, ils lui paraissaient ordinaires, évidents, banals. Ça ne convient pas, songeait-il. Je ne suis pas à la hauteur. Je n'ai pas le génie nécessaire. Il se prenait même à penser que lady Saint-James avait eu raison en lui affirmant que ses gâteaux précédents n'étaient pas bons.

« Je vais abandonner », répétait-il à sa femme d'un ton pitoyable. Mais il avait besoin de ces quarante livres.

A son réveil, ce jour-là, il était au désespoir. Il n'avait toujours pas pu payer la facture des pavés ; même sa modeste boutique de Fleet Street était trop lourde pour lui. Il lui faudrait s'en aller vers un quartier plus modeste. « Je suis fini », murmurait-il ; et il aurait voulu le dire à haute voix, réveiller sa femme, mais il ne le fit pas. Au lieu de cela, il descendit tristement préparer le four pour cuire le pain du matin.

Quand il eut déposé la première fournée à l'intérieur, il sortit de la boutique. Fleet Street était déserte ; pas une charrette ne s'y voyait encore. Vers l'est, quelque part au-dessus de Ludgate, les premières lueurs du soleil traversaient le ciel. Une tresse de nuages ornait le ciel pâlissant, comme des cheveux de femme. En direction de Ludgate, dominant de haut les toits des alentours, il apercevait la magnifique flèche dont sir Christopher Wren avait doté St Bride, avec ses différents étages octogonaux empilés les uns sur les autres.

St Bride, pensa-t-il. Beau nom pour une église où se marier[1].

Et c'est alors qu'il eut la merveilleuse idée.

Les invités étaient tous là : seulement deux douzaines de ses meilleurs amis, rien que des gens particulièrement en vue dans le monde.

Ils savaient tous déjà, bien évidemment, les mauvais traitements que lui avait infligés Saint-James et débordaient de sympathie pour elle ; ils savaient aussi, pour Fleming le boulanger — dont le gâteau serait, disait-on, remarquable, même si personne ne l'avait encore vu. Une lady plus curieuse que les autres s'était même glissée hors de la pièce, afin d'envoyer un valet de pied à la boulangerie, pour être la première à recueillir la description exacte de ce que Fleming avait pu apercevoir ce jour-là.

« Surtout, demandez-lui bien quel œil elle avait de poché, le gauche ou le droit, lui avait-elle enjoint. Je ne veux pas me couvrir de ridicule en me trompant. »

Mais même ce drame, ainsi que le soudain mariage — aliment de longs et délicieux ragots pour les semaines à venir —, étaient éclipsés par la dernière révélation en date provenant du numéro 17, Hanover Square : l'apparition d'un héritier.

L'histoire était ahurissante : l'échange d'enfant, dû semblait-il à une domestique malveillante, au moment où la jeune femme était presque folle d'inquiétude ; et le fait que l'enfant perdu était aujourd'hui ramoneur... Cela devait être vrai, s'accordait-on à penser, car ni la dame ni son nouvel époux n'auraient pu imaginer une si extravagante affaire. Tout le monde réclamait le jeune garçon, mais sa mère ne voulait pas le faire venir.

« C'est trop pour lui, trop tôt. Je veux le ménager autant que possible. »

En fait, elle avait exigé (et Jack l'avait approuvée) que le petit drôle — qui pouvait à peine s'exprimer dans un langage audible pour des oreilles délicates, sans parler de la lecture ou de l'écriture — passe au moins un an reclus en compagnie d'un tuteur, avant qu'on ne le produise dans le monde.

« Mais faire tout cela en même temps, puis quitter la ville... se plaignait l'une des dames. Elle nous a toutes éclipsées ! J'en suis folle de jalousie... »

La nouvelle Mme Meredith — qui avait presque totalement récupéré du choc de la veille — vit son triomphe mondain, qui devait la rendre immortelle pour une saison entière, couronné par l'arrivée du gâteau de mariage, porté par deux valets de pied.

L'idée qu'avait eue Isaac Fleming la veille au matin était simple mais saisissante ; et les personnes présentes dans la pièce eurent aussitôt conscience de vivre un moment mémorable. Ce n'était pas un gâteau mais quatre, chacun un peu plus petit que le précédent ; ils étaient recouverts d'un glaçage immaculé et disposés l'un au-dessus de l'autre, en étages, soutenus par des colonnes en bois de style classique, elles aussi glacées. C'était une réplique exacte de la flèche de Wren à St Bride, pour autant

---

1. L'église est dédiée à sainte Brigitte, mais *bride* signifie aussi « mariée ». *(N.d.T.)*

qu'un gâteau puisse ressembler à un clocher. On n'avait jamais eu l'idée d'un tel gâteau auparavant ; désormais, aucun mariage en Angleterre ne serait complet sans lui. Les invités éclatèrent en applaudissements.

Leur hôtesse était si satisfaite qu'elle faillit se souvenir de payer le boulanger, le lendemain, avant de quitter le pays.

Sans doute eût-elle été un peu moins heureuse d'entendre l'entretien qui eut lieu au coin de la rue, juste au moment où les applaudissements se terminaient. Harry Dogget et le nouveau comte de Saint-James en étaient les deux protagonistes.

« Alors, tout va bien ? s'enquit aimablement le plus âgé des deux.

— C'est pas croyable ! Mais là-dedans, ils vous font tout le temps vous laver, et ils m'obligent même à mettre des chaussures. En été ! Tu te rends compte !

— Ne t'en fais pas pour ça.

— Ils vont m'apprendre à lire et à écrire.

— Ça ne te fera pas de mal. »

Le garçon semblait pensif. « Juste une chose, papa.

— Quoi ?

— Il n'y a pas un an, un jour que maman était saoule, elle a dit quelque chose à propos de moi et Sep.

— Vraiment ?

— Elle a dit que tu avais trouvé Sep près de Seven Dials.

— Ça se peut bien.

— Alors, si c'était lui que tu as trouvé et pas moi, qu'est-ce que je fais ici ?

— C'est le destin, dit jovialement Harry Dogget. C'est bien toi qui es entré dans la maison et qui as essayé de voler un shilling, pas vrai ? » Sam acquiesça. « Donc, c'est toi qu'ils ont trouvé.

— Mais je ne suis pas ton fils ?

— Bien sûr que si, tu l'es.

— Et pas Sep.

— Ah... pour ça, dit Harry avec une logique impeccable, c'est quelque chose que personne ne peut savoir. Quand je l'ai trouvé, je l'ai reconnu comme mon fils. Eux disent qu'ils en ont perdu un comme lui. Si tu vas par là, peut-être qu'il est à aucun de nous. De toute façon, ça n'a plus d'importance maintenant. Tout ce que je sais, conclut Harry Dogget avec emphase, c'est que toi, mon fils, t'as eu un sacré coup de pouce dans la vie.

— Je suis un lord », reconnut le jeune garçon.

Cette phrase déclencha une explosion de rire chez son père, qui dut se retenir à une grille proche.

« Ça me paraît quand même pas juste, poursuivit l'enfant.

— Ecoute, lui dit son père d'une voix ferme, réfléchis donc un peu. Tu préfères tirer le diable par la queue toute ta vie ? Regarde un peu cette baraque. La dame dit que tu es son chouchou. Tu ferais mieux de te tenir tranquille et d'en profiter. Est-ce que tu n'as pas envie d'être un lord ?

— C'est pas si mal, reconnut Sam. Tu devrais voir ce qu'ils mangent. Pas la moindre fichue huître au menu...

— Alors, bonne chance, lui déclara son père. Si tu as des problèmes, tu sais où me trouver. Mais si tu laisses passer une occasion comme ça, je te botterai les fesses jusqu'à ce que tu aies de nouveau envie d'être un lord.

— D'accord. (Il se tut quelques instants, puis reprit.) Papa ?

— Quoi ?

— Dis à Sep que je lui donne toutes mes économies. »

Son père acquiesça.

« Au revoir, Sam. » Et le marchand des quatre-saisons s'en alla, en sifflotant un air joyeux.

Quand Mme Meredith, ex-lady Saint-James, mourut en couches l'année suivante, la bonne société prit le deuil pendant au moins une journée entière. Son époux, s'il se remaria, continua à servir de tuteur au jeune comte de Saint-James ; il remplit pleinement et loyalement cette obligation, ne prélevant pour prix de sa peine que des honoraires, justifiés, sur les revenus du domaine. Le jeune comte lui était très attaché. Ceux qui se souvenaient du comte précédent s'accordaient à trouver le fils plus amusant que le père.

Sep Dogget — né lord Bocton — vécut heureux comme pompier ; n'ayant jamais su qu'un legs lui revenait de droit, il ne se sentit pas lésé.

Mais le principal legs, dans toute l'affaire, fut celui que laissa Isaac Fleming : son invention lui apporta la fortune et la gloire, ainsi qu'une élégante boutique avec une vitrine en saillie (même si elle restait dans Fleet Street) ; et ses gâteaux de mariage vivront tant qu'on célébrera des mariages en Angleterre.

16

Lavender Hill

1819

Il songea qu'il arriverait bientôt au paradis.

La diligence de Douvres à Londres roulait sur la longue route rectiligne de Shooter's Hill. Le jeune homme assis sur le siège du cocher essuya par deux fois la poussière de ses lunettes : il ne voulait rien manquer du spectacle. Une grande casquette à visière était posée sur sa tête, une écharpe de laine nouée autour de son cou. Dévoré d'impatience et d'excitation, Eugene Penny faisait à dix-huit ans sa première entrée dans Londres.

Quand ils atteignirent l'extrémité de Shooter's Hill, il vit la métropole s'étendre à ses pieds : son visage exprima la surprise, puis, tandis qu'ils descendaient la côte dans le jour déclinant, l'horreur.

« C'est cela, Londres ? » cria-t-il ; et le cocher rit.

Si les amateurs de rapprochements historiques cherchent une époque où la civilisation a dépassé la gloire de la Rome antique dans le monde anglophone, c'est sans doute le règne de Georges III qu'ils choisiront. Ce fut un long règne, qui dura officiellement de 1760 à 1820 — même si le pauvre roi, souffrant de porphyrisme, fut déclaré mentalement incapable pendant de longues périodes ; et il fut le théâtre de deux événements exceptionnels.

Rien ne saurait être plus romain que le caractère des treize colonies américaines qui proclamèrent leur indépendance envers la monarchie britannique en 1776. Les communautés américaines, refuges religieux à l'origine, s'étaient développées en des sociétés comparables aux cités de marchands et de fermiers qui formèrent le noyau de la première puissance de Rome. Le général Washington, avec son éthique stoïcienne et ses conceptions patriciennes, sa maison de campagne de Mount Vernon et son demi-million d'hectares de terre, n'était pas sans ressembler à un noble romain ; les rédacteurs de la Constitution, avec son Congrès élu et son Sénat élitiste, étaient eux aussi imprégnés de culture classique. Et la plupart des nouveaux Etats américains reproduisaient les mœurs de la République romaine en employant massivement des esclaves.

Quant au grand cataclysme que fut la Révolution française, une douzaine d'années plus tard, il revendiquait son inspiration romaine. Sous l'influence des Lumières — triomphe de la raison classique sur ce qui apparaissait comme la tyrannie et la superstition médiévales de la monarchie catholique —, les révolutionnaires adoptèrent vite les attributs de la Rome antique : les sujets du roi se nommaient « citoyens », comme les hommes libres de Rome ; la liberté, l'égalité et la fraternité trouvèrent bientôt leur nouveau champion en la personne de Napoléon, qui fit marcher ses armées sous les aigles romaines, et donna à la France et à une grande partie de l'Europe un système juridique inspiré du droit romain, pendant que les artistes, les artisans et les ébénistes créaient le style Empire, qui copiait les modèles de la Rome impériale.

Sur l'île britannique, la réapparition du monde romain empruntait des voies plus pragmatiques et plus mesurées. Avant le règne de Georges III, les somptueux squares classiques londoniens, ainsi que les maisons de campagne palladiennes de l'aristocratie, avaient probablement surpassé les chefs-d'œuvre de la Bretagne romaine. Au cours de ce règne — même si, il faut le reconnaître, des équipements tels que les bains publics et le chauffage central restaient encore à réinventer — l'innovation romaine qui avait mis de l'ordre dans le monde barbare réapparaissait enfin : le réseau routier.

A l'époque romaine, un tissu de routes quadrillait l'île ; mais ensuite, délaissées, envahies par la végétation, elles avaient pour la plupart été oubliées. Durant les longs siècles menant des âges obscurs jusqu'aux Stuarts et aux premiers Hanovre, les routes d'Angleterre ne différaient guère des sentiers préhistoriques et des chemins défoncés des Saxons. Dans le cas de la vieille piste du Kent, entre Douvres et Canterbury (sur laquelle le jeune Eugene Penny venait de voyager), la voie romaine était restée en usage ; mais sa chaussée empierrée était alors recouverte d'une telle épaisseur de terre qu'on eût dit un chemin pour les charrettes.

Tout cela avait changé désormais. Les routes à péage de la fin du XVIIIe siècle étaient la propriété de cartels privés, de sociétés par actions, exploitées dans un but lucratif ; elles connurent un tel succès qu'en l'espace d'une génération elles couvraient la plus grande partie du pays. Certaines suivaient le tracé rectiligne d'une ancienne voie romaine, d'autres — les plus nombreuses — un chemin saxon tout en courbes. Leurs chaussées n'étaient pas aussi perfectionnées que celles du monde antique, mais néanmoins assez lisses et fermes pour permettre aux voitures d'aller à un train vif et régulier. Des voyages qui prenaient auparavant un jour ou deux se faisaient dorénavant en quelques heures. Des flottes de coches rapides appartenant à des entrepreneurs privés transportaient à la fois le courrier et des passagers, depuis les relais de poste londoniens jusqu'aux régions les plus reculées du pays ; soudain, la capitale en pleine expansion était facilement accessible à toutes les villes du royaume. C'était là un retour aux temps romains, ainsi que le début de l'âge moderne.

Et pourtant, le spectacle qu'Eugene avait sous les yeux n'était pas du tout celui auquel il s'était attendu.

La métropole londonienne avait continué à s'accroître sous le règne de Georges III, mais principalement au nord de la Tamise. Sur la rive sud, Southwark avait grandi mais d'une manière plus modeste. A l'ouest de ce faubourg, si des rangées de maisons poussaient le long des routes menant au pont de Westminster, la grande paroisse de Lambeth restait garnie de vergers, de champs et de jardins maraîchers, avec quelques chantiers de bois le long du fleuve. Plus haut vers l'amont, les anciens villages de Battersea et de Clapham ne s'étaient vu adjoindre que quelques villas élégantes, avec jardins, appartenant à de riches marchands et gentlemen. En aval de Southwark, les bourgs de Bermondsey et de Rotherhithe, proches du fleuve, tombaient en décrépitude, avec leurs amas de logements de brique écroulés ; le marais y reprenait ses droits. Enfin, plus bas, le village de Greenwich avec ses grands palais blancs s'était à peine transformé.

Mais sur l'autre rive de la Tamise, au nord, à l'ouest comme à l'est, la puissante cité grandissait comme un Léviathan. Du moins, c'est ce qu'Eugene avait entendu dire ; car il se trouvait confronté à un problème que ni les Stuarts, ni les Tudors, ni même les Romains n'avaient connu : la cité lui demeurait invisible.

« Sir, dit le cocher, voici le fog londonien. »

Il recouvrait la ville comme un grand voile gris sombre. Pour autant qu'il pouvait en juger à ses contours flous, il semblait à Eugene que le nuage sale gagnait du terrain ; et de fait, tandis qu'ils descendaient la vieille route du Kent, le fog vint à leur rencontre. Le temps qu'ils pénètrent dans Southwark, le ciel s'assombrit et le contour des maisons s'estompa dans un brouillard verdâtre, huileux ; un halo orange entourait les lumières de leurs façades. Avant qu'ils atteignent la grand-rue, le cocher avait ralenti et Eugene n'apercevait même plus les oreilles des chevaux de tête ; quand ils pénétrèrent dans la cour de l'auberge, le George, il songea que cela aurait pu être l'entrée de l'enfer.

La barque fit entendre un bruit étouffé, un raclement désagréable quand elle émergea du fog et vint s'échouer sur la boue au bas des escaliers, sur la rive nord du fleuve. L'un des deux hommes grimpa les marches et se retourna pour prendre congé de son compagnon qui restait dans l'embarcation — avec son drôle de haut chapeau de guingois sur sa tête, ses mains noueuses qui n'avaient pas quitté les rames.

« Au revoir, Silas », dit l'homme debout sur le quai.

L'autre ne répondit pas tout de suite ; quand il le fit, sa voix était aussi profonde que le fleuve, aussi épaisse que le brouillard qui l'enveloppait

« Comment tu vas l'appeler ?

— Le bébé ? Lucy. » C'est sa femme qui avait choisi le prénom, et il l'aimait.

« Donc, tu ne veux pas venir avec moi, Will ?

— Je n'aime pas ce que tu fais.

— Tu ne deviendras jamais riche...

— Je sais. »

Silas cracha entre ses pieds, puis commença à ramer pour quitter le quai. « Tu n'arriveras jamais à rien », grogna-t-il. Un moment plus tard, il avait disparu dans la brume avec sa vieille barque crasseuse. En tout cas, pensa William Dogget, je ne voudrais pas arriver là où tu iras sûrement. Et il reprit le chemin de sa maison.

Les instructions que Penny avait reçues de son père étaient précises : dès qu'il arriverait à Londres, il devait se rendre chez son parrain, Jeremy Fleming. Cependant, jugeant que le fog l'en empêchait dans l'immédiat, Eugene décida de passer la nuit à l'auberge. Il n'avait rien perdu de son entrain. Ce contretemps ne retarderait que de quelques heures le début de sa nouvelle vie.

Ce qu'Eugene ignorait, c'est que le fog de Londres était partie intégrante de cette nouvelle vie. Car l'Angleterre n'avait pas plus tôt retrouvé la grandeur de son passé romain qu'elle s'était projetée dans la période d'expansion qu'on appelle la Révolution industrielle.

On croit souvent que la Révolution industrielle britannique fut l'affaire d'énormes usines mues par des armées de malheureux opprimés ; et il est vrai que dans le Nord et les Midlands de grandes fonderies de fer, des filatures de coton actionnées par des machines à vapeur, des mines de charbon où l'on envoyait des enfants travailler sous terre ont existé. Mais le moteur principal en fut le commerce traditionnel des étoffes de laine, bientôt suivi par la confection de cotons bon marché. Si la mécanisation du filage et du tissage rendit possible un vaste développement de ces industries, elles étaient la plupart du temps le fait de petits entrepreneurs avec de modestes fabriques, ou même de misérables ateliers. Mais tous, ils utilisaient du charbon, de sorte que la masse de suie et de fumée émanant des innombrables foyers de la ville était considérable. Quand les conditions atmosphériques étaient bonnes, un nuage recouvrait la cité d'une chape sombre, sous laquelle venaient s'agglutiner plus de fumées encore ; pour peu que la brume se levât, elles s'épaississaient pour donner cette horreur étouffante, impénétrable, qui engloutissait jusqu'aux visages des passants. Un voleur pouvait commettre son méfait à quelques mètres sans qu'on le voie. La « purée de pois », ou fog londonien, était née.

Dans le chaleureux halo de lumière de la salle principale du George, Eugene pouvait oublier la sinistre présence qui flottait au-delà des fenêtres. L'aubergiste lui apporta un *pie* à la viande et aux rognons, ainsi qu'une bouteille de *porter,* comme on appelait souvent la bière brune ; de temps à autre, il revenait bavarder avec lui. Eugene ne perdait pas une miette du spectacle qui l'entourait. Comme il s'agissait d'un relais de poste, on croisait là toutes sortes de voyageurs : des cochers dans leur lourde cape, des marchands, deux hommes de loi, un clergyman, un gentleman qui repartait pour la campagne, en même temps que quelques habitués du cru, pour la plupart des petits commerçants.

Il était aux environs de neuf heures lorsque le curieux personnage entra. Il commanda une chope de porter qu'il emporta sans un mot dans un coin de la pièce, où il s'assit à une table isolée. Un bref silence avait salué son entrée. La rumeur des conversations semblait s'ouvrir sur son passage, les gens se détournaient de lui ; puis elle reprenait dans son dos. Il était d'une taille légèrement au-dessous de la moyenne, mais très trapu, et se déplaçait avec une lenteur butée. Son grand et lourd manteau était d'une couleur indéfinissable ; sur la tête, il portait un haut et large chapeau de laine informe, dont il avait roulé le bord sur ses épais sourcils noirs. Il avait de grands yeux coléreux, soulignés de cernes profonds ; une impression de menace voilée émanait de lui. Etait-ce la pâleur de sa peau, ou l'étrange main palmée dans laquelle il tenait sa chope ? Il semblait à Eugene qu'il émergeait des profondeurs mêmes du fleuve sombre et brumeux.

« Qui est-ce ? demanda-t-il à l'aubergiste.

— Ça ? répondit l'homme avec un regard de dégoût. Il s'appelle Silas Dogget.

— Que fait-il ?

— Ça ne vous avancerait à rien de le savoir », répondit l'homme, et il ne voulut pas en dire plus

Peu après, Eugene gagna son lit, heureux de penser qu'avec un peu de chance il ne reverrait jamais plus Silas Dogget.

On eût dit qu'une émeute se préparait.

Le vent s'était levé à l'aube et chassait le fog de Londres ; il n'avait laissé sur la cité qu'une faible trace poussiéreuse, comme pour marquer son passage. Le jour était clair, avec un frémissement de brise, et le beau temps avait sans nul doute encouragé la foule — quelque quatre cents personnes — à venir se rassembler devant la belle demeure de Fitzroy Square pour entendre l'homme, debout à la fenêtre de l'étage, qui proclamait son scandaleux message.

« Croyons-nous, criait-il, à la fraternité humaine ? » La foule rugissait pour signifier qu'elle y croyait. « *Reconnaissez*-vous (ce mot, prononcé avec une emphase particulière, était le cheval de bataille de Zachary Carpenter), je dis bien, *reconnaissez*-vous que tout homme né sur cette terre a des droits ? N'est-ce pas le bon sens qui l'affirme ? Et est-ce que ce ne sont pas les droits de l'homme ? » Comme une rumeur d'approbation accueillait ses paroles, il explosa littéralement : « Et ces droits *inaliénables* n'incluent-ils pas (il martela les mots qui suivaient comme s'il frappait sur un tambour) pas-de-ta-xa-tion-sans-re-pré-sen-ta-tion ? » Petit, corpulent, avec une grosse tête, il faisait des bonds sur place tandis qu'il parlait.

Il pourrait sembler étrange que ces doctrines, droit issues des écrits de Tom Paine, le grand propagandiste de la Révolution américaine, fussent proclamées dans une rue de Londres. Mais les Anglais du Moyen Age disaient déjà la même chose, au temps de la révolte de Wat Tyler ; et bien des contemporains avaient des grands-pères qui se souvenaient encore des anciens Niveleurs, remontant à l'époque de la guerre civile. La libre Chambre des communes, les Puritains, les Têtes rondes, les Américains aujourd'hui indépendants et les Anglais radicaux n'étaient que différents courants dérivés d'un même vieux fleuve de liberté. Le roi Georges III pouvait bien avoir lutté contre l'Indépendance américaine, beaucoup de ses sujets ordinaires n'en avaient pas moins lu Paine et sympathisé avec les courageux colons.

« Est-ce que je me trompe, demandait maintenant Zachary à la foule, ou bien le Parlement a-t-il aboli l'esclavage ? »

La foule lui assurait qu'il ne se trompait pas : l'esclavage avait été déclaré hors la loi sur le territoire anglais dès 1772 ; grâce aux efforts de réformateurs comme le grand William Wilberforce, la traite des nègres avait par la suite été interdite jusque dans les lointaines possessions britanniques au-delà des mers.

« Etes-vous ou n'êtes-vous pas des Anglais, nés libres ? »

La foule lui fit savoir, d'un nouveau rugissement, qu'elle était aussi anglaise que le rosbif.

« Alors comment se fait-il, cria-t-il, qu'ici, dans cette paroisse de St Pancras, on ne nous traite pas mieux que des esclaves ? Pourquoi des hommes libres sont-ils piétinés par la tyrannie ? *Reconnaissez*-vous que les choses se passent ainsi ? »

Ils le reconnaissaient ; ils le firent même au moyen d'un barrissement dont tout Fitzroy Square trembla.

L'accusation portée par Carpenter était exacte. A cette date encore, la vieille controverse ayant trait au contrôle des paroisses, qui avait tant rendu furieux Gideon Carpenter aux jours lointains du roi Charles, n'était toujours pas réglée. Si l'ancienne aire des vingt-cinq quartiers de la cité était toujours dirigée par le maire, par les aldermen et les guildes (désormais plus décoratives qu'autre chose), la vaste métropole toujours en expansion à l'extérieur des murs ne possédait pas d'autorité centralisée. Les paroisses assuraient le maintien de l'ordre public comme le pavement des rues, le soin des pauvres et des malades ; les paroisses bâtissaient et organisaient. Bien sûr, pour assurer toutes ces tâches, elles percevaient des impôts.

Celle de St Pancras était très vaste. Sa base s'étendait vers l'ouest, à partir d'Holborn, sur près de deux kilomètres ; ensuite, elle couvrait des rues, puis des faubourgs, puis des champs et des villages, jusqu'aux collines de Hampstead et de Highgate à plus de six kilomètres vers le nord. Soixante mille personnes vivaient à l'intérieur de ce vaste domaine, gouvernées par le conseil paroissial.

Il existait deux sortes de paroisses. Dans la première, le conseil était élu par une certaine proportion au moins des propriétaires : les paroisses « ouvertes ». Dans l'autre catégorie — une minorité, mais importante — le conseil, dont la composition était déterminée par le Parlement, se nommait lui-même sans en référer d'aucune façon au peuple. De tels conseils étaient appelés « fermés » ou « choisis ». En l'an 1819, sous la pression de la puissante coterie aristocratique qui y vivait, la grande paroisse de St Pancras, ouverte jusqu'alors, venait d'être fermée par décret du Parlement.

« Et ceci, tonnait Carpenter, est inique. »

Zachary Carpenter était alors une figure londonienne bien connue. De son état, il était fabricant de meubles, fort réputé ; il avait fait son apprentissage chez Chippendale puis travaillé quelque temps comme compagnon pour Sheraton ; il s'était enfin établi à son compte, pour se spécialiser dans les secrétaires miniatures, les *davenports*. Comme beaucoup d'ébénistes, il opérait dans la grande paroisse de St Pancras ; il y possédait un atelier employant trois compagnons et deux apprentis. Comme beaucoup d'artisans et de petits patrons, c'était un ardent radical.

« J'ai ça dans le sang », disait-il. Si l'on n'en connaissait plus tous les détails, le souvenir de la carrière de Gideon Carpenter parmi les Têtes rondes restait vivace dans la famille. Le propre père de Zachary avait été réformateur religieux ; Zachary se souvenait fort bien d'avoir été tiré du lit, enfant, et emmené dans le grand hall, à Moorfields, où le vieux John Wesley prêchait encore son message de christianisme pur et dépouillé. Mais lui-même n'avait jamais été très intéressé par la religion. S'il recherchait la pureté, c'était dans les institutions humaines qu'il voulait la trouver.

Il avait dix-huit ans quand la Révolution française avait éclaté, avec ses promesses de liberté, d'égalité et de fraternité ; vingt et un quand l'importante brochure de Thomas Paine, *Les Droits de l'homme*, avec sa revendication « Un homme, un électeur », avait été publiée. Une semaine après l'avoir lue, il avait rejoint les rangs de la *London Corresponding Society*, dont les réunions et les publications tissèrent bientôt un réseau entre les radicaux d'Angleterre. A vingt-cinq ans, il commençait à se faire un nom comme orateur. Il n'avait plus cessé de parler en public depuis lors.

« Et cette paroisse n'est-elle pas un exemple parmi d'autres, s'exclamait-il, de la profonde injustice régnant dans toutes les circonscriptions de Grande-Bretagne où les hommes libres ne peuvent voter, où les membres du Parlement sont choisis non par le peuple mais par une clique d'aristocrates et leurs séides ? Il est temps que cette infamie prenne fin ! Il est temps que le peuple gouverne ! » Après cet appel à la révolution, il se retourna et regagna l'intérieur de la pièce, sous un tonnerre d'applaudissements.

La scène avait assurément quelque chose de bizarre. Fitzroy Square, dessiné par les frères Adam, se trouvait dans la partie sud-ouest de la paroisse, la plus élégante. Plus étrange encore était la présence, qu'on distinguait derrière l'épaule de Carpenter pendant qu'il parlait, du propriétaire de la maison ; il avait acquiescé avec chaleur aux propos de l'orateur. Enfin, comble de surprise, il s'agissait d'un aristocrate de la plus belle espèce — le noble comte de Saint-James lui-même.

Cela faisait maintenant soixante-dix ans que Sam était devenu comte. A mesure que passait sa jeunesse, il avait peu à peu oublié ses premières années à Seven Dials. De vagues rumeurs, des lambeaux de mémoire lui en revenaient parfois ; mais son beau-père Meredith lui avait si souvent affirmé qu'on l'avait sauvé, fait revenir à la condition qui était authentiquement la sienne, qu'il avait fini par le croire. Le temps qu'il devienne un jeune homme, il avait oublié Sep ; et si le marchand des quatre-saisons l'avait parfois regardé vivre de loin, lui-même n'en avait jamais eu conscience. Quant à sa vie depuis qu'il était adulte, le comte de Saint-James avait été trop occupé à s'amuser pour penser à quoi que ce fût d'autre. Maintenant encore, il s'amusait en soutenant son ami le radical Carpenter.

Les deux compères, le riche aristocrate et le simple artisan, repartirent dans la pièce bras dessus bras dessous ; mais une expression irritée apparut sur le visage de lord Saint-James quand il vit les deux hommes qui l'attendaient.

« Que faites-vous donc ici, Bocton ? » s'exclama-t-il sèchement, en s'adressant au plus élégant.

Bien que l'appartenance familiale de lord Bocton ne fît aucun doute, on ne l'aurait jamais devinée en voyant le père et le fils ensemble. Le vieux comte s'habillait comme les plus flamboyants représentants de la jeune génération, qu'on appelait les dandys de la Régence : au lieu de culotte et de bas, il portait des pantalons serrés à sous-pieds ; il aimait les vestes à queue de pie, les chemises plissées brillamment colorées, un large nœud papillon ou encore un foulard autour du cou. Il portait des cannes, de

hauts chapeaux, et sa collection de gilets était époustouflante. Il était, en
outre, aussi désinvolte d'allure et de manières que les dandys ; on disait
qu'il n'avait jamais manqué un match de boxe ni une réunion hippique,
et il était connu pour parier sur n'importe quel enjeu.

Lord Bocton, lui, ne pariait pas. Bien qu'ayant une mèche blanche dans
les cheveux comme son père, il était grand et mince, comme on l'était
dans la famille de sa mère. Il continuait à porter les bas de soie et les
chaussures à boucles d'argent qui étaient à la mode vingt ans plus tôt, un
gilet noir boutonné, un col blanc rigide et un manteau invariablement
vert foncé, de sorte que son père lui faisait remarquer, à juste titre :
« Vous avez l'air d'une bouteille. »

« Qui est-ce ? demanda le comte en désignant de la tête le compagnon
de son fils.

— Un ami, père.

— Je ne savais pas que vous en aviez, grogna Saint-James. Qu'avez-
vous pensé du discours ? (Il savait parfaitement que son fils l'avait
détesté.) Bocton, que vous voyez ici, poursuivit-il en se tournant vers Carpenter, est un tory, figurez-vous. »

Sous le règne de Georges III, un homme avait le choix entre trois allé-
geances politiques différentes. Les tories, parti des nobles et du clergé,
étaient pour le roi et pour la patrie ; protectionnistes, puisqu'ils tiraient
souvent leurs revenus d'exploitations foncières (assez modestes en général), ils soutenaient les lois sur le blé, qui en taxant les importations maintenaient le prix du grain artificiellement élevé ; et ils répugnaient par
nature à tout type de réforme. Malade ou sain d'esprit, ils s'accommo-
daient du vieux roi Georges, homme têtu et obstiné. Les whigs, depuis
toujours, croyaient en la vertu d'un monarque maintenu sous le contrôle
du Parlement. C'était un parti de négociants, qui continuait à être dirigé
par de grands aristocrates, dont la fortune incluait souvent des intérêts
miniers et commerciaux ; leur sympathie allait au libre-échange et à de
modestes réformes. Ils s'accordaient à trouver absurde qu'une poignée
d'électeurs pût envoyer un représentant au Parlement en certains
endroits, alors que des cités commerçantes en pleine expansion n'en possédaient parfois aucun ; le gouvernement de l'Angleterre, ainsi que le faisait remarquer Carpenter à juste titre, ne différait guère du conseil
paroissial de St Pancras. Ils avaient également de la sympathie pour les
dissidents religieux, pour les Juifs et (certains d'entre eux du moins) pour
les catholiques, qui en vertu des anciens Test Acts ne pouvaient toujours
occuper aucun emploi public. La cause réformatrice qu'ils soutenaient
aurait pu prospérer sous le roi Georges — n'eût été un seul problème.

La Révolution française avait peut-être promu le principe de liberté
dans la plus grande partie de l'Europe ; en Angleterre, il s'était produit
l'opposé. Dès ses débuts, la cruauté des révolutionnaires — les jacobins —, les terribles massacres de la Terreur alarmèrent beaucoup de
paisibles Anglais. Napoléon prit ensuite le pouvoir en France et tenta
d'envahir l'île. Quand le vaillant amiral Horatio Nelson mit un terme à
cette tentative en écrasant la flotte française à Trafalgar, l'empereur des
Français tenta de briser le commerce anglais en Europe. Rien d'étonnant
donc que la plupart des Anglais, y compris les whigs, se fussent ralliés au
Premier ministre tory Pitt, le patriote incorruptible, pour défendre l'An-

gleterre contre cette menace. En outre, pour tous les hommes qui possédaient du bien, la Révolution parut associée à la guerre ; et les droits de l'homme, dont elle se réclamait, ne semblèrent annoncer que massacres et terribles désordres.

« Nous ne voulons pas de jacobins ici », déclarait le Parlement anglais ; et il prenait des dispositions pour contrer toute forme de menée révolutionnaire insidieuse. Des lois sur les associations furent votées, qui prohibèrent toute réunion et tout rassemblement qui n'avaient pas été dûment autorisés. Prôner n'importe quel type de réforme, pendant cette période, semblait suspect ; et même après que Wellington eut mis un terme aux ambitions de Napoléon, à la bataille de Waterloo en 1815, cette crainte de la Révolution persista.

Il existait toutefois un troisième groupe politique, une petite bande de whigs radicaux connus comme étant jacobins et qui continuaient à appeler de leurs vœux la réforme, la tolérance et la liberté de parole. Leur chef, aux pires années des luttes contre Napoléon, avait été Charles James Fox — charmant, débauché, criblé de dettes mais aussi, ses adversaires eux-mêmes le reconnaissaient, le plus grand orateur que l'Angleterre avait jamais connu.

Bien qu'il siégeât aux Communes, Fox savait qu'à la Chambre des lords il pouvait toujours compter sur le vote du comte de Saint-James, amateur de sport et de jeu. En revanche, dans la personne de lord Bocton, il avait un ennemi plus jeune mais implacable.

« Puisque vous me posez la question, père, répondit celui-ci, je n'ai pas trouvé ce discours judicieux. (Il lança un regard sévère à Zachary Carpenter.) Vous ne devriez pas agiter le peuple ainsi.

— Craignez-vous une révolution, *my lord* ? demanda Zachary.

— Bien sûr...

— Et le peuple, vous le craignez aussi ?

— Nous devons tous le craindre, monsieur Carpenter », répondit Bocton d'un ton calme.

Cet échange révélait le peu de sympathie que se portaient les deux hommes, mais également un gouffre plus profond et plus philosophique transparaissait dans les mots mêmes qu'ils employaient, auxquels ils donnaient un sens différent l'un et l'autre. Cette différence ne marquait pas seulement la coupure entre les partis politiques anglais, mais aussi entre les deux moitiés de la civilisation anglophone : l'ancien monde et le nouveau.

Quand un Américain parlait de la Révolution, il entendait par là le fait que des hommes libres, propriétaires pour la plupart, pussent s'émanciper d'une aristocratie corrompue et d'une monarchie despotique ; quand le même homme parlait du peuple, il songeait à des individus responsables comme lui-même. Carpenter le radical, dans l'ensemble, pensait ainsi. Mais quand lord Bocton parlait de révolution, il lui venait à l'esprit des images historiques remontant à la révolte de Wat Tyler. De fait, les derniers troubles importants de Londres — les émeutes qu'on avait appelées les *Gordon Riots* quarante ans plus tôt, qui avaient débuté comme des protestations anticatholiques pour tourner au pillage et au massacre, dans des conditions affreuses — restaient inscrits dans la mémoire de nombreux Londoniens. De même, bien qu'il n'eût pas peur de ses valets de pied, ni des employés qu'il voyait travailler depuis son enfance dans le domaine du Kent, lorsqu'il évoquait le peuple il songeait à une foule terrifiante, sans foi ni loi. Et cela ne venait pas seulement de ce qu'il était un lord ; beaucoup de commerçants et d'artisans respectables, tout en désirant des réformes, avaient la même peur des désordres en général.

« Ma crainte dans l'immédiat, monsieur Carpenter, observa froidement lord Bocton, est que vous-même et mon père ne soyez sur le point de provoquer une émeute. »

Il avait de bonnes raisons. La fin de la guerre avec Napoléon, quatre ans plus tôt, avait pu apporter la paix en Europe ; elle n'avait pas amené la tranquillité dans le pays. Un grand nombre de soldats démobilisés n'avaient toujours pas retrouvé d'emploi ; l'industrie textile se remettait difficilement de la perte des importantes commandes d'uniformes ; les prix des céréales étaient élevés. On en blâmait naturellement le gouvernement, et beaucoup croyaient les radicaux quand ceux-ci rendaient responsable de tous les problèmes la clique d'aristocrates corrompus qui gouvernaient le pays. Des émeutes isolées avaient eu lieu, et le gouvernement s'en était inquiété ; puis, quelques semaines plus tôt, les troupes avaient chargé la foule dans la ville de Manchester, au nord, tuant plus d'une douzaine de personnes, lors du massacre de Peterloo. Depuis, toutes les réunions publiques étaient houleuses.

« Je ne peux comprendre que vous laissiez une telle séance se dérouler dans votre maison, père », se plaignit lord Bocton.

L'attaque ne troubla guère le comte de Saint-James. « Ce que veut dire en fait mon fils, expliqua-t-il ironiquement à Carpenter, c'est que si cette maison lui appartenait, il n'y laisserait pas entrer de radicaux. Ce qu'il ne peut comprendre, c'est tout simplement que j'y sois encore moi-même. Il pense que je vis déjà depuis trop longtemps — n'est-ce pas, Bocton ?

— Ce que vous dites est scandaleux, père.

— Parce que après il aura l'argent, voyez-vous.

— Je ne pense nullement à l'argent, père.

— Vous faites bien. (Le comte lança un regard joyeux à son fils.) L'argent, l'argent, l'argent... il est ici pour qu'on en profite. Peut-être dépenserai-je tout. » En réalité, le comte était encore bien plus riche que son fils ne l'imaginait, et cette conversation l'amusait au plus haut point. « Savezvous, Bocton, remarqua-t-il soudain, que je vais construire une nouvelle demeure l'année prochaine ? A Regent's Park... »

Durant les phases où le pauvre roi Georges n'avait plus sa raison, son héritier régnait en tant que prince régent ; la dernière de ces périodes dura si longtemps qu'on la nomma la Régence. Et quoi qu'on pût penser du prince régent — il était assurément vaniteux et fainéant —, personne ne pouvait nier qu'il eût du style. Son architecte, Nash, avait construit la vaste perspective bordée d'une colonnade sur Regent Street ; et il avait commencé à aménager un ensemble, plus somptueux encore, de *terraces* (ces alignements de maisons similaires) aux façades recouvertes de stuc, et de splendides villas, autour du grand parc en forme de fer à cheval qui deviendrait Regent's Park. Le comte contempla lord Bocton qui, ignorant tout du projet de son père, ne put retenir une grimace de contrariété à l'idée de la dépense.

« Vous n'avez pas seulement un fils, sir, mais aussi un petit-fils, je vous le rappelle », dit-il d'un ton de reproche. A l'évocation de ce petit-fils, le regard du comte s'adoucit quelque peu ; le cas du jeune George était en effet différent. Mais il n'allait pas laisser gâcher son plaisir pour autant « De toute façon, père, reprit lord Bocton, n'êtes-vous pas un peu âgé pour vous mettre autant de soucis en tête ?

— Pas le moins du monde, déclara joyeusement le comte. J'ai bien l'intention de vivre centenaire. Vous aurez plus de soixante-dix ans alors. (Il jeta un coup d'œil par la fenêtre.) Pas d'émeute, observa-t-il. Tout est calme, Bocton. Vous pouvez rentrer chez vous maintenant. » Et, passant le bras sous celui de Carpenter, le vieil excentrique tourna les talons.

Quand ils arrivèrent à quelque distance de la maison, lord Bocton se tourna vers son lugubre compagnon.

« Qu'en pensez-vous, monsieur Silversleeves ? »

L'homme hocha la tête. « Un cas intéressant, *my lord* », reconnut-il avant de poursuivre d'un air de regret : « Mais je ne peux... (il faillit dire : en conscience mais se ravisa)... je ne peux faire pour l'instant ce que vous suggérez.

— Mais il y a un espoir ?

— Oh ! oui, *my lord*. » Silversleeves prit un accent professionnel. « Son sens des responsabilités : en baisse, sans aucun doute. Il croit qu'il va vivre cent ans : délire. Il dépense tout son argent : incapacité mentale. Ses idées radicales — là, sir, est l'essentiel, je pense — le mèneront à la folie. (Il soupira.) J'ai déjà vu le cas plusieurs fois, *my lord* : un homme a une idée, qui grandit, pour finalement l'absorber tout entier. De l'enthousiasme à l'obsession, de l'obsession à la démence. Ce n'est qu'une question de temps, et de patience.

— Donc vous pourrez le faire enfermer ? demanda franchement Bocton.

— Oh, j'en suis sûr, *my lord*. Tôt ou tard.

— Tôt, je l'espère, commenta lord Bocton. Je compte sur vous. »

Car M. Cornelius Silversleeves était le directeur adjoint du grand hôpital psychiatrique de Bethlehem, qui avait récemment déménagé vers de vastes locaux à Southwark. Ou, comme on l'appelait plus couramment, Bedlam.

Penny avait de la chance, en la personne de son parrain. Jeremy Fleming habitait une vieille maison agréable, resserrée sur elle-même ; elle se situait un peu à l'écart de Fleet Street, à quelques pas de l'endroit où s'était élevée la pâtisserie de son grand-père. Veuf, ses enfants tous mariés et ayant quitté la maison, un sourire illuminait sa face creuse à l'idée d'avoir de la compagnie ; et il avait permis à Eugene de résider chez lui autant qu'il lui plairait. Il s'était également montré optimiste quant au projet du jeune homme de travailler dans le monde de la finance ; en son temps, respectable employé de la Banque d'Angleterre, il avait acquis lui-même une grande connaissance de la City.

Le premier jour, Fleming fit visiter à Eugene la Tour et St Paul. Le deuxième jour, ils allèrent voir Westminster et le West End. Enfin, le troisième, il dit à son filleul : « Aujourd'hui, nous commencerons ton éducation. » A neuf heures précises, ils se mirent en route, dans un cabriolet de location attelé d'un poney, traversèrent le Pont de Londres et prirent la direction de Greenwich.

« Si tu veux comprendre la City, lui expliqua Fleming tandis qu'ils contemplaient le paysage depuis la colline dominant le faubourg, il faut venir d'abord ici. »

Le panorama qui s'offrait à Eugene était différent de celui qui l'avait accueilli trois jours plus tôt. Un petit vent d'est soufflait allègrement et nettoyait le ciel, d'un bleu parfait ; la ville qui s'étendait à leurs pieds leur apparaissait si clairement que cela aurait pu être un tableau, et la grande courbe du fleuve miroitait en contrebas. Mais c'était sur une série de bassins, pareils à des étangs proches du fleuve, que Fleming attirait maintenant l'attention d'Eugene.

« Tu as le London Dock là-bas, à Wapping ; le Surrey Dock sur la gauche ; les West India Docks juste en face de toi, et les East India plus loin. (Un sourire éclaira son visage.) Voici les docks, Eugene. Ne sont-ils pas magnifiques ? »

Le fleuve, inchangé depuis l'époque Tudor, avait subi de grandes transformations au cours des vingt dernières années. Le mouillage traditionnel de Londres, au-dessous de la Tour, était devenu si encombré qu'il fallait y remédier. Un premier, puis un deuxième grand dock, ainsi qu'un réseau de canaux, furent creusés dans les marais qui bordaient le fleuve ; des quais et des chaussées furent construits ; ainsi naquit l'énorme réseau des docks de Londres. C'était devenu une nécessité urgente. La tête d'Eugene lui tourna quand Fleming lui apprit le volume de denrées qui arrivaient en Grande-Bretagne, en provenance de son empire commercial en expansion constante — les énormes quantités de sucre des Caraïbes, le thé des Indes (l'Angleterre gouvernait une vaste partie du sous-continent, grâce à quelques brillantes campagnes militaires), ainsi que tout le négoce avec l'Europe, la Russie, l'Amérique du Nord et du Sud. Au cours des cent dernières années, Londres s'était métamorphosé : le grand port était devenu la plus importante métropole commerciale du monde.

« Mais n'oublie jamais, poursuivit Fleming, que tout ceci n'est rendu possible que par une institution. » Il désigna du doigt deux frégates mouillées juste devant eux, un peu vers l'amont, à Deptford. « La flotte... »

Ayant combattu deux siècles durant l'Espagne, la Hollande et la France, les vaisseaux armés et équipés dans les chantiers navals du roi Harry à Deptford avaient confirmé leur suprématie sur les mers. Si les corsaires de la reine Elisabeth avaient jeté les bases de l'empire commercial britannique, Nelson et ses successeurs le consolidaient aujourd'hui. « Pas de flotte, Eugene, commentait son parrain, pas de ville. »

Eugene lui posa d'innombrables questions. La guerre d'Indépendance américaine avait-elle affecté le commerce ?

Fleming haussa les épaules.

« Guère. Le commerce, vois-tu, est comme un fleuve : tu peux essayer de l'arrêter, il passe en général au travers. Avant, le tabac était la denrée à la mode, maintenant c'est le coton. Ils le font pousser et nous le transformons. Indépendance ou pas, de bon cœur ou non, le commerce continue.

— Pas toujours, pourtant », objecta Eugene. Au cours du long conflit avec Napoléon, quand le puissant empereur français avait interdit la plus grande partie de l'Europe au commerce anglais seuls les contrebandiers réussissaient à s'infiltrer.

« C'est vrai, reconnut Fleming. Et c'est grâce à notre puissance maritime que nous avons pu continuer à faire tourner notre économie, avec d'autres régions du monde. L'Asie et l'Amérique du Sud sont les marchés qui montent aujourd'hui, tu sais. Mais il y a autre chose, Eugene, que Napoléon lui-même ne pouvait pas contrôler.

— C'est-à-dire ?

— L'argent, Eugene. (Il sourit.) Tu vois, pendant qu'il mettait l'Europe sens dessus dessous, tous les étrangers qui avaient de l'argent l'envoyaient à Londres pour qu'il y soit à l'abri — même des Français ! Ce vieux *Boney* a fait de nous le centre financier du monde ! » Et il gloussa à l'idée de cet étonnant phénomène qu'était la fuite des capitaux.

Le lendemain après-midi, lui ayant annoncé que des affaires pressantes l'appelaient et que ce serait leur dernière expédition pour quelque temps, Fleming conduisit Eugene le long de Cheapside jusqu'au Poultry ; là il s'arrêta, peinant à contenir son enthousiasme. Devant eux, au pied de Cornhill, se dressait l'imposante façade du Royal Exchange ; à leur droite s'élevait une magnifique demeure de style classique. « Mansion House, lui expliqua Fleming. La résidence officielle du maire de Londres. Elle a été construite du temps de mon père. » Mais sa voix changea quand il désigna un autre bâtiment à façade antique, longue et nue ; il se trouvait à gauche de la Bourse, séparé d'elle par une ruelle étroite, Threadneedle Street, rue de l'Aiguille.

« Cet édifice, Eugene, souffla-t-il d'un ton pénétré de respect, c'est la Banque d'Angleterre. »

Depuis qu'elle était née dans le Hall des Merciers, sous forme de compagnie par actions, la Banque d'Angleterre avait survécu à toutes ses rivales. « La South Sea Company a coulé au moment du Krach des mers du Sud, en 1720 », lui rappela Fleming. Même la puissante East India Company avait été si mal gérée que la Banque avait aidé le gouvernement à la racheter. De temps à autre, quand l'Angleterre était poussée à la guerre, la Banque trouvait des fonds et soutenait le pays dans l'épreuve. Le parrain d'Eugene lui expliqua fièrement qu'elle avait aidé le gouvernement à surmonter toutes les crises, que ses employés administraient aujourd'hui la plupart des comptes de l'Etat, payaient l'armée et la flotte d'outre-mer, géraient même les loteries publiques. Bien que la Banque fût, à strictement parler, une société privée, elle faisait aujourd'hui partie intégrante ou presque de l'Etat anglais.

« Ses réserves sont si importantes, elle est dirigée avec tant de sagesse que les maisons financières et les marchands de Londres s'adressent à elle pour se procurer des fonds quand ils en ont besoin, expliqua Fleming à son filleul. Son pouvoir est énorme. Elle seule à Londres peut émettre des billets de banque. La monnaie doit être solide, tu comprends. Un billet émis par la Banque d'Angleterre, Eugene, est aussi solide que... voyons, aussi solide que... » Les mots lui manquaient pour trouver une comparaison.

« Et cette solidité a été obtenue par la prudence, Eugene, s'écria-t-il avec extase. La Banque est prudente ! (Il rayonnait.) La prudence, Eugene, c'est la clef de tout dans la vie ! »

Eugene était sur le point de le remercier courtoisement pour cette information, quand Fleming poursuivit, avec un air d'intense satisfaction : « Maintenant j'ai quelques nouvelles pour toi, Eugene. Grâce à l'un de mes vieux amis, j'ai pu assurer ta situation. (Il s'interrompit pour savourer la solennité de l'instant.) Une situation, Eugene, à la Banque d'Angleterre...

— La Banque ?

— Oui. (Il eut un sourire ravi.) La Banque elle-même. » A l'idée de ce qu'il avait pu faire pour son filleul, il riait de plaisir. « C'est la sécurité pour toute ta vie, Eugene ! »

Celui-ci tâcha de réfléchir rapidement à ce qu'il allait dire. Ce n'était pas un jeune homme brillant, mais il était assez ambitieux, et, comme ses ancêtres huguenots, très opiniâtre. Il l'avait vite compris, son parrain se faisait une idée très personnelle de ce que pouvait être une bonne situation.

« Si j'entre à la Banque d'Angleterre, demanda-t-il avec prudence, est-ce que je vivrai... bien ?

— Oh ! fort bien, oui. Comme chef de bureau tu peux vivre, ma foi... » D'un geste de la main, Fleming laissa entendre qu'il n'avait pas à se plaindre de son propre sort.

« Le problème, commença lentement Eugene, c'est que... j'avais autre chose en tête. Je suis venu pour faire fortune, en vérité.

— Faire fortune, Eugene ? Tu en es sûr ?

— Oui.

— Ah... » Jeremy Fleming resta silencieux quelque temps.

Tandis qu'ils rentraient à la maison, Eugene eut peur d'avoir offensé son parrain ; mais ce soir-là, partageant un dîner de harengs marinés, Fleming lui demanda : « Ce que tu as en tête, est-ce d'entrer chez un agent de change, ou dans une banque privée ? »

Ce qui suivit surprit Eugene encore plus. A sa manière tranquille, Fleming semblait plutôt heureux de l'attitude de son filleul ; un nouvel éclat, presque pétillant, passait dans ses yeux pendant qu'il discutait des mérites et des inconvénients des différentes sociétés.

« Parmi les agents de change, je dirais que dans l'ensemble les maisons quakers sont les plus solides ; mais je suppose que tu ne te soucies guère de devenir quaker. Quant aux banques privées, il y a la Baring, bien sûr — prestigieuse, mais tu n'as pas les relations pour y entrer. Pour les Rothschild, il faut faire partie de la famille. Ce que tu dois viser, je pense, c'est une petite maison dynamique, active sur les nouveaux marchés. (Il tapota pensivement la table de ses doigts.) Donne-moi un jour ou deux pour me renseigner. Entre-temps, jeune homme, remarqua-t-il avec une vivacité nouvelle, pardonne-moi, mais tu ne connais pas encore grand-chose. »

Fleming instruisit Eugene toute la journée du lendemain, et aussi celle d'après, et encore celle qui suivit. Il lui expliqua le fonctionnement des marchés, l'esprit et les usages de la City. Pimentant ses conversations des anecdotes les plus vivantes des quarante dernières années, il brossa le tableau des qualités qu'un bon financier devait cultiver et décrivit dans le détail les tours les plus rusés des cambistes, en s'en délectant visiblement.

Le soir du troisième jour, Eugene s'aventura à lui dire : « Je suis étonné, parrain, que vous ne soyez pas entré vous-même dans les affaires.

— J'en ai rêvé jadis, lui répondit Fleming avec un petit sourire.

— Mais vous ne l'avez jamais fait ?

— Non. Manqué de courage, filleul, confessa-t-il à regret, puis il retrouva son entrain. A propos, tu as une entrevue demain... »

La banque Meredith était un grand bâtiment de brique, sis au fond d'une modeste cour ; on y arrivait par une ruelle qui donnait dans Cornhill. Le lieu était représentatif des sièges de beaucoup de petites firmes de l'époque : si le bâtiment lui-même témoignait d'une austérité toute georgienne, les aménagements intérieurs étaient essentiellement médiévaux. Au rez-de-chaussée se trouvait la comptabilité — une grande pièce meublée d'un comptoir, de plusieurs bureaux et de hauts tabourets pour les commis. A l'étage vivaient non seulement M. Meredith et sa famille, mais aussi les plus jeunes employés, comme des apprentis. Eugene se retrouva assis dans un confortable salon à l'extrémité de l'étage, en face d'un élégant gentleman d'une trentaine d'années qui se présenta comme étant M. Meredith ; un autre gentleman plus âgé, installé dans une bergère à oreillettes, semblait suivre la réunion avec une sorte d'intérêt détaché, comme s'il s'était agi d'un événement sportif.

Meredith prit soin de mettre Eugene à son aise, lui parlant avec humour de son travail, avant de lui poser des questions sur sa famille et sur son nom. Quand Penny révéla ses origines huguenotes, il sembla plutôt satisfait. « Il y a beaucoup de huguenots dans la finance, observa-t-il. Ils s'y prennent plutôt bien, généralement. J'espère que vous êtes travailleur. » Eugene lui assura qu'il l'était. « Et ambitieux, aussi ? »

Eugene ne voulait pas sembler avoir les dents trop longues ; mais il avoua que s'il parvenait à prouver sa compétence, il espérait faire son chemin dans l'établissement.

« Vous avez parfaitement raison, lui dit Meredith d'un ton aimable. C'est à vous de vous rendre indispensable. Nous tous ici (il sourit au vieil homme dans son fauteuil) sommes susceptibles de monter ou de redescendre. »

Il continua en lui posant un certain nombre de questions, pour déterminer ce qu'Eugene savait de la marche des finances ; grâce à l'enseignement de son parrain, celui-ci put répondre. Ils en arrivaient à la fin de l'entretien quand le vieil homme prit soudain la parole.

« Que pense-t-il du libre-échange ? » demanda-t-il.

La question était si abrupte qu'Eugene se sentit presque désarçonné ; mais Meredith ne fit que sourire. « Lord Saint-James voudrait connaître vos vues sur le libre-échange », commenta-t-il.

Grâce à Dieu, pensa Eugene, Fleming avait été là : par lui il savait qui était le vieil homme, et donc ce qu'il fallait répondre. « Je pense comme les whigs, *my lord*, que le libre-échange doit en principe œuvrer à l'amélioration de l'humanité ; mais jusqu'à ce que nos rivaux commerciaux le pratiquent eux aussi, les marchands anglais peuvent avoir besoin d'un peu de protection ici ou là. » C'était bien sûr l'exacte opinion des commerçants et financiers qui soutenaient les whigs : ils se montraient tous favorables au libre-échange — pour autant qu'il leur fût profitable.

« Il a parfaitement répondu, Saint-James », dit en riant Meredith. Mais le comte semblait désirer un peu plus de sport. Fixant Eugene de ses yeux usés mais toujours perçants, comme un cheval dont il aurait supputé les chances, il lança : « Et l'étalon-or, jeune homme, qu'en pensez-vous ? »

Une fois de plus, Eugene bénit intérieurement son parrain. S'il était bien un sujet, en cette année 1819, qui déchaînait les passions dans la City et au Parlement, c'était la grande question de l'or.

Traditionnellement, quand les billets de banque étaient émis, ils représentaient de l'or, contre lequel on pouvait toujours les échanger ; cela limitait le nombre de coupures en circulation et garantissait la solidité de la monnaie. Mais au début du conflit avec la France révolutionnaire, le gouvernement anglais avait dû emprunter tant d'argent à travers la Banque — et donc émettre tant de billets à ordre — que le volume d'argent en circulation sur le marché de Londres avait gonflé dans d'énormes proportions. A la fin des guerres napoléoniennes, près de quatre-vingt-dix pour cent des recettes de l'Etat servaient à payer les intérêts. Dans une telle situation, il n'y avait pas assez d'or pour garantir tous les billets qu'il avait fallu émettre ; et la Banque d'Angleterre avait donc été amenée à imprimer de la monnaie qui n'était plus au sens strict basée sur de l'or.

Ces billets de banque continuaient néanmoins à être solides : ils avaient derrière eux l'énorme crédit de la Banque, et la capacité du gouvernement à se procurer de l'argent par l'impôt. Toutefois, pour beaucoup de fidèles tories dans le pays, l'opération ressemblait à un subterfuge.

« Si ce n'est pas l'or, ce n'est pas réel », se plaignaient-ils. « En outre, faisaient remarquer les plus remontés d'entre eux, s'il n'y a pas d'or derrière la monnaie, comment savoir si ces individus ne vont pas imprimer autant de billets qu'ils le veulent ? » Que cela fût insultant pour l'intégrité du chancelier de l'Echiquier et des gouverneurs de la Banque d'Angleterre, ils n'en avaient cure. Durant l'été 1819, ils étaient arrivés à leurs fins : le Parlement avait déclaré qu'au cours des prochaines années on en reviendrait à l'or. Mais ce n'était pas sans risques.

« L'or est sûr, *my lord*, répondit Eugene, mais je pense qu'y retourner soudain est dangereux. La Banque devra réduire la masse monétaire en circulation, pour la ramener aux réserves d'or en quantité limitée. Cela signifie qu'avec moins d'argent disponible, les prix chuteront. Toutes les affaires seront touchées ; pire, avec cette monnaie retirée du marché, nos commerçants, qui ont déjà des problèmes, ne pourront plus obtenir de crédit pour se refaire. C'est tout le système qui peut s'effondrer. »

Telle était précisément l'opinion de la City ; elle avait été plusieurs fois signifiée au Parlement par Rothschild et les autres grands banquiers. L'effondrement qu'ils craignaient apparaîtrait plus tard comme une dépression classique, causée par la raréfaction de l'argent disponible.

La réponse d'Eugene arracha au comte de Saint-James un simple mot : « Remarquable. »

Eugene avait réussi son examen de passage.

1822

Lucy avait quatre ans à la naissance de son frère, par une aube froide de décembre ; on pensa d'abord que le bébé ne survivrait pas.

« Nous l'appellerons Horatio, dit son père, comme Nelson. » Peut-être, espéraient-ils, le nom du héros lui donnerait-il la force de vivre ; et de fait, il sembla que cela avait porté ses fruits. Lucy se souviendrait toute sa vie du jour où sa mère lui dit, un mois plus tard, jugeant que l'enfant allait vivre : « Le bébé est à toi aussi. Tu veilleras toujours sur lui, n'est-ce pas ? » Depuis, il avait toujours été à elle.

La mort et les épreuves étaient familières aux Dogget. Le père des enfants, William, n'avait que trois ans quand son propre père, le vieux Sep Dogget, le pompier, avait péri dans l'écroulement d'une maison en flammes ; la mère de Will, seconde femme de Sep, avait fait de son mieux pour l'élever seule. L'aîné et demi-frère de Will lui avait apporté son aide, dans la mesure de ses moyens : il avait déjà des enfants (parmi lesquels Silas) dont il devait s'occuper. Quand il était devenu un jeune homme, Will s'était installé dans la grande paroisse de St Pancras, où il occupait trois chambres avec sa femme, Lucy et le chétif Horatio — les deux enfants, parmi les cinq qu'avait eus le couple, à survivre. La mortalité infantile était alors le fléau des villes : moins de la moitié des enfants de Londres atteignaient l'âge de six ans.

Sans doute, songea Penny, ne devait-il pas s'inquiéter outre mesure ; ce n'étaient après tout que des craintes abstraites, et Meredith savait sûrement ce qu'il faisait. Eugene avait demandé l'avis de son parrain, et Fleming lui avait conseillé de ne pas s'inquiéter.

Jusqu'alors, sa vie chez les Meredith s'était révélée agréable. Les deux premières années, il avait vécu dans leur maison, rendant visite à Fleming, ou parfois à ses parents à Rochester, le samedi et le dimanche. Il était comme un frère aîné pour les quatre enfants turbulents du banquier ; secrètement, il était amoureux de la jolie Mme Meredith — bien sûr, elle et son mari s'en étaient vite rendu compte — et si dans l'avenir, songeait-il, il pouvait mener la même vie qu'eux, il serait le plus heureux des hommes.

Même si elle gérait les comptes d'un certain nombre de gentlemen campagnards, l'activité principale de la banque Meredith, comme de la plupart de ses consœurs privées, consistait à prêter de l'argent à des commerçants pour leurs affaires d'importation et d'exportation. Elle ne traitait pas avec des industriels, « car alors il faudrait que je comprenne quel type de travail ils font », disait Meredith. Les manufacturiers, dans les débuts de la Révolution industrielle, obtenaient leurs capitaux par des amis ou parfois des bailleurs de fonds issus de l'aristocratie, très rarement par des banques. Des prêts à court terme pour des expéditions de marchandises, des lettres de crédit, des escomptes sur les règlements des clients : tel était le pain quotidien des petites banques comme celle de Meredith.

Les affaires n'était pas faciles ; les craintes de la City concernant l'étalon-or s'étaient trouvées en partie justifiées. Il y avait moins de monnaie en circulation, le crédit était plus serré, les prix baissaient, tout le monde se sentait inquiet. « Nous avons besoin de nouveaux clients. Cherchez des marchands très spécialisés : ceux-là s'en sortent en général », disait Meredith à ses employés. Eugene en avait découvert plusieurs, dont un négociant spécialisé dans les teintures indiennes, ainsi que dans la nacre et les écailles de tortue. Mais le domaine où il rêvait de faire entrer plus avant la banque Meredith se situait dans les prêts à l'étranger.

D'énormes sommes étaient en jeu, dans ces prêts à des gouvernements comme ceux de la France, de la Prusse, plus tard des pays sud-américains. Bien trop importantes pour qu'une banque pût les assumer seule, ces affaires hautement lucratives étaient traitées par des consortiums, plusieurs établissements en prenant une part, dont celui de Meredith.

« Mais celles qui gagnent vraiment de l'argent, expliquait ce dernier, sont les grandes banques d'affaires, qui s'associent pour leurs opérations, parce qu'elles prennent de grosses commissions au passage. » La Baring et la banque Rothschild étaient les plus importantes : grâce à leurs relations internationales, elles pouvaient faire appel à des consœurs à travers toute l'Europe. « Mais la Baring commet des erreurs », disait Meredith. En 1820, nul n'ignorait que la plus jeune génération des Baring, avec leurs grandes propriétés à la campagne, n'accordait plus assez d'attention à la marche de ses affaires.

Eugene le savait, il existait des gens pour estimer qu'envoyer de l'argent à l'étranger, c'était manquer de patriotisme. Mais son patron lui démontrait le contraire : « L'argent n'a pas de frontières, Eugene. Après tout, dans le passé, les Lombards et d'autres étrangers prêtaient de l'argent à l'Angleterre. Aujourd'hui, c'est à notre tour d'être banquiers. Puisse cette situation durer longtemps ! » concluait-il.

Le bureau de la comptabilité était un lieu fort convivial. Les six employés, qui avaient moins de trente ans, sortaient boire un verre ensemble presque tous les soirs ; la City offrait aussi beaucoup de possibilités de distractions. L'une de leurs préférées était d'aller au Royal Exchange et de proposer à la vente des actions évidemment fausses : tout acheteur qui s'y laissait prendre s'attirait aussitôt les sarcasmes du public. Une offre en particulier, les Péages chinois, rencontrait un tel succès qu'ils l'essayaient régulièrement sur de nouveaux venus. Plus grave avait été cette année-là l'initiative d'un audacieux filou : il proposait des titres émanant d'un pays sud-américain imaginaire, qu'il avait nommé la Proesia. Il avait ainsi amassé une énorme quantité d'argent, puis disparu. Deux malheureux investisseurs avaient été ruinés ; mais les employés de la Meredith, dans leur jeune et féroce insouciance, en rugissaient de rire.

Pourtant, s'il appréciait le quotidien de sa vie, Eugene ne perdait jamais de vue son objectif. Combien valait-il ? Cette expression-là, on l'entendait tous les jours à la City ; à quelle autre aune, dans un milieu de financiers, aurait-on mesuré le mérite personnel d'un homme ? Jusque-là, hormis la petite somme qu'il hériterait un jour de ses parents, la réponse était : pas grand-chose. Certes, il en était encore à ses débuts ; mais de nombreuses histoires couraient sur d'ambitieux jeunes gens qui, en s'associant avec d'autres, faisaient fortune en moins de dix ans. « Avoir l'œil, Eugene, guetter l'occasion, tout est là ! » lui disaient ses collègues.

On pouvait gagner un peu d'argent en boursicotant ; mais avec ses ressources limitées, il hésitait à se lancer. Un jeune agent de change de ses amis l'éclaira sur le sujet. « Le marché à terme, Eugene, lui assura-t-il. Je t'apprendrai comment cela fonctionne. »

Le marché à terme était fort couru. Au lieu d'acheter des actions, des titres, et de les conserver, on s'engageait à les acheter à une date future ;

cela revenait à faire un pari sur ce qu'ils vaudraient alors. Si l'on parvenait ensuite à revendre son option d'achat à un prix supérieur, on empochait un bénéfice en n'ayant dans la pratique déboursé aucun argent. Ce trafic d'options avait vu le jour en 1720, à l'époque du Krach des mers du Sud ; même si depuis lors il était en principe illégal, on le pratiquait chaque jour.

Eugene jugea bientôt que c'était un bon moyen de s'exercer aux subtilités de la prise de risques. Il tint un petit livre dans lequel il détaillait toutes ses opérations ; au bout d'un an il commença non seulement à en retirer un modeste profit, mais à mettre au point des tactiques pour compenser un risque par un autre. « Tu as compris le principe, lui dit son ami. Cela revient à te couvrir quand tu paries aux courses... » Pourtant, l'exercice fit éprouver à Eugene son premier sentiment d'inquiétude.

Sans y attacher au départ d'importance particulière, il se fit peu à peu une certaine idée d'ensemble des activités de la banque Meredith ; il commença même à dresser la liste de ses principaux clients et partenaires commerciaux, et à estimer leur situation financière. Et il en arriva à une conclusion assez inconfortable.

« Je n'en suis pas sûr, dit-il un jour à Fleming, mais si certaines de ces compagnies faisaient faillite, je pense qu'elles entraîneraient Meredith dans leur chute.

— N'oublie pas, le rassurait son parrain, que le comte de Saint-James est derrière. » Tout le monde le savait à la banque : c'était le grand-père de Meredith qui avait élevé le vieux comte, et Saint-James avait financé le banquier quand celui-ci avait ouvert son établissement, comme une dette personnelle à rembourser. Il aimait rendre visite de temps à autre à la banque ; les affaires semblaient l'amuser. « Je pense donc que tu peux compter sur lui », concluait Fleming.

Outre la Banque d'Angleterre et le Royal Exchange, un autre lieu d'affaires était en pleine expansion dans la City. Récemment installée dans des locaux proches de la Banque, au sein d'une étroite enclave appelée Capel Court, cette vaste place de commerce était connue sous le nom de Stock Exchange, Bourse des valeurs ; ceux qui la fréquentaient étaient pour la plupart impliqués, à un titre ou un autre, dans le traitement de la dette publique et de ses innombrables ramifications. Ils semblaient avoir choisi de passer leur vie en collégiens attardés ; un grand comptoir était à leur disposition, qui leur vendait *buns* à la crème, beignets et confiseries. Mais le plus surprenant peut-être était le numéro 2, Capel Court : le célèbre boxeur professionnel Mendoza y tenait une salle où les jeunes *brokers*, les courtiers, et autres élégants de la ville pouvaient venir croiser les gants les uns contre les autres, ou contre un professionnel.

Eugene entra chez Mendoza, un jour qu'il se promenait avec Meredith : le spectacle était pittoresque. Il y avait là un jeune homme d'assez petite taille, mais très trapu ; torse nu, il avait une posture caractéristique de boxeur. Il arborait une mèche blanche dans les cheveux ainsi que, pour une raison quelconque, un foulard rouge autour du cou. Venant d'envoyer un broker au tapis, il demandait jovialement à l'assistance qui d'autre voudrait se mesurer à lui, quand Meredith le héla.

« Hello, George ! Que faites-vous dans les parages ?

— Hello, Meredith ! (Il sourit.) Un petit combat ?

— Non, merci... George, laissez-moi vous présenter Eugene Penny. Penny, voici M. George de Quette. » Eugene comprit qu'il s'agissait du petit-fils du comte de Saint-James.

Tout le monde avait entendu parler de George de Quette. Tenant de son sportif grand-père bien plus que de l'aigre lord Bocton, il était renommé pour être le plus joyeux, et aussi le plus extravagant, des jeunes dandys d'Angleterre. Il montait à cheval comme un jockey et se battait comme un jeune coq, sans attacher d'importance au rang social de son adversaire ; quant aux femmes, ses succès en la matière étaient légendaires. Il était resté au loin deux ans, envoyé par son père faire le tour du continent, d'où il était revenu sans avoir changé ou presque. Ayant passé une chemise, il descendit du ring, et plaisanta cordialement avec les deux visiteurs.

Quand il croisa Penny dans la rue, la semaine suivante, George se souvint aussitôt de lui et l'invita dans un café ; ses manières étaient chaleureuses. Ils eurent une conversation amicale, qui roula sur les derniers événements sportifs ; mais Penny découvrit également que les centres d'intérêt du jeune aristocrate étaient plus vastes qu'il ne l'avait supposé. Il connaissait parfaitement la France, l'Italie, et possédait une étonnante culture littéraire ; il aimait même la poésie.

« Tout le monde lit lord Byron, bien sûr. C'est à la mode. Mais j'aime aussi Keats, déclara-t-il à Eugene. Les gens se moquent de lui parce qu'il n'est pas un gentleman, mais avez-vous lu son *Ode à un rossignol* l'année dernière ? Elle est magnifique. »

Il semblait s'intéresser aussi à la banque, et posa beaucoup de questions à Penny sur la vie qu'il y menait. Eugene lui parla même de ses propres opérations dans le marché à terme.

« Je suppose que la banque ressemble un peu aux courses, remarqua le jeune aristocrate. Etudier la forme des différents concurrents, équilibrer ses paris... Tout ce que je sais, je l'ai appris de mon grand-père. C'est un rusé, vous savez. (Il sourit.) "Pas de pitié !" C'est ce qu'il m'a enseigné. "Si quelque chose ne marche pas, laisse tomber, sauve les meubles et va voir ailleurs." N'est-ce pas la règle dans toutes les affaires ? »

Si, bien sûr, pensa Eugene. Mais si la banque de Meredith avait des problèmes, le comte sauverait-il les meubles ? Jusqu'à quel point Saint-James, le sportif, le parieur, serait-il sans pitié ?

« Je pense, dit lord Bocton à Silversleeves vers la fin de l'année, que mon père manifeste des signes prometteurs.

— Qu'il retrouve la raison, *my lord* ?

— Non, qu'il sombre dans la folie. En vérité, poursuivit lord Bocton, il pourrait être envoyé en prison.

— Vous le souhaiteriez ?

— Assurément non. Mais nous pourrions l'en sauver si vous déclariez qu'il est fou.

— La prison ne servirait pas vos desseins, pourtant ?

— Bedlam serait mieux, dit lord Bocton d'un ton sec.

— Qu'a-t-il fait au juste ? »

Lord Bocton avait été fort désappointé que son père ne lui donnât pas plus de motifs de se plaindre au cours des deux dernières années. Les villas de Regent's Park s'étaient bâties lentement et donc lord Saint-James, qui ne supportait guère de rester inactif, avait acheté à la place l'une des majestueuses — mais moins ruineuses — maisons en _terraces_ qui bordaient maintenant le flanc ouest du parc. Quant à ses dangereuses accointances politiques, la situation s'était stabilisée ; avec deux tories tournés vers l'avenir, Canning et Robert Peel, qui avaient rejoint le gouvernement, on murmurait même que quelques réformes modérées pourraient voir le jour. Si la folie menaçait le comte, les circonstances, il fallait l'admettre, ne permettaient guère à cette démence de s'exprimer.

L'aide était venue du côté de St Pancras. En 1822, l'aristocratique conseil paroissial « fermé » décida de construire une nouvelle église plus digne, dans un secteur plus chic et mieux approprié. On l'édifierait dans un style grec et le conseil s'en réjouissait — ce qui était normal, puisque l'église lui serait réservée. « Dieu ne sera pas dérangé, commentait Carpenter, par les prières des pauvres. » Il en coûterait des dizaines de milliers de livres, aussi avait-on décidé d'augmenter les taxes paroissiales. « Les gens ordinaires de St Pancras devront payer trois fois le taux actuel », protestait Carpenter. Le comte de Saint-James, déclarant que cette affaire était une monstruosité, refusait de payer.

Au début, le conseil se trouva dans l'embarras. Ils ne voulaient pas provoquer de scandale ; mais un ou deux de ses membres, qui connaissaient lord Bocton, assurèrent qu'ils ne pouvaient laisser faire le comte sans réagir. « Sinon ils seront des centaines à vouloir l'imiter », soulignèrent-ils. Par trois fois ils insistèrent auprès de Saint-James, en vain. Aussi envisageaient-ils maintenant de lancer un mandat d'arrêt contre lui.

« Nous les laisserons d'abord l'arrêter, commenta Bocton avec satisfaction. Puis nous le sauverons. »

Par un froid matin de décembre, Eugene leva la tête de son travail . avec surprise, il vit un George de Quette manifestement inquiet entrer dans le bureau de la comptabilité et demander à rencontrer Meredith. Quelques minutes plus tard, il était lui-même convoqué dans le petit salon du directeur.

« Lord Saint-James a été arrêté, lui expliqua aussitôt Meredith. Il a refusé de payer les impôts paroissiaux.

— J'aimerais bien les payer moi-même, expliqua le jeune George, mais mes revenus ne me le permettent pas.

— Lord Bocton ne peut-il pas intervenir ? » s'aventura Eugene.

Les deux hommes se regardèrent. « Je vais payer, dit rapidement Meredith. Dieu sait, George, que je lui dois tout.

— Soyons prudents, expliqua le jeune homme. Si jamais il sait que nous nous en sommes mêlés...

— Il nous faut quelqu'un qui ne soit pas connu. Quelqu'un de discret », dit Meredith.

Les choses s'arrangèrent assez facilement. Dès qu'il fit son offre, Eugene comprit que le chef de bureau du conseil paroissial était extrêmement soulagé.

« Vous dites que l'argent vient de... ?

— Des sympathisants dans la paroisse, sır.

— Je n'ai pas bien saisi votre nom.

— J'agis pour des gens qui veulent garder l'anonymat, sir. Comme vous le voyez, cela couvre entièrement les obligations de lord Saint-James.

— Oui. C'est indéniable.

— Dans ce cas, sûrement, son arrestation...

— N'est plus nécessaire. Plus du tout.

— Mais le fait qu'il refuse de payer... objecta un assistant.

— Il peut refuser de payer jusqu'au Jugement dernier, répliqua le chef de bureau d'un ton irrité, mais s'il a payé ou que quelqu'un l'a fait en son nom, nous ne pouvons rien réclamer contre lui, me semble-t-il ! Il ne saurait demeurer en prison, ajouta-t-il d'un air satisfait, même s'il le voulait. (Il se tourna vers Eugene.) Je vous suis fort obligé, sir... comme à ceux que vous représentez. Vous nous tirez d'un grand embarras. Aucune charge ne tient plus et il sera libéré d'ici une heure ; je m'en occuperai moi-même. »

Eugene redescendit Holborn, heureux du dénouement de l'affaire. Après avoir parcouru quelques centaines de mètres, il fut arrêté par un cri de « Eh ! Arrêtez, monsieur ! » suivi d'un bruit de pas derrière lui ; et il se retourna pour voir la haute silhouette de lord Bocton, avec son manteau vert bouteille, qui s'approchait de lui. Il était accompagné d'un homme au long nez et à l'allure lugubre.

Lord Bocton et Silversleeves venaient de passer au bureau du conseil, s'assurer que leur proie avait été mise sous les verrous avant d'exécuter la suite de leur plan. Ils rattrapèrent Eugene.

« Etiez-vous tout à l'heure dans le bureau du conseil ? lui demanda lord Bocton.

— Cela se peut. Mais je n'entends pas y retourner, ajouta-t-il d'une voix suave. Puis-je vous demander de quel genre d'affaires vous vous occupez ?

— Peu importe, sir ! Essayez-vous d'entraver le cours de la justice ?

— Non point.

— Voulez-vous qu'on vous arrête ?

— Je ne le crois pas.

— Quel est votre nom, sir ? »

Eugene s'octroya un regard de délicieuse perplexité, puis fronça les sourcils. « Mon nom ? Eh bien, sir, c'est étrange, mais je ne peux m'en souvenir. » Et, tandis qu'ils le regardaient avec stupéfaction, il tourna le coin de la rue et disparut dans une ruelle latérale.

Pendant quelques instants, lord Bocton et Silversleeves se regardèrent sans mot dire ; enfin Silversleeves prit la parole.

« Il ne peut se souvenir de son propre nom, *my lord*. Un signe de démence, assurément.

— Oh ! vous et votre maudite démence ! » cria Bocton, et il s'en alla, furieux.

1824

Ils étaient allés plus loin que d'habitude ce jour-là ; un obligeant voisin leur avait offert une promenade dans sa charrette.

Lucy et Horatio formaient un couple bien connu dans leur modeste rue. La mince et pâle fillette de cinq ans emmenait son petit frère se promener tous les après-midi, s'il était en assez bonne santé ; on lui avait dit qu'ainsi il se fortifierait. Le minuscule Horatio, avec sa mèche de cheveux blancs, lui tenait la main et luttait vaillamment pour marcher à son côté.

Leur voisin, qui se rendait au Strand, fit descendre les deux enfants à Charing Cross et promit de revenir les chercher une demi-heure plus tard. C'était un agréable endroit où se promener. Le terrain, qu'on devait plus tard agrandir pour y bâtir Trafalgar Square, était en pente douce. En direction du sud débutaient les rues majestueuses de Whitehall et Pall Mall ; vers la droite, on apercevait la belle façade classique de St Martin-in-the-Fields, et juste devant eux s'élevait le bâtiment des Royal Mews, les Ecuries royales, qui abritaient les chevaux et les équipages du roi.

L'après-midi était estival, chaud, poussiéreux ; une odeur de crottin de cheval y flottait. Des nuages de mouches noires s'élevaient en l'air, dans un grand bourdonnement, chaque fois qu'une charrette les dérangeait. Quelques marchands avaient dressé leurs étals au centre de la vaste esplanade, en un petit marché improvisé ; du fronton classique de St Martin, pigeons et colombes descendaient ramasser les restes qui jonchaient le sol. Des vendeurs ambulants arpentaient les lieux, vantant leurs marchandises à la criée. Les deux enfants ne perdaient pas une miette du spectacle. Leur attention fut attirée par une jeune femme qui portait un panier et proclamait d'une voix chantante : « Lavande ! Achetez ma lavande ! » Son cri résonna dans la tête de Lucy, plus obsédant que les autres. La femme s'approcha pour leur en offrir un brin ; quand la fillette lui eut expliqué qu'elle n'avait pas d'argent, elle rit et lui dit de le prendre quand même. L'odeur en était délicieuse, et Lucy lui demanda d'où venait la plante.

« De Lavender Hill, bien sûr, la colline de la lavande... C'est après le village de Battersea, en direction du pré communal de Clapham. » Sur les flancs de cette colline, lui apprit-elle, qui se trouvait à moins de cinq kilomètres, s'étendaient des jardins maraîchers où poussaient des champs de lavande. D'après sa description, l'endroit semblait délicieux.

« C'est ton frère ? demanda la jeune femme. Il est malade ?

— Il va mieux.

— Il connaît la chanson de la lavande ? »

Lucy secoua la tête et la fille la chanta de bon cœur à Horatio.

> *Lavande bleue, dilly dilly,*
> *Lavande verte,*
> *Quand je s'rai roi, dilly dilly,*
> *Tu seras reine.*

« Sauf que, conclut-elle, comme c'est moi qui la chante, je devrais plutôt dire quand *tu* seras roi. Chante-la-lui de temps en temps ! » dit-elle à Lucy d'un air enjoué, puis elle s'en alla.

Lucy et Horatio étaient sur le point de repartir pour Charing Cross quand ils virent la femme de leur voisin se presser vers eux, venant des Royal Mews. Son visage était en sueur, sa robe de coton rouge lui collait au corps ; elle marchait rapidement et fit s'envoler une nuée de pigeons sur son chemin, dans sa hâte de rejoindre les enfants.

« Il vaut mieux que vous veniez avec moi », dit-elle en prenant la main de Lucy.

On avait couché Will Dogget sur le lit ; il respirait encore mais Lucy, qui tenait son petit frère par la main, sut qu'il allait mourir.

En cet après-midi d'été poussiéreux, Will était passé près d'un échafaudage ; des ouvriers travaillaient à une rangée d'élégantes demeures le long de Regent's Park. Sans raison particulière, il avait levé les yeux — juste à temps pour voir la grande hotte de briques dégringoler vers lui.

Il grogna un peu ; sa respiration, étrange, ressemblait à un râle. Il ne semblait pas s'apercevoir que le clergyman était là, ni voir Lucy ou le petit Horatio. A six heures du soir, il était mort.

Le visage de la mère de Lucy était gris. C'était une chose terrible que de perdre un mari. A cause des nombreuses femmes qui mouraient en couches, le taux de mortalité féminine était élevé, mais un homme pouvait se remarier et sa nouvelle épouse s'occuperait des enfants ; tandis que si l'homme, qui travaillait, mourait, comment ferait sa veuve pour survivre ?

Will Dogget fut enterré le lendemain, dans la fosse commune. Trois personnes assistaient à la cérémonie. Lucy avait entendu son père dire qu'il existait d'autres Dogget, oncles ou tantes ; sans doute vivaient-ils loin, et sa mère ne savait pas où au juste. Seul quelqu'un d'autre était venu, curieux personnage aux larges épaules, qui portait un vieux chapeau noir informe sur la tête. Il assista en silence à la cérémonie, puis s'approcha et dit quelques mots d'une voix bourrue avant de repartir. Il sentait l'odeur du fleuve et sa présence semblait à Lucy de sinistre augure.

« Qui est-ce ? demanda-t-elle à sa mère.

— Ça ? (Sa mère fut une grimace.) C'est Silas. J'ignore comment il a su, pour ton père. Je ne lui ai jamais dit de venir ici.

— Il a prévenu qu'il reviendrait.

— J'espère bien que non.

— Qu'est-ce qu'il fait dans la vie ? demanda la fillette.

— Ça ne t'avancerait à rien de le savoir. »

Alors, combien valait-il ? Tandis que Penny repartait de la banque Meredith, en cet après-midi d'octobre, la question avait soudain pris beaucoup d'importance dans sa vie. A cause d'une paire de ravissants yeux bruns, d'une voix chantante marquée d'une pointe d'accent écossais, le tout appartenant à la personne de Mlle Mary Forsyth. La question était assez urgente, même : Eugene était sur le point de rencontrer pour la première fois le père de cette jeune fille.

Au cours des dix-huit derniers mois, il s'était assez bien débrouillé : il avait réussi à mettre un peu d'argent de côté, et commencé à faire quelques investissements prometteurs. La City avait retrouvé un certain niveau de confiance au cours des deux années précédentes, stimulée par le marché des prêts étrangers. La Meredith avait déjà bien tiré son épingle du jeu, avec Buenos Aires et le Brésil, et venait de se joindre à un grand consortium pour le Mexique — même si elle avait prudemment décliné des occasions de prêter à la Colombie et au Pérou. Dans un marché revigoré par ces lucratifs mouvements financiers, les courtiers avaient vendu des titres de moindre importance et même des actions de sociétés commerciales, telle une flottille dans le sillage des grands prêts internationaux. En un mot, de vastes perspectives de hausse s'annonçaient à l'horizon. Tous les investisseurs, puisque les prix montaient, avaient l'air avisés, tous les investissements heureux ; et Eugene Penny, qui jouait régulièrement comme le voulait son tempérament, avait déjà amassé plus de mille livres. Pourtant, se demandait-il en pénétrant dans le Royal Exchange, serait-ce suffisant pour satisfaire le redoutable Hamish Forsyth ?

Le Royal Exchange avait toujours été un endroit animé ; désormais, il était noir de monde. Chaque mètre carré de ce grand magasin du commerce planétaire semblait dédié à quelque négoce particulier ; on y apercevait l'allée de la Jamaïque, l'allée de l'Espagne, l'allée de la Norvège ; des armées de courtiers y vendaient des valeurs à des acheteurs de tous pays. Eugene passa devant un groupe de Hollandais, puis d'Arméniens, avant de quitter ces scènes bruyantes et colorées pour gagner la mezzanine, plus tranquille, au niveau supérieur. C'est là que, dans une belle et grande salle, se trouvait le bureau de M. Forsyth.

La Lloyd's de Londres était une affaire respectable. Les anciennes activités du café Lloyd's avaient depuis longtemps donné naissance à une compagnie sagement gérée, et qui jouissait de la meilleure réputation. Quelques-uns des plus modestes agents d'assurance de la ville n'étaient guère que des marchands ambulants, ou même des tricheurs professionnels déguisés en hommes d'affaires ; mais les gens de la Lloyd's, eux, étaient d'une stature différente. Dans cette salle imposante, qu'ils louaient au Royal Exchange, se trouvait le registre de navigation de la compagnie ; ici, à travers des consortiums ressemblant à ceux mis sur pied par les banques pour les prêts financiers importants, les plus grands vaisseaux étaient garantis, quelle que fût la valeur de leur cargaison, par les assureurs assis à leurs bureaux. Et parmi cette centaine d'assureurs, aucun n'était plus respectable ni plus pétri de principes que l'austère personnage qui gratifiait maintenant Eugene d'un salut de la tête — même s'il ne se levait pas pour l'accueillir.

On disait que M. Hamish Forsyth ressemblait à un juge écossais venant de condamner son client. Ses ancêtres presbytériens étaient froids comme le granit ; bien qu'aussi sévère qu'eux, Hamish avait préféré transporter ses principes et son dévouement de l'Eglise d'Ecosse au marché londonien de l'assurance. Son front, couronné de quelques mèches de cheveux gris, était noble ; son nez ressemblait à un bec. De temps à autre il prenait de grandes prises de tabac, de sorte que sa conversation était ponctuée par une série de forts reniflements, conférant à ses déclarations quelque chose de péremptoire et d'irrévocable. Aucun bateau assuré par ses soins n'oserait jamais couler, c'était le sentiment qu'en retirait le visiteur.

« Allons faire un tour dehors », dit-il. Il emmena Penny dans un établissement de Threadneedle Street où il lui offrit une tasse de café, avec l'air de lui accorder une immense faveur.

« Vous avez fait la connaissance de ma fille, remarqua-t-il en guise de préambule, et Penny convint que c'était la vérité. Il va falloir me parler un peu de vous-même, jeune homme », poursuivit-il en prenant une prise de tabac.

Au cours de l'entretien, Eugene se sentit un peu dans la situation d'un bateau qu'on inspecte avant de le déclarer apte à prendre la mer. Forsyth posait les questions ; il répondait. Sa famille ? Il expliqua qui ils étaient. Sa religion ? Ses ancêtres étaient huguenots. Cela suscita un reniflement chez son interlocuteur, d'approbation semblait-il. Lui-même, il le reconnut, faisait partie de l'Eglise d'Angleterre, mais cela ne parut pas soulever de problèmes insurmontables. « C'est une position qui se respecte », dit Forsyth. Sa situation ? Il expliqua qu'il travaillait à la Meredith. Son interlocuteur parut pensif puis, sur le ton du ministre presbytérien qu'il aurait pu être, annonça : « Un homme qui investit dans le Mexique peut être sauvé. Dans le Pérou... (un reniflement)... jamais. »

Quand Forsyth lui demanda l'état de sa fortune, Penny le lui dit, sincèrement ; il lui donna aussi, à sa demande, le détail des transactions qu'il avait effectuées. Cela lui valut un soupir. « Ce marché est brûlant, jeune homme. Dégagez-vous-en ou vous vous y brûlerez les ailes. »

Eugene aurait aimé discuter, mais il était trop avisé pour cela. « Quand devrais-je m'en dégager, sir ? »

Forsyth le regarda comme on contemple un homme agrippé au bord d'une falaise, en se demandant si on va lui écraser les doigts ou l'aider à remonter. « Pour Pâques », lâcha-t-il enfin. Brusquement, comme s'il craignait d'avoir été trop complaisant : « Vous portez des lunettes, monsieur Penny. Dites-moi la vérité : votre vue est-elle très mauvaise ? »

Eugene expliqua que son père et son grand-père étaient déjà myopes avant lui. « Mais cela ne semble pas s'aggraver », ajouta-t-il.

Sans savoir si sa réponse avait ou non satisfait Forsyth, il se trouva bientôt soumis à une série de questions sur la banque et la finance ; l'esprit de l'Ecossais était particulièrement affûté sur ces sujets, comme il put s'en rendre compte. Il sut quoi répondre dans l'ensemble ; pourtant la dernière question le fit hésiter :

« Que pensez-vous du retour à l'or, monsieur Penny ? »

Eugene se souvenait fort bien de la réponse qu'il avait faite au comte, quand celui-ci lui avait posé la même question, et il connaissait le sentiment de la plupart des gens de la City à cet égard ; mais il estima aussi que, si du moins il avait bien jugé son interlocuteur, une autre réponse était requise dans le cas présent.

« Je suis en faveur de l'étalon-or, sir.

— Vraiment ? » Pour une fois, il semblait avoir surpris l'Ecossais. « Et pourquoi, s'il vous plaît ?

— Parce que, sir, répondit hardiment Penny, je ne fais pas confiance à la Banque d'Angleterre.

— Bien... » Forsyth lui-même resta sans voix quelques instants, et Penny demeura imperturbable. Il avait bien répondu. « Il est rare, commenta enfin son vis-à-vis, de trouver dans la City un jeune homme avec des vues comme les vôtres. » La réponse d'Eugene avait fait mouche. Même la Banque d'Angleterre, aux yeux de Forsyth, était un navire fragile et qui prenait l'eau. L'homme resta pensif quelques instants, avant de retrouver suffisamment ses esprits pour s'autoriser une nouvelle prise de tabac. « Ainsi, poursuivit-il, vous vous intéressez à Mary ? Vous devez l'admettre, cependant, ce n'est pas une beauté. »

Mary Forsyth possédait une silhouette mince et une tête que d'aucuns auraient pu trouver un peu volumineuse. Ses cheveux bruns étaient séparés par le milieu ; elle avait quelque chose de studieux et d'appliqué dans la physionomie. Rien de frivole ni même de coquet en elle. Sa beauté résidait dans sa nature douce, affectueuse, et dans sa vive intelligence. Eugene l'aimait sincèrement.

« Je me permets de ne pas être de votre avis, sir. »

Un reniflement, un silence. « Donc, remarqua Forsyth d'un ton soudain doucereux, c'est son argent qui vous intéresse, je suppose. » Et il regarda Penny d'un air presque aimable.

Eugene réfléchit. Même s'il n'avait pas la réputation d'être aussi riche que certains banquiers, Forsyth possédait sans nul doute une fortune appréciable, et Mary était son unique enfant. Prétendre n'avoir jamais envisagé cet aspect de la question eût été absurde et hypocrite. Il tâcha de prendre au mieux la mesure de son interlocuteur, pour savoir ce qu'il convenait de lui répondre. « Avant tout, sir, je ne pourrais jamais épouser une femme que je n'aimerais ni ne respecterais, commença-t-il avec prudence. Quant à sa fortune, continua-t-il, ce n'est pas l'argent en soi qui m'intéresse, mais je désire que ma femme vienne d'une famille... (il garda quelques instants le silence)... *solide*

— Vous avez dit *solide* ?

— Oui, sir.

— Solide ? Croyez bien que je le suis, vraiment. Vous pouvez en être sûr, jeune homme : je suis indiscutablement quelqu'un de solide ! »

Penny inclina la tête et ne dit rien ; Forsyth resta silencieux à son tour et prit une pincée de tabac.

« Vous êtes jeune, monsieur Penny, commenta-t-il enfin. Vous devez vous établir dans la vie. En outre, Mary recevra peut-être une meilleure offre, bien sûr. Mais si ce n'est pas le cas, nous en reparlerons dans quelques années. » Il hocha la tête, d'un air qui semblait plutôt encourageant. « D'ici là, vous pouvez venir rendre visite à Mary... (il ponctua sa phrase d'un fort reniflement, qui avait quelque chose de définitif)... de temps en temps. »

Lucy passait presque chaque jour devant le bâtiment, mais elle détournait toujours les yeux, pour le cas où un simple regard eût risqué de lui porter malchance. C'était par excellence l'endroit que sa famille devait éviter.

L'hospice représentait la terreur des familles pauvres de Londres ; et l'hospice paroissial de St Pancras était l'un des pires. Situé au carrefour de deux avenues peu reluisantes, il avait été pendant longtemps la résidence d'un gentleman ; mais aujourd'hui il n'avait plus rien de distingué. Un ancien pilori démantelé le côtoyait, ainsi qu'une cage dans laquelle on enfermait jadis les prisonniers. Sa cour était crasseuse et jonchée de déchets. On avait dû agrandir les vieux bâtiments quelques années plus tôt ; Dieu savait combien de pauvres diables s'y entassaient aujourd'hui, occupant le moindre trou et le moindre recoin, transformant l'édifice en une sorte de vaste terrier de la décrépitude humaine.

En principe, les hospices paroissiaux étaient censés aider les pauvres : on devait y loger les nécessiteux incapables de se débrouiller par eux-mêmes, apprendre un métier aux enfants, donner du travail aux adultes.

En pratique, la situation était différente. Les gens se plaignaient depuis des siècles des pauvres des paroisses : payer des impôts pour faire bâtir une belle nouvelle église était certes désagréable, mais au moins on avait ensuite sous les yeux le résultat de sa contribution ; tandis que, quand on donnait pour les nécessiteux, cela semblait les inciter à demander toujours plus. C'est pourquoi les paroisses dépensaient pour eux le moins possible. Ces établissements étaient mal administrés ; la maladie y rôdait dans les couloirs, et les indigents qui y arrivaient en bonne santé ne le restaient pas longtemps.

Peu après la mort de son père, Lucy avait chuchoté d'un air anxieux à sa mère :

« Est-ce que nous risquons d'aller à l'hospice ?

— Bien sûr que non, avait-elle menti. Mais il faut que nous travaillions toutes les deux. »

Sa mère avait trouvé un emploi dans un petit atelier voisin, qui confectionnait des vêtements en coton ; mais les heures qu'elle y passait étaient longues et le patron ne l'autorisait pas à amener le petit Horatio avec elle. Chaque matin, accompagnée de son frère, Lucy passait donc devant l'hospice sur le chemin qui l'emmenait vers son nouveau travail, dans Tottenham Court Road.

Quoi qu'il pût penser de l'état du monde en général, fabriquer des meubles réussissait bien à Zachary Carpenter. « Je peux vendre autant de chaises et de *davenports* que je suis capable d'en fabriquer », répétait-il. Il s'était agrandi et employait désormais dix compagnons, plus un apprenti. Sa main-d'œuvre totale représentait deux fois ce nombre, mais les autres n'étaient ni compagnons ni apprentis : c'étaient des enfants.

« Leurs petites mains, quand elles sont bien exercées, font merveille pour les détails et les finitions », expliquait-il. Il ne connaissait personne, dans sa partie, qui n'en utilisait pas. Quant à savoir si c'était juste ou non, le réformateur social avait coutume de dire : « Ils devraient être à l'école ; mais jusqu'à ce qu'il y ait des écoles pour eux, au moins je les empêche de mourir de faim. » Ou d'échouer à l'hospice.

Carpenter, comme la plupart des maîtres, n'employait pas d'enfants en dessous de sept ans ; mais il avait fait une exception pour Horatio. Puisque le petit garçon voulait aider, il lui donnait un petit balai et lui faisait enlever les copeaux de bois ; pour cela, il lui allouait de temps à autre un farthing.

Il fallait les efforts conjugués de Lucy et de sa mère pour remplacer — incomplètement — le revenu de Will Dogget. Il rapportait d'habitude à la maison entre vingt et trente shillings par semaine ; sa veuve en gagnait dix, Lucy cinq. Et la situation était la même dans toute l'Angleterre : une femme était payée la moitié environ de ce que gagnait un homme. Un enfant, environ un sixième. Mais c'était seulement ainsi qu'on pouvait éviter l'hospice.

A Pâques 1825, Eugene Penny suivit l'avis de M. Hamish Forsyth et réduisit tous ses investissements à des titres d'Etat, sûrs et payés comptant. S'il a raison et que je ne suis pas son avis, il ne me le pardonnera jamais, songeait-il ; tandis que si je le fais et qu'il a tort, cela me donnera un léger avantage vis-à-vis de lui.

Il était difficile de savoir, dans l'immédiat, si l'austère Ecossais avait eu raison ou non. La hausse des prêts internationaux ne se démentait pas. « Nous n'avons jamais réalisé de tels profits ! » déclarait Meredith. Mais quand Penny considérait certains des plus flagrants excès du marché à terme, il devait admettre que les titres étaient surévalués. Sur le marché des matières premières, les gens empruntaient de l'argent pour acheter n'importe quoi. « Le cuivre, le café, le bois — on dirait que tous, ils ne vont jamais cesser de monter. » Mais le printemps et l'été passèrent, et la hausse continuait.

Penny avait pris du galon dans la société ; depuis l'épisode avec le vieux comte de Saint-James, Meredith lui avait fait confiance pour un certain nombre de tâches requérant de la discrétion, et pris l'habitude de le mettre dans la confidence pour les affaires de la banque.

« Nous avons emboîté le pas à la Baring et aux Rothschild », déclarait Meredith. Les deux têtes de file du marché des prêts à l'étranger s'étaient soigneusement tenues à l'écart de la spéculation sur les actions. « Nos positions sont solides ; mais ce que je crains, c'est une baisse générale. Il est très difficile pour de petites banques comme la nôtre de s'en protéger. Tout dépend de qui chutera à ce moment-là. »

Le danger pour la banque Meredith — qu'Eugene avait perçu dès le départ — concernait en réalité les entreprises de moindre importance, comme elle. Si certains de ses débiteurs coulaient, la banque serait mise en péril.

« Mais le vrai danger, poursuivait-il, n'a pas de contours précis. Il ne s'agit pas tant d'un mauvais investissement, ni d'un prêt incertain — rien même qu'on puisse exactement prédire. C'est plutôt une perte générale de confiance. C'est cela qui peut nous tuer.

— Je n'ai jamais vu cela se produire... commenta Eugene.

— Priez pour ne jamais le voir », lui dit Meredith.

Eugene rendait visite chaque semaine à Mary. Il ne faisait pas de doute, à leurs yeux, qu'ils allaient se marier ; mais quand, c'était une autre histoire. Le salaire d'Eugene avait considérablement augmenté, sa position paraissait sûre ; pourtant il n'avait pas encore atteint un niveau social propre à satisfaire M. Hamish Forsyth.

Les difficultés commencèrent à l'automne. « Préparez-vous à être secoué, Penny, lui annonça Meredith. Je sens qu'il va y avoir des turbulences. Le problème vient de ce que la Banque d'Angleterre est en train de serrer la vis. »

En octobre il y eut des murmures ; en novembre, des cris. Les marchés commencèrent à vaciller, puis à chuter. « Cela ne peut continuer ! déclarait Meredith. Il faut que la Banque assouplisse sa politique, ou ce sera la panique générale ! »

Au début de décembre, la Banque d'Angleterre en arriva à la conclusion que les choses étaient allées trop loin, et recommença à consentir du crédit. Mais il était trop tard.

Le mercredi 7 décembre, il se confirma que la Pole, une banque privée qui entretenait des relations étroites avec trente-huit banques provinciales de comté, avait été renflouée par la Banque d'Angleterre pendant le week-end. Le jeudi 8, une grande banque du Yorkshire, la Wentworth, coula soudain. Les jours suivants, des gentlemen à travers l'ensemble de l'Angleterre se ruèrent aux guichets de leurs banques locales pour en retirer leur argent. Des nouvelles arrivèrent bientôt à Londres par les diligences, en provenance des chefs-lieux de comté : « De l'or ! Ils veulent tous de l'or ! »

Au cours du week-end suivant, la Pole cessa tout paiement ; en conséquence, le lundi 19 décembre, trois douzaines de banques s'étaient effondrées.

Avant l'aube, ce lundi-là, le fog avait recouvert la ville, et tout paraissait silencieux ; pour Penny, cela aurait pu être la fin du monde. Ils attendaient dans le bureau de la comptabilité, baigné d'une lumière jaune, qu'on vînt leur annoncer que tout était terminé.

La matinée passa sans incident notable ; on n'enregistrait aucun mouvement, aucun marché. De temps à autre on envoyait l'un des employés aux nouvelles ; il disparaissait dans le brouillard extérieur et revenait en racontant : « L'Exchange est rempli de gens qui veulent de l'argent !... La Williams, à Mincing Lane, est assiégée !... Ils ne savent pas s'ils vont tenir le coup.. »

Meredith avait pris toutes les dispositions qu'il pouvait ; il avait passé la semaine précédente à voir les principaux clients de la banque. « Je pense les avoir rassurés, dit-il à Eugene. Mais si la panique se répand... » Il haussa les épaules. Le fog, estimait-il, était leur allié. « Les gens devront nous chercher pour nous trouver ; ils ne penseront pas à nous par hasard, en passant dans la rue. » Il avait amassé la plus grande provision de pièces d'or qu'il avait pu réunir. « En souverains, cela fait vingt mille livres », annonça-t-il. Mais au commentaire de Penny : « Ça devrait suffire », il répondit dans un murmure : « Il le faudra bien. »

Peu de clients vinrent retirer leur argent au cours de la matinée ; à midi, miraculeusement, un marchand déposa mille livres. « Je les ai sorties de la Williams, expliqua-t-il. Elles sont plus en sûreté ici. » Malgré les nouvelles de l'après-midi, selon lesquelles des banques de plus en plus nombreuses se trouvaient en difficulté, la panique n'avait pas encore atteint la Meredith.

Juste avant la fermeture, la porte d'entrée s'ouvrit sur une rue plus brumeuse que jamais : un robuste gentleman d'un certain âge, arrivant de la campagne et vêtu d'une houppelande brune, demanda d'un air incertain : « Est-ce bien ici la Meredith ? » Quand on lui eut assuré que oui, il gagna le comptoir. « Je m'appelle Grimsdyke, dit-il. Du Cumberland. Je voudrais faire un retrait.

« Grands dieux... murmura Meredith. Ce vieux gentleman était l'un de mes premiers déposants ! J'avais presque oublié à quoi il ressemblait. Il a dû voyager toute la nuit... »

« Certainement, sir, répondit aimablement l'employé. Combien ?

— Vingt mille livres. »

Il n'était pas indispensable de retirer autant d'argent, lui affirma tranquillement Meredith ; la banque était parfaitement solide. Mais le vieux gentleman n'avait pas fait tout ce chemin depuis le nord de l'Angleterre pour changer d'avis maintenant. Il prit le tout et demanda aux commis de transporter l'argent jusqu'à sa voiture. Quand la porte se referma,

Meredith fit venir Eugene : « Prenez un bilan, monsieur Penny, lui dit-il, et apportez-le-moi dans le petit salon. »

« Nous ne passerons pas la journée de demain, conclut Meredith quand il eut examiné les comptes avec Eugene. Ces trois-là (il pointa du doigt les noms qui avaient troublé Penny quelques années plus tôt) nous doivent trop d'argent, et chacun risque de couler. J'ignore si nous sommes solvables ou non. Quant aux retraits, je peux encore trouver cinq mille livres en espèces, mais à un moment ou à un autre, demain, nous n'aurons sans doute plus rien. Alors, il faudra bien fermer nos portes.

— La Banque d'Angleterre ne nous aidera pas ?

— Ils ont déjà fait preuve de bonne volonté. Nous sommes trop petits pour qu'ils se soucient de nous, de toute façon. » Ils gardèrent le silence quelques minutes.

« Il y a le comte de Saint-James, reprit enfin Eugene.

— Je ne peux pas, soupira Meredith. Il a déjà tant fait pour moi... En outre, il m'a déjà dit qu'il ne me renflouerait jamais. Je ne peux pas aller le trouver, Penny.

— Laissez-moi y aller », dit Eugene.

« J'étais sûr que ce vieux diable aurait quitté Londres », marmonna Eugene tandis que sa voiture filait bon train ce soir-là. Le comte était parti pour Brighton, aussi Penny avait-il loué une chaise de poste, pour faire route vers la station balnéaire, à quatre-vingts kilomètres au sud de la capitale. « Au moins, commenta-t-il avec un sourire sans joie, cela me fait échapper au fog. » Avec un peu de chance, il arriverait avant que le comte ne soit au lit. Seul détail qui l'embarrassait un peu, il n'avait pas eu le temps de changer de vêtements — et le comte résidait à Brighton en compagnie du roi.

Il était dix heures passées quand Eugene, après maintes explications données aux portiers, laquais et domestiques de tous grades, se retrouva seul avec Saint-James dans une antichambre somptueusement décorée. Bien que le vieil homme eût manifestement bu un certain nombre de verres de champagne, son regard n'en montra pas moins une remarquable acuité quand Eugene lui eut expliqué les raisons de sa présence.

« Je lui ai dit que je ne le renflouerais pas ! Il le sait parfaitement.

— Oui, _my lord_. Mais je lui ai demandé de me laisser venir vous trouver.

— Vous ? (Saint-James le dévisagea.) Vous, l'un de ses employés, vous venez _me_ voir ? Ici ?

— M. Meredith me fait confiance pour ses affaires.

— Vous ne manquez pas de sang-froid, jeune homme, remarqua Saint-James sans trace de malveillance.

— Du sang-froid, c'est justement ce dont la banque a besoin en ce moment, s'empressa de répondre Penny. Si vous acceptiez de nous secourir, nous y parviendrions. »

Le vieil homme resta silencieux quelques instants ; puis il plongea soudain les yeux dans ceux de Penny, et ils étaient aussi acérés que ceux d'un bookmaker aux courses. « La banque est-elle solvable ? »

Eugene regarda le comte bien en face et prit son ton le plus convaincu, tout en sachant qu'il proférait un mensonge ; mais il le faisait pour Meredith

« Oui, *my lord*.

— Je vais lui prêter dix mille livres à dix pour cent, répondit brusquement Saint-James. Je viendrai à Londres demain. Est-ce que cela ira ? »

Eugene Penny prit la malle-poste avant l'aube et atteignit la City au milieu de la matinée ; le fog s'était levé, les rues étaient animées. Quand il annonça la nouvelle à Meredith, le banquier se sentit si ému qu'il ne put d'abord que hocher la tête. Mais quand il eut recouvré sa voix, il dit : « J'ai peur, hélas, que ce ne soit déjà trop tard. Il ne nous reste plus que deux mille livres, et l'argent s'en va au rythme de mille à l'heure. A midi, tout sera fini. J'ai essayé partout, mais je n'ai pu trouver un penny de plus. Et je ne peux non plus fermer les portes jusqu'à la fin de l'après-midi, parce que si je le fais, ce sera ensuite une telle ruée que même les dix mille livres n'y suffiront pas. Il nous faut tenir au moins quatre heures, Penny. Comment diable y parvenir ? »

Eugene eut alors sa brillante idée. « Il vous reste deux mille livres ? Faites-les porter tout de suite à la Banque, cria-t-il. Dans une charrette à bras ! Voilà ce qu'il faut faire... »

Une demi-heure plus tard, la petite foule qui attendait dans la salle des comptes d'être payée fut interpellée par un Meredith parfaitement maître de lui. « Gentlemen, toutes nos excuses. Nous avons demandé des souverains à la Banque d'Angleterre, et ils ne nous ont envoyé que de la monnaie. Mais nous en avons des quantités, et vous serez tous payés. Nous vous demandons simplement un peu de patience. »

Les deux employés derrière leur comptoir commencèrent à payer lentement les clients, en shillings, en pièces de six pence, mais surtout en pennies. Le temps de compter (avec le plus grand soin) les pièces, l'argent ne s'écoulait qu'au rythme de trois cents livres à l'heure ; mais il ne manqua jamais. Le comte arriva juste avant la fermeture avec dix mille livres en or, pour trouver les clients les plus affolés sur le point de s'en aller, vaincus par la lassitude et l'ennui. A dater de ce jour, et pendant plusieurs années, la City raconta à propos de la Meredith : « Ils payent, oui ; mais vous ne tirerez d'eux que des pennies. »

La grande crise bancaire de 1825 ne prit pas fin ce mardi-là. Le mercredi, ce fut encore pire pour beaucoup — mais pas pour la Meredith. Le jeudi, la Banque d'Angleterre, se départant de toute sévérité et soutenue au gouvernement par le duc de fer, Wellington, renfloua les principales maisons financières.

Le vendredi, la Banque d'Angleterre elle-même en vint à manquer d'or ; elle fut sauvée le soir par un apport de métal précieux rassemblé par le seul homme en Angleterre (ou même au monde) capable d'un tel exploit : Nathan Rothschild. Rothschild était le roi de la City.

L'hiver des huit ans de Lucy fut rude pour sa famille. Sa mère fut secouée par une toux sèche, mais réussit à aller tous les jours au travail ; elles étaient plus inquiètes en revanche au sujet du petit Horatio. Les jambes du jeune garçon s'affaiblissaient ; à la fin de l'année, il dut rester parfois à la maison pendant que Lucy allait travailler chez Carpenter. A l'approche du printemps il parut aller mieux mais parfois, quand elle le tenait par la main, sa sœur le voyait réprimer un cri de douleur.

Par une chaude soirée d'été, alors qu'un vent de réconfort soufflait sur le foyer, Lucy eut la surprise d'apercevoir la robuste silhouette de Silas Dogget traversant la rue jusqu'à leur porte. Sans qu'on l'y eût invité, il entra, s'assit à la table de la cuisine et annonça d'un ton brusque :

« J'ai besoin d'aide. J'ai quelque chose à vous proposer.

— Jamais ! cria la mère de Lucy dès qu'elle eut entendu de quoi il retournait.

— Je vous paierai vingt-cinq shillings la semaine, continua-t-il. Ça vous évitera l'hospice.

— Nous ne sommes pas à l'hospice ! »

Silas ne dit rien pendant quelque temps.

« Vous êtes aussi stupide que votre mari, observa-t-il enfin.

— Laissez-nous tranquilles ! Allez-vous-en ! » cria la mère, furieuse.

Il haussa les épaules et ressortit en prenant son temps ; comme il s'arrêtait à la porte, ses yeux se posèrent sur Lucy. « Votre garçon est une mauviette, mais la fille a l'air forte. Peut-être que dans un an ou deux elle ne sera pas aussi fière que vous. » Il posa sa lourde main sur l'épaule de la petite : « Souviens-toi d'oncle Silas, ma fille, dit-il de sa voix profonde. J'attendrai. »

Lucy et Horatio revenaient de leur travail chez Carpenter, un soir de septembre, ne s'attendant pas à trouver leur mère à la maison, quand ils entendirent un son étrange en provenance de la chambre où ils dormaient tous ensemble. Ils ouvrirent la porte et la virent couchée sur le lit ; son visage était très pâle et elle émettait un bruit rauque. Comme ils s'approchaient d'elle, elle parvint à se tourner vers eux, mais en suffoquant. Poussant son frère hors de la pièce, Lucy courut chercher une voisine, puis elle attendit anxieusement tandis que la femme aidait sa mère à surmonter la crise.

« Qu'est-ce qu'elle a ? lui demanda-t-elle enfin, désespérée. Elle est en train de mourir ?

— Non, répondit la femme. Beaucoup de gens de cette paroisse souffrent de la même maladie. L'asthme. »

Lucy en avait entendu parler, mais n'avait encore jamais vu de crises semblables.

« Est-ce dangereux ?

— J'en connais qui se sont étouffés et qui sont morts, répondit la femme sans chercher à déguiser la vérité. Mais si ça affaiblit beaucoup, la plupart des gens vivent avec.

— Qu'est-ce que je peux faire pour qu'elle aille mieux ? s'écria Lucy.

— Plus de repos. Moins de soucis... » Elle haussa les épaules et fit une caresse amicale à la fillette.

Un mois passa et, hormis quelques brèves attaques, sa mère parut aller à peu près bien. Mais un matin elle eut une nouvelle crise et ne put aller travailler ; Lucy aborda alors le sujet.

« Laisse-moi travailler pour oncle Silas, mère. C'est gentil à lui de nous offrir autant d'argent...

— Gentil ? Silas ? (Sa mère secoua la tête d'un air de dégoût.) Penser que tu pourrais faire ce qu'il fait...

— Je crois que je le supporterais.

— Jamais, Lucy, tant que je respirerai. N'y pense plus jamais. »

En septembre 1827, Eugene Penny décida de brusquer le cours des choses. La Meredith s'était assez bien sortie de la crise ; lord Saint-James avait été remboursé et témoignait de l'estime au jeune employé. Meredith lui était grandement redevable de la manière dont les choses s'étaient arrangées. Le bruit était même parvenu aux oreilles d'Hamish Forsyth que l'on considérait le jeune Penny, à vingt-cinq ans, comme un garçon d'avenir. Il possédait maintenant près de deux mille livres en propre — somme non négligeable, quand un employé ordinaire de la Banque d'Angleterre en gagnait environ une centaine par an. Le temps n'était pas loin où d'autres firmes de la City commenceraient à lui proposer des situations, peut-être fort lucratives. Mais il savait aussi que pour faire bonne impression sur Hamish Forsyth, il fallait se montrer tenace et persévérant.

Un lundi matin, comme il se trouvait face à Meredith dans son petit salon, il lui déclara : « J'ai de bonnes nouvelles à vous dire. Je suis heureux de vous annoncer que je vais épouser la fille unique de M. Hamish Forsyth, de la Lloyd's. Elle héritera de toute sa fortune, vous savez.

— Mon cher Penny ! » Meredith, ravi, était sur le point de faire venir sa famille, mais Eugene l'arrêta d'un geste.

« Il y a autre chose. Vous serez d'accord, je pense, sur le fait que j'ai mérité d'être associé aux destinées de cette banque. Ma position en tant que gendre de Forsyth ne rend cette perspective que plus légitime. Si vous n'acceptiez pas, je suis sûr qu'il me conseillerait d'aller voir ailleurs.

— Mon cher Eugene ! » Il ne fallut pas longtemps à Meredith pour estimer la fortune probable de Forsyth, ni pour reconnaître que Penny avait été fort utile à la firme. « Je pensais la même chose », répondit le banquier.

Penny n'avait pas plus tôt bu le verre de sherry offert par Meredith qu'il sortait de la banque pour gagner les locaux de la Lloyd's.

« Monsieur Forsyth, dit-il hardiment, Meredith vient de me proposer de m'associer avec lui dans sa banque. Je suis venu vous demander la main de Mary.

— Associé ? répéta l'Ecossais. C'est certain ? (Eugene acquiesça.) Dans ce cas... je suppose que vous avez raison. Le temps est venu. » Il se tut pensivement, puis prit une pincée de tabac.

« Avez-vous une bague ?

— Je compte en acheter une aujourd'hui même.

— Bien. Une bague est nécessaire. Mais si vous voulez mon avis, elle ne doit pas être trop chère. Je peux vous indiquer quelqu'un qui vous en procurera une parfaite (reniflement) à un prix raisonnable. »

Le premier enfant des Penny fut un garçon plein de santé ; et le second était déjà en route quand Mary dit qu'elle aimerait vivre en dehors de la métropole. Aussi fut-elle ravie lorsque Eugene lui annonça qu'il avait trouvé une maison à Clapham.

Son choix d'un village sur la rive sud de la Tamise était judicieux ; même Hamish Forsyth l'approuva. « La rive sud, c'est l'avenir », acquiesça-t-il. Grâce à trois nouveaux ponts — Waterloo, Southwark et Vauxhall — elle était plus facile d'accès ; les vastes terrains des alentours de Lambeth s'étaient couverts de rues élégantes, et pour gagner les villages chics de Battersea et Clapham, on avait le sentiment de traverser des faubourgs à la mode. A Clapham même, plusieurs belles demeures s'élevaient désormais autour de l'ancien pré communal ; l'église, au centre, était un gracieux édifice classique. Et si Forsyth estima d'abord que la maison trouvée par Penny, avec ses six chambres à coucher, était plus grande que le strict nécessaire, il s'adoucit un peu quand Eugene lui fit valoir que leur famille allait s'agrandir.

« Cela vous épargnera des frais de déménagement plus tard », concéda-t-il. Pour célébrer l'événement, il acheta même au couple un joli service en faïence de Wedgwood. « Wedgwood conserve ses anciens motifs, leur expliqua-t-il. Si vous cassez une pièce par mégarde, vous pourrez la remplacer et le service ne perdra pas sa valeur. »

Le bureau d'Eugene ne se situait qu'à une demi-heure de son domicile ; mais ce qui plut surtout à sa femme fut qu'à moins de cent mètres de leur joli jardin commençaient les grands champs, sur les pentes menant vers Battersea, où poussait la lavande. Chaque fois qu'on lui demandait où elle habitait, elle répondait : « Oh ! A l'extérieur de la ville, à Clapham. Juste à côté de Lavender Hill. »

1829

La petite barque avança avec précaution dans le flot brun jusqu'au milieu du fleuve ; elle était si basse sur l'eau que, vue à distance, dans la lumière voilée de ce soir d'avril, elle semblait sur le point de couler. Une fois qu'elle eut atteint le milieu, à mi-chemin entre Blackfriars et Bankside, elle s'immobilisa, comme retenue par une corde invisible.

« Maintiens-la bien », disait depuis la poupe la voix sévère de Silas. Les rames frappaient docilement le courant. « Maintiens-la bien... Parfait. »

Bien que Lucy, à dix ans, travaillât depuis longtemps avec Silas, elle ne s'était toujours pas habituée à cette activité. Une telle quantité d'eaux usées, d'égouts, de poussière de charbon s'écoulait aujourd'hui dans la Tamise que le flux et le reflux n'étaient plus capables de les emporter au large. A marée haute, l'eau était boueuse ; à marée basse, une puanteur écœurante flottait au-dessus d'elle. Pour la première fois dans l'histoire, les poissons mouraient dans le fleuve ; on trouvait leurs cadavres boursouflés et décomposés jonchant la vase des berges, parmi les détritus. Lorsque la purée de pois descendait sur la ville, il semblait que fog et fleuve ne fussent qu'un unique élément, les deux états, liquide et gazeux, d'une même matière sombre et putride. Quand Lucy poussait sur ses rames, elle sentait souvent contre sa pale le contact d'un déchet flottant mollement entre deux eaux.

Silas se pencha soudain par-dessus bord et plongea les mains dans le fleuve ; un moment plus tard, un choc indiqua que quelque chose de lourd avait heurté le bateau. Ressortant une main, il attrapa le bout d'une corde posée entre ses pieds, l'enroula autour de l'objet, et en attacha l'autre extrémité à un anneau de la poupe ; après quoi, il se remit à fouiller dans l'eau. Avec un grognement de satisfaction, il s'assit enfin et, ouvrant ses grandes mains palmées, montra à Lucy une demi-douzaine de souverains d'or ainsi qu'une montre de gousset. Il posa le tout à ses pieds pour se pencher une fois encore à l'extérieur, fixant le visage du cadavre qui flottait en dessous de la surface du fleuve. « C'est bien lui. Il y a dix livres pour lui », commenta-t-il.

Cette récompense avait été offerte pour qui découvrirait le corps d'un certain M. Tobias Jones, disparu une semaine plus tôt ; mais de tels cadavres portaient souvent des objets de valeur sur eux, qui accroissaient d'autant leur rapport. Un cadavre était pour Silas et Lucy une jolie découverte.

Silas était un éboueur du fleuve — un dragueur, comme on les appelait. Les dragueurs ramassaient tout ce qu'ils trouvaient : caisses ou tonneaux tombés des bateaux, pièces de gréement, paniers, bouteilles, et bien sûr cadavres. Ces charognards étaient généralement méprisés par leurs semblables, qui les fuyaient, mais les plus habiles d'entre eux (comme Silas) en tiraient un bon revenu : la vieille Tamise, toute souillée qu'elle était, leur rapportait chaque jour une part de butin.

Aujourd'hui encore Lucy ne savait pas au juste pourquoi il l'avait choisie pour l'aider. « Parce que tu es de ma famille », lui avait-il dit. L'argent qu'il lui donnait lui avait permis d'éviter l'hospice aux siens. Mais, si attaché à sa famille que parût Silas, une chose pourtant troublait la fillette.

Bien qu'elle l'appelât son oncle, elle savait qu'en réalité c'était son cousin. « Ton père et son père étaient frères, lui avait dit sa mère. Il y avait aussi des sœurs, et Silas avait également un frère. » Quand elle avait parlé à Silas de ces autres Dogget, il avait haussé les épaules. « Ne t'en fais pas pour eux, lui avait-il répondu. Ils sont partis. » Cela signifiait-il qu'ils étaient morts, ou bien qu'ils avaient quitté Londres ? Elle ne put jamais le découvrir. Peut-être, se disait-elle parfois, ces autres Dogget ne se préoccupaient-ils guère de Silas. En tout cas il lui rappelait souvent : « Tu n'as personne d'autre que moi pour t'aider, Lucy. » Elle dépendait entièrement de lui.

Sa mère avait tenu une année entière, mais l'asthme avait été le plus fort : elle n'était plus capable de travailler. Pour finir, quand ils n'avaient plus possédé que cinq shillings et que Lucy l'avait implorée encore une fois, elle s'était résignée à accepter d'une voix faible : « Va voir Silas, s'il le faut. »

Quand Lucy était au travail, le petit Horatio aidait sa mère à tenir la maison. A sept ans, c'était toujours un enfant pâle et chétif ; ses jambes étaient aussi minces que des baguettes, mais à sa manière tranquille il ne lâchait pas prise. Chaque jour, quand sa sœur rentrait à la maison, il l'attendait avec un repas prêt et la bouilloire sur le feu. Quand elle lui demandait : « Comment va-t-elle ? » il répondait d'un ton plein d'entrain : « Elle peut respirer aujourd'hui. » Ou bien, d'une voix plus douce : « Mère est fatiguée », ce qui signifiait qu'elle ne pouvait pas respirer.

Parfois, quand le temps était chaud et la santé de leur mère pas trop mauvaise, Horatio accompagnait Lucy au fleuve. Elle ne le laissait pas venir dans la barque, pour le cas où ils auraient découvert un corps, mais il s'asseyait au soleil, près d'un des hangars à bateaux bordant le fleuve ; ou bien, si l'eau était basse, il allait se promener dans la boue des rives. D'autres enfants s'y tenaient toujours, flânant et fouillant les parages. Il ne pouvait les suivre quand ils se précipitaient pour inspecter une nouvelle trouvaille ; mais il allait souvent à la rencontre de Lucy avec un sourire heureux, au retour de la barque, exhibant un petit trésor exhumé dans la vieille boue grise.

Tous les soirs, quand elle le prenait dans ses bras, il lui promettait : « Un jour, je serai fort ; alors tu pourras te reposer à la maison, et c'est moi qui irai travailler pour nous tous. »

Elle le berçait et lui chantait des chansons, terminant par sa préférée, celle que lui avait apprise la petite vendeuse de lavande ; elle la lui chantait et la lui rechantait, d'une voix de plus en plus douce, jusqu'à ce qu'il fût endormi.

Silas ne l'aimait pas, hélas ; il posait sur le jeune garçon un œil lourd, plein de rancœur, et disait : « Il est malade, comme ta mère.

— Il se fortifiera ! » protestait-elle ; mais il haussait les épaules : « Il ne pourra jamais tirer sur les rames. »

Ils échangèrent leurs places : Silas prit les grandes rames, poussant l'embarcation à coups lents et profonds vers la Tour de Londres, tandis que Lucy s'asseyait à la poupe. Elle surveilla le cadavre pour s'assurer qu'il suivait bien la barque entre deux eaux.

« Ton frère va mourir, remarqua soudain Silas. Tu le sais, n'est-ce pas ?

— Il vivra ! cria-t-elle d'un air de défi. Et il saura ramer mieux que toi ! »

Pendant quelque temps, Silas ne dit rien , mais alors qu'ils arrivaient à la hauteur du clocher d'All Hallows, qui se dressait au-dessus de la sinistre vieille Tour, il déclara d'un ton brusque : « Ne l'aime pas trop. Il mourra. »

Quand Zachary Carpenter se mit debout ce jour-là pour prendre la parole, personne, dans le vaste hall de St Pancras, n'aurait soupçonné qu'il était convaincu de perdre son temps. N'avait-il pas consacré sa vie à tenter de susciter des réformes, sans y parvenir ? Néanmoins, il s'adressa a la foule avec son éloquence habituelle. Il avait un bon thème de harangue, qu'il avait perfectionné au fil des années.

« Ne _reconnaissez_-vous pas, cria-t-il, que cette nation nourrit des sang-sues ? Que sont le roi, son Parlement et leurs nombreux amis ? Des dévoreurs d'impôts ! Ils se nourrissent de votre chair ! Je peux vous donner des preuves sûres et certaines de la pourriture de ce royaume. Voulez-vous des preuves ? »

La foule s'exclama que oui, elle les voulait.

« Allez donc voir dans le Mall ! hurla Carpenter. Allez dans le Mall, tout au bout, et dites-moi ce que vous y verrez ! Je vais vous le dire, ce que vous y verrez : pas seulement des briques et du mortier, pas seulement de la pierre, des toits et des tourelles ; vous verrez un scandale, mes amis, s'élever pour se moquer de vous ! Voilà la preuve ! » Il voulait parler, bien sûr, de la construction de Buckingham Palace.

Des nombreux problèmes que le prince régent, aujourd'hui roi, avait fait peser sur l'Angleterre, aucun, ni ses dettes, ni ses aventures matrimoniales, ni même son étrange couronnement, n'égalait le scandale de Buckingham Palace, en cours d'édification — ancienne demeure aristo-cratique rachetée par la famille royale. Georges IV avait décidé de la transformer en un nouveau palais. Il avait fait appel à son ami l'architecte Nash ; le Parlement avait voté, à contrecœur, deux cent mille livres pour l'occasion, qui avaient été aussitôt dépensées. Les radicaux avaient pro-testé, le Parlement avait protesté, même le duc de Wellington, pourtant fidèle à la Couronne, était entré dans une grande fureur ; rien n'y avait fait, le roi avait persévéré dans l'entreprise avec la plus parfaite insou-ciance. A présent, les dépenses se montaient à sept cent mille livres.

Pour Carpenter, Buckingham Palace était un sujet en or, qui faisait mouche à chaque fois ; il n'avait qu'à affirmer à son auditoire que de tels scandales perdureraient jusqu'à ce qu'on fasse enfin une réforme, et l'affaire était gagnée. Mais à quoi bon ? Rien n'avait changé. L'année pré-cédente, le plus convaincu des tories, le duc de Wellington, était devenu Premier ministre. Certes, le duc de fer avait quelque peu modifié les lois sur le blé, pour venir en aide aux pauvres ; mais sans excès, pour ne sur-tout gêner en rien les propriétaires. Certes aussi, le duc avait abrogé le Test Act, de sorte que les méthodistes et les dissidents comme Carpenter n'étaient plus interdits d'emplois publics ; mais Zachary ne se laissait pas abuser.

« Wellington est un militaire, jugeait-il. Ce n'est qu'un mouvement tac-tique pour renforcer son emprise sur les classes moyennes. »

L'actuel ministère montrait clairement sa volonté d'imposer de manière ferme son autorité. Le ministre de l'Intérieur Robert Peel, peu satisfait des vieux sergents de Bow Street dont l'institution remontait au siècle précédent, proposait de renforcer la loi et l'ordre dans le pays par la créa-tion d'une force de police unifiée, soumise à une autorité centrale — une idée véritablement terrifiante. La City de Londres s'était déjà déclarée opposée à toute force de police qui ne serait pas soumise au lord-maire ; et partout les gens comme il faut murmuraient : « Le duc et Peel veulent que nous fassions retour aux rudes temps de Cromwell et de ses géné-raux. » Autant que pouvait en juger Carpenter, la cause de la réforme était plus précaire que jamais.

Aussi, pendant que la foule quittait le hall, Carpenter fut-il fort étonné de voir la silhouette vert bouteille de lord Bocton en personne s'approcher de lui — non pas en fronçant les sourcils, mais en souriant. Le sourcilleux tory lui tendit la main et remarqua : « Monsieur Carpenter, je suis d'ac-cord avec ce que vous venez de dire. »

Carpenter le regarda d'un air soupçonneux : lord Bocton, dans sa pin-grerie, pouvait être d'accord avec la dénonciation du coût absurde de Buc-kingham Palace, mais sûrement pas avec ses autres propos.

Voyant sa surprise, Bocton continua calmement : « Vous et moi, mon-sieur Carpenter, sommes peut-être plus proches que vous ne le pensez. En fait (ici il se rapprocha encore de lui) je suis venu vous demander votre aide.

— Mon aide ! » Que manigançait-il donc ?

« Oui. Voyez-vous, monsieur Carpenter, je soutiens le Parlement. (Il sourit de nouveau.) Je soutiens la réforme. »

Pendant que lord Bocton observait Zachary Carpenter, il se persuada que son calcul avait été judicieux sur le plan humain. Les propositions qu'il entendait faire au radical avaient été soupesées avec soin ; Bocton comptait bien obtenir tout ce qu'il désirait.

Le système de représentation parlementaire dont Carpenter se plaignait était assurément difficile à défendre. De grandes villes commerçantes n'avaient aucun délégué au Parlement ; beaucoup de sièges ruraux restaient en pratique sous le contrôle des grands propriétaires terriens ; enfin, le comble du scandale, c'étaient les bourgs « dans la poche » — les bourgs pourris, comme on les appelait souvent — où une poignée d'électeurs avaient le pouvoir d'envoyer un délégué au Parlement. La plupart du temps, ce dernier n'était qu'un homme de paille, qui se laissait acheter sa voix.

Certains radicaux se montraient favorables au vote à bulletin secret.

« Personnellement, affirmait Bocton, cela me semble une méthode sournoise et lâche, qu'aucun honnête homme ne peut soutenir. Mais peut-être, monsieur Carpenter, me convaincrez-vous du contraire ? »

Le point central de l'affaire était de savoir qui devait voter. « Croyez-vous vraiment, monsieur Carpenter, poursuivit-il, que tout homme — l'ouvrier que vous avez dû renvoyer pour ivresse, l'apprenti, même le gueux qui vit à l'hospice — doit avoir le même droit que vous d'élire ceux qui gouverneront le pays ? »

Comme il s'y attendait, Carpenter hésita ; cette question divisait depuis des années le mouvement des réformateurs. Les plus purs, les plus radicaux d'entre eux estimaient que tout homme devait voter quelle que fût sa condition. Dix ans plus tôt, Carpenter aurait été d'accord ; mais à mesure qu'il prenait de l'âge, il commençait à avoir des doutes. Les vingt personnes qu'il employait étaient-elles vraiment préparées à de telles responsabilités ?

« Les gens qui payent des impôts peuvent voter. » Des citoyens solides. Des gens comme lui.

« Nous sommes bien d'accord », dit lord Bocton.

Que les femmes pussent elles aussi voter n'était jamais venu à l'esprit ni de l'un ni de l'autre.

« Mon titre, rappela Bocton à Carpenter, comme héritier du comte de Saint-James, n'est qu'un titre de courtoisie. Mon père siège à la Chambre des lords, mais je peux siéger aux Communes. » Les aristocrates qui se mêlaient de politique aimaient souvent suivre cette voie. « A la prochaine élection, j'ai l'intention de me présenter au siège de St Pancras, poursuivit-il. Quoique je reste bien sûr un tory, je vous donne ma parole que je voterai pour la réforme. Je voudrais que vous me souteniez.

— Mais pourquoi ? demanda le radical, étonné. Pourquoi soutiendriez-vous la réforme ? »

La raison pour laquelle Bocton, et un certain nombre de tories avec lui, avait soudain changé d'opinion en faveur de la réforme n'avait rien à voir avec les mérites de celle-ci ; elle avait un rapport avec les catholiques d'Irlande.

L'année précédente, dans une élection partielle inattendue, un important leader catholique irlandais avait été élu au Parlement britannique. D'après les lois existantes, il ne pouvait y siéger. « Mais si nous employons la force, l'Irlande risque de se soulever, analysait Wellington. Il faut soutenir le gouvernement du roi. » Pour son esprit pragmatique de soldat, c'était une question de sens du devoir. Après d'intenses pressions, le ministère tory avait réussi à s'entendre avec les whigs, pour voter une loi qui accordait aux catholiques les mêmes droits qu'aux dissidents ; mais c'était une démarche politiquement dangereuse.

Au printemps 1829, plusieurs tories importants, dans les comtés, tombèrent d'accord avec des commerçants méthodistes. « L'Angleterre est protestante, déclaraient-ils ; pourquoi, sinon, aurions-nous chassé les Stuarts ? Le gouvernement et ses hommes de paille sont en train de nous trahir. S'ils cèdent sur les catholiques, sur quoi ne céderont-ils pas la prochaine fois ? »

« De fait, dit Bocton à Carpenter avec une franchise désarmante, quelques-uns d'entre nous en viennent à se poser des questions. Ne serions-nous pas mieux représentés avec des délégués élus par les solides électeurs de la classe moyenne, plutôt qu'avec ces hommes de paille qui n'ont aucun principe ? Je n'aime guère les réformes, mais peut-être une réforme intelligente est-elle préférable au chaos... »

Les deux hommes se regardèrent ; leurs intérêts convergeaient. Ils firent affaire ensemble.

Un détail embarrassait un peu Carpenter ; maintenant qu'il s'était entendu avec son ennemi d'hier, il s'aventura à lui poser la question : « Cela signifie-t-il, *my lord*, que vous êtes réconcilié avec votre père ? »

Bocton réfléchit quelques instants, puis il prit l'air peiné.

« Je ne sais pas », dit-il. Après une pause, il ajouta : « Dites-moi, monsieur Carpenter... Pensez-vous que mon père soit du même avis que vous en ce qui concerne Buckingham Palace ?

— Je crois que oui.

— Et pourtant non. Il dit que le roi peut dépenser autant d'argent qu'il le veut. » C'était exact. Parce que le monarque était son ami, le comte, en parfait libertin, se moquait de ce qu'il pouvait dépenser pour son palais.

Carpenter hésita ; il était un peu choqué, mais non pas surpris.

« Il a le droit de ne pas être toujours cohérent avec lui-même, concéda-t-il.

— J'espère que les choses n'iront pas plus loin, dit lord Bocton d'un air empreint d'inquiétude filiale. A vrai dire, monsieur Carpenter, sa famille se fait du souci pour lui. Depuis longtemps nous craignons qu'il ne soit peut-être plus tout à fait... (il hésita sur le mot)... plus tout à fait aussi sain d'esprit qu'avant. (Il regarda Carpenter d'un air grave.) Vous qui le voyez souvent, qu'en pensez-vous ?

— Je pense qu'il est bien assez sain d'esprit », répondit Zachary en fronçant les sourcils. Pour un lord, aurait-il voulu ajouter.

« Bien. Bien... Je suis heureux de vous l'entendre dire. Si vous aviez le moindre doute à ce sujet, monsieur Carpenter, ce serait fort aimable à vous de m'en faire part — confidentiellement, bien sûr... »

Lucy n'oublierait jamais cette journée où ils étaient allés à Lavender Hill.

Il faisait doux tandis qu'ils marchaient le long de Tottenham Court Road ; Lucy avait emporté une gourde d'eau ainsi qu'un peu de nourriture emballée dans une serviette, nouée à un bâton qu'elle portait sur l'épaule. Ils s'arrêtaient tous les kilomètres environ pour qu'Horatio puisse se reposer ; ainsi atteignirent-ils lentement le Strand, et ils traversèrent la Tamise par le pont de Waterloo.

Quelques années plus tôt, la promenade était plus agréable le long des berges ; des chantiers de bois s'étendaient du côté droit, au bord de l'eau, et des jardins maraîchers sur la gauche. Mais beaucoup de ces chantiers avaient aujourd'hui laissé place à de petits ateliers ; quant aux jardins, ils avaient disparu sous des alignements de maisons ouvrières. Le temps qu'ils parviennent au vieux mur entourant le parc de Lambeth Palace, il faisait chaud. Ils avaient encore un assez long trajet à parcourir jusqu'à Vauxhall, où l'ancien jardin d'agrément restait ouvert. Une distillerie et une fabrique de vinaigre, sur la berge, avaient quelque peu gâché l'élégance du lieu.

Quand ils arrivèrent à Vauxhall, sur la route poussiéreuse, Lucy remarqua qu'Horatio commençait à boiter.

Les douze coups de midi venaient de sonner, à peine quelques minutes plus tôt, quand Mary Penny passa devant Vauxhall. Le cabriolet abordait la longue avenue menant vers Clapham quand elle remarqua les deux enfants, la main dans la main, sur le côté de la route.

« Oh ! arrêtez ! cria-t-elle au cocher. Aidons ces enfants ! Ils ont l'air si fatigués... »

A son grand soulagement, Lucy se retrouva assise une minute plus tard avec Horatio aux côtés de l'aimable dame. Quand ils lui eurent dit où ils allaient, elle s'écria : « C'est là que je vis justement ! C'est un endroit... enchanté. »

« Et vous comptez revenir ensuite jusqu'à St Pancras ? demanda-t-elle, après que Lucy eut répondu aux questions qu'elle lui posait sur leur promenade. C'est une très longue route, commenta-t-elle en regardant les jambes d'Horatio. Il faudra vous reposer d'abord à Lavender Hill. »

Lavender Hill, cet après-midi-là. Le soleil d'août dardait ses rayons brûlants sur la colline ; autour d'eux, des milliers, des dizaines de milliers peut-être de touffes de lavande déroulaient leur immense tapis bleuâtre. Au-dessus flottait l'incessant bourdonnement d'un nombre incalculable d'abeilles. Le parfum des fleurs était irrésistible.

Lucy eut peur un instant, quand elle déballa leur repas, que les abeilles viennent les harceler ; mais elles semblaient bien trop occupées avec la lavande. Elle posa la serviette sur la tête de son frère afin de le protéger du soleil.

Les deux enfants restèrent là une heure, puis une autre, trop heureux pour bouger ; ils s'abreuvaient de l'air ensoleillé, doux et vaporeux, comme si cela avait été un élixir magique leur garantissant une vie nouvelle. Pas étonnant que la dame trouvât cet endroit enchanté. Assise dans la lavande, sous le ciel d'azur, Lucy avait l'impression de vivre dans un rêve.

« Chante-moi la chanson de la lavande », murmura Horatio d'une voix ensommeillée. Lorsqu'elle l'eut fait, il dit : « Tu ne me quitteras jamais, n'est-ce pas, Lucy ?

— Bien sûr que non. Jamais ! »

Il sommeilla un moment et dit à son réveil :

« Je pense que je vais mieux, Lucy.

— Je suis sûre que oui.

— Rentrons chez maman maintenant, suggéra-t-il d'un air ravi, et rapportons-lui un peu de lavande. »

Quand ils atteignirent l'extrémité du champ, ils furent fort étonnés de trouver le cabriolet qui les attendait au bord de la route.

« Madame a donné l'ordre que je vous ramène chez vous, leur annonça le cocher. Montez maintenant. »

Sur le chemin du retour, les deux enfants se chantèrent l'un à l'autre toutes les chansons qu'ils connaissaient. Et particulièrement celle de la lavande, plusieurs fois de suite.

Ce fut une chance, pour les réformateurs comme Zachary Carpenter, que l'année 1830 se révélât aussi mouvementée. En Europe, l'ordre politique restauré après le grand bouleversement de la Révolution française et les années napoléoniennes était de nouveau compromis. Les forces tumultueuses de la démocratie, déchaînées par la France, continuaient à bouillonner par en dessous ; d'un pays à l'autre, des explosions commençaient à se produire.

En Angleterre, l'expansion économique des dernières années avait brusquement cessé. Les récoltes de l'été précédent s'étaient révélées désastreuses ; et la révision opérée par Wellington quant aux lois sur le blé n'avait pas suffi, loin s'en faut, à résoudre le problème. Le prix du pain avait monté en flèche. En juin, le roi mourut, sans avoir terminé son extravagant palais londonien. Son frère lui succéda, un marin au caractère entier, qui monta sur le trône sous le nom de Guillaume IV. Au mois de juillet, des nouvelles arrivèrent de France : après plus d'une décennie sous le régime déliquescent de la monarchie restaurée, les Français en avaient eu assez et s'étaient révoltés. En quelques jours tout fut mis à bas, on instaura une nouvelle monarchie libérale. Comme toujours, l'Europe avait les yeux tournés vers la France. Des signes surgirent bientôt de nouvelles révoltes en Italie, en Pologne et en Allemagne. Alors, comme à un signal, des émeutes naquirent en Angleterre.

En fait, les émeutes de Swing qui terrifièrent tant l'Angleterre au mois d'août ne touchèrent pas les villes. Tirant leur nom d'un certain capitaine Swing (on sut plus tard qu'il n'avait en réalité jamais existé), elles éclatèrent dans le Sud et dans l'Est, où les prix des nourritures de base avaient, cette année-là, monté plus qu'ailleurs. Les émeutiers en rendaient tout le monde responsable : le gouvernement, la mécanisation de l'agriculture, les propriétaires. Semaine après semaine, de nouveaux troubles éclataient un peu partout, et de grandes bandes armées circulaient de village en village.

Pour Carpenter toutefois, cette année-là apporta un grand sujet d'enthousiasme. Il avait d'abord été intrigué par une innovation apparue dans le nord de l'Angleterre : plusieurs tentatives voyaient le jour de réunir des organisations d'artisans et d'ouvriers au sein de syndicats, censés défendre leurs intérêts en faisant pression sur la classe politique. Les objectifs de ces nouvelles associations n'étaient pas encore très clairement définis. « Mais que des hommes choisissent de se rassembler en faisant preuve d'ordre et de méthode ne peut apporter que des changements à long terme », jugeait Zachary.

Ce qui l'encouragea et le réconforta fut l'élection à laquelle il participa avec son nouvel allié Bocton, cet été-là. La tradition voulait que, quand un roi mourait et qu'un nouveau lui succédait, on procédât à une élection ; ainsi Wellington en organisa-t-il une. Ce n'était pas, à vrai dire, une affaire très importante, puisque la plupart des sièges avaient un candidat unique. Mais pour Carpenter et Bocton, il s'agissait d'un cas particulier : le siège de St Pancras était contesté. Un homme de loi, bon orateur, soutenu par les gentlemen du conseil paroissial, se présentait et paraissait sûr de l'emporter. La candidature-surprise du sévère Bocton, tory se présentant avec un programme de réforme whig, semblait une initiative plutôt incongrue.

La tactique de Bocton et de Carpenter était fort simple. Chaque fois que son concurrent tory prenait la parole dans une réunion publique, Bocton faisait de même. D'abord il acquiesçait à tout ce que l'autre disait, puis il déclarait bientôt : « Mais hélas, cela ne marchera pas. » Ensuite — il y réussissait d'autant mieux qu'il croyait à ce qu'il disait — il peignait à l'auditoire un tableau dramatique de la situation. De la révolution en France, des syndicats qui se créaient dans le Nord, des vastes bandes d'ouvriers mourant de faim qui pouvaient envahir à tout moment le Pont de Londres. Et pour finir il s'exclamait : « Est-ce bien cela que nous voulons ? J'ai représenté toute ma vie les intérêts de l'aristocratie, mais je vous le dis, les choses ne peuvent continuer ainsi. Réforme ou révolution : le choix vous appartient ! »

Les discours de Carpenter aux réformateurs et aux radicaux de son parti se réduisaient à une formule plus simple encore. « Bocton est un tory mais il a vu la lumière. Il est notre meilleure carte à jouer. Votez pour lui ! »

Carpenter avait moins souvent vu le vieux comte ces dernières années ; mais quand il le rencontrait il remarquait à regret que Saint-James, à quatre-vingt-sept ans, ne semblait plus tout à fait lui-même. Sa mise était relâchée, ses mains enflées et violacées ; une lueur d'irritabilité se lisait dans ses yeux.

Carpenter l'aperçut un jour, au beau milieu d'un discours de Bocton ; il se tenait en compagnie de son petit-fils George, un peu à l'écart de la foule, et fixait attentivement l'orateur. La voix de Bocton — qui parlait assez bien — portait jusqu'à l'endroit où ils se tenaient. Carpenter alla saluer le vieil homme, un sourire jovial aux lèvres, et remarqua au passage : « Vous êtes donc venu soutenir votre fils, *my lord* ? »

D'abord il pensa que le comte ne l'avait pas entendu, et il était sur le point de répéter sa question, quand Saint-James s'écria soudain : « Soutenir Bocton ? Ce traître ? Que je sois damné si je le fais ! »

Carpenter remarqua que le jeune George ne disait rien.

« Allez tous au diable ! » dit ensuite le comte — le « tous » englobait sans doute Carpenter — et il repartit d'un pas traînant, suivi de son petit-fils.

Quand arriva l'élection de St Pancras, lord Bocton fut élu à une large majorité ; presque tous les sièges disputés entre plusieurs candidats revinrent facilement aux réformateurs. « Je crois, déclarait Zachary, que le vent tourne. » Un grand nombre de tories se posaient des questions.

La situation dans le pays demeurait néanmoins instable. Les émeutes de Swing se poursuivaient, éclatant sans prévenir dans une localité ou une autre, de sorte que le gouvernement ne parvenait pas à reprendre le contrôle de la situation. L'opposition whig raillait celui-ci tous les jours ; les classes moyennes, affirmait-elle, ne permettraient pas qu'une telle situation se prolongeât longtemps. Quant aux indécis, ils commençaient à être nerveux, rapportait Bocton en revenant de Westminster.

Le duc de Wellington maintenait toutefois le cap. L'unique concession de son gouvernement, cette année-là, fut de permettre à de petits producteurs, qui n'en avaient pas l'autorisation jusque-là, de fabriquer de la bière à bon marché. Il estimait que cela compenserait le prix élevé du pain. Mais aux Communes, pour les moins intrépides parmi les indécis, les émeutes dans la campagne paraissaient toujours aussi terrifiantes. Bocton s'amusa de voir un jour un parlementaire s'approcher de lui, fort agité, et lui assurer, sans s'aviser qu'il était l'auteur de la formule : « Désormais, Bocton, c'est la réforme ou bien la révolution ! »

Au début de novembre, estimant sans doute qu'il était temps de resserrer les rangs, le vaillant duc de Wellington informa tranquillement le pays qu'il n'envisageait aucune réforme dans un avenir proche. Même certains tories estimèrent qu'il avait été trop loin. Deux semaines plus tard, à la Chambre des communes, le gouvernement fut mis en minorité ; et Bocton, par courtoisie, se rendit dans l'atelier de Carpenter pour lui annoncer : « Le roi appelle les whigs, monsieur Carpenter. Vous aurez votre réforme. »

Pour Lucy, ce fut une triste année ; même la chaleur printanière ne sembla pas améliorer l'état d'Horatio. Pourtant, tout fatigué qu'il fût, chaque fois qu'il s'en sentait le courage aux chaudes journées d'été, il descendait jusqu'à la Tamise et parcourait la boue tandis que sa sœur et Silas travaillaient. Une fois, pour le distraire, elle l'emmena après le travail du Pont de Londres jusqu'à la Banque. L'été précédent, un entrepreneur avait inauguré un nouveau mode de transport : un vaste coche pouvant transporter vingt passagers et tiré par trois forts chevaux faisait le voyage depuis la Banque jusqu'au village de Paddington, à l'ouest. L'homme appelait cela un omnibus. Les deux enfants le prirent jusqu'à l'extrémité de St Pancras ; il en coûtait six pence.

Mais Horatio continuait de s'affaiblir, sa sœur le voyait. Elle y pensait là-bas, sur le vieux fleuve sale et moite : dans les terribles fogs de Londres, la santé du jeune garçon ne s'améliorerait jamais. Bien qu'elle pût à peine supporter l'idée d'être séparée de lui, elle répétait à Silas : « Il faut qu'il s'en aille loin d'ici. Il le faut... »

Silas ne disait rien.

A plusieurs reprises, cherchant désespérément de l'aide, elle demanda au batelier : « Ne connais-tu pas des parents, des amis qui pourraient s'occuper de lui ? Est-ce que nous n'avons personne, nulle part ? » Mais il lui faisait toujours la même réponse, de sa voix profonde et bourrue : « Personne. »

Une fois, par une claire journée d'octobre, tandis qu'Horatio arpentait les rives boueuses près de Blackfriars, sa sœur l'entendit crier de la barque et le vit qui agitait la main vers eux. Après avoir juré à voix basse, Silas accepta finalement de ramer jusqu'à la berge ; Lucy, craignant qu'il ne lui soit arrivé quelque chose, courut jusqu'à lui : ses jambes étaient entièrement noires le temps qu'elle l'atteigne. Il ne s'était pas blessé et tenait fièrement dans sa main cinq souverains d'or.

« Cinq souverains ! dit-il avec un sourire radieux. Est-ce que nous sommes riches, maintenant ?

— Oh, oui !

— Ça veut dire que tu pourras arrêter de travailler ? Au moins pendant quelque temps ?

— Nous ferons une belle fête en tout cas », lui promit-elle.

Lucy et Silas fouillèrent le fleuve une heure encore, cet après-midi-là ; et chaque fois que Lucy se tournait, elle pouvait voir le petit garçon debout là-bas, qui lui souriait. Un étrange éclat maladif illuminait son visage blême et elle songeait, le cœur serré, qu'il semblait aussi éthéré que s'il venait de l'autre monde

Le vote le plus célèbre de toute l'histoire de la Chambre des communes dans l'Angleterre moderne eut lieu le 23 mars 1831. La grande loi de réforme déposée par le nouveau ministère whig fut votée après plusieurs séances houleuses. Une centaine de sièges devaient disparaître ; toute l'organisation politique du royaume serait radicalement revue et corrigée. « Même maintenant, Bocton, avait averti Carpenter, je pense que le vote sera très serré. » Il avait raison : la mesure historique qui fit de l'Angleterre une démocratie moderne passa à une seule voix de majorité.

« La mienne », proclamait Bocton avec un sourire ironique.

Non que l'affaire fût gagnée pour autant : quelques jours plus tard un amendement désastreux fut voté, qui mettait à bas la loi de réforme. Ce sursaut d'opposition désespéré ne troubla pourtant guère Carpenter : « Les whigs vont appeler le pays aux urnes, estimait-il, et ils vont gagner. » En effet, le Premier ministre whig, lord Grey, organisa rapidement une élection, et ses partisans obtinrent une large majorité de sièges. La réforme était désormais inévitable.

Un petit événement troubla pourtant les deux hommes. Au début de la nouvelle campagne, Carpenter s'était rendu à une réunion à laquelle Bocton devait participer ; rencontrant celui-ci au milieu d'un groupe d'amis politiques près de Westminster Hall, Zachary remarqua, d'un air détaché : « A propos, j'ai appris que votre fils George se présentait lui aussi... dans une circonscription "dans la poche"... »

Bocton ouvrit de grands yeux : « Vraiment ? »

Un peu plus tard ils aperçurent le vieux comte de Saint-James, qui faisait les cent pas d'un air raide en compagnie d'autres pairs âgés du royaume. Bocton s'approcha de lui.

« Savez-vous, père, que George se présente dans un bourg pourri ?

— Je le sais parfaitement, Bocton. C'est moi qui le lui ai acheté !

— Vous ne me l'aviez pas dit...

— Je ne l'ai pas fait ? Cela a dû me sortir de l'esprit..

— Je brûle d'impatience de faire campagne avec lui pour le oui. Le père et le fils... » remarqua Bocton d'un ton sec.

Se présenter dans un bourg pourri n'impliquait pas nécessairement qu'on soutînt le système existant : nombre de whigs qui avaient accédé de cette manière au Parlement s'étaient engagés, comme une question de principe, à faire voter la réforme qui supprimerait leur propre siège.

« Vraiment ? (Le vieux comte haussa les épaules.) Je n'ai aucune idée du sens dans lequel il va voter ! »

Carpenter crut d'abord avoir mal entendu. « Voyons, *my lord*, dit-il d'un ton affable, ignorant la mauvaise humeur du vieil homme, il va voter pour la réforme comme vous et moi ! N'est-ce pas pour cela que vous l'avez fait élire ?

— Oh... » Le vieux comte ne semblait-il pas un peu égaré ? Avait-il perdu le fil de ce dont ils parlaient, ou n'était-ce qu'un nouveau jeu pour irriter son fils ? Il regarda Carpenter. « Quel genre de cote peut-on trouver sur cette élection ? lui demanda-t-il à brûle-pourpoint. Et qui prend les paris ? En avez-vous une idée ?

— Non, *my lord*.

— Je ferais mieux d'aller me renseigner ailleurs, dans ce cas. (Il réfléchit.) Il me semble que je n'ai pas été aux courses depuis longtemps », remarqua-t-il en fronçant les sourcils.

Le fog de septembre, lourd et brunâtre, recouvrait le fleuve. Le bateau avait-il décrit des cercles ? Etaient-ils en face de Blackfriars ou plus bas vers la Tour, ou encore à la hauteur de Wapping ? Même habituée comme elle l'était désormais au fleuve, elle n'en avait nulle idée ; et quand au bout d'une heure elle posa la question à Silas, il se contenta de grogner.

Comment espérait-il trouver quelque chose dans ces miasmes glauques ? Cela paraissait impossible ; et pourtant il continuait à lui donner des instructions de loin en loin, « Pousse vers bâbord », « Maintiens-la ferme »... Elle se demandait ce qu'il pouvait bien voir dans cette masse confuse, opaque, indivisible d'eau et de fog, où les autres hommes ne parvenaient pas à distinguer quoi que ce fût.

Pendant que le bateau dérivait, les pensées de Lucy dérivaient aussi. Après qu'il eut trouvé l'or, Horatio avait semblé mieux se porter ; à Noël, Lucy et lui avaient préparé une somptueuse fête pour leur mère, et le jeune garçon leur avait même chanté un cantique de Noël qu'il avait appris. Mais en janvier il avait commencé à tousser, en crachant des glaires ; la première semaine de février, il était secoué d'une fièvre si violente que Lucy se demandait si son corps frêle y résisterait. L'infection qui s'était répandue dans ses poumons était aussi épaisse, aussi mauvaise que le fog londonien. Pendant deux mois il était resté assis à la maison, la poitrine entourée de foulards ; parfois sa mère essayait d'apaiser l'infection par des compresses chaudes, et il l'en remerciait avec des larmes de douleur dans les yeux. Mais le mal n'avait semblé refluer qu'en mai, le laissant faible durant les mois chauds d'été ; et maintenant, alors que la fraîcheur et le fog de septembre redescendaient sur la ville, Lucy tremblait en pensant au terrible retour de la maladie.

« Ne t'approche pas trop de lui, ou tu attraperas son mal, lui disait Silas.

— Il faut qu'il quitte cet endroit », répétait-elle — mais le batelier ne lui donnait aucun encouragement.

Elle le distinguait assez bien, assis près d'elle ; il se reposait d'un air pensif, laissant aller sa poitrine contre les rames, et peut-être songeait-il à arrêter le travail pour aujourd'hui. Ils échangeaient rarement plus de quelques mots mais ce jour-là, assis dans le brouillard, Silas décida pour une raison ou pour une autre de se montrer plus sociable.

« Tu ne manques pas de courage. Ça, je te l'accorde. Dehors dans ce fichu brouillard, et tu ne te plains jamais.

— Oh ! ce n'est rien. » Encouragée par le tour inhabituel que prenait la conversation, elle se risqua à dire : « Comment fais-tu pour trouver quelque chose, Silas ? Même dans ce brouillard ?

— Je ne sais pas, confessa-t-il. Sincèrement. Mais j'y arrive toujours.

— Tu allais sur le fleuve quand tu étais enfant ? »

Il acquiesça de la tête.

« Et ton père ?

— Batelier. Toute la famille sur le fleuve. Sauf ma sœur, ajouta-t-il pensivement. Elle le détestait. »

Le cœur de Lucy se mit à battre plus fort : il avait donc une sœur... Mais il ne parut pas avoir remarqué la surprise de sa passagère ; il scrutait le fog, l'esprit ailleurs.

« Elle n'est donc pas restée par ici ? demanda doucement Lucy.

— Sarah ? Non. Mariée à un cocher à Clapham, dit-il d'un ton songeur. Ils ont ouvert une boutique là-bas. » Comprenant qu'il avait laissé échapper une information sur un sujet dont il ne parlait jamais d'habitude, il ajouta à la hâte : « Maintenant ils sont morts, bien sûr. Tous les deux. Depuis longtemps. Et ils n'avaient pas d'enfant. »

Elle savait, avec certitude, qu'il mentait. « Oh ! dit-elle, je suis désolée. » Mais son esprit s'était déjà mis en marche.

Au mois d'octobre 1831, Zachary Carpenter pouvait estimer, pour la première fois de sa vie, que le monde tournait rond. Les brouillards de septembre s'étaient levés, le temps était au beau ; deux semaines plus tôt, comme prévu, la loi de réforme whig était facilement passée à la Chambre des communes. Lord Bocton et son fils George l'avaient soutenue ensemble, de sorte que cette mesure avait même mis de l'ordre dans sa famille, songeait l'austère tory. Aujourd'hui, la loi était présentée au suffrage de la Chambre des lords, après quoi le roi la signerait et elle serait promulguée.

Pourtant, malgré l'importance de la loi de réforme, une autre mesure récemment votée par le Parlement, quoique d'une portée plus réduite, lui avait donné une satisfaction plus grande encore : en 1831, le Parlement avait déclaré illégal le conseil paroissial « fermé » de St Pancras.

Carpenter reçut donc un grand choc, tard ce soir-là, quand on lui apporta un message de Bocton ; il enfila son manteau, s'autorisa à lâcher deux ou trois jurons bien sentis, et se précipita vers la maison de Regent's Park où vivait maintenant le vieux comte de Saint-James.

Jamais, de sa vie, Zachary n'avait été plus en colère que maintenant, en face du comte. Saint-James portait, par-dessus sa chemise et ses bas, une somptueuse robe de chambre en soie qui n'avait pu coûter, d'après l'estimation rapide qu'en fit un Carpenter exaspéré, moins de cinquante livres. Zachary avait l'impression de distinguer pour la première fois la vieille âme riche, égoïste et capricieuse tapie depuis tant d'années sous le masque de l'amateur de sports et de réformes. Il ne mâcha pas ses mots.

« Que diable complotez-vous, vieux charlatan ? » cria-t-il.

La Chambre des lords venait de repousser la loi de réforme, à une étroite majorité ; et le comte de Saint-James était l'un des pairs à avoir voté contre.

Carpenter ne savait quelle réponse il attendait au juste et ne s'en souciait pas ; connaissant Saint-James, elle risquait d'être violente. Il fut surpris de constater que le vieil homme paraissait hésiter. Le comte fronça les sourcils d'un air perplexe ; il fit mine d'examiner le poignet de sa robe de chambre en soie, comme pour chasser un moucheron caché dans un pli du tissu, et grommela enfin :

« Ils allaient supprimer le siège de George...

— Bien sûr qu'ils allaient le faire ! C'est un bourg pourri ! » s'exclama Zachary avec impatience. Mais Saint-James fronça de nouveau les sourcils, comme s'il avait oublié ce qu'il voulait dire.

« Je ne pouvais pas les laisser supprimer le siège de George », répéta-t-il.

Carpenter était si obnubilé par son ressentiment qu'il ne remarqua pas ce qui aurait dû lui sauter aux yeux : le comte de Saint-James n'était plus maître de toutes ses facultés mentales. Il avait quatre-vingt-huit ans et ne possédait plus toute sa raison.

« Vieux fumiste ! cria Carpenter. Vieux démon d'aristocrate ! Vous êtes bien comme les autres ! Les gens ordinaires ne sont qu'un jeu pour vous. Juste des numéros sur lesquels vous pariez ! Rien ne vous touche jamais, n'est-ce pas ? Dites-moi donc, mon soi-disant noble lord, qui pensez-vous être ? Qui (il criait maintenant droit dans le visage du vieil homme) pensez-vous être *réellement* ? » Puis il tourna les talons et sortit en flèche de la pièce, claquant la porte derrière lui, de sorte qu'il ne vit pas le comte de Saint-James le suivre des yeux, d'un air désemparé.

« Oui, qui suis-je ? » demanda-t-il à la chambre vide.

L'aube venait de se lever sur Southwark ; Lucy savait qu'elle n'avait pas de temps à perdre. Le lendemain du fog, Horatio avait recommencé à tousser ; avant la fin de septembre, la fièvre était revenue, et le jeune garçon paraissait s'embraser de l'intérieur sous les yeux de sa sœur. Elle avait fait chercher un médecin, prélevant pour cela l'un des souverains d'Horatio ; mais après l'avoir examiné, le praticien avait secoué tristement la tête et conseillé d'envelopper Horatio de serviettes humides pour essayer de faire au moins baisser la fièvre.

Serait-il mieux en dehors de la ville, dans un endroit plus sec et plus aéré ? avait demandé Lucy. Peut-être, avait répondu le médecin en haussant les épaules d'un air impuissant. Puis il lui avait rendu le souverain.

Le 6 octobre, Horatio avait craché du sang ; elle voyait que le petit garçon s'affaiblissait et pensait qu'il ne passerait jamais l'hiver.

Lavender Hill. Par les journées froides de ce début d'octobre, la vision du magnifique tapis bleu la hantait. Si seulement elle pouvait l'emmener là-bas... Et maintenant elle savait qu'elle avait une cousine à Clapham. Une cousine qui possédait une boutique, sur la hauteur, au sud-ouest de Londres. Seules les pires purées de pois s'étendaient jusque-là, et c'était rare. Au bout de quelques jours elle s'était formé une image de sa cousine : chaleureuse, gentille, maternelle. Une femme qui accueillerait volontiers le petit garçon chez elle, qui s'occuperait de lui, peut-être lui sauverait la vie. Il ne devait pas exister beaucoup de boutiques dans le village de Clapham ; une courte enquête et elle la trouverait sûrement. Elle aurait voulu y aller une première fois seule, pour la chercher, mais elle n'en avait pas eu le temps ; et maintenant, tandis que le petit garçon crachait du sang, elle était submergée par un désir forcené de l'y emmener sans attendre.

Elle n'en avait parlé à personne. Silas ne l'aiderait pas, elle le savait ; quant à sa mère, elle n'était pas sûre de ce que serait sa réaction, mais ne voulait pas courir le risque. La veille, elle avait fait appel à un charretier qui acceptait de les emmener au Pont de Londres à l'aube, pour un shilling. Laissant Horatio emmitouflé dans un manteau et une écharpe, près d'un escalier descendant vers le fleuve, elle traversa en direction de South-wark pour y prendre la barque.

« Qu'est-ce que nous ferons quand nous serons à Lavender Hill ? lui demanda-t-il d'une voix faible pendant qu'elle s'éloignait. Je ne crois pas que je pourrai t'accompagner, tout le temps que tu chercheras notre cousine...

— Nous pourrons aller à la maison de la gentille dame qui nous a pris dans son cabriolet, le rassura-t-elle. Nous savons où elle habite...

— Comme ça, alors oui, je pourrai », convint-il.

Le jour se levait sur le fleuve quand Lucy ramena le bateau sous l'embarcadère et y porta Horatio ; il claquait des dents, mais ne se plaignait pas. Quelques minutes plus tard, la barque remontait lentement le courant.

Un autre personnage marchait ce jour-là dans l'aube naissante. Il portait une capote et un vieux tricorne. Au premier coup d'œil on eût dit un ancien veilleur de nuit, un lanternier surgi du siècle précédent. Mais, sous sa capote, il avait une robe de chambre en soie vivement chamarrée ; et aux pieds, au lieu de bottes crottées, une paire d'escarpins cirés avec soin. Il était suivi à distance par un valet de pied, qui le surveillait d'un œil inquiet.

Au moment où Lucy et Horatio passaient sous le pont de Westminster, le comte de Saint-James atteignait Seven Dials.

L'endroit était déjà animé ; non loin de là, au marché de Covent Garden, les affaires débutaient. Une odeur de pain en train de cuire flottait dans l'air. Au-dessus des têtes, le ciel s'était couvert de hauts nuages gris, mais la journée semblait s'annoncer douce. Quand il arriva au petit monument de Seven Dials, le comte fit halte, comme s'il cherchait quelqu'un ; il tourna autour de la place, avant de revenir à la grille entourant le monument. Il resta là quelques instants — toujours surveillé par le valet de pied — jusqu'à ce qu'il aperçût un marchand des quatre-saisons qui approchait avec sa voiture. Celui-ci, d'une nature assez cordiale, et comprenant vite que le vieux gentleman n'avait plus toute sa tête, lui parla gentiment. Une seule chose l'étonnait pourtant : le vieux gentleman avait l'accent cockney.

« Vous avez pas vu mon papa ?

— Qui ça peut être, sir ?

— Harry Dogget, le marchand des quatre-saisons. Je cherche mon papa.

— Je dirais, mon vieux, que votre papa est parti depuis pas mal de temps. »

Le comte de Saint-James fronça les sourcils.

« Vous avez jamais entendu parler d'Harry Dogget ? »

Le marchand des quatre-saisons réfléchit. Le nom lui disait vaguement quelque chose ; on lui avait parlé d'une famille Dogget autrefois, quand il était enfant. Mais c'était une quarantaine d'années plus tôt.

Une femme portant un panier d'huîtres les avait rejoints, devinant qu'il y avait là matière à rires et commérages.

« Qui est-ce ? demanda-t-elle.

— Il cherche son papa, expliqua le marchand des quatre-saisons.

— Oh ?... (Elle rit.) Et votre maman, alors ?

— Nan. (Saint-James secoua la tête.) Elle est pas gentille avec moi.

— Pourquoi ça ?

— A cause des abeilles et des épines, voilà pourquoi », dit-il tristement. « Il faut aussi que je trouve Sep, poursuivit-il.

— Sep ? Qui c'est celui-là encore ? Et pourquoi vous devez le trouver ?

— C'est lui qui aurait dû être dans la cheminée, pas moi, dit le comte.

— Il n'a vraiment plus sa tête, murmura la femme.

— Où est Sep ? cria Saint-James avec une soudaine détresse. Je veux trouver Sep ! »

Une voiture surgit alors à quelques mètres de lui, d'où sortit lord Bocton, accompagné de M. Cornelius Silversleeves.

Le trajet fut très lent ; la barque était lourde, et Lucy ramait contre le courant. Le temps qu'ils atteignent le pont de Vauxhall, Horatio, qui n'avait cessé de frissonner, était devenu étrangement inerte. Comme ils approchaient de Chelsea, sa tête tombait sur sa poitrine, et Lucy pouvait voir des gouttes de sueur couler sur son front pâle. Sa respiration devenait un râle.

L'endroit vers lequel elle se dirigeait se situait à l'extrémité du long plan d'eau bordant Chelsea. Là, un vieux pont de bois délabré traversait le fleuve, qui obliquait juste après sur la gauche dans une courbe serrée. Une nouvelle ligne droite s'ensuivait, vers le sud ; peu après la courbe, un ruisseau venait se jeter dans la Tamise, descendant de l'ancien village de Battersea. De là, les pentes de Lavender Hill et le riant plateau de Clapham n'étaient guère éloignés.

Elle rejoignit la berge au milieu de la matinée. Elle avait choisi pour cela un petit débarcadère, proche de l'église du village : une vieille église dont on disait qu'elle remontait à l'époque du Conquérant.

Horatio était si faible, ses membres étaient si flasques qu'elle dut le porter pour le sortir du bateau. « Regarde, nous sommes arrivés », lui dit-elle ; mais il semblait à peine l'entendre. Avec mille difficultés, elle parvint à le hisser sur la berge, et se demanda ce qu'elle devait faire. En promenant le regard autour d'elle, elle aperçut dans le cimetière une vieille tombe familiale entourée d'un large rebord ; reprenant son frère dans les bras, elle le porta jusque-là puis, s'asseyant le dos contre la tombe, posa la tête d'Horatio sur sa poitrine et le berça doucement.

Le cimetière était calme ; l'endroit ne devait guère être fréquenté à cette heure de la matinée. Des moineaux gazouillaient dans les arbres ; des oiseaux de la Tamise glissaient parfois le long de la berge en poussant des cris stridents. Pendant quelques minutes, le soleil réussit à percer les nuages gris ; Lucy tourna vers lui le visage de son frère, espérant que ses rayons le ranimeraient. Ses yeux finirent par se rouvrir et il la regarda, les yeux vides.

« Nous y sommes, lui dit-elle. Regarde ! » Et elle désigna du doigt la colline proche d'eux. « C'est Lavender Hill que tu vois ! »

Il lui fallut un certain temps, mais il réussit à sourire.

« Nous allons y monter, lui promit-elle, et tu te sentiras mieux ! »

Il hocha la tête.

« Je pense, dit-il après un temps de silence, que nous devrions attendre encore un peu ici.

— Comme tu veux... »

Il garda le silence quelques instants ; elle voyait ses yeux dirigés vers Lavender Hill. Ils revinrent ensuite vers l'enceinte de l'église.

« Dieu est là, dans les églises, n'est-ce pas ?

— Bien sûr qu'il y est. »

Puis il dit : « Lavender Hill » et ferma les yeux avant de tousser. C'était une toux épaisse et profonde, qu'elle n'avait encore jamais entendue, comme si ses poumons étaient remplis de liquide. Elle le releva doucement et lui caressa le front.

D'une voix très basse, il dit :

« Lucy ?

— Oui ?

— Est-ce que je vais mourir ?

— Bien sûr que non... »

Il essaya de secouer la tête, mais l'effort était trop grand. « Je pense que si », murmura-t-il.

Elle sentit qu'il frissonnait, avant d'émettre un petit soupir.

« Si je pouvais vivre, dit-il faiblement, j'aimerais vivre avec toi à Lavender Hill. (Il s'interrompit un moment.) Je suis heureux que tu m'aies amené ici.

— Ne me quitte pas... l'implora-t-elle. Tu dois te battre ! »

Il ne répondit pas et toussa de nouveau

« Lucy, chuchota-t-il finalement.

— Oui, mon amour ?

— Chante-moi la chanson de la lavande. »

Elle le fit très doucement, le berçant pendant qu'elle chantait.

> *Lavande bleue, dilly, dilly,*
> *Lavande verte,*
> *Quand tu s'ras roi, dilly, dilly,*
> *Je serai reine.*

Il soupira et sourit. « Encore. ›

Elle chanta à nouveau la petite chanson, comme si elle allait pouvoir le guérir par magie ; elle la chanta encore, gardant sa voix aussi ferme qu'elle le pouvait, bien que son cœur fût sur le point de se briser. Etait-ce la cinquième ou la sixième fois qu'elle la chantait ? Elle ne s'en souvint plus par la suite, mais comme elle atteignait les mots : « Quand tu s'ras roi, dilly, dilly », elle sentit le petit corps frêle frissonner, puis devenir inerte ; ainsi, tandis qu'elle finissait la chanson, elle sut qu'il était parti.

« C'est un cas tout à fait remarquable, dit Silversleeves. Un transfert complet de personnalité. Remarquez le changement de sa voix : il semble croire qu'il a une autre famille.
— Il est donc fou ? demanda Bocton.
— Oui, tout à fait.
— Vous pouvez le faire enfermer ?
— Assurément.
— Quand ?
— Maintenant, si vous le désirez.
— Cela me conviendrait admirablement, répondit Bocton. Et cela favorisera même le processus politique en cours. »
La fureur générale du public, après l'initiative des lords la veille au soir, était telle qu'au milieu de la matinée la nouvelle police de sir Robert Peel, ainsi que celle du maire dans la City, se préparaient à des émeutes. Une heure seulement après le vote à Westminster, des parlementaires affirmaient que le roi serait obligé de créer davantage de pairs whigs pour faire passer la réforme.
« Avec l'absence de mon père, remarqua Bocton, pince-sans-rire, il en faut déjà un de moins. »
A onze heures et demie du matin, une voiture fermée passa sous les portes du grand hôpital de Bedlam à Lambeth ; et bientôt le comte de Saint-James, fragile et égaré, fut conduit à l'intérieur du splendide hall d'entrée.

Il n'était pas destiné à y rester très longtemps.
C'était la coutume à Bedlam, pourvu qu'on fût respectable et qu'on acquittât un droit d'entrée, de laisser le grand public visiter l'établissement. Grâce à cette politique libérale, les curieux venaient observer ceux que soit les tribunaux criminels, soit Silversleeves et ses confrères avaient déclarés fous. Aux inoffensifs, on pouvait même adresser la parole. Certains de ces gentlemen se prenaient pour Napoléon, adoptaient des attitudes superbes ou menaçantes ; d'autres riaient continuellement, ou encore bafouillaient. Mais il en était d'enchaînés à leurs lits, où ils restaient assis d'un air sinistre ; ou bien ils retiraient leurs vêtements et se livraient à des actes d'une étrange obscénité. L'ensemble était plutôt amusant à voir, tous les visiteurs s'accordaient là-dessus. Un vieillard, une demi-heure après son admission, affirma qu'il était le comte de Saint-James.
Meredith arriva sur les lieux peu après midi. Le jeune George, dès qu'il avait su ce qui était arrivé à son grand-père, était allé le trouver pour lui demander conseil.
La banque avait considérablement prospéré, dans les années d'après le quasi-krach de 1825 ; Meredith était aujourd'hui un homme riche. Ses tempes grisonnantes conféraient à sa haute silhouette une sorte de distinction patricienne. Il avait fait connaître crûment son opinion à George.
« Votre père va presque certainement réussir, avec l'aide de Silver-

sleeves, à faire déclarer votre grand-père irresponsable. Ce que nous devons essayer, quant à nous, c'est de le sortir de Bedlam. Vous n'y parviendrez sans doute pas, parce que Bocton a dû les avertir de se méfier de vous. Mais moi, je le pourrais.

— Et ensuite ?

— Je vais essayer de trouver un endroit où il puisse vivre dans de bonnes conditions. Je pense que c'est possible. (Il sourit.) Je lui dois toujours ma banque et je ne l'oublie pas.

— Mais ils viendront et voudront le reprendre...

— Il faudra d'abord qu'ils le découvrent.

— Dans ce cas, ce sera un enlèvement, Meredith !

— Tout juste.

— Nous devrons le cacher quelque part très loin d'ici...

— J'ai peut-être une idée. »

Il manœuvra fort habilement : d'abord il envoya un garçon à Bedlam, pour demander Silversleeves ; on lui répondit que le médecin était parti, en compagnie de Bocton, une heure ou deux plus tôt. Dès qu'on lui rapporta cette information, la voiture de Meredith entra dans la cour de l'établissement, et il se précipita à l'intérieur de l'édifice ; il enjoignit aux portiers d'aller chercher Silversleeves et de le lui amener sans délai. Négligeant leurs protestations qu'il n'était pas là, il poursuivit son chemin, demandant à voir Saint-James ; aussitôt qu'il l'aperçut, il le prit fermement par le bras et le conduisit vers l'entrée.

« Où diable est Silversleeves ? répéta-t-il d'un ton irrité. J'ai ordre d'emmener tout de suite son patient ailleurs.

— Mais M. Silversleeves et lord Bocton ont dit... commença le portier en chef, pour se faire interrompre immédiatement.

— Vous ne comprenez pas. Je suis le médecin personnel du roi. » Meredith donna le nom du distingué praticien en question. « Mes instructions viennent de Sa Majesté elle-même. Vous savez, je suppose, que le comte est l'un de ses amis personnels ? » Il n'était pas pour rien le petit-fils du fringant capitaine Jack Meredith ; sa haute silhouette, son attitude pleine d'assurance et l'impressionnante liste de noms qu'il indiqua eurent raison de ses interlocuteurs.

« Dites à Silversleeves, leur intima-t-il pendant qu'il conduisait Saint-James à l'extérieur, de venir me rendre compte chez moi sans délai. »

Quelques instants plus tard, sa voiture sortait de la cour à grand fracas, apparemment pour se diriger vers Westminster ; mais dès qu'il fut hors de vue, il la fit bifurquer et prendre une autre direction. Aussi ne fut-ce pas ce jour-là le petit Horatio Dogget, mais le riche et vieux comte de Saint-James qui trouva refuge dans la maison de l'aimable Mme Penny, à Clapham, près de Lavender Hill

« Le maudit ! s'écria lord Bocton quand on lui apprit que son père s'était échappé. Nous aurions dû le faire enchaîner ! »

La grande loi de réforme fut finalement promulguée durant l'été 1832. En plus d'accorder des sièges parlementaires aux nouvelles villes et d'éliminer les bourgs pourris, elle accorda le droit de vote à une très large part des classes moyennes. Les femmes, quelle que fût leur condition, ne pouvaient toujours pas voter, bien sûr.

Avec la mort de son frère, n'ayant plus à charge qu'elle-même et sa mère, Lucy se demanda pendant quelques mois si elle pouvait cesser de travailler avec Silas ; elle envisagea différents projets, dont celui de rejoindre le petit atelier qu'avait quitté sa mère. Elle songea même à solliciter de l'aide auprès de sa cousine de Clapham. Mais elle y effectua trois expéditions différentes au cours du printemps, sans trouver trace d'elle ni de sa famille.

La question fut tranchée de manière fort inattendue : un jour d'été, arrivant comme d'habitude un matin pour travailler, elle eut la surprise de rencontrer Silas debout près du mouillage, mais sans sa barque.

« Où est le bateau ? demanda-t-elle.

— Je l'ai vendu. En fait, je ne pense plus avoir besoin de toi, Lucy. Je vais me lancer dans quelque chose de différent. » Il la mena vers une ruelle en retrait du quai, où elle avisa une vieille charrette sale : il n'y avait rien à l'intérieur. « Je vais faire la tournée des rues avec elle, lui expliqua-t-il, pour le ramassage.

— Le ramassage de quoi ?

— Des ordures, dit-il d'un air satisfait. Des déchets. Les gens paient pour qu'on les leur enlève. Ensuite on les entasse dans une cour quelque part ; j'ai déjà l'endroit qu'il faut, pas loin d'ici. Puis on fouille à l'intérieur et on voit ce qu'on peut y découvrir.

— C'est un peu la même chose que tu faisais déjà dans le fleuve ?

— Oui. Mais il y a plus d'argent à gagner avec les ordures. J'ai étudié la question. Tu peux venir aider à fouiller, si tu veux, mais je te paierai seulement quelques pence.

— Je ne pense pas que je viendrai.

— Toi et ta mère, vous n'aurez plus d'argent.

— Nous nous débrouillerons...

— Je vous aiderai peut-être », dit-il, puis il tourna les talons.

Pour Eugene Penny, cette année-là apporta une dépense nouvelle ; mais c'était une dépense qu'il pouvait heureusement supporter.

Le séjour du vieux comte de Saint-James chez lui avait représenté les trois semaines les plus éprouvantes de sa vie. Certains jours le vieil homme était lucide et demandait à rentrer chez lui ; Eugene avait même dû, en une certaine occasion, l'immobiliser physiquement pour l'empêcher de s'en aller, ce qui l'avait fort embarrassé. A d'autres moments le comte se montrait docile ; mais une ou deux fois, dans un état de totale confusion mentale, il menaça violemment Mary Penny. Ce fut un grand soulagement pour tous quand Meredith revint enfin et emmena leur hôte dans un lieu tranquille, dans le sud-ouest du pays.

Ensuite, Eugene avait été si occupé à la banque qu'il n'avait guère eu le temps de penser à autre chose qu'à son travail ; jusqu'à ce qu'un jour, descendant Fleet Street, il vît une silhouette courbée, la mine triste et les chaussures éculées, qui traînait les pieds en direction de St Bride. Soudain il reconnut, avec un sentiment d'horreur et de culpabilité, son parrain Jeremy Fleming.

Il s'aperçut qu'il ne lui avait pas rendu visite depuis deux ans. Pourquoi, alors qu'il avait reçu de lui tant de preuves de gentillesse et de bienveillance ? Il avait été fort occupé, mais ce n'était pas une excuse. Qu'était-il donc arrivé au vieil homme ?

Fleming ne fut pas long à lui expliquer son histoire.

« C'est à cause du décret sur la bière de Wellington, en 1830, lui dit-il. Si tu t'en souviens, quand tout le monde se plaignait de la hausse des prix, il a édicté une loi autorisant n'importe quel citoyen à fabriquer et à vendre de la bière. Comme je n'avais rien à faire de mes dix doigts, j'ai fondé une petite brasserie près d'ici. (Il fit un signe de la tête vers le nord, en direction de St Pancras.) Et pendant un an, j'ai fait de la bière.

— Je vous aurais cru trop prudent pour vous lancer dans une telle entreprise...

— C'est vrai. Mais j'ai tant admiré la voie que tu as prise dans la vie, Eugene, que je me suis dit : "Regarde ce que tu aurais pu faire, Jeremy Fleming, sans ton manque de courage..." Et je me suis dit aussi : "Tout le monde réclame aujourd'hui de la bière." Mais la mienne, ils n'en ont pas voulu. Alors j'ai perdu toute prudence et j'ai persévéré. (Il secoua la tête avec un sourire triste.) J'ai tout perdu, tu vois.

— Je ne le savais pas ! Vous ne me l'avez jamais dit... » Mais aussi, pensa-t-il, il ne le lui avait jamais demandé.

« Comment vivez-vous ?

— Mes enfants sont gentils avec moi. Ce sont de bons enfants, Eugene, meilleurs que je ne le mérite. Ils me donnent ce qu'ils peuvent et je ne meurs pas de faim.

— Où vivez-vous maintenant ?

— Dans un petit logement, près d'ici.

— Il faut que vous veniez dîner avec nous, aujourd'hui même ! s'exclama Penny. Il faut que vous veniez passer quelques jours chez nous ! »

A dater de ce jour, le loyer de Jeremy Fleming fut payé par Eugene, et un nouveau costume lui fut confectionné au moins une fois par an ; il venait souvent à la maison de Clapham où, à la demande de Mary, il devint un parrain supplémentaire pour les enfants.

« Tu te conduis bien avec lui », disait-elle souvent d'un ton chaleureux à son mari.

Eugene essuyait ses lunettes, secouait la tête et disait : « Mais bien tard, Mary. A ma grande honte. »

Tout de même, tandis qu'il se promenait avec elle par les chaudes soirées d'été, il lui semblait que les choses se passaient plutôt bien, sur les hauteurs de Lavender Hill.

17

Crystal Palace

1851

Tout avait été minutieusement programmé : à trois heures précises, la famille au grand complet se rassemblerait dans la vaste maison de Blackheath, car, comme pouvaient en témoigner chacune de ses quatre filles aussi bien que leurs époux, cela ne se faisait pas d'être en retard chez le Vieux. En outre, c'était l'anniversaire du cher vieil homme ; impensable de ne pas être à l'heure en une telle occasion.

Mais la journée d'août n'en était pour le moment qu'à ses débuts. Son mari avait calculé qu'ils pouvaient s'autoriser exactement deux heures et quarante minutes de plaisir ; aussi est-ce avec un pincement d'excitation qu'Harriet Penny et lui approchaient de l'énorme édifice. Il étincelait devant eux comme un palais magique tout droit sorti d'un conte de fées.

Rien de comparable ne s'était encore jamais vu. De quelque vingt mètres de haut (un grand orme avait été conservé à l'intérieur), ayant près de quatre fois la longueur de St Paul, le monumental édifice s'étendait sur cinq cent cinquante mètres le long de l'extrémité sud de Hyde Park. Et le plus extraordinaire, c'est qu'il était presque entièrement fait de verre et de fer.

Le gigantesque hall de la Grande Exposition de 1851 — Crystal Palace, comme on l'appela aussitôt — fut le triomphe de la technique anglaise. Il était conçu comme une énorme serre, à partir d'éléments préfabriqués ; ses vingt-sept mille cinq cents mètres carrés de verre, constitués d'éléments standard produits en grande série, ses milliers de poutres et de piliers de fonte couvraient soixante-quatorze mille mètres carrés d'espace au sol ; pourtant il avait suffi de quelques mois pour le construire. Léger, aérien, sa structure métallique creuse servant fort ingénieusement aux écoulements d'eau, Crystal Palace incarnait l'essence de la modernité et du progrès. Seule concession au passé dans tout l'édifice, on y avait introduit un couple d'éperviers, sur la suggestion du vieux duc de Wellington, pour éliminer les oiseaux qui peuplaient ses galeries. L'idée d'une exposition internationale était venue d'Albert, l'époux allemand, fort avisé, de la jeune reine Victoria ; il avait à la fois supervisé le projet et veillé à son bon achèvement. Le couple royal en était extrêmement fier.

Le triomphe fut immédiat : les gens accoururent de toute l'Angleterre pour voir l'édifice. Des Français, des Allemands, des Italiens, des visiteurs d'Amérique et même d'Extrême-Orient vinrent non seulement par milliers, mais par millions pour l'admirer. Et tous n'étaient pas fortunés ; la plupart du temps, les gens du peuple y avaient accès pour un simple shilling de droit d'entrée.

Harriet n'était jamais encore venue voir la Grande Exposition, bien que celle-ci fût ouverte depuis le mois de mai ; ses trois sœurs l'avaient déjà visitée, mais elle avait attendu de pouvoir le faire en compagnie de son mari. Elle lui prit le bras, heureuse. Elle avait eu de la chance, avec Penny. Ses sœurs aînées, Charlotte et Esther, avaient déjà plus de trente ans quand elles s'étaient mariées, toutes les deux avec d'ambitieux jeunes gens ; elles semblaient assez heureuses, du reste. Il y avait aussi sa cadette, Mary Anne ; mais avec Mary Anne, tout était toujours différent.

Harriet, elle, avait vingt-trois ans quand elle avait rencontré Penny ; bien qu'il fût de deux ans son cadet, le jeune homme à lunettes l'avait aussitôt attirée avec ses manières calmes, prudentes et déterminées à la fois. Son banquier de père avait placé d'assez jolies sommes, pour chacun de ses enfants, dans différents consortiums ; mais le jeune Penny avait des ambitions personnelles dans le secteur de l'assurance. En tout cas, si les sœurs aînées d'Harriet avaient été épousées pour leur argent, Penny n'avait pas besoin de celui d'Harriet. Simplement, il ne lui serait jamais venu à l'esprit de se marier avec une femme qui n'eût pas de fortune — et il en était de même en ce qui la concernait.

Si Crystal Palace était impressionnant en soi, ce qu'il contenait, comme ils le découvrirent bientôt, était à couper le souffle. Chaque pays qui comptait dans le monde y avait une section. On y trouvait un éléphant empaillé venu d'Inde, qui portait sur le dos un magnifique pavillon serti de joyaux ; le fabuleux diamant Koh-I-Noor y était exposé, illuminé par des lampes à gaz. Des Etats-Unis arrivaient des machines agricoles, dont une égreneuse de coton, les revolvers du colonel Colt, une église missionnaire flottante qui montait et redescendait le fleuve Delaware ; de la Russie des tsars, de magnifiques fourrures de zibeline. Il y avait un pavillon turc, de la porcelaine de Chine, toutes sortes de marchandises d'Australie, du Canada, des échantillons de minéraux en provenance d'Afrique du Sud. De France venait une remarquable machine à plier les enveloppes, utilisée par La Rue[1], ainsi qu'une charmante fontaine à eau de Cologne. Berlin avait envoyé des instruments scientifiques, des machines à fabriquer de la dentelle... Encore tout cela n'était-il qu'une infime partie des merveilles, techniques et artistiques, qui remplissaient chaque mètre carré de l'énorme palais de verre.

Mais la plus grande exposition, occupant le centre de l'édifice, était celle de Grande-Bretagne. Des voitures, des machines, toutes les techniques les plus récentes de l'industrie textile, le nouveau système de la galvanoplastie, des pendules, des meubles de ce nouveau style très orné qu'on appellerait bientôt le style victorien, de la faïence Wedgwood ; et

---

1. Astronome et inventeur anglais. (*N.d.T.*)

même, pour les curieux d'histoire, la reconstitution d'une cour médiévale dans tous ses détails, due au talent de M. Pugin, un brillant architecte-dessinateur. On s'était hélas aperçu qu'elle contenait quelque part un crucifix papiste, aussi la considérait-on comme n'étant pas authentiquement anglaise, et l'opinion publique la blâmait en général. Mais hormis cette malheureuse bévue, le message apporté par l'Exposition était sans équivoque : la Grande-Bretagne était prospère, première dans le monde pour la fabrication de produits manufacturés, et à la tête d'un vaste Empire sous le soleil.

Si l'on exceptait la perte de ses colonies américaines soixante-dix ans plus tôt, l'Empire britannique n'avait cessé de croître. Le Canada, les Antilles, de grandes parties de l'Afrique, l'Inde, l'Australie, la Nouvelle-Zélande étaient sous son contrôle : de sorte qu'il était vrai, au sens littéral, que le soleil ne se couchait jamais sur cet Empire. Mais ce n'était pas un despotisme à l'orientale. Certes, la flotte britannique dominait les mers ; certes, quelques résistances locales à l'expansion de son commerce et de sa civilisation avaient été sévèrement combattues. Mais dans les faits, l'emprise militaire que la Grande-Bretagne faisait peser sur ces pays était légère. Les plus évolués des dominions étaient orientés, en prévision de l'avenir, vers une forme d'autonomie politique ; le reste de l'Empire demeurait tel que par le passé — une mosaïque de colonies gouvernées par des négociants, des colons, quelques garnisons dispersées et une poignée d'administrateurs en général bien intentionnés, qui croyaient au Dieu protestant et aux vertus du commerce. Le commerce était la clef de tout : non pas un tribut prélevé sur les populations locales, mais des expéditions de matériaux bruts — surtout de coton, si important — vers la Grande-Bretagne, où ils étaient manufacturés puis réexportés dans le monde entier. C'était le commerce, conforté par les inventions, qui apportait la prospérité à ces peuples lointains, ainsi que la civilisation aux contrées les plus éloignées.

Pendant deux heures et demie, Harriet et son mari firent le tour de l'Exposition, bras dessus bras dessous ; quand ils ressortirent enfin sous le grand soleil de Hyde Park, ils levèrent les yeux vers le ciel et se regardèrent avec un mélange d'amusement et d'inquiétude.

« Je me demande comment va Mary Anne... » dit Penny.

Esther Silversleeves et son mari étaient en avance, au moment où ils traversaient le Pont de Londres. M. Arnold Silversleeves, un homme tout ce qu'il y a de plus respectable, était grand, plus même que son père, qui avait dirigé Bedlam. Son nez était large et long ; s'il était sans méchanceté aucune, on ne l'avait jamais vu comprendre la moindre plaisanterie. Mais il œuvrait, déjà en tant qu'associé, dans la firme des ingénieurs Grinder et Watson ; en plus de ses indiscutables compétences techniques, on y reconnaissait que ses dons mathématiques confinaient au génie. L'affection qu'il portait à sa femme et à ses enfants était simple et directe ; mais sa véritable passion dans la vie, il la réservait à la fonte. Il avait emmené une fois son épouse à la Grande Exposition, pour lui montrer les machines ; mais auparavant il l'avait emmenée à trois reprises voir Crystal Palace se construire, en lui expliquant les principes techniques.

Il avait une curieuse façon de marcher. Il faisait une dizaine ou une vingtaine de pas à une certaine vitesse, s'arrêtait sans raison apparente, puis repartait, en général à une allure plus rapide — avant de changer soudain pour un rythme plus lent, ou encore pour s'arrêter de nouveau. Sa femme était la seule, grâce à une longue habitude d'obéissance, à pouvoir marcher au même pas que lui. C'est de cette manière hachée qu'ils atteignirent l'extrémité sud du Pont et pénétrèrent quelques instants plus tard à l'intérieur du grand bâtiment, en forme de hangar, où les attendait leur moyen de transport.

Arnold Silversleeves sourit. Elle était peinte en vert, exception faite de ses cuivres, qui brillaient ; derrière elle se trouvaient une demi-douzaine de voitures couleur chocolat. Elle sifflait et crachait de la vapeur d'un air satisfait ; de temps à autre, elle laissait même échapper une sorte de grognement joyeux. Sur le quai à côté, deux gardiens en uniforme, avec des casquettes à visière, paraissaient aussi fiers que s'ils se trouvaient en faction à Buckingham Palace. Le chemin de fer de Londres et de Greenwich (la première ligne londonienne, avec terminus au Pont de Londres, ouverte juste avant le début du règne de Victoria) était si content de lui que ses machines en semblaient haleter d'orgueil.

Et il le pouvait ; car si l'époque de la reine Victoria représenta une grande période de progrès, c'est avant tout parce qu'elle fut celle de la vapeur.

Bien que la première machine à vapeur eût été inventée aux jours anciens de Georges III, l'introduction de cette source d'énergie était restée lente et progressive. Des machines pour l'industrie textile, dans le nord du pays, des bateaux à vapeur primitifs, une locomotive tirant les wagonnets de charbon dans les mines, même une presse à vapeur pour imprimer le *Times* de Londres : tout cela avait vu le jour depuis l'époque du Régent. Ensuite, avec la reine Victoria, étaient apparus les premiers chemins de fer pour le transport des passagers.

L'expansion avait dès lors été fulgurante ; en l'espace d'une douzaine d'années, plusieurs compagnies se faisaient concurrence autour de Londres. La gare d'Euston avait ouvert le chemin des Midlands et du Nord. Voilà trois ans, Silversleeves et sa société s'étaient activement engagés dans la construction d'une grande gare terminus en face de Westminster, de l'autre côté du fleuve, qu'on appelait Waterloo ; les trains y partaient vers le sud et l'ouest. Si les diligences pouvaient transporter dix passagers le long des routes à péage, à treize kilomètres-heure, les voitures qui bringuebalaient le long des rails de chemin de fer derrière une locomotive à vapeur pouvaient emmener une centaine de personnes à plus de soixante kilomètres-heure. C'était grâce aux trains qu'on venait de partout à la Grande Exposition de Crystal Palace ; sans eux, la plupart des provinciaux n'auraient pu s'y rendre.

Cela avait eu un autre effet, imprévu. Pour les voyages en chemin de fer, il fallait que soient instaurés des horaires précis ; or, en dépit de l'adoption progressive de l'heure de Greenwich sur tous les océans du monde, les villes de province anglaises gardaient leurs heures locales, comme à l'époque des Stuarts. Il s'avérait fort difficile de publier des horaires de trains dans ces conditions ; et c'est ainsi que, pour la première fois, les provinces avaient commencé à adopter le temps de Londres. La locomotive à vapeur mettait de l'ordre dans le royaume.

Silversleeves aimait l'ordre ; à ses yeux, il signifiait bonheur et progrès. « Tout n'est qu'une question de technique », assurait-il à sa femme. Les nouvelles lignes de chemin de fer partant d'Euston avaient détruit des parcelles entières de logements surpeuplés et insalubres. « Il faudra reloger leurs occupants », expliquait-il, et il prédisait qu'un jour la plupart des gens, ceux qui n'avaient pas besoin de vivre près de leur lieu de travail, habiteraient dans de nouvelles maisons propres et claires à l'extérieur de la ville, où ils seraient emmenés tous les jours par le rail. Ses idées concernant le centre de Londres étaient plus remarquables encore. Avec la population sans cesse croissante, les omnibus tirés par des chevaux — il en existait des centaines — et les milliers de voitures et de fiacres, toute la zone depuis Westminster jusqu'au centre de la vieille ville était embouteillée plusieurs heures durant chaque jour ouvrable. Il fallait parfois une heure pour aller de Whitehall jusqu'à la Banque d'Angleterre. « Mais nous pouvons résoudre ce problème en faisant rouler des trains en souterrain, assurait-il. D'un bout à l'autre de Londres en quelques minutes. C'est juste une question de conduits de ventilation, pour extraire les fumées afin que les gens ne suffoquent pas là-dessous. »

Il avait aussi une solution pour la vieille Tamise nauséabonde : « Un nouveau système d'égouts ! » déclarait-il avec enthousiasme à sa famille. L'année précédente, de sa propre initiative, il avait étudié le problème : chaque fois qu'il en avait eu le loisir il était descendu, un carnet de notes à la main, dans l'immense labyrinthe souterrain de puisards, d'égouts, de canaux et de cloaques du vieux Londres. Il avait relevé la totalité du réseau, sur des centaines de kilomètres de long ; grisé par cette œuvre, aussi remarquable que malodorante, il avait dessiné un système entièrement nouveau qu'il avait présenté aux autorités de la ville — sans succès jusque-là.

La ligne de chemin de fer qui partait du Pont de Londres courait sur de hautes arches de brique ; tel un aqueduc géant, elles coupaient droit à travers les toits de Southwark, serrés les uns contre les autres, vers les vertes perspectives de Greenwich et de Blackheath ; au passage, elles offraient un excellent point de vue sur les zones qu'elles traversaient. Esther venait d'entendre une nouvelle fois son mari lui expliquer ses plans pour les égouts de Londres, et elle songeait au visionnaire qu'il était, quand elle tourna les yeux vers la fenêtre ; de saisissement, elle en interrompit son époux :

« Oh, Arnold ! Regarde ! Je suis sûre que c'est Mary Anne ! »

Pendant quelques secondes, après que le comte de Saint-James eut déroulé les dessins sur la table de salle à manger du capitaine Jonas Barnikel, l'excellent marin ne put prononcer un mot. Le jeune Meredith, qui représentait ici son père, regarda lui aussi avec intérêt. Enfin Barnikel caressa sa grande barbe rousse et fit connaître son opinion aux autres :

« C'est la chose la plus magnifique que j'aie vue de toute ma vie, dit-il de son ton bourru.

— Avec cela, vous pouvez battre les Américains, déclara Saint-James. Je parie là-dessus. »

C'étaient les plans d'un voilier. Si les steamers gagnaient régulièrement des parts du trafic maritime, l'essentiel du commerce mondial, l'année de la Grande Exposition, se faisait toujours à la voile ; et de tous les voiliers, les plus rapides, les plus élégants, les plus romantiques étaient ces lévriers des mers qu'on appelait les clippers. Les lignes merveilleuses du croquis étalé sur la table suggéraient que ce navire-là serait peut-être le clipper le plus véloce jamais construit.

Tout était venu d'Amérique. Deux ans plus tôt, ses clippers, célèbres pour leur rapidité, avaient été admis à prendre part au commerce anglais du thé. Quittant Londres avec des chargements variés, les bateaux attrapaient les alizés du nord-est dans l'Atlantique, allaient contourner la pointe sud de l'Afrique et laissaient les quarantièmes rugissants les pousser vers l'Extrême-Orient, où ils déposaient leur cargaison. Au cœur de l'été, ils arrivaient dans les ports chinois de Shanghai ou de Fuzhou, jetaient l'ancre au milieu des jonques et des sampans, et attendaient les premiers arrivages de feuilles de thé provenant de la nouvelle récolte. Aussitôt qu'on les avait chargés à bord, quel remue-ménage, quel brouhaha ! Les vaisseaux étaient remorqués hors du port, tous pavillons flottants, et les autres bateaux tiraient des salves pour les saluer ; puis c'était le départ de la grande course pour le retour au pays. Sur leur route, ils étaient poussés par les alizés du sud-est ; des guetteurs allaient se poster sur les côtes du Kent pour voir les navires de tête ; à Londres, la foule les regardait passer devant la Tour, avant d'accoster dans les docks. Ces deux dernières années, les clippers américains étaient arrivés les premiers, avec une telle avance sur les bateaux anglais que cela avait été une humiliation nationale.

La compétition était un terrible aiguillon ; les marins londoniens n'entendaient pas accepter la défaite. Ils commandaient déjà de nouveaux vaisseaux, dessinés pour être plus rapides qu'aucun de ceux-là. De soixante à quatre-vingt-dix mètres de long, ils seraient aussi fins et robustes que leurs ancêtres, les drakkars des anciens Vikings, mais porteraient une forêt de voiles sur leurs trois grands mâts ; certains, avec leurs trente-quatre voiles, auraient près de trois mille mètres carrés de toile. La nouvelle catégorie de clippers serait capable de parcourir mille cinq cents kilomètres en trois jours, à pleine charge, et de faire toute la route depuis la Chine en moins de cent jours. La plupart étaient construits en Ecosse. Et le nouveau bateau dont Barnikel avait les plans sous les yeux devait remplacer son actuel navire dans un an.

« Comment l'appellerons-nous ? demanda le comte. A vous de choisir...

— Nous l'appellerons la *Charlotte* », répondit Barnikel.

Dieu savait, songea-t-il, qu'il lui devait tout. Il était un marin de premier ordre, et sûrement l'un des meilleurs skippers au monde ; mais c'était en épousant la fille aînée du Vieux qu'il avait pu prendre une part d'un navire et devenir un capitaine de renom. L'agréable maison georgienne qu'ils occupaient à Camberwell Grove, dans un jardin, sur les élégantes pentes boisées dominant le quartier des docks de Deptford, avait été achetée avec l'argent de Charlotte. « Sans elle, j'habiterais sans doute encore là en bas », reconnaissait-il. Certes, il était désormais en train de se constituer une fortune par lui-même ; mais il se plaisait à penser que dans quelques heures, emmenant sa pâle et douce moitié ainsi que leurs enfants à Blackheath, il pourrait déclarer fièrement à son vieux beau-père : « Le comte et moi-même venons de donner au clipper le nom de Charlotte. »

Jonas Barnikel aurait un cinquième de la *Charlotte*, Meredith le banquier, représenté aujourd'hui par son fils, un autre cinquième, et le comte de Saint-James, grand amateur de sport et de paris comme son grandpère, trois cinquièmes. Quand le comte affirmait qu'il parierait sur le nouveau clipper, ce n'étaient pas des mots en l'air ; on misait d'énormes sommes chaque année sur celui des bateaux du thé qui rentrerait le premier au port. Le comte avait donc l'intention de récupérer trois fois son argent : il posséderait la plus grande partie du vaisseau, ainsi que de sa cargaison, et parierait également sur lui pour la course. Saint-James et Jonas Barnikel se connaissaient depuis cinq ans, et se faisaient une entière confiance.

Le jeune Meredith, quant à lui, était encore quantité inconnue dans l'histoire. Récemment sorti d'Eton, il avait prié son père de le laisser voyager un an avant de rejoindre un régiment ; comme Barnikel s'apprêtait à se rendre en Inde, le banquier avait demandé au capitaine s'il voulait bien l'emmener avec lui. C'était aujourd'hui leur première rencontre, et Jonas avait eu le temps de décocher quelques regards pénétrants au jeune homme pour tâcher de prendre sa mesure. Il était d'allure assez élégante : de bonne taille, les cheveux auburn, la silhouette athlétique. Un jeune et beau gentleman ; mais de quel bois était-il fait ?

« Nous allons dîner chez mon beau-père tout à l'heure, lança Barnikel. Peut-être M. Meredith voudra-t-il se joindre à nous ? » C'était une offre impromptue.

« Eh bien... » Le jeune homme hésitait ; il adressa un regard interrogateur au comte, qui acquiesça. « Je serai charmé, répondit-il donc, si du moins vous êtes sûr que cela n'importunera pas votre beau-père...

— Le Vieux sera ravi, prédit Jonas d'un ton confiant. Il aime toujours voir de nouveaux visages. »

C'est ainsi qu'une demi-heure plus tard la famille Barnikel, accompagnée de Meredith, était confortablement installée dans sa voiture, qui roulait sur la vieille route du Kent en direction de Blackheath. A un certain moment, le jeune homme attira leur attention vers un objet dans le ciel ; Charlotte Barnikel ouvrit de grands yeux et s'exclama : « Oh, Jonas ! Ce doit être Mary Anne ! »

Il n'y avait qu'un souffle de brise, juste assez pour le voyage. Les doigts de Mary Anne tenaient solidement le côté du panier, qui tanguait et craquait de la plus terrifiante manière ; sous leurs pieds, les jardins de Vauxhall commençaient à rapetisser d'une façon inquiétante.

« Tu as peur ? lui cria son mari dans l'oreille.

— Bien sûr que non ! » mentit-elle. Le pilote leur adressa un sourire encourageant. Au-dessus de leurs têtes, l'énorme ballon bleu et or montait avec une hâte silencieuse, irrésistible et solennel, dans le ciel clair en direction du soleil. Durant un instant, Mary Anne ressentit l'affreuse terreur de ceux qui pour la première fois s'élèvent en l'air et comprennent qu'ils n'ont plus rien sous les pieds ; pendant quelques horribles secondes, elle se demanda si le fond du panier n'allait pas se décrocher. Ses mains agrippaient si fort le rebord de la nacelle qu'elles y étaient sans doute soudées à jamais. Elle parvint cependant à esquisser un sourire contraint, en réponse à l'exclamation de son époux : « Eh bien, tu y es enfin, comme tu le voulais ! »

Le paysage qui s'étalait sous leurs pieds, autour des jardins de Vauxhall, n'avait rien de très attrayant. Ce n'étaient pas seulement les petites rues misérables qui enserraient désormais le parc, comme si elles avaient voulu l'étouffer, mais aussi les zébrures métalliques de la ligne de chemin de fer, en haut de son viaduc de brique, son cliquetis et sa fumée au passage des trains, qui bouleversaient l'ancienne tranquillité du lieu. Les jardins de Vauxhall vivaient tristement leur dernier déclin. Mais c'était de là que les ballons s'envolaient toujours, et ils étaient nombreux. Les gens les empruntaient pour dessiner de là-haut des panoramas de la ville, ou pour entreprendre d'audacieux voyages, sur lesquels on prenait beaucoup de paris ; certains intrépides allaient jusqu'en Allemagne. Récemment, un homme avait exigé de monter non pas dans la nacelle ordinaire, mais assis à califourchon sur un cheval ; une petite foule était venue assister au spectacle. Aujourd'hui, sous l'œil de quelques curieux du voisinage, Mary Anne et Bull accomplissaient une courte ascension qui, si tout se passait bien et que le temps ne changeait pas, les emmènerait quelque part à Blackheath.

Tout était parti d'une boutade. Lorsque, peu auparavant, son époux lui avait demandé ce qu'elle aimerait pour son anniversaire — qui arrivait juste après celui du Vieux — et qu'elle avait répondu : « Un voyage en ballon », elle l'avait dit comme une plaisanterie ; elle l'avait même presque oublié par la suite. Aussi avait-elle été abasourdie quand il lui avait annoncé d'un ton nonchalant, trois jours plus tôt : « J'ai arrangé ton voyage en ballon, Mary Anne. Si le temps et le vent le permettent, nous nous envolerons samedi matin. (Il avait souri.) Si tu le désires toujours, bien sûr... » Elle ne pouvait plus guère reculer...

Ses sœurs en avaient été horrifiées. « Comment pouvez-vous être aussi imprudents ? Et que vont dire les gens ? » s'étaient-elles écriées. Pour en arriver à : « Pourquoi ne fais-tu jamais rien comme les autres, Mary Anne ? » Elle leur avait pourtant fait promettre de n'en rien dire à leurs époux ; personne n'en avait parlé non plus au Vieux.

Un voyage en ballon coûtait très cher ; mais cela, tous le savaient, n'était pas un problème, car Edward Bull allait hériter de la brasserie. Mary Anne était la seule des filles du Vieux à s'être mariée jeune — mais Mary Anne était jolie, mince, enjouée ; avec ses ravissants yeux noisette, sa trace blanche dans des cheveux bruns et bouclés qui lui donnait un air distingué, elle avait une élégance et un style qui manquaient à ses sœurs. Edward Bull, d'un an plus âgé qu'elle, n'avait pas besoin de son argent, même si les Bull aimaient que leurs femmes eussent de la fortune.

En quelques secondes, le ballon fut à trois cents, puis quatre cents, puis cinq cents pieds, et il montait toujours ; enfin l'aérostier ralentit l'allure, l'engin parut se stabiliser, et à sa propre surprise Mary Anne sentit que la panique commençait à la quitter. Elle réussit à regarder par-dessus la nacelle, en direction de Londres, et découvrit un panorama magnifique. Les progrès de la construction ne s'étaient pas ralentis au cours des vingt dernières années : sur la rive sud du fleuve, les maisons formaient un ruban presque continu depuis Southwark jusqu'à Clapham ; au nord, les villages de Chelsea et de Kensington disparaissaient désormais au milieu des *terraces*, des interminables rangées de maisons pseudo-georgiennes ; plus loin, au-dessus de la City, les bois d'Islington se réduisaient comme peau de chagrin. Mais toutes ces extensions, vues de là-haut, semblaient autant de doigts trapus émanant de la paume grisâtre de Londres et s'étendant au sein de la campagne dans toutes les directions alentour. Lavender Hill restait un vaste champ odorant, Fulham était toujours couvert pour l'essentiel de vergers et de jardins maraîchers ; au-dessus de Regent's Park, la campagne reprenait ses droits en direction de Hampstead.

En baissant les yeux, Mary Anne remarqua qu'il se passait quelque chose d'alarmant. Le programme de leur voyage reposait sur l'idée que la brise venait de l'ouest, et qu'ainsi elle les ferait glisser au sud de Londres, vers Blackheath ; là-bas ils trouveraient facilement un pré où atterrir. Mais ce qui se passait était tout différent : « Edward ! s'écria Mary Anne. Nous allons droit au nord ! »

Et de fait leur route — ils se trouvaient alors juste au-dessus de la Tamise — les avait déjà conduits à Lambeth Palace ; si rien ne changeait, ils finiraient par devoir chercher un endroit où atterrir dans les champs au-delà d'Islington. « Et nous serons vraiment en retard chez le Vieux », grogna Bull.

Mais Mary Anne, quand elle eut dominé sa crainte, sentit une impression de sauvage exaltation s'emparer d'elle. « Peu importe ! s'exclamat-elle. C'est merveilleux ! »

Son mari se mit à rire. Il le vit bientôt, la route qu'ils suivaient allait leur permettre de jouir d'un spectacle inattendu. « Regarde ! commentat-il. Nous allons droit vers le Parlement ! »

Le Parlement de Londres, en 1851, offrait une vue pittoresque. Dix-sept ans plus tôt, un fonctionnaire avait décidé qu'il fallait mettre de l'ordre dans les archives de l'ancien Echiquier. Dans les caves moisies on avait retrouvé, très proprement rangées, les dizaines de milliers de petites baguettes de bois de la taille — avec le *stock*, la *foil* et la *counterfoil* ; certaines se trouvaient là depuis l'époque de Thomas Becket. Le fonctionnaire décida aussitôt qu'il fallait les brûler, et ses subalternes exécutèrent son ordre avec tant d'empressement qu'ils mirent le feu à tout le palais de Westminster. Le lendemain matin, il était entièrement ravagé par les flammes, excepté le solide et vieux Westminster Hall.

Le palais qui se dressait aujourd'hui à la place, bâti autour du vieux hall normand, était en vérité plus beau que celui qui avait brûlé. Réalisé en pierre brune, couleur de miel, sous la conduite du Londonien Barry, avec une somptueuse décoration intérieure conçue dans le style médiéval par Pugin, l'édifice d'inspiration gothique égalait en splendeur l'abbaye qu'il côtoyait. La Chambre des communes était déjà terminée et la reconstruction de la Chambre des lords se poursuivait ; à l'extrémité est, la plus proche du port de Westminster, Mary Anne apercevait la base, encore vide, de la future grande tour de l'Horloge qui dominerait l'ensemble.

De Westminster ils furent emportés au nord, au-dessus de Whitehall, jusqu'à Charing Cross. Quelques années plus tôt, on avait rasé les Ecuries royales et les bâtiments alentour pour ouvrir une grande place qu'on avait nommée Trafalgar Square ; en son centre, une haute colonne soutenait une statue de Nelson. Ils allaient passer au-dessus de la tête du héros des mers quand le vent tourna, fort obligeamment, pour les ramener enfin en direction du fleuve.

« Nous serons peut-être à temps chez le Vieux, au bout du compte », sourit Bull. Et en effet, quelques minutes plus tard, ils voguaient paresseusement vers Bankside, puis survolaient Southwark dans la direction de Blackheath. Il la poussa du coude. « Regarde ! Voici la brasserie ! »

Il aurait été difficile de la manquer. Si, dans son principe, le procédé de fabrication de la bière n'avait pas changé depuis l'époque où Dame Barnikel surveillait ses vastes brassins, à côté de la taverne du George, l'échelle des opérations était désormais différente. La brasserie Bull représentait un énorme établissement. Les hautes cheminées carrées du bâtiment des chaudières surplombaient les toits de Southwark. Le bâtiment principal, où le malt était moulu et la bière brassée, refroidie, avant de fermenter, comportait sept étages ; ses vastes fenêtres carrées regardaient vers l'extérieur, l'air satisfaites d'elles-mêmes, depuis les grands murs de brique rouge. Il y avait aussi les hangars contenant les cuves, vieilles et massives, les vastes cours où les fûts de bière attendaient d'être expédiés, empilés en forme de pyramide, les immenses écuries abritant les puissants chevaux qui tiraient les haquets. La famille Bull présidait à toutes ces activités, joviale, prospère et solide comme un roc.

Le ballon survola Camberwell et poursuivit sa route vers l'est jusqu'à ce que l'aérostier fût à même d'atterrir, au prix d'un très léger choc, sur le vaste plateau de Blackheath. Ils n'étaient qu'à quelques centaines de mètres de la maison du Vieux.

Une Mme Bull heureuse et excitée reprit pied sur la terre ferme, embrassa son mari et remarqua d'un air de triomphe : « Nous serons les premiers là-bas, je crois ! »

Vers le milieu de l'après-midi, une autre personne se mit en route. Laissant derrière elle le quartier de Whitechapel, dans l'East End de Londres, elle passa à l'est des docks de Ste Catherine, où accostaient les clippers du thé, et continua le long du fleuve jusqu'à Wapping ; de là, silhouette solitaire échappée à la grisaille de l'East End, elle comptait traverser le fleuve et continuer en direction de Blackheath. Car le Vieux devait recevoir ce jour-là une visite supplémentaire et inattendue.

Si le West End s'agrandissait régulièrement depuis deux siècles, le développement de l'East End était plus récent. Le quartier des docks commençait à l'est de la Tour, avec ceux de Ste Catherine ; il s'étendait vers l'aval du fleuve, par Wapping et Limehouse, jusqu'à l'endroit où le grand méandre de la Tamise formait le promontoire de l'Ile-des-Chiens — où avaient été ouverts les vastes bassins des West India Docks. Au-dessus de cette rangée de docks, à partir de la porte d'Aldgate dans le mur de la ville, avaient toujours pris place une suite de quartiers modestes : d'abord Spitalfields, où les tisserands huguenots s'étaient établis, puis Whitechapel, Stepney, Bow et Poplar au-dessus de l'Ile-des-Chiens. Mais aujourd'hui ils se confondaient tous dans une vaste banlieue, informe et désordonnée, faite de docks et de petites fabriques, de modestes ateliers et de rues misérables, dont chacune ou presque abritait sa propre communauté. C'est dans l'East End qu'aboutissaient en général les immigrants pauvres ; et il en était peu de plus pauvres que la dernière communauté venue s'établir dans les rues de Whitechapel.

Il avait toujours existé une population irlandaise à Londres ; depuis le siècle précédent, une communauté en expansion, surtout composée d'ouvriers, vivait dans les taudis de la paroisse de St Giles, à l'ouest de Holborn. Mais ce n'était rien comparé à la grande vague d'immigration qui avait eu lieu au cours des sept dernières années.

Elle avait été provoquée, on l'a établi depuis, par la déficience d'une seule et unique culture. Depuis des années, sur ce qui était l'une des meilleures terres agricoles d'Europe — pour l'essentiel entre les mains de lointains propriétaires anglais —, une population relativement dense vivait de ce tubercule originaire d'Amérique, hautement nutritif : la pomme de terre. Quand, plusieurs années de suite, la récolte s'était révélée catastrophique, le peuple irlandais avait dû affronter une terrible crise. Les efforts pour y remédier ayant été vains, le choix fut rude : émigrer ou mourir. Alors commença l'immense exode, dont l'Irlande ne devait pas se remettre pendant plus d'un siècle et demi. Vers l'Amérique, vers l'Australie et vers les ports anglais, ils avaient fui ; vers Londres aussi, bien sûr. Le groupe d'Irlandais le plus important à Londres s'était établi à Whitechapel, où ils trouvaient du travail dans les docks voisins ; et c'était d'une rue peuplée surtout d'Irlandais qu'était parti le personnage inattendu qui allait aujourd'hui rendre visite au Vieux.

Le Vieux aimait réunir sa famille autour de lui. Avec sa barbe blanche et ses vieilles joues roses, il avait l'air d'un roi débonnaire. Il aimait porter, même en été, une lourde redingote, ainsi qu'un foulard de soie blanche retenu par une épingle munie d'une perle ; ses chaussures étaient si soigneusement cirées qu'elles brillaient. Son manoir georgien à Blackheath était merveilleusement tenu par un maître d'hôtel qui dirigeait une équipe de six domestiques. On disait que le Vieux avait un revenu de dix mille livres par an. Tranquille, cordial avec chacun de ses gendres, il ne demandait aux gens que d'être ponctuels ; s'ils ne l'étaient pas, il savait se montrer glacial envers eux. Mais seul un imbécile aurait négligé de témoigner respect et affection à un beau-père ayant un revenu de dix mille livres par an.

Il était cinq heures, et les petits-enfants avaient été emmenés par leurs nurses, quand le maître d'hôtel annonça le dîner ; le Vieux, homme d'autrefois, aimait à dîner tôt. Hormis ce détail, tout était réglé chez lui à la manière moderne. Les gentlemen conduisirent les ladies dans la grande salle à manger ; le Vieux dit les grâces et ils s'assirent tous, une dame entre chaque paire de messieurs. La grande table, recouverte d'une nappe blanche damassée, offrait un majestueux spectacle. Au centre trônait un énorme surtout d'argent richement orné ; il ressemblait à un chandelier à cinq branches, à ceci près qu'il ne portait pas de bougies mais des coupes de fruits. En face de chaque place, comme c'était désormais la mode, on trouvait un assortiment de différents verres à vin, ainsi que de fourchettes et de couteaux (en argent pour le poisson et les fruits), lourds et chargés. Un simple choix de potages inaugurait le repas : *juliennes* de légumes et de vermicelles. Elles étaient suivies par des poissons, saumon bouilli, turbot, sole *à la Normande*, mulet et croquettes de homard. Le saumon avait été apporté d'Ecosse par chemin de fer.

Etant veuf, le Vieux demandait généralement à l'une de ses filles d'occuper l'autre bout de la table et de faire office d'hôtesse ; aujourd'hui, son choix s'était porté sur Mary Anne. Ainsi se trouvait-elle avec à sa droite un gentleman âgé, ami et voisin du maître de maison, et à sa gauche le garçon que Barnikel avait amené avec lui. Pendant le potage, elle fit poliment la conversation avec le vieux gentleman ; quand le poisson arriva, elle put tourner son attention vers le jeune Meredith.

Mary Anne se sentait de joyeuse humeur ; à dire vrai, elle ne se souvenait même pas d'avoir été plus heureuse de toute sa vie. Elle était encore grisée par son triomphal voyage en ballon. Maintenant que c'était fait, il n'était plus question de le cacher au Vieux ; du reste, Edward et elle avaient vu le vieil homme arriver à travers la lande, son bâton d'ébène à la main, pour examiner le ballon aussitôt qu'il s'était posé. Surpris de les voir en pareil équipage, il avait d'abord lancé à Edward un regard qui semblait assez peu enthousiaste ; mais le temps que le reste de la famille soit là, il paraissait trouver l'histoire plutôt amusante. « Je suis heureux de vous voir tous, avait-il déclaré. Et je suis très content qu'Edward et Mary Anne aient pu "descendre" chez moi. » Comme Harriet l'avait fait remarquer à sa sœur en soupirant : « Il te passe toujours tout, Mary Anne. »

Edward et elle avaient été trop pris par ses sœurs et leurs enfants pour prêter grande attention au jeune homme avant le repas ; tout au plus avait-elle vaguement songé qu'il était plutôt bien fait de sa personne. Elle s'aperçut qu'elle ne devait avoir que deux ou trois ans de plus que lui ; mais un monde séparait une jeune femme et un jeune homme, tout élégant fût-il, qui sortait à peine du collège. Elle remarqua qu'il avait accepté un second verre de vin blanc avec le poisson, et se demanda comment elle pourrait, sans l'offenser lui suggérer de ne pas trop boire.

C'était un voisin de table fort agréable : ses manières étaient tranquilles et polies, mais sans aucune timidité. Elle remarqua que ses yeux avaient une charmante façon de s'éclairer quand il parlait de sujets qui l'intéressaient ; bientôt elle songea qu'il y avait en lui un raffinement qui faisait défaut aux autres convives. Elle lui posa des questions sur les années qu'il avait passées au collège, sur les choses qu'il aimait dans la vie : il reconnut qu'il était bon athlète, chanta les louanges de la chasse et de ses plaisirs. Après qu'elle l'eut questionné de plus près, il confessa d'un air modeste, mais sans montrer nulle gêne, qu'il aimait la poésie et se sentait fasciné par l'histoire.

« N'envisagez-vous pas d'aller à l'université, dans ce cas ? demanda-t-elle.

— Mon père est contre, répliqua-t-il. Et à dire vrai, je désire tant partir et voir le monde... ajouta-t-il en souriant.

— Monsieur Meredith ! (Elle rit.) Je pense que vous devez être bien plus aventureux que nous tous ici.

— Oh ! non, madame Bull, répliqua-t-il aussitôt. Je ne le pense pas du tout. Parce que, voyez-vous, je ne suis jamais monté dans un ballon, moi ! »

Le rire charmé qu'elle laissa échapper fit se tourner plusieurs têtes dans sa direction ; elle rougit un peu, parce qu'elle n'avait pas eu l'intention de rire aussi fort. Puis elle vit que cela avait attiré l'attention de quelqu'un d'autre : sous ses vieux sourcils broussailleux, le Vieux regardait vers elle.

Quand le Vieux donnait un dîner, il aimait qu'on le divertît ; il considérait cela comme un dû. Les nouveaux invités pensaient souvent que le riche vieillard les avait à peine remarqués ; en vérité, il pouvait les avoir examinés en silence pendant une heure ou plus avant de leur demander soudain de parler d'eux-mêmes et de raconter leur vie. Sa voix profonde traversa brusquement toute la table. « J'ai entendu dire que M. Meredith envisageait de voyager pendant un an. Peut-être voudrait-il nous parler un peu de ses projets ? » Les conversations se turent et tout le monde se tourna vers le jeune homme.

« Oh, père ! protesta Mary Anne. Pauvre M. Meredith, d'être interrogé comme cela... Il va regretter d'être venu. »

Mais le jeune homme prit fort bien la chose. « Pas du tout, répondit-il. Un invité impromptu, madame Bull, se réjouit d'une aussi bienveillante hospitalité, et doit s'attendre à devoir chanter pour prix de son dîner. A la vérité, sir, dit-il au Vieux, mes projets sont assez incomplets. Mon premier désir, toutefois, est de faire quelques mois le tour de l'Inde. » Il se tut, ne sachant si l'on attendait qu'il continue ou non. Le Vieux sembla assimiler l'information.

« Capital, monsieur Meredith ! » Silversleeves, visiblement, estimait devoir dire quelque chose pour encourager le jeune homme. « Vous verrez sûrement des opportunités là-bas pour le développement d'un vaste réseau ferroviaire, plus grand peut-être qu'aucun autre sur toute la terre ! Le commerce en Inde est très développé, mais il pourrait l'être incomparablement plus avec de meilleurs transports et une technique plus évoluée. Qu'en pensez-vous, Jonas ? ajouta-t-il en se tournant vers Barnikel.

— En Inde il y a du thé, du chanvre, des cotons bon marché, lâcha le capitaine.

— J'espère assurément voir tout cela, dit Meredith.

— Vous allez donc là-bas pour voir des chemins de fer ? demanda le Vieux.

— Non, sir, sourit Meredith. Je ne suis pas sûr d'y aller pour des raisons aussi précises. » Et de nouveau il se tut. Mais si les gendres du Vieux avaient senti qu'il méritait un peu d'aide, celle-ci avait maintenant pris fin. Du milieu de la table provint une toux discrète.

Bien que leurs deux familles fussent liées à travers la banque, la jeune génération des Penny n'avait jamais éprouvé des sentiments très chaleureux envers leurs contemporains du clan Meredith. On devinait quelque chose d'un peu trop aristocratique, d'un peu trop insouciant chez eux, qui offusquait le prudent tempérament, écossais et calviniste, des enfants Penny. Ils ne se mélangeaient pas entre eux. En entendant parler ce jeune rejeton de la lignée Meredith, l'homme des assurances ressentit un pincement d'irritation.

« J'ai du mal à croire qu'on puisse baguenauder pendant des mois tout autour de la planète sans quelque projet précis en tête, insinua-t-il avec plus qu'une trace de désapprobation dans la voix. Ou bien voyagez-vous seulement pour le plaisir ? » demanda-t-il d'un ton acide.

Mary Anne jeta un regard à Meredith, et le vit rougir à l'insulte sous-entendue ; elle regarda son beau-frère avec colère, et lança aussi un coup d'œil en direction d'Edward, mais n'obtint pas de réponse de sa part.

« A vrai dire, j'ai bien un projet en tête, répondit calmement Meredith. Il y a beaucoup à apprendre au sujet de l'Inde ; sa civilisation est si ancienne et si variée... Je pense que je pourrais passer quelques mois à étudier la religion hindoue et ses dieux. » Et il hocha poliment la tête en direction de Penny.

Il était des cercles, en Angleterre, où une telle déclaration aurait pu être bien reçue. Certains administrateurs de l'East India Company étaient bien documentés sur le sujet ; la récente renaissance des études sur la civilisation indienne était menée, dans le sous-continent, par des savants anglais plutôt que par des Indiens. Mais la famille du Vieux, à Blackheath, ne faisait pas partie de ces cercles ; le Vieux lui-même semblait pris au dépourvu.

« Comment comptez-vous vous y prendre ? demanda Mary Anne, qui ne savait pas très bien elle-même ce qu'elle en pensait.

— Je suppose que j'irai voir leurs temples et chercherai à m'instruire auprès de leurs prêtres, répliqua-t-il. Peut-être, ajouta-t-il, vivrai-je quelque temps au milieu d'eux. Ce serait intéressant de parvenir à bien les connaître, je pense. »

Toute la compagnie le regarda dans un silence plein de répugnance.

« Mais, monsieur Meredith, dit finalement Esther Silversleeves, ces gens sont des païens ! (Esther était la plus religieuse de la famille.) Vous ne pouvez sûrement pas vouloir... » La voix lui fit défaut.

« Les temples païens de l'Inde contiennent des sculptures qu'aucun homme craignant Dieu ne voudrait voir, dit tranquillement le capitaine Barnikel.

— Des sauvages, dit le Vieux. Mauvaise idée. »

Edward Bull, quant à lui, rit. Il le fit sans malice particulière : il rit seulement parce que les projets de Meredith le frappaient comme étant absurdes.

« Eh bien, je peux vous dire une chose, les informa-t-il en gloussant : il n'y a pas d'hindous dans la brasserie. Je peux vous l'assurer ! (Il se tourna vers Meredith.) Je suis sûr que votre père connaît des gens en Inde qui pourront vous guider, monsieur Meredith. Ce serait dommage de perdre votre temps. Et l'argent de votre père... »

Ce ne fut pas dit avec rudesse, mais le ton était condescendant et dédaigneux ; Mary Anne rougit, embarrassée. Dieux païens ou non, pourquoi sa famille devait-elle traiter ce charmant jeune homme de cette façon ? « Je pense que M. Meredith désire en savoir plus sur les peuples de notre Empire, et que c'est tout à fait louable, s'exclama-t-elle. A vrai dire, cela me paraît même passionnant ! » Et, bien qu'elle n'eût pas véritablement réfléchi à ce qu'elle disait, il lui apparut soudain qu'elle ne savait rien des temples hindous de l'Inde ni des dieux qui y résidaient ; cela semblait un sujet intéressant et excitant. Elle regarda son voisin d'un air approbateur.

Son mari ne partageait par ses impressions. « Ne sois pas stupide, ma chérie. Tout cela n'a aucun sens », lui dit-il.

Elle lui jeta un regard noir : Edward lui avait peut-être offert un voyage en ballon, mais qu'il ne s'avise surtout pas de le prendre de haut avec elle. Elle tourna les yeux vers le jeune Meredith, pour savoir comment il s'accommodait d'un tel traitement. Il avait légèrement baissé la tête, mais elle voyait qu'il l'avait fait par politesse : étant invité dans la maison, il ne voulait pas avoir de discussion avec ses hôtes. Et non seulement cela mais, comprit-elle soudain, il était mieux élevé et plus intelligent qu'eux tous. Ce que pouvaient penser Edward ou n'importe quel autre d'entre eux ne devait nullement lui importer ; et il avait bien raison. Nous sommes tous (elle détestait employer ce mot-là, mais on ne pouvait y couper), nous sommes tous si communs, songea-t-elle. Même son brave mari, son affectueux mari, avec ses yeux bleus, son regard franc, sa grande tête blonde et ses manières viriles, même Edward, s'il n'était pas un imbécile, était fait d'une étoffe grossière en comparaison de ce jeune homme. Elle avait épousé la brasserie Bull, avec ses vertus, sa force — et ses limites. C'était un fait indiscutable.

« Ah ! cria Charlotte d'un air soulagé. Voilà la viande ! »

Il y avait deux façons de traverser la Tamise à Wapping. La première consistait à prendre un canot. Avec les nombreux ponts enjambant désormais le fleuve vers l'amont, l'emploi traditionnel des bateliers dans la City et le West End décroissait rapidement ; mais plus bas, près des docks, outre l'activité commerciale du secteur qui requérait leurs services de mille façons, on trouvait toujours des passagers à qui faire franchir le fleuve en bac. Pourvu que ceux-ci pussent payer, bien sûr. Ceux qui n'en avaient pas les moyens pouvaient encore traverser la Tamise d'une autre manière, à Wapping.

L'invitée-surprise du Vieux descendait lentement. Dans sa partie dominant le sol, l'édifice ressemblait, avec ses grandes fenêtres georgiennes, à un mausolée classique — non dépourvu d'élégance quoique un peu mangé aux mites. Quand on avait dépassé l'entrée claire et ventée, on s'enfonçait dans une grande fosse ronde, qui s'assombrissait, puis devenait noire ; ses murs portaient des lampes à gaz, mais leurs petites flammes ne faisaient que rendre plus épaisse encore la pénombre environnante. Au fond de ces tristes ténèbres à peine trouées d'un semblant d'éclairage s'ouvraient deux entrées en forme d'arches, placées côte à côte : elles donnaient sur deux galeries humides et désolées.

C'était le Tunnel de la Tamise. Il avait été dessiné, et sa construction supervisée, par Brunel et son fils — deux des plus grands ingénieurs que l'Angleterre eût jamais connus, même si le père venait de France. Techniquement, c'était un chef-d'œuvre : percé sur quatre cents mètres de longueur à travers la profonde boue préhistorique du fleuve, il reliait Wapping à Rotherhithe sur la rive sud. Commercialement, en revanche, cela avait été un échec. Les routes carrossables qui devaient y conduire, à l'origine, n'avaient jamais été construites : seuls des escaliers permettaient aux piétons d'y descendre, et il fallait être très hardi — ou très pauvre — pour s'y aventurer, au risque de se voir agressé ou volé par les vagabonds et détrousseurs en tout genre qui hantaient l'endroit. La visiteuse du Vieux était très pauvre.

Seul le hasard voulait qu'elle se rendît aujourd'hui chez lui — le hasard et un article de journal. Peu de gens savaient lire, dans la rue de Whitechapel où elle vivait ; mais un homme au moins savait, et c'était cet homme qui lui avait un jour montré le nom du Vieux dans un article.

« La Société pour l'amélioration de la condition des classes laborieuses, de lord Shaftesbury, lui avait-il lu, a reçu une très généreuse donation d'un gentleman résidant à Blackheath. » Suivaient le nom du Vieux et son adresse. « Ce doit être un vieux gentleman très charitable », avait remarqué l'homme.

Elle n'était pas tout à fait sûre de l'identité du Vieux et se demandait si elle devait ou non lui écrire. « Je le ferai pour toi, lui offrit son ami. Je paierai aussi pour cela. » Avec le nouveau service postal à un penny, même un pauvre habitant de Whitechapel pouvait envoyer une lettre. Mais après y avoir réfléchi pendant une semaine, elle avait finalement décidé d'aller voir elle-même ce bienveillant gentleman. Le trajet de Whitechapel à Blackheath, par le tunnel, ne représentait qu'une dizaine de kilomètres. « Peut-être que s'il me voit, il m'aidera, dit-elle à son ami. Le pire qu'il puisse faire, c'est de refuser. »

Lucy Dogget était enceinte.

Y a-t-il une odeur plus agréable au monde que celle d'un rosbif brûlant, au moment où on le découpe sur la desserte ? Brun et croustillant à l'extérieur, puis une riche couche de graisse, puis la viande, rosée, un peu saignante au centre ; le couteau y pénètre aussi aisément que dans du beurre tandis que le jus s'en écoule. A moins que, peut-être, l'odeur d'un jeune poulet grillé, de côtelettes de mouton *à la jardinière*, de veau au riz, de canard *à la rouennaise*, ou de jambon aux petits pois...

Le dîner du Vieux avait repris son cours joyeux ; un excellent bordeaux accompagnait la viande. A l'arrivée de celle-ci, Mary Anne s'était poliment tournée vers le vieux gentleman assis à sa droite, pour reprendre avec lui la conversation interrompue. Jetant des coups d'œil à l'autre bout de la table, vers le Vieux, elle vit que tout le monde avait choisi d'oublier la choquante folie du jeune Meredith : le Vieux lui-même s'était lancé dans la description des rhododendrons qu'il importait d'Inde pour embellir son jardin ; Silversleeves expliquait à une lady âgée comment on pouvait extraire la fumée d'un chemin de fer souterrain ; le capitaine Barnikel décrivait les lignes merveilleuses de son nouveau clipper. Penny se demandait à haute voix à quoi l'on pourrait utiliser le Crystal Palace après la fin de la Grande Exposition, et son épouse expliquait que la reine y avait fait l'une de ses nombreuses visites la veille du jour où elle s'y était rendue. Sans y penser, Mary Anne lança un regard furtif à Meredith.

Dans moins d'un an, pensa-t-elle, quoi qu'il ait fait en Inde, il aurait rejoint un régiment. Il serait en uniforme. Il n'était pas difficile de l'imaginer dans une tunique écarlate ; il y serait sans doute superbe. Elle se demanda s'il se laisserait pousser la moustache. Il était rasé de près aujourd'hui, mais quand elle ajouta mentalement une moustache à son visage, elle ne put retenir un léger soupir. Elle serait couleur auburn, comme ses cheveux, assez longue et plutôt soyeuse. A coup sûr, pensa-t-elle, il aurait toutes les femmes à ses pieds ; et mesurant à peine ce qu'elle faisait, elle laissa son regard errer — jusqu'à ce qu'une toux discrète du gentleman à sa droite lui fît se rendre compte, en tressaillant, qu'elle l'avait complètement oublié.

Pour le dernier plat, le Vieux parut avoir mis de côté le puritanisme qui imprégnait sa vie ; plus de six assortiments différents étaient proposés aux convives. Mais le dernier plat, dans un dîner victorien, consistait en deux genres bien distincts d'aliments. Pour ceux qui avaient encore faim, ou qui n'avaient pas le goût des choses sucrées, on apportait des mets salés : du poulet ou de la dinde à la mayonnaise abondamment lardés, ou encore des petits pois *à la française*. Ces mets pouvaient être « dispersés » — en d'autres termes, le palais nettoyé — à l'aide d'un soufflé ou d'une glace. Mais pour ceux qui aimaient finir sur des douceurs, le choix était magnifique : une compote de cerises, de la charlotte russe à la crème fouettée, des gâteaux napolitains, de la gelée de vin de Madère, des fraises, des pâtisseries. On fit à nouveau passer du bordeaux, ainsi qu'un vin doux.

Les conversations autour de la table se poursuivaient par petits groupes. Ayant convenablement rempli ses devoirs envers le vieux gentleman, Mary Anne se tourna à nouveau, avec plaisir, vers le jeune Meredith. Se sentant assez dans la peau d'une conspiratrice, elle se risqua à lui demander :

« Parlez-moi des dieux hindous. Sont-ils vraiment si terribles ?

— Les livres religieux des hindous sont aussi vieux que la Bible, peut-être plus vieux encore, lui assura-t-il. Ils sont écrits en sanskrit, vous savez — cette langue qui possède une racine commune avec la nôtre. » Son enthousiasme était communicatif, et il parla si bien de Vishnu et Krishna qu'elle lui demanda d'en dire plus. Alors il décrivit les fabuleux palais des maharadjah, leurs éléphants, leurs chasses au tigre : il suscita pour elle de fantastiques visions de jungles et de montagnes. Mary Anne se disait que cet aventurier, cet aristocrate, plus jeune qu'elle de quelques années seulement, serait dans peu de temps bien plus sage, bien plus expérimenté, bien plus intéressant qu'elle-même n'aurait jamais la possibilité de le devenir. « Oh ! j'aimerais, dit-elle à mi-voix, pensant à peine à ce que ses mots impliquaient, pouvoir aller là-bas avec vous... »

Elle remarqua qu'Edward la regardait attentivement. Edward comprenait fort bien certaines choses dans l'existence. L'une de ces choses était la brasserie : il comprenait que sa bière devait être de bonne qualité, et aussi que sa parole, en ce qui concernait la qualité de sa bière, devait être sacrée. Il comprenait qu'il devait être en bonne santé, qu'il devait se montrer un bon sportif : c'était utile pour les affaires, en cette époque éprise de sport. Il comprenait ce qu'étaient l'efficacité commerciale et aussi la comptabilité, dans ses grandes lignes ; il comprenait que ses actifs, parce qu'ils étaient anciens, valaient plusieurs fois leur valeur, comme le prouvait le bilan de sa compagnie. En bref, Edward représentait l'un des types d'hommes les plus solides qu'on pût trouver en ce bas monde : un bon brasseur.

Il comprenait encore que la population de Londres s'accroissait rapidement ; que grâce à l'Empire toutes les classes, hormis la plus basse, s'enrichissaient ; que la brasserie Bull produisait plus de bière chaque année, et que si les choses continuaient ainsi la chère vieille maison, avec ses bons vieux bâtiments de brique et sa bonne vieille odeur de malt, allait faire de lui un homme très riche.

Il comprenait enfin que sa femme et le jeune Meredith faisaient trop attention l'un à l'autre ; mais cela n'avait pas réellement d'importance, car il savait fort bien que Mary Anne ne reverrait plus jamais Meredith. Il y veillerait personnellement. Pourtant, cela l'ennuyait quand même un peu. Il avait envie de remettre cet irritant jeune homme à sa place.

L'occasion s'en présenta bientôt. Les Penny continuaient à parler avec enthousiasme de la Grande Exposition ; ils venaient de faire des commentaires sur les splendides sections allemande et française, quand Silversleeves se joignit à eux.

« La section française, plus méridionale et plus celtique à la fois, commenta-t-il, est merveilleuse sur le plan artistique ; mais les machines de la section allemande, voilà ce qui est véritablement impressionnant. Mais bien sûr les Allemands nous ressemblent, n'est-ce pas ? Un bon peuple, au solide sens pratique. Les Romains de l'époque moderne. (Il regarda vers le bout de la table.) Ce sont les peuples pratiques qui construisent des empires, monsieur Meredith. Vous feriez mieux d'étudier les Allemands que les dieux hindous. »

Cette conception était devenue assez populaire en Angleterre, ces derniers temps. Après tout, disaient les gens, les Anglo-Saxons étaient une race germanique ; et le protestantisme lui aussi était né en Allemagne. La famille royale était allemande ; le mari de la reine, qui avait été l'inspirateur de la Grande Exposition, l'était même jusqu'au bout des ongles. Travailleurs, indépendants, tels étaient les Allemands, peuple nordique ; guère artistes peut-être, mais hautement pratiques, et c'est ainsi que les victoriens avaient décidé de se voir eux-mêmes. Ils oubliaient seulement que du point de vue racial ils étaient tout autant celtes, danois, flamands, français, et bien d'autres choses encore.

Edward saisit sa chance. « Il y a pourtant une différence entre notre Empire et celui des Romains, remarqua-t-il jovialement, et M. Meredith aimera peut-être le noter. Notre Empire n'est pas conquérant : il ne s'y exerce aucune contrainte ou presque. Les Romains avaient besoin d'armées, pas nous. Ce que nous offrons à tous ces pays arriérés, c'est simplement le bénéfice du libre-échange. Le libre-échange leur apporte la prospérité et la civilisation. Un jour, je pense, quand le libre-échange aura rendu le monde entier pacifique et civilisé, il n'y aura plus besoin d'aucune armée nulle part. » Et il sourit à Meredith d'un air aimable.

« Mais Edward, objecta Mary Anne, nous avons une énorme armée en Inde !

· — Non, pas du tout, répliqua-t-il.

— A dire vrai, madame Bull, intervint poliment Meredith, votre mari a tout à fait raison. La grande majorité des troupes sont des régiments indiens, qui sont levés localement et payés par les Indiens. Presque une force de police, pourrait-on dire, ajouta-t-il avec un sourire ironique.

· — Je suis heureux que vous en conveniez, lui répondit Bull. Et remarque, s'il te plaît, Mary Anne, cette phrase que M. Meredith vient d'utiliser : "Payés par les Indiens." L'armée britannique quant à elle est payée par les contribuables britanniques, grâce à leurs revenus durement gagnés. Si M. Meredith sert dans notre armée comme officier, son projet dans la vie sera de protéger notre commerce. Et puisque (il allait maintenant remettre pour de bon le jeune homme à sa place) je devrai payer pour M. Meredith et ses hommes, j'estime que le coût en devrait être le plus bas possible. A moins, ajouta-t-il d'un ton pince-sans-rire, que M. Meredith juge que je ne paye pas suffisamment d'impôts. »

C'était une attaque non déguisée ; Mary Anne rougit, terriblement gênée. Pourtant, Bull le savait fort bien, il s'aventurait sur un terrain sûr : il aurait rencontré bien peu de contradicteurs. Certes, quelques-uns avaient une vision plus large du rôle de l'Angleterre ; dans un récent dîner à la City, Edward s'était trouvé placé à côté de Disraeli, un politicien fort agaçant, avait-il jugé, la tête pleine de rêves stupides de grandeur impériale. Mais Disraeli formait une exception : la plupart des parlementaires inclinaient davantage du côté de solides whigs comme M. Gladstone, qui militaient pour le libre-échange, la monnaie forte, un minimum de dépenses publiques et des impôts peu élevés. Même un homme aussi riche que Bull ne payait que trois pour cent d'impôt sur le revenu ; et il trouvait que c'était encore bien assez.

« Je ne cherche nullement à faire augmenter les impôts, dit Meredith d'une voix tranquille.

— Tout de même, rappela Esther à son beau-frère, la religion des peuples de l'Empire est importante. Nous envoyons chez eux des missionnaires... » Elle ne crut pas nécessaire de poursuivre, pleine d'espoir.

« Assurément, Esther, répliqua-t-il d'une voix ferme. Mais dans la pratique, je vous assure, la religion suit le commerce. »

C'en était trop. D'abord Edward avait insulté Meredith, maintenant il devenait suffisant ; Mary Anne sentait la colère monter en elle, à l'encontre de toute la tablée. Ils étaient si ignorants et si sûrs d'eux-mêmes... « Mais qu'en sera-t-il, Edward, lui demanda-t-elle d'un air de fausse innocence, si les Indiens et les autres peuples de l'Empire ne veulent pas de notre religion ? Ils préféreront peut-être garder leurs propres dieux... Ne le penses-tu pas, Esther ? » C'était une idée scandaleuse, bien sûr ; elle espérait que ça le serait. Esther semblait choquée, Penny secouait tristement la tête et elle entendit Harriet murmurer : « Mary Anne, tu es incorrigible. » Mais si elle pensait embarrasser Edward, elle y avait échoué.

« Ce n'est qu'une question de temps, rétorqua-t-il. (Il la reprenait comme on reprend un mauvais élève.) Quand les peuples les moins civilisés de la terre auront été en contact plus étroit avec nous, ils verront bien que nos façons de vivre et de penser sont les meilleures. Ils accepteront notre religion, tout simplement parce qu'elle est juste. Depuis les Dix Commandements jusqu'aux Evangiles. La loi morale et la loi religieuse. (Il lança à Meredith un regard bleu acier.) J'espère que M. Meredith sera d'accord avec moi, Mary Anne, si toi tu ne l'es pas. (Il se tourna vers le Vieux.) N'ai-je pas raison ? lui demanda-t-il.

— Absolument, répondit le Vieux. Le sens moral, monsieur Meredith, tout est là. »

Le maître d'hôtel fit son apparition avec des carafes de madère et de porto, qu'il plaça devant le Vieux ; c'était un signal. Il était temps pour les femmes de se retirer au salon, tandis que les hommes, selon la coutume conservée du XVIIIe siècle, boiraient seuls le porto. Mary Anne se leva donc avec les autres, et certains des gentlemen les accompagnèrent poliment jusqu'à la porte. Ce fut là, s'arrêtant et souriant l'espace d'une brève seconde, que Mary Anne donna sa main à Meredith, comme pour lui dire au revoir : un geste qui n'avait pas de signification spéciale — n'eût été un petit détail qui fit rougir le jeune homme. Comme elle pénétrait dans le salon, sa sœur Charlotte la prit par le bras et lui murmura à l'oreille :

« Tu as pressé sa main !

— Que veux-tu dire ?

— Je l'ai vu. Oh, Mary Anne ! Comment as-tu pu faire une chose pareille ?

— Il est impossible que tu aies vu cela, voyons...

— Je t'assure que si !

— Vraiment, Charlotte... Tu dois être une experte en la matière, alors. De qui as-tu pressé la main, toi-même ? »

Charlotte ne voulait pas discuter avec Mary Anne ; on ne gagnait jamais à ce jeu-là. Aussi se contenta-t-elle de murmurer, d'un ton acide : « En tout cas tu ne le reverras jamais, c'est une chose sûre ! »

La maison du Vieux était très vaste. En retrait par rapport à la route, une belle allée circulaire y menait ; ses fenêtres — plus d'une douzaine — regardaient en direction de Blackheath, mais avec quelque chose de sombre et de réservé indiquant clairement aux visiteurs que ce manoir carré, de brique brune, ne pouvait appartenir qu'à un homme fort riche.

Lucy gagna la porte d'une démarche incertaine ; le gravier crissait sous ses pas. Elle tira avec anxiété la poignée de la chaîne actionnant la sonnette, et entendit un bruit de clochette quelque part à l'intérieur ; au moment même où elle sonnait, elle se dit qu'elle aurait peut-être dû faire le tour jusqu'à l'arrière de la maison, jusqu'à l'entrée de service. Au bout d'un assez long moment, la porte s'ouvrit pour laisser apparaître, à sa grande terreur, un maître d'hôtel. Trébuchant sur les mots, elle lui demanda si c'était bien la maison du Vieux : il répondit que oui, en effet. Alors elle donna son nom et demanda s'il accepterait de la recevoir. Après un premier regard assez perplexe, puis un autre plus inquisiteur, ce fut au tour du domestique de paraître hésiter sur la conduite à tenir. Il lui demanda si elle était attendue ; oh ! non, lui répondit-elle. Le Vieux la connaissait-il ? Elle croyait que oui, fut tout ce qu'elle put répondre. Décidant finalement qu'il ne pouvait pas la laisser entrer sur ce simple motif, le maître d'hôtel lui enjoignit, sans trace de malveillance particulière, d'attendre dehors pendant qu'il allait se renseigner.

A la surprise de Lucy, il revint au bout de quelques minutes. Elle dépassa des portes fermées, derrière lesquelles on entendait des bruits de conversation, puis descendit un escalier jusqu'à un petit salon aux murs nus qui se trouvait au rez-de-chaussée. Le domestique la laissa poliment seule, referma la porte et, un peu moins poliment, la verrouilla derrière lui. Il dut s'écouler quelque vingt minutes, lui sembla-t-il, avant qu'elle entende enfin la clef tourner à nouveau dans la serrure ; la porte s'ouvrit et, quelques secondes plus tard, elle se retrouvait face au Vieux, qui la regardait d'un air circonspect. Sans doute ne la reconnaissait-il pas ; mais pour elle, aucune erreur n'était possible.

« Bonjour, Silas », dit-elle.

Il était difficile de croire que ce vieil homme aux joues roses, avec sa barbe si soignée, sa redingote si bien coupée et ses chaussures si bien cirées — même les ongles de ses vieilles mains noueuses, remarqua-t-elle, étaient manucurés —, fût véritablement Silas. La transformation était stupéfiante.

« Je pensais que tu étais morte, dit-il lentement.

— Je suis vivante. »

Il continua à la regarder d'un air pensif. « Je t'ai cherchée autrefois, mais je n'ai pu te trouver. »

Elle le regarda en ouvrant de grands yeux ; c'était peut-être vrai, après tout. « Je t'ai cherché aussi, lui répondit-elle. Je n'ai pas pu te trouver moi non plus. » Mais cela, c'était longtemps auparavant.

Elle avait revu Silas une fois seulement, après qu'il eut abandonné son bateau. Cela se passait un an plus tard, par une matinée grise ; il était venu à leur logement de son pas traînant et lui avait dit d'un ton bourru : « Viens avec moi, Lucy. J'ai quelque chose pour toi. » Elle avait d'abord refusé, mais sa mère l'avait priée d'accepter ; ainsi l'avait-elle accompagné à contrecœur jusqu'à sa petite charrette nauséabonde, et ils étaient partis. Leur itinéraire les avait fait descendre vers Southwark, puis Bermondsey, jusqu'à ce qu'ils pénètrent enfin dans une grande cour, ceinte d'une haute et vieille palissade de bois délabrée ; là, elle avait contemplé un spectacle étonnant.

Le tas d'ordures de Silas Dogget mesurait déjà presque dix mètres de haut, et à l'évidence il grandissait encore. Les charretées fraîches de matériaux ne cessaient d'arriver — si du moins fraîches était bien le mot qui convenait, car il n'y avait rien de frais dans le contenu de ces charrettes. De la saleté, des détritus, toutes sortes de déchets ; les ordures, raclures et rebuts de la métropole s'entassaient en une seule et même montagne, puante et pourrissante. Mais le plus remarquable, c'était l'activité dont fourmillait le lieu : une armée d'êtres en haillons escaladaient cette montagne, fouillaient à l'intérieur, s'y perdaient même, pour autant que pouvait voir Lucy. Certains creusaient avec des truelles, d'autres utilisaient des tamis, d'autres encore grattaient à mains nues, sous l'œil perçant d'un contremaître ; il inspectait chacune de ces fourmis humaines, avant de les laisser ressortir de la cour à la fin de la journée, pour être sûr qu'ils n'emportaient rien avec eux. Et que découvraient-ils ? Leur butin était extraordinaire, apprit bientôt Lucy, tandis que Silas lui faisait visiter le lieu : morceaux de ferraille, couteaux, fourchettes, chaudrons de cuivre, casseroles, quantité de morceaux de bois, vieux vêtements, pièces de monnaie en abondance, même des bijoux. Ces objets étaient soigneusement répartis dans des paniers ou des petites piles annexes ; Dogget lui-même estimait leur valeur et décidait de ce qu'il convenait d'en faire. « Ce tas, dit-il à la jeune fille avec satisfaction, va me rendre riche. »

Elle-même pouvait — c'était l'offre généreuse qu'il avait à lui faire — aider à trier les détritus, avec les autres. Il allait même plus loin : les trieurs, comme il s'agissait d'un travail occasionnel, n'étaient payés que quelques pence par jour ; elle, Silas lui donnerait trente shillings par semaine. « Parce que tu es de ma famille, lui expliqua-t-il. Un jour, peut-être, je pourrai trouver quelque chose de mieux pour toi, laissa-t-il entendre. Je t'avais dit que je t'aiderais. »

Mais Lucy avait regardé l'amas crasseux, puis la silhouette sinistre et négligée de l'ancien dragueur, et le cœur lui avait manqué. Elle avait retiré les corps du fleuve avec lui, le pauvre petit Horatio avait fouillé la vase de la Tamise pour trouver des pièces, à l'image de ces gueux grimpant sur leur précieuse montagne d'ordures et de boue ; elle avait fait tout cela dans le temps, et le souvenir en était aujourd'hui trop douloureux. Elle avait refusé.

Il n'avait pas dit grand-chose, la reconduisant chez elle en silence. Une fois là-bas, il s'était tourné vers elle :

« Tu n'auras jamais une meilleure offre. C'est ta dernière chance.

— Je suis désolée.

— Obstinée comme ton père...

— Peut-être.

— Alors, va au diable ! » avait-il conclu ; et sans même lui donner un shilling, il avait fait claquer les rênes et repartir sa charrette.

Elle ne l'avait plus revu depuis lors. Cinq ans plus tard, quand sa mère était morte, elle s'était à demi attendue à ce qu'il apparaisse, à sa manière inquiétante et sinistre ; mais il ne l'avait pas fait. Un mois après, se demandant ce qu'il était advenu de lui et de son tas, elle était allée à Southwark ; mais la montagne de déchets avait disparu, de même que Silas. Et personne, là-bas, ne semblait savoir où il se trouvait maintenant.

Elle avait déménagé peu après ; ayant trouvé un emploi chez un fabricant de boutons à Soho, elle s'était logée dans une famille de la paroisse de St Giles, pour se rapprocher de son travail. Elle y était restée dix ans. Il s'avéra qu'elle avait du talent pour les couleurs ; si on lui montrait une pièce d'un matériau quelconque, elle pouvait mélanger les teintes pour reproduire exactement sa nuance. Elle savait ainsi fabriquer des boutons assortis à n'importe quoi. Mais les grandes cuves de teinture, dans une pièce à l'étage, mal aérée, dégageaient une odeur âcre ; à force, leurs violentes exhalaisons parurent affecter ses poumons. Elle eut peur d'attraper de l'asthme comme sa mère, et abandonna.

Vers cette époque, elle rencontra son ami ; c'était le cousin d'un Irlandais qu'elle connaissait à St Giles, mais il vivait à Whitechapel. Ce fut lui qui obtint du travail pour Lucy, dans une boutique dirigée par des amis à lui, et dans son quartier ; ce fut à cause de lui qu'elle déménagea, ce fut de lui qu'elle reçut amitié et même affection au cours de ces années. Elle n'avait plus que lui, désormais, de qui en recevoir. Il savait assez bien lire et écrire, ce qui lui avait permis de trouver un emploi de commis dans un grand chantier naval du voisinage.

Peu à peu cette gentillesse, cette amitié s'étaient transformées en quelque chose de plus ; jusqu'à ce que, voilà quelques mois, un jour qu'ils étaient seuls tous les deux, l'inévitable se produisît. Puis de nouveau, et plusieurs fois de suite.

« Je suis désolée de te déranger aujourd'hui, s'excusa Lucy. On dirait que tu as de la compagnie...

— De la compagnie ? » Il continuait à la regarder, circonspect ; l'espace d'une seconde, il lui sembla qu'il avait l'air gêné, mais cette impression se dissipa bientôt. « Ce n'est rien, dit-il en haussant les épaules, juste quelques amis...

— Oh ! dit-elle. C'est bien. » Lucy ignorait qu'il avait une famille ; même vingt ans plus tôt, alors que ses quatre filles étaient déjà là, Silas n'avait jamais voulu lui en parler. S'il avait pu éprouver quelque intérêt pour le père de Lucy ou pour Lucy elle-même, ce n'était pas suffisant pour leur faire rencontrer ses propres enfants ; il avait de même veillé à ce qu'elle ne découvre jamais l'existence d'autres parents, qui auraient pu lui apprendre la vérité sur sa famille.

« Et cette maison... (Lucy fit un geste circulaire autour d'elle)... elle est tout à toi ?

— Peut-être.

— Tu dois être riche...

— Certaines personnes pensent que je le suis. Disons que je m'en sors. »

C'était un euphémisme. A l'époque où était morte la mère de Lucy, Silas en avait fini avec le tas d'ordures de Bermondsey, mais il en avait édifié trois autres dans l'ouest de Londres. Peu après, il comprit qu'il pouvait faire mieux encore en édifiant des tas d'ordures puis en les revendant à d'autres pour qu'ils les exploitent. Les plus hauts de ces tas, il les avait cédés pour des dizaines de milliers de livres ; à une telle échelle, le traitement des déchets devenait une affaire fort lucrative. Quand il se retira, Silas avait vendu dix tas d'ordures et amassé une véritable fortune.

« Pourquoi es-tu venue ici ? » lui demanda-t-il.

Elle lui expliqua, sans détour, qu'elle allait avoir un bébé. Comment avait-elle laissé cela arriver ? Deux hommes, par le passé, avaient voulu l'épouser ; mais bien qu'elle appréciât l'un d'entre eux au moins, elle leur avait résisté. Parce qu'ils étaient tous deux aussi pauvres qu'elle, tous deux simples ouvriers comme son père. Ils seraient toujours à la merci d'un accident qui pouvait les estropier ou les tuer. Et qu'adviendrait-il ensuite ? La misère, la vie qu'elle-même et Horatio avaient connue. Elle ne le voulait pas, et aucune autre solution ne lui avait été offerte. Dans ce cas, pourquoi avait-elle laissé la chose se faire avec son ami ? Peut-être parce qu'elle l'aimait. Peut-être parce qu'il était employé de bureau, avec un peu d'éducation, le genre d'homme qu'elle avait espéré épouser. Peut-être parce que le temps avait passé — elle avait plus de trente ans maintenant. Peut-être enfin parce qu'il lui avait témoigné de l'affection.

« Ton mari, que fait-il ? »

Elle expliqua qu'elle n'avait pas de mari.

« Tu veux dire que ton homme ne veut pas t'épouser ?

— Il est déjà marié, Silas », dit-elle.

Alors Silas, oubliant quelques instants qu'il était devenu désormais le respectable Vieux, fit une grimace de dégoût et cracha par terre. « Tu es toujours aussi stupide, à ce que je vois... Alors, qu'est-ce que tu veux de moi ?

— De l'aide », dit-elle simplement, et elle attendit.

Silas Dogget réfléchit. Cela faisait maintenant dix ans qu'il avait déménagé pour Blackheath, même s'il avait eu précédemment une maison fort convenable à Lambeth. Pour la plupart des gens, c'était un vieil homme riche et respectable. Quelques-uns savaient qu'il avait fait sa fortune dans les tas d'ordures, mais ils n'étaient pas nombreux ; à compter du moment où il s'était mis à en édifier pour les revendre, il avait réussi à ne presque plus apparaître personnellement dans les affaires qu'il dirigeait. Quant aux années sombres où il était dragueur, personne à Blackheath n'en avait entendu parler, et il n'avait aucune intention de le laisser divulguer.

De ses filles, seule Charlotte pouvait se souvenir du misérable logement de Southwark, et de l'époque où il rentrait à la maison avec l'odeur du bateau collée à ses vêtements ; parfois, quand elle était seule, elle frémis-

sait à ce souvenir, avant de le chasser de son esprit. Ses deux sœurs puî-
nées avaient été inscrites, à l'âge de dix ans, dans une petite école privée
pour jeunes ladies ; Mary Anne avait eu une préceptrice. Quand Charlotte
avait atteint l'âge de se marier, la famille vivait encore à Lambeth ; Silas
n'avait pu faire grand-chose pour la pousser dans la bonne société locale,
parce qu'il ne savait comment s'y prendre. Mais en tout cas aucune de ses
filles n'avait souffert de sa basse extraction. Quand une jeune femme était
riche, peu d'hommes se préoccupaient longtemps de connaître les origines de sa fortune. Alors même qu'elles n'étaient pas belles, les trois
aînées des Dogget avaient toutes trouvé de bons maris ; et la jolie Mary
Anne avait pu faire son choix comme elle l'entendait. En vingt ans donc,
non seulement Silas était passé du monde des gueux à celui des riches,
mais toute la famille avait échangé les ruelles sordides des débuts pour
une respectabilité bourgeoise puis pour une solide prospérité — qui, dans
le cas des Penny et des Bull, pouvait même les conduire jusqu'aux plus
hautes sphères de la société. On avait toujours connu de tels exemples
d'ascension sociale ; mais à l'époque, dans le vaste creuset commercial de
l'Empire britannique, en expansion constante, ils étaient devenus monnaie courante ou presque.

S'étant élevé si haut, le Vieux n'avait pas l'intention de se laisser ramener vers le bas par les problèmes de Lucy ; il regrettait même de s'être
donné jadis du mal pour elle. Elle lui avait paru utile à l'époque, et il avait
également voulu l'aider en tant que sa parente ; mais il voyait maintenant
que cela avait été une erreur. Que pouvait-il faire d'elle ? Il jugea que s'il
lui versait une petite somme chaque mois, à la condition expresse qu'elle
reste à l'écart de sa famille et qu'elle garde le secret, elle se tiendrait probablement tranquille. Mais il y avait un détail pourtant qu'il ne pouvait
tolérer.

« Espérons que l'enfant ne vivra pas, dit-il. Ou sinon, tu devras l'abandonner. Nous lui trouverons un orphelinat, ou quelque chose dans le genre. » Devoir s'occuper d'une parente pauvre était une chose ; mais laisser
une femme déchue souiller ce qui était devenu le respectable nom des
Dogget en était une autre. Cela, il ne l'accepterait jamais, même si elle le
menaçait de tout révéler.

« Mais c'est pour élever le bébé que je voulais de l'aide... lui dit-elle.

— Tu n'as donc même pas honte ?

— Non, Silas, dit-elle tristement. Je n'ai plus grand-chose, de toute
façon. » Puis elle s'exclama, dans un élan — elle n'avait pas pensé le faire
mais elle ne put s'en empêcher : « Oh, Silas, tu n'as pas pitié de moi ?
Laisse-moi le bébé... Tu ne vois pas qu'il est tout ce qui me reste ? » Elle
avait perdu Horatio quand elle était encore enfant et n'avait plus eu personne dans sa vie. « C'est si difficile pour une femme de vivre sans personne à aimer », exhala-t-elle dans un souffle.

Silas la regardait, impassible : elle était encore bien plus stupide qu'il
ne l'avait pensé. Se dirigeant vers une table, dans un coin de la pièce, où
il y avait une plume et de l'encre, il écrivit un nom et une adresse sur une
feuille de papier. « C'est l'adresse de mon notaire, lui dit-il en lui tendant
le papier. Va le voir quand tu seras prête à te débarrasser de l'enfant. Il
saura quoi faire alors. Voilà l'aide que tu peux attendre de moi. Cela, et
rien d'autre. »

Puis il tourna les talons, sortit de la pièce et referma la porte derrière lui. Plusieurs minutes passèrent avant que le maître d'hôtel réapparaisse : il la fit sortir par la porte de service, lui donna deux shillings pour rentrer chez elle et la renvoya.

Le maître d'hôtel n'oublia pas les ordres qu'il avait reçus : sous aucun prétexte elle ne devait plus être admise dans la maison.

18

Le *Cutty Sark*

1889

Sur la scène en contrebas, le chœur de gondoliers en costumes cha-
marrés filait de plus en plus vite vers un brillant crescendo. Le public
— hommes en tenue de soirée et cravate blanche, femmes aux cheveux
frisottés, en robe de taffetas à tournure — ne perdait pas une miette du
spectacle. Nancy et sa mère avaient pris une loge privée. Sa mère assise
derrière elle, la jeune fille se penchait en avant, très excitée ; elle tenait
un éventail à la main, qu'elle laissait reposer sur l'appui du balcon.

La main de l'homme n'était qu'à quelques centimètres des siennes, mais
elle faisait mine de ne pas le remarquer. Pourtant la question la brûlait
intérieurement : Va-t-il se rapprocher encore ? Va-t-il les toucher ?

Il existait trois niveaux de spectacles différents, à la fin du Londres
victorien. Au sommet trônait l'opéra, à Covent Garden ; pour les pauvres
il y avait le théâtre de variétés, merveilleux mélange de chansons, de
danses et de burlesque — précurseur du music-hall — dont se donnaient
maintenant des représentations dans les faubourgs les plus modestes de
la ville. Mais entre les deux, une nouvelle forme de spectacle était apparue
au cours de la dernière décennie. Les opérettes de Gilbert et Sullivan
étaient remplies de mélodies faciles et de charmantes scènes de comédie ;
pour autant, la musique de Sullivan était souvent digne d'une véritable
musique d'opéra, et les paroles de Gilbert n'avaient pas d'égales pour leur
esprit et leur brio verbal. *Les Pirates de Penzance*, *Le Mikado* : chaque
année une nouvelle œuvre d'eux connaissait, à Londres puis bientôt à
New York, un succès foudroyant. Cette année-là, c'étaient *Les Gondoliers*.
La reine Victoria avait aimé.

On ne pouvait rien trouver de remarquable dans la personne de
Mlle Nancy Dogget, de Boston, Massachusetts. Mais elle avait un joli
teint ; ses cheveux d'or étaient séparés par le milieu et modestement tirés
en arrière, dans une coiffure un peu enfantine peut-être pour ses vingt et
un ans ; et ce qu'elle avait sans doute de mieux, c'étaient ses yeux bleu de
porcelaine. Quant à l'homme qui passait la soirée à son côté, si attentionné envers elle, il semblait posséder tout ce qu'un homme peut désirer.

Charmant, chaleureux, bien élevé, il avait en outre une belle demeure, ainsi qu'un merveilleux vieux domaine dans le Kent. A trente ans, il était assez âgé pour être un homme du monde, mais assez jeune pour que les jeunes filles jalousent Nancy une fois qu'elle serait rentrée chez elle. Et bien sûr, comme sa mère le lui avait fait valoir dès le premier instant qu'elle l'avait découvert : « Ma chérie, c'est un comte ! »

Non que la notion de grandeur familiale représentât quelque chose de nouveau pour une fille de Boston. Comme disait le dicton :

C'est le bon vieux Boston
Patrie du haricot et de la morue :
Là, les Lowell ne parlent qu'aux Cabot
Et les Cabot ne parlent qu'à Dieu.

Les vieilles lignées de Boston — les Cabot, les Hubbard, les Gorham, les Loring — ne savaient pas seulement qui tel et tel de leurs ancêtres avait épousé ; ils gardaient aussi la mémoire, précise et sourcilleuse, de ce que la famille avait pensé de ces mariages à l'époque. Les Dogget étaient aussi anciens que la plupart de ces lignées ; ils étaient arrivés dans le Nouveau Monde en même temps que Harvard. On disait même qu'ils s'étaient embarqués sur le *Mayflower*, « puis avaient sauté du bateau », ainsi que le rapportaient quelques mauvaises langues. Leur fortune reposait sur des valeurs sûres, et si de temps à autre l'un d'eux naissait avec les doigts palmés, cela n'avait pas grande importance : même leurs plus fervents admirateurs ne se risquaient pas à affirmer que les vieilles familles de la côte est étaient renommées pour leur beauté.

M. Gorham Dogget était un véritable Bostonien. Il était allé à Harvard ; il parlait du coin de la bouche ; il avait épousé une riche héritière new-yorkaise. Mais il avait aussi l'esprit aventureux : il avait investi dans les chemins de fer, qui ouvraient au progrès les vastes plaines du Middle West, et ainsi triplé une fortune déjà considérable. Ces dernières années, il avait également passé du temps à Londres. Bien que les Etats-Unis fussent en pleine expansion, la City de Londres, foyer du commerce impérial, restait la capitale financière du monde. Des banquiers américains comme Morgan et Peabody y consacraient l'essentiel de leur temps, levant des fonds pour réaliser leurs énormes projets comme les chemins de fer américains. Ses visites à Londres avaient donné à Gorham Dogget de nombreuses idées ayant trait à d'autres projets.

Comme beaucoup d'Américains enrichis par la nouvelle ère industrielle, Gorham Dogget avait découvert les plaisirs de l'Europe. A l'instar des aristocrates anglais du siècle précédent, ils faisaient le *Grand Tour* ; et quel meilleur camp de base que Londres pour l'occasion ? Les Dogget avaient déjà passé un mois en France, un autre en Italie ; Nancy y avait dessiné beaucoup de croquis et acquis des notions des deux langues. Ils avaient aussi acheté quelques beaux tableaux. C'était maintenant la troisième fois que la mère et la fille restaient sur place, pour jouir de la société londonienne, tandis que M. Dogget retournait brièvement à Boston. Mais il n'y avait pas que les peintures et la culture que l'on pouvait acquérir en Europe.

« Penses-tu que Saint-James ferait un bon mari ? » avait demandé Nancy à sa mère. Comme elle l'avait appris, leurs épouses parlaient souvent des aristocrates de cette manière abrégée. « En tout cas, cela ferait de moi une comtesse.

— C'est à l'homme que tu dois penser, non à son titre, lui rappela sa mère.

— Mais tu n'as rien contre le fait que ce soit un lord... insinua doucement Nancy, et elle vit sa mère rougir.

— Je pense que c'est un homme de bien, répondit Mme Dogget. Et je suis sûre que ton père l'aimera.

— Il ne m'a encore fait aucune déclaration, dit un peu tristement Nancy. Peut-être que je ne l'intéresse pas du tout... »

Mais, comme le final des *Gondoliers* atteignait son apothéose, le comte de Saint-James laissa sa main effleurer celle de Nancy.

Elle aurait été surprise de revoir le même homme une heure plus tard.

Le salon du premier étage de la maison proche de Regent's Park servait au présent comte de bibliothèque et de bureau. A la différence de ses ancêtres, il avait une tournure d'esprit intellectuelle et artistique. Ses livres étaient bien choisis ; il possédait même une petite collection de tableaux. Assis devant un bureau français, il regardait d'un air maussade la personne assise en face de lui.

« Ma vieille, soupira-t-il, je crois bien que je vais devoir épouser Mlle Dogget. » Il leva les yeux ; son regard rencontra une délicate petite peinture de la Tamise qu'il avait récemment achetée. « La seule personne qui pourrait me sauver, c'est Barnikel. (Il grimaça.) Tu ne trouves pas ça drôle ? » Il était toujours difficile de savoir ce que pensait ou ne pensait pas Muriel.

Le précédent comte s'était marié deux fois. Du premier mariage, seule survivait lady Muriel ; du second, le présent comte, qui avait quinze ans de moins qu'elle. Pourtant, quand on regardait la silhouette svelte et élégante du pair, puis celle de sa demi-sœur, il était difficile de croire qu'ils fussent parents. Lady Muriel de Quette était si corpulente qu'elle entrait à peine dans le grand fauteuil de cuir de la bibliothèque. Elle parlait peu, ne montait pas à cheval, ne marchait pas, ne lisait pas : elle mangeait. Continuellement. Actuellement, elle était en train d'engloutir une vaste boîte de chocolats.

« Remarque, c'est une charmante petite créature. (Le comte secoua la tête et soupira de nouveau.) Sans grand-père, tu sais, nous n'aurions pas eu tous ces problèmes... »

Lady Muriel poussa un autre chocolat au fond de sa bouche.

Quand le sage et prudent lord Bocton avait enfin pu mettre la main sur la fortune de son père, après le vote de la grande loi de réforme, il avait placé l'essentiel de la richesse familiale dans des terres agricoles ; or même les coûteuses extravagances de son fils George, père du présent comte, ne seraient pas venues à bout de cette fortune s'il n'y avait eu les chemins de fer. Car lorsque M. Gorham Dogget investissait dans les lignes menant vers le Middle West, il scellait, ce faisant, le destin de nombreux gentlemen anglais. Les énormes quantités de céréales à bon marché qui affluèrent des plaines américaines firent que leurs prix dégringolèrent, et avec eux la valeur de beaucoup de terres agricoles. Quand le jeune comte hérita, il fut forcé de vendre dix mille hectares de terres, à bas prix, pour payer les dettes de son père. Il conservait la grande demeure londonienne et le vieux manoir de Bocton, mais n'avait plus guère de revenus ; bientôt il lui faudrait se débarrasser de l'une, ou peut-être des deux maisons. Si lord Saint-James voulait trouver une héritière à épouser, il savait qu'il ne devait pas attendre trop longtemps. Non qu'il se proposât de tromper quiconque sur sa situation financière ; ce n'était pas un imposteur. Mais un lord conservant une belle maison à Londres et un domaine ancestral paraissait bien plus honorable — et bien plus mariable — qu'un lord, fût-il comte, qui ne possédait ni l'un ni l'autre.

Se levant et fouillant dans la poche de son gilet pour y prendre ses clefs, lord Saint-James se dirigea vers une penderie, qu'il ouvrit ; un petit coffre se trouvait à l'intérieur. Il souleva le couvercle avec soin et en sortit plusieurs boîtes gainées de cuir. Sous le regard impavide de sa sœur, il les apporta sur le bureau, puis en révéla l'étincelant contenu. « Nous avons encore tout ça, ma vieille », dit-il en retrouvant son entrain.

Les joyaux de famille des Saint-James étaient somptueux ; le collier de rubis en particulier était une merveille, et tout le monde savait que l'heureuse élue qui deviendrait comtesse de Saint-James le porterait un jour. Mais pour le comte, ces bijoux représentaient également une assurance pour l'avenir. S'il aimait les femmes (il avait eu deux longues liaisons), il aimait aussi la liberté, et ne se sentait contraint au mariage que par un sens de ses responsabilités familiales : sans héritier en effet, le titre de comte de Saint-James viendrait à s'éteindre. Mais s'il ne parvenait pas à cette fin, le produit de la vente de Bocton et des bijoux lui fournirait, il l'avait calculé, un revenu suffisant pour vivre en gentleman célibataire et raffiné, genre de vie vers lequel le portaient ses inclinations les plus intimes. « Je veillerai toujours sur toi, ma vieille, bien sûr », promettait-il à lady Muriel dans ces occasions-là. Il n'y avait aucune chance qu'elle se mariât, il le savait.

Une fois qu'il eut terminé son inspection, il remit les bijoux à l'abri dans le coffre et se retourna vers sa sœur. « N'est-ce pas curieux ? remarqua-t-il. Si Nancy Dogget était anglaise, elle n'hériterait probablement de rien. » Bien que Gorham Dogget eût un fils aussi bien qu'une fille, il avait toujours clairement annoncé que sa fortune serait partagée entre les deux ; parmi les vieilles familles anglaises, un tel arrangement était encore presque inconnu. Les grands domaines allaient au fils aîné ; les filles mariées n'avaient souvent rien, les filles non mariées recevaient généralement une pension leur vie durant, ou encore étaient supposées vivre dans la demeure familiale. Lady Muriel elle-même n'avait que ce que son demi-frère voulait bien lui donner. « Donc, dit le comte en revenant à son sujet, il faut que je la garde au chaud jusqu'à l'année prochaine, et alors tout dépendra de Barnikel. »

La raison pour laquelle le comte ne hâtait pas sa cour à Nancy se trouvait à quelque vingt mille kilomètres de là, en haute mer, et se nommait la *Charlotte Rose*.

C'en était fini de la course du thé, pour les voiliers revenant de Chine : l'ouverture du canal de Suez vingt ans plus tôt et le raccourci qui s'en était suivi à travers la Méditerranée vers l'Extrême-Orient y avaient mis un terme. Les bateaux à vapeur, qui faisaient la route quel que fût le vent avec leurs énormes cargaisons, pouvaient désormais vaincre les voiliers sur ce trajet. Mais les temps glorieux des clippers n'étaient pas révolus pour autant : aujourd'hui ils rapportaient de la laine d'Australie. Les plus belles toisons, chargées à Sydney lors du printemps australien — qui correspondait à l'automne dans l'hémisphère Nord — étaient convoyées en hâte jusqu'à Londres pour les ventes de laine en janvier. Poussés par les quarantièmes rugissants, les clippers filaient à l'est, à travers les eaux dangereuses de l'Antarctique dans le Pacifique sud, contournaient le cap Horn au bas de l'Amérique et rattrapaient les alizés pour remonter l'Atlantique : sur ce trajet, aucun bateau à vapeur ne pouvait rivaliser avec eux. Un an avant sa mort, le dernier comte avait investi pour un quart dans un nouveau clipper, plus rapide encore que la *Charlotte*, et que Barnikel avait appelé la *Charlotte Rose*. Sur ce navire, le vieux coureur des mers, qui aurait dû se retirer depuis plusieurs années déjà, accomplissait des prouesses chaque année : son temps moyen depuis l'Australie au cours des trois dernières années avait été de quatre-vingts jours. Outre les profits commerciaux du voyage existaient aussi les paris. Chacun des meilleurs clippers possédait ses caractéristiques, chaque capitaine ses forces et ses faiblesses : les gens étudiaient la forme des participants, et misaient de fortes sommes sur le concurrent de leur choix. Peu de paris avaient été plus importants, ou plus risqués, que celui engagé voilà quelques mois par le comte de Saint-James, malgré ses embarras financiers.

Son raisonnement était logique. La cote qu'il avait obtenue était excellente, du sept contre un ; la somme qu'il avait pariée représentait un an de ses revenus. S'il perdait, cela ne ferait pas une grande différence : à moins de se marier, il serait forcé de vendre, de toute façon. D'un autre côté, s'il gagnait, il pourrait vivre dans le luxe pendant cinq ans de plus avant de devoir affronter de nouveau la crise — et qui savait ce qui pouvait se passer pendant ce temps ? Dans six semaines, si la *Charlotte Rose* arrivait la première d'Australie, lord Saint-James n'aurait plus besoin d'épouser Nancy Dogget. Son intention, donc, puisqu'il n'avait pas l'intention de la faire souffrir, était de maintenir son intérêt éveillé sans s'engager trop avant, de sorte qu'il pourrait soit précipiter les choses, soit se retirer avec tact le moment venu.

« La *Charlotte Rose* a été remise en état. Un seul autre bateau peut la battre, et s'il envoie toute la toile, Barnikel est sûr de prendre la tête, assura-t-il à sa sœur. Voilà où en sont les choses, ma vieille. (Il sourit.) Nous devons juste battre le *Cutty Sark*. »

Certaines fois, ces derniers temps, Mary Anne s'était demandé si elle pouvait continuer à vivre dans la même demeure que sa fille Violet. Ni ses trois garçons ni ses deux autres filles ne lui avaient causé autant de difficultés ; et le pire, c'était l'influence de Violet sur le caractère de son père.

« Tu es comme ton père, se plaignait-elle à sa fille ; il n'y a aucun compromis possible avec vous. Tout est toujours soit blanc, soit noir. » Selon Bull pourtant, le problème venait de ce que Violet ressemblait trop à sa mère : une rebelle. « Mais moi, je n'ai jamais agi de manière irrationnelle », répliquait Mary Anne.

Violet avait toujours tout fait pour exaspérer son entourage. Mary Anne se souvenait du jour où elle l'avait trouvée, petite fille, en train d'essayer ses vêtements : elle lui avait bien sûr donné une gifle énergique. Quelques années plus tard, quand Violet avait seize ans, Mary Anne avait remarqué qu'elle devenait trop proche de son père : elle était aux petits soins pour lui, lui apportait sa pipe, tâchait de sortir dans le monde avec lui. Bull en semblait assez satisfait, mais Mary Anne avait pris sa fille à part : « Je suis sa femme, toi, tu es sa fille et encore une enfant. S'il te plaît, adopte une attitude en rapport... »

Mais le vrai problème résidait dans son éducation. Comme la plupart des filles de son rang, elle avait une préceptrice, une femme fort savante qui ne cessait de leur affirmer que Violet était douée, et qui l'avait emmenée bien plus loin que les normes d'instruction requises. « Tu aurais dû voir ce qu'elle manigançait et y mettre le holà », s'était plaint Bull à Mary Anne, quand il avait licencié la préceptrice durant l'automne. A cause de cette femme, certainement, Violet avait depuis lors l'idée folle qu'elle pouvait aller à l'université.

Idée grotesque, bien sûr ; quarante ans plus tôt, la possibilité n'en existait même pas. Bien qu'il y eût de petits collèges féminins attachés à Oxford et à Cambridge, seules une poignée de jeunes filles y allaient, qui n'étaient toujours pas acceptées comme membres à part entière de l'université. Pensant que sa fille ne pouvait parler sérieusement, sa mère lui avait fait remarquer : « Ton père ne permettrait jamais que tu vives ainsi hors de la maison, sans chaperon. » Mais Violet avait aussitôt objecté : « Je peux rester à la maison et aller à l'université de Londres. »

Comme sa mère l'avait bientôt découvert, elle avait raison. L'université de Londres était une curieuse institution. Elle avait été inaugurée peu avant le début du règne de Victoria, pour permettre aux dissidents religieux d'étudier, l'accès à Oxford et Cambridge leur étant toujours refusé ; il y régnait un esprit progressiste. Ses bâtiments étaient dispersés ; les étudiants n'y avaient pas obligation de vivre dans des collèges, et depuis plusieurs décennies, les femmes pouvaient y passer des diplômes. Mais de quelle sorte de femmes pouvait-il s'agir ? Mary Anne n'en avait nulle idée. Son fils aîné, Richard, avait été à Oxford ; il y avait séjourné en gentleman, bien sûr, et lui avait fièrement affirmé qu'il n'avait pas lu un seul livre durant tout le temps qu'il avait passé là-bas. Quand elle lui avait parlé des jeunes filles qui suivaient des études, il avait seulement répondu « Des bas-bleus, mère. Nous les évitions. » Et il avait fait la grimace Les autres personnes auprès de qui elle s'était renseignée se montraient aussi peu encourageantes. En outre, à quoi toutes ces connaissances serviraient-elles à Violet ? A devenir enseignante, ou préceptrice ? Ce n'était pas du tout le genre de vie que les Bull avaient en tête pour elle.

Edward Bull avait réussi mieux encore qu'il ne l'espérait. La grande occasion de sa vie était venue dans les années 1850, quand la Grande-Bretagne avait livré sa guerre (brève et peu satisfaisante) contre la Russie en Crimée ; il s'était vu attribuer par le gouvernement le contrat de fourniture de l'armée en boisson. Quand d'autres se rappellent la guerre de Crimée pour le travail d'infirmière de Florence Nightingale et l'héroïque charge de la brigade légère, Edward Bull, lui, s'en souvenait parce qu'elle l'avait enrichi. C'est lui qui vivait maintenant dans la grande maison de Blackheath ; comme d'autres gros brasseurs, il s'apprêtait à devenir un gentleman. Et la fille d'un gentleman n'avait qu'un seul destin possible :

mener une vie oisive. « Elle peut employer une femme instruite comme préceptrice, commentait Edward, mais certainement pas en devenir une elle-même. » De sorte que Mary Anne, fille de Silas le dragueur, décourageait sa propre fille de recevoir une instruction supérieure, parce que cela aurait donné une tonalité trop petite-bourgeoise à sa famille en pleine ascension sociale.

« Tu n'es pas vilaine physiquement, assurait-elle à Violet, tu pourras trouver un mari. Mais les hommes n'aiment pas que les femmes soient trop intelligentes, tu sais ; si tu l'es, tu dois apprendre à le cacher. »

Cependant, Violet s'était obstinée. A la différence des autres enfants Bull, qui avaient tous les cheveux blonds et les yeux bleus, ceux de Violet, largement espacés, étaient couleur noisette, et on apercevait une trace blanche dans ses cheveux bruns. « Je n'ai aucune envie d'épouser un homme qui aurait peur d'une femme intelligente ! » répondait-elle. Pendant les deux derniers mois, elle avait été impossible. Il n'existait pas la plus petite possibilité qu'Edward Bull lui cède, ni la moindre chance que Violet rende les armes ; l'atmosphère dans la maison avait ressemblé à un ouragan perpétuel. Le plus irritant était l'attitude de la jeune fille à l'égard de sa mère. « Je sais que tu ne comprendras jamais, disait-elle à Mary Anne avec une note de dédain dans la voix. Tu es parfaitement heureuse en faisant tout ce que papa te dit de faire. Tu n'as jamais désiré autre chose dans la vie ! »

Qu'en sais-tu ? songeait sa mère. Ses longues années de mariage avec Edward n'avaient pas été si pénibles dans l'ensemble. Il pouvait se montrer entêté et autoritaire, certes ; mais la plupart des hommes ne l'étaient-ils pas ? Si parfois elle aspirait à autre chose — que les amis de son époux aient un sens de l'humour un peu plus léger, qu'au moins l'un d'entre eux ait lu un livre une fois dans sa vie — elle le gardait pour elle-même. Si elle avait été, par moments, sur le point de crier d'ennui et de frustration, ces moments-là étaient passés. Dans le mariage, il fallait savoir ne pas hurler ; et les récompenses qu'on en retirait — le confort, les enfants — l'avaient comblée. J'ai bien pu passer sur ces inconvénients, songeait Mary Anne d'un air mécontent, alors elle le peut elle aussi.

« La vie n'est pas ce que tu crois, disait-elle franchement à sa fille. Plus vite tu le comprendras et mieux cela vaudra. »

Dieu merci, il y avait au moins un territoire neutre où, par une sorte d'accord tacite, les hostilités cessaient. Tous les vendredis après-midi, sans faute, Mary Anne et Violet prenaient le train pour Londres ; là elles montaient dans un fiacre et roulaient jusqu'à Piccadilly. La large rue avait gardé son caractère élégant et mondain du XVIIIe siècle ; de nouveaux hôtels particuliers la bordaient, prenant la place des grands palais d'autrefois, même si Burlington House, qui accueillait désormais la Royal Academy of Arts, conservait toute sa splendeur derrière ses murs et sa cour d'entrée. Fortnum et Mason était toujours là, lui aussi ; et quelques portes plus loin se dressait le sanctuaire où Violet elle-même oubliait les différences qui les séparaient.

Par un après-midi glacial de décembre, trois semaines avant Noël, Mary Anne et Violet faisaient leur expédition hebdomadaire. Elles ne s'étaient pas laissé décourager par la température ; comme elles traversaient le pont de Westminster, dominé par le Parlement et la haute tour de Big

Ben, il commença à neiger. Elles dépassèrent Whitehall et tournèrent au coin de Trafalgar Square ; de là, le trajet n'était plus très long jusqu'à Piccadilly et à la meilleure librairie du Londres victorien, Hatchards. C'était plus qu'une librairie, presque un club, en vérité. Il y avait des bancs à l'extérieur, où les domestiques pouvaient se reposer pendant que leurs patrons fouinaient dans la boutique ; dans un petit salon douillet sur l'arrière, les habitués bavardaient et lisaient le journal devant un bon feu. La famille royale venait à Hatchards ; le vieux duc de Wellington avait aimé le magasin ; les rivaux politiques Gladstone et Disraeli en étaient clients tous les deux. Mary Anne y avait vu une fois Oscar Wilde (il envoyait toujours ses pièces aux Hatchards pour recueillir leur opinion) ; il se tenait debout à côté d'elle et lui avait adressé un charmant sourire.

Pour Mary Anne et sa fille, c'était un endroit propice à l'évasion. Edward n'avait pas d'objection particulière à ce que Mary Anne s'adonnât à la lecture ; ses livres favoris étaient les collections de Dickens et de Thackeray qu'elle y avait achetées. Un collaborateur de la maison, fort obligeant, l'avait encouragée à essayer aussi les poèmes de Tennyson, et depuis elle était tombée amoureuse de la splendeur de ses vers. Quant à Violet, elle avait l'habitude d'acheter des ouvrages de nature philosophique, depuis Platon jusqu'à des penseurs anglais aussi modernes que Ruskin ; Mary Anne, non sans appréhension, les cachait parmi ses propres livres quand elles regagnaient la maison, pour le cas où Edward aurait risqué de les voir.

Aujourd'hui, toutefois, elles étaient à la recherche de cadeaux de Noël ; et Mary Anne venait de trouver un livre sur la chasse qui, pensait-elle, pourrait amuser son fils aîné, quand elle se rendit compte qu'un homme de haute taille la regardait en silence, de l'autre côté de la table. Comme elle levait les yeux pour voir de qui il s'agissait, il se tourna vers un commis qui s'approchait de lui.

« J'ai le livre que vous voulez, colonel Meredith », dit le commis.

C'était injuste : comment un homme du même âge qu'elle pouvait-il être aussi irrésistiblement séduisant ? Ses cheveux, coupés assez court, étaient toujours auburn ; ses tempes grisonnantes ne faisaient que leur donner plus d'éclat. Les lignes entourant ses yeux étaient celles d'un homme qui avait dû parcourir la planète entière, par toutes sortes de temps et de climats. Son corps semblait à la fois mince et ferme ; quelque chose en lui indiquait qu'il pouvait se montrer dangereux si les circonstances l'exigeaient. Avec sa longue moustache soyeuse, chaque pouce de sa personne en faisait un colonel fort distingué ; mais une nuance supplémentaire, d'intelligence et de raffinement, suggérait qu'il était plus qu'un simple militaire.

« Madame Bull ? Etes-vous madame Bull ? » demanda-t-il en s'approchant d'elle. Mary Anne essaya de hocher la tête, mais à sa grande horreur ne réussit qu'à rougir. « Je ne pense pas que vous puissiez vous souvenir de moi... poursuivit-il.

— Mais si ! » Elle retrouva sa voix et s'aperçut alors que Violet venait vers eux. « Vous étiez parti pour l'Inde. Tuer des tigres... » Quelles sortes d'absurdités proférait-elle donc ?

« Vous n'avez pas du tout changé, lui dit-il, et il paraissait sincère.

— Moi ? Oh ! si, hélas. Ma fille Violet, colonel Meredith. En avez-vous tué ?

— Des tigres ? (Il sourit puis les regarda toutes les deux.) Beaucoup. »

Le colonel Meredith n'était de retour en Angleterre que depuis quelques mois. Trente années de voyages lui avaient permis de visiter un grand nombre de pays. Les gens de Hatchards le connaissaient parce qu'un livre de lui allait bientôt paraître : *Poèmes d'amour, traduits du persan.* Il possédait une maison dans l'ouest de Londres, assez vaste pour y conserver ses collections, et ne s'était jamais marié. Mais peut-être, le mercredi suivant, accepterait-elle de venir prendre le thé chez lui ?

« Oh, oui ! s'exclama-t-elle, à son propre étonnement comme à celui de sa fille. Oui ! »

Pendant que l'heure du dîner était repoussée toujours plus tard, les Anglais de l'ère victorienne avaient adopté la coutume orientale du thé de l'après-midi : c'était simple, permettait une brève visite, et pouvait être offert en toute bienséance par des dames et des célibataires.

Le mercredi suivant, peu après quatre heures, Mary Anne Bull arriva dans la demeure du colonel Meredith à Holland Park, accompagnée par sa fille. Elle s'était d'abord demandé si elle oserait y aller, puis avait songé qu'il aurait été impoli de changer d'avis ; aussi avait-elle pris Violet avec elle (malgré ses protestations), pour lui servir de « chaperon », comme elle l'avait dit.

Il y avait à Londres deux faubourgs, en particulier, où pouvaient vivre les gentlemen ayant des moyens et des goûts artistiques. L'un d'eux était St John's Wood, juste au-dessus de Regent's Park, sur des terrains ayant appartenu jadis à l'ordre croisé des chevaliers de Saint-Jean ; l'autre était Holland Park. Quand on longeait le bord sud de Hyde Park et qu'on dépassait le petit palais de Kensington où avait été élevée la reine Victoria, on y arrivait bientôt. Le noyau de ce quartier était le joli manoir ancien, entouré d'un parc, qui appartenait aux lords Holland. Autour, dans d'agréables rues bordées d'arbres, s'élevaient de belles maisons où un gentleman pouvait mener une existence tranquille, tout en n'étant qu'à dix minutes de voiture de Mayfair.

Même pour Holland Park toutefois, la maison du colonel Meredith attirait les regards. Elle se trouvait dans Melbury Road et, entourée d'un jardin aux arbres bien entretenus, ressemblait moins à une maison qu'à un château miniature. A l'un des angles se dressait une tour ronde, flanquée d'une tourelle ; les fenêtres étaient grandes et garnies de verre cathédrale ; le porche d'entrée était lourd et massif. Quelque chose d'assez magique se dégageait d'elle. Mais ce qui impressionnait les visiteurs, c'était que, en lieu et place de l'habituel maître d'hôtel, la porte d'entrée était ouverte par un grand sikh, magnifiquement enturbanné, qui conduisait les invités sans un mot dans la bibliothèque du colonel.

Aux murs étaient accrochés de traditionnels portraits d'ancêtres ; devant la cheminée se trouvaient un garde-feu capitonné de cuir, sur lequel on pouvait s'asseoir, ainsi que deux fauteuils à oreilles. Mais la tradition anglaise prenait fin ici. Une paire de défenses en ivoire était suspendue au-dessus de la cheminée, tandis que sur les tables étaient disposés des coffrets également en ivoire, des boîtes en laque de Chine, un bouddha de bois sculpté ; près d'un bureau, un pied d'éléphant faisait office de corbeille à papiers. Dans un angle de la pièce, une panoplie de poignards indiens ornait le mur ainsi qu'une pique à éléphant d'argent, présent d'un maharadjah ami du colonel ; plus loin, c'étaient de merveilleuses miniatures persanes. Une paire de pantoufles orientales au bout recourbé, que Meredith portait dans le privé, était posée près de la cheminée ; au milieu de la pièce, une magnifique peau de tigre recouvrait le tapis de Turquie.

Le thé fut servi tout de suite : un choix de thés indiens et de Chine, que le colonel voulut servir lui-même. Il semblait de joyeuse humeur et ne fut pas long à raconter, en réponse aux questions que lui posait Mary Anne, quelques aspects de sa vie fascinante.

Si l'Empire britannique s'était longtemps développé comme une entreprise purement commerciale, les dernières décennies avaient vu s'opérer un subtil changement de point de vue. Il s'était avéré nécessaire de contrôler l'Inde, où avait eu lieu un soulèvement dans les années 1850, ainsi que de protéger en Egypte le passage par le canal de Suez (dans lequel le Premier ministre Disraeli avait pris une participation majoritaire) ; ainsi, toute commerçante qu'elle fût, la Grande-Bretagne avait dû adopter un rôle plus administratif, plus proprement impérial. Et elle s'en était assez bien acquittée. L'*Indian Civil Service* était d'excellente qualité ; son élite, fort instruite, avait une connaissance en profondeur du sous-continent. Dans l'armée, les officiers maniaient souvent bien les langues locales, et des esprits éclairés comme le colonel Meredith n'étaient pas rares.

Quand il affirma qu'il n'avait jamais trouvé le temps de se marier, c'était en partie vrai. Il avait vécu longtemps en Inde, en Chine et en Arabie ; et ses exploits, s'il n'y fit que de discrètes allusions, étaient devenus légendaires dans le petit cercle où il évoluait. Le sikh qui le servait lui était fidèlement dévoué parce que Meredith lui avait un jour sauvé la vie. Quant à ses conquêtes féminines, il n'en parla pas ; mais bien des gens en Inde auraient pu dire à Mary Anne qu'elles aussi étaient légendaires. Seules les épouses de ses amis officiers étaient sacrées à ses yeux ; pas les autres. Au moins une centaine de femmes ravissantes (alors qu'aucune d'elles n'aurait dû en principe avoir des raisons de le faire) fermaient les yeux en soupirant intérieurement : elles se souvenaient des étreintes de Meredith.

L'effet produit sur Mary Anne fut simple, inattendu et fulgurant. Elle s'était demandé si cette visite ranimerait la sympathie et l'attirance qu'elle avait ressenties pour son voisin de table tant d'années plus tôt ; en fait, avant même qu'elle eût fini le premier sandwich au concombre, elle éprouvait le même vertige que jadis quand le ballon s'était élevé dans les cieux. Elle devait se retenir à sa tasse de thé pour ne pas se pâmer. Le temps qu'il lui serve une tranche de gâteau aux noix, et qu'il se rasseye sans cesser de la regarder tranquillement, elle ne savait plus qu'une seule chose : elle désirait quitter sa maison, ses problèmes avec sa fille et son mari, et venir reposer, aussi longtemps qu'il voudrait bien d'elle, dans les bras de Meredith.

Pour s'obliger à revenir dans le contexte familial, elle remarqua : « Violet veut aller à l'université. Qu'en pensez-vous ? »

Sa fille s'était montrée assez maussade au début, à leur arrivée ; mais à mesure que la conversation suivait son cours, elle avait remarqué les curieux volumes qui garnissaient les murs et interrogé Meredith à leur sujet. A côté des classiques anglais traditionnels, et d'ouvrages sportifs comme celui sur *Les Grandes Chasses au Bengale*, on voyait là un mélange fascinant : des livres en persan, en arabe, même d'étranges rouleaux de parchemin ; pliés en accordéon, pressés entre des planches de bois et attachés par des ficelles, ils étaient rédigés en sanskrit, lui expliqua Meredith.

« Pouvez-vous lire toutes ces langues ? » lui avait demandé Violet. Il reconnut que oui.

« Combien de langues connaissez-vous ? avait-elle insisté.

— Sept, plus quelques dialectes. »

Maintenant, en réponse à la question de Mary Anne, il regarda Violet et réfléchit quelques instants avant de répondre.

« Je suppose, dit-il tranquillement, que cela dépend de la raison pour laquelle vous voulez aller à l'université.

— Parce que je m'ennuie, répondit-elle avec franchise. Le monde de mes parents est absurde. »

Meredith ne sembla pas s'offusquer de l'impolitesse de sa réponse. « Non, pas absurde, dit-il. Je ne partage nullement votre opinion. Mais si vous pensez que vous avez besoin de plus vastes horizons (il promena les yeux autour de la pièce, et sur les rayons de sa bibliothèque)... ce n'est pas l'université en tant que telle qui vous les apportera, même si elle peut sans doute vous y aider. Je n'y suis jamais allé moi-même. (Il sourit.) C'est vraiment une question d'état d'esprit. De destinée, je dirais même. »

Violet sembla se satisfaire de cette réponse ; et Mary Anne fut reconnaissante à Meredith de la façon dont il avait réagi. Pourtant, si elle ne pouvait obtenir le soutien du colonel, sa fille semblait toujours décidée à causer des problèmes. Alors qu'elles étaient sur le point de partir, elle avisa les pantoufles près du feu, une longue pipe indienne sur la table, et demanda soudain :

« Est-ce que vous mettez ces pantoufles et fumez cette pipe tous les soirs, colonel Meredith ?

— Oui, en effet.

— Ne voudriez-vous pas nous en faire une démonstration avant notre départ ? Je suis sûre, poursuivit-elle hardiment, que ma mère aimerait vous voir dans votre élément naturel.

— Vraiment, Violet ! » Mary Anne se sentit devenir écarlate, sans savoir comment elle devait réagir ; mais Meredith semblait trouver sa requête plutôt amusante. « Attendez juste un moment », dit-il, et il quitta la pièce.

Quand il revint quelques minutes plus tard, il portait une magnifique robe de chambre orientale en brocart de soie, et sur la tête un fez rouge ; ses pieds, revêtus de chaussettes de soie blanche, glissèrent confortablement dans ses pantoufles. Il s'assit dans le fauteuil près du feu, fort à son aise, remplit sa pipe d'une main experte, tassa le tabac dans le fourneau, l'alluma et commença à tirer dessus.

« Cela ira-t-il ? » demanda-t-il enfin en les regardant toutes les deux.

Violet escomptait peut-être que cette vue importunerait Mary Anne ; ce fut pourtant une tout autre sensation que celle-ci ressentit quand il lui

prit la main, au moment où elles partirent pour de bon, la pressa discrètement et dit à mi-voix :

« J'espère que nous nous reverrons. »

« C'est un vrai dilemme, ma vieille. Pas moyen d'en sortir. L'ennui, tu
comprends, c'est que le *Cutty Sark* n'a jamais été battu. »

Ce n'était là, en fait, qu'un aspect de la question. Le premier problème,
et le plus urgent, c'était que M. Gorham Dogget était arrivé de Boston
deux jours plus tôt et qu'il avait déclaré qu'aussitôt après Noël il emmènerait sa femme et sa fille loin des rigueurs de l'hiver anglais, pour une
croisière de trois mois en Méditerranée et sur le Nil. Ils n'avaient pas
encore décidé si Nancy et sa mère reviendraient ensuite à Londres.

Quant au *Cutty Sark*, sa solidité posait problème. Son redoutable
commandant pouvait envoyer plus de toile qu'aucun de ses confrères, le
clipper continuerait à fendre les mers les plus rudes en toute sécurité.

« Barnikel peut bien dire qu'il est capable de le battre, et il a peut-
être même raison, mais le risque est trop grand, continua le comte. Nous
sommes hors du coup. »

Lady Muriel avait une boîte de fruits secs sur les genoux, et elle les
mâchonnait pensivement.

« Pas moyen d'y couper, conclut Saint-James. Je vais faire demain ma
demande en mariage. »

Certaines personnes riaient d'Esther Silversleeves derrière son dos,
mais elles avaient tort : elle était dépourvue de toute méchanceté.

Elle aurait sans doute eu davantage confiance en elle, si seulement les
maris de ses sœurs n'avaient pas eu autant de succès dans la vie. Jonas et
Charlotte Barnikel, même si le capitaine au long cours n'avait retiré de ses
nombreux voyages qu'une modeste fortune, faisaient figure de négociants
prospères. Les Penny, devenus une famille en vue de la City, s'étaient
élevés plus haut encore ; ils étaient invités aux dîners des corporations,
allaient même de temps à autre à l'Opéra de Covent Garden. Les Bull
enfin étaient aujourd'hui si riches que leurs enfants se mêlaient aux
jeunes ladies et aux jeunes gentlemen, sur un pied d'égalité ou presque
Pour Arnold Silversleeves et son épouse, les choses se révélaient sensiblement différentes. Leur maison était certes bien située, à six kilomètres du
centre de Londres vers le nord, sur la colline de Hampstead, non loin des
vastes perspectives dégagées de Hampstead Heath. Mais si nombre de
demeures qu'on y trouvait avaient de l'élégance, ou au moins du charme,
la leur ne possédait ni l'un ni l'autre (heureusement pour eux, aucun des
deux ne s'en rendait compte) ; ses hauts pignons sans grâce rappelaient
la silhouette de l'anguleux M. Silversleeves. Elle était cependant assez spa-
cieuse et, grâce à l'argent d'Esther, le couple n'avait jamais connu la
moindre gêne.

Arnold Silversleeves était resté associé de la firme Grinder et Watson
jusqu'à ce qu'il prenne, récemment, sa retraite. Ses compétences techniques étaient unanimement respectées ; pourtant, d'une manière ou
d'une autre, les projets dans lesquels il engageait la firme ne s'avéraient
jamais très lucratifs au bout du compte. Soit il les choisissait pour les
défis techniques qu'ils représentaient ; soit son perfectionnisme aboutis-

sait à rogner les marges bénéficiaires. Bien avant sa retraite, une légère trace d'impatience était perceptible chez les autres associés lorsqu'ils s'adressaient à lui. Quant à s'élever dans l'échelle sociale, l'idée ne lui en était jamais venue à l'esprit. Sa famille était respectable et ne manquait de rien ; qu'aurait-elle pu désirer de plus ?

Il avait cependant, ses associés s'accordaient à le reconnaître, l'un des meilleurs cerveaux d'ingénieur de tout Londres ; et c'était sans nul doute pour cette raison que le riche gentleman américain, dont la présence dans sa maison une semaine avant Noël avait mis Esther Silversleeves dans tous ses états, avait voulu s'assurer ses services.

Si Arnold Silversleeves avait rêvé de grands projets pour améliorer le sort de l'humanité, ou au moins de la population de Londres, il avait eu la satisfaction de voir beaucoup de ses projets mis à exécution. Quand, à la fin des années 1850, le Parlement avait enfin décidé une rénovation complète du réseau d'égouts de Londres, il n'avait pas confié le soin de cette réalisation à la firme de Silversleeves, mais au grand ingénieur Bazalgette. Bien entendu, Arnold avait aussitôt offert au grand homme ses propres dessins du réseau existant, et celui-ci les avait utilisés pour contrôler et vérifier les siens propres. « Vos plans, avait-il dit généreusement à Silversleeves, sont parfaits en tous points. » Un nouveau quai de la Tamise en avait résulté, depuis Westminster jusqu'à Blackfriars, recouvrant les nouveaux collecteurs principaux, sur des terrains gagnés sur le fleuve ; il procurait au digne ingénieur presque autant de plaisir que s'il en avait retiré personnellement du profit. D'une manière plus directe, on l'avait consulté à titre d'expert pour une autre prouesse technique alors en cours de réalisation sur la Tamise : les deux énormes tours du Tower Bridge. Elles étaient habillées de pierre et façonnées en style victorien, néo-gothique, afin de s'harmoniser avec la Tour de Londres et de faire écho au lointain Parlement. « Mais le revêtement de pierre n'est qu'un déguisement, disait-il à sa femme d'un air réjoui. A l'intérieur il y a une grande charpente et une grosse machinerie, le tout en acier. » C'était pour les deux grandes bascules — les massifs ponts-levis d'acier qui s'ouvraient afin de laisser le passage aux navires les plus hauts — qu'on l'avait appelé, afin qu'il conseille l'ingénieur Barry ; et Brunel, l'associé de Barry, l'avait à nouveau requis afin qu'il vérifie les complexes calculs du système qui soutiendrait et ferait pivoter les deux puissants tabliers, de trente mètres de long chacun. Mais son plus vif enthousiasme, il le réservait toutefois au nouveau projet pour lequel le riche Américain s'était adressé à lui.

« C'est la voie de l'avenir ! » disait-il à Esther, très excité. Son vieux rêve d'un métro londonien s'était en partie réalisé : un réseau de tranchées profondes et de tunnels munis de conduits d'aération avait été creusé, pour y faire passer des trains à vapeur. Mais il y faisait chaud, la suie envahissait tout, et à moins d'abattre ou de miner dangereusement beaucoup de maisons, on ne pouvait prolonger les voies existantes pour créer le réseau dont Londres avait aujourd'hui besoin. « Si nous descendions beaucoup plus bas, à douze mètres peut-être, nous pourrions facilement édifier un réseau complet, expliquait Arnold. L'argile, là en bas, est facile à creuser ; ensuite nous réaliserions un tube. Le train roulerait à l'intérieur d'un tube. » Mais il serait impossible de faire passer un train à

vapeur à travers un tube profondément enfoui dans le sol. « C'est pourquoi, concluait-il d'un air heureux, ces trains seront électriques. »

L'électricité : pour Arnold Silversleeves, tourné qu'il était vers l'avenir,
c'était la messagère de l'ère moderne. Swan avait inventé en 1860 sa
lampe électrique ; mais le premier système d'éclairage électrique n'avait
vu le jour à Londres que dix ans plus tôt, sur le nouveau quai de la
Tamise. Depuis, toutefois, les progrès avaient été rapides. En 1884, les
premiers tramways mus par l'électricité commençaient à remplacer dans
les rues leurs prédécesseurs tirés par des chevaux ; voilà cinq ans, Parsons
mettait au point une turbine à vapeur entraînant une dynamo, ouvrant la
voie aux futures centrales électriques pour produire l'énergie publique.
Cette année même, les travaux avaient déjà commencé d'un tube souterrain, où roulerait un train mû par l'électricité. Silversleeves, qui avait
construit sa propre dynamo et installé — à la grande terreur d'Esther —
plusieurs lumières électriques dans la maison, ne tarissait pas d'éloges.
« Ce train électrique sera propre, l'assurait-il. Et si la technique est au
point, je calcule que le prix de revient pourra en être formidablement bon
marché. Oui, le billet pourra être à la portée de l'ouvrier. »

Le seul problème consistait à recruter des hommes assez audacieux
pour construire et faire circuler ce train ; l'Etat ne voulait pas investir
dans de telles entreprises, ni n'avait l'argent nécessaire. Le métro, comme
tout ce qui se faisait ou presque dans la Grande-Bretagne victorienne,
serait une entreprise commerciale ; et pour l'instant les investisseurs
anglais se montraient assez circonspects face à cette nouvelle technologie.
Pas les Américains. La dernière fois que M. Gorham Dogget avait visité
Londres, il avait pris contact avec Arnold Silversleeves.

« Des rails électriques ont fonctionné à Chicago, lui avait-il dit. Londres
est la ville la plus peuplée du monde, avec un besoin urgent de nouveaux
moyens de transport. Je voudrais que vous fassiez une étude, pour savoir
comment on peut le réaliser. Je trouverai les investisseurs. Je suis sûr
que c'est faisable ! » Et il lui avait réglé, comptant, un premier versement
d'honoraires qui avait fait papilloter les yeux de l'ingénieur.

La perspective de la présence de M. Gorham Dogget dans sa maison
avait plongé Esther Silversleeves dans la panique ; elle avait demandé aux
Penny de venir la soutenir pour affronter l'épreuve. Les Barnikel, malgré
toute l'affection qu'ils lui portaient, pourraient ne pas savoir apprécier ses
efforts sociaux et mondains ; les Bull, s'ils restaient cordiaux, évoluaient
maintenant dans une sphère différente. Mais les Penny, eux, on pouvait
leur faire confiance. A la grande satisfaction d'Esther, ils amenèrent leur
fils avec eux, un brillant jeune homme de la City, qui s'était élégamment
vêtu pour l'occasion. Le gentleman de Boston sembla se plaire en cette
compagnie, et les convives firent honneur au repas ; Arnold n'aimait que
les plats simples, mais Esther avait secrètement demandé à la cuisinière
de préparer un ou deux desserts sortant de l'ordinaire. La tenue de la
femme de chambre avait été amidonnée par deux fois. Sur un seul point,
Esther n'avait pu prendre une décision, se demandant jusqu'au bout si
elle devait ou non aborder le sujet ; pour finir, elle s'y risqua au moment
où l'on servit le canard.

« Mon nom de jeune fille était Dogget, comme vous, lança-t-elle d'une
voix mal assurée.

— Vraiment ? Votre père était un Dogget ? Que faisait-il ? »

Elle vit Harriet Penny lui lancer un regard inquiet, mais elle avait préparé sa réponse.

« Il était investisseur, dit-elle sans rougir.

— Excellent ! Nous sommes partis sur le *Mayflower* », dit Gorham Dogget, puis il revint au jeune Penny, qui lui semblait avoir des idées intéressantes.

Si son hôtesse pouvait trouver l'attention du Bostonien parfois difficile à retenir, elle s'en consolait par le plaisir qu'il semblait prendre au contact de la jeune génération. Le fils aîné d'Esther, Matthew, et son épouse avaient à l'évidence rencontré ses faveurs. Matthew travaillait dans une importante étude notariale ; le Bostonien lui avait déjà dit qu'il pourrait avoir recours à ses services. Quant au jeune Penny, il avait hâte d'engager l'affaire d'assurances familiale dans une voie nouvelle, qui lui paraissait prometteuse. « Pour la première fois dans l'histoire, il y a suffisamment de prospérité pour que non seulement la classe moyenne, mais aussi les petits commerçants et même les artisans qualifiés puissent s'offrir une assurance sur la vie, affirma-t-il à Dogget. La taille de chaque police, naturellement, sera petite, mais leur volume total peut être énorme. La Prudential Insurance Company est déjà très active dans cette branche, mais il reste de la place pour nous aussi. » La Penny Insurance Company avait récemment engagé le plus jeune des fils Silversleeves comme actuaire.

« Si l'on fait bien ses calculs et qu'on offre des tarifs bas, il n'y a rien qu'on ne puisse réussir, assura-t-il en conclusion.

— Votre fils m'a l'air d'un jeune homme sûr et dynamique », murmura le Bostonien à l'oreille d'Harriet Penny.

Mais ce fut au moment des desserts qu'Esther Silversleeves tint sa chance de briller. Car alors, promenant les yeux autour de la table, M. Gorham Dogget s'enquit d'un air détaché : « L'un d'entre vous sait-il par hasard quelque chose à propos d'un certain lord Saint-James ? »

Oh ! bien sûr qu'elle savait... Rose de plaisir à l'idée de se prévaloir d'une telle relation, Esther dit en préambule : « N'allez pas croire que nous cherchons à nous élever au-dessus de notre condition, mais... » Cette petite phrase, qu'elle employait chaque fois que quelqu'un l'intimidait, faisait secrètement grimacer les Penny ; c'était la cause de la distance que les Bull avait prise avec elle. « ... mais je peux tout vous dire au sujet du comte, poursuivit-elle. Mon beau-frère et lui sont associés dans le transport maritime.

— Un bateau, vous voulez dire ?

— Exactement. La *Charlotte Rose*. C'est un clipper, et ils pensent qu'elle peut battre le *Cutty Sark* lui-même. (Son ton se fit confidentiel.) En fait, le comte a parié sur elle une telle somme qu'aujourd'hui sa fortune repose peut-être tout entière sur les épaules de mon beau-frère. Car c'est lui le commandant, voyez-vous. » Et elle adressa un sourire rayonnant à tous, ravie d'avoir pu briller — tandis que M. Gorham Dogget paraissait pensif.

Le temps filait pour Lucy Dogget. Si elle voulait essayer de sauver la petite, elle savait qu'il n'y avait plus de temps à perdre.

Lucy Dogget avait soixante-dix ans cette année, mais elle en paraissait davantage ; comparée aux filles de Silas, elle aurait semblé avoir non pas une décennie, mais une génération de plus qu'elles. Aujourd'hui, tandis qu'elle restait assise de longues heures à sa table de travail, elle se demandait parfois ce qu'il était advenu de sa vie.

Cela avait été difficile, pour une femme seule avec un enfant à Whitechapel. Pour d'autres les choses étaient plus dures encore : des familles avec six ou sept enfants et un père au chômage. Le vol et la prostitution étaient souvent pour eux les seules manières de s'en sortir ; la maladie et la mort suivaient en général assez vite. Pour Lucy, le plus difficile avait été de préserver son petit garçon de ces écueils. Le père de l'enfant avait tâché de l'aider en cachette, mais il n'avait vécu que cinq années après sa naissance ; par la suite, elle était restée seule pour l'élever.

Elle avait exercé nombre de petits métiers, pour subsister et nourrir l'enfant. Un temps, elle avait réussi à le persuader d'aller à l'école paroissiale, pour laquelle elle ne devait payer que quelques pence ; mais il s'en était bientôt lassé, préférant courir les rues et trouver des petites besognes à droite et à gauche. A douze ans, bien qu'il sût alors un peu lire et écrire son nom, le jeune William passait l'essentiel de ses journées dans un chantier naval ; le maître, un homme généreux, avait accepté de lui laisser apprendre le métier. Mais il ne persévéra pas et, a seize ans, il cherchait des travaux d'occasion sur les docks. A dix-neuf ans il avait épousé la fille d'un autre docker ; à vingt ans il avait un fils, mort à l'âge de six mois, puis un second. Une fille avait suivi et deux autres encore, toutes les deux malades et qui n'avaient pas survécu Voilà huit ans, il avait perdu sa femme en couches. De telles choses se produisaient fréquemment et les hommes se remariaient ; mais William, lui, ne s'était pas remarié. A la place, il s'était mis à boire. Et c'est ainsi qu'à l'âge de soixante ans Lucy s'était trouvée de nouveau mère.

Whitechapel avait beaucoup changé pendant ce laps de temps. Au début des années 1880, dans l'est de l'Europe, une série de terribles pogroms avaient forcé une grande partie de la population juive à émigrer. Beaucoup avaient pu s'embarquer pour les Etats-Unis, mais par dizaines de milliers ils avaient aussi gagné la Grande-Bretagne, foyer de tolérance ; et nombre de ces réfugiés, comme d'autres avant eux, avaient trouvé leur premier foyer dans l'East End, près du port de Londres.

La transformation du quartier était étonnante. Il restait là quelques Anglais et quelques Irlandais, tandis que d'autres avaient déménagé dans des quartiers proches, pour laisser la place aux nouveaux arrivants : rue après rue, tout Whitechapel devenait un quartier juif. Les immigrants étaient généralement très pauvres, comme la plupart des réfugiés ; ils portaient d'étranges vêtements et parlaient yiddish. « Ils restent ensemble et ne causent aucun problème », remarquait Lucy d'un ton approbateur ; mais elle n'en avait pas moins déménagé jusqu'à Stepney, tout proche, en même temps que ses voisins. Là elle trouva du travail dans une fabrique de vêtements imperméables, et permit à ses deux petits-enfants de subsister. Son fils travaillait parfois, et parfois aussi se souvenait de ne pas boire son maigre salaire.

Elle tâchait de faire mieux pour eux que simplement les nourrir. Depuis 1870, l'école était obligatoire pour les enfants ; même dans l'East End, on en rencontrait désormais à peu près dans toutes les paroisses. Non qu'il fût possible de mettre déjà la loi en pratique : beaucoup d'enfants n'assistaient que très épisodiquement aux cours, et avec Tom, le garçon, Lucy abandonna la partie quand il eut dix ans. « Tu finiras comme ton père l'avertissait-elle. — Je sais », répondait-il avec désinvolture, et malgré tous ses efforts elle ne pouvait rien pour lui. Mais avec sa sœur Jenny, c'était une autre affaire : dès l'âge de huit ans, la fillette gagnait quelques pence en aidant le maître à apprendre à lire aux autres enfants. Un bien, implorait Lucy dans ses prières, pourrait finalement sortir du sacrifice qu'elle avait consenti pendant tant d'années en gardant son fils auprès d'elle, ce qui lui avait valu tant de déceptions. Jenny au moins pouvait être sauvée.

Cinq ans plus tôt, ses jambes étant usées, Lucy avait dû cesser d'aller au travail. Mais pour une femme restant assise chez elle dans l'East End de Londres, il existait encore plusieurs façons de gagner un peu d'argent ; et la plus sûre, même si c'était aussi la plus fastidieuse, était de fabriquer des boîtes d'allumettes. Elle avait seulement besoin des matériaux, d'une table, et d'étendre un trait de colle au pinceau pour assembler la boîte. On lui donnait les matériaux bruts, sauf la colle qu'elle devait acheter elle-même ; le travail n'était pas difficile. Bryant et May la payaient deux pence et demi pour chaque « grosse » — douze douzaines de boîtes — qu'elle leur livrait. En travaillant quatorze heures, Lucy pouvait fabriquer sept grosses dans la journée : ainsi, dans une semaine de quatre-vingt-dix-huit heures, elle gagnait quatre livres dix shillings. Avec la jeune Jenny qui l'aidait quelques jours par semaine, elle pouvait payer son loyer et acheter de la nourriture. Mais que deviendrait Jenny quand elle ne serait plus là ?

Quand Lucy promenait le regard autour d'elle, ce qu'elle voyait n'était guère encourageant. Son fils était un ivrogne ; le jeune Tom s'était lié d'amitié avec quelques-uns des jeunes les plus turbulents de la communauté juive ; et si ces garçons ne buvaient pas autant que son père, ils passaient leur temps à jouer. « C'est une façon aussi rapide de perdre son salaire », faisait remarquer Lucy à Jenny. Puis, l'année précédente, il y avait eu les terribles meurtres de Jack l'Eventreur à Whitechapel. Jusque-là ses victimes étaient des prostituées, mais avec de tels fous rôdant dans les parages, quelle jeune fille était en sécurité ?

D'autres événements inquiétaient Lucy. Les premiers signes de troubles dans l'East End avaient eu lieu l'année précédente, à la fabrique d'allumettes Bryant et May : des filles, conduites par une agitatrice appelée Annie Besant, s'étaient mises en grève pour protester contre leurs salaires de misère. Cette année, plus menaçant encore, une autre femme appelée Eleanor Marx — fille de Karl Marx, un écrivain révolutionnaire vivant dans le West End — était venue aider les ouvriers d'une usine à gaz à s'organiser en syndicat ; peu après, une grande grève avait secoué les docks.

« Je ne dis pas qu'ils ont tort », déclarait Lucy à Jenny. Elle était bien placée pour savoir ce qu'on gagnait à fabriquer des allumettes ; et son fils lui avait souvent décrit les terribles scènes qui se déroulaient dans les docks, quand on laissait les travailleurs sans emploi fixe se battre entre eux pour une place dans une équipe. « Mais où tout cela les conduira-t-il ? » Quoi que l'avenir réservât à l'East End, elle voulait trouver un abri sûr à Jenny, avant de ne plus être là pour la protéger. Mais comment ? Chaque année l'East End grandissait à mesure que sa population s'accroissait et que de nouveaux immigrants y arrivaient ; des villages comme Poplar avaient entièrement disparu au sein de l'immense et morne étendue de terrains vagues, de fabriques et de longues rangées de maisons misérables. Lucy n'entrevoyait qu'un seul espoir possible. Et ce fut ainsi que, par une froide journée de décembre, elle se mit en route pour un trajet qu'elle n'avait plus entrepris depuis plus de trente ans.

Dans l'univers des hommes de loi, il n'est pas de place plus auguste que le grand square proche de Chancery Lane et connu sous le nom de Lincoln's Inn Fields. Un vieux hall empreint de noblesse orne l'un de ses côtés ; les autres sont entourés d'études d'avoués et de cabinets d'avocats, tous fort anciens et vénérables. Dans un angle du square, un escalier sombre, austère et distingué menait aux bureaux d'Odstock et Alderbury, notaires.

Lucy n'était jamais allée voir les hommes de loi de Silas, puisqu'elle n'avait pas abandonné son fils ; pas plus qu'elle n'avait parlé, étant donné les circonstances, de Silas à son fils. Mais elle n'avait pu s'empêcher d'espérer qu'à sa mort il ferait au moins quelque chose pour elle. Quelle autre famille avait-il, après tout ? Elle avait essayé de savoir ce qu'il était advenu de lui ; enfin, une douzaine d'années plus tôt, elle avait appris dans un vieux journal la nouvelle de sa mort. Elle avait écrit une première fois au notaire, puis, ne recevant pas de réponse, avait de nouveau écrit, pour demander si son parent s'était souvenu d'elle ; cette fois elle avait reçu une missive, brève et sèche : non, il ne s'était pas souvenu d'elle.

Elle ne connaissait personne d'autre qui pût lui procurer ce dont elle avait besoin : une bonne place pour Jenny, dans une maison convenable, aussi loin que possible de l'East End et où elle serait bien traitée. En outre, une simple goutte de la vaste fortune de Silas ne pourrait-elle pas échoir à la jeune fille ?

A dix heures du matin donc, elle se présenta au bureau de Lincoln's Inn, donna son nom et demanda si elle pourrait parler à M. Odstock.

Il la fit attendre deux heures ; c'était un vieil homme sévère et voûté, aux cheveux gris. Il était surpris de la voir, certes, mais savait fort bien qui elle était. Il l'interrogea dans un petit bureau aux murs tapissés de livres, hocha la tête, et répondit après un temps de réflexion : « Je crains de ne pouvoir vous aider. Je n'ai pas connaissance d'une place de ce genre pour votre petite-fille, même si cela doit exister.

— Mon parent n'a laissé aucun mot me concernant ?

— A part ses instructions originelles, rien.

— Mais toute sa fortune, à qui est-elle allée ? s'exclama-t-elle soudain.

— Eh bien... (il parut étonné)... ses filles... » Devant son air stupéfait, il se referma comme une huître. « J'ai peur de ne rien pouvoir faire pour vous, hélas », lui dit-il en guise de conclusion ; sur quoi il ouvrit la porte et, avant qu'elle pût savoir ce qui se passait, la poussa dehors.

Dix minutes entières, Lucy resta assise dans le froid de Lincoln's Inn Fields et réfléchit. Aucun doute possible sur les dires du vieil homme : Silas avait des filles. L'une d'elles ne prendrait-elle pas pitié de Jenny et d'elle-même ? Mais comment s'appelaient-elles aujourd'hui ? Et où vivaient-elles ?

Lucy se souvint alors d'une information qu'on lui avait apprise un jour.

Au début de son règne, la reine Victoria avait ordonné que toutes les naissances, tous les mariages et toutes les morts, jusque-là enregistrés uniquement dans la paroisse concernée, fussent aussi consignés dans un grand registre général qui serait conservé à Londres. Il pourrait même être consulté par le public. Si je parviens à trouver quelque chose sur le mariage de ses filles, songea-t-elle, je connaîtrai au moins leurs noms. Abordant timidement un homme de loi qui passait dans la rue, elle lui posa la question ; il lui répondit que le bureau qu'elle recherchait ne se situait pas loin. Ce fut ainsi qu'au début de l'après-midi elle aboutit, en même temps que plusieurs autres personnes, devant d'énormes registres ; ils étaient trimestriels, merveilleusement calligraphiés sur de l'épais papier parchemin, et gardaient la trace de tous les mariages qui avaient eu lieu en Angleterre.

Lucy n'avait aucune idée du nombre de Dogget qu'il pouvait exister sur terre. D'abord elle se demanda si elle pourrait rien découvrir ; mais peu à peu, à mesure qu'elle avançait dans les registres, elle commença à mieux s'y retrouver. Elle manqua Charlotte, parce que la famille n'avait pas encore déménagé à Blackheath au moment de son mariage ; mais un peu plus tard — juste avant que le bureau ne ferme — elle arriva à une autre inscription, qui semblait être la bonne. Il y était consigné : Dogget, Esther, à Silversleeves, Arnold.

S'agissait-il bien de sa fille ? Où vivait-elle maintenant ? Comment faire pour obtenir son adresse ? Pendant quelques minutes, après avoir quitté le bureau, elle se demanda comment procéder ; ensuite elle se souvint d'un autre registre qu'elle avait vu, pendant qu'elle attendait dans les bureaux du notaire. Une sorte de répertoire.

Comme il rentrait d'un excellent déjeuner, le vieux M. Odstock rencontra par hasard le jeune M. Silversleeves, le prometteur petit-fils de Silas Dogget, qu'il avait été heureux d'accueillir comme assistant dans son étude.

« Savez-vous, commença-t-il avec entrain, que j'ai vu ce matin même une fort curieuse parente... » Il était sur le point de dire : « ... à vous », mais se souvint des instructions précises de Silas et se ravisa.

« Une parente ? demanda le jeune Silversleeves.

— Oh ! ce n'est rien, corrigea le vieil homme. Une cousine à moi. Mais cela ne signifierait rien pour vous. »

Comme il avait du temps devant lui et qu'il était de joyeuse humeur, le comte de Saint-James avait décidé de faire quelques pas.

Sa proposition à Nancy avait remporté un grand succès. Il avait eu l'heureuse idée de l'emmener dans une promenade en voiture. Le temps était beau : sous un ciel clair et froid, le sol couvert de givre brillait alors que leur calèche quittait Piccadilly ; elle dépassa la noble résidence d'Apsley House, construite par le vieux duc de Wellington, et pénétra dans Hyde Park. La scène paraissait sortie d'un conte de fées : les arbres gelés semblaient faits de verre autour d'eux, dans l'allée les emmenant près du site où s'était jadis élevé l'immense Crystal Palace. Un grand monument au prince Albert, très orné, marquait désormais son emplacement, tandis qu'en face s'élevait, juste à la limite extérieure du parc, l'énorme silhouette ovale du nouvel Albert Hall. Ils avaient longuement contemplé le lieu, baigné d'un silence magique ; puis, alors qu'ils atteignaient l'endroit où la partie ouest de Hyde Park se transformait en Kensington Gardens, il lui avait demandé si elle voulait l'épouser.

Elle avait réclamé un peu de temps pour y réfléchir, afin de respecter les usages, quelques jours seulement ; et il ne doutait pas, à en juger par son attitude, que la réponse serait oui.

« Bien sûr, il faudra que vous demandiez ma main à mon père », lui avait-elle rappelé. En ce moment il ne savait pas encore, pendant qu'il poursuivait son chemin, s'il verrait le père ou la fille d'abord.

N'importe, il s'était senti de si joyeuse humeur, il s'était tant persuadé qu'il aimait vraiment la jeune fille qu'il s'était arrêté pour s'offrir un petit cadeau.

On voyait beaucoup de vendeurs de tableaux à Londres, mais son préféré était un Français, M. Durand-Ruel ; sa galerie se trouvait dans New Bond Street. Ces derniers temps, le comte collectionnait les vues de la Tamise ; il ignorait pourquoi il se sentait aussi attiré par le fleuve, mais il l'était. Il en avait acheté une de cet Américain, Whistler, qui vivait à Londres ; mais les prix de Whistler, à plus de cent guinées, étaient dans l'ensemble trop élevés. Pour moins cher, il pouvait acheter chez Durand-Ruel une œuvre d'un artiste français qui n'était pas à la mode mais peignait merveilleusement bien, Claude Monet ; il venait souvent à Londres peindre le fleuve. Et le comte avait convenu d'acheter un nouveau Monet, pour un prix modique, avant de se rendre à son rendez-vous.

Son trajet, depuis New Bond Street, le mena vers l'ouest le long d'Oxford Street ; la vieille route romaine reliant Marble Arch à Holborn était aujourd'hui une rue commerçante. Il s'arrêta à une ou deux reprises pour regarder les vitrines des magasins de tissus et de nouveautés, traversa Regent Street, continua jusqu'au bout de Tottenham Court Road ; ensuite il passa par Seven Dials et Covent Garden avant d'atteindre sa destination, dans le Strand.

Sa femme et sa fille l'avaient toutes deux remarqué : depuis la veille, Gorham Dogget semblait préoccupé. Il était sorti deux fois pour affaires et maintenant, alors qu'il attendait dans le hall, le Bostonien paraissait nerveux, ce qui contrastait avec son habituel sang-froid. C'était d'autant plus étrange qu'il se trouvait dans le lieu qu'il prisait par-dessus tout à Londres.

Il n'existait peut-être rien dans toute l'Europe de comparable à l'hôtel Savoy, dans le Strand. Récemment ouvert — sur une initiative de D'Oyly Carte, le producteur des opérettes de Gilbert et Sullivan —, il était construit sur le site de l'ancien palais Savoy où Jean de Gand avait vécu, et dont Chaucer avait souvent été l'hôte. Il avait importé en Angleterre le dernier cri du confort américain qui, ajouté au faste européen, avait abouti à un chef-d'œuvre. Au lieu de devoir utiliser une salle de bains extérieure — ce qui était alors la règle, même dans les meilleurs établissements — les luxueuses suites du Savoy avaient chacune leur propre cabinet de toilette. Le chef n'était autre que le grand Escoffier ; le directeur, probablement le meilleur qui eût jamais vécu, César Ritz. Ritz, aussi dynamique que discret confident quand le besoin s'en faisait sentir, et qui pouvait remédier à n'importe quel problème.

Dogget sembla heureux et même soulagé de voir arriver le comte ; il l'attira dans un coin tranquille où ils pourraient parler. Avec un sourire aimable, il lui expliqua que sa femme et sa fille n'allaient pas tarder à descendre ; y avait-il quelque chose dont Saint-James aimerait discuter avec lui entre-temps ? Le signal était clair : en termes fort urbains, le comte lui demanda la main de sa fille.

« Je ne peux répondre pour elle, dit le Bostonien ; mais quant à moi, lord Saint-James, vous me paraissez être un homme de bien. Néanmoins, étant son père, je me dois de vous poser quelques questions. Je suppose que vous pourrez subvenir à ses besoins ? »

Le comte avait réfléchi à la façon dont il répondrait à cette question. « Notre fortune a beaucoup diminué, monsieur Dogget ; le produit de notre terre est modeste, même si j'ai d'autres sources de revenus. Mais la maison comme le domaine de Bocton sont en bon ordre et ce sont là des éléments, comme les bijoux de famille... » Il était trop bien élevé pour mentionner l'autre élément, évident — le titre.

« Suffisants pour que vous en viviez ?

— Oh ! oui... » C'était vrai, du moins pour l'instant.

« Et vous aimez sincèrement ma fille ? Pour elle-même ? Je dois vous dire que j'attache une grande importance à cet aspect des choses, lord Saint-James. Il me paraît essentiel, aussi bien chez les riches que chez les pauvres, si vous me passez l'expression.

— Absolument, oui. » Un mensonge, pensait le comte, même aussi patent, n'en était pas véritablement un quand il s'agissait d'être chevaleresque envers une dame.

« Parfait. Certes, je pense que Nancy possédera un jour quelque bien en propre », commença le Bostonien avec prudence — et s'il ne poursuivit pas, ce fut uniquement à cause du signe inaccoutumé que lui adressa M. César Ritz, ce directeur d'habitude si discret, mais qui rôdait ce jour-là autour d'eux à un moment où il n'était nullement désiré.

« Pardonnez-moi, sir », l'interrompit-il, et il tendit à Dogget une feuille de papier, sur laquelle l'Américain jeta un œil irrité.

« Pas maintenant, monsieur Ritz !

— Je suis désolé, sir, dit le directeur, mais il ne bougea pas.

— J'ai dit plus tard ! gronda Dogget.

— Vous m'aviez dit que l'affaire serait réglée ce matin, sir, lui rappela Ritz. Nous avions cru comprendre que dès votre arrivée... » Dogget lui lançait des regards furieux, qui ne semblaient faire aucune différence. « Votre femme et votre fille sont ici depuis plusieurs semaines, sir. Cela ne peut plus durer.

— Vous savez bien qu'il n'y a aucun problème !

— Nous avons reçu la réponse de vos banquiers de Boston, sir. Suite à la demande que nous leur avions adressée. »

Dogget pâlit ; il semblait à Saint-James que l'Américain vieillissait à vue d'œil devant lui. Il parut se tasser sur lui-même, avant de répliquer d'un ton rogue : « Je possède encore une maison à Boston, monsieur Ritz. Le Savoy sera payé ; je vous demande seulement d'attendre encore un peu. Je dois partir de toute façon dans un jour ou deux. » Il tourna vers Saint-

James un regard quelque peu embarrassé. « Je crains d'avoir fait quelques mauvais investissements, lord Saint-James, et que ma fortune ne soit plus ou moins partie en fumée. Mais, comme je vous le disais, j'espère avoir encore quelque chose pour Nancy, en temps utile. Je ne suis pas trop vieux et j'ai déjà fait une première fois fortune, aussi pourquoi pas une seconde fois ? Peut-être même serez-vous à mon côté cette fois-ci ? » suggéra-t-il avec une trace de familiarité chaleureuse dans la voix.

Mais le comte de Saint-James, soit par embarras, soit pour une raison urgente, s'excusa et battit précipitamment en retraite.

M. Dogget resta silencieux et hocha tristement la tête quelque temps, après le départ de Saint-James ; il tourna enfin les yeux vers César Ritz.

« Merci, monsieur Ritz.

— Cela s'est passé comme vous le désiriez, sir ?

— Oh ! oui. Nous n'entendrons plus parler de lui, je pense. »

La lettre était rédigée d'une belle écriture — nette, raffinée, mais tout à fait virile. Violet se trouvait dans la pièce quand Mary Anne l'ouvrit.

« C'est du colonel Meredith ! laissa-t-elle échapper malgré elle.

— Oh ! maman » Sa fille lui lança un regard entendu, que Mary Anne considéra comme inconvenant. « Que dit-il ?

— Qu'il va donner dans deux semaines une lecture publique de ses poèmes persans, chez Hatchards. Tout le monde pourra y assister, mais il a pensé à nous prévenir pour le cas où cela nous amuserait d'y venir, comme il le dit. » Comme c'était intelligemment fait, pensa-t-elle ; un rendez-vous, une invitation, mais d'une apparente innocence dans l'éventualité où elle tomberait sous les yeux de quelqu'un d'autre. Il n'était même pas nécessaire d'y répondre ; aucun engagement n'était requis. Elle pourrait y aller avec Violet ou seule ; ou encore, bien sûr — comme son devoir le lui dictait, elle le savait fort bien — ne pas s'y rendre du tout. Quoi qu'elle décidât, elle aurait voulu ne pas avoir étourdiment révélé l'affaire à sa fille.

« Iras-tu, maman ?

— Je ne pense pas », dit Mary Anne.

Il s'était passé tant d'événements ces derniers temps qu'Esther Silversleeves pouvait à peine dire quel moment avait été pour elle le plus marquant.

C'est assurément la visite de M. Gorham Dogget qui avait tout mis en branle. Trois jours après Noël, le fils d'Esther était convoqué au Savoy et une grande pile de documents juridiques lui était remise pour qu'il y travaille ; quant à Arnold, il n'avait jamais paru aussi occupé de sa vie. Elle espérait que c'était une bonne chose, à l'âge qu'il avait ; il semblait en tout cas très heureux.

« Ces Américains font de tels rêves, si audacieux ! lui confiait-il. Comme j'aurais aimé travailler avec des hommes comme lui ma vie durant... »

Mais l'événement le plus extraordinaire fut que, le lendemain de ce repas, le Bostonien avait demandé à Penny, le beau-frère d'Esther, si son fils ne voudrait pas les accompagner, lui et sa famille, dans leur croisière.

« Partir ainsi au pied levé, prendre le bateau à Southampton et rester loin pendant trois mois, à descendre le Nil ! avait commenté Harriet

Penny, très excitée. Il veut que notre fils tienne compagnie à sa fille, je crois. Il a accepté !

— Oh, ma chère ! avait répondu Esther, impressionnée. Nous allons être vraiment très au-dessus de notre condition ! »

Plus triste, et même quelque peu inquiétant, le *Cutty Sark* parvint à Londres juste après le Nouvel An, ayant facilement vaincu ses rivaux, tandis qu'aucune nouvelle n'était encore arrivée de la *Charlotte Rose*. « Tout ira bien pour Jonas, lui dit sa sœur, quand Esther alla la voir à Camberwell. Il est toujours rentré à la maison, jusqu'ici. » Mais Esther sentit bien que Charlotte était inquiète.

D'une moindre portée, mais plus étrange, fut le petit incident qui avait eu lieu trois jours plus tôt. Même si cela le fascinait moins que les égouts et les trains mus à l'électricité, Arnold Silversleeves avait été séduit par l'arrivée du téléphone, au cours de la dernière décennie. Dans la capitale, la nouvelle invention s'était rapidement répandue parmi les gens riches ; il avait tenu à en posséder un dès qu'un central téléphonique avait desservi Hampstead. Nombre de villes de province ne pouvaient encore être atteintes, mais, comme il l'affirmait à sa femme, « c'est l'outil du futur ».

Mais qui donc, se demandait Esther, pouvait être cette étrange voix féminine qui l'avait appelée trois jours plus tôt ?

« Madame Silversleeves ?

— Oui...

— Seriez-vous la fille du défunt M. Silas Dogget, de Blackheath ? »

Dès que Esther eut répondu oui, la correspondante raccrocha. Elle s'interrogeait pour la centième fois à ce sujet quand la sonnette de l'entrée retentit ; un moment plus tard, la femme de chambre annonça : « Il y a une Mlle Lucy Dogget pour vous, Madame. »

Lucy insista beaucoup : elle ne pourrait lui expliquer le motif de sa visite avant qu'elles ne fussent seules. Esther se demanda d'abord si elle devait refuser de la recevoir, mais sa curiosité prit le dessus ; la vieille dame semblait de toute façon bien inoffensive, dans sa mise modeste. Lucy avait passé deux jours à chercher et emprunter suffisamment d'habits aux gens qu'elle connaissait pour se donner une apparence respectable. La gouvernante du pasteur lui avait même prêté une paire de bottines, mais trop petites d'une taille ; la douleur lui tirait presque les larmes des yeux après qu'elle eut marché un kilomètre en descendant de l'omnibus. Mais dans son manteau gris, son chapeau noir, sa robe toute simple et ses bas bruns impeccables, elle aurait pu passer pour une honorable gouvernante ou pour une ex-femme de chambre de bonne maison qui coulait une paisible retraite.

« Je tenais à vous voir seule, expliqua-t-elle, parce que je ne voulais pas vous embarrasser... »

Elle lui raconta son histoire , et quand elle eut fini, Esther Silversleeves la fixa en gardant un silence horrifié. Elle ne doutait pas de la véracité du récit de Lucy ; mais celui-ci ouvrit devant ses pieds un abîme si terrible qu'elle dut se retenir au bras de son fauteuil pour ne pas vaciller.

« Ce riche parent, vous voulez dire, était..

— Là-haut, à Blackheath. C'était un élégant gentleman, et vous deviez être très fière de lui...

— Oui, mais... (Esther lui lança un regard craintif.) Vous disiez que votre petit frère était mort sur le... fleuve ? »

L'espace d'une seconde, Lucy échangea avec elle un regard de parfaite intelligence, avant de baisser les yeux vers le sol. « Tout cela se passait il y a si longtemps, murmura-t-elle. Je ne suis même pas sûre de bien m'en souvenir. »

Le gouffre obscur était là : le léger plongeon d'une rame dans le brouillard, le choc étouffé d'un corps flottant dans l'eau ; toutes choses qu'Esther avait à peine connues, mais dont elle avait toujours craint de se souvenir. Un cauchemar humide et froid, qui se glissait dans la respectable maison de Hampstead. Esther pensa à Arnold, à ses fils, au jeune Penny en croisière sur le Nil ; aux Bull, à lord Saint-James et à Silas le dragueur. Pendant quelques secondes, elle en perdit la voix. Enfin, d'un ton rauque, elle demanda : « Avez-vous besoin d'argent ? »

Lucy secoua la tête. « Non. Je ne suis pas venue vous en demander, et je ne le ferais pour rien au monde. C'est ma petite-fille qui a besoin d'une place convenable, pour faire le service, comprenez-vous ? Dans une maison respectable, où elle sera en sécurité et où l'on veillera sur elle. J'espérais que peut-être vous en connaîtriez une quelque part. C'est tout. Je ne suis venue vous demander rien d'autre.

— Cela fait combien de temps que vous êtes allée voir mon père ? interrogea Esther après quelques secondes de réflexion.

— Trente-huit ans.

— Vous avez dû connaître des moments bien difficiles.

— Oh ! oui... » dit Lucy ; puis, à sa propre surprise, elle s'effondra soudain. Pendant quelques instants elle ne put rien faire d'autre que rester penchée en avant sur sa chaise, ses mains agrippant ses genoux à travers sa vieille robe noire et tout son corps secoué de tremblements, tandis qu'elle murmurait : « Je suis désolée. Oh ! je suis tellement désolée...

— Elle sera en sécurité. Elle viendra ici », dit Esther Silversleeves, et elle en fut la première étonnée.

Pour un homme toujours impeccable, il faut avouer que le comte de Saint-James ne semblait pas tout à fait lui-même ce jour-là. Il avait revêtu un manteau à pèlerine par-dessus sa chemise ouverte, s'était mis un chapeau melon sur la tête et avait attrapé au passage un foulard de soie rouge ; il se l'enroula autour du cou d'un air absent, tandis qu'il sortait de chez lui pour héler un fiacre. Il était même si distrait qu'il en oublia ses clefs. Barnikel et la *Charlotte Rose* venaient d'arriver, avec trois semaines de retard.

Le mois écoulé avait été rude pour Saint-James. Il y avait d'abord eu l'embarrassante affaire avec Nancy : un gentleman n'était pas supposé revenir sur sa parole, mais le mariage, bien sûr, ne pouvait se conclure dans ces conditions. Il lui avait écrit une lettre suggérant que quelque chose dans son propre passé — s'il ne lui donnait pas d'explications précises, il laissait néanmoins entendre que l'affaire restait bienséante — l'obligeait à se rétracter. Il aurait aussi pu lui avouer qu'il était sans le sou ; mais cette histoire le mettait dans une telle colère qu'il se serait fait damner plutôt que de le reconnaître. Il se consolait à l'idée que, ayant perdu sa fortune, le Bostonien ne risquait pas de réapparaître à Londres pour le mettre dans l'embarras. Seule note étonnante, une rumeur avait couru peu après affirmant que les Dogget étaient quand même partis sur le Nil.

A mesure que passaient les jours, le comte avait guetté avec anxiété des nouvelles des clippers. D'abord on avait aperçu le *Cutty Sark* qui approchait des côtes du Kent ; puis cela avait été son arrivée dans le port de Londres, et la certitude que Saint-James avait perdu son pari. Ensuite la longue attente, sans recevoir d'information ; il s'était demandé s'il avait aussi perdu le bateau et son ami Barnikel. Sur le quai, il ne fallut pas longtemps à ce dernier pour s'expliquer. Tristement, le vieux marin lui raconta comment, alors qu'il essayait de dépasser le *Cutty Sark*, il avait été pris dans une tempête : il avait perdu un mât et dû gagner un port sud-américain pour réparer. « Pendant un moment, nous avions navigué devant lui », plaida-t-il, en plein désarroi. Il se tourna vers l'endroit où était amarré le *Cutty Sark*, le magnifique trois-mâts, et soupira.

« Je l'ignorais auparavant mais aujourd'hui je le sais : aucun navire ne peut rattraper celui-là.

— Il m'a ruiné », dit le comte d'un ton morne, et il tourna les talons.

L'avenir s'annonçait sombre, songeait-il tandis que le fiacre le ramenait lentement chez lui. Il fallait vendre la maison de Regent's Park, bien sûr : elle était beaucoup trop chère à entretenir. L'idée de partager une demeure plus petite avec lady Muriel ne lui souriait guère. Peut-être devrait-il aller vivre en France : la livre était avantageuse sur le continent, et beaucoup de gentlemen anglais pouvaient sauver les apparences en France ou en Italie, alors que dans leur pays ils se seraient trouvés fort embarrassés.

C'est dans cet état d'esprit assez sombre, mais pensif, qu'il arriva chez lui ; il y fut accueilli par la nouvelle insolite, mais assez agréable, que sa demi-sœur était partie. « Elle n'a pas dit quand elle reviendrait, *my lord* », ajouta le maître d'hôtel.

Heureux de se retrouver seul avec lui-même, Saint-James monta dans la bibliothèque et s'assit dans le grand fauteuil.

Il lui fallut quelques minutes avant de remarquer un détail bizarre : la porte de la penderie où se trouvait le coffre était restée entrouverte. Il s'apprêta à la refermer ; mais il remarqua en fronçant les sourcils que le coffre était ouvert lui aussi. En outre, il était vide.

« Les bijoux ! » cria-t-il. Comment un voleur avait-il pu pénétrer ici ? Il se précipitait pour appeler le maître d'hôtel quand il vit ses clefs sur la table de la bibliothèque. A côté d'elles il avisa une simple feuille de papier blanc, qui portait juste trois mots, griffonnés de la grande écriture de sa sœur : « JE SUIS PARTIE. »

Dans un hurlement de rage, le pauvre comte de Saint-James les maudit tous : Muriel et Nancy, et Gorham Dogget, et Barnikel.

« Et toi aussi, cria-t-il, va au diable ! Maudit *Cutty Sark* !... »

Mieux valait, pour la santé mentale du comte, qu'il n'assistât pas aux retrouvailles entre Barnikel et sa femme Charlotte, ce soir-là à Camberwell. Après qu'elle l'eut fait dîner et lui eut préparé son grog préféré, quand il fut installé confortablement au coin du feu, elle caressa affectueusement sa vieille barbe blanche et remarqua :

« Je suis vraiment désolée que cela ne se soit pas mieux passé pour toi... Mais il y a au moins une compensation.

— Laquelle ?

— Nous avons gagné une jolie somme d'argent.

— Que veux-tu dire ?

— J'ai parié sur la course. Ou plutôt, j'ai demandé à notre fils de le faire pour moi.

— Tu as parié sur moi, comme Saint-James ?

— Non, mon chéri. J'ai parié sur le *Cutty Sark*.

— Tu veux dire que tu as parié contre ton propre mari ?

— Il fallait bien que quelqu'un le fasse, non ? Je savais que tu ne pouvais pas gagner. Le *Cutty Sark* avait trop de voiles. (Elle sourit.) Nous avons gagné mille livres ! »

Après avoir gardé longtemps le silence, Barnikel se mit à rire, le nez dans son grog. « Tu es parfois aussi mauvaise que le Vieux lui-même ! gloussa-t-il.

— J'espère bien que oui... »

L'arrangement conclu entre Esther Silversleeves et Lucy était simple. Dès qu'elles eurent recouvré leur sang-froid, Esther se rendit compte qu'elle pouvait réfléchir avec une clarté d'esprit dont elle ne se savait pas capable.

« Vous êtes sûre que votre petite-fille ne sait rien ? demanda-t-elle à Lucy.

— Rien du tout, promit celle-ci.

— Alors dites-lui que vous avez eu mon adresse par une agence, lui enjoignit-elle. Mais il faudra lui dire également ceci : puisque mon nom de jeune fille se trouve être le même que le vôtre, je ne crois pas possible qu'elle reste chez nous une Dogget. Il faudra qu'elle en change. (Elle réfléchit.) Qu'elle s'appelle donc Ducket. Cela conviendra... »

Lucy accepta cette clause ; mais de toute façon, si même elle avait nourri quelque réticence à ce sujet, celle-ci aurait été balayée quand Esther déclara, avec une véhémence soudaine et presque inquiétante : « Si le moindre mot devait jamais lui échapper, entendez-vous bien, la plus petite allusion à d'anciennes relations avec mon père ou... au passé en général, alors elle serait mise à la porte dans l'heure qui suivrait, et sans aucune référence. Ce sont mes conditions expresses. » Quand Lucy lui eut promis qu'elles seraient satisfaites, les manières d'Esther se radoucirent. « A propos, quel est son nom ? demanda-t-elle.

— Jenny. »

Et c'est ainsi qu'en février 1890 Jenny Ducket, ainsi qu'elle s'appelait désormais, vint apprendre à servir dans la maison de Mme Silversleeves.

Le printemps de 1890 aurait dû, dans le foyer d'Edward et de Mary Anne Bull, marquer un moment de joie sans pareil. A la fin du mois de mars, Edward annonça une nouvelle sensationnelle.

« Le comte de Saint-James vend son domaine de Bocton dans le Kent, dit-il à la famille assemblée pour le dîner. Et je l'achète, de la cave au grenier ! Nous pouvons y aller dès demain ! (Il leur sourit à tous.) Il y a là-bas un parc avec des cerfs, vous verrez, et un magnifique panorama.

Je suis sûr que vous vous y plairez. (Il se tourna vers son fils.) Comme tu es devenu un vrai gentleman, je pense que cela te conviendra assez bien, non ?

— A nous aussi ! » crièrent deux de ses filles. Les jeunes gens à marier appréciaient les héritières dont les pères possédaient un domaine à la campagne. Seule Violet se contenta d'un sourire d'approbation vague et distrait.

Ces dernières semaines, elle avait pris l'habitude d'aller écouter des conférences. Au début, sa mère avait insisté pour l'accompagner ; mais après trois ou quatre fastidieux après-midi à la Royal Academy, ou autres institutions en rapport avec l'université, elle avait abandonné la partie et permis à sa fille de se rendre seule à ces réunions — ennuyeuses, mais hautement respectables. La seule question qu'elle se posait, c'est où tout cela devait la mener. « Je soupçonne, confiait-elle à Edward, qu'elle a une idée en tête. »

La première semaine d'avril, Violet entra dans sa chambre un soir et referma la porte derrière elle.

« Mère, dit-elle calmement, j'ai une nouvelle à t'annoncer.

— Si cela a un rapport avec l'université... commença Mary Anne d'un ton las.

— Non. (Elle fit une pause.) Je vais épouser le colonel Meredith. » Elle eut l'impudence de sourire.

Pendant une minute peut-être, Mary Anne se sentit incapable de prononcer une seule parole. « Mais... tu ne peux pas ! bégaya-t-elle enfin.

— Si, je peux parfaitement.

— Tu n'en as pas l'âge ! Ton père te l'interdira !

— J'en ai presque l'âge. Et de toute façon, je peux toujours m'enfuir avec lui si vous m'y forcez. Personne ne peut rien y faire, je t'assure.

— Mais tu le connais à peine ! Comment...

— Je suis allée à sa lecture poétique chez Hatchards, mère. Celle que tu as manquée. Je l'ai vu au moins deux fois par semaine depuis lors.

— Les conférences...

— Exactement. Mais nous allions vraiment à des conférences, ou dans des galeries. Et aussi à des concerts.

— Mais tu devrais épouser un jeune homme ! Même l'université serait mieux que lui...

— C'est l'homme le plus instruit et le plus intéressant que j'aurai jamais l'occasion de rencontrer.

— Il a manigancé cela derrière notre dos ! Et il n'a jamais osé venir voir ton père !

— Il le fera. Demain.

— Ton père le jettera dehors...

— J'en doute. Le colonel Meredith est riche et gentleman, et papa sera très content de ne plus m'avoir dans les pattes. Sinon, ajouta froidement Violet, je ferai un scandale. Il détestera cela.

— Mais, ma fille, gémit Mary Anne, pense à son âge... Ce n'est pas normal d'épouser un homme de son âge...

— Mais je l'aime ! Nous nous aimons passionnément ! »

Au mot « passionnément », Mary Anne ne put s'empêcher de tressaillir ; elle fixa sa fille dans les yeux, mal à l'aise soudain.

« Sûrement (sa voix était rauque), tu ne veux pas dire que...

— Je ne te le dirais pas, même si c'était le cas, lui répondit sa fille d'un air narquois. Mais en tout cas, mère, une chose au moins est certaine : *tu* ne peux pas l'avoir. »

19

La Suffragette

1908

Le jeune Henry Meredith pleurait, car il venait de recevoir une bonne correction. Le fait que M. Silversleeves, maître d'internat et professeur de mathématiques, soit un parent ne faisait aucune différence ; et ce genre de sanction n'était pas non plus inhabituel. En Angleterre, en Amérique et dans beaucoup d'autres pays, on usait libéralement de la canne, de la verge et de la ceinture. Le motif lui-même pour lequel on infligeait la correction n'avait guère d'importance. Eton, comme deux ou trois autres écoles, promouvait une éthique plus individuelle ; mais Charterhouse faisait partie de ces nombreuses *public schools* qui s'assignaient comme mission première d'extirper la sottise du crâne des élèves qui leur étaient confiés. Elles échouaient souvent mais s'y employaient de leur mieux ; et Silversleeves n'accomplissait là que son devoir. Lui-même ainsi que le jeune Meredith en étaient d'ailleurs persuadés tous les deux.

Une autre raison expliquait la tristesse de l'enfant : il était affamé.

L'école de Charterhouse avait été fondée en 1614, soixante-dix ans après que les derniers moines eurent été chassés des lieux par Henri VIII. Plus récemment, elle avait déménagé vers un nouveau site, à cinquante kilomètres au sud-ouest de Londres. C'était une belle et vieille école ; les parents payaient cher pour y envoyer leurs enfants. Et pourtant ils semblaient étrangement ignorer (ou ne pensaient pas que cela eût de l'importance) qu'une fois là-bas ces enfants qu'ils aimaient ne recevaient presque rien à manger. D'épaisses tranches de pain couvertes de minces couches de beurre, de la bouillie d'avoine ou du ragoût en petites quantités, du chou bouilli jusqu'à ce qu'il ait blanchi, des immangeables boulettes de pudding à la graisse de bœuf : tel était l'ordinaire de ces élèves privilégiés. « Il ne faut pas les gâter. Les garçons doivent être élevés à la dure. » Ceux qui survivaient à ce régime gouverneraient un jour l'Empire. Sans les colis que lui envoyait sa mère, Meredith serait presque mort de faim.

Mais Henry retourna à son banc dur, dans la salle de classe, à son bureau dont le bois portait les noms de ceux qui y avaient souffert avant lui. Ce n'étaient ni la douleur irradiant dans ses membres ni les tiraillements de la faim qui lui faisaient refouler ses pleurs, mais l'article qu'un garçon plus âgé lui avait montré dans le journal du matin.

Le cabriolet franchit les portes du parc de Bocton, en cette journée d'automne. Violet ne s'habituait toujours pas à l'idée que sa mère ne serait pas là. Mary Anne était morte l'année précédente ; des quatre sœurs Dogget, seule Esther Silversleeves vivait toujours.

Le voyage avait été long. Pendant tout le trajet, Violet avait serré la main de sa fille de six ans. *Je ne peux plus revenir en arrière maintenant ; je garderai la tête haute*, s'était-elle promis. Elle étreignit plus fort la main de l'enfant quand elle vit son père qui l'attendait devant la maison.

Ce qui rendait pour elle la situation plus délicate, c'était le fait que le vieil Edward Bull eût été si bon. Meredith étant resté fort et svelte, elle avait pensé qu'il vivrait jusqu'à un âge avancé. Il avait engendré leurs deux fils et, alors qu'il venait d'avoir soixante-dix ans, leur fille Helen ; puis il était subitement mort, voilà trois ans, au grand désarroi de Violet. Une attaque cardiaque foudroyante, une demi-journée sans pouvoir parler, un dernier regard d'affection en lui pressant la main, et il était parti — lui laissant moins d'argent qu'elle ne l'avait pensé. Ils n'étaient pas dans le besoin, mais le revenu de Violet se révéla un peu serré pour garder un train de vie convenable et donner une bonne éducation à ses enfants. Aussi fut-elle reconnaissante à son père quand celui-ci proposa de payer leur école.

Pendant deux heures entières, tandis qu'il arpentait avec elles le parc aux cerfs et jouait avec sa petite-fille dans le vieux jardin clos de murs, Edward Bull garda le silence. Quand Helen eut été emmenée par sa gouvernante et qu'ils se retrouvèrent seuls dans la bibliothèque, il prit un journal plié en deux, le laissa tomber à côté de sa fille sur le sofa et remarqua :

« J'ai vu que tu avais parlé au Premier ministre... »

Violet attendit un peu, pour voir si c'était le prélude à une explosion.

Le thème à propos duquel elle avait abordé le grand homme n'était pas nouveau. Depuis la grande loi de réforme de 1832, la démocratie avait progressé lentement : deux nouvelles lois avaient accordé le droit de vote d'abord aux classes moyennes, puis aux plus aisés parmi les ouvriers. Deux tiers des hommes adultes de Grande-Bretagne pouvaient désormais voter — mais toujours pas les femmes.

Un groupe de dames respectables, connues sous le nom de suffragistes, ou partisanes du suffrage féminin, protestaient pacifiquement contre cette injustice depuis quarante ans, sans aboutir au moindre résultat. Voilà cinq ans, un nouveau groupe conduit par l'ardente Mme Pankhurst était apparu sur la scène. « Suffragettes », ainsi surnomma-t-on bientôt ces nouvelles croisées. Leur mot d'ordre était : « Des actions plutôt que des paroles », et elles le mettaient en pratique. Elles avaient commencé à arborer leurs propres couleurs — violet, blanc et vert — sur des écharpes, des bannières et des affiches ; elles tenaient des meetings publics et troublaient les élections parlementaires. Et elles avaient pris l'habitude — faisant preuve d'un impardonnable manque d'éducation, au goût d'Edward Bull — d'accoster les politiciens dans la rue.

Une semaine plus tôt, deux dames édouardiennes à l'allure respectable, portant de grands chapeaux à large bord ornés de plumes, et qui semblaient revenir d'une journée de shopping à Piccadilly, attendaient tranquillement devant la résidence du Premier ministre au 10, Downing Street. Quand M. Asquith en sortit, les deux dames s'approchèrent de lui, pour le plus grand plaisir du journaliste du *Times* et du photographe qu'on avait dûment prévenus ; elles se placèrent chacune d'un côté de lui et demeurèrent ainsi le long du chemin jusqu'à Whitehall. Avec une courtoise insistance, elles lui demandèrent ce qu'il comptait faire au sujet du vote des femmes, jusqu'à ce qu'il fût enfin en mesure de leur échapper, dans le refuge du Parlement. L'une des deux fut identifiée, dans le journal du lendemain, comme étant Violet.

« Tu as eu de la chance qu'on ne t'arrête pas », lui dit calmement Bull.

Edward s'était adouci depuis qu'il était venu habiter à Bocton. Ses fils dirigeaient maintenant la brasserie et lui-même menait la vie d'un squire campagnard. Il avait découvert, dans les archives du manoir, que le domaine avait jadis appartenu à une famille déjà nommée Bull. « Rien à voir avec nous, bien sûr », avait-il remarqué en riant. Il ne s'était même pas mis en colère quand Violet lui avait annoncé ses sympathies pour les suffragettes, même si ses propres convictions n'avaient pas changé d'un iota. « La science médicale a découvert que le cerveau des femmes est plus petit que le nôtre », lui avait-il annoncé un jour triomphalement. A ses yeux, les femmes étaient là pour embellir le foyer ; et non seulement la plupart des hommes, mais également beaucoup de leurs consœurs étaient d'accord. Une association de femmes contre le suffrage féminin avait vu le jour ; Mme Ward, une romancière de renom, écrivait dans ce sens : la femme serait souillée par la politique et tout esprit chevaleresque mourrait. C'était là un curieux trait de mentalité, à la fin de l'ère victorienne et à l'époque édouardienne : moitié à cause d'une renaissance de la littérature chevaleresque arthurienne, moitié en raison de la prospérité croissante qui accordait des loisirs à un plus grand nombre de femmes, des représentantes de la petite bourgeoisie s'imaginaient aussi délicates et choyées que les femmes du monde au XVIIIᵉ siècle — une idée qui aurait beaucoup étonné leurs devancières.

« Tout cela vient de ce que je ne t'ai pas laissée aller à l'université, commenta son père.

— Mais non, papa... » Pourquoi donc ne pouvait-il la prendre au sérieux ? « Est-il normal qu'une femme puisse être maire, infirmière, médecin, professeur — ou simplement une bonne mère de famille — et qu'on l'empêche de voter ? Les choses se passaient mieux au Moyen Age ! Tu sais que les femmes pouvaient entrer dans les guildes londoniennes ?

— Ne sois pas ridicule, Violet. » Edward connaissait la City : l'idée qu'une des corporations puisse admettre des femmes en son sein était absurde. Il aurait été étonné d'apprendre que sa propre brasserie lui était venue de Dame Barnikel. « De toute façon, soupira-t-il, ce n'est qu'une perte de temps : pas un seul parti politique ne vous soutient. »

C'était hélas vrai. Il y avait dans tous les partis des défenseurs et des adversaires du suffrage féminin ; mais aucun des leaders ne pouvait décider si le vote des femmes serait ou non à son avantage. Les plus radicaux s'intéressaient plus à l'extension du droit de vote parmi les ouvriers qu'au sort politique des femmes.

« Alors nous persévérerons.

— Ce qui me met le plus en colère dans votre campagne, c'est le mauvais exemple qu'elle donne, commenta-t-il. Ne voyez-vous pas que si des gens comme nous commençons à troubler l'ordre public, cela ne fera qu'encourager les autres classes à nous imiter ? Et Dieu sait, ajouta-t-il si la situation est déjà suffisamment dangereuse... »

Même Violet ne pouvait que souscrire à cette dernière affirmation. vieux siècle s'en était allé, et la vieille reine Victoria avec lui ; le nouveau roi Edouard VII devait faire face à un monde plein de périls et d'incertitudes toujours croissantes. Une guerre en Afrique du Sud contre les Boers, qui parlaient néerlandais, n'avait été gagnée qu'avec difficulté, sans oublier quelques doutes quant à sa légitimité morale ; en Inde, on commençait à murmurer contre la domination britannique. Bien que le kaiser fût le propre neveu du roi Edouard, l'empire d'Allemagne étendait sa puissance militaire et coloniale d'une manière assez inquiétante. Le commerce britannique se voyait lui aussi confronté à une rude compétition internationale ; même des libres-échangistes convaincus comme Bull se demandaient si l'énorme bloc de l'Empire britannique ne devait pas se protéger, au bout du compte, par des taxes douanières. Le problème du Home Rule, du gouvernement autonome à donner ou non à l'Irlande, avait également divisé le parti libéral, venant saper là encore les plus anciennes certitudes politiques de gens comme Bull. Pourtant l'aspect le plus inquiétant de la nouvelle ère édouardienne, il le trouvait plus près de son propre foyer.

Les graves inégalités et les problèmes de tous ordres soulevés par le nouvel âge industriel n'étaient pas encore résolus Tandis que le roi amusait ses sujets — en tout cas les moins puritains d'entre eux — avec sa cour brillante et son style de vie somptueux, la situation sociale paraissait de plus en plus menaçante. Si la grande révolution prédite par Marx n'était pas encore advenue, les syndicats, nés dans les années 1880, comptaient deux millions de membres au tournant du siècle et bientôt quatre millions, prévoyait-on. Aux récentes élections ils avaient présenté leur propre parti, qui émergeait déjà comme une troisième force politique et ne cessait de prendre de l'importance. A présent, les membres travaillistes du Parlement — seuls certains d'entre eux étaient de vrais socialistes — étaient prêts à soutenir le gouvernement libéral : son aile radicale, conduite par le brillant Gallois Lloyd George, s'était engagée à promouvoir des mesures d'assistance publique pour soulager les pauvres. « Mais ils ne pourront pas faire grand-chose, prédisait Bull ; et la Chambre des lords, conservatrice, repoussera même cela. Qu'arrivera-t-il alors ? » C'était précisément cette peur vague mais croissante de l'agitation sociale qui le rendait si hostile aux manifestations des suffragettes. « Les troubles ne demandent qu'à se développer, et vous les attisez, reprochait-il à sa fille. As-tu pensé à tes enfants ? Crois-tu bien agir envers eux ? Penses-tu que tu leur donnes un bon exemple ? »

Violet s'énerva ; comment osait-il invoquer ainsi ses enfants contre elle ?

« Les enfants sont fiers de moi ! tempêta-t-elle. Ils savent que ce que je fais, je le fais pour une cause bonne et juste. Je leur montre comment défendre ce qui est bien, et je suis sûre qu'ils s'en rendent compte !

— Tu en es vraiment sûre ? » répondit-il.

Son frère Herbert pouvait bien être ridicule de temps en temps avec ses pitreries, pensa Percy Fleming, mais c'était Herbert. Une petite foule s'était arrêtée pour le regarder, debout au milieu du Tower Bridge.

« Décide-toi, Percy ! cria-t-il. Je resterai ici, même si le pont s'ouvre, tant que tu ne l'auras pas fait ! »

Il remarqua dans la foule une jeune femme, qui pouvait avoir un ou deux ans de plus que lui, et à l'allure fort respectable ; il se demanda ce qu'elle pensait de la scène.

« Eh bien ? cria Herbert, prenant une attitude théâtrale. Oh ! Percy, tu vas me tuer !

— Sûrement, si tu continues ! » répondit Percy — assez spirituellement, jugea-t-il ; il observa la jeune femme à l'allure respectable, pour voir si elle avait l'air de partager cet avis.

Percy Fleming avait de la chance. A la quatrième génération, les descendants de Jeremy Fleming, l'employé de la Banque d'Angleterre, étaient au nombre de trente ; comme dans n'importe quelle famille, certains avaient prospéré et d'autres non. Plusieurs avaient quitté Londres. Le père de Percy et d'Herbert avait tenu un débit de tabac dans Soho, à l'est de Regent Street, qui était devenu un endroit fort agréable. Quand Percy était enfant, le service municipal des travaux publics avait ouvert deux grandes artères dans Soho : Charing Cross Road montait au nord à partir de Trafalgar Square, et Shaftesbury Avenue descendait vers Piccadilly Circus. Shaftesbury Avenue s'était bientôt bordée de théâtres. Mais tandis que Herbert avait toujours aimé Soho, lieu de plaisirs et de spectacles, Percy se sentait attiré par Regent Street, plus calme, et qui allait rejoindre, en direction de l'ouest, le tranquille Mayfair. On y trouvait toujours de respectables vieilles maisons d'horlogers et d'artisans huguenots, mais la principale activité du lieu, prenant son origine dans la rue qui passait derrière la vieille Burlington House et s'appelait Savile Row, était celle des tailleurs.

Bien que marchand de tabac de son état, le père de Percy connaissait beaucoup de gens œuvrant dans ce métier. « Le *mile* d'or, c'est ainsi qu'on l'appelle, avait-il coutume de dire à son fils. A la minute où je vois un client passer la porte de la boutique, je peux te dire s'il porte ou non un habit du West End. » Quant aux nouveaux costumes de prêt-à-porter, qui avaient fait leur apparition dans quelques magasins de vêtements, sa face creuse prenait une expression de paisible mépris lorsqu'il expliquait : « Dieu n'a pas fait les hommes dans des tailles standard ; chacun a sa propre silhouette et sa propre posture. Un complet bien coupé s'adapte si parfaitement à celui qui le porte qu'il ne peut même pas sentir s'il l'a ou non sur le dos. Mais un article de série, même si on le modifie, n'aura jamais aucun style. » Percy avait vu son père cacher ses meilleurs cigares à un client vêtu d'un costume de prêt-à-porter.

Pour Percy, le mile d'or était un endroit merveilleux. Dans son enfance, il regardait les apprentis et les trottins porter des échantillons et des paquets dans la rue. Grâce à son père, il s'était lié d'amitié avec certains des coupeurs, les hommes clefs de chaque établissement : ils coupaient les patrons pour la silhouette de chaque client, toujours dans un fort papier brun qui serait conservé, généralement pendu par une ficelle, afin de servir à nouveau lors de la prochaine commande. Rien d'étonnant donc si (tandis que son frère Herbert tâtait quelque temps du théâtre, avant de rentrer dans le rang et de devenir employé de bureau) Percy fut impatient d'accomplir les cinq ou six ans d'apprentissage qui lui permettraient de devenir tailleur. Le jour où il persuada, tout seul, un maître tailleur de le prendre chez lui et qu'il rapporta le fait à son père, Fleming se montra impressionné.

« Tom Brown ! cria-t-il, enthousiaste. En voilà un qu'on peut appeler un *vrai* gentleman tailleur, Percy ! »

Percy y avait passé six années heureuses à apprendre son art, tant et si bien qu'à la fin de son apprentissage M. Brown lui avait fait une offre intéressante pour le garder chez lui. Mais Percy avait d'autres idées en tête. Il n'était pas rare, pour un tailleur adroit comme lui, de se mettre à son compte ; il savait que Tom Brown continuerait à utiliser ses services, et ainsi il pourrait prendre également des commandes provenant d'autres tailleurs. Si l'on était un bon artisan, prêt à travailler dur, on pouvait gagner plus qu'en tant qu'employé, et l'on avait l'indépendance. Mais le véritable élan était venu d'Herbert.

« Je ne te vois pas assez souvent, Percy, lui avait-il dit ; et tu es tout ce qui reste, maintenant, de notre famille. (Leurs deux parents étaient morts à la fin du siècle.) Pourquoi ne viens-tu pas vivre près de Maisie et moi ? L'air est bien meilleur là-haut, à Crystal Palace, tu sais. Ce sera bon pour ta toux. »

Quand l'immense Crystal Palace avait été démonté, après la Grande Exposition, un groupe d'entrepreneurs l'avait racheté et remonté dans un site splendide, sur la longue croupe qui formait, à dix kilomètres au sud du fleuve, le bord méridional du bassin géologique de Londres. Jusqu'à ces derniers temps, on y trouvait surtout des champs et des bois ; Gipsy Hill, non loin de là, avait longtemps été la colline des bohémiens, comme son nom le suggérait. Maintenant encore, sur les versants exposés au sud la campagne reprenait vite ses droits sur les habitations, et de vertes perspectives s'étendaient jusqu'aux collines boisées du Sussex et du Kent. Mais le sommet de la croupe se couvrait de maisons, offrant de magnifiques vues sur le bassin de Londres et jusqu'aux lointaines éminences de Hampstead et de Highgate — gentilhommières dans de vastes jardins le long de la crête, demeures plus modestes et pavillons de banlieue sur les pentes en contrebas. L'air y était excellent, à l'écart du brouillard londonien qui stagnait dans le bassin. Crystal Palace — on avait donné le nom de l'édifice à tout le secteur — s'avérait un endroit fort agréable ; Herbert et sa femme Maisie y vivaient depuis leur mariage.

« La gare est toute proche, avait fait observer Herbert a Percy, et je prends le train tous les matins pour aller dans la City. Mais il y en a un autre, que tu peux prendre jusqu'à Victoria Station, et qui est parfait pour le West End. Tu peux aller de chez toi à Savile Row, porte à porte, en moins d'une heure. »

Herbert avait raison en ce qui concernait sa toux : il avait récemment ressenti les effets du fog. Et puisqu'il devait quitter Tom Brown et travailler dorénavant chez lui, il n'aurait plus besoin d'aller chaque jour à Londres. Mais c'était quand même un déménagement important en perspective, et il hésitait encore.

Percy et Herbert se retrouvaient parfois le samedi, quand le travail du second dans la City se terminait tôt, à deux heures de l'après-midi. Ce jour-là, après avoir déjeuné dans un pub et parce que la journée d'automne était assez belle, les frères étaient partis faire une promenade. Herbert d'abord n'avait pas reparlé de l'avenir à Percy ; puis, comme ils approchaient de la vieille Pierre de Londres dans Cannon Street, il avait désigné du doigt un grand bâtiment de l'autre côté de la rue et remarqué : « Regarde, Percy ! Tu sais ce que c'est ? » La gare ferroviaire de Cannon Street était imposante : elle couvrait la plus grande partie du site où vivaient jadis les marchands hanséatiques, à l'époque où la rue s'appelait Candlewick Street — et où, un millier d'années plus tôt, s'élevait le palais du gouverneur romain de la cité. Le trafic était important : la gare possédait son propre pont métallique, sur lequel les trains traversaient le fleuve. « C'est de là que je pars tous les soirs, Percy, pour rentrer à Crystal Palace », lui avait dit Herbert.

Dès lors, il ne lui avait plus laissé de répit. Les deux frères avaient gagné la Tour de Londres, en passant devant Billingsgate, et tout le long du chemin Herbert n'avait cessé de le harceler : « Tu es si pâle, Percy... Il faut absolument que tu t'en ailles d'ici. Maisie a promis de te trouver une femme, et elle dit qu'elle a plusieurs jolies filles en tête ; mais elles voudront toutes vivre là-bas. Viens habiter près de chez nous, Percy ! Financièrement tu vivras mieux, en plus ! » Et pour finir, alors qu'ils traversaient le Tower Bridge, il avait décidé de faire le pitre.

« Oh, c'est bon ! dit en riant Percy, de guerre lasse. Je vais venir...

— Il s'est décidé ! cria Herbert. Ladies et gentlemen, lança-t-il aux spectateurs, vous êtes tous témoins ! M. Percy Fleming, ici présent, vient de promettre de s'installer à son compte dans des contrées plus salubres... (Il adoptait maintenant un style de music-hall.) Dans des *régions raffinées, je veux dire la *rare, la *radieuse, la *rayonnante, la *crème de la *crème, la *crête même de la *création, je veux parler bien sûr de *Crystal Palace... »

Aucun doute, Herbert était vraiment un joyeux drille.

Percy promena le regard autour de lui et fut soulagé de voir que les spectateurs souriaient. Mais son frère n'en avait pas encore fini.

« Madame... (Il s'était tourné vers la jeune femme que Percy avait déjà remarquée.) Voulez-vous être témoin que mon frère ici présent — un garçon très honorable, vous savez, et (en aparté) qui cherche à se marier — a accepté de venir vivre à Crystal Palace, et qu'il ne peut plus faire marche arrière ?

— Pourquoi pas... dit-elle en souriant — et Herbert poussa un cri de triomphe.

— Serrez la main de mon frère », insista-t-il ; et dès qu'elle eut offert avec hésitation une main gantée à Percy, il s'exclama : « Voilà, Percy, ça y est... »

Tandis que Herbert se tournait pour parler à un autre spectateur — c'était étonnant, la façon dont il s'y prenait, et les gens ne semblaient jamais s'en offusquer — Percy se retrouva seul avec la jeune femme.

« Je suis désolé pour mon frère, dit-il. J'espère qu'il ne vous a pas trop ennuyée...

— Pas du tout. Il aime bien plaisanter, on dirait...

— Oui, en effet. Il fait cela de temps en temps. » Il se creusa la cervelle pour trouver quelque chose à ajouter. Elle avait de très jolis yeux bruns , rien de prétentieux en elle, pourtant, comme chez certaines autres filles. Très calme et très discrète, songea-t-il, et l'on pouvait croire à l'expression de son visage qu'elle avait souffert.

« Je suis plus calme que lui, expliqua-t-il.

— Ça se voit.

— Vous vivez dans les environs ?

— Non, répondit-elle après avoir hésité une fraction de seconde. J'habite là-haut, à Hampstead

— Oh !

— Cela fait un long chemin, depuis Crystal Palace.

— Oui. (Il détourna les yeux, faussement détaché.) Je... je viens souvent me promener ici le samedi, mentit-il, comme aujourd'hui. Parfois je vais jusqu'à la Tour. Je suis tout seul, en général.

— Oh ! dit-elle. C'est bien... »

Herbert s'apprêtait à repartir et Percy allait le suivre. Il fut sur le point de dire : « Peut-être vous reverrai-je », au moment où il prenait congé d'elle ; mais il jugea que cela aurait été aller un peu trop loin.

Edward Bull savait désormais à quoi s'en tenir : une courte promenade avec son petit-fils autour du parc de Charterhouse, et tout avait été dit. Les plaisanteries n'avaient cessé de pleuvoir sur le jeune garçon : « Comment va le Premier ministre, Meredith ? » Ou, plus acerbe : « Est-ce qu'ils ont déjà arrêté ta mère ? Elle va plaider la folie ? » Une fois, sur son lit, il avait trouvé une grande affiche qui disait : « Le droit de vote aux femmes ! »

« Pénible, n'est-ce pas ? commenta Bull.

— J'ai dû me battre avec un camarade », admit Henry d'un air malheureux ; et s'il ne l'avoua pas, il n'estimait sans doute pas que la cause en valût la peine.

Néanmoins, quand Bull suggéra qu'il invite quatre garçons à prendre le thé, il ne se heurta pas à une pénurie de candidats : personne, à Charterhouse, n'aurait refusé le moindre espoir d'un peu de nourriture supplémentaire. Dans le salon de thé où Edward les emmena, il les traita princièrement.

Vingt années comme squire à Bocton avaient ajouté à la silhouette déjà puissante d'Edward une nuance d'autorité solide et massive. Aux yeux des garçons, le robuste propriétaire du Kent était un imposant personnage ; quant à Bull, il n'avait pas dirigé une brasserie pour rien, et il eût tôt fait de prendre la mesure de ses invités. Il y en avait un en particulier que les autres semblaient admirer et respecter. Edward connaissait tout le monde ou presque, en ville et hors de la ville ; il était peu de noms sur lesquels il ne pût mettre un visage. Se tournant vers le jeune garçon, il lui demanda :

« Millward, c'est ainsi que vous dites vous appeler ? Je connais un agent de change qui se nomme George Millward. Un de vos parents ?

— Mon oncle, sir.

— Hmm... Transmettez-lui mon bon souvenir quand vous le reverrez. » C'était Bull, tous le sentirent, qui lui faisait une faveur.

Il parla un peu de Charterhouse à l'époque où lui-même y était élève, découvrit que le père d'un autre garçon avait chassé avec le West Kent, dont son propre fils était aujourd'hui maître d'équipage associé. Mais son

meilleur tour, il le garda pour la fin : comme ils terminaient leur somptueuse collation, il se pencha en arrière, sourit d'un air pensif et remarqua
à l'intention d'Henry : « Ton cher père me manque, tu sais. » Il commenta
à l'adresse des autres, en guise d'explication : « Le colonel Meredith était
un remarquable sportsman. » Puis, avec un hochement de tête admiratif :
« Il a sans doute tué plus de tigres qu'aucun autre dans l'Empire britannique. »

Aux yeux des garçons, cela suffisait à en faire un héros. Avant de les
quitter, Bull leur donna à tous une demi-couronne, et à Henry une
entière. Son petit-fils, il le devina à juste titre, n'aurait plus d'ennuis à
l'école ce trimestre-là.

Tandis qu'elle descendait dans les entrailles de la terre, Jenny Ducket
se demanda ce qu'elle était en train de faire ; et par une froide journée,
de surcroît. Mais dans le métro, il ne faisait pas froid.

Il s'en était fallu de peu qu'Arnold Silversleeves ne vît son rêve de métro
électrique devenir réalité. La conclusion de Gorham Dogget, après avoir
essayé une année durant de lever des fonds — « Nous avons une décennie
d'avance » —, s'était avérée à peu près exacte ; et au début du nouveau
siècle un autre entrepreneur américain, un M. Yerkes de Chicago, avait
construit et mis en exploitation l'essentiel du *tube* de Londres. Ainsi que
l'avait prévu Arnold Silversleeves, les trains mus par l'électricité circulaient à une grande profondeur ; depuis des points élevés comme Hampstead, le couloir d'accès était si long qu'on avait presque l'impression de
descendre au fond d'un puits de mine.

D'Hampstead, le trajet de Jenny l'emmena jusqu'à la station d'Euston,
où elle prit une autre ligne jusqu'à la Banque d'Angleterre ; de là, elle
pouvait continuer à pied. Je vais avoir l'air d'une vraie crétine, à faire les
cent pas sur le Tower Bridge en me gelant les fesses, songeait-elle.

Mme Silversleeves ne sortait plus guère désormais ; mais il y avait deux
endroits où elle aimait se rendre. L'un d'eux était le cimetière de Highgate ; selon ses volontés, Arnold Silversleeves y était enterré sous une pierre
tombale de fonte qu'il avait lui-même dessinée. Son autre destination était
le Tower Bridge ; la grande machine de fer, dont il avait aidé à dessiner
les bascules, avait été une telle source de fierté pour Arnold Silversleeves
dans ses dernières années que, quand Esther descendait en voiture vers
les berges de la Tamise, elle regardait le pont en déclarant : « Voilà le
véritable mémorial de mon mari. »

La semaine précédente toutefois, elle ne s'était pas senti le courage de
sortir et avait dit à Jenny : « Descendez là-bas pour moi. Prenez la voiture,
promenez-vous un peu sur le pont et au retour vous me raconterez. »
C'était ce que faisait Jenny au moment où elle avait rencontré les frères
Fleming.

Chère vieille Mme Silversleeves... Jamais Jenny n'oublierait son arrivée
dans la grande demeure, avec son haut pignon. Elle était si anxieuse : son
nouveau nom de Ducket, dont il fallait se souvenir, toutes les instructions
et mises en garde de sa grand-mère Lucy qui résonnaient encore à ses
oreilles... « Mais ils te donneront un foyer, Jenny », lui avait dit Lucy ; et
à leur façon, ils l'avaient fait.

La vie de servante était une vie rude ; Jenny quittait souvent sa petite chambre sous les combles à cinq heures du matin. En tant que benjamine de la maison, on lui confiait les tâches les plus difficiles : remonter les seaux de charbon, nettoyer l'âtre, polir les cuivres et récurer le sol ; le soir elle sombrait dans le sommeil, épuisée. Pourtant, comparé à la vie qu'elle avait connue dans l'East End, c'était le paradis. Des vêtements propres, des draps propres, suffisamment à manger... Aller à l'église tous les dimanches avec la famille ne la dérangeait pas ; et si au début elle avait eu du mal à faire une petite révérence à M. Silversleeves, ou à se montrer respectueuse envers l'intendante de la maison, il ne s'agissait là, elle le savait, que de l'ordre normal des choses. « Car aucun de nous, Jenny, lui disait doucement Mme Silversleeves, ne cherche à s'élever au-dessus de sa condition. »

Petit à petit, des changements étaient intervenus dans sa vie. Il y avait toujours un petit cadeau pour elle à Noël ; le vieux M. Silversleeves lui avait montré comment veiller sur ses économies, et il les augmentait de temps à autre d'une guinée. Quant à Mme Silversleeves, à mesure que Jenny progressait au fil des ans pour devenir domestique puis enfin sa femme de chambre particulière, elle s'aperçut que la vieille dame s'était beaucoup attachée à elle. Elle lui disait souvent : « Voici un foulard de soie que vous aimerez peut-être porter pour vos jours de congé, Jenny » ; ou encore c'était une paire de gants, ou même un manteau. Parfois ils étaient à peine usés, et en une ou deux occasions elle soupçonna que certains articles avaient été achetés spécialement pour elle. Depuis qu'elle était veuve, Mme Silversleeves l'invitait assez souvent à s'asseoir dans la salle de séjour avec elle ; elle demandait à Jenny de lui lire ce qui était écrit en petits caractères dans le journal, ou de lui faire la conversation. Un seul sujet semblait interdit entre elles. Quand Jenny allait deux fois par an voir son père et son frère dans l'East End, elle ne le mentionnait jamais devant sa patronne ; si d'aventure elle le faisait, la vieille dame devenait distante et remarquait : « Nous ne voulons rien savoir de tout cela, Jenny. »

Il n'y avait jamais eu d'homme dans sa vie. Quand elle était encore une jeune fille, certains des petits livreurs avaient essayé de flirter avec elle ; mais elle les avait prestement envoyés promener. Avec les années elle s'était fait quelques amis, par les autres femmes qui travaillaient dans la maison, et rencontré occasionnellement des hommes, avec qui elle sortait ; un jeune cocher, un marchand de fruits et légumes et un conducteur de tramways lui avaient témoigné de l'intérêt. « Je ne sais pas pourquoi, s'était-elle confiée un jour à la cuisinière, car je n'ai vraiment rien pour retenir l'attention. Je suis aussi pâle que mince... » Mais dès qu'ils commençaient à lui faire la cour, elle s'employait à les décourager. Elle avait ses raisons pour cela. Et dans les dernières années, la vieille Mme Silversleeves en était arrivée à lui faire tellement confiance que Jenny se serait sentie coupable de la délaisser.

Pourquoi allait-elle aujourd'hui jusqu'à Tower Bridge ? Il y avait en Percy, avec son visage creux, un peu triste peut-être mais résolu, quelque chose qui inspirait confiance. Et quand son frère avait affirmé qu'il avait besoin d'une femme... elle avait soudain pensé que c'était peut-être un rôle pour elle. Le vendredi, elle avait décidé qu'elle irait faire une simple promenade sur Hampstead Heath le lendemain, pour son jour de congé ;

elle avait quand même donné un bon coup de brosse à son manteau, mais il était temps qu'il en reçoive un, de toute façon. Et si maintenant, ce samedi, elle se rendait au Tower Bridge, elle se dit que cela ne signifiait rien. « Parce qu'il n'y sera pas. »

Elle fut donc surprise de le voir là-bas, une heure plus tard, debout au milieu du pont et essayant de paraître naturel, comme s'il n'était pas à demi gelé de l'avoir attendue.

« Hello ! dit Jenny. Je ne m'attendais pas à vous voir ici... »

Violet emmenait régulièrement les enfants dans plusieurs endroits qui lui semblaient bons pour eux ; ils en préféraient certains. Ils aimaient beaucoup les jardins botaniques de Kew en été, parce qu'ils prenaient un bateau pour s'y rendre, vers l'amont du fleuve ; le musée de cire de Madame Tussaud était aussi l'un de leurs lieux favoris. Ils allaient voir les tableaux de la National Gallery plutôt contraints et forcés, même s'ils prenaient plaisir à nourrir les pigeons qui affluaient au-dehors, dans Trafalgar Square ; mais ils réclamaient plus volontiers une visite à South Kensington.

Les bénéfices de la Grande Exposition du prince Albert, de 1851, avaient été considérables ; grâce à eux, le gouvernement avait pu acquérir une zone s'étendant depuis Hyde Park jusqu'à South Kensington. Plusieurs musées magnifiques y étaient désormais regroupés, de part et d'autre d'une large avenue nommée rue de l'Exposition. A l'instar de l'Albert Hall près du parc, le nouveau Victoria and Albert Museum était presque terminé. En face, dans un vaste édifice ressemblant à une cathédrale, on trouvait le musée d'Histoire naturelle : des fossiles, des pierres et de merveilleux dessins de plantes offraient une illustration concrète des découvertes scientifiques et des théories darwiniennes qui avaient transformé le monde des idées au cours des deux dernières générations. Les enfants aimaient en particulier les énormes reconstitutions de squelettes de dinosaures éteints depuis des millénaires.

Pour Violet, une excursion surpassait cependant toutes les autres, peut-être parce que l'immense site en question se situait au cœur de Bloomsbury, calme quartier georgien de brique brune à l'est de Tottenham Court Road. Là se trouvaient beaucoup de bâtiments de l'université de Londres, dans laquelle elle avait tant voulu se rendre. Sa collection d'objets antiques était sans rivale au monde ; une fois au moins chaque année, au moment des vacances, Violet emmenait ses trois enfants visiter les merveilles du British Museum.

Par cette journée grise de décembre, alors qu'ils admiraient les momies et les sarcophages égyptiens — c'était la section que préféraient toujours les enfants —, Henry lança inopinément : « Mère, tu n'as pas l'intention de continuer avec les suffragettes ? »

Violet le regarda d'un air interdit : comme beaucoup de parents édouardiens, elle pensait que les enfants restaient dans un état d'enfance, sans se poser de questions, jusqu'au jour où ils devenaient soudain adultes. Elle n'avait jamais discuté de ses activités, même avec Henry, sauf pour lui dire que les femmes souffraient d'une grande injustice qu'elle-même et quelques consœurs courageuses essayaient de corriger.

Deux de ses trois enfants lui accordaient une confiance aveugle. La petite Helen voulait bien entendu copier sa mère en tout ; mais elle avait remarqué une ou deux fois cet automne, quand sa nurse l'emmenait à l'école, que les autres nurses leur lançaient d'étranges regards. Quant à Frederick, trop jeune pour aller à Charterhouse mais déjà pensionnaire dans une *preparatory school*, les nouvelles des frasques de sa mère l'avaient à peine atteint. Pour le petit garçon de huit ans, elle était un ange, la présence douce et sûre à laquelle il rêvait quand il était seul. Mais il adorait également, et c'était normal, son grand frère Henry ; si d'aventure Henry et sa mère étaient en désaccord, il ne voulait même pas entendre parler du sujet de la dispute.

« Tout dépend de ce que fera le gouvernement, répondit Violet.

— Eh bien, j'espère que tu ne vas pas continuer », dit Henry.

Violet garda le silence. C'était si difficile, privée de la présence de son mari, de savoir comment réagir... Son fils faisait preuve d'une grande impertinence, elle ne pouvait s'empêcher de le penser. « Ton père était très favorable au vote des femmes, dit-elle d'un air circonspect.

— Sans doute, répondit Henry. Mais t'aurait-il laissée courir dans la rue et harceler le Premier ministre ? »

Cette fois, il allait trop loin, surtout devant les autres enfants.

« Tu ne dois pas me parler ainsi, Henry !

— Tu devrais entendre comment ils me parlent de toi à l'école, dit-il tristement.

— Ce sont eux qu'il faut blâmer, dit-elle d'une voix ferme. J'espère que tu le sais, notre cause est juste...

— Personne n'a l'air de le penser, remarqua-t-il d'une voix amère. Ne pourrais-tu les aider sans qu'on parle de toi dans les journaux ?

— Il est de mon devoir moral de continuer, répondit-elle d'un ton digne. Je suis désolée que tu ne le voies pas. Peut-être qu'un jour tu comprendras.

— Jamais, mère », dit-il avec la même gravité qu'elle. Il semblait à Violet, alors qu'elle détournait son visage de lui, qu'un lien s'était soudain cassé entre eux, inopinément et pour toujours. Oh ! songea-t-elle avec angoisse, si seulement son père était là pour partager ce fardeau avec moi...

1910

Ceux qui achetaient un costume dans le West End l'ignoraient en général : le haut et le bas du vêtement étaient presque toujours réalisés par des artisans différents. Quand un client commandait un costume chez Tom Brown, sa veste était faite par un fabricant de vestes, son gilet par un fabricant de gilets et son pantalon par un fabricant de pantalons.

Percy Fleming taillait des pantalons, et il était devenu adroit dans sa partie. « Je ne sais pas comment vous vous y prenez, avait remarqué récemment M. Brown, mais l'année dernière nous n'avons pas eu besoin de modifier une seule paire de vos pantalons, même au dernier essayage. » Plusieurs autres établissements renommés auraient pu faire le même commentaire ; résultat, Percy gagnait fort bien sa vie. Et c'était une excellente chose, car il avait l'intention de se marier.

Jenny et lui avaient pris leur temps : ils restaient prudents, et comme ils ne pouvaient se voir qu'une fois par semaine au plus, Percy n'avait pu s'assurer, les premiers mois, qu'il avait établi avec elle un début d'amitié. Mais il avait persévéré et, l'automne précédent, elle avait paru assez en confiance pour suggérer elle-même un rendez-vous. « Je ne me suis jamais rendue au zoo, lui avait-elle dit. Si nous y allions la semaine prochaine ? » Cela ne l'avait pas empêchée, le mois suivant, d'affirmer qu'elle était trop occupée pour le voir durant les trois semaines à venir.

« Elle joue à se faire inaccessible », avait dit Herbert à Percy quand celui-ci l'avait consulté. Mais Percy n'en était pas si sûr. Il lui avait semblé que derrière l'apparent détachement de son amie une certaine crainte se cachait.

L'appartement de Percy se trouvait au dernier étage d'une maison située sur la colline proche de Crystal Palace ; elle dominait la gare de chemin de fer de Gipsy Hill, ainsi que les espaces verts entourant, au-delà, le village de banlieue de Dulwich. La chambre à coucher était petite, mais il y avait un vaste grenier lumineux, et c'était là qu'il avait installé son atelier. Tandis qu'il coupait, cousait et repassait, il pouvait lever les yeux et regarder par la fenêtre : son regard portait tout droit vers Londres, et jusqu'aux collines de Highgate et Hampstead de l'autre côté de la ville. Cela correspondait à une longue distance, sans nul doute ; deux mondes à part, auraient dit la plupart des gens. Avec les progrès techniques de l'ère victorienne, Londres s'était, étrangement, encore plus divisé qu'auparavant. La séparation entre le riche West End et l'East End plus pauvre remontait à l'époque des Stuarts ; mais au cours des dernières décennies une autre distinction avait surgi, entre le nord et le sud du fleuve.

C'étaient les ponts et les chemins de fer qui l'avaient provoquée. Jusque-là, le fleuve avait signifié pour Londres une voie essentielle de communication ; il n'existait qu'un seul pont mais des bateliers par milliers, pour faire traverser les gens vers les théâtres, les jardins d'agrément et autres lieux de divertissements peuplant la rive sud. Quand furent lancés les ponts du XIXe siècle, les bateliers disparurent et le fleuve perdit peu à peu sa vie grouillante et colorée. Vinrent ensuite les trains, qui transportaient plus loin une population toujours plus nombreuse, vers les banlieues nord et sud ; désormais ils gagnaient les lointaines périphéries de Highgate au nord et de Crystal Palace au sud. Les gares de Waterloo, de Victoria, de Cannon Street, du Pont de Londres, implantées le long des rives du fleuve, avaient recouvert de voies ferrées d'anciens quartiers comme Bankside et Vauxhall. Et ainsi, tandis que la vaste et tentaculaire métropole s'étendait toujours plus loin vers l'extérieur, les deux mondes s'étaient progressivement écartés. Les classes moyennes et les employés de bureau venaient des banlieues sud travailler dans la City ou dans le West End, mais rentraient vite chez eux le soir, à plusieurs kilomètres de là ; les ouvriers, malgré les billets bon marché qui favorisaient leurs déplacements, vivaient en général près de leur lieu de travail, dans l'un ou l'autre des deux mondes. Et la Tamise était le grand séparateur.

Quand la lumière de l'après-midi déclinait, que les collines de Hampstead se teintaient dans le lointain de brun et de violet, Percy était gagné par un sentiment de tristesse. Il aurait voulu retrouver Jenny sans attendre, voir sa figure pâle, sentir son regard posé sur lui — être près d'elle, tout simplement. Mais une semaine encore passerait, peut-être deux ou trois avant qu'ils ne se revoient. Ils se retrouvaient quelque part dans le centre de Londres ; un jour, comme il avait suggéré qu'ils aillent se promener sur Hampstead Heath, elle avait dit : « Non. C'est un trop long trajet pour aller là-bas juste pour une promenade. » Et il avait compris que cela aurait été une trop grande invasion de son territoire, un trop grand engagement de sa part. Ils s'étaient retrouvés après cela dans une zone sûre, et neutre.

Il était difficile de dire à quel moment au juste il avait senti qu'un changement s'opérait. Peut-être lorsque pour la première fois, à Hyde Park, elle avait passé son bras sous le sien. Ils s'étaient toujours vus de jour, pour une promenade, une visite à la Tour ou dans un salon de thé ; mais à l'approche de l'été, il avait voulu tenter quelque chose de plus audacieux : la faire sortir un soir. Il ne savait que lui proposer, mais Herbert était venu à son aide.

« Le Palladium, Percy, lui avait-il déclaré. Cela fait fureur aujourd'hui ! »

Quelle soirée ils avaient eue... L'immense théâtre qui venait d'ouvrir à Piccadilly Circus offrait le plus grand, le plus splendide spectacle de music-hall de tout Londres. Percy n'avait jamais vu Jenny aussi animée ; elle s'était même jointe au public quand celui-ci avait repris en chœur quelques-uns des numéros musicaux. Les joues rougies, heureuse, elle l'avait laissé la raccompagner à Hampstead en fiacre, à l'issue du spectacle.

A la porte de la grande maison au haut pignon, elle lui avait permis de l'embrasser sur la joue. Puis il avait marché dans la nuit tiède, le long du chemin qui le ramenait à Victoria Station ; là, ayant manqué le dernier train, il s'était assis sur un banc, heureux, et avait pris le premier train à l'aube.

Toute la semaine, le temps avait été magnifique. Chaque matin, il était debout à la première heure ; pendant qu'il contemplait Londres en face de lui, où cent mille toits brillaient sous la rosée, les lointaines collines de Hampstead étaient si vertes, si claires et si lumineuses qu'il avait l'impression de pouvoir les toucher en étendant la main. En s'aidant d'une carte, il avait calculé à quel point de l'horizon devait se trouver la maison des Silversleeves. Il imaginait Jenny se levant et allant à son travail ; et de temps à autre il levait les yeux, regardait l'espace et murmurait : « Je t'attends, ma chérie... »

Au cours de cette merveilleuse soirée, une autre étape importante avait été franchie : avant de la quitter à Hampstead, Percy lui avait arraché la promesse que le dimanche suivant elle viendrait à Crystal Palace.

« Nous irons déjeuner avec Herbert et Maisie, lui avait-il dit. Je pourrai venir vous chercher à la gare... »

Jenny avait gardé quelques instants le silence avant de répondre : « D'accord. »

Il en était sûr, tout se passerait bien.

East End. No End. Des rues grises, des rues sales, des rues sans numéros. Des rues sans signification, qui s'étendaient encore et toujours sous le morne ciel de l'est, jusqu'à se dissoudre, quelque part au-delà des kilomètres et kilomètres de docks, tel un estuaire dans une mer de néant. *East End*. *Dead End*. L'East End n'était pas un quartier, c'était un état d'âme.

La rue où vivait aujourd'hui la famille de Jenny était une courte *terrace* miteuse, qu'on aurait dit coupée, juste comme elle allait prendre son essor, par le haut mur d'un entrepôt. Dans trois pièces au rez-de-chaussée d'une de ces misérables masures s'entassaient son frère, sa femme, leurs trois enfants et son père — qui, à seulement cinquante-six ans, n'était plus en état de travailler.

Ses visites se passaient toujours de la même manière : Jenny arrivait, lui donnait quelques shillings, et un peu plus à son frère. Et son père disait, avec sa lourde sentimentalité d'ivrogne : « Tu vois, elle n'oublie jamais sa famille. » Son frère ne disait rien mais ses pensées étaient aussi claires que s'il avait parlé tout haut. « Il y en a pour qui tout va bien... »

Il travaillait dans les docks ; certains jours il trouvait un emploi et certains jours il n'en trouvait pas. Mais son sort était plus enviable que d'autres, car les liens qu'il avait formés avec les plus turbulents des jeunes Juifs — liens que la vieille Lucy avait tant désapprouvés — s'étaient révélés profitables.

Le commerce de vêtements d'occasion était alors florissant. Si les classes aisées s'habillaient chez des tailleurs, les Londoniens les plus pauvres portaient des habits d'occasion ; et beaucoup d'habitants de l'East End, généralement des Juifs, en faisaient négoce. L'un de ses amis parieurs s'y étant lancé, le frère de Jenny trouvait souvent un peu de travail supplémentaire grâce à lui, en conduisant la charrette ou en tenant le magasin. L'épais vieux manteau que portait son père avait jadis appartenu à un capitaine au long cours ; ses trois enfants possédaient au moins des bottines qui étaient approximativement de la bonne taille. Et s'il accroissait de temps à autre son revenu par des voies moins légales, tandis que sa femme acceptait tous les menus travaux qui se présentaient, Jenny savait qu'ils le faisaient parce qu'ils s'y croyaient obligés.

Quand sa belle-sœur, dans son corsage terne et sa jupe élimée, venait à sa rencontre et voyait les habits que lui avait donnés Mme Silversleeves, si bien lavés et amidonnés ; quand elle respirait l'odeur de Jenny, si fraîche et parfumée — « elle sent l'eau de lavande », remarquait-elle tristement — et regardait ses propres mains rêches, ses ongles ébréchés ; quand elle essayait d'imaginer dans quel genre de maison Jenny vivait, et qu'elle contemplait ses trois petites pièces avec leurs carpettes usées, il lui était impossible de ne pas ressentir de l'envie. Et il était impossible à son frère de chasser de sa voix toute trace de malveillance quand il la saluait :

« Voilà ma sœur Jenny. Toujours si respectable... »

Elle ne les en blâmait pas, mais se sentait gênée. Elle le savait, elle ne pouvait déguiser sa propre répugnance : l'odeur moisie de chou longuement bouilli qui imprégnait les lieux ; les latrines nauséabondes sur le palier, que partageaient trois familles ; la mesquinerie et la pauvreté de toute chose et, pire encore, la résignation face à cette situation... Non qu'elle eût oublié cette vie-là : elle se souvenait de sa pauvre grand-mère Lucy, avec ses misérables piles de boîtes d'allumettes, elle se souvenait de la faim, et d'une vie bien plus difficile que ce qu'elle avait sous les yeux.

Mais par-dessus tout elle se rappelait les derniers mots de la vieille Lucy, prononcés d'une voix pressante : « Ne reviens jamais, Jenny. Ne retourne jamais, jamais là où tu as vécu. »

Respectable ? Pour quelqu'un comme Jenny, la respectabilité signifiait avoir des draps et des habits propres, un homme avec un travail régulier et de la nourriture sur la table. La respectabilité était la moralité, et la moralité était l'ordre ; la respectabilité était la survie. Rien d'étonnant que tant de membres de la classe ouvrière l'aient placée si haut.

Ce samedi-là avait ressemblé aux autres : ils s'étaient assis, avaient un peu parlé. Elle avait apporté quelques cadeaux pour son neveu de six ans et la petite sœur de ce dernier ; elle avait joué avec la plus jeune, une fillette qui n'avait que deux ans. Si elle devait parler ou non de Percy, elle l'ignorait ; mais bien qu'elle se disposât à rencontrer sa famille le lendemain à Crystal Palace, il n'y avait encore rien à dire sur le sujet. Et la visite se serait terminée sans grande conséquence, comme toutes les autres, sans la femme pâle et maigre qui était apparue à la porte juste au moment où Jenny allait partir.

Ses cheveux roux auraient pu être assez beaux, bien qu'ils fussent filandreux et en bataille ; mais ce qui fit la plus grande impression sur Jenny, ce furent ses yeux, vides et noyés de fatigue. Un petit garçon crasseux lui tenait la main, braillant parce qu'il s'était coupé. Un rapide examen montra à Jenny que la coupure n'était pas sérieuse, mais la pauvre femme n'avait rien pour le panser ; ils trouvèrent quelque chose et rassérénèrent le jeune garçon, ainsi que deux autres enfants qui arrivèrent bientôt dans la pièce. Ils avaient tous l'air mal nourris. Après leur départ, son frère lui expliqua :

« Son mari est mort il y a deux ans. Quatre enfants. Nous l'aidons un peu, mais...

— Que fait-elle ? demanda Jenny. Des boîtes d'allumettes ?

— Non. On peut gagner davantage en rembourrant des matelas chez soi. Mais c'est un travail dur, qui t'épuise. Et elle a perdu son homme, tu comprends... »

Elle avait pris congé peu après, avait embrassé son père, dit au revoir aux enfants ; son frère, ce qui ne lui était pas habituel, l'avait accompagnée sur un bout du chemin. Au début il était resté silencieux, mais lorsqu'ils eurent parcouru quelques centaines de mètres, il avait dit d'un ton tranquille :

« Tu t'en es bien tirée, Jenny. Je ne t'envie pas pour ça, tu sais. Il y a plus.

— Qu'est-ce que tu veux dire ?

— Tu as eu raison de ne pas te marier. Tu l'as vue, cette femme. Son mari avait un bon métier, tu sais : il était plâtrier. Et maintenant il n'est plus là... »

Elle garda le silence.

« Si quelque chose devait m'arriver un jour, Jenny... tu garderais un œil sur mes enfants ? Tu veux bien ? Je veux dire : au moins ne pas les laisser mourir de faim ? Tu n'es pas mariée, tu comprends. Tu pourrais le faire, n'est-ce pas ?

— Je suppose, dit-elle lentement, que je ferais de mon mieux. »

Ce fut une joyeuse réception le lendemain ; Percy paraissait très heureux quand il la retrouva à la gare de Crystal Palace. Elle portait un joli petit chapeau de paille qu'elle avait elle-même acheté, ainsi qu'une robe blanc et vert, simple mais élégante et coupée dans un excellent tissu, que lui avait donnée Mme Silversleeves. Elle avait, pour la première fois de sa vie, pris une ombrelle. Elle vit que Percy paraissait fier d'elle. Herbert vivait dans un agréable pavillon, comprenant deux étages au-dessus d'un rez-de-chaussée à demi enterré ; la porte d'entrée se trouvait en haut d'un petit perron de pierre. Un carré de gazon s'étendait sur le devant, entouré d'une haie de troènes ; un conifère dans le jardin voisin rendait l'endroit peut-être un peu sombre, mais l'intérieur de la maison était soigné. L'œil exercé de Jenny le remarqua tout de suite, chaque centimètre carré en était poli et brillant ; dès qu'elle rencontra Maisie, elle comprit pourquoi.

Le plus grand changement social apporté par la révolution industrielle à Londres concernait les banlieues. La vaste échelle des opérations commerciales, l'expansion des banques, des compagnies d'assurances et de l'administration impériale, dans le Londres victorien et édouardien, requéraient une armée d'employés. Et comme les banlieues sans cesse grandissantes étaient à la fois moins chères et plus salubres, cette classe sociale en expansion faisait tous les jours par le train le trajet jusqu'à son lieu de travail, par milliers et dizaines de milliers. Des hommes comme Herbert Fleming, dont les parents ou les grands-parents avaient été petits commerçants ou artisans, mettaient leur costume et prenaient le train pour aller au travail ; leurs épouses, qui autrefois auraient habité près de leur atelier ou les auraient aidés dans leurs boutiques, restaient seules à la maison et se considéraient comme nettement au-dessus des femmes qui travaillaient ; et elles adoptaient, de toutes les façons possibles, les manières des ladies oisives.

Maisie n'était pas très grande. La première chose que Jenny remarqua était la petite tache de vin qu'elle avait sur le cou ; la seconde, ses lèvres rouges et minces, ses petites dents qui paraissaient pointues. Elle avait une unique domestique, qu'elle faisait travailler jusqu'à l'épuisement, plus une fille qui venait pour aider. Son salon avait des têtières sur chaque fauteuil, une grande plante verte devant la fenêtre et, à la place d'honneur sur le mur, un paysage de montagne que son père avait acheté à Brighton, expliqua-t-elle. Jenny était-elle déjà allée à Brighton ? demanda-t-elle poliment alors qu'ils passaient à table. Jenny répondit que non.

La salle à manger était assez petite ; la table était ronde, et Jenny put juste se glisser jusqu'à sa place.

« J'ai toujours aimé les tables rondes, dit Maisie. Nous avions celle-ci quand j'étais enfant, dans une pièce plus grande. Vous aimez les tables rondes ? » Jenny répondit qu'elle les aimait assez.

Il y avait du poulet rôti, avec les abats ; Herbert l'avait découpé d'une manière fort sophistiquée.

Malgré leur haut niveau de raffinement domestique, il était clair qu'Herbert et Maisie se targuaient aussi d'être de bons vivants. Une fois par mois, sans faute, ils allaient au music-hall.

« Et le lendemain soir, je rejoue tout le spectacle pour Herbert ! dit Maisie en riant.

— Elle est aussi admirable que quand elle joue avec sa troupe de théâtre, intervint Herbert.

— Maisie a une voix merveilleuse », commenta Percy.

Mais leur activité favorite en été, apprit Jenny, était de partir faire un tour à bicyclette le dimanche après-midi.

« Avez-vous déjà essayé ? demanda Maisie. Herbert et moi faisons parfois plusieurs kilomètres. Je vous le recommande. »

Maisie, cela n'avait pas échappé à Jenny, avait jeté à plusieurs reprises des regards insistants sur ses habits depuis qu'elle était arrivée ; et son œil était acéré. Quand ils eurent terminé le poulet et qu'une tarte aux fruits eut été servie, elle jugea visiblement le temps venu de poser quelques questions.

« Ainsi, dit-elle avec entrain, vous vivez à Hampstead, d'après ce que nous a dit Percy...

— En effet.

— C'est très joli, par là-bas.

— Oui, dit Jenny. Je le trouve aussi.

— Avant d'acheter cette maison (Maisie appuya légèrement sur le mot « acheter », afin de faire sentir leur situation financière à Jenny) nous envisagions d'aller y vivre nous aussi. » Juste avant de se marier, Maisie avait hérité d'une somme de cinq cents livres : ce n'était pas la fortune mais suffisait à acheter la maison et laisser un peu de reliquat. « Votre famille a toujours vécu là-bas ? » demanda-t-elle.

Soudain, Jenny se rappela qu'ils ne savaient rien sur elle ; Percy ne leur avait rien dit. Elle le regarda, en quête de soutien ou d'un conseil, mais il se contenta de sourire. « Non », répondit-elle avec franchise.

Percy n'avait jamais emmené personne chez Herbert et Maisie jusque-là ; il avait vaguement supposé que le couple et Jenny se plairaient mutuellement. Certes, son amie ne paraîtrait pas une prise de très grande valeur aux yeux de Maisie ; il s'en rendait compte, mais ne pensait pas que Jenny pût s'en trouver affectée. Les aspirations sociales de Maisie demeuraient modestes : une jolie maison, un époux bien considéré dans le quartier. Mais si le frère de son époux, qui habitait non loin d'ici, allait se mésallier, qu'en serait-il du nom et de la réputation des Fleming ? Elle avait prévu — c'était son projet secret — de lui trouver une fille bien sous tous rapports et qui leur fasse honneur. Il lui fallait donc s'assurer de cette mystérieuse jeune femme venue de Hampstead.

« Qu'est-ce qui vous retient donc à Hampstead ? insista Maisie.

— Je n'arrête pas de lui poser la question, intervint Percy, assez intelligemment jugea-t-il. Elle habite si loin que je n'ai jamais pu aller la voir là-bas. » Et il commença à raconter en détail son long périple de la semaine précédente, quand il avait manqué le dernier train du retour depuis la gare de Victoria. Il en rit beaucoup avec Herbert · cependant, Maisie garda le silence.

Quant à Jenny, elle n'éprouvait qu'un sentiment de morne tristesse. Percy essayait-il de dissimuler à sa famille ce qu'elle était véritablement ? Dans quel but ?

Le repas s'achevait et les deux frères sortirent faire quelques pas au-dehors lorsque Maisie se tourna vers elle.

« Je sais ce que vous faites dans la vie, lui dit-elle doucement. Domestique, n'est-ce pas ?

— C'est vrai, reconnut Jenny.

— Je le pensais. Ces vêtements... (Elle hocha la tête.) Il n'y a jamais eu de domestique dans notre famille, bien sûr. Ni dans celle d'Herbert.

— Je comprends. Et il n'y en aura sans doute jamais, dit Jenny.

— Oh !... (Maisie la regarda droit dans les yeux.) Dans ce cas, tout va bien. »

Quand, une heure plus tard, dans le joli parc entourant Crystal Palace, Percy lui demanda de l'épouser, Jenny répondit : « Je ne sais pas, Percy. Vraiment, je ne sais pas. J'ai besoin de temps pour réfléchir.

— Bien sûr. Ce... ce sera long ?

— Je ne sais pas. Je suis désolée, Percy, mais je voudrais rentrer chez moi. »

Esther Silversleeves attendit deux semaines avant de parler à Jenny ; et elle se fit beaucoup de souci entre-temps.

« Jenny, vous avez passé ici la plus grande partie de votre vie. Maintenant, dites-moi s'il vous plaît quel est le problème. » Et elle attendit patiemment que Jenny lui réponde.

Celle-ci avait bien quelques amis, mais personne à qui elle osât se confier : aussi avait-elle réfléchi seule, au cours des deux semaines qui venaient de s'écouler. Et plus elle y réfléchissait, plus cette histoire lui semblait impossible. D'abord il y avait Percy : Maisie et Herbert l'avaient probablement dissuadé, et sans doute regrettait-il aujourd'hui de lui avoir proposé de l'épouser. Que ferait Percy d'une pauvre fille comme moi, dépourvue d'argent ? songeait-elle. Maisie pouvait lui trouver un parti qui lui convienne mieux. Il y avait également son frère et sa famille. Je suis peut-être pauvre, réfléchissait-elle, mais en continuant à travailler, si quelque chose devait leur arriver, je pourrais toujours empêcher les enfants de mourir de faim. Et la chère vieille Mme Silversleeves, qui a tant besoin de moi... Elle non plus, je ne peux pas l'abandonner.

« Ce n'est rien, répondit-elle, vraiment rien.

— Parlez-moi de lui », dit la vieille dame, et devant l'air surpris de Jenny : « Sortie tard un samedi soir, sur votre trente et un, puis ressortie avec un chapeau de paille et une ombrelle le dimanche suivant... Vous ne pouvez pas me croire assez stupide pour n'avoir rien remarqué... »

Avec beaucoup de réticences et d'hésitations, Jenny lui raconta donc une partie de l'histoire. Elle ne lui dit rien de son frère et de sa belle-famille, parce que le sujet était interdit entre elles ; mais elle lui parla un peu de Percy et des siens, ainsi que de ses propres doutes.

« De toute façon, je ne pourrai jamais vous quitter, madame Silversleeves, conclut-elle. Je vous dois tant...

— Vous me devez ? Non, mon enfant, vous ne me devez rien. Je n'en ai plus pour très longtemps à vivre, vous savez, et l'on s'occupera de moi. Quant à ce Percy, continua-t-elle d'une voix plus ferme, vous supposez qu'il a des doutes. S'il vous aime, rien de ce que pourra dire cette Maisie ne l'affectera.

— Mais c'est sa famille...

— Oh, zut pour sa famille ! » dit Mme Silversleeves, et elles furent toutes deux si surprises qu'elles en rirent. « Est-ce là tout ce qui vous perturbe ? » ajouta-t-elle.

Ce n'était pas tout. Chaque jour le souvenir de la femme qu'elle avait vue chez son frère, la désolation de sa propre enfance, les derniers mots de la pauvre Lucy — « Ne reviens jamais » — hantaient sa mémoire. La réalité, aussi loin que pouvait voir Jenny, restait inchangée, dans sa terrible simplicité. Un mariage avec Percy, quelques enfants peut-être : tout cela était encore assez bien. Mais si Percy mourait, que lui resterait-il ? Une vie comme celle des indigents de l'East End ? Probablement pas tout à fait aussi rude, mais dure tout de même. Très dure. Son frère avait déclaré qu'elle avait eu raison de ne pas se marier. Elle avait la sécurité de la maison des Silversleeves, un caractère facile, quelques économies ; quand Mme Silversleeves ne serait plus là, elle trouverait une bonne situation. Intendante peut-être, ou femme de chambre d'une lady .

Les jeunes filles se marient sans arrière-pensée ; les femmes comme Jenny ne le pouvaient pas — malgré tout son désir d'être aimée et de vivre avec Percy, si violent qu'il lui faisait mal.

La douleur dans son estomac avait débuté une semaine plus tôt ; parfois, on aurait dit un nœud. A deux reprises elle avait été malade, et savait qu'elle était très pâle. Aussi ne fut-elle pas surprise quand Mme Silversleeves lui dit :

« Jenny, vous n'avez pas l'air bien. Je vais appeler le médecin. »

Si Mayfair était resté un quartier résidentiel et mondain, la zone située au-dessus d'Oxford Street avait pris une allure plus professionnelle. Baker Street, dans sa partie ouest, avait été immortalisée par Conan Doyle, comme lieu de résidence de son détective Sherlock Holmes ; mais Harley Street à l'est s'était acquis une réputation mondiale.

Harley Street : c'était pour ainsi dire le Savile Row du corps médical. Ceux qui exerçaient dans Harley Street n'étaient pas des praticiens ordinaires, mais les spécialistes les plus éminents, auxquels on s'adressait généralement en les appelant monsieur plutôt que docteur. Ils avaient également la réputation de rudoyer leurs patients, pour la simple raison qu'ils pouvaient se le permettre. Après tout, pour un banal rhume, on n'est pas d'humeur à tolérer beaucoup de libertés de la part de son médecin ; mais s'il s'apprête à enlever un morceau de foie, on préfère généralement le ménager.

Non sans appréhension, Jenny descendit Harley Street la semaine suivante, jusqu'à la porte d'un certain immeuble. Une plaque de cuivre à l'entrée annonçait qu'il abritait le sanctuaire de M. Algernon Tyrrell-Ford.

Le médecin de la famille Silversleeves n'avait rien pu trouver de sérieux chez elle ; mais il avait avoué à Mme Silversleeves que, si Jenny avait été en mesure de payer la visite, il l'aurait envoyée chez un spécialiste, juste pour en avoir le cœur net. Esther n'avait pas hésité une seconde : « Bien sûr qu'elle ira ! s'était-elle exclamée. Vous m'adresserez toutes les notes d'honoraires. » Et malgré les protestations de Jenny, elle l'y avait envoyée dans sa voiture.

M. Tyrrell-Ford était un gentleman de haute taille et de forte corpulence, au caractère bourru ; d'un ton bref, il lui ordonna de se déshabiller puis l'examina. La séance laissa Jenny gênée et humiliée.

« Rien de grave chez vous, commenta-t-il d'un ton brusque quand il en eut fini. Je vais écrire à votre médecin traitant, bien sûr.

— Oh ! dit-elle faiblement... c'est gentil. » Elle voulut marmonner des remerciements supplémentaires, mais il ne l'écoutait pas. Au moment où elle était presque rhabillée, il lui fit une remarque en passant : « Vous savez que vous ne pouvez pas avoir d'enfants, je suppose ? »

Elle le regarda quelques instants avec horreur. « Mais pourquoi ? » parvint-elle enfin à articuler.

Ne voyant pas l'intérêt de perdre son temps en des explications qu'une femme aussi insignifiante ne comprendrait pas, il se contenta de hausser les épaules. « Vous êtes faites comme cela, c'est tout », lui dit-il.

Percy avait suggéré dans sa lettre qu'ils se retrouvent au Tower Bridge, et elle avait accepté ; sans doute espérait-il, elle le comprenait, que l'endroit lui porterait chance. Elle savait maintenant quelle conduite adopter, et c'était presque un soulagement. Quand elle en avait parlé à Mme Silversleeves, la vieille dame n'avait pas semblé partager sa conviction ; « Peut-être ne réagira-t-il pas comme vous le pensez, Jenny », avait-elle suggéré. Mais Jenny savait à quoi s'en tenir. « Il m'a dit qu'il voulait fonder une famille, lui expliqua-t-elle. Je connais Percy : si je lui dis maintenant la vérité, il m'affirmera que cela n'a pas d'importance. Mais cela en aura, pourtant. » La vieille dame avait soupiré.

Bien qu'on fût en été, la journée était sombre. Ainsi qu'elle l'avait prévu, il l'attendait au milieu du pont, exactement comme la première fois. Elle lui sourit, passa son bras sous le sien dans un geste amical, puis ils se mirent en marche. Elle le conduisait d'instinct vers la rive sud, comme si elle le ramenait dans son territoire. Ils descendirent Tower Bridge Road sur quelques dizaines de mètres, tournèrent à droite vers la gare du Pont de Londres, près d'un petit salon de thé où ils pourraient s'asseoir.

« Et maintenant ? lui demanda-t-il.

— Oh ! juste une tasse de thé », dit-elle. Il commanda du thé et pendant une minute ou deux ils parlèrent de tout et de rien. On remplit leurs tasses.

« Donc, Jenny... reprit-il en la regardant pensivement.

— Je suis désolée, Percy. Je suis si flattée... Tellement honorée, Percy. Vous êtes un ami si délicat. Mais je ne peux vraiment pas. »

Il eut l'air bouleversé.

« Est-ce quelque chose que Maisie...

— Non, le coupa-t-elle. Ce n'est pas cela. Ça n'a rien à voir avec elle. C'est uniquement ma faute. J'aime sortir avec vous, Percy, j'y prends vraiment beaucoup de plaisir. Mais je suis heureuse là où je suis. Je ne veux pas me marier. Avec personne. » Elle avait pensé un moment lui dire qu'il y avait quelqu'un d'autre dans sa vie, pour rendre la sentence plus définitive ; mais cela aurait été absurde, elle le savait.

« Peut-être parviendrai-je à vous persuader de changer d'avis..

— Non. Nous devrions cesser de nous voir quelque temps, je crois.

— Mais, commença-t-il, nous pouvons toujours...

— Percy... » l'interrompit-elle avec une pointe d'impatience et de sécheresse dans la voix -- elle s'y entraînait mentalement depuis plusieurs jours « Je ne veux pas vous épouser, je ne l'ai jamais voulu et je ne le voudrai jamais. Je suis désolée. » Et sans lui laisser le temps de réagir, elle sortit de l'établissement.

Elle regagna le Tower Bridge à pas rapides ; elle se trouvait déjà vers le centre du pont quand elle remarqua qu'un bateau arrivait de l'amont du fleuve et que le tablier allait s'ouvrir. Quand elle parvint à la moitié nord de l'ouvrage, se hâtant toujours, elle pensa avoir entendu un cri loin derrière elle.

Percy arrivait en courant. Il avait d'abord été si bouleversé qu'il avait quitté le salon de thé en oubliant de payer ; on l'avait rappelé ; puis il avait couru aussi vite qu'il le pouvait en direction du Tower Bridge. Il aperçut Jenny depuis la route d'accès, cria son nom, et il se précipitait vers les grandes bascules au moment où un solide policier l'arrêta.

« Désolé, mon vieux, mais vous ne pouvez pas y aller maintenant, lui dit-il. Le pont se lève. » Pendant qu'il parlait, Percy vit la chaussée commencer à s'élever sous ses yeux ; le puissant mécanisme auquel Arnold Silversleeves avait travaillé entrait en fonctionnement.

L'ouverture du Tower Bridge était un spectacle impressionnant ; cela se produisait une vingtaine de fois par jour. Il semblait à Percy que la chaussée s'élevait majestueusement devant lui comme un énorme mur de trente mètres de haut, pour lui cacher la lumière et le séparer irrémédiablement de celle qu'il aimait.

« Il *faut* que je traverse maintenant ! cria-t-il.

— Une seule voie pour cela, mon garçon », dit le policier, et il lui montra du doigt la passerelle qui courait au sommet de l'édifice. Avec un cri d'angoisse, Percy se rua vers la tour sud, toute proche.

Il grimpa quatre à quatre, en haletant et soufflant, les deux cents marches et même davantage ; il parcourut en suffoquant la passerelle de fer, qui semblait s'étendre devant lui comme un interminable tunnel métallique ; enfin il dévala l'escalier de la tour nord.

Il n'y avait plus aucun signe de Jenny ; elle avait tout simplement disparu. Rien que la vieille et sévère Tour de Londres derrière les arbres, sur la gauche ; et, sur la droite, les calmes eaux grises de la Tamise.

Percy écrivit à trois reprises à Jenny, après cette triste journée ; aucune de ses lettres ne reçut de réponse. Maisie lui présenta une autre jeune fille, mais il ne sortit rien de leur rencontre. Quand il regardait par la fenêtre, vers les lointaines collines qui s'élevaient de l'autre côté de Londres, il se sentait toujours aussi mélancolique.

1911

Helen Meredith n'avait jamais éprouvé une telle excitation. Certes, elle était habituée à être bien habillée ; comme la plupart des filles de son rang, on attendait d'elle qu'elle mît un manteau et des gants blancs, même pour une simple promenade dans Hyde Park. C'était encore une enfant, on l'habillait et on la traitait en conséquence. Mais pas aujourd'hui. Tandis qu'elle se regardait dans la glace avec sa longue robe blanche, son écharpe violet, blanc et vert, elle se sentait très fière : elle était habillée exactement de la même façon que sa maman. Et elles allaient marcher ensemble, côte à côte, dans le défilé des femmes pour le Couronnement.

L'époque édouardienne n'avait duré qu'une décennie, même si cette décennie restait inoubliable. A la mort de sa mère la vieille reine Victoria, le roi Edouard VII avait déjà largement dépassé la cinquantaine — et cinquante ans pendant lesquels il avait fort bien vécu ; depuis quelque temps, il montrait des signes de mauvaise santé ; aussi sa mort, l'année passée, n'avait-elle surpris personne. Après une période de deuil respectant les convenances, son fils Georges V — un homme de devoir, fidèle à sa femme et correct en toutes circonstances — allait maintenant être couronné avec son épouse dévouée, Mary.

Le samedi 17 juin, week-end précédant le royal événement, le mouvement des suffragettes avait décidé d'organiser son propre défilé du Couronnement. Il promettait d'être considérable.

On ne pouvait le nier, le mouvement avait fait de surprenants progrès ces trois dernières années. Certaines des manœuvres auxquelles ses membres recouraient avaient choqué le public ; d'autres avaient été plutôt habiles. S'enchaîner aux grilles dans les lieux publics, par exemple, ne leur faisait pas seulement de la publicité mais leur permettait aussi de tenir d'interminables discours, bien préparés à l'avance, pendant que la police sciait les chaînes. Si elles défilaient sur le trottoir, on pouvait les arrêter pour obstruction ; aussi avaient-elles pris l'habitude de marcher avec leurs pancartes dans le caniveau, au bord de la chaussée, là où la police restait impuissante à les arrêter. Quand les plus passionnées d'entre elles avaient brisé des fenêtres parce que le gouvernement refusait de recevoir leurs déléguées, on les avait arrêtées ; quand elles avaient fait en prison la grève de la faim, beaucoup de gens avaient trouvé cette démarche excessive. Mais des récits détaillés avaient bientôt filtré : des policiers agressaient ou même frappaient des femmes qui manifestaient, on les nourrissait de force, brutalement, dans leurs cellules ; le public s'en était ému. Le mouvement n'avait pas seulement réussi à faire parler de lui : un programme précis avait été préparé, en faveur d'une législation modérée, et une trêve conclue au sujet des actions illégales pendant que le gouvernement se penchait sur ce programme.

Mais par-dessus tout, les années avaient apporté des partisans aux suffragettes. Avec leur quartier général établi dans le Strand et leur propre maison d'édition, la Women's Press dans Charing Cross Road, le mouvement s'était étendu et professionnalisé. Dans tout le pays, des organisations affiliées étaient nées ; et aujourd'hui, pour marquer le début du nouveau règne, elles allaient démontrer au monde entier qu'elles étaient devenues politiquement adultes.

« Viens, lui dit sa mère avec un sourire. Nous allons défiler ensemble. » Et Helen ressentit une grande joie, tandis qu'elles se mettaient en route pour la station de métro de Sloane Square.

A l'ouest du parc de Buckingham Palace et en dessous de Knightsbridge (qui se trouvait à l'extrémité est de Hyde Park), le quartier de Belgravia appartenait à la riche famille Grosvenor ; il avait été aménagé par Thomas Cubitt en une série de rues et de *squares*, bordés de maisons aux blanches façades de stuc. Assez quelconques sur le plan architectural, elles étaient grandes, imposantes et chères. Belgrave Square était l'endroit le plus luxueux du quartier ; vers l'ouest s'étendait le long rectangle d'Eaton Square, avec Eaton Terrace, plus modeste. Violet était venue s'y installer, à l'extrémité ouest, après la mort du colonel Meredith. Sloane Square se situait à proximité, qui marquait la frontière entre Belgravia et le début de Chelsea : on y trouvait une station de métro.

Tandis que les deux suffragettes traversaient cet élégant quartier, quelques habitants les observaient d'un air désapprobateur : Helen n'avait encore jamais fait l'expérience de ce genre de réaction.

« Les gens nous regardent et ils n'ont pas l'air contents », chuchota-t-elle à sa mère. Elle n'oublia jamais la réponse de celle-ci.

« Vraiment ? (Violet sourit avec désinvolture.) Eh bien, cela m'est tout à fait égal. Pas à toi ? »

Cette réponse parut à Helen si libre, si drôle, si merveilleuse qu'elle en éclata de rire.

« Je pense qu'ils ont tous l'air terriblement stupides », ajouta gaiement Violet tandis qu'elles descendaient dans le métro.

Quand elles ressortirent de l'autre côté de Westminster, le défilé ne ressemblait à rien de ce qu'Helen avait déjà eu l'occasion de voir. Les suffragettes l'avaient compris, pour désarmer les critiques qui les accusaient de ne pas être féminines, elles devaient s'habiller avec le plus grand soin ; aussi portaient-elles toutes — elles étaient plusieurs dizaines de milliers — des robes longues, blanches pour la plupart. On aurait pu les prendre pour des matrones des jours les plus sévères de la République romaine, ou pour leurs filles. Seule exception, la silhouette juchée sur un cheval près de l'avant du cortège et habillée en Jeanne d'Arc, que le mouvement avait adoptée comme sainte patronne. Il y avait là des chars et des délégations venus non seulement de toute l'Angleterre mais aussi d'Ecosse, du pays de Galles, même de l'Inde et des autres parties de l'Empire. L'ensemble du défilé s'étendait sur plus de six kilomètres ; partant de la City, il dépasserait Big Ben et le Parlement, jusqu'à Hyde Park et au Royal Albert Hall, où devait se tenir un grand meeting. Les tickets en avaient tous été vendus depuis longtemps.

« Et souviens-toi, Helen, lui dit sa mère avant que l'énorme procession ne s'ébranle, que notre cause est juste. Tu dois te préparer à te battre pour une noble cause, mon enfant. Nous manifestons pour notre pays et pour un avenir meilleur. »

Elle n'oublierait jamais ces mots, ni l'étonnant spectacle de ces milliers de femmes avec leurs robes blanches, leurs écharpes et leurs bannières ; mais ce qui marqua le plus la petite fille, ce fut l'extraordinaire sentiment de marcher ensemble. Marcher à l'unisson, marcher pour défendre une cause, marcher côte à côte avec sa mère, vers un monde nouveau.

D'autres signes annoncèrent, à cette époque, qu'une nouvelle aube se levait. Quand apparut la comète de Halley, l'année même où mourut le roi Edouard VII, on n'y vit qu'un simple phénomène scientifique. Bien plus important fut le développement de l'automobile.

Les Anglais avaient été assez lents à utiliser le moteur à explosion Quelques autobus circulaient désormais, ainsi qu'un petit nombre de taxis ; mais les rares automobiles en service restaient réservées aux plus riches. Rolls-Royce n'existait que depuis une demi-douzaine d'années mais Penny possédait une de leurs voitures ; tôt, en ce samedi 17 juin 1911, il vint chercher le vieil Edward Bull.

La famille Penny était demeurée proche des cousins Bull. Grâce à son mariage avec Nancy, la fille de Gorham Dogget, et à l'énorme succès de la Penny Insurance Company, il était aussi riche que le vieil Edward. Leur projet du jour était d'aller chercher en voiture les petits-fils de Bull, les garçons Meredith, maintenant à Charterhouse tous les deux, et de les ramener à Bocton ; le lendemain, à l'heure du thé, Penny les ramènerait là-bas. Même Edward Bull, qui était assez peu monté en automobile, était secrètement excité par l'expédition. « Pourtant je ne sais pas si j'ai raison de m'aventurer dans un engin conduit par un homme aussi myope que vous », avait-il remarqué d'un ton jovial.

La journée était belle et la petite route de campagne ravissante ; à la moyenne de trente kilomètres à l'heure, ils parvinrent à Charterhouse avant le déjeuner. Loin d'être fatigué, le vieil Edward se sentait de joyeuse humeur ; il fut contrarié quand Penny, à qui le maître d'internat des garçons avait remis un message téléphonique, annonça qu'il devait rentrer sans attendre à Londres.

Le visage des jeunes garçons s'allongea ; il semblait bien que le tour en automobile et le week-end étaient fichus. Mais Henry prit alors la parole.

« Je me demandais, grand-père, dit-il poliment, si je pourrais faire une suggestion... »

Pas de doute, pensait Bull alors que la Rolls-Royce pénétrait dans Londres deux heures plus tard : son petit-fils Henry Meredith était un jeune homme de valeur. Il savait maintenant ce qu'il avait dû endurer à l'école, non pas seulement à titre personnel : à plusieurs reprises il s'était battu afin de défendre son jeune frère contre de cruelles brimades, lorsque le nom et la photographie de leur mère avaient paru dans les journaux. Pour finir, Henry avait déclaré qu'il soutenait la cause des suffragettes (ce qui n'était nullement vrai) : quiconque entendait la critiquer devait d'abord se battre avec lui. Comme il était devenu grand et fort, peu d'élèves désiraient lui chercher querelle.

« Je respecte mère parce qu'elle croit à sa cause, avait dit Henry à son grand-père. Peut-être même les femmes ont-elles raison de réclamer le droit de vote, après tout. Je déteste les méthodes des suffragettes ; mais quand elle me dit que les manières d'autrefois, si galantes et si polies, n'accordaient aucun droit aux femmes, je ne trouve rien à répondre. J'aimerais bien qu'elle abandonne les suffragettes, ou au moins qu'elle les soutienne en silence, mais elle dit qu'elle ne peut pas le faire. Donc, je la soutiens parce qu'elle est ma mère. »

« Si vous devez rentrer à Londres, avait-il suggéré, est-ce que nous pourrions y aller, nous aussi ? Nous passerions la nuit à la maison et nous reviendrions demain au collège par le train. (Il lança à Bull un regard en biais.) Nous avons vu les journaux, grand-père, et nous savons que mère sera à la manifestation aujourd'hui. Pourquoi ne pas nous rendre tous là-bas, pour faire une surprise à Helen ? Nous pourrions l'emmener prendre le thé dehors... »

Au début de la soirée, les pieds d'Helen lui faisaient mal quand elle atteignit la maison avec sa mère. Malgré tout, elle éprouvait un sentiment de triomphe : elles avaient manifesté en cette journée fameuse. Elle fut surprise quand la femme de chambre qui leur ouvrit eut l'air assez effrayée et dit à sa mère quelque chose qu'elle ne put entendre ; depuis la porte, elle perçut une voix familière sortant du salon. Sa mère chuchota : « Monte dans ta chambre, Helen », mais elle ne le fit pas ; un moment plus tard, sans être vue de personne, elle jeta un regard dans la pièce par l'entrebâillement de la porte.

Son grand-père était là, et aussi Henry ; si Frederick était venu avec eux, on avait dû l'envoyer dans une autre partie de la maison. Son grand-père arborait un visage inquiétant ; Henry lui-même semblait plus grave que d'habitude, plus vieux aussi d'une certaine façon. Son grand-père parla le premier.

« Dois-je comprendre que tu as habillé Helen, une enfant innocente, comme une suffragette ?

— Oui, répondit sa mère d'une voix de défi.

— Et que tu l'as emmenée à une manifestation qui aurait pu tourner à l'émeute ?

— Elle était parfaitement pacifique.

— Elles ont déjà tourné à l'émeute dans le passé ! De toute façon, la place d'une enfant est auprès de sa nurse. Tu n'as pas à la traîner dans ce genre d'histoires ! Ces choses-là ne sont pas pour les enfants et elle n'aurait même pas dû en entendre parler !

— Elle n'a que huit ans, mère, ajouta Henry.

— Es-tu en train de me dire que je ne devrais même pas parler de la question du vote des femmes à ma propre fille ?

— Je n'en vois pas l'utilité, répliqua Bull d'une voix ferme.

— C'est uniquement parce que tu n'es pas d'accord avec cette idée...

— Non. Elle pourra décider un jour par elle-même, mais pour l'instant c'est encore une enfant. Les enfants doivent être protégés contre les idées.

— Dans ce cas, j'aurais tort de l'emmener à l'église ! Elle pourrait y entendre des idées...

— Tu blasphèmes ! dit Bull d'une voix sourde. C'est de notre religion que tu parles. Je dois te le dire, Violet, poursuivit-il d'un ton sans appel : si jamais tu utilises encore cette enfant d'une manière aussi honteuse, je devrai l'éloigner de toi. Elle peut très bien vivre avec moi à Bocton.

— Tu n'as pas le droit !

— Je crois que si.

— Je t'attaquerai devant les tribunaux, père !

— Un juge pourra fort bien trouver comme moi que tu élèves mal ton enfant.

— C'est absurde ! Henry, dis quelque chose...

— Si cela devait arriver, mère, je témoignerais contre toi. Je suis désolé mais c'est vrai. Tu l'élèves mal. » Et il fondit en larmes.

Helen tremblait de peur ; une paire de mains la saisit par-derrière et l'emmena là-haut, dans le refuge de sa chambre d'enfant.

Personne, chez Tom Brown, ne se souvenait d'avoir passé une telle matinée ; et, pire que tout, lord Saint-James en personne se trouvait dans l'un des salons d'essayage quand cela se produisit. Que se passerait-il s'il voulait sortir ?

Une dame était entrée dans les lieux.

Elle était fort âgée, et fort respectable assurément ; toute vêtue de noir et s'appuyant sur une canne d'ébène. Elle avait demandé à voir M. Fleming, qui devait justement venir livrer des pantalons ce matin-là.

« Pensez-vous que nous devrions la cacher dans un autre salon d'essayage ? chuchota le vendeur.

— Impossible, dit M. Brown. Vous allez lui offrir une chaise, et vous vous assurerez que M. le comte est entièrement rhabillé avant de quitter son salon d'essayage. »

Il n'avait pas été facile, pour Esther Silversleeves, de savoir ce qu'elle devait faire. Elle avait respecté la décision de Jenny de congédier Percy ; à mesure que les mois passaient, lorsqu'il avait finalement cessé d'écrire, elle avait jugé que le destin le voulait ainsi. Elle avait envoyé sa femme de chambre passer une semaine de vacances à Brighton cet été-là, pour la réconforter, et cela avait semblé efficace — jusqu'à ce qu'une semaine plus tôt une nouvelle lettre arrive, dont Jenny avait paru bouleversée.

« C'est Percy, lui avait-elle expliqué. Il déclare qu'il a attendu un an avant de m'écrire, mais qu'il voudrait me revoir. Juste comme un ami. Il ajoute qu'il a été malade, mais il ne dit pas de quoi, donc je ne sais pas si c'est sérieux ou non.

— Ne pourriez-vous pas le revoir ?

— Oh, Madame, je ne sais pas... J'ai peur de ne pas pouvoir le supporter. » Et les larmes lui étaient montées aux yeux.

Depuis quelque temps déjà, Esther Silversleeves pensait descendre dans le West End. Deux ans plus tôt, un gentleman américain du nom de Selfridge avait ouvert un nouveau magasin, très grand, dans Oxford Street. Quand elle était plus jeune, Esther aimait se rendre une fois par an, au moment de Noël, dans l'immense magasin Harrods, dans Knightsbridge ; Selfridges, disait-on, entendait non seulement rivaliser avec lui, mais offrait tant d'attractions — dont un restaurant — qu'on pouvait y passer une journée entière. Aussi avait-elle donné à son vieux cocher l'instruction de la laisser là-bas à dix heures et de revenir à quinze heures ; mais il n'avait pas plus tôt tourné le dos qu'elle marchait, de son pas raide, le long de Regent Street jusqu'aux locaux de Tom Brown.

Esther et lord Saint-James ne se connaissaient pas. Quand l'aristocrate sortit du salon d'essayage, il lui lança un regard amusé, puis repartit vers la tranquille résidence pour célibataires d'Albany où il vivait désormais, dans Piccadilly.

Quand Percy arriva à onze heures et demie, il s'étonna de rencontrer Mme Silversleeves, qu'il n'avait jamais vue auparavant. A sa demande, il l'accompagna jusqu'à Selfridges et l'emmena au restaurant, où elle commanda un petit gâteau et une tasse de thé. Elle lui posa quelques questions sur sa santé, hocha la tête, puis lui demanda s'il pensait toujours à Jenny. Une fois satisfaite par sa réponse, elle expliqua la raison de sa visite.

« Jenny, monsieur Fleming, ignore que je suis venue vous voir ; et je ne voudrais pas qu'elle le sache. Mais je vais vous dire une chose. Ce que vous ferez de cette information, bien sûr, vous appartient. »

Il suffit à Mme Silversleeves de faire preuve d'un peu de persuasion pour que Jenny accepte d'y aller ; la seconde lettre, dans laquelle il disait qu'il resterait loin tout l'hiver à cause de sa santé, emporta la décision. « Si vous pouvez le supporter, je pense que ce serait gentil de le voir », répondit Esther quand Jenny lui demanda son avis. Et c'est ainsi que deux semaines plus tard, dans un joli petit café appelé l'Ivy, à deux pas de Charing Cross Road, elle se retrouva assise en face de Percy, à boire un thé.

Il avait l'air assez en train, bien qu'un peu pâle. Ils se posèrent les questions habituelles. Sa vie à elle n'avait guère changé. Elle était allée à Brighton Mme Silversleeves se portait bien. Maisie et Herbert préparaient un spectacle de Noël avec la troupe de théâtre de Maisie. L'appartement de Percy, à Crystal Palace, était aussi agréable qu'avant. Ce ne fut qu'après la première tasse de thé, rituelle, que Jenny aborda le grand sujet.

« Donc, vous allez partir.

— C'est vrai. Je pense que c'est stupide, mais le médecin dit qu'il le faut. C'est à cause de cette toux ; ils avaient peur que ce soit la tuberculose. (C'était le grand fléau du temps.) Ça ne l'est pas en fait mais le médecin m'a dit : "Si vous voulez vraiment vous rétablir, il faut aller dans un endroit chaud pour l'hiver."

— Exactement comme les gens riches, Percy. Ils vont dans le sud de la France.

— Je sais. (Il sourit.) Le plus drôle, c'est que j'y vais, justement. Quand on cherche une petite pension de famille ou un établissement dans le genre, c'est bien meilleur marché en France qu'en Angleterre. Et pour tout dire, j'ai quelques économies de côté maintenant. Comme je ne suis pas marié (il sourit à nouveau, un peu tristement), je n'ai aucune occasion de les dépenser. Aussi, poursuivit-il en retrouvant son entrain, je suis en congé la semaine prochaine, pour cinq mois de vacances dans le sud de la France ! Le médecin pense que quand je reviendrai au printemps, je serai frais comme un gardon.

— Oh, Percy ! *Parlez-vous français ?*

— Non. Pas un mot. Il faudra que j'apprenne, sûrement.

— Vous allez rencontrer toutes ces filles françaises, Percy. (Elle réussit à rire d'un rire presque naturel, et fut contente d'elle-même.) Vous ramènerez une femme de là-bas ! »

Percy fronça les sourcils et sembla hésiter ; il la regarda d'un air un peu bizarre puis remarqua : « Je n'en suis pas sûr, Jenny. (Il retomba quelques instants dans le silence.) En fait, il s'avère que vous avez été plus sage que vous ne l'imaginiez en me repoussant. Quand ils m'ont fait passer tous ces examens pour essayer de trouver ce qui n'allait pas, ils m'ont dit quelque chose de plus. Je peux me marier — et tout ce qui va avec, si vous voyez ce que je veux dire. Mais il semble bien qu'il n'y aura jamais aucun enfant. Pas de petits Percy. C'est vraiment dommage, mais c'est ainsi.

— Oh ! » dit-elle simplement.

Il faisait sombre quand le vieil Edward Bull sortit de la loge et marcha vers St Paul, depuis le Wallbrook ; il avait l'intention de passer la nuit à son club.

Il y avait toujours eu beaucoup de francs-maçons dans la City de Londres. D'aucuns jugeaient sinistres leurs cérémonies secrètes, leurs initiations et leurs adhésions tenues cachées ; personnellement, Edward Bull n'avait jamais pensé ainsi. Il était devenu franc-maçon quand il était jeune homme, et connaissait beaucoup de monde dans la City par ce truchement. A ses yeux il s'agissait d'une sorte de club, avec certes quelques règles pittoresques et médiévales, mais qui s'occupait principalement d'œuvres charitables ; cela ressemblait assez à l'une des anciennes guildes de la ville. Le plaisir de revoir des amis l'avait amené à Londres en ce jour de printemps 1912, pour une réunion de sa loge.

Il commençait à remonter Watling Street quand il saisit un journal dans un présentoir et vit le gros titre qui s'étalait à la une.

Il trouva Violet dans une cellule. La police s'était montrée très aimable avec lui, l'emmenant aussitôt la voir, lui proposant même une tasse de thé ; ils semblaient juger désolant qu'un vieux gentleman aussi respectable fût affublé d'une telle fille. Elle parut étonnée de sa visite.

« J'ai essayé d'envoyer un message aux avocats, expliqua-t-elle, mais le temps qu'on m'amène ici, il était trop tard, ils avaient déjà quitté leur bureau. Tu vas me faire sortir d'ici, n'est-ce pas ? Je dois rentrer à la maison pour Helen.

— J'ai entendu dire que tu avais brisé des fenêtres ? » répliqua-t-il posément.

Les suffragettes s'étaient lancées dans une nouvelle campagne, consistant à casser des fenêtres — sans oublier plusieurs manifestations sur l'herbe des greens de golf, et même quelques incendies (en veillant à ce que personne ne fût blessé). Au mois de novembre précédent, le gouvernement libéral, soutenu par le digne mais très conservateur roi Georges, avait ignoré les réformes qu'elles avaient réclamées ; puis il avait ajouté l'affront au préjudice en accordant plus largement le droit de vote aux ouvriers, alors qu'à elles on le refusait encore. « C'est une violence qui nous est faite , nous y répondons nous aussi par des violences », expliquait Violet.

Elle-même n'avait jamais été impliquée encore dans de tels actes, pas plus qu'elle n'avait eu l'intention, en réalité, de l'être aujourd'hui. Mais quand elle avait vu, en revenant d'un meeting, quelques femmes qui venaient de casser (avec beaucoup de précaution) une fenêtre être empoignées sans ménagement par un policier, elle avait pris son parapluie et, dans un accès de rage, en avait frappé la vitre brisée. Cela avait suffi, dans l'atmosphère surchauffée du moment, pour qu'on l'arrêtât.

« Je suis sûre que tu pourrais les convaincre de me laisser sortir pour la nuit, dit-elle.

— Oui, acquiesça Bull d'un ton grave. Je pense en effet que je le pourrais. Mais je ne crois pas que je vais le faire, Violet.

— Mais, père, Helen...

— Je vais emmener Helen avec moi. Je suis désolé, mais nous ne pouvons accepter la situation sans réagir. Elle va venir avec moi à Bocton.

— J'irai tout droit là-bas et je la ramènerai ! cria-t-elle.

— J'en doute. Je crois plutôt que tu iras en prison, Violet. »

Il avait raison ; elle en prit pour trois mois.

Le mariage de Percy Fleming et de Jenny Ducket — bien que le certificat de mariage, à la surprise de Percy, donnât le nom de Dogget — eut lieu au cours de l'été. Y assistèrent Herbert, Maisie, qui n'avait nullement l'air réjoui, et la vieille Mme Silversleeves. A cause de la vieille dame — du moins, c'est ce dont elle se persuada — Jenny n'avait pas invité son père ni son frère. M. Silversleeves, le notaire, vint à la demande de sa mère et mena la mariée à l'autel.

La surprise arriva juste après le départ de la vieille dame, quand il prit le couple à part. « Ma mère m'a chargé de vous remettre son cadeau de mariage, expliqua-t-il, et je vais le faire maintenant. C'est un chèque. »

Il était de six cents livres.

« Mais... je ne peux pas ! s'exclama Jenny. Je veux dire... juste pour avoir fait mon travail et veillé sur elle !

— Elle a beaucoup insisté pour que vous l'acceptiez. Ce sont les instructions qu'elle m'a données. » Et il lui adressa un sourire tout particulier. Pour le comprendre, il aurait fallu que Jenny entende ce que la vieille dame avait révélé à son fils lorsque celui-ci avait, lui aussi, protesté au sujet de la somme.

Ainsi Jenny et Percy se marièrent-ils, et ils achetèrent une petite maison à Crystal Palace. Jenny était heureuse de pouvoir regarder, au-delà de Londres, l'endroit où la vieille dame avait été si bonne pour elle.

Une surprise plus grande encore leur échut au printemps suivant. D'abord, Jenny ne dit rien ; après un autre mois, un peu inquiète, elle alla consulter un médecin. Quand elle lui dit que la chose était impossible, il lui assura que non ; et quand ce soir-là elle en parla à Percy, il ouvrit d'abord de grands yeux, puis éclata de rire.

De son côté, il savait qu'il lui avait menti sur sa capacité à avoir des enfants ; mais il ignorait la vérité en ce qui concernait Jenny. En tout cas, leur fils naquit au cours de l'été.

L'éminent M. Tyrrell-Ford de Harley Street avait dit n'importe quoi.

20

Le Blitz

1940

LE MATIN

« Il faut croire que je suis né sous une bonne étoile. » En principe, Charlie Dogget aurait dû être mort depuis plusieurs heures.

Le soleil était déjà levé ; un ciel pâle et bleu brillait au-dessus des têtes. Charlie leva les yeux tandis qu'il franchissait Tower Bridge : des douzaines de mouettes tournoyaient en tous sens au-dessus du fleuve et remplissaient l'air de leurs cris. De même que les autres pompiers, il avait retiré son casque, heureux de sentir l'air frais du matin sur son visage, après la longue et chaude nuit de veille qu'ils venaient de passer. Des colonnes de fumée montaient encore, derrière eux, des feux qui avaient éclaté dans l'East End et la City. Ils venaient de vivre une nouvelle nuit du Blitz d'Hitler — et, en ce qui concernait Charlie, ils avaient assisté à un miracle.

Mais quand on y songeait, les choses tournaient toujours bien pour le joyeux cockney, avec sa mèche blanche dans les cheveux ; même aux jours les plus durs de l'East End, il avait su prendre la vie du bon côté. Ainsi l'histoire de son père et de sa tante Jenny : « Ta riche tante Jenny ne veut plus entendre parler de nous. Elle ne nous a même pas invités à son mariage », répétait son père. C'était un refrain que Charlie avait entendu mille fois. Mais elle avait l'habitude de leur envoyer des cadeaux pour Noël, et pour Charlie la seule existence de sa tante était un rayon d'espoir. Si un membre de la famille avait pu échapper à l'East End et faire son chemin dans la vie, il sentait qu'il le pourrait à son tour.

Il comprenait pourtant l'amertume de son père et de la plupart des hommes qu'il connaissait : il n'y avait pas suffisamment d'emplois réguliers sur les docks, et même quand on avait un travail, on n'était pas en sécurité. Un jour, son père avait été renvoyé simplement pour avoir levé les yeux sur un contremaître. « Pourquoi tu me regardes ? avait crié le contremaître. Tu es viré ! » Et son père n'avait plus retrouvé de travail dans cet entrepôt. C'était la même chose sur tous les docks ; et l'on disait que les conditions dans d'autres industries, comme les mines, étaient plus dures encore.

Bien sûr, si l'on disposait d'un certain savoir-faire, la vie pouvait se révéler plus facile. Le meilleur ami d'enfance de Charlie était devenu plâtrier. Il avait un oncle dans la partie, et grâce à lui était entré dans une société où il avait fait son apprentissage ; il l'avait accompli avec sérieux et vivait maintenant en dehors de l'East End. Mais Charlie n'avait jamais eu la patience de l'imiter. « Je vais tenter ma chance sur les docks, disait-il.

— Tu n'en ressortiras plus jamais », lui répondait son ami. Mais il avait eu tort.

« Je me suis fait virer et à moi la belle vie ! » déclarait joyeusement Charlie.

Son mariage avec Ruth, quel grabuge cela avait fait ! C'était une chose, pour son père, d'avoir des amis juifs dans Whitechapel ; mais quand Charlie tomba amoureux de Ruth, ce fut une tout autre histoire. Certains de ses amis le mirent en garde : « Ce sont toujours des étrangers, Charlie. Ils ne sont pas comme nous. » Pourtant le vrai problème vint du père de Ruth. C'était un petit homme chauve, aux yeux bleu clair, qui possédait une petite affaire ; il s'était toujours montré assez amical envers Charlie auparavant, mais à présent il poussait des cris chaque fois qu'il l'apercevait.

« Un voleur ! C'est comme ça qu'il m'appelle. Il dit que je veux voler Ruth à sa religion, racontait le jeune homme.

— Il a raison, commentait son père. Tu ferais mieux de la laisser tranquille, mon fils. Tu te mêles de choses dont tu ne devrais pas te mêler.

— Ça n'a pas l'air de troubler Ruth, en tout cas », répondait Charlie.

Quand ils s'étaient mariés, la famille de la jeune fille avait coupé les ponts avec elle ; même ses amis d'enfance l'avaient abandonnée, et elle lui avait dit : « Charlie, je veux partir d'ici. » C'était l'ami de Charlie, le plâtrier, qui leur avait trouvé par relations un appartement à Battersea · trois pièces à l'étage d'une maison, en dessous de ce qui était encore une génération plus tôt les champs de Lavender Hill. Le déménagement les avait inquiétés tous les deux : Charlie appréhendait de vivre dans un endroit où il ne connaissait personne ; quant à Ruth, elle n'avait jamais habité dans un quartier où il n'y eût pas de communauté juive — même si, en tant que blonde Mme Charlie Dogget aux yeux bleus, elle s'intégrait facilement.

Une fois de plus, Charlie estima qu'il était bien retombé sur ses pieds : pendant que Ruth obtenait un emploi dans une fabrique de pianos proche de leur domicile, lui-même en avait un dans les autobus. Et surtout, au bout de quelques mois, ils avaient mis la main sur une jolie maison à louer, dans la partie la plus tranquille du secteur. Le lotissement de Shaftesbury consistait en un ensemble de maisons ouvrières, fondé par le philanthrope lord Shaftesbury pour des ouvriers et artisans respectables, et bien administré. Le temps que naisse leur premier enfant, l'avenir souriait à Charlie.

Dans l'ensemble toutefois, la situation de la classe ouvrière ne changeait guère. Les syndicats avaient tenté d'améliorer la condition des travailleurs ; leurs représentants au Parlement, les travaillistes, étaient désormais si nombreux qu'ils étaient en mesure de former un gouvernement. Mais dans les années difficiles qui avaient suivi la Grande Guerre, les emplois restaient rares et l'argent manquait. Quelques personnes aspiraient à un changement complet, pour l'édification d'un Etat socialiste ; Charlie avait entendu un jour un remarquable discours, prononcé par un homme qui s'appelait Carpenter. Il appartenait à la société socialiste fabienne, et leur avait promis un nouveau monde radieux. Pourtant, comme la plupart des Londoniens de la classe ouvrière, Charlie demeurait assez sceptique. « Je ne sais pas s'il faut une révolution, disait-il ; mais j'aimerais voir des payes et des conditions de travail un peu meilleures pour les ouvriers. »

Il avait une seule fois participé à une grande grève : la grève générale de 1926. Les syndicats l'avaient organisée tous ensemble, par solidarité avec les mineurs du charbon, qu'ils jugeaient à juste titre misérablement traités. « Nous y participerons, bien sûr, avait dit Charlie à Ruth. Toi aussi, n'est-ce pas ? » Mais il avait le sentiment qu'aucun bien n'en sortirait. Il était alors conducteur de bus sur la ligne 137, qui descendait au sud, depuis le centre de Londres jusqu'à Crystal Palace. La veille de la grève, deux frères étaient montés dans son véhicule ; de respectables travailleurs, il s'en souvenait, dont l'un était tailleur et l'autre employé de bureau.

« Si vous faites grève, nous irons travailler à pied, lui avaient-ils déclaré. Vous ne nous en empêcherez pas. » S'ils avaient contre eux les tailleurs, les employés et leurs semblables, Charlie pensa que leur action ne les mènerait pas loin. Les brillants rejetons des classes supérieures s'employèrent eux aussi à faire échouer la grève. Ayant été faire une promenade à Clapham en compagnie d'un autre conducteur de bus, Charlie vit passer un 137 à toute allure, conduit par un jeune homme, avec comme contrôleuse une fille blonde qui se penchait joyeusement à l'arrière. « Il n'y a pas de passagers à l'intérieur, remarqua son ami. Les gens montrent quand même leur solidarité avec la classe ouvrière. » Mais Charlie n'en était pas aussi sûr : il se demandait plutôt qui aurait eu envie de monter dans l'autobus avec ce jeune idiot au volant.

En moins de dix jours, c'en fut fini de la grève générale. Peu à peu toutefois, des signes d'amélioration virent le jour. Des entreprises modernes comme l'usine Hoover, ou l'énorme usine Ford à l'est de Londres, avaient apporté des emplois et des salaires stables à la capitale. Les maisons possédaient désormais l'électricité, les routes de campagne avaient un bon revêtement et les gens conduisaient des voitures — même si, comme le trahissait l'odeur qui flottait toujours dans les rues de la ville, il restait beaucoup de chevaux et de charrettes. Des progrès étaient accomplis, pas à pas. Le Royaume-Uni avait encore un drapeau, l'Union Jack, un Empire et un roi, un homme modeste et bon. « Tout ne va quand même pas si mal », commentait Charlie.

En ce matin de septembre, ils obliquèrent à l'ouest, une fois parvenus à l'extrémité sud du Tower Bridge, et longèrent la Tamise ; en passant à la hauteur de Westminster, ils contemplèrent par-dessus le fleuve le réconfortant spectacle de la grande tour de Big Ben. Comme ils arrivaient à Lambeth, ils aperçurent devant eux les quatre énormes cheminées de la centrale thermique de Battersea, au-delà des lignes de chemin de fer et des dépôts de marchandises de Vauxhall.

Le véhicule qui transportait ces vaillants pompiers était, comme la majorité des voitures du feu pendant le Blitz, un taxi londonien.

De par sa forme et ses dimensions, c'était en fait une version motorisée de l'ancien fiacre tiré par des chevaux, à la fois spacieux à l'intérieur et facile à manœuvrer. Equipé d'échelles sur le toit et tirant une pompe sur une remorque, il se faufilait assez efficacement à travers les rues en feu ; de toute façon, l'*Auxiliary Fire Service* n'avait rien d'autre à sa disposition. Les volontaires de l'AFS comme Charlie avaient reçu un entraînement sérieux, dispensé par les pompiers de Londres : aussi, dès que la guerre avait commencé, avait-on engagé un grand nombre d'entre eux à plein temps, pour un salaire de trois livres par semaine. Il y avait eu des difficultés au début : Charlie et ses collègues avaient été basés quelques semaines dans un vieux bâtiment, proche de Vauxhall, où ils avaient tous attrapé des puces et la gale. Plus éprouvant pour le moral, on avait insinué dans les premiers mois de la guerre que les pompiers auxiliaires s'étaient portés volontaires pour échapper à l'armée ; beaucoup avaient alors, pour cette raison, abandonné le corps. Mais les jours qui venaient de s'écouler avaient donné à ces pompiers d'abord dédaignés l'occasion de prouver leur courage. Car en septembre 1940, un an après la déclaration de guerre, Hitler commença sa fameuse offensive pour mettre l'Angleterre à genoux : la Blitzkrieg contre Londres.

Charlie se souvenait fort bien de la guerre du kaiser : quelques raids de zeppelins sur Londres avaient beaucoup choqué les esprits à l'époque. Ils savaient tous, bien sûr, que ce serait différent cette fois ; pourtant, personne n'aurait pu imaginer ce qu'il advint véritablement. Le Blitz, ce n'étaient pas seulement des raids : c'était l'enfer, ni plus ni moins. Nuit après nuit les bombes pleuvaient sur les docks ; des raffineries de sucre, des distilleries de goudron, plus d'un million de tonnes de bois de charpente explosaient, brûlaient, se désintégraient ; des murs de feu jaillissaient en l'air, contre lesquels les hommes de l'AFS, dans leurs taxis reconvertis, ne pouvaient pas grand-chose. Mais les feux les plus terribles, en ce sinistre mois de septembre, étaient ceux des énormes cuves de pétrole ; pendant plusieurs jours ils remplirent l'atmosphère d'une épaisse fumée noire, qu'on apercevait à près de cent cinquante kilomètres de distance vers le sud-ouest.

La nuit précédente, debout sur le toit d'un réservoir, Charlie n'avait pas entendu le cri d'avertissement des hommes restés au sol. Quand il vit le Messerschmitt, celui-ci était à cinq cents mètres et arrivait droit sur lui. Instinctivement, sans réfléchir, il fit le seul geste qu'il pouvait : il pointa son tuyau en direction du pilote. Personne ne sut au juste comment Charlie pouvait être encore là trois secondes plus tard, quand l'avion repartit dans les airs.

« C'est curieux, je croyais que c'était plus sûr d'être pompier que d'aller dans leur fichue armée », plaisanta-t-il tandis qu'il redescendait de la cuve. Mais comme ils repartaient vers Battersea ce matin-là, l'idée vint à ses amis que chaque homme ne dispose dans sa vie que d'une certaine quantité de chance ; Charlie semblait avoir dépensé cette nuit-là une grande partie de la sienne.

L'APRÈS-MIDI

« Que se passe-t-il ? »

D'habitude, Helen dormait une heure de plus l'après-midi ; aussi, quand elle fit son apparition à deux heures dans le salon d'Eaton Terrace, sa mère lui lança un regard sévère.

« Repose-toi encore, lui enjoignit-elle.

— Je ne peux pas dormir. » Elle avait des cernes sous les yeux.

« Ah ! » Violet garda quelque temps le silence, puis demanda d'une voix plus douce : « Les mêmes problèmes que l'autre jour ? »

Il n'était pas surprenant qu'Helen, conduisant une ambulance parmi tant d'horreurs et tant de morts, soit parfois hantée par de sombres prémonitions. La plupart du temps, comme elle le disait à sa mère, elle était trop occupée pour y penser ; mais quand de telles idées venaient la visiter, elle pressait un peu plus affectueusement que d'habitude le bras de sa mère au moment de la quitter.

« Tu as déjà eu ce genre d'impressions avant, poursuivit Violet, et tu vois, tu es toujours ici...

— Je sais. J'irais bien faire une promenade... Cela t'ennuierait ?

— Bien sûr que non. Vas-y. » Un moment plus tard, Violet entendit la porte claquer et se retrouva seule dans le silence ambiant. Après une longue pause, au cours de laquelle elle n'entendit rien d'autre que le tranquille tic-tac de l'horloge, elle s'autorisa à pousser un soupir.

Elle avait déjà perdu un enfant ; fallait-il qu'elle en perde un deuxième ?

Henry... Henry qui ne lui avait jamais pardonné la campagne qui l'avait tant fait souffrir à l'école ; Henry qui avait soutenu le vieil Edward contre elle quand, pendant dix-huit mois où elle n'avait fait que des allers et retours en prison, le vieil homme avait pris Helen avec lui à Bocton. « Il a donné un foyer à la famille, lui avait dit amèrement Henry, pas toi. » Et c'était pourtant lui qui était venu la voir dans la prison, et aucun autre membre de la famille.

Plus d'un quart de siècle avait passé depuis lors ; mais pour Violet aujourd'hui, à soixante-dix ans, ces événements semblaient douloureusement proches. Elle avait été emprisonnée trois fois de suite. Une sorte de fièvre avait paru saisir les suffragettes ; rendues furieuses par le cynisme et le mépris que leur témoignaient même les libéraux, certaines de ses consœurs s'étaient livrées à des provocations de plus en plus nombreuses, et toujours calculées avec soin. Plusieurs maisons, dont celle de Lloyd George, avaient été incendiées ; Emily Wilding Davison s'était jetée au-devant du cheval du roi lors d'une course, y trouvant la mort. Avec son père à Bocton qui restait implacable et ses fils dressés contre elle, Violet se souvenait d'avoir dit à une collègue : « Tant qu'à être en prison, autant y être pour une bonne raison » ; une semaine plus tard, elle était de nouveau arrêtée dans une manifestation. Cette fois-là, elle avait passé trois mois en cellule, mais en compagnie d'une douzaine d'autres femmes de sa connaissance. La camaraderie entre elles avait été réconfortante... Peu après leur libération, la moitié d'entre elles avaient été incarcérées de nouveau — six femmes pâles mais déterminées, qu'on traitait honteusement dans leur combat contre une criante injustice.

Henry était alors venu la voir. Une semaine plus tard — grands dieux, elle s'en souviendrait jusqu'à son dernier jour — elles avaient commencé une grève de la faim. Jamais Violet n'aurait imaginé ce qu'étaient les souffrances de la faim. Puis cela avait été la terrible épreuve d'être alimentée de force ; les mains puissantes qui ouvraient les mâchoires qu'elle tâchait de serrer ; la menace de lui casser les dents ; le tube cruel qu'on lui enfonçait dans la gorge, la douleur cuisante et ses cris étranglés, la brûlure que cela lui laissait, heure après heure — jusqu'à ce qu'ils reviennent pour recommencer. La troisième fois, elle s'évanouit.

Ensuite il y avait eu le choc, quand elle était sortie de prison physiquement brisée, d'apprendre que le pays allait à la guerre. Certes, l'Allemagne impériale était aujourd'hui rivale de la Grande-Bretagne et de son Empire ; mais les deux pays n'avaient-ils pas toujours paru être des alliés naturels ? Le kaiser et le roi n'étaient-ils pas cousins ? L'Allemagne pouvait bien se montrer agressive et jalouse, la situation en Europe centrale rester une poudrière, les choses auraient dû s'arranger, d'une manière ou d'une autre. Qui aurait pu prévoir qu'à force de malentendus politiques et d'erreurs diplomatiques, les puissances européennes se mettraient en situation de devoir déclarer une guerre qu'aucune d'entre elles n'avait au fond voulue ? Et qui n'était pas convaincu qu'après une ou deux escarmouches cette stupide histoire se terminerait au bout de quelques mois ?

Cela se passait à la fin de juillet 1914 ; une semaine plus tard, la guerre était déclarée. Il était prévu qu'Henry aille à Oxford cet automne-là, et personne ne pouvait croire encore que la guerre l'en empêcherait. Quand Violet sortit de prison, une sorte de trêve s'instaura dans la famille. Son père était très âgé désormais ; indigné par le traitement qu'elle avait subi, il ne désirait plus qu'une seule chose, voir la famille vivre en paix. Ils s'étaient tous réunis à Bocton et, pendant quelques mois, elle n'avait fait que des sauts à Londres. A cette occasion, elle avait décidé d'emmener ses trois enfants au British Museum ; comme d'habitude, elle les avait conduits vers ses grands portails — pour se voir refuser l'entrée.

« Je suis désolé, madame, lui expliqua le gardien, mais les dames ne peuvent entrer. C'est à cause de ces terribles suffragettes, lui confia-t-il. Nous avons peur qu'elles ne mettent le feu ou qu'elles ne commencent à casser les vitrines...

— Je me porte garant de cette dame », avait affirmé Henry ; après quelques hésitations, le portier les avait laissés entrer.

« A propos, mère, avait-il chuchoté dès qu'ils s'étaient trouvés à l'intérieur, quelle vitrine penses-tu briser en premier ? »

Cher Henry : un mois plus tard il se portait volontaire et endossait l'uniforme.

Elle avait découvert les ravages du gaz moutarde quand il avait été rapatrié pour invalidité en 1915, après Ypres. « Je dois m'estimer heureux d'être encore en vie, je suppose », lui avait-il dit d'un ton désabusé. De fait, s'il avait été plus âgé, il serait probablement mort. « Ces très jeunes gens ont des cœurs capables de supporter à peu près tout », avait dit le médecin. Mais il n'était plus que l'ombre de lui-même, gris et presque anéanti ; et il était resté ainsi tout au long de la Grande Guerre, tandis que d'autres mouraient dans l'immense absurdité des tranchées. A la fin du conflit, Violet ne connaissait guère de famille qui n'eût pas perdu l'un des siens.

La guerre s'accompagna d'un autre grand changement : le manque d'hommes au foyer obligea les femmes à occuper leurs emplois, et elles y furent les bienvenues. Elles travaillèrent dans les usines de munitions et dans les chemins de fer, elles servirent derrière les comptoirs, installèrent des lignes téléphoniques, creusèrent la terre, suèrent sang et eau. Les suffragettes avaient abandonné leur mouvement revendicatif pour la durée de la guerre ; les services qu'elles rendaient, on s'en aperçut bientôt, plaidaient en leur faveur. Quand on vit ce qu'accomplissaient les femmes, les plus déterminés des conservateurs n'eurent plus le cœur de leur refuser le droit de vote ; et Violet sut que sa cause avait fini par triompher quand le vieil Edward, tombé malade et qui avait passé quelques jours à l'hôpital, lui dit : « Tout l'endroit est géré par des femmes, Violet ! Elles portent les civières, conduisent les ambulances, elles font de tout, sauf de la médecine. Et elles le font fort bien. »

En 1917, sans qu'un murmure s'élève dans le pays, le Premier ministre Asquith donna le droit de vote aux femmes en déclarant : « Elles l'ont mérité. »

L'année suivante, la Grande Guerre prit fin, et avec elle, pensa Violet, la terrible hémorragie de vies humaines.

La grande épidémie de grippe espagnole, à la fin de 1918, fut-elle plus dangereuse que d'autres années, ou les gens étaient-ils plus vulnérables, affaiblis par la longue blessure de la guerre ? Difficile à dire. Mais le fait est qu'elle se propagea à une vitesse fulgurante sur toute la surface du globe ; elle fit, en six mois, davantage de victimes que la Grande Guerre elle-même. En Angleterre, on estime que plus de deux cent mille personnes en moururent. Parmi elles, il y eut Henry.

Depuis, le souvenir de cet hiver-là s'était dissous pour Violet dans une grande masse grise et confuse, d'où sa pauvre figure pâle et ravagée émergeait pour venir la hanter. Et sans cesse une question l'obsédait, tandis que les années passaient : n'aurait-elle pas dû s'interdire d'aller manifester avec les autres ? Pourquoi avoir infligé une telle douleur à l'enfant qui aujourd'hui n'était plus là ?

Assise seule dans la maison, pendant que Helen était allée se promener, elle se remettait mal de la sinistre vision qu'elle n'avait pas eu le cœur de confesser à sa fille. Car Helen n'était pas la seule à avoir eu une prémonition ; Violet aussi.

Helen traversa Sloane Square et tourna dans Sloane Street, vers Knightsbridge et Hyde Park. Elle ne s'habituait pas au spectacle de ces rues familières, qui avaient accueilli ses débuts dans le monde : aujourd'hui les fenêtres des immeubles étaient doublées de papier collant contre le souffle des bombes, des sacs de sable s'empilaient devant les portes. L'endroit semblait pourtant étrangement tranquille ; on aurait dit un dimanche.

Tandis qu'elle passait à la hauteur de Pont Street, quelques gouttes de pluie commencèrent à tomber ; le temps qu'elle approche de Knightsbridge, cela avait tourné à l'averse. Pour y échapper, elle s'engouffra à gauche dans le Basil Street Hotel. Là elle attendit, le cœur lourd, laissant son regard errer par la fenêtre où ruisselaient les filets de pluie.

Elle n'avait nulle envie de mourir, et ne pensait pas le mériter particulièrement ; n'avait-elle pas essayé au moins de servir quelques idéaux, sa vie durant ? Elle l'avait toujours su, sa mère avait eu raison de défendre une cause, en dépit de ce que les autres pouvaient dire. Quand il l'avait emmenée, enfant, vivre à Bocton, son grand-père avait essayé de lui faire croire que sa mère avait été mystérieusement appelée au loin ; mais Helen savait, par ses frères, que Violet se trouvait en prison. Ce mensonge n'avait en rien diminué le respect qu'elle ressentait pour le vieil homme ; elle voyait bien, à l'évidente considération que tout le monde lui portait, que son jugement devait être bon — si l'on exceptait son désaccord avec sa fille. Parfois, lorsqu'il n'avait personne d'autre avec qui parler, il discutait avec la fillette des problèmes du jour ; ils s'asseyaient ensemble dans le vieux jardin clos, ou allaient voir les cerfs. Aujourd'hui encore elle pouvait l'entendre, aussi clairement que s'il était à son côté, lui expliquer :

« Le vrai danger pour nous, ce sont les socialistes, Helen, bien plus que les Allemands. Souviens-toi de ce que je te dis : c'est le combat auquel tu devras faire face toute ta vie. Non seulement en Grande-Bretagne, mais dans le monde entier. »

S'il avait vécu un peu plus longtemps, jusqu'à la fin de la guerre, il aurait vu combien ses prédictions se révélèrent justes. Les bolcheviques, la Révolution russe... Helen était encore à l'école quand ces terribles événements étaient arrivés. Le tsar et ses enfants assassinés... Une vague de sympathie et de dégoût avait submergé l'Europe. Alors que s'éloignaient l'horreur de la guerre et la misère de la grande épidémie de grippe, la menace bolchevique revenait dans toutes les conversations. De telles choses pouvaient-elles se produire aussi en Grande-Bretagne, comme l'affirmaient les bolcheviques, détruisant tout ce qu'elle connaissait et qu'elle aimait ?

D'une certaine manière — sa mère le disait, tout le monde le disait — une révolution avait déjà commencé dans la société anglaise. Les droits de succession, instaurés par Lloyd George, avaient causé des ravages dans les classes supérieures. Quand le vieil Edward était mort à Bocton, il avait fallu payer de grosses sommes ; beaucoup d'aristocrates et de membres de la gentry étaient obligés de vendre leur domaine. Le gouvernement de coalition en vigueur pendant la guerre avait continué par la suite, avec des hauts et des bas, et une innovation de taille : quand les soldats étaient rentrés au pays, nouveaux électeurs qui réclamaient un monde meilleur pour l'après-guerre, le parti travailliste, soutenu par les syndicats, avait connu une grande expansion. A l'étonnement de beaucoup de gens, le leader travailliste Ramsay Macdonald avait même été brièvement appelé, en 1924, à former un gouvernement. « Si le sang ne coule pas, nous risquons du moins de tout perdre », avait prédit Violet.

La réponse pour certains, Helen le savait, était d'ignorer cela. Pour beaucoup de ses amis, il y avait un parfum d'aventure dans l'air. La guerre était finie : ceux qui y avaient survécu étaient soulagés d'être vivants ; ceux qui, comme son frère Frederick, étaient trop jeunes pour se battre désiraient prouver leur valeur en accomplissant des actes audacieux. Et les parents voulaient se rassurer de leur mieux, en jugeant que le monde retournait vers quelque chose qui ressemblait à la normalité. Helen était alors une *débutante*. Etrangement, elle se rendait compte que le chagrin de sa mère, à cause de la mort d'Henry, l'incitait à donner à ses autres enfants le plus de bons moments possible. Violet s'était demandé un temps si son passé de militante avait pu dresser les autres mères contre elle ; mais il semblait que tout était oublié. En outre, on se disputait le jeune et beau Frederick Meredith dans toutes les réceptions mondaines, surtout compte tenu du manque d'hommes après les pertes de la guerre. Sa petite sœur Helen « sortait » elle aussi, comme on s'était mis à dire.

Quel bon temps elle avait eu ! Elle courait les bals traditionnels, bien sûr, mais la nouvelle génération des débutantes de 1920 était moins sage que celle de leurs mères ; et les jeunes gens pouvaient prendre des libertés qui auraient été presque impensables auparavant. Helen ne connaissait aucune fille ou presque qui allât « jusqu'au bout », ce qui ne signifiait pas qu'elles n'allaient pas assez loin. Elle était très jolie, avec les traits réguliers de son père, en même temps que les brillants yeux bleus et les cheveux d'or de ses ancêtres Bull. Elle était également vive et intelligente. A la fin de la saison, elle avait reçu trois demandes en mariage, dont deux émanaient d'excellents partis ; seul problème, les jeunes gens ne l'intéressaient pas.

« Ils sont insipides, se plaignait-elle.

— Tu pourrais trouver pire qu'eux, avait plaidé sa mère, sans conviction. Mais je veux avant tout ton bonheur.

— Tu as choisi un homme qui t'intéressait », avait remarqué Helen.

Mais où en trouver un ? Il y avait eu le Français ; elle l'avait rencontré grâce à Frederick, qui s'était mis à piloter. Son frère l'avait emmenée en avion par-dessus la Manche jusqu'à un aérodrome français ; c'était là, par une radieuse journée d'été, qu'elle avait fait sa connaissance. Il possédait un avion, et aussi un château ; elle avait passé de merveilleuses vacances, puis tout s'était terminé. Elle avait rencontré d'autres hommes intéressants depuis lors, « mais ceux-là n'ont jamais l'air de vouloir se marier », avouait-elle à sa mère. Qu'allait-elle faire de sa vie ?

« Tu es restée une *flapper*, Helen, la taquinait affectueusement son frère Frederick. Tu cherches toujours la fièvre et l'excitation. » Une *flapper*, une jeune fille « qui claque dans le vent » des années 1920.

« Et pourquoi pas ? répondait-elle. Toi, tu ne les recherches pas, peut-être ? » Frederick, qui était entré dans l'armée, semblait le type même du fringant hussard ; elle soupçonnait pourtant que ses disparitions épisodiques en Europe pouvaient avoir un lien avec une autre vie, plus secrète. Mais pour elle, l'excitation n'expliquait pas tout : elle avait besoin d'une cause à laquelle se vouer.

La grève générale de 1926 avait paru lui offrir cette occasion. « Ces bolcheviques attendaient la révolution, affirmait Violet. Il va falloir nous battre contre eux. » Et tous les gens que connaissait Helen pensaient pareillement. Comme ils avaient travaillé, pendant ces journées grisantes ! Elle avait joué le rôle de contrôleuse dans un bus conduit par un de ses amis, un étudiant d'Oxford ; ils avaient assuré la ligne du 137, depuis Sloane Square jusqu'à Crystal Palace. D'autres se chargeaient du métro ou faisaient fonctionner les services publics. « Dieu merci, songeait-elle, nous sommes en Grande-Bretagne et les gens se comportent bien. » La grève avait été vaincue, sans guère de violences ; et tout le pays, syndicats et autres, avait fait reculer la terrible menace communiste.

Par la suite, Helen avait paru se laisser aller à la dérive. Elle avait trouvé un emploi, secrétaire d'un membre du Parlement ; le travail était difficile, mais elle l'appréciait, sentant qu'elle faisait quelque chose d'utile. Toutefois, quand on en vint à débattre de plus vastes problèmes, elle éprouva un sentiment croissant de déception. Il restait de grandes tâches à accomplir. Le but que la Société des Nations s'était fixé, débarrasser le monde de la guerre, l'enthousiasmait, mais elle le voyait s'éloigner peu à peu. Elle admira la façon dont l'Amérique réagit par le New Deal à la dépression. Cependant, aucune initiative pour fonder un monde nouveau ne venait du Parlement britannique. Sous l'habile mais terne Premier ministre Baldwin, une seule stratégie semblait prévaloir : se tirer d'affaire et écarter tout problème de l'Empire, lequel ne se maintenait que par le bon vouloir de ses différents membres. La nature passionnée d'Helen se rebellait en secret. « Tu avais une cause à défendre, disait-elle à sa mère, moi, je n'en ai aucune. »

Ce fut Frederick qui la lui fournit.

Quand Hitler avait pris le pouvoir en Allemagne, Helen avait d'abord pensé, comme beaucoup d'autres dans le monde occidental, que c'était sans doute une bonne chose. « Ses partisans ne sont pas très recommandables, convenaient-ils, mais il forme un rempart contre la Russie communiste. » A mesure que son pouvoir grandissait, en même temps que les rumeurs sur la nature du régime qu'il avait instauré, elle avait choisi de ne pas en tenir compte. Quant à ses menées belliqueuses, lorsque Churchill le solitaire, toujours déçu de ne plus être aux affaires, avait entamé sa campagne en faveur du réarmement, Helen avait fait confiance au député pour lequel elle travaillait. « Churchill est fou, assurait celui-ci. L'Allemagne ne sera pas en état d'entreprendre une guerre avant vingt ans ! »

Au cours d'une de ses visites éclairs à Londres, Frederick l'avait détrompée. On l'avait envoyé l'année précédente comme attaché militaire à l'ambassade britannique en Pologne, et son appréciation de la situation était brutale : « D'abord, Churchill a raison. Hitler réarme et veut la guerre. Deuxièmement, ma chère Helen, ce n'est nouveau que pour les Anglais, ici, au pays : toutes les ambassades européennes le savent parfaitement. Tous les attachés militaires, dont moi, ont fait là-dessus des rapports détaillés, que Londres ignore consciencieusement. Notre attaché à Berlin, un homme brillant, vient d'être révoqué pour avoir décrit les mouvements de troupes allemandes auxquels il avait assisté. Les politiciens qui savent la vérité pensent peut-être que le public ne supportera pas qu'on la lui dise ; ou bien ils se sont persuadés eux-mêmes qu'ils ont passé un marché avec Hitler, et qu'il le respectera. Toute cette affaire est un pur scandale.

— Mon député affirme que l'Allemagne ne sera pas prête à se battre avant vingt ans, objecta Helen.

— C'est une idée reçue, basée sur un excellent rapport établi par le ministère de la Guerre. Il n'y a qu'un problème : ce rapport date de 1919 ! »

Elle s'était alors mise à collecter des informations : des amis dans l'armée, un diplomate de ses relations, même une ou deux personnes bien disposées à Westminster lui avaient fourni des renseignements, qui corroboraient les accusations de son frère. Avec Violet, elles avaient constitué un dossier détaillé. Certains de leurs amis pensaient qu'elles étaient un peu folles ; d'autres, se souvenant du passé de militante de Violet, souriaient en haussant les épaules. Parmi les secrétaires à Westminster, qui venaient pour la plupart de familles semblables à la sienne, sa cause devint la « croisade d'Helen » ; elle découvrit bientôt que plusieurs de ses collègues avaient des parents dans le corps diplomatique qui partageaient ses vues. « Vous devriez vous aussi en parler à votre patron, comme je le fais, leur disait-elle. Après tout, il est au Parlement et vous le voyez tous les jours. » Une fois elle essaya même de s'adresser au Premier ministre. Quand la crise de l'abdication avait éclaté en 1936, qu'il n'était plus question que du nouveau roi et de Mme Simpson, Helen déclarait : « Je suis désolée pour lui, bien sûr, mais c'est bien plus grave si Hitler nous envahit... »

Il n'est pas étonnant qu'on ait commencé à se plaindre d'elle.

« Vous ennuyez les gens, lui expliqua un jour son patron, et vous troublez les autres jeunes filles. Je dois vous demander de cesser.

— Je ne peux pas », répondit-elle.

Elle perdit son emploi. Après en avoir cherché un autre à Westminster, en vain, elle décida de voyager ; elle passa quelques mois à faire le tour du continent, en particulier de l'Allemagne. Elle avait l'intention d'écrire un livre sur le sujet. Mais un mois après son retour, la grande crise qui devait secouer l'Europe avait commencé ; et comme elle l'avait craint, le pays se dirigeait vers la guerre.

Quand arriva celle-ci, Helen se porta volontaire pour conduire une ambulance ; c'était angoissant et dangereux, mais elle n'en fut nullement rebutée. « Je suis célibataire, mère, avait-elle encore remarqué la semaine précédente ; si quelqu'un doit être tué, autant que ce soit moi. »

Londres n'avait jamais rien connu de comparable à la terrible Blitzkrieg, la « guerre éclair » de Hitler. Beaucoup de gens l'avaient prédit, la guerre conduite avec des armes modernes anéantirait le monde ; Helen le devinait, si les hostilités se poursuivaient longtemps sur le même mode, la capitale serait en ruine. Pourtant elle ne pensait pas à cela quand elle allait travailler ; elle ne le pouvait pas.

Lorsque la pluie diminua, elle quitta l'hôtel et prit la direction de Hyde Park. Elle aimait en général traverser le parc, jusqu'au-delà de la Serpentine ; mais aujourd'hui elle décida d'obliquer à gauche et de prendre vers l'ouest, en direction de l'Albert Hall et de Kensington Gardens.

Par bien des aspects, le parc, avec ses calmes allées bordées d'arbres et ses vastes pelouses, conservait quelque chose de l'époque Stuart et du XVIIIe siècle. Le petit palais de brique de Kensington semblait discret sous les pâles rayons du soleil, avec son tapis de gazon qui miroitait sous la pluie ; on aurait pu s'attendre à voir un carrosse en sortir et disparaître sous les frondaisons. Mais quand Helen promenait le regard autour d'elle, tout la ramenait au XXe siècle et à la proximité de la guerre. Il y avait des tranchées partout ; elle dépassa une batterie antiaérienne. Comme elle arrivait à la vaste clairière au milieu du jardin, avec son bassin rond, elle aperçut en levant les yeux des ballons de barrage par douzaines, attachés les uns aux autres dans le ciel. Plus incongru encore, toute une partie de la pelouse avait été convertie en un grand carré de choux. « Bêchez pour la victoire ! » enjoignait-on aux Londoniens. L'approvisionnement alimentaire serait assuré pour toute la durée de la guerre, même si chaque pouce du parc devait se transformer en jardin potager.

Il était temps de revenir. Helen parcourut des yeux la paisible scène ; c'était peut-être la dernière fois qu'elle la voyait. Elle soupira, le cœur serré à cette idée.

LE SOIR

Bien que l'énorme palais de verre eût entièrement brûlé quatre ans plus tôt, l'endroit s'appelait toujours Crystal Palace. Depuis le petit jardin de Jenny et Percy, le regard embrassait tout Londres. Le couple s'y trouvait maintenant avec Herbert et Maisie ; ils contemplaient le vaste paysage qui s'étendait devant eux, jusqu'aux lointains horizons de Hampstead.

Le ciel était rouge à l'ouest, présage des événements à venir. A l'est, la grande ombre de la nuit montait depuis l'estuaire ; quant à l'immense silhouette de la ville qui remplissait tout le bassin à leurs pieds, le blackout y était sévèrement appliqué. Disparu, l'habituel scintillement de millions de petites lumières : Londres n'était qu'un immense lac d'ombre attendant de devenir invisible.

Ils n'étaient là que tous les quatre. Herbert et Maisie n'avaient pas eu d'enfants ; le fils de Percy et de Jenny se trouvait à l'armée ; leur fille s'était mariée et vivait maintenant dans le Kent. Si Maisie et Jenny n'étaient jamais devenues des proches, elles avaient appris à s'accommoder l'une de l'autre ; cet après-midi-là, pour essayer de se changer les idées et de ne plus penser au Blitz, elles étaient allées voir *Autant en emporte le vent*. La veille au soir elles s'étaient tenues ensemble dans le jardin, regardant les vagues d'avions bourdonner sans répit au-dessus de Londres, et les brasiers rougeoyants s'allumer : ils vacillaient ici, éclataient là en de grands nuages de cendres brûlantes, qui jaillissaient dans les ténèbres du ciel nocturne. L'East End avait une fois de plus été la cible des tirs ; où les bombes tomberaient-elles cette nuit ?

« Vous voulez dormir ici ? proposa Jenny.

— Non, pas ce soir, répondit Maisie.

— Il est temps que nous y allions », dit Percy.

Herbert et lui, maintenant dans la soixantaine, travaillaient la nuit dans la brigade annexe de sapeurs-pompiers locale, pour donner un coup de main. « Je serais incapable de rester là sans rien faire », expliquait Percy. Maisie trouvait qu'Herbert aurait dû demeurer avec elle. « Mais cela leur fait du bien d'être ensemble », lui avait dit Jenny.

« Bien, dit Herbert. Allons-y. »

A six heures précises, Charlie était de nouveau dehors. Avant qu'il parte, pourtant, une dispute avait éclaté ; le sujet en était toujours le même, depuis que les trois aînés avaient été évacués et que Ruth avait refusé de le quitter. Tous les soirs il s'inquiétait, pour elle et pour le bébé.

« Où vas-tu passer la nuit ? »

Ruth avait le choix entre trois endroits différents. Le premier était l'abri. Au centre de Londres, il se serait probablement agi du métro ou d'un autre lieu souterrain ; mais dans un faubourg comme Battersea cela signifiait un bâtiment reconverti, bien protégé par des sacs de sable, où les gens pouvaient venir partager le danger. Un coup manqué, à côté, et l'on était indemne ; un coup droit au but et tout le monde mourait. « C'est un choix à faire », disait Ruth, pince-sans-rire. Deuxième possibilité, un abri Anderson. Les abris Anderson étaient assez efficaces ; c'était pour l'essentiel un demi-cylindre de tôle ondulée, juste assez haut pour qu'on pût marcher à l'intérieur en se courbant en deux ; on pouvait l'enterrer à demi dans le jardin, le protéger par des sacs de sable et le recouvrir de terre. Tant qu'aucune bombe ne tombait directement sur lui, les chances d'y survivre à un raid aérien étaient assez bonnes.

L'étroit jardin, à l'arrière de la maison que les Dogget louaient au pied de Lavender Hill, avait été mis sur le pied de guerre. Le long de la petite allée de béton, on avait retourné la pelouse pour laisser place à un potager ; à côté, on trouvait un enclos avec trois poules, qui donnaient des œufs aux occupants de la maison. Derrière, c'était l'abri Anderson.

Ruth le détestait : « Je ne peux pas supporter d'être enfermée dans ce réduit, se plaignait-elle. De toute façon c'est humide, donc mauvais pour le bébé », insistait-elle, bien que Charlie le trouvât sec. Mais il connaissait Ruth et savait combien elle pouvait se montrer obstinée. Restait donc la troisième possibilité : demeurer dans la maison, sous l'escalier. Charlie avait garni de sacs de sable la porte et les fenêtres, pour en faire un abri aussi sûr que possible. « De toute façon, si une bombe nous est destinée, nous ne pouvons rien faire », lui avait-elle dit, et neuf Londoniens sur dix pensaient la même chose. Néanmoins, il essayait chaque soir de la persuader d'aller dans l'abri Anderson.

« Je ne peux pas rester à discuter plus longtemps, lui dit-il enfin.

— Je sais. Tout ira bien. »

Alors, son uniforme sur le dos, son casque et ses bottes à la main, Charlie Dogget partit pour sa dangereuse nuit de travail.

A six heures et quart, Helen Meredith dit au revoir à sa mère ; elle avait fière allure dans son uniforme, avec ses cheveux blonds relevés en chignon sous son calot. « Je te jure qu'on ne te donnerait pas plus de vingt-cinq ans », lui dit Violet en souriant.

Helen sourit à son tour et hocha la tête. « Merci.

— Helen... (Violet lui prit doucement le bras, alors qu'elle se retournait pour partir.) Ne t'inquiète pas. Tout ira bien. »

Neville Silversleeves collectionnait naturellement les responsabilités. Ce n'était pas sa faute : les gens lui demandaient de faire certaines choses, et il les faisait à la perfection. Très jeune, il avait succédé à son père à la tête de la vieille et respectable étude notariale Odstock, Alderbury et Silversleeves. S'il entrait dans la moindre association, au bout de quelques années on lui demandait immanquablement d'en devenir le secrétaire. Il était grand, avec des cheveux noirs clairsemés et un très long nez. « Ce nez, avait remarqué un jour méchamment un avocat, attrape les petites responsabilités comme un papier tue-mouches. »

Bon pratiquant, dont l'étude avait travaillé pour le diocèse, Neville était huissier à verge de St Paul ; vu sa position sociale, il faisait aussi partie du groupe, trié sur le volet, des chefs d'îlot pour la City et pour Holborn. Ces derniers mois, les chefs d'îlot étaient devenus impopulaires dans tout Londres, en raison de la rigueur avec laquelle ils faisaient respecter le black-out ; on leur avait assuré (à tort, d'ailleurs) que la simple lueur d'une cigarette pouvait être aperçue depuis un bombardier allemand, à mille cinq cents mètres d'altitude. Dans la City elle-même logeaient assez peu de résidents ; mais avec autant de banques, de bureaux et d'églises à protéger, les chefs d'îlot avaient d'importantes responsabilités. Ils couraient aussi personnellement beaucoup de risques, à cause des bombes et des incendies ; mais, pour Neville Silversleeves, ce n'était qu'un autre des fardeaux que le destin, jugeait-il, lui avait réservés.

Il était de garde cette nuit-là.

La sous-station des frères Fleming se trouvait dans la 84e section, à la périphérie du district administratif de Londres ; elle avait élu domicile dans une école évacuée. Son matériel consistait en quatre taxis équipés d'échelles, trois remorques munies de pompes, un camion et deux motocyclettes.

Les hommes étaient tous présents sur place peu après six heures ; mais il pouvait s'écouler plusieurs heures avant qu'on ne les appelle pour aller seconder les équipes, très sollicitées, du centre-ville. Deux femmes répondaient au téléphone : l'officier responsable de la sous-station avait été pompier professionnel, et tous les hommes étaient membres de l'Auxiliary Fire Service. Percy et Herbert s'occupaient de l'intendance, Percy étant plus spécialement en charge de la cuisine.

Les hommes avaient installé un jeu de fléchettes dans la pièce principale de l'école ; Herbert s'était rendu populaire en jouant tous les grands succès du music-hall de l'époque sur le vieux piano droit que possédait l'établissement. Le seul vrai problème auquel était confronté Percy était la nourriture.

Pour les provisions de bouche, l'administration de l'AFS ne s'était pas montrée à la hauteur. Percy n'avait à sa disposition qu'un peu de riz, du chou et du corned-beef qui lui semblait quelque peu verdâtre. « C'est maigre, pour préparer tout un repas », avait-il commenté à l'adresse d'Herbert.

Il n'avait rien d'autre à faire que faire bouillir le riz et attendre le premier ronronnement d'avions allemands — parfois juste au-dessus de leurs têtes — sur leur chemin vers le centre de Londres. La nuit était tombée depuis longtemps, et Herbert s'était lancé dans un numéro endiablé de music-hall. Percy, qui avait marché jusqu'à la porte pour jeter un coup d'œil au-dehors, entendit un bruit de moteur venir droit sur lui ; il y eut deux éclairs de lumière puis, quelques secondes plus tard, un jaillissement rouge et flamboyant qui le fit trembler de la tête aux pieds

« Grands dieux ! » s'exclama-t-il.

L'amiral sir William Barnikel mesurait un mètre quatre-vingt-dix ; sa poitrine faisait songer à la proue d'un cuirassé, sa barbe était aussi rousse qu'énorme. Il ressemblait trait pour trait au descendant de Vikings qu'il était en effet. « Mon grand-père Jonas était un simple capitaine de la marine marchande, avouait-il avec modestie ; avant lui, nous avons découvert qu'on était poissonnier de père en fils dans la famille. » Ne connaissant guère la City, l'amiral n'avait nulle idée de l'importance réelle des membres de l'ancienne guilde des poissonniers. Quel que soit le statut de ses ancêtres, Barnikel se révélait un extraordinaire meneur d'hommes une fois qu'il se trouvait à l'arrière d'un navire.

Les autorités avaient pris un risque calculé en donnant à l'amiral la charge d'une grande part de l'AFS. « Il n'est pas toujours très... diplomate », avaient timidement objecté certains fonctionnaires. Au vrai, ses hurlements pouvaient faire trembler une frégate entière. « Nous n'avons pas besoin d'un diplomate, avait répondu Churchill lui-même, mais d'un homme qui leur soutienne le moral ! » Et c'est ainsi que le tempérament torrentiel de l'amiral avait déferlé sur le corps des pompiers auxiliaires.

C'était sa grande barbe rousse que Percy voyait maintenant foncer sur lui tandis que Barnikel arrivait à l'improviste, comme à son habitude, pour inspecter le petit poste aux confins de son vaste domaine.

« Oh ! grands dieux », murmura-t-il de nouveau.

Les pompiers vinrent aussitôt entourer le nouvel arrivant. « Plus de sacs de sable à cette fichue porte ! » aboya-t-il dès l'abord. Puis, avisant le piano dans la pièce, il rugit : « Chantez-nous donc quelque chose, mon vieux ! » Tandis qu'Herbert maltraitait *Nellie Dean*, il y mêla une voix retentissante, avant de conclure d'un : « Excellent ! » et de donner une grande claque dans le dos de l'interprète.

« La meilleure musique que j'aie entendue dans aucun de mes postes ! Mais ce piano est-il bien accordé ?

— Pas tout à fait, confessa Herbert.

— Occupez-vous-en, mon vieux, voulez-vous ? »

Il inspecta leurs uniformes et leurs bottes, frappa du poing sur un casque fendu jusqu'à le réduire en miettes, alla en chercher un nouveau dans sa voiture et leur dit à tous qu'ils étaient des héros. Puis il pénétra dans la cuisine.

« Qui est le responsable ici ? » demanda-t-il.

Percy répondit non sans inquiétude qu'il pensait que c'était lui.

« Mais vous ne faites que préparer ce qu'on vous a donné, n'est-ce pas ?

— Oui, sir. » Puis il commenta : « Et heureusement que je le fais... »

Après avoir lancé un regard écœuré au riz et au chou, Barnikel se tourna vers le corned-beef. S'il y avait une chose que l'amiral sir William Barnikel comprenait dans la vie, c'était l'importance des rations ; un bateau bien nourri, il le savait, était un bateau content. Il le savait aussi, beaucoup de soldats du feu restaient convaincus que personne ne se préoccupait d'eux. Avec une fourchette, il souleva une tranche de corned-beef verdâtre, la regarda, la renifla ; il en prit une bouchée, la mâchonna, fit une grimace et la recracha.

« Il est pourri ! tonna-t-il. C'est cela, la nourriture qu'on vous donne pour vos hommes ? Bon Dieu, ils vont vous empoisonner tous ! »

Alors Barnikel entra dans une vraie fureur. Il tordit si violemment la fourchette entre ses doigts qu'il en fit presque un nœud ; son grand poing s'abattit si fort sur la table de la cuisine qu'elle en perdit un de ses pieds. Il saisit la boîte de corned-beef, l'emporta dehors et la lança par-dessus le toit en direction du ciel, si loin qu'elle dut atterrir à Berlin, car on ne la retrouva jamais. Ensuite il alla au téléphone et appela le quartier général : quand il eut obtenu la communication, il ordonna qu'on livre un repas convenable dans un véhicule de l'intendance et qu'on l'apporte immédiatement à Crystal Palace. « Si c'est nécessaire, vous pouvez mettre mon propre dîner avec ! » Enfin il se tourna vers Percy.

« Votre nom ?

— Fleming, sir. »

Ses yeux bleus lançant des éclairs, l'amiral à barbe rousse pointa son énorme doigt sur la poitrine de Percy. « Fleming, si jamais on vous redonne une fois encore de la nourriture comme celle-là, sautez sur le téléphone, appelez le QG et demandez à me parler personnellement. S'ils discutent, dites-leur que c'est moi qui vous l'ai ordonné. Je vous fais confiance. Vous m'avez bien compris ?

— Oh ! oui, sir, dit Percy. Très bien.

— Bien. (Il regarda Herbert.) La prochaine fois que je viendrai, nous chanterons sur ce piano. Et je dînerai avec vous. »

Après un bref entretien privé avec le chef de la sous-station, l'amiral repartit ; il allait galvaniser et redonner du cœur à un autre poste éloigné, qui ne se doutait encore de rien.

Charlie écouta : le ronronnement avait commencé. Il se transforma bientôt en rugissement tandis qu'approchaient vague après vague les Heinkel et les Dornier, escortés par des nuages bourdonnants de Messerschmitt. Le tir de barrage commença, énorme vacarme d'explosions, de chocs sourds et de crépitements ponctués d'éclairs de lumière dans le ciel nocturne ; les projecteurs fouillaient les ténèbres au-dessus des têtes, comme d'étranges baguettes d'argent. Les premières nuits, le tir de barrage avait surtout visé à faire du bruit pour convaincre les Londoniens qu'ils étaient défendus ; mais on avait accompli des progrès et quelques avions ennemis étaient bel et bien touchés.

Bientôt Charlie put entendre le fracas et les déflagrations des bombes explosives qui s'écrasaient au sol. Elles semblaient plus proches que la nuit précédente ; quelques minutes plus tard, le téléphone sonna avec la première demande d'intervention.

« C'est la City. Un feu important près de Ludgate. Allons-y, les gars. »

Les grands feux se divisaient en deux catégories. Les plus vastes ravageaient tout un pâté de maisons : on les appelait « incendies ». L'autre catégorie était celle des « feux importants », qui requéraient tout de même plus de trente pompes — ce qui signifiait que les taxis de l'AFS, avec leurs remorques, devaient converger de tout Londres pour seconder les quelques voitures de pompiers du service régulier.

L'équipe de Charlie traversa le fleuve par le pont de Vauxhall, passa devant le Parlement, remonta jusqu'à Whitehall et parcourut le Strand ; ils dépassèrent St Clement Danes à la vitesse de l'éclair. Puis ils se trouvèrent pris dans une file de véhicules similaires au leur, qui progressait lentement devant les sièges des journaux bordant Fleet Street, en direction de l'église de St Bride.

Le spectacle était impressionnant. Une seule bombe explosive devait avoir frappé, devina Charlie, à forte puissance, qui avait éventré deux maisons ; mais une grappe de bombes incendiaires au magnésium étaient aussi tombées, et c'étaient elles qui avaient causé les dégâts les plus graves. Si les bombes incendiaires n'étaient pas très effrayantes par elles-mêmes — elles brûlaient comme de grandes chandelles romaines de feux d'artifice, et il était possible de les repousser ou de les éteindre —, elles se logeaient souvent à des endroits presque inaccessibles ; avant que les pompiers parviennent à les atteindre, le feu avait souvent pris. Dans le cas présent, une demi-douzaine de maisons brûlaient déjà furieusement. La dernière de la rangée n'était pas encore en flammes, mais une bombe incendiaire restait juchée sur son toit.

« Des lances ! criait l'officier responsable. Plus de lances ! »

Ils étaient assez près du fleuve pour aller y plonger leurs tuyaux et pomper ses eaux ; une douzaine de lances entraient déjà en action.

« Venez ! dit Charlie. Allons-y ! » Pendant que les autres commençaient à détacher l'échelle, il se précipita avec le chef de l'équipe dans l'étroit escalier. Un craquement provint de l'immeuble voisin, mais les murs étaient assez épais ; si le feu les traversait, en dessous de leurs pieds, ils auraient toujours la ressource de s'échapper par les toits, ou encore une échelle serait lancée dans leur direction.

Une fois là-haut, ils repérèrent facilement la bombe incendiaire ; elle était tombée juste à côté de la cheminée. « Là ! dit Charlie. Je peux l'attraper avec un grappin ! » Et il entreprit de monter vers elle. Son pied passa, à un moment, à travers la toiture endommagée, mais il réussit à se rattraper à la cheminée. « Quelle jolie vue ! » s'exclama-t-il. Au signal de son compagnon, indiquant que la voie était libre, il visa soigneusement, lança son grappin, et jeta la bombe incendiaire loin du toit, dans la rue à ses pieds.

Comme ils atteignaient le bas de l'escalier, ils remarquèrent l'odeur. Pendant une seconde ils se regardèrent, surpris, et soudain le compagnon de Charlie dut se raccrocher à la rampe. « J'ai la tête qui tourne ! » criat-il, et Charlie le retint pour qu'il ne tombe pas. Il rit et lui dit : « Un peu de tenue, viens avec moi ! » Ils continuèrent à descendre l'escalier jusqu'à la cave ; comme souvent dans cette partie de Londres, elle courait sous plusieurs immeubles. Pendant qu'ils y pénétraient, ils virent que le rez-de-chaussée de la maison voisine brûlait ; des braises en tombaient, qui pouvaient à tout moment mettre le feu à la cave. L'odeur qui montait à la tête était presque suffocante, mais sa cause était maintenant évidente. « C'est de l'alcool », dit enfin Charlie.

Le rez-de-chaussée de l'immeuble voisin était occupé par une boutique de vins et spiritueux ; les vapeurs provenaient des bouteilles cassées. Ils pouvaient les entendre exploser au-dessus de leurs têtes, et la même chose se produirait bientôt dans la cave, où les caisses étaient entreposées.

« Aucun moyen de sauver tout ce lot... se désola son compagnon.

— Non, dit Charlie. Mais regarde-moi un peu ça... » Sur le sol, à quelques mètres d'eux, une caisse ouverte était pleine de bouteilles miniatures. Aucun des deux n'ouvrit la bouche tandis qu'ils s'en approchaient.

Le sommet d'une botte de pompier était haut et évasé ; c'était étonnant de voir combien de bouteilles miniatures pouvaient y tenir. Le sol du rez-de-chaussée commençait à dégringoler autour d'eux, mais ils n'y prirent pas garde avant d'avoir terminé.

« Charlie... chuchota son compagnon. Tu as vraiment de la chance ! »

Helen passa par Moorgate. Chose étonnante, même quand un incendie éclatait dans une rue, celle d'à côté pouvait rester noire comme de l'encre. Par deux fois elles durent s'arrêter pour contourner un cratère laissé par une bombe ; la deuxième fois, elles l'aperçurent juste à temps. Elles étaient deux dans l'ambulance, solide vieille camionnette, dont les inscriptions sur les flancs étaient quelque peu délavées. Le véhicule pouvait paraître assez primitif, mais transportait un brancard ainsi qu'un nécessaire de premier secours ; c'était un grand progrès par rapport à quelques mois plus tôt, quand on lui demandait encore de conduire sa petite Morris et de se procurer ciseaux et bandages par elle-même.

Il y eut une pause dans le bombardement ; quelques projecteurs continuaient à fouiller la nuit, mais le bourdonnement des bombardiers avait cessé. Le calme ne durerait sûrement pas. Bien que les Spitfire eussent décollé pour traquer leurs proies, la plupart des bombardiers réussissaient à leur échapper et retournaient à leurs bases, où ils refaisaient le plein de bombes ; ils reviendraient pour un second assaut.

L'ambulance arriva en vue du pâté de maisons. Une seule voiture de pompiers était là, sa lance braquée ; une bombe avait fait tomber un pan de mur, laissant l'intérieur du bâtiment exposé comme dans une maison de poupée. Les pompiers avaient évacué une vieille dame et l'avaient installée sur une couverture pour attendre l'ambulance. Helen ne fut pas longue à voir que l'une de ses jambes avait une méchante fracture ; elle devait terriblement souffrir. Pourtant la réaction de la vieille dame fut caractéristique de ce qu'on voyait pendant ces jours d'épreuve.

« Je suis désolée, ma chère, de tout le travail que je vous donne. (Elle essaya de sourire.) J'aurais dû aller dans l'abri, n'est-ce pas ? »

Helen posa une attelle sur sa jambe et la soulevait pour la coucher sur le brancard quand elle vit un pompier lever les yeux et entendit le bourdonnement de la nouvelle vague de bombardiers qui approchait déjà.

« Il vaut mieux vous dépêcher, mademoiselle », dit-il.

Elle se pencha pour attraper une extrémité du brancard et s'aperçut que la vieille dame essayait de lui dire quelque chose ; c'était manifestement urgent. Patiemment, elle se courba vers elle.

« Je vous en prie, ma chère, si je dois aller à l'hôpital, l'implora la vieille dame. Je viens de me rendre compte que... Pourriez-vous m'aider ? J'ai oublié mon... »

Helen n'avait pas besoin de la laisser poursuivre.

« Votre dentier. »

C'était toujours pareil ; ils avaient toujours besoin de leur dentier. Ils l'avaient généralement laissé sur la tablette de la cheminée, et le souffle de la bombe l'avait envoyé ailleurs. Quand elle le pouvait, Helen allait le leur chercher ; garder leur dentier était leur seul petit reste de dignité. « En plus, avec la guerre, on ne sait pas quand on pourra en obtenir un autre », lui avait fait remarquer un jour un vieil homme.

« Quel étage ? soupira-t-elle.

— Le raid commence ! cria le pompier.

— Les bombes ne frappent jamais deux fois au même endroit », dit-elle avec calme ; mais elle savait qu'il n'existait aucune raison pour que cela n'arrivât pas.

Tandis que le bourdonnement se faisait rugissement, et que le tir de

barrage commençait au-dessus d'elle, Helen franchit la porte de l'immeuble.

La prémonition qui avait troublé Violet n'était pas d'un genre précis :
elle n'avait pas eu de vision d'Helen morte, ou blessée, non ; c'était plus
général. Le sentiment que quelque chose d'important, elle ne pouvait dire
exactement quoi, allait arriver à son terme. Quand Helen était sortie faire
sa promenade et qu'elle-même était restée assise sur sa chaise, elle avait
fermé les yeux et entendu soudain un bruit, assez sec ; on eût dit que
quelqu'un avait brusquement fermé un livre. Elle se persuadait que ce
n'était rien — mais peut-être, quand les gens approchaient d'un tournant
de leur vie, recevaient-ils le don de double vue. Après le départ d'Helen
ce soir-là, ce sentiment s'était encore accru.

Après le premier raid de la nuit, l'idée lui vint que sa propre vie, plutôt
que celle d'Helen, était peut-être sur le point de se refermer avec un bruit
sec. Il n'y avait encore eu que quelques bombes sur Belgravia, visant sans
doute Buckingham Palace ; mais d'autres pouvaient y tomber. Elle se
demanda si elle devait ou non faire quelque chose, puis soupira. Elle avait
plus de soixante-dix ans : possédait-elle encore assez d'énergie ?

Ce ne pouvait être le corned-beef, puisqu'ils n'y avaient pas touché ;
quelle qu'en fût la raison, à minuit, le pompier auxiliaire Clark n'était pas
en état de sortir. Un homme manquait donc à l'équipe numéro trois.

Quand la nouvelle arriva que la brasserie Bull avait été frappée, le responsable du poste promena les yeux autour de lui à la recherche d'un
homme supplémentaire. Il avait toujours répugné à faire appel aux plus
âgés, comme les Fleming. Ayant tous les deux plus de soixante ans, ils
appartenaient en réalité à la Home Guard, aux Volontaires de la défense ;
aucun des deux ne le savait, mais ils n'étaient là que parce que le chef de
poste trouvait les numéros d'Herbert au piano bons pour le moral des
troupes. Cette nuit-là pourtant, il lui manquait un homme et il devait faire
face à un incendie. Pensivement, il regarda Percy.

« Je suppose, dit-il, que vous ne voudriez pas y aller avec eux ?

— Viens, Percy ! crièrent les autres. C'est l'occasion ou jamais d'entrer
dans la brasserie ! On va faire la fête...

— Dans ce cas, je viens », dit-il.

Il en pleuvait maintenant de tous les côtés. Des bombes incendiaires,
certaines au magnésium et d'autres au pétrole ; sans cesse Charlie entendait le cri et le choc terrifiants des bombes explosives. L'une d'elles tomba
sur Blackfriars, une autre quelque part près du Guildhall. Au-dessus des
têtes, le ciel était zébré d'éclairs et d'explosions ; ils avaient l'impression
d'assister à un immense feu d'artifice organisé par des fous. Les rugissements, les craquements et les détonations étaient assourdissants.

Après Ludgate, on les avait envoyés plus au nord, jusqu'à St Bartholomew. Sur leur chemin, ils passèrent devant le dôme élevé de la cour d'assises de l'Old Bailey ; l'élégante silhouette de la Justice tenant sa balance
présidait depuis trente ans ce quartier de la City. Charlie et son compagnon sourirent en songeant aux bouteilles illicites qu'ils transportaient
dans leurs bottes.

Le feu à St Bartholomew n'était pas très important, et ils en vinrent rapidement à bout ; mais ils n'en étaient pas quittes pour autant. Au bout de quelques minutes une estafette arriva, qui leur enjoignit de se rendre derrière St Paul : un bâtiment de bureaux était en feu, entre Watling Street et St Mary-le-Bow. Une douzaine d'autres autopompes se hâtaient vers lui.

Juste comme ils repartaient, Charlie, qui était au volant, aperçut quelque chose qui brillait, aussi blanc qu'un ange : ce quelque chose glissait lentement vers eux, au-dessus du dôme de l'Old Bailey.

« Hello ! murmura-t-il. Nous avons encore de la chance. »

De tous les engins de destruction lâchés du ciel durant le Blitz, les plus terribles étaient peut-être les mines : descendant doucement au bout de leurs parachutes, elles touchaient le sol sans s'y enfouir, puis explosaient. Une seule pouvait facilement dévaster la moitié d'une rue. Les dommages humains qu'elles causaient étaient terribles. Et pourtant, alors que ces anges de la mort descendaient vers le sol, on voyait souvent des gens courir non pas pour s'en éloigner, mais au contraire dans leur direction.

La raison en était le parachute, qui était en soie. Si l'on réussissait à se tenir assez loin de la mine pour éviter l'explosion, et à se précipiter ensuite pour y arriver avant les autres, on pouvait se couper une bonne pièce d'étoffe ; cela faisait des jupes et des chemises d'excellente qualité.

La chance était vraiment du côté de Charlie ce soir-là. Tandis qu'ils se mettaient à l'abri, la mine atterrit fort obligeamment sur l'esplanade de Smithfield ; elle creusa un grand trou dans le sol en explosant, mais ne causa pas de dégâts sérieux. Trois minutes plus tard, le parachute avait disparu à l'arrière du taxi. Charlie et ses hommes repartaient risquer leur vie ailleurs.

Maisie ne pouvait jamais s'endormir avant que retentisse le signal de fin d'alerte, à l'aube. Elle ne voulait pas l'admettre mais elle aurait préféré, maintenant, être restée pour la nuit chez Jenny.

Après une heure du matin, elle se glissa hors de chez elle et commença à marcher vers le sommet de la colline ; même si Jenny dormait, elle savait que la porte de la maison ne serait pas fermée. Comme elle arrivait là-haut, d'où une route redescendait en direction de Gipsy Hill, elle s'arrêta.

En dessous d'elle, Londres battait au rythme de lueurs rouges en fusion ; on eût dit que des bouleversements géologiques s'étaient produits, que tout le sombre bassin s'était transformé en une bouche de volcan.

Juste alors, une vague d'avions ennemis commença à bourdonner, loin au-dessus de sa tête ; elle n'était pas inquiète pour autant, car ils allaient à l'évidence vers le centre-ville. Une batterie antiaérienne se mit à crépiter, mais trop tard. Maisie s'apprêtait à se remettre en marche en direction de chez Jenny quand elle entendit un son, vrombissant et gémissant.

Des avions de chasse. Il devait y en avoir une demi-douzaine. Au début, elle pouvait à peine distinguer leurs silhouettes, fondues dans le ciel nocturne ; mais elle apercevait les petits éclairs qui sortaient de leurs mitrailleuses. Les Messerschmitt montèrent dans le ciel pour s'éloigner de la troupe ennemie, tels des frelons en colère. Les avions firent demi-tour et décrivirent une boucle au-dessus de Dulwich, en direction de Clapham et du fleuve ; ils se crachèrent la mort les uns contre les autres, au cœur des ténèbres. C'était assez excitant à voir, à sa manière.

Elle les suivait des yeux, volant en direction de Vauxhall, quand il lui sembla que deux avions, ou peut-être davantage, s'étaient détachés des autres et revenaient vers Crystal Palace. Ils firent demi-tour au-dessus d'elle, à moins de cent pieds d'altitude, silhouettes isolées sur le fond du ciel rougeoyant. Ils montèrent haut dans la nuit, se précipitèrent à nouveau vers le sol, redressèrent à l'aplomb de sa tête et obliquèrent en direction de l'est.

Où étaient-ils à présent ? Elle regardait, fascinée, sa bouche ouverte dessinant un petit rond rouge, le ciel où ces hommes se battaient pour leur vie. Sans songer à ce qu'elle faisait, elle agita les bras et cria : « Vas-y ! Touche-le ! Tu peux l'avoir ! »

Mais alors une autre vague de bombardiers arriva au sommet de la colline, et les canons antiaériens entrèrent furieusement en action. Maisie renversa le cou et tourna sur elle-même pour regarder les chasseurs. Allaient-ils revenir ? Le ciel tout entier était illuminé. Elle ne vit jamais ni ne sentit l'obus qui s'abattit à l'arrière de sa tête et la fit exploser comme une petite cerise.

Quand il faisait aussi chaud qu'en ce moment, Charlie savait qu'il fallait baisser le visage devant le feu. La chaleur était si forte autour de lui qu'il avait, à contrecœur, ressorti les bouteilles de liqueur de ses bottes, pour les déposer dans un trou de la chaussée : il craignait qu'elles n'éclatent et ne prennent feu.

Le principal danger, à part la chute d'un pan d'immeuble, c'étaient les cendres : la poussière brûlante pouvait facilement pénétrer dans les yeux et causer de cuisantes brûlures. Charlie avait déjà été soigné deux fois pour cela. Il pouvait n'être pas hostile à une part de butin de temps à autre, tant que cela ne lésait personne ; mais une fois qu'il était au feu, il n'y avait pas de pompier plus brave que lui dans tout Londres. Après une demi-heure en haut de son échelle, à combattre les flammes de près, l'officier responsable lui ordonna de prendre un peu de repos.

Des tuyaux couraient le long de la rue depuis St Mary-le-Bow ; Charlie les suivit puis obliqua à gauche, vers le coin de Cheapside, face à l'extrémité de St Paul. Il était heureux de sentir un peu de brise sur son visage ; bien que ce fût contraire au règlement, il retira son casque pour se rafraîchir le crâne. Au coin de la rue s'ouvrait un large cratère : tout ce qui restait de deux immeubles détruits la nuit précédente. Il avait près de dix mètres de profondeur. Charlie s'assit sur un tas de gravats proches du bord, prit quelques profondes inspirations, et regarda vers l'ouest en direction de St Paul.

C'était un spectacle impressionnant. Miraculeusement, le puissant dôme en plomb élevé par Wren restait intact. Tout autour les toits brûlaient, creusant un lac rouge et pantelant ; le temple de Londres en émergeait, massif, sombre, silencieux, inébranlable, avec une indifférence de roc. La vieille cathédrale, pensa Charlie, semblait affirmer que même le Blitz d'Hitler ne pourrait jamais atteindre l'âme et le cœur de la City.

Au bout de quelques minutes, il baissa les yeux vers le cratère ; il ressemblait à tous les autres, plus grand et plus profond que la plupart peut-être, mais sans rien de particulier. La bombe, on le voyait clairement, avait traversé les fondations des maisons qui s'étaient élevées sur le site ; Charlie discernait des couches plus anciennes, en pierre. A la lumière des feux environnants, il lui sembla distinguer un fragment de sol carrelé. Une petite explosion dans un immeuble voisin provoqua un éclair de lumière rouge, qui illumina la fosse pendant quelques secondes ; Charlie aperçut alors un objet qui brillait au fond du trou. Curieux, il jeta un coup d'œil autour de lui pour s'assurer que personne ne le regardait, et commença à descendre à tâtons ; quelques instants plus tard, il fouillait dans l'obscurité. Le faible éclat semblait provenir d'une sorte de couvercle, recouvert de gravats ; il avait dû, depuis le sommet du cratère, regarder sous le bon angle. Il passa la main dans l'interstice, fronça les sourcils, puis siffla entre ses dents et ressortit sa main avec précaution. Les pièces étaient lourdes. Il pensa que ce devait être de l'or, mais n'avait pas assez de lumière pour bien voir.

Soudain une puissante torche troua les ténèbres depuis le bord du cratère ; aussitôt il s'aperçut qu'il avait bel et bien une poignée de grosses pièces d'or dans la main. Le couvercle de métal appartenait à une sorte de boîte, et dans le faisceau lumineux il nota que celle-ci contenait une grande quantité de pièces similaires ; il constata aussi la présence de deux autres récipients comparables dans les parages. Charlie Dogget, bien qu'il ne pût le savoir, venait de trouver l'or déposé par des soldats romains par un après-midi ensoleillé, près de mille sept cents ans plus tôt.

« Qu'est-ce que vous faites ? »

Le possesseur de la torche était un homme de haute taille, portant le casque des chefs d'îlot. A la lumière des feux, Charlie devina qu'il avait un grand nez.

« Vous pillez ! C'est contraire à la loi, dit Neville Silversleeves.

— Non, riposta Charlie. C'est un trésor enterré. J'ai le droit.

— Ce bâtiment se trouve être propriété de l'Eglise ! dit Silversleeves d'une voix cassante. Vous n'avez aucun droit ! Ressortez de là tout de suite !

— Si vous voulez tout savoir, dit Charlie d'une voix ferme, un autre de ces fichus raids commence, et c'est vous qui avez intérêt à partir rapidement. »

Car l'air qui les environnait s'était soudain rempli d'échos de tirs antiaériens, tandis qu'au-dessus de leurs têtes résonnait à nouveau le bourdonnement signalant l'approche des bombardiers.

Charlie n'avait nullement l'intention de se laisser déposséder de son or ; et Silversleeves semblait tout aussi déterminé à rester à son poste, pour s'assurer que le pompier n'emporterait rien. Les déflagrations des bombes se rapprochaient maintenant, mais aucun des deux hommes ne bougeait. Les explosions se firent plus fortes.

« Je ferai un rapport sur vous, cria Silversleeves.

— Comme tu veux », marmonna Charlie.

La bombe arriva ; elle dut tomber, pensa Charlie, à quelques dizaines de mètres derrière Silversleeves. L'éclair et le rugissement furent si grands que pendant une vingtaine de secondes, il ne se rendit même pas compte de ce qui s'était passé. Puis il s'aperçut que le corps inconscient de Silversleeves gisait à mi-chemin du cratère, sur le côté opposé à celui où il s'était précédemment tenu.

« J'espère bien qu'elle t'a brisé ton satané cou », marmonna-t-il ; il se baissa de nouveau vers les pièces et entreprit de les fourrer à l'intérieur de ses bottes. Dix, vingt, trente... Il venait de saisir sa quatrième poignée quand il comprit qu'il allait mourir. Le son que fait une bombe explosive juste avant d'atterrir ressemble à un sifflement strident ; Charlie l'avait souvent entendu au cours des deux dernières semaines, et il était devenu un véritable expert pour deviner où la bombe allait tomber. Quand il perçut la tonalité particulière au-dessus de sa tête, il sut tout de suite qu'elle était légèrement différente de celles qu'il avait entendues auparavant : la bombe arrivait directement sur lui.

Il se rua vers le flanc du cratère : gêné par ses bottes que l'or alourdissait, il commença à grimper frénétiquement vers le haut, mais les gravats dégringolaient sous ses mains. Quand la bombe s'écrasa, à l'endroit exact où il se trouvait deux secondes plus tôt, il continua, absurdement, à escalader le cratère ; il continua encore jusqu'au sommet. La bombe n'avait pas explosé.

Charlie Dogget s'assit en tremblant sur le bord du cratère et regarda en bas. La bombe, de quelque quatre cents kilos, était à demi enterrée au centre du trou, là où se trouvait l'or. Silversleeves était toujours inconscient, à l'endroit où l'avait projeté la déflagration précédente. Charlie considéra la bombe, s'attendant qu'elle explose enfin, mais rien ne se produisit. Il n'était pas rare que des bombes n'explosent pas en arrivant au sol, mais elles pouvaient le faire ensuite à tout moment. Il finit par se lever lentement, et se demanda ce qu'il devait faire : sans doute aller chercher de l'aide et secourir Silversleeves — mais il y avait la question de l'or, bien sûr. Etait-il entièrement enterré sous la bombe, maintenant, ou Charlie parviendrait-il à en puiser encore un peu ? Si j'ai eu suffisamment de chance pour ne pas être tué par le Messerschmitt la nuit dernière, ou maintenant par cette bombe, ma veine va sans doute tenir bon, pensa-t-il. Se laissant à nouveau glisser à l'intérieur du cratère, il marcha en direction de la bombe.

Il y avait davantage de lumière maintenant ; d'autres immeubles avaient dû prendre feu dans les parages, parce qu'un mur de flammes monta soudain dans le ciel derrière Charlie. A sa lumière il vit une pièce d'or à terre, près de la bombe — mais c'était tout. « Je sais ce qui s'est passé, grommela-t-il. Dieu là-haut a épargné ma vie, mais m'a préservé de la tentation. Juste quand je pense avoir trouvé le filon, il vient et enterre tout l'argent sous quatre cents kilos d'explosifs. » Il descendit lentement vers la pièce d'or, pour être interrompu, de derrière, par un rugissement qui le fit sursauter. Il se retourna vivement, leva les yeux et découvrit une impressionnante vision.

Debout au bord du cratère, l'énorme silhouette paraissait plus large encore, contre le mur de flammes qui remplissait le ciel ; sa grande barbe rousse semblait faire partie du feu. Le puissant amiral, sir William Barnikel, baissait les yeux vers la fosse ; son bras, tel celui de quelque dieu viking vengeur, était dirigé vers Charlie.

Grands dieux... pensa celui-ci. Il m'a pris sur le fait...

Mais l'amiral Barnikel ne savait rien de Charlie ni de son or romain.

Tandis que sa voiture approchait de St Paul, tout ce qu'il avait vu était la silhouette de Silversleeves, projetée par l'explosion dans le cratère ; et maintenant ce courageux petit pompier, avec sa mèche de cheveux blancs, qui descendait près d'une bombe non explosée pour sauver le chef d'îlot.

« Bravo, mon vieux ! tonna-t-il. Bon Dieu, vous méritez une médaille. J'arrive ! » Sautant lui-même dans le cratère, l'amiral s'exclama : « Vous ne l'auriez jamais ressorti tout seul, mon gars. Nous y sommes, maintenant. » Charlie saisit les longues jambes de Silversleeves, Barnikel ses bras, et ils traînèrent le chef d'îlot inconscient jusqu'à la rue voisine ; là, l'amiral arrêta une ambulance qui passait, et dit aux deux femmes qui s'y trouvaient d'emmener le chef d'îlot tout droit à St Bartholomew. Un moment plus tard, Helen roulait avec Silversleeves, toujours sans connaissance, couché à l'arrière de son véhicule.

« Et maintenant, cria jovialement l'amiral, vous allez venir avec moi. J'ai besoin de connaître votre nom et votre poste. (Il fit monter Charlie dans sa voiture.) Je pense, dit-il de sa profonde voix de basse, que nous ferions aussi bien de partir d'ici. On ne peut jamais savoir à quel moment une de ces saloperies non explosées va se décider. » Trente secondes plus tard, la bombe explosait.

Quand Percy rentra chez lui épuisé, à neuf heures le lendemain matin, arrivant du grand incendie de la brasserie, Jenny ne lui parla pas de Maisie.

« Il a été dehors toute la nuit, et il penserait devoir faire quelque chose tout de suite, avait dit Herbert. Laissons-le dormir d'abord. » Ainsi les deux frères ne partagèrent-ils leur chagrin que le soir venu.

Lorsque Helen Meredith arriva chez elle, elle reçut un choc terrible : la maison d'Eaton Terrace avait été entièrement détruite par une bombe explosive. Un simple regard la convainquit que personne ne pouvait avoir survécu à l'intérieur. Elle errait toujours dans les ruines, incapable d'assimiler ce qui était arrivé, quand elle vit sa mère tourner le coin de la rue.

« C'est cela le plus curieux, ma chérie, lui expliqua Violet. Ce sentiment extraordinaire que j'étais en danger. C'est pourquoi je suis allée jusqu'à l'abri, dans la station de métro de Sloane Square. C'est, comment dirais-je... un peu renfermé là-bas, ajouta-t-elle d'un ton confidentiel. Mais... (elle regarda en souriant les restes noircis de sa maison) n'ai-je pas eu de la chance ? »

Pendant longtemps, si les actes de courage dans l'armée étaient récompensés par la fameuse Victoria Cross, il n'existait pas d'honneur équivalent pour le courage civil. On y avait désormais remédié par l'institution de la George Cross et de la George Medal.

Si un doute avait plané sur le courage des membres de l'Auxiliary Fire Service durant le Blitz, ce doute fut entièrement dissipé quand plusieurs soldats du feu gagnèrent la George Cross. L'un de ceux-ci était Charlie Dogget, sur la recommandation de l'amiral Barnikel lui-même.

Pour Charlie, la situation était assez embarrassante. Bien qu'il eût mérité plusieurs fois cette médaille, comme nombre de ses collègues auraient pu l'attester, il savait ne pas l'avoir méritée en cette occasion-là ;

mais qui aurait pu le révéler ? Silversleeves lui-même, qui ne se souvenait d'aucun des moments ayant précédé l'explosion, avait insisté pour venir lui rendre visite et le remercier personnellement. Il avait aussi reçu une lettre de sa tante Jenny, quand elle avait lu la nouvelle dans les journaux.

Il était retourné une fois voir l'endroit, par curiosité ; mais il n'y avait plus aucune trace d'or. Aussi avait-il gardé dans une petite boîte les pièces romaines en sa possession, et il les avait données ensuite à son fils.

21

Le Fleuve

1997

Sir Eugene Penny, président-directeur général de la puissante **Penny Insurance Company**, membre d'une douzaine de conseils d'administration et alderman de Londres, se sentait dans la peau d'un homme assez vertueux. Il n'était guère de biens plus prisés dans sa famille que la collection de paysages fluviaux, dont certains peints par Monet, que son père avait achetés juste après la Seconde Guerre mondiale, et provenant du domaine du dernier lord Saint-James ; et aujourd'hui il venait de donner tout le lot.

Le problème, quand on était dans les bonnes œuvres, songea-t-il avec ironie, c'est que tôt ou tard on y allait de sa poche. En tant qu'administrateur de la Tate Gallery, il ne pouvait être que fort excité par les projets de l'établissement : ils concernaient à la fois le musée d'art moderne originel, dans son joli bâtiment classique proche du fleuve, et le vaste musée qu'on projetait d'ouvrir dans l'ancienne centrale électrique de Bankside, sur la rive sud, à côté du théâtre du Globe récemment reconstruit. Quand un administrateur de ses amis avait laissé entendre que les Monet qu'il possédait devaient être vus par un plus large public, il n'avait pas osé refuser. Il avait signé ce matin l'acte de donation, puis s'était rendu à l'exposition florale de Chelsea, toute proche ; un déjeuner à son club s'en était suivi, ainsi qu'une visite chez Tom Brown, son tailleur. Aussi était-il d'excellente humeur, cet après-midi-là, quand il gagna le chantier de fouilles voisin du fleuve.

Il s'était intéressé ces dernières années au Musée de Londres. Son attention avait au départ été éveillée par une exposition sur les huguenots. En tant que huguenot lui-même, Penny gardait beaucoup de relations dans la communauté d'origine française, qui possédait toujours ses propres associations et ses œuvres de charité. Il avait même entendu dire que trois Anglais sur quatre avaient un ancêtre huguenot. Mais l'exposition avait été pour lui une révélation. Tisserands et généraux, artistes, horlogers, bijoutiers célèbres comme les Agnew, compagnies comme la sienne : outre qu'on présentait quelques merveilleuses pièces d'art et d'artisanat, ces objets avaient révélé les origines huguenotes d'un grand nombre de firmes que l'on considérait jusque-là comme typiquement britanniques. L'ensemble était si bien réalisé que Penny s'était penché de plus près sur le musée ; un peu plus tard, dans l'espoir inavoué de trouver davantage de preuves encore du génie huguenot, il était allé voir une autre exposition au même endroit.

« Le peuplement de Londres » était fort bien fait ; mais il lui avait réservé une nouvelle surprise.

« Je pensais savoir quelque chose de mon héritage britannique, avait-il dit à sa femme ; en fait, il s'avère que je ne savais rien du tout. » Quand il était à l'école, l'histoire de l'Angleterre au moins — sinon celle de toute la Grande-Bretagne — avait tourné autour de la seule race anglo-saxonne. « On nous parlait des Celtes, bien sûr ; puis il y a eu les Danois et quelques chevaliers normands. » Mais les documents exposés sur le peuplement de Londres racontaient une histoire différente. Angles, Saxons, Danois, Celtes, on les avait tous trouvés dans la cité, bien sûr ; mais même à l'époque où l'on construisait la Tour de Londres, apprit Penny, il y avait également eu des marchands normands et italiens, puis flamands et allemands. « Les Flamands n'ont cessé d'affluer, et ils se sont même installés dans toute l'île, jusqu'au pays de Galles et en Écosse. Dans les périodes plus récentes, cela a été la communauté juive, les Irlandais, plus tard encore les peuples de l'ancien Empire, le sous-continent indien, les Caraïbes, l'Asie... Mais le plus frappant dans l'affaire, conclut-il, c'est que même au Moyen Âge, cela ne posait pas de problèmes. Londres a toujours accueilli beaucoup d'étrangers, qui s'assimilaient rapidement. Au regard de l'histoire, Londres a autant été un *melting pot* que, disons, New York. (Il sourit.) Je savais que je faisais partie de la troupe des immigrés, mais il s'avère que tout le monde en fait partie comme moi.

— De sorte que la race anglo-saxonne, tant vantée...

— N'est qu'un mythe. La moitié nord de la Grande-Bretagne est davantage danoise et celte ; et même dans le Sud je doute fort que nos ancêtres anglo-saxons en constituent plus d'un quart. Nous sommes tout simplement une nation d'immigrants européens, avec de nouvelles greffes qui s'y ajoutent sans cesse. Une rivière génétique, si tu veux, alimentée par un grand nombre de ruisseaux. » Le musée avait publié un livre sur le sujet, et Penny le gardait dans son salon pour que ses invités puissent le feuilleter.

« Comment définirais-tu un Londonien, alors ? lui demanda avec curiosité lady Penny.

— Comme quelqu'un qui vit dans la ville. C'est comme la vieille définition du cockney : quelqu'un qui vit à portée des cloches de Bow. Et un étranger, ajouta-t-il en souriant, c'est quelqu'un, anglo-saxon ou non, qui vit en dehors de la ville. »

Maintenant qu'il y pensait, il avait vu le processus à l'œuvre dans les vastes locaux de la Penny Insurance Company. Dans les décennies qui suivirent la Seconde Guerre mondiale, il s'était produit à Londres une immigration massive en provenance des Caraïbes et du sous-continent indien. Dans quelques endroits, Notting Hill Gate au-dessus de Kensington et Brixton au sud du fleuve, des problèmes étaient apparus, et même des émeutes ; mais quand il faisait ces derniers temps le tour de ses bureaux et qu'il parlait avec la jeune génération de moins de trente ans, il constatait que tous — Noirs, Blancs, Asiatiques — n'avaient pas seulement pris l'accent londonien ; ils pratiquaient désormais les mêmes sports, ils adoptaient les mêmes attitudes, jusqu'à l'humour et l'insolence cockney, que le peuple de Londres qu'il connaissait depuis son enfance. « Ce sont tous de vrais Londoniens », concluait-il.

Aucun bruit dans la tranchée. Sarah Bull regarda ses compagnons et sourit intérieurement. Elle avait déjà participé à beaucoup de fouilles, mais en désirant surtout se joindre à celle-là, parce qu'elle était conduite par le docteur John Dogget.

Le docteur John Dogget était un Londonien pure souche ; « Mon grand-père était pompier pendant le Blitz », lui avait-il appris un jour. Il était aussi l'un des conservateurs du Musée de Londres, où Sarah avait récemment commencé à travailler.

Elle aimait le musée ; juché au sommet d'une grande zone piétonne, à quelques minutes à pied de St Paul, ses fenêtres donnaient sur un vaste et beau fragment du vieux mur romain de Londres. Les touristes y affluaient en nombre sans cesse croissant, et les classes d'élèves qu'on y emmenait semblaient beaucoup apprécier leur visite. Le musée était organisé comme une promenade à travers l'histoire, depuis les temps préhistoriques jusqu'à l'époque actuelle. Les conservateurs avaient reconstitué des scènes complètes, accompagnées d'illustrations sonores, à travers lesquelles les visiteurs se promenaient : un campement préhistorique, un intérieur du XVIIe siècle, une rue entière du XVIIIe, des boutiques victoriennes. On admirait même une maquette du vieux Londres qui s'illuminait tandis qu'une voix lisait des extraits du *Journal* de Samuel Pepys évoquant le Grand Incendie. Des objets de l'époque accompagnaient chaque scène, depuis des pointes de flèche en silex jusqu'à une véritable voiture de marchand des quatre-saisons entièrement approvisionnée.

Des montagnes d'érudition se cachaient derrière toutes ces reconstitutions ; Sarah le savait et, en tant que diplômée d'archéologie, c'était ce qui l'avait attirée dans la place. De nouvelles trouvailles, souvent même de grandes découvertes, avaient lieu sans cesse, comme le petit temple de Mithra ; et aussi, voilà quelques années seulement, on s'était aperçu que le vieux Guildhall se dressait sur le site d'un énorme amphithéâtre romain. Des voies romaines et des maisons médiévales étaient régulièrement mises au jour. Récemment, à côté du vieux mur, on avait retrouvé les restes de quelques pièces et moules utilisés par un faux-monnayeur romain ; d'après leur aspect et leur disposition, on pouvait conjecturer qu'il s'en était débarrassé en toute hâte. Le conservateur avait pu expliquer avec précision comment se réalisait la contrefaçon des pièces.

Et puis, bien sûr, il y avait le jeune docteur Dogget. Avec son joyeux tempérament et sa mèche blanche dans les cheveux, il était aussi populaire que facile à reconnaître. Curieusement, il avait les doigts palmés : « Bon pour nager et pour creuser », commentait-il en plaisantant. Il était toujours si occupé, et Sarah, en tant que jeune recrue, encore une petite assistante ; mais elle escomptait bien que lors de cette fouille il la remarquerait pour la première fois. La question qui se posait était : en plus des objets romains, appréciait-il les blondes aux yeux bleus ?

La tranchée se trouvait sur un petit site dominant la Tamise. Il n'était pas fréquent que les archéologues aient la possibilité de travailler à l'intérieur de la City : mais quand un bâtiment était démoli et un autre construit à la place, ils obtenaient parfois l'autorisation d'y pratiquer des fouilles. On avait tant reconstruit, après les ravages du Blitz dans la City et dans l'East End, que la qualité des nouveaux bâtiments se révélait inégale. Une partie de ces travaux, comme les vastes aménagements du quartier des docks, maintenant que les porte-conteneurs et les énormes bateaux modernes avaient transporté l'activité portuaire plus bas dans l'estuaire, avait été bien menée aux yeux de Sarah. Le bâtiment dans lequel ils fouillaient maintenant semblait en revanche de qualité inférieure ; aussi était-elle doublement heureuse de le voir remplacer. Les propriétaires du nouvel immeuble avaient même promis, si les archéologues découvraient quelque chose d'intéressant, de ménager une cour intérieure et de bâtir autour, de sorte que le public puisse admirer les vestiges. Ils étaient déjà descendus à trois mètres en dessous de l'ancien sous-sol ; debout au fond de la tranchée, Sarah avait au niveau des yeux une couche de cailloux qui constituaient le sol à l'époque de Jules César.

C'était le milieu de l'après-midi ; seuls quelques moutons blancs traversaient le ciel clair et printanier, quand arriva la délégation conduite par sir Eugene Penny. Il inspecta soigneusement les lieux, descendit dans la tranchée, écouta attentivement les explications du docteur Dogget, posa quelques questions — intelligentes, comme put le vérifier Sarah ; ensuite, après avoir remercié tout le monde, il repartit. Lorsqu'on lui avait présenté la jeune fille, il avait hoché poliment la tête, et ne lui avait plus prêté attention.

Personne au musée n'avait idée que sa famille possédait une grande brasserie, ni certainement que sir Eugene Penny, alderman, était son cousin ; et elle préférait qu'il en fût ainsi. Mais le musée, comme tous les établissements du même genre, était toujours à court de fonds pour réaliser ses ambitieux projets ; et si quelqu'un pouvait leur en procurer, c'était probablement son cousin, pensa-t-elle.

Après son départ, Sarah s'accorda quelques minutes de promenade près des eaux calmes du fleuve. Il était plus propre aujourd'hui que pendant des siècles ; on pouvait même y pêcher à nouveau des poissons. Il était également géré avec soin. L'inclinaison progressive de l'île, qui depuis tant de siècles élevait le niveau de l'eau, était désormais compensée par un barrage de retenue sur la Tamise, qui s'avérait une réussite esthétique. Londres avait sans doute des points communs avec Venise, mais ce n'était plus la menace de disparaître sous les eaux. Après un dernier regard au Tower Bridge d'un côté, à St Paul de l'autre, Sarah retourna à sa tranchée.

Londres pouvait être une ville étonnamment tranquille ; non seulement dans les vastes parcs, mais dans les grandes enceintes comme le Temple, derrière leurs murs, ou encore dans les vieilles églises comme St Bartholomew, régnait un silence qui semblait ramener le passant plusieurs siècles en arrière. Même ici, dans la City, les grands immeubles de bureaux dressaient un écran le long des rues étroites, qui filtrait les bruits de la circulation. Sarah leva les yeux ; le ciel était toujours aussi bleu.

Le docteur Dogget était parti. Une archéologue se trouvait dans la tranchée, grattant méticuleusement la surface ; Sarah descendit se joindre à elle. Elle se souvint de ce qu'elle avait entendu John Dogget dire à un groupe d'élèves. Il leur avait expliqué dans ses grandes lignes le travail des conservateurs du musée, ainsi que celui des archéologues ; pour bien fixer leurs idées, il avait ajouté une réflexion qu'elle avait beaucoup aimée

« Imaginez l'été, leur avait-il dit. Quand il se termine, les feuilles tombent et jonchent le sol. Là, elles se décomposent presque entièrement, mais pas tout à fait. L'année suivante, la même chose se reproduit, puis un an plus tard. Réduites, comprimées, ces feuilles et le reste de la végétation s'accumulent en couches successives, année après année. C'est le processus de la nature. C'est organique.

« Un processus similaire se déroule avec les hommes, en particulier dans les villes ; chaque année, chaque époque laissent quelque chose derrière elles. Comprimé bien sûr, enfoui dans le sol, mais il reste des traces de toutes ces vies humaines. Une tuile romaine, une pièce de monnaie une pipe d'argile de l'époque de Shakespeare. Tout cela reste en place. Quand nous fouillons, nous les retrouvons et nous les exhumons. Mais n'y pensez pas seulement comme à des objets. Parce que cette pièce, cette pipe ont appartenu à quelqu'un : à quelqu'un qui vivait, et qui aimait, et qui regardait tous les jours le fleuve et le ciel, comme vous et moi.

« De sorte que quand nous creusons la terre sous nos pieds, que nous trouvons les restes de ces hommes et de ces femmes, j'essaie toujours de me souvenir que ce que je vois, ce que je tiens dans la main, est une masse de vie sans cesse renouvelée et comprimée. Et j'ai parfois l'impression que, par notre travail, nous avons pénétré en quelque sorte à l'intérieur de cette couche de temps comprimé, nous avons ouvert cette vie — peut-être même une journée particulière de cette vie, avec son matin et son soir, son ciel bleu et son horizon. Nous avons ouvert l'une des fenêtres enfouies par milliards dans le sol. »

Sarah sourit intérieurement ; elle avait apprécié ces paroles. Debout dans la tranchée, contemplant l'endroit où Jules César s'était peut-être tenu debout, elle tendit le bras et le toucha de la main.

Remerciements

Ce livre doit beaucoup aux spécialistes dont les noms suivent, tous experts dans leur discipline respective. Ils m'ont fourni informations et conseils ; dans bien des cas, ils ont lu le texte que j'avais écrit et m'ont aidé à le mettre au point. Je suis seul responsable des erreurs qui peuvent subsister. Mme Susan Banks, département d'archéologie du Musée de Londres ; M. David Bentley, département d'archéologie du Musée de Londres ; M. John Clark, conservateur au Musée de Londres ; le révérend père K. Cunningham, St Etheldreda, Ely Place ; M. A.P. Gittins, de la maison Tom Brown ; Mme Jenny Hall, conservateur au Musée de Londres ; M. Frederick Hilton ; M. Bernard Kearnes J.P. ; Dr Nick Merriman, conservateur au Musée de Londres ; Mme Lily Moody ; M. Geoffrey Parnell, conservateur à la Tour de Londres ; M. H. Pearce ; M. Richard Shaw, bibliothèque de Lavender Hill ; M. Ken Thomas, archiviste des Brasseries Courage ; Mme Rosemary Weinstein, conservateur au Musée de Londres ; M. Alex Werner, conservateur au Musée de Londres ; M. R.J.M. Willoughby.

Je remercie les directeurs et bibliothécaires de la bibliothèque du Guildhall, de celle du Musée de Londres, et comme toujours de la Bibliothèque de Londres, pour leur aide et leur courtoisie inépuisables.

Aucun mot ne suffirait à exprimer ma gratitude envers Mme Eimear Hannafin et Mme Gillian Redmond, de Magpie Audio Visual, pour leur collaboration et leur bonne humeur sans faille pendant la frappe du manuscrit, malgré les modifications que je n'ai cessé d'y apporter.

Je dois un remerciement particulier à David Bentley et Susan Banks pour la préparation des cartes, ainsi qu'à Andrew Thompson, de Siena Artworks, Londres, pour leur dessin et leur exécution.

Comme d'habitude, j'aurais été perdu sans mon agent, Gill Coleridge, et sans mes deux éditeurs, Kate Parkin de Century et Betty A. Prashker de Crown Publishers. Je les remercie pour leurs encouragements et leur fidèle soutien.

A ma femme Susan, à mes enfants Edward et Elizabeth, et à ma mère, je dois beaucoup pour leur patience, leur soutien et leur hospitalité respectives.

Enfin, et surtout, cet ouvrage n'aurait pu voir le jour sans les conservateurs, particulièrement John Clark et Rosemary Weinstein, et tout le personnel du Musée de Londres. Tout au long de la gestation de ce livre, le Musée de Londres a été pour moi une source permanente d'inspiration.

Achevé d'imprimer en mars 2000
sur presse Cameron
*par **Bussière Camedan Imprimeries***
à Saint-Amand-Montrond (Cher)

N° d'édition : 6649. N° d'impression : 001421/4.
Dépôt légal : mars 1998.

Imprimé en France